國家古籍整理出版專項經費資助項目
國家社科基金重大招標項目

○南戲文獻全编　劇本编○
俞爲民　主编

永樂大典戲文三種

荆釵記

上册

俞爲民　整理

ZHEJIANG UNIVERSITY PRESS
浙江大學出版社
·杭州·

浙江傳統戲曲研究與傳承中心

總　序

中國戲曲是中華民族文化的一個重要組成部分，與構成中華民族文化的其他文學藝術形式相比，戲曲在中華民族文化中有着獨特的地位和作用。一方面，由於戲曲是一門綜合性藝術，因此，其承載的民族文化内涵最爲豐富，無論是普通百姓的民情風俗，還是統治階級的倫理教化、文人學士的風月情懷，都會在戲曲中反映並積澱下來；另一方面，由於戲曲是一種雅俗共賞的藝術，受衆廣泛，正如清代戲曲家李漁所説的，戲曲『不比文章』，『戲文做與讀書人與不讀書人同看，又與不讀書之婦人、小兒同看』，[一]因此，戲曲在傳播民族文化上所起的作用最大，影響也最廣。中國戲曲不僅在中華民族文化中具有獨特的地

[一]《閑情偶寄·詞曲部·詞采第二》，俞爲民、孫蓉蓉編，《歷代曲話彙編》清代編第一集，黄山書社 2008 年版，第 254 頁。

位與作用，而且在世界劇壇上，也佔有重要的地位。戲曲以其鮮明的民族特徵，與古希腊悲喜劇、印度梵劇並稱爲世界三大古劇。

中國戲曲歷史悠久，源遠流長，在漫長的發展過程中，産生了絢麗多彩的藝術形式，涌現出了一大批傑出的戲曲作家與作品，積澱了豐厚的文學遺産與藝術遺産，這些遺産共同構成了中華民族的優秀文化遺産，對民族興旺、社會發展起到過巨大的作用。在我國古代戲曲史上，曾産生了『南戲』『雜劇』『傳奇』『花部』等四種戲曲形式，如《中國大百科全書·戲曲曲藝卷》設有『南戲』『雜劇』『傳奇』『花部』四個條目，將其列爲四種不同的戲曲形式；傅惜華編著的《中國古典戲曲總録》（人民文學出版社 1959 年版）中有《宋元戲文全目》《元代雜劇全目》《明代雜劇全目》《清代雜劇全目》《明代傳奇全目》《清代傳奇全目》等 6 册，將『南戲』『雜劇』『傳奇』分列；莊一拂的《古典戲曲存目彙考》也分列『南戲編』『雜劇編』『傳奇編』。在這四種古典戲曲形式中，南戲形成最早，産生於北宋末南宋初，是我國古代戲曲史上第一種成熟的戲曲形式，如元劉壎《水雲村稿·詞人吴用章傳》中有關宋咸淳年間『永嘉戲曲出』的記載和明祝允明《猥談》有關宋光宗時趙閎夫榜禁南戲的記載，都説明南戲在兩宋時期就已經産生並流傳了。作爲第一種成熟的戲曲形式，南戲在劇本形式、音樂體制、脚色體制及具有寫意特徵的舞臺表演等方面都爲後世的戲曲形式如明清傳奇及清代中葉以後興起的各種地方戲奠定了基礎。因此，可以説，是南戲的出現，正式展示了戲曲這一中華民族文化明珠的璀璨面容。

今天，離南戲形成的兩宋之交時期已有近一千年的歷史了，原生態的南戲，隨着時代的變遷與發展，早已不復存在，但這並不意味着南戲這一古老的戲曲形式已失傳，它只不過是以不同的面貌在繼續流傳。一種是以静態的形式在流傳，即當初南戲作家們編撰的南戲劇本。這些劇本作爲十分珍貴的歷史文獻，被保留下來，使後人通過這些劇本，瞭解南戲的故事内容與藝術形式，而且，這些劇目所敷演的故事，多爲後世的戲曲所改編與繼承。另一種是動態的流傳，這種流傳按其流傳的形式及變異的程度，也可分爲兩類。一類是同一種戲曲形式在不同時期的延續，如南戲進入明清時期後，雖出現了民間南戲（傳奇）與文人南戲（傳奇）的分流，在情節内容、語言風格、戲曲音律、唱腔以及流存形式等方面都産生了差異，但這種分流，並不影響兩者在文體與樂體上的區别，因此，明清時期的傳奇（包括文人傳奇與民間傳奇），仍是同一種戲曲形式，即皆爲宋元南戲的延續。直至今天被聯合國教科文組織命名爲『人類口頭和非物質遺産代表作』的崑曲，仍是宋元南戲的直接流傳形式，崑山腔在宋元時期與弋陽、海鹽、餘姚並稱爲南戲四大唱腔。今天的崑曲所採用的音樂體制、劇本形式、脚色體制等皆承自南戲，其較宋元時期的南戲雖因時代的原因有所變化，但還較多地保留着宋元南戲原有的『基因』。另一類只是以某些因素，融入别的戲曲形式中，繼續流傳。這些藝術因素，雖在流傳的過程中，出現了一些變異，但還可以看出南戲的一些面貌，如南戲的脚色體制，在清代中葉以後興起的各種花部劇種中，皆被吸取，只是有所發展而已，如南戲只有七個脚色，當時發展到十二個脚色。所謂的『江湖十二色』，這十二個脚色，只是在南戲的七個脚色的基礎上派生、增加了幾個脚色，生、旦並重及上場脚色皆可唱的體制均是承南戲的脚色體制而來的。因此，從某種意義上來説，南戲是借助於新的戲曲形式，得以繼續流傳。

綜觀南戲的發展歷史，無論是静態的流傳，還是動態的流傳，其對中國戲曲的發展都産生了極大的影響。

作爲南戲静態流傳形式的南戲劇本，是我們瞭解和研究南戲的重要資料。南戲在發展過程中，産生了大量的劇作，留下了豐富的遺産，如僅據《永樂大典》、明徐渭《南詞敘録》、明末清初徐于室、鈕少雅《南曲九宫正始》等史籍記載，就有167種南戲劇目；莊一拂《古典戲曲存目彙考》記録宋元南戲存目211種，明初125種。但由於南戲的劇本多爲民間藝人所作，當時稱爲『書會才人』，如現存最早的南戲劇本《永樂大典戲文三種》中的《張協狀元》爲温州的『九山書會』所作，《宦門子弟錯立身》爲『古杭才人』所作，《小孫屠》

爲『古杭書會』所作。書會才人爲適應下層觀衆的觀賞水平，故而南戲劇作的語言粗俗，而且文學與藝術品位不高，因此，明清以來，南戲不爲文人學士所重視，南戲劇本多不加收藏，或由民間書坊作爲通俗讀本刊行，或以鈔本的形式流傳。如明代何良俊指出：『祖宗開國，尊崇儒術，士大夫恥留心辭曲，雜劇與舊戲文本皆不傳，世人不得盡見。』[一]

近代以來，隨着中國戲曲史研究的深入，南戲研究逐漸成爲戲曲史研究的一個重要組成部分，而隨着南戲研究的開展，必須有翔實的文獻資料作支撑和基礎。南戲文獻資料的搜集與整理，是從20世紀20年代末30年代初開始的。自王國維在《宋元戲曲史》中對南戲作了專章論述，並給予了極高的學術評介，引起了學術界對南戲的關注。但當時由於史料的缺乏，故在王國維以後的一些學者在對南戲的研究中，普遍重視對南戲文本和史料的搜集和輯佚，如在20世紀20年代到30年代所産生的南戲論著中，多爲史料性論著。自20世紀20年代末30年初以來，迄今學術界有關南戲文獻資料的搜集與整理，主要做了以下幾個方面的工作。

一、對南戲佚曲的搜輯與本事的考探。

[一] 《四友齋叢説・詞曲》，俞爲民、孫蓉蓉編，《歷代曲話彙編》明代編第一集，黄山書社2009年版，第464頁。

這一工作最早是由錢南揚、趙景深、馮沅君等老一輩學者開始的。如錢南揚先生據明代蔣孝的《舊編南九宫譜》、沈璟的《新編南九宫譜》、清代周祥鈺等的《九宫大成南北詞宫譜》等南曲譜及《詞林摘艷》《盛世新聲》《吴歈萃雅》《南音三籟》等戲曲選集中，所收録的南戲佚曲編撰成《宋元南戲百一録》一書（《燕京學報》專刊之九，1934 年版），共輯得 46 種南戲的佚曲。趙景深先生則據《舊編南九宫譜》《新編南九宫譜》《九宫大成南北詞宫譜》及《雍熙樂府》中，所收録的南戲佚曲編成《宋元戲文本事》一書（上海北新書局 1934 年版），共輯得 50 種南戲的佚曲。在錢、趙的著作出版後不久，馮沅君、陸侃如先生又根據新發現的《南曲九宫正始》，編成《南戲拾遺》一書（《燕京學報》專刊之十，1934 年版），在錢、趙所輯的基礎上，又增加了 72 種南戲的佚曲，並且對《宋元南戲百一録》與《宋元戲文本事》已經輯録的南戲劇目補充了新的佚曲。這三本專著共輯得 168 種南戲的佚曲，由於這三種專著産生於 20 世紀 30 年代南戲研究缺乏文本和資料的時期，故爲當時及後來的南戲研究奠定了翔實的史料基礎。20 世紀 50 年代，錢南揚先生根據新發現的材料，又對《宋元南戲百一録》作了補充，出版了《宋元戲文輯佚》一書（上海古典文學出版社 1956 年版）。

二、影印南戲文本。

1.鄭振鐸先生主持，商務印書館1954—1958年陸續影印出版的《古本戲曲叢刊》，彙集影印了51種南戲文本：《永樂大典戲文三種》《荆釵記》《白兔記》《拜月亭記》《殺狗記》《琵琶記》《破窯記》《金印記》《東窗記》《黄孝子尋親記》《趙氏孤兒記》《牧羊記》《草廬記》《古城記》《和戎記》《金貂記》《青袍記》《胭脂記》《韓朋十義記》《連環記》《千金記》《還帶記》《商輅三元記》《馮京三元記》《南西厢記》《白蛇記》《金丸記》《珍珠米糷記》《白袍記》《觀音魚籃記》《古玉環記》《升仙記》《鸚鵡記》《四美記》《何文秀玉釵記》《劉漢卿白蛇記》《雲臺記》《還魂記》《舉鼎記》《五倫全備記》《香囊記》《通玄記》《雙忠記》《躍鯉記》《投筆記》《四美記》《綈袍記》《周羽教子尋親記》《精忠記》。

2.楊越、王貴忱等編《明本潮州戲文五種》，廣東人民出版社1985年影印出版，收録潮州出土的明代抄本《劉希必金釵記》《蔡伯喈》，以及存於英國、奥地利、日本等國的明代潮州戲曲《荔鏡記》《荔枝記》《金花女》等5種，附録《顔臣》《蘇六娘》2種。

3.中山大學黄仕忠與京都大學金文京、東京大學橋本秀美合編，廣西師範大學出版社2006年影印出版的《日本所藏稀見中國戲曲文獻叢刊》，選收了現藏於日本的8種稀見南戲劇本：《袁了凡先生釋義琵琶記》《新刻出像音註趙氏孤兒記》《新刻出像音註唐韋臯玉環記》《新刊重訂出相附釋標註節義荆釵記》《李卓吾先生批評古本荆釵記》《新刻王狀元荆釵記》《重校琵琶記附重校北西廂記》《硃訂琵琶記》。

三、搜集與影印選有南戲散齣與曲文的戲曲選集。

1. 王秋桂主編、臺灣學生書局 1984—1987 年陸續影印出版的《善本戲曲叢刊》，彙集了海内外選有南戲散齣曲文的戲曲選集和曲譜，全套共6輯42種：《樂府菁華》《玉谷新簧》《摘錦奇音》《詞林一枝》《八能奏錦》《大明春》《徽池雅調》《堯天樂》《時調青崑》《樂府紅珊》《吴歈萃雅》《珊珊集》《月露音》《詞林逸響》《怡春錦》《萬錦嬌麗》《歌林拾翠》《舊編南九宮譜》《增定南九宮曲譜》《南詞新譜》《九宮正始》《新定十二律京腔譜》《風月錦囊》《群音類選》《樂府南音》《賽徵歌集》《萬壑清音》《玄雪譜》《南音三籟》《醉怡情》《樂府歌舞臺》《千家合錦》《萬家合錦》《綴白裘》《審音鑑古録》《彩筆情辭》《太霞新奏》《萬花小曲》《絲絃小曲》《北詞廣正譜》《納書楹曲譜》《九宫大成南北詞宫譜》。

2. 英國牛津大學龍彼得(Piet van der Loon)將原藏於英國劍橋大學圖書館的《新刻增補戲隊錦曲大全滿天春》《精選時尚新錦曲摘隊》《新刊絃管時尚摘要集》三種匯輯成《明刊閩南戲曲絃管選本三種》，臺北南天書局 1992 年影印出版，中國戲劇出版社 1995 年重印。

3. 俄國漢學家李福清在丹麥哥本哈根的皇家圖書館與奧地利維也納國家圖書館新發

現了《新鍥精選古今樂府滚調新詞玉樹英》《梨園會選古今傳奇滚調新詞樂府萬象新》《精刻彙編新聲雅雜樂府大明天下春》三種明代戲曲折子戲選集，其中收有大量的南戲散齣與佚曲，後由李平主編，彙編成《海外孤本晚明戲劇選集三種》，上海古籍出版社 1993 年影印出版。

四、對部分南戲劇作加以校注整理出版。

如《荆釵記》（上海中華書局編輯所 1959 年版）、《白兔記》（上海中華書局編輯所 1959 年版）、《幽閨記》（上海中華書局編輯所 1959 年版）、《殺狗記》（上海中華書局編輯所 1959 年版）、《宋元四大戲文讀本》（江蘇古籍出版社 1988 年版）、《琵琶記》（中華書局 1960 年版）、《元本琵琶記校注》（上海古籍出版社 1980 年版）、《五大南戲》（岳麓書社 1998 年版）、《連環記　金印記》（中華書局 1988 年版）、《白兔記簡注》（寶文堂書店 1988 年版）、《全元戲曲》（人民文學出版社 1992 年版，收録《永樂大典戲文三種》《荆釵記》《白兔記》《拜月亭》《殺狗記》《琵琶記》《破窯記》《金印記》《連環記》等南戲，並作了校勘）。

上述學術界有關南戲文獻資料的搜集與整理，爲南戲研究提供了許多便利。本編在已有成果的基礎上，力求在三個方面有所建樹與開拓。

一是突出南戲文獻資料的整體性。

本編包括南戲文本彙集整理與南戲研究資料的彙集整理兩部分。對南戲文本的彙集整理，總體上包括全本與佚曲兩大類。南戲佚曲也是南戲文本的重要組成部分，從劇目上來看，現只存佚曲的南戲劇目遠多於全本南戲，而這些南戲劇目雖僅存部分曲調，但通過這些佚曲，還可略窺這些劇目的故事情節，因此，南戲佚曲也是南戲研究和古代戲曲史研究的重要資料。而這些佚曲，多散見於明清時期的戲曲選集和曲譜中，需分别從中加以搜輯並考辨。對南戲佚曲的彙集與整理，錢南揚、趙景深、馮沅君等老一輩學者已輯録了168種南戲的佚曲。隨着與海外的交流日益增加，在海外發現了一批明清時期的戲曲選集，如《風月錦囊》《大明天下春》《滿天春》《樂府紅珊》等，在這些選集中，收録了許多南戲的佚曲，其中有的是前人未輯録的，因此，本編在前人輯録的基礎上，又作了補輯。

在全本南戲中，又包括民間南戲文本、文人南戲文本以及經文人改編的南戲文本。對於這些出自不同作者和改編者之手的文本，本編都加以收録，以顯示出南戲因作者身份的不同，呈現出不同的面貌和風格。

有關南戲的研究資料和論著，迄今尚無系統的整理與出版。一是只作爲單本整理出版，如《南詞敘録》（目前僅此一種）；二是少量地收録在1957年由中國戲劇出版社出版的《中國古典戲曲論著集成》和黄山書社2008—2009年出版的《歷代曲話彙編》中，而且有關南戲的研究資料與其他古代戲曲形式如雜劇、傳奇、花部等的研究資料混雜在一起，没有單獨地加以輯録與整理；　三是專著以外的理論形態如評點、序跋及書信、筆記、雜著中的南戲研究資料皆未系統地彙集與整理。　本編對南戲的研究資料和論著的彙集與整理，包括不同時期的各種理論形態。

二是體現南戲文本的變異性。

南戲的文本具有變異性的特徵。　一方面，演員在演出過程中會根據觀衆的觀賞興趣對文本加以改編，又因南戲採用以腔傳字的形式演唱，演唱者採用不同的唱腔，也要對文本加以改動，如採用餘姚腔演唱時，在原曲文中加入了大量的滚調與滚白，這便導致同一劇目文本的變異。　另一方面，文人爲了提升南戲的文學與藝術品位，對南戲文本加以修訂和潤色，不僅使得改編後的曲文與原作有了俚俗與文雅之别，而且在情節上也會出現差異；　另外，書坊刊刻南戲文本時，爲了牟利，標榜舊劇新編，也要對南戲文本加以改編。這樣就出現了同一劇目的不同版本，而不同版本之間有着很大差異，如《荆釵記》不同版本不僅具體曲文有異，而且情節也有差異，如最後王十朋與錢玉蓮相會的地點有的版本是在廟中，有的版本是在舟中。《南曲九宫正始》云：　『古本《荆釵記》，不曰《荆釵》，直云《王十朋》。』『余未識原傳時亦如之，後幸得睹元本，始知其全本詞文皆與今改本《荆釵記》者大不同耳。』〔一〕。有的連劇名都發生了變異，如《白兔記》後來改成了《咬臍記》。這些不同的版本，對於研究南戲的流變史具有重要的學術價值，從不同的刊本中，可以窺見不同時期及不同的改編者的審美意趣與改編方式，故本編收録了同一劇目的不同文本。

三是增强南戲文獻彙集整理的學術性。

現已出版的南戲文獻除四大南戲及《琵琶記》等名劇外，大多是採取簡單的影印的方式出版，缺少必要的校訂和整理。本編對所收録的南戲文獻均加以校勘、標點。

總之，我們的這一工作，欲爲南戲研究和古代戲曲史研究提供系統、完整的資料，有助於推進南戲研究和中國古代戲曲史研究的深入和開拓。

〔一〕《南曲九宮正始》第四册【中吕過曲・漁家傲】曲下注，俞爲民、孫蓉蓉編，《歷代曲話彙編》清代編《南曲九宮正始》，黄山書社 2008 年版，第 329—330 頁。

凡例

一、全編分兩大部分：劇本編、資料編。

二、南戲的下限，根據明代徐渭《南詞敘録》所載南戲劇目，將明代初年也確定爲南戲的發展時期，故這一時期的長篇戲曲也予以收録。

三、同一劇目的不同版本、散齣和隻曲，皆予以收録，按全本、散齣、隻曲三類先後排列。

四、同一劇目的不同版本按刊刻（鈔寫）時代先後排列。

五、原本不分齣者，據别本分齣，或據内容分齣。原本作『出』或『齣』、『折』或『摺』，皆保持原貌不作統一。

六、原本同一曲调連用數曲不分者，次曲起按曲律分作【前腔】或【前腔換頭】。

七、原本曲文不分正襯者，悉依原本。

八、原本舞臺提示，脚色首次上場，或有『上』字提示，或無；脚色念唱或有『唱』『云』等字提示，或無，悉依原本，不作統一。

九、確能考證原本有訛、脱、衍、倒者，逕作更正，并作校記説明校改依據。大段、整頁漫漶、缺損者，用『闕』『中闕』等表示。

十、序、跋等仍依原本位置排列。

永樂大典戲文三種

前言

《永樂大典》是明永樂年間編纂的一部大型類書，全書正文二萬二千八百七十七卷，凡例及目録六十卷。全書按《洪武正韻》的韻目，依韻分列單字，又在每一單字下注明音義、反切及篆、隸、楷、草各種字體等，然後將有關天文、地理、文學、藝術、歷史、哲學、宗教、人事、名物等材料，隨字收録。所收材料中，有整段或整篇抄録的，也有整部抄録的。其中收録的圖書包括經、史、子、集、釋藏、道經、北劇、南戲、平話、工技、農藝、醫學等達七八千種。在《永樂大典》『戲』字韻下，即卷一三九六五至一三九九一，載有戲文三十三種。後因兵災人禍，《永樂大典》的正本在明亡之際就已失傳，副本先後經歷了清咸豐十年（1860）英法聯軍和光緒二十六年（1900）八國聯軍兩次侵佔北京的浩劫，或燬於戰火，或被劫往國外，幾乎喪失殆盡，今存僅三百七十餘册，而『戲』字韻下所收録的三十三本戲文也已失傳，1920年葉恭綽先生在英國倫敦一小古玩肆發現了《永樂大典》收録戲文的最後一卷，即第一三九九一卷，戲文二十七，收録《張協狀元》《宦門子弟錯立身》《小孫屠》等三種戲文，便將其買下並帶回國，這是現存最早的南戲劇本。1931年，北平古今小品書籍印行會據鈔本刊印，題作《永樂大典戲文三種》，原件現藏於臺灣『國家圖書館』。

《張協狀元》，原本未題作者名，但據副末開場及第二齣的【燭影摇紅】曲所云，當是温州九山書會才人所作；又曲白中多有温州的方言俗語，也可證明此劇爲温州籍作家所作。關於《張協狀元》的産生年代，從其文本形態、故事内容及劇本中所保留的諸宫調、大曲、唱賺、宋雜劇等兩宋時期的表演技藝來看，當是兩宋時期南戲早期的作品。

《宦門子弟錯立身》，簡稱《錯立身》，原題『古杭才人新編』，可見作者是杭州的書會才人。《錯立身》在元代也有同名雜劇，《録鬼簿》卷上在李直夫名下列有《錯立身》一目。又趙敬夫名下也列有《錯立身》一目，但注明『次本』，不是原作。李直夫，本姓蒲察，人稱蒲察李五，女真族人，居住在德興府（今河北懷來）。生平事跡不詳，一説官至湖南肅政廉訪使。賈仲明爲他所作的弔詞云：『蒲察李五大金族，《鄧伯道》，《夕陽樓》，《勸丈夫》，《虎頭牌》，《錯立身》，《怕媳婦》，《諫莊公》潁考叔，《俏郎君》《謊郎君》各自乘除，《淹藍橋》尾生子，《教天樂》黄念奴，是德興秀氣直夫。』李直夫現存《虎頭牌》雜劇，寫金朝軍官銀住馬，因醉酒誤軍機，受到擔任元帥之職的侄子的責打，事後元帥又親自向他謝罪。該劇反映了女真族的一些風俗，而且還用了許多少數民族的曲調。《錯立身》也是寫金朝的故事，完顔壽馬是女真族人，其父擔任的是金朝西京河南府同知。顯然，《錯立身》的原作者，當是出身女真族的北曲雜劇作家李直夫，而南戲《錯立身》即是根據李直夫所作的北曲雜劇改編的。而且在脚色體制、人物形象、情節與曲調的安排、語言風格等方面，也確實與雜劇有着淵源關係。

《小孫屠》，原題『古杭書會編撰』，可見其作者也是杭州的書會才人。《小孫屠》與《錯立身》一樣，也是根據同名雜劇改編的。《録鬼簿》在蕭德祥名下載有《小孫屠》一目，又《録鬼簿續編》在『諸公傳奇失載名氏』一欄下也列有《小孫屠》一目，題目正名作：『清官長智勘荒淫婦，犯押獄盆吊小孫屠。』那麽在這兩者中，哪一本是原作呢？我們認爲，無名氏的《小孫屠》是原本，蕭德祥的《小孫屠》是據無名氏所作的北曲雜劇改編而成的南戲，而且就是《永樂大典戲文三種》之一的《小孫屠》。據《録鬼簿》所載，蕭德祥，名天瑞，號復齋，杭州人，以醫爲業。《録鬼簿》謂其『凡古文俱隱括爲南曲，街市盛行。又有南曲戲文等』。賈仲明的弔詞云：『武林書會展雄才，醫業傳家號復齋，戲文南曲衠方脈。共傳奇，樂府諧，治安時何地無才？人間著，《鬼簿》載，共弄玉同上春臺。』據此可見，蕭德祥是武林書會中的才人，武林是杭州的舊稱，故『武林書會』也可以稱作『古杭書會』，而南戲《小孫屠》卷首原題『古杭書會編撰』，因此，此劇就是蕭德祥所作。而且，《録鬼簿》謂其『凡古文俱隱括爲南曲』，便是指將前人所作的北曲雜劇改編爲南曲戲文，這裏所謂的『古文』，當指前人所作的雜劇劇本。又據曹楝亭刊本《録鬼簿》，在蕭德祥名下還有《四春園》《王翛然斷殺狗勸夫》《四大王歌舞麗春園》《包待制三勘蝴蝶夢》等劇目，雖也未注明是雜劇還是南戲，但既然鍾嗣成在介紹他的生平時，謂其所作的南曲『街市盛行』，『又有南曲戲文』，賈仲明也説他『戲文南曲衠方脈』，那麽這些劇目也應該與其名下的《小孫屠》一樣，也是根據前人所作的北曲雜劇，即『古文』改編而成的南曲戲文。

另外，從南戲《小孫屠》的故事情節、人物形象、脚色體制、場次安排、語言風格等來看，也確實能夠看出其從元雜劇改編過來的痕跡。

本編據《永樂大典》予以收録。原本不分齣，亦無齣目，今據錢南揚先生的《永樂大典戲文三種校注》分齣。又原本順序首爲《小孫屠》，其次爲《張協狀元》，最後爲《錯立身》，今亦按《永樂大典戲文三種校注》作了調整。

總目録

張協狀元

目録

張協狀元

題目

張秀才應舉往長安　王貧女古廟受飢寒

呆小二村沙調風月[二]　莽强人大鬧五雞山

第一齣

（末白）

[一] 原無，據《永樂大典戲文三種校注》（以下簡稱《校注》）補。

[二] 沙：原闕，據《校注》補。

【水調歌頭】韶華催白髮，光景改朱容。人生浮世，渾如萍梗逐西東。[一]陌上争紅鬬紫，窗外鶯啼燕語，花落滿庭空。世態只如此，何用苦匆匆。　但咱門，雖宦裔，總皆通。彈絲品竹，那堪詠月與嘲風。苦會插科使砌，何吝搽灰抹土，歌笑滿堂中。一似長江千尺浪，别是一家風。（再白）

【滿庭芳】[二]暫息喧嘩，略停笑語，試看别樣門庭。教坊格範，緋緑可仝聲。酬酢詞源諢砌，聽談論、四座皆驚。渾不比，乍生後學，謾自逞虚名。　《狀元張叶傳》，前回曾演，汝輩搬成。這番書會，要奪魁名。占斷東甌盛事，諸宫調唱出來因。厮羅響，賢門雅静，仔細説教聽。（唱）

【鳳時春】張叶詩書遍歷，困故鄉功名未遂。欲占春闈登科舉，[三]暫别爹娘，獨自離鄉里。

（白）看的，世上萬般俱下品，思量惟有讀書高。若論張叶，家住西川成都府，[四]兀誰不識此人，兀誰不敬重此人。真個此人朝經暮史，晝覽夜習。口不絶吟，手不停披。正是：煉藥爐中無宿火，讀書窗下有殘燈。忽一日，堂前啓覆爹媽：『今年大比之年，你兒欲待上朝應舉。覓些盤費之資，前路支用。』

[一] 西東：原作『東西』，據《校注》改。

[二]【滿庭芳】：原闕，據《校注》補。

[三] 闈：原作『圍』，據《校注》改。

[四] 成：原作『城』，據《校注》改。下同改。

爹娘不聽這句話，萬事俱休；纔聽此一句話，托地兩行淚下。孩兒道：『十載學成文武藝，今年貨與帝王家。欲改换門閭，報答雙親，何須下淚。』（唱）

【小重山】前時一夢斷人腸，教我暗思量。平日不曾爲宦旅，憂患怎生當。

（白）孩兒覆爹媽：『自古道：一更思，二更想，三更是夢。大凡情性不拘，夢幻非實。大底死生由命，富貴在天。何苦憂慮。』爹娘見兒苦苦要去，不免與它數兩金銀，以作盤纏。再三叮囑孩兒道：『未晚先投宿，雞鳴始過關。逢橋須下馬，有渡莫争先。』孩兒領爹娘慈旨，目即離去。（唱）

【浪淘沙】迤邐離鄉關，回首望家山。[一]白雲直下把淚偷彈。極目荒郊無旅店，只聽得流水潺潺。

（白）話休絮煩。那一日正行之次，自覺心兒裏悶。在家春不知耕，秋不知收，真個嬌妳妳也。每日詩書爲伴侣，筆硯作生涯。在路平地尚可，那堪頓着一座高山，名做五磯山。怎見得山高？巍巍侵碧漢，望望入青天。鴻鵠飛不過，猿狖怕扳緣。稜稜層層，乃人行鳥道；[二]齁齁鮯鮯，爲藤柱須尖。人皆

[一] 山：原闕，據文義補。

[二] 乃人行鳥道：原作『奈人行烏道』，據《校注》改。

平地上，我獨出云顛。〔一〕雖然未赴瑤池宴，也教人道散神仙。野猿啼子，遠聞得咽咽嗚嗚；〔二〕落葉辭柯，近睹得撲撲簌簌。前無旅店，後無人家。（唱）

【犯思園】刮地朔風柳絮飄，山高無旅店，景蕭條。躑跧何處過今霄？思量只恁地，路迢遥。

（白）道尤未了，只見怪風淅淅，蘆葉飄飄。野鳥驚呼，山猿争叫。只見一個猛獸，金睛閃爍，尤如兩顆銅鈴；錦體斑斕，好若半園霞綺。一副牙如排利刃，十八爪密布鋼鈎。跳出林浪之中，直奔草徑之上。唬得張叶三魂不付體，七魄漸離身，仆然倒地。霎時間只聽得鞋履響，脚步鳴。張叶擡頭一看，不是猛獸，是個人。如何打扮？虎皮磕腦虎皮袍，兩眼光輝志氣豪。〔三〕使留下金珠饒你命，你還不肯不相饒。（末介）（唱）

【遶池游】張叶拜啓：念是讀書輩，往長安擬欲應舉。些少裹足，路途裏欲得支費，望周全不須劫去。

（白）强人不管它説。怒從心上起，惡向膽邊生。左手捽住張叶頭稍，右手扯住一把光霍霍、冷搜搜鼠

〔一〕顛：原作『登』，據《校注》改。
〔二〕得：原闕，據《校注》補。
〔三〕豪：原作『號』，據《校注》改。

尾樣刀，番過刀背，去張叶左肋上劈，右肋上打。打得它大痛無聲，奪去查果金珠。那時張叶性分如何？慈鴉共喜鵲同枝，吉凶事全然未保。似恁唱說諸宮調，何如把此話文敷演。後行脚色，力齊鼓兒，饒個攛掇，末泥色饒個踏場。（下）〔一〕

第二齣

（生上白）訛未。（衆喏）（生）勞得謝送道呵！（衆）相煩那子弟。（生）後行子弟，饒個【燭影搖紅】斷送。（衆動樂器）（生踏場數調）〔二〕（生白）〔望江南〕多忔戲，本事實風騷。使拍超烘非樂事，築毬打彈謾徒勞，没意品笙簫。諳諢砌，酬酢仗歌謠。〔三〕出入須還詩斷送，中間惟有笑偏饒，教看衆樂醄醄。適來聽得一派樂聲，〔四〕不知誰家調弄。（衆）【燭影搖紅】。（生）暫借軋色。（衆）有。（生）〔五〕罷，學個張狀元似像。（衆）謝了。（生）畫堂悄最堪宴樂，繡簾垂隔斷春風。波艷艷杯行泛綠，夜深深燭影搖紅。（衆應）（生唱）

〔一〕（下）：原闕，據《校注》補。

〔二〕數調：原作「調數」，據文義改。

〔三〕酬：原作「酢」，據《校注》改。

〔四〕「適」上原衍一「唱」字，據《校注》刪。派：原作「孤」，據《校注》改。

〔五〕「生」下原衍一「唱」字，據《校注》刪。

【燭影摇紅】燭影摇紅，最宜浮浪多忔戲。精奇古怪事堪觀，編撰於中美。真個梨園院體，論恢諧除師怎比？九山書會，近目翻騰，别是風味。一個若抹土搽灰，(一)趨鎗出没人皆喜。況兼滿坐盡明公，曾見從來底。此段新奇差異，更詞源移宫换羽。大家雅静，人眼難瞞，與我分個令利。

（白）祖來張叶居西川，數年書卷雞窗前。有意皇朝輔明主，風雲未際何懨懨。一寸筆頭爛今古，時復壁上飛雲煙。功名富貴人之欲，信知萬事由蒼天。(二)張叶夜來一夢不祥，試尋幾個朋友扣它則個。（末、浄嚛呾出）（浄有介白）(三)拜揖！（末）一出來便開放大口。尊兄先行。（生）仁兄先行。（浄）契兄先行。（生、末）依次而行。（生）嗄！休訝男兒未際時，困龍必有到天期。十年窗下無人問，一舉成名天下知。小子亂談。（末）嗄！（浄）尊兄也嗄。（末）可知，是件人之所欲。嗄，(四)這嗄却與貪字不同。嗄！(五)（浄）又嗄。（末）也得。詩書未必困男兒，飽學應須折桂枝。一舉首登龍虎榜，十年身到鳳凰池。小子亂談。（浄）尊兄開談了。（末）亂道。（浄）尊兄也開談了。（生）亂道。（浄）小子正是潭，

(一) 土：原作『上』，據文義改。
(二) 知：原作『智』，據《校注》改。
(三) 介：原作『個』，據《校注》改。
(四) 『嗄』上、下原各衍一『末』字，據《校注》刪。
(五) 『嗄』上原衍一『末』字，據《校注》刪。

正是潭。（末）到來這里打杖鼓。（淨）嘍。（末）喫得多少，便飽了。（淨）昨夜燈前正讀書。（末）奇哉！（淨）讀書直讀到雞鳴。（末）一夜睡不着。（淨）外面囉唣。（末）莫是掀捷來？（淨）不是。外面囉唣，開門看。（末）見甚底？（淨）老鼠拖個馱猫兒。（末）只見猫兒拖老鼠。（淨）老鼠拖猫兒。（三合）（末爭）（淨笑）韻脚難押，胡亂便了。（末）杜工部後代。（生）尊兄高經？（淨）小子詩賦。（末）默記得一部《韻略》。（淨）《韻略》有甚難，一東，二冬。（末）三和四？（淨）三文醬，四文葱。（末）那得是市賣帳？（生）卑人夜來俄得一夢。（淨）小子最快説夢，又會解夢。（末）不知尊兄夢見甚底？（生）夜來夢見兩山之間，俄逢一虎。傷却左肱，又傷外股。似虎又如人，如人又似虎。（淨）惜乎尊兄正夢之間獨自了。（末）如何？（淨）若與子路同行，一拳一踢。（打末着介）（末）我却不是大虫，你也不是子路。（淨）這夢小子員不得。（末）法糊消食藥。（淨）見説府衙前有個員夢先生，只是請它過來，問它仔細。（生）尊兄説得是。（淨）明朝請過李巡來。（生）造物何常困秀才。（末）萬事不由人計較。（合）算來都是命安排。（末、淨下）（生唱）

【粉蝶兒】徐步花衢，只得回家，扣雙親看如何底。（外作公出接）草堂中，聽得鞋履響，是孩兒來至。你讀書莫學浪兒門一輩。

（白）爹爹，共惟萬福。（外）讀書破萬卷，下筆如有神。道亨則光濟天下，道不亨則獨善一身。汝朝經暮史，晝讀夜習，然後可言其命。時日未至，曲珠無係蟻之能；運限通時，直鈎有取魚之望。（生唱）

【千秋歲】論詩書，緩視微吟處，真個得趣。（外）黄榜將傳，欲待我兒榮耀門閭。㈠（生）兒特啓：今欲去，未得取，爹慈旨。（合）願得身康健，待明年那時，喝道狀元歸。（外）

【同前】我聞伊，夜來得一夢，你便説個詳細。（生）兩山之間，被一蜚虎擒搥。㈡（外）人之夢，不足信。且一面，裝行李。（合）願得身榮貴，管桃花浪暖，一躍雲衢。

（外白）孩兒，康節先生説得好：『斷以決疑，不可緩。』當斷不斷，反受其亂。我却説與你媽媽，教逼邏些行李裹足之資。你交副末底取員夢先生來員這夢看。（生）大人説得極是，這個謂之決疑。

（外）孩兒要去莫蹉跎，（生）夢若奇哉喜更多。
（外）遇飲酒時須飲酒，（合）得高歌處且高歌。（並下）

第三齣

（旦唱）

【大聖樂】村落無人要厮笑，這愁悶有誰知道。閑來徐步，桑麻徑裏，獨自煩惱。（又唱）

㈠ 耀：原作『擢』，據《校注》改。
㈡ 蜚：原作『非』，據《校注》改。

【叨叨令】貧則雖貧，每恁地嬌，這兩眉兒掃。有時暗憶妾爹娘，珠淚墮潤濕芳容，甚人知道？妾又無人要。兼自執卓做人，除非是苦懷抱。[一]妾又無倚靠。付分緣與人緝麻，夜間獨自一個，宿在古廟。

【同前】幾番焦燥，命直不好。埋冤知是幾宵。受萬千愁悶，千種寂寞，虛度奴年少。每甘分粗衣布裙，尋思另般格調。[二]若要奴家好。遇得一個意中人，共作結髮夫妻，相與諧老。

（白）古廟荒蕪怕見歸，幾番獨自淚雙垂。黃河尚有澄清日，豈可人無得運時。（下）

第四齣

（末上白）南人不夢駞，北人不夢象。若論夜間底夢，皆從自己心生。那張介元教請過員夢先生。兀底一間小屋，四扇舊門。青布簾大寫着『員夢如神』，紙招子特書個『聽聲揣骨』。且待男女叫一聲：先生在？（丑在内應）誰，誰？（末）有少事相煩歇子。（丑）慚愧！二十四個月日，没一人上門。（末）

[一] 是苦：原作『自若』，據《南曲九宮正始》改。
[二] 另：原作『令』，據《南曲九宮正始》改。

又道千家貨。(丑出)僧見佛住，把火燒香。(末)先生拜揖！(丑)無禮！君子還是合婚、選日、揣骨、聽聲、打瓦、鑽龜、發課、算命？(末)又道不曾學得本事。那張介元特遣男女請先生員一夢。(丑)成都府自家喚做没對手。[一](末)怎地了不去争交？(丑)相隨一道去盤街。(末)如何？(丑)兩年脚不曾出門。[二](末)恰好是二十四個月日。(丑喝唱)陳聽聲，渾家賽。(末)待我説你。(丑)權請六文做減價賣。(末)你也忒減。(丑)員夢人呼我做陸地仙，幾番説中人喝采。(末)[三]先生少待，男女請出那解元來。兀底鞋履響，[四]早來。(生唱)

【西地錦】見説道會聽聲，冠朝野達帝城。佳名是則聞久矣，有一夢説與聽。

(丑覰末白)丈丈拜揖。(末)開放死眼，介元在這里。(丑)在那里？(有介)[五](末)[六]不枉做陳聽聲。(生)卑人要員一夢。(丑)未説員夢，先饒一個聽聲。(生)也好。(丑)門下其聲甚清，其韻又美。先世以來，不屬人類。(生、末)是甚事物？(丑)别人不説，你元居烏衣國中，前生是燕。(末)把人作

[一] 没：原作『每』，據《校注》改。

[二] 曾：原作『會』，據《校注》改。

[三] 末：原作『生』，據《校注》改。

[四] 兀：原闕，據《校注》補。

[五] 介：原作『解』，據《校注》改。

[六] (末)：原闕，據《校注》補。

何看待！（丑）兩句卦象説得好。（生）如何説？（丑）先世如何不是燕，如何唱出遶梁聲？（末）且打交你塵簌簌。一道與男女揣個骨看。（丑）你要揣骨？（末）相煩先生。（丑捻末手）好一副骨頭！（末）是何看待？（丑）主門下不是正房生。（末）是庶出。（丑）不是庶出。（末）如何？（丑）你個爹和娘數千年渾没孩兒，千方百計覓得你歸來養。（末）奇哉！如何見得？（丑）莫怪説，你個骨是乞骨。（末）且打你那骷髏。（丑）今番員夢。門下幾歲？（生）十八歲。（丑）四十八歲？（末）只願度衆生十八歲。（丑）甚莫時？（生）子時。（丑）子時是三更，正有賊。（末）防着你。（丑）君子還得甚夢？（生唱）

【同前】夢時節却未四更，此身兩山上行。瞥見個人如虎類，被它傷却股肱。(一)（丑唱）

【川鮑老】君在兩山，兩山成出字。（末白）兩個山是出字。遇一人假虎衣。白虎算來，只在西方旺。（末白）西方却是川地。君出去向北儘得。不免有些跌撲膿血疾。千里外豹變，一時掀焰，歸來賀喜。（末）

【同前】從來見説，見説君員夢，果不知似恁底奇。（生）張叶離家，一千里外無央厄，免得致疑。（丑）先凶後吉，身在清霄外，君休慮。（末喏）也員男女一夢，續得謝伊。

(一) 股肱：原作『肱股』，據《校注》改。

（丑白）你也要員夢，還是夢見甚底？（末）夜來夢見一條蛇兒，都是龍底頭角。（丑）奇哉！蛇身龍頭，唤做蛇入龍窠格。來，來，你把我個絛當龍頭，這個當龍尾，仰着頭，開着脚。（末）如何？（丑）廊絣。（末）草葬過。（丑）有四句卦象説得好。（末）願闻。〔一〕（丑）道是蛇夢成龍莫等閑，不平安處也平安。（末）慚愧！（丑）如今却在青草内，忽日成龍也未難。辣，辣，辣。（末）青霄有路。（生）謝荷先生。（丑）員夢錢。（末）六文。（丑）聽聲錢。（末）又要，也支六文。（丑）揣骨錢。（末）也與你六文。（丑）看命、合婚、選日。（末）你住休。

（生）得訪先生意始通，（丑）今朝員夢遇明公。

（末）世間多少迷途者，（合）一指咸歸大道中。（並下）

第五齣

（外唱）

【行香子】欲改門閭，須教孩兒，除非是攻着詩書。（浄接）門兒咫尺，不出多時。爲孩兒欲出去，涙偷垂。

〔一〕 聞：原作『隨』，據《校注》改。

（淨白）嗷，叫副末底過來。（末出）觸來匆與兢，事過心清涼。未做得事，先自嗷將來，只莫管它便了。（末背淨立）（淨）嗷，莫管它，莫管它。（扯末耳）你説誰？（末）不曾説甚底。（淨有介）（外）媽媽爲何恁地發怒？（末）縣君每常恁地。（淨）孩兒要出路，又是我苦，你道焦懆不焦懆。（末）教我如何？（淨）叫與我叫過孩兒來。（末）休，休！　是非終日有，不聽自然無。（淨）不聽自然無，家中没閦婆。（末）你也忒炒。（下）（生唱）

【武陵春】獨離西川無伴侶，一路想恓惶。（淨接）今日孩兒乍離娘。（外合）一心在我兒行。

（淨白）野鳥同林宿，天明各自飛。孩兒去則猶閑，且是無人照管我門户。這老乞兒只會喫飯，偷我錢去布施念佛。那一個是人。（外）布施，布施，休問落處。（淨）學生。（生）孩兒拜辭。（淨）孩兒你去了，有人少我錢時，教誰去討？（外）善哉，善哉！（淨）學你只會喫死飯。（生）媽媽息怒。（淨）叫副末底過來。（末拖雨傘上）五里單牌，十里雙堠，只憑這些子。（淨）叫輕放，怕跌折了。（末）説話一似當門犬。（淨哭）孩兒你去，有人少我課錢，千萬與娘下狀論。（外）孩兒要揀好時出去，只管閑説。（外唱）

【犯櫻桃花】孩兒去矣，間或傳消息。（合）莫教兩頭，頓成縈繫。[一]大家將息。取試了即便歸。（外）每日焚香禱告，惟願我孩兒，得遂平生志。（合）但願此去，名標金榜，折取月中桂。

[一] 頓：原作『頸』，據《校注》改。

（淨白）孩兒你去，千萬有好全帶花。（生）全帶花。（淨）似門前樟樹樣大底，買一朵歸來，與娘插在肩頭上。（末）你好辛苦！（生唱）

【同前】張叶去矣，怕路里無支費。（外、淨）爹娘與你，許多金珠。你莫將容易，怕人欺我兒。（生）謝得爹娘慈旨，須是每日裏，禱告天和地。（合同前）

（淨白）孩兒，有好掉篦似扁擔樣大底，買一個歸來，把與娘帶。（末）怎地帶？（淨唱）

【同前】孩兒去矣，媽媽憂憶你。（合）須還是馱家，自能將息。兩下休憂慮，頻頻寄書歸。（淨）只被當直蒿惱，日夜罵着伊。（末）你好没巴臂。（合同前）（末唱）

【同前】早請去離，又要尋宿處。（淨）腌臢打脊，罔兩當直。着得隨它去，路上偷飯喫。（末）這夢得説破，查裏與琴書，雨具牢收記。（合同前）

（生白）孩兒拜辭爹媽便行。（外）將息！孩兒。（淨）未好去。叫妹妹出來拜辭哥哥。（末）苦！一日又不説。（淨）你去教它出來。（末）越是會。[一] 叫小娘子出來拜辭解元。（丑走出唱）

【同前】哥哥去也，妹妹來辭你。京都有甚土宜則劇，買些歸家裏，妹妹須待歸。哥哥，狗膾梳兒，花朵鞋面頭鬚。（末）休要閑理會。（合同前）

〔一〕越：原作『月』，據《校注》改。

（丑白）亞哥，亞哥，狗膽梳千萬買歸，頭鬚千萬買歸，亞哥。（末）稱你嬌臉兒。（丑）亞哥，有好膏藥買一個歸。（生）作甚用？（丑）與妹妹貼個龜腦駞背。（末）再生個華佗。〔一〕（浄）都送作城外去。

（外）試畢孩兒及早歸，（丑）哥哥須記買頭鬚。

（浄）願兒一舉登科日，（合）正是雙親未老時。（並下）

第六齣

（旦唱）

【風馬兒】父母俱亡許多時，知它受幾多災危。獨自一身依古廟，花朝月夜，多是淚偷垂。

（白）奴家幼失恃怙，又沒弟兄。遠親房族更無一人，諸姊妹又絶一個。祖無世業，全沒衣裝。白日三餐，勤苦村莊機織；黄昏一覺，彎跧古廟荒蕪。天色又寒，雪兒欲下。一盞明燈照神道，買油骨自少三文。（又唱）

【惜黄花】〔二〕奴家命恁窮，此身無所用。織絹更緝麻，得人知重。感得，諸天打供，又遭遇李大公。柴米有時無，教小二頻賫送。今夜起朔風，苦也，如何忍凍。（末出）

〔一〕 華：原作「花」，據《校注》改。

〔二〕 惜：原作「借」，據《校注》改。

【同前】荒村景寂寥，地僻人行少。公公教喚你們，特來古廟。（旦）萬福！君來則甚？想必是來路杳。（末）東畔李大公，[一]有少事欲厮央靠。特遣我們來，你明日須早到。

（旦白）謝荷大公。奴還不得大公厮提携，如何過得一個時辰。奴家知了，不是裝綿，便是織絹。明早奴家自來。（末）娘子，懶惰爲人只見貧，勤苦强似去求人。[二]（旦）曉得了。貧居鬧市無相問。（末）富在深山有遠親。（並下）

第七齣

（生挑查裹出唱）

【望遠行】鄉關漸遠，劍閣峥嶸巔險。不慣行程，愁悶怎消遣。時聽峭壁猿啼，何日得臨帝輦，步雲衢稱人心願。

（白）詩書飽學經歲時，此來指望登雲梯。草屨行纏被泥土，遥觀劍閣山巍巍。嘉江有渡波浩渺，蘆花簇簇風凄凄。獨立沙頭見梢子，村莊破曉忽雞啼。（下）

[一] 大：原作「三」，據《校注》改。
[二] 似：原闕，據《校注》補。

第八齣

（丑做强人出）但自家不務農桑，不忻斫伐。㈠嫌殺拽犁使欛，懶能負重擔輕。又要賭錢，專欣喫酒。別無運智，風高時放火燒山；欲逞難容，月黑夜偷牛過水。販私鹽，賣私茶，是我時常道業；剥人牛，殺人犬，是我日逐營生。一條扁擔，敵得塞幕裏官兵；一柄朴刀，敢殺當巡底弓手。假使官程擔仗，結隊火劫了均分；縱饒挑販客家，獨自個擔來做己有。没道路放七五隻獵犬，生擒底是麋鹿猱獐；有采時捉一兩個大蟲，且落得做袍掻腦。林浪裏假妝做猛獸，山徑上潛等着客人。今日天寒，圖個大帳。㈡懦弱底與它幾下刀背，頑猾底與它一頓鐵查。十頭羅刹不相饒，八臂那吒渾不怕。教你會使天上無窮計，難免目前眼下憂。（丑下）（末做客出唱）

【生查子】重重疊疊山，渺渺茫茫水。行貨已賫排，獨自難區處。

（白）但小客肩擔五十秤，背負五十斤。通得諸路鄉談，辨得川廣行貨。衝煙披霧，不辭千里之迢遥；帶雨冒風，何惜此身之跋涉。欲經過五磯山上，小客獨自不敢向前，等待官程，不然車仗，厮趕過去。正是養家千百口，只恐獨自失便宜。（浄作客出）喂！客長，相待過嶺歇子。喂！（末）喂！客長。

㈠　伐：原作『代』，據文義改。

㈡　大：原作『火』，據《校注》改。

(净、末相喂)(末)甚人？遠觀不審，近睹分明。誰？(净喏)不相見多時。(末)我們不認得你。(净)不認得我？一番成都府提刑衙前打賣金駞駞底。(末)是了，我略記得丰姿。(净)我是甚麼人？我是客家，行南走北有聲價人。它來賣金駞駞與我。(一)(末)我們約莫記得，客長到被它打。(净)你説錯了。(末)客長在下頭，它在上頭打拳。(净)它都打我不着，(二)我在下面兩拳如飛。(有介)(三)(末)你如何叫？(净)我不叫！甚年會叫？(末)恁地不叫？(净)大痛無聲，都叫不出。(末)依然喫拳踢。(净)叵耐賣金駞駞底走來抱我腰，被它把一拳。(打末腦)(末)是我。(净)它打我一拳，被我閃過，踢了一脚。(末)鬼亂一和！(净)我是誰！(末)有眼不識太山。如今要過五磯山，怕有剪徑底刧掠人，厮趕去。(净)好，好，好！你撞着我，是你有采。客長是那裏人？(末)是梓州人。客長仙鄉那裏？(净)我是浙東路處州人。相搥相打，刺鎗使棒，天下有名人。(末)慚愧，拖帶一道行。(净)你命快，撞着我一道行。(净唱)

【復襄陽】一步又一步，一步又一步。擔兒擔不起，(四)怎趕得程路？氣力全無，汗出悄如雨。尚有三千里，怎生行路！

(一) 賣：原作『買』，據《校注》改。
(二) 都打我不着：原作『都我不着打』，據《校注》改。
(三) 介：原闕，據《校注》補。
(四) 擔兒擔：原作『檐兒擔』，據《校注》改。

（末白）挨也！　我上又不得，下又不得。　且歇一歇了，去坐地。（末唱）

【同前】一步遠一步，一步遠一步。你與我同出路，也被人欺負。遇着强人，你們怎區處？把擔杖錢和本，便與它將去。

（浄白）我物事到强人來劫去，你自放心！　我使幾路棒與你看。（末）願聞。（浄使棒介）這個山上棒，這個山下棒，這個船上棒，這個水底棒，這個你喫底。（末）甚棒？（浄）[一]地，地頭棒。（末）甚罪過？（浄）棒來與它使棒，鎗來與它刺鎗。有路上鎗，馬上鎗，海船上鎗。如何使棒？　有南棒，有北棒，[二]有大開門，有小開門。賊若來時，我便關了門。（末）且是穩當。（浄）棒，更山東棒，有草棒。我是徽州婺源縣祠山廣德軍鎗棒部署，四山五岳刺鎗使棒有名人。（末）只怕你説得一丈。（浄）我怕誰！（丑走出）[三]唯！　不得要去。（末）尉遲間着單雄信。（浄）來，你唤做劫賊。（末）莫要道着。（丑叫）林浪裏五十個大漢，不得出來，我獨自一個奈何它。（末）好一對兒。（浄）你要對付誰？（丑）對付你！　你來抵敵我。（浄）你來劫我物事。（末）我也知得。（丑）你要好時，留下金珠買路，我便饒你去。（浄）你抵得我一條棒過時，便把與你去。（丑）莫要走！（浄）我不走。一個來我不怕你！（丑）兩個來我

[一]（浄）：原闕，據《校注》補。
[二]有：原作『南』，據文義改。
[三]『出』下原衍一『唱』字，據文義删。

也不怕你！（浄）三個來我也不怕你！（丑）四個來我也不怕你！（浄）五個來我也不怕你！（末）都説得一合。（浄）要打是便打。（丑）這裏狹，且打短棒。（浄、丑呆立）（末）客長怎地不動？慚愧，我且擔擔走了。（丑）猜！你那裏去。（末）却又會説叫。（丑）我思量鎗法。（浄）我思量棒法。（末）了得！孫子。（浄、丑打）（有介）（浄倒）告壯士，乞條性命！（丑打）（末）告乞留性命！（丑）你也膽大！它要來抵敵我！我把你擔杖去，略略地高聲，我便殺了你！經過此山者，分明是你災。從前作過事，没興一齊來。（丑下）（浄在地唤）（末）客長，你相誤！（浄）挨也！相救。（末）好！你説一和，大開門都使不得！（浄）我只會使雷棒。（末）又骨自説。苦！兩人查裏都把去了。（浄）查裏由閑，可惜一條短棒。（末）隨身之寶。你且起來。（浄唱）

【福州歌】伊奪擔去，我底行貨，都是川裏買來底。我妻我兒，家裏望消息。（合）雪兒又飛，今夜兩人在那裏睡。（末）

【同前】它來打你，你不肯和順，好言告它去。使鎗使棒，一心逞雄威。（合）擔兒把去，今夜兩人在那裏睡。（浄）

【同前】朔風又起，擔兒裏，紙被襖兒盡劫去。手兒脚兒，渾身悄如水。（合）雪兒又飛，今夜兩人在那裏睡。（末）

【同前】你莫打渠，苦必苦，斷打你每早先輸。你腰我腰，没錢又無米。（合）擔兒把去，今夜兩人在那裏睡。
（末白）下山轉去休。（浄）上山去。（末）上山做甚麽？（浄）没擔空手人最好上山。（末）却來打渾。下山去。（浄）下山也好。（末）如何？（浄）下山去借一條棒，更相打一合。（末）你使不得。
（浄）願你長做小婁羅，自有傍人奈汝何！
（末）百草怕霜霜怕日，惡人自有惡人磨。（並下）

第九齣

（生唱）
【七娘子】朔風四野雲垂地，向長空六花飛墜。獨上高山，全無力氣，奔名奔利直如是。
（白）一陣風來一陣沙，千山萬里没人家。可憐回首鄉關路，極目陰陰天一涯。上山下山山復上，古木森森迷疊嶂。山陰經月雪難消，恰值今宵雪又降。前山高處有人煙，喜得今宵一夜眠。苦也更無存宿處，此身寄在阿誰邊。（又唱）
【普天樂】張叶告蒼天，憐孤苦。從小裏蒙嚴父，教六藝通武通文，直欲更換門户。今應舉天欲暮，大雪紛紛登山路，兩頭望更無宿處。今夜若在此山，莫教叶此身，遭遇狼虎。
（丑作强人出、伏在地上）（生白）怪風一陣，有如裂帛之聲。唯，猛獸業畜，不得無禮！吾無害虎心，虎有傷人意。（丑起身）唯，漢子，吾乃一方壯士，此處强人。便是官程，不放它下山；若是車仗，豈容它空過。汝生得貌如秀士，料想不是客家。我且饒你一下鐵撾，留金珠買路！（生叫）壯士。（唱）

【涼草虫】姓張名叶，是川里居。本是讀書輩，應着科舉。有些路途費，我日逐要支。望憐念心全取，饒張叶，裹足一路來去。

（丑白）理會得飛蛾投火，送過死來！林浪裹五十個大漢，休得要出來。（生）苦，苦！（丑）這是甚底？（生）是刀。（丑）這是甚底？（生）是查。（丑）這底？（生）是棒。（丑）看你要那個喫？（生唱）

【胡搗練】張叶有些子，盤費錢，怕一路欲支遣。家又遠，望周全，望周全！

【同前】莫將去，念身上寒，況兼又無旅店。時運蹇，望君今，善眼相看！

（丑白）你到軟頑，剥了衣裳！（生）告壯士，善眼相看，天色又寒。（丑）金珠與我，萬事俱休。稍稍稽遲，一查打殺了你！（生唱）

【同前】金珠有些子，做盤纏，返西川。若要平分，把一半與，望周全！

（丑白）一半回過一壁打。（生倒）（丑）〔一〕一半金珠便放行，此山唤做萬人坑。閻王註定三更死，不許

〔一〕（丑）：原闕，據《校注》補。

留人到四更。（丑下）（末作土地唱）

【臨江仙】裂帛一聲人叫喚，强人打倒公侯。當山土地淚雙流。張解元，不合在它煙焰裏，争敢不低頭！

（叫）張解元醒！（生唱）

【糖多令】劫去我盤纏，皮肉打恁穿。一身如水没些綿。今夜更無存宿處，我拚一命赴黄泉！（末唱）

【油核桃】君今勉强起，試聽呵：獨自怎生經過此，成災禍？（生）我怎知初托大，兩查一擊渾身破。今宵大雪寒殺我。（合）命蹇時乖撞着它，寃家要嚲如何嚲？（生）

【同前】今忽逢老者，下山呵。宅居那裏周全歇，宿一夜。（末）問我時須説破，當山土地吾親做。憐伊現身説些介話。（合同前）（末）

【同前】君今轉下山，有一家。朱門兩扇屋雖破，是鴛鴦瓦。（生）又怎知它着我？謝得尊神呵周全我，(一)今宵免得心腸掛。（合同前）（生）

【同前】只得扶病起，下山呵。尊神恁説叶心下，略托大。（末）草繫門君解破，靠歇須有人

(一) 神：原闕，據《校注》補。

温顧。不消慮及道如何過。（合同前）

（末白）唯，對面來底甚人？（一）（生轉身看）（末）見子災危扶取君，依然足下起祥雲。從空伸出拏雲手，提起天羅地網人。（末下）（生）感得聖道去也！

只得山根試扣門，滿空飛雪正紛紛。

洛陽無限花如錦，待我來時不遇春。（生下）

第十齣

（净佐神出唱）

【出隊子】特降祥雲，爲强人劫那路人。路人是張叶有佳名，桂籍之中有姓名。今宵定没宿處來扣門。

（白）吾住五雞山下，遠近俱聞聲價。顯聖八百餘年，三度有些紙錢來燒化。專管虎豹豺狼，（二）又掌豆麥禾稼。雞氣味知它如何，猪羊肉那曾繫挂。祭吾時多是豆粽糍糕，陰空裏一個鄉霸。似泥神又似生神，唱得曲説得些話。張叶運蹇被賊來驚吒，當山土地無可奈何，借此之處與它宿過一夜。貧女回來

（一）對：原闕，據《校注》補。

（二）豹：原闕，據《校注》補。

必不容它，憑小聖説教希吒。吾殿下善惡判官，顯一員到吾部下。（末作判官出唱）

【五方鬼】呼喝一聲，悄如雷鳴。聽得元來，是吾尊神。未知説着緣底事，召語直恁惡猙獰。有何事㛹人驚？（浄）

【同前】五雞山下，有一强人。把張叶盡劫，更没分文。又打一查皮肉破，此人有一舉登科分，科汝輩怎安穩。

（末白）告尊神，如何商量？（浄）移我供床與它打睡。（末）又道錦被堆。（浄）教它與貧女睡，極弗穩便。〔一〕（末）也骨自曉人事。（浄）紙爐裏又腌臢，它來供床下睡。小神思量：外面門破弗好看，叫小鬼來，你兩個權化作兩片門。（末）判官，如何做門？（浄）且叫小鬼來商量。（末）小鬼在？疾速過來！（丑做小鬼出）（唱）

【同前】吾是直日，小鬼甲頭。也弗識肉，也弗識酒。（浄）唯，汝口應是没量斗。（末）它喫了甚麼？（浄）滿殿裏個個都是口臭。（末）告你莫説自家醜。

（浄白）狀元張叶，因被賊劫。忽到此來，我心怏怏。外面門兒，破得蹺蹊。差你變作，不得稽遲！（丑）獨自只作得一片門，那一片教誰做？（浄）判官在左汝在右，各家縛了一隻手。有人到此忽扣門，

〔一〕 極：原作『及』，據《校注》補。

兩人不得要開口。（末）好似呆底。（丑）告尊神，做殿門由閑，只怕人掇去做東司門。（末）甚般薰頭！（浄）來依貧女，縛住廟門。開時要響，閉時要迷。稍稍有違，各人十下鐵槌！（丑）單是鐵槌，又着打釘。（末）釘殺了你！（浄）演一番看。（末、丑做門）（有介）（生出唱）

【五供養】五雞山下，更没人知我行藏。衣裳剥去，露痕傷。雪兒又下，朱户閉景物慚惶。來古廟試開取，投宿又何妨？（又唱）

【同前】尊神恁試聽：念是成都府裏才人張叶。徑往宸京，取功名。經過此山，强人把我金珠都劫盡。又被傷皮肉欲投眠，是故特特啓朱門。（浄）

【同前】張丈我最靈。（末）會話如何不靈！（生揍）謝得尊神，特顯聰明！（丑）朱門兩扇，開了又還扃。（末）門如何便會作聲？[一]（浄）張丈，你胡亂去供床下睡一宵。（生）謝得尊神！

（白）[二]幸然解得廟門開，痛苦飢寒塞滿懷。[三]今夜閉門屋裏坐，應没禍從天上來。（生下）（丑）你到無事，我到禍從天上來。（浄）低聲！門也會説話。（丑）低聲！神也會唱曲。（末）兩個都合着口！（丑）兩個和你，莫是三人。（末）必有我師。（浄）怕貧女歸來，才説話，貧女便驚了。若還轉去李大公

[一] 門：原作『問』，據《校注》改。
[二] （白）：原闕，據文義補。
[三] 苦：原作『舌』，據《校注》改。

家，又成利害！　都與我閉口深藏舌，安身處處牢。（末）貧女歸來雅静着。（浄）拄了門，待貧女歸來自敲嬉。（末）低言！（丑）都低聲！（旦唱）

【新水令】朔風凛洌雲垂地，見長空六花飛墜。　踏雪歸來也，仗一點燈兒，伴岑寂。

（白）作事不取知，必定没前程。　甚人來擅開我廟門？　今日不是牙盤日，裏頭都拄了。（叫）開門！（打丑背）（丑）[一]蓬，蓬，蓬！（末）恰好打着二更。（旦叫）開門！（重打丑背）[二]（丑叫）換手打那一邊也得！（末）合口！（旦唱）

【江兒水】甚人入奴廟裏，把門到拄？（丑）弗大個拄。[三]（末）想你夫主倒拄。[四]（旦）教奴獨立在雪兒裏，淅淅朔風似刀割體，渾身如脱在那江兒水。　甚人來投此處？　早早開門，莫教奴家立地。

（旦打丑背叫）開門，開門！（丑喚聲）（末）如何甚地響？（丑）門換腔。（生）

【同前】路人無眠也，投此處宿，開門怕風透了人難睡。（移拄門開）（丑）泓！（末）又來。（丑

(一) 打丑背丑：原作『打旦背旦』，據《校注》改。
(二) 重：原作『童』，據《校注》改。
(三) 個：原作『過』，據《校注》改。
(四) 拄：原闕，據《校注》補。

揍）此是劫賊劫它去。（末）不干你事！（丑）道我是門神也不知。（生揍）衣裳剥盡身如水。（净）判官和着小鬼，收拾威光，且來此處立地。

（末白）都由你。（丑）大王曉事，外面寒冷，教來裏面立地。（末）不似暖閣。（旦）告尊神：奴家要問它仔細，望收拾威光。（净）上頭便不要我在它面前立地。（末）且尊重歇子。（丑）今夜弓人一邊使竹拄，一邊大拳搥。（末）强似去争交。（净）兩片門兒入廟堂。（丑）問它仔細不相妨。（末）勸君自掃門前雪。（合）休管它人屋上霜。（末、净、丑下）（旦唱）

【搗練子】君還是，往何方？不知怎地有痕傷？見着伊妾斷腸。（生唱）

【鎖南枝】(一)張叶本，是秀才，成都府人因鄉薦。賫裹足欲往宸京，奈何程遥遠。（旦）莫是登，此處山，號五磯，被人騙？（生）

【同前换頭】因登此山上，强人衣虎皮。把叶劫掠薄賤，一查打得皮肉，破損鮮血滿。今到此，忽遇伊。未審誰，望憐念！（旦）

【同前】奴家世，本富室，只因水火家不易。年幼間父母俱亡，又没兄和弟。居此廟，五七年，又遇君，恁狼狽。（生）

(一) 鎖：原作『鎮』，據曲牌名改。

【同前换頭】平日在家裏，須讀古聖書。這般雪兒才下，多是飲着羊羔，淺淺斟緑蟻。或賦詩，或探梅。又怎知，這滋味！（旦）

【同前】君休要，舉那時，目前是物不如意。衣又没被席全無，盡出不得已。君口食，奴自供。要睡時，先自睡。（生）

【前腔换頭】張叶且安置，明朝定未起。遍身虚浮赤腫，今夜紙爐裏彎跧，鼊它風雨至。（旦）奴進君，些子粥。更與君，舊紙被。

（生白）衣食全無眼下憂，誰知今日禍臨頭！

（旦）愁人莫向愁人説，（合）説與愁人展轉愁。（並下）

第十一齣

（末作李大公出唱）

【豆葉黄】瑞雪紛紛，便覺豐登。感得吾皇，一人有慶。（净作李大婆接唱）亞公，早辰燒香謝神明，惟願兩口兒夫妻，頭白牙黄免得短寧。

(末)『命』字，末没一個是。(淨)亞公，我住五磯山下七八十年，(二)見了幾家成敗。不知我屋裏長長亢大麥飯，長長喫大芋羹。(末)又道珍羞百味。我且問你：你見誰家成敗？(淨)且如那貧女，屋裏姓王，唤做王有錢。只因父母喪亡，水火盜賊，害了家計。如今只留得個女孩兒，在古廟中做種。你個老賊，全不知慚羞！(末)你有甚慚愧？(淨)我屋裏也有錢。(末)你又幾錢！(淨)我如何没錢？我前日賣一個猪，又賣三隻雞，又賣八斤芋，一籃大荸薺。(末)是你有錢，珠子王員外！(淨)可知，我屋裏有錢，屋外有田，屋後有園，屋傍有船，屋上有天。(末)巧算。(淨)手裏有拳。(末)我有模樣兒。你適來説貧女則甚？(淨唱)

【忒忒令】每常問緝麻做布，那貧女趕得些功夫。幾日來雪下，你全不相顧。叫小二來送：一瓶酒，一方米，一塊豆腐。

(末白)莫與它，莫與它。(淨)老畜生，你怎地了不得！(末)我怕它喫了口腥臭。(淨)肚饑米做飯，渴把腐煮羹，寒便喫酒，那得會口腥臭！(末)我也知得了。你叫小二過來。(淨叫)小二，小二！(丑作小二出唱)

【同前】你閑時叫小二便走。(末)如何？(丑)今日是事却都休。(末)你好會懶。(丑)嫩雞一隻，一瓶濁酒。我也不買油，不擔水，不討菜，也不去看牛。

(二)　五：原作『立』，據《校注》改。

（末白）休，休，你今日也不須喫飯。（丑）不容我喫飯，我自去煮芋粥喫。（净）孩兒，也把一碗與娘。

（末）這一對不虧了口。（末、净合唱）

【同前】大雪下渾身都似冰，我雙雙底早尋思貧女。有時央靠，它緝麻苧，有些豆腐，些兒酒，些兒米，教孩兒送與。

（丑白）送與個貧女賤人，我不去。（末、净）你駡它則甚？（丑）我怪它！（末、净）因甚怪它？（丑）我一番見它在廟前立地，我便問它：貧女姐姐，你又恁地孤孤單單，我恁地白白净净底。（末）〔一〕只是嘴烏。（丑）你不然胡亂嫁與我。那個丫頭到駡我，欺我是小孩兒。（末）明年恰好四十歲。（丑）四十一歲。（末）我知得了。（净）也好，也好。它若有這一項，我自與孩兒討個新婦。（末）甚物事？（净）它須未打得滴水。（末）你且與我斟酌。（净）孩兒，看娘面，送與它。（丑）我只是不去。（末）亞婆，我有道禮。你只説道：改日娘自討與你做老婆，它便擔去。（净）説得是。（叫）孩兒，你且送與它，改日娘做衣服打扮你，自討與你做老婆。（丑）亞娘，定定與小二討做老婆。（末）不嫁你田莊。（净）來，來。我去討米和酒並豆腐，斷送你去。（丑）我得老婆便去。（末）且是快當。你去：

再三傳語表娘心，（丑）只怕前村雪又深。

〔一〕（末）：原闕，據《校注》補。

（浄）此雪應須還得下，㈠（合）果然勝似岳陽金。（下）

第十二齣

（生唱）

【酷相思】父母家鄉知幾遠，怎知道兒狼狽！（旦接）早聽得君家長吁氣，亦帶累奴垂淚。

（生唱）

【獅子序】張叶恨時未至，居家出路，長是不利。（旦）不在踈狂惟在自守己，看造物何如。（生）張叶只仗托詩書。（旦）奴家惟憑針指。（合）逆來順受，須有通時。（旦）

【同前換頭】愚意：誰無禍當自遣，將息身上，没事商議。（生）眼下裏衣單又值雪，况肚中饑餒。（旦）粥食奴旦夕供些。（生）衣裳身上藍縷。（合）胡亂度日，别有區處。（生）

【同前換頭】聽啓：自來不識恁底，平日我衣冠濟濟。（旦）没奈何風雲際會時，應是勝如今日。（生）没盤纏怎生得去？（旦）休煩惱須待時至。（合）常言道，好事不在忙哩。（旦）

㈠　雪：原作『米』，據《校注》改。

【同前换頭】奴覷：着君家貌美，須有個荷衣着體。(一)(生)深謝得娘子恁地説，却又怎忘恩義。(旦)奴供備糲食粗衣。(生)叶感戴此心此意。(合)前生料得，曾共結會。

(旦白)甚人來？(丑作小二挑擔出唱)

【字字雙】一石兩石米和穀，也一擔擔。兩桶三桶臭物事，也一擔擔。四把五把大櫪柴，也一擔擔。豆腐一頭酒一頭，也一擔擔。

(旦白)小二哥，大雪下，你來則甚？(丑唱)

【雙勸酒】阿爹阿娘，教我傳語：些兒酒米，擔來與你。要時你便留住，不要我便將去。

(旦白)甚感大公大婆！見這般雪兒下，教你送來與我，我如何不要！(丑放下)貧女姐喏！(旦)小二哥，解元在此，着個拜揖。(丑揖)(生)小哥是誰家令嗣？(丑)小哥，我是大哥，今年四十一歲了！(旦)這是李大公令嗣。(丑)貧女姐，這貧哥那裏住？(旦)小二哥，莫恁地説。(生)娘子，張叶身上疼，且入裏面去。(旦)解元，你去西廊，胡亂喫些子飯了，睡休。(丑)兩人説話恁和同，正是天生窮合窮。(生)今日得君提掇起，免教身在污泥中。(生下)(丑)這貧哥是誰？(旦)小二哥，它是好人，莫要傷觸它。(丑)你叫做貧女，它叫做貧哥。(旦)它是秀才，因過五磯山，被强人刼了，如今特來我廟中

(一) 着：原作『看』，據《校注》改。

安下。一來雪兒正下，二來身上查痕未好，好時自來叫取大公大婆。（丑）我有些好事向你說。（笑）（旦）小二哥，有甚事？（丑）我有。（笑）（旦笑）且說。（丑有介）㈠（旦）有甚事，如何不說？（丑笑）我要說，又怕你打我。（旦）我不打你，你自說。（丑）我便說。（旦）你說。（丑）我爹和娘要教你與我做老婆。（旦）教你來與我？（丑）教你來與我做老婆。（旦唾）打脊！不曉事底呆子，來傷觸人。打個貧胎！（打丑）（丑叫）好也！保甲，打老公！老婆打老公！（旦）作怪！我嫁你！看牛骨自不中。三分像人，㈡七分像鬼。（丑）我像鬼，鬼頭髮須紅。（旦）口邊乳腥未斷，頭上胎髮由存，到來出言道語。（丑唾）丫頭兒胎髮恁地長，你没我屋中，自餓殺了你！（旦）我去說與你爹娘。（丑扯旦）莫去說，饒我！老婆。（旦）你却又驚。（末上）劍誅無義漢，金贈有恩人。我教孩兒送些物事來，怎地不見歸，自在這裏廝炒，如何？（旦唱）

【朱奴兒】奴感謝公婆恁地，大雪下托物來相惠。㈢又感哥哥冒雪至，出言語話忒無知。你只道，没這樣兒。怎敢要與奴爲夫婿！（末）小娘子：

【同前】適來它不擔那酒米，我婆遂撩撥它說與，改日娘行與你娶貧女。它歡喜冒雪擔至。

㈠ 丑：原闕，據《校注》補。
㈡ 三：原作『二』，據文義改。
㈢ 相：原作『想』，據文義改。

你莫道，没這樣兒。苦欺它道没張志！

（丑）爹爹，它欺我，我説與你。（旦）你説甚底？（丑）

【同前】我適來擔到廟前，見一個苦胎與它厮纏。口裏唱個囉嗹囉囉嗹，把小二便來薄賤。你只道，没這樣兒。甚人做得人宅眷？

（末白）回光返照歇子。（叫）娘子，這是甚人？（旦）雪還不下，大公憐處也自知了。成都府有一秀才，欲往京城赴試。到這五磯山，被賊打一鐵查，刼了罄盡。身上没衣，口中没食，瘡痕没藥醫，歸去没盤纏，夜間又無被蓋，廟裏又難安歇。恰才問它仔細，令嗣送酒米來。（丑）個丫頭到官司，直是會供狀。我便是着響個。（末）你只是没道理。孩兒，你先歸去。（丑）我歸去説與亞娘，不要你做老婆。（末）它不煩惱。（丑）你莫欺我，第一會讀《蒙求》，第二會看水牛。（末）照管喫跌。（丑）自有釣魚處，不在淺灘頭。（旦叫）張解元，大公在此，扶痛出來相叫則介。（生唱）

【夏雲峰】展愁眉，舒病眼，勉强徐步廊西。（旦）張丈秀才且與，大公施禮。（末）久聞清德，不探知，不及前詣。（生）正□雪，(一)張叶在病中，那值逆旅。（末唱）

【賀筵開】老夫年老脚衰，近日不出外，故不探知。（旦）那更雨雪，紛紛恁作威，此處不曾得暫

(一)「雪」前疑闕一字。

離。(生)張叶因被狂人劫，打一查長淚垂。(旦、末)君想是少些個衣，自覺寒多形恁底。(生)

【同前】娘行老丈恁底言語，先世曾結會，似親故知。(旦)我公休與婆知，種些善基，有舊底衣服把贈與。(末)兀底老漢有粗道服，贈君家須着取。(生、旦)深感謝我公恁底！且得遮却血污衣。

(末白)老漢然雖是個村肐落里人，稍通得些個人事。平日裏終不成跪拜底與它一貫，唱喏底與它五百，没這般話頭。只是架上没你衣、我衣，懷中没你錢、我錢。(生)足知公公大度。(旦)奴家在此廟中，將傍六七年，不得公公叫喚，誰來管你！(生)謝荷公公！張叶人非土木，必有報謝之期。(末)老漢且歸。

衣裳着取抵寒威，(旦)不靠公公又靠誰！

(生)萬事到頭終有報，(合)只争來速與來遲。(下)

第十三齣

(後作勝花出唱)

【金錢子】桃杏儀容，不覺又年笄歲。畫堂中隨它伴侣，聽這别院笙歌，管絃聲沸。驀忽心閑，小樓東欄杆鎮倚。(又唱)

【賞宫花序】勝花女，四時中，心下没事縈繫。除非上苑隨趁，度芳菲歡會。思之，論梳妝和針指。怎曉得！仗托雲鬢粉面，使婢隨侍。臨鸞照時，那飾容都是它輩承直。

【同前换頭】白日，笑語長是，樂春臺則劇。情知富豪家，(一)人中最貴最第一。感得，吾皇時召，身赴瑶池。春去夏月芰荷，香鎮拂鼻。小舟時泛，和菱歌遊戲。

【同前换頭】秋至，綵樓高，龍山聳月正輝。宴着紅裙，終夜一任眠遲。冬季賞雪，膽瓶簪梅數枝。暖閣團坐，飲羊羔風味。須知富貴，自然嬌艷，有不搽紅粉也相宜。

(白)自古道：荆人不貴玉，蛟人不貴珠。出乎富貴之家，皆不知此身之樂。奴家爹爹王德用，身爲宰執，名號黑王。媽媽兩國夫人劉氏。知它享了多少榮華，受了多少富貴。

家父當朝號赫王，幾番宣唤也宫妝。

莫教轉面一回顧，(二)真個三十六宫無粉光。(下)

(一) 知：原作「和」，據《校注》改。

(二) 回：原作「四」，據《校注》改。

第十四齣

（生唱）

【薄媚令】愁多怨極，歷盡萬千滋味。幸幾日身安免慮。（旦）聽得傍來無事，使奴暗喜。（合）又那值雪晴雨霽。（生唱）

【紅衫兒】獨步廊西魂欲斷，自覺孤恓，奈眼前盡成怨憶。（旦）此處村僻荒蕪，[一]那人煙最稀。早晚奴獨坐獨行，□便過得。（生）

【同前換頭】才到黄昏至，虎嘯猑啼起。論娘行恁嬌媚，何不嫁個良婿？（旦）[二]孰敢癡迷！[三]貌醜尤過一壁，奈身無寸縷。況兼親戚俱無，誰來管你？（生）

【同前換頭】算來張叶病，相將漸效可。然恁地，歸尤未得。娘子無夫叶無婦，共成比翼。飽學在肚裏，異日風雲際，[四]身定到鳳凰池。一舉登科，强在廟裏。帶汝歸到吾鄉，真個好

[一] 蕪：原作「羌」，據《校注》改。

[二] （旦）：原闕，據《校注》補。

[三] 孰：原作「熟」，據《校注》改。

[四] 際：原作「濟」，據《校注》改。下同改。

哩！（旦）

【同前換頭】你好不度己！ 你好忒容易！ 這言語甚張志？ 還嫁汝好殢人疑，惹人非。 奴似水徹底澄清，没纖毫點翳。 請君目即出門，休在這裏！（下）（末出）

【賺】我且問伊： 進人以禮，退人以禮。（净）我貧女，緣何揾淚疾走出去？（一）（生）告婆知： 念叶歸鄉尤未得，它又無夫叶獨自底。 我着言語扣它，它揾着淚，將人駡詈。（末）

【同前】我婆扯住！（净）秀才説話蹺蹊，不要時，我做個説合底？ 請它歸，着些言語説化伊。（末）我婆要與你説作一對兒。（生）仗托公公做主議。（净叫旦出）且休要怒起，你歸來説個仔細。（旦）聽奴咨啓。（旦唱）

【金蓮子】廟門閉，個開留此處。 你没活計，我周全你。 好不傍道理！（末、净）驀忽地恁説，它便漾出去。（生）

【同前換頭】卑人此住無所倚，幸然娘子没夫婿。（末、净）你説得是。 我公婆看時，精神恁磊落，一對好夫妻。（旦唱）

【醉太平】明日恁地，神前拜跪。 神還許妾嫁君時，覓一個聖杯。（生）娘行恁説有些兒意。

（一） 淚：原闕，據《校注》補。

（末）不消得我每爲媒氏。（净）公公，你出個猪頭祭土地。（合）有緣時賀喜。（末）

【尾聲】只此一言是的實。（净）婆婆勸你休走智。（生）我異日風雲際會時。

（净白）明日公公辦些福物。（笑）婆婆辦一張口兒。（笑）（末）只會噇相。你笑甚底？（净）做媒須着辦幾面笑。（末）你也忒笑。（净）莫怪説：

好對夫妻只是窮，媒人盡在不言中。

（生）有緣千里能相會，（合）無緣對面不相逢。（下）

第十五齣

（外妝夫人出唱）

【女冠子】位遷極品，簪纓勢象板派。[一]家傳詩禮，門排朱紫。更兼親戚，盡皆豪邁。當朝爲宰執，一女笄年，未及婚嫁。這些兒愁悶，鎮在心頭，無緣可解。（又唱）

【鶴沖天】沉吟一和，猛省孩兒事未員。嬝娜巧身材，桃腮和杏臉。每日把珠翠若神女貌，玉女面。百事盡皆能，試看它能寫染，强一京好宅眷。

[一] 勢：原作『執』，據《校注》改。

【同前】年當笄歲，感得吾皇數次宣。着個好奩緣，除非是狀元。若招駙馬也不辱貌，不偏縚，榮耀兩俱全。試看今歲裏，必有個好姻眷。

（白）我底女孩兒，它爹爹是當朝宰執，媽媽是兩國夫人，終不成不求得一個好因緣。

除非嫁個讀書人，不問簪纓不問貧。

但願五湖風月在，不愁無處下絲綸。（下）

第十六齣

（浄做神出唱）

【剔銀燈】吾血食一方却最靈，百餘歲都説吾感應。年年祭户，見没節病。獻四五碟芝麻糖餅，(一)一陌兩陌紙錢，如何會通靈顯聖。

（白）作善降之百祥，作不善降之百殃。吾聞張叶乃清朝舉子，帝國相儒。欲要貧女作結髮夫妻。（笑）有小聖底萬事俱休，没小聖底我日多年。五雞山上一個大王，剗地與人做鴨，到叫作鴨精大王。（末出唱）

(一) 碟：原作『揲』，據《校注》改。

【大影戲】今日設個几案，喏些兒事要相干。（浄）相干，莫是空口來問我？（末）且聽下文：（唱）㈠靠歇子有個猪頭至。（浄笑指末白）餓老鴉喜歡！（浄）斟些酒食須教滿。（末）怕張叶貧女討校柸。是它夫妻，是它夤緣，千萬宛轉。（浄）有猪頭，看猪面看狗面。（丑作小二出唱）

【縷縷金】亞爹不曾見，一個大猪頭。移時還祭了，我便搶將走。（末）靠歇兩個成親後，須要喫酒。（浄）尊神等候許多時，如何恁生受？㈡

（末白）你好急性！請解元和娘子出來。（浄）斟酒！（末）且未好。㈢（生上唱）㈣

【思園春】你要休時我未休。（浄）早來吾殿下喫猪頭。（旦出）靈杯不許後，教我怎生留！（生）漾人葫蘆水上遊，葫蘆兒沉後我共伊休。

（浄白）你與小聖都一般，又弗是飽，又弗是暖。（末）門裏有君子。解元和娘子，敬神如神在，聽老漢請

㈠『唱』下原衍一『榛』字，據《校注》删。

㈡受：原闕，據《校注》補。

㈢末：原作『末』，據《校注》改。

㈣生上唱：原作『生唱上』，據文義改。

神。（丑）亞爹，我瀉酒。（末）且未好，㈠待我請神了。（淨）胡亂早瀉酒。（末）合着口。（丑）亞爹早請神，我要肉喫！（末）不虧了口。我那神道威！㈡（淨睁眼作威）（丑）㈢怎比馬明王？（末喏）香煙才起。（淨）酒瀉在盞裏。（末）小二聽得？（丑）神要斟酒。（淨應）（末）香煙馥郁。（淨）盞中欠塊肉。（丑）偷喫一半。（末）如何？小二。（丑）神道不喫肥個。（淨唱）肥個我不嫌，精個我最忺。從頭至脚板，件件味都甜。（末）我個神道靈。（淨）可知道靈。（末）廟祝甚年會肥？（淨偷酒肉，有介）（末）請介元禱祝。（生唱）

【菊花新】靈神聽啓：成都府住，奈張叶自幼攻書。因往宸京，路途裏被劫取。有裏足之費，盡劫將去。一查打倒，冒瑞雪投入神祠裏。睡不穩，牽惹無限不如意。忽逢貧女又没夫，叶無妻，見欲成姻契。獻神緑醷。

（末白）下馬當風，酒當初獻。小二瀉酒。（丑）瀉酒了。（末）未曾瀉，如何説瀉酒了？你直恁不志誠。（打丑介）（丑）㈣亞爹，我瀉酒了。（末）低聲！再瀉酒。（丑哭）㈤（末）甚聲顙。（淨）没肉。

㈠ 且：原作『旦』，據《校注》改。

㈡ 『我』上原衍一『末』字，據《校注》删。

㈢ 丑：原作『末』，據《校注》改。

㈣ （丑）：原闕，據《校注》補。

㈤ 丑：原作『旦』，據《校注》改。

（丑應）（末）没肉也應。（丑瀉酒）（浄又偷喫）（末）請娘子禱祝。（旦唱）

【後衮】妾身年少裏，父母俱傾棄，在神廟六七年長獨睡。論雲説雨，怎曉得，這言語？偶遇它張叶，要爲夫婿。神還靈異，賜照杯許妾同連理，若不是匆匆分散無終始。不知如何？但默默意如癡。更滿斟一盞，獻神緑醑。

（末白）一盞既斟，酒當亞獻。酒又不瀉，打這畜兩！（丑）亞爹，酒瀉了，你莫打。我口邊不濕，畢竟是神喫了。這回主張看。（末）也好。你更瀉酒。（丑唱）

【歇拍】哽咽無言淚暗拭，瀉酒時又没人喫。鸚鵡杯深，漸迤逞，斷涓滴。（浄偷酒）（末捉唱）見得神靈異，兩頭都是。（浄）殷勤來獻，謝你門三獻都不喫。（末）尤骨不喫。（浄揍）張叶是貧女因緣，皆宿契，今生重會。向綉幄，效魚水。許綰同心結，永諧連理。（生、旦合唱）

【終衮】似鸞鳳和鳴，相應青雲際。效鶼鶼比翼，鴛鴦雙雙戲。相憐相愛，拚盡老，與偎隨。待把伊，托在心兒裏。（末）神歌鬼舞，況我門村落皆歡喜，願厮守終久于飛。（合）身赴月宫折桂枝，已兩兩同歡會，這些滋味美。

（浄白）兩個已成姻眷。（末）是也。（浄）土地宜歸後殿。（末）大王回雲也。（浄）我去討那夫人。（末）則甚底？（浄）各自排個筵席。（末）又要喫。（浄）三獻，三獻，酒肉不曾見面。（末）只説喫底。（浄下）（丑）我去切肉來。（末）我討你娘來。（生、旦）謝得全取兩成雙，（丑）我討盤來你討娘。（末）

今日歡娛嫌夜短，（合）閑時寂寞恨更長。（末、丑下）（旦唱）

【添字賽紅娘】〔一〕先來是奴心兒裏悶，驀撞見伊。夤緣怎知，君家共成連理枝，共成鸞鳳飛。（合）愿得百歲鎮同諧，渾不暫離。（生）

【同前】榮辱算來是前生定，只得守己。儒冠未必將人誤，我直恁底，誤我百事虧。（合）愿得一躍過龍門，榮歸故里。（旦）

【同前】貧窮困苦誰知道，雙眉暫舒。君須異日，休得要忘却奴厚期，忘却來廟裏。（合）愿得相看鎮長恁，如魚似水。（生）

【同前】詩書禮樂曾諳歷，我敢負伊！伊家放心，不須要慮及辜我妻，慮及辜負伊。（合）願得前意鎮如初，團圓到底。

（生、旦白）相煩李大公，兀底早來。（丑出唱）

【賽紅娘】先來小生心兒悶，見貧女又嫁。（末接）三分似人，休得要言語詐。（丑）靠歇喫教醉醺醺，我方才罵它。

（末白）你罵它，照管我打你！（生）大婆來否？（末）大婆來了。（旦）大婆赤脚來。（淨挈鞋出唱）

〔一〕賽：原作『賓』，據《校注》改。

【同前】先來是我脚兒小，步三寸蓮。（末白）一尺三寸。（浄揍）一個水穴，闊三尺横在廟前。（末白）是有一個水穴。（浄）被我脱下綉鞋兒，自作度船。

（末白）教誰來撑住你？（浄）着了鞋，頂禮神道萬福！（生）凡事仰賴婆婆主盟，周全我夫妻兩口。（浄）賀喜，拜，拜。（旦）謝得公公、婆婆！（丑）我自歸去！（末）怎地歸去？（丑）叵耐它添兩字也得。（生）甚字？（旦）謝得公公、婆婆、哥哥，多少是好。（末）你好生受！（浄）亞公，今日慶暖酒，也不問清，也不問濁。坐須要凳，盤須要卓。（末）這裏有甚凳卓？（浄）特特唤作慶暖，如何無凳卓。叫小二來，它做卓。（末）也好。（浄）孩兒，想你好似。（丑）好似甚麼？好似個新郎。（末）甚般斂道！你好似一隻卓子。（丑）我是人，教我做卓子。（浄）我討果子與你喫。（末）我討酒與你喫。（丑）我做。（末）慷慨！（丑）喫酒便討酒來。（末）可知。（丑）喫肉便討肉來。（末）可知。（丑）我才叫你，便是我肚飢。（末）我知了，只管分付。你做卓。（丑吊身）（生）公公，去那裏討卓來了？（丑）是我做。（末）你低聲！（安盤在丑背上、浄執杯、旦執瓶、丑偷喫、有介）（生唱）

【排歌】張叶謝，公婆至！感疊疊蒙周庇。（旦）從年少得濟惠，到今日成姻契。（丑）亞爹。（末）且與我低聲。〔一〕（丑）肚飢腰又疼！（末）贈幾貼風藥與你喫。（浄揍）五百年前，已曾注記，我

〔一〕且：原作『丑』，據《校注》改。

今日來攛掇你。（丑又偷喫）（末、浄合）勸君一盞莫辭推，願你夫妻諧百歲。（旦）到口。（旦唱）奴家勸，婆緑醆，也拚個醺醺醉。（生）叶多謝，蒙賜惠，怎忘得恩和義。（末）

【同前】兩口從今日，自當愛惜，詩書自當記得。（浄）你對夫妻，且恁底奇，哉對夫妻直恁底。（末白）知己知彼。（丑）做卓底，腰屈又頭低。有酒把一盞，與卓子喫。

（末）你低聲。（旦唱）

【紅綉鞋】小二在何處説話？（丑）在卓下。（浄）婆婆討卓來看，甚希奼。（丑起身）（浄問）卓那裏去了？（丑）告我娘那卓子，人借去了。（末問）借去做甚麽？（丑）做功果，道潔浄，使着它。

（末）那些個潔浄！（生、旦唱）

【刮鼓令】今夜盡歡。（浄）我喫酒須教滿。（丑）我每喫得十來碗，敢一掃喫盡盤。（末）娘兒兩個忒熱亂。（生、旦）一村只有君過門。（合）前生已結今生分。通宵裏飲芳樽，通宵裏飲芳樽。

（生、旦白）謝荷公婆，又成聒擾！〔一〕（末、浄）且圖安樂，胡亂度時。

〔一〕 聒：原作『括』，據《校注》改。

(生)相看幾日去京華，(淨)未好尋思漾了它。

(末)休戀故鄉生處好，(合)受恩深處便爲家。(並下)

第十七齣

(外唱)

【風入松】東風習習破宮桃，殘雪才消。柳芽窣地拖金色。(後接)余深沉庭院蕭條。迤邐燒燈過後，園林一景如描。(外唱)

【祝英臺近】畫堂深，人悄悄，春入杏花梢。膏雨弄晴，蝶粉蜂黃，相傍養花時候。(后)(一)碧藻，翠荇水底牽風，魚遊池沼。(合)畫闌邊，來往遊人嬉笑。(外)

【同前換頭】時到，粉牆低，曲徑窈，一段景偏好。小院邃亭，一簇神仙，珠翠鎮相圍遶。(后)聽道，賣花聲過橋西，奇葩争巧。(合)亂鶯啼，遷着喬林聲鬧。(外)

【同前換頭】清曉，侍婢不惜千金，相呼鬥百草。遺珥墮簪，蹙着鞦韆，不禁笑語聲高。(后)

(一)『後』與『后』係『貼』與『貼』的簡寫『占』的訛寫。

夭桃，遍開渾若燒空，雛禽時叫。(合)(一)睹景處，覺得奴心煩惱。(外)

【同前換頭】失笑，我女休得閑愁，寬取汝懷抱。好事怎匆？今歲賢良，須是選個年少。

(后)焦懆，此心非爲求親，容奴咨告。(合)爲傷取，容光將老。

(外白)男便當婚，女便當嫁。今年却是春選之年，媽媽與你選個有才有貌底官人，共成姻契。(后)深感媽媽。

(外)止圖才學有佳名，(后)不擇貧寒事便成。

(外)無限朱門生餓莩，(合)幾多白屋出公卿。(並下)

第十八齣

(生唱)(二)

【水調歌頭】讀書破萬卷，下筆如有神。前程事業，豈期中路惹災迍。近日須諧貧女，未是吾儒活計，依舊困其身。争如投上國，赴舉奪魁名。(旦唱)

(一) 合：原在『蹙』前，據曲律改。

(二) 唱：原作『白』，據文義改。

【荷葉鋪水面】才郎到此處時，奴家正生憐念心。雪若晴，君家定着出廟門。（合）誰知先世，已曾結定。恁困窮，何時免得日繫縈。（生）

【同前】張叶到感我妻，同諧已約百歲期。困此間，不若上國奪桂枝。（合）身榮那時，也爭得氣。没裹足，如何便得身會起？（旦唱）

【孝順歌】奴愁悶，又遇君，思之兩口直恁貧。君家又無人，奴家又無親，全没救兵。去則依然，奴還孤冷。（合）怎得盤纏，盤纏到得宸京。（生）

【同前換頭】叶今去也，何時遂此情？亦欲耀家庭，亦欲要身榮。亦欲願你，願你時來，大得一命。（合）共樂歡諧，歡諧共樂平生。（旦）

【同前】奴只得，往廟前，借取大公些個典。與奴做盤纏，又欲買些絹，妝些舊綿。又恐春寒，衣衫不辦。（合）（一）辦與衣衫，一路免得身寒。（生）

【同前換頭】望娘子借與，娘子便去說。前途怕錢欠，中途怕錢慳，錢誰與添？更望娘行，多方宛轉。（合）宛轉些添，回來自當償還。

（旦白）大樹之下，草不沾霜。奴家求庇於李大公大婆，莊家有甚出豁？（生）還借得些子典，多則濟

（一）（合）：原闕，據《校注》補。

事，少則不濟事。（旦）奴曉得。李大婆每常間忺要頭髮做頭髭，只怕吾家割捨不得。若去頂上團團剪些兒子與它，看奴家要幾錢，不到不得。（生）如此却好。

（旦）莊家本性自來慳，（生）不算盤纏要往還。

（旦）信道上山擒虎易，（合）方知開口告人難。（並下）

第十九齣

（末出白）久雨初晴隴麥肥，大公新洗白麻衣。梧桐角響炊煙起，桑柘芽長戴勝飛。老夫聞得那解元漾了渾家，要去赴試，是和不是，問取我婆則個。（浄唱）

【麻婆子】二月春光好，秧針細細抽。有時移步出田頭，蛇蚪兒無數水中遊。婆婆傍前撈一碗，急忙去買油。

（末白）買油作甚麽用？（浄）買三十錢麻油，把蛇蚪兒煎了，喫大麥飯。（末）且是惡心！（浄）惡心便喫白梅。（末）〔一〕能喫能解。婆婆，你知件事，那張解元要去赴試？（浄）貧女終不成也去。（末）它如何去得？兀底早來。（旦唱）

〔一〕 末：原作『未』，據《校注》改。

【尹令】它命又合孤令，奴家又合孤令。方得兩月安静，教奴又成愁悶。（末、浄）聞伊丈夫，今直欲到帝京。（末）

【同前】它又更没活路，你又更没親故，盤纏怎生區處？（浄面看別處）（末抽轉）你也轉來厮覷。（旦）如今去時，没裹足怎對付？（浄）

【同前】欲去在伊兩個，不去在伊兩個。説與我每一和，又説與我公一和。（末、旦）如今來，只得又靠我婆。

（浄）它説靠我尤閑，你也説靠我。（末）不似像底交椅。㈠（旦）河狹水緊，㈡人急計生。張解元是讀書人，既得婆婆周全，望所賜周全，求人須求大丈夫。（末）濟人須濟急時無。（浄笑）你問一切人：我搽臙抹粉，着裙繫衫，我是大丈夫？怕那老畜生有錢！（末）人來投人，鳥來投林。你有甚錢，把些子借它。（浄）明人不作暗事，你要得幾錢？（旦）要得百來貫錢。（浄）苦！和你爹娘七代都賣與。（末）胡亂搜尋，看得幾錢，把借它。那張解元還得個緑衫上身時，終不成忘了貧女？（旦）貧女終不成忘了大公大婆？（浄）亞公，你去措置十貫五貫借它。（末）説得是。（浄）不是我自誇，我那箱裏真個强，你個老畜生。（末）便是我没。（旦唱）

㈠ 椅：原作「猗」，據《校注》改。
㈡ 狹：原作「挾」，據《校注》改。

【添字尹令】奴家拜告。聽取奴家道：得婆周庇，直欲靠婆到老。張叶要好，出路宜及早。

（合）歸來後稱懷抱，除非異時，歸古廟掛緑袍。（浄）

【同前】婆婆有寶，不與公公道。（末）不知底。（浄）公公知道，應是問婆借了。（末）莫是夜明珠？（旦）婆婆借與，托取公公保。（合同前）（末）

【同前】長安古道，盤費知多少。婆婆早與，它便起程又早。（旦）今朝倚靠，非外來相擾。

（合同前）

（旦白）世間成人者少。婆婆有甚物借些子，還解得三五貫錢相添出去。（浄）婆婆只有兩領物事。（末）莫是番羅道服？〔一〕（浄唾）你有！（旦）大婆，莫是革子衣裳？（浄唾）它屋裏有。（末）只虧了我。不是番羅、革子，便是大綾。（浄唾）（末）甚底？你便説。（浄）我嫁你許多時，身邊別無物事，只有兩領兩領……（末）甚底？（浄）水牛皮。（末）只好鞔鼓。（浄）也好做鞋。（末）可知。（旦）奴家見婆説多時，閑來割捨不得，而今剪一捻頭髮在此，怕婆要做頭髭。若得些錢，便十分好。（浄）好好！我正要。只是顔色不好。（末）顔色恁地黑了。（浄）不干，紅色。（末）你要妝鬼。（浄）婆婆與你三五兩白金，後去做得好時，便還我。你與我討半盞兒酒來。（末）好好，我也着得些個。（浄學旦）謝得公

〔一〕羅：原作『維』，據《校注》改。

婆！（浄執酒器唱）

【同前】一杯杜酒，感你把頭髮剪。婆婆頭髻，看得許多價添。（旦）程途怕遠，只要錢支遣。（末、浄）（合）〔一〕伊歸去定説與，我公婆望它，今年去做狀元。

（旦斟）謝荷公婆，非不知感。

【同前】奴家量淺，一盞桃花臉。前生姻眷，結得我婆底緣。（浄）婆婆懶出，不得來相餞。（合仝）

（旦白）謝荷公婆妾且歸，（浄）明朝依舊守孤幃。

（末）夫妻本是同林鳥，（合）大限來時各自飛。（並下）

第二十齣

（生出發怒白）叵耐殺人可恕，無禮難容！貧女那賤人，十人打底九人没下！自家不因災禍，〔二〕誰肯近傍你每。正是：情知不是伴，事急且相隨。從早上出去，整日不見歸來。不道我每要出路。莫管，尋條柴棒在這里，去教你雖無韓信難，也有屈原愁。（旦出唱）

〔一〕『合』下原衍一『旦』字，據《校注》删。

〔二〕因：原作『固』，據《校注》改。

【懶畫眉】早辰臨鸞此情傷，我不爲爹来不爲娘，頭髮剪了終須再長。使奴心悒怏，不是奴家又誰管你行？

（生白）唯，賤人！行不動裙，笑不露唇，這是婦女體態。休整日價去，臉兒又紅，那裏去喫酒來？打那賤人！（打旦）（旦）屈！丈夫，有天可表，有神可鑒。待我自說。（生）你快説！若不直説，從今日打到明日。（旦唱）

【獅子序】你忒急性，且聽我言：你出路日子在眼前，我一夜思之怕没盤纏，往大公家急忙去借典。婆婆也没金，也没典，亦没錢。我每把頭髮便來剪，得些錢，苦把杯酒來相勸。

（生）

【同前】没瞞過我，實是你災。隱僻處直是會打乖，誰頭髮剪落便有人買？這雙眼人説你最呆。如今那得錢？那得銀？焉得酒？你説不實是少怪。把廟門閉，勘問你何處歸來。

（生打旦）（旦唱）

【臨江仙】一堂神道你須知：我門非別底，你不是男兒！

（生打旦）（旦叫）李大公！（叫）李大公相救！（生）叫甚麼李大公！（末出）讀萬卷書，知千古事。解元，你兩人厮吵則甚？（生）張叶淹留在此，出自我公周庇，非不知感。叵耐那賤人知張叶要出去，特地出去一日不歸來。（末）便去？（生）張叶要去便去，又無行李。初爲功名，造物略賜周全得叶，叶終不成忘了公公婆婆？我今日見它整日出去，喫得臉兒酒歸來。我且問你，那裏去來？（旦唱）

【桼子花】公公，我婆婆説要頭髻，奴不得只剪下些兒。婆婆喜歡，教斟緑醲。没巴臂便來打起，想是，奴家害了你家計。（末）

【同前】婆婆八年忺要頭髻，（一）才瞥見一地歡喜。銀和酒是家裏底，休閑争休得嘔氣。聽啓：你那個害了家計？（生唱）

【同前】卑人欲往京畿，從早間等到今時。婦人愛酒貪歡喜，終久後又成何濟？想起，這婦人害了我家計。

（旦出科介）（生白）元來如此。公公恁地説，幾乎錯認了定盤星。（旦）丈夫，汝是圖功名底人，莫便恁地做作。（末）休閒説。我婆再三傳語，不及相送。（生）張叶頃刻且來拜辭。（末）不須得。（生）荆婦凡百仰賴鄰庇。稍獲寸進，自當修謝。（末）惶恐！（旦）去時奴又長思憶。（生）欲寄音書山路僻。（末）我每眼望旌捷旗。（合）大家耳聽好消息。（末下）（旦唱）

【醉落魄】冤家做作好直恁，把心不定。（生）張叶去心不安穩，不見歸來，尋你那臉節病。

（一）忺：原作『坎』，據《校注》改。

（旦唱）

【四換頭】初入我廟門，你不曾發這般嗔。今日裏既定，把奴家直恁地輕。（生）伊不説一日價不見您，從早晨間只管價等。（合）水一似清，月一似明，怒若發時惡氣便生。（旦）知是君家，直恁地去得緊，奴不賣這髮，君須去不成。（生）此行必是好佳讖。（旦）遂功名，莫來適來反面没前程。（生）

【同前】神須聽叶語：會幸恩我幸汝恩？（旦）君須記那時。（合）在紙爐中血污衣。（旦）你莫學王魁薄倖種，把下書人打離聽。（合）這般樣人，這般樣心。我時聞傳耗音。（生）我門去後，伊自行料不到動春心。（旦）月黑夜昏，江奴一度惺惺，幾年在孤廟冷清清。（合）又還今夜覆單衾，依舊淚盈盈。（末出唱）

【賺】婆子方知，知道君家往帝京。農事冗，特來此處送君行。（净）你須聽：本不欲只管相親近，有一事相煩靠殢君。打從湖州過，㈠鏡兒買面與婆搽粉。（末）好不思忖！（生、旦）

【同前換頭】我婆且自寬心，張叶爲人恁底村，婆要鏡，没時豈敢上婆門。（净）拜辭君，我和

㈠ 湖：原作『胡』，據《校注》改。下同改。

伊今夜有人相請。隔岸村莊祭土神。（末）只爲喫。（净）你道婆婆，怎地了脚頭緊。（末）好不安分！（末、净下）（旦又唱）

【絳羅裙】君今去時奴阿好悶。有些錢，怎知奴便挼來助恁。（生）落得一個瘦損阿好悶。（合）各家把這淚偷揾。（生）一回上心阿好悶，感伊有許多村價至誠。（旦）你不分奴皂白阿好悶。（合）兀底須有神明。（旦又唱）

【呼唤子】堅心耐煩等，須有日見人。奴待見得情人了，依然講舊情。（生）眼下阿好悶，悶，直欲到宸京。（旦）只恐我夫榮貴也，嫌奴身畔貧。（生唱）

【尾聲】這般人活短命！（合）舉頭三尺有神明。兩兩分飛阿好悶。

（生白）今夜枕頭都是淚，（旦）望君此去登高第。

（生）馬前喝道狀元來，（合）這回好個風流婿。（並下）

第二十一齣

（末出）職遷一品，名號黑王。身居八位之尊，班立群僚之上。畫堂静悄，華屋森嚴。綉簾低垂隔春

風，〔一〕寶堦香遠没人迹。公相升廳，着個衹候。（丑作相公出）（唱）

【鬥黑麻】帝德廣過堯，喜會太平。我是清朝第一大臣。淨所爲，直是英俊。論梗直，最怕人。好底酸醋，喫得五瓶。

（丑白）下官王德用，官至樞密使相，黑王名字，誰人不知？別無兒男，只有一女，小字勝花。年方及笄，未曾嫁聘。今年是國家大比之年，意下欲招一個狀元爲東床，不知釁緣若何？待夫人出來，與它商議則個。左右，將坐物來！（末）覆相公：畫堂又遠，書院又遠，討來不迭。（丑唱）快討來！（末）公相最忍耐得事。（丑）我近日不會忍耐。（拽末倒）没交椅，且把你做交椅。（丑坐末背、末叫）（丑）莫要叫！昔日馮丞相行至後花園，入那容膝庵中，敢恁地打坐三五日，我不坐得一日一夜？（末）呆了我。（丑）堂後官。（末喏）（丑）你如今要我周全你？（末）乞賜相公周全！（丑）五貫十貫，也唤做周全。（末）却是。（丑）儒釋道三教中都有周全。你做秀才，便教你做官人，算起來你做不得。（末）如何？（丑）秀才家須看讀書，識之乎者也，裹高桶頭巾，着皮靴，劈劈朴朴。你不會，却做不得。（末）是做不得。（丑）你做道士，便做知宫，算起來你做不得。（末）如何做不得？（丑）道士家須尋真訪道，飛符走籙。（末）是做不得。（丑）〔二〕你做和尚，便做長老，住持大禪刹。算來你也做不得長

〔一〕低：原闕，據《校注》補。
〔二〕（丑）：原闕，據文義補。

老，你只做得常僧。（末）如何比得常僧？（丑）不是常僧，如何在這裏學禮拜？（末）你叫我恁地。（末起身、丑攧）（末）這回饒個跌大。（丑）來，來，與我請過夫人與勝花小娘子出來。（末）領鈞旨。轉堦頭便陞廳上，屏風後回廊深杳，畫堂前簾幕低垂。着個小心，專當祇候。（丑）你也行入裏面去傳語，只在這裏立地。（末）教我做那裏去！（外出唱）

【粉蝶兒】庭院深深，春色惱人天氣。（后接）向幽閨更無情味。步芳堤，遊上苑，便貪遊戲。

（丑）我孩兒聽取，亞爹説你。

（丑白）孩兒，你有罪過。（后）[一]告爹爹，孩子没罪過。（丑）你没罪過？前日把亞爹襖子上許多餓虱都漫殺了。[二]（末）從來不度己。（丑唱）

【駐馬聽】伊看我孩兒，似這月裏嫦娥到强似它。亞爹孩兒全没，老來惟憑着，你門一個。

（外、后）未知爹爹那雅意要如何？早言一句説交破。（丑）你休得誤人呵，莫教我女青春過。（外）

【同前】兒恁嬌癡，須要個讀書人爲女婿。我家裏公侯累代，小可底蒼生，怎爲姻契！（丑）

[一]『后』上原衍一『外』字，據《校注》删。

[二]漫：原作『盪』，據《校注》改。

五百名中有多少好才人，與我女揀個一般美。（外）〔一〕爹爹甚言語，若非是狀元怎成匹配。

（后）

【同前】朱紫駢駢，不若荷衣一狀元。況兼奴家是豪貴，若非高甲，怎生攀羨！（外）我王擇賢畢竟是今年，與我兒選個福非淺。（合）出得幾多錢，招捉那狀元爲姻眷。

（末白）覆相公：　共得幾錢，招捉駙馬。（丑）與它谿湯錢十萬貫。（末應）（丑）下馬錢十萬貫。（末應）（丑）盪風錢、〔二〕接鞭錢、遊街錢，各十萬貫。（末）覆相公：　許多錢那裏支？（丑）城隍廟裏支。（末）却是紙錢。（丑）來，你今年選個小小富貴。看狀元年紀未滿三十者，將我勝花娘子招爲東床女婿。（末）領鈞旨。（丑）正是：　讀書何用覓良媒，〔三〕書中有女顏如玉。（末）莫是有女？（丑）是。（末）奉饒一個撥手。（後）〔四〕爹爹，

　年紀相當不到無，（外）有才莫問是寒儒。

（丑）文章士謁文章士，（合）大丈夫投大丈夫。（並下）

〔一〕『外』下原衍一『白』字，據《校注》删。

〔二〕盪：原作『湯』，據《校注》改。

〔三〕何：原作『可』，據文義改。

〔四〕後：原作『合』，據《校注》改。

第二十二齣

（生唱）

【女冠子】那日是淹離古廟，步莎逕柳堤多少。見喬林芳樹上雛鶯叫，酒旗掛杏花梢。風滄水宿，怕暮嫌曉。尋思自覺心焦懆，謾回首家山途路遥。杜鵑，你休得叫過通宵！

（生白）〔水調歌頭〕一心離故里，隻影欲朝天。半途遭難，豈期貧女又留連。長記綵衣堂上，臨别雙親囑付，細想是良言。教逢橋須下馬，遇夜莫行船。近日來，離古廟，意懸懸。爹娘又慮，料它貧女淚漣漣。是事一齊瞥樣，挑取被包雨具，度嶺涉長川。正是：

雁飛不到處，人被利名牽。（生下）

第二十三齣

（旦唱）

【福清歌】自離故鄉，尋思斷腸。兩個月得共鸞鳳，許多時守空房。到如今依舊恁，似我不嫁郎。燕啣泥，尋舊壘骨自成雙。

（白）村南村北梧桐角，山後山前白菜花。這般天氣，情人不見。神思又不忺，錢又没撩丁，米又没半升。只得往大公家去，緝麻緝苧，胡亂討些飯喫。苦！苦！欲買春衣典夏衣，待成衣着又過時。恰才撰得春衫着，是處山頭叫子規。（又唱）

【虞美人】緝麻緝苧攻針指，亦是不得已。時常眼淚不曾乾，只恐別郎容易見郎難。

（净在戲房作犬吠）（净白）小二，去洋頭看，怕有人來偷雞。（作雞叫）小二，短命都不見。（呼）雞走！（叫）苦！張小娘子。（旦）大婆萬福！不見婆婆七八日。（净）（一）你怎地不來我家？（末出）古人道得好：命裏合喫粥，煮飯忘了漉。一世恁地孤單單，嫁得個人，不及兩月，又出去了。（净）它也相將到。你眼如何恁地腫？（旦）自張解元出去之後，真個桃花臉上汪汪淚，拭盡千行及萬行。（净）便是。我亞公有時出去幹事，五朝七日不見歸來。我在屋裏心煩，渾身都燥癢了。你張介元出去，渾身燥癢否？（末）好皂角煎丸。（旦）那得這話！奴身只是眼淚出。（净）我亞公在屋裏，我便無事。（旦）如何無事？（净）它在屋裏，夜夜燒湯與我洗疥瘩。便不癢。（末）打着癢處。（旦唱）

【上馬踢】眉兒那曾開，花兒不忺帶。尋思淚滿腮，這些緣分乖。才與同諧，驀忽成妨礙。

（末、净）我每等來。它做得官時，我兩口也得它拖帶。（净唱）

【同前】婆婆暗自喜，得你嫁夫婿。圖它此去時，早攀月桂枝。金冠霞帔，有分妝束你。我

（一）（净）：原闕，據《校注》補。

稱孺人，（指末）我底公公，定着呼做保人。

（末白）我如何呼做保人？（浄）你公是挨風，爹是僕射，你如何不是保人？（末）人道三代相門。（末唱）

【同前】不是我自誇，它自定及第。着鞭衣錦歸，便是榮貴時。（浄）我做婆婆，你做當直底。

（末）又占又好底。（合）那時價喜，買炷明香，大家答謝天地。

（旦白）怕它一舉登科未見歸，（末）你安心定志數歸期。

（浄）黄河尚有澄清日，（合）豈有人無得運時。（並下）

第二十四齣

（生唱）

【望吾鄉】家住西川，回首淚暗垂。中途怎知人劫去，娶它貧女是不得已。幸然脱此處，都城在，眼下裏，盡總是繁華地。

（白）家貧未是貧，路貧愁殺人。遭逢毒害手，去住不由身。尋思雪中路，無眠扣廟門。得它貧女顧，不免議姻親。宿食圖温飽，詩書暫溺淪。重登京闕路，盤費幾辛勤。到得龍城裏，身心一處新。釣鰲施大手，敢助聖明君。（末、丑雙唱）

【窣地錦襠】青雲有志作儒流，燈下翩翻知幾秋。若得一舉占鰲頭，方表詩書勤乃有。

（生白）拜揖。（丑）拜揖。尊兄高姓？（生）小子姓張。（丑）是『弓』邊『長』，是『立』下『早』？（生）却是『弓』邊『長』。（丑）『弓』邊『長』，尉遲敬德器械。〔一〕（末）單雄信見你膽寒。〔二〕（生）尊兄盛表？（丑）〔三〕子禄。（末）只好着着名紙。（丑）子禄因前番不第，改作禄子。（末）甚年得你兩角崢嶸？（生）高姓？（丑）姓華。便喚做華禄子。（末）華禄子，只會污人門户。（丑）尊兄討行館了未？（生）未討。（丑）同途相識，一道共店安泊。（末）有采近大貴。（生）尊兄行館在那裏？（丑）只在前面茶坊裏。尊兄在樓上，禄子在樓下。（末）才説話便分高低。（丑）尊兄若會欠賃錢，方可與禄子做朋友。（末）是結朋須勝己。（丑）此處龍床。廊下若江中之水，非一源之流。這裏便是行館。（生）奇哉！（末）尊兄，你看茶坊濟楚，樓上寬疎。門前有食店酒樓，隔壁有浴堂米鋪。〔四〕才出門前便是試院，要鬧却是棚欄。左壁廂角奴鴛鴦樓，右壁廂散妓花柳市。此處安泊，儘自不妨。（生）謝荷諸公。乍然抵此，未及請禮。（丑）惶恐！惶恐！自家賃這般店，得便宜處有四。（生）請數看。（丑）第一，官司奈何自家不得。（生）如何？（丑）一萬年只喚作窮秀才。（末）它殺不如自殺。（丑）第二，蚊蟲咬，虱

〔一〕尉：原作『蔚』，據《校注》改。
〔二〕膽：原作『膸』，據《校注》改。
〔三〕（丑）：原闕，據《校注》補。
〔四〕隔：原作『來』，據《校注》改。

咬，都奈何自家不得。（末）〔一〕如何？（丑）禄子一身都是頑皮。（末）又道香肌似玉。（丑）第三，肚飢奈何自家不得。（生）如何？（末）想必出路打熬慣了。（丑）不是。小子忍餓得法。才肚飢時，緊縛了腰，一番腰緊，便噯一噯。噯！（末）又道酒肉皮袋。（丑）第四，店主人奈何自家不得。（末）如何？（丑）秀才家怕甚店主人！（浄作店婆出）〔二〕好也！好也！店主人奈何你不得，也須有店主婆。少我房錢不還！（擒丑）我奈何你不得！（打丑、有介）（丑）饒我！店主婆！大娘子！（末）有許多稱呼。（浄）少我三十個房錢。（丑）只二十九個。（浄、丑争）〔三〕（末）少你幾錢？（浄）三十個。（丑）二十九個。（末）尊兄住得幾時？（丑）〔四〕小子方住一月。（末）那一月是大是小？（丑）是大。（末）却是三十個。（浄）你討房錢還我。（丑）你來劫我。（末）嫂嫂住休！不看我面，也看這官人面，須是它引至。（生）娘子寧耐。（浄）賴我房錢。（丑）它劫我錢。（浄唱）

【麻郎】打脊䈇簪賴秀！（丑）打脊䈇簪賴狗！（末）兩個不須動手。（生）各請住休得要應口。（浄）賊獼猴！（丑）雌獼猴！（生、末）看我面一齊住休。（丑）

〔一〕『末』上原衍一『生』字，據《校注》删。
〔二〕店：原作『杏』，據《校注》改。
〔三〕争：原作『浄』，據文義改。
〔四〕（丑）：原闕，據文義補。

【同前】我只是不還賃錢。（净）趕出去橋亭上眠。（生）看取同人勸您。（末）休要出言恁偏。（丑）你弄拳！（净）我弄拳？（生、末合）看口休得要鬥煎。（净）

【同前】少我那房錢到嗔。（丑）駡得我教人怎忍。（末）你兩個八兩半斤。（生）好一對人客和主人。（净）我去論！（丑）我去論！（生、末）大都來能欠幾文。（丑）

【同前】要你須着這秀才。（净）我着它伊休要來。（末）你兩個貧胎苦胎。（生）没緊要休得要繫懷。（净）我討柴！（丑）我討柴！（生、末）要廝打只得請退。

（净白）解元萬福！只在媳婦家安歇。（末）却又荒。（丑）不干尊兄事。在這裏安歇幾日，便入試院。

（末）兩個早發過。

（生）些子房錢忍耐休，（末）秀才相駡殢人羞。

（丑）我近來學得烏龜法，（合）得縮頭時須縮頭。（並下）

第二十五齣

（外唱）

【探春令】三年一度選英賢，論學業非淺。（后接）又未知，誰氏登鰲首？甚日滿奴心願？

（后白）媽媽萬福！（外）孩兒，見鞍思馬，睹物思人。今年乃大比之年，不招個狀元爲駙馬，更待幾時！叫堂後官過來。（末）朝爲田舍郎，暮登天子堂。亘古及今，知它見了幾個狀元。喏！覆夫人、娘子，有甚懿旨？（外）幾載學成文武藝，今年貨與帝王家。我意下欲趁取個勝花小娘子，年正嬌癡，好求匹配。不知相公曾有鈞旨，分付你排辦采樓，招納駙馬也？（末）

【神仗兒】(一)欲待取覆，欲待取覆：昨蒙鈞旨，非不整肅，采樓如法價結束。（合）秀才明日赴闕，侣争着天禄。只未知甚題目？甚題目？（外唱）

【滴漏子】豪家貴戚渾無數。（合）定必欲嫁狀元。（后）奴家分福前生定。（合）嫁一個應少年。（末）因緣因緣，心堅管教石也穿。（合）馬前馬前，合人情度鞭。（外）

【同前】前日不須看入院。（合）看遊街看執鞭。（旦）紅樓數里簾兒捲。（合）定應是看狀元。（末）近年近年，多應是狀元都少年。（合）馬前馬前，合人情度鞭。

（外白）脱却白襴身掛緑，（后）(二)因緣相合奴家福。

（末）那時一子受皇恩，（合）正是滿家食天禄。（並下）

(一) 仗：原作『伏』，據曲牌名改。

(二) 后：原作『合』，據《校注》改。

第二十六齣

（旦唱）

【黄鶯兒】一去更無音耗，使雙雙孤令。未知甚日掛緑袍？使奴家稱心。它恁地我英俊，定必占魁名。早得個人往江陵，問及第是甚人？（丑作小二出唱）

【吴小四】一個大貧胎，稱秀才。教我阿娘來做媒，一去京城更不回。算它老婆真是呆，指望平地一聲雷。

（旦白）小二哥。（丑呆應）（旦）小二哥，你唱甚底？（丑）我弗曾唱。（旦）我門道有耳朵，你更唱與我聽。（丑笑）你也有耳朵，我唱。你莫道是我做。别人做十段，我只記得兩段。（旦）你唱我聽。（丑唱）

【同前】一個大貧胎，稱秀才。（旦白）這句便説張介元。（丑唱）(一)教我阿娘來做媒。（旦白）分明你做了。（丑）一去京城更不回。算它老婆真是呆。（白）道你等它是呆。指望平地一聲雷。

（笑）（旦唱）

(一)（丑唱）：原闕，據《校注》補。

【同前】自從去京，奴淚鎮零。難禁離別情，日夜我尋思没耗音。我門怎知你笑人，唱隻曲教奴仔細聽。

（丑白）我弗做，是我書院中雙老哥做。又有一段。（旦）你更唱。（丑唱）

【同前】兩相底逢，窮合窮。一去不見蹤，脚踏浮萍手拏空。勸你莫圖它做老公，(一)它畢竟是個鬼頭風。（旦唱）(二)

【同前】自從嫁它，奴辦至誠，不成它負心。一舉登科有姓名，果然負奴絶耗音，萬水千山奴也去尋。

（旦）小二哥，你幾時去江陵府納税？（丑）小二便去。怕知縣點追，才點着定喫十五大棒。（旦）休閑説。你去街上，有登科記買一本歸。（丑）(三)江陵府也有登科記賣？（旦）可知。

（丑）我見應須自買歸，（旦）登科且免淚珠垂。

（丑）十年窗下無人問，（旦）一舉成名天下知。（並下）

(一) 勸：原作『歡』，據文義改。

(二) 唱：原作『白』，據《校注》改。

(三) （丑）：原闕，據《校注》補。

第二十七齣

（外唱）

【卜算子】百尺采樓高，十里人挨鬧。（后接）狀元今日欲遊街。（合）一段風光好。

（外白）孩兒，人無率爾，事非偶然。我聞得今年狀元是西川人，不知是姓甚名誰？叫過堂後官，問它則個。（叫）堂後官過來。（末出）一封天子詔，四海狀元心。覆夫人：男女生長京華，三年一度，五歲却是兩番。每見着狀元，都不似今年底聰慧。見説那狀元祖居西蜀，家住成都；三歲上讀得書，五歲上屬得對；文過李杜，才並二程；斂兒魁偉，精神磊落；搦管行雲似電，面君對答如流。一面旗不寫着甚人，天下狀元張叶。（後唱）

【福馬郎】知道是成都一秀才，五百名中占，天下魁。今日裏，定遊街。（合）十里小紅樓，人争看喝道狀元來。（占）

【同前】公相當朝何用媒，仗托我絲鞭，去選大才。當筵宴，早安排。（合）凝望采樓高，簾兒捲等取狀元來。（末）

【同前】旗幟交加樂器催，快子行如電，簇着大魁。接鞭後，勸三杯。（合）管取洞房開，姮娥貌捧擁狀元來。

(外白)我與勝花小娘子登百尺采樓，你祇候狀元來，教相公親遞絲鞭多少好！(末)自古及今，是府眷揭起采樓，刺起絲鞭。才不接，明日相公别作道理。(外)也説得是。我女今番嫁狀元。(末)馬前喝道刺絲鞭。(后)時人莫訝登科早。(合)月裏姮娥愛少年。(下)(末)狀元何用覓良媒，書中有女顔如玉。赫王相公勝花小娘子招狀元爲駙馬，正喚做少女少郎，情色相當。狀元兀底早來。(生扮狀元出唱)

【卜算子】張叶受皇恩，乍着荷衣緑。回首爹娘萬里遥，料已沾天禄。

(白)引領群仙上紫微，雲間相逐步相隨。桃花已透三層浪，桂子高攀第一枝。閬苑更無前去馬，杏園惟有後題詩。男兒志氣當如此，滿袖馨香天下知。(后執鞭唱)

【同前】嘈雜歡聲沸，捧擁風流婿。果與奴家有宿緣，接取絲鞭去。(末唱)

【大聖樂】采樓高處有嬌媚，赫王府求女婿。(生笑)翔鸞儘有梧桐樹，又何苦殢高枝。(后)是奴行三世簪纓裔，奴今與望英賢離玉轡。(末、后)最風流處，似神仙誤入蓬壺影裏。(生)

【同前】求名我不在求妻，歡諧事心未喜。豪家謾把絲鞭刺，甚嬌媚又入人意。(后)料想君家多是不曾娶，君且接取絲鞭又妨甚底！(末、后)似相嫌棄，五百年未知道，緣分何如？

(外出)

【同前】我兒休得要癡迷，〔一〕夫妻事前定矣。（末）〔二〕何須苦把絲鞭刺，且説與相公知。（生）是則無妻我身不由己，須有爹媽在家鄉尤未知。（合）且遊街去，五百年註定，不在一時。

（末白）畫堂禀及相公知。（生）不爲求妻只爲名。（后）且自與人無舊分。（合）非干人與我無情。（后下）（丑出）請！請！（末）赫王相公請狀元相見。（丑）請狀元卸了幞頭，只帶個羞帽。（末）錯了！卸了羞帽，只裹幞頭。（丑）不只帶羞帽，且來學個鍾馗捉小鬼。（末）與我魆地裹休説。（丑）拜揖！（生）即日共惟。（丑）即日恭惟，愿我捉得一片牛皮。一半鞔鼓，一半做鞋兒。（末）做鞋兒則甚底？（丑）兩文撲一緉。（末）只做一文道路。（生）即日共惟，先生公相。（丑）先生公相，願我捉得一個和尚。下一截把來洗麩，上一截把來擂醬。（末）相公尊重！（生）即日共惟，先生公相，鈞候萬福！（丑）鈞候萬福，願我捉得一盋粉，一鋌墨。把墨來畫烏鵲，把粉去門上畫個白鹿。（末）好不尊重！（末揖）搽！（丑應）（末）要你開甚口！（生唱）

【十五郎】張叶托在洪福，今叨冒身掛緑。（丑）念女子生得絶妙，似我樣肌瑩玉。（末）那些個采樓下已刺絲鞭，狀元又此心不足。（丑）敢欺人弗要我孩兒，它無分你無福。（生）

【同前】張叶家住在西川，隨爹媽心意轉。（丑）看我女如花嬌面，嫁不得一狀元！（末）這

〔一〕休：原作『又』，據《校注》改。

〔二〕『末』下原衍一『合』字，據文義删。

般事兩家情願，又何須定却絲鞭？（丑）料貧胎不是我因緣，不筵宴請逐便。

（丑白）絲鞭不接忒相欺。（生）只爲求名不爲妻。（丑）誤我洞房花燭夜。（合）從教金榜掛名時。（生下）（丑）叵耐你道是狀元了，我女千金之體，嫁你個窮個窮。（末）聽得不好看。（丑）叵耐我不把女孩兒嫁與它。（末）它也不要。（丑）才着緑衫，出東華門外，便是破荷葉。（末）只好裹着雞頭。（丑）我不把女孩兒嫁它。才裹幞頭，出東華門外，多是多年堦級。（末）只難爲上下。（丑）我弗把（末合）女孩兒嫁它。（丑）才繫腰帶，出東華門外，便是烏梢蛇。（末）説話好毒。（丑唱）

【江頭送别】才及第，才及第，我女便嫁你。張家府，王家府，怎不如是？忒作怪不接絲鞭去，想它都蹺蹊。（末）

【同前】因緣事，因緣事，五百年註已。它不肯，它不肯，怕没别底！（丑）怕没别底，須不是狀元。（末）鈞旨得是。（丑揍）它門既然相欺負，夫人請出來商議。

（末白）夫人和勝花小娘子早來。（外唱）

【金蕉葉】脱白掛緑，苦不肯共成眷屬。（后接）驀忽地思量，歎是奴没分福。

（丑白）作怪！作怪！殺人可恕，無禮難容。（外）相公，它怎地不接絲鞭？（丑）德澤洽，則四夷可使如一家；猜忌多，則骨肉不免成仇敵。它明分欺負下官。（外唱）

【鬥蛇麻】幾年東床，要納狀元。怎知道新來底，被它棄嫌？不肯與，接絲鞭。使孩兒，淚

漣漣。（合）因緣恁慳，致使福緣分淺。枉教姮娥，謾愛少年。（后）

【同前】自古道東床，女婿有萬千。怎知它一舉，便做着狀元。奴只道，永團圓。必來接，那絲鞭。（合同前）（丑）

【同前】你不是初來，莫要度鞭。我妝做孩兒，斂衽傍前。（末）莫咫尺，有神仙？（丑）不接鞭，且一拳。（合仝前）（末）

【同前】五百位官員，何可向前？又何苦特骨底，要嫁狀元？（丑）伊着我，此心堅。石頭須，定教它穿。（合仝前）

（丑白）孩兒且放心，着它那裏去受差遣，爹爹乞判此一州，不到不對付得張叶。

（外）我兒休要意沉吟，（丑）這段因緣抵萬金。

（后）好似和鈎吞却線，（合）刺人腸肚繫人心。（下）

第二十八齣

（淨）賣登科記，賣登科記。（唱）

【花兒】三文買着狀元，五百姓名及州縣。兩本直你六文錢，要千本交五貫文。

(白)(一)見之不取，思之千里。只道張叶做狀元，不知榜眼探花是那裏人，買一本看。(叫)買登科記！(末上)買登科記。(淨)洋口小店那里買？(末)這里賣。(淨)那裏？(末)回過頭。(淨轉)(末)三打不回頭。狀元那里人？姓甚名誰？(淨)姓成，名都府。(末)住在那裏？(淨)住在張州叶縣。(末)你胡説！莫是成都府人，姓張名叶？(淨)正是了。(末)得我力氣。第二名？(淨)周子快。(末)水漲船行速。第三名？(淨)表得夢。(末)你也揣骨。(淨)把三文來，我要趕脚頭。(末)踢得好氣毬。(二)(淨叫)登科買記！登科買記！(丑)趕買記。(末)這條路且認得熟。(淨)村蠻漢，買甚底？(末)你且未好去。(丑)買記。(末)買記。(丑氣喘)(三)我是鄉下人，都説不出。(末)啞兒得夢。(丑)我有個無緣老婆，有個老公去赴試，寄我三文買個記。(淨)買登科記。(丑)買登科記，忘了個『登』。(四)(末)借條蠟燭來。(丑)買登記。(五)(末)登科記。(丑笑)又忘了個『科』。(末)失路狗兒。(丑)把一本走。(淨)把錢還我。(丑)錢還你了。(淨)錢還我。(丑)記把還我。(淨、丑相唾、有介)(末)你兩個住休。(淨)買我一本，不還我錢！(丑)把我錢，不還我記！(末)兩個要如何？你也不

(一)(白)：原在後文『買一本看』後，據《校注》改。

(二)氣：原作『戲』，據《校注》改。

(三)喘：原作『揣』，據《校注》改。

(四)忘：原作『亡』，據《校注》改。

(五)登：原作『科』，據《校注》改。

須出錢，你也不須把登科記。我贈你一本，善眼相看，各家開去休。（浄）白干騙了我三文。（丑）保正衙前下狀。（浄）歸去看牛休。（丑）見我打扮便欺付。

（末）兩個半斤八兩，各家歸去不須嗔。

（浄）虧心折盡平生福，（丑）行短天教一世貧。（並下）

第二十九齣

（外唱）

【轉山子】〔一〕天不從人這些願，使子母懸懸。（后）誰信道不接絲鞭，畢竟是非奴姻眷。（合）這些兒分福，早番作憂怨。（外唱）

【醉太平】從來我意，鎮有心，便欲求伊姻契。（后）誰知到此，情一似鳳孤鸞隻。（外）嗟吁，傷懷謾留得那絲鞭，職筵向畫堂空備。（后）料奴容貌，不入那人，眼目些兒。（外）

【同前換頭】傷悲，孩兒淚眼，是怎生揾了，還又重滴。（后）紅樓數里，不道有人慼慼。思之，它門道讀得數行書，始及第把人嫌棄。（合）算來叵耐，除非睡着，忘得霎時。（外）

〔一〕轉：原作『摶』，據《校注》改。

【同前换頭】終日，搯搯搦搦，莫慼殺我，如醉如癡。（后）樓頭那日不相逢，怎有這場憂憶？無緒，相思做得病成也，這一命拚歸泉世。（合）〔一〕被它欺負，含羞忍耻，是甚活計！（外）

【同前换頭】爹意，必欲與伊，報它張叶，今日仇隙。（后）奴今自覺心如絮，飯又那曾喫得。心事，除非我自知，鎮魆地淚垂。

（外白）不接絲鞭親可休，（后）這場厮耐㖠人羞。

（外）眼含四海三江淚，（合）腹納乾坤天地愁。（並下）

第三十齣

（旦唱）

【山坡裹羊】知它你是及第？知它你是不第？知它在上國？知它歸來未？鎮使奴終日淚暗垂。莫非不第了羞歸鄉里？又恐嫌奴貧窮恁地。别也别來斷信息，斷信息。（净）

【同前】阿公也恁歡喜，阿婆恁歡喜。我阿兒歸報，與娘行知會。小二出江陵幹事歸，道娘行交倩買登科記。見説張郎作狀元，特也特來拜賀喜，拜賀喜。

〔一〕合：原作『外』，據《校注》改。

（旦白合掌）慚愧，罪過婆婆！（末上）山到岳根低，水到大海淺。天下有多少讀書人，惟我張解元做狀元，也難得。（旦）公公萬福！未知是也不是？（末）娘子賀喜！（浄）我小二才歸，那畜生骨自看了。〔一〕虧我眼識人。（末）辨寶者不貧。（旦看記）張叶做狀元，又是成都府人。（浄）我當初分付買鏡歸，今番十面也有。（末）要實多則甚？（浄唱）

【哭妓婆】得兩面鏡兒，我每好笑。雙手把了，時時來照。左手照了右手又照，右手照了左手又照。

（末白）淡妝濃妝也不好。（旦）教小二哥來，待問它仔細。（末）娘子問它則甚？（浄）小二便做東村店頭去。（旦）買甚底？（浄）買五百錢粉，五百錢臙脂，怕張狀元寄鏡來。（末）你也買忒多。（浄）忒多！我搽個搽了，光光搽，光光搽。（末）離不得一個鐃鈸。（旦）公公婆婆，便是奴家父母一般，方敢説這話。那張解元未有信之前，奴家便有此念。還及第，奴竟往京都討它，看如何？怕它兩行真個淚，一片脱空心。恐怕它自去接了別人絲鞭，不然歸鄉里去。奴家一點氣如何。（浄）也説得是。（末）去則尤閑，只怕没錢作盤纏。（旦唱）

【沉醉東風】與張叶相別往帝都，我没公婆後有誰相顧。它既然掛緑，立見豪富。（末）你不去後謾留此處。（合）爹娘又無，弟兄又無。不如上國，追尋着丈夫。（浄）

〔一〕自：原作『甘』，據《校注》改。

【同前】你不曾着那道途，怕一路後怎熬得寒暑？是没裹足，婆婆相助。（旦）妾歸來後斷不敢有負。（合）囊篋又無，故人又無。不如上國，追尋丈夫。（末）

【同前】不留伊是它不要汝，你須是早尋着歸路。你不早省，教伊孤苦。（浄）敢直恁底負它貧女。（合）箱兒又無，籠兒又無。不如上國，追尋丈夫。

（浄白）幸得兒夫作狀元，（末）願你尋見莫埋冤。

（旦）馬蝗丁住鷺鷥脚，（合）你上天時我上天。（並下）

第三十一齣

（生唱）

【似娘兒】張叶感皇恩，折桂枝平步青雲。望斷鄉關家山遠，修書倩取，專人預先，通報雙親。

（白）養子不教父之過，有書不學子之愚。一朝名字掛金榜，此身端若無價珠。書中果有黄金屋，書中果有千鍾粟。書中果有福如山，書中果有女如玉。馬前喝道狀元來，正是林中選大才。跳過禹門三尺浪，俄然平地一聲雷。（下）

第三十二齣

（外唱）

【賣花聲】那日紅樓數里，要納夫婿，誰知道苦相嫌棄？（浄扶后出）孩兒飲氣，盡日没情没緒。阿娘怎知，㦬㦬害自覺着體。

（浄白）覆夫人：勝花娘子病得利害。服藥一似水潑石中，湯澆雪上。似病非病，如醉如癡。氣長長價吁，淚泠泠價落。飯又不喫，睡又不着。扶將出來，消遣那情懷歇子。（后作病人立）（外）孩兒，你且放下心，依媽媽勸則個。（后唱）

【雁過沙】那一日過絲鞭，道十分是好因緣。前遮後擁一少年，緑袍掩映桃花臉，把奴家直苦成抛閃。（后低聲）被人笑嫁不得一狀元。（合）被人笑嫁不得一狀元。（外）

【同前】大凡事是因緣，我孩兒莫憂煎。侯門相府知有萬千，讀書人怕没爲姻眷，料它每福緣淺。（后低聲）被人笑嫁不得一狀元。（合）被人笑嫁不得一狀元。（浄）

【同前】請娘子看看，(一)請娘子笑一面。(二)休得要兩眉蹙遠山，喫些個飯食渾莫管，好因緣怕没爲方便。（后低聲）被人笑嫁不得一狀元。（合）被人笑嫁不得一狀元。（丑）

【同前】孩兒你休要淚漣漣，我與你報仇冤，終不怕它一狀元！張叶受梓州爲僉判。（後）苦！聽爹爹恁説腸欲斷，被人笑嫁不得一狀元。（合）(三)被人笑嫁不得一狀元。

（后叫倒、淨扶）（丑白）苦！孩兒。快把火艾丸炙脚後根。（外）扶入蘭房看我兒。（丑）急忙須早去求醫。（淨）入門休問榮枯事。（合）觀着容顔便得知。（淨扶后下）（外）相公，你莫説張叶受梓州僉判，帶累我女孩兒。（丑）不干我事。教堂後官請個名醫，討些藥與它喫。（外）相公，醫没一個敢措手。（淨走出）天有不測風雲，人有旦夕禍福。覆夫人：那勝花娘子，才過屏風，脚兒又軟；方歸綉閣，手兒便伸。瞑秋波一似定志真仙，斂雙眉一似捧心西子。鬆口氣微微似喘，喉嚨裏瀼瀼有痰。緊閉牙關，都不省人事。（外）我孩兒如何？（丑）要救須是及早。（淨）青龍神共白虎同行。（合）吉凶事全然未保。（下）（末）看底，莫道水性從來無定准，這頭方了那頭圓。(四)那勝花娘子一意要嫁狀元，那張狀

(一) 看看：原作『看娟』，據《校注》改。
(二) 『笑』前原衍『看娟』，據《校注》删。
(三) （合）：原闕，據《校注》補。
(四) 圓：原作『园』，據《校注》改。

元心下好不活落。赫王相公是當朝宰相，娘子有些不周，你道如何？怕你貪觀天上中秋月，失却盤中照殿珠。（丑）堂後官。（末諾）（丑）我勝花娘子不濟事了！（哭介）（末）相公且寬心。（丑）討交椅來。我孩兒三魂離素體，七魄别陽臺。你一面與我幹辦。（末）領鈞旨。（丑坐唱）

【台州歌】亞奴，是人道相公女子好做婦，弗比小人子女窮合窮。我個勝花娘子生得白蓬蓬，一個頭髻長長似盤龍。巧小身才子，常着個好干紅。

【同前】東華門外傍在小樓東，當初只道個狀元迎出似喜相逢，刺起絲鞭兩不管，誰知道狀元似鬼頭風。日日炒得亞爹耳朶聾，兩三日飯也不喫一口，誰知你今日死了一場空。

（丑氣咽喉倒）（末救）相公咽倒，快討些冷水來！（叫）相公，相公，勝花娘子省了！（丑）省了！離哩連。（末）唱得快活。（丑）莫管我底女孩兒，爲你爭些不見了性命。〔一〕（末）大凡壽夭也是天命。不敢説甚年渭水斷橋。〔二〕（丑）我明日上表，乞判梓州，直待報它仇隙。（末）相公要判梓州，這事儘得。

（丑）吾得吾皇賜梓州，我每必欲報冤仇。

（末）狀元異日重相見，應是它羞我不羞。（並下）

〔一〕 些：原作『先』，據《校注》改。

〔二〕 『不』上原衍『末喝末』，據《校注》删。

第三十三齣

（淨做神出唱）

【五方神】庇一方，爲神道，鎮焦燥。要好空口休禱告，非酒非肉莫抛照。

（白）〔望江南〕吾顯聖，八百有餘年。每歲村公稱作主，曾與貧女做場虔。又喜又埋冤。張叶去，今已奪魁元。薄倖冤家成間阻，癡心女子望團圓。小聖不能言。（末唱）

【烏夜啼】聽得你雞鳴起。（旦接）撲簌簌淚兩下。（末）你郎今掛緑在京華。（旦）音書斷，没成虚假。（合）不免辭廟去，京里試尋它。

（淨）唯，貧女，你高門不求，低門不就。嫁個張叶，惹一場臭。（末）跌在溝渠裏。（旦、末唱）

【五方神】告尊神：今貧女，上國去。怕它張叶相抛棄，望聖手遮攔奴到京里。（淨唱）

【亭前柳】張叶自到京都，及第也没音書。何須得問神道，㈠已成虚。（旦）告神奴今只得去。（合）近日來，怕迤逞見人踈。（旦）

【同前】它還是把奴辜，實是記不得苦。到京里果不管，下死工夫。（淨）下梢頭有團圓日。

㈠ 何：原作『阿』，據《校注》改。

（旦）既爲官，怕迤逞向人踈。（末）㈠

【同前】神道念它孤，平昔未慣出路。今日裏辭廟去，望相扶。（浄）見它莫十分出言語。

（合）㈡怒伊時，怕迤逞見人踈。

（浄白）汝去由閑，我個廟裏，誰與我關門閉户。（末）它不是孫敬。（旦）乍别公公將息！奴家拜辭婆婆已畢。（浄）不須去，我便是亞婆。（末）休説破。（浄）唯，梁園雖好，非汝久戀之鄉。（旦）謝得尊神！

（浄）若不容留急便回，（末）久留惟恐惹迍災。

（旦）白雲本是無心物，（合）又被清風引出來。（並下）

第三十四齣

（生唱）

【青玉案】緑袍乍着皇恩重，對答如流聖顔動。謾接絲鞭成何用？思之貧女，要成鸞鳳。

㈠（末）：原闕，據文義補。

㈡合：原在『怒伊時』後，據《校注》改。

近日渾如夢。

（白）寒窗苦志知幾秋，忽登桂籍魁鰲頭。已表平生丈夫志，身名端與居金甌。樓頭有女顔如玉，自度此生慳分福。不如歸去奉雙親，侍奉雙親食天禄。當頭莫有人吏？（末）國正天心順，官清民自安。覆相公：有何台旨？（生）吾今受梓州僉判，路遠不消通書，走馬上任。與我分付廳前人從，還有官員往來，儘自不妨。還有村夫並婦人，不得放入。須密地前來通報。如犯約束，重行治罪。（末）領台旨。

（生）仕宦但垂訪，無心惹外非。

（末）世情看冷暖，人面逐高低。（並下）

第三十五齣

（末、浄作門子出唱）

【趙皮鞋】狀元真大才，衙門面向兩扇開。你還不曾會讀書，蒼生還相見，休要來。

（末白）慈不主兵，義不主財。狀元台旨：除是朝士官員，你便通報。其次村裏漢、外方人及婦女，莫容它來。（浄）曉得了。還是賣珠婆、牙婆、看生婆，不要它來。（末）怕傷觸了别人。（浄）我最没面目，爹來也不相識。（旦出唱）

【喜遷鶯】喜到宸京，涉山川萬般愁悶。兒夫見免縈奴方寸，㈠未知是何處深藏見在身？遍尋覓，渾不見故人。

（白）萬福！借問些小事。（末）娘子有甚事？但説不妨。（旦）新及第狀元何處安歇？（末）兀底便是行衙裏。問那門子便知端的。（旦）萬福！（净）㈡且是假夫人。㈢（旦）聞新及第狀元在此安歇。（净）便是。如今呼作府僉。來作甚麽？是討珠錢？（末）待它自説。（旦）奴家特來見狀元。（净）要見狀元，便着紫衫。我便傳名紙。（旦）奴家是婦人。（净）婦人如何不扎脚？（末）你須看它上面。（净）又看上頭上面。（末）養熟狗兒。（净唱）

【趙皮鞋】狀元是誰敢覆，㈣連它發怒直是毒。你還欲要見它時，如法底高叫：『奴萬福。』

（旦白）奴家萬福！萬福！（生在戲房裏喝）甚麽婦女直入廳前？門子當頭何不止約！（净）領台旨。你聽得否？快去！快去！（旦）容奴取稟狀元，奴非別人。（净）你説教我知。（旦唱）

㈠ 縈：原作『索』，據《校注》改。
㈡ 『净』下原衍一『末』字，據《校注》删。
㈢ 夫：原作『大』，據《校注》改。
㈣ 敢：原作『收』，據《校注》改。

【五更傳】這狀元，是奴夫婿，奴是它親娶妻。才得兩個月餘日，苦相别特來京里。買登科記，試看時，是奴夫及第。不辭路遠來相尋覓，你不知，便教我出去。

（净）説得好孤恓！（末唱）

【趙皮鞋】我的狀元分付它：官員相見便没奈何。還是婦女莊家到廳下，三十小杖，把門子打。

（净白）出去！出去！（旦）奴家是狀元渾家。（净）(一)慢行，慢行。怕頭上珠牌脱下來。（末）又道路無拾遺。（生在戲房喝）甚人囉唣？何不打出去！（旦）狀元，奴不是别人，是五雞山上貧女。（净）貧女是乞婆，打個乞婆！（末）休要靠索性。（旦唱）

【五更傳】我丈夫，張叶是。（净白）道着我本官台諱。（旦）在路途值雪正飛，盤纏被劫得没分文，打一查血瀝瀝底。没投奔，在廟中，彎跧睡。我醫你救你得成人，你及第，便没恩没義。

（生出白）官不容針，私通車馬。教你莫去胡亂放人入來，又放婦女入廳堂。（净）非干男女事，它自走入來。（末）推得没巴臂。（生）門子打十三！（净有介）（旦）狀元萬福！且息怒。奴家不具榜子參賀。（生）唯，貧女！曾聞文中子曰：『辱莫大於不知恥辱。』貌陋身卑，家貧世薄。不曉蘋蘩之禮，豈

(一)（净）：原闕，據《校注》補。

諧箕箒之婚。吾乃貴豪，女名貧女，敢來冒瀆，稱是我妻。閉上衙門，不去打出！（生下）（浄打旦）（末）若是夫妻只得休。（旦）奴家怎洗這場羞。（浄）不如及早歸山去。（合）免事恩官不到頭。（浄）泓！（閉門介）（末、浄下）（旦）有這般事！（旦唱）

【同前】是我夫，不相認，見着我忙閉了門。我當初閉門不留伊，你及第應是無分。千餘里，到此來，望你厮存問。目下要歸没盤纏，我今宵，更無投奔。

【同前】你記得，要來京里，賣頭髮把錢與伊。當初道嫁雞便逐雞飛，好言語教奴出去！没盤費，教化歸，回鄉里。買炷好香祝蒼天，願你虧心，長長榮貴。

（白）剪頭門子將奴打，後來却把奴家罵。

人善人欺天不欺，人惡人怕天不怕。（下）

第三十六齣

（生唱）

【太師引】余去載窮途裏，被强人劫没那寸縷。張叶遂投荒廟，貧女驀然留住，説化我結爲姻契。唱名了故來尋覓，都不道朱紫滿朝，還知後與阿誰？

（白）古詩云：『濁水難藏許氏龍。』汝身無寸縷，裹没分文。縱有鸞膠，危弦怎續？張叶走馬上任，五雞山必須經過。剪草除根，與它燒了古廟。

貧女相逢未挫伊，喫拳須記打拳時。
龍逢淺水遭蝦弄，鳳入深林被雀欺。（下）

第三十七齣

（旦提招子上唱）

【一枝花】奴住江陵府，家内多豪貴。幼年失恃怙，鎮孤苦。因往皇都，特特來尋親故。爭奈相辜負，裹足全無，怎生底回歸鄉里！

（白）寂寞荒廟守清貧，穿破家緣世務縈。因爲個人來避難，(一)遂爲姻契望相成。(二)三秋桂子郎曾折，萬里萍蕪奴獨行。今日相逢不下馬，□□各自奔前程。(三)（又唱）

【金錢花】一街兩岸英賢，相憐。忍辱不敢埋冤，薄賤。故鄉有路没盤纏，今哀告望憐念，全取我兩文錢。

(一) 避：原作『被』，據《校注》改。
(二) 『望』上原衍一『指』字，據《校注》删。
(三) 『各』前疑闕二字。

【同前】一街兩岸官員，宅眷。念奴夫婦不團圓，拆散。趕奴出去怎留連，千里遠没盤纏，全取我兩文錢。

（白）尋取兒夫到此來，奈何薄命此情乖。朝朝只好濃霜打，才見春風眼便開。（又唱）

【滿江紅】望大賢周濟我兩文錢，歸鄉去。（下）

第三十八齣

（末作公公出唱）

【綿搭絮】狀元娘子去許多價時，應是到京里，兩口兒一對美。（浄）記得我，買將歸。（末白）亞婆，甚物事？（浄）許我青銅鏡。（末）照你它没興。土宜須有別底。（浄）恁似它得來畫眉。（末白）了得張敞。（浄）亞公，五雞山頭小路裏，前面是個婦女，後面一個人挑擔，定是張小娘歸來。（末）不是。（浄）正是把個團團底。（末）我都望不見。（浄）是個青銅鏡兒。（末）不是鏡，只是扇。（浄）也不是鏡，也不是扇，只是個招風。（末）你好忒風。（末唱）

【同前】去時春暮子規正啼，如今柳岸前枯，見嫩菊開數枝。料張狀元，見它喜，如魚投水，如膠投漆。（浄）兩個不記得，當初買鏡歸作土宜。

（末白）亞婆，且放心，它自記得買將歸。

(淨)我每非親却是親，[一](末)你門得鏡我無因。

(淨)自家骨肉尚如此，(合)何況區區陌路人。(並下)

第三十九齣

(旦唱)

【哭梧桐】誰人誰人信道奴，得恁時乖蹇？一路裏奔波到京輦，山路到處多巔險。去時團空柳飄綿，歸後梧桐更葉亂。慚愧見得家鄉面。

(白)自古道：花對花，柳對柳。奴家貌既醜。家既貧，如何招得狀元？如今謝天地，得歸故里。只說與公婆道，尋不見張狀元便了。正是一朝波浪起，剗地鴛鴦各自飛。(又唱)

【泣秦娥】似啞子喫了黃栢，教我苦在肚皮裏。吞吐不下，如魚遭餌。

(淨)[二]張小娘子，你歸來了。(旦)大婆萬福！(淨)萬福！(旦)不見婆婆多時。公公在那裏？(淨)亞公，張小娘子歸。(末)但願人長久，千里共嬋娟。(旦)大公萬福！(末)娘子歸了。(旦)方才到此。(淨)小娘子有幾擔歸？(旦)奴家獨自歸。(淨呆)張狀元也不留你？(旦)一言難盡。(淨)

[一] 每：原作「命」，據《校注》改。

[二] 淨：原作「末」，據《校注》改。

你說。（旦唱）

【哭梧桐】一路自去時，是奴喫薄賤。水遠山高甚般價險，誰知見我先拋閃。到得宸京討得眼兒穿，三十六條巷尋得遍，都不見那情人面。（浄）

【同前】婆婆望你歸，道你爲宅眷。裙破衣穿瘦着臉，一似乍出卑田院。（旦）教化歸鄉爲没錢。（浄）〔一〕指望你菱花又不見，你便誤我多嬌面。（末）

【同前】它還有意時，與你必相見。（旦）怕日遠日踈負奴恩愿。（末）尋思那人情忒淺，往復相將是一年。（浄）記不得伊時須記得俺，我要照着多嬌面。

（末白）君子爲義，小人爲利。它爲狀元，終不成軃避你。（浄）亞公，待我説，它又未上任，又未歸鄉，又未入朝，只是湖州去。（末）買鏡歸。（浄）可知。（末）照你個臉兒。（浄）張小娘子，你如今莫煩惱，胡亂在我家中睡。日裏織些布，夜裏緝些麻。秋間收些炭，春到採些茶。冬天依舊忍凍，夏月去釣黑麻。（末）不説你本事。（浄）別選個日子，移在廟中去。（旦唱）

【望梅花】謝得我尊神也，被張叶直恁底誤呵。一似啞子，喫了苦瓜。到如今，教我吞吐不下。

〔一〕（浄）：原闕，據《校注》補。

（旦拜）（淨當面立）（末白）它拜神，你過去。（淨）我過去？神須是我做。（末）休道本來面目。

（旦）多少辛勤不見郎，（淨）臉兒一似土瓜黃。

（末）一年好意顏如玉，（合）半載飄蓬鬢若霜。（並下）

第四十齣

（生出唱）

【河傳】瓜期到矣，離征鞍着鞭，迤逦前去。春到柳塘，冰釋魚遊春水。山嵯峨，驀山溪，玩佳致。

（白）宸京不得過窮冬，人在風前雪月中。酒債黄昏爲事業，詩情白日鎮相逢。此身雖入桂枝景，平步須乘簾幕風。更得個人離眼底，卑懷無處不從容。（末）一舉登科日，雙親未老時。（喏）恩官今日要離京？（生）便是。我登科之後，尋思歸鄉，路途遥遠。一面走馬上任，到得任所，却作區處。（末）領台旨。（叫）脚夫□勝。〔一〕（丑出喏）（末）陳吉。（淨出喏）（末）〔二〕李旺。（丑喏）（末）又是你！恩官台旨，今日要離京，你各人肩着擔杖。（淨）挑擔尤閑。（丑）工顧錢？（生）一日各支三兩。（淨）食錢？

〔一〕『勝』前疑闕一字。

〔二〕（末）：原闕，據《校注》補。

（生）一日各二貫。（丑）酒錢？（生）一日各一貫。（淨）草鞋錢？（生）各支十文。（丑）犒勞錢？（生）到一市井，各五貫。（淨）過山錢？（末）甚麽喚作過山錢？（淨）平地上行容易，過山過嶺便難。（末）休要閑指望。（生唱）

【上堂水陸】衣錦歸故鄉。（合）[一]我門得意。（生）倚門望我歸。（合）雙親歡喜。（生）各人爲我快行。（合）領台旨。（生）目即便離城。[二]（合）不覺過一里又一里。（末唱）

【同前】回首望帝京。（合）[三]水村隔住。（末）[四]長亭共短亭。（合）[五]休斟緑蟻。（末）恩官教你快行。（合）領台旨。（末）目即便離城。（合）不覺過一里又一里。（丑）

【同前】行得氣喘。（合）肚中饑餒。（丑）都不見打火。（合）歇歇了去。（生）不行時我打你。（合）領台旨。（丑）涉溪東渡水。（合）不覺過一里又一里。（淨）

【同前】江陵在眼前。（合）五雞山至。（淨）如投着地脈。（合）不辭迢遞。（生）快行時我賞

[一]（合）：原闕，據《校注》補。

[二]目：原作『日』，據《校注》改。下同改。

[三]（合）：原闕，據《校注》補。

[四]（末）：原闕，據《校注》補。

[五]（合）：原闕，據《校注》補。

你。[一]（合）領台旨。（净）回馬不用鞭。（合）不覺過一里又一里。

（丑白）今番行不得了。（净）不見酒，不見飯。（末）那些個？（生）前面是那裏？（末）五雞山。這山高侵斗，形跨東南。自東投東京，西連西眉。整十里全無旅館店，行半日不見人煙。但見得狼虎之蹤，悲風颯颯，時聞得猿猱之韻。夜月輝輝，打火便行。（生）諸脚夫各支二百。（净、丑）謝酒。（喏）（末）且寧耐。（生）喫罷酒各發擔過五雞山，方許討店。不許廟宇寺觀止宿。（叫）左右，討劍與我隨身。（末）領台旨。（净、丑）哥哥喫十錢酒面便紅。（末）那曾？恩官徐步自徜徉。（净）辛苦須教醉一場。（生）此處野花攢地出。（合）一般村酒透瓶香。（净、丑、末下）（生）恨消非君子，無毒不丈夫。㕹耐那貧女來京里，不問情由，冒犯下官。今日到此，我還見它後，説一兩句好時，尤自庶幾；稍更無知，一劍教死。和那神廟，一時打碎。

張叶爲人非好□，[二]㕹耐言語相撩撥。
這回剗草不除根，惟恐萌芽春再發。（下）

第四十一齣

（旦唱）

（一）時：原闕，據《校注》補。
（二）『好』後疑闕一字。

【天下樂】春到郊原日遲遲，鎗旗展山谷裹。幽居古廟渾無侶，採些茶爲活計。

（白）郊原春到不知時，霹靂一聲驚曉枝。枝頭蓓蕾吐雀舌，帶霧和煙折取歸。幽居古廟無人管，倩取大婆來厮伴。奴家此道不辭勞，小籃不覺春風滿。奴家緝麻才罷，採桑稍閑，不免唤過大婆，厮伴去採茶。（叫）婆婆。（净在戲房内應）誰，誰？（旦）相伴去採茶。（净）張小娘子，我忙！我忙！（旦）甚底忙？（净）我扎脚忙。（旦）扎脚片時間，奴家相等。（净）你先去，我喫飯了來。（旦）婆婆，早來採取社前春。（净）昨日婆婆採一斤。（旦）有客莫教容易點。（合）點茶須是喫茶人。（旦唱）

【秋江送别】徐徐步野逕，曉痕青柳弄金。東風尚料峭，麗日升寒漸輕。（生出）記得年時投上國，早一年珠淚泠。此山又登，此身漸亨。是你否極還泰生。（旦）

【同前】山高處個人，好似奴家張解元。（生）山脚下個人，似貧女衣恁單。（旦）天愿得兒夫厮撞見，問冤家心恁底偏。（生）是貧女來。（旦）[一]是張介元，我今日會重見面！

（旦白）張狀元，莫是尋思舊念，再睹仙鄉？（生）唯！貧女，大厦既焚，不可洒之以淚；黄河既決，不可障之以手。吾今與汝不是因緣。（旦）如何不是因緣？（生）還是因緣，何故到京罵吾？（旦唱）

【刮鼓令】君恩怒少停，且容奴説與你聽：大雪下被强人劫去，到古廟奴救你，我爲你幾艱

[一] 旦：原作『合』，據《校注》改。

辛。登科到喜歡奴到京，（合）緣何一向便生嗔？你門直是没前程。（生）

【同前】伊前日到京，我不成留住你，敢説道我渾家來至，我榮貴伊恁貧。我不道你癡心，別尋個計結來閉門。（合同前）（旦）

【同前】同連理至誠，我許多恩情陪伴你。賣頭髮得錢爲盤費，雁塔上題姓名。跋涉到宸京，教門子打得身上疼。（合仝前）（生）

【同前】一心要離京，是州城不暫停。我與伊家歡笑，駡得我惡氣生。説一和你惺惺，才相見剪頭來駡人。（合仝前）

（生白）貧女，你自採茶，有誰厮伴？（旦）大婆喫飯隨後來。（生）看劍！（旦倒）（生）一劍教伊死了休，黄泉路上必知羞。是非只爲多開口，(一)煩惱皆因强出頭。（生下）（淨唱）

【步步嬌】仙卉叢叢春來早，蓓蕾在枝頭少。公公去採樵，小二往田頭，看秧苗。見説嫩茶偏好，每日還婆一到。

（白）老鴉未着裩袴，被着張小娘子來叫，厮伴去採茶。且是不知它在那裏去？（叫）張小娘子！（旦）婆婆相救！（淨）你在那裏？（旦）奴家跌在深坑裏。（淨看，有介）苦！苦！我老人怎奈何得

(一) 開：原作『問』，據文義改。

你？公公快來！喂！（末出）人平不語，水平不流。婆婆，你則甚底？（淨）亞公，張小娘子跌在深

坑裏。（末）甚麽坑裏？（淨）在都坑裏。（末）好惹一場臭！我與你扶它起來。（末、淨唱）

【打毬場】論娘行，見茶便折，緣何到翻了喫跌？莫是有人來陰害你，渾身盡都是鮮血。

（旦唱）

【香遍滿】公婆且住，待奴家款款鬆口氣説：獨立岩頭攀茶來折，豈知道失脚，似刀斫臂折。（合）遭一跌，寸腸千百結。（末）

【同前】伊回京闕，没一日暫時得少歇，織素織縑不寧貼。這般時運，這般惡歲月。（合仝前）

（淨）

【同前】伊才跌下，那得遍身都是血，寧可將伊脚骨跌折。採茶人無數，(一)你門直是拙。（合仝前）

（淨白）亞公，亞公，討門扇來扛將歸去。（末）它不驗傷。（旦）煩公婆扶奴家款款歸去。（末、淨、旦行）(二)（淨唱）

【金牌郎】我扶你門歸去。（合）我扶你門歸去，勉强且行着山路。（旦）我門直是孤苦。（合）

(一)『採』上原衍一『淨』字，據《校注》删。

(二)旦：原作『白』，據《校注》補。

先自被人欺負，你下得直是淋漉。（旦）

【同前】我們幾時得好？（合）我們幾時得好？(一)只得去尋些藥草。（净）我兒休要煩惱。

（合）款款回歸古廟，只得靠著神道。

（旦白）半載常常淚滿腮，（净）思之是你五行乖。

（末）算來莫怪君無禮，（合）這跌分明是你災。（並下）

第四十二齣

（外唱）

【薄倖】春日融和，江山秀麗。記孩兒貪愛，這般天氣。名園裏，蹵鞦韆鬥草嬉。你神魂在那裏？

（白）張解元早知今日，悔不當初。相府之家有一女，求汝爲東床女婿，你只不肯，帶累我女一息不來，早歸泉世。你如今赴梓州任所，我相公也判梓州。咦！平生不作皺眉事，世上應無切齒人。（末出）脚下。（丑）轉身。（末）你莫要應。（丑）堂後官。（末喏）（丑）與我請夫人出來。（末）兀底夫人在

(一)　合我們幾時得好：　原作『得好合』，據《校注》改。

此。（丑）我不道是夫人，只道是賣香藥底婆婆。（末）且打頭。（外）相公赴任，趁今日日子好。（丑）堂後官，與我叫過野方養娘來，隨侍夫人上任。（末）領鈞旨。（叫）野方養娘，早出畫堂。（丑）相公有事，與你商量。（末）肖似押匀。（後假妝野方出唱）

【臨江仙】庭院深沉日正永。（净接）楊花點點沾襟。（丑）許多侍婢汝知音。（末）梓州今一任，你去直夫人。

（後白）野方久居深院，長守幽閨。若得隨夫人到任，多少是好。謝得夫人！（外）我門得那女兒在此，真個心滿愿足。㈠（净、貼）㈡媽媽，莫要提起。（末）照管頭撞。（丑）你與我請府眷轎先去，我一面備馬來。（末）領鈞旨。（外唱）

【馬鞍兒】唱徹《陽關》斟别酒，這一景最清佳。夾岸見這山疊翠，盡間簇山花野花。（末）聽得丁寧祝付，小心伏事恩家。（合）都乘轎兒先去，俺待跨馬，匆匆去也。（后）

【同前】唱徹《陽關》人悽慘，路途裹景瀟洒。緑水遶人處，細柳拂波心嫩荷。（净）去意渾如奔騎，目即早離京華。（合同前）（末）㈢

㈠ 個：原作『過』，據《校注》改。
㈡ 貼：原作『尖』，據《校注》改。
㈢ 同前末：原闕，據《校注》補。

【同前】唱徹《陽關》離故里，梓州路在天涯。諸般仗都搬發了，[一]請早乘香車寶馬。（净、后）二妾目今先去，少歇時等取恩家。（合同前）[二]

（外白）小轎先行數十乘，（丑）雕鞍隨後奔前程。

（后）鶯啼驛樹綿蠻語，（合）馬過溪橋蹀躞行。（並下）[三]

第四十三齣

（旦唱）

【錦纏道】苦天天，幾年來勞籠着萬千，尋思自埋冤。少它張叶債負，是奴前緣。大雪下身無寸縷，投古廟淚珠漣漣。奴家便相憐，與它身衣口食。教人説化我，共它成因眷，只圖它共百年。

【過緑襴踢】心腸變，投京汴。没盤纏我把頭髮剪，伊去赴魁選。絶音書，將奴要拋閃。到

[一] 『諸般』句：原作『諸搬仗都般發了』，據文義改。

[二] 前：原闕，據《校注》補。

[三] 並：原闕，據《校注》補。

京華，何曾見伊面。叫門子特骨恁薄賤，到如今依舊把奴斬。我命乖，你情淺。臂鎮疾，每啣冤，朝夕淚偷揾。

（白）張狀元，你今日害奴身，不記當初徹骨貧。又道劍誅無義漢，金贈有恩人。（下）

第四十四齣

（末出）

【三臺令】(一)一聲鼓打鼕鼕，一棒羅聲嘡嘡。(二)（丑）騎馬也匆匆。（末）相公馬上意悠揚。

看馬王二齊和着。（丑）馬蹄照。(三)（末）自炒自責。（合）幫幫八，幫幫八八幫。（丑）申報，申報，隨軍如何只有一面塔鼓？（末）覆相公：一面塔鼓却有兩片皮。（丑）兩片皮便如我口唇皮。（末）眼前便見。（末唱）

【林裏雞】過山又渡水。（合）渡水小橋纖纖去，馬蹄蹀躞底。（丑）只怕馬劣路崎嶇。踢殺你，我不知。踏殺你，我不知。

(一)【三臺令】：原闕，據《校注》補。
(二)嘡嘡：原闕，據《校注》補。
(三)蹄：原作『啼』，據《校注》改。

（末白）覆相公：這是五雞山，山下有一古廟，可以少歇。（丑）怕府眷不要入去。（末）相公看，偌多轎兒都在廟前。〔一〕（丑）我眼弗昏，如何不見！（末）好隨風倒柁。〔二〕（丑）如何不討旅店，不借寺觀？終不成教相公倒廟。（末）莫是去求夢？覆相公：這一帶都無旅店，又無寺觀。此廟雖無敕額，且是威靈。比着官房，到有些廣闊。少歇。（丑）也説得是。

（末）村落人家不足論，不如古廟且安存。

（丑）聞鐘始覺山藏寺，到岸方知水隔村。（下）

第四十五齣

（外唱）

【川撥棹】爲孩兒，特特來蜀地。滿目萍蕪見古廟，教人轉悲，我尋思珠淚垂。

（白）〔長相思〕好因緣，惡因緣。兒又青春正少年，那堪遇狀元。兒分慳，子分慳。馬上徘徊不接鞭，濃婚結厚冤。（末白）覆夫人：前無旅店，後絶茅簷，村市人家難以安泊，古廟中可以少歇。（外）相公來未？（末）相公下馬來。（丑）幫幫八幫幫。（叫）具報！（末）具報甚人？（丑）下官下馬多時，馬後

〔一〕偌：原作「日」，據《校注》改。

〔二〕柁：原作「拖」，據《校注》改。

樂只管八幫幫幫。（末）好，具報你。（丑）夫人，你看一堂神道塑得精神。（外）㈠也是精神。（丑）你看小鬼到長丈二。（外）是忒長了。（丑）夫人，便做我眼見鬼，你也見鬼。（外）使得我恁地。（后出）眼觀奇異物，令人壽命長。夫人在那裏？（外）野方有事款款説，大驚小怪則甚？（後唱）

（后扶旦唱）

【桃红菊】野方直入廟中，見一佳人困窮。似勝花娘子無異，血染得衣衫煞紅。

（丑白）（唾）你莫眼見鬼。（末）見鬼。（丑）見鬼。（末）你好畔拗。（外）廟中那得婦女？我入裏面去看。（末）覆夫人：它既困窮，卧房必不潔。（丑）㈡只教養娘扶出來看便了。（外）野方，你去扶它出來。（后）野方便去。活脱似勝花娘子！（外、丑）生得如何？（后）一似臨溪雙洛浦，對月兩姮娥。

（后下）（丑）夫人，生得好時，討來早辰間侍奉我們湯藥，黄昏侍奉我門上東司。（末）你好薰蕕混雜。

【香柳娘】數十年廟中，少人存問。獨自做人了，渾没投奔。（后）你出來勉强作禮，叫夫人霍索你方寸。（旦）奴家萬福！萬福！尋思斷魂。（合）你緣何愁悶？（丑唱）

【同前】眉兒和那眼兒，與我兒無二，身材裊娜腰肢細。（外）我暼見你門，心下便憐伊。因甚臉憔悴？（后）不知怎底？怎底？鮮血污衣。（合）緣何如是？（旦）

㈠ 外：原作『末』，據《校注》改。以下兩處同改。

㈡ 丑：原作『净』，據《校注》改。

【同前】念妾自幼來，清貧守己。只因去採茶，跌却一臂。（外）你獨自那得粥食，與藥草將息你容儀？（旦）前村自有大公，相憐愛惜。（合）是前生宿契。

（丑白）亞奴，你恁地孤單，何不隨我去任所直東司？養娘子也快活。（末）甚般差使。（外）相公，(一)有相無相，但看面上。它恁地精神磊落，如何教它恁地？只是討做養女便了。（丑）你割捨隨我去任所，與你醫教手好，教你嫁個官人去。（旦）奴家去則不妨，一來怕沒福；二來要問村前李大婆，它肯時，奴便去。（丑）野方，去討些粥食與它喫。堂後官，你竟往村前叫李大婆來。（末）領鈞旨。（后）誰知今日動王侯，割捨娘行便去休。（末）大抵須還規格好，不搽紅粉也風流。（下）（丑）亞奴，實説元是甚人？（旦唱）

【太子遊四門】奴本世豪奢，爹娘憐妾多。年幼兩俱亡，是奴貧苦多。織素與緝麻，春來採茶。怎知一跌了那臂，有誰人管呵。

（丑白）我勝花娘子，見報街道者。唱〔太子遊四門〕，撞見馬八六。（浄出）劈劈朴朴。（末出）（浄唱）

【同前】媳婦見官人，(二)官人莫是貧女親？在古廟五六春，(三)有誰人采您！山上採茶芽，

(一) 相：原作『祖』，據《校注》改。
(二) 見：原作『建』，據《校注》改。
(三) 『在』上原衍一『浄』字，據《校注》刪。

跌一臂膊損。告夫人周全此身，又何須去施貧。（丑唱）〔一〕

【同前】吾乃赫王相公，今判梓州郡。貧女身上狼狽，我女近才喪亡，臉兒相類恁精神。夫人要爲養女，汝若故生阻節，堂後官，縛在馬前別有施行！

（淨拜）媳婦便得，便得。（末）你敢道不得。（旦唱）

【鵝鴨滿渡船】論妾家豪貴，又豈得隨人去。（外）既然没寂淡，没依倚。（末）婆婆向前不須跪來拜啓。（淨）媳婦拜告相公知：這貧女底，（合）從幼來在廟中，旦夕裏是我周濟。（丑）

【同前】細想吾一女，比它儀容美。（外）所爲及張叶，悄無二。（后）奴家煮些粥食伊去喫。（丑）少住我要説仔細，與醫教可。（合）隨侍去做女兒，改妝飾若珠翠。（后）

【同前】勸你休窨約，隨去你福至。（合）最好俱豐足，衣共食隨汝意。（淨）從小我惜伊，伊去婆亦去。（合）病尤未可。（淨）婆一路當直你。（合）〔二〕厮繫縮免憂慮，成伴侶幾風味。

（淨）

【同前】我公休去你門家裏，好好看孩兒。（末）一味閑言語。（外）我討你，去當孩兒面。

〔一〕『唱』上原衍一『白』字，據《校注》删。

〔二〕（合）：原闕，據《校注》補。

（丑）親嫡女看養你臉兒美。（合）隨後去嫁良婿。（外）大婆辭已，邏逼行李。（合）添個轎兒擡。（淨）我自行將去。（末）步三寸蓮。（合）分明是前世裏曾契，到今世重會面做兒女。[一]

（後白）娘行莫慮路途遥。（外）媽媽終朝怕寂寥。（旦）不擬今朝重再會。（丑）亞爹擡轎不辭勞。（末）相公尊重休閑説，婆子無心管我曹。（淨）溪澗豈能留得住，終歸大海作波濤。（末）到你作波濤。曾駕小舟遊大海，（合）至今不怕浪頭高。（並下）

第四十六齣

（生唱）

【蠻牌令】一意要讀詩書，一身望改换門閭。一路到京里受鉗鎚，一查打得渾身破損，一妻濟不得吾儒。一舉早題雁塔，第一是張叶，方表勤渠。

（白）韓文公曰：『聖人不世出，賢人不時出。』且如張叶，獨占魁名，狀元及第。一來仰荅天地，二來感謝聖恩，三來荷蒙慈父，今日已成大器。幸然得到梓州，擇吉日禮上。

十年窗下無人問，一舉成名天下知。（下）[二]

[一]『到』上原衍一『合』字，據《校注》删。
[二]『下』上原衍一『生』字，據文義删。

第四十七齣

（末唱）

【金蓮花】謾然回首望京城。（外）瑞煙平，咸肅静。（旦）吴江一派水泠泠。（后）蜀山青，侵碧漢。（合）但見連雲棧，聽得野猿聲。真個是幃屏也羅。（后）

【同前】新來似娘子貌妖嬈。（合）臉桃花，檀口小。（外）今朝梳裹勝兒曹。（合）夜合花，斜插帶。金爲鳳，翠爲翹，莫道勝花嬌也囉。（旦）

【同前】乍然梳洗殢人羞，（合）捨閑愁，眉柸皺。（丑）閑隨爹媽恣遨遊。（合）好因緣，來輻湊。把你擡掇嫁，一個好兒夫，那更效綢繆也囉。（外）

【同前】孩兒瘖疾幸然乾。（合）自今番，常打扮。（后）沉香亭畔倚闌杆。（合）夜合花，紅牡丹。姚黄間滿，這太湖山，真個最堪觀也囉。

（丑白）孩兒放心。亞爹今判梓州一郡，兩年過依舊入朝。有好因緣與你選一個，自當我孩兒面。

（旦）只怕奴家福分微，（外）相公休要憶孩兒。

（丑）歸家不見紅粉面，（合）出去無人叫早歸。（下）

第四十八齣

（丑）堂後官過來。（末出）長江後浪催前浪，一替新人趲舊人。（喏）覆相公：有何鈞旨？（丑）吾今已到梓州，諸衙人從並未放參，只接見任文武官員，看張狀元如何作區處。（末）覆相公：外面簪纓滿路，朱紫盈街。啞喝聲咽咽嗚嗚，車馬聲蹀蹀躞躞。寄居官有五府八位，㈠見任官有六部三司。文員有幕職官、監當官，見有觀察使、防禦使人從，未敢放參。且點請兩位官員相見。（丑）也説得好。（淨出）脚下轉身。（末）請，請。（丑）請。（淨）柳屯田來相見。（末）鈞旨教請。（末唱）

【夜遊湖】（合）那官員有萬千。（丑）甚人才先來拜見。（淨）小子名爲柳屯田。（合）揖揖兩個通寒暄。

（淨白）即日共惟萬福！（丑）未及參，先有辱。（淨）曾共烏門上畫個白鹿。青霄有路。（淨、丑）揖揖兩個似代谷。（末）甚時去得糙性。（丑）請坐。（淨）没坐物。（丑）㈡虚坐。（有介）（末）你好不尊重。（丑）記得小年騎竹馬。（淨）看看又做白頭翁。（丑）吏人，這官人曾做三百單八隻詞，博得個屯田員外郎。（淨）耆卿也吟得詩，做得詞，超得烘兒，品得樂器，射得弩，踢得氣毬。（末）那些個浪子班

㈠ 官：原作『安』，據《校注》改。
㈡ 丑：原空一格，據《校注》補。

頭。（丑）記得那一年射弩子好。（浄）最知節措。佐弩須要看箭後，搭箭不要犯它人。〔一〕幾番花範還依得，〔二〕十場賭賽九場輸。（丑）那得一年踢氣毬，尊官記得？（浄）相公踢得流星隨步轉，明月逐人來。記得者卿踢個左簾，相公踢個右簾，〔三〕者卿踢個左拐。〔四〕（丑）當職踢個右拐。（浄、丑相踢倒介）〔五〕（末）相公尊重。（浄、丑）説話忘懷。（末）忒忘懷。（浄、丑踢，有介）〔六〕（浄）者卿告退。（丑）容送。（浄）納步。（下）（丑）今番這浮浪官人，未好請見，〔七〕且請老成官員。（末）如何？（丑）我問梓州風物如何。（末）領鈞旨。（浄上）（末）請，請。（浄）關西老將譚節使來相見。（末）武職各當街墀。（丑）是吾親契，特免街墀。（浄）洒伏事。（唱）

【五韻美】洒家即日共惟。（丑）間闊不見你多時。（浄）洒家一向，〔八〕關西冗迫，不及通書。（丑）下車未及參侍。（浄）降接不勝欣喜。（丑）首辱光訪甚得罪。（浄）洒家自出鈞旨。

〔一〕搭：原作『塔』，據《校注》改。
〔二〕幾：原作『畿』，據《校注》改。
〔三〕『相』上原衍一『浄』字，據《校注》删。
〔四〕『者』上原衍一『浄』字，據《校注》删。
〔五〕介：原作『個』，據《校注》改。
〔六〕踢：原作『陽』，據《校注》改。
〔七〕未：原作『末』，據《校注》改。
〔八〕向：原作『句』，據《校注》改。

（相揖）（丑白）請坐。（浄、丑虚坐）（末）喝茶。（浄應）（末）又來。（浄、丑呆坐）是故，是故。（次有介）（丑）小子乍然至此，更不知風物如何。（浄）有問即對，無問不答。此間在都一路，梓州諸行，百萬户錦綉珠璣，數十里層樓華屋。只一件，榜示若飲酒是嚴禁厮打緊。（白）前日兩個小人，一個道欠錢，一個道不欠錢，十八般武藝都不會，只會白厮打。這個打一拳，這個也打一拳。（浄）這個踢一脚。（丑）這個也踢一脚。（浄、丑相踢，倒）（末）不尚庄身打扮。喝湯。（浄應）（末）你又來。（浄）洒家告退。（丑）容送。（浄）納步。（下）（生唱）

【生查子】不見去年人，心事誰知得！

（末白）請，請。（丑）誰？（末）僉判張狀元。（丑）在那裏？（末）見在客位。（丑白）[一]趕出去！（末）朝廷衆官，男女不敢。（丑）且説相公歇息，要相見待三年過。（末）你不是陳處士。（丑看生）不要我女兒便是你。（末）相公尊重。（丑）教它明日來。（末）三日衙賀，禮所當然。（丑）不然，它立地待鞋破方相見。（末）八年過也見不得。（丑）請，請。我自有道禮。（末）領鈞旨。請，請。（丑唱）[二]

【纏枝花】張叶是我不接見。（末）領鈞旨教逐便。（生揖）長官，既蒙天眷，望特賜相薦。（末）告恩官免叱譴。（丑）到把那驢騎轉，永不見這畜生面。（生）

[一] 白：原作『唱』，據文義改。

[二] 丑：原作『生』，據《校注》改。

【同前】張叶也無觸犯，怕禮數供不慣。（丑）你不接絲鞭後，哭損我一雙眼。（生）叶後知悔已晚。（丑）我女那神魂亂，一世都喫不得飯。

（末白）可知。（丑）汝是我無緣女婿，從今不請！（末）領鈞旨。

（丑）我女爲妻抵萬金，（生）分明張叶不知音。

（末）早知今日成閑管，（合）悔不當初莫用心。（並下）

第四十九齣

（外唱）

【一枝花】孩兒過來，試出幽閨，徐步花街。（旦）喜奴今日會開懷。是這花如錦，柳垂帶。（後、浄合）穿紅度緑，折朵奇葩帶，奇葩帶。（后）

【同前】名園郡圃，是處鞦韆，花板争蹙。（浄）鬥些百草唱些曲。（外）戲蜂兒趁，粉蝶兒舞。（合）芳郊綉陌，雅觀金蓮步，金蓮步。（末）

【同前】脚下轉身，相公特特，教請夫人。（丑）狀元張叶到堦庭，是我不接見，也弗請。（合）不記爲它，害了孩兒命？孩兒命？（丑）

【同前】明日坐廳。狀元來時，教立到天明。（末）你毒得大驚人。（外）還重相見，也弗請。

（合）教它自省，不接絲鞭病，絲鞭病。

（外白）相公，它來時依舊莫與它相見。（丑）教它直立到三更。（净）從三更直立到日頭出。（末）兩個一對好心腸。（丑）叵耐不要見它面。

（末）相公不必苦憂煎，（外）須是禁持張狀元。

（丑）直待勞心千百度，（合）那時方識貴人憐。（下）

第五十齣

（生唱）

【桃柳争放】絲鞭刺起選英賢，苦不肯秋採，今朝奈何都來。接郡相逢，有誰人可介？叫左右過來。

（末白）只因差一念，見出萬般形。覆府僉：　那赫王相公乞判梓州，只爲府僉一人。大凡病須早醫，作個道理。（生）我悶似長江水，涓涓不斷流。（末）[一]譚節使爲相公説得。（生）[二]與我將一小簡，做狀元傳語請過來。（末）男女便去請來。（生）説合一人不可無。（末）如今正好下工夫。（生）水將杖探

[一]（末）：原闕，據《校注》補。

[二]生：原作『合』，據《校注》改。

知深淺。（合）人看語話辯賢愚。（生下）（末）自古道：成人不自在，自在不成人。府僉是快活底人，如今被那赫王相公恁地禁持，教男女去請那譚節使作和議。見底府門高聳，僕從縱橫，不敢直入畫堂，只在廳下祗候。（浄戲房内喝）[一]放轎子！（内喏）[二]（末）節使方歸，畫堂裏放轎子。（浄）甚人直入裏面來？（末）男女非别人，張僉判有簡子申呈。（浄）在那裏？（末）簡子在這裏。（浄接信唱）

【山坡羊】叶惶恐再拜：常侍眷愛，苦屈大才，少慰下懷。不沐勸介，必成禍胎，專等左右過來。不宣。張叶惶恐再拜。

（浄白）你府僉來請洒，洒不去不得。這後生必會長進。（末）甚年曉得相法？（浄）洒是厮殺漢，只步砌去。（末）也没人來擡轎。穿長街。（浄）驀短巷。（末）過茶坊。（浄）扶酒庫。（末）兀底便是府廳。（浄）與你一貫酒錢。（末）不須得。（浄）你伏事洒辛苦。（末）那些個。請，請。（生上揖）（浄唱）

【紅衲襖】[三]洒伏辱雲函至。[四]（生）荷足下特步砌。（浄）即刻共惟，台候萬福！（生）有小事冒瀆節使大尉。（浄）説甚底！説甚底！[五]容一力，爲君作措置。（生）

（一）内：原作「出」，據《校注》改。
（二）内：原闕，據《校注》補。
（三）衲：原作「袖」，據《校注》改。
（四）函：原作「汗」，據《校注》改。
（五）説甚底：原不疊，據《校注》改。

【同前】相公是叶故人，爲及第不議它親。遂特來判此一郡，〔一〕今日見叶骨恁嗔。來命君，來命君，欲要介和，渾没個因。（浄）

【同前】洒出自相公庇，〔二〕論人情常是美。見説一女已傾棄，人道却有一女奇。若是時，若是時，却當與君，作個道理。（末）

【同前】那絲鞭刺在馬前，〔三〕再三教接不接那鞭。勝花娘子早赴黄泉。若得再合出自大賢。

（合）缺又圓，缺又圓，却與後人，作個話傳。

（浄白）因緣因緣，事非偶然。容洒一面稟及相公，不到不得。（生）若沐周全，不勝萬幸。

（末）夫人公相絶埋冤，（浄）得女今番嫁狀元。〔四〕

（生）花若有情花不謝，（合）月如無恨月重圓。〔五〕（並下）

〔一〕特：原作『持』，據《校注》改。

〔二〕公：原空一格，據《校注》補。

〔三〕在：原作『右』，據《校注》改。

〔四〕今：原作『人』，據《校注》改。

〔五〕恨：原作『限』，據《校注》改。

第五十一齣

（丑出白）相識滿天下，知心能幾人。梓州郡官員，吾所重者，只譚使一人。（末）不知相公説甚底？（丑）我説譚節使。（末）如何？（丑）那關西人最直。[一]（淨上）（末）請，請。（丑）誰？（末）譚節使。（丑）請來。（淨唱）

【引番子】即刻共惟，判府相公。有少事，特欲來相議，見夫人只怕失禮。（丑）喚我兒和夫人至。出來這裏，休要致疑。（合）既是親戚，親戚不妨對席。（外）

【同前】聞道是關西，老將太尉。（淨）本不敢，直入來謁見，托在同官，又是親戚。請郡主出來這裏，聽洒拜啓，休要致疑。（合同前）（旦）

【同前】徐步金蓮，款款步砌。（外、丑）這老將，却是吾親契。（旦）萬福不罪，未及參侍。（淨）這郡主洒不曾見，生得恁奇，休要致疑。（合同前）

（淨白）三關四角場，沿邊地十八寨。人頭廝釘，熱血廝潑，是洒所知之事。這事不當洒説，既托親契，只得冒犯。（丑）請坐。（淨）不須坐。（丑）不知節使有何事件？（淨）只説張狀元，有犯鈞嚴，特委洒

[一] 那：原作『郡』，據《校注》改。

來介和。（外唱）

【漿水令】告莫説張狀元，才説後淚漣漣。（丑）自古及今招駙馬。（合）没妻底，定接鞭。（丑）敢來將我女兒嫌，致令半載病懨懨。（合）忒福薄，緣分慳。（外）誰信我女心腸變，日夜日夜憂更煎。驀忽驀忽命赴黃泉。（净）

【同前】洒特特來拜侍。（外、丑）方知道是不棄。（净）望君息取雷霆威。（丑、外）公不妨，自説取。（净）狀元張叶望鈞庇，洒欲冒瀆敢乞不罪。（外、丑）公有命，不敢違。（净）洒豈知公有女，情願情願甘做媒。（外、丑）[一]公意公意要與和議。（丑）

【同前】細尋思常怒起。（合）因它後喪一女兒。（外、丑）這一女吾最喜，温柔中，更兼貌美。（丑）狀元張叶改前非，敢將此女與作夫妻。（净）蒙恩許。（丑、外）不敢違。（净）不枉教它成一對。（丑）我女我女還怎底？　汝意汝意有甚言語。（旦）

【同前】怕奴家分福慳。（合）夫妻事是前緣。（旦）看爹媽心意轉。（合）只此是良言。（旦）感得提携謝英賢，狀元註定與奴團圓。　深拜蒙愛憐，前世已曾成姻眷。　奴荷奴荷公意堅。（合）克日克日與效鶼鶼。

[一] 外：原闕，據《校注》補。

（丑白）三杯合大道，且通自然。郡齋少款片時。

（浄）深擾夫人與相公，（丑）盡歡何苦恁匆匆。

（外）直待舞低楊柳樓心月，（合）歌罷桃花扇底風。（並下）

第五十二齣

（生出唱）

【紅芍藥】才宴罷瓊林，出東華門外。彩樓直下刺絲鞭，將謂喜歡接取。張叶此心不在彼，只欲要耀吾閭里。豈知接取相公寃，今日尚不已。

（末出白）一手不能拍，兩手鳴獲獲。覆僉判：今日得譚節使……（生）相公有甚言語？（末）譚太尉三杯已罷，兀底便來。（浄作馬嘶）（浄）看官底各人兩貫酒錢。謝頒賜！喏，喏，喏！（末）都是你一個。請，請。㈠（浄）即日共惟，台候萬福！（末）甚般寒暄？（生）不必講禮。凡事得沐周庇。（浄）好個青銅鏡，分明不會磨。（末）這是你本事。（浄）相公女兒，尊官怎地不要？洒又見相公女孩兒，生得好，生得好！（生）㈡又有一女，生得如何？（浄）有脚有手，也會行，也會走，也有鼻頭也有口。（末）

㈠『請』下原衍『末都是你一個請』，據《校注》刪。

㈡（生）：原闕，據《校注》補。

没它須不成人。（净）咦！後項親事，料想必成。汝去選日便匹偶。（末）領鈞旨。（净）這回選日事周全。（末）郡主依然嫁狀元。（生）正是酒中曾得道。（合）尤如花裏遇神仙。（末下）〔一〕（净唱）

【生姜牙】洒親曾見，謾致疑。目下免得相輕視，目下料得没言語。孩兒甚般價，多殊麗。（合）五百年前是因緣，君今打合成一對。（生）

【同前】初不道，事恁地。一心自欲榮閭里，一心又欲多珠翠。誰知公相，成嗔諱。（合同前）（净）

【同前】這孩兒出，步恁遲。天生似玉肌膚膩，天生又得爲夫婿。今番且免，争閑氣。（合同前）（生）

【同前】非公如是，事怎底？今番定做風流婿，今番且免鴛鴦拆。便教選日，成匹配。（合同前）

（净白）相公今日笑顏開，（生）非是尊官事未諧。

（净）萬事不由人計較，（合）算來都是命安排。（並下）

〔一〕末：原闕，據《校注》補。

第五十三齣

（末把傘出白）取火和煙得，擔泉帶月歸。誰知赫王相公又有一個女兒，今日日子好，相公出百萬貫妝奩，嫁取張狀元。畢竟是有福有分。正是：羅綺相隨羅綺去，布衣逐着布衣流。（丑拖花幞頭）綽開綽開，(一)花幞頭來。（末）好花幞頭！輕紅簇簇，魏紫間妝。(二)姚黃開蕊，堆白天香。(三)誚如雪兒，引得遊蜂和粉蝶，雙雙飛過牆來。（丑）你是幹辦，不當擡傘。你把着花幞頭，我與你擡傘。（末）方才是弟兄。（末拖幞頭、丑擡傘）（末）正是打鼓弄琵琶，合着兩會家。（丑舞傘介）（唱）

【鬥雙雞】幞頭兒，幞頭兒，甚般價好。花兒鬧，佐得㤭巧。傘兒簇得絶妙，刺起㤭地高，風兒又飄。（末）好似傀儡棚前，一個鮑老。

（末白）幞頭稱面簇奇葩。（丑）試看荷衣貌愈佳。（末）萬緑枝頭紅一點。（合）動人春色不須多。（下）（净執燈籠樂器上）遥觀孔雀畫屏開，無限姮娥擁大才。一派笙簫嘹喨處，神仙誤入小蓬萊。（喝）綽開！綽開！天下狀元來。兩行紅袖列朱門，便是神仙未足論。彩絲織成花世界，香花吹散錦

(一) 綽開綽開：原作『綽開開』，據《校注》補。
(二) 魏：原作『媿』，據《校注》改。
(三) 堆：原作『推』，據《校注》改。

乾坤。（並下）（生巾裹出唱）

【紫蘇丸】蓬萊路不遠，兩情休怨夤緣淺。只聽得絲竹管絃聲，料今宵得遂鴛鴦愿。

（末）請，請。赫王相公請狀元相見。（丑上）（生唱）

【迎仙客】誰信道，是因緣，即日蒙恩賀萬全。（丑）記年時，不接那鞭，怎知今日，又還爲姻眷。（生）

【同前】叶冒瀆，望周全，到此誰知月再圓。（外）我女復嫁張狀元。這番輻輳，(一)兩情福非淺。

（后唱）

【同前】（原闕）

（旦大妝上）(二)（外唱）

【幽花子】蓋頭試待都揭起。（后）春勝也不須留住。（合）天生緣分克定，好一對夫妻。（旦）張叶記得斬却奴一臂？如今怎得成匹配！（丑綽住）（外）爹爹息怒，聽取我兒拜啓。（生）

【同前換頭】雄威暫息，聽取張叶，禀許多詳細。（外）孩兒你説破它何虧負？（旦）啓初張

(一) 輳：原作「揍」，據文義改。
(二) 妝：原作「莊」，據文義改。

叶被賊劫盡，廟中來投睡。一查擊損，奴供乃衣乃食。續得遂成姻契。及第怎接絲鞭娶別底？（合）

【同前】既當初已做得夫妻，今日天教重會。休得要恁説，目前事不是。（旦）賣頭髮相助到京畿，一舉鰲頭及第。教門子打出，臨了斬一臂。（外唱）

【和佛兒】賢既曉文墨不當恁地。（合）没道理！（丑）它是你妻兒怎抛棄？（合）娶別底。

（生）張叶本意無心娶你，在窮途身自不由己。況天寒舉目又無親，亂與伊家相娶。（合）聽着你恁説，讀書人甚張志！（净作李大婆上唱）

【紅繡鞋】狀元與婆婆施禮。（合）不易。（生）婆婆忘了你容儀。（合）誰氏？（净）李大公，那婆婆，隨娘子去，棄了兒女。施粉朱，來到此處，如何認不得？（旦唱）

【越恁好】大公家裏，有萬千恩共義。（合）都休要恁説，交歡處飲三杯。（丑）從今兩情如魚似水。日前那怨語，（合）如今盡撇在東流水，如今盡撇在東流水。（外）

【同前】好兒好女，兩情斷縉繫。（合）如鸞鳳對雙飛，都誇道鄭州梨。當初許我青銅鏡兒，今番定有，一面也買歸家裏，百面也得歸家裏。

（生、旦）古廟相逢結契姻，（丑、夫）纔登甲第没前程。

（净、貼）梓州重合鸞鳳偶，（末、合）一段姻緣冠古今。

宦門子弟錯立身

目録

宦門子弟錯立身

題目
衝州撞府妝旦色　走南投北俏郎君
戾家行院學踏爨　宦門子弟錯立身

第一齣

（末白）

【鷓鴣天】完顔壽馬住西京，風流慷慨煞惺惺。因迷散樂王金榜，致使爹爹趕離門。〔一〕爲路岐，戀佳人，金珠使盡没分文。賢每雅静看敷演，《宦門子弟錯立身》。

〔一〕趕：原作『捍』，據文義改。下同改。

第二齣

（生唱）

【粉蝶兒】積世簪纓，家傳宦門之裔，更那堪富豪之後。看詩書，觀史記，無心雅麗。樂聲平，無非四時佳致。

（白）自家一生豪放，半世踈狂。翰苑文章，萬斛珠璣停腕下；詞林風月，一叢花錦聚腦中。神儀似霽月清風，雅貌如碧梧翠竹。拈花摘草，風流不讓柳耆卿；詠月嘲風，文賦敢欺杜陵老。自家延壽馬的便是。父親是女直人氏，見任河南府同知。前日有東平散樂王金榜，來這裏做場。看了這婦人，有如三十三天天上女，七十二洞洞中仙。有沉魚落雁之容，閉月羞花之貌。鵲飛頂上，尤如仙子下瑤池；兔走身邊，不若姮娥離月殿。近日來與小生有一班半點之事，争奈撇不下此婦人。如今瞞着我爹爹，叫左右請它來書院中，再整前歡，多少是好！左右過來。（末）廳上一呼，堦下百諾。（介）（生分付叫去介）（末介）（一）（生唱）

【一封書】伊且住試聽，喚取多嬌金榜來，書房内等待，休道侯門深似海。説與婆婆休慮猜，

（一）『介』下原空一格，疑有删節。

只道家中管待客。展華筵，已安排，是必教它疾快來。（末）

【同前】哥哥聽拜稟，它是伶倫一婦人，何須恁用心，謾終朝愁悶傾。若要和它同共枕，恐怕你爹行生嗔。那時節，悔無因，(一)玷辱家門豪富人。

（生白）你不去時，與我叫過狗兒都管過來。（末叫浄介）（浄唱）

【七精令】相公不在家裏，老漢心下歡喜。看官不認是阿誰，(二)我是一個佗背烏龜。

（白）從小在府裏，合家見我喜。相公常使喚，凡事知就裏。如今年紀大，又來伏事你。若論我做皮條，真個是無比。若是説不肯，一頓打出屎。（末）都管，舍人喚你。（浄介、去介、見介）（生白）你如今和我去勾闌内打唤王金榜，來書院中與它説話。（浄）去不妨，只怕相公得知連累我。（生介）（浄）我有言語。（生介）（浄白）自家是老都管，喫飯便要滿。要我做皮條，酒肉要你管。舍人使唤我，請甚王金榜。相公若知道，打你娘個本。婦人剜了别，舍人割了卵。（末收介）

（生）你且急去莫遲疑，我每等候在書幃。

（浄）小姐若還不來後，你在床上弄寮兒。（並下）

(一) 悔：原作『誨』，據《校注》改。

(二) 官：原作『管』，據《校注》改。

第三齣

（外扮同知上唱）[一]

【梁州令】深感吾皇賜重職，官名播西京。但一心中政煞公平，清如水，明如鏡，亮如冰。

（白）但老夫身居女直，掌判西京。父爲宰執當朝，累代簪纓之裔。説家法過如司馬，掌王條勝似龐涓。解使吏如秋夜月，人在鏡中行。老夫見任西京河南府完顔同知。家中有一子延壽馬，[二]每日教它攻書。這幾日老漢不曾到它書院中，早上已曾分付狗兒，監着孩兒，不教它胡走。若有些不到處，不當穩便。如今不免親去分付一遭，却去坐衙。正是：

行處莫教高喝道，恐驚林外野人家。（下）

第四齣

（虔唱）

【紫蘇丸】伶倫門户曾經歷，早不覺鬢髮霜侵。孩兒一個幹家門，算來總是前生定。

[一] 原作『外唱【梁州令】扮同知上』，據《校注》改。

[二] 馬：原闕，據《校注》補。

（白）老身幼習伶倫，生居散樂。曲按宫商知格調，詞通大道入禪機。老身趙茜梅，如今年紀老大，只靠一女王金榜，作場爲活。本是東平府人氏，如今將孩兒到河南府作場多日。今早掛了招子，不免叫出孩兒來，商量明日雜劇。孩兒過來。（旦唱）

【同前】奴家年少正青春，占州城煞有聲名。把梨園格範盡番騰，當場敷演人欽敬。

（白）娘萬福。（虔）孩兒，叫你去來，別無甚事，只爲衣飯，明日做甚雜劇？（旦）奴家今日身已不快，懶去勾闌裏去。（虔）你爹爹去收拾去了。（旦）我身已不快，去不得。（虔唱）

【桂枝香】孩兒聽啓，疾忙收拾。侵早已掛了招子，你却百般推抵。又不知你每，生着何意？生着何意？教娘嘔氣。靠着你，這的是求衣飯，不成誤了看的。（旦）

【同前】娘行聽啓，孩兒説與。如今病染着身，豈是奴家推抵。你只管苦苦，將人催逼，將人催逼，(一)教奴怎地。娘，儘教它，任取紅輪墜，由它誤看的。(二)（末上）

【同前】勾闌收拾，家中怎地？莫是我的孩兒，想是官身出去？你娘兒兩個，休閑争氣，休閑争氣。婆婆且住，聽説與，陣馬挨樓滿，不成誤看的。（浄）

(一)『將人』句：原不疊，據《校注》改。下曲『休争閒氣』句同改。

(二)由：原作『尤』，據《校注》改。

【同前】適蒙台旨，教咱來至。如今到得它家，相公安排筵席。勾闌罷却，勾闌罷却。休得收拾，疾忙前去，莫遲疑。你莫胡言語，我和你也棘赤。

（虔、末白）真個是相公喚不是？（淨）終不成我胡説！（旦）去又不得，不去又不得。（末）孩兒與老都管先去，我收拾砌末恰來。（淨）不要砌末，只要小唱。（末、虔）恁地，孩兒先去。我去勾闌裏散了看的，却來望你。

孩兒此去莫從容，相公排宴畫堂中。

（旦）情到不堪回首處，（合）一齊分付與東風。（並下）

第五齣

（生唱）

【醉落魄】令人去久傳音耗，至今不到。（淨）心忙意急歸來報。（旦）得見情人，心下稱懷抱。

（相見介）（生白介）你一似蕭何不赴宴，你好難請。（旦）害瞎的去尋羊，小哥，你好難得見。（淨）悲秋生在脊梁上，你好難入。（生）小姐，兩日不見你。（旦）我要來你處，又怕相公知道。（生）我瞞了相公，教它來請你，來書院中説些話。（旦唱）

【賞花時】憔悴容顔只爲你，每日在書房攻甚詩書。（生）閑話且休提，你把這時行的傳奇，（旦）看掌記。（生）[一]你從頭與我再温習。

（旦白）你直待要唱曲，相公知道，不是要處。（生）不妨，你帶得掌記來，敷演一番。（旦）這裏有分付。（净看門介）（旦唱）

【排歌】聽説因依，其中就裏。一個負王魁；孟姜女千里送寒衣；脱像雲卿鬼做媒；鴛鴦會，卓氏女；郭華因爲買胭脂，瓊蓮女，船浪舉，臨江驛内再相會。（又）

【哪吒令】這一本傳奇，是《周勃太尉》；[二]這一本傳奇，是《崔護覓水》；這一本傳奇，是《秋胡戲妻》；這一本是《關大王獨赴單刀會》；這一本是《馬踐楊妃》。（又）

【排歌】柳耆卿《欒城驛》；[三]張珙《西廂記》；《殺狗勸夫婿》；《京娘四不知》；《張叶斬貧女》；《樂昌公主》；牆頭馬上擲青梅，錦香亭上賦新詩，契合皆因手帕兒；洪和尚，錯下書；吕蒙正《風雪破窑記》；楊寔遇，韓瓊兒；冤冤相報《趙氏孤兒》。（又）

[一]（生）：原闕，據文義補。

[二]是周勃太尉：原作『周孛太尉』，據《校注》改。

[三]欒：原作『蠻』，據《校注》改。

【鵲踏枝】劉先主，跳檀溪；雷轟了薦福碑；[一]丙吉教子立起宣帝；[二]老萊子班衣；包待制上陳州糶米；這一本是《孟母三移》。（生唱）

【樂安神】[三]一從當日，心中指望燕鶯期。功名不戀待何如？拚却和伊拋故里。不圖身富貴，不去苦攻書，但只教兩眉舒。（又）

【六么令】一意隨它去，情願爲路歧。管甚麽抹土搽灰，折莫擂鼓吹笛，點拗收拾。更温習幾本雜劇，問甚麽妝孤扮末諸般會，更那堪會跳索撲旂。只得同歡共樂同鴛被。冲州撞府，求衣覓食。

【尾聲】我和你同心意，願得百歲鎮相隨，盡老今生不暫離。

（浄介）（外上白）隔墻猶有耳，窗外豈無人。老夫幾日不曾到書院中。（介）[四]（見浄介）（旦閃介）[五]（先見旦介）（罵介）（外唱）

[一] 了：原作『子』，據《校注》改。
[二] 教：原作『殺』，據《校注》改。
[三] 【樂安神】：原作『樂神安』，據《校注》改。
[四] 『介』下原衍『不曾到書院中』，據《校注》删。
[五] 『介』下原空一格，疑有删節。

【瑣南枝】潑禽獸，没道理，書院中怎不攻文藝？ 指望你背紫腰金，怎知你不成器！ 因甚底，來這裏，便與我，趕出去。（生）

【同前換頭】爹爹聽咨啓，孩兒又怎知？ 正在書房中獨坐，忽見狗兒都管，與它同來至。我問它，只因甚的？ 它説道是爹爹，喚它至。（旦）

【同前】相公聽，奴拜啓。 它説道相公排宴會，特地喚取奴，來到這書房裏。 誰信道，都是計。 智賺奴，望容恕。（净）

【同前換頭】思量老奴婢，只是怨恨你。 兩個將咱連累。 如今打得我，渾身上下都麻痹。〔一〕要把刀，割下腿。 告相公，沙八赤。

（外白）當初望你攻書，已後爲官。 今日剗地如此做作？ 左右那裏！ （末）有福之人人伏事，無福之人伏事人。 （外）你速去喚散樂王恩深來。 （末）理會得。 一心忙似箭，兩脚走如飛。 （末下）（婆、末改扮上）威聲如霹靂，人命若塵埃。 不知相公那裏有甚事？ 去走一遭。 （見外介）（外説付介）你今夜快與我收拾去，不許在此住。 明日早若見你在此，那時節别有施行。 老都管，如今這小畜生鎖在家中，不許順情。 明日慢慢問這廝。 （净、生先下）（外説末、卜介）你明日若不去時，教你從前作過事，没興一齊

〔一〕 痹：原作『庇』，據《校注》改。

來。（外下）（末、卜商量介）

萬事不由人計較，一生都是命安排。（下）

第六齣

（浄、生上白）自家骨肉尚如此，何況區區陌路人。老都管，我爹爹把我如此禁持，我那婦人昨夜趕將去了，我要性命何用？不如尋個死去。（浄）舍人，自古道：千日在泥，不如一日在世。不如收拾些金銀爲路費，往别處去住幾時，别作商量。等相公氣息，再回來不遲。不强如死了。（生介、生唱）

【玉交枝】只因癡迷，與王金榜同諧比翼。誰知被我爹捉住，拆散了鴛侶。情人去也不見蹤，我如今在此無依倚。免不得尋個死處，免不得尋個死處。[一]（浄唱）

【同前】略聽説與，喪殘生一命可惜。若還放得伊家去，恐把我每連累。尋思你去真慘悽，只得與你躭着罪。到前途作個道理，到前途作個道理。

（生）惟有感恩並積恨，萬年千載不成塵。[二]（下）

[一] 免不得：原闕，據《校注》補。

[二] 『萬年』句：原作『惟有感恩並積恨』，據《校注》改。

第七齣

（外唱）

【西地錦】當職心懷公正，更名播朝廷。從官判斷無私曲，管民樂昇平。

（白）但存公道正，何必問前程。（提兒子介）左右過來。（淨上介）[一]（末上介）一封天子詔，四海狀元心。聖旨宣唤，疾速來朝。老都管，如今孩兒不知去向，又蒙聖旨宣唤河南採訪，一面打聽孩兒消息。[二]（淨）相公放心。小人在家管看，一就打聽舍人消息。（末）請。（外快去介）

路上有花並有酒，一程分作兩程行。（下）

第八齣

（淨上唱）[三]（提行路）（闕）（白）（闕）

[一]『介』下原空一格，疑有删節。
[二]面：原作『回』，據《校注》改。
[三]淨上唱：原作『淨唱上』，據《校注》改。

第九齣

（卜上唱）(一)

【八聲甘州】子規兩三聲，勸道不如歸去，羈旅傷情。花殘鶯老，虛度幾多芳春。家鄉萬里，煙水萬重，奈隔斷鱗鴻無處尋。(二)一身，似雪裏楊花飛輕。（旦）

【同前換頭】艱辛，登山渡水行。(三)見夕陽西下，玉兔東生。牧童吹笛，驚動暮鴉投林。殘霞散綺，新月漸明，望隱隱奇峰鎖暮雲。泠泠，見溪水圍遶孤村。（末）

【解三醒】(四)奈行程路途勞頓，到黃昏轉添愁悶。山回路僻人絶影，不覺長歎兩三聲。（旦）望斷天涯無故人，便做鐵打心腸珠淚傾。只傷着，蠅頭微利，蝸角虛名。（卜）

【同前換頭】向村莊上借宿安此身，只見孤館蕭條扃。（旦）想村醪易醒愁難醒，暗思昔情

(一) 卜上唱：原闕，據《校注》補。
(二) 鱗：原作「鄰」，據《校注》改。
(三) 行：原闕，據《校注》補。
(四) 【解三醒】：原闕，據《校注》補。

人。臨風對月歡娱頻宴飲，轉教我添愁離恨。您今宵裏，孤衾展轉，誰與安存？（卜、末）⑴

【尾聲】且寬心，休憂悶。放懷款款慢登程，借宿今宵安此身。

（地鋪介）（闕）

第十齣

（生唱）

【江兒水】離了家鄉里，奔路途。不知它在何州住？使我心中添愁悶。閃得我今日成孤冷，渡水登山勞頓。未知何日，再與多情歡會。

（白）一似和針吞却綫，刺人腸肚繫人心。（下）

第十一齣

（末白）賣買歸來汗未消，賣買歸來汗未消。老漢在河南府做場，只爲完顏同知舍人延壽馬，與我孩兒有些（闕）（介）（趕去介）（説收拾介）（闕）

⑴（卜、末）：原闕，據《校注》補。

不將辛苦藝，難賺世間財。〔一〕（下）

第十二齣

（生唱）

【越調・鬥鵪鶉】〔二〕被父母禁持，投東摸西，將一個表子依隨。走南跳北，典了衣服，賣了馬疋。尖擔兒兩頭脱，〔三〕閃得我孤身三不歸。空滴溜下老大小荷包，猛殺了鐐丁鍉底。（又）

【紫花兒序】似這般失業，似這般逐浪隨波，忍冷躭飢。來到這圍牆直下，柳樹週迴。向這河中搊的長流水，洗了面皮。掠得我鬢髮怜俐，着些個吐津兒潤了，撥浪便入城池。

（看招子介）（白）且入茶坊裏，問個端的。茶博士過來。（浄白）茶迎三島客，湯送五湖賓。（見生介）

（生白）作場。（分付請旦介）（旦唱）

【四國朝】聽得人呼唤，特特來此處。

〔一〕『難賺』句：原闕，據《校注》補。

〔二〕【鬥鵪鶉】：原闕，據《校注》補。

〔三〕擔：原作『檐』，據《校注》改。下同改。

（見生不認介）(一)莊家調判，難看區老。（生）老鼠咬了葫蘆藤，(二)小姐好快觜。（旦）鸚鵡回言，這鳥敢來應口。（生）耐打鼓兒，我較得你兩片。（旦）你課牙比不得杜善甫，串仗却似鄭元和。（生）姐姐，使錢不問家豪富，風流不在着衣多。（生唱）

【駐雲飛】你款步難擡，便做天仙難見你來。我把你相看待，它把我相抮壞。猜，緣何在花街，共人歡愛？說又不俫，罵又佯不采。正是本性難移山河易改，本性難移山河易改。(三)（旦）

【同前】便做真龍，我也難從你逐浪波。信口胡應和，(四)閑話吃不過。(五)嗏，一面是舊特科，(六)我把它瞧破。(七)誰慣得如今，膽似天來大。你向咱行說個甚麽？你向咱行說個甚麽？（净）

【同前】仔細思之，你是何人它是誰？姐姐多嬌媚，你却身藍縷。嗏，模樣似乞的，蓋紙被。日裏去街頭，教他求衣食。夜裏彎跧樓下睡，夜裏彎跧樓下睡。（生）

(一) 認：原作『忍』，據《校注》改。
(二) 藤：原作『縢』，據《校注》改。
(三) 本性難移：原闕，據《校注》補。
(四) 信：原作『訊』，據《校注》改。
(五) 閑：原作『譯』，據《校注》改。
(六) 面：原作『麪』，據《校注》改。
(七) 瞧：原作『樵』，據《校注》改。

【同前】覆水難收，一度思量珠淚流。指望長相守，誰信不成就。（旦）嗏，一筆盡都勾，免喫僝僽。剪髮拈香，共你同説呪。（生）只恐你心中不應口，只恐你心中不應口。

（末上白）(一)雁飛不到處，人被利名牽。合才勾欄散罷，對門茶店中叫孩兒去，不知甚人在那裏？如今走一遭。（見生、旦介）（生借衣介）(二)（説關介）（末）不爭你要來我家，我孩兒要招個做雜劇的。（生唱）

【金蕉葉】子這撇末區老賺，我學那劉耍和行蹤步跡。(三)敢一個小哨兒喉咽韻美，(四)我説散嗽咳呵如瓶貯水。

（末白）你會甚雜劇？（生唱）

【鬼三台】我做《硃砂擔浮漚記》，(五)《關大王單刀會》；做《管寧割席》破體兒；《相府

(一)『末』下原衍一『卜』字，據《校注》刪。
(二)『介』下原空一格，疑有刪節。
(三)耍：原作『要』，據《校注》改。
(四)哨：原作『捎』，據《校注》改。
(五)硃砂擔：原作『米砂糖』，據《校注》改。

院》扮張飛；《三奪槊》扮尉遲敬德；(一)做《陳驢兒風雪包待制》； 喫推勘《柳成錯背妻》；(二)扮宰相做《伊尹扶湯》； 學子弟做《螺螄末泥》。(三)

（末白）不嫁做雜劇的，只嫁個做院本的。（生唱）

【調笑令】我這爨體，不查梨。(四)格樣全學賈校尉。 趍搶觜臉天生會，偏宜抹土搽灰。 打一聲哨子響半日，(五)一會道牙牙小來來胡爲。

（末白）你會做甚院本？（生唱）

【聖藥王】更做《四不知》，《雙鬥醫》； 更做《風流浪子兩相宜》； 黄魯直，《打得底》；《馬明王村里會佳期》； 更做《搬運太湖石》。

（末白）都不招別的，只招寫掌記的。（生唱）

【麻郎】我能添插更疾，一管筆如飛。 真字能抄掌記，更壓着御京書會。

(一) 奪：原作『脱』，據《校注》改。
(二) 妻：原作『要』，據《校注》改。
(三) 螺螄：原作『羅帥』，據《校注》改。
(四) 查：原作『番』，據《校注》改。
(五) 子：原作『土』，據《校注》改。

（末白）我要招個擂鼓吹笛的。（生唱）

【么篇】(一)我舞得，彈得唱得。折莫大擂鼓吹笛，折莫大裝神弄鬼，折莫特調當撲旂。

【天净沙】(二)我是宦門子弟，也做得您行院人家女婿。做院本生點個《水母砌》，拴一個《少年遊》，吃幾個拄心攧背。

（末白）當初它也曾好來，使了幾錠鈔，又是好人家兒郎。既然胡亂且招它在家，續後又別作道理。延壽馬，我招你自招你，只怕你提不得杖鼓行頭。（生唱）

【尾聲】正不過沿村轉莊，撞工耕地。我若得妝旦色如魚似水，背杖鼓有何羞，提行頭怕甚的！

（末白）既然如此，且教它回去，後日別作道理。正是：

萬事不由人計較，算來都是命安排。（下）(三)（净、末、卜吊場下）(四)

(一)【么篇】：原闕，據《校注》補。

(二)【天净沙】：原闕，據《校注》補。

(三)『下』下原空一格，疑有删節。

(四)卜：原作『丑』，據《校注》改。

第十三齣

（生白）在家牙墜子，〔一〕出路路岐人。（介）（唱）

【菊花新】路岐岐路兩悠悠，不到天涯未肯休，這的是子弟下場頭。（旦）挑行李怎禁生受。（生説關子介）（唱）

【泣顔回】撞府共冲州，遍走江湖之遊。身爲女婿，只得忍恥含羞。（旦）伊家奈守。有衷腸，時伊難分剖。怕爹娘趕逐前來，將奴家共君僝僽。（生）

【同前换頭】休休，提起淚交流。那更擔兒忒重心憂。〔二〕我親朋知道，真個笑破人口。（旦）男兒到頭。管終須，和你得成就。那時節有月登樓，無花永不酌酒。（末唱）

【撲燈蛾】你門不三思，紅日漸西流。兩人没來由，只管此迤逗。〔三〕（生）爹行聽分剖，奈擔兒難擔生受，更驢兒不肯快走。（旦）致令得，兩人途路恁淹留。（虔）

〔一〕墜：原作『隊』，據《校注》改。

〔二〕忒：原作『説』，據《校注》改。

〔三〕逗：原作『逼』，據《校注》改。

【同前】孩兒離家去久，公公忒不度己。㈠潑畜生因甚底，緣何尚然落後。（末）婆婆住休，又何用唧唧啾啾，料不是冤家不就頭。且擔着擔兒，疾速向前走。（生唱）

【尾聲】終須共你同鴛偶，事到頭如今不自由，那些個男兒得志秋。

（白）路上有花並有酒，一程分作兩程行。（下）

第十四齣

（外、净上）

【菊花新】深感當今聖主，恩賜金紫雙魚。公心正直遍採訪，治國安民，但願得國泰歲時豐富。

（外白）老夫蒼顏皓首，身爲重職。深感吾皇，賜金紫雙魚；托賴洪福，採訪五湖四海。真個能教官吏如冰潔，㈡解使民心似水清。六兒，我如今在此悶倦，你與我去叫大行院來，做些院本解悶。（净叫

㈠ 忒：原作『惑』，據《校注》改。
㈡ 冰：原作『水』，據《校注》改。

介)〔一〕(生、旦上)(末上)〔二〕(見外介)〔三〕(外説關)〔四〕(末稟院本)〔五〕(外打認説關子配合介)(外唱)

【排歌】自從當日,不見我兒,心下鎮長憂慮,兩眼長是淚雙垂。怎地孩兒爲路岐?(合)今日裏,得見你,焚香子父謝神祇。它鄉里,重會遇,夫妻百歲儆于飛。(生)(旦)

【同前】那日孩兒,私奔故里,歷盡萬山煙水。途中寂寞痛傷悲,到了東平得見伊。(合同前)

【同前】告恩官,聽拜啓。當日書房裏,一意會佳期。驀忽撞着伊公相,一時見却怒起,令人星夜趕分離。怎知道,今日做夫妻,謝得恩官作主議。(合同前)

〔一〕介:原作『個』,據《校注》改。
〔二〕『上』下原空一格,疑有删節。
〔三〕『介』下原空一格,疑有删節。
〔四〕『關』下原空一格,疑有删節。
〔五〕『本』下原空一格,疑有删節。

小孫屠

目録

小孫屠

古杭書會編撰

題目

李瓊梅設計麗春園　孫必貴相會成夫婦

朱邦傑識法明犯法　遭盆吊没興小孫屠

第一齣

（末白）

【滿庭芳】白髮相催，青春不再，勸君莫羡精神。賞心樂事，乘興莫因循。浮世落花流水，鎮長是會少離頻。須知道，轉頭吉夢，誰是百年人？　雍容絃誦罷，試追搜古傳，往事閑憑。想像梨園格範，編撰出樂府新聲。喧譁静，竚看歡笑，和氣藹陽春。

後行子弟，不知敷演甚傳奇？（衆應）《遭盆吊没興小孫屠》（再白）

【滿庭芳】昔日孫家，雙名必達。花朝行樂春風。瓊梅李氏，賣酒亭上幸相逢。從此娉爲夫婦。兄弟謀苦不相從。因外往、瓊梅水性，再續舊情濃。　暗去梅香首級，潛奔它處，夫主勞籠。陷兄弟必貴，盆吊死郊中。幸得天教再活，逢嫂婦説破狂蹤。三見鬼，一齊擒住，迢斷在開封。（末下）

第二齣

（生唱）

【粉蝶兒】生長開封，詩書盡皆歷遍。奈功名五行薄淺。論榮華，隨分有，稱吾心愿。且開懷，共詩朋酒侣歡宴。

（白）一生不得文章力，欲上青天未有因。聖朝不負男兒志，嫦娥爲伴一枝春。鳳凰閣下須詔禮，豹虎標中奮此身。自歎緑袍難掛體，腰金衣紫是何人？　自家姓孫，雙名必達，祖居開封。不幸家父先亡，堂上止有萱親，年紀高邁。有兄弟孫必貴，至親者止有三人。謝荷老天，[一]可以安居。幸遇時豐歲稔，日霽風和。曾約幾個朋友，因時行樂。如何不見來？（净、末上）（相見傳問挨介）（生唱）

[一] 荷：原作『賀』，據《校注》改。

【惜奴嬌】〔一〕同出西郊，聽乳鶯枝上，一聲啼起。縈情惹恨，恰似報人明媚。偏宜，兩兩三三穿花去。載傳樽，酬樂意。（和）我共你、趁此青春，日日宴酌，對花沉醉。（浄）

【同前換頭】歡聚。草嫩輕黄，弄絲絲暗織，素腸千縷。夭桃張錦，無煙禁火燒拔。凝覷，萬卉争開春羅綺，步芳郊，真得趣。（和仝前）（末唱）

【錦衣香】見浪子，閑遊戲。並艶質，閑遊戲。都趁玉勒金鞍，共尋佳致。小橋芳草柳陰堤，鼎沸笙歌，墮簪遺珥。〔二〕翫江山景致，此身在畫圖裏。（和）馬嘶芳草地，粉蝶交飛。雙雙往來，遊人如蟻。（生）

【同前】傍柳邊鶯飛。度小橋，臨緑水。一簇魏紫姚黄，競舒羅綺。海棠枝上染臙脂，是誰家院宇？燕子來去，引青春浪子。小蒼頭鬭草携樏。〔三〕（和）看雙雙鞦韆架起，粉牆陰笑聲鼎沸。（同唱）

【漿水令】四時中春光最美，共遊賞更莫待遲。暖風逐日好天氣，莫蹉跎過了，謾自傷悲。

〔一〕惜：原作『借』，據《校注》改。
〔二〕珥：原作『耳』，據《校注》改。
〔三〕樏：原作『壘』，據《校注》改。

花深處，酒望垂，可惜解貂留佩。同歡會，同歡會，同歡醉歸。扶歸去，扶歸去，帶好花枝。

（生）莫負媚景艷陽天，（浄）拚却西郊使萬錢。

（末）花謝尚有重開日，（合）人老終無再少年。（並下）

第三齣

（旦上）

【破陣子】自憐生來薄命，一身誤落風塵。多想前緣慳福分，今世夫妻少至誠，何時得稱心？

（白）妾身是開封府上廳角妓李瓊梅的便是。自恨身如柳絮，無情枉嫁東風。貌若春花，空吁白晝。幾度沉吟彈粉淚，對人空滴悲多情。對此三春好景，就西郊這麗春園内沽賣香醪。〔一〕一來趁時翫賞，二來恐遇得個情人，亦是天假其便。奴家身畔，只有一使唤梅香在此。就教它整頓酒器。正是：鶯花尤怕春光老，不肯教人枉度春。（旦唱）

【破陣子】天若憐人孤苦，令樽前遇個良人。（梅接唱）滿目春光堪遣興，莫怨東風淚似傾，當

〔一〕賣：原作「買」，據文義改。

壚自遣情。(一)

(旦)此身不幸墮煙花，(梅)最苦春來越歎嗟。(合)柳陌尋芳人似蟻，粉牆題恨字如鴉。(二)(旦唱)

【漁家燈】長吁嗟辜負朱顏枉度春，愁聽得別院垂楊，黄鸝數聲。兩眉暗鎖新愁恨，自慵臨鸞鏡，奈天不早從人。鎮常是淚雨愁雲，對東風淚滴新愁間舊愁。(梅唱)

【剔銀燈】春山映秋波暗動情，何須慮孤衾閑枕？香醪路遠人沽飲，嬌貌美風流厮稱。日日同歡共飲，尤强似嫦娥不嫁人。(旦唱)

【地錦花】(三)懶能臨掠烏雲鬢，慵點絳唇，對謾當壚傚學文君。暗想文君，何時遇得知音？一片至誠心，奈何天也不由人。(同唱)

【麻婆子】對景對景空題恨，贏得悶上心。(四)止愁止愁青春過，(五)年華暗逐人。慇懃回首問東君，桃花開謝逢春。怕奴容顏老，何時遇個人？

(一) 壚：原作『爐』，據《校注》改。下同改。

(二) 字：原作『子』，據《校注》改。

(三) 地：原作『從』，據《校注》改。

(四) 贏：原作『羸』，據《校注》改。

(五) 止愁止愁：原作『止愁愁』，據《校注》補。

（旦白）梅香，怕有賞春佳客來買酒，你與我安排了酒器，整頓則個。（梅下）（生、末、浄）

【水底魚兒】柳緑花紅，名園裏風景多。杏開如錦綉，夭桃如噴火。王孫仕女笑嬉嬉，同宴樂。尋芳拾翠，拚傾杯沉醉呵。（生、末、浄相見行令介）（旦唱）

【喬合笙】群花破蕋，破蕋。[一]紅白競妝，無限春光明媚。[二]香醪韻恁奇，不須推拒。（和）共陪笑語，君還有意，作畫欄爲花主。（梅）

【同前】官人看取，看取。蜂蝶對對，相逐花間遊戲。何妨對此時，猛拚沉醉。（和仝前）（生唱）

【忒忒令】燕呢喃雕梁上對語，未知它訴着何意，料應説着，衷腸如是。兩個鎮雙飛，雙雙來，雙雙去，算何時似你？（末）

【同前】算人生百年有幾，不歡樂更待何時。大都三萬六千日，何不遇花遇酒，花前飲，花下醉，且開懷自舒。（旦唱）

[一] 破：原闕，據文義補。

[二] 限：原作『恨』，據《校注》改。

【紅綉鞋】謝得東君留意，留意；[一]特來買醉霞巵，霞巵。賞芳菲，惜花意。不妨做，[二]錦屏圍。莫令人，亂攀折。（生）

【同前】幸得花□相會，[三]相會；好似崔生覓水，[四]覓水。怕別後，憶年時。桃花面，兩東西。甚時節，再相會。（和同前）（同唱）

【刮鼓令】花影漸移，紅日相將墜。對花一恁拚沉醉，共插着花幾枝。花籃轎兒香韻奇，花陰柳下人漸稀。當歌對酒醺醺地，教人道醉扶歸。

（生）酒錢多少？（旦）這個不妨，看官人與多少。（生）略有些小銀子，權當酒錢。（旦、梅）謝得官人。（生）娘子，酒闌人散醉扶歸，細柳輕輕拂地垂，何時連理枝？（旦）官人，桃艷美，杏艷美，若得闌干遮蓋圍，方宜結果時。（生）娘子不須憂慮。如蒙不外，待小生多將些金珠，去官司上下使了，與娘子落籍從良，[五]不知意下如何？（旦）只怕奴家無此福分。若得官人如此周庇之時，待奴托與終身，未爲晚

（一）『留意』原不疊，據《校注》改。下『霞巵』，下曲『相會』『覓水』同改。

（二）『不』上原衍一『和』字，據《校注》刪。

（三）『花』下疑闕一字。

（四）崔：原作『夜』，據《校注》改。

（五）籍：原作『藉』，據《校注》改。下同改。

矣。（生）卑末乍别。（浄醉扶介）（同唱）

【粉蝶兒】一飲千鍾，醺醺殢人扶路。醉醄醄怎生移步。（旦）愛花心，須仗托闌杆遮護。

（生）惱柔腸，教人九回千顧。（並下）

第四齣

（婆唱）

【金雞叫】老景催人去，年華事暗隨流水。願家筵無慮縈心緒。晨夕清香，一炷謝天地。

（白）家道蕭踈未足憂，且隨緣分度春秋。月過十五光明少，人到中年萬事休。老身是開封人氏，㈠夫主姓孫，亡過數載。只有兩個孩兒：大的必達，自亡夫主，自曾讀數行詩書之禮，乃是個儒人；小的必貴，爲人聰惠，性氣剛强，只要提刀弄斧，如今在街坊做個屠户，養育老身。日來聽得孫二要出外打旋，㈡不知如何？等它來時，把幾句勸它則個。（末上白）買賣歸來汗濕衫，算來方覺養家難。自家姓孫，排行第二，在這街坊市上屠宰爲生，人口順只叫做小孫屠。數日來不得買賣，意下要買些人事，投鄉外幾個相識行打旋一遭。免不得説與我母親知道。（末見）（婆）孩兒，我聽得道你要出外打旋，怕家

㈠ 人氏：原闕，據《校注》補。

㈡ 聽：原作『所』，據《校注》改。

中得過且過，出去做甚的？（末）告得媽媽，常言道：坐喫箱空。孩兒去尋得些少盤纏便回，母親放心。（婆）孩兒，心去意難留，留着是冤仇。去則不妨，只是早回便了。（末）孩兒便回。（婆唱）

【鏵鍬兒】從來你行慣，曾途中歷遍。今日此行，須是意莫留連。遣我朝夕懮憂煎，望得孩兒眼穿。子母心，兩處懸。（和）鴻飛不到處，總被利名牽。（末）

【同前】孩兒告娘，休得憂怨。人言小富由命，大富由天。但得安樂是前緣，坐享不能自然。暫離家，即便轉。（和）去處莫遲延，〔一〕娘親望眼穿。

（婆）〔二〕雁飛不到處，（末）人被利名牽。（並下）

第五齣

（生唱）

【天下樂】一種相思聚兩眉，因嬌貌可人意。只得拚却千金買，把花名籍字除。

（白）天涯海角不窮時，惟有相思無盡處。卑人每常在家觀書覽史，侍奉萱親。只因那一日西郊麗春園

〔一〕『處』下原衍一『處』字，據《校注》删。

〔二〕（婆）：原闕，據《校注》補。

内遊春，杏花深處，得遇李瓊梅當壚官賣酒，此婦人生得肌瑩瓊臺片雪，臉如紅杏鮮妍。見它不覺惹起鴛鴦之恨，欲求鸞鳳之歡。説道：若得落籍除名，願爲夫婦。如今不免多將些金帛，前往衙前，尋那舊契張面前，去那本官根前説則個。（末上白）昨晚那孫必達所托之事，已自從本官根前覆過了。今日特來這裏，説與那人知道。（末見生介）（生）張面前，昨日所托之事如何？（末）昨晚已曾本官根前説過了，當請哥哥來。（生）小生不多，先有銀子兩錠，上下使用。哥根前小生當自重重拜謝！（末）不須如此。（生唱）

【光光乍】仁兄聽我言，千萬與周全。若得一力維持，感恩即非淺。（末）

【同前】夫妻是宿緣，當與你作宛轉。放下心腸休憂慮，管教你成姻眷。

（白）眼望旌捷門施，耳聽好音消息。（並下）

第六齣

（外唱）

【西地錦】下官心平公正，卑職掌開封。但民歌千里明忠，正報和氣春風。

（白）下官權行千里，職掌開封。胸次澄清，但絶非公之擾；希奇政事，判絶有理之權。真個沾恩皆樂業，一朝朝家庇喜安康。此心如蘭之馨，如秤之平。真個行處莫教高唱道，恐驚林外野人家。當日的令史過來。(浄扮朱令史上介)(白)將相本無種，男兒當自强。自家姓朱，名傑，見在充本府正名司吏，滿街都叫我做朱外郎。夜來有張面前説李瓊梅一事，今日本官坐廳，與此人完備此勾當。(見外了)(叫旦介)(旦上唱)

【風馬兒】聞得提携寸心喜，來廳下聽台旨。(梅接唱)娘行離脱風塵去，從今且免得，人折柳梢枝。(一)(見外除名介)(旦唱)

【鵝鴨滿渡船】謝得恩官，且免妾爲娼妓。這些恩德處怎忘之，甚時能結學韓珠？(和)從今係籍名字除，付憑據，從此去。免怨嗟，琉璃井，幸脱離。(外)

【同前】自來平心地，爲你多嬌媚。墮落煙花内本無禮，快疾速移改遲便追。(和同前)(浄)

【同前】今日除名字，皆是我恩德。(旦)人非土木的，不敢忘恩義。(和)幸然脱得花門去，心歡喜，鴛鴦倩，免沉迷。如花貌，絶風雨。(外)(二)

【同前】本官心地，事由公理。踢脱這些兒，果有陰德處。(和仝前)(三)(梅)

(一) 梢：原作『稍』，據《校注》改。

(二) 外：原作『末』，據《校注》改。

(三) 前：原闕，據《校注》補。

【同前】念奴娘子，本是良人女。早晚辦名香，答謝天和地。（和同前）[一]

（浄）莫忘當初共把杯，（外）除却花名李瓊梅。

（合）當權若不行方便，如入金山空手回。（並下）

第七齣

（末打旋上唱）[二]

【北曲一枝花】山遥江水長，人遠天涯近。去馳登紫陌，迤逗踐紅塵。自離家鄉，寂寞無人問。朝朝愁悶損。然雖路上堪行，俺則是心中未穩。

【梁州第七】[三]驀驀地古道西風峻嶺，過了夕陽流水孤村。如今塵隨馬足何年盡。常就勞落，不必艱辛。幾番回首，幾度忘魂。只爲家中年老慈親，朝夕侍奉無人。明知孝悌人之

[一] 同前：原闕，據《校注》補。下同補。
[二] 原作『【北曲】末唱【一枝花】打旋上』，據《校注》改。
[三] 【梁州第七】：原闕，據《校注》補。

大本，想着受劬勞育我全身，(一)不能勾落業安平。自俺付臨行，(二)曾把哥哥禀，常侍奉莫因循。(三)只怕哥哥把話不準，迷戀着紅裙。

【黄鐘尾】(四)如今未遭際漢風雷信，有一日得到家鄉桃李春。打旋回來分，參拜了母親，答謝了衆神，便受了奔波正的本。（下）

第八齣

（婆唱）

【鳳春時】得失榮枯在命，夫妻事豈非天爲。我的孩兒今成夫婦，論此因緣，事皆前定。

（白）男大須婚，女大須嫁。老身大的孩兒必達，不曾婚娶。半月前有媒婆來曾説親，不擬三言兩句便説成，就選今朝好日子，便取將歸來。只一件，小的孩兒必貴出外打旋未回，(五)況是屠宰之家，他歸來

(一)『想着』句：原作『想着受區勞育我痊身』，據文義改。

(二)俺：原作『唵』，據《校注》改。

(三)侍：原作『付』，據《校注》改。

(四)【黄鐘尾】：原闕，據《校注》補。

(五)未：原作『來』，據《校注》改。

必有言語。這的不妨。今朝這早晚不見媒婆來。（淨扮媒婆出白）開口成匹配，舉口合鳳凰。（生唱）

【迎仙客】謝娘子，恁提携，料想前生曾會伊。燕雙飛，一對兒。（和）算來因契，鬭合非容易。（一）（旦）

【同前】念奴家，好人女，幸遇君家才貌奇。似鸞鳳，一對兒。（和同前）（婆）

【同前】我孩兒，恁聰惠，娶得媳婦百事宜。鄭州梨，一對兒。（和同前）（梅）

【同前】我娘子，果嬌媚，幸遇官人俊貌美。似鴛鴦，一對兒。（和同前）

（生）天生一對共諧和，（旦）便覺門闌喜氣多。

（婆）遇飲酒時須飲酒，（合）得高歌處且高歌。（淨先下）

（婆唱）

【綉帶兒】娘言語兒聽取，如今景傍桑榆，男畢結女正當笄年，娘心免得憂慮。忺喜。願得諧老百歲期，得榮貴我心歡喜。（和）真奇異一雙兩美，排宴飲雙雙傚于飛。（生）

【同前】必達告娘行聽啓，因緣事非容易。今日裏情分和諧，媽媽免得憂慮。難比，艷妝嬌貌多俊美，論西施則如是。（和仝前）（旦）

（一）『鬭合』句：原作『鬭合合非容易和』，據《校注》改。

【同前】奴自小良人女，謝君家提携到這裏。不棄取甘爲箕箒，只願盡老連理。和你，共諧百歲直到底，更無二心三意。（和仝前）（梅）

【同前】聽取梅香拜啓，幸今日到此豈非容易。今日裏惜分和諧，謝恩家不惜千金買斷花爲主。應是，此生緣分天際會，願百歲求同魚水。（和仝前）

（末上白）歡來不似今朝，喜來那似今日。相逢必貴，多謝得衆家行院相識賁發。幸喜回來。㈠恰才城外見二三個伴當，喫了兩三杯酒，須索到家看母親。㈡（見婆拜介）孫二，你回来了。歡喜咱！（末）歡喜甚的？（婆）你的哥哥娶嫂嫂。（末見生、旦介）（末唱）

【朱哥兒】哥哥聽兄弟拜啓，它須煙花潑妓。水性從來怎由己。緣何會做得人頭妻？伊不聽，兄弟勸時，也須看前人例。（生）

【同前】我兄弟説得自是，它如今須脱了名籍。我見它真實娶它歸，娘親老待它看侍。（和）今日裏，成親愛喜，休口快胡言語。（旦）

【同前】叔叔好不傍道理，奴元是好人兒女。墜落煙花怎由己？將奴駡淚珠偷滴。（和仝

㈠ 回：原作『向』，據《校注》改。

㈡ 看：原作『着』，據《校注》改。

前）（婆）

【同前】勸孩兒休得要恁地，你嫂嫂看來也賢德。自今一家要和氣，改日與你娶房妻兒。（和仝前）（梅）

【同前】休得聽閑説是非，勸娘行也休得嘔氣。這般閑争甚巴臂，傍人聽是何張志。（和仝前）

（生）兄弟心性太踈狂，（末）那堪門户不相當。

（婆）今日夫妻成大禮，㈠（合）一齊攀送入蘭房。（並下）

第九齣

（净扮朱令史上）無因駐清景，日出事還生。自家暗想李氏，㈡在先我在它家中來往，多使了些錢。後來因些閑言語上，不曾踏上它門。如今孫大娶它爲妻，見説孫大每日殢一盞酒，此婦人奈其心不定，又和孫二争叉。我待去它家走一遭，又無因由。真個是眉頭一點愁，終是不能消。在先這婦女和我做伴時，曾借我三錠鈔。休昧心説，這錢還我了，争奈我文書不曾把還它。我如今只把這文書做索錢爲由，

㈠　夫妻成：原作『夫成妻』，據《校注》改。
㈡　想李氏：原作『相朱氏』，據《校注》改。

去它家裏走一遭。恐怕它是因緣未斷，三言兩句成合了。正是：不施萬丈深潭計，怎得驪龍項下珠？（下）（旦上唱）

【梁州令】一對鸞鳳共宴樂，恨連日拋彈。這冤家莫竟信調唆，[一]把奴家，恩和愛，盡奚落。（白）鴛鴦本是飛禽性，養殺終須不戀家。自嫁孫家，將謂如魚似水，傚學鸞鳳。誰知把我新婚密愛，如同白水，[二]連日不見回來。知它是争名奪利，知它是戀酒迷花？使奴無情無緒，困倚綉床，如何消遣！（旦唱）

【梧桐樹】思量悶上心，人去無蹤影。悄似隨風柳絮無憑准，却與舊日心不應。誤我良宵寂寞守孤燈，數盡更籌夜長人初静，教人恨殺活短命。

【同前】無情弄綉針，鎮日心不定。[三]落得悽惶爲它成孤冷，終日黯約何情興。捱到黄昏月上小窗明，[四]淚眼通宵揾濕鴛鴦枕，曉來時懶對孤鸞鏡。（外扶生叫開門介）（旦開門介）（生睡叫介）[五]（旦唱）

[一] 竟信調唆：原作『景信凋唆』，據文義改。
[二] 水：原作『木』，據《校注》改。
[三] 定：原作『足』，據《校注》改。
[四] 捱：原作『睚』，據《校注》改。
[五] 『介』前原衍『睡叫』，據《校注》删。

【北曲新水令】却踏過滿庭芳草看花回，怨王孫不思折桂。每日上小樓沽美酒，銷金帳裏共傳杯。喫酒沉醉扶歸，不由我不傷情若縈繫。（又唱）

【南曲風入松】記前日席上泛緑蟻，做夫妻永同連理。誰知每日貪歡會？醺醺地不思量歸計。你那裏誰人共美？教奴自守孤幃。（又唱）

【北曲折桂令】幾回價守定香閨，轉無眠情緒如癡。直哭得絳蠟煙消，銀蟾影墜，寶篆香微。才聽得促織兒聲沉四壁，又聽得叫殘星報曉鄰雞。隻影孤恓，心下傷悲。一弄兒淒涼，總促在愁眉。（又唱）

【南曲風入松】我一心指望你攻書，要改換門閭。如今把奴成拋棄，朝朝望朝朝不至。好教人鴛衾裏冷落，須閑了我一個枕頭兒。（又唱）

【北曲水仙子】好因緣間阻武陵溪，辜負花前月下期。綵雲易散琉璃脆，虧心底不似你，擔閣了少年夫妻。不枉了真心真誠意，不把我却寒知暖妻，不能勾步步相隨。（又唱）

【南曲風入松】想伊聰惠，伊伶俐，伊冷戲，今日裏怎如是？念奴嬌媚，奴風韻，奴佔俤，誰和我手同攜。(一)（又唱）

(一) 和：原作『知』，據《校注》改。

【北曲雁兒落】誰同鶯燕期？(一)誰展鴛鴦被？誰雙斟鸚鵡觴？誰匹配鸞鳳對？（又唱）

【南曲風入松】細思量教我淚雙垂，使奴虛度良時。繡房懶入拈針指，終朝裏没情没緒。枕屏邊聲聲叫你，情脈脈轉無語。（又唱）

【北曲得勝令】(二)則笑卓氏女忒心癡，它被這睡魔王厮禁持。則想醉裏乾坤大，全不想花間雲雨期。身靠着屏圍，魂夢誰根底？酒病好難醫，今朝醒覺遲。（又唱）

【南曲風入松】看劉伶酒自半醒時，不似你沉醉如泥。當初李白曾題記，它得遇唐朝皇帝。（白）李太白醉時，楊妃捧硯，力士脱靴，龍巾拭唾，御手調羹。今日也是醉。枉教人千般告你，别尋個解條底。

（浄上白）事不關心，關心者亂。到得孫大門首。（叫門介）（旦）誰叫我小名？（浄）是朱邦傑。（旦）元來是朱外郎。（開門）外郎怎生稀行？（浄）我今日特來與娘子賀喜則個。（旦）外郎，你説這話，如今奴家不比在先門户。（浄介）你在先借我三錠鈔，不曾還我。（旦）在先鈔都還外郎了。（浄介）我不曾得。（旦背介）外郎莫是把爲名，故意來此。（浄介）這睡的是誰？（旦介）是丈夫。（浄）怎中？

(一) 期：原闕，據《校注》補。

(二) 得：原作『德』，據《校注》改。

（旦）不妨！醉也。（净介）（旦）外郎，休戀故鄉生處好，受恩深處便爲家。（旦唱）

【石榴花】奴家從小流落在風塵，幾番和你共枕同衾。如今踢脱做良人，誰知到此，倍覺傷情。幸君家殷勤到這裏，想因緣已曾結定。（和）花前宴樂同歡會，伊和我兩同心。（净）[一]

【同前】娘子貌美鉛華鬢堆雲，[二]梳妝巧煞精神。金蓮三寸太輕盈，言談舉止多風韻。咱龐兒青春，青春俏勤，教人道果然厮稱。（和仝前）

（末上白）野花不種年年有，煩惱無根日日生。自家當朝一日，和那婦人叫了一和，兩下都有言語。我早起晚息，[三]看它有些小破。今朝聽得我哥出去，和相識每喫酒，我投家裏去走一遭。（佐聽科介）殺人可恕，無禮難容。我哥哥不在家，誰在家喫酒？（末踏開門。净走下。末行殺介）（生唱）

【駐馬聽】酒困沉沉，睡裏聽得人鬭争。是我荒驚惱覺，自覺一身，戰戰兢兢。方知欲問這元因，忽然見弟兄持刀刃，連叫兩三聲。莫不是嫂嫂不欽敬？（末）

【同前】聽説元因，它元是娼家一婦人。瞷着哥哥濃睡，自與傍人，並枕同衾。我欲持刀一

[一]（净）：原闕，據《校注》補。

[二]貌：原作『皃』，據《校注》改。

[三]息：原作『西』，據《校注》改。

意捕奸情，幾乎殺害我哥哥命。（旦）我有奸夫，你不拏住它！（末）你言語怎生聽，[一]一場公事驚人聽。（旦）

【同前】哀告君聽，奴在房兒裏欲睡寢。怎知叔叔來此，巧言花語，扯奴衣襟。（末）孫二須不是這般樣人。（旦）因奴家不肯便生嗔，將刀欲害伊家命。（末）哥哥休聽它家説，孫二不敢。（旦）只得叫鄰人，將奴趕得没投奔。（生）

【同前】此事難憑，兩下差池人怎明？[二]（末）哥哥甚不明處，養着奸夫。（旦）叔叔聲聲只道，養着奸夫。奸夫你説是何人？（末）明養着奸夫。[三]（旦）叔叔你忒煞把人輕！（末）你道没，敢罰呪？（旦唾）是命。（旦）青青須有天爲證。（末）你敢道一個没！（旦）没！（末）你休得強惺，楊花水性無憑準。

（生）家醜從來不外揚，（旦）誰知骨肉也參商。

[一] 怎：原作「恐」，據《校注》改。

[二] 池：原作「他」，據《校注》改。下同改。

[三] 明：原作「門」，據《校注》改。

(末)大隹飛上梧桐樹,[一](合)自有傍人説短長。(並下)

第十齣

(婆唱)

【轉山子】因甚家中鬧聲沸?聽言語差池。心下探自覺猜疑,還未知何般凶吉。到堂前探取,免心下多慮。

(白)人無遠慮,必有近憂。不知夜來家中爲甚喧鬧?待老媳婦叫過小孫屠出來,問它則個。孫屠在那里?(末上白)當言不言謂之訥,不言强言謂之僭。夜來只爲那賤人,險些不做出一場事來。[二]這事只得自相滅。母親叫只得走一遭。(見)(婆)孩兒,夜來爲甚炒鬧?教我知道。(末)媽媽説甚底。媽媽只是當日間信哥説,娶了這婦人,有許多價事濟。母親休問。(婆)孩兒,休要大驚小怪。畢竟事以成了,它是個這般人,把這言語都休説。我從你爺爺在日,已曾許下東岳三年香願。以還兩年了,今

[一] 隹:原作『家』,據明萬曆金陵繼志齋刊本《重校琵琶記》改。《重校琵琶記》第三十一齣『大隹飛上梧桐樹』眉批:『隹:音「追」。《詩》作「鵻」。鳳凰長尾,慣栖梧桐,隹鳥尾短而亦飛上,故傍人指其尾之長短而議之。一作「大鵬」,一作「大風吹倒」,并非。』

[二] 險:原作『顯』,據《校注》改。

年一年便還足。孩兒，你如今與我收拾行李，和我一同去還心願，也免在家閑争合口。（末）母親也説得是。孩兒如今便收拾行李，母親和哥哥説一聲，就教送出路上去便回。（婆）如今你速辨行裝去。(一)不憚重重疊疊山。（婆吊場）（婆唱）

【掛真兒】東岳靈祠幾程路，還心願只得前去。只慮家中，無人看覷，叫出孩兒説與。（生上唱）

【同前】燕爾新婚正歡聚，何曾肯暫離一步。（旦上唱）驀然聞得，(二)萱親有旨，同向堂前施禮。（婆唱）

【柰子花】相將岳帝生乾日，欲同去燒香獻紙。（生）便理會行裝前去，但家務深慮之。（旦）爲家慮恐難脱離，須叫取叔叔前去。（和）只交必貴辦行裝，相同去便回歸。（婆）

【同前】如今即便登途，家緣事分付汝。（生）告媽媽寬心行路，兩下裏休慮憶。（旦）媽媽須是早早回歸，路途上自宜小心。（和同前）（末唱）

【賺】聽娘有旨，目今要往東岳去。（旦）恨分離，家中無人管顧奴。（生）我如今，相送娘行

(一) 速：原作『連』，據《校注》改。
(二) 聞：原作『間』，據《校注》改。

出外去，側耳先回故里。（末）更莫待遲。（旦）〔一〕叫梅香安排數杯。（梅）聽娘呼至。（梅唱）

【紅芍藥】今去東岳，一杯助和氣。（婆）梅香媳婦在房幃，須是照管家計。（旦）三人路途須仔細，不妨早作歸計。（和）名香一炷告神祇，合家保無危。

【同前換頭】酌酒東郊已先醉，門前早已排轎兒。兩日三朝望你歸。

（白）東峰東岳甚威靈，名香一炷辦虔誠。萬事勸人休碌碌，舉頭三尺有神明。（生、末、婆先下）（旦吊場白）落花有意隨流水，流水無心戀落花。梅香，我當初指望共它同行同坐，一步不離。誰知今日，隨風倒柁，〔二〕飄然而去。空使鴛衾閑半壁，何日是歸期？（梅）娘子不須憂慮。（旦唱）

【梧葉兒】欲説破，有誰聽，不記暗叮嚀。飄然去，悄如水上萍。盡把恩情，悄似梧葉兒一片輕。（梅）

【同前】娘休慮，且寬心，何必自傷情。（旦）〔三〕雖然出去便回程，房兒裏好淒清。長歎兩三聲，它熱如火我冷如冰。（旦）

【同前】休只管，戀它每，入眼便爲懃。不須急性，有日稱心，莫把恩情悄似冰。

〔一〕（旦）：原闕，據《校注》補。

〔二〕柁：原作「保」，據《校注》改。

〔三〕（旦）：原闕，據《校注》補。

（白）梅香，它既然出去，我鎮日没情没緒，你入去安排三兩杯酒來，待我自消遣則個。（梅）理會得。三杯和萬事，一醉解千愁。（梅先下）（净扮朱令史上白）静中檢點平生事，閑裏搜尋自所爲。前日不是我走得疾，險些個遭小孫屠脚手。我如今見説，它家裏婆婆和孫大、孫二一同出去燒香，只有那婦人在家，不免去走一遭。（見旦介）（旦）朱令史，你今日來得恰好，我正安排幾杯，和你對飲。（净）前日我好險！（旦）不是你眼快，險做下來。今日它門出去燒香，便回來也三朝兩日。如今不免叫過梅香將酒過來。（梅）酒逢知己飲，詩向會人吟。酒在此。（梅見净介）（旦）梅香，這官人是我的兄弟。你去安排些食物，一就與我關了外門，待我和官人喫幾杯酒。（梅）天上人間，方便第一。（梅先下）（旦唱）

【淘金令】燈前報蕋，鵲噪簷前喜。今日見你，果是非容易。淺斟低唱，放些嬌癡，怕甚花梢風雨。辦堅着意，一杯勸君須記取。（和）同携素手，並着香肌，共入羅幃做連理。（净）

【同前】因緣契合，算來非容易。一雙兩美，我也成忔戲。幾曾間阻，兩下分離。（和同前）

（净白）而今便叫梅香過來，正好下手。（旦）説的是。梅香過來。（梅上唱）

【桃李争放】聽得叫梅香，只得堂前聽取使。

（梅白）姐姐，這個人是甚麼人？你只管留它在家喫酒做甚底？（旦）不干你事！（净殺梅香。扮梅香作旦死尸科。除梅香頭介）

（旦、净白）不施萬丈深潭計，怎得驪龍項下珠。（並下）

第十一齣

（外上）

【梅子黄時雨】清正當權，公明無倦，民無枉閻闠無飛。

（白）磨下十錠五錠墨，(一)寫下千枝萬枝樹。引得林禽紛到來，(二)踏枝不着空歸去。下官職判開封一郡黎民，今日早衙，門前鬧閧，不知甚事？左右過來。（净扮朱令史上介）（説關殺人）寧可昧神祇，不可失道理。廳上官人唤，只是孫大殺人事，(三)走一遭。（見外説關介）（外）這的是人命事，非通小道，不打不招。（净打了）（押生上介）（生唱）

【錦天樂】且停威，告恩官略慈念。昨日我萱親去燒香，卑人送到半途回轉。誰把我妻謀騙？首級無有鮮血染，望恩官乞賜明驗。回心轉，言念無辜，怎生屈受刑憲？（又唱）

【上小樓】公吏人排列兩邊，不由我心驚膽戰。怎推這鐵鎖沉枷，麻搥撒子？受盡熬煎。(四)

(一)『磨下』句：原作『麿下十鉈五鉈墨』，據《校注》改。

(二)紛：原作『扮』，據文義改。

(三)大：原闕，據《校注》補。

(四)熬：原作『傲』，據《校注》改。

假若使心似鐵，這官法如爐燒煉。(二)休悲我枉屈後，死而無怨。

【同前】到今日怎知道番成罪愆？ 略略望哀憐。 常言道公門可行方便。 人易謊，天須見，拷打千般神魂亂。 空有日月須明，不照覆盆下面。 便招作鬼，死也埋冤。(又唱)

【紅綉鞋】拷的我魂飛魄散，打的我肉爛皮穿。 告你個有鑒察曹司，望週全。 你是一紙教天赦，飛下九重天。 殺人罪愆，怎的免？

(生招了介)(末)朱令史，既招成了，枷收在牢裏，待首級完備決斷。(外唱)

【四邊静】將它短招讀一遍，把詞因好生看。 休要順人情，依法自行遣。(和)這場罪愆，怎生觶免？ 一一與招成，三年待決斷。(生)

【同前】誰知命運遭乖蹇，今朝受刑憲。 免教受掤扒，感恩即非淺。(和同前)(淨)

【同前】分明是你把妻兒騙，今日怎胡言？ 拷打更拚扒，如今怎觶免。(和同前)(生唱)

【一撮棹】喫黃連，心苦向誰言？ 無處語，莫得告蒼天。(外)枷收了，明日要歸勘。 將就理，實説早週全。(生)怎禁枷和鎖，鐵心腸淚漣漣。 情最苦，身落在罪囚禁。

(外白)朝朝問取莫遲延，但要公平不要錢。

(二) 煉：原作『燥』，據《校注》改。

（生）兄弟未歸誰管顧？娘親誰把信音傳？
（浄）當初只道文章貴，到此方知獄吏嚴。（並下）

第十二齣

（婆上）
【望遠行】離了故鄉，跋涉崎嶇勞攘。水宿風飡，旅況怎消遣？（末）那日方離家鄉，回首家鄉怎想？且緩步徐徐行上。（婆）
【四犯臘梅花】高山疊疊途路長，何時得到東嶽殿，賽還心願一爐香也。人寂寂，奴恓惶，相隨只有兒共娘。奔波在旅邸，滿眼是山花夾岸傍。（和）路上逢花酒，自倘佯，一程管教分作兩程行。（末）
【同前】暮宿村店朝又往，寬心放懷休惆悵，拜還心願一爐香也。身康健，回故鄉，朝行暮止兒共娘。一心願得學，拜舞綵衣堂上。（和同前）
（婆白）孩兒，我身已自覺有些不快，你可早尋個安歇處。（末）媽媽，前面便是草橋茅店，且歇了，明日

早上殿還願。（婆）〔一〕孩兒，早尋旅店且安宿，身安便是無量福。（末）〔二〕賽還香願早回家。（並下）

第十三齣

（旦上唱）

【夜行船】百歲夫妻重會面，由天付豈非人與。（淨接唱）不入深淵，驚人波浪，爭得大海明珠？

（旦）不入驚人浪。（淨）難逢得意魚。（旦）朱外郎，不是奴家設此一計，今日怎得和君家相會？（淨）謝得娘子！（旦）官人，休聽世上相思曲，且盡樽前不老杯。（旦唱）

【綉停針】自從那日，打散鴛鴦似鎮長歎吁。袖羅紅濕胭脂淚，愁到那人提起。謝老天開方便眼，施小計恰早投機。自今一步不斷離，在天只願傚于飛，在地同爲連理。（淨）

【同前】雨約雲期，最苦情濃處變成間離。寸心豈戀鴛鴦被，爭奈咫尺千里。今難學莊周夢蝶，願飛到伊行根底，同坐同行同衾睡。（旦）

〔一〕（婆）：原闕，據《校注》補。
〔二〕（末）：原闕，據《校注》補。

【同前】望伊做主，莫待傍人的講是論非。繡衾香暖羅幃裏，恩情願似當時。論陽臺朝雲暮雨，爭如我憐惜歡娱，共伊終久不厮離。（淨）

【同前】看伊貌美，最苦秋波殢人似癡。臉桃紅露櫻唇媚，(一)淡掃娥眉傍人怎比。宛然似春光結蘂，幸然折在屏幃裏。從今契合非容易，把閑愁從此勾除，辦堅心休提是共非。

（旦、淨白）在天同歸碧落，入地共返黃泉。（並下）

第十四齣

（末上白）世上萬般哀苦事，無過死別與生離。苦也！去時同着母親去，歸時只有獨自歸。(二)誰知母親還了香願，在房店中已自死了。如今却只帶得它骸骨歸來，且喜到得家鄉。思量着起來，心如刺痛，淚似珠傾。（唱）

【北曲端正好】當日重意離京城，誰想今日躭愁悶，急回來不沙悶的獨自個和淚而行。去時節喜恣恣親母登山嶺，回來呵，背着個磣可可骨匣相隨定。（唱）

(一) 櫻：原作『鶯』，據《校注》改。
(二) 獨自歸：原作『獨自』，據《校注》補。

【南曲錦纏道】奔行程，哀哀不曾住聲，閣不定珠淚如傾。(一)挑着個紙幡兒，招展痛苦傷情。這骨匣一回價又輕，一回價又覺還沉。莫不是親母顯威靈，娘相扶相隨，相佑到帝京。到得家中後，見哥哥訴元因。（唱）

【北曲脱布衫】白日裏泣雨愁雲，到晚西役夢勞魂。多則是俺嫂嫂佔迫我小名，佖若在家亡也有些名分。（唱）

【南曲刷子序】心中自忖，怨親娘可煞孤命。你若家裏死後，便累七追享，(二)不免請幾個僧人。止不過做兩三夜道場，看幾卷懺文《心經》。暗自省，也落得草草出殯在西城。(三)

（白）慚愧！且喜到得城外。則這般不敢家去，把這骨匣兒在門外具德寺裏，前到家去説與哥哥知道，請幾個僧人取去。（寄骨匣介）（回家介）（掩門介）(四)常言道：福無雙至，禍不單行。我家怎地喫官司封了門？不免去隔壁鄰舍王婆叫一聲。（末叫）（浄扮王婆出）來，來。誰？（末、浄相見科）（浄）孫二，你母親不曾回來？（末）好教婆婆得知，一言難盡。孫二同母親一路裏去到草橋店，母親身已不

(一)『閣不』句：原作『各不定住淚如傾』，據《校注》改。
(二)享：原作『高』，據《校注》改。
(三)草草：原作『花』，據《校注》改。
(四)掩：原作『闇』，據《校注》改。

快。還了香願，到得店裏，已自死了。婆婆，不知我家裏怎地喫官司封了門？（浄）你哥哥不聽人説話，娶了這個婦女，不知做了不良事濟，你哥哥把它殺了。如今官司拏去問成，關在大牢裏。（末唱）

【鎖南枝】婆婆聽，我拜啓：　隨娘往東岳去，誰信道得中途，驀忽娘傾棄。將死骨，親帶歸。到家中，因何把門閉？（浄）

【同前換頭】聽我訴因依，不覺淚暗滴。你自和娘還願，争奈你哥哥，與妻閑争氣。殺死它，喫控持。到如今，禁在牢内。

（末白）你如今怎生教我見哥哥一面也好。（浄）你如今只把送飯爲由，見得它。（末）孫二回來，委是没分文。（飯科）（浄）孩兒，我與你説若見哥哥，(一)不要大驚小怪。（末）理會得。

見時不敢高聲哭，恐怕人聞也斷腸。（並下）

第十五齣

（生擔枷上唱）(二)

(一) 説：原闕，據《校注》補。

(二) 原作『生唱【金櫳檍】擔枷上』，據《校注》改。

【金瓏璁】清平天地裏，是我屈死難當。哽咽淚汪汪。親娘無信息，共我兄弟何妨？不道我落在牢房。

（末上白）不信好人言，果有今朝難。今日果然如此。來到牢門前，只得叫送飯。（扣門科介）（見生送飯倮飯介）（末唱）

【孝順歌】[一]我哥不是怨自誰？癡迷那得人似你。兄弟好言語，佯佯總不理，如風過耳。它是風塵，煙花潑妓。你娶爲妻，不思量有今日。（生）

【同前】你却説得是，教人淚暗滴。我當初取它歸，將謂好行止。誰知甚的，事到頭來，全無區處。受盡凌遲，如今悔之無極。

（生問娘科）（末）好教哥哥得知，一言難盡。孫二和母親去到草橋店，母親身已不快。還了香願，已自死了。（生）苦也！（生唱）

【憶多嬌】心痛悲，珠淚暗滴。不知我娘爲下鬼，兒在囚牢誰看覷？禍不單行，苦也娘親怎知？（末）

[一] 歌：原作「哥」，據《校注》改。

【同前】作事濟，不點實。如今怎生來救你？早晚粥食休憂憶。（和同前）(一)

（淨推末押生下）假饒人心似鐵，怎逃官法如爐？（生下）（末吊場）（見淨許物科）

今日得君提拔起，免教身在污泥中。（並下）

第十六齣

（旦上唱）

【臨江仙】假意成謀居此處，分明中我圈圚。（淨）今生得遂我心期，歡娛嫌夜短，快樂少人知。

（旦）奴家當脱得花門柳户，與孫官人爲夫妻，止望盡老今生百年，誰知它朝夕殢酒。(二)不是奴家設此一計，把這梅香殺了，和朱外郎共同一處，多少是好。（淨説婆死介）（淨）今日我便把這孫大殺了，我與你同諧鸞鳳之歡，永享百年之樂。

（旦）計就月中擒玉兔，謀成日裏捉金烏。（並下）

(一)（和同前）：原闕，據《校注》補。

(二)夕：原闕，據《校注》補。

第十七齣

（末上計物件科）（見箱介）（浄拏末下）渾身是口不能言，遍體排牙説不得。（下）（外上唱）

【惜奴嬌】職判開封，冤枉人心頑如鐵，枉然官法如爐自滅。

（浄上説關介）（外）孫必達，那殺人正賊，已自拏獲得了。如今將你省會寧家聽候。（末擔枷上）（見生介）（生）苦也天！（生唱）

【紅衲襖】我當初不三思，撞着冤家如醉癡。最苦娘親又傾棄，家私壞了懊恨遲。今日遭横死，痛苦人怎知？情願拚死在黄泉，陰府去理。（末）

【同前】望停息狼虎威，害良民朱令史。屈壞平人怎爲例？下民易欺天怎欺？落在羅網裏，殺人還是誰？我情願替哥哥，做個刀下鬼盆吊殺。（末介）（並下）

第十八齣

（梅作鬼上唱）〔一〕

〔一〕原作『梅唱【高陽臺】作鬼上』，據《校注》改。

【高陽臺】一點幽魂，滿懷冤苦，冥冥杳杳鮮悲。鮮血流紅，痛和淚滴交垂。無端怨衝天地，恨那人無語長吁。冤讐須報，只争來早與來遲。（又唱）

【山坡羊】怨氣衝天盈地，怨魂冥冥何處？滴滴底鮮血沾衣袂。李瓊梅，和你假意兒，將人殺了諧連理。萬劫冤仇難如你，冤家終須會見你。（又唱）

【後庭花】〔一〕教奴怨恨你，魂靈兒無所歸。冤枉難伸訴，蒼天不可期。你不與，外人知，施呈巧計。使這般狼兒識，眼將咱一命傾。（又唱）

【水紅花】御冤痛恨苦難追，被伊虧。悲風動處，藏形無倚更無依。最難悲，黄昏微雨，盡在芭蕉葉底。怨魂飛，慽人淚珠垂也羅。（又唱）

【折桂令】休想我死心塌地，〔二〕有一朝天地輪迴，我那從前已往冤仇記。你好忘恩義，李瓊梅，到陰司，萬剮凌持。

〔一〕庭：原作『亭』，據《校注》改。

〔二〕塌：原作『塌』，據《校注》改。

第十九齣

（浄扮禁子開關拖末上）（浄下）（外扮東嶽泰山府君上唱）㊀

【少年遊】瞬目一觀，霎時已列凡世。

（白）莫瞞天地莫瞞心，心不瞞人禍不侵。十二時中行好事，災星過了福星臨。小聖乃是東嶽泰山府君。勸君莫作虧心事，東嶽新添速報司。切見李瓊梅淫婦，謀殺人命，孫必貴屈死郊中。此人平日孝心可重，今日有此之難。上帝敕旨，今差下小聖，降數點甘雨，其甦醒此人。孫必貴，甘雨沾身魂夢醒，醒來冤枉自分明。從空伸出拏雲手，提起天羅地網人。㊁（外下）（末活醒了介）（末唱）

【北新水令】㊂夢魂中只聽得雨滋滋，元來是死生別處。渾身上都破損，疼痛怎支吾？朱邦傑，於你有何辜？天憐念小孫屠。

【鎖南枝】神魂亂，手脚麻，争些半霎時身亡化。若不是老天周全，甘雨從空下，魂夢中，把我頭面洒。醒覺來，自嗟呀。（見捧介）

㊀ 原作『外唱【少年心】扮東嶽泰山府君上』，據《校注》改。

㊁ 提：原作『捏』，據《校注》改。

㊂ 『令』下原衍一『介』字，刪。

【北甜水令】拄杖身邊，誰人撇下，手顫怎生拿？東倒西歪，我怎生提拔？戰兢兢氣力難加。

【香柳娘】想哥哥那裏，你還知麽？兄弟在此身亡化。黄泉無旅店，今夜宿誰家？一命掩黄沙。我如今挣閫，將拄仗按拿，魂飛魄訝。

（生將鋤頭、紙錢上介）（見末介）㈠有鬼！（末白）哥哥，兄弟不是鬼。在牢中遭盆吊死，把我撇在郊外，謝天降幾點兒甘雨，把我救醒。哥哥，兄弟不是鬼，是人。（生）兄弟，你端的是人來？㈡兄弟款款地起來，扶着杖子行，闌閫到家，却作區處。（旦上唱）

【花兒】荒郊傍晚，星月相將漸生日沉西。車馬遊人盡稀散，潛步兩情厮綰。

（見生、末介）㈢有鬼！（生、末白）你是鬼是人？（旦）奴家不是鬼，是人。（生、末）你不是鬼，那死的却是誰？（旦）那死的却是梅香。你兩個出去，我和朱令史商量，把梅香殺了，切去了頭，假作我的尸首，誣賴你殺了奴家，把你兄弟囚禁牢中，謀害你兩個性命。這的是我和朱令史同謀來。（生、末）元來是你這賊人和朱令史謀壞我弟兄來。朱令史如今在那裏？（旦）在五里外莊子上。（末、生）你引我到

㈠ 末：原作『鬼』，據《校注》改。
㈡ 人：原闕，據《校注》補。
㈢ 介：原作『個』，據《校注》改。

那里去。只教從前作過事，沒與一齊來。（並下）

第二十齣

（浄上白）哼息！自家今日眼跳，有些個不好。李瓊梅緣何到如今不來，知它是怎生？（生、末、旦上）（擒浄介）（生唱）

【念佛子】聽此語，方知是，把梅香殺死逃避。假尸形陷我落在圈圚。（旦）聽取，可笑伊忒不是。爲我每廝像伊妻，無辜把人一繼擒住。

【同前换頭】因爲經過這裏，驀見伊形如鬼，逐驚荒寸心如水。（生、末）你分明，説此就理。怎地胡推拒？到今日更難分理。

【同前】李瓊梅，料造惡，貫滿當誅。如今怎生饒你？（旦）是前日不合恁的。一時同設計，到今日自伏不是。（生、末）

【同前】幸逢你，誰知三見鬼，一齊都擒住。千般受險危，幸得天天周濟。兩人怎插翅？口遍身如何分理？是共非，到龍圖堦下聽取台旨。

（生、末、梅擒住旦、浄白）今日一齊擒去龍圖廳下，分理便了。正是：

休言長釣秋江上，也有收綸罷釣時。(一)(並下)

第二十一齣

(外唱)

【七娘子】判斷甚嚴明，受人間陰府幽冥。負屈啣冤，從公決斷，心無私曲明如鏡。

(白)人間私語，天聞若雷。包拯便是。奉敕命雲間下，敕判斷開封。日判陽間夜判陰，管取人人無屈，定教個個無冤。遠遠望見一簇人來，恐有蹺蹊，不當穩便。左右過來。(生、末、梅擒旦、浄上介)(生、末唱)

【紫蘇丸】誰知假意將人害，李瓊梅見今擒在。(梅)在陰間啣冤怨痛傷悲。(浄、旦)誰知冤報冤和債。

(外白)你算有何冤抑，各各從頭供狀一遍。(生唱)

【縷縷金】它元賣酒，接佳賓。花牌上除姓名，做良人。娶它爲夫婦，水性無準。把梅香殺

(一) 綸：原作『輪』，據《校注》改。

死私奔，教我枉受刑禁。（旦）(一)

【同前】龍圖，聽元因：奴家從幼小，在風塵。爲它娶歸爲夫婦，心兒不定。共朱邦傑一意私奔，把梅香殺死一命。（末）

【同前】哥哥底，娶爲親。誰知心走輥，便忘恩。共着朱邦傑，同諧鴛枕。把梅香殺死苦平人，教我枉喪幽冥。（外）

【同前】朱邦傑，李瓊梅，把梅香殺死了，共私淫。誣賴它兄弟，在牢中囚禁。謀夫殺叔罪非輕，你兩個合償它命。

（外白判）朱邦傑是把法犯法，李瓊梅是謀殺故殺。同謀殺死梅香，誣賴孫大殺死妻室。即係因奸謀殺其夫，凌陷其弟，事干惡逆。除將朱邦傑妻小家産給償孫大兄弟；將朱邦傑、李瓊梅二人，押赴市曹，償還梅香性命。（生唱）

(一) 旦：原置下曲「龍圖聽元因」句後，據《校注》改。

【山花子】今朝謝得高明主，賜黄金與作周庇。李瓊梅瞞心昧己，和它暗約共同謀計。（和）感龍圖今朝斷理，生離死别心痛，梅香免得爲怨鬼。冤報冤家，幸從今脱離。（末）

【同前】賤人你自爲娼妓，哥哥把伊提携。豈知楊花怎拘，作事更不存理。（和同前）（旦）

【同前】心寒膽碎，悔之作不是。不合共它設計，都是一時情意。（和同前）（梅）

【同前】不念梅香當初事，你指望共諧今世。誰信驀生狂意，共奸夫故殺奴身已。（和同前）（外）

【同前】李瓊梅感煞忘恩，朱邦傑不仁不義。依公斷並押街頭，受凌遲。（和同前）（净）

【同前】是當初不合同謀，告公相周全寬恕。（外）休要狂口胡言，便押去！（和同前）(一)

驛程上拏獲兄弟，房店中亡過尊靈。

無半點夫妻恩義，懷一片狠毒心腸。

(一)『前』原處『靈』下，據《校注》改。

附録　隻曲輯録

目録

增定南九宫曲譜

南曲格律譜。明沈璟編。别題《南曲全譜》《新定九宫詞譜》《南九宫十三調曲譜》等。凡二十一卷，附録一卷。本書係沈璟根據蔣孝《南九宫譜》『考定錯訛，參補新調』充實改編而成。較之《舊編南九宫譜》，沈璟選録、增補了南曲曲牌七百一十九隻，每個曲牌詳列其不同格式，分别正字襯字、標出平仄、注明板眼，作爲南曲詞句形式定格。此譜現有明末永新龍驤刻本，明文治堂刻本，北京大學據《嘯餘譜》本覆刊石印本。其中收録《張協狀元》部分隻曲，現將曲文輯録如下。

【醉太平】明日恁地，神前拜跪。神還許妾嫁君時，待覓個聖杯。〔一〕娘行恁説有些意，不須我

〔一〕『杯』下原衍【前腔换頭】，據《永樂大典戲文三種》删。

每爲媒主，出個豬頭祭土地，有緣時賀喜。

【阿好悶】君今去也阿好悶，有些錢怎知湊來助你。落得兩家阿好悶，各家把這淚偷搵。一回上心阿好悶，伊家去有許多至誠。你不分皂白阿好悶，兀的須有神明。

【呼喚子】堅心耐煩等，須有日見情人。見情人也，依然又講舊情。眼前阿好悶，悶，直欲到宸京。只怕我夫榮貴也，嫌奴家身恁貧。

南詞新譜

《南詞新譜》，全名《廣輯詞隱先生南九宫十三調詞譜》，又名《重定南九宫詞譜》。清沈自晉（1583—1665）據沈璟的《增定查補南九宫十三調譜》增補修訂而成，全譜共二十六卷，《九宫譜》與《十三調譜》合爲一譜，十三調之曲附於九宫之後，各爲一卷，其中卷十一、卷二十分别爲新移補的道宫調與商黄調，卷二十五爲附録不知宫調引子、過曲，最後一卷爲《各宫尾聲格調》。全譜選收南曲曲調一千多支。此譜現有清順治十二年（1655）不殊草堂原刻本、1937年北京大學出版部影印本。其中收録《張協狀元》部分隻曲，輯録如下。

【小醉太平】明日恁地，神前拜跪。神還許妾嫁君時，待覓個聖杯。〔一〕娘行恁說有些意，不須我每爲媒主，出個豬頭祭土地，有緣時賀喜。

〔一〕『杯』下原衍【其二换頭】，據《永樂大典戲文三種》删。

寒山堂曲譜

清張彝宣編撰。此譜現存皆爲抄本，均殘缺，分爲兩類：一爲五卷本，題作《寒山堂新定九宫十三攝南曲譜》，存仙吕、正宫、大石調、小石調、黄鐘五卷；一爲十五卷本，題作《寒山曲譜》，存南吕過曲、南吕犯調、中吕過曲、中吕犯調、雙調過曲（殘缺）、黄鐘過曲、黄鐘犯調、正宫過曲、正宫犯調、大石過曲、大石犯調、小石過曲、小石犯調、仙吕過曲、仙吕犯調。五卷本卷首有『新定南曲譜凡例十則』、『寒山堂曲話』十八則、『譜選古今傳奇散曲集總目』。其中收録《張協狀元》隻曲，輯録如下。

【醉太平】明日恁地，神前拜跪。神還許我嫁君時，待覔個聖杯。[一]娘行恁説有些意，不須我每爲媒主，出個豬頭祭土地，有緣時賀喜。

[一]『杯』下原衍【其二】，據《永樂大典戲文三種》删。

南曲九宫正始

《南曲九宫正始》，全名《彙纂元譜南曲九宫正始》，卷首署：『雲間徐于室輯，茂苑鈕少雅訂。』共十册，全譜以唐代古譜《骷髏格》和元代《九宫譜》《十三調譜》爲基礎，選收曲調一一五三支，分别歸隸於九宫與十三調内，其中《九宫譜》六〇一支，《十三調譜》五五二支。每一宫調内按先引子、後過曲的順序排列。正格之下列有變格，全譜共收變格九四二支。範曲傍註明平仄、韻位及板位，閉口字則用圓圈圈注。曲牌名下及曲文後多有評注，又曲文上間有眉批。此譜現有清順治十八年（1661）鈔本，1936年北平戲曲流通會據以影印。其中收録《張協狀元》部分曲文，據清順治鈔本輯録如下。

【醉太平】明日恁的，神前拜跪。神還許妾嫁君時。待覓個聖杯。娘行恁説有些意，不須我每爲媒主，出個豬頭祭土地，有緣時賀喜。

【哭相思】父母家鄉知几里，又怎知兒狼狽。又聽得君家長吁氣，亦帶累奴家垂淚。

【大聖樂】村落無人要厮笑，這煩惱有誰知道。閑來獨自，桑麻徑裏，無限焦燥。

【大聖樂】綵樓高處有嬌姝，是王府求女婿。翔鸞儘有梧桐樹，又何必殢高枝。念奴爹行三世簪纓裔，今望高賢停玉轡。最是風流處也，似神仙誤入蓬壺影裏。

【三犯獅子序】張協恨時未至，居家出路、長是不利。不在你踈狂，唯有你自守己。且看造物何如，張協仗托詩書。奴家唯憑針指，逆來順受，須有通時。

【紅衫兒】算來張協病，相將病漸可。雖然恁地，歸猶未得。娘子無夫協無婦，好共諧比翼。飽學肚裏，異日風雲際。身定到，鳳皇池。管取一舉登科，真個好哩。帶汝歸到吾鄉，須强如在廟裏。

【叨叨令】貧則雖貧，每恁的嬌。這兩眉顰掃。有時暗憶妾爹娘，淚珠墮潤濕芳容，甚人知道。妾又無人要，自把捉做人，除非是苦懷抱。妾又無倚靠。付緣分與人緝麻，夜間獨自，宿在古廟。

【叨叨令】几番焦燥，命直恁不好。埋冤知是幾宵，受了千般愁悶，萬種寂寥。虚度奴年少。每日甘心，粗衣破裙，尋思另般格調。若要奴家好，遇得個意中人，共同結髮，夫妻偕老。

【阿好悶】君今去也阿好悶，有些錢怎知湊來助你。落得兩家阿好悶，各家把這淚偷揾。一回心上阿好悶，伊家去有許多志誠。你不分皂白阿好悶，兀的那有神明。

【呼喚子】堅心耐煩等，須有日見情人。見情人也，依然又講舊情。眼前阿好悶，直欲到宸京。只怕我夫榮貴也，嫌奴家身恁貧。

【獅子序】張協恨時未至，居家出路，長是不利。不在你踈狂，惟有你自守己。且看造物何如。張協仗托詩書，奴家惟憑針指。逆來順受，須有通時。

【獅子序換頭】愚意：誰無禍當自遣，將息身上，没事商量。眼下裏衣單又值雪，那更肚中饑餒。粥食奴旦夕供些，協身上衣裳又襤褸，胡亂度日，别有處置。

【獅子序換頭】聽啓：自來不識恁的。平日衣冠濟濟。没奈何風雲際會時，應是胜如今日。没盤纏怎生得去，休煩惱須待時至。常言道，好事不在忙裏。

御定曲譜

清康熙年間王奕清等奉敕編纂。全書共十四卷。首卷輯録歷代曲論及《九宫譜定論説》一文，卷一至卷四爲北曲譜，卷五至卷十二爲南曲譜，卷末收録失宫犯調諸曲，首次打破南北曲譜分立的格局。此譜現有清康熙五十四年（1715）内府刻本。其中收録《張協狀元》隻曲，輯録如下。

【小醉太平】明日恁地，神前拜跪。神還許妾嫁君時，待覓個聖杯。娘行恁説有些意，不須我每爲媒主。出個豬頭祭土地，有緣時賀喜。

【阿好悶】君今去也阿好悶，有些錢怎知湊來助你。落得兩家阿好悶，各家把這淚偷揾。一回上心阿好悶，伊家去有許多至誠。你不分皂白阿好悶，兀的須有神明。

【呼喚子】堅心耐煩等，須有日見情人。見情人也，依然又講舊情。眼前阿好悶，悶，直欲到宸京。只怕我夫榮貴也，嫌奴家身恁貧。

九宫大成南北詞宫譜

《九宫大成南北詞宫譜》，全名《新定九宫大成南北詞宫譜》，周祥鈺、鄒金生、徐興華、王文禄、徐應龍、朱廷鏐等人編。全譜分宫、商、角、徵、羽五函，八十二卷，共收列南曲曲調正格一五一三曲，變格一二六〇曲，集曲五九六曲，北曲正格五八一曲，變格一七〇四曲，南北共二〇九四支曲調，正變合計四四六六曲。另收列北曲套曲一八八套，南北合套三六套。此譜現有清乾隆十一年（1746）朱墨套印本、清乾隆内府殿本，1923 年上海古書流通處據内府殿本影印。其中收録《張協狀元》部分曲文，據清乾隆内府殿本輯録如下。

【獅子序】張協恨時未至，居家出路、長是不利。不在你踈狂，惟有你自守己。且看造物何如。張協仗托詩書，奴家惟憑針指。（合）逆來順受，須有通時。

【獅子序】愚意：　誰無禍當自遣，將息身上，没事商議。眼下裏衣單又值雪，那更肚中饑餒。粥食奴旦夕供些，協身上衣裳又襤縷。（合）胡亂度日，别有處置。

【獅子序】聽啓：自來不識恁的。平日衣冠濟濟。没奈何、風雲際會時，應是胜如今日。没盤纏怎生得去，休煩惱須待時至。（合）常言道好事、不在忙裏。

荆釵記

前言

《荆釵記》，明徐渭《南詞叙録》『宋元舊篇』載録，不題作者名，清高奕《新傳奇品》、黄文暘《曲海目》及姚燮《今樂考證》則皆題『柯丹邱作』。王國維《曲録》謂『舊本當題丹邱先生』，『丹邱先生爲寧獻王道號』，故柯丹邱即明寧獻王朱權。《南詞叙録》已將《荆釵記》載入『宋元舊篇』，又明末清初徐于室、鈕少雅《南曲九宫正始》也稱《荆釵記》爲『元傳奇』，故其作者必爲宋元時人。清張彝宣《新定九宫十三攝南曲譜》卷首『譜選古今傳奇散曲集總目』《王十朋荆釵記》劇目下注云：『吴門學究敬先書會柯丹邱著。』吴門，即蘇州古稱。據此，《荆釵記》的作者柯丹邱應是宋元時期蘇州敬先書會中的書會才人。

《荆釵記》雖爲宋元時人所作，但在其流傳過程中，不斷被改編，産生了不同的版本。如《南曲九宫正始》引録了《荆釵記》六十九支曲文，這六十九支曲文便來自兩種不同的版本，一是元本，一是明改本。這兩種版本劇名有别，『古本《荊釵記》，不曰《荊釵記》，直云《王十朋》』。[一]『元之《王十朋》，今之《荊釵》也』。[二]曲文也有異，如《南曲九宫正始》云：『余在未識原傳時亦如之，後幸得覩元本，始知其全本詞文皆與今改本《荊釵記》者大不同耳。』[三]《荊釵記》現全本流存（個别版本有闕）的皆爲明代刊本，本編收録七種，附民國時期二種：

1. 明嘉靖姑蘇葉氏刻本，題作《新刻原本王狀元荊釵記》，凡二卷。

2. 明萬曆金陵唐氏富春堂刻本（前十齣全闕，其餘間有闕佚），題作《新刻出像音註節義荊釵記》，凡四卷。

3. 明萬曆刻本，題作《李卓吾先生批評古本荊釵記》（附《李卓吾批評補刻舟中相會舊

[一]《南曲九宫正始》第四册【中吕過曲・漁家傲】曲下注，俞爲民、孫蓉蓉編，《歷代曲話彙編》清代編《南曲九宫正始》，黄山書社2008年版，第329—330頁。

[二]《南曲九宫正始・凡例》，俞爲民、孫蓉蓉編，《歷代曲話彙編》清代編《南曲九宫正始》，黄山書社2008年版，第8頁。

[三]《南曲九宫正始》第五册【南吕過曲・瑣窗寒】曲下注，俞爲民、孫蓉蓉編，《歷代曲話彙編》清代編《南曲九宫正始》，黄山書社2008年版，第476頁。

本荆釵記》），凡二卷。

4. 明萬曆金陵書林世德堂刻本，題作《新刊重訂出相附釋標註節義荆釵記》，凡四卷。

5. 明茂林葉氏刻本，題作《新刻王狀元荆釵記》，凡二卷。

6. 明萬曆刻本，題作《屠赤水先生批評荆釵記》，凡二卷。

7. 明毛氏汲古閣刻本，題作《繡刻荆釵記定本》，不分卷。

8. 崑曲工尺譜，清末殷溎深訂譜，怡安主人張芬校訂，民國十三年（1924）上海朝記書莊石版印行，題作《荆釵記曲譜》，凡四卷。

9. 蘇州崑劇傳習所（1921 年創辦於蘇州）編，題作《崑劇傳世演出珍本全編荆釵記》，凡六卷。

這七種明刊本由於爲不同書坊所刊刻，其間也有着差異。若按時代先後及具體曲文、故事情節等的差異來劃分，可將其分爲兩個系統：姑蘇葉氏刻本和茂林葉氏刻本爲一個系統，汲古閣本等五種爲另一系統。這兩個系統的版本不僅刊刻的年代有先後，即一爲嘉靖，一爲萬曆，而且兩者之間有着承繼關係，汲古閣本等刊本存在着在姑蘇葉氏刻本和茂林葉氏刻本或與其同一系統的版本的基礎上改動的痕跡，如赴試齣，姑蘇葉氏刻本和茂林葉氏刻本上場的脚色有生、末、净、丑四人，而汲古閣本等刊本皆無丑脚出場，但最後一句下場詩却仍由丑念。顯然，這是删改未盡，留此痕跡。

由於這兩個系統的刊本産生的年代有先後，因此，兩者在劇本形式、曲調格律和故事情節上，都有着差異。如在劇本的形式上，姑蘇葉氏刻本和茂林葉氏刻本雖已分齣，但無齣目名，而汲古閣本等刊本不僅分齣，而且有齣目名。早期南戲的劇本因不是供人案頭閲讀的，是供演員演出所用，故全本戲雖有段落可分，但不分齣，更無齣目名，如《永樂大典戲文三種》、元本《琵琶記》、成化本《白兔記》等皆是，直至明代文人參與南戲創作與改編後，爲方便閲讀，纔將全本分齣，并加上齣目名。姑蘇葉氏刻本和茂林葉氏刻本雖已分齣，但還能看出早期南戲古樸的劇本形式，而汲古閣本等刊本的劇本形式則與明代文人所作的傳奇劇本風格完全相同，即較爲精緻。

另外，在故事情節上，兩者也有差異，最後王十朋與錢玉蓮重會團圓的地點，姑蘇葉氏刻本和茂林葉氏刻本皆作『舟中會』，寫錢載和陞任兩廣巡撫，坐船赴任途中，路過吉安府，時任吉安太守的王十朋前去拜謁，錢載和知道王十朋就是玉蓮的丈夫後，便在船上設宴，邀王十朋及其母親赴宴，使兩人得以團圓。故其第一齣概括劇情大意的【沁園春】詞分别云：『在樓船相會。』『在吉安府舟中相會。』而汲古閣本等刊本王十朋與錢玉蓮重會的地點是吉安玄妙觀，謂錢玉蓮與王十朋皆以爲對方已亡，上元節到吉安玄妙觀追薦亡夫

（妻）」，不期而遇。玉蓮回府後，告知養父錢載和，錢載和便在府中設宴，邀王十朋赴宴，席間使十朋與玉蓮團圓。故其第一齣概括劇情大意的【沁園春】詞則作『吉安會』。從全劇情節的發展來看，各本的玄妙觀相會不合情理，因爲在兩人於玄妙觀相會之前，只是交代錢載和由温州太守陞任福州安撫，從温州來到福州，并没有交代到吉安。後突然出現兩人在吉安玄妙觀相會及錢載和宴請王十朋的情節。吉安與福州相去甚遠，錢玉蓮與錢載和怎麽可能突然在吉安出現呢？這樣的結局安排，顯然與前面的情節不合。前人似也看到了這一結局的不合理，如李卓吾評本在【沁園春】詞的『吉安會』三字上批曰：『原作「舟中會」爲是。』

在現存的《荆釵記》中，除了有全本的形式流存外，在明清時期的一些戲曲折子戲選集中，也大多選收了《荆釵記》的單齣。本編廣泛收録明清時期《風月錦囊》等三十七種戲曲折子戲選集中的《荆釵記》散齣。在這些戲曲折子戲選集中，由於選收者在選收時所依據的底本不同，或在選收時也作了改動，因此，其中所選收的《荆釵記》也各有特色。如《堯天樂》卷二下欄選收了《十朋母官亭遇雪》一齣，這齣戲演十朋母赴京途中遇雪的情節，其中寫當時的天氣是『關河雪凍，四野雲横』，一派嚴冬景象。可是在今存的明刊本中皆没有這一情節，而且十朋母親赴京的時間是在春天，地點又是在南方，不可能遇到大雪。又在各明刊本中，送十朋母赴京的是李成一人，而在《堯天樂》中除李成外，還有春香。如十朋母云：『成舅，老身受苦理之當然，你二人呵，受盡奔波，多多感承！』又【下山虎】曲云：『只得趲行數程，山程共水程。長亭又見家鄉，愁殺春香、李成。』顯然，這齣戲的情節是後人增加的。又如《徽池雅調》卷一上欄選收了《孫汝權假妝賣花》一齣，演玉蓮與婢女春香在花園内賞花，孫汝權從花園外路過，聽見園内有女子説話聲，便假扮賣花，企圖勾引玉蓮，被玉蓮斥退。這一情節不見於各明刊本。

另外，若按唱腔來劃分，以上這些選集所選收的《荆釵記》單齣，可分爲兩大類：一類是崑山腔選本，如《吴歈萃雅》《詞林逸響》《怡春錦》《醉怡情》《綴白裘》《審音鑑古録》等；一類是青陽腔選本，如《詞林一枝》《玉谷新簧》《徽池雅調》《堯天樂》《時調青崑》等。崑山腔選本的曲文與明刊本雖也有一些出入，但曲調的句格、字聲等格律變化不大。青陽腔選本在曲文中則加有滚白，如《堯天樂》卷一下欄《錢玉蓮繡房議婚》、《樂府萬象新》前集卷四下欄《姑娘繡房議婚》齣，在曲文中增加了許多滚白。《荆釵記》也是近世崑曲中的經典劇目，本編收録了《納書楹曲譜》《集成曲譜》《崑曲大全》等三種崑曲曲譜中的《荆釵記》散齣。

《荆釵記》是南戲的經典劇目，明清時期的曲律家們在編撰戲曲格律譜時，都在曲譜中徵引了《荆釵記》的曲文，在宫調、平仄、句法、用韻、板式等曲調格律上爲曲家作曲填詞提供了有益的借鑒。由於這些曲譜所徵引的《荆釵記》曲文引自不同的版本，因此，這些曲文也具有重要的文獻價值，故本編也輯録了《南詞新譜》等六種曲譜中的《荆釵記》曲文。

總目録

新刻原本王狀元荆釵記

目録

新刻原本王狀元荆釵記卷下……三〇八

新刻原本王狀元荆釵記卷上

温泉子編集
夢仙子校正

第一齣

（末上白）

【滿庭芳】風月襟懷，江湖度量，等閒换羽移宫。高歌一曲，劇飲酒千鍾。細共朋儕憑吊，古今多少英雄。争强弱，新愁舊恨，俱逐水流東。將文作賦，雖無好句，自有奇功。最是晚諧鸞鳳，團圓少，字字無重。君看取中間醖釀，别自有春風。

【沁園春】才子王生，佳人錢氏，資孝温良。以荆釵爲聘，配爲夫婦。春闈赴試，拆散鴛鴦。獨步蟾宫，高攀仙桂，一舉成名姓字香。因參丞相，不從招贅，改調在潮陽。修書飛報萱堂，到中道奸謀變禍殃。岳母生嗔，逼令改嫁。貞婦守節，潛地去投江。幸神道匡扶，使舟人撈救，同赴瓜期往異鄉。在樓船相會，義夫節婦，千古永傳揚。

王狀元不就東床婿，万俟相改調潮陽去。(一)
孫汝權謀書套信歸，錢玉蓮守節荆釵記。

第二齣

（生上唱）

【滿庭芳】樂守清貧，恭承嚴訓，十年燈火相親。胸藏星斗，筆陣掃千軍。若遇桃花浪煖，定還我一躍龍門。親年邁，且自温衾扇枕，隨分度朝昏。

（生白）〔古風〕越中古郡誇永嘉，城池闤闠人奢華。思遠樓前景無限，畫船歌妓顔如花。詩禮傳家忝儒裔，先君不幸早傾逝。奈何家業漸凋零，報效劬勞永如意。儘交彈鋏嘆無魚，甘守虀鹽樂有餘。萱堂淑賢齊孟母，諄諄教子勤讀書。刺股懸鬟曾努力，引光夜鑿匡衡壁。胸中拍塞五車書，舌底瀾翻浪千尺。嗟吁歲月不我留，親年高邁喜復憂。甘旨奈何缺奉養，功名况且心未酬。一躍龍門從所欲，麻衣换却荷衣緑。丹墀拜主受皇恩，管取全家食天禄。小生姓王，名十朋，表字龜齡。年紀弱冠，乃温城人也。不幸椿庭殞喪，深賴萱堂訓誨成人。明日堂試，昨約朋友到家講書，未知來否？（末上唱）

(一)　俟：原作『侯』，據文義改。

【窣地錦襠】[一]蒼天未必困英豪，勤讀詩書莫憚勞。（浄上）龍門萬丈似天高，一躍過期着緑袍。

（末白）馬前喝道狀元來，這不是着緑袍。（浄白）此間王梅溪宅上，請了。（生白）二兄來了。（相見介。末、浄白）明日見府尊堂試，各把書來講一講，如何？（生白）説得有理。（生唱）

【玉芙蓉】書堂隱相儒，朝野開賢路，喜今年春闈選招科舉。窗前歲月莫虚度，燈下簡編可卷舒。（合）時不遇，且藏諸韞匵，[二]際會風雲，那時求價待沽諸。（末唱）

【前腔】懸鬟及刺股，掛角并投斧，嘆先賢曾歷許多辛苦。六經三史宜温故，諸子四書宜誦讀。（合前）（浄唱）

【前腔】家私雖富足，心性忒愚魯，向書齋懶讀者也之乎。無才學休想學干禄，有才學便能身掛緑。（合前）

（生）聖朝天子重英豪，（末）好把文章教爾曹。

（浄）世上萬般皆下品，（合）思量惟有讀書高。

[一] 襠：原闕，據曲牌名補。

[二] 匵：原作『匱』，據汲古閣刊本《繡刻荆釵記定本》改。

第三齣

（小外扮太守上）

【謁金門】簡命分專邦甸，報國存心文獻。蒲鞭枉直昭公椽，三載民無怨。

（白）〔鷓鴣天〕千里承恩秉節旄，忠心曾不染秋毫。公門既許清如水，吏筆何須疾似刀。無德政，起童謡。聿修文事贊皇朝。(一)願將廉范龔黄意，(二)布政甌城教爾曹。下官温州知府吉天祥是也。即今賓興之秋，又當堂試之日。左右，分付秀才，取齊進來。（生上唱）

【水底魚】仰之彌高，鑽之彌堅。忽焉在後，瞻之忽在前。（末上唱）

【前腔】學問無邊，如人入廣淵。意深趣遠，玄玄復又玄，玄玄復又玄。（净上唱）

【前腔】身似神仙，金銀積萬千。無心向學，終朝只愛眠，終朝只愛眠。

（衆相見介。小外白）今日考試諸生，不意令題大人按臨。將就考你諸生一道策罷。（衆白）公祖大人在上，諸生皆是膚見之學，望賜淺近些題目。（小外唱）

【紅衲襖】問：古人君所以賢，古人臣所可賢。聖王汲汲思爲善，還當何者先？子輩燈窗

(一) 聿：原作『書』，據汲古閣刊本《繡刻荆釵記定本》改。

(二) 龔黄：原作『穹皇』，據汲古閣刊本《繡刻荆釵記定本》改。

已有年，所得經書學問淵。悉心爲我敷陳也，毋視庸常泛泛然。（生唱）

【前腔】對：古明君在重賢，古良臣貢舉先。巫咸傅説初皆賤，伊尹曾耕莘上田。皋陶既舉不仁遠，四皓出而漢祚安。恭承執事詢愚見，敢不諄諄露膽肝？

（太守批白）此篇以薦賢立論，是知國家之首務者。宜取以冠諸篇。儘好！儘好！（末唱）

【前腔】對：古賢王在獵田，古賢臣開墾先。孟軻什一言尤善，八口同耕井字田。庸言『民乃國之本』，故曰『食爲民所天』。恭承執事詢愚見，敢不精心進數言？

（太守批白）此篇以井田什一立意，足見其有憂國憂民之心。可喜！可喜！（淨唱）

【前腔】對：古剛明須積錢，臣奉行須聚斂。治財理賦稱劉晏，功數蕭何饋餉先。徵糧時要他加二三，糧完時賞他一個錢。（太守白）你是個富家子弟？（淨白）然也。（唱）若令府庫充盈也，大敵聞之不敢言。

（太守批白）此篇陳詞未純，立論不正。再加克苦之功，革去奢華之習，方免馬牛襟裾之誚。痛勉！痛勉！方纔那卷子與那起初的卷子，字跡相同，敢是替他寫的？（生白）學生自幼同窗。（淨白）向學王義之字體。（太守白）第一個卷子秀才，叫什麽名字？（生白）學生王十朋。

（外）今朝堂試你魁名，（外）他日須還作上卿。

（生）大惠及民修德政，（合）又將文字教書生。

第四齣

（外上唱）

【高陽臺】兔走烏飛，星移物换，看看鬢髮皤然。嗣息無緣，幸生一女芳年。温衣飽食堪過遣，賴祖宗遺下田園。喜一家老幼平安，謝天週全。

〔鷓鴣天〕華髮蕭蕭鬢若霜，老來無子實堪傷。箕裘事業誰承繼？詩禮傳家孰紹芳？閒議論，細思量，欲將一女贅賢良。流行坎坷皆前定，只把丹心答上蒼。老夫姓錢，名流行，昔年太學曾考貢元。廛出六句，温城人也。衣冠世裔，閥閱名家。時乖難顯於宗風，學淺粗知於禮義。雖有家資，奈無子嗣承繼。先室姚氏所生一女，取名玉蓮，芳年二八。老夫續娶周氏，全賴他折眷，女兒朝暮得他訓誨，教習針指。正是：　子孝雙親樂，家和萬事成。且喜今日是我賤誕，已曾分付李成安排筵席，未知定否？李成那裏？（末上白）〔鷓鴣天〕一點祥光現紫微，匆匆瑞氣藹庭幃。高簪翠竹生春意，共飲瑶卮介壽眉。龜獻瑞，鹿銜芝，年年此日宴瑶池。桃花扇底歌《金縷》，楊柳樓前舞《柘枝》。老員外，有何鈞旨？（外白）壽酒完備也未曾？（末白）完備多時了。（外白）既然完備，請老安人出來。（末白）老安人有請。（净上唱）

【臘梅花】年華老大雙鬢皤，胭脂膩粉幸丢抹。市人都道我，道老娘相像夜叉婆。

（末白）獄子做渾家，(一)此不是夜叉婆。（外、淨相見介。丑上唱）

【前腔】奴奴體貌多裊娜，月裏嫦娥賽奴不過。市人都道我，道老娘相像緊拿鑼。

（末白）小心金鼓手，此本是緊拿鑼。（淨、丑、外相見介。外白）妹子自家一般，如何送許多禮來？（丑白）哥哥，一方壽帕兒，聊表微忱。怎麼不見侄女？（淨白）待我喚他出來。女兒，姑娘來了，出來遞酒。（旦上唱）

【珍珠簾】南極耿耿祥光燦，生辰誕，慶老圃黃花娛晚。和氣藹門闌，睹景物稀罕。（外、淨、丑接唱）去了青春不再還，且暫遣身心遊玩。（旦接唱）疏散，喜團圓歡會處，慶生華誕。

（旦相見介。外白）紛紛紅紫競芳塵，(二)日永風和已暮春。（旦白）但願年年當此日，一杯壽酒慶生辰。（淨白）好女兒，爹爹説這兩句，他就續聯兩句，豈不是詩禮人家之女？（外白）雖知如此，一則以喜，一則以憂。（淨、丑白）慶生之日，何出此言？所喜者是何也？（外白）所喜者家庭恩厚，骨肉團圓。（丑白）所憂者是何也？（外白）所憂者，奈我女兒姻親未遂，若得配他終身，永無牽掛。（旦白）告爹爹知道，念玉蓮温清之禮尚缺，琴瑟之事未宜。且自開懷飲酒，不必掛念。（淨白）女兒説得有理，今日只説慶生，説親另日再説。（丑白）哥哥，侄女的媒人定是妹子了。（旦唱）

(一) 子：原作「了」，據文義改。

(二) 紛紛：原作「終終」，據文義改。下同改。

【錦堂月】華髮班班，韶光荏苒，雙親幸喜平安。慶此良辰，人人對景歡顔。畫堂中寶篆香消，玉盞内流霞光泛。（合唱）齊祝贊，願福如東海，壽比南山。（丑唱）

【前腔换頭】筵間，繡幕圍環，奇珍擺列，渾如洞府仙寰。美食嘉肴，堪并鳳髓龍肝。簪翠竹同樂同歡，飲緑醑齊歌齊獻。（合前）（净唱）

【前腔换頭】堪嘆，雪染雲鬟，霞銷杏臉，(一)朱顔去不回還。椿老萱衰，只恐雨驟風僝。但只願無損無傷，咱共你何憂何患？（合前）（外唱）

【前腔换頭】幽閒，食可加餐，官無事擾，情懷并没愁煩。人老花殘，於心上有相關。待招贅百歲姻親，承繼我一脉根蔓。（合前）

（净白）李成，收了筵席罷。（外白）媽媽，妹子在此，酒還不曾喫，怎麽收了？你好慳吝！（净唱）

【醉翁子】非慳吝，治家千難萬難，你只管喫得甕盡杯乾。（丑唱）今番慶生席面，難做尋常一例看。（合唱）重换盞，直飲到月轉花稍，影上欄杆。（外唱）

【前腔换頭】神仙，滿座問人閒事減。慶眉壽，樽前席上，正宜疏散。（末唱）歡宴，樂人祗應，品竹彈絲敲象板。（合前）

(一)　銷：原作『綃』，據《李卓吾先生批評古本荆釵記》改。

【僥僥令】(旦拜壽、唱)銀臺燒絳蠟,寶鼎噴沉檀,望乞蒼穹從人願。(合唱)骨肉永團圓,保歲寒。(衆唱)

【前腔】炎凉多反覆,日月易循環,但願歲歲年年人康健。(合前)

【尾】玉人彈唱聲聲慢,露出春纖把錦箏低按,曲罷酒闌人散。

(外)四時光景疾如梭,(浄)堪嘆人生能幾何。

(丑)遇飲酒時須飲酒,(旦)得高歌處且高歌。

第五齣

(外上唱)

【荷葉魚兒動】春雨初收,喜見山明水秀。萬花深處有鳴鳩,軟紅香踏青時候。

(白)自古老林身,詩酒朋儔。昔年碧水壯遨遊,學冠同流。嗟吁垂髮思悠悠,一子難留。且求佳婿紹箕裘,是亦良謀。老夫有一故人王景春之子王十朋,(一)德學兼備,近日堂上,獨占魁名。我今欲史將仕郎南陽郡許文通作媒,求娶爲婿。故此而來。李成,進去通報。(末白)許老爹有請。(末上唱)

(一) 春:原作『公』,據後文改。

【前腔】靜把詩書閒究，竹扉上有誰頻扣？

（末白）呀！　老貢元，請了。（外拜、白）老將仕，過竹方通徑，穿雲如見山。（末白）家因貧故靜，人爲老而閒，連日少會，今蒙下顧，㈠有何見教？（外白）老夫非因别事到府，㈡只爲小女未有佳配生。有故人王景春之子王十朋，近聞得他堂試獨占魁名，特央將仕爲媒，㈢往彼一説。但恐輕瀆，有屈神勞。（末白）鄙夫也聞得此子才德出衆，正該與他成親。況令愛有孟光之德，王生有伯鸞之美，料彼無辭。（外白）將仕，他但講財禮，不拘輕重；㈣若論財禮，夷虜之道。早爲玉成，萬幸，萬幸！（末白）老夫就行。（外唱）

【三學士】弱息及笄姻未偶，特來拜屈同遊。㈤書生已露魁人首，我山老因營繼嗣謀。（合唱）若得良媒開笑口，這求親願必酬。（末唱）

【前腔】解綬歸來爲至友，果然同氣相投。你玉人窈窕鍾閨秀，這君子慇懃須好逑。（合前）

（外唱）

㈠　蒙：原作『家』，據文義改。
㈡　夫：原作『去』，據文義改。
㈢　央：原作『共』，據文義改。
㈣　拘：原作『俱』，據文義改。下同改。
㈤　來：原作『人』，據汲古閣刊本《繡刻荆釵記定本》改。

【前腔】人世姻緣天所授，惟媒妁得預其謀。麻瓢兀自浮仙澗，紅葉尤能上泝流。〔一〕（合前）

（末唱）

【前腔】謹領尊言求鳳友，管教配合鸞儔。雲英志不存田玉，織女期嘗訂斗牛。（合前）

（外）鼇降篇成事豈虚，（末）詩書夫婦守關雎。

（外）人間未結前生契，（末）天上先呈月下書。

第六齣

（占上唱）

【遶地遊】桑榆暮景，將往事空思省。奈家貧，悶懷耿耿。共姜誓盟，慕貞潔甘守孤零，喜一子學問有成。

（白）老身柏舟誓守，自甘半世居孀；〔二〕榆景身安，惟愛一經教子。雖有破茅之地，僅可容身；囊無挑藥之資，施謀糊口。剪髮常思侃母，斷機每念軻親。正是：不求金玉貴，惟願子孫賢。老身自從先

〔一〕泝：原作「訢」，據汲古閣刊本《繡刻荆釵記定本》改。

〔二〕孀：原作「子」，據文義改。

夫喪後，家業日漸凋零，箕裘廢墜。雖是孩兒十朋去行有成，奈緣他時乖運蹇，功名未遂。今年乃大比之年，且叫孩兒出來，温習經書，早赴科場。孩兒那裏？（生上唱）

【風入松】青霄萬里未鵬摶，淹我儒冠。布袍雖擬藍袍换，榮枯事皆由天斷。且自存心奉母，何須着意求官？

（相見介。占白）孩兒，春榜動，宜速温習經史；選場開，須決鏖戰科闈。收拾行李，上京科舉，意下如何？（生白）母親，事業要當窮萬卷，人生須是惜分陰。正是：學成文武藝，貨與帝王家。孩兒只爲家貧親老，不敢遠離。（占白）孩兒，你曉得《孝經》云：『始於事親，終於事君。』君親一體事理。若得你一舉成名，顯祖榮親，却不是好？（生白）謹依母親嚴命。（占白）孩兒，還有一件，前日雙門巷錢貢元史許將仕來與你議親，待要與你成此親事，奈緣家道貧窮，無物爲聘。以此不敢應承，只恐今日又來，教娘應承好不應承好？（生白）母親，豈不聞古人云：『娶妻莫恨無良媒，書中有女顔如玉。』孩兒只慮功名未遂，何慮無妻！（占白）孩兒，你也説得有理。自從你父親亡過之後，教做娘的呵！（占唱）

【黄鶯兒】半世守孤燈，鎮朝昏，幾淚零，到今猶在凄涼景。寒門似冰，衰鬢似星，爲只爲早年不幸鸞分影。（合唱）細評論，黄金滿籯，(一)終不如教子一經。（生唱）

(一) 籯：原作『瀛』，據汲古閣刊本《繡刻荆釵記定本》改。

【前腔】父喪母勞形，論孩兒，當報恩，奈何人事不相趁。非學未成，匪己未能，爲只爲五行不順男兒命。（合前）（占唱）

【簇御林】[一]親師範，近友朋，把詩書勤講明。聚螢鑿壁真堪敬，他們都顯父母，揚名姓。（合唱）奮鵬程，名題雁塔，白屋顯公卿。（生唱）

【前腔】親年邁，家勢傾。恨腴甘缺奉承。卧冰泣竹實堪并，他們都感天地，登臺省。（合前）

（末上白）受人之托，必當終人之事。錢貢元央老夫到王宅議親，這裏便是。不免叫一聲，有人在此麽？（占白）孩兒，有人在外。（生白）待孩兒去看。呀！老將仕，失迎了。（末白）令堂有麽？（生白）家母有。（末白）老夫求見，通報。（生白）母親，許將仕在外。（占白）請進來相見。（末相見介。占白）許大人請坐。今蒙貴步到舍，有何話説？（末白）老夫非爲别事到宅，只因錢貢元前番央老夫來説令郎親事，老安人不允。近聞得賢郎堂試，獨占魁名。老貢元不勝之喜，今着老夫送庚帖到宅，望乞安人允就允就。（占白）多蒙貢元見愛，又蒙將仕週全。只是老身家道貧窮，不敢應承。（末白）老貢元曾説道，不問人家貧富，只要女婿賢良，聘禮不俱輕重，隨意下些，便可成親。（占白）他是豐衣足食之

[一] 簇：原作「發」，據曲牌名改。

家，我乃裙布荆釵之婦，惟恐見誚，不當穩便。（末白）貢元願成此親，老安人不必謙遜。（占唱）㈠

【桂枝香】年華高邁，家私窮敗。要成就這段姻緣，全賴高賢擔帶。㈡（末白）不敢。（占唱）論財難佈擺，論財難佈擺，錢難揭債，物難借貸。（白）我兒，自你父親喪後，再没有什麽東西遺下。（生白）母親，將何物爲聘？（占唱）把這荆釵。（生白）母親，此釵非金非銀所造，要他何用？（占唱）孩兒，權把他爲財禮，只愁事不諧。（生唱）

【前腔】萱親寧奈，冰人休怪。小生呵！貧居陋室多年，惟苦志寒窗幾載。倘時運到來，倘時運到來，功名可待，（末白）功名可待，誤了你親事。（生白）老將仕。（唱）那時姻親還在。母親，這荆釵又不是金銀造，如何將去做聘財？

【前腔】且安人聽拜，秀才聽解。那貢元呵！不嫌你禮物輕微，㈢偏喜愛熟油苦菜。但心無忌猜，但心無忌猜，物無妨礙，人無雜壞。（末白）秀才，令堂方纔備這聘物，取與老夫觀一觀。（生白）惶恐，取不出。（末白）不須謙遜。（生白）請觀。（末白）好東西，正是：閥閱名家，有此古物。此釵

㈠ 唱：原作『白』，據文義改。
㈡ 擔：原作『换』，據汲古閣刊本《繡刻荆釵記定本》改。
㈢ 微：原作『徽』，據汲古閣刊本《繡刻荆釵記定本》改。

漢梁鴻遺下，曾聘孟德耀，成其姻事。〔一〕（末唱）這荆釵，（生白）此釵非金非銀所造。（末唱）雖不比金銀貴，不是老夫面奉，週全恁秀才。

（占白）老將仕回見貢元，只是禮物輕微，表情而已。（末白）謹領，謹領。

（生）家寒乏聘自傷情，（占）權把荆釵表寸心。

（末）着意種花花不活，（合）等閒插柳柳成陰。

第七齣

（浄上唱）

【秋夜月】家富豪，少甚財和寶！百有一無縈懷抱，只因命犯孤星照，没一個老瓢。

（白）自家號爲孫有錢，牛羊無數廣田園。無瑕美玉白似雪，没空珍珠大似拳。花銀積聚成土塊，黄金堆垛勝方磚。夜來好鋪蓋，（内科介）一條草薦當席眠。自家温州城五馬坊前孫半州就是。賴得祖宗遺下田園室宇，真珠寶貝，紗羅緞匹，俱有上萬，受用不盡。説也惶恐，只因姻緣見遲，不是無錢去娶，只爲城裏城外女兒，没一個中得我意，故此蹉跎到今。訪得雙門巷裏錢貢元家有個女兒，正要去問，昨

〔一〕姻：原作『相』，據文義改。

日偶然間在他門首經過，見黑漆門樓裏，簾子上有『爲善最樂』四字在上。我正看四字寫得有筆法，不想裏面做媒的張媽媽走出來，當時就要問他一聲：其女生得如何？未審有親事否？不曾問得。今日徑到張媽媽家，央他爲媒，却不是好？朱吉在那裏？（末上白）小心天下去得，大膽寸步難移。相公，有何使令？（淨白）你隨我在張媽媽家去。（末應介、白）轉大街，過小巷。此間就是張媽媽家。（末白）張媽媽在家麼？（丑内白）誰叫？（末白）隔墻聽得賣花聲，誰叫？（丑白）來了。（丑上唱）

【前腔】蒙見招，打扮十分俏。(一)走到門前人都道，道奴奴臉上胭脂少。添些又好，抹些兒又俏。

（丑白）朱吉哥，那裏來？（末白）相公在此。（丑白）孫相公萬福！（淨白）張媽媽作揖！看茶。（丑白）免茶。（淨白）媽媽，免茶不是你説的。（丑白）孫相公，看茶也不是你説的。孫相公，春牛上宅，并無災厄。（淨白）我今閒走，特來望你母狗。（末收科）出言太毒，將人比畜。（丑白）孫相公今日到舍，有何分付？（淨白）欲央媽媽作伐。（丑白）那家宅眷？甚處嬌娥？（淨白）欲求令兄宅上，令愛小娘子。（丑白）这個是我侄女兒，娶與弟幾位令郎？（淨白）小兒尚未有母，娶一個與他，他者是我也。（丑白）元來就是相公，只怕家兄攀高不及。（淨白）惶恐，惶恐，小生不論房奩多寡，只要人物嬌媚。（丑白）不是老身誇獎，我侄女其實標致。看他眉薄新月，鬢挽烏雲，臉襯朝霞，肌凝瑞雪。有沉魚落雁

(一) 俏：原作『悄』，據汲古閣刊本《繡刻荊釵記定本》改。下同改。

之容，閉月羞花之貌。秋波滴瀝，雲鬢輕盈，淡掃蛾眉，薄施脂粉。舒玉指，露春笋。輕步下香階，顯金蓮窄窄。（浄白）這不須講，令兄要甚麽財禮？（丑白）俺哥哥要見好的，一事成雙，件件成百。（浄白）不須説，大人家幹事不小，小人家幹事不大。自古道出得你家門，入得我家户。朱吉，取財禮來。（末應。浄白）張媽媽，先奉押釵貳拾兩，金鳳釵一對。（丑白）媒人錢也要説過。（浄白）一來是媒婆，二來是姑婆，成了親事，雙表雙禮，花紅相謝。（浄唱）

【包子令】聞説佳人多裊娜，多裊娜；端的容貌賽嫦娥，賽嫦娥。若得此親遇全我，酧勞財禮敢虚過？（合唱）花紅羊酒謝媒婆，牽羊擔酒謝姑婆。（丑唱）

【前腔】非是冰人説强呵，説强呵；成敗都是女蕭何，女蕭何。若是才郎拚財禮，〔一〕管教織女渡銀河。（合前）（末唱）

【前腔】婚娶妻房非小可，非小可；相煩媽媽去伐柯，去伐柯。望乞留心説則個，專等回報莫蹉跎。（合前）

（浄）爲媒作伐莫因循，（丑）管取教君成此親。

（浄）匹配姻緣憑月老，（末）調和風月仗冰人。

〔一〕 禮：原作『理』，據汲古閣刊本《繡刻荆釵記定本》改。

第八齣

（外上唱）

【似娘兒】一女貌天然，緣分淺，親事遷延。願天，天與人方便。

（白）男子生而願爲之有室，女子生而願爲之有家。老夫昨央許將仕到王宅議親，不見回音。將仕來時，便知端的。（末上白）仗托荆釵成好事，何須紅葉作良媒。昨蒙貢元央我王宅議親，今日不免往彼回覆。（見介。外白）老將仕，有勞，有勞。動問王宅親事若何？（末白）老夫初到王宅，説起親事，那王老安人再三推辭不諾，後將尊言明説一番，纔得允從。（外白）既然允從，將何物爲聘？（末白）聘物雖有一件，只是輕微，將不出來。（外白）老夫有言在先，不拘輕重，只要成其姻事。（末白）既如此説，聘物在此，請收了。（外白）好罕物！昔日漢梁鴻將養膳木置造荆釵，至今遺下。此釵相聘孟德耀，合成其姻事。（淨上唱）

【前腔】絲蘿共結，蒹葭可倚，桑梓相聯。

（淨白）老兄與誰在堂上説話？（外白）是許將仕。㈠（淨白）恰是與我女兒爲媒的許將仕麽？（外白）正是。（淨白）我去謝他一謝。（相見末。淨白）老將仕，感蒙全了我小女終身，多謝，多謝！老兒，甚

㈠　許：原作『辨』，據文義改。

麼聘禮？（外白）一股荆釵。（浄白）老兒，怎麼這等輕的？是金又不黄，是銀又不白，待我磨他一磨。（外白）這是寶貝，磨不得的。（浄白）原來是木頭削的，我曉得是荆棍削的。若是一分銀子買一根，削成這等十來根，許上十來房媳婦。老兒，被他哄了。（末唱）

【柰子花】論荆釵名本輕微，漢梁鴻曾使聘妻，芳名至今留傳於世。（末白）老安人，休將他恁般輕視。更聽人，（白）那王老安人曾有言，（唱）明説道表情而已。（浄唱）

【前腔】然雖是我女低微，他將我恁般輕覷。一城中豈無風流佳婿？（浄白）老兒，偏執要嫁着窮鬼。媒氏，疾忙送還這般財禮。（外唱）

【前腔】這財禮雖是輕微，爲何講是説非。（白）婆子，你不曉得，那王秀才是個讀書之人。（唱）一朝顯達名登高第，那其間妻榮夫貴。這財禮呵，縱輕微，既來之且宜安之。（丑上唱）

【前腔】富家郎央我爲媒，要娶我侄女爲妻。説合果然非通容易，也全憑虚心冷氣。匹配，端的是老娘爲最。

（浄、丑見科介。外白）妹子，你今日爲何而來？（丑白）妹子今日特來與侄女議親。（外白）你來遲了。女兒許着王秀才，聘禮今日受了。（丑白）那個王秀才？（外白）王景春之子王十朋，府學裏生員。（丑白）恰是海棠巷裏住的王十朋。娘兒兩口過日子，朝無呼鷄之米，夜無引鼠之糧，家中風掃地，月點燈的王秀才。（浄、丑科介。外白）你不要管。（丑白）我説的是天來大海様深五馬坊黑漆大門樓孫半州，他家黄的是金，白的是銀，子點是玳瑁。犀牛頭上角，大象口中牙。先送金鳳釵一對，財禮銀貳拾兩。（浄白）这等好人家，一定要嫁他。（外白）婆子説那裏話！一家女兒百家求，成了一家，九十九家都罷休。（丑白）罵那個天殺天剮的，害人家女兒。（外白）不要罵，就是許將仕作伐。（浄、丑白）男不爲媒，女不作保。打那老賊！（外唱）

【駐馬聽】巧語花言，竟不顧男女婚姻當遴選。此子材堪梁棟，貌比璠璵，學有淵源。我孩兒非比孟光賢，那書生亦遂梁鴻願。（外白）這親事也憑你不得，也憑我不得。（合唱）萬事由天，一朝契合，百年姻眷。（浄唱）

【前腔】才貌兼全，他親老家貧囊又艱。(一)羞殺荆釵裙布，繡褥金屏，綺席華筵。好姻緣番作惡姻緣，富親眷强似窮親眷。（合前）（丑唱）

【前腔】四遠名傳，那個不識孫汝權。貌比潘安，富勝石崇，德并顔淵。輕裘肥馬錦雕鞍，重裀列鼎珍羞饌。（合前）（末唱）

【前腔】五百年前，月老曾將足繫纏。不索詩題紅葉，書附青鸞，玉種藍田。瑶池曾結并頭蓮，畫堂中曾配豪家眷。（合前）

(一) 囊又艱：原作『郎又奸』，據汲古閣刊本《繡刻荆釵記定本》改。

（外）今朝未可便相從，（净）須信豪家意頗濃。

（末）有緣千里能相會，（丑）無緣對面不相逢。

（外、末下。净、丑吊場，白）姑娘，雖是你哥所做主不得，這椿事還出在我手，(一)你拿着木篸子，拿你的金釵子，(二)走在繡房中去問那玉蓮。看他從那一家聘禮，我自一個道理對你説。（丑白）曉得了。眼望旌旗捷，耳聽好消息。（下）

第九齣

（旦上唱）(三)

【戀芳春】寶篆香消，繡窗日永，又還節近清明。

（白）〔鷓鴣天〕鏡中常自嘆嬋娟，生長閨門二八年。惟喜椿庭身在室，何堪萱室魄昇天？(四)工容德，悉兼全。玉質無瑕賽月圓。春去秋來多世事，金蓮移步出房前。奴家在父母眼前侍奉早膳已畢，且向繡

(一) 椿：原作『章』，據文義改。
(二) 釵：原作『銀』，據文義改。
(三) 唱：原作『白』，據文義改。
(四) 魄：原作『瑰』，據汲古閣刊本《繡刻荆釵記定本》改。

房中做些針指，却不是好？（旦唱）

【一江風】繡房中，裊裊香烟噴，剪剪輕風送。但晨昏問寢高堂，須索把奴椿萱奉。[一]忙梳早整容，忙梳早整容，惟勤針指功，怕窗外花影日移動。（唱）

【前腔】聽鵲鴉，噪得我心驚怕，有甚吉凶話？念奴家不出閨門，莫把情懷掛。依然繡幾朵花，攸然繡幾朵花，天生怎比他，再繡出幾朵薔薇架。（丑上唱）

【青花兒】豪門議親，哥哥嫂嫂已許諧秦晉。[二]未審玉蓮肯從順，且向繡房中詢問。

（丑）開門，開門。（旦白）是誰？（丑白）不是賊，是你姑娘。（旦相見介。旦白）姑娘那裏來？（丑白）做姑娘的特來與你議親。（旦白）又來取笑，前日爹爹許那王秀才了。（丑白）你父親許了王家，母親曉得他家艱難，將你許了孫半州。他是温州城第一個財主。我兒，你嫁與他，一生受用不盡。（旦白）姑娘，他乃豪家富室，玉蓮家寒貌醜，豈配得他？（丑白）侄女，你聽我說。（唱）

【梁州序】他家私迭等，良田萬頃，富豪家聲振歐城。他不曾婚娶，特央我來求聘。（旦唱）他恁的錢物昌盛，[三]愧我家寒貌醜難廝趁。（丑唱）這段姻緣料想是前生定，入境緣何不順

[一] 奉：原作「春」，據汲古閣刊本《繡刻荊釵記定本》改。
[二] 許：原作「詐」，據汲古閣刊本《繡刻荊釵記定本》改。
[三] 錢：原作「一」，據汲古閣刊本《繡刻荊釵記定本》改。

情？休得要你執性。

（旦白）姑娘，（唱）

【前腔】他有雕鞍金鐙，重裀列鼎，肯娶我裙布釵荆？我房奩不整，反被那人相輕。（丑唱）雖則是你房奩不整。（白）孫官人是個財主。（唱）見了你姿容，自然相欽敬。（旦唱）嚴父將奴先許書生，君子一言怎變更？實不敢奉尊命。（丑唱）

【前腔】你爹娘俱已應承，問侄女緣何不肯？恁推三阻四，莫不是行濁言清？（旦唱）枉了將奴凌併。（丑白）憑我嫁了孫官人罷。（旦唱）便刎下頭來，斷然不依允。（丑唱）論我作伐，宅第盡聞名。十處説親九處成，誰似你假惺惺？（旦唱）

【前腔】做媒的，（丑白）作媒的便怎麽？（旦唱）做媒的個個誇唇。也多有言不相應，信着的都是你誤了終身。（丑呸，唱）你那合窮合苦没福分的丫頭强廝挺，致令人怒憎。（旦白）姑娘。（唱）出語傷人，你好不三省。榮枯得失皆前定，姻緣事總由命。（丑唱）

【尾】這段姻緣非自逞，(一)少甚麽花紅送迎？（旦唱）誰想翻成作畫餅。

（旦）姻緣自是不和同，（丑）無分榮華合受窮。

（一）段：原作『斷』，據汲古閣刊本《繡刻荆釵記定本》改。

（旦）雪裏江梅甘冷淡，（丑）羞隨紅葉嫁東風。

第十齣

（浄上唱）

【福青歌】只因我女忒嬌媚，富家郎要結姻契。姑娘在此作良媒，尋思道理，强如嫁着窮鬼。

（白）常言道：會嫁嫁田莊，不會嫁嫁才郎。好笑，好笑我家老兒將女兒許嫁王十朋。姑娘來説的温州城内第一個財主孫汝權，若嫁了他，多少氣象！如今姑娘在繡房中與女兒説親，待姑娘出來，便知端的。（丑上唱）

【前腔】玉蓮賤人無禮，激得我怒從心起。腌臢蠢物太無知，千推萬阻，枉教我受了這場嘔氣。

（作氣介。浄白）姑娘，你在繡房中説這親事，玉蓮怎麽説？（丑白）嫂嫂，丫頭見了些，從來不曾見這個丫頭。他千不肯萬不肯，到説道爹爹是親的，做得主張；母親是繼母，做主不得。當時不明不白隨我家老子家來的，好便好，若不好，税課司裏税他一税。羞也不羞，也要做主。（浄白）他是這等無禮。七歲無了母親，是我撫養長成。説我做主不得，我且唤他出來。肯嫁孫家，我有一處；要嫁王家，也有一處。（旦上唱）

【七娘子】勞心未許春般美，傍紗窗繡鸞刺鳳。（淨白）玉蓮那裏？（旦唱）母命傳呼，奴當趨奉，金蓮輕舉湘裙動。

（旦白）母親萬福！（淨白）走開，不是你娘。（白）姑娘萬福！（丑白）㈠亂頭髮不理。（旦白）母親，姑娘，爲何發怒？（淨白）發怒，發怒，憑你選老公，誤了姑娘主顧。姑娘好意來做媒，與你說親，肯不肯，好好回他便罷，怎麼要說我是繼母，做主不得？駡得我好！（淨打科介。旦白）那個是這等說？（淨白）姑娘來說的。（旦白）聽那姑娘說媒，奴家焉敢駡母親？（淨白）我問你家中那個大？（旦白）家中爹爹大。（淨白）除了爹爹那個大？（旦白）母親大。（淨白）除了我有甚人？（旦白）姑娘也大。（丑科介。旦唱）

【鎖南枝】休發怒，免性焦，一言望乞聽奴告。這聘禮是荊釵，休恁看得小。（淨白）是金子打的？（旦唱）非是金。（丑白）是寶貝？（旦唱）也不是寶。將他比并奴，一似孟德耀。（淨、丑唱）

【前腔】聽他道，越氣惱，無知賤人不聽教。因甚苦死執迷？惹得娘心焦燥。他禮物有甚好？呸！比着玉鏡臺，羞殺了晉温嶠。

㈠（丑白）：原闕，據文義補。

（淨、丑白）賤人，爲何不肯嫁富家，苦死要嫁窮鬼？（旦白）母親，姑娘，自古道商相埋名，(一)版築巖前曾避世；阿衡遯跡，躬耕莘野未逢時。買臣見棄於其妻，季子不禮於其嫂。昔日蒙正運不通，破窑困苦；先朝韓信時未遇，當道飢寒。王秀才雖貧，乃是才學之士，不求富貴。孫汝權縱富，乃是奸詐之徒，必易貧窮。倘王秀才一朝風雲際會，發跡何難？（淨唱）

【四換頭】賊潑賤好閉嘴，數黑論黄講甚的？（白）我是甚麽人？（旦白）是我的娘。（淨白）恰又來。（唱）娘言語怎違逆？順父母顏情却是禮。（旦唱）順父母顏情，人之大禮。話不投機，教奴怎隨？富豪貪戀，貧窮見棄。娘呀，惹得傍人講是非。（丑唱）

【前腔】呆蠢丫頭，出語污人耳。敢恁推三阻四，話不投機。（淨白）賤人，（唱）豪家求汝效于飛，故相推。出言抵撞，你好没尊卑。（旦唱）

【前腔】非是奴失禮儀，望停嗔，聽奴拜啓。婚姻事古有之，恐誤了終身志改移。怕待一時貪富貴，恐船到江心補漏遲。（淨、丑唱）

【前腔】我把好言勸你，再三阻推，娘是何人你是誰？（旦唱）母親，暫息雷電威，休恁的自差

(一)　相埋：原作「視理」，據汲古閣刊本《繡刻荊釵記定本》改。

池。㈠緣何將我苦禁持？（净、丑）㈡自今和你做頭敵。（旦唱）謾威逼，斷然不與孫氏做夫妻。

（旦下。外上白）自不整衣毛，何須夜夜號。爲何在此喧嚷？（净打外介）老賊，養得好女兒。姑娘好意繡房中去説親，他到説我是繼母，做不得主。當時不明不白隨我家老子家來，好便好，若不好，在稅課司稅我一稅。老兒，你便稅得我，誰敢稅我？（丑白）你如今待怎麽？（净白）他若肯嫁孫家，房奩首飾都與他去。他若要嫁王家，五月端午粽兒，剥得他赤條條，㈢揀一個黑殺日子，㈣叫一乘破轎子擡他去。（外背白）將錯就錯，隨他發落。明日日子到好，只説不好，送女兒王門去罷。媽媽，明日不好，送女兒王家去罷。（净白）去去。（外白）那個送鸞？（丑白）待我去，倘或我侄女兒餓死了，也好與他執命。

（外）不圖富貴自甘貧，（净）忍耐無知小賤人。
（外）惟有感恩并積恨，（丑）萬年千載不成塵。

㈠ 池：原作『姚』，據汲古閣刊本《繡刻荊釵記定本》改。
㈡ 净：原作『破』，據文義改。
㈢ 赤：原作『去』，據汲古閣刊本《繡刻荊釵記定本》改。
㈣ 揀：原作『凍』，據汲古閣刊本《繡刻荊釵記定本》改。

第十一齣

（旦上唱）

【破陣子】翠黛深籠寶鏡，娥媚懶畫春山。綵蘿雖喜依喬木，椿樹還憐老歲寒，偷將珠淚彈。

（白）我生胡不辰，(一)襁褓失慈母，鞠育藉椿庭，獨立成艱苦。奴家被繼母逼勒改嫁不從，爹爹將機就機，今日將奴家出嫁王門。可憐衣服首飾，盡皆脱去，并無有一件與奴。如今逼我上轎，不免到祠堂中去拜别親娘神主。苦呀！入祠堂，心慘淒，百年香火嘆無兒。涓埃未報母恩德，(二)豈肯忍聞烏夜啼。（唱）

【玉交枝】音容不見，望冥中聽奴訴言。甫離懷抱娘恩斷，目應怎瞑黄泉？（白）我今日呵，（唱）誰知繼母心大變，逼奴改嫁相凌賤。（白）我那親娘，孩兒今日出嫁，本待做一碗羹飯與你，料他決不相容。苦！莫説羹飯，我要痛哭你一場，（合唱）怕他們聞之見嫌，只得且吞聲，淚痕如綫。

（白）我的親娘，他把我衣服釵梳罄身而去。我的親娘在日，豈有今日？（唱）

【前腔】不能光顯，嘆資妝十無一完。（白）爹爹，我不指望日前看待。（唱）就是荆釵裙布奴情

(一) 胡：原作『吴』，據汲古閣刊本《繡刻荆釵記定本》改。
(二) 涓：原作『誰』，據汲古閣刊本《繡刻荆釵記定本》改。

顔。（白）爹爹，孩兒去了，我到愁你，（唱）料誰人在膝下承顔？（白）親娘，我七歲上抛離了你，在他身邊，（唱）受他磨折難盡言。（白）早晚之間，倘有些差訛之處，非打即罵，好苦！（唱）他全無骨肉慈心善。（合前）

（外上白）荆釵與裙布，隨今逼婚嫁。（丑上白）三夜不息燭，相思何日罷？哥哥，不見女兒在那裏，樂人催了兩三次了。（外白）李成妻子説，女兒在祠堂中别娘神主。（丑白）同去催他上轎。（外白）我那女兒，時辰將至了，還不梳妝，去罷，不要啼哭了。（外白）我兒，（唱）

【憶多嬌】你且開鏡奩，整翠鈿，休得界破殘妝玉箸懸。（白）我的兒，今日做爹爹骯髒了你，（唱）首飾皆無真可憐。（合唱）休得愁煩，休得愁煩，他是個讀書大賢。

（旦白）爹爹，奴家此去，（唱）

【前腔】愁只愁你子嗣慳，衰老年，何忍將奴離膝前？（白）爹爹，母親早晚倘有三言兩語，你可將就些罷。（唱）莫惹閒非來掛牽。（合前）

（丑白）我的侄女，你若從了娘嫁孫官人，隨你妝奩首飾，受用不盡。（外白）呸！妹子，你説那裏去？（唱）

【鬬黑麻】自古姻緣，事非偶然。五百年前，赤繩繫纏。(一)兒今去，聽教言。(白)我兒，你到人家做媳婦，不比在家做女兒。須要勿驕勿慢，必致必敬。(唱)孝順姑嫜，數問寒暄。(合唱)燈前淚漣，生離各一天。有日歸寧，有日歸寧，吾心始安。

(旦白)爹爹，請母親出來，待孩兒拜別。(外白)你好没志氣，首飾衣服，尚且不與你，想他什麼好處，還要拜他？(旦白)爹爹説那裏話，天下無有不是的父母。雖則如此，七歲得他撫養，到今怎麼不拜他，難道不别而去？(丑白)哥哥，還是侄女説得有理。待我去請出來。(旦白)姑娘，起勞去請一請。(丑白)嫂嫂！(淨内應)姑娘，怎麼説？(丑白)你女兒要上轎，請你出來拜别。(淨内白)等他去，不在我心上。教他自去拜親爹親娘，繼母有甚麼相干？我要他拜，一似潘郎倒騎驢，永不見畜生面。(丑白)哥哥，他不出來了。(外白)恰又來，我説道他不出來。我兒，你去罷。(旦白)待我自去請。母親，孩兒今日出門，請你出來拜别。(淨白)走！賤人。我不是你親娘，你不是我女兒，拜我怎麼？還了王家木頭釵子去，我也没福受你的，我斷不出來。(旦白)既不出來，待奴家在房門首拜罷。苦！我的娘！(唱)

【前腔】蒙教養，訓成人，恩同昊天。(淨内白)不要拜，我不是你的親娘。(白)娘呀，(唱)雖不是

(一)赤繩：原作『亦細』，據汲古閣刊本《繡刻荊釵記定本》改。

你親生，多蒙保全。兒今去，免掛牽。（白）我的親娘，爹爹是年老之人，早晚倘有言語之間，須當忍耐。（唱）努力加餐，望把愁容變爲喜顔。（合唱）燈前淚漣，生離各一天。裙布荆釵，奴身自感。

（内鼓樂介。外白）我兒，上轎罷。（旦唱）

【臨江仙】再三哀哀離膝下，及門無母施鞶，未知何日返家園？出門銀燭暗，明月照魚軒。

（旦、丑下。外吊場，唱）

【前腔】我就是半壁殘燈相吊影，瀟瀟白髮盈顛，那堪弱息離身邊？叮嚀寂寞磬，淚咽不成班。（哭下）

第十二齣

（貼上唱）

【風馬兒】貧守蝸居事桑蠶，形憔悴，鬢藍參。（生上唱）家寒世薄精神減，淒凉一旦。母憂愁，子羞慚。

（見介。貼白）孩兒，自古道：姻緣姻緣，事非偶然。前番許將仕説親，娘爲家貧，不敢應承。雖則荆釵爲定，未知成否？（生白）母親，姻緣前定，何必掛懷。（貼唱）

【鎖寒窗】這門親非是我貪婪，無奈人來説再三。送荆釵，只愁他富室褒談。良媒竟没一言回俺，反教娘掛心懸膽。（合唱）早間聽得鵲噪窗南，有何親舊相探？（生唱）

【前腔】嘆連年貧苦多諳，尤在凄涼一擔擔。事萱親，朝夕愧缺酸甘。劬勞未答，常懷凄慘。議姻親，斷然不敢。（合前）（末上唱）

【前腔】論人生嫁女婚男，不是姻緣怎安貪？謾誇他，豪門首飾衣衫。嫦娥志潔，甘居清淡，那聽他巧言掇賺。這姑娘因此臉羞慚，此來必定喃喃。

（白）此間已是王家門首，有人麼？（生白）何人？呀，老將仕。（末白）王官人，令堂求見。（生白）母親，許將仕在門首。（貼白）請相見。（相見介。末白）老安人，賀喜，賀喜！（貼白）寒門似水，喜從何來？（末白）錢老員外送小姐過門。（貼白）家下倉卒之間，諸事不曾準備。怎生是好？（末白）不須費心，(一)他家也没有人來，止有張姑媽送親，只是他嘴臉不好，凡事忍耐。（丑上唱）

【寶鼎兒】親送侄女臨門，管取今朝沉醉。

（末白）請新人下轎。（禮人科）請出。新人出轎來，猶如仙女下瑶臺。可惜花容多嬌態，嫁個窮酸餓鬼胎。（末收科）有這許多閒話。（旦上唱）

(一) 費：原作『質』，據汲古閣刊本《繡刻荆釵記定本》改。

【花心動】適遣匆匆，奈眉峰慵畫，雲鬟羞攏。（合唱）喜氣濃，悄似仙郎仙女，會合仙宮。（旦拜見介。占唱）

【惜奴嬌】只爲家道貧窮，守荆釵裙布，謹身節用。今爲姻眷，惟恐玷辱親家門風。（旦唱）空空，愧乏房奩來陪奉。㈠望高堂垂憐寵。（合前）（丑唱）

【前腔換頭】欣逢，夫婿寬洪，可留心遵守，四德三從。（末唱）秀才，你勤攻詩賦，休得效我飄蓬。（生唱）重重，運蹇時乖長如夢。謝良言開愚懵。（合前）（旦唱）

【鬭黑麻】家世，雖忝儒宗。未能諳通。論蘋蘩箕帚，未能諳通。愧無才，豈能適事英雄？（貼唱）融融，非獨外有容，必然内有功。（合唱）喜相逢，悄似仙郎仙女，會合仙宮。（生唱）

【前腔】愚蒙，欲步蟾宫。奈才疏學淺，未得蜚冲。況無財，豈宜先自乘龍？（丑唱）雍雍，才郎但顯功，嬌妻擬贈封。（合前）（末、丑唱）

【錦衣香】夫性聰，才堪重；婦有容，德堪重。天生美質奇才，彩鸞丹鳳。（生唱）自慚非比漢梁鴻，何當富室，配我孤窮？（旦唱）念妾非孟光，奉親命適事名公。今日同歡共，藍田玉

㈠ 奩：原作『匲』，據汲古閣刊本《繡刻荆釵記定本》改。

曾修種，夫和婦睦，琴調瑟弄。(一)（貼唱）

【漿水令】怨貧無香醪泛鍾，怨貧乏美食獻供。（丑唱）又無湯水飲喉嚨，妝甚麽大媒，做甚麽親送！（末唱）休相笑，莫妄衢，惟恐外人相譏諷。（貼唱）非缺禮，非缺禮，只爲窘中。凡百事，凡百事，望乞包攏。

【尾】佳人才子德堪重，更人才又兼出衆，夫妻到老永和同。

（丑）合巹交歡意頗濃，（末）琴調瑟弄兩和同。

（生）今宵賸把銀缸照，(二)（旦）猶恐相逢在夢中。

第十三齣

（外上唱）

【出隊子】追思前事，追思前事，心下如同理亂絲。雖然頗頗有家私，争奈年高無後嗣，怎不教人日夕怨咨？

(一) 弄：原作『美』，據汲古閣刊本《繡刻荊釵記定本》改。

(二) 賸：原作『勝』，據汲古閣刊本《繡刻荊釵記定本》改。

（白）萬般皆是命，半點不由人。當初我女兒本欲招贅王十朋爲婿，誰知我那婆子嫌貧愛富，定要嫁在孫家。我女不從母意，因此變作參商，翻成仇怨。是我一時將機就機，將孩兒送過王門。婆子發怒，房奩衣飾，并無一件與他隨身而去。將及半年光景，如今王十朋赴京科舉，思慮他家無人，意欲將西邊書房收拾潔淨，差人去請親家媽、女孩兒，同家居住。女夫起程去了，早晚也好看顧。李成那裏？（末上白）水將杖探知深淺，(一)人聽言談見腹心。老員外，有何鈞旨？（外白）李成，王官人往京求取功名，我思量他家無人，欲將西首書房打掃潔淨。你就往王宅去請老安人、小姐，到家居住，早晚也好看顧。（末白）如此甚好，只怕老安人不容。（外白）有我在此，不防。（末白）小人就去。（外唱）

【好姐姐】聽吾一言説與，那王秀才欲赴科舉。他若去後，擬定家空虛。（合唱）堪憂慮，形隻影單添淒楚，暮想朝愁愈困苦。（末唱）

【前腔】解元爲功名利禄，應難免分開鴛侶。妻孤母獨，怎不愁滿腹？（合前）（外唱）

【前腔】我欲將西邊空屋，特請他萱親媳婦。移來并居，早晚相看顧。（合）(二)親骨肉，及早請歸同居住，彼此心歡意滿足。（末唱）

【前腔】小僕蒙東人付囑，到彼處傳説衷曲。若聞此語，擬定無間阻。（合前）

(一) 水：原作『冰』，據汲古閣刊本《繡刻荆釵記定本》改。

(二) 『合』下原衍『前末唱』，删。

（外）不忍他家受慘淒，（末）恩東惜樹更連枝。

（外）黄河尚有澄清日，（末）豈可人無得運時。

第十四齣

（貼上唱）

【掛真兒】天付姻緣事諧矣，夫和婦如魚似水。（生上唱）貧處蝸居，羞婚燕爾，惟恐外人談耻。（旦上唱）菽水承歡勝甘旨，親中饋未能週備。（生唱）慈母心寬，賢妻意美。（合唱）深喜一團和氣。

（相見介。生白）蘋蘩已喜承宗裔，功名未遂男兒志。黄榜正招賢，裳空無一錢。（貼白）家寒難幹旋，（一）謾自心頭悶。（旦白）科舉若蹉跎，光陰能幾何？（生白）母親，孩兒成親之後，不覺又是半年。即日黄榜招賢，况郡中催逼赴京，限在今月十五日起程。争奈缺少盤纏，如何是好？（貼白）孩兒，你今缺少盤纏，教娘從何布擺？（旦白）官人，此係前程之事，况兼官府催逼，家道雖則艱難，盤纏焉能辭免？可容奴家回去懇告爹媽，或錢或銀，借些與官人路費，未審官人意下如何？（生白）娘子，凡是貧

（一）『家寒』句：原作『家者難幹旋』，據文義改。

人遇寶，有何不好？只愁岳翁、岳母不允。（末上白）若無漁引路，怎得見波濤？老員外着我到王宅，去請王老安人、小姐、王官人。迤邐行來，此間已是王宅門首。有人麽？（生白）是誰？（末白）是小人。（生白）足下那裏來？（末白）小人是錢宅來的。（生白）少待。母親，岳丈家中有人在外。（貼白）媳婦，你去看是誰。（旦白）待奴家去看。（末白）小姐。（旦白）李成，爹媽在家好麽？（末白）俱各平安。（旦白）我在此半年，爹爹怎麽不着人來看我？（末白）家中有事，不曾來看得小姐。（旦白）今日到此何幹？（末白）見了老安人，自有説話。（旦白）你進來。見老安人須要下個全禮。（末白）曉得。（旦白）婆婆，元來是我家李成。（貼白）聞説親家宅上有個李成舅，能幹事的。請相見。（生白）李舅，請相見。（末拜介。旦白）是我家使唤的，怎麽回他禮？（貼白）媳婦，敬其主以及其使。李舅，二位親家納福麽？（末白）托賴平安無事。（貼白）今日到舍爲何？（末白）老安人請坐，待小人拜稟。（唱）

【宜春令】〔一〕恩東命，僕上覆，近聞得官人赴帝都。解元出路，料想家中，必定添淒楚。（白）老員外呵！（唱）意欲把西首書房屋，待相邀安人居住。爲此特令男女，到宅傳語。（貼唱）

【前腔】蒙錯愛，爲眷屬，這恩德深銘肺腑。奈緣艱苦，迤邐不能參岳父。到如今又蒙相呼，頓教人心中猶豫。試問孩兒媳婦，怎生區處？（生唱）

〔一〕令：原作『冷』，據曲牌名改。

【前腔】因科舉，欲赴都，免不得拋妻棄母。千思萬慮，母老妻嬌誰爲主？既岳父憐貧恤苦，這分明愛枝惜樹。且自隨機應變，慎勿推阻。（旦唱）

【前腔】夫出路，百事無，况家中前空後虚。晨昏朝暮，慮恐他人生嫉妒。既相招共處同居，暫離這蓽門蓬户。未審婆婆夫婿，意中如何？

（貼白）媳婦，既如此，先打發李舅先回，我和你隨後去罷。（旦白）李成你先回去，上覆爹媽，婆婆與官人隨後就來了。（末應介）

（貼）家寒前往見新親，（生）世務艱難莫認真。

（旦）此去料應無改易，（末）更傳消息報東人。

（末先下、貼吊場，白）(一)孩兒，你夫妻二人要去了，你把細軟家火，收拾在那邊去用，粗重的還鎖在此罷。（生白）母親，收拾了。（貼白）就去罷，省得又着人來請。（貼唱）

【繡衣郎】半生來陋室幽悽，樂守清貧苟度時。重蒙不棄，大厦千間相週全。望孩兒他日榮貴，報岳翁今日恩義。（合唱）願從今奮鵬程萬里。（生唱）

【前腔】自歷學十載書幃，黄卷青燈不暫離。春闈催試，鏖戰文場男兒志。跳龍門擬着荷

(一) 吊：原作『下』，據文義改。

衣，步蟾宫高攀仙桂。（合前）（旦唱）

【前腔】想蒼天不負男兒，一舉成名天下知。倘登高第，雁塔顯名身榮貴。若能够蔭子封妻，不枉了争名奪利。（合前）（占唱）

【前腔】論黄河尚有澄清日，豈可人無得運時？（旦唱）皇都得意，那時好個風流婿。（生唱）我寒儒顯赫門楣，太岳翁傳揚名譽。（合前）

（貼）春闈催赴恐違期，（旦）但願皇都得意回。

（生）躍過禹門三級浪，(一)（占）管教平地一聲雷。

第十五齣

（外上唱）

【卜算子】從别女孩兒，心下常縈繫。昨日令人去請歸，彼此心歡喜。

（白）雪隱鷺鷥飛始見，柳藏鸚鵡語方知。昨日着李成去請王親家媽、女孩兒、王秀才，不知來否？（末上白）但將心腹事，報與我東人。老員外，王老安人、小姐、秀才官人，都請來了。（外白）開了正門，先

(一) 級：原作『汲』，據汲古閣刊本《繡刻荆釵記定本》改。

看茶來。（占上唱）

【疏影】韶光荏苒，嘆桑榆暮年，貧苦相兼。（旦唱）數載憂愁，一家艱苦，豈知甚日回甜？（生上唱）衣單食缺心無歉，爲親老常懷淒慘。（末唱）安人賢惠，秀才儒雅，小姐貞堅。

（白）老員外，王老安人在門首。（外見白）親家媽，早知親家臨[一]門，合當遠接，接待不週，勿令見罪。

（占白）親家，老身貧乏，缺禮百端，遣聘荆釵，言之可羞。（外白）親家言重言重！小女無百兩盈門，奉以蘋蘩，惟恐有失。（貼白）未遑造謝，反荷寵招。（外白）重荷降臨，不勝榮幸。（貼白）窮親到老，今來反累親家。（外白）既爲親戚，何足道錢！（貼白）女親家如何不見？（外白）老身有些賤恙，不及待陪，恕罪，恕罪！（貼白）多多拜上，容日進見。（外白）謹領。（占白）孩兒，參拜了岳父。（生白）念十朋一個寒儒，忝爲半子之親，托在萬間遮庇。有違參拜，無任戰兢。（外白）賢婿，不須施禮。（占白）媳婦，見了令尊。（旦白）爹爹，半載離門，有缺甘心之奉，恕奴家不孝之罪。（外白）既有奉姑之心，何足道哉？只是你繼母不賢，致令如此。親家媽，令郎幾時起程？㈢（貼白）小兒今日就去了。（外白）怎麽去得這等促？（生白）諸生俱已去了。（旦白）爹爹，官人缺少盤纏。（外白）我已備在此了。李成，看酒來。親家媽在此，此一杯淡酒，一來與親家媽接風，二來與賢婿餞行。（外唱）

㈠ 臨：原作「一」，據文義改。
㈢ 令：原作「人」，據文義改。

【降黄龍】草舍茅簷，蓬蓽塵門，網羅風颭。尊親到此，到此但有無一一望親遮掩。（貼唱）恩沾，萬間週庇，悄似寒灰撥焰。使寵親歡來愁去，喜生腮臉。[一]（旦唱）

【前腔換頭】安然，同效鶼鶼。[二]爲取功名，頓成拋閃。君今此行，又恐伊貪榮別娶嬌艷。（生唱）休言，我守忠信，自古貧而無諂。肯貪榮忘恩失義，附熱趨炎？（貼唱）

【前腔換頭】淹淹，貧守齏鹽。常慮衣單，每憂食欠。老爲眷屬，又恐將閥閱門風如人可？（外唱）[三]休謙，既成姻眷，有何事理相嫌？敢攀屈尊親寵臨，是我過僭。（生唱）

【前腔換頭】叨忝，母訓師嚴，三史諳通，[四]九經博覽。今承召舉，到試闈必有朱衣頭點。[五]（外白）孩兒，丈夫遠行，你也遞他一杯酒。（旦白）奴家曉得子。（唱）春纖，捧觴低勸，好將心事拘鉗。到京師閒花野草，慎勿沾染。

（作悲介。生白）娘子，（唱）

[一] 喜：原作『善』，據汲古閣刊本《繡刻荆釵記定本》改。

[二] 同效：原作『固娗』，據汲古閣刊本《繡刻荆釵記定本》改。

[三] （外唱）：原闕，據文義補。

[四] 通：原作『回』，據汲古閣刊本《繡刻荆釵記定本》改。

[五] 試闈：原作『誠圍』，據汲古閣刊本《繡刻荆釵記定本》改。

【滚遍】休將珠淚彈，休將珠淚彈，且把愁眉斂。背井離鄉，誰敢胡沾染？（合唱）路途迢遞，不無危險。纔日暮，問路程，尋宿店。（生唱）

【前腔】萱親免愁煩，萱親免愁煩，岳丈休憶念。（占唱）孩兒，記取叮嚀，客邸當勤儉。（外唱）賢婿，此行只願鰲頭高占，功名遂，姓字香，門楣顯。（生唱）

【尾】隨身不慮無琴劍，慮只慮行囊缺欠。（外白）李成，取銀子來。（末白）寶劍賣與烈士，紅粉贈與佳人。老員外，銀子在此。（外白）賢婿，不多。（生白）多蒙岳父。（外唱）十兩白金相助添。

（占白）多謝親家厚德。（外白）不敢。（占白）我兒不爲功名之事，做娘的怎割捨得你遠離？我就是樹頭上黄葉，荷葉上水珠。風燈之燭，朝不保暮，光陰不久了。我的兒，你去呵！（唱）

【臨江仙】渡水登山須仔細。（外白）賢婿，朝行須聽曉鷄啼。（旦白）官人，成名先寄好音回。

（末白）王官人，藍袍將掛體，及第便回歸。（生唱）

【前腔】重荷萱親勤訓誨，感蒙岳丈提携。娘子，好生侍奉我親幃。李舅，你在家中勤照管，我若及第便回歸。（旦唱）

【前腔】半載夫妻成拆散，一朝鴛侶分飛。二親年老怎支持？成名思故里，切莫學王魁。

（生唱）不須多囑付，我若及第便修書。（合）正是流淚眼觀流淚眼，斷腸人送斷腸人。

（生先下。外白）孩兒，夫婿上京取應，好把婆婆恭敬。（旦白）甘旨我自應承，承爹爹嚴命。〔一〕（占白）且喜骨肉團圓，惟願承同歡慶。（占吊場、唱）

【園林好】深感得親家見憐，助白金恩德萬千，居廣厦容留貧賤。得所賜，喜綿綿。蒙所庇，意拳拳。（外唱）

【沉醉東風】念孩兒三生有緣，與才郎忝爲姻眷。他今日赴京師，程途遥遠，論盤費尚憂輕鮮。（旦唱）婆當暮年，父當老年，但願我兒夫榮歸故苑。（占唱）

【川撥棹】他憑取才學上京赴選，又恐怕功名緣分淺。（末唱）老安人且莫掛牽，老安人且莫掛牽，王官人文章燦然。（占唱）管取登科作狀元，管取登科作狀元。（旦唱）

【紅繡鞋】旦夕祝告蒼天，週全。（旦唱）願他獨占魁名選，榮顯。母妻封贈受皇宣，門楣換，姓名傳，這其間盡歡忭。（占唱）得魚後，怎忘筌？得魚後，怎忘筌？

【尾】從今且把愁眉展，遇良辰自宜消遣，骨肉永遠團圓。

（占）舉子紛紛爭策藝，（占）此行願得登高第。

（旦）馬前喝道狀元來，（末）這回好個風流婿。

〔一〕承：原作『成』，據文義改。

第十六齣

（生上唱）

【水底魚】天下賢良，赴選臨帝鄉。白衣卿相，暮登天子堂，暮登天子堂。（末上唱）

【前腔】爲功名紙半張，引得吾輩忙。人人都想，要登龍虎榜，要登龍虎榜。（淨上唱）

【前腔】有等魍魎，本是田舍郎。妝模作樣，也來入試場，也來入試場。（丑上唱）

【前腔】天地玄黄，記得三兩行。文才不廣，只是賭命强，只是賭命强。

（丑白）三年大比選場開，滿腹文章特地來。争看世人争買貴，信知吾輩出英才。（淨白）王梅溪在上，我和你一學中朋友，不須通名道姓。天色未晚，趲行則個。（生唱）

【甘州歌】一自離故里，謾回首家鄉極目何處？萱親年邁，一喜又還一懼。晨昏幸托少年妻，深感岳丈相憐一處居。（合唱）蒙囑付，牢記取，教我成名先寄數行書。休悒怏，莫嗟吁，白衣脱换錦衣歸。（末唱）

【前腔】芳春景最奇，正可人不暖不寒天氣。千紅萬紫，開遍滿目芳菲。香車寶馬逐隊隨，只見來往遊人渾似蟻。（合唱）争如我，折桂枝，十年身到鳳凰池。身榮貴，歸故里，人人報道狀元歸。（淨唱）

【前腔】松篁香徑裏，見野塘溶溶，緑水沙嘴。鷗鳧來往，出没又還驚飛。危橋跨澗人過稀，[一]只見漠漠平沙棲遠堤。（合）途中趣，真是奇，緑楊枝上囀黄鸝。難禁受，聞子規，聲聲叫道不如歸。（丑唱）

【前腔】皇都將到矣，尚還隔幾重青山緑水。餐風宿露，豈憚路途迢遞。一心正欲入試闈，尚恨不得腋生兩翅飛。（合唱）尋宿處，莫待遲，竹籬茅舍掩柴扉。天將暮，日墜西，漁翁江上罷釣歸。

【尾】問牧童，歸村市，香醪同飲典春衣，圖得今宵沉醉歸。

（生）鏖戰功名赴試期，（末）可堪脱白掛荷衣。

（浄）十年窗下無人問，（丑）一舉成名天下知。

第十七齣

（末上開試科、白）欽奉朝廷命，敷施雨露恩，魚龍皆變化，一躍去朝京。自家是禮部堂上祗應的便是，往來聽候侍奉官員。今乃大比之年，正當設科取士之際。國朝委請試官，已在貢院之内；府縣辟召

[一] 橋：原作『樓』，據汲古閣刊本《繡刻荆釵記定本》改。

舉子，供在棘闈之前。如今將次考試，只得在此祗候。怎見得設科取士？但見開設着茂材科、孝廉科、賢良科、方正科，齊齊整整；印卷所、彌封所、對讀所、謄録所，㈠密密嚴嚴。委請主考官、同考官、《易經》考官、《書經》考官、《詩經》考官、《春秋》考官、《禮記》考官，人人飽學；提調官、供給官、巡綽官、受卷官、彌封官、監場官、搜檢官，個個清廉。但是天下才子，前往禮部報名。第一場以四書、五經擬題，内選程文四書三篇，五經四篇，務要文章耿潔。第二場以性理群書擬題，内選程論詔誥一篇，表判一篇，俱用義理精純。第三場策問五道，無非曉達時務，何莫經史辨疑。㈡中式舉人，定爲三甲。授階進士，分作九階，第一甲賜進士及第，官授從六品。第二甲賜進士出身，官授正七品。第三甲賜同進士出身，官授從七品。廷策一道，列名狀元、榜眼、探花。遊街三日，賜宴瓊林，鹿鳴鹵簿。正是：一封纔下興賢詔，㈢四海俱無遺棄材。試看滿朝朱紫貴，紛紛盡是讀書人。（下。丑上唱）

【點絳唇】滿腹文章，平生慷慨。簪纓世客暫沉埋，兀的是虎瘦熊心在。

（白）十載寒窗篤志，習讀詩書半世。韓退之豈有文章，蘇東坡都是放屁，惟我才高學廣。朝廷委我考試，我若使些私心，端的不瞞天地。舉子送得錢多，選他頭名上第。如無一些東西與我，教他一場悔

㈠ 謄：原作「膳」，據汲古閣刊本《繡刻荊釵記定本》改。
㈡ 史：原作「有」，據汲古閣刊本《繡刻荊釵記定本》改。
㈢ 纔：原作「流」，據文義改。

氣。左右那裏？開了貢院門，但有舉子，着他趕科。（末白）秀士趕科！（生上唱）

【步蟾宫】胸中豪氣沖牛斗，筆下龍蛇飛走。（浄唱）英雄隨我步瀛洲，一舉高攀龍首。

（相見科。丑白）秀士，我上承皇命，下選英才，每年考試，無非五經四書。我只用一聯要對，分作天地二號。（末白）天字號領題。（生白）學生。（丑白）伏羲科亂神農草，伯夷叔齊。（生）有。鍾離失却洞賓丹，寒山拾得。（末白）地字號領題。（浄介。丑白）秤直鈎灣星朗朗，知輕識重。（浄）有。磨圓臍小齒楞楞，吞粗出細。（末白）天字號領題。（生白）學生。（丑白）一船四櫓，八人摇出九龍江。（生）有。秃馬單刀，孤將破開千古陣。（末白）地字號領題。（浄白）學生。（丑白）雙人枕上行雲雨，夫和妻柔。（浄）有。一床被底多風月，弄出兒孫。（丑白）走！（末白）天字號領題。（生白）學生。（丑白）紈扇畫圖，萬里江山隨手展。（生）有。將書作枕，許多賢士共頭眠。（丑白）頭名狀元，午門外看榜。（生白）欲奮青雲志，須加白日功。（下。末白）地字號領題。（浄白）學生。（丑白）無鹽咬菜根，淡中又淡。（浄）有把醋喫梅子，酸上加酸。（丑白）趕出去。

（丑）五百名中第一人，烏靴紗帽緑袍新。

明朝早赴瓊林宴，斜插宫花拜至尊。

第十八齣

（旦上唱）

【破陣子】自從兒夫去後，杳無音書。爹爹掛念，婆婆縈悶，那堪人孤。更盡朝夕甘旨雖然具，夫在天涯，事關心，爲何不淚零？

（白）一簾明月照松陰，夜静凄凉愁煞人。獨聽子規枝上轉，聲聲叫出斷腸聲。（又白）〔賣花聲〕自古蹙損遠山眉，幽怨誰知？羅衾滴盡淚胭脂，夜過春寒愁未起。門外鳴啼，惆悵阻佳期。人在天涯，東風頻動小桃枝，正是消魂時候也，撩亂花枝。自從兒夫去後，一向懶得梳妝。况無音信，爹爹憂念，婆婆悶懷。奴家侍奉早膳已畢，不免對鏡梳妝則個。

夫去朱明經數月，幾番含淚怨離別。

懨懨春病容顔改，愁斷情人千萬結。（唱）

【四朝元】結髮夫婦，奴奴不暫離。想春闈擇士，（白）丈夫呵，（唱）只爲名利，要圖登高第。望身榮發跡，望身榮發跡，把我鴛鴦拆散東西。何日團圓？甚時完聚？免使相思憶。嗏！默默自嗟吁。舉案齊眉，怎奉蘋蘩禮？重重悶怎除？懨懨謾憔悴。難忘恩義，撲簌簌珠淚濕袂，撲簌簌珠淚濕袂。

三月桃花浪暖時，願郎一去折高枝。

鵲聲時刻簷前噪，使我行行常切思。（唱）

【前腔】思之夫婿，胸藏古聖書。赴京師科舉，願早及第，高攀折桂枝。但荷衣掛體，但荷衣掛體，衣錦歸來，改换門閭。到今歸期難卜，未審何意？敢戀紅樓處？嗏！何必苦相疑。[一]料想宋弘，肯棄糟糠室？[二]匆匆話别時，頻頻書寄歸，緣何一去嘹嘹嚦嚦，雁無帛繫，嘹嘹嚦嚦，雁無帛繫。

桑榆暮景最難題，囊盡瀟然誰得知？

妾在深閨無處訴，悲悲切切淚襟與。（唱）

【前腔】與伊分袂，終朝如醉痴。遇春光明媚，懶去遊嬉，懶觀園苑奇。懶睹春富貴，懶睹春富貴。鎮日忘餐，通宵無寐。妝臺不倚，鬢雲倦理。空自愁千縷，嗏！蘭房静寂寂。陽臺夢斷，襄王歸那裏？更鼓響鼕鼕，銅壺漏滴滴，教奴聽得，淒淒慘慘，轉添愁緒。

秋來風雨飄飄落，舉子巴巴鏖戰却。

屈指算來將半載，[三]孤幃鴛枕甚瀟索。（唱）

【前腔】昨宵房裏，披衣未睡時。見銀釭結蕊，料應喜至。想有彩箋寄，料榮歸故里，料榮歸

[一] 疑：原作『凝』，據文義改。

[二] 室：原作『至』，據文義改。

[三] 來將半：原闕，據文義補。

故里。金帶垂腰，緑袍着體。遽下牙床，〔一〕就整鴛鴦被。鵲聲鬧人耳，嗏！緑雲忙梳洗。獨上危樓，遥望人何處。輕輕蓮步移，默默畫欄倚。思量無計，尋尋覓覓，似鳳失侣。尋尋覓覓，似鳳失侣。

【尾】時光似箭如梭擲，勤把萱親奉侍，專待兒夫返故里。

只爲功名拋却親，如今必定離京城。
真個路遥知馬力，果然日久見人心。

第十九齣

（末扮堂侯官上白）碧玉堂前列管絃，真珠簾捲裊沉烟。不聞閫外將軍令，只聽朝中天子宣。自家乃万俟丞相府中堂侯官是也。論俺丞相，真個官高極品，累代名家。身居八位之尊，班列群英之上。論文呵，對聖賢夜讀詩書；論武呵，總元戎時觀韜略。巍巍駕海紫金梁，兀兀擎天碧玉柱。休説官高一品，先誇相府軒昂。泥金樓閣，重簷叠棟，直起上一千層；碾玉欄杆，傍水臨階，斜倚着十二曲。窗横

〔一〕遽：原作『處』，據《新刻出像音註節義荆釵記》改。

面面碧琉璃，磚甃行行紅瑪瑙。(一)屏開翡翠，獸爐中噴幾陣香風；　簾捲蝦鬚，仙仗間會三千珠履。(二)門排畫戟，座擁金釵，響璫璫的是玉珮聲摇，明晃晃的是珠簾色耀。(三)後堂中安着一張影玲瓏、光燦爛、數十層雕花刻草八柱象牙床，(四)正廳上放着四圍香散謾、色鮮妍、幾多樣畫鳳描龍九鼎蓮花帳。　金間玉，玉間金，雕鞍寶發；　紫映紅，紅映紫，繡褥花裀。　御橋邊開着兩扇慷慨孟嘗門，鳳城中蓋着一所異樣神仙窟。　道猶未了，丞相已到。（淨上唱）

【賀聖朝】幾年職掌朝綱，四時燮理陰陽。　一人有慶壽無疆，兆民賴之安康。

（白）爵尊一品，爲天子之股肱；　權總百官，廣朝廷之耳目。　廟堂寵任，朝野馳名。　威振遼金而不敢南望，(五)才兼文武而每欲北征。　正是：　一片忠心能貫日，四方志氣可凌雲。　老夫覆姓万俟，我授當朝丞相，不幸夫人早喪，存下一女，小字多嬌，方年二八，爭奈姻緣未遂。　今科狀元王十朋，温州人氏，才貌兼全，吾欲招他爲婿，未知姻緣如何？　他今日必來參拜，堂侯官那裏？（末白）珍珠簾下供祇應，碧玉堂前聽使令。　老爺有何鈞旨？（淨白）堂侯官，今科狀元王十朋，温州人氏，此人才貌兼全，除授饒州

(一) 磚：原作「傳」，據汲古閣刊本《繡刻荆釵記定本》改。

(二) 仙仗：原作「山使」，據汲古閣刊本《繡刻荆釵記定本》改。

(三) 是：原闕，據汲古閣刊本《繡刻荆釵記定本》補。

(四) 十：原作「上」，據汲古閣刊本《繡刻荆釵記定本》改。

(五) 金：原作「舍」，據文義改。

僉判。我意欲招他爲婿，你道如何？（末白）老爺，小姐是瑶池閬苑之神仙，狀元是天禄石渠之貴客。若能成此姻緣，不枉了一世夫妻。（净白）既如此，他今日必來參拜，你在衙門首等候。待他來時，先露其意，不可有誤。（末白）暫辭恩相去，專等狀元來。（生上唱）

【菊花新】十年身到鳳凰池，一舉成名天下知。脱白掛荷衣，功名遂，少年豪志。

（白）引領群仙下翠微，〔一〕雲間相逐步相隨。桃花已透三層浪，丹桂高攀第一枝。閬苑應無先去馬，杏園惟有後題詩。男兒志氣當如此，金榜題名四海知。堂候先生，煩與通報，新狀元王十朋拜見。（末白）告老爺，新狀元見。（净白）請裏面來相見。（生拜白）地借玉階，恭上萬乘之言；名登虎榜，濫叨千佛之先。揣分踰涯，〔二〕撫躬如愧。（净白）君子六十人，定霸咸期於一戰；扶摇九萬里，冲天遂冠於群飛。諸進士皆可畏之後生，王狀元乃無雙之國士。承頒了，請坐。（生白）老丞相請坐，小生侍立請教。（净白）何必謙遜，狀元是天下之英才，翰林之凛氣。請坐，看茶。（净介）狀元行館在何處？（生白）在巧牌坊下。（净白）我有一句話與你説，我有閨門小女，欲招足下爲婿，足下就要聯姻。（生白）深思老丞相不棄微賤，奈小生家有拙荆，不敢奉命。（净白）富易交，貴易妻，此乃人情乎！（生白）老丞相，豈不聞宋弘有云：『糟糠之妻不下堂，貧賤之交不可忘。』某雖不敏，請事斯語。（净白）當朝丞相，

〔一〕仙：原作『天』，據汲古閣刊本《繡刻荆釵記定本》改。

〔二〕踰：原作『喻』，據文義改。

招汝爲婿，有何玷辱了你？（生白）停妻再娶，恐有違例。（净白）甚麼？違例兩個字，那一本書上所載？[一]走！這不遵擡舉的。（唱）

【八聲甘州歌】窮酸魍魎，對我行輒敢數黑論黄。妝模作樣，惱得我氣滿胸膛。（生）平生頗讀書幾行，[二]豈肯紊亂三綱并五常？（末）斟量，不如順從公相何妨。（净）

【前腔換頭】端詳，這傷傻伎倆，怎做得潭潭相府東床？出言挺撞，那些個謙讓温良？

（生）微名忝登龍虎榜，肯棄舊憐新做薄倖郎？參詳，料烏鴉怎配鸞凰？（末唱）

【解三醒】王狀元且休閑講，這婚姻果是無雙。當朝宰相爲岳父，論門户正相當。（生唱）寒儒怎敢過望想？自古道糟糠妻不下堂。（净唱）忒無狀，把花言巧語，一赸胡謊。（末唱）

【前腔】千推萬阻，靡恃己長。只恐你舌劍脣鎗反受殃。（生唱）謾相勞攘，[三]停妻再娶誰承望？有何故共受殃？（净唱）當朝選法咱把掌，便不得禍到臨頭燒好香。不輕放，定改除遠方，休想還鄉。

（外）叵耐窮酸大不良，（生）有妻焉敢贅高堂。

[一] 那：原作「京」，據文義改。
[二] 幾：原作「己」，據汲古閣刊本《繡刻荆釵記定本》改。
[三] 攘：原作「權」，據文義改。

（末）大鵬飛上梧桐樹，（生）自有傍人説短長。

（生下。淨白）這畜生好無禮，正是乍富小人，不脱貧漢之體。初貧君子，(一)天然骨格風流。這畜生除過饒州僉判，王士宏潮陽僉判。明早起本，將王士宏改除饒州僉判，王十朋改調潮陽僉判。着各門上張掛告示，不許王狀元私自還鄉。速辦文書，發遣潮陽之任。此乃烟瘴地方，(二)十去九不回家，害他母子妻室不得見面。休得遲誤。

（淨）改調潮陽禍必侵，（末）此人必定喪殘生。

（淨）平生不作皺眉事，（末）世上應無切齒人。

第二十齣

（生上唱）

【醉落魄】鄉關久别應多慮，幸登高第得銓註。修書欲寄報平安，浼承局帶回家去。

（白）夜雨滴空階，孤館夢回，情緒蕭索。一片閒愁，丹青難畫。秋漸老，蛩聲正苦。夜將闌，燈花漸落。最無端處，總把良宵，抵恁孤眠甚却。小生貧寒之際，以荆釵爲聘錢氏。結姻之後，欲赴科場，又蒙岳

(一) 貧：原作『貪』，據文義改。

(二) 『此乃』句：原作『此乃□□也方』，據文義改。

丈接取老母、山妻同居，又助盤纏。恩深如海，何日可報？到京僥倖得中狀元，除授饒州僉判。深欲告歸省親，因參万俟丞相，招贅不從，被他拘留在此，〔一〕不得回鄉。早間到部前，打聽公差承局到温州遞送公文。我今寫家書一封，報與母親、妻子知道。央他附至門，取家小到京，同臨任所，多少是好。

【一封書】男百拜上覆，母親尊前妻父母。離膝下到帝都，一舉成名身掛緑。蒙除授饒州僉判府，待家小臨京往任所。寄家書，附承局。草草不恭男拜覆。

（白）此書煩雙門巷岳父大人親手開拆。（末上白）傳遞急如火，官差不自由。懼法朝朝樂，欺公日日憂。自家承局是也，蒙省部公差，前往浙江温州府遞送公文。聞説王狀元要寄家書回去，這裏是他寓所，不免逕入。（相見介。生白）〔二〕承局哥，今日起程麽？（末白）就此去了。（生白）私奉白金三錢，〔三〕以充路費。（末白）小人受之不當。（外白）此書煩附温州在城雙門巷錢老貢元投下。（末白）爲何姓錢？（生白）是我妻家。（唱）

【懶畫眉】煩伊傳遞彩雲箋，你到吾家可代言。（末白）代言怎麽説？（生唱）因參丞相被留纏，不能勾歸庭院，傳與家中免掛牽。（末唱）狀元深念北堂萱，料想萱親憶狀元。小人若把喜

〔一〕被：原作『彼』，據文義改。
〔二〕生白：原闕，據文義補。
〔三〕私：原作『帥』，據文義改。

音傳，他必定生歡忭，一紙家書抵萬千。（生）平安二字喜重重，（末）藍宅投書喜氣濃。（生）只恐匆匆說不盡，（末）行人臨發便開封。

第二十一齣

（浄上唱）

【雙勸酒】儒冠誤身，一言難盡。爲玉蓮賤人，常懷方寸。若得他配合秦晉，那其間燕爾新婚。

（白）凡人不可貌相，海水不可斗量。誰想那王敗落中了狀元，除授饒州僉判。因參丞相，招贅不從，丞相發怒，把他拘留在省聽候。我聞得知丞局寄書回去，想丞局未曾起程，今往街上尋見丞局。留他下處，使些見識，送些禮物與他，騙那王十朋家書，改作休書回去。那其間錢媽媽見了休書攘起來，必然將女兒改嫁。我趕回去，（一）逢央張媽媽爲媒。多些財禮，務要娶玉蓮爲妻。便是殘花敗柳，也說不得，睡他一夜就死也快活。小厮，看了下處。（二）（内應科。末上唱）

（一）我：原闕，據文義補。

（二）看：原闕，據文義補。

【雙勸酒】官差限急，心中愁悶。途路上苦辛，怎辭勞頓？只恐誤了公文，那其間有口難分。

（浄撞科、白）足下莫不是丞局哥麼？（末白）小人是丞局，官人上姓？（浄白）我是温州在城五馬坊黑漆大門樓下孫半州就是區區。（末白）元來是王狀元鄉里。（浄白）王狀元有家書寄回去麼？（末白）昨日有一封付與在下了。孫官人在此貴幹？（浄唱）

【劉潑帽】[一]念吾到此求科舉。（末白）官人高中了？（浄唱）不及第羞回鄉里。修書欲報娘和父，欲煩稍帶，只怕伊相推阻。（末唱）

【前腔】吾家雖在京城住，温台路來往極熟。官人若有家書附，休要躊躕，咱與你帶回去。

（浄白）既如此，同到小寓。穿茶坊，過酒肆，這裏便是。丞局哥，本該留你在此款待便好，怎奈客邊，恐怕簡慢你。今奉白銀五錢，自去買些酒飯，家懷家懷。待我寫完了書，來取如何？（末白）這也使得，無功先受禄。（浄白）輕瀆，輕瀆。（末走科。浄叫）丞局哥，丞局哥，放了包袱在此，少刻來取。（末白）我曉得官人最見小的，恐怕我去了不來取書，教我放下包袱。也罷，做個當頭在此。我去别了朋友，就來取書。（浄白）説得有理。（末白）市沽三酌酒，早寫萬金書。（末下。浄吊場笑科、白）不施心

[一] 劉潑帽：原作『刘潑唱』，據曲牌名改。

上無窮計，怎得他人一緘書？想丞局去遠了，我把包袱開將起來。且喜王狀元書已在此，待我讀一遍。（喝介）寫得好！我與他同學，況字跡與我相同。[一]他寫家書，我寫休書，一句改一句。□怪錢貢元不肯將女兒嫁我。今改休書，□去羞他一羞。且待我改起來。（唱）

【一封書】男百拜拜覆，母親尊前妻父母。（白）正是才人，一句包一家門。（改）媽媽萱親想萬福。（唱）離膝下到京都，一舉成名身掛綠。（改）孩兒已掛綠。（唱）蒙除授饒州僉判府。（改）僉判饒州爲郡牧。（唱）待家小臨京往任所。（白）若不改傷情，怎得玉蓮到手？是了，是了。（改）我贅在万俟丞相府，可使前妻別嫁夫。（唱）[二]他寫寄家書，附承局。（改）寄休書，免嗟吁。（唱）他寫草字不恭兒拜覆。（改）我到饒州來取汝。（白）取汝，取汝，明明是老孫。我也胡亂寫一封書回去，省得丞局嫌疑。（淨寫書介、唱）豚兒孫汝權，字奉父母前。一自離膝下，倏經又半年。問我前程事，羞慚不敢言。科舉秀才多，約有三四千。貢院門首窄，狹出在傍邊。幸得肩膀硬，挨進得入簾。五更進貢院，渴睡又來纏。頭場要七篇，篇篇寫不全。四書爛熟顯，全然不得知。欲待央人做，巡綽官把路。欲要往外走，饅頭未到口。自覺心內慌，兩

[一] 況：原作『兒』，據文義改。
[二] 唱：原作『白』，據文義改。

眼望粉湯。(一)二場要做論，自恨資質坌。又出詔誥表，手脚驚甦了。欲要做做詔，又怕朋友笑。欲要做做誥，七顛與八倒。欲要做做表，一法不曾曉。年紀雖不多，頭髮愁白了。三場三道策，中間不記得。還算我僥倖，兩場不貼出。父母不要苦，歲貢正該我。雖不登廊廟，也有言以道。父母切莫怪，分定官須在。延壽活八十，也有壽官帶。兒勸父休惱，封君料没了。你若身氣死，我又怕先考。即欲就回來，争奈盤纏少。紙短況情長，苦惱真苦惱。

(白)此書煩附至與對門伯伯開拆。(末上白)折梅逢驛使，寄與隴頭人。(相見介。净白)書寫完了。你的包袱在此。我的家書不打緊，王狀元家書是要緊的，不要差訛了。(末白)不須分付。(净白)學生白金一兩，奉爲路費。(末白)多謝官人厚賜。(净唱)

【朱奴兒】因科舉離鄉半春，從別後斷羽絶鱗。今日天教遇你們，趁良辰，附歸音信。(合唱)還歷盡山郭水村，指日到東甌郡城。(末唱)

【前腔】是則是公文限緊，蒙相委怎敢不允？拚取十朝與半旬，到宅上，備説元因。(合前)

(净)休憚山高與路長，(末)傳書管取到華堂。

(净)不是一番寒徹骨，(末)怎得梅花撲鼻香？

(一) 粉：原作『粆』，據文義改。

第二十二齣

（占上唱）

【臨江仙】凭欄極目天涯遠，那人去遠如天。（旦上）鱗鴻何事意茫然？今春看又過，何日是歸年？

（相見介。占白）春闈催試赴京都，一紙家書絶匪無。（旦白）此去料應攀月桂，拜恩衣錦聽榮除。（占白）媳婦，你丈夫去後，不見回來，使我懸懸憂念。（旦白）想只在兩日回來也。（占白）媳婦，我和你門首去望一望。（旦白）婆婆先請，奴家隨後。（占唱）

【二犯傍妝臺】意懸懸，倚門終日，望得眼兒穿。自他去後歷鏖戰，杳無一紙信音傳。（旦唱）多因他在京得中選，無暇修書返故園。（占白）我那兒，（唱）既登金榜，怎不錦旋？交娘心下轉縈牽。（旦唱）

【前腔換頭】何勞憂慮恁惓惓，婆婆，且暫把愁眉展，對景自消遣。雖然眼下人不見，終有日再團圓。（占唱）愁只愁他命蹇時乖福分淺，恐怕客邸淹留疾病纏。（旦唱）這死生由命，富貴在天。婆婆，不須憂慮淚漣漣。（末上唱）

【不是路】渡口離船。（白）行人問路的。（内應科。末白）錢貢元府上在那裏？（内回白）前面白粉蕭墻，雙門巷裏就是。（末白）起動了。（内白）請了。（末唱）早來到錢家宅院前，咱不免偷閒先下彩雲箋。（白）有人在此麽？（旦白）李成，外面有人在那裏。（李成唱）是何人？爲何事直入咱庭院？（末白）非爲别事到府。（唱）爲一舉登科王狀元。（李成白）那個王狀元？（末白）就是王十朋。（李成白）正是這裏，有書麽？（末唱）因來便，特令稍寄家書轉。（李成白）少待，待我通報老安人。〔一〕（末白）是，大叔。（李成白）老安人，王官人中了狀元，有人寄書在此。（占、旦白）謝天地！（唱）喜從人願，喜從人願。

（占白）媳婦，待□□去問他。（李成白）先生，老安人出來了。（占相見介、白）先生。（唱）

【前腔】他爲何不整歸鞭？附與書時曾説甚言？（末唱）教傳語，因參丞相被留連。（旦白）婆婆，留連敢是不回了？（占白）我媳婦兒，（唱）你且省憂煎，可備些薄禮酬勞倦。（末白）小人公文緊急，不敢停留。（旦唱）就把我頭上釵兒當酒錢。（白）李成，送與先生。（唱）物輕鮮。（末白）小人不敢受。（占唱）權爲路費休辭免。（末白）多謝夫人厚禮！（唱）去心如箭，去心如箭。

（末下。占、旦白）李成，你去報老員外知道。（末下介。占唱）

【皂角兒】想連年時乖運蹇，喜今日姓揚名顯。步蟾宫高攀桂枝，跳龍門首直金殿。把宫花

〔一〕安人：原闕，據下文補。

斜插在帽簷邊，瓊林宴，勝似登仙。（合唱）早辭帝輦，榮歸故園。那時節夫妻母子，大家歡忭。（旦唱）

【前腔】想前生曾結分緣，與才郎忝爲姻眷。喜得他脱白掛緑，怕嫌奴體微名賤，若得他貧相守，富相連，心不變，亦死而無怨。（合前）（外、浄上唱）

【尾聲】鵲聲喧，燈花艶。（旦白）爹爹，奴家丈夫有書回來了。（外唱）果然今有信音傳，準備華堂開玳筵。

（外白）親家，李成來説，令郎有書回來了。留亨，賀喜！（占白）小兒有書回來，正欲着媳婦請親家看書。（旦白）爹爹，書在此。（外白）還送與婆婆開拆。（浄白）老兒，你看封皮上寫那個開拆就是了。（外白）此書煩附岳父大人親手開拆。（唱）

【一封書】男百拜拜覆，媽媽萱親想萬福。（旦白）爹爹，此書不是有才學人寫的。既稱媽媽，又是萱親，一人倒是兩人稱呼。（浄白）正是有才學人寫的。媽媽是我，萱親是你婆婆。（外唱）孩兒也掛緑，僉判饒州爲郡牧。（旦白）爹爹，言又有差了。僉判是佐貳官，如何又是郡牧？（浄白）僉判是中舉，豈進士得來的？郡牧是便足。（外白）傲官那裏來的得的？（唱）我贅在万俟丞相府，可使前妻别嫁夫。寄休書，免嗟吁，我到饒州來取汝。

（浄白）老兒，原來是休書，着我女兒嫁人。王十朋，你那天殺的！貧寒之際，送荆釵爲聘。今日得榮，就贅在相府爲婿，到休我女兒改嫁。（外白）媽媽，還未見得。㈠（淨白）這休書那裏來的？（占白）親家媽，我孩兒不是忘恩負義的人。（淨科、白）㈡王老媽，請走出去。（外白）婆子，像甚麽模樣！（占唱）

【剔銀燈】親家媽不須怒起，容老身一言咨啓。孩兒頗頗識法理，豈肯貪榮忘恩失義？須知道天不可欺，他豈有停妻再娶妻？（淨唱）

【前腔】忘恩義窮酸餓儒，纔及第輒敢無理。只因賤人不度己，教娘受腌臢惡氣。他今日却元來負你，呸！羞殺你丫頭面皮。（旦唱）

【前腔】苦，書中句全無禮體，竟不審其中詳細。胡蘆提，（淨科。旦唱）便説他不是，駡得我無言抵對。母親，休聽讒説是非，（白）他爲人呵，（唱）決不肯將奴負虧。（外唱）

【前腔】媽媽且回嗔作喜，我孩兒不須垂淚。終不然爲着家書至，將好意番成惡意。（淨駡介）娘兒休辨是非，真和假三日後便知。

（外）一紙家書未必真，（淨）思量情理轉生嗔。

㈠ 未：原作『走』，據文義改。

㈡ 科：原作『利』，據文義改。

(占)霸王空有重瞳目,(旦)有眼何曾識好人。

第二十三齣

(外上唱)

【普賢歌】書中語句有差訛,致使娘兒碎聒多。真僞怎定奪,是非争奈何?尺水番成一丈波。

(白)李成在那裏?(末上白)家書報喜反成災,致使娘兒心惱懷。萬事不由人計較,一生都是命安排。員外有何使令?(外白)隨我到姑娘家走遭。轉灣抹角,(一)此間就是姑娘門首。(末白)姑娘,員外來了。(丑上唱)(二)

【前腔】奴奴方纔念彌陀,忽聽堂前誰喚我。開門看則個,原來是我哥哥。小的,快把柴來燒焰火。

(末白)姑娘,你爲何燒焰火?(丑白)我兒,客來看火色,無茶也過得。(相見。丑白)哥哥爲何煩煩

(一) 抹:原作『沫』,據汲古閣刊本《繡刻荊釵記定本》改。

(二) 丑:原作『旦』,據文義改。

惱惱？（外白）妹子，一言難盡。（丑白）但說不妨。（外唱）㈠

【蠻牌令】兒婿往京畿，前日附書回。道重婚丞相女，使母棄前妻。我女道非夫寫的，伊嫂嫂怒從心上起。真和假俱未知，故此特來問消息。（丑唱）

【前腔】哥哥聽咨啓，不必恁憂疑。我鄰居孫財主，赴選近回歸。他在京都，必知事體，問他們便知端的。（外唱）無由去他宅裏，妹子，你可令人請來問詳細。

（淨上唱）

【前腔】日裏莫説人，夜問莫説鬼。方纔説小子，小子便來至。（末唱）未相邀誰來請你？（淨唱）咱在門首聽得。（末唱）這言語休要提，且請東人相見施禮。

（淨見科介、白）此位是何人？（丑白）是家兄。（淨白）元來是令兄，學生拜見。（丑白）哥哥，孫官人要相見你。（外白）此人有些輕薄。（淨白）老員外，休怪休怪，有眼不識好人。前日央令妹求親，爲何不允？（外白）非不相從，乃緣分不到。（淨白）令婿中了狀元，除授饒州僉判，有書回來麽？（外背白）㈡妹子，他問有書，倘和你只説没書，看他怎麽？（丑白）正是這等説。（外、丑白）便是没有書寄來。（淨背白）丞局，天殺的，怎麽還不到？待我將錯就錯，與他一説。（笑科介。丑白）孫官人，爲何

㈠ 外：原作『内』，據文義改。
㈡ 外背：原作『給皆』，據文義改。

笑？（净白）可知道没有書回來，他中狀元，入贅万俟丞相府做女婿了。（外白）妹子，這句話實的了。孫官人，你爲何曉得？（净白）學生同他赴試，豈不知道？（丑白）實不相瞞，前日丞局曾有書來，也説贅在丞相府中爲女婿了。（净白）恰又求媽媽過來，與令兄説，王狀元入贅在相府，休書已見，斷情絶義。小子如今不嫌殘花敗柳，財禮分文不少，願續此親，如何？（丑白）哥哥，孫官人説願續此親，意下如何？（外白）這個使不得。（净唱）

【川發棹】俺當初問親，(一)你却不聽允，到如今被他負恩。（外悲唱）當元是我忒好意，誰想他們忘了本。（净唱）

【前腔】咱心裏願續此親。（外唱）老漢貧窮，小女没福分攀豪俊。（净唱）休恁的言詞謙遜，今日裏先拜了丈人，今日裏先拜了丈人。

（末白）正是不因親者强求親。（丑白）孫官人若不棄，老身依舊爲媒。（净白）如蒙允諾，事不宜遲，明日送財禮，後日要成親。（丑白）孫官人，肯送甚麽財禮？（净白）我送黄金一百兩，彩緞一百匹，羹菓之類，(二)件件成雙。（丑白）作急完備，明日送去。（净白）如此小子告退。打扮光光，做個新郎。三錢一分，與我暖房。正是：人心堅似金和石，花再重開月再圓。（下。外吊場白）妹子，此事我不管，不

(一) 問：原作『門』，據文義改。
(二) 類：原作『節』，據文義改。

知我婆婆意下如何。（丑白）不妨，我與嫂嫂説。（外唱）

【生姜芽】[一]從他往京都，兩月餘。一心指望登高第，回鄉里。怎捨得輕辜負？相明意贅多嬌女，不思量撇下荆釵婦。（合唱）棄舊憐新小人儒，虧心折盡平生福。（丑唱）

【前腔】畜生反面目，太心毒。忘恩負義情難恕，真堪惡。哥哥，且放懷，休疑慮。他既然榮貴重婚娶，俺這裏别選收花主。（合前）（末唱）

【前腔】恩東免嗟呀，且聽覆。言清行濁虧心地，違法度。義和恩，都不顧。半載夫妻曾厮聚，一時間却把嬋娟誤。（合前）

（外）骨肉慘傷淚滿襟，（丑）哥哥不必再沉吟。

（外）人情若比初相識，（末）到老終無怨恨心。

第二十四齣

（净上唱）

【字字雙】試官没眼他及第，得志。戀他相府多榮貴，入贅。不思艱窘棄前妻，忘義。叵耐

[一] 芽：原作『菜』，據曲牌名改。

敗落徯相欺，嘔氣。

（白）正是：　黄柏肚皮甘草口，才人相貌畜生心。　王敗落那天殺的，忘恩負義，棄舊憐新。　我只道家書，原來是休書，寄回來着我女兒另自嫁人。　老兒今早去問消息，待他回來，便知端的。（外哭上唱）

【玉胞肚】讀書豪俊，忍撇下甌城故人。（丑唱）負心賊有才無信，纔及第，棄舊憐新。（合唱）他貪奢戀侈，實丕丕使不仁，（一）行短天教一世貧。

（外白）只因一着錯，滿盤都是空。（浄白）老兒探問消息，真僞若何？（外白）一言難盡。（丑白）嫂嫂，哥哥方纔到我家來，遇到孫官人京中回來望我。　將此事問他，果然入贅相府，與書中言語一般。

（浄白）老賊，幹得好事！（唱）

【漿水令】你當初不聽我們，到如今被他負恩。（外唱）世間誰是預知人？　何須苦苦與我爭。（丑唱）都寧奈，聽解紛，家必自毁令人哂。（合唱）尋思起，尋思起，教人氣忿。　誰知道，誰知道徯的不仁。（丑唱）

【前腔】孫官人復求婚姻，他依然要續此親。（浄唱）那人果不棄寒門，教他選日成秦晉。（外作悶科、唱）聽他言，心自忖，只愁女兒不從順。（合前）

（一）丕丕：　原作『不不』，據汲古閣刊本《繡刻荊釵記定本》改。

（淨白）姑娘，孫官人不嫌我女兒殘花敗柳，願續此親。果有此意，事不宜遲。（丑白）嫂嫂，我去與孫官人説，就行財禮。哥哥，你與女兒説一聲便好。（外白）我難對他説，做主不得。（丑白）有緣千里能相會，無緣對面不相逢。（下。淨白）我自與他説。玉蓮那裏？（旦上唱）

【金蕉葉】奈何奈何，爲讒書母親怪我。尺水番成一丈波，是何人暗地裏調唆？

（白）母親萬福！（淨白）女兒，早知今日，悔不當初。依了姑娘嫁與孫官人，今日不見得如此。我兒，他那裏重婚，我這裏再嫁。孫官人原央姑娘在此説親，我兒，你一就梳妝，二就成親便了。（旦白）母親，你好差矣！王秀才是個賢良儒士，未必辜恩；錢玉蓮是個貞潔婦人，决不失節。他果然贅在相府，奴家情願在家守志，决不改嫁。（淨白）守志守志，不是常久之計。（淨駡科。旦白）母親，此乃傷風化之言，不須提起。（淨唱）

【孝順歌】孫員外家富足，他們有的金共玉。你一心嫁寒儒，緣何棄撇你？（旦唱）容奴稟覆，未必兒夫將奴辜負。那一個横死賊徒，特地來生嫉妒。（淨哂、白）到説别人嫉妒，你看麽，（唱）這紙書你看取，明寫着人贅在万俟府。（旦唱）

【前腔】書中句都是虚，没來由認真閒氣蠱。他曾讀聖賢書，如何損名譽？（淨唱）他是窮酸餓醋，棄舊憐新，情由朝露。你尚兀自不省前非，又敢來胡推阻。（旦唱）媽媽，富與貴人

所欲，論人倫焉肯把名污？（净走罵科、唱）〔一〕

【前腔】他登高第身掛緑，侯門贅居諧鳳侶。（旦唱）既爲官理民庶，他必然守法度，豈肯停妻再娶？（净唱）他負義辜恩，一籌不數。你因甚苦死執迷，不肯聽娘言語？（旦唱）娘呀，空自説改嫁奴，寧可剪下頭髮做尼姑。（净唱）

【前腔】賊潑賤敢對吾，告官司打你做不孝女。（旦唱）這官司理風俗，終不然勒奴再招夫。（净打科、白）抵觸得我好！（旦唱）非奴抵觸。（净唱）惱得我心頭疼疼發怒。便打死你這丫頭，罪不及重婚母。（旦唱）如此，打死奴，做個節義婦。若要奴再招夫，直待石爛與江枯。（净白）賤人，石頭怎得爛？江水怎得枯？（净科、白）你再説不嫁！（旦白）奴家只是不嫁。（净白）你那賤人，若不從我改嫁，脱下衣服首飾還我，與你三條門路，刀上死也得，河内死也得，繩上死也得，只憑你受用那一件。肯嫁人，進我門來；不肯嫁人，好好走出去。

（旦）萱親息怒且相容，（净）母命緣何不聽從？

（旦）休想門闌多喜色，（净）定教女婿近乘龍。

〔一〕罵：原作『唱』，據文義改。

（旦吊場、白）[一]自古道：忠臣不事二君，烈女不更二夫。苦，母親逼奴改嫁，不容分訴，如之奈何？罷！罷！千休萬休，不如死休。在家又恐落他圈套，不如將身喪溺江中，免得被他凌辱，以表奴家貞潔。只是親娘放他不下，不曾報得養育之恩。（旦唱）

【五更轉】我心痛苦難分訴，（白）我那丈夫，（唱）一從往帝都，終朝望你，望你諧夫婦。誰想今朝，拆散中途。我母親信讒書，將奴誤。一心貪戀，貪戀人豪富，把禮義綱常全然不顧。（白）娘呀！你聽信假書，逼奴改嫁，寧可一死。豈可失節！（唱）

【前腔】奴心哽咽難移步，不想堂前有老姑。（白）婆婆，不是我今日撇你，（唱）千愁萬怨，休怨兒媳婦。也不是你孩兒將奴辜負，我母親逼勒奴生嗔怒。罷！罷！賢愚壽夭，壽夭皆天數。我一命喪黄泉，庶不把清名辱污。

【滿江紅】拚此身早向江心，撈明月，只教他火上去弄寒冰。[二]

[一] 吊：原作『通』，據文義改。

[二] 『拚此身』三句：原作『攘此□來早何江心，撈明月，只教他火□夫寒水』，據《新刻出像音註節義荆釵記》改。

新刻原本王狀元荆釵記卷下

温泉子編集
夢仙子校正

第二十五齣

（外扮錢安撫上唱）

【粉蝶兒】一片襟期，清似五湖秋水。喜聲名上達丹墀，感皇恩，蒙聖寵遷擢福地。秉忠心，肅清海閩奸弊。

（白）下官遠離北地，來任東甌。紫綬金章，官閑五馬，擢居太守之尊；朱旛皂蓋，守鎮三山，陞爲安撫之職。才兼文武雙全，德化軍民兩益。行李未曾離浙右，風聲先已到閩南。左右那裏？（末扮皂隸上白）頻聽指揮黄閣下，(一)忽聞呼喚畫堂前。老爹，有何鈞旨？（官外白）喚船頭來分付。（末白）船頭，

(一) 揮：原作『押』，據汲古閣刊本《繡刻荆釵記定本》改。

老爹喚你。（丑扮稍水上唱）

【山歌】做稍公，做稍公，起椿開船便拔篷。[一]篷送風，風送篷，一連扯起兩三篷。（白）牌子，老爹要往那裏去？（末白）福州去。（丑唱）老爹要往福州去，願天一陣好順風。（白）老爹，船家作揖！（官外白）誰與你作揖？（丑白）小人是詩禮傳家。（官外白）我問你，船不旺麼？（丑白）老爹，别人船用桐油油的要旺，小人的船用猪油油的，不旺。（官外白）怎麼説？（丑白）船而不旺者，肥猪油也。（官外白）未之有也。我問你，船中不漏麼？（丑白）船頭上没有仲尼，船倉裏又是老爹，君子居之，何陋之有？（官外白）兩隻官船上多少人夫？（丑白）共八十名。（官外白）你與我開船到江口，待我去燒了開船紙，長行罷。（丑白）嗄！（官外唱）

【鏵鍬兒】乘槎浮海非吾願，算來人被利名牽。登舟過福建，也要防危慮險。（合唱）[二]明早動船，開洋過淺。願一陣好風，吉去善轉。[三]（丑唱）

【前腔】撑船道業雖微賤，水晶宮裏快活似神仙。鋪蓋且柔軟，脱下簑衣就眠。（合前）（末唱）

[一] 篷：原作「蓬」，據文義改。下同改。

[二] 合：原闕，據文義補。

[三] 善：原作「羨」，據汲古閣刊本《繡刻荆釵記定本》改。

【前腔】長江巨浪烟波遠，極目一望水連天。風潮且不便，這些驚惶未免。（合前）

（外）今朝船上且淹消，（末）來早江頭正落潮。

（外）撐駕小舟歸大海，（淨）這回不怕浪頭高。

第二十六齣

（淨扮速報司上白）人間私語，天聞若雷。暗室虧心，神目如電。小聖乃是東岳速報司判官，昨奉上帝發放，今有節婦錢氏玉蓮，爲夫王十朋往京科舉不回，却被孫汝權操心奪婦速成。錢玉蓮卓志從夫，毁不滅性。今被繼母逼勒改嫁，不得已今夜五更時分投江。本欲速救其婦，免致赴水。争奈他今世與王狀元夫妻，命該離别之苦，又兼他夙世與錢安撫，亦有父子結義之緣，因此從他投水。吾今到那船上托夢與錢安撫知道。他今夜交五更時分投水，急救貞節之婦。就分付小鬼，急到江邊等候，節婦來投水之時，即將本婦擎托水面，毋致溺水。小鬼那裏？（小鬼上介。淨白）小鬼，明日五更時分，有一節婦投江，你可待他來時，速去擎托水面，與錢安撫援救，不許將他沉溺。（鬼應介）

（淨）一道金光現紫宸，免教人在暗中行。

從今伸出拿雲手，提起天羅地網人。

第二十七齣

（生上唱）

【稱人心】功名遂了，思家淚珠偷落。妻年少，萱親壽高。恨閒藤來纏繞，教人失笑。難貪戀榮貴姻親，百年守糟糠偕老。

（白）〔阮郎歸〕霜天風雨破寒初，燈殘庭院虛。麗譙吹徹《小單于》，（一）迢迢清夜阻。人意遠，旅情孤，争奈歲又除。衡陽又有雁傳書，楊柳和鶯舞。自家叨中上第，濫蒙聖恩，除授饒州僉判。已寄書信回家，迎請家眷，同臨任所。誰知不就奸相親事，把我改調潮陽，將同榜進士王士宏改除饒州。以此未得起程。再欲寄書家去，争奈没有便人，如之奈何？（丑扮王士宏上唱）

【普賢歌】先蒙除授任潮陽，僉判十朋亦姓王。丞相倚豪强，將他調海邦，只爲不從花燭洞房。

（白）下官乃王士宏便是，已蒙聖恩，除授潮陽僉判。只因狀元王十朋不就万俟丞相親事，將他陷在潮陽，却把下官改任饒州僉判。今日起程赴任，不免到王狀元下處，告别則個。（相見介。生白）年兄幾

（一）吹：原作『次』，據《新刊重訂出相附釋標註節義荆釵記》改。

時起程？（丑白）卑末正來告别。（生白）如此多蒙光降。（丑白）動問年兄，爲何却婚，以致改調？

（生白）年兄，一言難盡。（丑白）但説不妨。（生唱）

【白練序】十年力學，今喜得成名志豪。也只願封妻報母劬勞。誰知那相府，逼勒成親苦見招。（合唱）不從後，將咱們改調，此心懊惱。（丑唱）

【前腔】吾兄免自焦，休得見小。論吉人終須造物相保。休辭途路遥，見説潮陽景致好。

（合唱）焚香告，一心靠着蒼天便了。（末上唱）

【賺】限期已到，請馳騎程途宜早。（丑唱）意難抛，今朝守别俺故交。（生唱）自懊惱，我往潮陽歸海島，君往饒州錦繡繞。（末唱）休嘆息，願此去各家善保。且寬懷抱，且寬懷抱。（丑唱）

【前腔】願赤心報國安民，大凡事理宜公道。（生唱）望吾兄，忠心一片天可表。去任所，管取民歌德政好。（丑唱）德政好時民無擾，多蒙見教。（生唱）乏款曲，休嗔免笑。（末、丑唱）告辭先造，告辭先造。

（白）昔日共君同獻策，今朝各自奔前程。（先下。生吊場白）叵耐賊臣奸詐深，將人無故苦相尋。虧心折盡平生福，行短天教一世貧。（生唱）

【紅芍藥】切齒恨奸臣，將咱們改調。却將王士宏除授改饒，咱授海濱勤勞。空教，空教那廝謀陷我，天憐念豈落圈套。願夫妻母子，來此永團圓，一家裏榮耀。

【前腔】到得潮陽且歡笑，其時放懷抱。施仁布德愛，善治權豪，官民共樂唐堯。還交，還交要訓愚暴，當效他退之施教。但願得三年任滿再回朝，加爵禄官高。

【餘文】赤膽忠心報皇朝，功名富貴人難效，姓字凌烟閣上標。

（生）逼勒成親苦不從，任教桃李怨東風。

　　饒君使盡千般計，天不容時總是空。

第二十八齣

（官外上唱）

【五供養】餐風宿水，海舟中多少憂危。終宵魂夢裏，似神迷。披衣强起，玉宇清高如洗。江風急，海潮回，側聽鄰岸曉鷄啼。

（白）下官蒙授福建安撫，即日將帶家小赴任。夜來寢睡之間，忽見有一神道托夢與我。有節婦投江，使我撈救，又說此婦與我有義女之分。神道之言，不可不信。稍水那裏？（丑上白）有問即對，無問不答。老爹，有何分付？（官外白）我夜來正睡之間，夢中見一神道，說有節婦投江，使我撈救。你把大船泊住，小船沿江撑轉。不拘時候、婦人救得有賞。（丑應介。外白）救人一命，勝造七級浮圖。（下。

旦上唱）

【梧葉兒】遭折挫，受禁持，不由人不淚偷垂。無由洗恨，無由遠耻。事臨危，拚死在黄泉做怨鬼。

（白）天！自古道河狹水急，人急計生。來到江邊。苦！（唱）

【香羅帶】一從别了夫，朝思暮慮，書來道贅居丞相府。母親和姑媽苦逼奴也，改嫁孫郎婦，奴豈肯再招夫！萱堂苦苦責打奴，只得拚死在黄泉，也免得把清名來辱污。（又）

【前腔】將身赴大江，千思萬想，教奴悶懷堆積愁斷腸。良人一去未還鄉也，婆婆無人奉養。心下暗思量，誰知今日遭禍殃，誰人道與折桂郎？青史上落得寫幾行，千古永傳揚，便使鐵石人心也痛傷。

（白）我夫承寵渥，九重仙闕拜龍顔；妾受淒凉，一紙詐書分鳳侶。富室强謀，希圖娶婦，惑亂人倫；萱親聽信，怒逼成親，毁傷風化。妾身豈可棄舊而從新？焉肯隨邪而失節？争如就死以忘生，(一)决不辜恩而負義。一怕損夫之行，二慚污妾之名，三慮玷辱宗風，四恐乖違婦道。惟存守節，不爲邀名。

(一)　争：原作『事』，據文義改。

將原聘之荊釵，[一]永隨身伴；[二]脱下所穿之繡鞋，遺棄江邊。[三]妾雖不能效引刀斷臂朱妙英，却慕抱石投江浣紗女。（唱）

【月落五更】[四]五更時候，抱石江邊守。遠觀江水流，照見上蒼星和斗。（白）這荊釵，奴家若不帶去，人道我不能守夫之器。（唱）荊釵拔下，拔下牢拴扣。（白）這繡鞋，（唱）縱然遺棄在江邊，要把芳名留於後。休！三魂赴水流，七魄隨浪走。只爲志節投江，萬古名不朽。

【糖多令】傷風化，亂綱常，母親逼嫁富家郎。若把身名來辱污，不如一命喪長江。

（跳介。丑、末白）救人！老爹有請。（官外上白）禍客臨門喜降災，功名還向我家來。稍水，怎麼攘？（丑白）老爹，小人五更時分，果然救得一個婦人在此。（官外白）賞他五錢銀子。（丑白）小人不要銀子，賞那婦人與小人做稍婆罷。（外白）走！左右，那邊船上請夫人過來。（末白）夫人有請。（夫人上唱）[五]

【七娘子】紅日三竿猶未起，相公來請有何因？

[一] 原：原作『源』，據文義改。
[二] 永：原作『入』，據文義改。
[三] 遺：原作『迂』，據文義改。
[四] 月：原作『弓』，據曲牌名改。
[五] 上：原作『止』，據文義改。

（相見介。官外白）夫人，自從神道囑付，有一婦人投水，果應此夢。左右，分付梅香，換了那婦人乾衣服來見。（末應介。旦上唱）[一]

【長相思】無奈禍臨頭，今朝拚死休。如痴似醉任飄流，不想舟人撈救。身出醜，臉惡羞。

（官外白）夫人，看他非是以下人家之女。婦人，有甚屈情，短見投水？（旦唱）

【玉交枝】容奴伸訴。（官外白）你家居那裏？（旦唱）念妾在雙門裏居。（官外白）姓甚名誰？何等人家之女？（旦唱）玉蓮姓錢儒家女。（官外白）有丈夫麽？（旦唱）年時獲配鴛侶。（官外白）你丈夫在家？出外？（旦唱）王十朋是夫出應舉。（官外白）王十朋中了頭名狀元，有書回來麽？（旦唱）數日前有人傳尺素。（官外白）既有書回，爲何投水？（旦唱）因此書骨肉間阻，因此書啣冤負屈。

（官外白）書中必有緣故。（旦唱）

【前腔】書中緣故，道休妻重婚相府。（官外唱）他是讀書人，豈肯違法度？莫不是朋黨生嫉妒？（旦唱）萱親信聽讒詐書，逼奴改嫁孫郎婦。（官外白）從了母命，却不是好？（旦白）老爹，（唱）論烈女不更二夫，奴豈肯傷風敗俗？（官外唱）

[一] 末：原作『求』，據文義改。

【前腔】聽他言語，論貞潔他人怎比？ 思量我也難留汝。（白）左右，叫小船過來。（唱）不如送還他嚴父。（旦白）老爹，（唱）還送奴再歸故廬，不如早向黃泉路。 到顯得名標萬古，怎教他前婚後娶？

（官外白）婦人，（唱）

【前腔】不須憂慮，且帶你同臨任所。 修書遣人饒州去，管教你夫婦重完聚。（旦白）老爹，（唱）若還這般週濟奴，猶如久旱逢甘雨，就是妾重生父母。（拜唱）望相公與夫人做主。

（官外白）既是王狀元家眷，請起。（旦白）不敢。（官外白）下官蒙聖恩除授福建安撫，即日將帶家小泊船在此。 你來投江，幸吾撈救。 你丈夫饒州做官，與福建相去不遠，莫若隨我夫人上任。 差人去請你丈夫來，管教你夫婦重會。 意下如何？（旦背白）三思而行，再思可矣。 既有夫人在船，去也無妨。（官外白）我與夫人五旬無子，且喜你也姓錢，今日繼拜我爲義父母，也好稱呼，又應了神道之夢。（旦白）多蒙相公夫人擡舉！（官外白）梅香，今後小姐相稱。 看酒過來。（旦唱）

【黃鶯兒】公相望垂憐，感夫人意非淺。 又蒙結拜爲姻眷，恩德萬千，何日報全？ 願公相早登八位三公顯。（合唱）淚漣漣，雙親遠別，重得遇椿萱。（官外唱）

【前腔】不必淚漣漣，這相逢非偶然。 同臨任所爲姻眷，聊附寸箋，饒州報傳，管教你夫婦重

相見。(合唱)省憂煎，夫妻重會，缺月再團圓。(夫唱)(一)

【前腔】天賜這姻緣，喜他們也姓錢。同臨任所作宛轉，明早動船，開洋過淺，願陣好風急去登福建。(合前)(旦唱)

【前腔】溺水自心酸，想婆婆苦萬千。堂前繼母心不善，兒夫去遠，家尊老年，何時再見王僉判？(合前)

(官外白)(二)分付開船。

(官外)夫妻休慮各西東，(末)會合全憑喜信通。

(官外)今日得吾提掇起，(旦)免教人在污泥中。

第二十九齣

(生上)

【喜遷鶯】從別家鄉，期逼春闈，催赴科場。鵬程展翅，蟾宫折桂，幸喜名標金榜。旅邸憶

(一) 夫：原作『末、旦』，據文義改。

(二) 官：原作『旦』，據文義改。

念，孤鸞幽室，[一]萱花高堂。魚雁杳，信音稀，使人日夜思想。

（白）辛苦芸窗二十年，喜看一日中青錢。三千禮樂才無敵，五百英雄名最先。因參相，被嗔嫌，改調潮陽路八千。憑誰爲報高堂道，慰我萱親望眼穿。下官自從離家半載，指望榮歸，不想奸相阻住，[二]不得養親，如之奈何？（唱）

【雁魚錦】書堂隱相赴帝邦，爲家寒親老難存養。感岳翁週濟非誇獎，念我萱親，慮我鴛行，相邀取還居在西房。賜我春衣琴劍箱，况又助白銀盤費十餘兩。這恩德銘在肺腑難忘。

【前腔換頭】科場，喜登金榜，感聖恩除授饒州僉判坐黄堂。因參相府，爲東床逼俺重鴛帳，念岳父難棄糟糠。恨奸相忒殺性剛，便將咱改調潮陽。曾附書飛報俺的萱堂，怎知道逼親事詳？他只道任饒州爲判府前名望，今不知又被改調烟瘴八千路長。

【前腔換頭】思量，我母勞攘，那更同妻在途中淒涼。謾自悲傷，又恐勞頓，宿水餐風，滋味惆惶。空自斷腸，怎如慈烏反哺能終養？只爲着功名致把親撇樣，不如手藝終身田舍郎。

【前腔】俺妻話别多惆悵，臨行時教他侍奉爹娘。對神明共祝同盟，教我早早返故鄉。怎知

[一] 孤：原作『孫』，據文義改。

[二] 奸相：原作『好機』，據文義改。

道受圈套，這拘繫難隄防。萱親無恙，免我終日思想。若不待萱親同赴此烟瘴，我焉能逗留旅邸寂寞房？

【前腔】謾悒怏，恨讒臣遣我遠方。他元自氣昂昂，誰想道此處禍起蕭墻？這虧心難瞞上蒼，空中有日月三光。他使計害忠良，正是雁飛不到名牽處，一貴當格萬事昌。

（生）默默無言自忖量，離情痛苦最堪傷。

（丑）長亭十里須迎候，會取萱親免斷腸。

第三十齣

（丑扮漂母上唱）㈠

【生查子】㈡風静野溪湄，水急平沙嘴。鎮日漾綿紗，此是貧家計。

（白）江漢已濯，秋陽已暴。隨作黑紗，如粉如玉。老身乃是温州城外一個老婦，常在江邊漾紗。㈢昨日我回去晚了，不知是誰家女子，失落一隻繡鞋在此。此間有個漁翁，問他便知。（叫介。净扮漁翁上

㈠　漂：原闕，據文義補。
㈡　查：原作『杳』，據曲牌名改。
㈢　常：原作『當』，據文義改。

唱）

【卜算子】江上緑波細細，石邊鷗鳥依依。沙堰遊魚圉圉，綸竿生意時時。〔一〕

（丑問介。白）漁翁，我昨日回去晚了，不知是誰家女子，失落一隻繡鞋在此？（浄白）到怕不是失落的，昨晚有一個婦人在此投水，敢是他留寄在此的？（丑白）既是婦人投水，你怎麽不去救他？（浄白）我正要撑船去救他，他已赴下水了。聽得那邊官船上人擾攘説救人，不知救得救不得？呀！前面一個婦人啼哭未了，敢是尋那投水的了。看他怎麽？（占上白）李舅，同去尋找我媳婦。（占唱）

【香柳娘】我媳婦在那裏？我媳婦在那裏？遍没尋處。通宵奔走，何曾解寐？轉思量轉悲，轉思量轉悲。孩兒在京畿，萱堂發言語。我老景靠誰？我老景靠誰？一似水中萍，恰似風飄絮。

（浄、丑白）媽媽，你爲甚麽這等啼哭？（占唱）

【前腔】爲媳婦夜出，爲媳婦夜出，特尋踪跡。（浄、丑）那小娘子爲何出來？（占唱）爲繼母逼他再婚富室。（浄、丑白）你到尋他，莫非他好處去了。（占白）你不要疑壞我媳婦。（唱）他是節操自持，他是節操自持。寸義重千金，他一死苦不惜。（浄、丑）媽媽，（唱）夜有個婦女，夜有個婦

〔一〕 綸：原作『輪』，據文義改。

女，在此江邊投水。（占、外白）既投水，可知些消息麽？（淨、丑唱）見有繡鞋爲記。（占白）苦！這繡鞋是我媳婦的，敢是投江而死了？兀的不是痛殺我也！（淨、丑白）雙手霹開生死路，一身跳出是非門。（下。末白）老安人甦醒。（占白）我媳婦的兒！（唱）

【山坡羊】撇得我不尷不尬，抛閃得我無聊無賴。（白）親家媽，（唱）你一霎時認真，故意將他害，難布擺。我那兒，禍從天上來。你自有嫡親父母不遮蓋，反將你諧老夫妻拆散開。（合唱）哀哉！撲簌簌淚滿腮。傷懷，生擦擦痛滿懷。

（外、淨上白）隔墻須有耳，窗外豈無人。親家媽，女孩兒消息如何？（占白）親家，不好了，我的媳婦投江死了。（外白）怎麽曉得孩兒投江死了？（占白）見有繡鞋在此爲記。（外白）苦！（跌介、哭唱）

【前腔】不念我年華高邁，不念我形衰力敗。不念我無人養老，不念我絶宗枝派。（白）我想這章事，都不是别人。（打淨介。唱）都是你老禍胎，受了孫家聘禮財。逼得他啣冤負屈，負屈投江海。（白）親家媽，我有一端空地，指望令郎與小女把我兩塊老骨頭埋葬在上。不想令郎又贅在相府，不得歸來，小女又被老不賢逼他改嫁不從，投江死了。我好命苦！（唱）閃得我有地無人築墓臺。（合前）（淨唱）

【前腔】非是我將他嗔怪，非是我將他拆壞。親家媽，只爲你孩兒重婚相府，激得重婚載。事

非諧，誰想他們喜變災。[一]怨只怨豪門富室孫員外，恨只恨負義辜恩王秀才。（合前）

（白）李成，既曉得小姐投江，怎麼不去打撈尸首？（末唱）

【川撥棹】乞聽解，這長江無際界。况三更月冷陰霾，况三更月冷陰霾，這其間有誰人往來？知骸骨安在哉？知骸骨安在哉？（外唱）

【前腔】淚灑西風傷老懷，痛幽魂無倚賴。青春女兒身喪在江淮，青春女兒身喪在江淮，白頭親老喪埋在草萊。這愁眉何日開？這愁眉何日開？

（白）親家媽，令郎在彼，不知消息虛實。親家媽莫若自往京畿，相見令郎一番如何？（占白）老身正欲如此，望親家遣人送去甚好。（外白）我着李成送去。（淨白）家裏無人，李成去不得。（外白）走！還要多説。（占白）深感親家令李成遠送。妾雖年老，難道與這幼男子遠行？恐失男女之别。若得更令其妻或令其母與老身同去，足感始終週全之盛情也。我小兒諒不負德，妾亦没齒不敢忘恩。（外白）親家謹領。李成，喚你妻子出來送王老安人。（末白）妻子那裏？（丑上唱）

【卜算子】聽得堂前呼喚，急趨未審何因？

（丑見介）[二]你夫妻二人送王老安人到京，相見狀元，作急回來。（末白）理會得。（占白）親家，老妾不

[一] 誰：原闕，據文義補。
[二] 丑：原作『没』，據文義改。

識進退，又有一言相懇。（外白）親家有話，盡説不妨。(一)（占白）老身要往江邊祭奠，以表婦姑之情。（外白）可憐，可憐！不勞親家費心。李成，今晚備些祭禮，明早往江邊，等候老安人祭奠便了。一壁厢分付捕魚人等，打撈小姐。（占白）既如此，老身就此拜辭。（唱）

【勝如花】(二)辭親去，別淚零，豈料登山驀嶺。只因人遞簡傳書，教娘離鄉背井，未知道何日歡慶？（合）愁只愁一程兩程，况不聞長亭短亭。暮止朝行，羡長途曲徑。（外白）李成，送王老安人去。（末唱）休辭憚跋涉奔競，願身安早到宸京，願身安早到宸京。（外唱）

【前腔】我爲絶宗派，結婚姻，只指望一牢永定。誰知他又贅在侯門，今日番成作畫餅，辜負了田園荒徑。（合前）

（占）生離死别痛無加，（外）路上行人莫嘆嗟。

（占）花正開時遭雨打，（末）月當明處被雲遮。

第三十一齣

（外、浄打揚科。白）有這等事，一家好人家，都被你那老不賢弄壞了。雖是王十朋贅在相府，未審虚

(一)　妨：　原本作『好』，據文義改。

(二)　勝如花：　『勝』『花』二字原闕，據曲牌名補。

實。今日也逼女兒改嫁，明日也逼女兒改嫁，受不得你這等凌辱，忿氣投江身死。（浄白）老兒，我也指望後邊去還要靠他，不想女兒認真了。（外白）你還要在家裏做怎麽？走出去，走出去！（外唱）

【意虎序】當初娶你，指望生男育女。（浄白）老兒，你自家没用，干我甚事？（外唱）誰知道你暗使牢籠計，逼勒我孩兒投江死。告到官司，告到官司，打你做個不賢潑妻。

（浄白）老兒，你自説話，我也有道理。（外白）你有甚麽道理？（浄唱）

【前腔】當初嫁你，也是明婚正娶。又不是暗裏通情，和你結做夫妻，做夫妻尚有徘徊之日。免告官司，免告官司，和你團圓到底。（科介）

（外）改過前非做好人，（浄）從今怎敢不依聽？

（外）自今收拾書房睡，（浄）打點精神弄斷觔。

第三十二齣

（占上唱）

【風馬兒】柳拂征衣露未央，可憐年邁往他鄉。（丑、末上唱）迢迢去路難留戀，[一]謾自慇懃設

[一] 留：原闕，據《新刻出像音註節義荆釵記》補。

奠，和淚灑江邊。

（占合）李舅，這是江邊了。（末白）那漁翁正在此間拾的繡鞋。〔一〕（占白）苦！　眇眇茫茫浪潑天，我那媳婦的兒，可憐辜負你青年。（丑白）小姐，你身名雖學浣紗女，白髮親姑誰可憐？（末白）好姻緣番作歹姻緣，不作天仙作水仙。（丑白）白骨不埋黃壤土，冰肌已浸碧波天。（占白）李舅，與我擺下祭禮。（末、丑應介）（占）

【駐雲飛】遥奠江邊，（白）我那媳婦兒！（唱）想你賢能有千萬般。只怨我兒身居宦，拆你夫妻散。天！　指望你永團圓，誰想中途遭變？（白）我那兒！（唱）只爲我貧姑，你受盡娘輕賤。李舅，與我奠酒。（末奠介）奠酒也是徒然。（占唱）一滴何曾到九泉？　一滴何曾到九泉？

（白）再奠酒。（再奠酒介。占唱）

【前腔】苦向誰言？　心内渾如亂箭攢。指望你鋪羹飯，（白）媳婦兒，你今亡了，誰帶我孝麻絹？天！　誰想你喪吾先？　把姑嫜抛棄閃。〔二〕教我舉眼無親，怎不肝腸斷？　淚血染成紅杜鵑，淚血染成紅杜鵑。

〔一〕間：原作『問』，據《新刻出像音註節義荆釵記》改。

〔二〕閃：原作『悶』，據文義改。

（白）李舅，㈠這三奠酒。（末白）㈡三奠酒完了。（占白）我那媳婦兒，深感你父親，（唱）

【前腔】不棄姻親。（白）你與我孩兒呵，（唱）爲要夫賢，半載夫妻恩愛捐。指望封妻顯，指望你將門楣换。天！ 老景近黄泉，也得與伊爲伴。今日途中誰説心頭怨？ 一度臨風一慘然，一度臨風一慘然。

（白）李舅，化紙。

【前腔】滄海漫漫，知道你幽魂在那邊？ 須把陰靈顯，親與姑之念。天！ 你送我理當然，教我反來設奠。生别可重逢，死别無由見。淚徹黄泉痛不乾，淚徹黄泉痛不乾。

（末白）老安人，不須啼哭，趲行前去。（占白）收了祭禮，就此起程。（占唱）

【風入松】嘆連年貧苦未逢時，誰想道一旦分離？ 我孩兒自别求科舉，怎知道妻亡溺水？ 但説來又恐驚吓我兒，决不可與他知之。（末、丑唱）㈢安人不必恁憂慮，且聽男女咨啓。只説狀元催逼起，先令我送安人來至。那其間方説今就裏，决不要有驚疑。（占）

【急三鎗】痛情難訴，痛情難訴。常思憶，常憂慮。心戚戚，淚如珠。（末、丑）且自登程去，

㈠ 舅：原作『田』，據文義改。
㈡（末白）：原闕，據文義補。
㈢ 丑：原作『生』，據文義改。

且自登程去。休憂慮，休思憶。途路上，免嗟吁。（占唱）

【風入松】如何教我免嗟吁？我這老景靠着誰？年華老邁難移步，旦夕間有誰來温故？恨只恨他們繼母逼他嫁，死得最無辜。（末、丑）果然死得最無辜，論真潔真無。姻緣契合從今古，拆散了夫妻皆天數。漫騰騰洛陽近也，如今且喜到京都。

（占）萬里關山去路長，（末）可憐年邁往他鄉。

（占）江邊不敢高聲哭，（丑）恐怕人聞也斷腸。

第三十三齣

（生上）

【夜航船】一幅鸞箋飛報喜，垂白母想已知之。日漸過期，人何不至？心下又添縈繫。

（白）雁塔題名感聖恩，便鴻已自寄佳音。思親目斷雲山外，縹緲鄉關多白雲。下官前日修書，附承局帶回。請取家小，同臨任所。一去許久，不見到來，使我常懷掛念。正是：雖無千丈綫，萬里繫人心。

（占上唱）

【前腔】死別生離辭故里，經歷盡萬種孤恓。（末、丑唱）昨過村莊，今入城市，深感老天垂庇。

（占白）李舅，這裏是那裏了？（末白）京師地面了。（占白）聞説京師錦繡邦，果然風景勝他鄉。（末白）紅樓翠館笙歌沸，（丑白）柳陌花街腦麝香。（占白）李舅，你曉得狀元衙門在那裏？（末白）小人一路打聽，老爹行館就在四牌坊下。老安人，把孝頭帬解下藏過了，慢慢與老爹說也未遲。（占白）你到說得有理。（末白）牌子，這裏可是王狀元老爹行館麼？（淨白）這裏就是。（末白）通報老爹，家裏有人在此。（淨白）[一]禀老爹，家裏有人在外面。（生白）着他進來。（末見）[二]老爹，李成磕頭！（生白）起來，老安人、小姐都來了麼？（末白）來了。嫂子將行李進去。（丑下。生接科。生白）母親，衙内請坐，孩兒拜見。一路風霜，久缺甘旨，恕孩兒不孝之罪。（唱）

【刮鼓令】從別後到京，慮萱堂當暮景。幸喜得今朝重會，緣何愁悶縈？問李成，（生唱）莫不是我家荆，看承母親不志誠？（末白）小姐盡受蘋蘩之托。（生白）我的母親，（唱）你分明說與恁兒聽。（白）我的妻子，（唱）怎生不與共登程？（占唱）

【前腔】心中事三省，轉教人愁悶增。你媳婦多災多病，况親家兩鬢星。家務事要支撑，怎教他離鄉背井？爲你饒州之任恐留停。我兒，深虧你岳丈。（唱）先令人送我到京城。

（生白）母親的言語不明白。李成，你把家事說與我知道。（末唱）

【前腔】當初起程。（生白）正要問你起程，小姐怎麼不來？（末唱）到臨期成畫餅。（生白）母親，李

[一] 淨：原作『末』，據文義改。

[二] 末見：原作『兒』，據文義改。

成説甚麼畫餅？（末背唱）若説起投江事因，恐吓得狀元心戰兢。（生白）李成，你甚麼驚？（末白）那小姐，（唱）途路上少曾經，當不得許多高山峻嶺。餐風宿水怕勞神，老員外呵！因此上留住在家庭。

（生白）走！□

【前腔】端詳那李成，語言中猶未明。母親，把袖裏分明説破，免孩兒疑慮生。母親，因甚的變顔情，長吁短嘆珠淚零？（占袖出介。生唱）袖兒裏脱下孝頭繻，莫不是媳婦喪幽冥？（白）我的母親，孝頭繻那裏來的？（占白）苦！我那兒，事到頭來，不説不得了。當初承局書親附，拆開仔細從頭睹。道你僉判任饒州，休妻再贅万俟府。（生白）母親，語句都差了。（占白）語句雖差字跡同，岳翁見了心嗔怒。（生白）岳母没有説話麼？（占白）岳母即時起妒心，逼妻改嫁孫郎婦。（生白）我妻子相從麼？（占白）汝妻守節不相從。苦！這句難説了。（生白）呀！母親説話説到舌尖尖，怎麼不説了？既不相從，在那裏去了？（占白）汝妻守節不相從，將身跳入江心渡。（生白）山妻爲我守節而亡，兀的不是痛殺我也！（生悶介。占唱）(一)

【江兒水】吓得我心驚怖身戰簌，虚飄飄一似風中絮。不争你先歸黄泉路，我孤身流落如何

(一) 悶：原作『間』，據文義改。

處？不念我年華衰暮，風燭不定，教娘死也□何墳墓。（生醒唱）

【前腔】一紙書親附，我那妻，指望同臨任所。是何人套寫書中句？改調潮陽應知去，迎親先做河伯婦。指望你百年完聚，半載夫妻，也算却春風一度。（末唱）

【前腔】狀元休憂慮，且把情懷暫舒。想夫妻聚散前生注，這離別雖是離別苦，這姻緣不入姻緣簿。聽取一言申覆：須信人生，萬事莫逃天數。

（末白）告狀元，老員外着小人送老安人相見狀元，着我夫妻就回。（生白）李成，你道小姐死了，不是我家親了。我只爲不就奸相親事，改調潮陽。你夫妻隨我到任，待我修一封書，請取老員外老安人同享榮華，却不是好？（末白）既如此，小人隨去。（生白）左右，分付人夫，快快趲行。（占唱）

【朝元歌】騰騰曉行，露濕衣襟冷。徐徐晚行，月照遥天暝。只爲功名，遠離鄉井。渡水登山驀嶺，帶月披星，車塵馬足不暫停。晴嵐瘴人影，西風吹鬢雲。（合唱）潮陽海城，到得後那時歡慶，到得後那時歡慶。

（丑扮巡檢上白）三山巡檢接老爹。（生白）三山巡檢，帶多少弓兵在此？（丑白）四十名弓兵。（生白）也罷，那巡檢回去，多多拜上年兄。你就説王老爹要來拜望，有老夫人在此，不得來。就將二十名弓兵送過梅嶺，待我上任之後，自當面謝。（丑）嗄！（下。唱）

【前腔】幾處幽林曲徑，松杉列翠屏。回首亂雲凝，禪關掩映。聽遠鐘三四聲，聽遠鐘三四聲。欽捧綸音，遊宦宿郵亭。遠離京城，盼陽關把往事空思省。水程共山程，長亭復短亭。

（合前）

（淨白）鋪兵接老爹。（生白）前面去。（生唱）

【前腔】危巔絶頂，飛流直下傾。嘆微名奔競，身似浮萍。鷓鴣啼不忍聽，野花開又馨。消遣羈旅情，到處莫閒爭。題咏眼前無限景，牧笛隴頭鳴，漁舟江上横。（合前）

（小外扮陰陽生上白）(一)潮陽府陰陽生接老爹。（生白）陰陽生，到潮陽還有多少路？（小外白）還有五十里之程。太老爹有帖拜上。（生白）還在幾時上任？（小外白）太老爹分付，選三月十五日，請老爹城隍廟宿山，十六日上任。（生白）我知道了，多拜上太老爹。（小外下。占唱）

【前腔】八九處人家寂静，柴門半掩扃。溪洞水泠泠，路遠離別興。自來不慣經，自來不慣經。遥望酒旗新，買三杯解愁悶。哀猿晚風輕，歸鴉夕照明。（合前）

（衆扮皂隸、吏書人接介）

（占）長亭渺渺恨綿綿，（生）遠望潮陽路八千。

（占）正是鳥飛不到處，（合）果然人被利名牽。

(一) 扮：原作『介』，據文義改。

第三十四齣

（官外上唱）

【破陣子】野外江山幽雅，城中景物繁華。（夫、旦上唱）六街三市如描畫，萬紫千紅實可誇。（丑唱）閩城景最佳。

（外白）夫妻幸喜到閩城，跋涉程途爲利名。（旦白）大布仁風寬政令，廣施德化慰黎民。（外白）夫人，我自從到任三月，且喜詞清訟簡，盜息民安。（夫白）此乃相公治政所致。（官外白）孩兒，我夜來修書一封，差人報你丈夫知道。娶你去，夫妻重會。意下何如？（旦白）深荷救殘生，夫妻望主盟。恩深轉無語，懷抱自分明。（外白）左右，開了衙門，喚該班的皂隸進來。（淨）苗良告進。（外白）苗良，是你該班？（淨白）是小人。（外白）你去收拾行李。分付衛家，討一兩盤纏銀進來。（皂衆下。外白）〔一〕孩兒，我在堂上，分付苗良，收拾行李。（旦白）這裏到饒州，多少路程？（外白）不過數日之程。（旦白）與他多少盤纏？（外白）一兩銀子。（旦白）敢是少些？（外唱）

【榴花泣】守官如水，胸次瑩無瑕。〔二〕薄税斂，省刑罰，撫安民庶禁奸猾。幸喜詞清訟簡，無

〔一〕外白：原闕，據文義補。

〔二〕胸：原作『腦』，據汲古閣刊本《繡刻荊釵記定本》改。

事早休衙。（旦唱）依條按法，看懲一戒百誰不怕？待三年任滿詔書來，早晚遷加。

（夫唱）(一)

【前腔】覷着他花容月貌勝仙娃，忍將身命掩黄沙？天教公相救伊家，好一似撥雲見月，枯樹再開花。（外唱）貞潔可誇，恁捐生就死令人訝。（旦唱）不由人不兩淚如麻。恨他，恨只恨一紙讒書，搬鬭得母親叱咤。（外白）孩兒，（唱）他見差，逼汝身重嫁，那些個一鞍一馬？這書劄令伊遣發，管成就鸞孤鳳寡。

左右，開門。（淨白）苗良進。（外白）苗良，我有一封私書，着你到饒州王三府投下。(二)來往幾個日子？（淨白）有二十個日子。（外白）與你一兩銀子盤纏，星夜趕去。（淨唱）

【前腔】今日裏拜辭了恩官，明日裏到海角天涯。小人一心要傳遞佳音，不憚路途波查。關門。（旦白）爹爹，苗良去了？（外白）去了。（旦白）奴家有一句話分付。（唱）見他只説三分話。（外白）全説了便怎麼？（旦唱）又恐怕別娶渾家。（合唱）你把閒言一筆都勾罷，(三)回來便知真共假。

(一) 夫：原作「去」，據文義改。
(二) 着：原作「看」，據文義改。
(三) 把：原作「他」，據文義改。

【尾聲】花重發，鏡再合，那其間歡生喜洽，重整華堂泛紫霞。（外）僥福相離數日程，（夫）修書備細説元因。（旦）分明好似從天降，（丑）重整前盟復舊婚。

第三十五齣

（占上唱）

【一枝花】細雨霏霏時候，柳眉烟鎖長愁。（生上唱）昨夜東風驀吹透，報道桃花逐水流。（合唱）新愁惹舊愁。

（占白）極目家鄉遠，白雲天際頭。（生白）五年離故里，灑淚濕征裘。告母親知道，孩兒夜來夢見我渾家，扯住孩兒衣袂説，王十朋，只與你同憂，不與你同樂。覺來却是南柯一夢。（占白）媳婦敢是與你討祭？（生白）祭禮已備，請母親致祭。（占白）媳婦，非你兒夫負你情，只因奸相妒良姻。生前淑性頗貞潔，死後英魂脱世塵。餐玉飯，飲瑶樽。水晶宫裏伴仙人。待你兒夫三年任滿朝金闕，與汝申冤奏紫宸。（生唱）

【新水令】一從科第鳳鸞飛，一從科第鳳鸞飛，被奸謀有書空寄。幸萱堂無禍危，嘆蘭房受岑寂。捱不過凌逼，身沉在浪淘裏。（占唱）

【步步嬌】將往事今朝重提起，越惱得我肝腸碎。清明拜掃時，省却愁煩。且自酬禮，須記得聖賢書。看酒來。（生白）卑幼之喪，何勞母親遞酒？（占唱）道『吾不與祭如不祭』。

（生白）看香來。（唱）

【折桂令】爇沉檀香噴金猊，昭告靈魂，聽剖因依。自從俺宴罷瑶池，宫袍寵賜，相府勒贅。俺只爲撇不下糟糠舊妻，苦推辭桃杏新室。(一)致受磨折，改調俺在潮陽，因此上耽誤了恁的歸期。（占唱）

【江兒水】聽説罷，衷腸事只爲伊，却元來不從招贅遭毒計。惱恨娘行生惡意，凌逼得你好没存濟。母子虔誠遥祭，望鑒微忱，早賜靈魂來至。

（生白）(二)看酒來。(三)（唱）

【雁兒落】徒捧着玉溶溶一酒巵，空擺着香馥馥八珍味。慕儀容，不見你。訴衷曲，無回對。俺這裏再拜幾拜自追思，重會面，是何時？揾不住雙垂淚，舒不開兩道眉。先室，俺只爲套

(一) 杏：原作『杳』，據文義改。
(二) （生白）：原闕，據上文補。
(三) 『來』下原衍一『生』字，删。

書信賊施計。賢也麼妻，俺若是昧誠心，(一)自有天鑒之。（占唱）

【僥僥令】這話兒分明説與伊，須記得聖賢書。惱恨娘行忒薄意，抛閃得兩分離，在中途路裏，在中途路裏。（生唱）

【收江南】呀！早知道這般樣拆散，誰待要赴春闈？便做到腰金衣紫待何如？説來又恐外人知，端的是不如布衣，端的是不如布衣，則索要低聲啼哭自傷悲。（占唱）

【園林好】免愁煩回辭奠儀。（白）媳婦，你怎麼受得我拜？（唱）只得拜馮夷，(二)多望你護持，早早波心中脱離。惟願取免沉迷，惟願取免沉迷。（化紙。生唱）

【沽美酒】紙錢飄，蝴蝶兒飛，血淚染都做了杜鵑啼，睹物傷情越慘淒。靈魂恁自知，俺不是負心的，負心的隨着燈滅。花謝有芳菲時節，月缺有團圞之夜。我呵，徒然間早起晚息，(三)想伊念伊。呀！要相逢，要相逢除非是夢兒裏再成姻契。

【尾】昏昏默默歸何處？哽哽咽咽思念你，直上嫦娥宮殿裏。

(一) 昧：原作「味」，據文義改。

(二) 馮夷：原作「憑」，據汲古閣刊本《繡刻荊釵記定本》改。

(三) 息：原作「些」，據文義改。

（末扮吏上白）會傳天上信，善達世間書。大叔通報，太老爹送朝報與老爹看。（末白）老爹，太老爹差人在此。（生白）怎麽説？（末白）太老爹送朝報，老爹高陞了。（生白）吏部一本，爲缺官事。推得潮陽僉判王十朋，居官廉能，德行清高，轉陞吉安府知府。不必辭朝，隨即赴任。討回帖，多拜上太老爹，説王老爹親來辭謝。（下）

（占）年年此日須當祭，（生）歲歲今朝不可忘。

（占）天長地久有時盡，（末）此恨綿綿無絶期。

第三十六齣

（官外上唱）

【探春令】人生最苦是别離，算貞潔無比。仗鸞箋一紙通消息，怎不見回音至？

（白）窗外日光彈指過，庭前花影坐間移。我前日差苗良到饒州王三府下書，倏經一月之數，[一]怎麽不見回來？（淨上白）轉眼垂楊緑，回頭麥子黄。萬事皆前定，浮生空自忙。自家苗良是也，饒州回來，回覆都爺。苗良告進。（見介。外白）苗良，回來了。（淨白）小人回來了，回書在此。（外白）這是我

[一] 倏：原作「修」，據文義改。

的書。（浄白）内是老爺的書，不曾投下，故此回書。（外白）怎麽不曾投下？（浄白）小人到饒州，徑進東門，正遇行喪，銘旌上寫僉判王公之柩。小人徑到私衙去問，都説新任王僉判老爹，到任三月，不伏水土，全家瘟疫而亡。（外白）可惜，人無百歲期，枉作千年調。請夫人、小姐出來。（浄白）打雲板，請夫人、小姐。（夫上唱）[一]

【一枝花】書緘情凄切，烟水多重叠。（旦上唱）報道書回，故人如見也。

（相見介。外白）孩兒，苗良回來了。（旦白）苗良回來，必有好音。（外白）有什麽好音，原去書不曾投下。（旦白）爲何不投下？（外白）[二]你且猜一猜。（旦唱）

【漁家傲】莫不是明月蘆花没處尋？（外白）明月與蘆花一片白，那裏去尋？（旦唱）莫不是舊日王魁嫌遞萬金？（外白）他也不是王魁，你也不是桂英，不是。（旦唱）莫不是忘了半載同衾枕？（外白）也不是。（旦唱）莫不是不曾之任？（外白）怎麽不曾之任？到任三月，不伏水土，全家，（旦白）爹爹，（唱）欲言不語情難審，那裏是全抛一片心？（外唱）

【前腔】咱言語説到舌尖聲又禁。（旦白）爲何不説了？（外唱）若提起始末緣因，教你愁煩怎生？我兒，此情休想同衾枕，要相逢除非是東海撈針。如今猶兀自不思忖，那苗良不投下家

[一] 夫：原作「末」，據文義改。

[二] （外白）：原闕，據文義補。

書回訃音。(一)

(旦白)爹爹，佳音便怎麼？訃音便怎麼？(外白)你丈夫到任三月，不伏水土，全家瘟疫而亡了。(旦白)我丈夫死了，兀的不是痛殺我也！(衆介。丑扶起。旦唱)

【梧桐樹】我爲你受跋涉，我爲你遭磨折。丈夫！我爲你投江，爲你把殘生捨。怎知今日先傾逝？這樣淒涼教我暗地裏和誰説？(白)梅香，稟爹爹知道，可容奴家服孝麼？(外白)在任上穿點素縞衣服罷。(旦白)梅香，(唱)與我除下釵梳，盡把羅衣卸，持喪素服守孝存貞潔。(外唱)

【東甌令】休嗟怨，免攧屑，分定恩情中道絶。夫妻本是同林鳥，大限到來各分别。生同衾枕死同穴，誰想他早拋撇？(夫唱)

【太師引】家書套寫，致令他生離死别。我思想當時相見，急撈救免喂魚鱉。(旦唱)念妾得蒙提挈，只指望同諧歡悦，誰知道全家病滅？不由人不撲簌簌雨淚如血。(夫唱)

【金蓮子】你休怨此生鸞鏡缺，常言道救人須救徹。(丑唱)聽覆取，休得要哽咽。小姐，待等三年孝滿，别贅豪傑。(旦唱)

(一) 不：原闕，據汲古閣刊本《繡刻荆釵記定本》補。

【尾】再醮徒然費唇舌，共姜誓盟甘自悅，(一)守寡從教鬢似雪。

（淨扮運糧指揮上白）運糧指揮見。（外白）着他進來。（淨白）兵部張爺有帖，朝廷敕爺兩廣鎮守。（官外白旨）吏部一本，勘得福州安撫錢載和，廉能治政，文武雙全，陞任兩廣左都御史，即刻赴任。指揮，那兵部張爺好麽？（淨白）好。（外白）咨到那裏？（淨白）在館驛中。（官外白）今年運糧如何？（淨白）托賴爺爺洪福，加罪俱免。（外白）去罷。（淨白）(二)正是：一封丹鳳詔，疊上九重天。（先下）

（外）甘守共姜誓柏舟，（末）分明人世若浮鷗。

（旦）三寸氣在千般用，（丑）一日無常萬事休。

第三十七齣

（丑、淨扮老人上唱）

【賞宮花】耆宿社長，聽得榮除特舉觴。五年民沾惠，盡安康。卧轍攀鞍無計也，離歌別酒衆難忘。

（淨白）丁老人。（丑白）李老人。（淨白）我們百姓無造化，這等好官陞了去。（丑白）便是。昨日各府

(一) 誓：原作『背』，據汲古閣刊本《繡刻荊釵記定本》改。

(二) （淨白）：原闕，據文義補。

做十個箱架。（浄白）你若做，千萬留一段木梢與我。[一]（丑白）要他怎麼？（浄白）我要做灰扒柄。[二]（丑）我有一個現成的送與你。（浄白）不是，打點羹果盤。大紅金緞，樂人轎馬，金花旗帳，都要整齊，迎送下船。（丑白）這個常事不須言。（生上唱）

【前腔】潮陽海邦，身坐黄堂，名譽彰。（占唱）省臺飛薦剡，看文章。擢任吉安爲太守，叩頭萬歲謝吾王。

（白）自離京苑到潮陽，烏兔相催曉夜忙。（生白）不覺因循經五載，追思中饋好心傷。母親，孩兒得蒙聖恩，除授吉安府太守。孩兒且喜相去家鄉不遠。（浄、丑白）衆老人見。（生白）這班老人做甚麼？（浄、丑白）老爹自到任以來，[三]一廉如水，百姓安生。今喜高陞，老人具禮遠送。（生白）我在此，没有什麼好處與你衆百姓，何勞許多禮物旗帳？（浄白）老爹未曾下車之時，我這潮陽，蠻獠侵擾，盜賊猖狂，百姓縱横，疫病難當，兄强弟弱，子駡爹娘，兒啼女哭，狗叫汪汪。（丑白）自老爹下車之時，蠻獠遠遁，盜賊潛藏。家家樂業，户户安康。新新舊舊，衣服盈箱，粗粗細細，米納陳倉。（丑科）[四]浪蕩快活，唱一個【村裏野姑】。（浄白）斟酒來。（唱）

[一] 梢：原作「稍」，據文義改。
[二] 扒：原作「松」，據文義改。
[三] 任：原闕，據文義補。
[四] 丑：原作「江」，據文義改。

【月上海棠】吾郡間，萬民沾惠恩無限。喜陞除吉安，餞別陽關。無計留攬轡攀鞍，〔一〕爲霖雨須還清盼。（合唱）程途趲，拚擔些巇嶮，〔二〕受些蹭蹬。（占唱）

【前腔】哀老年，止愁烟瘴爲吾患。幸家門吉慶，子母平安。喜一朝子擢高官，飲別酒應難留戀。（合前）（生唱）

【前腔】心愧赧，備員竊禄常嗟嘆。想劉寬難并，趙普難攀。〔三〕偶然間盜息民安，非德化何勞稱贊？（合前）（衆唱）

【前腔】出路難，驀山越嶺涉溪澗。喜陞擢鄰郡，近接家山。因則甚水宿風餐，趲之任勤勞不憚。（合前）

（生）一劄丹書降紫宸，（占）趲程之任肯因循？

（末）勸君更盡一杯酒，（合）西出陽關無故人。

〔一〕無：原作『然』，據汲古閣刊本《繡刻荆釵記定本》改。

〔二〕些：原作『虲』，據汲古閣刊本《繡刻荆釵記定本》改。

〔三〕普：原作『宋』，據汲古閣刊本《繡刻荆釵記定本》改。

（下。淨、丑吊場。淨白）(一)請老爹脱靴。（生白）(二)不須罷。（淨、丑）留遺百姓瞻仰。（生白）一官去了一官來。（介下。淨、丑白）(三)老爹臨去説，一官去了一官來。（丑白）太老爹曉得你我有學問的老人，留這一句詩在，和我聯詩。（淨白）我聯第二句：教人望得眼睛穿。（丑白）你再吟一句，結句就是我。（淨白）三府老爹來到任，（丑白）作爿拶指不曾挨。（科）

第三十八齣

（小外扮温州府推官上唱）

【霜天曉角】黄堂佐政齊黎庶，肯將清似月揚輝，如淵徹底。願學漢循良吏，勤簿書，門館無私，日以刑名爲事。

（白）五馬侯中列郡推，(四)道之以政冀無違。此心一點如丹赤，敢學虞庭向日葵。下官温州府推官周璧，表字完卿。題名金榜，早霑螭陛之恩；職列黄堂，不作牛刀之試。食天厨之廩禄，平郡治之刑名。

(一) 下：原作『上』，據汲古閣刊本《繡刻荆釵記定本》改。

(二) 生：原作『外』，據汲古閣刊本《繡刻荆釵記定本》改。

(三) 淨、丑白：原闕，據汲古閣刊本《繡刻荆釵記定本》補。

(四) 郡推：原作『弘帷』，據汲古閣刊本《繡刻荆釵記定本》改。

欲向彤墀排鷺序，(一)先須甸服養鵷輪。(二)昨日堂尊送一紙狀過來，却是孫汝權告錢流行圖賴婚姻事的。孫汝權是個生員，錢流行是個太學生，曾考貢元，斯文分上，不好十分執法審問。我行牌去捉那原媒人，審問一番，便知端的。（皂隸帶牌。小生白）錢流行。（外白）小人。（小生白）孫汝權。（浄白）學生。（小生白）那婆子甚麽？（末白）原媒人錢氏。（小生白）原告隨衙聽候。（外、浄下。小生白）帶那婆子上來。（丑白）是，爺爺。（小生白）都是你那牙齒婆，説來説去，致使兩邊搆説。起來拶着。（丑白）爺爺，小婦人從不曾受刑的。（小生白）你從實説來，我將就你；如有花言巧語，活敲死你。（丑白）爺爺，小婦人非是慣做媒人的，錢流行是小婦人的哥哥。（小生白）既是錢流行妹子，放了拶，從實説來。（丑唱）

【啄木兒】吾兄有女將及笄，（小生白）你哥哥有女及笄之年，可曾許人麽？（丑唱）許配王生尚未歸。（小生白）婦人謂嫁曰歸。許了王生，尚未嫁去麽？（丑唱）那孫郎忽至奴家裏。（小生白）他到你家怎麽？（丑唱）也欲要娶吾侄女。（小生白）既要娶你侄女，何不在你兄家去？到在你家來怎麽？（丑唱）他浼央老妾爲媒氏。（小生）曾去爲媒麽？（丑唱）我領言曾到兄家去。（小生）你哥哥從否？（丑白）老爹，小婦人的哥哥，適然不在家，嫂嫂是個女流之輩，嫌王氏之貧，喜孫家之富。（唱）

(一) 排：原作『須』，據汲古閣刊本《繡刻荆釵記定本》改。
(二) 輪：原作『輪』，據汲古閣刊本《繡刻荆釵記定本》改。

意欲憐新將舊悔。

（小生白）你哥哥歸來怎麽説？（丑唱）

【前腔】吾兄執意不從順，（小生白）你侄女怎麽説？（丑唱）侄女堅將節操持。（小生白）這是婦人家的本等，你嫂嫂怎麽説？（丑唱）我嫂嫂執不相容。（小生白）不相容，那女兒怎麽了？（丑唱）吾兄就應變隨機。（小生白）怎麽就應變隨機？（丑唱）將女兒送到王門去。（小生白）那王家既成了親，那孫家再不該議親了。（丑白）那王生呵！（唱）結親後即赴科場裏。（小生白）那王生其年中也不中？（丑唱）誰想一舉成名天下知。

（小生白）那王生叫甚麽名字？（丑白）叫王十朋。（小生白）且住，到是我年兄家裏的事。他中了狀元，那孫汝權一發不該議親了，怎麽又惹起這樣禍端來？（丑唱）

【前腔】因承局附信歸，（小生白）書來報喜。（丑唱）喜氣番成怨氣吁。（小生白）一紙家書值萬金，怎麽怨氣？（丑唱）老爹，那裏是萬金佳音，元來是一紙休書。（小生白）王狀元是個古道君子，焉有此事？（丑唱）母疑是婿親筆跡，女言道改書中句。（小生白）你哥哥讀書之人，就聽信了？（丑白）當時哥哥也不肯信。（唱）只为字跡相同亦起疑。

（小生白）其時書來説在那家爲婿？（丑唱）

【前腔】贅在万俟府爲女婿，（小生白）你哥哥好没分曉，怎麽不去訪一訪？（丑白）哥哥當時因訪不出，又是小婦人僭言。（唱）近日孫郎下第歸，（白）他與吾兄面述其言。（小生白）怎麼説？（丑唱）他説道果作門楣，（小生白）孫汝權，你曾説也不曾説？（淨白）曾説來。（小生白）都是你這畜生做的奸計。婦人，你家不該受他財禮。（丑白）孫汝權，肉面對肉面在此，（丑唱）你家行甚財和禮？（淨隨口。末、丑白）上有青天，（唱）我家那個來接取？（丑白）老爹，財禮是個小事，小婦人陪也陪得他起。只一件，（唱）致使我侄女投江死。

（小生白）王夫人死了？（丑白）老爹，只爲孫汝權這句説話，侄女死了。（小生白）你這畜生，他不告你人命也罷了，你反告他圖賴婚事。（末上白）上命遣差，概不由己。（小生白）㈠跪門的甚麼人？（末白）小的是吉安府王老爹差小的送書在此。（小生白）那個在吉安府做官？取書上來。（看書）年生王十朋頓首書緘。呀！年兄做了太守了。遞書人起來，待我看完了，打發你去。（末應介。小生白）若非他存心以仁，道民以禮，焉有此不次之遷？欣慰，欣慰！即懇完卿年兄執事下，㈡遽爾別來，屢經數月。向改調時，深辱俯慰。烟瘴鄉無便，故久乏音問也。今得寸進守吉，懷抱雖則少伸，又有不得已事，仰干執事下。向寓京時，倩人持書迎候岳父母山妻，不想途中被人套換書信，致使山妻守節而亡。已獲原寄書人丞局，奏送法司鞫問，問供稱止有孫汝權開包。望將此情轉達祖父母大人，乞將孫

㈠ 小：原闕，據文義補。
㈡ 懇：原作『豸』，據文義改。

汝權解京，與丞局面證完卷。再禀岳父母，以富家不棄貧寒，以女妻之生，將謂終身養老之計。今山妻雖死，義不可絶，特差人舟相候。萬冀年家，〔一〕借重一言，贊襄岳父母上道，以全半子終養之情。明年朝覲，〔二〕想必京中一會。目下寒暖互作，伏惟調攝，以膺天寵。〔三〕不宣。十朋再拜。叫左右，請錢相公换了衣巾，進來相見。（小生白）那寄書人，王老爹好麽？（末白）好。（小生白）到任幾時了？（末白）將及一年了。（小生白）錢老先生，請起。這一封書，令婿令下官轉送與老先生，請收了。（外白）〔四〕多感，多感！（小生白）錢氏無干，趕出去。叫左右，進大板子將孫汝權打三十，討牌發監。待文書完了，送在堂上解京，與遞書人面證完卷。（衆下。外白）祖父母大人請上，待老夫拜謝。上開藻鑑，下判妍媸。冰釋厚誣，心銘大德。（小生白）下官失於龍蛇之辨，致有鼠雀之干。俯仰爲慚，見公甚愧甚愧。請坐。（外白）不敢。（小生白）下官與令婿同年，老先生又是前輩，不必太謙。（外白）告坐。（小生白）請坐。尊目爲何？（外白）害有半月之數了。（小生唱）

【歸朝歡】賢東坦，賢東坦，教音下期，令賤子翁前轉致。須宜是，須宜是，行囊早攜，恐他們懸懸望伊。（外唱）家庭雖小誰爲理？田園頗廣誰爲治？欲去還留心兩持。（小生唱）

〔一〕冀：原作『異』，據汲古閣刊本《繡刻荆釵記定本》改。
〔二〕覲：原作『觀』，據汲古閣刊本《繡刻荆釵記定本》改。
〔三〕寵：原闕，據汲古閣刊本《繡刻荆釵記定本》補。
〔四〕外：原作『小』，據文義改。

【三段子】翁今幾兒？（外唱）念箕裘無人可倚。（小生唱）族分幾枝？（外唱）念同宗無人可悲。（小生唱）你既然只有身一己，如何不去倚賢婿？況是他慇懃來請伊。

（小生白）左右，與我打點馬船，四十名人夫，送錢相公到吉安府去。

（小生）行裝速整莫蹉跎，（外）景物相隨老去呵。

（小生）一夜相思歸千里，（外）西風吹馬渡關河。

第三十九齣

（旦上唱）

【唐多令】花落黄昏門半掩，明月滿空階砌。

（白）惟恨時乖赴碧流，重蒙恩相得相留。深處閒門重閉户，花落花開春復秋。奴家自那日投江，不期遇着錢安撫撈救，留爲義女，勝如嫡親恩養。只是無以報他，今宵明月之夜，不免燒此夜香，以求陰庇。

（唱）

【園林好】想那日身投大江，感安撫恩德怎忘？勝似嫡親襁褓，如重遇父和娘。（白）奴家燒此夜香呵，（唱）願他增福壽，永安康。

（白）想我母親亡過之後，又虧繼母呵，（唱）

【川撥棹】親鞠養，（白）我爹爹呵，（唱）擇良人婚配我行。誰知道命合遭殃，誰知道命合遭殃，遞讒書逼奴險亡。蒙天眷，遇賢良。（白）奴家燒此夜香呵，（唱）保祐他身心樂，永安康；保祐他身心樂，永安康。

（白）想我婆婆娶了奴家呵！（唱）

【好姐姐】指望終身奉養，誰知道中途骯髒？存亡未審，使奴愁斷腸，心淒愴。（白）奴家燒此夜香呵！（唱）願得親姑早會無災障，骨肉團圓樂最長。

（白）想我丈夫有了奴家呵！（唱）

【香柳娘】又重婚在洞房，又重婚在洞房，將奴撇樣。（白）奴家一身猶可，（唱）你不思我父母恩德廣。

（白）奴家指望你還有相見之日，誰想你到先亡了！（唱）

【前腔】痛兒夫夭亡，痛兒夫夭亡，不得耀門墻，抛棄萱花在堂上。（白）奴家燒此夜香呵！（唱）遣他們魂歸故鄉，遣他們魂歸故鄉，免得此身緲茫，早賜瑶池宴賞。

【尾】終宵魂夢空勞攘，若得相逢免悒怏，再爇盟香答上蒼。

（旦）香烟緲緲流清碧，衷曲哀哀訴聖祇。
致使更深與人静，非干愛月夜眠遲。

第四十齣

（占上唱）

【菊花新】雲鬟衰鬢玉龍蟠，(一)羞觀妝臺鏡裏鸞。（生上唱）日月似梭竄，嗟嗟人事暗中偷換。（見介。占白）憶昔家中苦別離，潮陽雖遠易行遲。（生白）母親，喜今舉目關山近，子母榮歸自可期。（占白）孩兒，自從離了家鄉，已經五載。因爲潮陽隔遠，不能得見親家。如今既任在吉安府，喜與温州相去不遠，何不遣人回去，看取你岳父母家中音信，意下如何？（生白）孩兒自到任來，正要如此。今日既蒙母親尊命，即當差人回去，接取岳父母到此，同享榮華。（貼白）如此甚好，只有一件，媳婦爲你守節而亡，自投江後，并無功果追薦，我心上放他不下。（生白）母親若不説起，孩兒亦要如此。李成那裏？（末上）老爹，有何鈞旨？（生白）你去請玄妙觀道士來，我分付他，要追薦夫人。（末白）嗄！奉着恩官命，又到玄妙觀中。師父，太老爹喚你。（淨上白）龍歸大海，道奔豪門。是誰？（末白）我，是本府太老爹喚你追薦夫人。（淨白）小道隨即就行，大叔通報。（末白）老爹，道士來了。（生白）着他進來。（淨見介。生白）我要追薦夫人，與我選個日子。（淨白）惟有正月十五日，啓建普度大醮

(一) 鬟：原闕，據汲古閣刊本《繡刻荆釵記定本》補。

壇。〔一〕老爹追薦夫人，必用懸掛召魂寶旛，令行奏進表章，告給玉符仙簡，更用酒果茶湯，簪花紙燭。（生白）既如此，李成去取宫絹一匹，香金三十貫，付與提點，你就隨去觀中。醮事完了，你來回話。（淨白）小道要個意旨，請問老爹，夫人爲何得患？何年何月何日身故？（生唱）

【泣顔回】説起便心酸，他抱屈溺水含冤。（淨白）原來夫人投水身死呵！（生唱）鴛鴦失伴，做了寡鵠孤鸞。（淨唱）聞説事端，鐵石人見説肝腸斷。仗良緣薦拔靈魂，使亡者早得昇天。（生唱）

【前腔换頭】潸覩，慈母兩眉攢。他歡無半點，愁有千般。朝夕縈絆，教人痛苦針鑽。（淨唱）河伯水官，那其間怎把人勾换。致令他死别生離，如何會意悦心歡？（末上唱）

【賺】擎捧雕盤，送出魂幡絹一端。更有醮金三十貫，權收管。必須齋醮要誠虔，休教功果不圓滿。〔二〕（淨唱）天怎瞞，地怎瞞，小道謹依台判。告辭回觀，告辭回觀。（生白）李成，這一封書，去請老員外老安人到任所，同享榮華。（末白）小人就去。（占、生唱）

【撲燈蛾】薦亡雖已完，〔三〕邀親豈宜緩。若請岳翁至，同臨觀中遊玩也。趁天晴地暖，便登

〔一〕普：原作『曾』，據《新刊重訂出相附釋標註節義荆釵記》改。
〔二〕圓：原作『冤』，據汲古閣刊本《繡刻荆釵記定本》改。
〔三〕薦：原作『爲』，據汲古閣刊本《繡刻荆釵記定本》改。

程休得盤桓。是則是夜長晝短，論朝行暮宿，休憚路漫漫。

【尾】生的報答心方穩，死的薦拔情頗寬，好事完成意始歡。

（生）報答存亡兩痛情，（占）來朝遣僕遞佳音。

（生）恩親但得重相見，（末）方信家書抵萬金。

第四十一齣

（外上唱）

【三臺令】夜來花蕊銀燈，曉起鵲聲翠屏。（淨、丑上唱）何喜報門庭？頓教人側耳頻聽。

（外白）每日心懷耿耿，終朝眼淚盈盈。（淨白）只爲孩兒成畫餅，教人嘔氣傷情。（丑白）雖然燈花結蕊，那堪鵲噪聲頻？（外白）妹子，料我寒家冷似冰，量無好事到門庭。（末上唱）

【前腔】近別南粤郵亭，又入東甌郡城。水秀山明，睹風物喜不自勝。

（白）李成自離吉安，又到温州。此間已是自家門首，不免逕入。（淨、丑）李成回來了！（外白）李成在那裏？我兒，你送王老安人赴京，會見狀元麽？（末白）小人送王老安人到京，見了狀元。本欲便回，因被苦留相送赴任，迤邐不能回家。（淨白）他是個負義之人，送他怎麽！（末白）老安人，那狀元不是負義之人，他當時除授饒州僉判，因奸相招婿不從，改調潮陽，那裏是烟瘴地面，意欲陷害。後因朝廷體知本官處事廉能，持心公正，陞任吉安府太守。因此修書，遣僕回來，迎請老員外、老安人到任所，同享榮華。書已在此。（外白）我雙眼不明，李成，你字字行行，念與我聽。（末唱）

【一封書】婿百拜岳父母前，自離膝下已數年。因奸相不見憐，改調潮陽路八千。今喜陞爲吉安守，遣僕相迎到任間。匆匆的奉寸箋，伏乞尊顔照不宣。

（外白）李成，我聽見此書呵！（唱）

【下山虎】見鞍思馬，睹物傷情。觸起關心事，怎不淚零？如今我婿得沐聖朝寵榮，我女一身成畫餅。他取我到吉城，值此寒冬，怎出外境？（合唱）天寒地冷，未可離鄉背井。且待春和，款款行程。（丑唱）

【亭前柳】哥哥垂鬢已星星，弱體戰兢兢。〔一〕況兼寒凜凜，那更冷清清。此行怎去登山嶺？（合唱）且過新年，待春暖共登程。（末、外合唱）

【下山虎】義深恩厚，恨繞愁縈。久絶鱗鴻信，悶懷倍增。因此母子修書，遣僕來請，料想恩官必待等。天氣最是嚴凝，暮止朝行，我當奉承。（合前）（淨唱）

【亭前柳】老兒，你不去恐生嗔，欲去怕妨行。李成，你須先探試，臨事怎支撑。（末唱）小人只

〔一〕兢兢：原作『競競』，據汲古閣刊本《繡刻荊釵記定本》改。

索從台命。（合前）

（外）昔日離家過五秋，（丑）今朝書到解千愁。

（浄）來年同到吉安郡，（合）不棄婣婣過白頭。

第四十二齣

（旦上唱）

【杜韋娘】朔風寒凜冽，[一]雲布野，捲飛雪，看萬木千林都凍折。小窗前，梅花再綴，冰稍數點幽潔。淡月黄昏，暗地香清絶。早先把陽和漏泄，又葭管灰飛地穴。[二]

（白）〔浪淘沙〕痛憶我亡夫，感念嗟吁，轉頭又是五年餘。安撫收留恩不淺，補報全無。今日乃是冬至令節，等待爹媽出來，拜賀則個。（丑扮梅香上唱）

【麻婆子】做奴奴，做奴奴空惆悵，何時得嫁個馬上郎？做奴奴，做奴奴空勞攘，落得一個曉夜忙。遇冬節，巧梳妝，身穿一套好衣裳。市人見了都誇獎，笑呵！（唱）道我是個風流

[一] 冽：原作「列」，據汲古閣刊本《繡刻荆釵記定本》改。
[二] 管：原作「菅」，據汲古閣刊本《繡刻荆釵記定本》改。

好俊娘。

（白）小姐，今日是冬節，梅香拜節，小姐請坐。（旦白）不須罷。（丑拜介）時遇新冬，喜氣重重。願得小姐，（旦白）怎麽説？（丑白）願小姐再嫁一個好老公。（旦白）休得胡説。老相公、老夫人來了。

（外、夫上，唱）

【海棠春】時序兩推遷，莫惜開芳宴。

（相見介。外白）孩兒，金烏似箭，玉兔如梭，不覺來此又是五年，今日又是冬節。（旦白）爹媽請坐，待奴家拜節。看酒過來。（外唱）

【集賢賓】一陽氣轉春透徹，履長歡慶冬節。驗歲瞻雲人意切，聽殘漏曉臨臺榭。（旦唱）今年是别，㈠黄雲讖争書吉帖。㈡（合唱）芳宴設，沉醉後，管絃聲咽。（夫唱）

【前腔】日晷漸長人盡悦，繡紋弱綫添些。待臘將舒堤柳葉，凍柔條未堪攀折。（丑唱）百官擺列，賀新歲齊朝金闕。（合前）（旦唱）

【鶯啼序】光陰迅速如電掣，斷送了多少豪傑。（夫唱）㈢遇良辰自宜調燮，且把閒悶拋撇。

㈠ 别：原作『則』，據汲古閣刊本《繡刻荆釵記定本》改。
㈡ 讖争書：原作『纖争山』，據汲古閣刊本《繡刻荆釵記定本》改。
㈢ 夫：原作『生』，據文義改。

進履襪歡看婦儀，炷寶鼎對天答謝。（合前）（丑唱）

【前腔】道消遣長空嘆嗟，畫堂中安享驕奢。（末唱）看紛紛緑擁紅遮，綺羅香散沉麝。（外唱）辟寒犀開元此日，曾遠貢喧傳朝野。（合前）（外唱）

【琥珀猫兒墜】〔一〕玉燭寶典，今古事差迭。遇景酣歌時暫歇，珠簾垂下且莫揭。（合唱）歡悦，那獸炭紅爐，焰焰頻爇。（旦唱）

【前腔】小寒天氣，莫把酒樽歇。醉看歌舞容艷冶，春容微暈酒懸頰。（合前）

【尾】玉山低頽日已斜，酒散歌闌呼侍妾，錦紋烘爇從教醉夢賒。

（外）天時人事日相催，（末）陰極陽生春又來。

（旦）雲物不殊鄉國異，開懷且覆掌中杯。

第四十三齣

（外、淨上唱）

【稱人心】商吹專威，把園林樹木先催。（淨唱）老景無兒真可悲，寒風宿辟羅衣。

〔一〕 墜：原闕，據汲古閣刊本《繡刻荊釵記定本》補。

（净白）老兒，昨日見官如何？（外白）若無女婿王十朋書來，幾乎受了孫家之累。（净白）那王十朋辜恩負義的，説他怎麽？（外白）他若没書來，怎對得孫汝權利口能言過？（净白）若如此，王十朋是個順風耳，〔一〕千里眼，他怎麽曉得我家遭了官司，就寫書來呼喝？（外白）不是他特意寫來的，送本府推官大人，轉請我和你到任所，同享榮華。本府推官大人，準備一個馬船，四十名人夫。今日不得不如此，他那裏懸望我去。只得把田園米物，寫個賬兒，交付與妹子看管。你把細軟東西收拾幾箱，發在船上去。待妹子來時，我就起程了。（净白）老兒，你要去自去。（外白）你怎麽不去？（净白）前日王親家媽在我家裏，被我撵了出去，我有何顔去見他？（外白）他的母子，不是你這等小人，只管隨我去。

（丑上唱）

【一秤金】陽關相阻暮雲低，〔二〕兄妹臨岐惜解携。（白）哥哥，嫂嫂，（唱）你何日是歸期？（净、外唱）直待他錦衣旋，同歸故里。

（外白）妹子，李成在此等久，我把田園米物房屋，寫個賬兒在此，交付與你收管，我與嫂嫂就去了。（丑白）哥哥，我愁你眼目不明。苦苦要去，做妹子的沽一壺酒在此，與哥嫂餞行。（外、净白）多蒙你。（丑白）李成，看酒過來。（末白）酒在此。（丑白）哥哥，（唱）

〔一〕耳：原闕，據《新刊重訂出相附釋標註節義荆釵記》補。

〔二〕阻：原作『慕』，據《新刊重訂出相附釋標註節義荆釵記》改。

【憶多嬌】你年已衰，力已頽。深居猶恐疾病隨，豈可迢遥行千里？（合唱）掩袂淒期，掩袂淒期，止不住盈盈淚垂。

（外、淨白）酒。（唱）

【前腔】留别時，泣别辭。更有溶溶叙别巵，又值匆匆惜别時。有力難支，有力難支，老景鬆鬆怎支？（丑唱）

【黑麻序】痛兄妹殘年，嫂姑遠離。此去非難，欲逢不易。腸似割，意如痴。心逐江流，隨無遠之。（合唱）壯遊常事，衰年豈别離。彼此傷情，彼此傷情，都做三更夢裏。（外、淨唱）

【前腔】恨絶箕裘，痛傷閫闈。家婿爲官，親情若己。㈠他不棄，反招置。㈡嘆身後無人，只得遠離。（合前）（外、淨、丑拜别）

【意不盡】三疊陽關酒數巵，催舟人值漲潮時。未知此去何年會？從此教人兩地悲。

（丑下。外白）李成，到那邊還有多少路？（末白）還有一二里之程。（外唱）

【憶鶯兒】寒鳥啼，黄葉飛，西風滿面塵滿衣。老邁隴鍾怯路岐，老邁龍鍾怯路岐。多路迷，

㈠ 己：原作『巳』，據《新刊重訂出相附釋標註節義荆釵記》改。

㈡ 反：原作『及』，據《新刊重訂出相附釋標註節義荆釵記》改。

霜滑馬行遲，計程應説常山地。（合唱）路崎嶇，行人翹首，遠望酒家旗。（净唱）

【前腔】雲欲迷，雨欲垂。無奈斜陽影漸低，投宿群鴉滿樹棲。再驅再馳，[一]復歌復悲。出門雖便，不如家裏。（合前）

（丑）路遠山程莫怨遲，（外）一行孤雁望南飛。

（净）小舟正在西江上，（合）衰柳依稀映落暉。

第四十四齣

（生上唱）

【懶畫眉】紫簫聲斷彩雲開，膩粉香朦玉鏡臺。燈前孤幌冷書齋，血衫難挽仙裾返，造化能移泰岳來。（占唱）

【前腔】荆釵博你鳳頭釵，義重生輕托繡鞋。一回思想一回哀，鳳釵還在人何在？我的媳婦兒，可陰祐你雙親到此來。

（生見介。占白）孩兒，你差人去久，如何不見回來？（生白）母親，差人歸遲，想必同來也。（占白）這

[一] 驅：原作『牽』，據《新刊重訂出相附釋標註節義荆釵記》改。

也是。（生唱）

【前腔】爲他朝夕掛心懷，慣鎖眉頭掃不開。恐他愁遠怯老衰，差人不敢空遲返，況有年家爲我催。

（生白）叫左右的。（丑白）聽命黄堂下，趨鎗皂蓋前。老爹，有何鈞旨？（生白）你在衙門首伺候，但是我家老老爹到，即忙來報。（丑）嗄！（外、淨上唱）

【前腔】館甥位掌五侯臺，千里裁封遣使來。令人更喜復悲哀，哀吾弱息今何在？喜他母子親情再得諧。

（末白）老員外，這裏就是府前了。（外白）你去通報。（末白）那個在門上？老老爹到了。（丑白）大叔來了，我去通報。（丑白）禀老爹，老員外到了。（生白）母親，岳翁、岳母到了，請母親出來迎望。（相見。占唱）

【哭相思】一自别來容鬢改，恨公衙失迎冠蓋。（外上唱）生别重逢，死離難再。（生唱）罷愁思且加親愛。

（外白）親家，小女姻緣淺，終身地下遊。（占白）他鄉迎舊戚，便覺解深愁。（生白）半子情方盡，終身願已酬。（外白）親家，休懷山婦拙，思好莫思仇。（占白）親家，何出此言？（淨白）人之所以異於禽獸者，以其有仁義也。莫將我做親家看承。（介。占白）言重，言重！（占唱）

【玉交枝】感你恩深如海，我一坯土填得甚來？(一)久銘刻肺腑時時載，特此遠迎冠蓋。孩兒，即忙令人把綺席開，二位親家，洗塵莫怪輕相待。（合唱）細思量荊釵可哀，細思量荊釵可哀。

（外唱）

【前腔】蒙承過愛更忘哀，夫妻遠來。想當初在舍慚逋迨，望尊親海涵寬貸。賢婿，你腰金忘勢真大才，不比薄情人轉眼生驕態。（合前）（淨唱）

【前腔】自慚睚眦，望尊親休勞掛懷。一時我也出乎無奈，莫把我做好人看待。勸人家晚母休學我忌猜，逼兒改嫁遭深害。（合前）（生唱）

【前腔】慚予一介，荷深恩扶出草萊。爲微名半載忘親愛，豈知中路變禍災。當初指望白首諧，誰知青歲遭殘害？（合前）

（丑上白）老爹，後堂酒席已完備。（占白）二位親家，請後堂坐。（外白）請了。

（占）幾年遠別喜相逢，（生）又訝相逢在夢中。

（外）早是稠人難物色，（淨）信知女婿近乘龍。

(一) 土：原作『坯』，據文義改。

第四十五齣

（官外上唱）

【望遠行】浪滾龍艎，淹滯西南江艇。明朝暫假東風静，悠悠送我行程。（白）下官錢載和是也，蒙聖恩欽敕兩廣巡撫。左右的，這裏那裏地方？（末白）吉安府地方。（丑白）廬江驛驛丞見。㈠（官外白）這裏不是我地方，打一日坐糧，明日風息了，就要開船，不要報府縣知道。（丑下介。生上唱）送往迎新，難免許多馳騁。

（生白）叫驛丞。（丑）嗄！（生白）㈡我都爺幾時到的？（丑白）方纔到的。（生白）怎麽不來通報？（丑白）我都爺分付，不許報府縣。（生白）左右，取帖兒上去。（丑白）驛丞禀事，吉安知府禀見。（外白）驛丞好打，㈢昨我分付，不許報府縣。（丑白）幾日前都爺火牌來，府縣就知了。（外白）取他帖上來。晚生王十朋頓首拜。呀！怎麽這裏又有王十朋？那苗良這廝，不曾到任所去。那知府來幾時了？（丑白）潮陽陞來的，兩個月了。（外白）請下船。（生見介。外白）不是我地方，不該行此禮。動

㈠ 江：原作『肛』，據文義改。

㈡（生白）：原闕，據文義補。

㈢ 打：原闕，據《新刊重訂出相附釋標註節義荆釵記》補。

問大人，何人同榜進士？（生唱）

【皂羅袍】御道爭先馳騁。（官外白）元來是殿元先生，請坐。貴處那裏？（生唱）念寒家温郡。（官外白）貴表？（生唱）表字龜齡。（官外白）元來是梅溪先生，失瞻了。（生白）不敢。（官外白）聞先生饒州作倅。（生唱）饒州作倅未曾行，一鞭又指潮陽嶺。（官外白）代先生饒州作倅者何人？（生唱）他亦姓王。（官外白）亦姓王，甚麽名字？（生唱）雙名士宏。（官外白）此公還在任麽？（生唱）居官未久，惜乎命傾。（官外白）這苗良好誤事。先生爲何改調？（生唱）爲万俟相招贅，怪我不從順。

（官外白）寶眷有幾位在任？（生唱）

【前腔】老母粗安晚景。（官外白）還有何人？（生唱）更岳翁岳母同享安榮。（官外白）令政夫人在任麽？（生唱）山妻守節滯江濱。（官外白）既是令政夫人死了，何不再娶一位？（生唱）豈肯敢違不義重婚聘？（官外白）有令郎麽？（生唱）芝田失種。（官外白）有令愛麽？（生唱）藍玉未生。（官外白）先生，不孝有三，無後爲大。（生唱）欲全大義。（官外白）全了大義，違了聖經。（生唱）寧違聖經。（官外白）還是再娶一位，纔是道理。（生白）老大人在上，若要學生再娶呵！（唱）除是我山妻再世，我便爲真性。

（官外白）真義夫也！不敢動問，我同年鄧司空大人常會麽？（生白）鄧老大人，悠悠林下，我學生常時去請教。左右的，取禮單上來。老大人，知府具小禮，望老大人哂留。（官外白）一路來禮物皆不受。（生白）老大人與河下士大不同。（官外白）多蒙了梅溪先生。這等大風，老荆與小女在後船，不好開船，明日請鄧年兄與先生舟中講一講。（生白）老大人從容住幾日，吉安府地方有個烏鵲山，到有景致，屈老大人登覽一登覽。（官外白）還有一説，老荆在後船，一定請令堂老夫人茶話，不審允否？（生白）老母一定來看老夫人。學生告辭。（下）

（外）少刻相留待一茶，（生）先施情意以無加。

（外）休嫌水國虚堂静，（生）坐看幽禽蹴落花。

（外吊場）那苗良這厮不幹事，饒州僉判王士宏殁了，不問實信，逕來回我。方纔王太守明明是我孩兒的丈夫。我待唤女兒出來相見，一個是鰥漢子，一個是寡婦人，四目相送，豈是儒家所爲？我如今寫書與鄧年兄，與王太守説親，看他怎麽？請到舟中飲酒，把荆釵出來，看王太守認也不認？夫人後船請王太夫人，他婆媳婦相見就是了。左右的，取帖兒請鄧老爺、王太老爹，明日舟中飲酒。（末）嗄！

（官外白）我的女孩兒，

有分斷弦重再續，猶如缺月再團圓。（下）

第四十六齣

（浄扮鄧尚書上唱）

【普賢歌】侯門涉水最難求，願適賢良王太守。自家非强口，管教成配偶，且請媒人喫些利市酒。

（白）正是作伐全仗斧，果然引綫必須針。昨日晚間有一人送帖兒來，只因有了酒不曾看得，今早看來，到是我年兄錢載和到在馬頭上。我只道請我喫酒，原來有個令愛守寡，央我爲媒，要招本郡太守王梅溪。他鼓盆已久，未有夫人，央我去説親。鄧興，這裏是府前了？（丑白）這是府前了。（净白）取帖兒通報。（末白）是誰？（丑白）鄧老爺相訪。（末白）老爹有客。（生上唱）

【玩仙燈】兀坐書齋，聞道有客來相訪。

（相見介。生白）小生賤職所拘，[一]未得拜訪。荷蒙老先生下顧，不勝愧增！（净白）久聞美譽，未遂識荆，得蒙與進，豈勝榮幸！（生白）惶恐，惶恐！（净白）足下治政甚佳，黎民無不感仰。（生）皆賴老先生福庇。（净白）老夫今日一來相訪，二來有一句話説。（生白）何事？請教。（净白）老夫有一同年錢載和，陞授兩廣左都御史，今已舟在馬頭上。（生白）學生曾去望過了。（净白）昨日來望老夫，就與我説有一小姐，守寡在家。聞得父母大人鼓盆已久，今日央老夫爲媒，望守公成全此親，甚是美事。（生白）老大人在上，念學生貧寒之際，以荆釵爲聘，遂結姻親。妻已守節而亡，焉肯忘義再娶？（净白）父母大人，幾位令嗣？（生白）未有子息。（净白）父母大人，不孝有三，無後爲大。却不絶嗣了？

[一] 職：原作『我』，據《新刊重訂出相附釋標註節義荆釵記》改。

（生白）生欲螟蛉一子，以繼爲嗣。（淨白）吾聞螟蛉者，嗣非其類，鬼神不享其祀。大人讀書之人，如何逆理？冒瀆，冒瀆！（生唱）

【啄木兒】乞情恕，聽拜稟。自與山妻合巹婚，剛與他半載同衾，(一)一旦鳳拆鸞分。他抱冤守節先亡殞，我幸恩再娶心何忍？須知行短天教一世貧。（淨唱）

【前腔】他八兩，你半斤。彼此爲官居上品，論閥閲户對門當，真個好段姻親。你意驕性執不從順，故千推萬阻令人恨，所謂有眼何曾識好人。（生唱）

【三段子】事當隱忍，未可一時先怒嗔。（淨唱）你再不娶親，我只愁你斷子絶孫誰拜墳？（生唱）言激心惱空懷忿，我今朝縱不成秦晉，也不會家中絶後昆。（淨唱）

【歸朝歡】你没思忖，不投分，那裏是儒爲席上珍。（生唱）我做官，我做官守法言忠信，名虧行損遭談論。縱獨處鰥居，決不再婚。

（淨）性執心迷見識差，（生）婚姻不就且回家。

（淨）落花有意隨流水，（生）流水無情戀落花。

(一) 剛：原作『説』，據《新刊重訂出相附釋標註節義荆釵記》改。

第四十七齣

（官外上唱）

【山查子】有事掛心頭，坐此江城久。他夫婦久違顔，今須輻輳。

（白）下官往兩廣巡撫，在此經過，今遇風水不便。王十朋與我女孩兒丈夫名姓相同，今日具酒，請鄧年兄陪飲。（浄上唱）

【前腔】肥馬輕裘，不減少年時候。（生上唱）春風簫鼓樓船酒，好景天成就。

（外相見白）年兄一向久别，久别！（浄白）久仰清廉顯職，難得，難得！父母大人，日昨言語冒瀆，莫罪，莫罪！（生白）不敢。（安席介。官外唱）

【排歌】位列三台，功高五侯，知機養浩林丘。不應世務較沉浮，每與斯文自獻酬。（合唱）白蘋長，碧荇流，錦江波細隱仙舟。談心曲，遂宦遊，晚山青處白雲收。（浄唱）

【前腔】誥捧鸞箋，車乘玉虬，伫看名覆金甌。（一）慚予落魄老林丘，羡你威名播九州。（合前）

（外再送酒、唱）

（一）伫：原作『仲』，據《新刊重訂出相附釋標註節義荆釵記》改。

【前腔】位正黄堂，車牽降騶，堂堂五馬諸侯。明簪邂逅盍江頭。（浄白）年兄，既請我喫酒，待我行一個令，或擲骰，或説笑話，樂一樂如何？（外白）催花擊鼓也好。（浄白）這也使得。岸上有花麽？（末白）此時没有花。（官外唱）袖出荆釵當酒籌。（合前）（生看唱）

【一江風】見荆釵，不由我不心驚駭，（白）此釵呵！（唱）我母親頭上曾插戴。（白）安撫大人，這荆釵呵，（唱）却是那裏將來？（外白）這是小女聘定之物，不知從何而來。（生白）不瞞大人説，這荆釵呵！（唱）元先是我舊聘財。（哭科）天那！這物在人何在？

（外白）王大人睹物傷情，必有緣故，可説與我知之。（生白）實不相瞞，這荆釵是下官聘定渾家之物。

（外白）既是大人聘定夫人之物，(一)願聞其詳。（生唱）

【駐馬聽】聽説因依，昔日卑人貧困時，忽有良媒作伐，議結婚姻。愧乏財禮，卑人老母呵！荆釵遂把聘錢氏。（外白）成親幾年，别了内闈？（生唱）結親後即赴春闈裏，幸喜及第。（外白）既然及第，除授那裏官職？（生唱）除授饒州僉判，叨蒙恩庇。

（外白）为何到在潮陽去了？（生唱）

【前腔】耳聽因依，説起教人珠淚垂。（外白）中間必有緣故。（生唱）爲參万俟丞相，招贅不從，

(一) 人：原作『便』，據文義改。

反生惡意，將吾拘繫。奏官裏，(一)一時改調蠻烟地。（外白）却是誰做饒州僉判？（生白）(二)將同榜鄉親王士宏除去饒州，將我改調潮陽。（唱）陷我身軀，臨任所五載不僉替。

（外白）大人曾有書回麽？（生唱）

【前腔】曾寄書回，不審何人故改易。奈我妻家不辨字跡差訛，語句真異。岳翁岳母見差池，逼勒荆婦重招贅。（外白）令政曾嫁人麽？（生唱）苦不遵依，將身投溺江心裏。（外唱）

【前腔】休皺雙眉，聽我從頭説仔細。我在东甌發足，渡口登舟，一夢蹺蹊。五更一女來投水，急令稍水忙撈取。（生哭。外唱）休得傷悲，夫妻再得諧連理。（净唱）

【前腔】此事真奇，節婦義夫人怎比？年兄，疾忙開宴，請出夫人，就此相會。前婚重整舊佳期，把金杯捧勸須教醉。（生唱）深感提携，從今萬載傳名譽。

（外白）那裏唱聲響？（净白）不妨。若是鄉宦士夫，有我老夫在此；若是見任，有年兄王守公在此。

（末白）是王太夫人。（净白）既是王太夫人，即當回避。(三)（外白）泊船，在那邊去。(四)

(一) 裏：原作『理』，據汲古閣刊本《繡刻荆釵記定本》改。

(二) 白：原作『唱』，據《新刊重訂出相附釋標註節義荆釵記》改。

(三) 回避：原闕，據《新刊重訂出相附釋標註節義荆釵記》補。

(四) 船在：原闕，據《新刊重訂出相附釋標註節義荆釵記》補。

（外）贛北江頭水似羅，(一)（生）留船留客醉笙歌。

（净）相逢不飲空歸去，洞口桃花也笑吾。

第四十八齣

（夫上唱）(二)

【卜算子】風便未開船，有客相留戀。（旦上唱）親遠更誰憐？何日重相見？（占上唱）有子作廉官，已遂平生願。無奈喪姻婕，樂事翻成怨。

（夫白、討扶手）(三)請上。（相見。夫白）迅掃鷁舟，(四)荷蒙寵過。(五)（占白）未攀魚駕，過辱先施。（夫白）孩兒，見了王太夫人。（旦看、白）苦！這王太夫人，好似我婆婆一般。我的丈夫不死，也有這等香車霞帔。如今不知在那裏？（占看、白）苦！這小姐好似我媳婦模樣。我若説姊妹，也好啓齒，若

(一) 贛：原作『戇』，據《新刊重訂出相附釋標註節義荊釵記》改。

(二) 夫：原作『末』，據《新刊重訂出相附釋標註節義荊釵記》改。

(三) 夫：原作『末』，據《新刊重訂出相附釋標註節義荊釵記》改。

(四) 鷁：原作『一』，據《李卓吾先生批評古本荊釵記》改。

(五) 寵：原作『罷』，據《李卓吾先生批評古本荊釵記》改。

說我媳婦，冒瀆了他。（夫白）王太夫人，小女素不相認，爲何墮下淚來？（占白）太夫人，老身心有深怨，誠恐冒瀆。（夫白）請太夫人揾乾尊淚，但說不妨。（貼唱）

【園林好】止不住盈盈淚瀼，㈠瞥見了令人感傷。那裏有這般相像？（白）我的媳婦兒，（唱）可惜你早年亡，若在此好頡頏。（旦唱）

【前腔】細把他儀容比方，細把他行藏酌量。（貼白）錢太夫人請酒。（夫白）王太夫人請酒。（旦唱）細聽他言詞聲響，好一似我姑嫜，空教我熱衷腸。（貼唱）

【江兒水】謾把前情想，聰明德性良。媳婦兒，知人飢餒能終養，知人冷熱能調恙。指望你將我老骨扶歸葬，誰道你行先喪！（白）我也不多時光了。（唱）若要相逢，早晚向黄泉相傍。（旦唱）

【前腔】驀聽他言語，令人倍慘傷。看他愁容，淚霰如奴様。（白）可惜我丈夫死了，（唱）若是我兒夫身不喪，（白）我那婆婆呵，（唱）香車霞帔也恁安榮享。今日知姑在何向？只隔烟水雲山，兩處一般情况。

（夫白）太夫人，願聞其詳。（貼唱）

㈠　瀼：原作『攘』，據《李卓吾先生批評古本荆釵記》改。

【五供養】妾將亂講，苦！幾度令人俯首思量。欲言仍又忍，（夫白）但説不妨。妾噪恐相妨。(一)我的衷腸，似箭射刀剜相倣。見鞍思舊馬，睹物轉情傷。語句支離，不勝悚惶。

（夫唱）

【前腔】聽伊半晌，言語雖多未得其詳。勸伊休嘆息，何必恁斟量。有事闗心，(二)謾説何妨？吾兒在何處會？爲甚兩情傷？各道真情，不須隱藏。（貼唱）

【玉交枝】事皆已往，偶然觸物感傷。見令愛玉質花容，似孩兒已故妻房。（夫白）太夫人，令子舍雖死，我女兒雖像，痛苦何補於事？（貼唱）吾家兒婦守節亡，他恩深義重如何忘？（貼白）錢太夫人，我的媳婦雖是富家之女，在吾門呵，（唱）事貧姑鷄鳴下床，相貧夫勤勞織紡。（旦唱）

【前腔】聞言悒怏，你媳婦如何喪亡？（占唱）爲此曹名擅文場，寄家書禍起蕭墻。（旦唱）書歸應報喜氣揚，如何喜地生災障？（貼唱）恨只恨孫家富郎，苦只苦玉蓮早亡。

（旦白）母親，正是我婆婆了。（夫白）(三)且從容。（貼唱）

【川撥棹】你心何望？這慇懃禮怎當？（旦唱）尊姓名家住何方？（占唱）住温州吾家姓

(一) 噪：原作『藻』，據《李卓吾先生批評古本荆釵記》改。
(二) 闗：原作『開』，據《李卓吾先生批評古本荆釵記》改。
(三) 夫：原作『旦』，據文義改。

王。(旦白)我那親婆婆！(跪介。占白)我的媳婦兒！(貼唱)你緣何在此方？(旦唱)痛兒夫身喪亡。(占唱)

【嘉慶子】(一)你出言詞何不審詳？你的兒夫見任此邦。(旦唱)我爹曾遣人到饒陽，報説道兒夫已亡。(占白)你兒夫呵！(唱)爲辭婚調遠方，爲賢能擢此邦。

【尾】幾年骨肉重相傍，(旦唱)痛只痛雙親在故鄉。(占白)你的父母呵，(唱)在宦邸相親已二霜。

(外上白)老夫人。(占白)老大人，兒婦苟守殘喘，難忘救溺之恩。(官外白)令郎不意斷弦再續，不亦樂乎？(生見夫介。占白)孩兒，你媳婦在此，相見了。(旦白)我丈夫在那裏？(生、旦唱)

【哭相思】每痛憶伊作幽冥鬼，不想道重相會。捨死忘生音信稀，訴不盡心中苦。今日相逢，深感錢安撫。

(生白)左右的，請錢老爹、老夫人。(外、淨上唱)

【一剪梅】幸聞重見配鸞儔，歡上心頭，喜在心頭。

(生白)岳丈，我妻子幸得錢安撫撈救在此。(外、淨白)我孩兒在那裏？(旦白)我的爹娘。(外、淨、

(一) 慶：原闕，據曲牌名補。

旦合唱）

【哭相思】自别心中長慘淒，今見了越添愁慽。（旦唱）恨别當年妾理虧，雙親何事恁尫羸？（外唱）因思女死形容減，爲意妻乖氣力衰。

（生白）半子豈知翁有難？（旦白）一心長憶父傷悲。（浄白）休説當時言語惡，一筆勾除盡莫提。（旦白）爹爹，眼目爲何昏花了？（外白）我兒，爲常思想你，因此昏花了。（旦白）待奴家祝告天地。天地，我錢玉蓮若有孝心，即今保佑父目仍舊光明。若無孝心，望天地鑒察奴家。（旦唱）

【玉交枝】神天聽啓，念玉蓮誠心鑒知，蒙父母養育之恩，爲憶兒雙目不明。夫天可憐奴孝心，仍前眼目清如鏡，勝舊顯兒誠孝心，勝舊顯兒誠孝心。

（旦白）爹爹，有些光彩麽？（外白）呀！謝天地，明亮了。（占唱）

【大聖樂】親家義重恩深，我兒婦身願得重生。（官外唱）感神明囑付忙撈救，[一]（夫唱）看養勝嫡親。若不是江邊駐節緣輻輳，怎能勾節婦賢夫全復盟？（合前）申朝命，旌表孝義一家門庭。（外唱）

【解三酲】孩兒，爲你愁煩成皓首，爲你愁煩昏了雙眸。爲你愁煩身憔瘦，爲你愁煩容貌皺。

[一] 付：原作『仲』，據《新刊重訂出相附釋標註節義荆釵記》改。

怨只怨奸謀設計賊禽獸，恨只恨遞信傳書潑下流。（合唱）還知否，也算重歡會合，分緣輻輳。（旦唱）

【前腔】念孩兒從離東甌，嘆奴似不纜舟。臨風對月長眉皺，但出境兩淚交流。想母親姑娘忒生受，致使我將身逐水流。（合前）（生唱）

【前腔】把花言一筆都勾，有一日報冤仇。從今但願人長久，盡歡百歲效鸞儔。往年遭那惡黨成僝僽，今日且喜團圓飲樂酒。（合前）（上唱）

【粉蝶兒】出入朝廷，强似蕊宫仙島。傳玉音，遺賫擎丹詔。跨雕鞍，辭帝里，匆匆來到。

（合唱）感皇恩除書，褒稱節孝。〔一〕

（白）聖旨已到，跪聽宣讀。（衆跪介）〔二〕詔曰：朕聞禮莫大於綱常，實正人倫之本；爵宜先於旌表，蓋厚風俗之原。邇者福建安撫錢載和申奏，吉安府知府王十朋，居官清慎，而德及黎民。其妻錢氏操行端莊，而志節貞異。其母張氏，居孀守共姜之誓，教子效孟母之賢能，似此賢母，誠可嘉尚。義夫節婦，理宜旌表。今特陞授王十朋福州府知府，食邑四千五百户。〔三〕妻錢氏封貞淑一品夫人，母張氏封越

〔一〕褒：原作『僣』，據《新刊重訂出相附釋標註節義荆釵記》改。

〔二〕跪：原作『喻』，據文義改。

〔三〕食邑：原作『□已』，據《新刊重訂出相附釋標註節義荆釵記》改。

國太夫人，亡父王德昭，追贈天水郡公。宣令，進此。謝恩。（衆白）萬歲！萬歲！萬萬歲！（生唱）

【山花子】自思之昔日蕭條，誰知道今日榮耀。誥封親母賢妻孝，方纔稱加褒懷抱。（合唱）謝君王敕書紫誥，門闌義節名譽好。官清郡邑聲價高，衣錦還鄉福分非小。

【前腔】夫妻半載相抛，到今重復耀。爲繼母生嗔顛倒，苦逼奴奸心嫁富豪。去投江幸蒙公相潛撈。（合前）

【尾聲】荆釵傳奇今編巧，新舊雙全忠孝高，須勸諸人行孝道。

荆釵一股遇良媒，聘定貞堅賢孝妻。
義夫節婦傳今古，虧着詩人燈下題。

新刻出像音註節義荆釵記

目録

新刻出像音註節義荆釵記一卷

第十一出(一)

(以上原闕)不能光顯(中闕)裙布奴情(中闕)七歲抛離了你,在他身邊,(唱)受他折磨難盡言。(白)早晚(中闕)差訛之處,非打即駡,好苦呵!(唱)他全無骨肉慈心善。(外上白)荆釵與裙布,隨今逼婚嫁。我兒,這老乞婆愛富嫌貧,日夜嚷鬧,他又打你。兒,明日日子吉利,送你到王家去罷。雖則房奩不整,(二)待一二日,我着李成送來。兒休啼哭。(旦)爹爹,一言難盡!

(一)書名、卷數、出數原闕,據文義補。

(二)則:原作『作』,據《新刊重訂出相附釋標註節義荆釵記》改。

【北沉醉東風】恨萱堂狠毒心腸，謗讒言恨殺姑娘。房奩没半分，教奴家羞耻難當。似這等素手空囊，叫一聲親娘，娘！痛斷腸，因此上骨肉分張。（外）兒，不須恁的傷悲，你把春纖巧樣妝，荆釵插鬢傍，穿一套藕絲雲錦鮮裳。我兒，你行一步與我看，打扮得似織女會着牛郎，叫一聲嬌兒，兒！痛斷腸，因此上淚滴在胸膛。㈠（丑上白）三夜不息燭，相思何日罷？哥哥，不見侄女兒在那裏？樂人催了兩三次了。（外白）李成，姐姐在祠堂，别娘神主。（丑白）同去催他上轎。（外白）我兒，辰時到了，快快梳妝去罷，不要啼哭了。

（外唱）

【憶多嬌】我兒，你且開鏡奩，整翠鈿，休得界破殘妝玉筯懸。㈡（白）我的兒，今日做爹爹骯髒了你，（唱）首飾皆無真可憐！（合）休得愁煩，休得愁煩，他是個讀書大賢。（旦白）爹爹，奴家此去呵，（唱）

【前腔】愁只愁你子嗣慳，哀老年，何忍將奴離膝前？爹爹，母親早晚倘有三言兩語，你可將就些罷，莫惹閒非來掛牽。（合前）

㈠　膛：原作『堂』，據文義改。

㈡　夾注：筯：音『柱』。

（丑白）我的侄女，你好苦，從了娘嫁孫官人，隨你妝奩首飾，受用不盡。（外）呸！你説那裏話，那裏話！(一)（外唱）

【前腔】自古姻緣，事非偶然。五百年前，赤繩繫纏。兒今去，聽教言。我兒，你到人家做媳婦，不比在家做女兒，須要勿驕勿慢，必敬必戒，孝順親姑，數問寒暄。（合）燈前淚漣，生離各一天。有日歸寧，有日歸寧，吾心始安。

爹爹，請母親出來，待孩兒拜別。（外）你好没志氣，首飾衣服尚且不與你，想他什麼好處？還要拜他！（旦）爹爹説那裏話？天下無不是的父母。雖則如此，七歲得他撫養到今，怎麼不拜他？難道不別而去？（丑）哥哥，還是侄女説得有理，待我去請他出來。（旦）姑娘起勞，去請一請。（丑）嫂嫂。（淨内應）姑娘怎麼説？（丑）你女兒要上轎，請你出來拜別。（淨内白）等他去，不在我心上。教他自去拜親爹親娘，繼母有什麼相干！不要他拜！一似潘郎倒騎驢，永不見畜生面。（丑）哥哥，他不出來了。（外）恰又來，我説道他不出來。（旦）待我自去請。母親，孩兒今日出門，請你出來拜別。（淨）走，賤人，我不是你親娘，你不是我女兒，拜我怎麼？還了王家木頭釵子去，我也没福受你的，（中闕）不出來！（旦）既不出來，待奴家在房門首拜罷。苦！（中闕）

【前腔】蒙教養，訓成人，恩同昊天。（淨内白）不要拜，我不（中闕）是你親生，多蒙保全。兒今

(一) 那：原闕，據《新刊重訂出相附釋標註節義荆釵記》補。

去，免掛牽。（白）我的親娘，（中鬬）是年老之人，早（中鬬）倘有言語之間，須索要忍耐些。努力加餐，望把愁容，變爲喜顏。（中鬬）淚漣，生離各一天。裙布荊釵，奴身有感。

（外白）我兒，出嫁是好事，飲一杯酒去。李成那裏？（淨白）忽□爹爹喚，未審有何因？叫我則甚？（外）今日姐姐出嫁。兒，將酒過來。（淨）酒在此。（外）禱告神天與地祇，玉蓮今去做人妻，願他夫婦長相守，百年諧老兩齊眉。錢家三代祖宗神，保佑孩兒錢玉蓮。今配十朋爲姻眷，願他夫婦永團圓。我兒酒到。（詩）自嘆嬌兒命運乖，親娘死後遇多災。今日父子分離去，臨行親自舉金杯。

【北沉醉】舉金杯，表父子骨肉分離。(一)我的嬌兒，爲爹的別無所願呵，願只願效孟光舉案齊眉，非爹苦要把你離，非爹苦要把你相拋棄。自古道：男大須婚，女長須嫁。玉蓮嬌兒，也只爲婚姻事，之子于歸。叫一聲嬌兒，兒！苦痛悲，因此上搵不住淚眼雙垂。（旦）

【前腔】嘆親娘，早年間不幸身亡，謝爹爹訓誨多方。我親娘死後，多承我母親自幼撫養之恩呵！常懷撫養恩，我怎敢把你劬勞忘？（內）不要拜，正是打鼓送瘟船，冤家離眼前。因此上骨肉分張，叫一聲親娘，娘！魂渺茫，枉教奴痛斷肝腸。

（外）兒，拜辭家堂香火。（旦）

(一) 表：原作『裘』，據《新刊重訂出相附釋標註節義荊釵記》改。

【么篇】辭內堂，家堂祖宗呵！保奴此去吉昌。拜親爹，常言道女生外向。我的爹，好一似啣泥老來空望。爹，奴此去只慮着一件，只恐怕奴去後，又沒一個親子在身傍。叫一聲親爹，爹！情慘傷，因此上痛斷奴肝腸。

（丑）爹爹，我也要把姐姐一杯。

【么篇】勸姐姐不須淚垂，但願你夫唱婦隨。只恨狠毒娘親，剥去釵環，不與衣裳。因此姊妹分離。叫聲姐姐，姐！苦痛悲，止不住珠淚交流。

（外）兒不要啼哭，此乃出乎無奈，近前來，聽我囑付你。

【摧拍】娘心裹只愛富郎，我獨羡王十朋才貌無雙。此事呵，皆因繼母主張，不與釵環，不與衣裳。若到王家，好奉姑嫜。（合）心切切，淚汪汪。（旦）從爹命惱了萱堂，從娘命敗壞綱常。似這等無衣無裳，回到王家，羞耻難當。只恨親娘，早歲身亡。（合前）（净）(一)【前腔】笑爹爹好沒主張。（外）怎見我沒主張？（净）何不與我李成商量？（外）這畜生，你有甚見識？（净）東也是倉，西也是倉。將些稻穀，糶些銀子，打些首飾，做些衣裳，送到王家，多少風光！免被傍人，說短論長。（合前）

(一) 净：原作『丑』，據《新刊重訂出相附釋標註節義荆釵記》改。

（内鼓樂介。外白）我兒上轎罷！（旦唱）

【臨江仙】再三哀哀離膝下，及門無母施鞶。未知何日返家園？出門銀燭暗，明月照魚軒。（旦、丑下。外吊場，唱）

【前腔】我就是半壁殘燈相吊影，蕭蕭白髮盈頭，那堪弱息離身邊？叮嚀寂寞罄，淚咽不成斑。（哭下）

詩曰：

繼母心多見識差，苦將兒女做冤家。
紅顏勝人多薄命，莫怨東風當自嗟。

新刻出像音註節義荆釵記一卷終[一]

[一] 記一卷終：原闕，據文義補。

新刻出像音註節義荆釵記二卷(一)

第十二出

(占上唱)

【風馬兒】貧守蝸居事桑蠶，形憔悴，鬢藍參。(生上唱)(二)寒世薄精神減，淒涼一旦，母憂愁，子羞慚。

(見)(中闕)姻緣姻緣，事非偶然。前番許將仕説親，娘爲家貧，不敢應承。雖則荆釵爲定，未知成否？

(生白)母親，姻緣前定，何必掛懷？(占唱)

(一) 記二卷：原闕，據文義補。

(二) 藍參生上唱：原闕，據《新刻原本王狀元荆釵記》補。

【鎖寒窗】這門親非是我貪婪，無奈人來説再三。送荊釵，只愁他富室褒談。良媒竟没一言回俺，反教娘掛心懸膽。(一)（合）早間聽得鵲噪窗南，有何親舊相探？（生）

【前腔】嘆連年貧苦多諳，尤在淒涼一擔擔。事萱親，朝夕愧乏酸甘。劬勞未答，常懷淒慘。議姻親，斷然不敢。（合前）（末上唱）

【前腔】論人生（中闕）念妾非孟光，奉親命適事名公。今日同歡共，藍田玉，曾修種。夫和婦睦，琴調瑟弄。（占）

【漿水令】恕貧無香醪泛鍾，恕貧乏美食獻供。（丑）又無湯水飲喉嚨，妝甚麽大媒，做甚麽親送。（末）休相笑，莫妄衝，惟恐外人相譏諷。（占）非缺禮，非缺禮，只爲窘中。凡百事，凡百事，望乞包攏。

【尾聲】佳人才子德堪重，更人才又兼出衆，夫妻到老永和同。

（丑）合卺交歡意頗濃，（末）琴調瑟弄兩和同。

（生）今宵賸把銀缸照，(二)（旦）猶恐相逢是夢中。

(一) 夾注：懸：音『玄』。

(二) 賸：原作『勝』，據汲古閣刊本《繡刻荊釵記定本》改。

第十三折

（外上唱）

【出隊子】追思前事，追思前事，心下如同理亂絲。雖然頗頗有家私，争奈年高無後嗣。怎不（中闋）怨咨？（白）

萬般皆是命，半點不由人。當元我女兒本欲招贅王十朋爲婿，誰知我那婆子嫌貧愛富，要嫁在孫家。我女不肯從母意，因此變作參商，翻成仇怨。是我一時將機就機，將孩兒送過王家。婆子發怒，房奩衣飾，并無一件，與他隨身而去。將及半年光景，如今王十朋赴京科舉，思意他家無人，意欲將西邊書房收拾潔浄，差人去請親家母、女孩兒同家居住。女夫起程去了，早晚也好看顧。李成那裏？（末上白）水將杖探知深淺，人聽言談見腹心。老員外有何鈞旨？（外白）李成，王官人往京求取功名，我思量他家無人，欲將西首書房打掃潔浄，你就往王宅去請老安人、小姐到家居住，早晚也好看顧他。（末白）如此甚好，只怕老安人不容。（外白）有我在此，不妨。（末白）小人就去。（外唱）

【好姐姐】聽吾一言説與，那王秀才欲赴科舉。他若去後，擬定家空虛。（合唱）堪憂慮，形

隻影單添淒楚，(一)暮想朝思愈困苦。(末)

【前腔】解元爲功名利禄，應難免分開鴛侣。妻孤母獨，怎不愁滿腹？(合前)(外唱)

【前腔】我欲將西邊空屋，特請他萱親媳婦，移來并居，早晚相看顧。(合前)(末唱)

【前腔】親骨肉及早請歸同居住，彼此心歡意滿足。(末)小僕蒙東人付囑，到彼處傳説衷曲。若聞此語，擬定無間阻。(合前)

(外)不忍家寒受慘淒，(末)恩東惜樹更連枝。

(外)黄河尚有澄清日，(末)豈可人無得運時？

第十四折

【掛真兒】(占唱)天付姻緣事諧矣，夫和婦如魚似水。(生唱)貧守蝸居，羞婚燕爾，惟恐外人談耻。(旦唱)菽水承歡勝甘旨，親中饋未能週備。(生)慈母心寬，賢妻意美。(合)深喜一團和氣。

(一)　添：原作『忝』，據汲古閣刊本《繡刻荆釵記定本》改。

（生）蘋蘩已喜承宗裔，功名未遂男兒志。黃榜正招賢，囊空無一錢。（占）家事難斡旋，㈠謾自心頭悶。（旦）科舉若蹉跎，光陰能幾何？（生）母親，孩兒成親之後，不覺又是半年。即日黃榜招賢，況郡中催逼赴京，限在今月十五日起程。爭奈缺少盤纏，如何是好？（占）孩兒，你今缺少盤纏，教娘從何布擺？（旦）官人，此係前程之事，況兼官府催逼。家道雖則艱難，盤纏焉能辭免？可容奴家回去，去告爹媽，或錢或銀，借些與官人路費，未審官人意下如何？（生）娘子，此是貧人遇寶，有何不可？只愁岳翁、岳母不允。（末）若無漁父引，怎得見波濤？老員外着我到王宅去請王老安人、小姐、王官人。迤邐行來，此間已是王宅門首。有人麼？（生）是誰？（末）是小人。（生）足下那裏來？（末）小人是錢宅來的。（生）少待。母親，岳丈家中有人在外。（占）媳婦，你去看是誰。（旦）待奴家去看。（末）小姐。（旦）李成，爹媽在家好麼？（末）俱各平安。（旦）我在此，㈡爹爹怎麼不着人來看我？（末）家中有事，不曾來看得小姐。（旦）今日到此何幹？（末）見了老安人，自有話說。（旦）你進來見老安人，須要小心下禮。（末）曉得。（旦）婆婆，原來是我家李成。（占）聞説親家宅上有個李成舅，能幹事的。請相見。（生）李成舅，請相見。（末拜介。旦白）是我家使喚的，怎麼回他禮？（占白）媳婦，敬其使以及其主。李舅，二位親家納福麼？（末）托賴平安無事。（占）今日到舍爲何？（末）老

㈠ 斡：原作「幹」，據文義改。
㈡ 「此」下原衍「爹千」，刪。

老員外呵，安人請坐，待小人拜禀。

【宜春令】恩東命僕上覆，近聞得官人上帝都。解元出路，料想家中必定添淒楚。（唱）意欲把西首書房屋，待相邀安人居住。爲此特令男女，到宅傳語。（占）

【前腔】蒙錯愛爲眷屬，這恩德深名肺腑。奈緣艱苦，迤邐不能參岳父。到如今又蒙相呼，頓教人心中猶豫。試問孩兒媳婦，怎生區處？（生）

【前腔】因科舉，欲赴都，免不得抛妻棄母。千思萬慮，母老妻嬌誰爲主？既岳父憐貧恤苦，這分明愛枝惜樹。且自隨機應變，慎勿推阻。（旦）

【前腔】夫出路，百事無，况家中前空後虛。晨昏朝暮，慮恐他人生嫉妒。既相招共處同居，暫離這蓽門蓬户。未審婆婆夫婿，意中如何？

（占）媳婦，既如此，先打發李舅先回，我和你隨後去罷。（旦）李成，你先回去上覆爹媽，婆婆與官人隨後就來了。（末應介）

（占）家寒前往見新親，（生）世務艱難莫認真。

（旦）此去料應無改易，（末）更傳消息報東人。

（末先下。占吊场、白）孩兒，你夫妻二人要去了，你把細軟家火，收拾在那邊去用，粗重的還鎖在此罷。

（生）母親，收拾了。（占）就去罷，省得又着人來請。（占唱）

【繡衣郎】半生來陋室幽悽，樂守清貧苟度時。重蒙不棄，大厦千間相周全。望孩兒那日榮貴，報岳父今日恩義。（合）願從今奮鵬程萬里。（生）

【前腔】自歷學十載書幃，黄卷青燈不暫離。春闈催試，鏖戰文場男兒志。跳龍門擬着荷衣，步蟾宫高攀仙桂。（合前）（旦唱）

【前腔】想蒼天不負男兒，一舉成名天下知。倘登高第，雁塔題名身榮貴。若能彀蔭子封妻，不枉了争名奪利。（合前）（占唱）

【前腔】論黄河尚有澄清日，豈可人無得運時？（旦唱）皇都得意，那時好個風流婿。（生）我寒儒顯赫門楣，太岳翁傳揚名譽。（合前）

（占）春闈催赴恐違期，（旦）但願皇都得意回。

（生）躍過禹門三級浪，[一]（占）管教平地一聲雷。

第十五折

（外上唱）

[一] 級：原作『汲』，據汲古閣刊本《繡刻荆釵記定本》改。

【卜算子】從别女孩兒，心下常縈繫。昨日令人去請歸，彼此心歡喜。

（白）雪隱鷺鷥飛始見，柳藏鸚鵡語方知。昨日着李成去請王親家母、女孩兒、王秀才，不知來否？（末）但將心腹事，報與我東人。老員外，王老安人、小姐、秀才官人都請來了。（外）開了正門，先看茶來。（占、生唱）

【疏影】韶光荏苒，嘆桑榆暮年，貧苦相兼。（旦）數載憂愁，一家艱苦，豈知甚日回甜？（生唱）衣單食缺無歉，爲親老常懷淒慘。（末）安人賢會，秀才儒雅，小姐貞堅。

老員外，王安人在門首。（外見）親家母，早知親家臨門，合當遠遠迎接，不週勿令見罪。（占）親家，老身貧乏，缺禮百端。遺聘荆釵，言之可羞。（外）親家言重，言重。小女無百兩迎門，奉蘋蘩惟恐有失。（占）未遑造謝，反沐寵招。（外）重荷降臨，不勝榮幸。（占）窮親到宅，今來負累親家。（外）既爲親戚，何足道哉？（占）女親家如何不見？（外）老荆有些賤恙，不得奉陪，恕罪，恕罪！（占）多多拜上，容日進見。（外）謹領。（占）孩兒，參拜了岳父。（生）念十朋一介寒儒，忝爲半子之親，托在萬間周庇，有違參拜，無任戰兢。（外）賢婿不須施禮。（占）媳婦，見了令尊。（旦）爹爹，半載離門，有缺甘旨之奉，恕奴家不孝之罪。（外）既有奉姑之心，何足道哉？只是你繼母不賢，致令如此。親家母，你令郎幾時起程？（占）小兒今日就去。（外）怎麽去得這等快？（生）諸生俱已去了。（旦）爹爹，官人缺少盤費。（外）我已備在此了。李成，看酒來。親家母在上，此一杯淡酒，一來與親家母接風，二來與賢婿餞行。

【降黃袍】草舍茆簷，(一)蓬蓽塵門，(二)網羅風颭。尊親到此，到此但有無一一望親遮掩。（占唱）恩沾，萬間週庇，悄似寒灰撥焰，使窮親歡來愁去，喜生腮臉。（旦唱）

【前腔換頭】安然，同效鶼鶼。(三)爲取功名，頓成拋閃。君今此去，又恐伊貪榮別娶嬌艷。（生）休言，我守忠信，自古貧而無諂，肯貪榮忘恩失義，附熱趨炎？（占）

【前腔換頭】淹淹，貧守齏鹽，常慮衣單，每憂食欠。今爲眷屬，又恐將閥閲門風辱玷。(四)（外）休謙，既成姻眷，有何事理相嫌？敢攀屈尊親寵臨，是我過僭。（生）

【前腔換頭】叨忝，母訓師嚴，三史諳通，九經博覽。今承（中闕）試闈定有朱衣頭點。（外）孩兒，丈夫遠行，你也（中闕）一杯酒。（旦）奴家曉得了。（中闕）捧觴低勸，好將心事拘鉗。到京師閒花野草，慎勿沾染。（作悲介。生唱）

【滚遍】娘子，休將珠淚彈，且把愁眉斂。背井離鄉，誰敢胡沾染？（合）路途迢遞，不無危險。纔日暮，問路程，尋宿店。（生）

(一) 夾注：『茆』『茅』同。
(二) 夾注：蓽：音『畢』。
(三) 夾注：鶼：音『兼』。
(四) 夾注：閥閲：音『伐悦』。

【前腔】萱親免愁煩，萱親免愁煩，岳丈休憶念。（占唱）孩兒，記取叮嚀，客邸當勤儉。（外云）賢婿，此行只願鰲頭高占，功名遂，姓字香，門楣顯。（生）

【尾】(一)隨身不慮無琴劍，慮只慮囊缺欠。（外云）李成，取銀子來。（末）寶劍賣與烈士，紅粉贈與佳人。老員外，銀子在此。（外）(二)賢婿，慢多！（生）多蒙岳父。（占云）多謝親家厚德。（外）不要說此話。(三)（唱）白金十兩相助添。

（生）多生受了。（占云）我兒，你去不打緊，我就是樹頭黃葉，荷葉上珠，風中之燭，朝不保暮，光陰不久了。我的兒，你去呵！（占）

【臨江仙】渡口登山須仔細。（外云）賢婿，朝行須聽曉鷄啼。（旦唱）官人，成名先寄好音回。

（末白）（闕）

(一)【尾】：原闕，據《新刻原本王狀元荊釵記》補。

(二)外：原作『末』，據文義改。

(三)『此』下原衍一『説』字，删。

第十八折[一]

（上闋）雖然是夫在天涯，事關心，爲何不淚零？

（白）一簾明月照松陰，夜凈淒涼愁殺人。獨聽子規枝上轉，聲聲叫出斷腸聲。〔賣花聲〕自古鱟損遠山眉，幽怨誰知？羅衾滴盡淚胭脂，夜過春寒愁未起。門外鳥啼，惆悵阻佳期。人在天涯，東風頻動小桃枝。正是消魂時候也，撩亂花枝。自從兒夫去後，一向懶待梳妝，況無音信。爹爹憂悶，婆婆念懷。奴家侍奉早膳已畢，不免對鏡梳妝則個。詩曰：

夫去朱明經數月，幾番含淚怨離別。

懨懨春病容顔改，愁斷情人千萬結。

【四朝元】（旦唱）結髮夫婦，雙雙不暫離。春闈擇士，丈夫呵，只爲名利，要圖登高第。望身榮發跡，望身榮發跡，把我鴛鴦拆散東西。[二]何日團圓？甚時完聚？免使相思憶。嗏！默默自嗟吁，舉案齊眉，怎奉蘋蘩禮？重重悶怎除？懨懨謾憔悴，難忘恩義。撲簌簌淚

[一] 第十八折：原闕，據《新刻原本王狀元荆釵記》補。

[二] 夾注：拆：音『册』。

珠濕袂，(一)撲簌簌淚珠濕袂。

詩曰：

三月桃花浪暖時，願郎一去折高枝。

鵲聲時刻簷前噪，使我行行常切思。

(又)【前腔】思之夫婿，胸藏古聖書。赴京師科舉，願早及第，高攀折桂枝。願荷衣掛體，願荷衣掛體，衣錦歸來，改換門閭。到今歸期難卜，未審何意？敢戀紅樓處？嗏！何必苦相疑？料想宋弘，肯棄糟糠室？匆匆話別時，頻頻書寄歸。緣何一去，嘹嘹嚦嚦，雁無帛繫？嘹嘹嚦嚦，雁無帛繫？

詩曰：

桑榆暮景最難題，囊盡消然誰得知？

妾在深閨無處訴，悲悲切切淚沾衣。

(又)【前腔】與伊分袂，終朝如醉痴。遇春光明媚，懶去遊嬉，懶觀園苑奇，懶睹春富貴，懶睹春富貴。鎮日忘餐，通宵無寐。妝臺不倚，雲鬢倦理。空自愁千縷。嗏！蘭房靜寂寂，

(一) 夾注：簌：音『速』。

夢斷襄王歸那裏。更鼓響鼕鼕，銅壺漏滴滴，教奴聽得，淒淒慘慘，轉添愁緒。

詩曰：

秋來風雨飄飄落，舉子巴巴鏖戰却。
屈指算來將半載，孤幃單枕甚蕭索。

（又）【前腔】昨宵房裏，披衣未睡時。見銀缸結蕊，料應喜至，想有彩箋寄，料榮歸故里，料榮歸故里。金帶垂腰，緑袍着體。遽下牙床，就整鴛鴦被。鵲聲鬧人耳。嗏！緑雲懶梳洗，獨上危樓，遥望（中闕）量無計。尋尋覓覓。似鳳失（中闕）

【尾聲】時光似箭如梭擲，(一)勤把萱親奉侍，專待兒夫返故里。

詩曰：

只爲功名抛却親，如今必定離京城。
真個路遥知馬力，果然日久見人心。

(一) 夾注：擲：音『尺』。

第十九折

(末扮堂候官上白)碧玉堂前列管絃，珍珠簾捲裊沉烟。不聞關外將軍令，只聽朝中天子宣。自家乃万俟丞相府中堂候官是也。論俺丞相，真個官高極品，累代名家。身居八位之尊，班列群英之上。論文呵，對聖賢夜讀詩書；論武呵，總元戎時觀韜略。巍巍駕海紫金梁，兀兀擎天碧玉柱。休説官高極品，先誇相府軒昂。霓金樓閣，重簷叠棟，直起上一千層；石玉闌干，傍水臨階前，倚着十二曲。窗横面面碧琉璃，磚甃行行紅碼碯。屏開孔雀，獸爐中噴幾陣香風；簾捲蝦鬚，仙仗間會三千珠履。門排畫戟，座列金釵。嚮當當的玉佩聲摇，明晃晃珠簾色耀。後堂中安着一張影玲瓏、光燦爛、數十層雕花刻草八柱象牙床，正廳上放着四圍香散謾、色鮮妍、幾多樣畫鳳描鸞九鼎蓮花帳。金間玉，玉間金，雕鞍寶凳；紫映紅，紅映紫，繡褥花裀。御橋邊開着兩扇慷慨孟嘗門，鳳城中蓋着一所異樣神仙窟。道猶未了，丞相已到。(浄上唱)

【賀聖朝】幾年職掌朝綱，四時燮理陰陽。(一)一人有慶壽無疆，兆民賴之安康。(浄)爵尊一品，爲天子之股肱；權總百官，廣朝廷之耳目。廟堂寵任，朝野馳名。威振遼、金而不敢南望，才兼文武而每欲北征。正是一片忠心能貫日，四方志氣可凌雲。老夫覆姓万俟，職授當朝宰相。不幸

(一) 夾注：燮：音『雪』。

夫人早喪，存下一女，小字多嬌，年方二八，爭奈姻緣未遂。今科狀元王十朋，温州人氏，才貌兼全，吾欲招他爲婿，未知姻緣如何？他今日必來參拜。堂候官那裏？（末）珍珠簾下供祇應，碧玉堂前聽使令。覆丞相，有何鈞旨？（淨）堂候官，今科狀元王十朋，温州人氏，此人才貌兼全，除授饒州僉判。我意欲招他爲婿，你道如何？（末）老爺，小姐是蕊宫瓊苑之神仙，狀元是天禄石渠之貴客。若能成此姻緣，不枉了一世夫妻。（淨）既如此，他今日必來參拜，你在衙門首等候，待他來時，先露其意，不可有誤。（末）暫辭恩相去，專等狀元來。（生唱）

【菊花心】十年身到鳳凰池，一舉成名天下知。脱白掛荷衣，功名遂，少年豪氣。

（白）引領群仙下翠微，雲間相逐步相隨。桃花已透三層浪，月桂高攀第一枝。閬苑應無先去馬，杏園惟有後題詩。男兒志氣當如此，金榜題名四海知。（生）堂候先生，你與我報，新狀元王十朋拜見。（末）告老爺，新狀元見。（淨）請裏面來相見。（生）地借玉階，恭上萬乘之言；名登虎榜，濫叨千佛之先。揣分逾涯，撫躬知愧。（淨）君子六千人，定霸咸期於一戰；扶摇九萬里，冲天遂冠於群飛。諸進士皆可畏之後生，王狀元乃無雙之國士。承顧了，請坐。（生）老丞相請坐，小生侍立請教。（淨）何必謙遜！狀元是天下之英才，翰林之秀氣，請坐。看茶。（淨）狀元行館在何處？（生）在巧牌坊下。（淨）我有一句話與你説，我有閨門一女，欲招足下爲婿，目下就要畢姻。（生）深感老丞相不棄微賤，奈小生家有拙荆，不敢奉命。（淨）富易交，貴易妻，此乃人情乎！（生）老丞相，豈不聞宋弘有云：糟糠之妻不下堂，貧賤之交不可忘？某雖不敏，請事斯語。（淨）當朝丞相，招汝爲婿，有何玷辱了你？

（生）停妻再娶，恐有違例。（浄）甚麼違例！兩個字那一本書上所載？唗！這不遵擡舉的！(一)

（唱）(二)

【八聲甘州歌】窮酸魍魎，(三)對我行輒敢數黑論黄，妝模作樣，惱得我氣滿胸堂。（生）平生頗讀書幾行，豈肯紊亂三綱并五常？(四)（末）斟量，不如順從公相何妨。（浄）

【前腔換頭】端詳，這㑳傁伎倆，(五)怎做得潭潭相府東床！出言挺撞，那些個謙讓温良！（生）微名忝登龍虎榜，肯棄舊憐新薄倖郎？參詳，料烏鴉怎配鸞凰？（末）

【解三醒】王狀元且休閒講，這婚姻果是無雙。當朝宰相爲岳丈，論門户正相當。(六)（生）寒儒怎敢過望想？自古道糟糠妻不下堂。（浄）忒無狀，把花言巧語，一赸胡謊。(七)（末）

【前腔】千推萬阻，靡恃己長，只恐你舌劍唇鎗反受殃。（生）謾相勞攘，停妻再娶誰承望？

(一) 擡：原作『臺』，據《新刊重訂出相附釋標註節義荊釵記》改。

(二) 唱：原作『生白』，據文義改。

(三) 夾注：魍魎：音『罔兩』。

(四) 夾注：紊：音『混』。

(五) 這：原作『家』，據汲古閣刊本《繡刻荊釵記定本》改。　夾注：㑳傁：音『鄒叟』。伎倆：音『支兩』。

(六) 相當：原作『當相』，據汲古閣刊本《繡刻荊釵記定本》改。

(七) 夾注：赸：音『剗』。

有何故受災殃？（浄）朝綱選法咱把掌，使不得禍到臨頭燒好香。不輕放，定改除遠方，休想還鄉。

（外）叵耐窮酸太不良，（生）有妻焉敢贅高堂。

（末）大鵬飛上梧桐樹，（生）自有傍人説短長。

（浄）這畜生好無理！正是乍富小人，不脱貧漢之體；初貧君子，天然骨格風流。這畜生除過饒州僉判，王士宏潮州僉判。明早起本，將王士宏改饒州僉判，王十朋改調潮陽僉判。着各門上張掛告示，不許王狀元私自還鄉。速辦文書，發遣潮陽之任。此乃烟障地面，十去九不回家。(一)害他母子妻兒不得見面，休得遲遲。

（浄）改調潮陽禍必侵，(二)（末）此人必定喪殘生。

（浄）平生不作皺眉事，（末）世上應無切齒人。

第二十折

（生上唱）

(一) 九：原作『久』，據《新刻原本王狀元荆釵記》改。

(二) 必：原作『不』，據汲古閣刊本《繡刻荆釵記定本》改。

【醉落魄】鄉關久别應多慮，幸登高第得銓註。(一)修書欲寄報平安，浼承局帶回家去。

(白)夜雨滴空階，孤館夢回，情緒蕭索，一片閒愁，丹青難畫。秋漸老，蛩聲正苦；夜將闌，燈花朝落。最無端處，總把良宵，抵恁孤眠甚却。小生貧寒之際，以荆釵爲聘錢氏。結姻之後，欲赴科場，又蒙岳丈接取老母、山妻同居，又助盤費，恩深如海，何日可報？到京僥倖得中狀元，除授饒州僉判。本欲告歸省親，因參万俟丞相，招贅不從，被他拘留在此，不得回鄉。早間到部前打聽，公差承局到温州遞送公文，我今寫家書一封，報與母親、妻子知道。央他附至，搬取家小到京，同臨任所，多少是好！

【一封書】男百拜拜覆，母親尊前妻父母。離膝下到帝都，一舉成名身掛緑，蒙除授饒州僉判府，帶家小臨京往任所。寄家書，付承局，草草不恭男拜覆。(白)此書煩付雙門巷岳父大人親手開拆。(末)傳遞急如火，官差不自由。懼法朝朝樂，欺公日日憂。自家承局是也。蒙省部公差，前往浙江温州府遞送公文。聞説王狀元要寄家書回去，這裏是他寓所，不免逕入。(相見介)承局哥，今日起程麽？(末)就此去了。(生)私奉白金三星，以充路費。(末)小人受之不當。(生)今此書煩付温州在城雙門巷錢老貢元投下。(末)爲何姓錢？(生)是我妻家。(生唱)

【懶畫眉】煩伊傳遞彩雲箋，你到吾家可代言。(末)代言怎麽説？(生)因參丞相被留纏，不

(一)　銓：原作『餘』，據《新刻原本王狀元荆釵記》改。

能勾歸庭院，傳與家中免掛牽。（末）狀元深念北堂萱，料想萱親憶狀元。小人若把喜音傳，他必定生歡忭，一紙家書抵萬千。

（生）平安二字喜重重，（末）闔宅投書喜氣濃。

（生）只恐匆匆説不盡，（末）行人臨發又開封。

第二十一折

（净唱）

【雙勸酒】儒冠誤身，一言難盡。爲玉蓮賤人，常懷方寸。若得他配合秦晉，那其間燕爾新婚。

（白）凡人不可貌相，海水不可斗量。誰想那王敗落中了狀元，除授饒州僉判，因參丞相，招贅不從，丞相發怒，把他拘留在省聽候。我聞得央承局寄書回去，想承局未曾起程。今往街上尋覓承局，留他下處，使些見識，送些禮物與他，騙那王十朋家書，改休書回去。那其間錢媽媽見了休書嚷起來，必然將女兒改嫁。我趕回去，逕央張媒婆多些財禮，務要娶玉蓮爲妻。便是殘花敗柳，也説不得，睡他一夜，就死也快活。小厮看了下處。（内應科。末上唱）

【前腔】官差限急，心中愁悶。途路上辛苦，怎辭勞頓？只恐誤了公文，那其間有口難分。

（淨撞科）足下莫不是承局哥麽？（末）小人是承局。問官人上姓？（淨）我是温州城五馬坊黑漆大門樓下孫半州就是區區。（末）元來是王狀元鄉里。（淨）王狀元有書寄回去麽？（末）昨日有一封付與在下了。孫官人在此貴幹？（淨唱）

【劉潑帽】念吾到此求科舉。（末）官人高中了？（淨）不及第羞回鄉里。修書欲報娘和父，欲煩稍帶，只怕伊相推阻。（末）

【前腔】吾家雖在京城住，温台路來往極熟。(一)官人若有家書附，休要躊躕，咱與帶回去。

（淨）既如此，同到小寓。穿茶坊，過小肆，這裏便是。承局哥，本該留你在此歇却便好，一來没人，在此不便當。送一錢銀子與你，自去酒肆中喫三杯；待我寫完了書，你再來取。(二)（末）這也使得，無功先受禄。（淨）輕瀆，輕瀆。（末走科。淨）承局哥，承局哥，放了包袱在此，少刻來取。（末）我曉得官人最見小的，恐怕我去了不來取書，交我放下包袱。也罷，丢下當頭在此，我去别了朋友，就來取書。（淨）説得有理。（末）市沽三酌酒，早寫萬金書。（末白。淨吊場，笑科）不思心上無窮計，怎得他人一紙書？想承局去遠了，我把包袱開將起來。且喜王狀元書已在此，待我讀一遍。（見介）寫得好！我與他同學，况字跡與我相同，他寫家書，我寫休書，一句改一句。怪錢貢元不肯將女兒嫁我，今改休書

(一)　夾注：温台：二府名。
(二)　『一來』六句：原闕，據汲古閣刊本《繡刻荊釵記定本》補。

回去，羞他一羞。且待我改起來。（唱）

【一封書】男百拜拜覆，母親尊前妻父母。（白）正是才人，一包包一家門。（改）嫣嫣萱親想萬福。（唱）離膝下到京都，一舉成名身掛緑。（改）孩兒已掛緑。（唱）蒙除授饒州僉判府。（改）僉判饒州爲郡牧。（唱）待家小臨京往任所。（白）若不改傷情，怎得玉蓮到手？是了，是了。（改）我贅在万俟丞相府，（一）可使前妻别嫁夫。（白）他寫寄家書付承局。（改）寄休書免嗟吁。（白）他寫草草不恭男拜覆，（二）（改）我到饒州來取汝。（白）取汝，取汝，明明是老孫我也。胡亂寫一封書回去，省得承局嫌疑。（净寫書介。唱）豚兒孫汝權，字奉父母前。一自離膝下，倏經又半年。（三）問我前程事，羞慚不敢言。科舉秀才多，約有三四千。貢院門前窄，狹出在傍邊。幸得肩膀硬，（四）挨進得入簾。五更進貢院，渴睡又來纏。頭場要七篇，篇篇寫不全。四書爛熟題，全然不得知。欲待央人做，巡綽官把路。（五）欲要往外走，饅頭未到口。便覺心内慌，

（一）夾注：贅：音『綴』。万俟：音『木其』。
（二）草草：原作『草字』，據汲古閣刊本《繡刻荆釵記定本》改。
（三）夾注：倏：音『東』。
（四）夾注：膀：音『榜』。
（五）夾注：綽：音『灼』。

兩眼望粉湯。二場要做論，自恨資質坌。(一)又出詔誥表，手脚驚甦了。(二)欲要做做詔，又怕朋友笑。欲要做做誥，七顛與八倒。欲要做做表，一法不曾曉。年紀雖不多，頭髮愁白了。三場五道策，中間不記得。還算我僥倖，兩場不貼出。父母不要苦，歲貢正該我。雖不能廊廟，也有言以道。父母切莫怪，分定官須在。延壽活八十，也有壽冠帶。兒勸父休惱，封君料没有。你若身氣死，我又怕先考。即欲就回來，争奈盤纏少。紙短情意長，苦惱真苦惱。

（白）此書煩付至與對門伯伯開拆。（末）折梅逢驛使，寄與隴頭人。（相見。净白）書寫完了，你的包袱在此，我的家書不打緊，王狀元家書是要緊的，不要呈訛了。（末）不須分付。（净）學生白金一兩，奉爲路費。（末）多謝官人厚賜！（净唱）

【朱奴兒】因科舉離鄉半春，從別後斷羽絶鱗。今日天教遇你們，趁良辰附歸音信。（合）還歷盡山郭水村，指日到東甌郡城。（末）

【前腔】是則是公文限緊，蒙相委怎敢不允？拚取十朝與半旬，到宅上備説元因。（合前）

(一) 夾注：坌：音『奔』。

(二) 夾注：甦：音『踈』。

(净)休憚山高與路長，(末)傳書管取到華堂。
(净)不是一番寒徹骨，(末)怎得梅花撲鼻香？

第二十二折

【臨江仙】(占)凭闌極目天涯遠，那人去遠如天。(旦)鱗鴻何事竟茫然，今春看又過，何日是歸年？

(相見介。占白)春闈催赴試京都，一紙家書絶杳無。(旦)此去料應扳月桂，拜恩衣錦聽榮除。(占)你丈夫去後，不見回來。媳婦，使我懸懸憂念。(旦)想只在兩日回來也。(占)媳婦，我和你去門首望一望。(旦)婆婆先請，奴家隨後。(占)

【傍妝臺】意懸懸，倚門終日，望得眼兒穿。自他去京歷鏖戰，杳無一紙信音傳。(旦)多因他在京得中選，無暇修書返故園。(占)我那兒，(唱)既登金榜，怎不見還？交娘心下轉縈牽。(旦)

【前腔】何勞憂慮恁惓惓，婆婆，且暫把愁眉展，[一]臨風對景消遣。雖然眼下人不見，終有日

[一] 展：原闕，據《新刻原本王狀元荆釵記》補。

再團圓。（占）愁只愁他命蹇時乖福分淺。恐怕客邸淹留疾病纏。（旦）這死生由命，富貴在天，婆婆，不須憂慮淚漣漣。（末）

【不是路】渡口離船，（白）行人問路的。（內應介。末）錢貢元府上在那裏？（內回）前面白粉蕭墻雙門巷裏就是。（末）起動了。（淨白）請了。（末）早來到錢家宅院前，咱不免偷閒先下彩雲箋。（白）有人在此麽？（旦）李成，外有人在那裏。（李成）是何人，爲何直入咱庭院？（末）非爲別事到此，（唱）爲一舉登科王狀元。（李云）那個王狀元？（末）就是王十朋。（李云）正是這裏。有書麽？（末唱）因來便，特令稍寄家書轉。（李云）少待，待我通報老安人。（末云）是狀元家的大叔。（李云）老安人，王姐夫中了狀元，有人寄書在此。（占、旦云）謝天謝地！（旦唱）喜從人願，喜從人願。

（占云）媳婦，待我出去問他詳細。（李）先生，老安人他自己來問你。（相見云）先生，

【前腔】他爲何不整歸鞭？付此書來說甚言？（末）教傳語，因參相府被留連。（旦云）留連，敢是不回來了。（占云）媳婦，我兒雖是這等說，不知他書上怎麽說。（唱）你且免憂煎，可備些薄禮酬勞倦。（末云）小人公文緊急，不敢停留。（旦唱）就把銀釵當酒錢。（李云）送與先生，（唱）這物輕鮮，權爲路費休辭免。（末）多謝夫人厚賜！（唱）去心如箭，去心如箭。

（末下。旦云）李成，你去報與老員外知道。（李）就去。

【皂角兒】想連年時乖運蹇，喜今日姓揚名顯。步蟾宫高攀桂枝，跳龍門首登金殿。把宫花斜插在帽簷邊，瓊林宴，勝似登仙。（合）早辭帝輦，榮歸故園，那時節夫妻子母，大家歡忭。（旦）

【前腔】想前生曾結分緣，與才郎忝爲姻眷。喜得他脱白掛緑，怕嫌奴體微名賤。若得他貧相守，富相連，心不變，死而無怨。（合前）（外、浄上唱）

【尾聲】鵲聲喧，燈花艷。（旦）爹爹，奴家丈夫今日有書回來了。（外唱）果然今有信音傳，準備華堂開玳筵。[一]

（外）親家，李成來説，令郎有書回來了，賀喜！賀喜！（占）小兒有書回來，正欲着媳婦請親家看書。（旦）爹爹，書在此。（外）還送與婆婆開拆。（浄）老兒，你看封皮上是那個開拆就是了。（外）此書煩付岳父大人親手開拆。（外）

【一封書】男百拜拜覆，媽媽萱親想萬福。（旦）爹爹，此書不是有才學人寫的，既稱媽媽，又是萱親，一人到是兩人稱呼。（浄）正是有才學人寫的，媽媽是我，萱親是你婆婆。（外唱）孩兒已掛緑，僉判饒州爲郡牧。（旦）爹爹，這句又差了，僉判是佐二官，如何又是郡牧？（浄）僉判是中舉中進士來的，

[一] 夾注：玳：音『代』。

郡牧是饒的。（外）做官那裏有饒得的？（唱）我贅在万俟丞相府，可使前妻别嫁夫。寄休書，免嗟吁，我到饒州來取汝。

（净）老兒，原來是休書，着我女兒改嫁。王十朋你那天殺的！貧寒之際，遣荆釵爲聘，今日得第，就贅在相府爲婿，到休我女兒改嫁。（外）媽媽，還未見得。（净）這休書那裏來的？（占）親家母，我孩兒不是忘恩負義人。（净）王媽媽請走出去！婆子像甚麽模様！（占唱）

【剔銀燈】親家母不須怒起，容老身一言咨啓。孩兒頗讀半行書，豈肯貪榮忘恩負義？須知道天不可欺，他豈肯停妻再娶妻？（净）

【前腔】忘恩義窮酸餓儒，纔及第輒敢無理。只因賤人不度己，教娘受腌臢惡氣。㈠他今日却元來負你，呸！羞殺你丫頭面皮。（唱）苦！

【前腔】書中句全無理體，竟不審其中詳細。葫蘆提（净怒介）便駡他不是，駡得我無言抵對。母親，休聽讒言説是非。他爲人呵，决不將奴負虧。（外）

【前腔】媽媽且回嗔作喜，我孩兒不須垂淚。終不然爲着家書至，將好意番成惡意。（净駡介）娘兒休辨是非，真和假三日後便知。

㈠　夾注：腌：音『安』。

（外）一紙家書未必真，（浄）思量情理轉生嗔。
（占）霸王空有重瞳目，㈠（旦）有眼何曾識好人。

第二十三折

（外上唱）

【普賢歌】書中語句有差訛，㈡致使娘兒碎聒多。真僞怎定奪？是非怎奈何？尺水番成一丈波。

（外）李成在那裏？（末）家書報喜反成災，致使娘兒心惱懷。萬事不由人計較，一生都是命安排。員外有何使令？（外）隨我到姑娘家走走。轉灣抹角，此間便是姑娘門前。（末）姑娘，員外來了。（丑上唱）

【前腔】奴奴方纔念彌陀，忽聽堂前誰喚我。開門看則個，原來是我哥哥。小的，快把柴來燒焰火。

㈠ 夾注：瞳：音『同』。
㈡ 夾注：訛：音『俄』。

（末）姑娘，你爲何燒焰火？（一）（丑）我兒，客來看火色，無茶也過得。（相見。丑）哥哥爲何煩煩惱惱？

（外）妹子，一言難盡。（丑）但説不妨。（外唱）

【蠻牌令】兒婿往京都，前日付書回。道重婚丞相女，使母棄前妻。我女道非夫寫的，伊嫂怒從心上起。真和假俱未知，故此特來問消息。（丑）

【前腔】哥哥聽咨啓，不必恁憂疑。我鄰居孫財主，赴選近回歸。他在京都必知事體，問他們便知端的。（外）無由去他宅裏。妹子，你可令人請來問詳細。（净）

【前腔】日裏莫説人，夜裏莫説鬼。方纔説小子，小子便來至。（末）未相邀誰來請你？

（净）咱在門首聽得。（末）這言語休要提，且請東人相見施禮。

（净見科介，白）此位是何人？（丑）是家兄。（净）元來是令兄，學生拜見！（丑）哥哥，孫官人要相見你。（外）此人如此輕薄！（净）老員外休怪，休怪。有眼不識好人。前日央令妹求親，爲何不允？（外）非不相從，乃緣分不到。（净）令婿中了狀元，除授饒州僉判，有書回來麼？（外背白）妹子，他問有書，我和你只説没書，看他怎麼。（丑）正是這等説。（外、丑）便是没有書寄來。（净背）承局，天殺的！怎麽還不到？待我將錯就錯，與他一説。（净笑介。丑白）孫官人爲何笑？（净）可知道没有信

（一）何：原闕，據《新刻原本王狀元荆釵記》補。

回來，他中狀元，入贅万俟丞相府作女婿了？（外）妹子，這句話是實的了。孙官人，你爲何曉得？（浄）學生同他赴試，豈不知道？（丑）實不相瞞，前日承局曾有信來，也説贅在丞相府中爲女婿了。（浄）恰又來。媽媽過來與令兄説，王狀元入贅在相府，休書已見，斷情絶義。小子如今不嫌殘花敗柳，財禮分文不少，願續此親，何如？（丑白）哥哥，孫官人願續此親，意下如何？（外）這個使不得。（浄唱）

【川撥棹】俺當初問親，你却不聽允，到如今被他負恩。（外悲唱）當元是我忒好意，誰想他們忘了本？（浄）

【前腔】咱（中闕）願續此親。（外）老漢貧窮，小女没（中闕）言詞謙遜。今日裏先拜了丈（中闕）

（中闕）是不來親者强來親。（丑）孫官人，（中闕）（浄）如蒙允諾，事不宜遲，明日送財（中闕）官人，你送甚麽財禮？（浄）我送黄金一百（中闕）羮果之類，件件成雙。（丑）作急完備，明日送（中闕）子告退。打扮光光，作個新郎。三錢一個，與（中闕）人心堅似金和石，花再重開月再圓。（外吊場）（中闕）我不管，不知我婆子意下如何？（丑白）不妨，我與嫂嫂説。（外唱）

【生姜芽】從他往京都，兩月餘。一心指望登高第，回鄉里。怎捨得輕棄負？相門重贅多嬌女，不思量撇下荆釵婦。（合）棄舊憐新小人儒，虧心折盡平生福。（丑）

【前腔】畜生反面目，太心毒。忘恩負義情難恕，真堪惡。哥哥，且放懷，休疑慮。他既然榮貴重婚娶，俺這裏別選收花主。（合前）（末唱）

【前腔】恩東免嗟吁，且聽伏。言清行濁，亏心地，違法度。義和恩，都不顧。半載夫妻曾廝聚，一時間却把嬋娟誤。（合前）

（外）骨肉慘傷淚滿襟，（丑）哥哥不必再沉吟。

（外）人情若比初相識，（末）到老終無怨恨心。

第二十四折

（淨婆上唱）

【字字雙】試官没眼他及第，得志。戀他相府多榮貴，入贅。不思艱窘棄前妻，忘義。叵耐敗落㤭相欺，嘔氣。

（白）正是：　黄柏肚皮甘草口，才人相貌畜生心。　王敗落，那天殺忘恩負義，棄舊憐新。我只道是家書，元來是休書，寄回來着我女兒另自嫁人。老兒今早去問消息，待他回來，便知端的。（外哭上唱）

【玉胞肚】讀書豪俊，忍撇下歐城故人。（丑）負心賊有才無信，纔及第棄舊憐新。（合）他貪奢戀侈，不義使不仁，行短天教一世貧。

（外白）只因一着錯，滿盤都是空。（浄）老兒，探問消息，真僞若何？（外）一言難盡。（丑）嫂嫂，哥哥方纔到我家來，遇見孫官人京中回來望我。將此事問他，果然入贅相府，與書中言語一同。（浄白）老賤人幹得好事！（浄）

【漿水令】你當初不聽我們，到如今被他負恩。（外）世間誰是預知人？何須苦苦與我争？（丑）都寧耐，聽解分，家必自毁令人哂。（合）尋思起，尋思起，教人氣忿。誰知道，誰知道，恁的不仁。（丑）

【前腔】孫官人復求婚姻，他依然要續此親。（浄）那人果不棄寒門，教他選日成秦晉。（外作悲介，唱）聽他言，心自忖，只愁女兒不從順。（合前）

（浄白）姑娘，孫官人不嫌我女兒殘花敗柳，願續此親。果有此意，事不宜遲。（丑）嫂嫂，我去與孫官人説，就行財禮，哥哥，你與女兒説一聲便好。（外）我難對他説，做主不得。（丑）有緣千里能相會，無緣對面不相逢。（浄）我自與他説。玉蓮在那裏？（旦上）

【金蕉葉】奈何奈何，爲讒書母親怪我。尺水番成一丈波，是何人暗地裏調唆？

（白）母親萬福！（浄）女兒，早知今日如此，悔不當初。依了姑娘，嫁與孫官人，不見得如此。我兒，他那裏重婚，我這裏再嫁。〔一〕孫官人原央姑娘在此説親，我兒，你一就成親便了。（旦）母親，你好差矣！王秀才是個賢良儒士，未必辜恩。錢玉蓮是個貞潔婦人，決不失節！他果然贅在相府，奴情願在家守志，決不改嫁！（淨）守志，守志，不是長久之計。（淨罵介。旦）母親，此乃傷風敗化之言，不須提起。

（淨）

【孝順歌】孫員外家富足，他有的是金共玉。你一心嫁寒儒，緣何棄撇汝？（旦）容奴稟伏，未必兒夫將奴辜負。那一個橫死賊徒，特地來生嫉妒。（淨）呸！到説我嫉妒，你看書麼。（唱）這紙書，你看取，明寫入贅在万俟府。（旦）

【前腔】書中句都是虛，没來由認真閒氣蠱。他曾讀聖賢書，如何損名譽？（淨）他是窮酸餓醋，棄舊憐新，情由朝露。你尚兀自不省前非，又敢來胡推阻。（旦唱）媽媽，富與貴，人所欲，論人倫，焉肯把名污？（淨走罵介，淨唱）

【前腔】他登高第身掛緑，侯門贅居諧鳳侶。（旦）既爲官理民庶，他必然守法度，豈肯停妻再娶？（淨）他負義辜恩，一籌不數。你因甚苦死執迷，不肯聽娘言語？（旦唱）娘呵，空自説，改嫁奴，寧可剪下頭髮做尼姑！（淨）

〔一〕再：原作『在』，據《新刻原本王狀元荊釵記》改。

【前腔】賊潑賤敢對吾，告官司打你不孝女。（旦）這官司，理風（中闕）勒奴再招夫。（淨打介）抵觸得我好！（旦唱）非奴抵觸。（淨）〔一〕惱得（中闕）發怒，便打死你這丫頭，罪不及重婚母。（中闕）個節義婦，若要奴再招夫，直待石爛與江枯。

（中闕）江水怎得枯？（淨怒）你再説不嫁？（旦）奴家只（中闕）那賤人，若不從我改嫁，脱下衣服首飾還（中闕）路：刀上死也得，河内死也得，繩上死也得，（中闕）那一件。肯嫁人，進我門來；不肯嫁人，好好（中闕）

（旦）萱親息怒且相容，（淨）母命緣何不聽從。〔二〕

（旦）休想門闌多喜氣，（淨）定教女婿近乘龍。〔三〕

（旦吊場）自古道：忠臣不事二君，烈女不更二夫。（中闕）逼奴改嫁，不容分訴，如之奈何？罷！罷！千休萬休，不（中闕）休。在家又恐落他圈套，不如將身喪於江中，免得被他凌辱，以表奴家貞節。只是親娘放他不下，不曾報得養育之恩。（旦唱）

〔一〕（淨）：原闕，據文義補。

〔二〕何不聽從：原闕，據《新刊重訂出相附釋標註節義荆釵記》補。

〔三〕女：原作『母』，據《新刊重訂出相附釋標註節義荆釵記》改。近乘龍：原闕，據《新刊重訂出相附釋標註節義荆釵記》補。

【五更轉】我心痛苦，難分訴。我那丈夫，一從往帝都，終朝望你，望你諧夫婦。誰想今朝，拆散中途。我母親信讒書，將奴誤。一心貪戀，貪戀人豪富，把禮義綱常，全然不顧。

（白）娘呵，你聽信假書，逼奴家改嫁孫家，寧可一死，豈肯失節！（唱）

【前腔】奴心哽咽，難移步，不想堂前有老姑。（白）婆婆，不是今日爲媳婦的抛撇了你，（唱）千怨萬怨，休怨兒媳婦。也不是你孩兒將奴辜負，我母親逼勒奴生嗔怒。罷！罷！罷！賢愚壽夭皆天數，我一命喪黄泉，庶不把清名玷污。

（白）也不顧爹爹、婆婆，只去尋個自盡便了。（唱）

【滿江紅】拚此身早向江心，撈明月，只教他火上去弄寒冰。

詩曰：

繼母貪狼狼毒心，却將恩愛當仇人。

書來未必皆全信，何苦禁持逼我身？

刻出像音註王十朋荊釵記二卷终

刻出像音註花欄王十朋荆釵記三卷

第二十五折

（外扮錢安撫上）

【粉蝶兒】一片襟期，清似五湖秋水，喜聲名上達丹墀。感皇恩，蒙聖寵，遷擢福地。秉忠心肅清海閩奸弊。(一)

下官遠離此地，來任東甌。紫綬金章，官開五馬，擢居太守之尊；朱幡皂蓋，守鎮三山，陞爲安撫之職。才兼文武雙全，德化軍民兩廣。行李未曾離浙北，風聲先已到南閩。左右那裏？（末上）頻聽指揮黄閣下，忽聞呼喚畫堂前。老爹有何鈞旨？（外）喚船頭來，聽我分付。（末）船頭，老爹喚你。（丑

(一) 夾注：閩：音『名』。

唱）

【山歌】做稍公，做稍公，起椿開船便拔蓬。蓬送風，風送蓬，一連扯起兩三蓬。牌子，老爹要往那裏去？（末）福州去。（丑）老爹要往福州去，願天一陣好順風。

老爹，船家作揖！（外）誰與你作揖！（丑）小人是詩禮船家。（外）我問你，船不旺麽？（丑）老爹，别人船用桐油油的，要旺，小人的船用猪油油的，不旺。（外）怎麽説？（丑）船而不旺者，肥猪油也。（外）未之有也。我問你，船中不漏麽？（丑）船頭上没有仲尼，船倉裏又是老爹。君子居之，何漏之有？（外）兩隻官船，多少人夫？（丑）共八十名。（外）你與我船到江口，待燒了開船紙，長行罷。（丑）嗄！（外唱）

【鏵鍬兒】乘槎浮海非吾願，算來人被利名牽。登舟過福建，也要防危慮險。（合）明早動船，開洋過淺，願一陣好風，吉去善轉。[一]（丑）

【前腔】撑船道業雖微賤，[二]水晶宫裏快活似神仙。鋪蓋且柔軟，脱下蓑衣就眠。（合前）（末唱）

【前腔】長江巨浪烟波遠，極目一望水連天。風潮且不便，這此驚惶未免。（合前）

〔一〕善：原作『羡』，據汲古閣刊本《繡刻荊釵記定本》改。

〔二〕夾注：撑：音『稱』。

（外）今朝船上且淹消，（末）來早江頭正落潮。
（外）撐駕小舟歸大海，（旦）這回不怕浪頭高。

第二十六折㈠

（淨扮速報司上）

人間私語，天聞若雷。暗室虧心，神目如電。小聖乃是東岳速報司判官。昨奉上帝發落，今有節婦錢氏玉蓮，爲夫王十朋往京科舉不回，却被孫汝權操心奪婦速成。錢玉蓮卓志從夫，毀不滅性，今被繼母逼勒改嫁，不得已今夜五更時分投江。本欲速救其婦，免致赴水，争奈他今世與王狀元夫妻，命該離别之苦，又兼他夙世與錢安撫亦有父子結義之緣，因此從他投水。今到那船頭上，托夢與錢安撫知道，他今夜交五更時分投江，急救貞節之婦。就分付小鬼，急到江邊等候。節婦來投水之時，即將本婦擎托水面，毋致溺水。小鬼那裏？（扮小鬼上。淨）小鬼，明日五更時分，有一節婦投江，你可待他來時，速去擎托水面，與錢安撫援救，不許將他沉溺。（鬼應介）

（淨）一道金光現紫宸，免教人在暗中行。

㈠　二十六：原作『一十六』，據文義改。

（鬼）從空伸出拿雲手，提起天維地網人。

第二十七折

【稱人心】（生）功名遂了，思家淚珠偷落。妻年少，萱親壽高。恨閒藤來纏繞，交人失笑。難貪戀榮貴姻親，百年守糟糠偕老。

〔阮郎歸〕滿天風雨破寒初，燈殘庭院虚。麗譙吹徹《小單于》，迢迢清夜阻。人意遠，旅情孤。争奈歲又除，衡陽又有雁傳書，楊柳和鶯舞。自家叨中上第，濫蒙聖恩，除授饒州僉判，已寄書信回家，迎請家眷，同臨任所。誰知不就奸相親事，把我改調潮陽，將同榜進士王仕宏改除饒州，以此未得起程。再欲寄家書去，争奈没有便人，如之奈何？（丑扮王士宏上唱）

【普賢歌】先蒙除授任潮陽，僉判十朋亦姓王。丞相倚豪强，將他調海邦，只爲不從花燭洞房。

下官乃王仕宏便是。已蒙聖恩，除授潮陽僉判。只因狀元王十朋，不就万俟丞相親事，將他陷在潮陽，却把下官改任饒州僉判。今日起程赴任，不免到王狀元下處，告别則個。（生）年兄幾時起程？（丑）卑末正來告别。（生）如此多蒙光降。（丑）敢問年兄爲何却婚，以故改調？（生）年兄，一言難盡。（丑）但説不妨。（生）

【白練序】十年力學，(一)今喜得成名志豪，也願封妻報母劬勞。誰知那相府逼勒成親，苦見招。（合）不從後將咱們改調，此心懊惱。（丑）【前腔】吾兄免自焦，休得見小，論吉人終須造物相保。休辭路途遥，見説潮陽景致好。（合）焚香告，一心靠着蒼天便了。（末）【賺】(二)兼且限期已到，請馳驅程途宜早。（丑）意難抛，今朝告别俺故交。（生）自懊惱，我往潮陽去海島，君往饒州錦繡繞。（末）休嘆息，願此去各家善保，且寬懷抱，且寬懷抱。（丑）【前腔】願赤心報國安民，大凡事理宜公道。（生）望吾兄，忠心一片天可表。去任所，管取民歌德政好。（丑）德政好時民無擾，多蒙見教。（生）乏款曲休嗔免笑。（丑）告辭先造，告辭先造。

昔日與君同獻策，今朝各自奔前程。（下。生）叵耐斯臣奸詐深，將人無故苦相尋。虧心折盡平生福，行短天教一世貧。

【紅芍藥】切齒恨奸臣，將咱們改調，却將王士宏除授改饒。咱授海濱勤勞，空教，空教那廝

(一)【白練序】十：原闕，據《新刻原本王狀元荊釵記》補。

(二)【賺】：原闕，據《新刻原本王狀元荊釵記》補。

謀陷我，天憐念豈落圈套。願夫妻母子來此永團圓，一家裏榮耀。

【前腔】到得潮陽且歡笑，其時放懷抱。施仁布德愛，善治權豪，官民共樂唐堯。還交，還交要訓愚暴，當效他退之施教。但願得三年任滿再回朝，加爵禄官高。

【餘文】赤膽忠心報皇朝，功名富貴人難效，姓字凌烟閣上標。

逼勒成親苦不從，任教桃李怨東風。
饒君使盡千般計，天不容時總是空。

第二十八折㈠

（上闕）圓之夜，我與兒夫呵，一别藁砧，兩地參商，再不得重相見，屈陷奴身喪九泉。

【山坡羊】出蘭房輕移蓮步，來此是爹爹房門前，爹，你指望養兒代老，誰知今夜女孩兒辭你去投江，再不得來侍奉你了！别親爹去尋死路。此間便是婆婆房門前，婆！你娶媳婦指望奉侍百年，今夜媳婦辭你去尋自盡，撇婆婆無人來看顧。奴今身死也不恨别人，恨只恨毒心繼母逼勒，不由人分訴。十朋夫，知書禮，識法度，你豈肯停妻再娶，撇下荆釵婦？怨只怨狠心姑娘也，不知是那個天殺

㈠　第二十八折：原闕，據《新刻原本王狀元荆釵記》補。

的套寫讒書坑陷奴。姑姑，巧語花言斷送奴。心孤，抛閃爹爹半子無。

繼母心腸太不良，貪財逼嫁富家郎。

奴今拚命投江海，更深背母出蘭房。

【綿搭絮】更深背母，走出蘭房。只見月朗星稀，無語低頭痛斷腸。自思量，奴命孤單，夫！指望和你同諧到老，又誰知兩下分張？奴今身死黄泉，抛閃下婆婆没下場。

家書一到喜洋洋，誰知禍起在蕭墻？

無端繼母貪財寶，心中悲切細思量。

【前腔】心中悲切，細思量，只因書裏緣因。繼母聽信讒言，逼奴改嫁郎。天！思想，昨日逼嫁不從呵，好恓惶！打得我這苦難當。我本是良人之婦，指望白頭相守，怎知道拆散鸞凰！奴家今日死了，也不愁着甚的，自别下白髮親爹，相伴荆釵赴大江。

繼母聽信那讒書，晝夜禁持逼嫁奴。

尋思無計投江海，忙行數步我身孤。

【前腔】忙行數步，我身孤，只怨我的兒夫。十朋夫，纔得成名不顧奴，空讀聖賢書，不記當初。錢玉蓮本是貞節之婦，被人嫉妒。夫，果然入贅豪門，貪戀榮華辜負奴。

奴身守節溺江流，萬古名傳永不休。

來到江邊回首望，滔滔江水浪悠悠。

【前腔】滔滔江水，浪悠悠，自古生不認魂，死不認屍。奴死一命歸陰，相趁相隨任意流。河伯水官，水母娘娘，玉蓮今日投江時節，休流奴淺水灘頭，見奴屍首。若是近方人氏，知道我玉蓮的事情，道奴本是貞節之婦。有一等遠方人氏，不知道玉蓮事情，他道是這婦人有甚不周。奴只願流落在深潭，萬里長江盡處休。

自古道：河狹水緊，人急計生。夫承寵渥，九重金闕拜龍顔；妾受淒涼，一紙詐書分鳳侶。富室强謀娶婦，壞亂人倫；萱堂怒逼成親，毀傷風化。妾豈肯從新而棄舊，焉能反正以從邪？爭如就死忘生，不可辜恩負義。一怕損夫之行，二了污妾之名，三慮玷辱宗風，四恐乖違婦道。惟存守節，不爲邀名。拴原聘之荆釵，永隨身伴；脱所穿之繡履，遺寄江邊。妾雖不能效引刀斷鼻朱妙英，却慕取抱石投江浣紗女。奴家行路辛苦，不免在此打睡一會。（内打更鼓介。旦醒介）呀！那裏打更鼓？原來有官船停泊在此。（作鷄啼介。旦）奴家聽得鷄聲，罷！罷！這是追魂鬼到了。懊恨繼母心忒痴，逼奴改嫁富家妻。忽聽官舫更鼓響，看看又是五更時。

【江兒水】五更時候。（跌介）是甚麼東西，閃跌我一交？呀！原來是個石頭。石頭，錢玉蓮和你是個對頭了。抱石江邊守，遠觀江□流，照見那上蒼星和斗。聞知道凡人落水，頭髮先散，不免將荆釵牢牢的拴扣。奴把荆釵牢扣。（重）錢玉蓮窨地投江，有誰知道？不免將所穿繡鞋脱下，留此以爲遺記。脱下一雙紅繡鞋，遺記江心口。這鞋若是别人撿去，也是枉然，是我李成見了，撿回家呵，婆婆見此鞋，必定令人撈屍首。王十朋夫，你臨别之時，奴將荆釵爲誓，夫，你全然不記得把荆釵發呪，（重）錢玉蓮不嫁孫汝權，跳入長江去，三魂逐水流，七魄隨浪走。恨只恨姑娘逼就，逼就玉蓮喪長江，死去萬年名不朽。

【清江引】撇不下堂前媽媽誰管待？姑娘心毒害，繼母愛錢財，逼得我錢玉蓮跳長江水裏埋。

【餘文】傷風敗俗亂綱常，萱親逼嫁富家郎，若把清名污了，不如一命喪長江。

（跳介。丑）救人！老爺，果然救得一個女人在此。（外）左右，賞他五錢銀子。（丑）小人不要銀子，賞那女人與小人做稍婆罷。（外）左右，那邊船上請夫人過來。（末）夫人有請。（夫）

【七娘子】紅日三竿猶未起。相公來請有何因？

（外）夫人，夜來神道托夢，有一女人投水，果應此夢。左右，分付梅香，换了那婦人衣服來見。（應介。旦）

【長相思】無奈禍臨頭，今朝拚死休。如痴似醉任飄流，不想舟人撈救。身出醜，臉慚羞。

（外）夫人，看他非是以下人家之女。婦人，有甚屈事，短見投水？（旦）

【玉交枝】容奴申訴。（外）你家住那裏？（旦）念妾在雙門裏居。（外）姓甚名誰？何等人家之女？（旦）玉蓮姓錢儒家女。（外）有丈夫麼？（旦）年時獲配鴛侶。（外）你丈夫在家出外？

（旦）王十朋是夫出應舉。（外）王十朋中了頭名狀元，有書回來麼？（旦）數日前有人傳音□。

（外）既有書回來，爲何投水？（旦）因此書骨肉間阻，因此書啣冤負屈。

（外）書中必有緣故。（旦）

【前腔】書中緣故，道休妻重婚相府。（外）他是讀書人，豈肯違法度？莫不是朋黨生嫉妒？（旦）萱親聽信讒詐書，逼奴改嫁孫郎婦。（外）從了母命，却不是好？（旦）論烈女不更二夫，奴豈肯傷風敗俗？（外）

【前腔】聽他言語，論貞潔他也怎比？思量我也難留汝。左右，叫小船過來。不如送還他嚴父。（旦）老爹，若還送奴再歸故廬，不如早向黄泉路，到顯得名標萬古，怎教他前婚後娶！

（外）婦人，

【前腔】不須憂慮，且帶你同臨任所，修書遣人饒州去，管教你夫婦重完聚。（旦）老爹，若還這般週濟奴，猶如久旱逢甘雨。就是妾重生父母，（拜唱）望相公與夫人做主。

（外）既是王狀元家眷，請起！（旦）不敢。（外）下官蒙聖恩除授福建安撫，即便帶家小泊船在此。你來投江，幸吾撈救。你丈夫饒州做官，與福建相去不遠，莫若隨我夫人上任，差人去請你丈夫來，管教你夫婦重會，意下何如？（旦背云）三思後行，再思可矣。既有夫人在船，去也不妨。願隨夫人去。

（外）我與夫人五旬無子，且喜你也姓錢，今日繼拜我爲義父母，也好稱呼，又應了神道之夢。（旦）多蒙相公、夫人擡舉！（外）梅香，今後稱爲小姐，看酒過來。（旦）

【黄鶯兒】公相望垂憐，感夫人意非淺。又蒙結拜爲姻眷，恩德萬千，何日報全？願公相早登八位三公顯。（合）淚漣漣，雙親遠别，重得遇椿萱。（外）

【前腔】不必淚漣漣，這相逢非偶然。同臨任所爲姻眷，聊付寸箋，饒州報傳，管教你夫婦重相見。（合）省憂煎，夫妻重會，缺月再團圓。（夫）

【前腔】天賜這姻緣，喜他們也姓錢。同臨任所作宛轉。明早動船，開洋過淺，願陣好風，急去登福建。（合前）（旦）

【前腔】溺水自心酸，想婆婆苦萬千，堂前繼母心不善。兒夫去遠，家尊老年，何日再見王僉判？（合前）

（外）分付開船。

（外）夫妻休慮各西東，（末）會合全憑喜信通。

（外）今日得吾提掇起，（末）免教人在污泥中。

第二十九折

【喜遷鶯】（生）從別家鄉，期逼春闈，催赴科場。鵬程展翅，[一]蟾宫折桂，幸喜名標金榜。旅邸憶念，孤鸞幽室，萱花高堂。魚雁杳，[二]信音稀，使人日夜思想。

辛苦芸窗三十年，喜看一日中青錢。三千禮樂才無敵，五百英雄名最先。因參相，被嗔嫌，改調潮陽路八千。慮誰爲報高堂道，慰我萱親望眼穿。下官自從離家半載，指望榮歸，不想奸相阻住，不得奉親，如之奈何？（旦）

【雁魚錦】書堂隱相赴帝邦，爲家寒親老難存養。感岳翁週濟非誇獎，念我萱親，慮我鴛行。相邀取還居在西房，賜我春衣琴劍箱。（中闕）銀盤費十餘兩，這恩德銘（中闕）（中闕）榜，感聖恩除授饒州僉判（中闕）俺重鴛帳。念岳父難棄糟糠，（中闕）改調潮陽。曾付書飛報俺的萱（中闕）只道饒州爲判府前名望，今不（中闕）千路長。

【前腔換頭】思量，我母勞攘，那更同妻（中闕）悲傷，又恐勞頓。宿水餐風，滋味（中闕）烏反

[一] 夾注：鵬：音『朋』。

[二] 杳：原作『香』，據汲古閣刊本《繡刻荆釵記定本》改。

哺能終養？只爲着功名致（下闕）

第三十折[一]

（丑扮老婦上）

【生查子】風静野（中闕）此是貧家計。

江漢以濯，秋陽以（中闕）老身乃温州城外一（中闕）紗。今早來此，不知是誰家女子，失落（中闕）邊？此間有個漁翁，問他便知端的。（叫介。净扮漁翁上）[二]

【卜算子】江上緑波細細，石邊鷗鳥依依。沙堰游魚圉圉，綸竿生意時時。[三]

（丑问）漁翁，我侵早拾得一雙繡鞋，不知是誰家女子失落在此？（净）到怕不是失落的，昨晚有一個婦人在此投水，敢是他留寄在此的。（丑）既是婦人投水，你怎麽不救？（净）我正要撑船去救他，他已赴下水了。只聽得那邊官船上人擾嚷説救人，不知救得救不得。呀！前面一個人慌忙而來，敢是尋那投水的了，看他怎麽？（末上）心忙來路遠，事急出家門。我家姐姐昨日被母親打罵，逼嫁不從，走出

[一] 第三十折：原闕，據《新刻原本王狀元荆釵記》補。
[二] 净扮漁翁上：原作『你净扮不』，據《新刊重訂出相附釋標註節義荆釵記》改。
[三] 綸：原作『輪』，據《新刊重訂出相附釋標註節義荆釵記》改。

來，不知下落。人人都説昨晚有個婦人，哭哭啼啼，往江邊去了，不免趲行一步。

【耍孩兒】思量姐姐時乖蹇，（又）遇着娘親這孽冤，教他怎不傷心怨？朝朝逼打遭刑憲，（又）夜夜禁持苦熬煎。到如今形影都不見，若不是逃災躲難，必定是命染黄泉。遠遠望見兩個人在江邊，待我近前問他。大哥，昨晚有個女子來此没有？（净、丑）女子到没有見，只拾得一雙繡鞋在此，你認得否？（末）

【八煞】見繡鞋，心轉疑，問漁翁，知不知？大哥，你既見此繡鞋，可曉得人在那裏去了？（净）昨晚聽得有個女子在此啼哭，然後不見作聲，想必投江死了。（末）他道跳入江心裏，鞋，故將留此傳音示，（又）姊弟恩情一旦離，教我傷心淚。也是你前生注定，今世裏命犯災危。

我姐姐身死，只爲那孫汝權天殺的！

【七煞】孫汝權，心忒痴，論婚姻，怎强爲？前生注定今生事，姐姐本是貞節婦，（又）你縱有黄金似土泥，怎肯與你諧秦晉！用盡了奸謀毒計，害姐姐命喪溝渠。

我姐姐投江，皆因姑娘搬鬭，以致如此。

【六煞】恨姑娘，毒意多。把言詞，調弄唆，將婚姻打滅平空破，孫家虚把人情使，（又）繼母跟前説短長，到如今兩下相擔擱。恨殺那媒婆奶子，誤世上多少嬌娥。

姐姐今日死了，繼母你那裏再去打他？

【五煞】恨娘親，忒逞威，不思量，執性迷，逼他改嫁孫郎媳。親爹許與王家配，（又）繼母安能再改移？此一節全不是，都只願一鞍一馬，怎做得接木移枝？

想起我爹爹好没主意，任從繼母所爲。

【四煞】恨爹爹，没主張，狠心娘，忒不良。女孩兒怎受無情棒？終朝拷打無言説，（又）致姐捐生一命亡，可憐見真冤枉！你那裏三魂漂渺，教爹爹兩淚汪汪。

王姐夫，你當初將一股木頭釵子聘我姐姐，我爹爹就不棄嫌；今日你纔得進步，輒敢無禮呵！

【三煞】王姐夫，忒薄情，戀新婚，棄舊妻。寄家書災禍從天至，無端繼母貪財寶，（又）毒意姑娘講是非，怎受得腌臢氣？他寧肯甘心忍死，跳入江心。

自古道：嫁一夫，靠一主。王親母也不是，姐姐嫁你孩兒，是你媳婦，就是被繼母打罵，該得勸解他是理，怎忍袖手而觀？

【二煞】王親母，禮忒偏，婦遭刑，没半言。如何不叫隨身伴？霎時不在須尋究，（又）怎忍教他獨苦煎？想起教人怨。一則是兒書耽誤，二則是姐命該然。

只管嗟嘆則甚，不免將此鞋報與爹爹知道。

【一煞】將繡鞋報與爹知道，天！我爹爹性子如鹽入火，跌脚槌胸恨怎消？爹，霎時間悶死如何好？天，我爹爹死了，姐姐又死了，我李成别無所倚，我爹死了將誰靠？（又）繼母心腸忒不良，終朝打罵難逃躲。不由我悲悲切切，淚雨滂沱。

移步行來，此間便是。親家母快來！（貼）成舅爲何這等荒張？你曉得姐姐信息麽？（末）親家母，我四鄰八舍打一問，人人都説道，昨夜三更時分，有個女子啼啼哭哭，走到江邊去了。我即忙走到江邊，只見一起人在那裏，拾得一雙繡鞋，説道昨夜一個婦人投水死了。這繡鞋不知是姐姐的不是？

（貼）原來我的媳婦投水死了，兀的不是悶死人也！

【山坡羊】撇得我不尷不尬，閃得我無聊無賴。撇得我無人奉侍，撇得我無倚賴。我自猜，禍從天上來。親家母，你恁的一霎時嗔怒，故意兒逼他自刑害。媳婦兒，謾自有嫡親父母不遮蓋，反將你諧老夫妻拆散開。（合）哀哉，撲簌簌淚滿腮；傷懷，急煎煎悶似海。

（末）爹爹快來！（外）李成，親母爲何在此啼哭？（末）姐姐被母親拷打不過，投江而死，只留得繡鞋一雙，在江邊爲記，孩兒拿回，親母看見，在此啼哭。（外）玉蓮兒，兀的不是悶殺人也！

【前腔】不念我年華高邁，不念我形衰力敗。我的嬌兒！不念我無人奉養，不念我絶了宗枝派。我想這場事，都是你老禍胎，受了孫家聘禮財。逼得他含冤負屈，負屈投江海。親家母，我有一所空地，指望令郎與小女把我兩塊老骨頭埋在那裏，不想令郎又贅在相府，不得回來，小女又被老不賢的逼他改嫁不從，投江死了。我好命苦！閃得我有地無人築墓臺。（合前）

（淨）親家母聽我一言，

【前腔】非是我將他嗔怪，非是我將他折壞。親家母，只爲你孩兒重婚相府，激得我逼他重婚嫁。事非諧，誰想他們喜變災？員外，我怨着一個人。（外）你怨着那一個？（净）怨只怨豪門富室孫員外。親家母，我恨着一個人。（貼）你恨哪一個？（净）恨只恨負義辜恩王秀才。（合前）

（外）親家母，壺中有酒留得客，壺中無酒客難留。你看他自家女兒尚不能容，况今孩兒已死，他怎生與你兩下和諧？我意欲着春香、李成送你到□□相見令郎，未知尊意若何？（貼）承親家眷念，老身□□□程。（外）春香那裏？（丑上）

【卜算子】聽得堂前呼唤，急趨未審（下闕）

香，你與李成送王老安人到京，相見狀元，作急（中闕）理會得。（貼）老妾不知進退，有一言相懇。（外）親母有（中闕）説來不妨。（貼）老身欲往江邊祭奠，以表姑婦之情。（外）可憐！可憐！不勞親母費心，俺着李成今晚備些祭禮，明早到江邊等候，親母祭奠便了。一壁厢分付捕魚人打撈小姐。（貼）既如此説，這繡鞋各收一隻，以爲表記。老身就此拜辭。

【耍孩兒】辭親家出外邦，别親家兩淚汪。尋思媳婦添悒怏，當初指望送吾老，（又）誰想今朝你少亡！撇我無倚仗。我若見了孩兒時節，駡幾句不仁不義，怎下得這樣心腸！（合）苦也麽遭磨瘴。（外）

【二煞】送親母刀刺腸，别親母意勉强。可憐年老無所望，教人怎不心思想！（又）可惜嬌

兒喪大江，三魂七魄隨波浪。王十朋天殺的！不記得臨行時助你白銀十兩，又助你琴劍書箱。（合前）（末）

【一煞】辭爹爹出外邦，痛老親獨在堂。晨昏甘旨誰供養？爹，姐姐已死，不能復生，你不要懊惱。生離死別前生定，（又）莫與我不賢娘親説短長，爹反受他衝撞。我到京師，見了姐夫時節，罵他幾句辜恩負義，陷姐姐抱石投江。（合前）

（占）生離死別痛無加，（外）路上行人莫嘆嗟。

（末）花正開時遭雨打，（丑）月當明處被雲遮。

第三十一折

（外、淨上。外）有這等事，一個好人家都被你老不賢的弄壞了。雖是王十朋贅在相府，未知虛實。今日也逼女兒改嫁，明日也逼女兒改嫁，受不得你這等凌辱，忿氣投江身死。（淨）老兒，我也指望後邊還要靠他，不想女兒認真了。（外）你還要在家裏作怎麽？走出去！走出去！

【憶虎序】當初娶你，指望生男育女。（淨）老兒，你自家没用，干我甚事？（外）誰知你暗使牢籠計，逼勒我孩兒投江死。告到官司，告到官司，打你這個不賢潑妻。

（淨）老兒，你有話説，我也有道理。（外）你有甚麽道理？（淨）

【前腔】當初嫁你，也是明婚正娶，又不是暗裏通情。和你結做夫妻，做夫妻尚有徘徊之日。免告官司，免告官司，和你團圓到底。

（外）改調前非做好人，（净）從今怎敢不依聽？

（外）自今收拾書房睡，（净）打點精神弄斷觔。

第三十二折

【風馬兒】（貼）柳拂征衣露未央，可憐年邁往他鄉。〔一〕（丑、末）迢迢去路難留戀，謾自慇懃設奠，和淚灑江邊。

（貼）李成舅，〔二〕這是江邊了。（末）那漁翁婆子正在此間拾得鞋子。（貼）苦！渺渺茫茫浪拍天，我那媳婦的兒，可憐辜負你青年。（丑）小姐，你身名雖學浣沙女，白髮親幃誰可憐？（末）好姻緣番作惡姻緣，不作天仙作水仙。（丑）白骨不埋芳草地，冰肌已浸碧波天。（貼）李成舅，與我擺下祭禮。（擺介）

【駐雲飛】遥奠江邊，我那媳婦兒！想你賢能有萬般，只怨我兒身居宦，把你夫妻散。天，指

〔一〕夾注：邁：音『買』。

〔二〕舅：原作『舊』，據文義改。下同改。

望你永團圓，誰想中途遭變？我那兒，只爲我貧姑，你受盡娘輕賤。李成舅，與我奠酒。嗳！奠酒也是徒然了。一滴何曾到九泉？（又）（再奠酒、三奠酒。禮畢）苦向誰言？心内猶如亂箭攢。指望你鋪羹飯，媳婦兒，你今死了呵，誰帶我孝麻絹？天，誰想你喪吾先？把姑嫜抛棄閃。教我舉眼無親，怎不肝腸斷？淚血染成紅杜鵑。（又）

李成舅，我那媳婦兒，深感你父親，不棄恩親，將你姐姐配與我的孩兒呵。

【前腔】婦義夫賢，半載夫妻恩愛捐。指望封妻顯，指望將你門楣换。天，老景近黄泉，也得與伊爲伴。今日途中，誰説心頭怨？一度臨風一慘然。（又）

李成舅，你與我化紙。

【前腔】滄海漫漫，知道你幽魂在那邊？須把陰靈顯，親與姑之念。天，你送我理當然，教我反來設奠。生别可重逢，死别無由見。淚徹黄泉痛不乾。（又）

（末）老安人，不須啼哭，趲行前去。（占）收了祭禮，就此起行。

【鵲橋仙】彤雲密佈，朔風凛凛，寒威冷透衣襟。（丑、末）登山涉水受艱辛，未知何日得到京城？

（占）家門不幸媳先亡，往京尋子别家鄉。餐風宿水何曾慣？涉水登山豈憚勞？（末）思量往事轉心酸，含冤負屈喪長江。（丑）貪財繼母心腸歹，致令災禍起蕭墻。（末）親家母，在途路之上，須要小心，慢慢而行。你把當初姐夫起程之事，試説一遍。（占）李成舅，我一言難盡。

【風入松】嘆當初貧苦未逢時，誰知一旦分離？孩兒一去求科舉，怎知道妻房溺水？（末）親家母，我們到姐夫跟前，就説姐姐投江身死。（占）李成舅，我和你到他跟前呵，寧可報喜，不可報憂。待提起此事，又恐怕驚唬我兒，決不可説與他知。（末）親家母不必恁傷悲，聽李成一言咨啓。我姐夫狀元僉判別差去，因此上爹爹嚴命，着令我送你到京城。

（占哭介。末）我在家起程，曾有言在先，教你途路之上不要啼哭。況如今沿途啼哭，曉得的道你死了媳婦，不曉得的説這婦人啼哭，有甚緣由。小人愚不諫賢。

【急三鎗】(一)此乃是途中，不敢高聲哭，只恐人聞也斷腸。親家母，休憂慮，免悲傷。（占）李成舅，非是老身沿路啼哭，怎奈我孩兒去，媳婦死，如何教我免悲傷？（末）親家母，難怪你啼哭。來在路途之上，須是自寬自解，況你年紀高大。（占）況我老景桑榆。（末）親家母，思想我爹爹在家好苦。（占）李成舅，我老親家怎的苦？（末）親家母，我不説，你不知。我姐姐投水死了，止有李成；今日又送親家母上京，我爹爹年華高邁無依倚。（占）李成舅，我不恨別人。（末）親家母，恨着那一個？（占）恨只恨貪財繼母，逼勒我媳婦身死好無辜。（末）我姐姐因他果然身死好無辜。（哭介。笑介。

(一)【急三鎗】：原闕，據曲律補。

占)李成舅，你一邊啼哭，又一邊發笑，怎的？(末)親家母，哭姐姐死得苦，笑姐姐死得好。(占)李成舅，你姐姐死得苦，不待言矣，怎麽笑他死得好？(末)世上綱常千古在，江邊名節萬年存。我姐姐不嫁孫家，赴水而死，留名在世，萬古傳揚。莫説普天下，就是温州城裏，永嘉縣裏，大大小小，那個不説我姐姐？死做貞節之婦。(占)李成舅，你也道得是。問你還有多少盤費，力倦走不動了，討乘騾車而去罷。(末)待我看包裏有多少銀子，纔好顧車去。(看介)呀！親家母，銀子都用盡，不多了，怎麽好？(占)如此只得步行。盤纏喫盡無些助。(末)親家母，此去京城還有三日路。(占)趲登程，洛陽幾度，徐步到京城。

(末)親家母，你看這天氣凛冽，少刻必有大雪。你將手帕裹頭，羅裙緊束，繡鞋兒兜起，趲行幾步。(占)李成舅，這兩條路，往那一條路去？(末)親家母，從這條大路去，前面就是官亭總路。(占)一山未過一山迎，盼望京城兩淚零。撞遇途中風雪冷，看看又到接官亭。

【下山虎】官亭路上，(又)風雪飄零。似這等淒凉，怎可禁？李成舅，老身途中受苦，分之所宜，你二人呵，受盡奔波，特地感承。(末)親家母差矣，此乃是爹爹嚴命。(丑)李成哥，説那裏話？就不是爹爹嚴命，俗云是親者顧，况又姻親，禮該相陪送，豈憚苦辛？(末)親家母，我只愁一件。(占)李成舅，你愁那一件？(末)只愁你閨門蓮步，途路上少坦平，怕不慣經。(占)李成舅，你親母事，豈不知道媳婦已投水死了，教老身靠着誰人？就是今日往京，也只是出乎無奈。常言道事急出家門，豈憚着山高水深？（合）只得趲行數程，趲行趲行，山程共水程，長亭又短亭。

【前腔】望不見長安，愁殺老身。（丑、末）望不見家鄉，愁殺春香、李成。（占）風霜兩鬢，萬里孤身。李成舅，昔漢有王昭君，不嫁胡人，投烏江而死，葬於胡地，其冢出青草，呼爲青冢。今我媳婦不嫁孫家，投江而死，莫説青冢，就是屍骸不知流落何處了。白滿江山，青冢何處尋？（末）親家母，這條河與我東甌渡口相通，望親家母禱告江神，叫我姐姐魂靈一同到京，超度他便了。（占）李成舅，既是如此，掃開雪地，待老身撮土爲香，禱告江神則個。（末）待我掃開雪徑。（又）（占）我只得深深下拜，拜告江神。河伯水官，水母娘娘，望江神，疏放媳婦魂靈，有感有應。媳婦兒，休戀長江，隨着老身。媳婦兒，你本閨中閫閾女，反做烟波浪裏人。你在生爲人，死後爲神，同臨任所，超拔幽魂。媳婦兒，往日叫你，聲叫聲應，今日呵，叫破咽喉，不見應聲。哭得淚乾，那見形影？（合前）（末）

【前腔】關河雪凍，四野雲横。親家母，凍得渾身冷，戰戰兢兢。天，這般大雪呵！思想爹爹，他在家庭，冷冷清清，炭火無多，實傷我心。他倚門而望，看見這般樣大雪紛紛，添我傷悲，珠淚暗傾。（占）十朋兒，你看成舅是個義子，尚且如此，你在紅爐暖閣，低唱淺斟，怎知道娘親，在風雪裏行？（合前）（丑）

【前腔】猿啼峻嶺，鴉噪寒林。四野雲迷，天色已昏。況那長途，怎生捱禁？水濕行裝，雪滿衣襟。（占）這苦自忍，自思自忖。平昔裏不出閨門，今日長亭共着短亭。（末）親家母，且

開懷縈悶。(又)悄無人跡印長亭,惟有猿啼,連連應聲。(合前)

【尾聲】今朝歷盡途中味,萬里關山雪徑迷,遥望天涯疾似飛。

(占)關山萬里雪漫漫,身上衣衫不奈寒。

(末)正是在家千日好,(丑)果然出路一朝難。

第三十三折

【夜行船】(生)一幅鸞箋飛報喜,垂白母想已知之。日漸過期,人何不至?心下又添縈繫。

雁塔題名感聖恩,便鴻已自寄佳音。思親目斷雲山外,縹緲家鄉飛白雲。下官日前修書回去,接取老母荆妻,同臨任所。一去許久,不見來到,竟不知他路途之上如何。好似和針吞却綫,刺人腸肚繫人心。左右何在?(净)手下叩頭!(生)左右,緊把府門,但有温城送家眷的,先來通報。(占)

【前腔】死别生離辭故里,歷盡萬種孤恓。昨抵村莊,今入城市,深感老天週庇。

聞説京師錦繡邦,果然風景勝他方。(末)紅樓翠館笙歌沸,柳陌花街腦麝香。(占)李成舅,我思想起來,和我把孝頭繩藏下,只説親家年紀高大,留媳婦在家侍奉。尤恐狀元任期將近,先送我到此,然後説與他知未遲。(末)親家母,進了狀元府中,你在廳堂上坐,待我進衙裏,尋看有少夫人麽。(占)道得有理。不知狀元衙(中閟)牌哥,王狀元行館在那裏?(中閟)的?(末)温城送家眷來的。(净)(中闞）門首。（生）着他進來。（末見介。生）（中闞）來麼？（末）親家母在外面。（中闞）霜，有失迎接，望（中闞）拜！（占）我兒，一向在京安（中闞）（占）兒，你離家至京事情，細説（中闞）高坐，聽孩兒道來。

【刮鼓令】從別後到（中闞）一日思親十二時。慮萱親當暮（中闞）今日得睹慈顔，喜之不勝，□喜今朝與娘重相見。娘，爲兒自幼讀書，望不得榮貴；今日忝中狀元，母親反行不喜，何也？娘又緣何愁悶縈？（占）站退，有事關心。（生）娘，孩兒知道了。莫不是我家荆，看承母親不志誠？（末）姐姐儘不負蘋蘩之托。（生）娘，分明説與伝兒聽。（占）起去，休要惱我。（生背云）玉蓮妻，你也不是，爲婆的既來得京，爲媳婦的怎麼不伏事他同來？娘，既是媳婦缺侍奉之禮，他怎生不與共登程？

（又）

（占）呸！我爲母的坐這許久，茶也不見一鍾，還有許多説話！（生）門子，看茶來。（占）你在家，也叫門子討茶？（生）孩兒得罪！（末）親家母，裏面并不曾有人。（占）成舅，果然没有？（末）只有一個老門子。（占）

【前腔】心中自三省，(一)頓教人愁悶深。（生）母親請茶！伝的媳婦如何不來？（占）你媳婦多災

(一) 夾注：三：去聲。

多病。(生)岳丈如何？(占)况親家兩鬢星，他家事要支撐，怎教他離鄉別井？爲饒州之任恐留停，兒，深虧了你岳丈呵，先令李成舅送我到京城。(又)

(生)李成舅，我母親言語不明白，你説個詳細，與我們知道。(末)

【前腔】當初待起程。(生)李成舅，我正要問你起程，姐姐怎麽不來？(末)到臨期成畫餅。(生)畫餅二字，乃是不祥之兆。(末)姐夫，望梅止渴，畫餅充飢，要知端的，去問母親。(背唱)待説起投江事因，恐唬他心駭驚。(生)李成舅，你説甚麽京？(末)姐夫，我家姐呵，途路少曾經，當不得高山峻嶺。怕餐風宿水及勞神，因此上留住在家庭。(又)(生)

【前腔】端詳那(中闕)來明。娘，你把袖裏分明來説破，(中闕)因甚(中闕)短嘆淚(中闕)家中受苦辛。(出孝繩介。生)袖兒裏吊下孝頭繩。李成舅，岳丈、岳母好麽？(末)承問，晚景粗安。(生)你姐姐好麽？(末)姐姐也好。(中闕)你要見就見，不見就不見。(生)娘，我今知道了(中闕)是媳婦喪幽冥？(又)

(占奪孝繩介)閒説，我在路上撿來的，好没分曉！(生)娘，既然不是，你爲何愁悶？(中闕)我愁悶，我且問你，老娘未起程時，聞道你在京娶了甚麽丞相小姐，他縱然是千金之軀，終是我的媳婦，爲何見也不來見我？(生)娘，没有此事。孩兒因參万俟丞相，要將親女招贅，見孩兒不從，因此改調潮陽。(占)没有也罷，瞞得今日，瞞不過明朝。我當初送你起程之際，爲娘的怎麽囑付你？我説你往京去，倘得一舉成名，即便回來；人不得回，可寄一封音書，報你老娘知道。你全不思忖，將一個寡寡的老娘和你妻子托付岳丈家下，你還是有兄，還是有弟？到京許久，人也不回，書也不見，此理安在？（生）娘，孩兒曾有書寄與承局李文華回來。（占）承局書是你寄來的？（生）是孩兒寄的。（占）那書是倩人寫的？是茶前酒後寫的？（生）孩兒謝宴回來，焚香對天地敬心寫的。（占怒介）這逆子！那書不是家書，是一紙休書。你不是人，畜生！爲娘的千山萬水到此，爲何今日見你，恨不得一頭撞死在你懷裏！（撞介。生扶介）娘，我那書怎麼是休書？（占）既是敬心寫的，你可記得否？（生）孩兒記得。（占）你從頭讀與我聽着。（讀介。生）母親高坐，聽孩兒讀來。

【一封書】男百拜上覆，母親尊前妻父母。離膝下到京都，一舉成名身掛緑，除授饒州爲判府，帶家小臨京往任所。寄家書，付承局，草草不恭兒拜覆。（占）聽我道你寄承局書裏情由，當初承局書親付，拆開仔細從頭讀。狀元判府任饒州，休書再贅万俟府。（生）娘，語句都差了。（占）語句雖差字跡同，岳翁見了心嗔怒。（生）岳母如何？（占）岳母即時起妒心，逼伊改嫁孫郎婦。（生）朝廷命婦誰敢娶？（末）娶去到有個人在。（生）都是你說來說去。左右，將李成鎖了。（末）來者不怕，怕者不來，你這忘恩負義之人，拿鎖來我和你對鎖。（占）兒，且聽後話。（生）娘，後來怎的？（占）汝妻守節不相從，苦！這句難說了。（生）呀！母親說話，說到舌尖上，怎麼又不說了？我妻子既不相從，在那裏去了？（占）汝妻守節不相從，將身跳入江心渡。

（生）娘，媳婦不嫁孫家，守節而亡，名揚萬載，死得好！（末）你是鐵心腸。（生）錢氏妻，你投水之際，怎不思想？既不念少年丈夫，也須念暮景婆婆。你撇我有頭無尾，兀的不是悶殺人也！（占）我兒快甦醒！（生哭介）

【江兒水】一紙書親付，指望你同臨任所。是那個薄倖之徒，套寫書句，以致我的嬌妻溺水而死？是可忍也，孰不可忍也！是何人套寫書中句？應知改調隨潮去。錢氏妻，虧了你蓬頭跣足，做了河伯婦。指望你百年完聚，誰知我和你半載夫妻，也算却春風一度。（末）

【前腔】姐夫休憂慮，把情懷漸展舒。想夫妻聚散前生注，這離別雖是離別苦，這姻緣不入姻緣簿。（一）聽取一言申覆：須信人生，萬事莫逃天數。

（生）李成舅，虧他也割捨得。

【駐雲飛】痛殺嬌妻，裂碎肝腸痛割心。我的妻，指望同歡慶，（又）誰想相抛棄！妻，繼母太心虧，貪愛錢財，不顧人倫，逼勒嬌妻，跳入江心去，一度思量一度悲。

（占）這繡鞋是你妻子遺在江邊爲記，李成舅拾得回來。你岳丈收一隻，我收一隻，各留存記。你見此鞋，即如見你妻子一般。（生接介）

（一）夾注：簿：音『步』。

【前腔】提起鞋兒，空教我睹物傷情不見伊。妻，繡鞋兒何不穿將去？（又）留此爲甚記？妻，提起好傷悲，視死如歸，不念萱堂，不念椿幃，須念我結髮恩和義，生則含冤死則悲。

（内報。生）李成舅，你去問報甚麼。（内）報：王十朋轉陞江西吉安府知府，走馬上任。（末）恭喜姐夫，轉陞太守，當初家父着我送親家母見了姐夫，即便回來。（生）俺岳丈説道，小姐已死，不是我家親了。李成舅，（中闕）見你如同見你姐姐一般。我只（中闕）潮陽，害吾性命。且喜轉陞江西（中闕）封書，請取令尊、令堂（中闕）謹領尊命。（生）（中闕）

【朝元歌】騰騰曉行，(一)露濕衣襟冷。徐徐晚行，月照遥天暝。只爲功名，遠離鄉井。渡水登山蓦嶺。(二)帶月披星，車塵馬足不暫停。晴嵐瘴人影，(三)西風吹鬢雲。（合）吉安府城，到得後那時歡慶。

（丑）三山巡檢迎接爺爺。（生）巡檢，帶多少弓兵在此？（丑）四十名弓兵。（生）也罷。那巡檢，回去多多拜上年兄，你就去説王爺要來拜望。有老夫人在此，不得來，就將四十名送我前去。待我任之後，自當面謝。（丑）嗄！（生）

(一) 【朝元歌】騰：原闕，據汲古閣刊本《繡刻荆釵記定本》補。
(二) 夾注：蓦：音『墨』。
(三) 夾注：嵐：音『戀』。

【前腔】幾處幽林曲徑，松杉列翠屏。〔一〕回首亂雲凝，禪關掩映，聽遠鐘三四聲，聽遠鍾三四聲。欽捧綸音，遊宦宿郵亭。〔二〕遠離京城，盼陽關把往事空思省。水程共山程，長亭共短亭。（合前）

（浄）鋪兵接爺爺。（生）前面去。

【前腔】危顛絶頂，飛流直下傾。嘆微名奔競，身似浮萍。鷓鴣啼，不忍聽。野花開又馨，消遣羈旅情。到處莫閒争，題咏眼前無限景。牧笛隴頭鳴，漁舟江上横。（合前）

（外）吉安府陰陽生接爺爺。（生）陰陽生，到吉安府還有多少路？（外）還有五十里之程。二爺、三爺、四爺俱有帖拜上。（生）你與我帶回帖拜上。陰陽生，你選在幾時上任？（外）二爺分付選三月十五日。請爺爺城隍廟宿壇，十六日上任。（生）我知道了，起去。（占）

【前腔】八九處人家，寂静柴門半掩扃，溪洞水泠泠。路遠離別興，自來不慣經，自來不慣經。遥望酒旗新，買三杯，解愁悶。哀猿晚風輕，歸鴉夕照明。

（生）且喜將近府城了。（衆跪介）吏書皂快門子接爺爺。（起去）

〔一〕夾注：杉：音『沙』。

〔二〕夾注：郵：音『尤』。

（占）長亭渺渺恨綿綿，（生）回首長安路幾千。
（占）正是雁飛不到處，（合）果然人被利名牽。

新刻出像音註節義荆釵記三卷终

新刻出像音註節義荆釵記四卷

第三十四折

【破陣子】（外）野外江山幽雅，城中景物繁華。（夫、旦）六街三市堪描畫，萬紫千紅實可誇。（丑）閩城景最佳。

（外）幸喜到閩城，驅馳爲利名。（夫）布仁寬政令，施德與黎民。（外）夫人，我到任，詞清訟簡，盗息民安。（夫）乃相公政治所致。（外）孩兒，我夜來修書，差人報你丈夫知道，取你夫妻重會。（旦）深感救生之恩！（外）左右，開衙門，唤該班皂隸進來。（净）苗良叩頭！（外）苗良，你去衙家討一兩銀子做盤纏，到饒州走一□□□道了。（旦）饒州路遠，敢只怕少了些。

【榴花泣】守官如水，胸次瑩無瑕。薄税斂，省刑罰，撫安民庶禁奸猾。幸喜詞清訟簡，無事早休衙。（旦）依條按法，看懲一戒百誰不怕？待三年任滿，詔書來早晚遷加。（夫）

【前腔】覷着他花容月貌勝仙娃，忍將身命掩黄沙。天教公相救伊家，好一似撥雲見月，枯樹再開花。（外）貞潔可誇，恁捐生就死令人訝。（旦）

【前腔】不由人不兩淚如麻，恨他，恨只恨一紙讒書，搬鬬得母親叱咤。（外）孩兒，他見差，逼汝身重嫁。那些個一鞍一馬，這書劄令伊遣發，管成就鸞孤鳳寡。

左右開門。（浄）苗良進。（外）苗良，我有一封私書，着你到饒州王三府投下。來往幾個日子？（浄）有二十個日子。（外）與你一兩銀子盤纏，星夜趕去。（浄）

【前腔】今日裏拜辭了恩官，明日裏到海角天涯。小人一心要（中闕）波查。關門。（旦）爹爹，苗良去了。（外）去了。（旦）奴有一句話分付他。（外）（中闕）（外）全説了便怎麽？（旦）又恐怕別娶渾家。（外）（中闕）回來便知真共假。

【尾聲】花重發，鏡再合，那其間歡生喜洽，重（下闕）

（外）饒福相離數日程，（夫）修書備細説原因。〔一〕

（旦）分明好事從天降，（丑）重整前盟復舊婚。〔二〕

〔一〕『修書』句：原闕，據《新刊重訂出相附釋標註節義荆釵記》補。

〔二〕前盟復舊婚：原闕，據《新刊重訂出相附釋標註節義荆釵記》補。

第三十五折

【賞宫花】(生)吉郡名邦，身坐黄堂，名譽彰。臺省飛薦剡，看文章。坐任三山爲太守，叩頭萬歲謝吾皇。

結髮夫妻望久長，誰知今日兩分張。香魂渺渺歸陰府，夢裏相思痛斷腸。絃斷瑶琴難再續，歌盆鼓罷轉心酸。床頭遺下殘針綫，拈動令人淚不乾。下官自别家鄉，忝中高魁，不幸吾妻守節，投水身亡。今日乃是清明佳節，昨日已曾分付備辦祭禮，江邊祭奠，未知何如。左右何在？(浄)廳上一呼，階下百諾。伏老爺，有何使令？(生)昨日已曾分付備辦祭禮，若何？(浄)俱已齊備。(生)如此，請老夫人、舅爺出來，前到江邊祭奠。(貼)

【何滿子】細雨霏霏時候(中闕)去請禮生，至今未曾見(中闕)引出來。左右通報，禮生見。(生)請起，煩足下□禮。左右，將祭禮擺開。(浄)主祭者就位。(生)痛憶玉蓮錢氏妻，傷情苦處意徘徊，當初指望諧白髮。

【新水令】一從科第鳳鸞飛，(生)一紙家書至，拚命去投江。骷髏眠夜月，肌骨卧寒霜。花落隨流水，迎風倍慘傷。(末)姐夫，繡鞋在這裏。(生)物在人何在？悲哀痛斷腸。恨奸謀，有書空寄。(占)容顔霜鬢改，跋涉路途長。晨昏捱不到，幾乎命已亡。(生)幸萱堂無禍危，嘆蘭房受岑寂。(末)姐夫與親母重會團圓，只虧了我姐姐沉溺大江之中，屍首不知漂流何處。（生）妻，捱不過凌逼，受不過禁持，身沉溺在浪濤裹。

（浄）助祭者就位。（占）往者不可諫，來者猶可追。（悲介。末）不要煩惱，《書》云：既往不咎。（占）

【步步嬌】把往事今朝重提起，惱得我肝腸碎。媳婦，我的嬌兒，你丈夫在此致祭於你，灵魂不昧，嗚呼來兮！伏惟享兮！兒，清明拜掃時，省却愁煩，且自酬禮。老身在此傷悲，也是枉然。今孩兒主祭，爲婆的也來助祭。須記得聖賢書，道『吾不與祭如不祭』。

（浄）主祭者上香。（生）

【折桂令】爇沉檀香噴金猊，昭告魂靈，聽剖因依。自從俺宴罷瑤池，宮袍寵賜，相府勒贅。貪榮固寵，人之常情。我被万俟三番兩轉，招贅不從。我也爲你貧賤之交不可忘，你繼母三回四次，逼勒改嫁，你捨生全節，也只爲我糟糠之妻不下堂。撇不下糟糠舊妻，苦推辭桃杏新室。妻，你爲我受凌逼，没存濟。我爲你受磨折，遭岑寂，改調潮陽惡蠻地。因此上誤了你佳期，因此上誤了我歸期。

（浄）助祭者上香。（占）

【江兒水】聽説罷衷腸事，却元來只爲伊，你丈夫不從招贅遭毒計。媳婦兒，汝居九泉之下，不須埋怨着你丈夫。兒，還是懊恨娘行忒薄義，逼得你没存没濟。渺渺茫茫，在波浪裹。江神，可憐見我媳婦，死得好苦！ 拜請東方佛説菩提，拜請西方佛説菩提，河伯水官、水母娘娘，可憐見我母子虔誠遥祭，望鑒微忱，早賜靈魂來至。

（浄）請主祭者行初獻禮。（生）虔誠祭禮到江邊，追薦亡妻錢玉蓮。 人生有酒須當醉，一滴何曾到九泉？ 下官設此祭儀，也只是虚禮。（悲介）

【雁兒落】徒捧着淚盈盈一酒巵，空列着香馥馥八珍味。（末）姐夫，早知道我姐姐投江身死，請一位畫工，描姐姐真容遺跡也好，如今空想，也是閒了。（生）慕音容，不見你，訴衷曲，無回對。 俺這裏再拜呵，自追思，重會面是何時？ 擺不開兩道眉，揾不住雙垂淚。 妻，下官也不怨别人，都只爲套書信的賊施計。 罷！ 罷！ 人生自古誰無死，留取丹心照汗青。 妻，你既做得節婦，莫愁下官做不得義夫。 賢也麽妻，俺若是昧誠心，自有天鑒之。

（浄）助祭者行亞獻禮。（占）

【僥僥令】這話分明訴與伊，須記得看書時。 叵耐薄劣生惡意，閃得他兩分離，在中途裏。

（浄）主祭者行終獻禮。（生）自古功名輕似芥，夫妻恩愛重如山。

【收江南】玉蓮妻，早知道這般拆散呵，誰待要赴春闈？ 便做腰金衣紫待何如？（占）兒，你説不打緊，外人聽見説你慢上。（生）説來猶恐外人知，端的是不如布衣，則索低聲啼哭自傷悲。

（浄）所有祝文，遥空宣讀。（祭文）時維大宋熙寧七年歲次丁亥三月甲子朔越祭日辛卯，賜進士及第知吉安府事信官王十朋，謹以牲酌之儀，致祭於節婦錢氏玉蓮夫人而言曰：節婦之生，秀出香閨；節婦之死，義植秉彝。節義全備，今古所稀。日月同其照曜，草木爲之增輝。昔受聘於荆釵，同甘苦於茅廬。春闈一赴，鸞鳳分飛；詐書一到，骨肉分離。姑娘設奪婚之策，繼母行逼嫁之威。捱不□□朝摧挫，受不過晝夜禁持。拜辭睡沉沉之老姑，步□□清清之繡幃。江心渡口，月淡星稀，波聲滚滚，夜色淒□。抱石而死，逐浪横屍。叫一聲玉蓮妻，雲愁雨泣天地悲；哭一聲玉蓮妻，哀鴻過處猿鶴啼。哀情訴與河伯水府，悲情薦與佛説菩提。料想今生不能得見，願期來世再與相依。靈魂不昧，尚其鑒之！嗚呼哀哉！伏惟尚享！（占）

【園林好】免愁煩回辭了奠儀。李成舅，還斟上酒來。拜馮夷多方護持。早向波心脱離，惟願取免沉迷。

（浄）焚帛。（生）

【沽美酒】紙錢飄，似蝴蝶飛。血淚染做杜鵑啼，睹物傷悲越慘淒。靈魂恁自知，俺不是負心的，又不是昧心的。假若是負了心，瞞不過天和地。假若是昧了心，隨着燈滅。花謝有芳菲之日，月缺有團圓之夜。我呵！徒早起晚息，想伊念伊。妻，要相逢。除非是夢兒裏，再成一對姻契。

【尾聲】昏昏默默歸何處？哽哽咽咽思念你，直上嫦娥宫殿裏。

（净）禮畢。（并下）

（占）年年此日須當祭，（生）歲歲今朝不可違。

（占）天長地久有時盡，（末）此恨綿綿無絶期。

第三十六折

【探春令】（外）人生最苦是别離，算貞潔無比。仗鸞箋一紙通消息，怎不見回音至？

窗外日光彈指過，庭前花影坐間移。前日差苗良到饒州王三府下書，倏經一月有餘，怎麽不見回來？（净）轉眼垂楊緑，回頭麥子黄。萬事皆前定，浮（中闕）饒州回來，回覆都爺。苗良告（中闕）回來了，回書在此。（外）這是我（中闕）投下，故此回來。（外）怎麽不（中闕）東門，正遇行喪，名旌上寫（中闕）衙去問，都説新任王僉判老爹，到任三月，不伏水土，全家瘟疫而亡。（外）可傷！可傷！人無百歲期，枉作千年禍。請夫人、小姐出來。（净）打雲板請夫人、小姐。（夫）

【一枝花】書緘情淒切，烟水多重叠。（旦）報道書回，故人如見也。

（外）孩兒，苗良回來了。（旦）苗良回來，必有好音。（外）有甚麽好音！原去書不曾投下。（旦）爲何不投下？（外）你自猜一猜來。（旦）

【漁家傲】莫不是明月蘆花没處尋？（外）明月與蘆花一片白，那裏去尋？（旦）莫不是舊日王魁嫌遞萬金？（外）他也不是王魁，你也不是桂英，不是。（旦）莫不是忘了半載同衾枕？（外）也不是。（旦）莫不是不曾之任？（外）怎麽不曾之任？到任三月，不伏水土，全家。（旦）爹爹，欲言不語情難審，那裏是全抛一片心？（外）咱言語説到舌尖聲又禁。（旦）爲何不説了？（外）若提起始末緣因，教你愁煩怎生？我兒，此情休想同衾枕，要相逢除非是東海撈針。如今猶兀自不思忖，那苗良不投下佳音回訃音。

（旦）爹爹，佳音便怎麽？訃音便怎麽？（外）你丈夫到任三月，不伏水土，全家瘟疫而亡了。（旦）我丈夫死了，兀的不是痛殺我也！（丑扶介。旦）

【梧桐樹】我爲你受跋涉，我爲你遭磨折。丈夫，我爲你投江，爲你把殘生捨。怎知今日先傾逝，這樣淒涼，教我特地裏和誰説？梅香，禀爹爹知道，可容奴家服孝麽？（外）在任上穿些素縞衣服也罷。（旦）梅香，你與我除下釵梳，盡把羅衣卸，持喪素服，守孝存貞潔。（外）

【東甌令】休嗟怨，免攧屑，分定恩情中道絶。夫妻本是同林鳥，大限到來各分别。生同衾枕死同穴，誰想他早抛撇？（夫）

【太師引】讒書套寫，致令他生離死别。我思想當時相見，急撈救免喂魚鱉。（旦）念妾得蒙提揭，只指望同諧歡悦。誰知道全家病滅，不由人不撲簌簌兩淚如血！（夫）

【金蓮子】你休怨此生鸞鏡缺，常言道救人須救徹。（丑）聽伏取休得要哽咽！小姐，待等三

年孝滿，別贅豪傑。（旦）

【尾聲】再醮徒然費唇舌，共姜誓盟甘自悅，守寡從教鬢似雪。

（浄扮運糧指揮上）運糧指揮見。（外）着他進來。（浄）兵部張爺有帖，朝廷敕命兩廣鎮守。（外看介）吏部一本，看得福州安撫錢載和廉能治政，文武雙全，陞任兩廣左都御史，即刻赴任。指揮，那兵部張爺好麽？（浄）好。（外）資到那裏？（浄）在館驛中。（外）今年運糧如何？（浄）托賴爺爺洪福，加耗俱免。（外）去罷。正是：一封丹鳳詔，飛上九重天。（下）

（外）甘守共姜誓柏舟，（夫）分明人世若浮鷗。

（旦）三寸氣在千般有，（丑）一旦無常萬事休。

第三十七折

【霜天曉角】（小外）黄堂佐政齊黎庶，肯將清似月揚輝，如淵徹底。願學漢循良吏，勤簿書，門館無私，日以刑民爲事。

五馬侯中列郡推，道之以政冀無違。此心一點如丹赤，敢學虞庭向日葵。下官温州府推官周壁，表字完卿。題名金榜，早沾螭陛之恩；職列黄堂，不作牛刀之試。食天厨之廪禄，平郡治之刑名。欲向丹塀排鷺序，先須甸服養鵷輪。(一)昨日堂尊送一紙狀過來，却是孫汝權告錢流行圖賴婚姻事。孫汝權是個生員，錢流行是個太學生，曾考貢元。斯文分上，不好十分執法審問。我行牌去提那原媒人，審問一番，便知端的。(皂隸帶進。小外)錢流行。(外)小人是。(小外)孫汝權。(净)學生是。(小生)那婆子甚麽人？(末)原媒人錢氏。(小外)原被告隨衙聽候，帶那婆子上來。都是你那牙婆説來説去，(二)致使兩邊搆訟起來。拶着！(丑)爺爺，小婦人從不曾受刑的。(小外)你從實説來，我將就你；如有花言巧語，活敲死你。(丑)爺爺，小妇人非是慣做媒人的，錢流行是小婦人的哥哥。(小外)既是錢流行妹子，散了拶，從實説來。(丑)

【啄木兒】吾兄有女將及笄。(小外)你哥哥有女，及笄之年，可曾許人麽？(丑)許配王生尚未歸。(小外)婦人謂嫁曰歸。許了王生，尚未嫁去麽？(丑)那孫郎忽至奴家裏。(三)(小外)他到你家怎麽？(丑)也欲要娶吾侄女。(小外)既要娶你侄女，何不在你兄家去，到在你家來怎麽？(丑)他浼央老妾爲媒氏。(小外)曾去爲媒没有？(丑)我領言曾到兄家去。(小外)你哥哥從否？(丑)老爹，小婦人的哥哥適然不在家，嫂嫂是個女流之輩，嫌王氏之貧，愛孫家之富。意欲憐新將舊悔。

(一) 輪：原作『輪』，據汲古閣刊本《繡刻荆釵記定本》改。
(二) 『牙』下原衍一『齒』字，删。
(三) 忽：原作『怨』，據《新刻原本王狀元荆釵記》改。

（小外）你哥哥歸來怎麼説？（丑）

【前腔】吾兄執意不從順。（小外）你侄女怎麼説？（丑）侄女堅將節操持。（小外）這是婦人家本等的，你嫂嫂怎麼説？（丑）我嫂嫂執不相容。（小外）不相容，那女兒怎麼了？（丑）吾兄就應變隨機。（小外）怎麼應變隨機？（丑）將女送到王門去。（小外）那王家既成了親，那孫家再不該議親了。（丑）那王生呵，結親後即赴科場裏。（小外）那王生其年中也不曾？（丑）誰想一舉成名天下知。

（小外）那王生叫甚麼名字？（丑）叫王十朋。（小外）且住，到是我年兄家裏事。他中了狀元，那孫汝權一發不該議親了，怎麼又惹起這場禍端來？（丑）

【前腔】因承局，附信歸。（小外）書來報喜。（丑）喜氣番成怨氣吁。（小外）一紙家書抵萬金，怎麼是怨氣？（丑）老爹，那裏是萬金佳音！原來是一紙休書。（小外）王狀元是個古道君子，焉有此事？（丑）母疑是婿親筆跡，女言道改書中句。（小外）你哥哥是讀書之人，就聽信了？（丑）當時哥哥也不肯信。只爲字跡相同亦起疑。

（小外）其時書來，説在那家爲婿？（丑）

【前腔】贅在万俟府爲女婿。（小外）你哥哥好没分曉，怎麼不去訪一訪？（丑）哥哥當時因訪不出，又是小婦人譖言，近日孫郎下第歸。他與吾兄面述其言。（小外）他怎麼説？（丑）他説道果作門楣。（小外）孫汝權，你曾説也不曾説？（浄）曾説來。（小外）都是你這畜生做的奸計。婦人，你家不該受他財禮。（丑）孫汝權，肉面對肉面在此，你家行甚財和禮？（浄看丑介。丑）上有青天，我家那個來接取？老爹，財禮是個小事，小婦人賠也賠得他起，只是一件來，致使我侄女投江死。

（小外）王夫人死了？（丑）老爹，只爲孫汝權這句話，説侄女死了。（小外）你這畜生，他不告你人命也罷了，你反告他圖賴婚姻。（末）上命差遣，概不由己。（小外）跪門的甚麼人？（末）小的是吉安府王老爺差來送書的。（小外）那個在吉安府做官？取書上來。（看介）年生王十朋頓首書緘。呀！年兄做了太守了。遞書人起來，待我看完了打發你去。（開書介）若非他存心以仁，道民以禮，焉有此不次之遷？忻慰！忻慰！即懇完卿年兄執事下，遽爾別來，屢經歲月。向改調時，深辱俯慰。緣無便鴻，久乏音問，罪萬！罪萬！今得寸進守吉，懷抱雖則少伸，又有不得已事，仰干執事下。向寓京時，倩人持書，迎候岳父母、山妻，不想中途被人套换書信，致使山妻守節而亡也。已獲原寄書人承局，奏送法司鞫問，供稱止有孫汝權開封。幸將此情轉達祖父母大人，乞拘孫汝權解京，與承局面證完卷。再稟岳父母厭富家，不厭貧寒，以女妻生，將謂終身養老之計。今山妻雖死，義不可絶。特差人船相候，萬冀年家借重一言，贊襄岳父母上道，以全半子終養之情。明年朝覲，想必京中一會。目下寒暖互作，伏惟調攝，以膺天寵。不宣。十朋再拜。叫左右，請錢相公换了衣巾，進來相見。那寄書人，王老爺好麽？（末）好。（小外）到任幾時了？（末）將及一年了。（小外）錢先生請起，這封書是令婿令下官轉送與老先生，請收下。（中闞）趕出去！叫左右，選大板子將（中闞）待文書完了，送在堂上，解京

(中闕)右，叫那吉安府寄書人來，我(中闕)老爹。(衆下。外)祖父母大人請上，(中闕)下判妍媸。冰釋厚誣，心銘大德！(中闕)致有鼠雀之干。見公甚愧！甚愧！(中闕)令婿同年，先生又是前輩，不必(中闕)尊目爲何？(外)害有半月之數了。(小外)

【歸朝歡】[一]賢東坦，賢東坦，[二]教音下期。令賤子，令賤子，[三]翁前轉致。須宜是，須宜是，行囊早携，恐他們懸懸望伊。(外)家庭雖小誰爲理？田園頗廣誰爲治？欲去還留心兩持。(小外)

【三段子】翁今幾兒？(外)念箕裘無人可倚。(小外)族分幾支？(外)念同宗無人可悲。(小外)你既然只有身一己，如何不去倚賢婿？況是他殷勤來請伊。

(小外)左右，與我打點馬船，四十名人夫，送錢相公吉安去。(下闕)

[一] 歡：原作『歌』，據汲古閣刊本《繡刻荆釵記定本》改。

[二] 賢東坦賢東坦：原闕，據汲古閣刊本《繡刻荆釵記定本》補。

[三] 令賤子：原不疊，據汲古閣刊本《繡刻荆釵記定本》改。

李卓吾先生批評古本荊釵記

目録

李卓吾先生批評古本荆釵記卷下……五六四

李卓吾批評補刻舟中相會舊本荆釵記

荆釵記總評

傳奇第一關棙子全在結構，結構活則節節活，結構死則節節死，一部死活只係乎此。如《荆釵》之結構，今人所不及也。所稱節節活者也，遭夫婦之變，乃後母爲祟耳。此意人人能道之，獨万俟强贅，孫子謀婚，俱從夫婦上横起風波，却與後母處照應，真妙絶結構也。又生出王士弘改調一段，於是夫既以妻爲亡，妻亦以夫爲死，各各情節驀地横生，一旦相逢，方成苦離歡合。乃足傳耳！至其曲白之真率，直如家常茶飯，絶無一點文人伎倆，乃所以爲作家也！噫！《荆》《劉》《拜》《殺》，四大名家，其來遠矣，後有繼其響者誰也？噫！筆墨之林，獨一《荆釵》爲絶響已哉！

合論五部曲白介諢

《荆釵》，大家也，不可及矣，所以詞家嘖嘖《荆》《劉》《拜》《殺》乎？下而《明珠》，則以曲勝，《玉玦》曲亦佳，但其爲學掩耳；若其合處，的是作手，介白、科諢亦不入惡道，可取也。《繡襦》曲白大有自在處，幾可與《荆釵》比肩，不如《玉簪》，胡亂依樣畫葫蘆也。合評是五家者，亦玉石並陳之意，讀者毋深訴焉。卓老。

合論五生

王十朋之拒婚權相，古今所難，真不愧玉蓮之夫也！　如潘必正、王商、鄭元和諸人，不過輕薄書生，風流敗子耳，何足敘論！　獨王仙客者不負初盟，誠求義俠，得婉轉復爲夫婦，亦人倫中一段佳話，所以亦可喜也。　禿翁。

合論五旦

錢玉蓮尚矣，劉無雙次之。　如陳妙常、李亞仙，一個是收心行院，一個是還俗尼姑，禿翁也不强較優劣也。　獨秦慶娘識見賢明，操持貞固，艱難備歷，百折不回，卓然丈夫，豈無鬚眉者所能望乎？　真足與玉蓮抗衡連袂。　妙常之對客奕棋，亞仙之馬湯療病，固入惡道，即無雙之急急婚姻，亦足備衙官耳，顧可同季語乎？　禿翁。

合論諸從人

古押衙是君子，是丈夫，是豪傑，是大賢，是聖人，是菩薩，是佛，不可尚矣！　其餘都是孫汝權、解幫閒、樂道德那一夥耳。　如祭靈廟之廟祝、鄭狀元之來興，千百中之一人耳，無有也。　即張于湖諸人，雖戴紗帽乎，令之使順風蓬則可，若欲移星换斗，縮地鋪天，如古押衙之所爲，亦冀河清也，安能備緩急乎？　讀是傳奇者，亦不可不預爲擇交之策也。　卓吾。

合論諸從旦

採顰，丈夫也，有才、有識、有膽，其古押衙之流亞乎？不當於雌人中求之。秦氏之春英雖常婢哉，誓同患難，不相浮沉，亦季世所難也，其非常婢乎？妙常之張氏，不過一隨波逐流之人，以之伴寂寞則可，倘令在濃豔處，並馬泊六亦不難爲之，無足取也。更可恨者，是玉蓮之後母與姑也，盡情世態，一味炎涼，豬狗也不值，稽其人品，當在賈二媽、李大媽、李翠翠、李娟奴諸娼鴇之下乎！何也？彼等猶風塵中人，無足怪者；何錢貢元儒家也，乃亦有此二物，其不家破人亡也，無有矣。爲男子者遇此等婦人，一棒打殺，與狗子喫可也，只怕狗子也不肯喫耳。嗚呼！禿翁。

合論五家親戚

十朋之岳父、仙客之友朋、必正之姑娘、王商之妻子，不可尚矣。最可恨者，元和之父，亦做好官，只爲好名之極，見其子流落，直至天性斷絶，並其以前學問文章亦不念也，不成人矣。反不如奴僕中之來興，烟花中之亞仙，乞丐中之肆長，猶不狠心害理，一至於此。天下惟有揀好題目做事者，最無人心，最無天理，吾於鄭太守驗之矣！吾於鄭太守驗之矣！卓吾。

李卓吾先生批評古本荊釵記目録

卷上

卷　下[一]

（一）卷下目録及『補刻古本荊釵舟中相會八齣』原處卷下正文前，現合并於此。

補刻古本荊釵舟中相會八齣

李卓吾先生批評古本荆釵記卷上

第一齣　家門(一)

【臨江仙】(末上)一段新奇真故事，須教兩極馳名。三千今古腹中存，開言驚四座，打動五靈神。六府齊才并七步，八方豪氣淩雲。歌聲遏住九霄雲，十分全會者。少不得仁義禮先行。

(問内科)借問後房子弟，今日搬演誰家故事？那本傳奇？(内應科)今日搬演一本義夫節婦荆釵記。(末)原來此本傳奇，待小子略道家門，便見戲文大意。

【沁園春】才子王生，佳人錢氏，賢孝温良。以荆釵爲聘，配爲夫婦。春闈催試，拆散鸞凰。

(一) 齣目名原省，據目録補。下同補。

獨步蟾宮，高攀仙桂，一舉鰲頭姓字香。參丞相，不從招贅，改調潮陽。修書遠報萱堂，中道奸謀變禍殃。岳母生嗔，逼淩改嫁。山妻守節，潛地去投江。幸神道匡扶撈救，同赴瓜期往異鄉。吉安會，(一)義夫節婦，千古永傳揚。

王狀元不就東牀婿，万俟相改調潮陽地。
孫汝權套寫假書歸，錢玉蓮守節荆釵記。

第二齣　會講

【滿庭芳】（生上）樂守清貧，恭承嚴訓，十年燈火相親。胸藏星斗，筆陣掃千軍。若遇桃花浪煖，定還我一躍龍門。親年邁，且自温衾扇枕，隨分度朝昏。

〔古風〕越中古郡誇永嘉，城池闤闠人奢華。思遠樓前景無限，畫船歌妓顏如花。詩禮傳家忝儒裔，先君不幸早傾逝。奈何家業漸凋零，報效劬勞未如意。儘交彈鋏嘆無魚，甘守虀鹽樂有餘。萱堂淑賢齊孟母，諄諄教子讀詩書。刺股懸頭曾努力，引光夜鑿匡衡壁。胸中拍塞書五車，舌底瀾翻浪千尺。(二)嗟

(一)　眉批：吉安會，原作『舟中會』爲是。

(二)　眉批：好秀才。

吁歲月不我留，親年老邁喜復憂。甘旨奈何缺奉養，功名況且心未酬。一躍龍門從所欲，麻衣換却荷衣緑。丹墀拜舞受皇恩，管取全家食天禄。小生姓王名十朋，表字龜齡，温城在城居住。不幸椿庭早逝，惟賴母親訓育成人。家無囊橐，忝列庠生之數；學有淵源，慚無驛宰之榮。明日府尊堂試，他時大比，未知若何。此乃天命所賦，亦非人意所期也。日昨已曾相約朋友們講學，以明經史，在此等候。

【水底魚】（末上）白屋書生，胸中醉六經。（一）蛟騰鳳起，管登科，爲上卿。

自家府學生員王士宏，明日府尊堂試，（二）已約朋友會講，不免到梅溪家去。迤邐行來，此間就是，梅溪在麽？（生）四明請了！（末）請了！（生）半州爲何不至？（末）隨後來了。

【前腔】（净上）白面兒郎，學疏才不廣。粗豪狂放，指銀瓶，索酒嘗。

自家孫汝權，府尊堂試，來到梅溪家會講，迤邐行來。梅溪有麽？（生見介）明日本府堂試，我等各把本經講習一篇。（净、末）君子講學，以文會友，有何不可？（生）如此，先把四書講一講。（净）講甚麽書？（末）若講四書，先講《論語》。梅溪『學而時習之，不亦説乎』，半州『有朋自遠方來』。（生）學生亂道了。（净）願聞。（生）學之爲言效也。人性皆善，而覺有先後，後覺者必效先覺之所爲，乃所以明

（一）眉批：『醉』字妙。
（二）眉批：明日堂試，今日會講，也是臨渴掘井，這叫秀才衣鉢。

善而復其初也。習，鳥數飛也，學之不已，如鳥數飛也。(一)管見如此，望二位改教。(末)講得有理。(生)四明，『不亦悦乎』怎麼講？(末)學生亂道。(生)願聞。(末)既學矣，而又時習之，則所學者熟而中心喜悦，其進自不能已矣。(二)請二位改教。(生)講得有理。(末)半州，『有朋自遠方來，不亦樂乎』怎麼講？(浄)我也要講？免了罷！(末)這個如何免得！(浄)鵬，大鳥也。一飛九萬里，里是遠方之外。落者，是調也。那大鵬在遠方之外飛來，不想飛得羽垂翅折，在半空中停翅而想，説道：『我有些乞力了，莫不要調下去？』説言未盡，蹼蹬，此乃不亦樂乎。(三)(末)半州差了，你我同心爲友，合志爲朋，怎麼説了飛禽？(浄)二位滿腹文章，無忝同類。我學生不通古今，一味粗俗，誠所謂馬牛而襟裾。飛禽與走獸，正是同類。(末)休要取笑。

【玉芙蓉】(生)書堂隱相儒，朝野開賢路，喜明年春闈已招科舉。窗前歲月莫虚度，燈下簡篇可捲舒。(合)時不遇，且藏諸韞匵。際會風雲，那時求價待沽諸。(四)

【前腔】(末)懸頭及刺股，掛角並投斧，嘆先賢曾受許多勤苦。六經三史靡温故，諸子四書

(一) 眉批：一個朱文公。
(二) 眉批：又一個朱文公。
(三) 眉批：還不落朱文公圈套，好，好！
(四) 眉批：妙！

可誦讀。（合前）

【前腔】（浄）家私雖富足，心性忒愚魯，向書齋剛學得者也之乎。無才學休想學干禄，有才的便能身掛緑。(一)（合前）

（生）聖朝天子重英豪，（末）常把文章教爾曹。

（浄）世上萬般皆下品，（合）思量惟有讀書高。

第三齣　慶誕

【高陽臺】（外上）兔走烏飛，星移物换，看看鬢髮皤然。嗣息無緣，幸生一女芳年。温衣飽食堪過遣，賴祖宗遺下田園。喜一家老幼平安，謝天週全。

〔鷓鴣天〕華髮蕭蕭鬢若霜，老來無子實堪傷。箕裘事業誰承繼？詩禮傳家孰紹芳？閑議論，細思量，欲將一女贅賢良。流行坎坷皆前定，只把丹心托上蒼。老夫姓錢，名流行，温城人也。昔在黌門，(二)忝考貢元。衣冠世裔，時乖難顯於宗風；閥閲名家，學淺粗知乎禮義。不幸先妻早逝，只存一女，

(一)　眉评：倒老實。

(二)　黌：原作『鴻』，據文義改。

年方二八，欲招王十朋爲婿，以繼百年。自愧再婚姚氏，幸喜此女能侍父母。正是：子孝雙親樂，家和萬事成。今日是老夫賤誕，聊備蔬酒，少展良辰。李成那裏？（末上）一點祥光現紫薇，匆匆瑞氣藹庭幃，齊簪翠竹生春意，共飲瑤卮介壽眉。老員外有何鈞旨？（外）請老安人出來。（末）老安人有請。

【臘梅花】（淨上）年華老大雙鬢皤，胭脂膩粉昕丢抹。市人都道我，道奴相像夜叉婆。

（末）牛頭獄卒做渾家，此不是夜叉婆？（淨）老員外萬福！

【前腔】（丑上）奴奴體貌多婀娜，嫦娥也賽奴不過。市人都道我，道奴相像緊那羅。(一)

（末）小心金鼓手，此不是緊拿鑼。（見介。丑）願嫂嫂千年朱頂鶴，願哥哥萬代緑毛龜。(二)（外）甚麽説話？（淨）姑娘，今日是你哥哥誕日，爲何來得這等遲？（丑）在家整備些薄禮，因此來遲。（外）妹子自家，如何送許多禮？（丑）没有什麽。牽得一隻黄狗，與哥哥慶壽。（外）狗慶得壽的？（丑）『黄耇無疆』，願哥哥『受天之慶』。(三)（淨）每年間是你把盞，今年你侄女長成了，該他把盞，學些禮體。待我去叫他出來。孩兒那裏？

【珍珠簾】（旦上）南極耿耿祥光燦，明星爛，慶老圃黄花娱晚。（衆）去了青春不再返，且暫把

(一) 眉批：一家有此二物，也難得。
(二) 眉批：妙！
(三) 眉批：妙！

身心遊玩。（旦）疏散，喜團圓歡會，慶生華誕。

（外）紛紛紅紫競芳塵，日永風和已暮春。（旦）但願年年當此日，一杯壽酒慶生辰。（外）雖然如此，一則以喜，一則以憂。（浄）所喜者何也？（外）所喜者，家庭温厚，骨肉團圓。（丑）所憂者？（外）所憂者，奈我女兒姻親未遂。若得了汝終身，永無掛念。（旦）告爹爹知道，念玉蓮温凊之禮尚缺，蘋蘩之事未諳，且自開懷暢飲，不必掛念。（浄）我兒説得有理。今日是壽日，説什麽招女婿。有了這等如花似玉的女兒，怕無門當户對的女婿！（丑）自古道：腰間有貨不愁窮。取酒來，該你把盞。

【錦堂月】（旦把盞）華髮斑斑，韶光荏苒，雙親幸喜平安。慶此良辰，人人對景歡顔。畫堂中寶篆香銷，玉盞内流霞光泛。（合）齊祝贊，願福如東海，壽比南山。

【前腔換頭】（丑）筵間，繡幕圍環，奇珍擺列，渾如洞府仙寰。美食嘉肴，堪並鳳髓龍肝。簪翠竹同樂同歡，飲緑醑齊歌齊唱。（合前）

【前腔換頭】（浄）堪嘆，雪染雲鬟，霞銷杏臉，朱顔去不回還。椿老萱衰，只恐雨僽風僝。但只願無損無傷，咱共你何憂何患？（合前）

【前腔換頭】（外）幽閒，食可加餐。官無事擾，情懷並没愁煩。人老花殘，於心尚有相關。待招贅百歲姻親，承繼我一脉根蔓。（合前）

（浄）李成，收了罷。（外）媽媽，正不曾喫得酒，就收拾了，你這等慳吝？（浄）老兒，

【醉翁子】非慳，論治家千難萬難，休只管喫得甕盡杯乾。[一]（丑）今番，慶生席面，難做尋常一例看。（合）重換盞，直飲到月轉花稍，影上闌杆。

【前腔】（外）神仙，滿座間人閒事減。慶眉壽，樽前席上，正宜疏散。（衆）歡宴，樂人祇應，品竹彈絲敲象板。（合前）

【僥僥令】（衆）銀臺燒絳蠟，寶鼎噴沉檀，望乞蒼穹從人願。（合）骨肉永團圓，保歲寒。

【前腔】炎涼多反覆，日月易循環，但願歲歲年年人康健。（合前）

【尾聲】玉人彈唱聲聲謾，露春纖把錦箏低按，曲罷酒闌人散。[二]

四時光景疾如梭，堪嘆人生能幾何。
遇飲酒時須飲酒，得高歌處且高歌。

總批：

謔處都大雅不俗，妙甚，妙甚！

[一] 眉批：這個衣鉢，如今廣矣。

[二] 眉批：樂！

第四齣　堂試

【謁金門】（小外上）簡命分專邦甸，報國存心文獻。蒲鞭枉直昭公椽，三載民無怨。〔鷓鴣天〕[一]千里承恩秉郡旄，矢心曾不染秋毫。公門既許清如水，吏筆何須利似刀？無德政，起童謡，聿修文事讚皇朝。願將廉范龔黄意，布政歐城教爾曹。自家温州府太守吉天祥是也。即今賓興之秋，又當堂試之日，下官今日考試諸生。左右，唤秀才進來。

【轉山子】（末上）六經慚負管窺天，可信燈氈恁有緣。士子作章編，争望登高選。送生員手本。（外）趲生員進來，教官出去罷。（末應下）

【水底魚】（生上）仰之彌高，鑽之彌堅，忽焉在後，瞻之在前。[二]

【前腔】（末上）學問無邊，如人臨廣淵。意深趣遠，玄玄復又玄。

【前腔】（浄上）身似神仙，金銀積萬千。無心向學，終朝只愛眠。（衆見介。外）衆生員起來作揖。（衆應介。浄）學生皆膚見之學，望大人賜淺些題目。[三]

[一]〔鷓鴣天〕：原闕，據《新刻原本王狀元荆釵記》補。

[二]眉批：曲妙。

[三]眉批：望老大人賜題平易，其來久矣。

（外）衆秀才，今日考試汝等，不意分巡大人報到，將就考一道策罷。起來聽題。

【紅衲襖】（外）問：古人君所以賢，古人臣所可言。聖王汲汲思爲善，爲善還當何者先？子輩燈窗已有年，所得經書學問淵。悉心爲我敷陳也，毋視庸常泛泛然。(一)

（衆遞卷介。外）叫左右：拿那生員背起來打。（浄）老大人何以賜責？（外）我什麼衙門，令人代作文字？（浄）怎麼代作文字？（外）這卷與這卷，明明是一個人寫的字。若肺腑流出，必然成誦。衆生員始初送卷的，各背爾所作上來。

【前腔】（生）對：古明君在重賢，古良臣貢舉先。巫咸傅説初皆賤，伊尹曾耕莘上田。皋陶既舉不仁遠，四皓出而漢祚安。恭承執事詢愚見，敢不諄諄露膽肝？

（外）此篇以薦賢立論，是知國家之首務者，宜取以冠首。

【前腔】（末）對：古賢王在獵畋，古賢臣開墾先。孟軻十一言猶善，八口同耕井字田。庸言『民乃國之本』，故曰『食爲民所天』。躬承執事詢愚見，敢不精心進數言？

（外）此篇以井田十一立意，足見其有憂國憂民之意，可喜，可喜！

【前腔】（浄）對：古剛明須積錢，臣奉行須聚斂。治財理賦稱劉晏，功數蕭何饋餉先。徵

(一) 眉批：神明，神明！如今有此等考官了不得。

糧時要他加二三，糧完時賞他一個錢。若今府庫充盈也，大敵聞之不敢前。(一)

(外)此篇陳辭未純，立論不正，宜加刻苦之功，須革富貴之相，方免馬牛襟裾之誚。庸勉，庸勉。諸生過來，先遞卷的秀才甚麽名字？(生)生員王十朋。

(外)今朝堂試汝魁名，他日須知作上卿。

(衆)大惠及民誇德政，又將文字教書生。

總批：

曲白渾俱正大明白，真大羹玄酒、布帛菽粟之章也。

第五齣　啓媒

【荷葉魚兒】(外上)春雨新收，喜見山明水秀。萬花深處有鳴鳩，軟紅泥踏青時候。試躡青鞋，慢拖斑竹，去尋良友。(二)

自分老林丘，詩酒朋儔。昔年壁水壯遨遊，學冠同流。嗟吁獨負鄧攸憂，一子難留。且求佳婿續箕裘，

(一)　眉批：　好秀才，今日極多。

(二)　眉批：　曲妙。

是亦良謀。老夫昔在太學，曾試貢元，人故以貢元呼之。至親三口，繼室、小女而已。田園足以供衣食，廬舍足以蔽風雨。中郎有女傳書業，伯道無兒嗣世家。老夫聞得王景春之子王十朋，近日堂試魁名，欲浼將仕郎南陽郡許文通爲媒，求作小女之婿。故此扶筇而來，不免到他門首。且咳嗽一聲，老將仕在家麽？

【前腔】（末上）静把詩書閑究，竹扉上是誰頻扣？

呀！原來是老貢元，請了。（外）過竹方通徑，穿雲始見山。（末）家因貧故静，人爲老而閑。連日少會，今日下顧，必有佳教。（外）只因小女未有佳配，昨聞故人王景春之子，堂試魁名，去後必有好處，敢煩將仕作伐，往彼一説，成此姻緣。但恐輕瀆，有屈神勞。（末）鄙夫即當往議此親，諒此富彼貧，必無辭。且請一茶。（外）不勞賜茶，但得早爲玉成，多幸！

【三學士】（外）弱息及笄姻未偶，故來拜屈仝遊。書生已露魁人手，山老因營繼嗣謀。（合）若得良媒開笑口，這求親願必酬。

【前腔】（末）解綬歸來爲至友，果然同氣相求。爾玉人窈窕鍾閨秀，那君子殷勤須好求。（合）管取兩門開笑口，這求婚願必酬。

【前腔】（外）人世姻緣天所授，惟媒妁得預其謀。蔴瓢兀自浮仙澗，紅葉猶能上泝流。（合）若得良媒開笑口，這求親願必酬。

【前腔】(末)謹領尊言求鳳偶，管教配合鸞儔。雲英志不存田玉，織女期嘗訂斗牛。(合)管取兩門開笑口，這求婚願必酬。

(外)鼇降篇成事豈虛，(末)《詩》言夫婦首《關雎》。

(外)人間未結前生契，(合)天上先成月下書。

總批：

堂試魁名，便有人來招做女婿矣。

第六齣 議親

【遶地遊】(貼上)桑榆暮景，將往事空思省。家貧窘，悶懷耿耿。共姜誓盟，慕貞潔甘守孤零，喜一子學問有成。(一)

老身柏舟誓守，自甘半世居孀，榆景身安，惟愛一經教子。錐有破茅之地，僅可容身；囊無挑藥之資，旋謀糊口。剪髮常思侃母，斷機每念軻親。正是：不求金玉貴，惟願子孫賢。老身張氏，以適王門，自從丈夫亡後，不幸祖業凋零。止生一子，名十朋，雖喜聰慧，才學有成，奈緣時乖運蹇，功名未遂。今

(一) 眉批：曲句俱妙。

乃大比之年，且訓誨一番。十朋那裏？

【風入松】（生上）青霄萬里未鵬摶，淹我儒冠。布袍雖擬藍袍換，榮枯事皆由天斷。且自存心奉母，何須着意求官？（一）

母親拜揖。（貼）春榜動，選場開，收拾行李，上京科舉。（生）母親，事業要當窮萬卷，人生須是惜分陰。正是：學成文武藝，貨與帝王家。孩兒只爲家貧親老，不敢遠離。（貼）孩兒，豈不聞《孝經》云：『始於事親，終於事君。』君親一體，若得你一官半職回來，也顯做娘的訓子之功。（生）謹依嚴命。（貼）孩兒，還有一件事，前日雙門巷錢貢元央許將仕議親，無物爲聘，以此不敢應承。只恐今日又來，如何是好？（生）母親，豈不聞古人云：『娶妻莫恨無良媒，書中有女顔如玉。』孩兒只慮功名未遂，何慮無妻？（貼）兒，你也説得有理。自從你父親亡後，做娘的呵！

【黄鶯兒】（貼）半世守孤燈，鎮朝昏，幾淚零，到今猶在淒涼景。寒門似冰，衰鬢似星。（二）（生）母親爲何掉淚？（貼）爲只爲早年不幸鸞分影。（合）細評論，黄金滿籯，不如教子一經。

【前腔】（生）父喪母勞形，論孩兒當報恩，奈何人事不相稱。（貼）只怕你學未成。（生）非學未

（一）眉批：好！

（二）眉批：逼真。

成。（貼）只怕你已未能。（生）非已未能，爲只爲五行不順男兒命。（合前）

【簇御林】（貼）親師範，近友朋，把詩書勤講明。聚螢鑿壁真堪敬，他們都顯父母，揚名姓。（合）奮鵬程，名題雁塔，白屋顯公卿。

【前腔】（生）親年邁，家勢傾，恨腴甘缺奉承。臥冰泣竹真堪並，他們都感天地，登臺省。（合前）

（末上）受人之託，必當終人之事。錢貢元央老夫到王宅議親，此間有人麽？（貼）兒，有人在外，你去看。（生）待孩兒去看。呀！老將仕，失迎了。（末）令堂有麽？（生）家母有。（末）老夫求見。（生）少待。母親，許將仕在外。（貼）請進來。（見）許大人請。（貼）今蒙貴步到寒家，有何見諭？（末）老夫非爲别事，只因錢貢元前番央老夫來説令郎親事，老安人不允。近聞得賢郎堂試魁名，貢元不勝之喜，今着老夫送吉帖到宅，望乞安人允就，不必推辭。（貼）多蒙貢元見愛，又蒙將仕週全。只是家窘，不敢應承。（末）貢元説道：不問人家貧富，只要女婿賢良。聘禮不拘輕重，隨意下些，便可成親。（貼）貢元乃豐衣足食之家，老身乃裙布荆釵之婦，惟恐見誚。（末）安人何必太謙！

【桂枝香】（貼）年華衰邁，家私窮敗。要成就小兒姻親，全賴高賢擔帶。論才難佈擺，論才難佈擺，錢難揭債，物無借貸。兒，自你父親去後之時，再無所遺，止有這荆釵，權把他爲財禮，

只愁事不諧。(一)

【前腔】（生）萱親寧奈，冰人休怪。小生呵！貧居陋室多年，惟苦志寒窗十載。倘時運到來，倘時運到來，功名可待，姻親還在。母親，這荊釵又不是金銀造，如何做聘財？

【前腔】（末）安人容拜，秀才聽解，那貢元呵，不嫌你禮物輕微，偏喜愛熟油苦菜。(二)但心無忌猜，但心無忌猜，物無妨礙，人無雜壞。方纔聘禮取過來一觀。（生）請觀。（末）昔日漢梁鴻聘孟光，荊釵遺下，豈不是達古之家？　這荊釵雖不是金銀造，非是老夫面奉，管取門闌喜事諧。

（貼）將仕回見貢元，只說禮物輕微，表情而已。（末）謹領，謹領。

（生）寒家乏聘自傷情，（貼）權把荊釵表寸心。

（末）着意種花花不發，（合）等閒插柳柳成陰。

第七齣　遐契

【秋夜月】（淨上）家富豪，少甚財和寶？未畢姻親，縈牽懷抱。思量命犯孤星照，沒一個

(一) 眉批：好！情景欲真。

(二) 眉批：好！

老瓢。

自家號做孫汝權，牛羊無數廣田園。無瑕美玉白似雪，没孔珍珠大似拳。白銀積下如土塊，黄金堆垛似方磚。温州城裏第一個財主，件件稱心，樣樣如意。説也惶恐，夜夜縮脚眠。前日學中回來，偶見一家門徑裏面四個大字『爲善最樂』。正看之際，閃出二八佳人，生得描不成，畫不就，十分美貌。若得此女爲妻，不枉了今生一世。

【駐雲飛】思憶多嬌，想他十指纖纖一搤腰，兩瓣金蓮小，賽過西施貌。妖，其實是俊多嬌，想他身材小巧。教我日夜相思，時刻縈懷抱。若得成親，我也不枉了。

呸！想他也没用，我家裏有個才六才七，只好管些家事。有個朱吉能言語，我未曾説起，他就曉得我心事，叫他出來商議。朱吉那裏？（末上）聽得叫朱吉，慌忙走來立。大膽寸難行，小心儘去得。官人有何分付？（净）朱吉，前日我在學中回來，打從雙門巷裏經過，一家門前寫着『爲善最樂』，你曉得是那一家？（末）是錢貢元家裏。（净）你怎麽認得？（末）小人常在他門首經過，認得。（净）他家好個女兒。（末）官人怎麽曉得？（净）我在學中回來，偶見此女，生得十分美貌。我要取他爲妻，没個人去説合。（末）他家對門賣燒餅的張媽媽，是錢貢元的妹子。姑娘説侄女，有何不可？（净）我兒好聰明，姑娘説侄女，有何不依？小廝取文房四寶過來。（末）要文房四寶何用？（净）寫個票兒，拿他來。（末）這就不是，求親猶如告債，須是登門相請纔可。（净）你不知道，這媽媽聞得他嘴頭子極快，他問道官人多少年紀，方纔娶親，教我怎麽回他？（末）只説高來不成，低來不就，蹉跎了歲月，少説些年紀便了。(浄)你分付家裏，只説我學中去了。(末叫後科。浄)出得家門口，此間已是大街坊。(末)待我去請他。(浄)有理。(末叫)張媽在家麽？(丑上)來了。

【秋夜月】(丑)蒙見招，打扮十分俏。走到門前人都道，道奴奴臉上胭脂少。搽些又好，抹些又俏。

(末)搽多少，好與關大王作對。(丑)你來我家何幹？(末)孫官人要相見。(丑)呀！相公請了。(浄)媽媽請了。(丑)看茶。(浄)媽媽請。(丑)相公，接待不周。春牛上宅，並無災厄。(浄)我今閑走，特來看你這母狗。(一)(末)出言太毒，將人比畜。(浄)怎麽屎口傷人？(丑)慣有這毛病。(浄)茶來。(丑)免茶。(浄)免茶不是你説的。(丑)討茶也不是你説的。(浄)我在家裏討慣了。(丑)相公，今日到此貴幹？(浄)他問我貴幹，我怎麽回他？(末)便説煩媽媽爲媒。(浄)特煩媽媽爲媒。(丑)不知取與第幾位令郎？(浄)小兒尚未有母，就是這小花男子。(丑)相公今年高壽了？(浄)一百八十歲。(末)一十八歲。(浄)看，一十八歲。(丑)好少年老成。要取那家女兒？(浄)朱吉，怎麽回他？(末)便説令兄宅上有個令愛，要取他做娘子。(浄)媽媽，聞知令愛宅上，有個令兄，取他做個掌家娘子。(丑)我哥哥六十歲了，還饒他不過。(浄)都是你只管令令令，都令差了。巧言不如直道，便説你哥哥家裏有個丫頭，我要討他做老婆便了。(末)是令兄宅上有個令愛，財主取他做掌家娘子。

(一) 眉批：删。

（丑）若説我侄女兒，只教你雪獅子向火，酥了一半。看我侄女兒，長不料料窕窕，短不局局促促。他眉彎新月，髻挽烏雲，臉襯朝霞，肌凝瑞雪。有沉魚落雁之容，閉月羞花之貌。秋波滴瀝，雲鬢輕盈，淡掃蛾眉，薄施脂粉。舒翠袖，露玉指，春笋纖纖；下香堦，顯弓鞋，金蓮窄窄。這雙小脚，剛剛三寸三分。（浄）好！連夜就成。朱吉，這媽媽説小姐的脚，剛剛三寸三分，這是賣弄金蓮，就值一千兩。請問媽媽要多少價錢？（末）這就差了，買牛馬便説價錢，親事只説財禮。（浄）你曉得我的，我若過一兩遭，便曉得。苦惱，小花男子那裏曉得？你教我便好。（末）請問媽媽要多少財禮？（丑）相公，我哥哥是詩禮之家，出得你的門，進得我哥户，樣樣成雙，件件成百。（浄）有！大人家幹事不小，小人家幹事不大，只管出得我家門，進得你令兄家户。媽媽，成親之後，自有禮物登門謝媒。花紅羊酒錦段贈之。朱吉，今日是個好日，你連忙回去，取金釵一對，壓釵銀四十兩，相煩媽媽就去。

【豹子令】（浄）聞説佳人多嫋娜，多嫋娜，端的容貌賽嫦娥，賽嫦娥。此親若得周全我，酬勞財禮敢虚過。（合）花紅羊酒謝媒婆。（丑）成親之後，就是姑婆。（浄）朱吉，你牽羊擔酒謝姑婆。

【前腔】（丑）非是冰人説强呵，説强呵，成敗都是女蕭何，女蕭何。若是才郎捹財禮，管教織女渡銀河。（合前）

（浄）爲媒作伐莫因循，（丑）管取教君成此親。

（末）匹配姻緣憑月老，（合）調和風月仗冰人。(一)

總批：

譃處都淡而不厭，作家，作家。

第八齣　受釵

【似娘兒】（外）一女貌天然，緣分淺，親事遷延。願天早與人方便，絲蘿共結，蒹葭可倚，桑梓相聯。

男子生而願爲之有室，女子生而願爲之有家。老夫昨央將仕王宅議親，回來便知端的。（末上）仗托荆釵成好事，何須紅葉作良媒。昨蒙貢元央我王宅議親，不免回覆。有人麼？（外）將仕，有勞動問，親事如何？（末）老夫初到王宅，説起親事，王老安人再三推辭。已後將尊言説明，纔得允從。(二)（外）將何物爲聘？（末）聘物雖有，只是輕微，將不出。（外）老夫有言在先，不拘輕重，只要成其姻事。（末）聘物在此，請收。（外）好罕物！昔日漢梁鴻聘孟光荆釵，至今遺下，豈不是達古之家？老安人那裏？（淨）姻緣本是前生定，曾向蟠桃會裏來。那個在此？（外）是將仕。（淨）不是來説我兒親事

(一) 眉批：丑、淨兩婆傳神極矣，絶妙，絶妙！

(二) 眉批：象。

麽？（外）正是。（净）李成看茶來。將士公，外日多蒙厚禮，我説李成去請將士公來喫些壽麵，㈠説你不在家；一鉢頭麵，放了三日，把與狗喫了。（外、末）這什麽説話？（净）敢問將仕，説我女兒親事怎麽了？（末、外）親事已成了。（净）既成了，幾時下盒子？（末、外）就是今日。（净）今日教我怎麽安排得酒與來人喫？（末）都是乾折，袖裏來，袖裏去。（净）看雞鵝污屎，壞了衣服。（末）不是這個乾折。（净）小厮討天平來。（外）要天平做什麽？（净）要他兑銀子。（外）銀子希什麽罕？（净）銀子不希罕，什麽希罕？（外）一股荆釵，只怕你不曉得。（净）你拿來我看。多少年紀，不曉得只是什麽東西。聞又不香，拿在手又不重，待我磨一磨。（外）這是寶貝，擦不得的。（净）人到禁擦，他到不禁擦。（外、末）什麽説話！（净）這木頭簪子，一分銀子買了十根，討得十個媳婦。（外）不要多説。（净）我曉得，當初漢梁鴻仗他討了個娘子，如今又將來討我女兒，是二婚人了。㈡（末）休得取笑。（净）你便説何人置造，甚人遺下的？

【柰子花】㈢（末）論荆釵名本輕微，漢梁鴻已仗得妻，芳名至今留傳於世。㈣老安人，休將他恁般輕視，聽啓，明説道表情而已。

㈠ 眉批：淡而妙。

㈡ 眉批：妙！

㈢ 柰子花：原作『柰花子』，據曲牌名改。

㈣ 眉批：好！

【前腔】（浄）雖然是我女低微，他將我恁般輕覷。一城中豈無風流佳婿？老員外，偏只要嫁着窮鬼。老許，你做媒氏，疾忙與我送還他的財禮。

【前腔】（外）這財禮，雖是輕微，你爲何講是説非？婆子，你不曉得，那王秀才是個讀書人，一朝顯達，名登高第，那其間夫榮妻貴。這財禮呵，縱輕微，既來之，且宜安之。

【前腔】（丑上）富家郎央我爲媒，要娶我侄女爲妻。説開説合，非通容易，也全憑虚心冷氣。匹配，端的是老娘爲最。

（浄）姑娘那裏來？（丑）我在家裏來，特來與女兒説親。（浄）不要説這親事，我老員外憑了那老許，把女兒許與王什麽朋。（丑）不是王景春的兒子王十朋？娘兒兩個過活的？（浄）正是他家，不知富貴發積何如？（丑）就是孤老院裏趕出跎子來，窮斷了他的脊筋。風掃地，月點燈。（一）（浄）你説的是誰家？（丑）我説的是孫半州孫官人，名頭也有十七八個，金銀使秤稱，珠子使斗量。先將金釵一對，壓釵銀四十兩，交了年庚吉帖，就有禮物登門。（浄）如此只許他家罷。姑娘，只説我不曾見你進來，你就説退了王家，我就説嫁了孫家。（丑）正是。（浄）只是老許在裏面，不好説得。（丑）自古道：男不作媒，女不保債。若是老許搶我這媒做了，汗都弄他的出來。嫂嫂，你先進去。（浄）老許還不去。（丑）

（一）眉批：傳神。

哥哥嫂嫂，此是那個，狗也不養出他來。我到人一般敬他，他到驢了眼看我，我到深深拜一拜，他到直了腰哈人。[一]（末）老人家曲不倒腰，只是這等。（丑、浄）老人家曲不倒腰，彭祖公公不唱喏的？男有男行，女有女伴。請出去，待我們説幾句家常話。哥哥，特來與我侄女説頭親事。（外）妹子來遲了，女兒許了王秀才，聘禮受了，就是王景春之子王十朋。（丑）那個做媒的？千百擔柴煮不爛的老狗，這是女人家勾當。那王家朝無呼雞之食，夜無引鼠之糧，若是嫁了他，餓斷了絲腸。若餓死我家女兒，要與老許討命。[二]（外）什麽説話！（浄）姑娘，你説的是那家？（丑）我説的是孫半州，前門進去一百條水牛，有老許大。（浄）就嫁這水牛。（丑）後門進去一百條黄牛。且不要説他珍珠財寶，只這象牙屏風底下，冰乾也有一千擔。（浄、外）冰見了日頭就洋了，怎麽曬得冰乾？（丑）各天一方，有這等天曬得這冰乾。嫂嫂，生藥鋪裏賣的是什麽？（浄）這是冰片。（丑）正是，正是。退了王家，嫁那孫家。（外）你不曉得，就是那孫汝權，極奸詐。我也配他不來，還了他聘禮。（浄）這等人家不與他？如今退了王家，許了孫家。（外）你那婆子，曉得什麽？一家女子百家求，許了一家便罷休。（浄）唊了嘴！[三]一家女子百家求，九十九家不罷休。（丑）只有一家不求得，扒在屋上打磚頭，一失手打了老許的頭。

[一] 眉批：傳神。
[二] 眉批：傳神。
[三] 眉批：象。

【駐馬聽】(外)巧語花言，竟不顧男女婚姻當遴選。此子才堪梁棟，貌比璠璵，學有淵源。我孩兒非比孟光賢，那書生亦遂梁鴻願。這親事也由我不得，也由你不得。(合)萬事由天，一朝契合，做了百年姻眷。

【前腔】(淨)才貌兼全，親老家貧囊又艱。羞殺荊釵裙布，繡褥金屏，綺席華筵。好姻緣番作惡姻緣，富親眷强似窮親眷。(合前)(一)

【前腔】(丑)四遠名傳，那個不識孫汝權。他貌如潘岳，富比石崇，德並顏淵。輕裘肥馬錦雕鞍，重裀列鼎珍羞饌。(合前)

【前腔】(末)五百年前，月老曾將足繫纏。不用詩題紅葉，書附青鸞，玉種藍田。瑤池曾結並頭蓮，畫堂中已配豪家眷。(合前)

(外)今日未可便相從，(淨)須信豪家意頗濃。

(末)有緣千里能相會，(丑)無緣對面不相逢。

(外)怎成得人家？一個客在此，也没茶水，到有許多不賢之處！(淨)還不跪？(丑)跪了，嫂嫂。(外)妹子，一個好人家是你攪壞了，我也做不得主。我兒在繡房中，你將兩家聘禮問女兒。願嫁金釵，

(一)　眉批：尚少介處，不如杭板妙。

就是孫家；　願嫁荆釵，就是王家。[1]（浄、丑）正是。（外）只説王家是詩禮之家，那孫家一味村濁。（浄）再説一個大巴掌。（外）罷，罷，我再不管了。（先下。丑）世間無難事，只怕歪絲纏。一個老官人被你一纏，就纏壞了。　玉蓮就比我小時節，只要有得喫，有得着，這等人家不嫁，到去嫁窮鬼？　好計！計就月中擒玉兔，謀成日裏捉金烏。（下）

第九齣　繡房

【戀芳春】（旦上）寶篆香消，繡窗日永，又還節近朱明。　暗裏時更换，月老逼椿庭，惟願雙親福壽康寧。

〔鷓鴣天〕[2]鏡中常自嘆嬋娟，生長閨門二八年。　惟喜椿庭身在室，何堪萱室魄歸天？　工容德，[3]悉兼全，玉質無瑕賽月圓。　春去秋來多少事，金蓮那肯出房前？　奴家侍奉早膳已畢，且向繡房做些針指。

【一江風】繡房中，裊裊香烟噴，剪剪輕風送；　但晨昏問寢高堂，須把椿萱奉。　忙梳早整容，忙梳早整容，惟勤針指功，怕窗外花影日移動。

[1] 眉批：　此老太軟。
[2] 〔鷓鴣天〕：　原闕，據《新刻原本王狀元荆釵記》補。
[3] 容：　原闕，據《新刻原本王狀元荆釵記》補。

【前腔】聽鵲鴉，噪得我心驚怕，有甚吉凶話？念奴家不出閨門，莫把情懷掛。依然繡幾朵花，依然繡幾朵花，天生怎比他？再繡出薔薇架。

【青哥兒】（丑上）豪門議親，哥哥嫂嫂已許諧秦晉。未審玉蓮肯從順，且向繡房詢問。開門。（旦）是誰？（丑）是你姑娘。（旦拜）姑娘那裏來？（丑）我兒，這就不是了，怎麽攔門拜？詩禮人家，只象小家子出身，好歹等姑娘坐定了拜纔是。（旦）多謝姑娘指教。（丑）這纔是。我兒坐了。（旦）姑娘，告坐了。（丑）你在這裏做什麽？（旦）這是枕方。（丑）這是什麽花？（旦）並頭蓮。（丑）這是做親的意思了。（旦）姑娘休要取笑。（丑）下面是鴨、是鵝、哺雞？（旦）鴛鴦。（丑）鴛鴦嘴長了七八針。這是什麽書？（旦）是《烈女傳》。（丑）我兒，這書且放過一邊，我要説正經。我兒，特來與你説一頭親事。（旦）不是爹爹許那王，（丑）虧你不羞，不出閨門的女兒，曉什麽王、白，好歹等姑娘説出來。㈠你爹爹許了王家，母親見他艱難，將你許了孫半州。他是温州城裏第一個財主，我兒若嫁了他，一生受用不盡。這是王家的聘禮，這是孫家的聘禮。（旦）姑娘，他乃豪家富貴，玉蓮乃家寒貌醜，不敢應承孫家。（丑）嫁孫家是，聽我説他富貴。

【梁州序】（丑）他家私迭等，良田萬頃，富豪聲振歐城。他又不曾婚聘，專浼我來求親。

㈠　眉批：妙！

(旦)他恁的錢物昌盛，愧我家寒貌醜難廝稱。(丑)這段姻緣料想是前定，入境緣何不順情？休得要恁執性。

【前腔】(旦)他有雕鞍金凳，重裀列鼎，肯娶我裙布荆釵？我須房奩不整，反被那人相輕。(丑)雖是你房奩不整，他見你恭容，自然相欽敬。(旦)嚴父將奴先已許書生，君子一言怎變更？實不敢奉尊命。

【前腔】(丑)你爹娘俱已應承，問侄女緣何不肯？恁推三阻四，莫不是行濁言清。(旦)枉了將人淩併，便刎下頭來，斷然不依允。(一)(丑)論我作伐，宅第盡聞名。十處説親九處成，誰學你假惺惺。

【前腔】(旦)做媒的，(丑)做媒的不是做賊的。(旦)做媒的個個誇逞，也多有言不相應，信着你都被誤了終身。(丑)合窮合苦没福丫頭，强廝挺，令人怒憎。(旦)出語傷人，你好不三省，榮枯事總由命。

【尾聲】(丑)這段姻緣非斷逞，少什麽花紅送迎？(旦)誰想番成作畫餅。

(旦)姻緣自是不和同，(丑)無分榮華合受窮。

(一) 眉批：言語不祥。

（旦）雪裏江梅甘冷淡，（合）羞隨紅葉嫁東風。

總批：

妙在潔浄不煩。

第十齣　逼嫁

【福青歌】（浄上）只因我女嬌媚，富家郎要結姻契。姑娘在此作良媒，尋思道理，强如嫁着窮鬼。

常言道：會嫁嫁田莊，不會嫁嫁才郎。好笑我老兒將女兒許嫁王十朋，姑娘來説的温州城内第一個財主孫汝權。如今姑娘繡房中與女兒議親，待姑娘來便知端的。

【前腔】（丑上）玉蓮賤人無理，激得我怒從心起。醃臢蠢物太無知，千推萬阻，教我受了這場嘔氣。

（浄）姑娘爲何這般氣？（丑）嫂嫂，只説人家養女兒，你當初把他如金寶，如今把你當蒿草。我便領你的命到繡房中去，他便閉着門兒。我便叫開門，他便不該就是攔門拜。我該奉承他一分便好。我不合教道他，他便怪我搶白了，心裏有些不自在我。我便説特來與你做媒，他到嗞了這張嘴，説道：『姑娘，莫不是爹爹説王？』我就説：『不出閨門的女兒，曉得什麽王、白，好歹等姑娘説出來。』又説：

『爹是親的，娘是繼母，不知是那一個老養漢老淫婦，不知他是那裏來的，便是這等跟我爹的。還要拿他到稅課司去稅他一稅，羞也羞殺了他。』（一）（淨）他是這等無理，七歲無了母，是我扶養長成。説我做主不得，我且喚他出來，肯嫁孫家，我有一處，要嫁王家，也有一處。（丑）嫂嫂不要説我説的。（淨）玉蓮那裏？

【七娘子】（旦上）芳心未許春搬弄，傍紗窗繡鸞刺鳳。（淨）玉蓮！（旦）母命傳呼，奴當趨奉。金蓮輕舉湘裙動。

（旦）母親。（淨）撇開，不是你娘。（旦）姑娘。（丑）不是你姑娘。（淨）你好欺心！雖無十月懷胞，且有三年乳哺。怎麼得你長大嫁老公，姑娘與你説親，肯不肯好好回他，怎麼説爹是親的，娘是繼母，做主不得，罵我許多？（旦）是那個來説的？（淨）姑娘説的。（二）（旦）姑娘曾在那裏罵？（丑）你罵來。（淨）賤人罵得好。

【鎖南枝】（旦）休發怒，免性焦，一言望乞聽奴告。這聘禮荊釵，休恁看得小。（淨）是金的？（旦）非是金。（丑）敢是寶？（旦）非是寶。（淨）非金非寶，要他何用？（旦）將來聘奴家，一似孟德耀。

（一）眉批：傳神，傳神！

（二）『（旦）是』兩句：原闕，據汲古閣刊本《繡刻荊釵記定本》補。

【前腔】（浄、丑）聽他道，越氣惱，無知賤人不聽教。因甚苦死執迷，惹得娘焦燥？他禮物有甚好？比着玉鏡臺，羞殺晉温嶠。

（旦）母親，豈不聞商相埋名，(一)版築巖前曾避世；阿衡遯跡，躬耕莘野未逢時。買臣見棄於其妻，季子不禮於其嫂。先朝蒙正運未通，破窯困苦；昔日韓信時不遇，當道饑寒。王秀才雖窘，乃才學之士；孫汝權縱富，乃奸詐之徒。才學之士，不難於富貴；奸詐之徒，必易於貧窮。王秀才一朝風雲際會，發跡何難？（浄）姑娘，丫頭雖小，且是識人多矣。不知那裏尋許多苦堆一處。

【四換頭】（浄）賊潑賤閉嘴，數黑論黄講甚的？我是你什麼人？（旦）是娘。（浄）恰又來，娘言語怎違？那裏是順父母顔情却是你？（旦）順父母顔情，人之大禮。話不投機，教人怎隨？富豪戀貪，貧窮見棄，惹得傍人講是非。

【前腔】（丑）呆蠢丫頭，出語污人耳。恁推三阻四，話不投機。豪家求汝效于飛，他有甚相虧？出言抵撞，你好没尊卑。

【前腔】（旦）非奴失禮儀，望停嗔，聽拜啓。婚姻事有之，恐誤了終身難改移。（浄）嫁去好，多

(一)　埋：原作『理』，據汲古閣刊本《繡刻荆釵記定本》改。

住幾日，不好，回來再嫁。(一)(旦)怕一時貪富侈，恐船到江心補漏遲。

【前腔】(净、丑)好言勸你，再三阻推。娘是何人你是誰？(旦)母親暫息雷電威，休恁自差池。今日裏緣何將我苦禁持？(净)自今和你做頭敵。(旦)謾威逼，斷然不與孫氏做夫妻。

(旦下。外上)自不整衣毛，何須夜夜嚎。爲何在此喧嚷？(净)老賊養得好女兒，把我一頓打。若無姑娘勸，幾乎打死。(二)(外)媽媽，玉蓮最孝順，敢不是他？(净)且住！待我思想。我扯住他衣服，他洒掉跑了去，方纔打。姑娘，是你打的。(外)妹子回來一次，惹得他母子鬧炒，今後再不要回來。(三)(丑)我爲你女兒親事，今後再不回來了。(净哭)我的姑娘。(丑哭)我的嫂嫂。(外)呸！好人好家，哭怎麽的？(丑)耍戲有哭有笑。(净)依我嫁孫家，多與他房奩首飾。若不肯嫁孫家，剥得赤條條，揀個十惡大敗日，一乘破轎子，送到王家。房奩首飾，一些没有，再不管他。(外)將機就機，明日乃是一好日，只說不好。媽媽，十惡大敗日，就是明日送去。(净)也罷，就是明日。(外)媽媽，你送去。(净)我不去。(外)妹子，你送去。(丑)嫂嫂，一個泥人送到廟裏去，看個下落，就是我去。(四)

(一) 眉批：傳神。
(二) 眉批：畫。
(三) 眉批：象。
(四) 眉批：畫。

（外）不貪富貴自甘貧，（浄）叵耐無知小賤人。
（丑）惟有感恩並積恨，（合）萬年千載不成塵。

總批：
模寫玉蓮處亦嫌過於老練，不似個不出閨女子。

第十一齣　辭靈

【破陣子】（旦上）翠黛深籠寶鏡，娥眉懶畫春山。絲蘿雖喜依喬木，椿樹還憐老歲寒，偷將珠淚彈。

我生胡不辰，襁褓失慈母。鞠育賴椿庭，成立多艱楚。此日遣于歸，父命曷敢阻？進退心恐傷，有淚出肺腑。奴家被繼母逼嫁孫郎，我爹爹不允，將機就機，只說今日是十惡大敗之日，(一)匆遽之間，將奴出配王家。首飾衣服，並無一件。苦呵！若是親娘在日，豈忍如此骯髒？不免到祠堂中拜別親娘神主。(二)此間已是祠堂中了，這一位是我親娘呵！一入祠堂心慘淒，百年香火嘆無兒，涓埃未報母恩德，返哺忍聞烏夜啼。

(一)眉批：不祥。
(二)眉批：傳神。

【玉交枝】音容不見，望冥中聽奴訴言。甫離懷抱娘恩斷，目應怎瞑黄泉。誰知繼母心太偏，逼奴改嫁相淩賤。我那親娘，孩兒今日出嫁，本待做一碗羹飯與你，料他決不相容。苦！莫説羹飯，我要痛哭一場，（合）怕他們聞之見嫌，只得且吞聲淚痕如線。〔一〕我的親娘在日，豈是今日？

【前腔】不能光顯，嘆背裝十無一完。爹爹，母親，荆釵裙布奴情願。只是我爹爹年老在堂，奴家去後，嘆無人膝下承顔。我的親娘，七歲抛離了你，受他折磨難盡言。孩兒倘有一些差處，非打即罵，他全無骨肉親相眷。（合前）〔二〕

（外上）荆釵與裙布，隨時逼婚嫁。（丑）三夜不息燭，相思何日罷。（外）我兒，哭得這等模樣，你在此怎麼？（旦）我在此别母親神主。（外）我的兒，

【憶多嬌】（外）你且開鏡奩，整翠鈿，休得界破殘妝玉筯懸。今日我做爹爹的骯髒了你，〔三〕首飾全無真可憐。（合）休得愁煩，喜嫁讀書大賢。

【前腔】（旦）愁只愁你子嗣慳，爹老年，何忍教兒離膝前。爹爹，你與母親不諧，孩兒去了，凡事忍

〔一〕眉批：傳神。
〔二〕眉批：直欲逼真。
〔三〕眉批：象。

耐些罷。莫惹閑非免掛牽。（合前）(一)

（丑）我兒，你若依了我，嫁了孫家，大樣妝奩，十分富貴。今日什麼來由，到嫁這個窮鬼？（外）你好胡說！

【鬥黑麻】（外）自古姻緣事，非偶然，五百年來，赤繩繫牽。兒今去，聽教言：我的兒，你到王門做媳婦，勿慢勿驕，必欽必敬。孝順姑嫜，數問寒暄。（合）燈前淚漣，生離各一天。它有日歸寧，吾心始安。

我兒上轎去罷。（旦）待孩兒請母親出來拜辭。（外）孩兒，那老潑賤，你去拜別他怎麼？（旦）爹爹，天下無有不是的父母，孩兒何忍不辭而去？（丑）侄女言之有理，待我去請他來。嫂嫂，女兒請你出來拜別。（淨在内應）不出來，一似張果老倒騎驢，永遠不要見這畜生的面。(二)（丑）侄女兒，你母親不肯出來受你的拜別。（旦）既不肯出來，待奴自去請。母親，開門，開門！（淨内應）不開，不開！（旦）母親既不開門，不免就此房門前拜別。我的娘，孩兒呵！

【前腔】（旦）蒙教養成人，恩同昊天。（淨内應）我又不是你親娘，說什麼昊天！(三)（旦）我的娘，雖

(一) 眉批：傳神。

(二) 眉批：象。

(三) 眉批：不情亦不象。

不是你親生，多蒙保全。兒別去，免憂煎。娘，你是個年老之人，休惹閒氣，倘爹爹有些不是處，忍耐些罷！努力加餐，望把愁顏變笑顏。（合）燈前淚漣，生離真可憐。（外）我兒，他衣飾也無一件與你，哭他怎麼？（旦）裙布荊釵，奴身自便。

（丑）侄女兒，拜了爹爹，上轎去罷！（外）不要拜了。

【臨江仙】（旦）百拜哀哀辭膝下，及門無母施鞶，未知何日返家園。出門銀燭暗，明月照魚軒。（旦、丑吹打下。外吊場）

【前腔】（外唱）半壁勾燈相吊影，瀟瀟白髮盈顛，[一]那堪弱息離身邊？叮嚀辭別去，情痛不成乾。

總批：

妙在冷處傳神，真作家也。

（一）瀟瀟：原作「消消」，據《新刻原本王狀元荊釵記》改。

第十二齣　合巹

【風馬兒】（貼上）株守蝸居事桑麻，[一]形憔悴，鬢藍參。（生上）家寒世薄精神減，淒涼一擔，母憂愁，子羞慚。

（貼）孩兒，姻緣之事非偶然，前番許將仕來說親事，我因將荊釵爲定。此人一去許久，不見回報，敢是不成了。（生）母親，姻緣前生分定，苦苦掛懷則甚。

【鎖寒窗】（貼）這門親，非是我貪婪，無奈人來說再三。送荊釵，只愁富室褒談，良媒竟没一言回俺，反交娘掛腸懸膽。（合）早間只聞得鵲聲噪窗南，有何親舊相探？[二]

【前腔】（生）嘆連年貧苦多諳，尤在淒涼一擔擔。事萱親，朝夕愧缺魚甘。劬勞未答，常懷淒慘。議姻親，斷然不敢。（合前）

【前腔】（末、浄上）論人生嫁女婚男，不是姻緣怎妄貪。謾誇他豪門首飾衣衫。嬌娥志潔，甘居清淡。那聽他巧言啜賺。這姑姑因此臉羞慚，此來必定喃喃。

[一] 蝸：原作『窩』，據《新刻原本王狀元荊釵記》改。
[二] 眉批：曲妙。

此間已是。有人麼？（貼）有人在外，出去看來。（生）待孩兒去看。（末）老夫要見令堂。（生）母親，許將仕。（貼）請見。（末）老安人賀喜。（貼）寒門似水，喜從何來？（末）錢老員外送小姐過門，以此賀喜。（貼）倉卒之間，諸事不曾整備，怎生是好？（末）不費老安人的心，錢宅也没有人來，止有張姑媽送親。他恰有些絮刮，不要聽他。（浄）只要出了新官人，諸事不要管。張老安人出轎。華堂今夜喜筵開，拂拂香風次第來，畫鼓頻敲龍笛響，新人移步出庭階。

【寶鼎兒】（丑）親送侄女臨門，管取今朝沉醉。

（浄）請老安人迎接姑婆。（貼）姑婆請。（丑）親家請。（浄）請行禮，再行禮。（貼、丑行禮。丑）此間是那個？（末）就是新官人。（丑）你不曉得，這是瓊林之瓊。親家面上爲何能黄？（貼）生成的。（丑）這房子爲何都是曲的？（貼）這是舊房。（丑）不是舊房，正是喬木之家。（末、浄）這話纔説得好。（丑）親家，裏面有什麼冰窨？（貼）没有什麼冰窨。（丑）爲何冷氣直沖？親家，夜來我哥哥嫂嫂分顏，如今送侄女臨門，首飾房奩，諸事不曾完備，望親家包荒。（貼）家下倉卒之間，諸事不曾整備，望姑婆包荒。(一)（丑）實不相瞞親家説，没有喜娘，還要我一身充兩役，扶我侄女出轎。酒是好歹兩桌都是我的了。（末）且不要多説，扶持新人出轎。（浄）伏以身騎白馬摇金凳，曾向歌樓列管弦；醉後不知明月上，笙歌引入畫堂前。

(一) 眉批：傳神。

【花心動】（旦上）適遣匆匆，奈眉峰慵畫，鬢雲羞籠。（净）一對新人請上花毯，齊眉並立。一派笙歌列綺羅，女郎今夜渡銀河。羞聞織女笑呵呵，今夜斷然饒不過。（貼）請受禮。（丑）同受禮。（净）老安人請訓事。（貼）姑婆請訓事。（丑）親家請。（貼）占了。夫妻交拜，相敬如賓。務要上和下睦，夫唱婦隨。常如鸞鳳之和鳴，早叶麒麟之應瑞。姑婆請了。（丑）勤事桑麻，織紬做布，莫學自己，嫁了這個窮酸餓醋。喜筵獨桌，擺在那裏？（貼）姑婆，倉卒之間，諸事不曾整備。㈠

【惜奴嬌】（貼）只爲家道貧窮，守荆釵裙布，謹身節用。今爲姻眷，惟恐玷辱親家門風。（旦）空空，愧乏房奩來陪奉，望高堂垂憐寵。（合）喜氣濃，悄似仙郎仙女，會合仙宮。

【前腔換頭】（丑）忻逢，夫婿寬洪，可留心遵守，四德三從。（末）勤攻詩賦，休得要效學飄蓬。（生）重重，命蹇時乖長如夢。（貼）謝良言，開愚懞。（合）喜氣濃，悄似仙郎仙女，會合仙宮。

【鬥黑麻】（旦）家中，雖忝儒宗，論蘋蘩箕帚，㈡尚未諳通。愧無能，豈宜適事英雄？（貼）

㈠　眉批：介、白不如武林板完備。
㈡　論：原作『諭』，據汲古閣刊本《繡刻荆釵記定本》改。

融融，非獨外有容，必然内有功。（合）喜氣濃，悄似仙郎仙女，會合仙宫。

【前腔】（生）愚懞，欲步蟾宫，奈才疏學淺，未得蜚衝。愧無能，豈宜先自乘龍？（丑）雍雍，才郎但顯功，嬌妻擬贈封。（合前）

【錦衣香】（末）夫性聰，才堪重；婦有容，德堪重。天生美質奇才，彩鸞鳳。（生）自慚非是漢梁鴻，何當富室，配着孤窮。（旦）念妾非孟光，奉親命遣侍明公。今日同歡共，想也曾修種。夫和婦睦，琴調瑟弄。

【漿水令】（貼）恕貧無香醪泛鍾，恕貧無美食獻供。（丑）又無些湯水飲喉嚨。妝甚麽大媒？做什麽親送？（末）休相笑，莫妄衝，惟恐外人相譏諷。（貼）非缺禮，非缺禮，只爲窘中。凡百事，凡百事，望乞包籠。

【尾聲】（衆）佳人才子德堪重，更人才又兼出衆，夫妻到老和同。

（生）合巹交歡喜頗濃，（貼）琴調瑟弄兩和同。

（丑）今宵賸把銀缸照，[一]（合）猶恐相逢在夢中。

[一] 賸：原作『勝』，據汲古閣刊本《繡刻荆釵記定本》改。

第十三齣　遣僕

【出隊子】(外上)追思前事，追思前事，心下如同理亂絲。雖然頗頗有家私，争奈年高無後嗣，怎不教人怨咨！

萬般皆是命，半點不由人。當初招王十朋爲婿，誰知我那婆子嫌貧愛富，定要嫁孫家。我女不從，因此變作參商，番成仇怨，是我一時將機就機，將孩兒送過王門。如今赴京科舉，思慮他家無人，意欲整西邊書房，去請親家、女兒同居住，早晚也好看顧。李成那裏？(末上)水將杖探知深淺，人聽言詞見腹心。員外有何分付？(外)李成，王官人往京求取功名，我思量他家無人，欲將西首書房打掃潔浄，你就去請老安人小姐到家居住，(一)早晚也好看顧。(末)如此甚好，只怕老安人不容。(外)有我在此，不妨。(末)小人就去。

【好姐姐】(外)聽吾一言説與，那王秀才欲求科舉。他若去時，必定家空虚。(合)堪憂慮，形隻影單添凄楚，暮想朝思愈困苦。

【前腔】(末)解元爲功名利禄，他應難免分開鴛侣。妻孤母獨，怎不愁滿腹。(合前)

(一)　打掃潔浄你就：　原闕，據《新刻出像音註節義荆釵記》補。

【前腔】(外)我欲把西邊空屋，相請他萱親荆婦，移來並居，早晚堪照顧。(合)親骨肉，及早取來同居住，彼此心歡意滿足。

【前腔】(末)小僕蒙東人付囑，到彼處傳説衷曲。他聞此語，擬定無間阻。(合前)

(外)不忍他家受慘淒，(末)恩東惜樹更連枝。

(外)黄河尚有澄清日，(末)豈可人無得運時？

總批：

曲俱真率可誦。

第十四齣　迎請

【掛真兒】(貼上)天付姻緣事諧矣，夫和婦如魚似水。(生上)貧處蝸居，羞婚燕爾，惟恐傍人談恥。(旦上)菽水承歡勝甘旨，親中饋未能週備。(生)慈母心歡，賢妻意美，深喜一家和氣。

(生)母親，蘋蘩已喜承宗嗣，功名未遂平生志。黄榜正招賢，囊空無一錢。(貼)孩兒，家寒難斡運，(一)

(一) 斡：原作『幹』，據文義改。

謾自心頭悶。（旦）今舉若蹉跎，光陰能幾何？（生）母親，孩兒自與娘子成親之後，不覺半載。即今黄榜動，選場開，郡中刻限十五日起程。争奈缺少盤纏，如何是好？（貼）孩兒，自你父親亡後，家私日漸凋零。你今缺少盤費，交娘實難措辦。（旦）官人，此係前程之事，況兼官府催行，雖則家道艱難，如何辭免？可容奴家回去，懇及爹娘，或錢或鈔，借些與官人路上盤纏，不知尊意如何？（生）如此却好，只恐岳丈不從。（旦）這個不妨。（末上）若無漁父引，怎得見波濤？自家蒙老員外着我到王秀才家去請取，這裏便是，有人在此麼？（貼）孩兒，是誰在門首？（生）待孩兒去看。（介）足下何來？（末）小人是錢宅來的。（生）少待。（介）母親，元來岳丈家裏來的人。（貼）媳婦，你去看是誰。（旦）待奴家去看。（介）元來是李成。（末）是小人。（旦）一向爹媽好麼？（末）俱各平安。（旦）今日着你來，有何話説？（末）老員外聞知秀才官人上京應舉，思慮宅上無人，着小人打點空房一所，特着小人來請老安人小姐同家另住。（旦）這是貧人遇寶，有何不可？你進來見了婆婆，須要下禮。（末）大人家女兒曉得。（貼）媳婦，是誰？（旦）婆婆，是奴家裏使唤的李成。（貼）元來是李成舅，請他進來。（旦）李成進來。（末）老安人拜揖！（貼）李成舅萬福。二位親家安否？（末）托賴俱各平安。（貼）如今親家着你來有何幹？（末）老安人請坐，待小人説。

【宜春令】（末）恩東命，遣僕來上覆，近聞説官人赴都。解元出路，人去家空，必定添淒楚。意欲把西首房屋，待相邀安人居住。爲此特令男女，到宅傳語。

【前腔】（貼）蒙錯愛，爲眷屬，這恩德深銘肺腑。奈緣艱苦，迍邅不能勾參岳父。到如今又

蒙相呼，頓交娘心中猶豫。試問我孩兒媳婦，怎生區處？㈠

【前腔】（生）因科舉，欲赴都，免不得抛妻棄母。千思百慮，母老妻嬌，却交誰爲主？既岳翁惜寡憐孤，這分明連枝惜樹。且自隨機應變，慎勿推阻。

【前腔】（旦）夫出路，百事無，況家中前空後虛。晨昏朝暮，慮恐他人生嫉妒。既相招共處同居，暫幽棲蓽門蓬户。未審婆婆夫主，意中何如？

（末）安人且聽小人告禀，俺老員外説得好，解元赴選，家中惟有女流，外無老僕，内無小僮。俺小姐既受蘋蘩之托，恐缺甘旨之奉。爲此將西邊空屋，請安人、小姐另處。父子又得相親，婦姑況得其所。安人以爲半世尚守孤燈，今而有婦，不肯因人而熱，辭之固當矣。據小人愚見，早晚仰賴無人，倘有不測，何以堪處？我家空屋，固非廣厦高堂，亦有重疊門户，不使雀穿牖，毋使犬吠室。實爲有托，可保無虞。解元衣錦榮歸，不惟壯觀老員外之門楣，抑且增益老安人之慚愧。休得三思，幸垂一諾。㈡（旦）婆婆，李成之言有理，請問去否？（貼）兒，你道怎麽不去？

（貼）家寒羞往見新親，㈢（生）世務艱難莫認真。

㈠ 眉批：象。

㈡ 眉批：這後生到會調文，使乎，使乎！

㈢ 眉批：真。

(旦)此去料應無改易，(末)逕傳消息報東人。

(末下)

【繡衣郎】(生、旦、貼吊場)(貼)[一]半生在陋室幽棲，樂守清貧苟度時。重蒙不棄，大厦千間相周庇。望孩兒異日榮貴，報岳翁今日恩義。(合)願從今奮前程萬里，願從今奮鵬程萬里！

【前腔】(生)自歷學十載書幃，黄卷青燈不暫離。春闈催試，鏖戰功名在科場内。金鑾殿擬着荷衣，廣寒宫必攀仙桂。(合前)

【前腔】(旦)想蒼天不負男兒，一舉成名天下知。倘登高第，雁塔題名身榮貴。若能勾贈母封妻，也不枉了争名奪利。(合前)

【前腔】(貼)黄河尚有澄清日，豈可人無得運時？(旦)[二]皇都得意，那時好個風流婿。(生)我寒儒顯赫門楣，太岳翁傳揚名譽。(合前)

(生)春闈催試怕違期，(旦)但願皇都得意回。
(貼)躍過禹門三級浪，(合)管教平地一聲雷。

[一] (貼)：原闕，據《新刻原本王狀元荆釵記》補。
[二] (旦)：原闕，據《新刻原本王狀元荆釵記》補。

第十五齣　分別

【卜算子】（外上）從別女孩兒，心下常縈繫。昨日令人去請歸，彼此心歡喜。(一)

雪隱鷺鷥飛始見，柳藏鸚鵡語方知。昨日着李成去搬取王親媽、秀才與我女孩兒同家另居。待李成回來，便知分曉。

【疏影】（貼上）韶光荏苒，嘆桑榆暮景，貧困相兼。（旦上）半載憂愁，一家艱苦，未知何日回甜。（生上）粗衣糲食心無歉，爲親老常懷淒慘。（末上）安人賢會，秀才儒雅，小姐貞潔。

（末）老安人，這裏正是本宅門首，待小人進去通報。（介）老員外，老安人、秀才官人、小姐都來了。（外）在那裏？（末）都在門首。（外）看坐來。（介）親家，請裏面相見。（貼）老親家先請。（外）親家，老夫接待不周，勿令見罪。（貼）親家，老身貧乏，無一絲爲聘，遣荆釵言之可羞。（外）小女愧無百輛迎門，奉蘋蘩惟恐有失。（貼）未遑造謝，反蒙寵招。（外）重荷輝臨，不勝忻羡。（貼）老親家，親母如何不見？（外）老荆有些小恙，不及侍陪，容日再拜。乞恕！乞恕！（貼）孩兒過來，見了老親家。（生）念十朋一介寒儒，三尺童稚。忝居半子之情，托在萬間之庇，有違參拜，無任戰兢。（外）好賢婿！

(一)　眉批：曲真。

(旦)爹爹，久別尊顔，且喜無恙。(外)孩兒起來。親家母，我聞知令郎起程，慮恐親家宅上無人。老夫如今打點西邊空房屋一所，請親姆到來，與我孩兒同住。未知尊意如何？(貼)老身來此，叨擾尊府。[一](外)賢婿幾時起程？(生)小生就是今日起程。(外)李成看酒來。(末)酒在此。(外)此一杯酒，一來與老親家接風，二來與我賢婿餞行。酒三巡，權爲餞行之禮。親家，我家中没有高梁大廈。

【降黄龍】(外)草舍茅簷，蓬蓽塵蒙，網羅風颭。尊親到此，但有無一一望親遮掩。(貼)恩沾，萬間週庇，悄似寒灰撥焰。使窮親歡生愁腹，喜生愁臉。

【前腔換頭】(旦)安然，同效鶼鶼，爲取功名，反成拋閃。君今此行，又恐怕貪富别娶房奩。[二](生)休言，我守忠信，自古道『貧而無諂』，肯貪榮忘恩失義，附熱趨炎？

【前腔換头】(貼)淹淹，貧守齏鹽，常慮衣單，每憂食缺。今爲眷屬，尤恐將宅第門風辱玷。[三](外)休謙，既成姻眷，又何故相棄相嫌。敢攀尊親寵臨，老夫過僭。

【前腔換頭】(生)叨忝，母訓師嚴，三史諳通，九經博覽。[四]今承召舉，到試闈定有朱衣頭點。

[一] 尊：原作『使』，據汲古閣刊本《繡刻荊釵記定本》改。
[二] 眉批：無端。
[三] 眉批：象。
[四] 眉批：賣弄。

（旦）春纖，捧觴低勸，好將心事拘拑。到京師閑花野草，慎勿沾染。(一)

【黄龍滚】（生）休將别淚彈，休將别淚彈！且把愁眉展。背井離鄉，誰敢胡沾染？（貼）路途迢遞，不無危險。纔日暮，問路程，尋宿店。(二)

【前腔】（生）萱親免愁煩，萱親免愁煩，岳丈休憶念。（貼）記取叮嚀，客邸當勤儉。（外）此行只願鰲頭高占，功名遂，姓字香，門楣顯。

【尾聲】（生）隨身不慮無琴劍，慮只慮行囊缺欠。（外）些少白金相助添。

（生）多謝岳父厚意。（外）你去路上要小心，早去早回。（貼）孩兒，你過來，我分付你幾句。（生）母親，有何分付？（貼）你未晚先投宿，雞鳴起看天；逢橋須下馬，過渡莫争先。古來冤枉事，皆在路途間。做娘的就比樹頭上黄葉，荷葉上水珠，朝不保暮了。(三)我的兒呵，

【臨江仙】（貼）渡水登山須仔細。（外）朝行須聽曉雞啼。（旦）成名先寄好音回。(四)（末）藍袍將掛體，及第便回歸。（生）重荷萱親勤訓誨，感蒙岳丈提攜。娘子，好生侍奉我親幃。李成，

(一) 眉批：妙，妙！

(二) 眉批：象。

(三) 眉批：真，真！

(四) 眉批：象。

在家勤照顧。（末）及第便回歸。（旦扯生介）半載夫妻成拆散，婆婆年老怎支持？成名思故里，切莫學王魁！[一]（生）你不須多囑付，我及第便回歸。

（生先下。衆吊場）正是：　流淚眼觀流淚眼，斷腸人送斷腸人。（外）孩兒，你夫婿上京取應，好把婆婆恭敬。（旦）甘旨一一趨承，謹依爹爹嚴命。（貼）多幸，多幸，骨肉團圓歡慶。

【園林好】（貼）深感得親家見憐，助白銀恩德萬千。更廣厦容留，貧賤得所，賜喜綿綿。蒙所庇，意拳拳。

【沉醉東風】（外）我孩兒三生有緣，與才郎忝爲姻眷。今日赴春闈，程途遥遠。助盤費，尚憂輕鮮。（旦）婆當暮年，父當老年，只願我兒夫榮歸故苑。

【川撥棹】（貼）他憑取才學上京赴選，又恐怕他功名緣分淺。[二]（末）老安人且莫縈牽，那秀才文章燦然。管登科，作狀元。管登科，作狀元。

【紅繡鞋】（貼）旦夕祝告蒼天，週全。願他獨占魁選，榮顯。母妻封贈受皇宣。門楣顯，姓名傳。得魚後，怎忘筌？得魚後，怎忘筌？

[一] 眉批：無端。

[二] 眉批：象。

【尾聲】從今且把眉舒展，遇良辰自宜消遣，骨肉永遠團圓。
（外）舉子紛紛爭策藝，（貼）此行願取登高第。
（旦）馬前喝道狀元來，（合）這回好個風流婿。

總批：

敘事處俱情真景實。

第十六齣　赴試

【水底魚】（生上）天下賢良，赴選臨帝鄉。白衣卿相，暮登天子堂。

【前腔】（末）爲功名紙半張，引得吾輩忙。人人都想，要登龍虎榜。

【前腔】（凈）有等魍魎，本是田舍郎，妝模作樣，也來入試場。(一)

（生）(二)三年大比選場開，滿腹文章特地來。爭看世人增價買，信知吾輩是英才。（凈）梅溪，我和你一學朋友，不須通名，趲行則個。

(一) 眉批：駡得人多。

(二)（生）：原闕，據文義補。

【甘州歌】(生)自離故里，謾回首家鄉，極目何處？萱親年老，一喜又還一懼。晨昏幸托年少妻，深感岳丈相憐一處居。(合)蒙囑付，牢記取，交我成名先寄數行書。休悒怏，莫嘆嗟，白衣换却錦衣歸。

【前腔】(末)芳春景最奇，正可人不暖不寒天氣。千紅萬紫，開遍滿目芳菲。香車寶馬逐隊隨，不見來往遊人渾似蟻。(合)争如我，折桂枝，十年身到鳳凰池。身榮貴，回故里，人人都道狀元歸。

【前腔】(浄)迤邐松篁逕裏，見野塘溶溶水没沙嘴。鷗鳧往來，出没又還驚飛。危橋跨澗人過稀，只見漠漠平沙接遠堤。(合)途中趣，真是奇，緑楊枝上囀黄鸝。難禁受，聞子規，聲聲叫道不如歸。(一)

【前腔】(衆)聞知皇都近矣，尚還隔幾重烟水。餐風宿水，豈憚路途迢遞。一心止望入試闈，恨不得肋生雙翅飛。(合)尋宿處，莫待遲，竹籬茅舍掩柴扉。天將暮，日墜西，漁翁江上釣魚歸。

【尾】問牧童，歸村市，香醪同飲典春衣，圖得今宵沉醉歸。

(一)　眉批：曲好。

（生）琢磨成器待春闈，（末）此去前程唾手回。
（净）青雲有路終須到，（丑）金榜無名誓不歸。

第十七齣　春科

（末白）欽奉朝廷命，敷施雨露恩。魚龍皆變化，一躍盡朝天。自家不是别人，禮部伺候的便是。往來聽候，侍奉官員。今乃大比貢舉之年，正當設科取士之際。國朝委請試官，已在貢院之内。府縣郡召舉子，俱列棘闈之前。如今將次考試，只得在此伺候。怎見得設科取士？但見開設着：茂才科、賢良科、方正科，齊齊整整；印卷所、彌封所、對讀所、謄録所，密密嚴嚴。委請有：總考官、同考官、《易》考官、《書》考官、《詩》考官、《春秋》考官、《禮記》考官，人人飽學；提調官、供給官、巡綽官、受卷官、彌封官、總監臨官、都幹辦官，個個清廉。但是天下才子，先到禮部報名。第一場，以四書擬題，内選程文四書三篇、五經四篇，務要文章貞潔。第二場，以性理群書擬題，内選程論詔誥一篇、表判一篇，俱用禮義精純。第三場，策問五道，無非曉達時務，何莫經史辨疑。中式舉人，定爲三甲；授官進士，分作九階。第一甲，賜進士及第，官授從六品；第二甲，賜進士出身，官授正七品；第三甲，賜同進士出身，官授從七品。廷策一道，列名狀元、榜眼、探花，遊街三日，賜宴瓊林，鹿鳴鹵簿。正是：一封

纔下興賢詔，四海應無遺棄才。道猶未了，試官早到。㈠

【夜遊朝】（外）錦袍銀綬掌春宫，輔佐承明一統。聖主求賢心重，網羅天下英雄。

烏紗玉帶紫金魚，出入千人擁一車。若問榮華自何至，少年曾讀五車書。下官蒙差考試，爲天子之輔臣，係文章之司命。榮身食禄，豈容尸位素餐；報主匡時，敢不矢心殫力？今當會試之春，命主禮闈。天下英才，雲屯蟻聚。左右，舉子入試者，用意搜檢，以防懷挾。着他魚貫而進！

【水底魚】（生）天降皇恩，詔我衆書生。魚龍變化，直上九霄雲。

【前腔】（小生）慈親衰倦，弟兄無一人。無人奉養，時刻常掛心。

【前腔】（浄）我是文人，聲名天下聞。若還高中，管取第一名。

（衆見。外）衆舉子，我奉九重之命，掄四海之才。每歲考試，不過經書詩對，盡是俗套虚文。我今奏准裁革。第一場各把本經做一篇，第二場破題，第三場作詩。天、地、人三號，各歸號房，挨次呈來，無得錯亂，取責不便。（介）生員領題。（外）天字號就把本經做一篇來！

【黄鶯兒】（生）魯史紀周正。（外）正名之實，何者爲先？（生）重明倫，先正名。先明王霸之分。尊王賤霸功難泯。（外）五霸桓文爲盛，事業如何？（生）齊桓公會諸侯於葵丘，次師召陵以伐楚。晉

㈠　眉批：此等不如臨時出新意爲之妙，若照刊板，令人取厭。

文公會諸侯踐土，天王狩於河陽。葵丘序盟，召陵誓兵，河陽踐土誠陵分。（外）《春秋》以賞罰爲事，無乃爲僭乎？（生）《春秋》天子之事也。故仲尼曰：『罪我者，惟《春秋》乎？知我者，其惟《春秋》乎？』細推評，刑誅爵賞，誰識素王情？

（外）此篇深得《春秋》賞罰之旨，真内聖外王之學也。可喜可喜！地字號把你本經做一篇來！

【前腔】（小生）五典與三墳，見重華，思放勳。（外）昔左史倚相，能讀墳典丘索之書。子亦能是乎？（小生）不敢，此分内事也。九丘八索吾能省。（外）既然讀上古書，且說『欲爲君盡君道，欲爲臣盡臣道』，二者當法何人？（末）人君之道，至文武而盡；人臣之義，當以伊周爲法。文謨克勤，武烈繼明，商衡周鼎輝相映。（外）如或知汝，則何以哉？（小生）有用我者，務引君當道而已。際風雲，鹽梅舟楫，一德務臣君。

（外）此篇深有宰輔器量，深爲朝廷得人賀也。人字號把你本經做一篇來！

【前腔】（淨）四聖首彌綸，道陰陽，說鬼神。（外）《易》主卜筮者，說可信麼？（淨）聖人作《易》，神以知來，知以藏往，是故知幽明之故。知來藏往昭無朕。天根杳冥，月窟渾淪。（外）何爲天根，何爲月窟？（淨）堯夫云：『乾遇巽時觀月窟，地逢雷處見天根。』（外）夏商之時，《易》有何名？（淨）夏《易》首艮，是曰《連山》；商《易》首坤，是曰《歸藏》。皆無足傳者。《連山》雲斷《歸藏》隱。（外）此子年齒雖逾，學識頗到。（淨）不敢，我學生八八六十四卦，三百八十四爻，無不精曉。（外笑）可知你不親筆硯。（净）惶恐。且休韲，韋編三絶，觀國利王賓。

（外）此篇《易》學頗精，非研窮義理，不能到也。（介）生員領題。（外）第二場，我出個破題與你做：『臣事君以忠。』（生）論輔乎君者，當盡忠於君也。（小生）生員領題。（外）第二場，我出破題與你做：『其爲人也孝弟。』（小生）性禀天地之貴，道尊日月之長。（净）生員領題。（外）第二場，我出破題與你做：『學而第一：學而時習之，不亦悦乎？有朋自遠方來，不亦樂乎？人不知而不愠，不亦君子乎？』（净）先生，不是這學，乃是鶴兒第一。鶴兒乃是鶴之子，時乃時時之習也。蓋鶴有千歲，得爲有壽之禽。小鳥朔飛，漸漸飛高飛遠，其母豈不説乎？忽一日飛在青田之内，赤壁之間，同類見他飛得高遠，也飛來做了一處。此乃同類相從，豈不樂乎？雄鶴見了雌鶴，就欺心起來，一飛飛起來站在雌鶴身上，牢牢立定，而不滚也。雌鶴把頭來對了雄鶴：『雄鶴，你爲何欺心？』雄鶴答曰：『人不知而不愠，不亦君子乎？』(一)（外）第三場作詩，光、香、郎韻。（生）花如金粟占秋光，月殿移來萬斛香。試問嫦娥仙子道，一枝留與狀元郎。（外）地字號第三場，就把梅花爲題：光、香、郎韻，作詩一首。（小生）横斜疏影透波光，玉骨冰肌分外香。昨夜前村雪初霽，今朝應有探花郎。（外）人字號第三場，就把橘子爲題，光、香、郎韻，作詩一首。（净）橘子生來耀日光，又酸又澀又馨香。後來結成一個大疙瘩，剖

(一) 眉批：可厭。

開來到有七八囊。（外）郎字韻怎麽囊？（浄）大人，囊得過就罷了。〔二〕（外）學問粗疏！回去用心讀書，留在下科。（浄）三場文字不得中，六個饅頭落得呑。（外）這幾篇頗通，獨有天字號爲最。天字號那方人氏，姓甚名誰？（生）温州府永嘉縣人氏，姓王，名十朋。（外）去秋解元是你，今科會元又是你。我把你文字封上御前親閲定奪。

【風檢才】（衆上）舉子讀書大賢，錦繡文章可觀。象簡羅袍恁你穿，宮花插帽簷偏。（合）頭名是王狀元！

（末上）聖旨下，奉聖旨：第三道詞理言順，條鑒詳明，宜居第一甲第一名，王十朋；第二甲第一名，王士宏；第三甲第一名，周璧。各賜袍服冠帶，整備鼓樂，迎送狀元及第。遊街畢日，即赴翰林謝恩。

（衆）萬歲！

（外）五百名中第一人，（生）烏靴紗帽緑袍新。

（末）明朝早赴瓊林宴，（衆）斜插宮花謁至尊。

〔二〕眉批：與談《易》處不合。如何？

第十八齣　閨念[一]

【破陣子】（旦上）燈燦金花無寐，塵生錦瑟消魂。鳳管臺空，鸞箋信杳，孤幃不斷離情。巫山夢斷銀缸雨，繡閣香消玉鏡蒙。十朋，休怨懷想人。[二]

妾慚非淑女，父命嫁洪儒。矢心共貧素，布荆樂有餘。旦夕侍巾櫛，齊眉愧不如。兩情正歡洽，一旦赴徵書。折此藍田玉，分我合浦珠。翠鈿空零落，緑鬢漸消疏。登樓試晚妝，鏡破意躊躕。羞看舞雙燕，文彩入空虚。[三]況有高堂親，憂懷日倚閭。願言遠遊子，及早賦歸歟。奴家自從才郎別後，每日雞鳴而起，敬奉姑嫜，勤事父母。如今天尚未明，意欲對鏡梳妝，争奈離愁千種，想起别時，不覺垂淚。

春風吹柳拂行旌，憶别河橋萬種情。

天上杏花開欲遍，才郎從此步雲程。

【四朝元】雲程思奮，迢迢赴玉京。爲策名仙籍，獻賦金門，一旦成孤另。自驪駒唱斷，自驪駒唱斷，空憶草碧河梁，柳緑長亭。一騎天涯，正是百花風景，到此春將盡。嗏！寂寞度芳

[一] 眉批：此折非大手筆不能。

[二] 眉批：好！

[三] 眉批：好！

辰，鳳帳鴛衾，翠減蘭香冷。君行萬里程，妾懷萬般恨。别離太急，思思念念，是奴薄命！(一)

薄命佳人多苦辛，通宵不寐聽雞鳴。
高堂侍奉二親老，要使晨昏婦道行。

【前腔】婦儀當盡，昏問寢興。聽樵樓更漏，紫陌雞聲，忙把衣衫整。要慇懃定省，要慇懃定省。自覷堂上姑嫜，萱草椿庭，白髮二親，也索一般恭敬，不敢辭勞頓。(二)嗏！端不爲家貧，欲盡奴情，願采蘋蘩進。兒夫事遠征，親年當暮景，孝思力罄。行行步步，是奴常分。

事親一一體天心，無暇重調緑綺琴。
憔悴容顔愁裏變，妝臺從此懶相臨。

【前腔】慵臨妝鏡，菱花暗鎖塵。自曲江人去，鳳拆鸞分，羞睹孤飛影。漸脂憔粉悴，漸脂憔粉悴，説甚眉掃青山，鬢挽烏雲？玉筯痕多，只爲荆釵情分，腸斷當年聘。(三)嗏！欲照又還

(一) 眉批：曲妙甚，大作手也。
(二) 眉批：妙，妙！
(三) 眉批：妙，妙！

停，只見貌減容消，展轉添愁悶。團團寶鑒明，蕭蕭翠環冷。爲思結髮，絲絲縷縷，萬千愁病。

愁病懨懨瘦損神，只因夫婿寓瑶京。

那堪雁帛魚書杳，腸斷香閨獨宿人。

【前腔】從離鄉郡，皇都覓利名。想龍門求變，豹文思炳，鳳閣圖衣錦。奈歸期未定，奈歸期未定，便做折桂蟾宫，賜宴瓊林，須念蘭房，有奴孤形獨影，莫向紅樓凭。(一)嗏！獨坐暗傷神，雁杳魚沉，教奴望斷衡湘信。長安紅杏深，家山白雲隱。早祈歸省，孜孜翕翕，舉家歡慶。

【尾聲】時光似箭如梭擲，勤把萱親奉侍，專等兒夫返故里。

只爲求名豈顧親，兒夫必定離京城。

真個路遥知馬力，果然日久見人心。

(一) 眉批：妙，妙！

第十九齣　參相

（末上）碧玉堂前列管絃，真珠簾捲裊沉烟。不聞閫外將軍令，只聽朝中天子宣。自家不是别人，乃是万俟丞相府中堂候官的是也。且説我那丞相，真個官高極品，累代名家。身居八位之尊，班列群僚之上。論文呵，對先聖夜讀詩書；論武呵，總元戎時觀韜略。巍巍駕海紫金梁，兀兀擎天碧玉柱。休説官高極品，先誇相府軒昂。泥金樓閣，重簷疊棟，直起上一千層；碾玉欄杆，傍水臨階，斜連着十二曲。窗横面面碧琉璃，磚砌行行紅瑪瑙。屏開翡翠，獸爐中噴幾陣香風；簾捲蝦鬚，仙仗間會三千朱履。門排畫戟，坐擁金釵。響噹噹的是玉珮聲摇，明晃晃的是珠簾色耀。後堂中安着一張影玲瓏、光燦爛、數十層雕花刻草八柱象牙床，正廳上放着四圍香散漫、色鮮妍、幾多樣描鸞畫鳳九鼎蓮花帳。金間玉，玉間金，雕鞍寶凳；紅映紫，紫映紅，繡褥花裀。人人道是玉橋邊開着兩扇慷慨孟嘗門，鳳城中蓋着一所異樣神仙窟。道猶未了，丞相早到。

【賀聖朝】（净上）幾年職掌朝綱，四時燮理陰陽。一人有慶壽無疆，兆民賴之安康。

爵尊一品，爲天子之股肱；位總百官，乃朝廷之耳目。廟堂寵任，朝野馳名。正是：一片丹心能貫日，四方志氣可淩雲。自家万俟丞相是也。吾有一女，小字多嬌，雖年及笄，争奈姻緣未遂。今年狀元乃是温州人氏，姓王，名十朋。此人才貌兼全，俺要招他爲婿，不知緣分如何？他今日必來參拜，且叫堂候官分付。堂候官那裏？（末）珍珠簾下忽傳聲，碧玉堂前聽使令。覆相公，有何鈞旨？（净）堂候官，今年狀元乃是温州人氏，姓王，名十朋。此人才貌雙全，欲要招他爲婿，只今便要成親。你怎麽說？（末）告丞相，小姐是瑶池閬苑神仙，狀元是天禄石渠貴客，若成了姻緣，不枉天生一對。（净）正是。他今日必來參拜，你在衙門首，來時節須先露其意。（末）暫辭恩相去，專等狀元來。

【菊花新】（生上）十年身到鳳凰池，一舉成名天下知。脱白掛荷衣，功名遂，少年豪氣。

引領群仙下翠微，雲間相逐步相隨。桃花已透三千丈，月桂高攀第一枝。閬苑應無先去客，杏園惟有後題詩。男兒志氣當如此，金榜題名天下知。小生得了頭名狀元，深蒙聖恩，除授饒州僉判。方已朝回，必須參見万俟丞相。（末見）狀元賀喜！（生）何喜可賀？（末）丞相有一多嬌小姐，欲招狀元爲婿，只今便要成親。（生）小生自有寒荆在家，焉敢望此？煩請通報。（末）少待。（介）告丞相，狀元已在門首。（净）着他進來見我。（末）請狀元進去相見。（生見拜，白）小生一介寒儒，久困山澤，郡乏賢才，勉使來試。忝蒙天眷，皆賴丞相提攜之賜。謹造鈞墀參拜，[一]不勝愧感之至。（净）狀元，且休閒說，休閒講。我有事與你說：男子生而願爲之有室，女子生而願爲之有家。我有一女，小字多嬌，欲招你爲婿，只今就要成親。你心下如何？（生）深蒙不棄微賤，感德多矣。奈小生已有寒荆在家，不敢奉命。（净）你是讀書之人，何故見疑。自古道：富易交，貴易妻。此乃人情也。（生）丞相豈不聞宋

[一] 鈞：原作『均』，據汲古閣刊本《繡刻荆釵記定本》改。

弘有云：『糟糠之妻不下堂，貧賤之交不可忘。』小生不敢違例。（净怒）我到違例！(一)

【八聲甘州歌】（净）窮酸魍魎，對我行輙敢數黑論黄。妝模作樣，惱得我氣滿胸膛！（生）平生頗讀書幾行，豈敢紊亂三綱並五常。（末）斟量，不如且順從何妨？(二)

【前腔換頭】（净）端詳，這搊搜伎倆，怎做得潭潭相府東床。出言挺撞，那些個謙讓温良。（生）微名忝登龍虎榜，肯做棄舊憐新薄倖郎？　望參詳，料烏鴉怎配鸞凰？

【解三醒】（末）狀元你且休閒講，這姻事果是無雙。當朝宰相爲岳丈，論門户正相當。（生）寒儒怎敢過望想，自古道糟糠妻不下堂。（净）忒無狀，把花言巧語，一赸胡謊！

【前腔】（末）你千推萬阻，靡恃己長，只怕你舌劍唇鎗反受殃。（生）謾自相勞讓，停妻再娶誰承望？　有何苦，恁相當？（净）朝綱選法咱把掌，使不得禍到臨頭燒好香。不輕放，定改除遠方，休想還鄉。

（净白）堂候官，與我趕出去！

（净）叵耐窮酸太不良，（生）有妻焉敢贅高堂。

(一)　眉批：介、白都不如武林板委婉有味。

(二)　眉批：畫出。

（末）大隹飛上梧桐樹，（合）自有傍人説短長。

（浄吊，白）這畜生好無理，我招他爲婿，到有許多推故。堂候官，他除授那裏做官？（末）除授江西饒州僉判。（浄）第二名王士洪除授那裏？（末）他在廣東潮陽僉判。（浄）江西是魚米之地，廣東潮陽是烟瘴地面。有何難處？眉頭一蹙，計上心來。却將第二名王士洪除授饒州僉判，將王十朋改調潮陽，絶他歸計。明日張榜示衆。（末）是好計！

（浄）改調潮陽禍必侵，（末）交他必定喪殘生。

（浄）平生不作皺眉事，（末）世上應無切齒人。

總批：

曲與白都直截不惡。

第二十齣　傳魚

【醉落魄】（生）鄉關久别應多慮，幸登高第得銓除。修書欲寄報平安，浼承局，帶回歸。

虧心折盡平生福，行短天教一世貧。念小生貧寒之際，以荆釵爲聘，遂結姻親。臨行又蒙岳丈接取母親妻子一同居住，仍贈盤纏赴京，得了頭名狀元。深蒙聖恩，除授饒州僉判。本欲回鄉視親，不合參見万俟丞相，反要招我爲婿。只因不從，被他拘留聽候，不得回鄉。只得寫封家書回去，通報母親妻子知道。我昨日在省門外，有一承局差往温州下文書，與他説了，約我今日來取書。待我寫完，在此等他。

【一封書】（生）男百拜拜覆，母親尊前妻父母：離膝下到都，一舉成名身掛緑。蒙除授饒州僉判府，待家眷臨京往任所。寄家書，附承局，草草不恭兒拜覆。

書已寫完在此，等待承局到來。（末）傳遞急如火，官差不自由。自家承局的是也，公差到浙江遞送公文。昨日王狀元與我説，要寄家書回去，不免到下處取書。（生）承局，起動你來了。（末）狀元寫完在此未曾？（生）寫完在此了。（末）既完了，送在那裏去？（生）此書煩附與温州在城雙門巷裏錢貢元家下。（末）狀元姓王，爲何到錢宅？（生）是我岳丈家中。

【懶畫眉】煩伊傳遞彩雲箋，你到吾家可代言。因參相府被留連，不能勾歸庭院，傳與我萱親莫掛牽。㈠

【前腔】（末）狀元深念北堂萱，料想尊堂憶狀元。泥金先把好音傳，他必定生歡忭，正是一紙家書抵萬錢。

（生）平安一紙喜重重，（末）闔宅投呈喜信通。

㈠　眉批：真率可爱。

（生）只恐匆匆説不盡，（末）行人臨發又開封。(一)

第二十一齣　套書

【雙勸酒】（浄）儒冠誤身，一言難盡。爲玉蓮可人，常懷方寸。若得他配合秦晉，那其間燕爾新婚。

凡人不可貌相，海水不可斗量。誰想王十朋得了頭名狀元，除授饒州僉判。見説万俟丞相招他爲婿，推阻不從。打聽得承局到温州公幹，王十朋交他寄書。我不免在門首等承局來，也教他寄一封回去。

【前腔】（末上）官差限緊，心中愁悶。途路上苦辛，怎辭勞頓。只恐怕誤了公文，那其間有口難分。

（浄）足下莫不是承局哥麽？（末）小子正是承局。（浄）你認得我麽？（末）有些面善，不知官人上姓。（浄）我是温州五馬坊大門樓孫半州便是。（末）孫官人也是温州，與王狀元同鄉。(二)（浄）正是。（末）王狀元有書在此，交我稍回去，我纔在他下處取得書在此。（浄）元來如此。（末）官人，你在此貴幹？（浄）説不得。（末）爲什麽説不得？

(一) 眉批：真。
(二) 眉批：象。

【劉潑帽】(淨)念我到此求科舉，因不第羞回鄉里。修書欲報娘和父，待浼承局，只怕相推阻。

【前腔】(末)自家雖在京城住，温台路來往極熟。官人若有家書附，休得要躊躕，咱與你稍回去。

(淨)承局哥，既蒙允肯，同到下處，寫書與你。(末)如此同行。(淨)這裏便是下處，請坐。(末)不敢。(淨)承局哥，我本待留你喫一杯淡酒，一來没人在此，不便當，送一錢銀子與你，自去酒肆中去喫三杯，待我寫完了書，你再來取。(末)多謝！無功蒙厚禄，不敢受。(淨)褻瀆尊前，請收了。(末)如此受了。我去喫了酒，官人你寫完了，我就來取。(淨)我就寫在此。(末下介。淨叫介)孫官人，怎麼又叫我？(淨)我與你説，這個包兒，倘若到酒肆中喫醉了，這包兒放在那裏，不如放在此。喫了酒一發來取。(末)我曉得，你説道我拿了一錢銀子去了，不來取書，拿我包在此做當頭。(介)我便放在此，你不要動，裏面有王狀元的書在裏面。(一)(淨)我生疔瘡也不動。(二)(末)自沽三酌酒，早寫萬金書。(末下。淨吊場)不施心上無窮計，怎得他人一紙書？想承局去遠了，我把包袱開將起來。且喜王狀元書已在此，待我讀一遍。

(一) 眉批：有關目。

(二)『動』下原衍一『淨』字，删。

【一封書】（浄）男百拜拜覆，母親尊前妻父母：　離膝下到都，一舉成名身掛緑。蒙除授饒州僉判府，待家小臨京往任所。　寄家書，附承局，草草不恭男拜覆。寫得好！我與他同學，況字跡與我相同。他寫家書，我寫休書，一句改一句。專怪錢貢元不肯將女兒嫁我，今改休書一封回去。且待我改起來。（改介）男百拜拜覆，母親尊前妻父母。正是才人，一句包了一家門。（改）男八拜上覆，媽媽萱親想萬福。　離膝下到都，一舉成名身掛緑。（改）孩兒已掛緑。蒙除授饒州僉判府。（改）僉判饒州爲郡牧。　待家小同臨往任所。若不改傷情，怎得玉蓮到手？（改）我娶了万俟丞相女，可使前妻別嫁夫。　寄家書，免嗟吁，草草不恭兒拜覆。（改）我到饒州來取汝。丈二的和尚，只教摸我的頭不着。且放他在包袱裏，如今寫我的。

【清江引】求名未遂，羞歸鄉里，淹滯在京都地。　拜覆我爹娘，休把兒牽繫，指日間到家庭，重賀喜。

（末）折梅逢驛使，寄與隴頭人。（浄）我在這裏等你，書已寫完了。你包袱原封不動。這是我的家書，煩老兄帶到五馬坊開典當的才六、才七開拆。（末）不須分付。（浄）聊奉白金一兩，以爲路費。（末）多謝厚賜！

【朱奴兒】（浄）因科舉離鄉半春，從別後斷羽絶鱗。　今日天教遇你們，趁良使附歸音信。（合）還歷盡山郭水村，指日到東甌郡。

【前腔】（末）是則是公文限緊，蒙相委怎敢不允？拚十朝與半旬，到宅上備説元因。（合前）

（浄）休憚山高與路長，（末）此書管取到華堂。

（浄）不是一番寒徹骨，（合）争得梅花撲鼻香。

第二十二齣　獲報

【臨江仙】（貼上）凭欄極目天涯遠，那人去遠如天。（旦）鱗鴻無事竟茫然，今春纔又過，何日是歸年？

（貼）春闈催試怕違期，一紙音書絶雁魚。（旦）此去定應攀月桂，拜恩衣錦聽榮除。（貼）自從你丈夫去後，杳無音信回來。（旦）婆婆，想没有便人。（貼）我與你倚門而望。（旦）婆婆請先行，奴家隨後。

【傍妝臺】（貼）意懸懸，倚門終日，望得眼兒穿。自他去京歷鏖戰，杳無一紙信音傳。（旦）多應他在京得中選，因此上無暇修書寄故園。（貼）他既登金榜，怎不錦旋，越教娘心下轉縈牽。

【前腔】（旦）何勞憂慮恁拳拳，且自把愁眉暫展閑消遣。雖眼下人不見，終有日再團圓。

（貼）愁只愁他命乖福分淺，又恐怕客邸淹留疾病纏。（一）（旦）死生有命，富貴在天，不須憂慮淚漣漣。

【不是路】（末上）渡口離船，（介）早來到錢家宅院前。咱不免偷閒先下彩雲箋。（貼）甚人言？因何直入咱庭院？（末）爲一舉登科王狀元。（貼）那個王狀元？（末）就是王十朋狀元。（旦、貼）可有書麼？（末）因來便，特令稍帶家書轉。（貼）慚愧，慚愧，喜從人願，喜從人願。

【前腔】（旦）先生，他爲何不整歸鞭？付與你書時説甚言？（末）教傳語，道因參丞相被留連。（旦）婆婆，留連不得回來了。（貼）媳婦，且省憂煎，可備些薄禮酬勞倦。（旦）就把銀釵當酒錢。（貼）物輕鮮，權充支費休辭免。（末）小人公文緊急，不敢久稽，多謝了。去心如箭，去心如箭。（下）

【皂角兒】（貼）想連年時乖運蹇，喜今日姓揚名顯。步蟾宮高攀桂枝，跳龍門首登金殿。繡宮花斜插戴，帽簷偏，瓊林宴，勝似登仙。（合）早辭帝輦，榮歸故苑，那時節，夫妻母子大家歡忭。

（一）眉批：真，真！

【前腔】（旦）想前生曾結分緣，與才郎共成姻眷。喜得他脱白掛緑，怕嫌奴體微名賤。㈠若得他貧相守，富相連，心不變，死而無怨。（合前）

【尾聲】（浄、外上）鵲聲喧，燈花豔。（丑）老員外，老安人，姐夫中了狀元，有書回來了。（外、浄）果然今有信音傳，整備華堂開玳筵。

（外、浄）親家且喜，我兒且喜。（貼）小兒有書回來，正欲着令愛來請親家看書。（旦）正要來請爹爹。（浄）親家請坐，連日有慢，聞得小官人有家書來，我們兩老口特來看書。（貼）送上去令尊看。（旦）爹爹，書在此。（外）還送與婆婆開折。（浄）老員外，你看封皮上寫那個開折就是了。（外）此書煩附岳父大人親手開折。

【一封書】（外）男八拜上覆，媽媽萱親想萬福。（旦）此書起句就差了。兒子寫書與母親，頓首百拜須是，怎麽只寫八拜？（外）便是，孩兒。（浄）不差，正是八拜。親家兩拜；我也是兩拜；夫妻之情，也是兩拜，湊成八拜。㈡（旦）此書不是有才學之人寫的。既稱媽媽，又是萱親。萱親就是媽媽，媽媽就是萱親。一人到有兩樣稱呼？（浄）正是有才學的人寫的，媽媽是我，萱親是你的婆婆。（外）孩兒已掛緑，僉判饒州爲郡牧。（浄）怎麽便叫做掛緑？（外）做了官，便是掛緑。親家，且喜賢婿做了官了。

㈠ 眉批：無端。

㈡ 眉批：浄婆諢處都好。

（浄）親家，我這兩隻眼，就是識寶的回回。我説道：王官人兩耳垂肩，定做朝官；鼻如截筒，一世不窮。我説也不曾説？（外）説來，説來。（浄）説我親家⿰肉建⿰肉建⿰肉愛⿰肉愛，定做奶奶。看我女兒裊娜娉婷，定做夫人。我説也不曾説？〔一〕（外）説來，説來。（旦）爹爹，僉判是佐貳官，郡牧是正堂官，如何一人到做兩樣官？（浄）我兒你不曉得，這是饒的。（外）官也有得饒？（浄）再念看。（外）僉判饒。（浄）恰又來，僉判是饒。〔二〕（外）饒州是地方。（浄）你不曾説出州字來。（外）不要多説，待我再念。我娶了万俟丞相女，可使前妻別嫁夫。（旦）爹爹，這書有頭無尾，不要看了。（外）這是没志氣人寫的，不要看了。（浄）大凡幹事，都要幹了。若不了當，你也不快活，我也不快活。〔三〕（外）也罷，待我看了。寄休書，免嗟吁，我到饒州來取你。

（浄）老賊招得好女婿，賤人嫁得好老公。我一了説他娘兒子母，腦後見腮，定是無義之人。可可的信了我的嘴。〔四〕（外）起初説他許多好，如今又説他不好。（浄）我要他好便好，要他不好便不好。（外）我這賢婿，決無此情。（貼）親家母，我孩兒不是忘恩負義的人。（浄）窮了八萬年的王敗落，快走出去！

〔一〕眉批：畫出。
〔二〕眉批：渾得妙。
〔三〕眉批：有味。
〔四〕眉批：畫出世態。

【剔銀燈】（貼）親家母不須怒起，容老身一言咨啓。我孩兒頗頗識法理，肯貪榮忘恩失義？須知天不可欺，決不肯停妻娶妻。

【前腔】（净）忘恩義窮酸餓鬼，纔及第輒敢無理。只因我賤人不度己，教娘受腌臢惡氣。他今日却元來負你。呸！羞殺了丫頭面皮。(一)

【前腔】（旦）書中句全無禮體，竟不審其中詳細。葫蘆提便説他不是，罵得我無言抵對。(二)娘，休疑説言是非，決不肯將奴負虧。

【前腔】（外）媽媽且回嗔做喜，我孩兒不須垂淚。終不然爲着家書至，將好意番成惡意。娘兒休辯是非，真和假三日後便知。(三)

（外）一紙家書未必真，（净）思量情理轉生嗔。

（貼）霸王空有重瞳目，（合）有眼何曾識好人。

（下。净吊場）李成那裏？你來，你來。（末）老安人爲何嚷亂？（净）不好了，你姐夫贅在万俟丞相府中做了女婿了。（末）敢没有此事！（净）怎麽没有此事？休書寫了家來了。（末）老安人不要惱，

(一) 眉批：曲妙甚，肖甚！

(二) 眉批：直欲真矣。

(三) 眉批：寫出調停光景，妙，妙！

待我與老員外同到街坊上問個實信。（浄）你同老員外打聽消息，没有這樣事情便好。你若不打聽得真信回來，不要見我的面。

總批：

形容浄婆處曲盡其妙，大作手也。

第二十三齣　覓真

（末上）萬事不由人計較，一生都是命安排。王秀才把荊釵爲定，如何便得成親？只因小娘子不從孫宅，老安人忿性，把他嫁了王秀才。結親之後，上京應舉，至今不回來。説道得了頭名狀元，入贅万俟丞相府中，交娘離了婦媳，因此僝僽攪惱。今日老員外出去體問虚實，未知若何，只得在此等候。

【普賢歌】（外上）書中語句有差訛，致使娘兒絮刮多。真僞怎定奪，是非争奈何？尺水翻成一丈波。

（末）老員外回來了。（外）李成，我今日出去，體問王秀才消息，未知端的。我與你同到妹子家去走一遭。（末）小人同去，轉灣抹角，此間便是。（叫介）

【前腔】（丑上）奴奴方始念彌陀，忽聽堂前誰叫我。偷睛把眼睃，却是我哥哥。阿三，快把柴來燒焰火。

（末）媽媽，燒焰火怎麽？（丑）你不曉得，客來看火色，没茶也過得。（末）這等雖無焰頭，且是熱鬧。（丑）哥哥，入門不問榮枯事，觀察容顔便得知。哥哥有何緣故，眉頭不展，面帶憂容？（外）妹子，説不得。（丑）哥哥但説不妨。

【蠻牌令】（外）兒婿往京畿，前日附書回。道重婚丞相女，使母棄前妻。我兒道非夫寫的，你嫂嫂怒從心起。真和假俱未知，爲此特來詢問詳細。（一）

【前腔】（丑）哥哥聽咨啓，不必恁憂慮。我鄰居孫官人，赴選近回歸。他在京必知事體，問他音信，便知端的。（外）無由去他宅裏，你可令人請來問個詳細。（净上）日裏莫説人，夜裏莫説鬼。方纔説小子，小子便來至。（末）未相請，誰來報你？（净）我在戲房中聽得。（末）這科諢休要提，且與東人相見施禮。

（净見介）媽媽，此位是誰？（丑）這是我的哥哥。（净）元來是你令兄，正是有眼不識泰山。小子前番求親，不蒙允肯。（外）非是不從，乃是姻緣不到。（净）令婿得了頭名狀元，除授饒州僉判，曾有書回麽？（外背云）且住，我只説道没有書回。（介）不曾有書回來。（净背云）怎麽没有書回來？且將錯就錯，且説與他知道。（介）可知道没有書回來，他在万俟丞相府中做了女婿了。（外）足下如何知道？

（一）眉批：好！

(淨)我與他赴試，如何不知？(丑)此事實麼？(淨)小子親眼見他，如何不實？(丑)實不相瞞，前日有一個承局遞書回來。(淨)怎麼説的？(丑)哥哥正在狐疑之間，足下親見，此事實了。(淨)可知道小子最老實的，不敢説謊。(丑)王十朋負義的賊。(淨)我説道被他負了。

【川撥棹】(淨)我當初問親，你們不聽允，到今日被他負恩。(外)當初是我忒好意，誰想他們忘了本？

【前腔】(淨)咱心裏願續此親。(外)貧窮老漢，没福分攀豪俊。(淨)休恁言辭謙遜，我先拜了尊丈人。(一)

(末插科)正是不來親者强來親。(丑)若不嫌棄，仍舊老身作媒。(淨)如蒙允肯，事不宜遲，小子今日送財禮，明日就要成親。(丑)孫官人，你送什麼財禮？(淨)我送黄金一百兩，緞子一百疋，胡羊、寶鈔、好酒，都是一般送。(丑)既停當了，便回去安排禮物送來。(淨)如此，小人告退。貌兒光光，好做新郎。分付鄰舍，與我暖房。(末)便見熱鬧。(淨)正是：人心金石堅相似，花有重開月有圓。(先下。外吊場)妹子，雖然如此，不知我的婆婆意下如何？(丑)不妨，待我去與嫂嫂説。

【生姜芽】(外)從他往京畿，兩月餘。一心指望登科第，回鄉里，忍捨得輕辜負？相門重贅

(一)　眉批：太直驟，不象，不象。

多嬌女，不思量撇下荆釵婦。（合）棄舊憐新小人儒，虧心折盡平生福。

【前腔】（丑）畜生反面目，太心毒。辜恩負義難容恕，真堪惡！且放懷，休疑慮。他既貪圖榮貴重婚娶，咱這裏别選收花主。（合前）

【前腔】（末）恩東免嗟吁，且聽覆。言清行濁心貪污，違法度，恩和義，都不顧。半載夫妻曾厮聚，一時間却把嬋娟誤。（合前）

（外）骨肉參商淚滿襟，（丑）哥哥不必再沉吟。

（末）人情若比初相識，（合）到老終無怨恨心。

第二十四齣　大逼

【字字雙】（浄上）試官没眼它及第，得志。戀着相府多榮貴，入贅。不思貧窘棄前妻，忘義。叵耐窮酸太無知，嘔氣。

黄柏肚皮甘草口，才人相貌畜生心。叵耐辜恩負義賊，棄舊憐新，入贅万俟丞相府中了。前日寄書回來，教母親離了媳婦。這氣如何忍得？我家老賊兒今早出去，體問消息，未知若何，待回來便知分曉。

【玉胞肚】(外上)讀書豪俊，忍撇下歐城故人。(丑上)負心賊有才實無信，纔及第，棄舊憐新。(一)(合)他貪奢戀侈，實丕丕使不仁，行短天教一世貧。

(外)只因差一着，滿盤都是空。(淨)老兒，體問消息如何了？(外)一言難盡。(淨)怎麽説？(丑)好教嫂嫂知道。恰纔哥哥到我家中，説那王秀才的情節未盡，恰好孫官人近日在京回來，正好到我家中探望。我將此事問他，真個贅在万俟丞相府中了。言語並不差池。(淨)實也不實？(丑)怎麽不實！(淨)我説道，老賊不聽我説，你做得好事！

【漿水令】(淨)你當初不由我們，却元來被他負恩。(外)世間誰是預知人，何須鬥口與我相爭？(二)(丑)都忍耐，莫解分，家必自毁令人哂。(合)尋思起教人氣忿。誰知道，誰知道恁般不仁。

【前腔】(丑)那孫官人來説事因，他依然要願續此親。(淨)那人果不棄寒門，教他選日下定成親。(外)聽伊言，心自忖，只恐我兒不從順。(合前)

(淨)姑娘，既然孫官人果有此心，事不宜遲。(丑)便是。他今日送財禮，明日就成親。(淨)若如此，甚好。(丑)我便去報與他知道，教哥哥便去對玉蓮説，教他整備成親。(外)我難對他説，你們自去與

(一) 憐：原作『聯』，據文義改。下同改。

(二) 眉批：光景真。

他說。（淨）姑娘，待我自與玉蓮說，你二人自回去。（介）情到不堪回首處，一齊分付與東風。（外、丑下。淨）且叫玉蓮與他說，肯嫁孫家，房奩首飾，件件與他。若不肯時，頭上剥至脚下，打他半死，不怕不從。玉蓮！

【金蕉葉】（旦上）奈何奈何，信讒言母親怪我，尺水番成一丈波。天那！是何人暗地裏調唆？

（見介。淨）孩兒，早知今日，悔不當初。早依我說，不見如此。你爹爹出去體問你丈夫消息，委實贅在万俟丞相府中了。你爹爹說道：他那裏重婚，我這裏改嫁。因此將你許了孫家了。你可梳妝整備。（旦）母親差矣，王秀才是賢良儒士，未必辜恩負義。玉蓮是貞潔婦人，焉敢再嫁？他果然重婚相府，奴家情願在家守節。（淨）什麽守節？要知山下路，須問過來人。我當時若守得定時，爲何又嫁你老子？『守節』二字，只好口說，一個時辰也熬不得的。（一）（旦）母親，此乃傷風化之言，不須提起。（淨）我兒，今番斷不由你了，依了娘說，我與你母子相親。再若不從，朝一頓，暮一頓，打得你黄腫成病。教你湯不得喫，水不得進。嫁不嫁，今日還我個明白！

【孝順歌】（淨）孫員外家富足，他們有的是金共玉。你一心嫁寒儒，緣何棄撇汝？（旦）容奴稟覆，未必兒夫將奴辜負。那一個横死賊徒，忒兀自生嫉妒？（淨）這紙書你重看取，明

（一）眉批：妙！　熬：原作『嗷』，據汲古閣刊本《繡刻荆釵記定本》改。

寫着贅相府。

【前腔】(旦)書中句都是虚,没來由認真閒氣蠱。他曾讀聖賢書,如何損名譽?(浄)你這腌臢蠢物,他棄舊憐新,情如朝露。你原自不改前非,又敢來胡推阻。(旦)富與貴,人所欲,論人倫焉敢把名污?

【前腔】(浄)他登高第身掛緑,侯門贅居諧鳳侶。(旦)他爲官理民庶,必然守法度,豈肯停妻再娶?(浄)他負義辜恩,一籌不數。你因甚苦死執迷,不聽娘言語?(旦)空自説要改嫁奴,寧可剪下髮做尼姑!(浄打旦介)

【前腔】(浄)賊潑賤敢抵觸,告官司拷打你不孝婦!(旦)官司要厚風俗,終不然勒奴再嫁夫。(浄)抵觸得我好!(旦)非奴抵觸。(浄)惱得娘心頭騰騰發怒,便打死你這丫頭,罪不及重婚母。(旦)打死了奴,做個節孝婦。若要奴再招夫,直待石爛與江枯。

(浄)賤人,石頭怎得爛?江水怎得枯?你敢説三個不嫁麽?(旦)不嫁,不嫁,只是不嫁!(浄)好回得停當!我要你嫁孫家,一片好心,你到反爲不美。罷!罷!自從今日,脱下衣服首飾還我,與你三條門路:刀上死也得,水裏死也得,繩上死也得,只憑你。肯嫁孫家,進我門來;不肯嫁,好好走出去。

(旦)萱親息怒且相容,(浄)母命如何不聽從?

(旦)休想門闌多喜慶,(浄)管教女婿近乘龍!

（浄下。旦吊場）自古道：忠臣不事二君，烈女不嫁二夫。焉肯再事他人？母親逼奴改嫁，不容推阻，如之奈何？千休萬休，不如死休。倘若落在他圈套，不如將身喪於江中，免得玷辱此身，以表奴貞潔。

【五更轉】心痛苦，難分訴。丈夫！一從往帝都，終朝望你諧夫婦。誰想今朝，拆散中途。我母親信讒言，將奴誤。娘呵！你一心貪戀，貪戀他豪富，把禮義綱常全然不顧。母親，你今日聽信假書，逼奴改嫁，此事決然不可！

【前腔】奴哽咽，難移步，不想堂前有老姑。婆婆，奴家今日撇了你去。千愁萬怨，休怨兒媳婦，也不是你孩兒將奴辜負。婆婆，奴家若不改嫁，又不投江，恐母親逼勒奴生嗔怒。罷！罷！賢愚壽夭天之數，拚死黃泉，丈夫！不把你清名辱污。（一）

【滿江紅】拚此身來，早去跳江心，撈明月。

李卓吾先生批評古本荆釵記卷上終

總批：

『也不是你孩兒將奴辜負』，更回護得妙。

（一）眉批：直欲真矣，妙絶。

李卓吾先生批評古本荊釵記卷下

第二十五齣　發水

（末上）温州棠樹緑陰濃，今佐閑優鎮國東。海甸圻牆千里外，蓬萊官賜五雲中。春回畫省苗陰合，雨過青林荔子紅。莫倚凡情宮内重，回來方岳拜三公。吾乃錢安撫衙裏親隨。我本官前任是温州府太守，今蒙聖恩除授福建安撫，欲去之任。今日就在此江心渡口上船，明日侵早開港出洋。行李俱已完備，夫人與家眷都上舟了，惟我相公府裏辭官便來。恐有分付，男女只得在此等候。

【粉蝶兒】（外上）一片襟期，清似五湖秋水，喜聲名上達丹墀。感皇恩，蒙聖寵，遷除福地，秉忠心肅清奸弊。

下官遠離北地，(一)來任東甌，紫綬金章，官閑五馬，擢居太守之尊；朱幡皂蓋，守鎮三山，陞爲安撫之職。才兼文武雙全，德化軍民兩益。行李未曾離浙左，聲名先已到閩南。(净上)永嘉縣縣丞遞人夫手本。(外)取上來，多了。(净)不多。兩隻船，一百七十人夫，不多。(外)起去伺候，左右何在？(末)頻聽指揮黄閣下，忽聞呼唤畫堂前。覆相公，有何使令？(外)與我唤船家來分付他。(末叫介)

【山歌】(丑上)做稍公，做稍公，起椿開船便拔篷。相公要往福州去，願天起陣好順風。

(末)好，好，説得利市。(外)稍子，明早開船。(丑)明早賽神好開船。(外)合用物件説將來。(丑道科介。外)你且聽我説，夜來寢睡之間，忽有神人囑付言語，説有節婦投江，使吾撈救。又道此婦人與吾有義女之分。(二)汝等駕幾隻小船，沿江巡哨，不拘男婦，撈救得時，重重賞你。(衆)領鈞旨。

【鏵鍬兒】(外)乘桴浮海非吾願，算來人被利名牽。登舟過福建，須要防危慮險。(合)明早動船，開洋過淺，願陣好風，吉去善轉。(三)

【前腔】(丑)撑船道業雖微賤，水晶宫裏活神仙。鋪蓋且柔軟，蓑衣簟眠。(合前)(四)

(一) 北：原作「此」，據汲古閣刊本《繡刻荆釵記定本》改。
(二) 眉批：不説出更有味。
(三) 眉批：曲至此自在矣。
(四) 眉批：好！

（外）今朝船上且淹宵，（末）來到江頭看落潮。
（丑）撑駕小舟歸大海，（合）這回不怕浪頭高。

第二十六齣　投江

【梧葉兒】（旦上）遭折挫，受禁持，不由人不淚垂。無由洗恨，無由遠恥。事臨危，拚死在黄泉作怨鬼。

自古道：河狹水緊，人急計生。來到江頭了也。天那，夫承寵渥，九重仙闕拜龍顔；妾受淒凉，一紙詐書分鳳侶。富室强謀娶婦，惑亂人倫；萱堂怒逼成親，毁傷風化。妾豈肯從新而棄舊？焉能反正以從邪？争如就死忘生，不可辜恩負義。一怕損夫之行，二恐誤妾之名，三慮玷辱宗風，四恐乖違婦道。惟存節志，不爲邀名。拴原聘之荆釵，永隨身伴；脱所穿之繡履，遺棄江邊。妾雖不能效引刀斷鼻朱妙英，却慕取抱石投江浣紗女。

【香羅帶】一從别了夫，朝思暮苦。寄來書道贅居丞相府。母親和姑媽逼勒奴也，改嫁孫郎婦。奴豈肯再招夫？萱堂苦苦責打奴，只得拚死在黄泉路，免得把清名來辱污。

【胡搗練】傷風化，亂綱常，萱親逼嫁富家郎。若把身名辱污了，不如一命喪長江。（投江科。丑上救旦下）

【五供養】（外上）餐風宿水，海舟中多少憂危。終宵魂夢裏，似神迷。披衣强起，玉宇清高如洗。江風緊，海潮回，側聽鄰岸曉雞啼。(一)

人平不語，水平不流。叫稍水，什麽人？

【山歌】（丑上）夜行船裏撈救一枝花，五更轉説天净紗。脱布衫跳下江兒水，一隻紅繡鞋失落在浣溪沙。

稟老爺：夜至五更前後，有一婦人投水，小的撈救在船。（外）果有一婦人，寧可信其有，不可信其無。快請夫人出來，一壁廂把投水婦人换了衣服帶過來。

【菊花新】（夫上）日上三竿猶未起，聞呼未審何因。

（外）夜來有一婦人投江，稍手救得在小船上。夫人，你把些乾衣服與他换了濕的，請來見我。（請介）

【糖多令】（旦上）無奈禍臨頭，今朝拚死休，如癡似醉任飄流。不想舟人撈救，我身出醜，臉慚羞。

（見介。外）我且問你，你是何等人家兒女？因何短見投水？必有緣故。

【玉交枝】（旦）容奴伸訴。（外）你那裏居住？（旦）念妾在雙門住居。（外）姓甚名誰？（旦）玉

(一) 眉批：好！

蓮姓錢儒家女。（外）元來與我同姓。你曾嫁人麽？（旦）年時獲配鴛侶。（外）既有丈夫，丈夫姓甚名誰？在家，出家？（旦）王十朋是夫出應舉。（外）且住。王十朋是你丈夫，他得中了頭名狀元，有書回來麽？（旦）數日前有傳尺素。（外）既有書來，爲何投水？（旦）因此書骨肉間阻，因此書銜冤負屈。

（外）書中必有緣故。

【前腔】（旦）書中緣故，道休妻重婚在相府。（外）他是讀書人，豈肯違法度？我曉得了，莫不是朋黨嫉妒？（旦）萱親信聽讒詐書，逼奴改嫁孫郎婦。(一)（外）怎麽不從母命？（旦）論貞潔不更二夫，奴焉敢傷風敗俗？

（外）元來是王狀元的貞烈夫人，快請起來。

【前腔】（外）聽他言語，論貞潔他人怎比？思量我也難留你。左右，叫舟子，不如送還伊父。(二)（旦）若還送奴歸故里，不如早喪黄泉路，倒顯得名傳萬古，儘交他前婚後娶。

【前腔】（外）不須憂慮，且帶你同臨任所。修書遣人饒州去，管交你夫婦重會。(三)（旦）若還

(一) 眉批：那裏便説到此，無理，無理！
(二) 眉批：好關目。
(三) 眉批：此意出夫人更妙。

這般週濟奴，猶如久旱逢甘雨，便是妾重生父母。望公相與奴做主。

（外）既然如此，不肯回去。我不是别人，乃是前任本府太守。今蒙聖恩除授福建安撫，即日將帶家小之任。你丈夫既爲饒州僉判，與福建相隔不遠。你如今不肯回去，就在我船上，與我老夫人同臨任所。我想起來，一路上怎麽稱叫？他也姓錢，我也姓錢，你拜我爲義父。到任所修書一封，差人到饒州報與你丈夫知道，交他娶你去。夫婦重會，月缺再圓。心下如何？（旦背云）若無鈞眷在船，事有可疑。既有鈞眷在船，去也無妨。只是撇了婆婆，於理不當。（介）若得老相公如此周全，重生父母，再養爹娘。（外）將酒來，遞了我的酒。（介）梅香、左右，都要稱小姐。

【黄鶯兒】（旦）公相望垂憐，感夫人意非淺。又蒙結拜爲姻眷，恩德萬千，何日報全？願公相早登八位三台顯。（合）淚漣漣，雙親遠别，重得遇椿萱。（一）

【前腔】（外）不必淚漣漣，這相逢非偶然。同臨任所爲姻眷，聊附寸箋，饒州報傳，管教你夫妻重相見。（合）免憂煎，夫妻有日，重得遇椿萱。

【前腔】（夫）天賜這姻緣，喜他們也姓錢，同臨任所作宛轉。明日動船，開洋過淺，願一陣好風，急去登福建。（二）（合前）

（一）眉批：如此似道姑了。

（二）眉批：曲至此自在矣。

【前腔】（旦）溺水自心酸，我婆婆苦萬千，堂前繼母心不善。兒夫去遠，家尊老年，何日得見王僉判？（合前）

（外）夫妻憂慮各西東，（夫）會合今朝喜氣濃。

（旦）一葉浮萍歸大海，（合）人生何處不相逢。

第二十七齣　憶母

【喜遷鶯】（生上）從别家鄉，期逼春幃，催赴科場。鵬程展翅，蟾宫折桂，幸喜名標金榜。旅邸憶念，孤鸞幽室，萱花高堂。魚雁杳，信音稀，使人日夜思想。

人在東歐，身淹上苑，望中山色空迷眼。終朝旅思嘆蕭條，高堂親鬢愁衰短。秦嶺雲横，藍關雪漫，潮陽未到魂先斷。春歸花落久棲遲，愁深那覺時光换。

【雁魚錦】長安四月花正飛，見殘紅萬片皆愁淚。何苦被利禄成拋棄，如今把孤身旅泊天涯。意懸懸止不住思維，音書曾有回。只怕他望帝都，欲赴愁迢遞。望目斷故園，知他知也未？

【前腔】當時痛别慈幃，論奉親行孝也縈懷不寐。(一)年華有幾，總然是百歲如奔騎。論早晚須問起居，論寒暑須當護持，論供養要甘肥。因赴舉，把蘋蘩饋托與我妻，知他看承處怎的？俺這裏對青山，望白雲，鎮日瞻親舍。他那裏翹白首，看紅日，終朝憶帝畿。(二)

【前腔換頭】嗟吁，鳳别鸞離，怎如得儔鶯偶燕時相聚？悽楚寒窗，寂寞旅況。閃殺當時，甘效于飛。孤燈夜雨，溜聲不斷，却把寸心滴碎。只爲那釵荆裙布妻難棄，總有紫閣香閨人怎迷？(三)

【前腔】猛思那日臨行際，蒙岳丈惜伊玉樹，兼愛我寒枝。念行囊空虛，欣然便週全助路資。召共居，感此義山恩海深難棄。細躊躕，甚日酬取？教我怎生忘渠？但願得一家到此沾禄養，也顯得半子從今展孝私。

【前腔】論科舉，本圖看春風杏枝，玉馬驟香衢。豈知他陷我在瘴嶺烟區？愁只愁身歸鳳池，恨只恨釁生鴛侶。人不見，氣長吁，只爲蠅頭蝸角微名利，致使地北天南怨别離。(四)

(一) 縈：原作『索』，據汲古閣刊本《繡刻荆釵記定本》改。
(二) 眉批：好！
(三) 眉批：好！
(四) 眉批：好！

左右過來。（丑上）廳上一呼，階下百諾。相公有何指揮？（生）前月寄書回去，接取老夫人並家眷來此同赴任所。經今日久，將次來到，你可到十里長亭伺候迎接，不得有違。（丑）如此便去。（下）

（生）家鄉千里隔相思，目斷歐城人到遲。

旅邸難禁長日静，魂消幾度夕陽時。

第二十八齣　哭鞋

【梧葉兒】（貼上）兒媳婦哭啼啼，昨夜三更出繡幃。今早起來没尋處，使我無把臂。〔一〕一重愁番做兩重悲，使我淚偷垂。〔二〕

天有不測風雲，人有旦夕禍福。我媳婦被逼嫁不從，哭了一夜，今早不知那裏去了？（末上）莫取非常樂，須防不測憂。老安人，不好了，小人到江邊去訪問，見許多人説我小姐投江死了，拾得繡鞋在此。

（貼）呀！果是我媳婦的，痛殺我也！

【山坡羊】（貼）撇得我不尷不尬，閃得我無聊無賴。親家，你一霎時認真，逼他去投江海，怎

〔一〕臂：原作『璧』，據汲古閣刊本《繡刻荆釵記定本》改。

〔二〕眉批：自在極矣！論此折還該在前。

佈擺？禍從天上來。你嫡親父母尚且不遮蓋，反將他諧老夫妻生打開。（合）哀哉！撲簌簌淚滿腮。傷懷，生擦擦痛怎捱！[一]

（外、浄上）隔牆須有耳，窗外豈無人。親家爲何啼哭？（貼）親家，不好了，我的媳婦投江死了。（外）怎麽曉得？（貼）見有繡鞋在此。（外哭倒介）

【前腔】兒，你不念我年華高邁，不念我形衰力敗，不念我無人養老，不念我絶宗派。我想這椿事不是别人，都是你禍胎，受了孫家婚聘財，逼得他啣冤負屈投江海。親家，我有一搭地，指望令郎與小女把我兩塊老骨頭埋葬。不想令郎又贅在相府，不得回來，小女又投江死了，我好命苦！閃得我有地無人築墓臺。（合）哀哉！撲簌簌淚滿腮。傷懷，生擦擦痛怎捱！

（浄）親家，你令郎贅在相府，做了女婿，我女又投江死了。如今與你没相干了，寺裏官音請出。（外）我的女兒肉尚未冷，你就趕他出去？（浄）你兩個做了一家，我出去了罷。[二]（外）親家，你聽那老不賢，在這裏與他難相處，莫若到京見令郎。不知意下如何？（貼）老身正欲如此。耐我身伴無人，怎生去得？（外）我着李成送親家前去。（浄）我自要他，去不得。（外）誰要你多言？（貼）親家，老身不識進退，有一言相懇。（外）親家但説不妨。（貼）欲往江邊祭奠，以表婦姑之情。（外）可憐，不勞親家費

[一] 眉批：妙，妙。情景逼真矣。
[二] 眉批：象極！妙極！

心，李成今晚整備祭禮，等待王老安人祭奠。（貼）親家，老身就此拜别。

【勝如花】（貼）辭親去，别淚零，豈料登山驀嶺。只因人遞簡傳書，教娘離鄉背井，未知道何日歡慶？（合）愁只愁一程兩程，况未聞長亭短亭。暮止朝行，趲長途曲徑，休辭憚跋涉奔競。願身安早到京城，願身安早到京城。（一）

【前腔】（外）我爲絶宗派，結婚姻，指望一牢永定。誰知他又贅在侯門，今日番成畫餅，辜負了田園荒徑。（合前）

【前腔】（浄）他家鍋中米没半升，去戀着豪門，不思舊親。到於今一旦身榮，撇却糟糠布荆，短行處交人怒冲。（合前）

（外）李成，你送王老安人到京，面會王狀元，即便回來。（末）男女理會得。

【前腔】（末）蒙員外分付情，對狀元一訴明。幸喜得日暖風恬，相送起程，傷目兮桑榆暮景。（合前）

生離死别痛無加，路上行人莫嘆嗟。

花正開時遭雨打，月當明處被雲遮。

（一）眉批：武林板與此處大同小異，獨浄唱【山坡羊】一折甚妙。

第二十九齣　搶親

（浄上）莫信直中直，須防仁不仁。我本等是一場美意，不想這丫頭行此拙路。老員外止生這女兒，今被他日夜啼哭，教我怎麽過得日子？如今送了親家去了，這一回來，教我躲在那裏？躲在這裏罷。（外上）有這等事？一家好人家，都被那老不賢弄壞了。雖是王十朋贅在相府，未審虚實。今日也逼孩兒改嫁，明日也逼孩兒改嫁，受不過淩辱，忿氣投江身死。（介）你那裏去？老潑婦，如今走在天上去？（浄）老員外，不要惱。要打便打，要罵便罵，我跪在這裏了。（外）老潑婦，誰教你逼死了我兒？我也不要你了。（浄）我也只要他做好人，後邊靠他。誰想女兒認真！苦惱！你若趕我出去，那個要我？（外）鄰舍人家去。（浄）十家鄰舍九家斷，那裏去得？（外）親友人家去。（浄）平昔没有盤盒來往，做人不好，也去不得。（外）和尚寺裏去。（浄）屈嫁和尚是好惹的，我去也罷，怕被人笑話你。（外）原來没處去。

【憶虎序】（外）當初娶汝，（浄）正是大盤大盒娶的。（外）指望生男育女。（浄）你到莫説我没用，你頭未上床，脚先睡了，到説我没用？依了我，十個還養得出哩！（外）老潑婦，今日也與我孩兒嚷亂，明日也與我孩兒嚷亂，逼勒我孩兒投江身死。（浄）他自壽命短促，自家死的，與我甚麽相干？（外）我寫狀經官，經官呈告你。（浄）告我得何罪？（外）告你是不賢婦薄倖妻。若到官司，打你皮綻肉飛。

（净）當初是我不合討了他的便宜。如今我就下他一個禮，也没人笑我。

【前腔】（净）我當初嫁你，也是明媒正娶，又不是暗地裏偷情，强來隨你。相隨百步，尚有徘徊之意。免告官司，免告官司，和你團圓到底。

（外）起去。（净）嗄！他被我一哭，心就軟了。（外）我趕他出去，〔一〕被人笑話。過來。（净）嗄！（外）留你在家，要依我三件事。（净）勿要説三件，十件也依你。（外）第一件事，我與人講話，不要你多嘴。（净）若有我的説話，添這等一句兒。（外）第二件，不要與我同喫飯。（净）我自有王帝喫，那個要與你同喫。（外）那個王帝？（净）灶君王帝。你也要依我三件事。（外）那三件？（净）魚乾酸湯白米飯，喫飽了朝也喀，暮也喀，養還你班稍抉。（下。外吊）禍福無門，唯人自召。我那老不賢聽信讒書，接了孫家財禮，逼令女兒改嫁，只因受逼不過，已自投江死了。况孫家是個無籍之徒，必來我家打鬧。我更年老力弱，難以抵對，如何是好？

【梨花兒】（丑上）侄女許了孫汝權，受他財禮千千貫。今日成親多喜歡，嗏！姑娘只要長長短。

〔一〕趕：原作『捍』，據汲古閣刊本《繡刻荆釵記定本》改。

呀！哥哥，今日嫁女吉日，因何在此愁悶？（外哭介）都是你害我女兒投江死了，還要説？（丑）真個好苦！（外）你且不要哭，這孫家事怎生回他？（丑）人既死了，終不然捻一個與他。若没有人，拚得還他財禮便了。若説不來，財禮也不要還他，更又賴他。（外）賴他什麽？（丑）賴他倚恃豪富，威逼成親，以致我女身死。(一)（外）這都是你生出來許多事端，我不管，你自去回他。（丑）哥哥，孫汝權不是好人，怎肯罷休。我有一計在此，將幾件衣服與我穿了，哄上轎去。我到他家裏，與他説話便了。（外）既如此，我自進去。正是：野花不種年年有，煩惱無根日日生。（下）(二)

【前腔】（净、衆上）今日娶親諧鳳鸞，不知何故來遲緩？莫非他人生異端？嗏！須知人亂法不亂。

（丑）孫相公來了麽？（净）張姑媽，快請新人上轎，我在此親迎。（丑）曉得了，分付衆人在青龍頭轉一轉。（净分付，衆轉介）禮人，與我快請新人。（請介。丑帶兜頭哭上介，轉介。净）禮人，拜了家廟就結親。（唱禮介，拜介。净揭蓋、諢）好也，好也！你受了我財禮，藏了侄女，賴我親事。（丑）我不是騙你，我侄女已投江死，拚得還你財禮，大家罷休。（净）一倍還我十倍，我只要老婆。（丑）呸！小鬼頭兒，你倚恃豪富，威逼我侄女投水已身死，你要怎的？（净）這潑皮到來誣賴我。

(一) 眉批：傳神。

(二) 眉批：雖是丑净科諢，亦似没理。

【恁麻郎】（净）我告你局騙人財禮。（丑）我告你威逼人投水。（净）怎懼我白羅帕見喜。（丑）悶得他黄泉做鬼。（末）息怒威，寧耐取。（净）休想我輕輕放過你！（丑）我怕你强横小賊驃！（净）我那怕你腌臢臭髗！（末）算從來男不和女敵，自古道窮不共富理。（丑）打你嘴。（净）踢你的腿。（末）須虧了中間相勸的。（丑）這事情天知地知。（净）這見識心黑又意黑。（末）怎辨別他虚你實，也難明他非你是。（净）不放你。（丑）不放你。（末）自古饒人不是□。（一）

（净）你藏了女兒，誣賴人命，若見了尸首，萬事俱休；不見尸首，教你粉碎。

（净）窩藏侄女忒無知，（丑）威逼成親事豈宜？

（净）好手中間逞好手，（丑）喫拳須記打拳時。

第三十齣　祭江

【風馬兒】（貼上）柳拂征衣露未央，可憐年邁往他鄉。（末）謾自殷勤設奠，血淚灑長江。

（一）眉批：三人都如畫，妙絶！妙絶！

（貼）渺渺茫茫浪潑天，可憐辜負你青年。（末）小姐，你清名須並浣紗女，白髮親姑誰可憐？（一）正在此處拾得的繡鞋。（貼）就此擺下祭禮。

【綿搭絮】（貼）尋蹤覓跡到江邊。李成舅，可曾帶得香來？（末）小人不曾帶得。（二）（貼）我那兒，只一塊香没福受用。苦！只得撮土爲香，禮雖微，表娘情意堅。望靈魂暫且聽言：指望松蘿相倚，誰想你抱石含冤？這也不要埋怨你丈夫，都是你的親娘把乘龍女婿嫌。（三）

【憶多嬌】（末）愁哽咽，情慘切，萱堂苦逼中道絶，暮憶朝思難訴説。（合）喪溺江心，喪溺江心，永遠傳揚孝烈。

（貼）我那媳婦的兒，我有半年糧食，也不得到你家來。（四）

【綿搭絮】（貼）只爲家貧無倚，在他閭閻。是你的兒夫去經年，杳没音信傳。是你的繼母呵，信讒言，鎮日熬煎，熬煎得你抱屈含冤。我那兒，撇得我無倚無依。你帶我的孝纔是順理。今日呵，反披麻哭少年！

（一）『憐』下原衍一『末』字，删。

（二）眉批：畫。

（三）眉批：極傳護短之神。

（四）眉批：真，真。

【憶多嬌】（末）心痛憶，情慘戚，將身赴江學抱石。可憐夫婦鸞鳳拆，（合）即日登程，即日登程，渺渺音容遠隔。

（末）老安人，不須啼哭，趲行前去。

【風入松】（貼）嘆連年貧苦未逢時，誰想一旦分離。我孩兒自别求科舉，怎知道妻房溺水？但説來，又恐驚駭我兒，決不可與他知。（末）安人不必恁憂慮，且聽男女咨啓。只説狀元催逼起，先令我送安人來至。那其間方説就裏，決不要使驚疑。㈠

【急三鎗】（貼）痛易情難訴！痛易情難訴！常思憶，常憂慮，心戚戚，淚如珠。（末）且自登程去，且自登程去，休思憶，休憂慮。途路上，免嗟吁。㈡

【風入松】（貼）如何教我免嗟吁？我這老景憑誰？年華老邁難移步，旦夕間有誰來温顧？恨只恨他們繼母，逼他嫁死得最無辜。（末）果然死得最無辜，論貞潔真無。姻緣契合從今古，拆散了夫妻皆天數。漫騰騰洛陽近也，今且喜到京都。㈢

㈠　眉批：傳神極矣。妙絶，妙絶。
㈡　眉批：畫。
㈢　眉批：傳神。

萬里關山去路長，可憐年邁往他鄉。
江邊不敢高聲哭，恐怕猿聞也斷腸。

第三十一齣　見母

【夜行船】（生上）一幅鸞箋飛報喜，垂白母，料已知之。日漸過期，人何不至？心下轉添縈繫。（一）

雁塔題名感聖恩，使鴻昨已寄佳音。思親目斷雲山外，縹緲鄉關多白雲。下官前日修書，附承局帶回，請取家小，同臨任所。一去許久，不見到來，使我常懷憂念。正是：雖無千丈線，萬里繫人心。

【前引】（貼上）死別生離辭故里，經歷盡萬種孤恓。（末上）昨過村莊，今入城市，深感老天垂庇。（二）

（貼）這裏是那裏了？（末）京師地面了。（貼）聞説京師錦繡邦，果然風景異他鄉。（末）紅樓翠館笙歌沸，柳陌花街蘭射香。（貼）李成舅，你曉得狀元行寓在何處？（末）小人一路打聽，行館就在四牌

（一）眉批：好。

（二）眉批：肖。

坊。老安人把孝頭繩收藏了，〔一〕謾謾説也未遲。（貼）這也説得有理。（末）牌子，這裏可是王狀元行館麽？（浄）這裏就是。（末）通報家裏有人在此。（浄）禀老爹，家裏有人在外。（生）着他進來！（末）〔二〕老爹，李成磕頭。（生）起來。老安人、小姐來了？（末）來了。（生接，背問末介）小姐爲何不見？（末）後面來了。〔三〕（生）母親請坐，孩兒拜見。一路風霜，久缺甘旨，恕孩兒不孝之罪。（貼）兒，你在此一向好麽？（生）母親聽禀：

【刮鼓令】（生）從别後到京，慮萱親當暮景。〔四〕幸喜得今朝重會，娘，又緣何愁悶縈？李成舅，莫不是我家荆，看承母親不志誠？（末）小姐且是盡心侍奉。（生）我的娘，分明説與㑊兒聽。你媳婦呵，怎生不與共登程？

【前腔】（貼）心中自三省，轉教人愁悶增。你媳婦多災多病，況親家兩鬢星，家務事要支撑，教他怎生離鄉背井？爲你饒州之任恐留停，兒，你岳丈先令人送我到京城。〔五〕

（生）母親言語不明，李成舅，你備細説與我知道。

〔一〕繩：原闕，據後文補。

〔二〕末：原作『老』，據文義改。

〔三〕眉批：關目好。

〔四〕眉批：此下無一字不傳神。妙甚，妙甚。

〔五〕眉批：字字含糊。妙絶，妙絶。

【前腔】（末）當初待起程，（生）正要問你起程，小姐怎麼不來？（末）到臨期成畫餅。（生）母親，李成舅説甚麼畫餅？（末背）若説起投江一事，恐唬得恩官心戰驚。（生）李成舅，説甚麼驚字？（末）是有個經字，小姐呵！路途上少曾經，當不得許多高山峻嶺，餐風水怕勞形。（生）老安人也來了，他到來不得？（末）便是小姐有病體，老員外呵，因此上留住在家庭。

【前腔】（生）端詳那李成，語言中尤未明。娘，把就兒裏分明説破，免孩兒疑慮生。（貼背。生）呀，母親因甚的變顔情，長吁短嘆珠淚零？（貼袖出孝頭髻介。生）袖兒裏脱下孝頭繩，莫不是恁兒媳婦喪幽冥？

（生）我的娘，孝頭繩那裏來的？（貼）兒！千不是萬不是，都是你不是！（生）娘，怎麼到是兒不是？（貼）哇！還説你的是！當初承局書親附，拆開仔細從頭睹，道你狀元僉判任饒州。㈠兒，這句不該寫。（生）那一句？（貼）休妻再贅万俟府。（生）母親，語句都差了。（貼）語句雖差字跡同，岳翁見了心生怒。（生）岳母没有話説？（貼）岳母即時起毒心，逼妻改嫁孫郎婦。㈡（生）我妻從麽？（貼）汝妻守節不相從，苦，這句難説了！（生悲介）娘，一發説了罷。（貼）將身跳入江心渡。（生）呀！渾家爲我守節而亡，兀的不是痛殺我也！（跌倒介）

㈠『州』下原衍一『貼』字，删。
㈡眉批：不肖。情景曲。

【江兒水】（貼）吓得我心驚怖，身戰簌，虚飄飄一似風中絮。争知你先赴黄泉路，我孤身流落知何處？不念我年華衰暮，風燭不定，死也不着一所墳墓。

【前腔】（生）一紙書親附，我那妻，指望同臨任所。是何人寫套書中句？改調潮陽應知去，迎頭先做河伯婦。指望百年完聚，半載夫妻，也算做春風一度。（一）

【前腔】（末）狀元休憂慮，且把情懷暫舒。夫妻聚散前生註，這離别只説離别苦，想姻緣不入姻緣簿。聽取一言伸覆：須信人生，萬事莫逃天數。

（貼）孩兒，你且省愁煩。（生）孩兒只爲不就万俟丞相親事，却將我改調潮陽，害我身命，我肯辜負他？（貼）孩兒，他既死了，無可奈何，且到任所，做些功果追薦他。（生）這個少不得如此。（末）小人告狀元，老安人起程之時，老員外曾分付小人：送老安人面會狀元，你就趕回來。如今稟狀元，小人告回。（生）李成舅，我身伴無人，同到了任所，那時我修書與你去。（末）既如此，小人願隨狀元去。

（貼）追想儀容轉痛悲，（生）豈期中道兩分離。

（末）夫妻本是同林鳥，（合）大限來時各自飛。

總批：

（一）　眉批：没理。

情節關目種種逼真，何物辭人，神化乃爾！

第三十二齣　遣音

【破陣子】（外上）野外江山幽雅，城中景物繁華。（夫、旦）六街三市堪描畫，萬紫千紅實可誇。（合）閩城景最佳。

（外）夫妻幸喜到閩城，跋涉程途爲利名。（夫）大布仁風寬政令，廣施德化慰黎民。（外）夫人，我自到任三月，且喜詞清訟簡，盜息民安。（夫）乃相公治政所致。相公曾許孩兒書去報他丈夫知道。兒，管教你夫妻重會。（旦）爹爹，這裏到饒州多少路程？（外）約有一月之程。（旦）爹爹，多與他些盤纏。（外）教我多與他些盤纏，我在此呵，

【榴花泣】（外）守官如水，胸次瑩無瑕。薄税斂，省刑罰，撫安民庶禁行猾。幸喜詞清訟簡，無事早休衙。（旦）依條按法，想繩一戒百誰不怕？待三年任滿期瓜，詔書來早晚遷加。㈠

【前腔】（夫）覷着他花容月貌勝仙娃，忍將身命掩黄沙？天教公相救伊家，好似撥雲見日，枯樹再開花。（外）貞潔可誇，恁捐生就死令人訝。恁萱親怎不詳察？全不道有傷風化。

㈠　眉批：情事都不象。

【漁家傲】(旦)若提起舊日根芽，不由人不兩淚如麻。恨只恨一紙讒書，搬得我母親叱咤。(外)他見差，逼汝身重嫁，那些個一鞍一馬。這書劄令人遣發，管成就鸞孤鳳寡。

(外)夫人，我到堂上去來，開門。(衆)各官免揖。(外)叫一個打差舍人進來。(浄上)該小人輪班。(外)你叫什麼名字？(浄)小人叫苗良。(外)苗良，我有一封書，着你到饒州王三府處投下，要回書，限你二十個日子，與你二兩銀子盤纏，星夜趕去。

【前腔】(浄)今日裏拜辭都爺，明日裏到海角天涯。一心要傳遞佳音，不憚路途波查。(一)(外)關門。(旦)爹爹，下書人去也不曾？(外)去了。(旦)我還有一句話。(外)有什麼話？(旦)見他只説三分話。(丑)姐姐，便多説幾句怎麽？(旦)又恐他別娶渾家。(外)你把閑言一筆都勾罷，回來便知真共假。

【尾聲】月再圓，花重發，那其間歡生喜洽，重整華筵泛紫霞。

(外)饒福相看數日程，(旦)修書備細説緣因。

(丑)分明好事從天降，(末)重整前盟合舊盟。

(一)　眉批：好。

第三十三齣　赴任

【臨江仙】（貼上）客夢悠悠雞喚醒，窗前尚有殘燈。（生上）攬衣披枕自評論，今日飄零，何日安寧？（一）

（貼）孩兒，促整衣裝及早行，區區只爲利和名。（生）拚却餐風並宿水，（末）不愁帶月與披星。（貼）孩兒，就此趲行前去。

【朝元歌】（貼）騰騰曉行，露濕衣襟冷；徐徐晚行，月照遥天暝。只爲功名，遠離鄉背井，渡水登山驀嶺，帶月披星，車塵馬足不暫停。晴嵐障人形，西風吹鬢雲。（合）潮陽海城，到得後那時歡慶。

（淨上）三山巡檢接老爺。人夫手本在此。（生）拿上來！你那官兒回去，弓手送我過梅嶺。（淨）梅嶺上猢猻太多。（生）怎麽有許多猢猻？（淨）老爺此去，指日封侯。（生）生受你，去罷！（淨下）

【前腔】（生）幾處幽林曲徑，松杉列翠屏。回首亂雲凝，禪關掩映，聽遠鐘三四聲。欽奉綸音，命遊宦，宿郵亭。遠離京城，盼陽關把往事空思省。水程共山程，長亭復短亭。（合前）

（一）　眉批：妙。

（丑上）(一)潮陽府陰陽生接老爺。（生）這裏到府還有多少路？（丑）還有五十里之程。（生）那個差來的？（丑）本府太老爺差來的。（生）選在幾時上任？（丑）太老爺分付，三月十五日請老爺城隍廟宿山，十六日午時上任。（生）多拜上老爺。（丑下）

【前腔】（生）危巔絶頂，飛流直下傾。嘆微名奔競，身似浮萍。鷓鴣啼，不忍聽。野花開又馨，消遣羈旅情。到處草茵，題詠眼前無限景。牧笛隴頭鳴，漁舟江上横。（合前）(二)

【前腔】（貼）八九處人家寂静，柴門半掩扃，溪洞水泠泠。路遠離别興，自來不慣經。遥望酒旗新，買三杯，消渴吻。哀猿晚風輕，歸鴉夕照明。（合前）(三)

（浄）城隍廟道士接爺爺宿山。(四)

（貼）長亭渺渺恨綿綿，（生）遠望潮陽路八千。

（末）正是雁飛不到處，（合）果然人被利名牽。

總批：

(一) 丑：原作『浄』，據文義改。下同改。

(二) 眉批：略不愁思，不肖情事。

(三) 眉批：不象。

(四) 眉批：武林板承局作驛丞來接，關目妙甚，此不及多矣。

不合一語不及死者，如此則光景不真矣。

第三十四齣　誤訃

【探春令】（外上）人生最苦是別離，論貞潔他人怎如？窗外日光彈指過，庭前花影坐間移。我前日差苗良到饒州，怎麽不見回來？（淨上）轉眼垂楊緑，回頭麥子黄。萬事分已定，浮生空自忙。苗良進。（外）苗良回來了？（淨）小人回來了。（外）可有回書？（淨）回書在此。（外）這是我的。（淨）因此老爺的書不曾投下，故此回書。（外）怎麽不曾投下？（淨）小人到饒州，徑進東門，正遇行喪，銘旌上寫『僉判王公之柩』。小人又到私衙去問，都説：到任三月，不伏水土，全家而亡。（外）可惜，人無百歲期，枉作千年計！請夫人、小姐出來。

【一枝花】（夫上）書緘情慘切，烟水多重疊。（旦上）報道有書回，故人如見也。（外）孩兒，遞書人回來了。（夫）遞書人回來，必有好音。（外）原書也不曾投下，有什麽好音！

【漁家傲】（旦）莫不是明月蘆花没處尋？（外）明月蘆花一片白，那裏去尋？（旦）莫不是舊日王魁，嫌遞萬金？（外）他也不是王魁，你也不是桂英。（旦）莫不是忘了半載同衾枕？（外）也不是。（旦）莫不是不曾之任？（外）怎麽不曾之任？（旦）爹爹，欲言不語情難審，那裏是全抛一片心？[一]（外）咱語言説到舌尖聲還噤。若提起始末緣因，教你愁悶怎禁？兒，此生休想同衾枕，要相逢除非是東海撈針。如今兀自不思省，不投下佳音回訃音。（旦）爹爹，佳音便怎麽？訃音便怎麽？（外）喜信是佳音，死信是訃音。你丈夫到任三月，不服水土，全家而亡了。（旦）丈夫死了，兀的不是痛殺我也！

【梧桐樹】（旦）我爲你受跋涉，我爲你遭磨折。丈夫，我爲你投江，我爲你把殘生捨。今日怎知先傾逝，這樣淒涼，剗地裹和誰説？稟爹爹，可容奴家帶孝？（外）兒，在任穿些素縞罷。（旦）與我除下釵梳，盡把羅衣卸，持喪素服存貞潔。[二]

【東甌令】（外）休嗟怨，免攧屑，分定恩情中道絶。夫妻本是同林鳥，限到各分别。生同衾枕死同穴，誰肯早抛撇。（旦）念妾得蒙提挈，只指望同諧歡悦。誰知道全家病滅，不由人不撲簌簌淚珠流血。

【金蓮子】（夫）休憂此生鸞鏡缺，常言道救人須救徹。（丑）聽覆取休得要哽咽！姐姐，待等三年孝滿，别贅豪傑。

[一] 眉批：没理。

[二] 眉批：他既説全家而亡，亦須念婆婆，乃見孝婦心跡。

【尾聲】（旦）再醮徒然費唇舌，共姜誓盟甘自悦，守寡從教鬢似雪。

（旦）甘守共姜誓柏舟，（外）分明塵世若浮鷗。

（浄）三寸氣在千般用，（合）一日無常萬事休。

總批：

此段生發出人意表，但饒州是魚米之地，不合不伏水土，全家而亡，亦少照管。

第三十五齣　時祀

【一枝花】（貼）細雨霏霏時候，柳眉烟鎖常愁。（生）昨夜東風驀吹透，報道桃花逐水流。（合）新愁惹舊愁。

（貼）極目家鄉遠，白雲天際頭。（生）五年離故里，灑淚濕征裘。告母親知道，孩兒夜來夢見渾家扯住兒衣袂，説：十朋，只與你同憂，不與你同樂。覺來却是一夢。（貼）敢是與你討祭？（末）祭禮俱已完備，請老夫人主祭。（貼）非是兒夫負你情，只因奸相妒良姻。生前淑性甘貞潔，死後英魂脱世塵。餐玉饌，飲瑶樽，水晶宫裏伴仙人。你兒夫任滿朝金闕，與汝伸冤奏紫宸。(一)

(一)　眉批：　伴仙人也是失節了。

【新水令】（生）一從科第鳳鸞飛，被奸謀有書空寄。幸萱堂無禍危，痛蘭房受岑寂。捱不過淩逼，身沉在浪濤裏。

【步步嬌】（貼）將往事今朝重提起，越惱得肝腸碎。清明祭掃時，省却愁煩，且自酬禮，須記得聖賢書。看酒！（生）兒女何勞母親遞酒？（貼）道『不與祭如不祭』。

（生）看香來。〔一〕

【折桂令】（生）爇沉檀香噴金猊，昭告靈魂，聽剖因伊。自從俺宴罷瑶池，宫袍寵，相府勒贅。俺只爲撇不下糟糠舊妻，苦推辭桃杏新室，致受磨折，改調俺在潮陽。妻，因此上耽誤了恁的歸期。

【江兒水】（貼）聽説罷衷腸事只爲伊，却元來不從招贅生奸計，懊恨娘行忒薄倖，淩逼你好没存濟。母子虔誠遥祭，望鑒微忱，早賜靈魂來至。

（生）看酒來。〔二〕

【雁兒落】（生）徒捧着淚盈盈一酒巵，空列着香馥馥八珍味。慕音容，不見你，訴衷曲，無回

〔一〕眉批：好。

〔二〕（生）看酒來：原闕，據《新刻原本王狀元荆釵記》補。

對。俺這裏再拜自追思，重相會是何時？揾不住雙垂淚，舒不開咱兩道眉。先室，俺只爲套書信的賊施計。賢妻，俺若是昧誠心，自有天鑒知。

【僥僥令】（貼）〔一〕這話分明訴與伊，須記得看書時。懊恨娘行忒薄劣，抛閃得兩分離在中路裏，兩分離在中路裏。

【收江南】（生）呀！早知道這般樣拆散呵，誰待要赴春闈？便做到腰金衣紫待何如？説來又恐外人知，端的是不如布衣，端的是不如布衣！俺只索要低聲啼哭自傷悲。〔二〕

【園林好】（貼）免愁煩回辭奠儀，拜馮夷多加護持。早早向波心中脱離，惟願取免沉溺，惟願取免沉溺。

（丑）維大宋熙寧七年吉月辛卯朔日己酉，賜進士及第任饒州浙江温州府永嘉縣孝夫王十朋謹以清酌素饌之奠，〔三〕致祭於亡過妻玉蓮錢氏夫人前而言曰：惟靈之生，抱義而歸；惟靈之死，抱節而歸，義也。嗚呼噫嘻！昔受荆釵爲聘，同甘苦於茅廬。春闈一赴，鸞鳳分飛。詐書一到，骨肉分離。姑娘爲奪婚之媒，繼母爲逼嫁之威。捱不過連朝折挫，抵不過晝夜禁持。拜辭睡昏昏之老姑，哭出冷清清之

〔一〕貼：原作『生』，據文義改。

〔二〕眉批：真。

〔三〕眉批：改潮陽了。

繡幃。江津渡口，月淡星稀，脱鞋遺跡於岸邊，抱石投江於海底。江流哽咽，風木慘淒。波滚滚而洪濤逐魄，浪層層而水泛香肌。哭一聲妻，塞壑應猿啼。叫一聲妻，雲愁雨怨天地悲。妻魂不寐，默而鑒之。於戲哀哉！尚享！

【沽美酒】（生）紙錢飄，蝴蝶飛，紙錢飄，（一）蝴蝶飛。血淚染，杜鵑啼，睹物傷情越慘淒。靈魂恁自知，恁自知。俺不是負心的，負心的隨着燈滅。花謝有芳菲時節，缺月有團圓之夜。我呵！徒然間早起晚寐，想伊念伊。妻，要相逢除非是夢兒裏再成姻契。（二）

【尾聲】昏昏默默歸何處？哽哽咽咽思念你，直上嫦娥宮殿裏。

（生）年年此日須當祭，歲歲今朝不可違。

天長地久有時盡，此恨綿綿無絶期。

總批：

悲啼怨訴之情，躍躍欲見。

（一）紙錢飄：原闕，據汲古閣刊本《繡刻荊釵記定本》補。

（二）眉批：好。

第三十六齣　夜香

【一枝花】（旦上）花落黄昏門半掩，明月滿空階砌。嗟命薄，嘆時乖。華月在，人不見，好傷懷！

昔恨時乖赴碧流，重蒙恩相得相留。深處閨門重閉户，花落花開春復秋。奴家自那日投江，不期遇着錢安撫撈救，留爲義女，勝如親生。只是無以報他。今宵明月之夜，不免燒炷清香，以求廕庇。

【園林好】想那日身投大江，蒙安撫恩德怎忘？勝似嫡親繦褓，如重遇父和娘。奴家燒此夜香呵，願他增福壽，永安康！

想我母親亡過之後，又虧繼母呵，

【川撥棹】親鞠養，我爹爹呵，擇良人求配鴛行。誰知道命合遭殃，命合遭殃，遞讒書逼奴險亡，蒙天眷，遇賢良。奴家燒此夜香呵，保祐他永安康，保祐他永安康。（一）

想我婆婆取奴家呵，

【好姐姐】指望終身奉養，誰知道中途骯髒。存亡未審，使奴愁斷腸，心悽慘。奴家燒此夜香

（一）　眉批：　叙事處最有次第。

呵，願得親姑早會無災障，骨肉團圓樂最長。

想我丈夫有了奴家呵，

【香柳娘】又重在洞房，重在洞房，將奴撇樣。奴家一身猶可，你不思父母恩德廣。奴家指望你還有相見之日，誰想你到先亡了！痛兒夫夭亡，痛兒夫夭亡，不得耀門牆，拋棄萱花在堂上。奴家燒此夜香呵，願他魂歸故鄉，遣他魂歸故鄉，免得此身渺茫，早賜瑤池宴賞。

【尾聲】終宵魂夢空勞嚷，若得相逢免悒怏，再爇明香答上蒼。

香烟緲緲浮清碧，衷曲哀哀訴聖祇。
致使更深與人靜，非干愛月夜眠遲。

總批：

情景俱真。

第三十七齣(一)　民戴

（末上）一喝千人諾，單行百吏隨。恁般多富貴，端的是男兒。自家乃是本府親隨隸兵。你看時光好

(一)　眉批：此齣可刪。

疾，日月相催。自從本官到任潮陽勾當，不覺又是五年。真個清廉如水，上下相安。前日忽有上司文書到府，將俺相公陞除吉安太守，却是因禍致福。元先我相公原除饒州僉判，只因不就丞相親事，却將改調潮陽。如此更遷，意欲陷害在潮陽。如今朝廷別立丞相，體知相公治事清廉，持心公正，因此陞除吉安太守。今日促裝行李，那來的鼓樂彩旗，敢是與相公送行的？

【賞宫花】（丑、浄上）耆宿社長，聽榮除，特舉觴。五年民沾惠，盡安康，臥轍攀鞍無計策，離歌別酒衆難忘。

（末）許多什麼人嚷？（浄、丑）郎中，我們聞知相公高陞，衆鄉民特來送行。（末）難得你們厚意，問你高姓？（浄）老漢叫做李達玉，年紀方纔五十六。在城開張雜貨鋪，家中財貨頗豐足。年年差我做方正，因此營充做耆宿。聖節賀正預公宴，簪花飲酒與喫肉。有時迎接上司官，見我必先問風俗。一句話也不曾回，五六十棒不罰贖。那時無計可施爲，依舊歸家賫蠟燭。（末）免教人在暗中行，這個老人高姓？（丑）老漢積祖姓王，並無手藝營生。圖小利討充社長，誰知也不安寧。又要報寫粉壁，又要催討常行課程。又要報洶砌河勘，又要辦水桶麻繩。又要勸農栽種，又要督造坊城。只有催關鹽票，是我覓鈔門庭。有錢與我的，便把他口數減；無錢與我的，便把他口數增。若還官司賑濟，這場買賣非輕。若有人告投社長，一件件並不容情。被告詐他十貫五貫，原告喫他三瓶五瓶。有錢與我的，私下和允。無錢與我的，便打他脚筋。我怕事如探湯老狗，我愛錢如見血蒼蠅。這人户家家作念。（末）想必説你好？（丑）那裏是，都罵我没分曉老鴨精！（末）這一下打得你嘴匾。（浄）我們百姓無造化，這等好官陞了。（丑）便是他五年在此，深虧他。如今陞了江西吉安府知府，我們衆老人都到長亭送行。脱他靴來釘在儀門上，千年遺跡，後官來看。

【前腔】（生上）潮陽海邦，坐黄堂，名譽彰。（貼上）省臺飛薦剡，看文章。擢任三山爲太守，叩頭萬歲謝吾皇。

（貼）自離京苑到潮陽，烏兔相催曉夜忙。（生）不覺因循經五載，追思中饋好心傷。母親，孩兒得蒙聖恩陞授吉安知府，且喜相去家鄉不遠。（浄、丑）舅爺，我們衆老人特來與老爺餞行。（生）老人做甚麽？（浄、丑）老爺自到任以來，一廉如水，百姓今喜高陞，小老人具禮遠送。太奶奶，老人磕頭。（貼）生受你。（浄、丑）老爺，小老人没有什麽孝心，安排果酒旗帳，聊表野人獻芹之意。（生）我在此没有好處，何勞許多禮物旗帳？（浄）老爺，怎麽没好處。老爺未曾下車之時，蠻獠侵擾，盜賊猖狂，百官横行，瘟疫難當。弟强兄弱，子駡爹娘，兒啼女哭，餓斷絲腸。無衣無食，有褲無襠。西風一起，凍得狗叫汪汪。（丑）自老爺下車之時就好。（生）怎麽就好？（丑）蠻獠遠遁，㈠盜賊潛藏。家家樂業，户户安康。新新舊舊，衣服盈箱。粗粗細細，米爛陳倉。家家快活，專買石床。只聽得浪蕩都，浪蕩都，打個

【村裏亞鴣】。

【月上海棠】（浄、丑）吾郡間，萬民沾惠恩無限。喜陞除吉安，餞陽關。無計留攬轡攀鞍，爲

㈠　遁：原作『盾』，據汲古閣刊本《繡刻荆釵記定本》改。

霖雨須還清盼。（合）程途躦，拚擔些巇嶮，受此彎跧。〔一〕

【前腔】（貼）衰老年，只愁烟瘴爲吾患。幸家門吉慶，子母平安。今日裏子擢高官，飲別酒應難留戀。（合前）

【前腔】（生）心愧赧，備員竊禄常嗟嘆。想劉寬難並，趙普果難攀。偶然間盜息民安，非德化何勞稱讚？（合前）

（貼）一劄丹書降紫宸，（生）兼程之任肯因循。

（浄）勸君更盡一杯酒，（末）西出陽關無故人。

（下。浄、丑吊場）老爺請脱靴。（生）不消罷。（浄、丑）留遺百世瞻仰。（生）一官去了一官來，你衆人去罷。（浄、丑）老爺臨去，説一官去了一官來。（丑）老爺曉得你我有學問老人，留這一句詩在，我和你聯。（浄）我聯第二句，教人望得眼巴巴。（丑）你再吟一句，結句就是我。（浄）三府老爺來到任，（丑）竹片拶指不曾挨。（浄）如今老爺去了，我和你衆人們出銀三分，教木匠做靴匣。漆好了，釘在儀門上，也見我和你一點心。（丑）那個管工？（浄）是我管。（丑）木梢我要一根。（浄）你要木梢怎麽？（丑）我要他做灰扒柄。〔二〕（浄）你做老人，思量幹這樣。也罷，我有個使舊的與你罷。（下）

〔一〕 彎：原作「鸞」，據文義改。

〔二〕 要：原闕，據汲古閣刊本《繡刻荆釵記定本》補。

第三十八齣　意旨

【菊花新】（貼上）雲鬢衰鬢玉龍蟠，羞睹妝臺鏡裏鸞。（生上）日月似梭竄，嗟嗟人事暗中偷換。（見介）

（貼）憶昔家中苦，别離家鄉，已經五載。因爲潮陽路遠，不能見你岳父母。如今既任吉安，與温州不遠，何不差人搬取岳父母到任，同享富貴？（一）（生）謹依母親，明年正月十五日玄妙觀起醮大會，我已曾差人分付追薦我妻，即便修書差李成回去便了。（净上）龍歸大海，道奔豪門。大叔，起動你通報，玄妙觀道士特來與老爺討意旨。（二）（末報介。生）着他進來。（净）太夫人，磕頭！請問太夫人，小夫人因何病症而亡，好寫意旨。

【泣顔回】（貼）説起便心酸，抱屈溺水含冤。鴛鴦失伴，做了寡鵠孤鸞。（净）聞説事端，便鐵心見説肝腸斷。仗良緣薦拔靈魂，使亡者早得超凡。

【前腔換頭】（生）潛觀，慈母兩眉攢，他歡無半點，愁有千般。朝夕縈絆，教人痛苦針鑽。

（一）眉批：失情景，當删。

（二）眉批：此玄妙觀相逢也，後人增改大。

(净)河伯水官，那其間怎把人勾喚？致令得死別生離，如何會意悦心歡？(一)

【賺】(末)擎捧雕盤，送出魂幡絹一端；更有些醮金三十貫，權收管。必須齋沐虔誠，休交功果不圓滿。(净)天怎瞞，小貧道謹辭臺回觀。(二)

【撲燈蛾】(貼、生)薦亡雖已完，邀親豈宜緩？若請岳翁至，同臨觀中遊玩。也趁天時地暖，便起程休得盤桓。是則是夜長晝短，論朝行暮宿，休憚路漫漫。

【尾聲】生的報答心方穩，死的薦拔情頗寬，好事完成意始歡。

報答存亡兩痛情，來朝遣僕遞佳音。
思親但得重相見，方信家書抵萬金。

總批：

余笑謂道士不宜令見夫人，客曰不妨，今日和尚且見太夫人矣。相與絶倒。

(一) 眉批：光景逼真。
(二) 眉批：光景亦真。

第三十九齣　就祿

【三台令】（外上）夜來花蕊銀燈，曉起鵲聲翠屏。（净上）何喜報門庭，頓教人側耳頻聽。（外）每日心懷耿耿，終朝眼淚盈盈。只爲孩兒成畫餅，教人嘔氣傷情。（净）雖然燈花結蕊，那堪鵲噪聲頻？（外）料我寒家冷似冰，量無好事到門庭。

【前腔】（末上）近别南粤郵亭，又入東甌郡城。水秀山明，睹風物喜不自勝。（末）自離吉安，又到温州。此間已是自家門首。不免徑入。（净）李成回來了。（外）李成在那裏？（净）這不是李成？（外）你撇得我好！怎麼只管不回來？教我終日望你。（末）小人送王老安人到京，見了狀元，本欲便回，因被苦留相送赴任，不能回來。（净）他是忘恩負義的人，送他怎麼？（末）老安人，那狀元不是負義的人。他當時除授饒州僉判，因奸相招贅不從，改調潮陽，意欲陷害。後因朝廷體知處事能爲，持心公正，陞任吉安知府。因此修書迎請老員外老安人到任所，同享榮華。書已在此。（外）我也看不見。李成，你字字行行念與我聽。前番一封書害得家破人亡。(一)

【一封書】（末）婿百拜岳父前：自離膝下已數年。因奸相不見憐，改調潮陽路八千。今喜

(一)　眉批：景真。

陞爲吉安守，遣僕相迎到任間。匆匆的奉寸箋，仗乞尊顔照不宣。

（外）我聽此書呵，

【下山虎】（外）見鞍思馬，睹物傷情。觸起關心事，怎不淚零？如今我婿得沐聖朝寵榮，我女一身成畫餅。取我到吉城，值此寒冬，怎出外境？（合）天寒地冷，未可離鄉背井，且待春和款款行。

【亭前柳】（净）老兒垂鬢已星星，弱體戰兢兢。況兼寒凛凛，那更冷清清。此行怎去登山嶺？

【下山虎】（末）義深恩厚，恨繞愁縈。久絶鱗鴻信，悶懷倍增。因此母子修書遣僕來請，料想恩官必待等。天氣最嚴凝，暮止朝行，我當奉承。（合前）

【亭前柳】（净）老兒不去恐生嗔，欲去怕勞形。李成兒，你須先探試，臨事怎支撑？（末）小人只索從台命。（合）且過新年，待春暖共登程。

（末）昔日離家過五秋，（外、净）今朝書到解千愁。

（合）來年同到吉安府，不棄前姻過白頭。

總批：

净婆處該着實備諸醜態。

第四十齣　奸詰

【霜天曉角】(小生上)黄堂佐政齊黎庶，肯將清似月揚輝，如淵徹底。願效漢循良吏，勤簿書，門館無私，日以刑名爲事。

五馬侯中列郡推，導之以政冀無違。此心一點如丹赤，敢學虞庭向日葵。下官温州府推官周壁，表字元卿，乃王十朋同榜進士。職列黄堂，不作牛刀之試。食天厨之廩禄，平治郡之刑名。欲向丹墀排鷺序，先須甸服養鵷輪。昨日堂尊送一紙狀來，却是孫汝權告錢流行圖賴婚姻事。孫汝權是個生員，錢流行是個太學生，曾考貢元，斯文分上，不好執法審問。我行牌去提原媒審問，使知端的。叫左右，帶那第一起犯人審問。(末)俱齊了。(小生)帶進來！(外、浄、丑上)錢流行、孫汝權一邊伺候。錢氏，定是你巧語花言，説來説去，致令搆訟了。(丑)爺爺，小婦人非是慣做媒的。錢流行是我哥哥。(小生)你從實説來！

【啄木兒】(丑)吾兄女，將及笄。(小生)曾許甚麼人？(丑)許配王生尚未歸。(小生)婦人謂嫁曰歸。後來？(丑)那孫呆忽至吾家裏。(小生)到你家來怎麼？(丑)也要娶我侄女，他浼央老妾爲媒氏。(小生)曾去説麼？(丑)吾領言曾到兄家去。老爺，小婦人的哥哥，他是個讀書君子，執意不從；我嫂嫂是女流之輩，嫌王氏之貧，喜孫氏之富。便欲憐新將舊悔。

（小生）後你哥哥如何説？

【前腔】（丑）吾兄意，執不從。（小生）你侄女也肯麽？（丑）侄女堅將節操持。我嫂嫂定不相容，吾兄就應變隨機，將侄女送到王門去。（小生）王家既成了親，孫家再不該議親了。（丑）結親後即赴科場裏。誰想一舉成名天下知。(一)

（小生）就是王十朋麽？（丑）正是。（小生）到是我年兄家裏的事。得中狀元，有書回麽？

【前腔】（丑）因承局，附信歸。（小生）有書回是喜事了。（丑）喜氣番成怨氣吁。（小生）一紙家書抵萬金，怎麽是怨氣？（丑）老爺，那裏是萬金佳音，元來是一紙休書。（小生）王狀元是個讀書君子，焉有此事來？（丑）他母疑是親筆跡，女言道改書中句，只爲字跡相同亦起疑。

（小生）其時書來，説在那家爲婿麽？

【前腔】（丑）贅在万俟府爲女婿。（小生）你哥哥也曾去訪問不曾？（丑）曾訪問來。正遇孫郎下第歸，他與吾兄面述其言，他説道果贅侯門。（小生）孫汝權道你兄受他財禮。（丑）孫汝權，肉面對肉面，你家行甚財和禮？上有青天，我家那個來接取？（净）老大人，依他説起來，把學生財禮一些不認了？（丑）爺爺，財禮是小事，就是我哥哥也陪得起的，致使我侄女投江身寃死。

(一) 眉批：好關目。

（小生）王夫人死了？（丑）老爺，只爲孫汝權一句話。（小生）孫秀才，他不告你人命也罷，你反告他圖賴婚姻事。（末上）上命遣差，身不由己。小的是吉安府王爺差來送書在此。（小生）那個在吉安府做官？取上來！（末）書在此。（小生）年弟王十朋頓首緘書。呀，王年兄陞太守了，下書人起來，伺候回書。若非他存心以仁，道民以禮，焉有此不次之遷？忻慰！忻慰！㈠即懇元卿年兄執事下，遽爾别來，屢經歲月。向改調時，深辱俯慰。因瘴鄉無便，故久乏音問。兹幸寸進守吉，懷抱雖則小伸，又有不得已事，仰干執事下。向寓京時，倩人持書迎候岳父母山妻，不想中途被人套换書信，致使山妻守節而亡。已獲原寄書人承局，奏送法司。鞫問間，供稱止有孫汝權開包。望將此情轉達太父母大人，乞將孫汝權解京，與承局面證完卷。再禀：岳父母以富家不厭貧寒，以女妻之，生將謂終身養老之計。今山妻雖死，義不可絶。特差人舟相候，冀推年誼，借重一言，賛襄岳父母上道，以全半子終養之情，感德豈尠尠哉！明年朝覲，想得京中一會。時下寒暖互相，伏惟調護，以膺天寵，不宣。十朋再拜。（介）吏讀與他們聽！（念介。小生）錢老先生，這一封書是令婿命轉送老先生的，請收去。（介）老先生，請出去换了衣巾，進來相見。錢氏無干，出去！（外、丑下。小生）皂隸，選大板子，拿那孫汝權下去打四十！（打介）討牌。（寫介）發監，待文書完了，送到堂上，解他京裏去完卷。（帶淨下。小生）請錢老先生進來。（請外上介。小生）老先生請坐。（外）老大人請上，容學生拜謝。（小生）不勞，

㈠　眉批：關目甚好。

不勞。（外）老大人，上開藻鑒，下判姸媸。冰釋厚誣，心銘大德。（小生）學生失於龍蛇之辨，致有鼠雀之牙。撫己多慚，見公甚愧。（介）請坐了。（外）不敢。（小生）老先生前輩，令婿又忝同年，不必太謙。（外）學生告坐了。（小生）適間令婿書上，著學生專請老先生到其任所，必須就起程前去。（外）老大人，學生年邁，朝暮不能保，豈能遠涉路途？

【歸朝歡】（小生）賢東坦，賢東坦，教音下期。令賤子，令賤子，翁前轉致。須宜是，須宜是，行囊且攜，恐他門懸望伊。（外）家庭雖小誰爲理？田園頗廣誰爲治？欲去還留心兩持。

【三段子】（小生）翁今幾兒？（外）念箕裘無人可倚。（小生）族分幾枝？（外）念同宗無人可悲。(一)（小生）你既然只有身一己，如何不去倚賢婿？况是他慇懃想伊。

（小生）叫左右，與我打點馬船人夫，送錢相公到吉安府去。（外）如此多感多感！

（小生）行囊速整莫蹉跎，（外）景物相催老去何。

（合）一夜相思千里外，西風吹馬渡關河。

總批：

關目照應都閑淡不惡。

(一) 同：原作『國』，據《新刻原本王狀元荊釵記》改。

第四十一齣　晤婿

【小蓬萊】（外上）策馬登程去也，西風裹勞落艱辛。淡烟荒草，夕陽古渡，流水孤村。（浄上）滿目堪圖堪畫，那野景蕭蕭，冷浸黄昏！（末上）樵歌牧唱，牛眠草徑，犬吠柴門。㈠

〔臨江仙〕（外）緑暗汀洲三月景，錦江風静帆收。垂楊低映木蘭舟。半篙春水滑，一段夕陽愁。（末）灞水橋東回首處，美人親捲簾鈎。落花幾陣入紅樓。行雲歸處，水流鴉噪枝頭。老員外，今日日麗風和，花明景曙，加鞭趲行幾步。

【八聲甘州】（外）春深離故家，嘆衰年倦體，奔走天涯。一鞭行色，遥指剩水殘霞。牆頭嫩柳籬畔花，見古樹枯藤棲暮鴉。嗟呀！遍長途觸目桑麻。㈡

【前腔换头】（浄）呀呀，幽禽聚遠沙，對彷佛禾黍，宛似蒹葭。江山如畫，無限野草閑花。旗亭小橋景最佳，見竹鎖溪邊三兩家。漁槎，弄新腔一笛堪誇。㈢

【解三醒】（外）爲當初被人謊詐，把家書暗地套寫，致吾兒一命喪在黄泉下，受多少苦波查。

㈠ 眉批：畫。
㈡ 眉批：畫。
㈢ 眉批：好。

今日幸得佳婿來迎也，又愁着逆旅淹留人事賒。（合）空嗟呀！自嘆命薄，難苦怨他。

【前腔】（末）步徐徐水邊林下，路迢迢野田禾稼，景蕭蕭疏林暮靄斜陽掛。聞鼓吹，鬧鳴蛙，一經古道西風鞭瘦馬。謾回首，盼想家山淚似麻。

高山迢遞日初斜，緑柳依稀路更賒。
日斷前村烟未暝，不知今夜宿誰家？

總批：

一段悲喜兼並之情。

第四十二齣　親敘

【懶畫眉】（生上）紫簫聲斷彩雲開，膩粉香朦玉鏡臺。燈前孤幌冷書齋，血衫難挽仙裾返，造化能移泰岳來。

【前腔】（貼上）荆釵博你鳳頭釵，重義輕生脱繡鞋。一回思想一回哀，鳳釵還在人何在，我那兒，可陰祐你雙親到此來。(一)

(一) 眉批：情景逼真。

【前腔】（外、净、末上）館甥位掌五侯臺，千里裁封遣使來。令人更喜復悲哀，哀吾弱息今何在，喜他母子恩情得再諧。

（末）老員外，這裏是府門首。（外）你可通報。（末）那個在門上？老老爹來了。（丑）大叔來了。（報介。生）岳父岳母到了，請母親同去迎接。

【哭相思】（生）一自别來容鬢改，恨公衙失迎冠蓋。（外）生别重逢，死離難再。（生）罷愁思且加親愛。（一）

（外）親母，小女姻緣淺，終身地下遊。（貼）他鄉迎舊戚，便覺解深愁。（生）半子情方盡，終身願已酬。

（净）休嫌山婦拙，思好莫思仇。（貼）親母何出此語？（净）人之所以異於禽獸者，以其有仁義也。（二）

（貼）言重言重。

【玉交枝】（貼）感你恩深如海，我一抔土填得甚來？（三）久銘肺腑時時戴，特此遠迎冠蓋。兒，快令人把綺席開。親家，洗塵莫怪輕相待。（合）細思想荆釵可哀！細思想荆釵可哀！（四）

（一）眉批：情真。
（二）眉批：天理之言。
（三）抔：原作『坯』，據文義改。
（四）眉批：可憐。

【前腔】（外）蒙承過愛竟忘哀，夫妻遠來。想當初在舍慚餔待，望尊親海涵寬貸。賢婿，你腰金忘勢真大才，不比薄情人轉眼生驕態。（合前）

【前腔】（浄）自慚睚眥，望尊親休勞掛懷。一時我也出無奈，莫把我做人看待。人家晚母休學我忌猜，逼兒改嫁遭毒害。（合前）（一）

【前腔】（生）慚予一介，荷深恩扶出草萊。微名五載忘親愛，豈知中路變禍災？當初指望白首諧，誰知青歲遭讒害？（合前）

（丑）老爺，酒席已完備了。（貼）親家請後堂坐。（外）請了。

（外）幾年遠別喜相逢，（生）又訝相逢似夢中。

（浄）果是稠人難物色，（合）信知女婿近乘龍。

第四十三齣　執柯

【普賢歌】（浄上）侯門涉水最難求，願適賢良王太守。自家非强口，管教成配偶，且請媒人喫喜酒。

（一）　眉批：天理之言。

正是：作伐全憑斧，引線必須針。我年兄有個令愛守寡，央我爲媒，要招本郡太守王梅溪。他鼓盆已久，未有夫人，央我去説親。鄧興，這裏府前了，通報。（末）是誰？（丑）鄧老爺相訪。（末）老爺有請。

【玩仙燈】（生上）兀坐書齋，聞道有客來相訪。

（見介。生）賤職所拘，未得拜訪。（淨）荷蒙與進，豈勝榮幸？（生）惶恐！惶恐！（淨）足下治政甚佳，黎民無不感仰。（生）皆賴老先生教指。（淨）外蒙父母見賜胙肉，老荆見了，小厮連忙與我煮起來喫飯。煮在鍋中，連連燒了七八十滚，還是硬的。我老荆作詩一首：『蒙君賜胙肉，合家盡喜歡。柴燒七八擔，水煮幾鍋乾。硬似丁靴底，猶如齧馬鞍。齒牙三十六，個個不平安。』（生）豬婆肉。（淨）不是豬婆，小豬的娘。（生）休得取笑。㈠（淨）老夫今日一來相訪，二來有一句話。（生）何事見教？（淨）老夫有一同年錢載和，有一小姐，守寡在家。聞得父母大人鼓盆已久，今特央老夫爲媒，望守公成全此親，甚是美事。（生）老先生在上，念學生貧寒之際，以荆釵爲聘，遂結姻親。山妻守節而亡，焉肯忘義再娶？（淨）父母大人幾位令嗣？（生）未有子息。（淨）父母大人，『不孝有三，無後爲大』，却不絶嗣了？（生）正欲螟蛉一子，以續後嗣。（淨）吾聞螟蛉者，嗣非其類，鬼神不享其祀。父母大人讀書之人，如何逆理？冒瀆，冒瀆。

㈠　眉批：自『外蒙父母』至『休得取笑』可删。

【啄木兒】（生）乞情恕，聽拜禀：自與山妻合巹婚，纔與他半載同衾，一旦鳳拆鸞分。他抱冤守節先亡殞，我寧恩再娶心何忍？行短天教一世貧。

【前腔】（浄）他八兩，你半斤，彼此爲官居上品。論閥閲，户對門當，真個好段姻緣。你意驕性執不從順，故千推萬阻令人恨，有眼何曾識好人。(一)

【三段子】（生）事當隱忍，未可便一時怒嗔。（浄）你再不娶親，我只愁你斷子絕孫誰拜墳？（生）言激心惱空懷忿，我今縱不諧秦晉，也不會家中絕後昆。(二)

【歸朝歡】（浄）你没思忖，不投分，那裏是儒爲席上珍？（生）我做官守法言忠信，名虧行損遭談論。縱獨處鰥居，決不可再婚！

（浄）性執心迷見識差，（生）婚姻不就且回家。

（浄）落花有意隨流水，（生）流水無心戀落花。

總批：

那有做媒不從，便相與争攘之理？聞古本情節政不如此，必俗人添入無疑。

(一) 眉批：不象。

(二) 眉批：豈有此理。

第四十四齣　續姻

【杜韋娘】（旦上）朔風寒凛冽，雲布墅，捲飛雪，看萬木千林都凍折。小窗前，梅花再綴，冰稍數點幽潔。淡月黄昏，暗地香清絶。早先把陽和漏泄，又葭管灰飛地穴。

痛憶我亡夫，感念嗟吁，轉頭又是五年餘。安撫收留恩不淺，補報全無。今日乃是冬至令節，等待爹媽出來，拜賀則個。

【麻婆子】（丑上）做奴做奴空惆悵，何時得嫁馬上郎？做奴做奴空勞攘，只落得曉夜忙。遇冬節，巧梳妝，身穿一套好衣裳。市人市人都誇獎，道我是個風流好養娘。

（丑拜介）時遇新冬，喜氣重重，拜節之後，願小姐招一個老公。（旦）休得胡説，相公、夫人來了。

【海棠春】（外、夫上）時序兩推遷，莫惜開芳宴。

孩兒，金烏似箭，玉兔如梭，不覺來此又是五年。前日鄧尚書來相探，閒話間説起王太守未有夫人，因此將你吉帖付與他去，了汝終身。（旦）爹爹，但願終身守節，再醮難言。（外）你丈夫未死，不肯嫁禮之所當。汝夫已死多年，不嫁將何倚靠？（旦）望爹爹爲我螟蛉一子，以爲終身後嗣。（外）如此終無結果。（旦）妾聞仁者不以盛衰改節，義者不以存亡易心。截耳殘形，以杜重婚之議；劈面流血，難從再醮之言。自古及今，芳名不泯。使妾有失志節，聽此寧無愧乎？誓以柏舟，甘效共姜，死而後已。若窺隙鑽窬，潛奔司馬，則非奴所願也。若不容奴於相府，則賤妾仍喪於江中。（外）夫人，我尋思這般志節也難得。孩兒，你要守節，改日過房一子，與你爲後嗣。（旦）如此甚感爹爹，爹媽請坐，待奴家拜節。看酒來。

【集賢賓】（旦）一陽氣轉春透徹，履長歡慶冬節。驗歲瞻雲人意切，聽殘漏曉臨臺榭。今年是別，黃雲纖争書吉帖。（合）芳宴設，沉醉後，管絃聲咽。[一]

【前腔】（外）日晷漸長人盡悅，繡紋弱線添些。待臘將舒堤柳葉，凍柔條未堪攀折。百官擺列，賀亞歲齊朝金闕。（合）芳宴設，沉醉後，管絃聲咽。

【鶯啼序】（夫）光陰迅速如電掣，斷送了多少豪傑。遇良辰自宜調燮，且把閑悶抛撇。進履襪歡看婦儀，炷寶鼎對天答謝。（合）芳宴設，沉醉後，管絃聲咽。

【前腔】（丑）道消遣長空嘆嗟，[二]畫堂中且安享驕奢。看紛紛緑擁紅遮，綺羅香散沉麝。辟寒犀開元此日，[三]曾遠貢喧傳朝野。（合前）

【琥珀猫兒墜】（衆）玉燭寶典，今古事差迭。遇景酣歌時暫歇，珠簾垂下且莫揭。（合）歡

[一] 眉批：絶。
[二] 遣：原闕，據《新刻原本王狀元荆釵記》補。
[三] 辟寒犀：原作『醉寒屏』，據《新刻原本王狀元荆釵記》改。

悦，那獸炭紅爐，焰焰頻爇。

【前腔】（衆）小寒天氣，莫把酒樽歇。醉看歌姬容豔冶，春容微暈酒黯頰。（合前）

【尾聲】玉山頹低日已斜，酒散歌闌呼侍妾，把錦紋烘熱，從教醉夢賒。

天時人事日相催，冬至陽生春又來。
雲物不殊鄉國異，開懷且覆掌中杯。

第四十五齣(一)　薦亡

（淨扮道士上）捏訣驚三界，扣齒動萬神。狗肉喫兩塊，好酒飲三瓶。等到天明後，依然去誦經。門徒聞不善，道我不志誠。今日上元令節，本觀修設醮會。太老爺拈香，道人打起鐘磬。待我把經文誦完，肚中空虛，要喫也無。八個餛飩，使我自然。田螺棘螺，共買五錢。喫了三碗，吐瀉半年。頭頭利市，和合仙官，召請必竟來臨。取出雲璬，(二)讚揚法事。癩頭婆娘請我，時時到他家裏。正值肚饑，便喫蒸餅、爛煮豬蹄、油煎雞卵、熱炒鴨兒、鹽拌白菜、醬煮烏龜、糟鏖豆腐及攢鹽齏。臨臨兩碗，筍乾粉皮。般般喫盡，不剩些兒。肚中膨脹，飽病難醫。尿糞急送，不可遲疑。忽然阿出，污了道衣。怕人哂笑，

(一) 眉批：此齣當删。
(二) 璬：原作『厫』，據汲古閣刊本《繡刻荆釵記定本》改。

火速走歸。道婆看見，一頓擂搥，打得不可思議功德。(一)

【玩仙燈】(生上)節屆元宵，燈月燦然高，到觀門拈香薦悼。

(浄)道士接爺爺。(生)功果都完了麽？(浄)經文都完了，専等老爺拈香。

【一封書】(生)特朝拜上清，仗此名香表志誠。亡妻滯水濱，願神魂得上升。(浄)横死孤魂都召請，請到壇前聽往生。(合)誦仙經，薦亡靈，仗此功勳超聖境。

【前腔】(旦、丑上)前日已預名，届此良辰來殿庭。拈香炷寶鼎，望慈悲作証盟。(浄)惟願亡靈來受領，獻取香花酒果餅。(合前)

【前腔】(生)驀然見俊英，與一丫環前後行。潛地想面形，轉交人疑慮生。(末)他兩次三回常觀顧，覰了恩官也動情。(合前)(二)

【前腔】(旦)迴廊下撞迎，頓教人心暗驚。那燒香上卿，好似亡夫王十朋。(丑)休得輕言當三省，燒罷名香轉看燈。(合前)(下)

(生)見鞍思馬，睹物思人。适纔那婦人好像我夫人。叫道士過來，适纔婦人那家宅眷？(浄)錢都爺

(一) 眉批：那有太守在觀，而婦女不迴避之理？

(二) 眉批：不象，不象。可笑，可笑。

小姐。（生）元來天下有這般相似者。

（生）忽睹佳人意自疑，拈香已畢早回歸。

思量總是一場夢，你是何人我是誰？

總批：

如此兩邊顧盼，反將節義描作風流，俗人增入無疑。

第四十六齣　責婢

【步步嬌】（旦上）觀裏拈香驀相會，使我心縈繫。（丑）小姐，如今枉致疑，既認得真時，何不問取詳細。（旦）梅香，這就裏你怎知，恐錯認了風流婿。（一）

（丑）你道這官人是誰？（旦）是誰？（丑）本府太守，前日鄧尚書來説親的。（旦）元來是他。

【紅衲襖】（旦）意沉吟，情慘傷；　步趑趄，心悒怏。（丑）見了娘行好生着意想，莫不是遞書人回來胡調謊？（旦）料判州，名未彰；　論太守，職未當。（丑）自古男兒當自强。（二）

（一）　眉批：　此齣當删一字，不肖情事。

（二）　眉批：　豈有此理。

【前腔】（丑）小姐，你曾和他共鴛衾，同象床，直恁的你認不得他形共龐。（旦）面貌身材果然厮像，行動舉止没兩樣。（外上暗聽）既認得真時合主張。（旦）如何主張？（丑）你把往事相問當。（旦）猶恐錯認陶潛作阮郎。

拈香相遇兩沉吟，且自歸家問的真。

好似和針吞却線，刺人腸肚繫人心。

（外上）咗！你那賤人，欲人不知，莫若不爲。我家三世無犯法之男，五代無再婚之女。你言而無信，行亦有虧。江心渡口溺水，非因守節；玄妙觀中私語，必是通情。鄧尚書説親，直恁千推萬阻。見王太守樂意，却不顧五典三綱，不思玷辱門牆。問出奸情，押還原籍，交你雖無季信難，也有屈原愁。（打梅香介）（一）

【錦纏道】（外）治家邦，正人倫，有三綱五常。你潛説出短和長，怎不隄防他人須有耳隔牆？講甚麽晉陶潛認作阮郎？却不道誓柏舟甘效共姜？（打丑介）先打後商量，問出你私情勾當，押發離府堂。文牒上明開供狀，抵多少衣錦去還鄉。

【前腔】（丑）小梅香，待回言，恐觸突了使長。不回言，這無情棒打難當，怎知道禍從天降。

（一）眉批：此齣當删一字，不肖情。俗人則以打梅香爲《荆釵》中絶妙事跡矣，可□大笑。

他本是守荆釵寒門孟光。（外）潛奔之女，什麽孟光！（丑）休錯認做出牆花淮甸雙雙。我説起這行藏。（外）説什麽來？（丑）那燒香的王太守，好似亡夫模樣。尋思痛感傷，因此上和妾在此閑講，又不曾想像赴高唐。

【前腔】（旦）守孤孀，薦亡靈，親臨道場。拈香罷，轉迴廊，偶相逢不由人不睹物悲傷。（外）你這賤人要做鶯鶯？（旦）那裏是西厢下鶯鶯伎倆？（外）你這賤人就是紅娘！（旦）怎麽的就打梅香，生紐做紅娘？當初去投江，（外）虧你不識羞，還説投江！（旦）把原聘物牢拴在髻上，荆釵義怎忘？妾豈肯隨波逐浪，却不道辱没宗祖把惡名揚？

【前腔】（外）假乖張，賤奴胎，把花言抵搪，全不顧外人揚，惱得我氣滿胸膛。你本是王月英留鞋在殿堂，怎不學浣紗女抱石投江？（打介）你這賤人，還不説！（丑）雪上更加霜，自不合與他人閑講。誰知惹禍殃，閑話裏没些度量，怎知道一霎時禍起在蕭牆？

（外）既有釵，取上來，且進去。（旦）滿懷心腹事，盡在不言中。（下。外）這妮子荆釵遮飾，未可信憑。明日假意納聘作席，請鄧尚書、王太守，把此釵虚説是聘物，將出觀看。若是王太守認此釵，便有區處。若不認此釵，押赴本鄉。正是：

混濁不分鰱共鯉，水清方見兩般魚。（下）

總批：

如此情節都不象，必是俗人添改，可恨，可恨！

第四十七齣㈠　疑會

（淨）致仕歸家二十年，水邊亭子屋邊田。饒他白髮簪中滿，老景康寧便是仙。老夫鄧謙，年過八十，位至三台。享朝廷之洪福，賴祖宗之陰庇，每日登山飲酒。求詩畫的纏得慌，㈡鄧興，去門首看，若有求詩的來，只說老爺不在。請喫酒，便說在家。（末）領却老爺書，早到尚書府。有人麼？（丑）是那個？（末）要見你們老爺。（丑）老爺不在家。（末）既不在家，我去了。（丑）轉來，是請老爺喫酒麽？（末）正是。（丑）既然請喫酒。在家。（末）起初說不在家？（丑）你不曉得，我們老爺分付，但有求詩畫，只說不在家。（末）通報。（丑）住着，實是請喫酒的麽？（末）說道是。（丑）老爺，請喫酒的在外。（淨）說在家便好。（丑）說在家。（淨）我說下頦子癢，定有酒喫。（丑）老爺，下頦准不要鑽龜。（淨）哇！叫他進來。（丑）大哥進來。（末）老爺，磕頭。（淨）那裏來的？（末）小人錢爺差來的。（淨）那個錢爺？（末）有帖在此。（淨）取上來，『年弟錢載和頓首拜請司空鄧年兄執事下』，原來是我年兄。（丑）那個錢爺？（淨）你不曉得，就是做安撫的。（丑）嗄，就是送改機來的，裁衣服少了兩幅，做不成

㈠　眉批：戲謔無味，可删。

㈡　宗之陰庇每日登山飲酒求詩畫的：原闕，據汲古閣刊本《繡刻荊釵記定本》補。

罷了。（浄）既是他，來者來之，勞者勞之。（丑）爺重賞他。（浄）賞他什麼東西便好？（丑）與奶奶説，討一兩銀子與他。（浄）這等不做家的。今早買菜剩得一個錢賞他罷。（丑）怎麼賞得出？（浄）你不要管。長官没有什麼，賞你一個錢，且收下。（末）一個錢買酒喫不醉，買飯喫不飽，要他何用？（浄）就不是做家的，拿這錢去做買賣。（末）這一個錢做甚買賣？（浄）一錢爲本，萬錢爲利。（末）好言語，小人收去。（浄）下書人去了？（丑）去了。（浄）明日我要擺酒請錢爺。（丑）辦什麼茶飯？（浄）後圈豬殺一個。（丑）豬昨夜養下，也没有老鼠大，如何用得？（浄）你不曉得，君子略嘗滋味。快打轎。（丑）打轎轎夫不在，只得我一個，不如我馱去罷。（浄）不如自走罷。正是：

數日不相見，今日又相逢。

第四十八齣㈠　團圓

【紫蘇丸】（外）若認此荆釵，其中可宛轉。（浄）安撫開華宴，相招意非淺。（生）侯門宴請來，催赴跨青驄。（外）蒙君不棄，蝸居門户生光彩。㈡

（浄）老夫感蒙過愛，特辱寵招，不勝愧感之至。（外）寒門不足以淹車騎。近爲小女納聘，請大人一觀。

㈠　眉批：　情節都不似，可删。

㈡　眉批：　此非安撫之家。

（净）老拙作伐不從，今聘他人。（生）此乃一言之定。（净）外者多蒙賜柴炭，感感在心，正要到府拜謝。不想年兄相招，所以不果。（生）不敢。（净）我這父母少年老成，居民無不瞻仰，老夫感激深恩。正是年近雪下，且是寒冷，與我老妻思想，若得一簍炭便好。說言未盡，新書柴炭俱送來了。年兄，如今的人只有錦上添花，那肯雪中送炭？（一）（生）言重。（净）老夫昨夜與老妻受了一驚。（外）爲何？（净）被盜。（生）有這等事？（净）這盜無理，父母大人恰要懲治他。（外）不知偷了什麽？（净）偷了我一擔糞去。（外）這是小事。（净）你就不明了，寧可偷了金，這個糞，學生捨不得。（二）若無糞壅稻苗，怎得穀子成器？這糞滋五穀土養民，老夫不要，望父母追來公用。（外）年兄請了。（净）還是父母大人坐。（外）年兄請坐。（净）學生怎敢欺心，還是父母大人坐。（外）年弟有句話，守公到怕不知。吉長官起送守公，已後是陶長官。陶長官去後，却是學生補任三月。（生）如此上司了。（跪。外）請起。（生）學生侍坐。（外）還是年兄坐。（净）若如此，老夫占了。（生）學生傍坐。（外）怎麽是這等，擡那卓兒下來。（生、净）告坐。（外）請坐，年兄，福建好地方。（净）年兄，你可省得他說話？（外）我從在那裏，不曾聽得這話。年兄學與我聽一聽。（净）我學生頭一年在那裏，半句也不省，後來就省得了。一日在船上，只見岸上一簇人在那裏啼哭，我問那門子，那些人爲何啼哭？那門子說：没有了個臉。

（一）眉批：亦描畫得好。

（二）『得』下原衍一『净』字，删。

我説：打官話説來。他説道：没有了個兒子，在那裏啼哭。我方纔曉得臉是兒子。（外）女婿叫什麽？（净）叫東婆臉。（外）女兒叫什麽？（净）叫娘臉。（外）他那裏路道難行。（净）路道崎嶇難行。他那裏有菡萏灘難行。（外）什麽灘？（净）菡萏灘。（外）守公，年兄學那福建詞到好聽，唱一個兒。（净）這就不該了，你我是年家頑慣，祖父母在此，焉敢放肆。（外、生）這個不必謙。（净）恰不當，鄧與你依唱。（净諢唱）今宵五彩團圓，將手掩上房門。郎脱褲，奴脱裩，齊着力，養個兒子做狀元。（外）年兄，一個字也不省。（净）叫做什麽【賀新郎】。那門子寫出來，方纔曉得。（外）請了。（净）今日喜酒灑落喫一杯。（外）年兄出一令。（净）老拙説個數目口令，説着數，就是他喫。（外）年兄出令。（净）一、二、三、四、五、六、六、七、八、九、十。（外）㈠如今年兄起。（净）㈡一、二、兩、三、四、五、六、六、七、八、九、十。（外）年兄多了『兩』『六』。（净）如今父母起一、二，不要兩，三、四、五、六、七、八、九、十。（外）又是年兄。（出叙介。净）㈢擡禮過來觀。㈣老夫鄧識寶，取在手内，便知什麽寶貝。（外）送去鄧爺看。（净看）聞又不香，捏又無痕。起初鄧識寶，如今不識寶。父母大人識窮天下寶，讀盡世間書，還是祖父母大人看。（外）送去王爺看。（生看介）

㈠『外』下原衍一『净』字，删。
㈡净：原闕，據汲古閣刊本《繡刻荆釵記定本》補。
㈢出叙介：原闕，據汲古閣刊本《繡刻荆釵記定本》補。
㈣『觀』下原衍一『净』字，删。

【一江風】（生）見荆釵不由我不心驚駭，是我母親頭上曾插戴。這是那得來？教我揑耳揉腮，欲問猶恐言胡礙。心中展轉猜，原是我家舊聘財。天那，這是物在人何在？

（外）守公睹物傷情，必有緣故，何不對我一説？（生）下官不瞞老大人説，這荆釵，下官聘定渾家之物。

（外）既是守公聘定令正之物，願聞詳細。

【駐馬聽】（生）聽訴因依，昔日卑人貧困時，忽有良媒作伐，未結婚姻，愧乏財禮，荆釵遂把聘錢氏。（外）成親幾年？（生）結親後即赴春闈裏，幸喜及第。（外）除授那裏？（生）除授饒州僉判，叨蒙恩庇。

（外）爲何潮陽去？

【前腔】（生）再聽因依，説起教人珠淚垂。（外）中間必有緣故。（生）爲參万俟丞相，招贅不從，反生惡意，將吾拘縶。奏官裏，[一]一時改調蠻烟地。（外）爲何改調？（生）要陷我身軀，同臨任所，五載不能僉替。

（外）曾有回書？

【前腔】（生）曾寄書回，深恨孫郎故换易。（外）你家須認得字跡。（生）奈我妻家不辨字跡差

[一] 裏：原作『理』，據汲古閣刊本《繡刻荆釵記定本》改。

詆，語句真異。岳翁岳母見差池，逼勒荊婦重招婿。（外）令正從否？（生）苦不遵依，將身投溺江心裏。

【前腔】（生）曾薦亡妻，原籍視臨在宮觀裏。我在迴廊之下，見一佳人，與妻無二。教人展轉痛傷悲，今朝又見荊釵記。睹物傷悲，人亡物在，空彈珠淚。(一)

【前腔】（外）休皺雙眉，聽我從頭説仔細。我在東甌發足，渡口登舟，一夢蹺蹊。（生）夢見甚的？（外）道五更一女來投水，急令稍水忙撈取。休得傷悲，夫妻再得諧連理。

【前腔】（净）此事真奇，節婦義夫人怎比？年兄，疾忙開宴，請出夫人，就此相會。天交今日重完聚，金杯捧勸須當醉。（生）深感提攜，從今萬載傳名譽。

（净）夫守義，真是傑；妻守節，真是烈。年兄申奏朝廷，禮宜旌表。下官告退。有緣千里能相會，無緣對面不相逢。（外）梅香，請小姐出來。

【哭相思】（旦）妮子傳呼意甚美，尚未審凶和喜。（外）兒，王守公正是你丈夫。（生、旦）每痛憶伊作幽冥鬼，不料重逢你！（外）快去府裏請太夫人相見。（貼）公相相招會兒婦，焉敢躊躕？

（旦）婆婆，自從那日別離，今日又得相會。

(一) 眉批：不象。

【紅衫兒】(貼)自那日投江隨潮去，痛苦傷悲。忽聞人報道身亡，轉教人痛悲。若不遇公相相留，怎能勾夫妻重會？效啣環結草，當報恩義。

(末)出入朝廷，强似蕊宫仙島。聖旨已到，跪聽宣讀。詔曰：朕聞禮莫大於綱常，實正人倫之本；爵宜先於旌表，蓋厚風俗之原。邇者福建安撫錢載和，申奏吉安府知府王十朋，居官清政，而德及黎氏。其妻錢氏，操行端莊，而志節貞異。母張氏，居孀守共姜之誓，教子效孟母之賢。似此賢妻，似此賢母，誠可嘉尚。義夫之誓，理宜旌表。今特陞授王十朋福州府知府，食邑四千五百户。妻錢氏，封貞淑一品夫人。母張氏，封越國夫人。亡父王德昭，追贈天水郡公。宜令欽此。謝恩！萬歲！萬歲！萬萬歲！

【大環着】(外)那一日江道，那一日江道，得夢蹊蹺。靈神對吾曾説道，見佳人果然聲韻高。投水江心早，稍公救撈，問真情取覆言詞了。留爲義女，帶同臨任所福州道。(合)怎知今日，夫妻母子，子母團圓，再得重相好。腰金衣紫還鄉，大家齊歡笑，百世永諧老。

【前腔】(旦)念奴家年少，念奴家年少，適侍英豪。在雙門長成身自嬌，守三從四德遵婦道，蘋蘩頗諳曉。母姑性驕，見孫郎富勢生圈套。家尊見高，就將奴與君成配了。(合前)

【前腔】(貼)想當初窮暴，想當初窮暴，豈有今朝。蒼天果然不負了，幸孩兒喜得名譽高。門閭添榮耀，闔家旌表，感皇恩母子得寵招。加官賜爵受天禄，滿門福怎消？(合前)

【前腔】(生)嘆椿庭喪早，嘆椿庭喪早，母氏劬勞。想當年運乖時未遇，對青燈簡編莫憚勞。

萱親況年老，深蒙泰山，送荆釵豈嫌寒舍小。春闈應舉，助白金與我恩怎消？（合前）

【越恁好】（生）自上長安道，自上長安道，步蟾宫，掛紫袍。爲不就万俟丞相寵招，不從贅配多嬌。（合）潮陽任所被改調，受千辛萬苦，因此上五年傷懷抱。

【前腔】（旦）詐書傳報，詐書傳報，苦逼奴嫁富豪。遂投江，幸得錢安撫急救撈，免隨潮。因此上五年兩兩傷懷抱。

【尾聲】移宫换羽雖非巧，仿古依今教爾曹，奉勸諸君行孝道。

夫妻節義再團圓，母子重逢感上天。

深恨詐書分鳳侶，痛憐渡口溺嬋娟。

潮陽隔别三山恨，玄妙相逢兩意傳。

夙世姻緣今再會，佳名千古二儀間。（一）

李卓吾先生批評古本荆釵記卷下終（二）

（一）「潮陽」四句：原闕，據汲古閣刊本《繡刻荆釵記定本》補。

（二）李卓吾先生批評古本荆釵記卷下終：原闕，據文義補。

李卓吾批評補刻舟中相會舊本荆釵記〔一〕

第一齣

【戀芳春】（貼上）宿霧方開，見紅日又昇東海。（生上接唱）泰山霄海今何在，方慰人懷。（見介。貼白）人歸洛下音難覓，眼看河陽雁不飛。孩兒差人去迎接二位親家，將及兩月，如何還不見來？（生白）孩兒日則懸望，夜則夢寐，常見岳父母。論日月路程該到久已，不知爲何不到？

【懶畫眉】（生）紫簫聲斷彩雲霾，膩粉香濛玉鏡臺，燈前孤幌冷書齋。血衫難挽仙裾返，造化能移泰岳來。

【前腔】（貼）荆釵博爾鳳頭釵，義重輕生托繡鞋。一回思想一回悲，鳳幃尤在人何在？我媳

〔一〕補刻八齣原處卷上正文前，現改置於此。

婦，可曆祐雙親到此來。

【前腔】（外、净上）館生位掌五侯臺，千里裁封遣使來。令人驚喜復悲哀，哀吾弱息今何在，喜他母子親情得再諧。

（末白）禀太老爹，這裏是衙門了。（外）好大府分！（净）老兒，是好大口！（外）怎麽好大口？（净）口是牙門。（外）好歪厮纏！（末）待小人進去通報。（見介。生）差人回了，太老爹、太奶奶來麽？（末）已到衙門外了。（生）怎麽早不來報？快請，快請！（生接介）

【哭相思】（外）音問沉埋，喜今日再瞻冠蓋。（貼、生唱）母子懷恩常感□骨肉，喜重諧還可慨。少年人今何在？（净）自恨當初睚眦，望你宥愆休怪。

（外悲拜介）小女姻緣淺，青年地下遊。（貼）他鄉迎舊戚，便覺解深愁。（生）半子情方盡，終身願已酬。（净）休嫌山婦拙，思好莫思仇。（貼）親母何出此言？（净）人之所以異於禽獸者，以其有仁義也。（貼）二位親家，久别尊顔，常懷厚德。向承寵愛，圖報無門。兹辱光臨，喜酬有地。（外）親母痛吾兒既亡，似非親者矣，而親家反親之；賢婿既顯，似可傲矣，而賢婿反謙。母子之賢，天下罕有。

【玉交枝】（貼）感你恩深似海，一坯土填得甚來？久銘刻肺腑時時戴，特此遠迎冠蓋。孩兒，快令人把綺席開。二位親家，洗塵莫怪輕相待。（合）細思量荊釵可哀！細思量荊釵可哀！

【前腔】（外）遥承過愛竟忘衰，夫妻遠來。想當初寒室慚餔待，望尊親海涵寬貸。賢婿，你腰金不忘真大才，不比薄情轉眼生嬌態。（合前）

【前腔】（净）自慚睚眦，望親家休得介懷。一時也是出無奈，莫把我做好人看待。勸人家晚母休學我忌猜，逼兒改嫁遭毒害。（合前）

【前腔】（生）慚予一介，荷深德扶出草萊。爲微名五載忘親愛，豈知中路成災？當初指望白首諧，誰知青歲遭讒害？（合前）

（末上白）禀老爺知道，兩廣巡撫都御史錢爺到馬頭上了。（生）起去，知道了。（介。生）岳父、岳母慢坐，待十朋接官去便來。（一）

（生）幾年遠别又相逢，（外）又訝相逢是夢中。

（貼）果是稠人難物色，（合）信知女婿近乘龍。

第二一齣

【玩仙燈】（外上）浪滚龍腥，淹滯西南江艇。明朝暫假東風逕，悠悠送我行程。

（一）　眉批：　如此關目都妙。

（外白）下官錢載和是也，蒙聖恩取我兩廣巡撫。今送家小還鄉，奈風掀浪高，不能前進。左右，分付馹丞，我這裏停舟避風，不久就去。分付你不要去報各衙門知道。（介。生上唱）

【前腔】送往迎來，難免許多馳騁。

（白）馹丞通報。（丑）都爺分付，大小官員不要進見。（生）既曾分付，也罷，還把參官手本送下船去。（丑）禀老爺：府州縣官俱在堐上伺候。適間老爺鈞旨分付，不敢進見，送手本在此。（外看介）吉安府知府王十朋由進士出身，先任潮陽縣知縣，陞授前職。呀，怎麽又有這個王十朋？那十朋饒州僉判，已差苗良去下書，説道全家故了。叫馹丞。（介。外）分付各官，船上不便，免作揖，回衙去，不必在此伺候。與我請吉安府太守上船相見。（丑介）（見外坐介）（外）不敢動問賢太守，何人同榜進士？

【皂羅袍】（生）御道爭先馳騁。（外）元來是殿元先生，失敬了。把椅兒看上來。（介。外）仙鄉何處？貴表？（生）念十朋温郡，表字龜齡。（外）是王梅溪先生，久仰，久仰！聞先生饒州作郡，爲何又在潮陽？（生）饒州作郡未曾行，一鞭又指潮陽郡。（外）代先生作倅者何人？（生）他亦王姓，雙名仕弘。（外）此公陞何職事了？[一]（生）居官未久，惜乎命傾。（介。背云）那苗良這厮，不問明白，就來了。（轉身介）先生爲何調在潮陽了？（生）爲万俟卨招贅，怪我不從順。

[一] 眉批：關目好。

（外）至親幾位在任？

【前腔】（生）老母初安晚景，更岳翁妻母共享安寧。（外）尊閫夫人在麽？（生）山妻守節滯江濆。（外）這等青年，如何不再娶？（生）豈爲不義重婚聘？（外）幾位令郎？（生唱）芝田無種。（外）有令愛麽？（生）蘭玉未生。（外）聖經云：不孝有三，無後爲大。（生）欲全夫義，寧違聖經。除是山妻再世重婚娉。

（生）小下程表敬。（外）不勞厚賜。（生）此亦薄敬，不足道也！（外）換茶。（淨上唱）

【六么令】行行野徑，聽松陰半里琴聲。荷儀擔酒出江城。烟光淡，晚風輕，斷橋來往人争競，人争競。

（淨白）下官鄧司空是也，聞知年兄錢載和駐節馬頭上，特來拜望。是誰人報事在此？（見介。淨）元來祖父母大人在此。(一)（生）鄧老大人，學生不得奉陪，告别了。（外）再少坐。（生）不勞。（淨）年兄，拜遲了，祖父母大人，失敬了。（生、外）不敢！（外）年兄大人，請小舟中坐，待送客來奉陪。（淨）同送一送，有何不可？（生）晚間屈二位老大人江樓上少坐，千萬不外，幸幸！（外）領命。（生）少刻相邀奉一茶。（外）先施情厚無以加。（淨）不嫌江口空虛静，（合）坐看幽禽蹴落花。（生下。淨）年兄久

(一) 眉批：關目好。

閫，本當拜一拜是禮，我與你都是老人家，不敢勞動。（外）年兄請坐。（坐介。外）正有一言欲告，來得正好。（淨）學生領尊教。（外）

【皂羅袍】太守賢明堪敬，聞瑶琴寶瑟，久絶和聲。我守孀小女尚年青，敢煩元老爲媒証。（合）天書先定，繫足赤繩，(一)人緣相應，中目雀屏。玉京咫尺神仙境。

【前腔】（淨）到彼即當傳命，想天天有意，庸玉於成，武陵萬樹碧桃生，仙瓢數粒麻姑剩。（合前）

（淨白）便傳佳信到蓬萊，管取仙郎笑口開。（外）媒妁自來珍重久，莫將紅葉作良媒。(二)（淨下。外）門子傳話與梅香，請夫人過船來説話。（末）老爹去那邊船裏去到順便。（外）那邊有小姐，不方便。

【引】（貼上）畫舫將行，招我有何嚴命？

（見介。外白）夫人，適間來見的那一位官，正是本府王太守也，叫做王十朋。問其情，都與小女事相合。（夫白）相公，前日苗良報説他死了。（外）死的是王仕弘，不是王十朋。那厮差報了。(三)（夫）相公，何不成就了這段姻緣？（外）那王太守，又是耿介的人，卒難入言。我孩兒多次貴家求他，執意不

(一) 赤：原作『青』，據《新刻王狀元荊釵記》改。
(二) 眉批：關目好。
(三) 眉批：情景□真。

肯，果是義夫節婦。老夫當爲他申奏朝廷，表他節義。（夫）這成人之美。

（外）義夫節婦世間稀，（夫）今此相逢事亦奇。

（外）他日洞房重會面，（夫）新人原是舊相知。

總批：

如此纔成事體，那玄妙觀相逢，是無知俗人妄改，不識大體，可笑！可憐！

第三齣

【普賢歌】（浄）侯門涉水最難求，㈠願適賢良王太守。自家非强口，管教成配偶，且請媒人喫喜酒。

（浄）正是：作伐全憑斧，引線必須針。我年兄有個令愛，央我爲媒，要招本郡太守王梅溪。他鼓盆已久，未有夫人，央我去説親。鄧興，這裏府前了，通報。（末）是誰？（丑）鄧老爺相訪。（末）老爺有請。

【玩仙燈】（生）兀坐書齋，聞道有客來訪。

㈠ 侯：原作『候』，據汲古閣刊本《繡刻荆釵記定本》改。

（見介。生）賤職所拘，未得拜訪。（浄）荷蒙與進，豈勝榮幸！足下治政甚佳，黎民無不感仰。（生）皆賴老先生教指。（浄）外蒙父母見賜胙肉，老荆見了，小厮連忙與我煮起來喫飯。煮在鍋中，連連燒了七八十滚，還是硬的。我老荆作詩一首：蒙君賜胙肉，合家盡喜歡。柴燒七八擔，水煮幾鍋乾。硬似釘鞋底，尤如鬣馬鞍。齒牙三十六，個個不平安。（生）豬婆肉？（浄）不是豬婆，小豬的娘。（生）休得取笑。（浄）老夫今日一來相訪，二來有一句話。（生）何事見教？（浄）老夫有一同年錢載和，有一小姐在家。聞得父母大人鼓盆已久，今特央老夫爲媒，望守公成全此親，甚是美事。（生）老大人在上，念學生貧寒之際，以荆釵爲娉，遂結姻親。山妻守節而亡，焉肯忘恩再娶？（浄）父母大人幾位令嗣？（生）未有子息。（浄）父母大人，『不孝有三，無後爲大』，却不絶嗣了？（生）生欲螟蛉一子，以續後嗣。（浄）吾聞螟蛉者，嗣非其類，鬼神不享其祀。父母大人讀書之人，如何逆理？

【啄木兒】（生）乞情恕，聽拜稟：自與山妻合巹婚，纔與他半載同衾，一旦鳳拆鸞分。他抱冤守節先亡殞，我辜恩再娶心何忍？須知行短天教一世貧。

【前腔】（浄）他八兩，你半斤，彼此爲官居上品。論閥閲，户對門當，真個好段姻緣。你意嬌性執不從順，故千推萬阻令人恨，有眼何曾識好人。

【三段子】（生）事當隱忍，未可一時怒嗔。（浄）你再不娶親，我只愁你斷子絶孫誰拜墳？（生）言激心惱空懷忿，我今縱不諧秦晉，也不會家中絶後昆。

【歸朝歡】（净）你没思忖，不投分，那裏是儒爲席上珍？（生）我做官守法言忠信，名虧行損遭談論，縱獨處鰥居，決不可再婚！（净）性執心迷見識差，（生）婚姻不就且回家。（净）落花有意隨流水，（生）流水無心戀落花。

第四齣

【破陣子】（夫上唱）翠藻風吹擁棹，白鷗浪攪依汀。（旦上接唱）澤國烟横，蒹葭露冷，望斷粤山秦嶺。人殢潮陽魂難返，親隔歐城鬢已星，何時夢已醒？

（夫白）孩兒，你看粤山高，楚山高，目斷山高路轉遥，令人首自翹。（旦白）曉雲飄，暮雲飄，何處行雲暗遠皋？凄凉恨未消。（夫）孩兒，前番來議汝婚，皆因富貴之家，不從也由你。今番是你爹爹同年鄧老尚書作伐，況所議親事又是此郡太守，文章與政聲最著。爹爹教我勸你一定要成此親，汝亦不可推阻。（旦）母親，妾夫雖不才，亦爲郡牧僚采，妾今日移心改嫁，則前日之投江，乃沽名吊譽也。望母親在爹爹膝前借重一言，若得從妾所願，老死牖下，存一日享一日之福，即爹媽所賜也。必欲移天，惟求速死。望母親矜憐則個！（夫）爹爹不過爲汝終身之計耳，豈有他哉？你聽我説。

【二犯桂枝香】侯門修娉，司空執証。才郎是千里專城，月老是三台元省。須聽，文鴛雅宜

作對行，賓鴻可憐獨自鳴。趁七夕，會雙星。藍橋路趁，瓊漿感生，雲英貌美，裴航歲青。此間正是神仙府，何必區區到玉京？(一)

【前腔】（旦）紅顔薄命，粉郎多釁。清風千古虚名，圓月中天瑞影。傷情，梅經霜雪花不零，松逢歲寒色倍青，(二)歷酸辛，顯堅貞。閨妝消静，鉛華褪馨，塵迷鸞鏡，針冷繡繃。白玉緇難涅，甘泉到底清。

（夫白）我兒，你如此立志，不惟顯你一身之節，與天下婦人增輝多矣！不知你夫家當時何物爲聘？你且説與我知道。

【大迓鼓】（旦）萱堂請試聽，我夫家娉物，曾遺釵荊。（夫）荊釵在那裏？（旦）當時裙上牢拴定，到黄泉重表死生情。（夫）既如此，取來我看。（旦）母親，荊釵在此。(三)嘆物在人亡，不勝涕零。

【前腔】(四)（夫）教人疑暗生，富家兒女，娉物何輕？（旦）母親不必致疑，我父親愛王生才貌兼全，

(一) 眉批：老夫人只管説紗帽也，有些勢利。

(二) 倍：原作『陪』，據文義改。

(三) 『此』下原衍一『旦』字，删。

(四) 眉批：光景都真。

所以婚姻不論財物。繼母厭王氏貧而慕孫氏富，(一)所以生此禍釁。向者已將此情告過母親矣。（夫）向時吾已聞其競，料應此事是真情，如此貞良，可愛可矜。

（旦）青鸞再合難施巧，紅葉重看事莫期。

（夫）雪隱鷺鷥飛始見，柳藏鸚鵡語方知。

總批：

如此情節，便逼真矣。去打梅香，不天壤乎？

第五齣

【水底魚】（淨上唱）玉屑風生，高談四座驚。正卿地位，誰人不奉承？

（淨白）解綬歸來二十年，水邊亭子竹邊田。雖然白髮難饒我，老境安閑便是仙。下官刑部尚書鄧芝山是也。今日無事，且鈎簾對竹，撫景題詩，消遣長晝，有何不可？鄧興那裏？（末上白）日日驅馳候使令，早間持篲掃□□，□閑正欲尋幽賞，忽聽堂前叫鄧興。（見介。淨）鄧興，我下搕癢，想是有人來請我喫酒。（末）敢是那個請老爺喫還席酒？（淨）這廝又來梟我，我幾曾請人喫酒，有人請我喫還席

(一) 慕：原作『暮』，據文義改。

酒？還是有人請我。你去門首看，求詩畫的，説我不在。請喫酒的，着他進來。（丑）纔離太守衙，又到尚書府。既爲祇應人，何暇辭辛苦？小人乃是錢都堂船上皂隸，差請王太守、鄧司空老爺。已到本府請了，如今不免到鄧尚書府中去。（見介）禀老爺，小人是錢都爺差來請老爺喫酒的，有請帖在此。（浄）多多上覆你老爺。鄧興，討半分銀子賞他。（末）老爺，拿不出。（浄）早上買小菜，剩一個錢在此。皂隸，生受你送請帖，賞你一文錢，拿去作本錢。（丑）老爺忒多了，一個錢怎麽作本錢？（浄）你拿去，一錢爲本，萬錢爲利。（丑）謝老爺。（浄）叫轎夫。（末）都喫飯去了。（浄）還有甚麽人在此？（内白）還有幾個挑糞的在此。（浄）胡亂教他挑一挑也罷。（末）莫不是擡一擡？

（浄）乘馬登車，（末）衰年老壯。

（丑）飲酒食肉，（合）老當益壯。

第六齣

【引】（外上唱）有事掛心頭，坐此江臺久。鑼杯欲答賢□□□拉同年友。

（白）下官只因小女一事，羈留於此。我夫人只説請他兩個相會。我想天下如此之大，人又如此之多，天下之事未嘗無對。倘相見不是夫妻，使男女各相窺視，豈是我儒家幹的所爲！我夫人昨晚問及小女緣故，原來與王十朋配合之時，曾將荆釵一股爲娉。我如今具酒在舟中，請王太守、鄧司空來此一坐。酒酣之際，拿出荆釵，微觀其意，我就知他來歷了。已曾差人去請，怎麽不見到來？（丑上白）請人須看他上馬，覆命還須我下船。禀老爺：鄧爺來了。

【引】（浄上唱）肥馬輕裘，不减少年時候。（見介。生上唱）春風簫鼓樓船酒，好景天然成就。（見介。外白）草率相邀，罪甚，罪甚！（生白）日昨多蒙指教，今日厚擾，不勝愧赧。（外）惶恐，惶恐！（各坐介。外）酒從何人起？（浄）還是祖父母大人起。（生）學生焉敢占先？從鄧老先生起。

【排歌】（外唱）位逼三台，功高五侯，知機養浩林丘。丹衷常運濟時謀，老髮尤懷許國憂。（合）白蘋長，碧荇流，錦江波細隱仙舟。談心曲，逐宦遊，晚山青處白雲收。

（浄）學生回敬年兄一杯。

【前腔】（浄）都憲宣權，百司受糾，佇看名覆金甌。慚予□□□林丘，羡爾威名播九州。（合前）

【前腔】（外）位正黄堂，車牽絳騶。堂堂五馬諸侯，朋簪邂逅合江頭。（浄）祖父母大人、年兄大人，老夫休官林下，喫不得悶酒，還是行一令。（外）憑年兄，行甚麽令？（浄）押韻賦詩，稱官道表，猜枚投壺，催花擊鼓，無所不可。（外）催花擊鼓到好，討籌來。（丑上白）酒逢知己飲，詩向會人吟。籌在此。（外）笑出荆釵當酒籌。（浄）也要説開，却是左旋右行，却是飛遞的，當接不接者飲幾杯，不當接而接者飲幾杯。就是昨日吕太保、蔡翰林與我稱官道表，我一連喫了五十餘杯，他兩個都乞我難倒了。我們如今飛遮一遮。起鼓。(合唱)白蘋長。(淨)我要行令，又是我喫酒，(介。合唱)碧荇流，(淨)又是我喫，(好笑介。合唱)錦江波細隱仙舟。〔一〕(淨)如今年兄喫了。(介)(合唱)談心曲，逐宦遊，晚山青處白雲收。

(淨)好！祖父母大人請酒！(生見釵悲介)

【前腔】一見荊釵，令人暗愁，事物固有相侔，吾家舊物倩誰收？欲問無由空淚流。(合前)

(淨)祖父母大人，令又不行，怎麽看了荊釵哭起來？荊釵上有鬼的？

【尾聲】(外)見荊釵眉兒皺，吾家此物有何由？可得聞□□□否？

(外白)吾見先生促然之容，其間必有緣故，願聞其詳。(生)偶因一物所觸，不覺傷心，欲言恐有所犯，不若不告之爲愈也。(淨)斯文一家，言亦何害？(外)年兄言之有理。(生)學生微賤時，將荊釵聘定山妻。山妻雖死，義不可絶。此釵甚是相似，所以因物思人，無有他意。(外)元來如此。(内喝道。外白)不知那一位大人來下顧？(淨)年兄大人，老夫官至三公，年過八十，就是鄉宦士夫，都是後進，定讓老夫一馬頭，只管喫酒。(末報云)本府太奶奶來。(淨)原來是太夫人，只索求退。(外)不須去得，我這裏把船移下去，把山妻船移上來。(淨)我們如今聯一首詩，羈遲者飲一杯，偷舊句的飲一杯。

〔一〕隱：原作『穩』，據《新刻原本王狀元荊釵記》改。

（外）把甚麽爲題？（浄）駲丞，這是甚麽江？（丑）贛北江。（浄）就把此江爲題，祖父母大人先起。
（生）學生僭先了。
（生）贛北江頭水似羅，（外）畫船留客醉笙歌。
（浄）相逢不飲空回去，洞口桃花也笑吾。

總批：
如此情節都真，且大雅不惡。

第七齣

【卜算子】（夫上唱）風便未開船，有事相留戀。（旦上唱）親遠久暌違，何日重相見？
（夫白）叫水手，快請王太夫人下船。
【前腔】（貼上）有子作廉官，已遂平生願。無奈喪姻緣，樂處番成怨。
（旦背云）你看王夫人這般香車霞珮，兒夫若在，我婆婆也是這般模様。(一)（夫、旦見介。夫白）訊掃鷁舟，荷蒙寵過。（貼）未攀魚駕，反辱先施。（坐介。夫）老夫人高壽？（貼）天命年矣。（夫）幾位令

(一) 眉批：關目好。

郎？（貼）豚犬一人，見任此邦。（夫）幾位令孫？（貼）兒婦守節而亡，並無所出。夫人高壽？（夫）甲子一周。（貼）幾位賢郎？（夫）不幸絶嗣。（貼）幾位令愛？（夫）小女一人，正值新寡。孩兒過來，見了太夫人。（見介）（貼悲介）呀！那小姐好似我媳婦。若像我妹子、我女兒，也好啓齒，若説像我媳婦，只道占他便宜。〔一〕（夫）太夫人與我孩兒素無相識，爲何這般淚下？其中必有緣故。（貼）老身心有深怨，誠恐言語冒瀆。（夫）太夫人請拭乾眼淚，謾説不妨。

【園林好】（貼）止不住盈盈淚瀼，撇一見令人感傷。那裏有這般厮像？可惜你早先亡，若在此可頡頏。

【前腔】（旦）細把他儀容比方，細把他行藏酌量。細聽他言詞聲響，好一似我姑嫜，空教我熱衷腸。

【江兒水】（貼）謾把前情想，你聰明德性良。知人飢餒能供養，知人疼熱能調恙。指望你將吾老骨扶歸葬，誰想你行先喪。我這等年紀也不久了，若要相逢，早晚黄泉相傍。

【前腔】（旦）驀聽他言語，〔二〕令人倍慘傷。看他愁容淚霰如奴樣。〔三〕可惜我兒夫先死了，若是兒夫

〔一〕眉批：關目好。
〔二〕驀：原作『歷』，據《新刻原本王狀元荆釵記》改。
〔三〕眉批：光景都真。

身不喪，我的婆婆，香車霞珮也恁榮安享。今日知他何向？只隔着烟水雲山，兩處一般情況。

（夫）太夫人，願聞其詳。

【五供養】（貼）妾纔亂講，幾度令人俛首思量，欲言仍又忍。（夫）就説也無害。（貼）妾噪恐相妨，我的衷腸似箭射刀剜相樣。見鞍思舊馬，睹物轉情傷，語句支離，不勝悚惶。(一)

【前腔】（夫）聞伊半晌，言語雖多，未得其詳。勸伊休嘆息，何必細斟量？有事關心，便説何妨？吾兒在何處會，爲甚兩情傷？乞道真情，不須隱藏。

【玉交枝】（貼）事皆已往，偶然間觸物感傷。見令愛玉質花容，口重不敢啓齒。(二)（夫）但説不妨。（貼）似孩兒已故妻房。（夫）令子舍既死，我的孩兒雖像，痛苦無補於事。（貼）吾家兒婦守節亡，恩深義重難撇漾。夫人，他雖是富家之女，侍貧姑雞鳴下堂，守貧夫勤勞織紡。(三)

【前腔】（旦）聞言悒怏，你媳婦如何喪亡？（貼）爲孩兒名擅文場，寄家書禍起蕭牆。（旦）書歸應是喜氣洋，如何喜地生災瘴？（貼）恨只恨孫家富郎，苦只苦玉蓮夭亡。

(一) 眉批：象，象，妙，妙。

(二) 眉批：關目妙，直逼真矣。

(三) 夾批：字字真矣！

【川撥棹】（旦）心何望，這慇懃禮怎當？（旦）尊姓何名乞□□（貼）住温州吾家姓王。（旦跪介）我婆婆！（貼）我媳婦！你緣何在此方？（旦）痛兒夫早殞亡。

【前腔】（貼）你的兒夫見任此邦，你出言語何不良？[一]（旦）我爹爹曾遣人到饒陽，遣人到饒陽，報兒夫身喪亡。（貼）媳婦，你不知你丈夫消息，爲辭婚調遠方，[二]爲賢能擢此邦。

【尾聲】幾年骨肉重相傍，（旦）痛只痛雙親在遠方。（貼）你還不知，你的父母在此宦邸相親已二霜。

（旦）元來我爹媽已在此了。（夫）叫梅香傳報與後邊船上知道，請相公過船來。（外上白）側耳聽佳報，開顔待喜音。夫人，事體如何？（夫）婦姑已相認了。（旦）婆婆，可與此間爹爹一見麽？（貼）我正欲拜謝大人。（旦）母親，婆婆拜謝爹爹。（夫）相公，王老親家欲求一見。（外）親家拜揖！（貼）親家請上，容老妾拜謝。（拜介）

【嘉慶子】（旦）拯他死生恩怎忘？又以女相看付北堂，這樣恩德難況。山共峻，水同長。

（外白）請王老爺過來。（生）

（一）夾批：不合埋冤。

（二）夾批：孝哉。

【四國朝】喜氣洋洋，不知爲何嚷嚷？

（貼）孩兒，你妻子在此，可上前見了。（生、旦見介。生）

【哭相思】我只爲功名紙半張，閃得兩下萬般悽愴。（旦）夫訝妻亡，妻疑夫喪，這會合果如天降。

（生）岳父母大人請上，待小婿拜謝！

【尹令】（生）荷蒙收養，雖没齒此德尤想。上表章，乞同赴邊方。就禄慇懃，忍撇恩親在異鄉？

【么令】（外）伊休謙讓，你安心盡職黄堂。到邊三月外，有信到君傍。念吾無子女，賴汝續吾世芳。我夫婦好恓惶，最苦非親父娘。(一)

【品令】（夫）三年爲兒，夫妻異床。(二)行行止止，何曾脱兒傍？深思痛想，忍令兒長往，留别無計，休常撇漾。傳言問，莫惜雁杳魚沉，山遥路長。

（生白）請岳父母大人同到郡衙，少盡啣結之報。左右，叫馹丞再討兩乘官轎來。（外）待令堂與令正先

(一) 夾批：真。
(二) 夾批：俗。

回，下官與山妻奉賀。你夫妻二人節義世間罕有，下官當以陞奏，必有旌表。（貼）媳婦，拜謝二位親家，回去罷。

【五韻美】（旦）身將往，意怎忘，會夫姑又别父娘。若得骨肉皆傍，饋庖自當操井臼，奉食進漿。（外）隨姑便行，不須細講。纔出離淚落數行。[一]

（生）婦見親姑夫見妻，（旦）這般會合世間稀。

（外）莫云結義非親也，（合）自有悲歡與合離。

總批：

如此相逢，情事纔真。可笑俗人妄爲玄妙觀□□幾令貞節爲風流，而玄妙觀爲普救寺矣。

第八齣

【出隊子】（外上）臨風長嘆，臨風長嘆，怕見梟雛傍母眠。[二]堪哀，吾女喪多年。賢婿無心續斷絃，爲彼無兒，身後可憐。

[一] 夾批：都象。

[二] 夾批：可憐。

賢婿與親母去赴席，怎麽這早晚還不見回？(一)

【前腔】(生上唱)年來悲怨，年來悲怨，誰想今番變喜歡。一家骨肉再團圓，灑掃華堂設喜筵，好似夢裏相逢，畫裏重看。(二)

(外白)賢婿回了。(生白)告岳丈岳母知道，令愛不曾身死，已回來在此。(外)見我兩人悶坐，故來哄我？(生)端的不是假説，令愛投江時，感得錢安撫撈救。今此公陞兩廣巡撫都御史，送家小還鄉，在此經過。前者鄧尚書説親，即是此女。快請小夫人來。

【前腔】(旦上)不圖重見，不圖重見，(三)誰想今番再睹顔，幾回背地淚潸然。兩地悲思各一般。(浄唱)好意誰知變成災患。(見介)(外、夫上)

【前腔】昔年江畔，昔年江畔，非我週全天使然，天憐年少志貞堅，故遣狂風阻去船。義夫節婦，萬載流傳。

(生白)岳父母大人請坐，待十朋請舊岳父母相見。(官外)正欲請相見。(老外、浄)老大人、老夫人請坐，容夫妻拜謝！(官外)老兄請上，與你兩家雖非一族，其實一姓。令愛又有義父母之稱，今後但以

(一) 眉批：關目好。

(二) 夾批：真。

(三) 不圖重見：原不疊，據曲律改。

兄弟相呼便了。（老外）是，領命。老兄請上坐。（官外）還是老年兄長。（外）賢弟還是客，不必太謙！（合坐介）

【粉蝶兒】（丑上）出入朝廷，强如蕊宫仙島。傳玉音，遣賫丹詔。

（白）聖旨已到，跪聽宣讀。（跪介）皇帝詔曰：朕聞禮莫大於綱常，實乃人倫之本。爵宜先於旌表，蓋厚風俗之原。邇者兩廣巡撫都御史錢載和，申奏吉安府知府王十朋，居官清慎，而澤及黎民。其妻錢氏，操行端莊，而志節貞異。其母張氏，居孀守共姜之誓，教子效孟母之賢。似此賢母，誠可嘉尚。義夫節婦，理宜旌表。今特陞王十朋會稽太守，食邑四千五百户。妻錢氏，封貞淑夫人。母張氏，封越國夫人。亡父王景春，追贈天水郡公。欽哉！謝恩！（衆拜，三山呼）

【大環着】（官外唱）那一日在江道，得夢蹊蹺。靈神對吾曾報道，見佳人果然聲怨高。投水江心早，叫稍公撈救，問真情取覆言詞了。留爲義女，帶同臨任所福州道。（合）怎知今日，夫妻子母團圓，再得重相好。腰金衣紫還鄉，大家齊歡笑，百歲永諧老。

【前腔】（生）嘆椿庭喪早，豈有今朝？對青燈簡編莫憚勞。萱親況年老，深蒙泰山，送荊釵豈嫌寒室小。春闈應舉，助白銀與我恩怎消？（合前）

【前腔】（旦）念奴家年少，在雙門生長身體嬌，守三從四德遵婦道，蘋蘩頗諳曉。母姑性嬌，見孫郎富室生圈套。家尊見高，將奴與君成配了。（合前）

【前腔】（貼）痛妾身命薄，值中途拆散鸞鳳交，詠柏舟誓守共姜操。吾兒克肖箕裘承紹，抱奇才早把龍門跳。夫妻榮耀，存亡兩地沐恩詔。（合前）

【越恁好】自上長安道，自上長安道，步蟾宫，换錦袍。爲不從万俟丞相寵招，被改調，别多嬌。潮陽任轉添煩惱，因此上五年兩兩傷懷抱。

【前腔】詐書傳報，詐書傳報，苦逼奴嫁富豪。密投江，感得錢安撫急救撈，免隨潮。因此五年兩兩傷懷抱。

【尾聲】新編傳奇真奇妙，留與人間教爾曹，奉勸諸人行孝道。(一)

參商骨肉喜團圓，且喜丹書下九天。
深恨詐書分鳳侶，痛憐渡口溺嬋娟。
潮陽已擢三山恨，贛北相逢兩意懸。
宿世夫妻今再合，吉安相會舊時緣。

總批：

如此纔成團圞，若改本竟不見本生父母，豈不貽孝女千秋之恨乎？俗人不可與語，每每類此。

(一) 夾批：得體。

南戲文獻全編 劇本編

俞爲民 主編

永樂大典戲文三種

荊釵記

下册

俞爲民 整理

ZHEJIANG UNIVERSITY PRESS
浙江大學出版社
·杭州·

崑劇傳世演出珍本全編荊釵記

目録

四

荆釵記目録[一]

〔一〕原有總目，然不分卷；并各卷卷首均有本卷目録。經核，總目與各卷卷首目録文字無異。今據卷次補加『一卷』等，改『荆釵記總目』爲『荆釵記目録』，删除各卷卷首目録。

思鄉

五　卷

周審　　見娘
後發書　梅嶺
行喪　　回書
男祭　　夜香
脱靴　　審局

六　卷

開眼　　拜冬
上路　　親敘
參都　　男舟
女舟　　後相逢
釵圓

一卷

開端

【沁園春】才子王生，佳人錢氏，賢孝温良。以荆釵爲聘，配爲夫婦。春闈催試，拆散鸞凰。獨步蟾宫，高攀仙桂，一舉鰲頭姓字香。因參相，不從招贅，改調潮陽。修書遠報萱堂，中道奸謀變禍殃。岳母生嗔，逼凌改嫁。山妻守節，潛地去投江。幸神道匡扶撈救，同赴瓜期往異鄉。吉安相會，義夫節婦，千古永傳揚。

來者，王十朋。

講書

（小生上唱）

【滿庭芳引】樂守清貧，恭承慈訓，十年燈火相親。胸藏星斗，筆陣掃千軍。

〔古風〕(一)越中古郡誇永嘉，城池闤闠人奢華。思遠樓前景無限，畫船歌妓顏如花。詩禮傳家忝儒裔，先君不幸早傾逝。奈何家業漸凋零，報效劬勞未遂意。卑人姓王，名十朋，表字龜齡，別號梅溪。温州永嘉縣人也。不幸椿庭早逝，惟賴母親訓育成人。家無囊橐，慚無驛宰之榮。學有淵源，忝列庠生之數。正是：一躍龍門從所欲，麻衣换却荷衣緑。丹墀拜舞受皇恩，管取全家食天禄。（以上一段通行在《議親》念。）明日府尊堂試，他日大比，未知若何。昨日約同窗朋友在此講書，想必就來也，不免去煮茗相待。（下）（生上）請吓！

【窣地錦襠】蒼天未必困英豪，勤讀詩書莫憚勞。（净上接）龍門萬丈似天高，一躍過期着緑袍。

（生）學生王仕宏，（隨意用）字四明。（净）學生孫汝權，字半州。（生）請了。（净）請了。（生）明日府尊堂試，今日約在梅溪家講書，就此同行。（净）有理。（生）行行去去。（净）去去行行。（生）此間已是，梅溪兄可在家？（小生）是那個？（生、净）弟輩們在此。（小生）二兄來了，請。（生、净）請。（小生）重蒙往顧，有失奉迎。（生、净）卒爾拜賀，獲擢魁名。（小生）天與僥倖，非我之能。（净）試期已迫，同赴瑶京。（小生）請坐。（生、净）有坐。明日府尊堂試，我們各把經文講論一番。（小生）君子講

(一)〔古風〕：原闕，據《新刻原本王狀元荊釵記》補。

學，以文爲友，有何不可？（淨）講啥個好？（生）梅溪兄先講『學而時習之』，小弟講『不亦悦乎』，半州兄講『有朋自遠方來』。（小生）如此二兄請。（生、淨）豈有占兄之理？（小生）占了。（生、淨）請教。（小生）學之爲言致也，人性皆善，而覺有先後。覺者必致先覺之所爲，乃可以爲明善。而復其初也，習鳥數飛也。學之不已，如鳥數飛也。管見如此，望二兄改正。（生、淨）講得好。（小生）四明兄，『不亦悦乎』怎麽講？（生）占了。（淨、小生）請教。（生）既學矣，而又時習之，則所學者熟，而中心喜悦，其進自不能已矣。請二兄改正。（淨、小生）講得有理。（生）半州兄，『有朋自遠方來，不亦樂乎』怎麽講？（淨）小弟免子罷。（二生）定要請教。（淨）二兄，大鵬鳥也，一飛九萬里，果是遠方之外。落者，是掉也。那大鵬在遠方之外飛來，不想飛得羽垂翅折，在半空中説道：『我喫力了，莫不要掉下去？』説猶未了，潑通，此乃不亦樂乎哉。（二兄）半州兄差了，你我同心爲友，合志爲朋，怎麽倒説了禽獸？（淨）二位滿腹文章，無忝同類，學生不通古今，一味粗俗。正所謂馬牛襟裾，飛禽與走獸，正是同類。（二兄）哈哈哈！休得取笑。（生）我等讀書，但不知去後如何。（小生）二兄吓。（唱）（淨介）白屋出公卿。（生介）明春大比之年，正好用功。（淨介）苦極哉！

【玉芙蓉】書堂隱相儒，朝野開賢路。喜明年春闈選招科舉。（生介）歲月莫虚度。（淨介）二兄勤功，定然馬上衣錦。窗前歲月莫虚度，燈下簡篇可展舒。（合唱）（合頭）時不遇，且藏諸韞匵，際會風雲，那時求價待沽諸。

【前腔】懸鬟及刺股，掛角并投斧。（小生）此乃孫敬、蘇秦的故事。嘆先賢曾受許多辛苦。（淨

介）啥落用格樣苦功？　六經三史靡温故，諸子四書可誦讀。（合頭）

【前腔】（浄接）家私雖富足，（二生介）孫兄善於人交。　心性忒愚魯。（二兄介）兄的才學甚是長。向書齋剛學得者也之乎。（二生介）之乎者也下得不差，好秀才也。　無才學的休想學干禄，（二生介）有才的呢？　有才的便能身掛緑。（合頭）

（生、浄）天色晚了，告辭。（小生）有慢。　聖朝天子重英豪，（生）常把文章教兒曹。（浄）世上萬般皆下品，（同）思量惟有讀書高。　請了。（小生）請了。（下）（浄）老王個學問越發好哉。（生）便是。（浄）辰光還早來，到舍下去小酌而回。（生）怎好叨擾？（浄）啥說話？　請吓！（下）

眉壽

【高陽臺】（外上唱）兔走烏飛，星移物換，看看鬢髮皤然。　嗣息無緣，幸生一女芳年。　温衣飽暖。

華髮蕭蕭鬢若霜，老來無子實堪傷。　箕裘事業誰承繼？　詩禮傳家孰紹芳？　閒議論，細思量，欲將一女贅賢良。　一斟一酌皆前定，只把丹心托上蒼。　老夫姓錢，名流行，温州人也。　昔在黌門，忝考貢元。衣冠世裔，時乖難顯於宗風；　閥閲名家，學淺粗知乎禮義。　不幸先室早逝，止生一女，年方二八，名唤玉蓮，尚未適人。　自愧再婚姚氏，虧他教習女工，幸喜此女能侍雙親。　正是：　子孝雙親樂，家和萬事

興。今日老夫壽誕，聊備蔬酒，少展良辰。李成那裏？（末上）一點祥光現紫薇，匆匆瑞氣藹庭幃。齊簪翠竹生春意，共飲瑶卮介壽眉。員外，有何吩咐？（外）酒筵可曾完備？（末）完備了。（外）請安人出來。（末應）安人有請。

【臘梅花】（付上）年華老大雙鬢皤，胭脂膩粉聊丟抹。市人都道奴，道奴相像夜叉婆。員外。（外）媽媽，怎生這時候纔出來？（付）今日是你壽誕，我在廚房下整備壽酒，與你稱慶。（外）多謝媽媽。（付）李成，阿曾去請姑娘來？（末）請下了，想必就來。（付）唔到門前去候介候。（末應）

【前腔】（丑上唱）奴奴體貌多孃娜，月裏嫦娥賽奴不過。市人都道奴，道奴相像緊那羅。（末）姑娘來了。（丑）員外，安人拉篤落裏？（末）在堂上。（丑）昏脫哉，格歇辰光還拉篤床上來！（末）在積善堂上。（丑）格末唔進去說一聲。（末）安人，姑娘來了。（付）姑娘來哉？（丑）阿哥阿嫂。（外）妹子，爲何這時候纔來？（丑）勿是我來遲，再無禮整治壽禮。（外）自家骨肉，還要費心？（付）自家姊妹，備啥壽禮？（丑）也無啥，只有一方手帕子。（外）多謝你！（丑）帕兒雖小，有四句口彩。（付）那四句？（丑）一口帕兒新，將來慶誕辰。年年一百歲，好像南山老猢猻。（付）老壽星！（丑）阿嫂就是王母哉。（付）姑娘就是何仙姑。（丑）李成是柳樹精。（付）那哼？（丑）會偷酒喫個。（外）休得取笑。（丑）唔啥落勿見？（付）拉篤繡房裏。（丑）年常阿哥壽誕，是我把盞，格歇侄女大哉，叫俚出來把盞，學學禮體，日後好到人家去做媳婦。（付）姑娘說得勿差。李成，請小姐出來。（末應）妻子，伏侍小姐出來。

【珍珠簾引】(貼上)南極耿耿祥光燦，(丑介)囡呸出來哉。格件衣裳是呸個，爲啥俚着哉？(付)俚着得來末，就撥俚着哉。(丑)女兒長，(付)糖餅香。(丑)做媒人，(付)是姑娘。(丑)有人搶，(付)打巴掌，(丑)不打不成雙。(貼連唱)明星爛，慶老圃黄花娱晚。

爹爹母親萬福！(外、付)罷了。見了姑娘。(貼)是，姑娘。(丑)罷哉，坐子。(外)紛紛紅紫競芳塵，日永風和已暮春。(貼)但願年年當此日，一杯壽酒慶長生。(丑)好吓！真正詩禮傳家。爹爹説子兩句，女兒就續上一雙。(付)有其父必有其女。(外)雖然如此，一則以喜，一則以憂。(付)喜者何也？(外)喜者家園温厚，骨肉團圓。(丑)憂則何也？(外)憂者我兒年已長成，婚期未遂。若得了汝終身，别無掛牽。(貼)告爹爹知道。(丑)家常説話，坐子説。(外)起來説。(貼)玉蓮温清之禮尚缺，蘋蘩之事未諳，且自開懷暢飲，不須掛念。(付)倒是囡呸説得有理，自古王十九，(丑)只喫酒。(付)不把盞。(丑)鬥什麽口？(付)今日且慶過子壽，改日議親。(丑)阿哥阿嫂，侄女個媒人是要我做個？(外、付)這個自然。我兒把盞。(貼應)

【錦堂月】(同唱)華髮斑斑，(丑介)阿嫂個囡呸阿哥養着哉。(付)那落？(丑)呸看敦敦垛垛一位小姐哉。(丑介)等我來拜子壽看。(外)不消。(丑)要拜個，要拜個。(外連)韶光荏苒，(同唱)雙親幸喜平安。(丑介)李成拉篤拜壽哉。(外)勞動你們。(付)起來罷。李成家婆，到年底下送雙膝褲拉呸末哉。慶此良辰，人人對景歡顔。(丑介)李成拉篤拜壽哉。(外)勞動你們。(付)起來罷。李成家

婆，到年底下送雙膝褲拉呕末哉。（丑）李成家婆，替我脱落子格件紅衣裳，還要喫喜酒個來，勿要塌累子。畫堂中寶篆香消，玉盞内流霞光泛。（合頭）齊祝讚，願福如樂海，壽比南山。

（付）李成收過子罷。（外）媽媽，酒還未飲，時光尚早；又是妹子在此，若是外人，只道你慳吝了。

（付）員外吓！

【醉翁子】我非慳，論治家有千難萬難，休只管喫得酒盡杯乾。（外）媽媽，今番，慶生席面，不比尋常一例看。（合頭）重換盞，直飲到月轉花梢，影上欄杆。

【僥僥令】銀臺燒絳蠟，寶鼎噴沉檀，望乞蒼穹從人願。骨肉永團圓，保歲寒。

【尾】玉人彈唱聲聲慢，露春纖把錦箏低按，曲罷酒闌人散。

（外）四時光景疾如梭，（付）堪笑人生能幾何。（丑）遇飲酒時須飲酒，（合）得高歌處且高歌。（外）李成，撤過筵席，女兒隨我進來。（同貼下）（丑）阿嫂，我去哉。（付）姑娘住拉裏，到囡呕房裏去看看生活。（丑）勿消看得，俚是老生活哉。（付）勿要嚼蛆，我亢隻雞腿拉裏，我答呕再去喫一盅。（丑）多謝阿嫂。（同下）

堂　試

（四小軍、末上）

【謁金門引】叨郡旄不覺三年如箭，報國丹心存一片，且把文士選。〔鷓鴣天〕(一)千里承恩秉節旄，矢心曾不染秋毫。公門自許清如水，吏筆何須利似刀？下官温州太守吉天祥是也。即今賓興之秋，本府例有堂試。今日衆生到府聽考，來。(丑應)(末)桌櫈供給可曾完備了？(丑)完備了。(末)吩咐開門。(丑照念)(吹打完，小生上)

【引】六經慚負管窺天，可信燈氊恁有緣。(生接)士子作章編。(淨接)争望登高選。(小軍)衆生員進。(二生、淨)生員叩見公祖大人！(末)今日本該考諸生，不意分巡大人按臨，將就考爾等一道策。(淨)公祖在上，生員輩皆膚淺之學，請公祖賜淺些題目。(末)請生員都到兩廊下聽題。(衆應)(二生左，淨右分兩邊坐)(末寫介)(唱)

【紅衲襖】問：古人君所以賢，問古人臣所可言。(丑遞紙條小生介)(末連唱)一椿椿立政事誰爲善？一輩輩效才猷那個傳？(丑遞生介)(末連唱)平昔守寒窗有幾年，今日個對明庭各自展。(丑遞淨介)(末連唱)可悉心爲我敷陳也，毋視庸常泛泛然。(丑)衆生員交卷。(末看)這一卷與首卷字跡相同，莫非代作不成？這試卷若從肺腑流出，必然成誦。喚衆生員過來。(丑)衆生員上堂。(二生、淨應)(末)衆生員，你們各將試卷從頭背來我聽。(小生

(一)〔鷓鴣天〕：原闕，據《新刻原本王狀元荆釵記》補。

應）（唱）

【前腔】對：　古明君在重賢，古良臣舉貢元。巫咸傅説皆初賤，伊尹曾耕莘上田。皋陶既舉不仁遠，四皓出而漢祚安。恭承執事詢愚見，敢不諄諄露膽肝？

（末）此卷以薦賢立論，是知國家之首務者，宜取第一。衆生再背來。（生應）（唱）

【前腔】對：　古明君務耕田，古能臣農事先。雖然是德速於郵傳也，須知『食爲所天定』，不爲惜青苗，單將開墾言。無非念蒼生，要將租税免。若令徹法修行也，管取物阜民康國宴然。

（末）此卷以耕田立論，足見憂民之心，取爲第二。那位生員來了？（净應）（唱）

【前腔】對：　古明君重鑄錢，古能臣聚斂先。漢初有弘羊曾把丹車算，至唐末有劉宴能操鹽鐵權。只要我積金銀似水源，那管他有妻兒没處典。若令府庫充盈也，管取訟息刑清盜寂然。

（末）此卷以聚斂爲言論，欠正欠良，終身學術，可占其概矣。不通。（净）生員窗下極其用功，望老大人作養，二兄幫襯幫襯。（二生）老大人，此生委實窗下用功，望老大人作養！（末）看二生份上，姑置之末卷。（净）多謝老大人！（末）你叫什麽名字？（净）生員名唤孫汝權。（末）你的筆跡與那首卷相同，是何緣故？（净）生員自幼與王生員同窗同學，所以字跡相同。（末）吖，原來如此。王生員，你叫

什麼名字？（小生）生員王十朋。（末）好！堂試魁名，他日應須作上卿。（二生、淨）不但下民沾德政，又將文字教書生。（末）請出去。掩門。（吹打下）（淨）梅溪兄，恭喜！恭喜！（小生）偶然僥倖，何作爲喜？（淨）來科一定連捷。（小生）那得有此？（生）一定有之。（淨）吾輩有幸。（生）便是。（淨）方才多承，了勿得！改日再謝。（二生）豈敢！豈敢！（淨）二兄請吓！（二生）請！（同下）

前央媒

（外上）

【引】燭影摇紅，春雨初收，喜見山明水秀。

老夫聞王景春之子十朋堂試魁名，不免去央將仕公爲媒，正是：中郎有女傳書業，伯道無兒嗣世家。此間已是，將仕公在家麽？（生上）

【引】夜静把詩書開究，竹扉外有誰頻扣？

原來是老貢元。（外）將仕公。（生）裏面請坐。（外）有坐。（生）連日少會，今日下顧，有何見教？（外）我有一事，故此又來造府。（生）有何事？請教。（外）只因小女的親事未諧，前者相煩到王宅議親，誰想他家不允。（生）便是。（外）老夫聞得王十朋堂試魁名，此子後來必有好處，老夫意欲再煩將仕公往彼求親，或者天意有緣，亦未可知。（生）既承台命，待我再去走遭，只怕王老安人又將言語推阻。（外）將仕公，此去煩你將言達上，聘禮不拘輕重，隨意下些，便可成親。（生）謹領尊命，待我再去，

諒到彼，再無推辭。（外）將仕公吓！（唱）

【三學士】只爲弱女及笄姻未偶，故來拜屈同遊。書生已露魁名首，山老因營繼嗣謀。（合頭）若得良媒開笑口，這求親願必酬。

【前腔】（生接）百歲姻緣天所授，管教配合鸞儔。你玉人窈窕鍾閨秀，君子殷勤須好逑。（合頭）但到他家一開口，這門親願必酬。

（外）告辭了。（生）有慢！《周南》風化守《關雎》，（外）但願良媒往不虛。（生）人間未結前生契，（同）天上先成月下書。（外）相煩就去。（生）小弟就去便了。（外）有勞，請了。（生）請了。（同下）

議親

（老上）

【引】桑榆暮景，將往事空思省。（通行小生接【引】。）家貧窘，悶懷耿耿。共姜誓盟，喜一子學問有成。

柏舟誓守，自甘半世孀居；榆景身安，惟愛一經教子。錐有破茅之地，盡可容身；囊無挑藥之資，旋謀糊口。剪髮常思侃母，斷機每念軻親。正是：不求金玉貴，惟願子孫賢。老身張氏，幼適王門，不幸先夫亡後，家業凋零。止生一子，名喚十朋。雖喜聰慧，才學有成。争奈時乖運蹇，功名未遂。今當

大比之年，且唤他出來，訓誨一番。十朋那裏？（通行此白不念，小生接老【引】。）（小生上）吖，來了。

【引】青霄萬里未鵬摶，淹我儒冠。

母親！（老）兒吓，目今春榜動，選場開，你可收拾行李，上京應試。（小生）母親，事業要當窮萬卷，人生須是惜分陰。孩兒只爲家貧親老，無人侍奉，不敢遠離膝下。（老）兒吓，豈不聞《孝經》云：始於侍親，終於侍君。君親一體。你若得了一官半職回來，也顯得做娘的教子之功。（小生）是，謹依母親慈命。（老）還有一事，前日雙門巷錢老貢元央許將仕來議親，我因家寒乏聘，不敢應承，只恐今日又來，如何是好？（小生）母親，自古娶妻莫恨無良媒，書中有女顔如玉。孩兒只慮功名未遂，何慮無妻？

（老）這也説得是。兒吓，你父親亡後，做娘的呵。

【黄鶯兒】半世守孤燈，鎮朝昏，幾淚零，到今猶在淒涼景。（小生介）門庭好冷落也。咳！寒門似冰，衰鬢似星。（小生介）母親兩鬢俱白了。只爲早年不幸鸞分影。（小生介）母親爲何掉下淚來？（同）（合頭）細評論，黄金滿籯，終不如教子一經。

【前腔】（小生接）（通行不唱。）父喪母勞形，論孩兒，當報恩，奈何人事不相稱。非學未成，非己未能，只爲五行不順男兒命。（合前）（通行接【簇御林】。）

【簇御林】親年邁，家勢傾，愧恨腴甘缺奉承。奈臥冰泣竹真堪並，他們都感天地，登臺省。（合）奮鵬程，名題雁塔，白屋顯公卿。

（生上）受人之托，必當終人之事。老夫許將仕，奉錢貢元之托，到王宅議親，此間已是。吓！解元在麽？（小生）母親，外面有人叩門。（老）出去看來。（小生應）是那個？（生）解元。（小生）原來是將仕公。（生）説一聲，老夫要見。（小生應）母親，將仕公在外，要見母親。（老）想必爲親事而來，請進來。（小生）是。吓！將仕公，家母請相見。（生）是。吓！老安人。（老）將仕公。（小生）將仕公。（生）解元。（老）請坐！（生）有坐！（老）重蒙貴步到寒家，有何見諭？（生）無事不敢輕造府。只因錢老貢元所求令郎的親事，老安人再三不允。近聞令郎堂試魁名，貢元不勝之喜，爲此又着老夫送小姐的年庚吉帖在此，老安人不必推辭！（老）多蒙貢元見愛，又承將仕公周全。只是家寒乏聘，不敢應承。（生）貢元曾有言，不論人家貧富，只要女婿賢良，聘禮不拘輕重，隨意下些，便可成親。（老）貢元乃豐衣足食之家，老身是裙布荆釵之婦，惟恐見誚，難以仰攀。（生）貢元願成此姻，老安人不必推辭，請收了吉帖。（老）如此我兒收了，供在家廟。（小生應）（老）多謝將仕公！（生）恭喜老安人！（老）過來，謝了將仕公。（小生應）多謝將仕公！（生）賀喜解元！（老）將仕公在上，念老身呵，

【桂枝香】年華衰邁，（生介）老安人年高有德。家私窮敗，（生介）休得太謙。要成就小兒姻親，全賴高賢擔代。（生介）好説。論財難佈擺，（小生接唱）論財難佈擺，（老接）錢難揭債，物無借貸。兒吓，自你父親亡後，並無别的所遺。（生嗽介）吖哈，止、止有這荆釵，權把他爲財禮，只愁事不諧。

【前腔】（小生接）萱親寧奈，將仕公，冰人休怪。念卑人呵，貧居陋室多年，惟苦志寒窗十載。奈時運未來，（生接）解元，倘時運到來，（小生接）功名可待。那時節姻親還在。母親，這荆釵又不是金銀造，如何將他做聘財？

【前腔】（生接）安人容拜，解元聽解，那錢老貢元呵，他不嫌你禮物輕微，偏喜愛熟油苦菜。請老安人放懷。（老接）教我如何放懷？（生接）便是貧無妨礙，越顯得家風清芥。解元，方纔令堂說有什麼聘物，乞借一觀。（小生）聘物雖有，只是將不出來。（生）說那裏話？乞借一觀。（小生）吓！母親。（老）送過去。（小生）將仕公請觀。（生）妙吓！原來是一股荆釵，昔日漢梁鴻聘孟光女，尚用此釵。如今老安人亦用此釵，豈非達古之家也？（老介）慚愧！（唱）覷着這荆釵，曾把梁鴻聘。非是老夫面奉，吖哈，强如玉鏡臺。

告辭。（老）將仕公，回復貢元，說禮物輕微，表情而已。（生）領命。（老）家寒乏聘自傷情，（小生）權把荆釵表寸心。（生）有意種花花不發，無心插柳柳成蔭。（老）我兒，送了將仕公出去。（小生）是，將仕公有慢！（生）好說，請了！　好罕物吓！　哈哈哈！（下）（小生）母親，將仕公去了。（老）兒吓，姻親事小，讀書要緊。（小生）是。（老）隨我進來。（小生）是。（下）

後央媒

（净上）（乾板）

【秋夜月】家富豪，少甚財和寶？百有一無縈懷抱。只因命犯孤鸞照，欠一個老瓢，少一個俊俏。

學生叫做孫汝權，温城豪富是咱全。無瑕美玉白似雪，没孔明珠大似拳。白銀積下如土塊，黄金堆垛似方磚。綾羅緞匹箱箱滿，屋後魚池花果園。我直個説法，必定是個大財主哉！若説出本相來，人纔要笑殺。老大個人，還勿有家婆來。哈哈哈！不是無錢娶討，只因高勿就來低勿成，故爾勿得成功。閒話少説。昨日打從雙門巷經過，見一黑漆大門樓，底下掛一扇竹簾，簾上有『爲善最樂』四個字。我説格字寫得能好，正拉篤看得高興，不意忽然一動，閃出一個二八佳人，果然嬝娜娉婷，標緻非凡，惹魂動火。走子居來，一夜困勿着。若得此人爲妻，不枉爲人一世。且住，我屋裏喫飯個多，幹事的少，只有朱吉個男女還有點鷇，且叫俚出來，答俚商量商量。朱吉拉篤落裏？（末）來了。聽得叫朱吉，慌忙走來立。（净）朱吉。（末）在這裏。（净）我拉裏該答叫，呧倒拉篤歸答，在這裏。（末）員外叫男女是就來的。（净）朱吉，我有椿心事，呧猜猜看，猜着子，我就賞。（末）男女猜着了，員外不要賴。（净）勿賴個。（末）想員外喫不少，穿不少，只少一位掌家的院君，可是麽？（净）格是我拉裏説，呧拉個答聽見子，嘸得賞。（末）如何，員外要賴男女的賞了。（净）賞末哉！（末）賞什麽？（净）賞呧一斗礱糠。（末）這是空歡喜。（净）倒是飽穩的，哈哈哈哈！閒話少説，我且問呧，有一家人家，呧阿認得？（末）是那一家？（净）我昨日拉雙門巷走過，見一黑漆大門樓，掛一扇簾子，上有『爲善最樂』四個字，門前還有兩根燒焦木頭。（末）枯棋杆。（净）勿差，枯棋杆。個是啥人家？

(末)吖，這是錢老貢元家裏。員外，他家有一位極標緻的女兒，可曾看見？(浄)咳！就爲此人了，想買俚居來白相白相。呸去問一聲，阿要幾哈銀子？(末)買東西自然論價，親事，要論財禮，必須要央媒説合纔是。(浄)格末就央呸去做媒人。(末)男女是不能做的。(浄)難道叫我自家去做？(末)員外一發做不得。(浄)呸也做勿得，我也勿好做，格末那介？(末)員外，這裏轉角上，有個張媽媽，是錢貢元的妹子，央他去説，姑娘爲媒，自然一説就成。(浄)勿差，姑娘替侄女做媒人，自然妥當個。拿筆硯來，寫張票子去，叫俚來。(末)唷唷唷！使不得！(浄)那落使勿得？(末)央媒猶如告債，要親自上門相請纔是。(浄)吖，要親自登門？(末)是然。(浄)罷哉，就是自家上門。朱吉，自古財物動人心，呸到裏向去，取金鳳釵一對，壓茶銀四十兩，媒金二十兩，一淘跟我去。倘説話中間勿連貫，幫我説説。(末)男女在行的。(下)(浄)我説還是朱吉是乖巧個。(末)員外，聘物在此。(浄)且答呸就去。出得自家門。(末)來到他家户。這裏是了。(浄)且去叫門。(末)張媽媽在家麼？(丑内)誰叫來？(末)隔墻聽得買花聲，這不是誰叫來。快些！(丑内)吖唷！倒來殺勿及個，且出去開門。

(上)(乾念)

【前腔】蒙見招，打扮十分俏。(末介)員外，張媽媽在家裏。(浄)好湊巧，這事必成。走到門前人多道，道奴臉上脂粉少。搽些兒便好，抹些兒又俏。

(末)吓，張媽媽！(丑)呸是落個？(末)我是朱吉。(丑)呸！昏脱哉，呸尿急，那説走子我屋裏來？(末)我的名字叫朱吉。(丑)吖，格末朱大叔，啥見教？(末)我家員外在此。(丑)啥勿早點説，

財主拉篤落裏？（浄）張媽媽。（丑）裏向請坐。（浄）要坐個。（丑）今年好拉裏。（浄）那了？（丑）春牛上宅，並無災厄。（浄）我是閒走閒走，望望呧隻母狗。（丑）吖唷！ 出言太毒，將人比畜。（浄）汝言先發，禮無不答。（丑）請坐！（浄）有坐！ 看茶！（丑）免茶！（浄）免茶勿是呧説個。（丑）討茶勿是呧討個。（浄）我拉屋裏討慣個。（丑）我也是回慣個。（末）員外進了你門，就渴想起來。（丑）這話有味。（丑）員外到舍，有何貴幹？（浄）特來央你作伐。（丑）爲媒作伐，我個本等。 但勿知第幾位令郎個親事？（浄）格句説話倒凶篤！ 朱吉，那回頭俚？（末）竟説自己娶。（浄）媽媽，小兒尚未有母，娶個與他。（丑）他者是誰？（浄）他者是我也。（丑）阿呀呀呀！ 格把年紀，還嘸得院君個來？（浄）勿是啥討勿起，只爲高門不成，低門不就，所以蹉跎至今。（丑）原來如此。 但不知誰家宅眷？ 甚處嬌娥？（浄）别人家個勿會出奇，就是宅上個令侄女小姐。（丑）勿説起我家侄女猶可，若提起侄女，真正雪獅子向火，酥了半邊。（浄）朱吉，我裏居去罷。（末）爲何？（浄）聽俚説子一聲，酥子半邊； 若答俚困子一夜，要化膿個哉。（末）譬如這等説吖。（丑）譬方個好處。（浄）格末呧且説説看。（坐介）（丑）我俚侄女生得來長不伶仃，短不偈促，胖勿累堆，瘦不略削。 有沉魚落雁之容，閉月羞花之貌。 勿要説别樣，單説格雙金蓮，剛剛三寸三分。（浄）幾哈？（丑）三寸三分。（浄）到底幾哈？（丑）三寸三分。（浄）勿成個！ 勿成個！（末）員外，爲何不成？（浄）三個三寸三分，官尺上毛毛能論尺篤，到子床上去，撥俚一脚踢下來，馬桶尿壺纔打翻，弄得希臭膨天，何苦？ 使勿得個，居去罷。（丑）勿是，只得一個三寸三分。 財主問子三轉，故爾答應三次。（浄）你好賣弄金蓮。（丑）其實是足

見。（浄）格末請價？（丑）話巴殺哉，婚姻只有論財禮，況且我俚阿哥是詩禮傳家，要出得我俚門，入得你家户，但憑財主末哉！（浄）倒也勿差。朱吉，拿得來。那，先奉金鳳釵一對，壓茶銀四十兩，媒金二十兩。成事之後，樣樣成雙，件件成對。大盤大盒，快活得唔勿好開交得來。（丑）多謝財主，極好個哉！慢點，格頭親事還是傳聞之言呢啥？（浄）傳聞之言，我也勿信。昨日偶從令兄門首經過。（唱）

【包子令】我親見佳人多嬝娜，（丑）多嬝娜，（浄）端的容貌賽嫦娥，（丑）賽嫦娥。（浄）此親若得周全我，酬勞財禮敢虚過？（末）（合）牽羊擔酒謝媒婆。（丑）夾嘴一記末好。（末）爲何？（丑）親事成子，我就是姑婆，啥個媒婆！（浄）是吓，男唔勿會説了。牽羊擔酒謝姑婆。

【前腔】（丑接）非是冰人説强合，（浄）强説合，（丑）成敗都是女蕭何，（浄）女蕭何。（丑）若得牛郎拚財禮，管教織女渡銀河。（合）牽羊擔酒謝姑婆。

（浄）爲媒作伐莫因循，（丑）管取伊行成此親。（浄）匹配姻緣憑月老，（丑）調和風月仗冰人。（浄）朱吉，唔先居去，家堂上點蠟燭。（末應背介）爲何先打發我回去？待我來看他們做什麽？（浄）讓我來還子個規矩來介。（跪丑介）（丑）作啥？作啥？（末）員外做什麽？（浄）入娘賊，還勿居去來！（末）話巴！話巴！（下）（丑）員外，格是啥意思？（浄）若要親事成，先要跪媒人。（丑）新郎見子千千萬，勿曾看見格樣餓老鷹。（浄）我是就要做親個。（丑）啥了能要緊？（浄）阿曉得？我拉裏等用哉。哈哈哈哈！（下）（丑）話巴！話巴！吖！等我喫子飯來就去嘘。（下）

鬧釵

（外上）

【引】一女貌天然，緣分淺，姻事遷延。

男子生而願爲之有室，女子生而願爲之有家。老夫昨日央許將仕到王宅去議親，未知緣分若何？且待他來時，便知分曉。（生嗽上）仗托荆釵成好事，何須紅葉作良媒。此間已是，不免逕入。吓！老貢元。（外）原來是將仕公，請坐！（生）有坐！（外）有勞！親事如何了？（生）老漢初到王宅，説起親事，老安人再三不允。以後將老貢元的美言達上，纔得允從。（外）吖！允了？何物爲聘？（生）聘物雖有，只是將不出手。（外）老夫有言在先，只要女婿賢良，聘物不論輕重。乞借一觀。（生）請觀。（外）妙吓！這是一股荆釵吓！好罕物也！我想婚娶論財，夷虜之道。此釵正合我家素風。只此一釵，我女兒就該嫁王家了。只是有勞貴步，待我喚老荆出來。吓！媽媽快來！（付）來哉！

【引】絲蘿共結，蒹葭可倚，桑梓相聯。

老老。（外）將仕公在此。（付）許伯伯。（生）老安人。（付）外日多承厚禮，我叫李成來，請㕶喫壽麵，爲啥勿來？（生）有些小事，不曾來奉觴，多多有罪！（付）我特地志志誠誠，留子一大碗，等㕶勿來，餿忒子，倒拉狗喫個。（外）這什麼説話！請坐。（生）有坐。（付）今日到舍，有何貴幹？（生）特來與令愛作伐。（付）説個是落搭？（生）是海棠坊巷王景春之子王十朋，是個飽學。（付）好吓！丈人

是貢元，女婿是飽學，門當户對。啥個聘物？阿要幾時行聘？（外）就是今日。（付）來勿及哉。（外）爲何？（付）灶前頭蒠纔嘸得一根拉篤。（外）應都是乾折。（付）啥叫乾折？（外）袖裏來，袖裏去，爲之乾折。（付）老老亦來哉，釵環首飾末，好袖裏來，袖裏去，個個雞雞鴨中牲，那個袖裏來，袖裏去？（外）又來粗魯了。（付）個末李成拿戥子天平出來。（外）要天平何用？（付）好兑聘禮銀子。（外）銀子什麼希罕！（付）銀子勿希罕，啥個希罕？（外）聘物雖有，只怕你不識此物。（付）倷個此物是見笑殺個。（外）什麼説話！（付）拿來看看。（外）拿去看。（付）咦！入手輕，彈無聲，聞無馨，啥件物事？等我來磨磨看。啞！格是一隻黄楊木頭簪，七個銅錢物事，想討家主婆哉！（生）安人吓！

【柰子花】（乾唱）論荊釵名本輕微，漢梁鴻仗此得妻，芳名至今留傳於世。休將他恁般輕覷。聽啓，王老安人曾有言，原説是表情而已。

【前腔】（付接）雖然是我女低微，怎將他恁般輕覷？滿城中豈一個風流佳婿，偏只要嫁着這窮鬼？（外介）婦道家，不要聽他，裏面奉茶。（生）不消。（下）媒氏疾忙去送還他財禮。

（付内介）有介個勿達事務老老，吖喲！氣壞哉！

【前腔】（丑嗽上）（接乾唱）富家郎央我爲媒，要娶我侄女爲妻。説開説合，豈同容易，也全憑虚心冷氣。（付内介）（上）外頭去散散悶看。匹配，端的是老娘爲最。

（丑唱完連念）格是阿嫂滑？（付）格是姑娘滑？（丑）爲啥手脚冰聲冷個拉篤？（付）呸。（丑）冷屁直出。（付）冷氣。（丑）勿差，冷氣。爲啥事體落？（付）勿要說起，呸篤個阿哥勿會幹事。（丑）老娘家買賣，格出事物，就罷子點罷。（付）呸！勿是格出事務。（丑）到底爲啥事體？（付）爲我俚如花似玉個囡呸，聽子許豆腐個說話，允子啥王十朋，酒也要喫十甏篤。（丑）吖！海棠坊巷王景春之子王十朋？（付）姑娘也認得個？（丑）認得個滑。（付）俚篤屋裏那光景？（丑）苦惱嘘！孤老院裏趕出駝子來，穹斷仔格脊樑筋。窮似骨，亟出屁。風掃地，月點燈，窮得飯纔嘸得喫，喏纔唱勿落。（付）那說喏纔倡勿落介？（丑）窮斷子脊樑筋落！（付）阿要是耶，呸今朝來作啥？（丑）特來與侄女爲媒。（付）倷說個是啥人家？（丑）我說個是温州城裏第一家大財主，叫孫半州，亦叫孫百萬。（付）格末竟嫁孫家裏。（丑）讓我進去。（付）慢點，許豆腐拉篤裏勢，我答呸做個不期而會。（丑）有理個。（外上）將仕公在此，看茶。（付）脚湯水拉裏。（丑）吖喲！阿哥拉屋裏。（外）妹子回來了？（丑）前日子多謝。（外）有慢！（丑）阿嫂介。（付）姑娘居來哉。（丑）阿嫂，我俚是勿曾看見歇個來。（付）啥人先看見末，爛落俚個眼屎乾。（丑）若說看見子末，爛落俚個鼻涕乾。（外）妹子，見了將仕公。（丑）許伯伯拉裏？許伯伯。（生）姑媽。（丑）呸！我末端端正正一福，呸末像個得木鳥能個一得，還是得罪我呢，怠慢我？（生）老人家年老，曲不下腰了。（丑）便介落，老壽星勿唱喏個？（付）彭祖單拱手個。（丑）東方朔蹲拉桃樹上個？（付）陳摶單扛睏個。（丑）張果老拿木頭撑個？（付）閒話少說，我俚姑嫂兩個，未免有幾句家常說話談談，閒神野鬼替我走出去。（外）將仕公與我通家，坐坐何

妨？（付）老老，格句説話差哉，呧篤末好通，我俚姑嫂兩個，那答裏通？直頭勿通。（丑）欠通。（付）火通。（丑）木通。（外）呧。（丑）阿嫂，我答呧年紀大哉，俚看我俚一看。（付）我俚看俚兩看。（丑）看輸子勿爲好漢。（付）姑娘，啥個坐子格答去？（丑）我坐拉幾裏子，夾俚拉當中，俚若强末，豆腐漿纔夾俚出來。（外）外觀不雅。（付）到底勿像樣個，原坐拉幾裏來。（丑）噢！（外）妹子，今日到此何幹？（丑）特來與侄女爲媒。（外）來遲了。（丑）罰三盅？（外）啥個罰三盅？（丑）來遲罰三盅。（外）親事來遲了。（丑）啥個？親事來遲哉？自古男不爲媒，女不作保。落裏個烏龜，搶我個媒人做？要答俚雪裏打出汗來篤。（外）不要駡，是將仕公做的。（生）就是老漢做的。（丑）就是許伯伯？格末不知者不罪也；倒得罪。（生）我也不計較。（丑）也勿拉我心上，阿曾帶豆腐刀拉身邊？搶開子我個嘴罷。（付）姑娘，有所説個。量媒量媒，只要量得過末，就嫁落搭。（丑）格末老許，呧先説，是落搭？（生）我説的是海棠坊巷王景春之子王十朋，是個飽學。（丑）勿喫飯個？（付）啥人勿喫飯？（丑）飽學末，阿是勿要喫飯個哉？（外）好秀才，爲之飽學。（丑）阿呀，壞哉！我今朝走子是非窠裏來哉。（付）那落？（丑）我若勿説，因呧過去要過日脚個；若是説子，有數説個：破人婚，七代貧。我去哉。（付）姑娘，呧是大人耶，因呧過去要過日脚個，説子再説。（丑）吖！我倒也説得個。（付）説得個？（丑）格末倒要説説來。（付）請教。（丑）阿嫂，呧阿曉得俚篤落裏個一王落？（付）到底落裏一王落？（丑）就是藥材王篤一王耶。（付）怪勿得苦個！住篤落裏？（丑）住篤連翹堍下，杜仲篤間壁，管仲篤對門。（付）吖！姑娘也認得個？（丑）格是我個熟地耶。（付）阿曉得祖

上那光景？（丑）俚篤個阿爹，叫黃芩，老官人叫黃芪，親娘叫知母，黃連、黃柏纔是俚篤上代頭叔伯弟兄。小官人叫苦參，還有個病來。（付）啥個病？（丑）肝膨食積。（付）吖！肝膨食積？（丑）飲食之食，肚膨之膨，所以格星人纔叫俚王十朋，王十朋。（付）吖！真個落？（丑）裏篤個親眷，我也纔認得個。（付）啥個多哈親眷？（丑）一個廣東人，叫陳皮，是俚個表俚麥親，熱撮撮一刻纔少俚勿得。還有一個做豆腐個，叫石膏，淘渾子水，沖糊子漿，慣會騙人個。阿哥，繞頭事體阿曾應承個來？（外）應承了。（丑）應承了？阿哥，真真是個木瓜，撥拉老許飲片子去哉！我俚個囡咗，好似牡丹皮，白芍藥，天仙子，那許子格樣良良姜姜個浪蕩子，而且小官人勿長進個。（付）啥個勿長進？（丑）是個風藤。（付）阿呀！那說是個風藤介？（丑）登拉無人場化，弄硬子別人個結梗，獻起子個川芎，慣答別人白芷個。（付）老老聽聽看。（丑）還有一淘勿好個人。（付）還有啥等樣人？（丑）薏苡仁，郁李仁，專要喫醋個酸棗仁，好像枸杞子能個，一淘進，一淘出，格星老男咗，纔答俚有分個。（付）落裏個多哈？（丑）胡麻子，車前子，還有勿度人身個大瘋子。（付）阿呀！那說大瘋子纔有分個介？（丑）小官人身上着件青衫子，下身着條破褲子，說也笑話，連答掛金燈纔露出拉上。（付）阿要俚篤哉？（丑）娘兩個，登拉苦瓜樓上，舉起子牛膝，拉篤嗌鬼饅頭。一日子拉常山拐帶子紅娘子，撥拉別人曉得子，一道延胡索，一個豆蔻，捉到子官桂個答。苦惱！兩隻厚朴，打得姜蠶能，虧子山萘落，獨活子個條性命，幾乎穿山甲。（付）姑娘，俚篤荆芥如何？（丑）俚篤荆芥？走到灶前頭，柴胡、木通、甘草無一根，單剩一隻青箱子，換子幾升喬麥、貝母子、天花粉，過子半夏。有啥馬屁孛拉手裏，俚篤個折水並渣煎。

（付）阿有幾哈？（丑）煎勿上七八分，落裏來個金銀花、紫金錠，討啥新娘子？（外）妹子，你的説話，多不在筋脉上。（丑）啥個？我是極細心，件件枳實，並非塞松香。噲！老許，倷有階沿草，我有麥門冬，有啥病緣説出來，勿要喫子木鱉子能個勿開口。阿呀！我個元參吓！吓！吓！（付）姑娘，伍説個是落搭？（丑）我説個是温州城裏第一家大財主，叫孫半州，亦叫孫百萬。開子前門，黄牛三百條。（付）就嫁黄牛。（丑）開子後門，水牛三百條。（付）就嫁水牛。（丑）勿要説別樣，因伍過去子，牛糞纔喫勿盡得來。（付）希臭膨天，那個喫！（丑）換子銅錢買果子喫。（付）勿差。（丑）先有金鳳釵一對，押茶銀四十兩，事成之後，件件成雙，樣樣成對。（付）格末我做主，竟嫁孫家裏。（外）住了！一家女兒百家求，求了一家，九十九家都罷休。（付）老老説差哉，一家女兒百家求，求了一家，九十九家不罷休。（丑）若有一家不罷休。（付）扒拉屋上丢磚頭。（丑）丢碎老許顆顱頭。（付）丢得血流流。

（丑）青布扎子頭。（外）伍！

【駐馬聽】（乾唱）巧語花言，竟不顧男女婚姻當遴選。此子才堪樑棟，（付）住篤！凉一凉，凍一凍，因伍嫁子過去，凍也凍殺哉。（外）棟樑之棟吖。（丑）阿嫂，棟樑之棟。（付）我道是皺凍之凍了。貌比璠璵，學有淵源。我孩兒非比孟光賢，那書生已遂梁鴻願。（同）（合頭）萬事由天，一朝契合，百年姻眷。

【前腔】（丑）四遠名傳，那個不知孫汝權？阿嫂，他的貌如潘岳，（外）住了！孫汝權是個花嘴花臉的陋品，什麽貌如潘岳？（丑）阿嫂，伍勿曉得，孫官人無處責富了，請子江西人到屋裏來，滿面累絲

法藍，嵌八寶，獨獨手工錢化子二三千篤。（外）人的臉上怎能嵌起寶來？（丑）老許個鼻頭那像琥珀子。（付介）眼睛裏那嵌壁連棋子？（丑唱）富比石崇，德並顏淵。他輕裘肥馬錦雕鞍，重裀列鼎珍羞饌。（同）（合前）

（生）告辭。（外）有慢。（生）姻緣未可便相從，（外）須信豪家喜氣濃。（生）有緣千里來相會，（外）無緣對面不相逢。（生）請了！（下）（付作狗叫）（外）好吓！喫了清水白米飯，學做狗叫。客在此，茶也不烹，什麽意思？（付）我俚姑嫂兩個評評格頭親事，要唔格隻老狗，咬定子，王、王、王！（丑）阿哥，格頭親事要依我個噓。（外）我也不管，兩家聘物都在此，拿到繡房中去，任憑女兒擇取。拿了荆釵，就嫁王家。（付）拿子金鳳釵呢？（外）這個我也不管。（下）（付）吾奉太上老君急急如律令敕。（丑）啥個敕？（付）一個走方土地撥我敕子進去哉！（丑）格叫世間無難事，（付）只怕歪絲纏。（丑）纏我俚勿過，推子囡唔身上去哉。（付）姑娘，拿個兩樣物事到繡房裏去。我俚囡唔是做人家個，阿是亮爍爍個勿拿，倒拿格隻山消勿成？（丑）勿差。（付）我泡個好茶拉裏，等唔就來。（丑）是哉，等我就去吓。（付）姑娘轉來。（丑）阿嫂亦是啥個？（付）個歇嘸人拉裏，到底落搭發跡？落搭標緻？（丑）阿嫂，真人門前勿説假話。（付）老實對我説。（丑）發跡呢，自然孫家裏發跡；標緻呷，王官人標緻。（付）格末兩家聘禮纔受。（丑）那説纔受介？（付）孫家裏喫飯，王家裏困覺。（丑）嚼殺耶！等我就去。（付）就來介。（下）

二　卷

繡　房

（旦上）

【引】寶篆香消，繡窗日永，又還節近朱明。

〔鷓鴣天〕〔一〕鏡中常自嘆嬋娟，生長閨門二八年。惟喜椿庭今在室，那堪萱室魄歸天？工容德，〔二〕悉兼全，玉質無瑕賽月圓。春去秋來多少事，金蓮那肯出房前？奴家侍奉早膳已畢，且向繡房中做些針黹則個。

〔一〕〔鷓鴣天〕：原闕，據《新刻原本王狀元荆釵記》補。

〔二〕「容」下原衍一「言」字，删。

【一江風】繡房中，裊裊香烟噴，剪剪輕風送。但晨昏問寢高堂，須索把椿萱奉。忙梳早整容，忙梳早整容，惟勤針黹功，怕窗外花影日移動。

【青歌兒】（丑嗽上）豪門議親，哥嫂已許諧秦晉。未審玉蓮肯從順？且向繡房詢問。幾裏是哉，開門！（旦）是誰？（丑）那説聲氣纔聽勿出哉，勿是賊，唔篤姑娘拉裏。（旦）吖，來了。原來是姑娘，姑娘萬福！（丑）阿呀！我個兒子吓！唔勿要攔門拜，攔門拜子，樣樣要遲個：梳頭遲，喫飯遲，纏脚遲，日後嫁家公也要遲個。（旦）多謝姑娘指教！（丑）格末是哉，跟我進來。（旦）是。姑娘再萬福！（丑）罷哉，鬧熱蓬聲拉裏作啥？（旦）在此繡枕方。（丑）好吓，未嫁才郎，先繡枕方。格兩朵是啥個花介？（旦）是並頭蓮。（丑）格兩隻還是鵝呢鴨介？（旦）是鴛鴦。（丑）是吓，鴛鴦鴛鴦，鳥瘦毛長，尖嘴戳腮，好像唔篤姑娘。（旦）休得取笑。（丑）讓我來細細能個看看介，吖喲！顏色配得俏麗，針脚亦做得細膩。看唔勿出，介個唬喳哉！收過子，我俚要説正經哉。（旦）請問姑娘到此何幹？（丑）我姑娘無事不到你繡房中，特來與你爲媒。（旦）可是爹爹説那王。（丑）阿呀兒子吓，唔是不出閨門之女，曉得啥個王來白？外頭人聽見子，勿像樣個。有啥説話，聽姑娘來説，下次不可。（旦）是。（丑）等我來拿兩樣好物事唔看看。喏，有金鳳釵一對，壓茶銀四十兩，事成之後，樣樣成雙，件件成對，格是孫官人篤個聘禮。唔篤娘做主，我做姑娘個爲媒。還有黄楊木頭簪一隻，是王家裏個聘禮，唔篤爺做主，對過許豆腐老測死個媒人。兩家聘禮纔拉裏，但憑唔揀子落個就嫁落個。（旦）既是爹爹作主，願受荆釵。（丑）阿呀！那説已經插、插子進去哉介！格是一生一世個事體，勿要想

差子主意介。也罷，待我把孫家豪富，説與你聽。

【梁州序】（唱）他家私迭等，良田千頃，富豪聲振甌城。他又不曾婚聘，專浼我來求你年庚。

（旦）他憑的錢物昌盛，愧我家寒，自料難廝稱。（丑）這段姻緣料想是前生定，侄女緣何不順情？兒子吓，你休得要恁執性。

【前腔】（旦）他有雕鞍金櫈，重裀列鼎，肯娶我裙布釵荊？況我房奩不整，反被那人相輕。

（丑）雖則是你的房奩不整，那孫官人呵，他見了你的恭容，自然要相欽敬。（旦）嚴父將奴先已許書生，君子一言怎變更？姑娘吓，實不敢奉尊命。

（丑）侄子，實不敢奉尊命？格頭親事，匆是做姑娘個，畢竟要㕶成個嘘。

【前腔】（唱）這是你爹娘俱已應承，問侄女緣何不肯？恁推三阻四，莫不是行濁言清？

（旦）枉自將奴淩賤，便刎下頭來，斷然不依允！（丑）論我作伐，宅第盡傳名。匆是姑娘誇口説，九處説親，倒有十處成。阿呀！誰似你這般假惺惺。

【前腔】做媒的，（丑）侄子，做媒人啥做强盜做老虎落？要喫人個？（旦）不是説姑娘。（丑）倒怕㕶説我落！（旦）假如這等説吖，做媒的個個誇能，也多有言不相應。信着他都被誤了終身。

（丑）咻，你那合窮合苦没福分的丫頭，敢來强廝挺。（旦）姑娘何故怒生嗔？出語傷人，你好不三省！榮枯事總由命。（丑）這段姻緣非廝逞，丫頭吓丫頭，少甚麽花紅送迎。（旦）阿

呀，天吓！ 誰想反成作畫餅。

（丑）姻緣自古要和同，無分榮華合受窮。（旦）雪裏梅花甘冷淡，羞隨紅葉嫁東風。（丑）嫁東風，嫁東風，偏似你這丫頭揀老公。（旦）阿呀呀呀！（丑）吖！ 讓我再來騙騙俚看。 阿呀兒子吓，伍從小最聽我個説話，依子姑娘，拿子金鳳釵罷。（旦）如此同到爹爹面前去説。（丑）好吓，到伍篤爺面前去説。走嘘！ 走嘘！（旦）走出去！（丑）阿一哇！ 一隻脚！ 一隻脚！（旦下）（丑）那説拿我推出關門，騙子出來哉！ 我曉得伍個丫頭拉篤作怪哉！ 讓我拉伍篤娘面前搬一場是非，叫伍個花娘繡花針戳碎豬苦膽，得溜溜能個苦得來。 阿嫂拉篤落裏？（下）

前逼嫁

（付上）來哉！

【青歌兒】羡我家有女嬌媚，富家郎要成姻契。 姑娘到此做良媒，着他受禮，怎生這般裝模作勢。

【前腔】（丑接）哧！ 恨玉蓮賤人無禮，激得我怒從心起。 腌臢蠢物太無知，千推萬阻，教老娘受了這場嘔氣。

（付）姑娘來哉，爲啥落格副樣式？（丑）阿呀！ 自家勿好，打個老毴嘴！ 打個老毴嘴！ （付）姑

娘，呸到繡房裏去議親，爲啥弄得格樣光景？（丑）勿要説起！阿嫂，我末遵子呸個命，到佢繡房裏去，關個門拉篤。（付）喊聲末哉滑。（丑）我説開門。（付）佢阿就開介？（丑）佢就罵出來哉。（付）罵啥個介？（丑）説道有賊吓！有賊！（付）那説賊介？（丑）我説勿是賊，是呸篤姑娘拉裏。（付）佢那介？（丑）開子房門，攔門個一拜。（付）那説攔門拜起來介？（丑）阿呀阿嫂，呸曉得我是老鴉嘴，我説兒子吓，勿要攔門拜，攔門拜子，樣樣要遲個嘘：梳頭遲，纏脚遲，喫飯遲，日後嫁家公也要遲個，阿是勿差？（付）阿呀纔是好話滑，佢那介？（丑）佢吓，道是我説子兩句落，心上有點勿如意哉，面孔板起子，格張嘴篤起子，説：『姑娘到此何幹？』（付）格末呸阿曾對佢説介？（丑）我説無事不到你繡房中，特來與你爲媒。呸阿曉得佢説啥個？（付）説啥個介？（丑）説『可是爹爹説那王』，（付）世界天上落裏來格樣老面皮花娘！（丑）亦是我勿好哉耶，我説呸是不出閨門之女，小娘家曉得啥個黄來白？好歹末等做姑娘個來説，别人聽見子像啥？（付）真真好話，一點也勿差。（丑）我説金鳳釵一對，壓茶銀四十兩，孫官人篤個聘禮，娘做主，姑娘爲媒。黄楊木頭簪一隻，王家裏個聘禮，呸篤爺做主，許豆腐老測死個爲媒。兩家聘禮纔拉裏，但憑呸揀中落個，就嫁落個。阿嫂，呸猜猜看，佢拿個啥？（付）格是勿消説得，自然拿金鳳釵哉。（丑）拿金鳳釵哉？佢倒拿個黄楊木頭簪。説道：爹爹是親生的，娘是繼母，不知是那一個養漢老淫婦，不知他是那裏來的，便是這等跟我爹的，作不得主。（付）這等無理！佢七歲嘸得子娘，是我撫養長成，今朝説我做主不得？我且唤他出來，肯嫁孫家，我有一處。要嫁王家也有一處。（丑）阿嫂勿要説我説的。（付）玉蓮賤人那裏？快點走出來！

【七娘子引】（旦上）芳心未許春搬弄，傍紗窗繡鸞刺鳳。（通行以上不唱。）母命傳呼，奴當趨奉，金蓮輕舉湘裙動。

（旦）母親萬福！（付）勿睬，勿是你娘！（旦）姑娘萬福！（丑）勿理，不是你姑娘！（旦）母親爲何這樣發怒？（付）發怒，發怒，誤了你姑娘的主顧。我雖無十月懷胎，也有幾年撫養，那背後頭罵我哉？（旦）孩兒怎敢罵母親？是那個説的？（付）姑娘説個。（旦）吓！姑娘，你可曾聽見我罵母親？（丑）啐！我今朝阿是對是非來個了？要打末竟打哉，有個多哈！（付）打個花娘！（丑）打打打！（旦）母親。

【鎖南枝】（唱）休發怒，免心焦，一言望乞聽奴告。（付介）倒要告我？（丑）告訴呸吓！這聘禮是荆釵，休恁看得小也。（付介）阿是金個？非是金，（丑介）個末是寶？也不是寶，（付、丑介）非金非寶，要得做啥？將來聘奴家，一似孟光耀。（付、丑）住口！（接唱）聽他道，越氣惱，無知賤人怎不聽娘教。因甚苦死執迷，惹得姑娘兩下心焦燥？他禮物有甚好？比做玉鏡臺，羞殺晉温嶠。

（付、丑）格一嶠，直要嶠到呸底篤！（旦）母親吓，豈不聞商相埋名，版築巖前曾避世？（付介）班竹，呸篤老個做子柱拐個哉。（旦連）阿衡遁跡，躬耕莘野未逢時。（丑介）格多哈窮話。（旦連）買臣見棄於其妻，季子不禮於其嫂。（付介）告化子堆假山，一味苦累堆。（旦連）先朝蒙正運未通，破窑困苦；

昔日韓信不遇時，當道饑寒。（丑介）説介一串，纔是手頭急促個。（旦連）王秀才雖窮，乃才學之士；孫汝權縱富，乃奸詐之徒。才學之士，何難於富貴？奸詐之徒，易於貧窮。王秀才一朝風雲際會，那時發跡何難？（丑）多喫子冷水刮腸哉！娘説子一聲，倒撒子一坑。（付）哇！

【四換頭】（乾唱）賊潑賤閉嘴，數黑論黄講甚的？且問吔，我是啥人？（旦）是娘。（丑）可又來。（付、丑同乾）娘言語怎違？順父母顔情却是理。（旦）順父母顔情，人之大禮。話不投機，教奴怎隨？富豪戀貪，貧窮見棄，恐惹得旁人講是非。（付、丑）呆蠢小丫頭，出言污人耳。恁推三阻四，是話不投機。富家郎求汝效于飛，他有甚相虧？出言挺撞，你好没尊卑。

【前腔】（旦）非奴失禮儀，望停嗔，聽拜啓。婚姻事有之，恐誤了終身難改移。只怕一時貪富侈，恐船到江心補漏遲。（付、丑接）呸！好言勸你，再三阻推。娘是何人，姑娘是誰？（旦）母親暫息雷電威，休恁自差池。緣何將奴苦禁持？（付、丑）自今和你作頭敵。（旦）慢威逼，斷然不與孫氏做夫妻。

（丑曲内介）阿呀！駡吔慢老毬！（付）啥個？駡我慢老毬？打個花娘！打個花娘！（丑）打！打！打！（旦哭下）（外上）自不正衣毛，何須夜夜號！吓！吓！吓！甚麼意思？（付）養得好囡吔！打得我好！（丑）好吓！養大子囡吔倒打娘哉！（外）噯！女兒是極孝順的，焉敢打你？恐不是他打的，你去想一想。（付）住子，等我想想看。姜姜我末是介一把，俚末一鑽。阿呀姑娘，格記

只怕呸打個。（丑）打是我打個，格一拳壽生經，生成要劃拉俚帳上去個。（外）咳！妹子，那裏說起？他母女好端端在家，都是你回來，搬弄得他母女吵鬧，成何規矩？下次不要你上門來！（丑）啥物事？阿是下轉勿許我來吓？阿呀我個阿嫂吓！（付）我個姑娘吓！（外）吓！吓！吓！妹子要趕他出門，故此哭；你爲何也哭起來？（付）姜姜俚幫我氣氣，格歇我幫俚哭，叫禮無不答。（丑）一拳來，一脚去。阿呀阿嫂吓！（付）阿呀姑娘吓！（外）不許哭！（付、丑）就勿哭。（外）女兒親事如何了？成就那一家？（丑）俚要王家裏。（外）婆子意思如何？（付）趁姑娘拉裏，三對頭，六對面，說明白子。若是依我，嫁孫家裏格，前頭娘房裏妝奩釵飾纔拿去。若是要嫁王家裏，好像五月端午個粽子，剝得赤條條，還要揀個十惡大敗日，叫一肩破轎子，叫兩個破人，破燈籠，破鼓手，擡到俚破屋裏去。（丑）人有啥破個？（付）着子破衣裳，戴子破帽子，破襪破鞋子，就是破人哉滑！（外）胡說！退後。（付、丑）噢！（外私白）且住，明日乃黄道吉日，絕妙的日子，我且將計就計，只說不好。阿呀我女兒命好苦吓！（付）那落？（外）明日乃十惡大敗之日，後日把女兒送去罷。（付）偏要明朝。（外）畢竟要明日去。（丑）極好個哉。阿嫂，竟是明朝罷。（外）吓！兒吓！你不貪富貴自甘貧，（付）吋耐無知小賤人。（丑）惟有感恩並積恨，（同）萬年千載不生塵。（外）阿呀！兒吓！你好命苦吓！（下）（丑）說末直個說，阿嫂，送是呸要去送個。（付）我是勿去，姑娘呸送子去罷。（丑）阿嫂，我頭上無不到脚後跟，着子啥個來去？（付）纔有拉篤滑。（丑）頭上？（付）珠冠子。（丑）身上？（付）紅襖綠裙。（丑）鞋子也無得拉裏。（付）有呸篤阿哥個壽鞋拉篤。（丑）小，着勿着。（付）放放慢線末

哉。（丑）我膝褲也嘸得末，那處？（付）個到難篤！吖，有拉裏哉，到廚房下切兩段冬瓜末哉。（丑）冬瓜那做膝褲？（付）格末西瓜皮那做帽子介？（丑）呸！嚼殺耶！（下）

別祠

（貼上唱）

【破陣子引】翠黛深籠寶鏡，蛾眉懶畫春山。絲蘿雖喜依喬木，椿樹還憐老歲寒。阿呀親娘吓！偷將珠淚彈。

我生胡不辰，襁褓失慈母。鞠育賴椿庭，成立多艱楚。此日遣于歸，父命曷敢阻？進退心恐傷，有淚出肺腑。奴家被繼母逼嫁孫家，我爹爹不允，將計就計，只說今日是十惡大敗之日，匆遽之間，將奴出嫁王門。首飾衣衫吓，並無一件。若留得我親娘在日末，焉有如此骯髒？（哭介）不免到祠堂中拜別母親神主則個。此間已是，不免逕入。一入祠堂心慘悽，百年香火嘆無兒。我身未報母恩德，反哺忍聞烏夜啼。吓！母親，親娘！阿呀！親娘吓！（哭介）

【玉交枝】（唱）音容不見，望冥中聽奴訴言。甫離懷抱娘恩斷，目應怎瞑黃泉？阿呀誰知繼，誰知繼母心太偏，逼奴改嫁相淩賤。娘吓！孩兒今日出嫁，本待要做碗羹飯與你，料想他們不容。莫說羹飯，就要痛哭一場噓，（唱）怕他們聞之見嫌，只得且吞聲淚痕如線。

娘吓！女兒今日出嫁，首飾衣衫，並無一件，若留得你在此，豈有今日吖？

【前腔】（貼唱）不能光顯，嘆資裝十無一完。就是荆釵裙布奴情願。孩兒去後，爹爹年老在堂，

（唱）嘆無兒膝下承歡。孩兒七歲上拋離了娘是，（唱）受他磨折難盡言。倘有些差遲事，吖喲，非打

即駡嘘！全無骨肉相憐念。（合頭）

（外曲内上）荆釵與裙布，隨時逼婚嫁。（丑）三日不息燭，相思何日罷？（外）妹子，女兒在那裏？

（丑）只怕拉篤祠堂裏拜别。（外）和你同去。我兒在那裏？阿呀！兒吓！爲何哭得這般光景？

（丑介）眼睛纔哭紅格哉。（貼）孩兒在此拜别母親神主。（外）吓！阿呀我那亡故的老妻吓！（丑

介）阿呀！死勿關得我事個，阿嫂！（外）呸，若留得你在，焉有今日？（貼哭介）（丑）勿必軋鬧熱，

時辰到哉，快點端正梳妝罷。（外）兒吓，時辰已至，快些梳妝罷。（貼）噢！（外）來。（貼）是。（外）

來吓！（貼哭介）阿呀娘吓！

【憶多嬌】（外唱）你且開鏡奩，整翠鈿，休得界破殘妝玉筯懸。兒吓！爲父的骯髒你了。（貼哭

介）首飾全無真可憐！（合頭）休得愁煩，休得愁煩，喜嫁讀書大賢。

【前腔】（貼接）只愁你子嗣慳，爹老年，何忍教兒離膝前？爹爹，你是年老之人，孩兒去後，母親

倘有三言兩語，勸你忍耐些罷。（丑介）落裏肯！人老性不老。（貼唱）你莫惹閒非免掛牽。（合頭）

（丑）阿是早依子我，嫁子孫家裏，焉有今日？（外）咳！妹子，你好胡説！

【鬥黑麻】（唱）自古姻緣，是非偶然。五百年前，赤繩繫牽。兒今去，聽教言。（同）阿呀！兒（爹爹）吓！（外）阿呀！兒吓！（貼）爹爹。（外）你嫁到王家去做媳婦，不比在家做女兒，須要勿慢勿驕。（丑）要早起晚睏。（貼應）（外）必欽必敬。（丑介）勿要貪喫懶做。（貼）噢！（外）阿呀兒吓！（貼）爹爹。（外唱）須要孝順姑嫜，數問寒暄。（合頭）燈前淚漣，生離各一天。有日歸寧，有日歸寧，吾心始安。

（丑）阿有啥說話哉？（貼）還要請母親出來拜别。（外）這樣不賢婦，還要拜他則甚？（貼）天下那有不是之父母？（丑）等我去請阿嫂！（付内）啥個？（丑）伍篤囡伍請伍出來拜别。（内）我是張果老倒騎驢，永勿見畜生之面！（丑）伍篤娘說，張果老倒騎驢，永勿見畜生之面個哉！（外）如何？（貼）吖！母親不肯出來，待我自去請。吓！母親，孩兒請你出來拜别。（丑）阿嫂。（内）亦是啥個哉？（丑）伍篤囡伍自家拉裏請。（内）拜伍篤親娘去，我是勿出來個哉！（貼）母親既不出來，孩兒就在房門首拜别了嘘。

【前腔】蒙你教養成人，恩同昊天。（丑介）拉裏擱門拜哉。（内）勿要拜。（丑）一拜哉，兩拜哉。（内）再拜末要倒屎馬桶出來哉！（丑）阿曾聽見？要倒屎馬桶出來哉。雖不是親生，多蒙保全。兒今去，免掛牽。母親，你是年老之人，爹爹倘有些不到之處，大家忍耐些罷。（貼唱）勸你努力加餐，把愁容變喜顏。（合頭）

（接吹打住）（丑）轎子到門哉，上轎罷。（外）兒吓，時辰已至，快些上轎去罷。（貼）爹爹請上，待孩兒拜别。（外介）罷了。

【臨江仙】百拜哀哀辭膝下，出門無母施鞶。未知何日返家園？出門銀燭暗，白日照魚軒。

（接吹打）（丑内介）上、上馬桶也要上轎哉。（外介）擡穩了吓，咳！

【前腔】（唱）好似半壁孤燈相吊影，蕭蕭白髮盈顛，那堪弱息離身邊？叮嚀辭别去，淚點不曾乾。（哭下）

送親

（老、小生上唱）

【鎖寒窗】這門親非是我貪婪，無奈人來説再三。送荆釵愁他富室褒談，良媒竟無一言回俺，反教娘掛腸懸膽。早間聽喜鵲噪窗南，有何親舊相探？

（净内）阿爹走吓！（生、净同上）

【前腔】（接唱）論人生嫁女婚男，不是姻緣怎妄貪？謾誇他豪門首飾衣衫，嫦娥志潔，甘居清淡，那聽他巧言啜賺。這姑姑因此上臉羞慚，此來必定喃喃。

（生）這裏是了。（净）幾裏是哉。（生）解元有麽？（老）外面有人叩門，出去看來。（小生）那個？

（生）解元，是老夫在此，説一聲。（小生）請少待。吓！母親，將仕公穿了吉服，要見母親。（老）請進來。（小生）是。（浄介）阿爹，方纔格位阿就是新官人？（生）正是。（浄）啥打扮得撮舊拉篤介？（小生）吓！將仕公，家母相請。（生）賓相，待我先去説一聲，然後進去。（浄）是哉。（生）吓！老安人。（老）將仕公。（生）恭喜！（老）寒門似水，喜從何來？（生）今乃黄道吉日，錢老貢元特送小姐過門，先着老夫來説知。（老）倉卒之間，諸事未備，怎好完姻？（浄介）家堂上蠟燭纔勿點點，大門上紅也勿掛掛，只怕勿是今日。（生接老白）不勞費心，一應都在錢宅。有賓相在外，待我唤來。賓相，老安人着你進去。（浄）是哉。（生）見了老安人，須要下個全禮。（浄）在行個。（生）賓相來了，見了老安人。（浄）格位就是老安人哉？（生）正是。（浄）老安人，賓相見禮哉！（老）不消。（生）見了新貴人。（浄）是哉，新官人見禮哉！（小生）賓相。（老）我兒，進去换了吉服。（小生應下）（浄）老安人在上，賓相有言告禀：今日送親個是張姑媽，此人伶牙俐齒，倘有言語冒犯，勿要見怪。（生）好周到！（浄）我俚是走千家個，氈毯角要走到個。時辰還早來，阿要請姑媽來敘敘寒温？（生）使得。（浄）打張姑媽轎子上來。（吹打）

【引】（丑上唱）親送侄女臨門，管取今朝喫得咯咯吐。

（吹打）（老）請！（浄）請二位親家母見禮，恭揖，成雙揖。新官人見禮，請大媒見禮。（生）吓！姑媽！（丑）阿呀！城隍老爺，我是阿哥阿嫂叫我來送親個，勿關得我事個嘘。（浄）張姑媽，俚就是許阿爹，勿消跪得。（丑）吖！許豆腐。（浄）格勒勿是啥？（丑）怕道勿認得落。是要直介摟摟嘘！

（净）吖！要直介。（丑）呔！老許，唔今朝打扮得行樂上一樣，阿是吓我老太婆落？（生）我是有職分的。（丑）啥個職分？（生）承德郎。（丑）我也認道骯篤郎，快點居去罷。（生）爲甚麼？（丑）屋裏打得雪片能個拉篤哉。（净）爲啥落？（丑）賣子鑽鉛豆腐落。（净）豆腐那鑽鉛？（丑）切開來，一包豆腐渣落。（净）嚼殺哉！請得位。（丑）三十六點。（净）啥個三十六點？（丑）唔説得會末，三十六點，頂色。（净）坐末，爲之得位。（丑）早説坐末，省得我摇哉！（净）格末就是坐。（丑）格末是哉。（净）請二位親家母攀談。（丑）殺唔個千刀！（净）作啥罵哉？（丑）亦勿求啥雨落，翻啥壇？（净）説話末爲之攀談。（丑）説話末竟是説話，啥個攀談拉翻壇？有個多哈巧言令色個篤？（净）格末竟請説話。（丑）請問親家母，府上的窮，還是祖上遺下來的呢，還是自己掙的？啥落窮得能個乾净相？（生）姑媽，今日是喜日，説些吉祥話。（丑）唔篤要吉祥，我倒有點勿如意拉裏。（净）時辰已至，請姑媽扶鸞。（丑）一身兼作僕，又要我扶鸞。（净）打新人個轎子上來。（吹打）（貼上，小生亦上）（净）請新人下轎，免拜天地，就拜高堂。（丑）親家母，請坐子。（老）説那裏話？姑娘請！（丑）勿要客氣，請坐子，要受個，要受個！（净）轉班行夫婦禮。恭揖，成雙揖！請大媒見禮。恭揖，成雙揖！（丑）讓我來挑子方巾來看。親家母，看看人品如何？（老）好！（净）請得位。（内）衆人要喫糕酒。（净）是哉。阿爹，衆人要喫糕酒了。（生）叫他們都到錢宅去。（净）是哉，各位篤纔到錢家裏去。阿爹，廚房拉篤落裏？端正會千盆子哉滑。（生）今日單做親，改日擺酒。（净）吖！今朝末單做親，改日擺酒。（生）是吓！（净）格末我個點小意思介？（生）也到錢宅去。（净）也到錢家裏去？阿爹，格頭

媒人啥人做個？（生）是老夫做的。（净）吖！就是阿爹做個？（生）就是老夫。（净）看㑚勿出，倒做得乾净相拉哈。（生）不用多講，快些去罷。（净）吖！喫末勿曾喫啥，倒要謝聲個。多謝老安人！（老）有慢！（净）直頭勿曾喫啥，多謝新官人！（小生）有勞！（净）咳！勞㑚拜子兩拜。噯！張姑媽，阿要去罷？（丑）掌禮司務，阿要喫子點啥去？（净）㑚勿要替我憂，我倒替㑚愁。（丑）愁我啥？（净）看㑚頭上借到脚後跟，落裏來啥饅頭果子送别人？（丑）纔是我俚阿嫂個，勿要緊。（净）真正做到老，學勿了。做親人家勿動烟火食末，倒第一轉碰着。（下）（丑）請問親家母，前筵擺在何處？後宴設在何方？實在肚裏餓勿過哉，拿出來㧣祭罷。（老）姑媽。（丑）那哼？勿喫飯個？（老、小生同連）守荆釵裙布，謹身節用。（丑介）無水無漿，勿成道場。

【惜奴嬌】（老唱）只爲家道貧窮，（丑介）久慕！久慕！（生）君子謀道不謀食。（丑）咳！孔夫子恐玷辱門風。（貼連）空空，愧乏房奩來陪奉，望高堂垂憐重。（合）喜氣濃，俏似仙郎仙女，會合仙宫。

【錦衣香】（衆連唱）夫性聰，才堪重；（丑介）吖唷！肚裏餓殺哉！婦有容，德堪重。（丑介）好肚裏餓吓！天生美質奇才，彩鸞丹鳳。（小生）自慚非是漢梁鴻，何當富室，配我孤窮。（丑介）阿呀！肚裏餓哉！（生）放尊重些！（貼連）念妾非孟光，奉親命遣侍明公。（丑介）吖唷！肚裏餓殺哉！（合）今日同歡共，也曾修種。夫和婦睦，琴調瑟弄。

【漿水令】(衆連唱)怨貧無香醪泛鍾，怨貧無美食獻供。(丑接)嗳！又無些湯水飲喉嚨，妝甚大媒，做甚親送？(衆接)休相笑，莫妄銜，惟恐外人相譏諷。(丑介)我要居去告訴阿哥來。非缺禮，非缺禮，只爲窘中。凡百事，凡百事，望乞包容。

【尾】佳人才子德堪重，更人才又兼出衆。夫妻到老和同。

(生)告辭。(老)有慢！(生)好説。合巹交杯意頗濃，(老)琴調瑟弄兩和同。(小生、貼)今宵賸把銀缸照，(一)(同)猶恐相逢似夢中。(老)我兒，送了將仕公出去。(小生)將仕公簡慢！(生)好説。解元，改日再來奉賀。請了！(通行不念，唱完【尾】，生接下。)(下)(老)姑媽，姑媽。(丑)吖哟！呧個人好刁，我拉裏打個瞌睌，想躲過子個餓陣，呧大介苦活鳥能個姑媽姑媽，算啥個介？老許，阿差？(老)他們都去了。(丑)纔去哉。崑山航船逐隻開，等我也去子罷。多謝親家母！(老)有慢！(丑)一點也勿曾喫啥。新官人，我有兩句説話對呧説，呧要記吓。(小生應)(丑)你勤讀詩書，莫要懶惰。一舉成名，光耀門户。做姑娘個忍子餓來對呧説個，呧要記吓！(小生應)(丑乾唱)阿呀！我個肉吓肉吓！呧拉屋裏無葷勿喫飯，姑歇到子幾裏來，只好無飯勿喫葷個哉嚧！肉吓肉吓！(哭介)做姑娘拉裏一歇歇，布裙帶收子十七八收，呧常等拉裏，要收得個肚皮大介。滴緊葫蘆能得來嚧！

(一) 賸：原作『勝』，據汲古閣刊本《繡刻荊釵記定本》改。

肉吓肉吓！番道，叫李成家婆送珀溜拉呩喫吓。親家母，我那間要去出家哉，法名纔有個哉。（老）叫什麼？（丑）叫餓空。我去哉。（老）吖唷，爲何能響？（丑）我是鐘變得來個，越空越響，肚皮上有四個字。（老）那四字？（丑）此屋召租，現空。格兩句説話，也夠子俚篤個哉。（老）兒吓，須要夫唱婦隨，上和下睦。隨我進來。（小生、貼應）（同下）（丑）等我跨出子門檻來看。噲！轎夫，打轎子上來。（内）前頭來上轎。（丑）阿呀！那説前頭來上轎？阿呀，落雨哉。轎夫，打轎子上來。（内）前頭來上轎。（丑）我身上纔是别人家個。天爺爺，還好，幸虧得轎肚裏毦答一雙蒲鞋拉裏，等我來换脱子裏，讓我兜子個鳳冠，撈起子圓領。直介一步。阿呀！一脚水潭。天爺爺！勿要落没末好噓，天爺爺吓！（下）

遣僕

（外上）

【出隊子】追思前事，心下如同理亂絲。雖然頗頗有家私，争奈年高無後嗣，怎不教人心下怨咨。

萬般皆是命，半點不由人。老夫當初招王十朋爲婿，只道一件好事，誰知我那老乞婆要嫁孫家。我女兒不從，因此兩下參商，反成仇怨。我只得將計就計，把女兒送過王門。聞得賢婿要上京科舉，慮他家

下無人，爲此收拾西書房，請王老安人與我女兒一同居住，早晚也好看顧。李成那裏？（末上）來了。
水將杖探知深淺，人聽言詞見腹心。員外有何吩咐？（外）李成，聞得王官人要上京求取科舉，慮他家下無人，我意欲把西首空房收拾好了，着你去接取王老安人和小姐到來，一同居住，早晚也好看顧。
（末應）（外）李成。

【好姐姐】（乾唱）聽我一言，那王秀才要上京科舉。他若去時，必定家空虛。（同）堪憂慮，形隻影單添悽楚，暮想朝思愈困苦。（末接）

【前腔】（末接）（通行不用。）解元爲功名利禄，他難免分開鴛侶。妻孤母獨，怎不愁滿腹。（同）親骨肉及早請來同居住，彼此心歡意滿足。

（外）不忍他家受慘悽，（末）恩東惜樹更連枝。（外）黄河尚有澄清日，（末）豈可人無得運時？（外）就去。（末應下）（老上）

【引】天付姻緣事諧矣，夫和婦如魚似水。（小生上）慈母心歡，賢妻意美，（貼上）深喜一家和氣。

（小生、貼）母親，婆婆。（小生）娘子。（貼）官人。（小生）蘋蘩已喜承宗嗣，功名未遂男兒志。黄榜正招賢，囊空無一錢。（老）家貧難斡運，謾自心頭悶。（貼）應舉莫蹉跎，光陰能幾何？（小生）母親，孩兒與娘子成親之後，不覺半載。目今黄榜招賢，郡中刻限已起，奈缺少盤纏，如何是好？（老）兒吓，自

你父親亡後，家業日漸凋零，你今缺少盤纏，教做娘的實難措辦。（貼）官人，此係前程大事，況兼官府催迫，雖則家道艱難，盤纏實難辭免。可容奴家回去懇告爹爹，或錢或鈔，借些與官人路上盤纏，不知尊意若何？（小生）好便好，只恐岳丈不允。（貼）我去說，自然允的。（小生）多謝娘子！（末上）若無漁父引，怎得見波濤？此間已是，有人麽？（老）有人在外。（小生）待孩兒去看來。是那個？（末）王官人。（小生）足下是？（末）吖！男女是錢宅差來的。（小生）請少待。母親，岳父家裏有人在外。（老）既是親家那邊來的，媳婦，出去看來。（貼）是，待媳婦去看來。是那個吓？（末）小姐，是男女在此。（貼）原來是李成，員外、安人好麽？（末）俱各平安。（貼）一向爲何不來看看我？（末）只因家中有事，所以不曾來看得小姐。（貼）今日到此何幹？（末）見了老安人，自有話說。（貼）待我先去説一聲。（末應）（貼）吓！婆婆，是媳婦家李成在外，要求見婆婆。（老）聞得親家那邊有個李成舅，快請相見。（貼）是。吓！李成，老安人着你進去。（末應）（貼）見了老安人，須要下個全禮。（末）男女在行。（貼）隨我來。（末應）（貼）吓！婆婆，李成來了，過來見了老安人。（末應）老安人在上，男女李成叩頭！（老）不消，請起！（貼）婆婆，是媳婦家裏人耶。（老）媳婦，自古敬其使，以及其主。（貼）多謝婆婆！（老）請問李成舅，員外、安人納福否？（末）托庇，粗安。（老）今日到舍，有何貴幹？（末）老安人請坐了，待男女告禀。（唱）（老介）願聞。

【宜春令】恩東命，僕上覆，近聞得官人赴都。道解元出路，料想家中，必定添淒楚。已收拾西首房屋，待相邀一同居住。爲此特令男女，到宅傳語。

【前腔】（老接）（通行不用。）蒙錯愛，爲眷屬，這恩德深銘肺腑。奈緣艱苦，迤邐不能彀參岳父。到如今又蒙相呼，頓教我心中猶豫。試問孩兒媳婦，怎生區處？

【前腔】（通行小生接唱此曲。）因科舉，欲赴都，免不得抛妻棄母。千思百慮，母老妻嬌，却教誰爲主？（貼接）既相邀共處同居，暫幽棲蓽門蓬户。未審婆婆夫主，意中何如？

（老）家寒羞往見新親，（小生）世務艱難莫認真。（貼）此去料應無改易，（末）遥將消息報東人。男女告辭。（貼）你回去説我們就來。（末）是，曉得。（下）（老）我兒，收拾收拾，一同前去。（下）（小生）謹依慈命。娘子，收拾收拾，一同前去。（旦應）（同下）

回門

（外上）

【引】韶光荏苒，嘆孩兒去後，愁病相兼。（末上接）爲念窮親，迎歸别院，佇看苦盡回甜。員外。（外）你回來了。（末）正是，回來了。（外）王老安人怎麽説？（末）男女去説，王老安人再三不允，幸虧小姐在傍攛掇，即刻到門了。（外）你在門首去伺候，到時通報。（末應）（老上）

【引】粗衣糲食心無歉，（小生、貼上接）借居怕惹憎嫌。（通行以下不唱。）欲赴春闈，暫抛親舍，凶吉難占。

（末）員外，老安人到了。（外上）吖！　到了。（末應）（外）説我出迎。（末照念）（外）吓！　親母。（老）親家。（外）請！（小生、貼）岳丈，爹爹。（外）賢婿，我兒，隨我進來。（小生、貼應）（外）老夫接待不周，休得見罪！（老）親翁請上，老身有一拜！（外）老夫也有一拜！（老）老身貧無一絲爲聘，荆釵言之可羞。（外）豈敢！　小女愧無百兩盈門，蘋蘩惟恐有失。（老）未遑造謝，反蒙寵招。（外）重荷輝臨，不勝榮幸。（老）窮親到宅，有玷高門。（外）既爲親戚，何必過謙？（老）我兒，過來見了岳父。（小生、貼）岳父、爹爹請上，待小婿、孩兒拜見！（外）不消。（小生）念十朋三尺童稚，一介寒儒，忝爲半子之親，托在萬間之庇，有違參拜，無任戰兢！（外）小女容德，不堪侍奉君子，使老夫暮年有托。（貼）孩兒半載離門，有缺甘旨，恕孩兒不孝之罪！（外）侍奉姑嫜，禮所當然，何罪之有？　親母請坐。（老）有坐。　請問親翁，親母爲何不見？（外）寒荆偶有小恙，不及奉陪。（老）媳婦，進去問安。（貼）是。　吓！　母親，孩兒回來了。（下）（小生）小婿不知岳母有恙，有失問候，多多有罪！（外）偶爾小恙，何必介懷？　親母，聞得賢婿不日上京科舉，恐宅上無人，老夫打掃西書房，請親母到來，與小女同住，早晚也好看顧。（老）打擾尊府，甚是不安。（外）好説。　不知賢婿幾時起程？（小生）即刻就行了。（外）爲何去得能迫？（小生）郡中刻定日期，况衆友催迫，只得就行了。（外）向上的好。（貼）是。　噢！（帶哭介）吓！　婆婆，母親説偶有小恙，不及出來奉陪，着媳婦多多致意。（老）容日求見。（外背白）我兒，母親怎生看待？（貼）睬也不睬。（外）不要説了。　李成看酒。（貼）爹爹，酒是小事，盤纏要緊。（外）袖得在此。　吓親母，此一杯酒，一來與親母接風，二來與賢婿餞行。　老夫也没有高堂

大厦。

【降黃龍】(唱)止有草舍茅簷，送過去。(末應)(外唱)蓬蓽塵蒙，網羅風颭。尊親到此，但有無一一望親遮掩。(老接)恩沾，萬間周庇，悄似寒灰撥焰。使窮親歡生愁腹，喜生愁臉。

【前腔換頭】(小生接唱)叨忝，母訓師嚴，三史諳通，九經博覽。今承召舉，到試闈定有朱衣頭點。(貼)看酒。(接唱)春纖，捧觴低勸，好將心事拘拑。你若到京師，閒花野草，慎勿沾染。

(小生)娘子。

【黃龍滚】(接唱)休將別淚彈，休將別淚彈，且把愁眉展。背井離鄉，誰敢胡沾染？(合唱)路途迢遞，不無危險。纔日暮，問路程，(老介)阿呀兒吓！(接唱)尋宿店。

【前腔】(小生接)萱親免愁煩，萱親免愁煩，岳丈休憶念。(同)記取叮嚀，客邸當勤儉。此行只願鰲頭高占，若得功名遂，姓字香，門楣顯。

【尾】(小生接)隨身不慮無琴劍，慮只慮行囊缺欠。(外)賢婿，(唱)些少白金相助添。

(小生)多謝岳丈！(老、小生)吓！阿呀！兒(娘)吓！(老)做娘的好似樹頭上黃葉，荷葉上水珠，朝不保暮了嘘！(小生哭介)

【臨江仙】(老唱)你去渡水登山須仔細。(外)賢婿，(唱)早行須聽雞啼。(貼)官人，(唱)成名

先寄好音回。（末）王官人，（唱）藍袍將掛體，及第便回歸。

【前腔】（小生接）重荷萱親勤訓誨，感蒙岳丈提攜。娘子，好生侍奉我親闈。李舅，你在家勤照管，我及第便回歸。（合）流淚眼觀流淚眼，斷腸人送斷腸人。

（小生哭）（末同下）（外）我兒，夫婿往京取應，好把婆婆恭敬。（貼）甘旨我當應承，謹尊爹爹嚴命。（外）舉子紛紛争策藝，（老）此行願取登高第。（貼）馬前喝道狀元來，（同）這回好個風流婿。（外）我兒，服侍婆婆到西書房去。（貼應）婆婆，這裏來。（同下）

登　程

（净上）

【念奴嬌引】極目長安雲盡處，幾點雁行明滅。（生接）一片澄江清底徹，映帶柳花如雪。（小生）舉案情深，趨庭訓遠，無奈腸千結。（合唱）依依遊侣，偏逢春時節。

（小生）三年大比選場開，（生）滿腹文章特地來。（净）争看世人增價買，（合）須知吾輩是英才。（净）我等不必通名道姓，如今長天日暖，快些趲行前去。（二生）請！

【甘州歌】（唱）自離故里，謾回首家鄉極目何處？（净）梅溪兄，令堂托付與何人照管？賢嫂臨行，可有什麼説話？（小生）兄吓，萱堂年邁，一喜又還一懼，晨昏幸托年少妻。深感岳丈相憐

憫，一處居。蒙囑咐，教我成名先寄數行書。休悒怏，莫嗟吁，白衣換着錦衣歸。

（淨）這裏草坡之下，倒也潔淨。天色尚早，何不歇歇再行？（二生）有理。（淨）囡呸篤，去沽一壺酒得來。（末應下）（二生）又要半州兄費心。（淨）啥説話？自家朋友，勿必客氣。（末上）酒有了。（淨）我們席地而坐，少飲幾杯。（二生）請！

【前腔】（同唱）芳春景最奇，正可人不暖不寒天氣。千紅萬紫，開遍滿目芳菲。只見香車寶馬逐隊隨，往來遊人渾似蟻。争如我，折桂枝，十年身到鳳凰池。身榮顯，歸故里，人人報道狀元歸。（下）

【前腔】（王孫公子上接）行過杏花村裏，見野塘溶溶緑水沙嘴。鷗鳧出没，驚人忽地群飛。危橋跨澗人過稀，只見漠漠平沙接遠堤。堤之上，望欲迷，數行垂柳緑依依。愁人耳，聞子規，聲聲叫道不如歸。（下）

【前腔】（秀才衆上接）無奈前途迢遞，盼皇都尚隔幾重烟水。離鄉背井，無非爲名爲利。素衣黯黯欲化緇，一片征塵逐馬蹄。忙尋宿，問路歧，加鞭猶恨馬行遲。天將暮，日墜西，前村烟火候人歸。

【尾】買村醪，酬一醉，無錢拚得典春衣，異日共赴瓊林願不違。（下）

考試

（付上）欽奉朝廷命，敷施雨露沾。魚龍皆變化，一躍盡朝天。自家禮部只候的便是。往來聽候，侍奉官員。今乃大比貢舉之年，正當設科取士。〔一〕國朝委命試官，已在貢院内了。府縣郡召舉子，俱列棘闈之前。如今將次考試，在此伺候。（下）

【大聖樂引】（外上）錦袍銀綬掌春宫，輔佐承明一統。聖主求賢心重，網羅天下英雄。下官蒙差考試，爲天子之輔臣，係文章之司命。榮身食禄，豈容尸位素餐；報主匡時，敢不矢心殫力？今當會試之春，荷蒙皇上，命主禮闈。天下英才，雲屯蟻聚。左右，舉子入場，用意搜檢，以防懷挾。（衆應）

【水底魚】（小生、生、末、浄上乾念）天降皇恩，英才齊赴京。吾輩文人，魚龍變化聞，魚龍變化聞。（吹打）（衆）衆舉子進。（衆）衆舉子參見老大人。（外）衆舉子，吾奉九重之命，掄四海之英才。每逢考試，不過經書詩對，盡是俗套虚文。我今奏准裁革，只命爾等第一場各把本經做一篇，第二場破題，第三場做詩。分爲天地玄黄四號，各歸號房，挨次呈來，不得錯亂。（衆應，各歸）（衆）散卷領題。（外）叫巡場官。（付）有。吩咐各號號軍，仔細提防。再吩咐瞭高臺上，細看明白，不許交頭接耳；如

〔一〕設科取士：原作『特取科士』，據《新刻原本王狀元荆釵記》改。

有者，扭上堂來。（付）是。呔！大老爺吩咐，各號號軍，仔細提防。再吩咐瞭高臺上，細看明白，不許交頭接耳；如有者，扭上堂來。

【五供養】（同唱）五星魁映，論動筆刀亟能魚扛鼎。揮毫落紙輕，猶如蠶食聲。文風盛景，崇儒學，重道圖，明聖緯，入地逕，四海應，天生多才俊豪英。

（衆）天字號舉子上堂。（小生上）天字號舉子交卷。（外）你可熟何經？（小生）《春秋》。（外）把本經講上來。（小生應）

【黄鶯兒】（唱）魯史紀周正，重明倫，先正名，尊王賤霸功難泯。葵丘序盟，召陵誓兵，河陽踐土誠陵分。（合頭）細推評，刑誅爵賞，誰識素王情？

（外）此篇深得賞罰之肯，真内聖外王之舉子。（衆）請歸號房。（小生下）（衆）地字號舉子上堂。（生上）地字號舉子交卷。（外）你所熟何經？（生）《書經》。（外）把本經講上來。（生應）

【前腔】（唱）五典與三墳，見重華，思放勳。九丘八索吾能省。文謨克勤，武烈繼明，商衡周鼎輝相映。（合頭）際風雲，鹽梅舟楫，一德輔明君。

（外）此篇有宰輔之氣量，深爲朝廷之人。（衆）請歸號房。（生下）（衆）玄字號舉子上堂。（末上）玄字號舉子交卷。（外）你所熟何經？（末）《易經》。（外）把本經講上來。（末應）

【前腔】（唱）四聖首彌綸，道陰陽，説鬼神。知來藏往，昭無朕。天根杳冥，月窟渾淪，連山

雲斷歸藏隱。（合頭）且休顰，韋編三絕，國利王賓。

（外）此篇《易經》頗精。（衆）請歸號房。（末下）（衆）黄字號舉子上堂。（净）黄字號舉子交卷。（外）你所熟何經？（净）《詩經》。（外）把本經講上來。（净應）

【前腔】（唱）風雅頌分明，採民謡，輯政文，淫詞浪柬篇篇稱。（外）詩本情性該物，理可以驗風俗之盛衰，理可以鑒政治之得失，那見得篇篇都是淫詞浪柬？（净）大人，你不曾讀過『關關雎鳩』，是皇帝求皇后的。『鶉之奔奔』，是諸侯要尋婦人的；『新臺有泚』，是翁偷媳婦的；『碩人其頎』，是兄奸妹子的，其間還有許多。鄭衛風俗，男女私情，古聖先賢，無非教人如此如此。（唱）風流未湮，教化尚存，桑間濮上留丰韻。

（外）此篇立論未純，居心不正，不但獲罪名教，亦且侮慢聖賢，且歸號房。（衆）歸號房。（净下）（衆）天字號舉子再上堂。（小生上）（外）把『學而時習之』做一破題。（小生應）學有不已之功，則所求乎？學者盡矣。（外）好！歸號房。（小生下）（衆）地字號舉子再上堂。（生上）（外）把『有朋自遠方來』做一破題。（生）即同類之心性，從而學之，成物可知矣。（外）歸號房。（生下）（衆）玄字號舉子再上堂。（末上）（外）把『人不知而不愠』做一破題。（末）學以成已，斯遁世而無悶也。（外）歸號房。（末下）（衆）黄字號舉子再上堂。（净上）（外）把『學而時習之』全章，做一破題。（净）别人個題目纔是一句，偏是我個題目累累堆堆，出起全章。老大人，你太欺人。（外）快做上來。（净）是，是，是，老大人。不是學，乃是鶴兒第一。鶴乃是鶴之子，時乃時時之習也。鶴有千歲，得爲有壽之禽。小鳥朔飛，漸漸

飛高飛遠，其母豈不悦乎？忽一日，一飛飛在青田之内，赤壁之間。同類見他飛得高遠，也飛來做了一處，此乃同類相從，豈不樂乎？雄鶴見了雌鶴，就起性來，一飛飛在雌鶴身上，牢牢立定而不滚也。那雌鶴對了雄鶴點點頭：『你爲何起性？』雄鶴答曰：『人不知而不愠，不亦君子乎？』（外）胡説！歸號房。（衆）歸號房。（浄下）（衆）天字號舉子再上堂。（小生上）（外）第三場作詩，光、香、郎三韻，桂花爲題，做來。（小生）花如金粟占秋光，月殿移來萬里香。試問嫦娥仙子道，一枝留與狀元郎。（外）好！請過一邊。（衆）地字號舉子再上堂。（生上）（外）第三場作詩，光、香、郎三韻，杏花爲題，做來。（生）一色明霞燦日光，長安十里繡春香。馬蹄得意東風迅，夾道争瞻榜眼郎。（外）好！請過一邊。（衆）玄字號舉子再上堂。（末上）（外）第三場作詩，光、香、郎三韻，梅花爲題，做來。（末）横斜疏影透波光，玉骨冰肌分外香。昨夜林前雪初霽，今朝應有探花郎。（外）請過一邊。（衆）黄字號舉子再上堂。（浄上）（外）第三場作詩，光、香、郎三韻，橘子爲題，做來。（浄）橘子生來耀日光，又甜又澀又馨香。後來結成大疙瘩，剖開倒有七八囊。（外）郎字韻怎麽做起『囊』字來？（浄）大人，囊得過就罷了。（外）學問不到，回去用心讀書，留在下科。（浄）咳！掃興！掃興！三場文字不得中，六個饅頭落得喫。（下）（外）這幾篇頗通，天字號舉子那方人氏，姓甚名誰？（小生）温州永嘉縣人，姓王名十朋。（外）去秋解元是你，今科狀元又是你。我把你的文字封上御前親閲定奪。吩咐開門。（衆）開貢院門。（吹打）（同下）

三　卷

梳　妝

（貼上唱）

【破陣子】燈燦金花無寐，塵生錦瑟消魂。鳳管臺空，鸞箋信杳，孤幃不斷離情。巫山夢斷銀釭雨，繡閣香消玉鏡蒙。阿呀十朋吓！休怨懷想人。

妾慚非淑女，父命嫁鴻儒。矢心共貧素，布荆樂有餘。旦夕侍巾櫛，齊眉愧不如。兩情正歡洽，一旦赴徵書。折此藍田玉，分我合浦珠。翠鈿空零落，緑鬢漸蕭疏。登樓試晚妝，鏡破意躊躇。休看舞雙燕，交彩入空虛。况有高堂親，憂懷日倚閭。願言遠遊子，及早赴歸歟。奴家自從才郎别後，每日鷄鳴而起，敬奉姑嫜，勤侍父母。如今天還尚早，意欲對鏡梳妝，争奈離愁千種？想起别時，不覺淚垂。吟詩：

春風吹柳拂行旌，憶別河橋萬種情。
天上杏花開欲遍，才郎從此步雲程。

【風雲會朝元歌】（唱）雲程思奮，迢迢赴玉京。爲策名仙籍，獻賦金門，一旦成孤另。自驪駒唱斷，自驪駒唱斷，空憶草碧河梁，柳緑長亭。一騎天涯，正是百花風景，到此春將盡。嗏！寂寞度芳辰，鳳帳鴛衾，翠減蘭香冷。君行萬里程，妾懷萬般恨。別離太急，思思念念，是奴薄命，是奴薄命。

吟詩：

薄命佳人多苦辛，通宵不寐聽鷄鳴。
高堂侍奉三親老，要使晨昏婦道行。

【其二】婦儀當盡，晨昏問寢興。聽樵樓更漏，紫陌鷄聲，忙把衣衫整。要殷勤定省，要殷勤定省，自覷堂上姑嫜，萱草椿庭。白髮三親，也索一般恭敬，不敢辭勞頓。嗏！端不爲家貧，欲盡奴情，願采蘋蘩進。兒夫事遠征，親年當暮景。孝思力罄，行行步步，是奴常分，是奴常分。

吟詩：

事親一一體天心，無暇重調緑綺琴。

憔悴容顔愁裏變，妝臺從此懶相臨。

【其三】慵臨妝鏡，菱花暗鎖塵。自曲江人去，鳳折鸞分，羞覩孤飛影。漸脂憔粉悴，漸脂憔粉悴，説甚眉掃青山，鬢挽烏雲？玉筯痕多，㈠只爲荆釵情分，腸斷當年聘。嗏！欲照又還停，只見貌減容消，展轉添愁悶。團團寶鑒明，蕭蕭翠環冷。爲思結髮，絲絲縷縷，萬千愁病，萬千愁病。

吟詩：

愁病懨懨瘦損神，只因夫婿寓瑶京。

那堪雁帛魚書杳，腸斷香閨獨宿人。

【其四】從離鄉郡，皇都覓利名。想龍門求變，豹文思炳，鳳閣圖衣錦。奈歸期未定，奈歸期未定，便做折桂蟾宫，賜宴瓊林，須念蘭房有奴孤形獨影，莫向紅樓凭。嗏！獨坐暗傷神，雁杳魚沉，教奴望斷衡湘信。長安紅杏深，家山白雲隱。早祈歸省，孜孜翕翕，舉家歡慶，舉家歡慶。

只爲求名豈顧親？兒夫必定離京城。

㈠ 多：原作『都』，據汲古閣刊本《繡刻荆釵記定本》改。

真個路遥知馬力，果然日久見人心。（下）

遊街

（净上）

【六幺令】街坊熱鬧，十里紅樓竟是妖嬈，惟我孤立冷蕭蕭。時不利，運難熬，試官懵懂真堪笑，試官懵懂真堪笑。運退黄金失色，時來鐵也生光。我老孫一到京裏，指望穩步蟾宫，高攀仙桂，落道一個狀元到中子小王。中子别人呢，還由可，偏偏中子俚。咳！落裏説起？學生末獨坐拉寓所，悶悶不樂。聽得説今日新狀元遊街，又説万俟相府高搭彩樓招婿。且住，我想相府招親，只揀人才，爲此换子一套新衣裳，踱到他門樓下，撥俚篤看看，或者天賜良緣，我老孫就快哉樂哉！（合頭）（下）

【傾杯玉芙蓉】（衆、小生上唱）看不盡十里芳菲花正嬌，馬上人年少。（梅香扶小姐上接唱）争盼着灼灼宫花，燦燦朱衣，冉冉驕驄，整正烏帽。（下）（生上接）真個是摶雲路遥三千遠，浪暖龍門一躍高。（下）（末上接）看香風遶遍朱扉花貌，羡神仙逍遥洛遊遨。

（下）（净上）哈哈！哈哈！好看吓好看！

【普天樂】（唱）覷朱樓姣容貌，啓湘簾秋波俏。争喧鬧，人擁如潮，韻悠揚何處笙簫。呧看來來去去，格星男男女女，纔是看狀元遊街個。咳！格狀元不可不做，那勿快活。看格邊樓窗上，穿紅着緑

的格星女客，打扮得好齊整，亦個標緻。（唱）（合頭）看凭欄湊巧，風流疊興高。金屋嬋娟，美貌多姣。（下）

【朱奴兒】（衆、小生、生、末同上唱）踏遍了長安花草，看盡了帝裏雲翹。處處留題寫彩毫，笑當年兀首蓬蒿。（丑上）啓爺，排宴官邀過幾次，請各位老爺早赴瓊林去。（小生、生、末同）吩咐打道瓊林宴去。（衆應）（同唱）拚醉倒瓊林美醪，恍登却蓬壺嶠。

（下）（浄上）吖喲！氣壞哉！氣壞哉！格小王騎拉馬上，何等興頭，何等軒昂！我老孫不第，也罷，等我居去，羹裏勿着飯裏着，必要拉小王身上出口氣篤。

【尾】（唱）弄機關，做圈套，誰識我暗中奧妙？只教你萬不如我，咱的氣便消。（下）

參相

（外吊場）碧玉堂前列管弦，珍珠簾捲裊沉烟。不聞閫外將軍令，但聽聖朝天子宣。吾乃万俟丞相府中堂候官便是。我家丞相，真個官高極品，累代名家。身居八位之尊，班列群僚之上。論文，對先聖夜讀詩書；論武，總元戎時觀韜略。巍巍駕海紫金梁，兀兀擎天碧玉柱。休説官居極品，先誇相府軒昂。泥金樓閣重簷疊，畫棟直上一千層。碾玉欄杆，傍水臨階，斜連着十二曲。窗横面面碧琉璃，磚瓦行行紅瑪瑙。屏開翡翠，獸爐中噴幾陣香風；簾捲蝦鬚，仙仗間會三千朱履。門排畫戟，坐擁金釵。嚮當

當的玉珮聲摇，明晃晃的珠簾色耀。後堂中安一張影玲瓏、光燦爛、數十層雕花刻草八柱象牙床，正廳上間放着四闈香散漫、色鮮妍、幾多樣描鸞畫鳳九頂蓮花帳。金間玉，玉間金，雕鞍寶鐙；紫映紅，紅映紫，繡褥花裀。人人道是御橋邊開着兩扇孟嘗門，個個誇傳鳳城中蓋着一所異樣神仙窟，説不盡威傾中外，言不盡富貴千般。真個世間宰相府，天上蕊珠宫。道猶未了，相爺出堂也。（下）（付、丑上喝）

【引】（浄上唱）幾年執掌朝綱，四時燮理陰陽。一人有慶壽無疆，兆民頼安康。

爵尊一品，爲天子之股肱；權總百僚，乃朝廷之耳目。廟堂寵任，朝野馳名。威鎮遼金而不敢南犯，才兼文武而每欲北征。正是：一片丹心能貫日，四方志氣可凌雲。老夫覆姓万俟名卨，職授當朝宰相。咳！咳！咳！年過半百，止生一女，年已及笄，尚未婚配。今見新科狀元王，（付、丑）王十朋。（浄）那裏人氏？（付）温州永嘉縣人。（浄）人品如何？（付、丑）才貌雙全。（浄）你們在那裏見來？（付、丑）瓊林宴。（浄）我欲招他爲婿，未知緣分若何？（丑）小姐瑶池閬苑神仙，（付）狀元天禄石渠貴客。（丑）若成兩姓姻緣，（付）不枉天生一對。（浄）哈哈哈！這些官兒倒也會講。他今日必來參謁，爾等先露其情，然後通報。（付、丑應）（浄）來！（付、丑）有！（浄）若與諸進士同來，這話不必提及。（付、丑應）（浄嗽下）（付）暫領丞相語，（丑）專等貴人來。

【引】（小生上）十年身到鳳凰池，一舉成名天下知。（生上）脱白掛荷衣，（末上）功名遂，少年豪氣。

（小生）下官王十朋。（生）下官王仕宏。（末）下官周壁。（小生）昨日赴宴瓊林，（生、末）今日應參閣

下。（雜）已到閣下。（同）通報。（雜）門上那位爺在？（付、丑）什麽人？（雜）新狀元拜。（雜又）諸進士參。（付）説我們出迎。（雜）堂候爺出迎。（同）回避。（雜下）（付、丑）吓！貴人。（同）堂宰！（付、丑）恭喜！（同）相煩！（付、丑）擊雲板，相爺有請。（净嗽）（付）新狀元拜。（丑）諸進士參。（净）都到了？（付、丑）都到了。（净）這話不曾提起？（付、丑）不曾。（净）啓中門。（付、丑）啓中門，相爺出迎。（净）吓！殿元。（同）老師相。（净）列位請！（同）不敢！老師相請！（净）連城之璧，世不常有；合浦之珠，人所罕見。得接丰儀，實出萬幸。恭賜先行，勿勞過遜。請。（同）不敢。老師相三台元老，晚生們一介寒儒，只合執鞭隨鐙，焉敢並駕齊驅？（净）謙讓之情雖有，賓主之禮豈廢？還是列位請。（同）不敢！老師相請！（净）列位執意不行，老夫奉命，只當引道了。（同）老師相。（净）列位。（同）老師相請台坐，待晚生們參拜！（净）既承光顧，何勞賜拜？（小生）地砌玉街，恭上萬言之策。（生）名登虎榜，濫叨千佛之先。(一)（末）揣分瑜瑕，俯躬知愧。（净）君子六千人，定霸咸期於一戰；扶摇九萬里，冲霄遂冠於群飛。諸進士皆可畏之後生，殿元乃無雙之國士。看坐。（同）老師相在上，晚生們怎敢坐？（净）既承賜顧，自有一茶之獻，那有不坐之理？（同）如此告坐了。（净）殿元，這是鼎甲舊規，有屈了。（小生）不敢！（净）這是翰林的舊規，也有屈了！（生）不敢！（末）吓！老年伯。（净）原來是年侄。老夫聞知年侄到京，本當差個官兒來奉迎下榻，因場事即

(一) 先：原作『經』，據《新刻原本王狀元荆釵記》改。

近，不得相邀，直待今日迎迓。（末）小侄一到京中，本欲即來叩謁老年伯，奈場事在身，恐涉嫌疑，故此拜遲，多多有罪！（浄）好説！（末）老年伯請台坐，待小侄另參！（浄）不消，常禮。（末）從命。（浄）也有屈了。（末）不敢！（浄）這是敝年家之子。（同）貴年家。（末）告坐。（上茶介）（浄）不得手奉了。（同）不敢！（浄）這，殿元貴處是？（小生）温州。（浄）還有一位也姓王？（小生）此位。（浄）就是足下。（生）是晚生。（浄）請。殿元大魁天下，又有一位連榜，豈非是文獻之邦？哈哈哈！請！（同）請！（浄）殿元好佳作，如蒼松古柏，天然佳景，錦心繡口，巧奪天工。老夫閲榜之後，不覺生風耳。（小生）郡乏庸才，勉爾來試。忝蒙天眷，皆賴老師相提攜。（浄）阿呀呀呀！豈敢？豈敢？有了衙門了？（小生）有了。（浄）除授在？（小生）江西饒州僉判。（浄）好吓！江西乃魚米之地，富貴之鄉，老夫方伯時曾到過。但地方窄小，不足以展殿元這等大才。正所謂大才而小就了。阿！若論這等大才，還該借重館閣，早晚也好請教，怎麽選了外任？也罷，且暫到貴治，不久榮擢本衙門，還可請教。（小生）晚生驟膺一命，民社之事，素所未諳。容赴任時，還要拜求大教。（浄）豈敢！可曾領憑？（小生）還未。（浄）容易，容易。哈哈！哈哈！（小生）多謝老師相！（浄）足下文藝詞章，不亞河東三鳳，珠璣滿腹，豈誇荀氏八龍！老夫亦有榮光。（生）鯫生拙作，愧不成章，有污老師相青目。（浄）豈敢！豈敢！也有了貴治了？（生）有了。（浄）除授在？（生）廣東潮陽僉判。（浄）廣東潮陽，阿呀！這位的衙門與殿元有霄壤之分了。老夫任兩廣時，也曾到過，雖云缺之久，陞之驟，必陞。但就是一朝一夕也難吓，只怕還没有領憑？（生）還未。（浄）若還没有領憑，在殿元分上還有處。

哈哈哈哈！（生）多謝老師相！（浄）這是敝年家周静軒之子，静老存日，與老夫最契，若在，也與老夫同事了。不道他棄世以來，使我常懷悲悼。今見其子成名，不覺悲喜交集，聞他在貴地作推？（二生）在敝地作推。（浄）好吓！在京兩同年，出京兩治下。二位反要稱他是公祖。（二生）同年公祖。（浄）噲！老公祖！老公祖！哈哈哈哈！（末）不敢！（浄）仕途上無非是一段佳話。敝年侄雖則青年，却肯留心世務，前日看他的文字，倒也去得。但貴鄉是大邦，他不曉得那些民間弊細，還望二位早晚指南，成就他做一個美官，不惟民生受福，亦且貴年譜上有光。哈哈哈哈！（二生）老師相垂情故舊，加意後學，晚輩聞言感激。雖自愧愚陋，敢不竭其區區？（浄）同年故舊，惟望指南。（同）告辭。（浄）爲何去得能迫？（同）各衙門還未去，先來參竭老師相。（浄）阿呀呀呀！足見美情。不妨，衙門知道在老夫這裏敘話，去遲些也不妨。（同）話久恐絮煩老師相。（浄）如此二位先請，殿元還有話講。（生、末）今日得入高門下，猶如錦上再添花。（付、丑喝）（浄）恕不送了。（生、末下）（浄）請，請坐。（小生）是。（浄）殿元，當今處世，那些因情戇直，一些也用不着，一味圓融爲上。（小生）全賴老師相指教！（浄）西捲栅擺飯。（付、丑應）（浄）妙吓！今科都是一班少年英俊，此乃聖天子洪福。（小生）多蒙老師相過獎！（浄）豈敢！豈敢！請！（小生）請！（浄）這，老夫有句話，本當差個官兒到貴寓來相懇纔是，猶恐不的，今日既在此，倒是面呈了罷。（小生）不知老師相有何台諭？晚生自當領命。（浄）咳！咳！咳！也没有别話，老夫年過半百，止生一女，年已及笄，尚未受茶。老夫的愚意，欲攀足下爲坦腹，但不知尊意如何？不用選財納禮，目今就要完姻。哈哈哈哈！（小生）多蒙

老師相不棄寒微，感德多矣！（净）阿呀呀呀！豈敢！豈敢！（小生）奈家有寒荆，不敢奉命。（净）吖！殿元有了尊閫了？（小生）是。（净）好吓！少年得第，又逢這等早娶，正所謂洞房金榜，被殿元占盡了。全美吓全美！阿殿元，只是還有一講，古語云：富易交，貴易妻，此乃人情乎。則這一句，殿元再没得講了，哈哈哈哈！（小生）老師相，豈不聞宋弘云：糟糠之妻不下堂，貧賤之交不可忘。十朋雖不敏，請事斯語。（净）呸，會講話！老夫這等説，殿元就那等講了去。我想當朝宰相招汝爲婿，也不玷辱了你。則這一句，殿元，再没得講了，哈哈哈哈！（小生）停妻再娶，猶恐違例。（净）呸！

【八聲甘州】（唱）窮酸魍魎，（衆接唱）對爺行輒敢數黑論黄，裝模作樣，惱得爺氣滿胸膛。（小生接唱）平生頗讀書幾行，豈肯紊亂三綱並五常？（衆）斟量，不如順從俺公相何妨？

【前腔换頭】（净接唱）端詳，這鯫生伎倆，怎做得潭潭相府東床？出言挺撞，那些個謙讓温良？（净介）好言勸他。（付、丑應）（小生）微名忝登龍虎榜，怎肯棄舊憐新做薄倖郎？參詳，料烏鴉怎配鸞凰？

【解三醒】（衆接）王狀元且休閒講，這姻親果是無雙。當朝宰相爲岳丈，論門户正相當。（小生）寒儒怎敢過妄想？自古道糟糠妻不下堂。（净接）嗄！忒無狀，把花言巧語，一訕胡講。

【前腔】（衆接）千推萬阻，（衆介）殿元，順從了罷。靡恃己長，舌劍唇鎗反受殃。（小生）停妻再

娶名先喪，噯，又何必苦相央？（下）（衆）殿元徉徜而去。回復相爺，啓相爺：殿元徉徜而去。（浄）他去時可曾説些什麽？（衆）説『又何必苦相央』！（浄）吖，他是這等講？嘿嘿！初貧君子，天然骨格猶存；乍富小人，不脱貧寒之態。那個來相央你？阿！誰來相央着你！（唱）豈不知朝綱中選法咱執掌，少不得禍到臨頭燒好香。吔！不輕放，定改除烟瘴，休想還鄉。

他方纔説除授在？（衆）江西饒州僉判。（浄）那個王呢？（衆）廣東潮陽僉判。（浄）去對吏部官兒説，把他二人更相調轉。（衆）一樣衙門，爲何要更相調轉？（浄）你們不知，江西乃魚米之地，廣東乃烟瘴之所。我把這畜生，改調潮陽禍必侵，（衆）此人必定喪殘生。（浄）平生不作皺眉事，（衆）世上應無切齒人。（浄）他明日出京，必來辭我，吩咐門上官兒，不許通報。（衆應）（浄）來。（衆）有。（浄）連那手摺也不容留。（衆應）（浄嗽下）（生、末亦下）（丑）一段好姻緣，（付）當面錯過。（丑）此人没福，（付）是個書獃。（丑）丢了造化。（付）豈不可惜？（丑）請吓！（付）請吓！（同下）

前發書

（小生上）

【醉落魄引】鄉關久别應多慮，幸登高第，得中遷除。

下官王十朋。臨行時，蒙岳丈接取母親、妻子一同居住，又助盤費。到京得中狀元，蒙聖恩除授饒州僉

判。昨日參謁万俟丞相，爲招贅不從，被他拘留聽候，不得還鄉，只得寫封家書回去，通報母親、妻子知道。恰有公差承局往温州公幹，昨日約他今日來取家書，怎麼還不見到來？長班。（丑暗上應）（小生）承局到來，即忙通報。（下）（末）傳遞急如火，官差不自由。自家承局，往温州府公幹。昨日王狀元相約，要寄家書回去，此間已是王狀元寓所，有人麼？（丑）是那個？（末）相煩通報，説承局要見。（丑）請少待。老爺有請。（小生）什麼事？（丑）承局在外。（小生）請進來。（丑應）老爺請你進去。（末）吓！狀元老爺！（小生）承局請坐。（末）有坐。狀元老爺，書可曾寫完？（小生）寫完了。不知幾時起程？（末）公文緊急，今日就要起程。（小生）有白銀二兩，權當路費。（末）小子此去便道，狀元分上怎好受？（小生）莫嫌輕，請收了。（末）如此多謝！（小生）此書寄到温州城雙門巷錢老貢元家投遞。（末）狀元姓王，爲何寄到錢宅去？（小生）就是我岳丈家中。

【懶畫眉】（唱）煩伊傳遞彩雲箋，到我家庭可代言。道因參相府被留連，一時未得歸庭院。

（末接）一紙家書抵萬言。

告辭。（小生）有勞！路上小心。（末）領命，請了！（下）（報人上）陞遷已報過，改調傳情到。報人要見。（丑）候着。啓爺，報人要見。（小生）着他進來。（丑）報人呢？（報）在。（丑）老爺着你進去。（報）老爺在上，報人叩頭！（小生）報何事？（報）報王仕宏老爺改調饒州僉判，王十朋老爺改調潮陽僉判。（小生）知道了，明日領賞。（報）謝爺！（下）（小生）吖！這是万俟怪我不從招贅，所以有此改調。咳！丞相吓丞相，我心金石，不可轉也。我心匪席，不可捲也。磨滅我何用？只是承局已

去，怎麼好？也罷，待有便人，再寄書回去便了。咳！只爲高堂白髮親，難忘荆布與釵裙。虧心折盡平生福，行短天教一世貧。（下）

改書

（浄上接）

【雙勸酒】儒冠誤身，一言難盡。爲玉蓮可人，常懷方寸。但得他配合秦晉，那時節燕爾新婚。

踏盡洛陽城，荷衣不上身。紅鸞勿照命，二事可縈心。咳！天下竟有争勿穿抱勿平，再無場化説苦處格樣事務。何也？假如我孫汝權家私頗厚，田地廣有，腹中實塞，人才又出衆，落裏個樣勿如别人？爲子個家婆末，淘盡子閒氣。好笑王十朋平昔日脚個打扮，尤其可笑。頭上油簍能個一頂破方巾，身上千補百衲一件醬色海青。脚上，滴溜溜轉得轉個一雙欠底襪，收舊擔上收一雙脱頭落配一雙破鞋子。格面孔紙錢灰色起子，頭頸裏鷄肉痱子倒有拳頭大，也要軋拉我俚社中。但逢會期，我俚格星朋友，千方百計拿俚頭上套個柴圈，身上縛俚兩個羊尾巴，還要拿俚深遠之處，摳而挖之，一陣眼勿見，打得他昏頭搭腦，以爲衆人之樂也。勿道俚竟交起時運來哉，錢老貢元要招他爲婿。我一聞此言，就央張姑媽至親作伐，勿怕勿成。隔得勿多幾日，聞生能一個錢玉蓮，竟嫁子王十朋篤去哉。咳！使我寢食不安，無可奈何。罷哉！生米煮子熟飯篤哉！等我上京去，中子狀元，擺佈小王，算計個老錢。一

個狀元穩穩拉我荷包裏個滑，那説搭手個亦撥俚搶子去哉。咳！小王吓小王！你在家占我洞房花燭，到京奪我名魁金榜。那万俟丞相也要招他爲婿，若是招我老孫做女婿，我就踱得上去説，岳丈泰山，阿伯丈人，外公阿爹，小婿，門婿，劣婿，愚婿，一一奉命，一一奉命，有何不可？阿要希奇？倒對子俚説：『家有寒荆，不敢奉命。』那其間惱了這件大東西，説不遵擡舉，與我叉他出去，乏趣而歸，乏趣而歸。咳！小王吓小王！你雖有才而不見機，應該替我商量商量，直呸末招贅拉相府子，拿屋裏其人，讓拉學生子，亦顯得朋友面上多情義氣，亦全美子兩邊，那間弄得兩勿討好？又聞万俟丞相將他改調潮陽，此去有八千餘里，書信一時難到。趁此機會，到屋裏去尋着子張姑媽，我不嫌殘花敗柳，續了這段姻緣，豈不美哉也？正在躊躇之際，忽然我裏男呸來説：相公阿有家信寄居去？我説何由得便？男呸説：有省堂承局要往温州公幹。我説極好個哉，且去叫俚得來，亦説到王狀元篤去哉。且住，我想承局此去，狀元必有家書來往。阿呀我個老天吓！若該是我個姻緣末，走到街上撞着承局，叫俚到下處來，將他家書改作休書，那玉蓮穩穩是我的。哈哈哈哈！男呸篤，我到街上去踱踱，倘然遇着承局，一淘到下處來，叫呸篤千乞勿答應。（内應）讓我拉小街上超拉大街上去。（末嗽）（净介）咦！來個好像承局，讓我撥一碰俚使使。

【前腔】（末上念）官差限緊，心中愁悶。途路苦辛，怎辭勞頓？只恐怕誤了公文，那其間有口難分。

（净碰介）阿呀呀呀！落個，直個一條大路，拿學生直介一碰，豈有此理哉！（末）阿呀呀呀！是那個

吓？（净）吓！兄有些面善，莫非是承局兄麽？（末）小子是承局。（净）阿呀呀呀！多時勿曾看見，發福哉，尊鬚也長哉。久違！久違！（末）相公好吓！（净）阿認得小弟哉？（末）相公尊姓是，這個，這個，咳！一時倒想不起了。（净）咦！寒温子半日，連搭學生個姓纔勿曉得來介。（末）就在口頭，一時倒忘了。（净）學生末，温州城裏牽線活。（末）吖！原來是孫半州相公。阿呀呀呀！久違了！相公一向好？（净）不敢！不敢！聞得兄往敝地公幹，啥了打個條路上來？（末）在王狀元寓所取了家書，故爾打從那邊來的。（净）狀元下處去歇來，個末立定子，等我看看介。勿差，頭上身上脚上，纔是狀元下處去歇來，去歇來。（末）相公爲何如此大悦？（净）不是吖，當今時世，勢利爲先，吾兄先而又先，先而又先。（末）怎見得小子勢利？（净）那王梅溪是學生同窗好友，中與不中，相推相讓，兄看見俚中子狀元，忙忙然替俚寄家信，見學生勿中末，人頭纔勿認得哉。倘或小弟也有家信是，勿見得肯帶去個哉！（末）順風吹火，用力不多。相公有書，小子亦可帶去。（净）吖，也肯帶個？（末）自然吓。（净）倒是一個難題目。（末）什麽難題目？（净）小弟信還勿曾寫來。（末）同到貴寓，寫起書來，待小子帶去如何？（净）極好哉！請吓！請吓！不用轉長街，又不用過短巷。（末）貴寓在那裏？（净）幾裏是哉，請進去。（末）相公請！（净）請吓！請吓！（末）待我放了包裹，相公奉揖了！（净）不敢！不敢！方纔是嚼咀，勿要見怪。（末）豈敢！（净）請坐！請坐！男呸篤，客人拉裏，拿茶出來。（末）不消。（净）吓！那説纔勿聽見，勿是吓，我裏個星小價篤，見學生勿中，没興得極，纔到街上去買點安息香、肥皂之類，居去騙朋友個酒喫哉。吖！有理哉。兄，有便銀三錢，請到酒

肆中自去解懷，讓小弟寫起書來。（末）相公寫起書來，待小子等一等就是了。（浄）小弟有一個毛病，不拘做文章謄詩稿，只要立一個人拉旁邊，一個字脚脚纔寫勿出，格末那處？（末）吖！　如此待小子自飲三杯酒，相公早寫萬金書。（浄）看兄不像老江湖，不像老江湖吓！（末）怎説不像老江湖？（浄）京都酒肆中，人多嘈雜。　兄包裹内必有要緊之物，倘兄三杯五盞，一時失錯，倒是小弟負累子兄哉。（末）依相公便怎麽？（浄）依小弟個主意，兄竟拿個包裹放拉幾裏，兄竟去喫物事，等小弟寫起書來，兄喫完子物事，原到此地來，拿書帶包，拿包帶書，豈不兩便乎哉吖！（末）吖！　相公恐小子拿了三錢銀子去了不來，要這包裹做個押頭，可是？（浄）阿俗氣哉！　俗氣哉！（末）我今放在此處，你不要動，裏面有王狀元的書信在裏面。（浄）我生疔瘡也不動。（末）小子去去就來。（下）（浄）轉來，轉來，拿子去，哈哈哈哈！　不使萬丈深潭計，怎得他人一紙書？　等我關上子門拉介，那格歇就是皇帝來，只好立介立個哉。　咦！　奇怪，鼻中甚覺香韻。　透腦之香，香從何出？　吖！　香從包裹内。　阿呀！　啥落香得直介肉骨肉細個介？　包中之香，甚有憐香也吖。　阿吖！　我個老天吓！　若該是我個姻緣末，一拿就是，啥了疙疙瘩瘩介多哈結拉上，只怕俚做個記認拉篤個，倒要記明白個。　一個結，兩個結，三個結，直介一繞接篤個。（作看介）此封書煩寄到温州城内雙門巷錢老貢元岳父大人親手開拆。　親手開拆？　哈哈哈哈！　格也奇哉！　我説該是我個姻緣，一拿就是，那説當真就是俚。　正所謂破鏡再圓，紅葉逆流。　古之聖賢，信非謬矣，信非謬矣。　老錢開拆，阿！　老孫代勞了。　男呧篤，勿

要張頭探腦，要啥末叫啎篤末哉！（吟詩）（念介）男百拜拜覆母親尊前妻父母，離膝下到都，一舉成名身掛緑，除授饒州僉判府。待家小臨京往任所，寄家書付承局。草草不恭兒拜覆。咳！功名不遂，何足掛齒？可人被奪，怏怏於心。一向使錢用鈔，皆無根配，那格歇有子一對書，就有子墻壁拉裏哉。正所謂先得基，後完墻。揑成門徑之道，架起瞞天之勢。勿要説空中樓閣，就是無梁殿末，也造得成裏哉。乾净副啓現成拉裏，等我磨起墨來。第一句是『男百拜拜覆母親尊前妻父母』，兒子寄家信拉娘，自然百拜之稱，勿消改得，竟寫末哉。

【一封書】（乾唱）男百拜拜覆母親尊前妻父母。母親尊前妻父母，只此一句，兩家可以周全，格狀元應該俚做個，讓我勾落子拉介。離膝下到都，一舉成名身掛緑。噲！荷衣掛緑，正經事務。請教那好改？有理哉，兩句改子一句末哉。孩兒已掛緑，勾落子介。除授饒州僉判府。這句也是要的。除授饒州僉判府。勾落子介。待家小臨京往任所。也是要的。慢點，待家小臨京往任所，那説格句也是要個？倘然俚帶子去末，學生倒絶望哉滑！改書呀！格句要個，格句亦是要個，勿是改書，直脚拉裏抄書。我想要改末，打格句上改起；壞良心末，從格句上壞起。改啥個末好？吖！有理哉。就拿万俟丞相招贅格段事務寫俚拉上。（乾念）另贅万俟丞相府。俚末贅居拉幾裏子，拿屋裏個要發脱開來。吖！有理哉。（乾念）可使前妻别嫁孫汝權。慢來，慢來。話巴，話巴。温州城裏姓張姓李多得及，必竟要嫁孫汝權，格叫不問而自招；況老錢肚中極富，格樣事務落裏騙得信？倒難哉！

亦要像我，亦勿要像我，遠遠能兜轉來，影影能原要像我，阿是難哉？（吟介）可使前妻別嫁，可使前妻別嫁、別嫁他。好吓！竟是他，阿勿好？他是何人我是誰？誰字罷勿好。可使前妻別嫁、別嫁我。好，我字大通。着着實實竟是我。可使前妻別嫁我。阿呀！勿是個！勿是個！格封書是王十朋寄個，可使前妻別嫁我末，原嫁子王十朋哉滑。阿呀勿好哉！狀元個書信，撥我拆開拉裏哉。倘然承局撞得來，非但相打相罵，連答官司跋涉，纔有拉哈。阿呀！天地神聖爺爺，要急斷肚腸個哉。那末那處？且住，我聞得古人有七步成章，等我來步介步，或者步將出來，亦未可知？勿好，要打頭上念起個。『男百拜拜覆母親尊前妻父母，孩兒已掛緑，除授饒州僉判府。另贅万俟丞相府，可使前妻別嫁夫。』如何？我說要步個一步末，就步出來哉。快點寫拉上。（念）可使前妻別嫁我、他、誰。阿呀！亦忘記哉！勿好，原要步篤。（念）另贅万俟丞相府，可使前妻，阿呀！可使前妻別嫁，可使前妻別嫁、別嫁夫。夫，夫，夫。阿呀我個老天吓！早點出子頭末，何消這樣半日？『夫』字大通，竟是『夫』。可使前妻別嫁夫。寄家書，呸，寄休書。且住，聞得此女性子勿好，再拿一句安慰安慰俚介。免嗟吁，我到饒州來取汝。汝者，他母也。做個扁蒲裏雞叫，葫蘆堤裏使使。（看介）好吓！一句是一句，兩句是一雙。小王自幼同窗，字跡相同，勿要說老錢看勿出，就是神仙，那曉得是我套寫的？等我封好子拉介，漿也有拉裏。（封介）信面上那個寫？吖！直介兩個字，此書煩寄到温州城内雙門巷錢老貢元岳父大人開拆。方纔是三個結拉一繞。一個結，兩個結，三個結，一繞。哦嘿嘿嘿！讓我拿原書袖過子介，

那間承局來末，也勿怕俚哉。到子塔尖頭上，倒抖起來哉。等我連夜趕到屋裏去，尋着子張姑娘，撥點銀子俚用用，讓俚姑嫂兩個咕力甲喇，甲喇咕力，淘渾子水，就好捉魚哉。格一封末，要當珍寶藏之。吖唷！鬧子半日，纔幹子别人個正經，自家一個字脚脚勿曾寫來，乾凈副啓現成。吖！有理哉。（寫介）不肖豚兒孫立，入簾苦楚難述。可笑今科試官，與我殺父仇隙。題目蹊蹺古怪，所以難詳難測。肚皮扭得生痛，孔竅盡皆填塞。想得昏頭答腦，糊亂塗了幾筆。房師一見笑倒，主試喝令逐出。待等天明揭曉，報喜報了隔壁。母親封誥尚空，父親封君未及，未及。好極！好極！只落得剪截。讓我封好子，寫子信面拉介，此封書煩寄到温州城内五馬坊孫半州家。讓我封好子介。（末上）折梅逢驛使，寄與隴頭人。開門！開門！（凈）吖！來哉，來哉，是落個？（哈欠）（末）小子來了。（凈）阿呀！失陪！失陪！（末）多承了！（凈）豈敢！豈敢！（末）書可曾寫完？（凈）寫完子半日哉，等兄勿及，打子一個瞌眈哉。（末）小子貪杯了。（凈）啥説話？那，兄個包裹。（末應）（凈）慢點，阿要檢點檢點？（末）説那裏話！（凈）格是小弟個家信，有白銀幾兩，以爲路敬。（末）方纔領過了。（凈）莫嫌輕，請收了。（末）多承！多承！到了府上，可有什麽話説？（凈）看見子家父是。

【朱奴兒】（乾唱）説因科舉離鄉半春，從别後斷羽絶鱗。今日天教遇你們，趁良時附歸家信。（合）還歷盡山郭水村，指日到東甌郡。

（凈）不憚山高與路長，（末）此書管取到華堂。（凈）不是一番寒徹骨，（末）怎得梅花撲鼻香？請了。（凈）請了。兄請轉。（末）相公有何話説？（凈）兄，還是早路去呢，水路去？（末）公文緊急，早路而

去。（浄）吖！旱路去，格末居來會哉。（末）府上會。請了！（下）（浄）請了！請了！哈哈哈哈！但願個老錢一見此書，信以爲實，竟把玉蓮嫁與學生，那時妙之可言。兩下如鴛交頸，含吐丁香之舌，惜其育精，迎歸摇擺之聲，不可聽也。我到子做親個夜頭個面孔是，哈哈哈哈！我到做親個夜頭個面孔是，哈哈哈哈！好快活！（下）

前拆

（老旦、貼同上）

【二犯傍妝臺】意懸懸，倚門終日，望得眼兒穿。自他去後歷鏖戰，杳無一紙信音傳。多應他在京得中選，因此上無暇修書返故園。他既登金榜，怎不錦旋？教人心下轉縈牽。

【賺】（末上唱）渡口離船，早來到錢家宅院前，咱不免偷閒先下彩雲箋。有人麽？（老）呀！甚人言？（末介）不見出來，待我進去。因何直入咱庭院？（末接）爲一舉登科王狀元。（老）那個王狀元？（末）是梅溪老爺。（老）吖！是小兒。（末）呀！元來是太夫人，失敬了！（老）先生尊姓大名？（末）小子省堂承局。（老）承局哥。（末）不敢！（老旦）到此何幹？（末）太夫人，（唱）因來便，（老介）小兒可有書？特令捎帶家書轉。（老）媳婦，你丈夫有書回來了。（貼介）便是。（老唱）喜從人願。

承局哥。

【前腔】（唱）他爲何不整歸鞭？付與書時曾説甚言？（末接）教傳語，道因參丞相被留連。（貼）婆婆，留連是不回來了。（老）媳婦，（唱）你且免憂煎，可備些薄禮酬勞倦。（貼）吖！（唱）就把銀簪當酒錢。（老）吓！先生。（唱）物輕鮮，權爲路費休辭免。（末）狀元那裏領過了。告辭。（唱）去心如箭。（下）（老）媳婦，拿了書，同去報你父母知道。（貼應）

【皂角兒】（同唱）想連年時乖運蹇，喜今日姓揚名顯。步蟾宫高攀桂枝，跳龍門首登金殿。把宫花斜插在帽簷邊，瓊林宴勝似登仙。（合頭）早辭帝輦，榮歸故園，那時節夫妻母子，大家歡忭。

（貼）爹爹，母親有請。

【尾】（外上）（接唱）鵲聲喧燈花焰，媽媽，果然今有信音傳。（付）李成家婆，（接唱）整備華堂開玳筵。

（外、付）親母。（老旦）親家，小兒有書回來了。（外）那個寄回的？（老）是承局寄來的。（外）吖！是承局。（老）媳婦，送過去與親家開拆。（貼）是。（外）吓！吓！吓！送與婆婆開拆。（老旦）還是親家請。（付）慢點，勿要推，看信面上落個開拆末，就是啥人開拆。（外）也説得是。取來我看。（貼應）（外）此封書煩寄到温州城内雙門巷錢老貢元岳父大人開拆。哈哈哈哈！媽媽，是我開拆。親母，

有占了。（老）好説。（付）竟念末是哉。（外）你們聽了吓！

【一封書】（外乾念）男八拜，（旦）吓！　此書起句就差了。（付）那落？（旦）兒子寫書與母親，須是『頓首百拜』，怎麽是『八拜』？（外）便是。（付）格末真正有才學寫格，㕶兩拜，親家母兩拜，夫婦之情也是兩拜，總共八拜。（外）嗨！　拜覆母親尊前妻父母，孩兒已掛緑，哈哈哈哈！（付）老老，啥叫掛緑？（外）中了狀元，謂之脱白掛緑。（付）啥個？　我俚女婿中子狀元哉！　噲！　四隣八舍，我俚女婿中子狀元哉！（老、貼介）謝天地！（外）親母，恭喜！　賀喜！（老）多謝親翁！（付又念）（外）媽媽，你在那裏嚷什麽？（付）我拉裏喊破四隣，倘然地方生日，勿敢下帖子來哉。（外）㕶！　有麝自然香，何必當風涼！（老）親家請看完了。（外）待我念完了。（付介）恭喜親家母！（老）賀喜親母！（付）我俚囡㕶原是有福氣個耶！（外）我兒，這句寫得不好。（貼）寫的什麽？（外）哪！（念）（付介）啥個鬼頭鬼腦，讓我聽聽看。（外）另贅万俟丞相府，可使前妻别嫁夫。寄休書，免嗟吁，草草不恭兒拜覆。

（付惱介）拉裏個哉？（老、貼哭介）阿呀呀呀！（付連念）老㕶個面皮，還虧㕶來！　老測死個招得好女婿！（外介）媽媽，不可如此。（付）寄子休書居來，那説勿要動氣！　老娼根，養得好兒子！（老乾念）

【剔銀燈】（老乾念）親家母不須怒起，容老身一言咨啓。孩兒頗識知禮法，肯貪榮忘恩失

義？須知天不可欺，決不肯停妻再娶！

（外介）媽媽，不可如此。

【前腔】（付接）忘恩義窮酸餓鬼，纔及第輒敢無理。只因賤人不度己，教娘受腌臢惡氣。如今却緣何負你，羞殺你這丫頭面皮。

（外）媽媽，一紙家書未必真，（付）思量情理轉生嗔。（老）霸王空有重瞳目，（貼）有眼何曾識好人。（付）老小花娘，替我走出去！（貼、老）阿呀！（哭下）（外）媽媽，此事不是亂喊亂嚷的。（付）依唔末那哼？（外）待我去打聽着實，然後再嚷也未遲。（付）快點去打聽，若無介事呢，罷哉；倘然有介事末，連唔個老測死個一淘趕出去。（外）我就去打聽。（付）晏歇進房來，舌頭根纔要咬脱唔個得來。吖喲！氣壞哉！（下）（外）我就去便了。阿呀！莫信直中術，須防人不仁。方纔這封書，我欲待不信，書上筆跡明明是王十朋寫的；欲待信時，難道叫我女兒再去嫁人？阿呀！（哭介）我越思越苦，阿呀！越思越惱。（哭介）

【步步嬌】（唱）想當日要與王家把姻親結，先送下年庚帖。見他貧窮聘禮不求些，止有一股荆釵我也再無別説。老天吓！指望百歲永和洽，誰知半路把恩情絕。

呀呀呸！

【江兒水】説甚今生世，都因前世孽。王十朋，你幹了這樣短行的事吓，（唱）做高官顯爵，你的名

先缺。我何等待你，何等敬你，（唱）和你共處同居把全家接，喲！臨行又贈黄金貼。你忒負心薄劣，方纔也不要怪我那老乞婆吵鬧，（唱）就是活佛爺爺，吖哈！惱、惱下蓮臺自跌。

哧！

【川撥棹】忒情絶，好教人腸寸摺。待我唤李成出來，與他商議。李成那裏？（末上）一聞呼唤，即便趨迎。吓！員外，爲何這般光景？（外）你可曉得王官人中了？（末）王官人中了，這也可喜，爲何反生懊惱？（外）他有書回來，休了我家小姐，贅在万俟相府中了。（末）員外，他是讀書人，只怕未必有此。（外）我也是這等説，書上的筆跡，明明是王十朋寫的，叫我如何不信？（末）這書，是那個寄來的？（外）是承局寄來的。（末）那承局下處，必在府前，我同員外到府前去，尋着了他，問個明白，再作區處。（外）有理。（通行此段末不上，外即念。）到府前去打聽明白，再作道理。吖哈，向、向承局問個枝葉，向承局問個枝葉。（同）好和歹和他面説，我回家好訴説，向他行好辨别。

【尾】（外）薄情人做事忒乖劣，有下梢來没下梢也。（末介）員外，看仔細。（外）咳！我倒罷了。

（唱）只苦殺我的孩兒他也没話説。

我如今就到府前去。（末）快去。（外）就到府前去。（末）快去打聽。（同下）

三央媒

（外、末上）（末介）員外快些走。

【普賢歌】（丑上）老娘終日走奔波，來往街頭似織梭。出門誰撞我，原來是阿哥，請到家中喫饃饃。

阿呀！阿哥，啥落手脚冰生冷？（外）我有事要到府前去。（丑）歇歇脚，呷口茶拉去。（末）員外，就坐坐去罷。（丑）阿哥，我有説話問伍。（外）問什麽？（丑）京裏阿有信居來？（外）咳！不要説起！

【蠻牌令】兒婿往京畿，前日付書回。（丑）阿曾中？（外）中了。（丑）中哉，個是極好個哉，爲啥了倒氣膨膨？（外）你不曉得。（唱）道重婚丞相女，使母棄前妻。（丑介）阿哥，侄女那説？（外）我女道非夫寫的，伊嫂嫂怒從心起。（丑）格個是難辨真假。真和假俱未知，爲此特來詢問詳細。

【前腔】（丑接）哥哥聽咨啓，不必意躊躇。（外）妹子，這樁事怎麽處？你可有熟識之人，與我去問一聲？（丑）相認個，讓我來想想看。吖！有理哉。（外）是那個？（丑）就是孫官人。（外）可就是孫汝權？（丑）一點也勿差。（外）他與王十朋一同上京去了。（丑）前日子居來個哉。（唱）他在京必知事體，諒來必知端的。何不去請來，一會把事情問個詳細？（外）也説得是。李成。（唱）你可去他宅裏，快些請來問個端的。（末應）

【前腔】（淨上接念）日裏莫説人，夜間莫説鬼。方纔説小子，小子便來至。（末）咦！孫相公恰好來了。（念）未相邀，有誰來請你？（末接）這話諢休要提，且與東人相見施禮。

（丑）吖喲！孫官人來哉。（末）孫相公來了。（净）媽媽，此位是？（丑）是我的哥哥。（净）原來是令兄。正是：有眼不識泰山。小子前番求親，未蒙允肯。（外）非是不從，乃姻緣不到。（净）老伯，恭喜！令婿大魁天下，除授饒州僉判，曾有書信回來？（外想介）這，還没有。（净）那說？承局還勿曾寄到？（背云）不免將計就計，搬他一場是非看。吓！老伯，令婿直脚勿是人哉！（外）爲何？（净）老伯還勿曉得？（外）不知吓！（净）呸道爲啥了無得信來，令婿入贅在万俟丞相府中了。（外）這話可是真的麼？（净）那說勿是真個？學生親眼睛見個。令婿騎一匹高馬，前遮後擁，甚是風光，遊街三日，就接絲鞭。學生還送些薄禮，令婿暖房，曾叨厚擾。（外）如此說來是真的了？（净）的確是真。（丑）實勿相瞞，前日子有信居來，我俚阿哥疑疑惑惑。那間孫官人說起來，搭個信上一樣個哉！（净）我說來阿是勿差？（外）所言與書上相同，此事是實了。（净）我眼見個，那說有差？（丑介）我個玉蓮兒子，那末那哼？（净）阿呀我個老伯吓！

【川撥棹換頭】（唱）今日咱心願續此親。（外接）奈老漢家道貧窘，有何福攀着豪門？有何福攀着豪門？（净接）休恁推言詞謙遜，今日是好日，我來拜丈人哉。阿伯請上，待做女婿個拜見。我先拜尊丈人，我先拜尊丈人。

（外）呸没廉恥！（末）員外，不要睬他，我們到府前去。（外）有理，走，走、走。（外、末下）（丑）孫官人，我俚阿哥去哉。（净）阿伯末去個哉，姑媽，呸末是個原媒，格頭親事，纔拉呸身上。（丑）是哉，方纔丈人是拜個哉，那間只要搭阿嫂商量，叫俚做主末是哉。（净）勿消商量，讓我去拿聘金，先送過來。

（丑）格末快點去。（浄）是哉。好快活！那間是新官人做得成個哉！（下）（丑）真正天從人願，湊巧得極，先拜子丈人哉。我是個原媒，搭阿嫂去説，搭阿嫂去説。（下）

料賬

（付上）只因一着錯，滿盤都是空。可恨王敗落，纔得進步，入贅相府，把我玉蓮休了。老老還勿信，出去打聽真假哉。那説格歇辰光，還勿居來介？（丑嗽上）安心做寶山，只圖眼前花。阿嫂拉篤落裏？（付）姑娘來哉，請坐。（丑）有座。（付）呧阿曉得新聞？（丑）啥個新聞？（付）格王敗落中子狀元，昨日寄書信居來，説入贅在相府，把我玉蓮休了。（丑）直介了，格末是真個哉！（付）姑娘，呧落裏曉得？（丑）方纔阿哥説要問京裏下來個人，纔知真假，却好遇着孫官人京裏下來。（付）阿就是前頭説親個孫官人？（丑）就是孫半州哉耶！拉京裏居來，親眼睛看見，接受絲鞭，入贅相府。我俚阿哥還勿相信來。（付）正是，還勿肯信來，亦到府前去打聽哉。咳！當初嫁子孫家裏末，有啥勿好？勿肯依我，嫁子啥王敗落，那間倒要撥拉孫家裏笑哉。（丑）阿嫂，格個孫官人拉我屋裏對子阿哥，撲地個四拜。（付）爲啥落？（丑）俚心算拜丈人哉耶！（付）吖！竟拜子丈人哉？（丑）孫官人不嫌殘花敗柳，願續此姻。（付）若直個末極好哉，勿知呧篤阿哥阿允？（丑）阿哥是勿曾允，孫官人隨即送聘金過來，揀子日脚，就要送大盤哉。（付）正直介末哉，叫俚揀子日脚，竟來娶親。（丑）孫官人原是要好個，極肯破費。（外上）人情若比初相識，到底終無怨恨心。（付）老老居來哉，打聽消息那哉？（外）我去

尋承局，誰知昨日就起身去了。（付）姑娘説，孫財主親眼睛看見，王敗落入贅相府，呸還要騙我來？（外）妹子，他們娘兒兩個好好的在家，單是你來家，就要合是合非，所以不要你上門來。（丑）啥個合是合非？王敗落入贅相府，難道也是我攛掇個落？要趕我出去。（付）當初纔是呸作主，弄得格樣光景，那間還要呸做主來？（丑）那間阿嫂，拿出主意來末哉？（付、丑同乾念）（外介）你們兩個商量，有什麼好事做出來！

【漿水令】你當初不依我們，到如今被他負恩。（外）世間誰是預知人，但辨得賢愚，怎計得富貴？（付、丑）難寧耐，怒生嗔，顧不得外人相笑哂。（合頭）尋思起，尋思起，教人怒忿。（付、丑）都是你，都是你，壞了家門。

（丑）阿嫂。

【前腔】（接）那孫官人見説喜忻，他依然要續此親。（付）姑娘，（接）那人果不棄寒門，教他選日下聘成親。（外）嗳！休胡説，莫亂倫，料孩兒斷然不從順。（合頭）

（付）姑娘，呸去叫孫官人揀子好日下聘末哉。（丑）若是阿嫂允子，我就去教俚送財禮，明朝就做親。（外）胡説！一家女兒，只喫一家茶，豈有重婚之理？你這老乞婆好不達也！妹子，又要你來搬鬥是非，快些走出去！吖哈哈哈！氣死我也！（下）（付）老測死個，招得好女婿吓！當初是呸做主，今日要我做主哉。（丑）阿嫂，倘玉蓮勿允末那處？（付）等我自家去對俚説。（丑）極好個哉。（付）姑

娘走得來。（丑）阿嫂那説？（付）姑娘，我俚因呸雖是二婚頭，拉我面上争氣點末好。（丑）等我去説，勿怕俚勿依。（付）倘然送大盤末，要冠冕點個篤。（丑）我個娘吓！呸説得來，要那哼豐盛，等我去説。（付）我心上要三千六百羹，三千六百果，每樣四盤。呸算一算，阿要幾化盤？（丑）吖！讓我算算看。三千六百羹，三千六百果，每樣四盤。二四得八，四七廿八，也勿多，只要二萬八千八百隻盤。（付）每一隻盤，四個人擡，呸算算看，阿要幾哈人夫？（丑）吖！二萬八千八百隻盤，每隻四個人擡，四八三十二，四八三十二，二四得八，也勿多，只要十一萬五千二百個人夫。（付）我想擡盤個人總要留飯個滑。（丑）自然要留個。（付）兩人合桌，呸算算看，阿要擺幾哈桌數酒？（丑）等我來看，兩人合桌，二五得十，二五得十，五五廿五，有限，只要五萬七千六百桌酒。（付）直個多哈桌數，屋裏擺勿落末那處？（丑）番道借子教場裏末哉。（付）要用兩糖四果，八大菜，十二會千，要用幾哈盆碗？有心算介算。（丑）格呷算勿出，只好去請賬房裏相公來算個哉。（付）格末進去喫介一盅，澆澆媒根。（丑）到用得着哉。（同下）

朝　覲

（生上）

【憶秦娥】心如鐵，肯因權貴從人折。從人折，不辭披瀝一腔忠血。(一)

欲上封章達帝前，要除權相肅朝端。從教短髮千莖白，不改初心一寸丹。下官姓錢，名天錫，字受之，别號載和，番禺人也。夫人郭氏，寸男尺女皆無。登第以來，授職宣城縣。今以高第徵拜侍御史兼右補缺。王命緊急，星夜赴京。院子。（院暗上應）（生）吩咐梅香，伏侍夫人上堂。（院傳）（正上，梅香隨）

【引】憶共夫君游宦也，奈伯道眉頭結。眉頭結，願祈天祐，綿綿瓜瓞。

相公。（生）夫人，當今万俟卨專竊政柄，大肆奸貪。滿朝群臣，無不側目。下官到京，必要彈他一本。倘除奸相，朝野肅清，是我之願也。（正）相公，你做閒官，論劾職掌，但世路險惡，古人每有虎口之懼，況我和你年過五旬，未有子嗣。應當惜名，猶當惜身。（生）夫人説那裏話來？

【江頭金桂】（唱）我本爲官居臺諫，分孤忠在犯顔。怎好明知政府濁亂，朝班把袖裏彈。未死餘生，肯忘霄漢？（正）相公，你要剪除權相，恐流訕遭殘。不若投簪，早乞如閒，只落得揮手長安，有何縈絆？免被名利牽，但能跳出樊籠外，莫惜驅馳道路間。

（淨旗牌上）那位在？（院）什麼事情？（淨）各役齊備，請大老爺起馬。（院照念）（生）就此起馬。

(一) 瀝：原作「歷」，據文義改。

（小軍上）

【五馬江兒水】（同唱）親馳風憲車，平看豹懸，旗幡縹緲，金鼓喧闐。與鞭驅馳，王事跋涉山川，叱吒風雲，驚擾疾如雷電。胸中豪氣江漢連，神陰符探討全篇。得到皇都，把謀猷展轉。（下）

四卷

開宗

（末吊場）後本《荆釵》，狀元改調潮陽，山妻守節投江。神道匡扶，使人撈救，同赴瓜期往異鄉。孫汝權復謀姻親，脱冒是姑娘。周四府公堂明斷，奸人獄底懸梁。母子重逢，知妻溺水，血淚祭長江。赴吉安任遇承局，方知套寫書章。岳翁聞婿，悲喜兩交驤。錢安撫舟中設席，姑嫜夫妻同會舟航。頒恩詔義夫節婦，千古永傳揚。

來者，王十朋。（下）

別任

（小生上）

【稱人心】功名遂了，思家淚珠偷落。妻年少，萱親壽高。恨閒藤來纏擾，教人恥笑。難貪戀富貴姻親，百年甘守糟糠偕老。

辛苦芸窗二十年，喜看一日中青錢。三千禮樂才無敵，五百英雄我占先。因叅相，被留連，改調潮陽路八千。憑誰爲報高堂到，慰我萱親望眼穿。下官王十朋，喜中高魁，蒙聖恩，除授饒州僉判，已曾修書回去。只爲不從奸相姻親，將同榜進士王士宏改除饒州，將下官改調潮陽，故爾未得起程。待再寄封書信回去，奈無便人，如何是好？（長班暗上）（生上乾唱）（丑隨上）

【普賢歌】先蒙除授任饒陽，僉判十朋也姓王。丞相倚豪强，將他調海邦，只爲不從花燭洞房。

下官王士宏，蒙聖恩除授潮陽僉判。只因王年兄不從万俟丞相親事，將他改調潮陽，把下官改除饒州。今日起程，特來拜别。（通行此白不念，唱完丑接白。）這裏是了。（生）通報。（丑）有人麼？（長班）什麽人？（丑）王士宏老爺拜辭出京。（長班）啓爺：王士宏老爺拜辭出京。（小生）道有請。（長班）老爺出迎。（小生）吓年兄。（生）年兄。（小生）請！（生）請！（小生）年兄請坐！（生）有坐！（小生）年兄，幾時起程？（生）今日就行，特來拜别。（小生）不及一餞吓。（生）豈敢！請問年兄，相府招親，亦是美事，爲何不從，以致改調？（小生）年兄，一言難盡。（生介）願聞。

【白練序】（小生唱）十年力學，今喜成名志氣豪也。只望封妻報母劬勞，誰知那相府逼勒成

親苦見招。爲不從，將咱改調，此心懊惱。

【前腔】（生接）吾兄免自焦，休得要見小，論吉人終須造物相保。你休辭途路遥，聞説潮陽景致好。焚香告，一心靠着蒼天便了。

（外上）吏部文憑發，忙催赴任期。二位。（二生）足下何來？（外）在下是吏部當該，送文憑在此。

（二生）請坐。（外）二位大人。

【婆羅門賺】（唱）限期已到，請馳騎登程宜及早。（生）意難抛，今朝拜别俺故交。（小生）自懊惱，我往潮陽歸海島，君往饒州錦繡遶。（外）休嘆息，願此去各家善保，告辭。且寬懷抱。

（下）（小生）恕不送了。

【前腔】（連唱）願赤心報國安民，大凡事理宜公道。（小生）望吾兄忠心一片天可表，去任所管取民歌德政好。（生接）德政好，那時民無擾。多蒙見教。（小生）乏款曲休嗔免笑。（生）告辭。（接唱）拜辭先造。

（小生）請了！（衆預先立上喝下）（小生白）叵耐讒臣奸詐深，將人無故苦相侵。虧心折盡平生福，行短天教一世貧。（哧）！

【紅芍藥】（唱）切齒恨奸臣，將咱改别調，却將王士宏改除饒，咱授海濱勤勞。空教、空教那廝謀陷我，天憐念豈落圈套？願得夫妻母子來此永團圓，一家裏榮耀。

【前腔】到得潮陽且歡笑，其時節放懷抱。施仁布德愛，善治權豪，官民共樂唐堯。還教、還教要訓愚共暴，當效他退之施教。但願三年任滿再還朝，加爵禄官高。

【尾】赤膽忠心報皇朝，功名富貴人難效，姓字淩烟閣上標。（通行下。）

逼勒成親吾不從，認教桃李怨東風。

饒伊使盡千般計，天不容時總是空。（下）

後　逼

（付上乾念）

【字字雙】試官没眼他及第，得意。貪圖相府多榮貴，入贅。不思貧窘棄前妻，忘義。叵耐窮酸太無知，嘔氣。

黄柏肚皮甘草口，人才相貌畜生心。可恨王十朋忘恩負義，棄舊憐新，把我玉蓮休了。喜得那孫官人不嫌我女兒殘花敗柳，願續此姻，仍央姑娘爲媒。想他那裏重婚，我這裏再嫁。不免唤玉蓮孩兒出來，與他説知。吓！玉蓮孩兒那裏？（貼上）吖！來了。

【引】（唱）奈何奈何，信讒言母親怪我。

母親萬福！（付）罷哉，坐子。（貼應）（付）咳！早知今日，悔不當初。（貼）母親何出此言？（付）今

早你爹爹出去打聽你丈夫消息，果然贅居相府，把你休了。想他那裏重婚，我這裏再嫁。那孫官人不嫌你殘花敗柳，願續此姻，仍央姑娘爲媒，呸阿要拿個鞋泥脚手端正端正。（貼）告母親知道。（付）坐子拉説。（貼）王秀才乃賢良儒士，未必辜恩負義。錢玉蓮乃有志婦人，豈肯再醮他人？若果然贅居相府，孩兒情願守節。（付）守節，守節，只好口説。要知山下路，須問過來人。我當初守得住末，勿嫁呸篤爺哉。吖喲！一刻纔難守個噓。（貼）母親，這傷風敗俗的話，切勿提起。（付）兒吓，你且耐着性兒，聽我道來。

【孝順歌】（唱）那孫員外家富足，他們有的是金共玉。你一心要嫁寒儒，緣何棄撇汝？（貼接）容奴稟覆，未必我兒夫將奴辜負。那一個橫死的賊徒，特兀地生嫉妒。（付接）這紙書你重看取，他明寫着贅入在相門府。

【前腔】（貼接）書中句都是虚，啐！没來由認真閒氣蠱。他曾讀聖賢書，如何損名譽？（付接）他是窮酸餓醋，棄舊憐新，情如朝露。尚兀自不改前非，你又敢胡推阻。（貼接）富與貴人所欲，論人倫焉肯把名污？

【前腔】（通行不唱。）（付接）他登高第身掛緑，侯門贅居偕鳳侶。（貼接）他爲官理民庶，必然守法度，豈肯停妻再娶？（付接）眼見得負恩忘義，把人輕覷。因甚苦死執迷，不聽娘言語？（貼接）空自説要改嫁奴，寧可剪下髮去做尼姑。

【前腔】（通行付接此曲。）賊潑賤敢來抵觸我，告到官司打你個不孝婦。（貼接）官司要厚風俗，終不然逼奴去再招夫？ 非奴抵觸。（付接）惱得娘的心頭騰騰發怒，我便打死你這丫頭，罪不及重婚母。（貼接）你便打死奴，做個節義婦。若要奴再招夫，直待石爛與江枯。

（付）住子，石頭怎得爛？ 江水那得乾？ 伍阿敢說三聲勿嫁，我就饒伍！（貼）孩兒不嫁，不嫁，真不嫁！（付）吖喲！ 好像觀音山轎子，幾家，幾家，又幾家。伍既然勿嫁末，釵環首飾探下來。（貼哭介）衣裳替我脫下來。（貼）母親息怒且相容，（付）母命緣何不聽從？（貼）休想門楣多喜慶，（付）我也不想女婿近乘龍。 替我走出去！（貼）阿呀！ 吓！ 母親開門！（付）格末伍到底阿嫁？（貼）孩兒是不嫁的嘘。（付）格末我門也勿開，叫伍嫁家公，啥勸伍喫酸白酒，阿要勿色我個頭篤。（下）（貼）阿呀天吓！（元場）自古忠臣不侍二君，烈女不更二夫。母親逼奴改嫁，不容推阻，千休萬休，不如死休。阿呀罷！ 不免將身跳入江心，免得玷污此身。（元場）阿呀！（哭介）

【五更轉】（貼唱）心痛苦，難分訴。阿呀丈夫吓！ 你一從往帝都，終朝望你諧夫婦。誰想今朝，拆散中途路。我母親信讒言，將奴誤。阿呀娘吓！ 你一心貪戀他豪富，把禮義綱常全然不顧。

【哭相思】拚向江心撈明月，教他火上弄寒冰。（哭下）

祭河

（淨判官上）善哉，善哉。人間私語，天聞若雷；暗室虧心，神目如電。吾乃東岳速報司案下判官是也。今有孫汝權欲謀錢玉蓮爲妻，玉蓮立志不從，被繼母逼他改嫁，到此投江。上帝欲救，奈玉蓮與十朋有五載分離之苦，又與錢安撫有義女之緣。吾今托夢與他，使他撈救便了。正是：天地乾坤多一照，免教人在暗中行。（下）（四軍、外、小生扮中軍喝）

【粉蝶兒引】（生上唱）一片襟期，清似五湖秋水，喜聲名上達丹墀。感皇恩，蒙聖寵遷除福地。

天機錦繡富胸襟，幸沐殊恩感佩深。本欲致君堯舜日，蒼生四海盡昇平。下官錢載和，字天錫，番禺人也。遠離北地，來往東甌。紫綬金章，官銜五馬，擢居太守之尊；朱幡皂蓋，守鎮三山，陞爲安撫之職。才兼文武雙全，德化軍民兩益。正是：行李未曾離浙左，聲名先已到閩南。喚船頭。（外、小生）喚船頭。（淨扮船頭上）船頭下艙，船頭叩頭！（生）祭禮可曾完備？（淨）完備了。（生）喚禮生。（淨）喚禮生。（禮生上）禮生下艙，禮生叩頭！請大老爺拈香。（吹打，生拈香，唱三上香贊禮）禮生告退。（下）（吹住）喚船頭。（淨）有。（外）我昨夜三更時分，有一神道托夢與我，道今晚有一節婦投江，使我撈救。你可駕一小舟，沿江巡哨，不拘老幼，撈救得時，重重有賞。（淨應）（生）吩咐統船。（淨應）把船統一統。（灑鑼）（水浪）

【鏵鍬兒】（同唱）乘槎浮海非吾願，算來人被利名牽。登舟過福建，須要防危慮險。明早動船，開洋過淺，願一陣好風，吉去善轉。（水浪）（下）

投　江

（貼上）阿呀苦吓！

【梧葉兒】（唱）遭折挫，受禁持，不由我珠淚垂。無由洗恨，無由遠恥。事到臨危，拚死在黄泉作怨鬼。

呀！來此已是江邊。吓！阿呀江吓！（元場）夫承寵渥，九重恩闕拜龍顔；妾受淒凉，一紙詐書分鳳侶。富室强謀娶婦，惑亂綱常；萱堂怒逼成婚，毁傷風化。妾豈肯從新而棄舊，焉能反正以從邪？争如就死忘生，決不辜恩負義。一怕損夫之行，二恐污妾誤妾之名，三慮玷辱宗風，四恐乖違婦道。惟存節志，不爲邀名。拴原聘之荆釵，永隨身伴；脱所穿之繡履，遺棄江邊。妾雖不能效引刀斷鼻朱妙英，却慕取抱石投江。（元場）阿呀，浣紗女吓！（哭介）

【香羅帶】（唱）一從别了夫，朝思暮苦，寄來書道贅居丞相府。母親姑媽逼勒奴也，改嫁孫郎婦。奴豈肯再招夫？萱堂苦苦責打奴，只得拚死在黄泉也，免得把身名阿呀來玷污。

只是爹爹在堂，無人侍奉。

【胡搗練】傷風化，亂綱常，荳親逼嫁富豪郎。若把聲名來玷污，阿呀！罷！罷！不如一命喪長江。

罷！（元場）（跳介）（淨）救人吓！救人吓！在這裏了，快些摇吓！（同下）

撈　救

（生上）

【引】餐風宿水，海舟中多少憂危。（一式有以下一段。）夢魂裏似神迷，江風緊，聽鄰岸雞曉啼。

（淨接上）船頭下艙，船頭叩頭！啓大老爺，昨晚果有一婦人投江。（生）可曾撈救？（淨）被小的撈救着了。（生）好，有賞。吩咐把二號船統上來，請夫人過船。（淨照念）（下）（正上，丑隨上）

【引】（正唱）日上三竿猶未起，聞呼喚，未審何音？

相公。（生）夫人，寧可信其有，不可信其無。下官前晚夢見一神靈托夢與我，道有一節婦投江，使我撈救；又說與我有義女之稱。醒來却是一夢。爲此吩咐船頭駕舟巡救。不想昨晚果有一婦人投江，撈救在此。（正）既如此，梅香。（丑應）（正）與他換了乾衣服，扶他下艙來。（丑）是哉！投水女子，換了乾衣服下艙來。

【引】（貼上）無奈禍臨頭，今朝拚死休。

（連哭）（丑）投水婦人當面。（生、正）婦人，看你紅顔少貌，必是好人家兒女，爲何短見投水？細細説與我們知道。（丑介）快點説拉老爺夫人聽。

【玉交枝】（貼哭唱）容奴伸訴，（丑介）吖！爲子一隻雄鵝落？（生介）家住那裏？姓甚名誰？可有丈夫？念妾在雙門住居，玉蓮姓錢儒家女，年時獲配鴛侶，王十朋是夫出應舉。（生）住了，王十朋可就是新科狀元？（貼）正是。（生）如此説，是一位夫人了。請起！（丑）起來罷。（生）看坐。（丑）是哉。（貼）告坐。（生）中榜之後，可有書信回來？（貼）吖！（唱）數日前有人傳尺素，（生介）書上如何道？因此書骨肉間阻，因此書含冤負屈。

【前腔】書中緣故，道休妻重婚相府。（生、正接）他是讀書人，豈肯違法度？莫不是書有差訛。（貼接唱）奈萱親聽信讒詐書，逼奴改嫁孫家婦。論烈女不更二夫，奴焉肯傷風敗俗？

（生、正接）呀！

【前腔】聽他言語，論貞潔他人怎如？思量我也難留汝，梅香，唤一小舟，不如送還伊父。（貼接）若還送奴歸故里，罷，不如早喪黄泉路。方顯得名傳萬古，儘教他重婚再娶。

【前腔】（生、正接）不須憂慮，且帶你同臨任所，修書遣人到饒州去，管教你夫婦完聚。（貼接）若還這般周濟奴，猶如久旱逢甘雨，便是妾重生父母。望公相與奴做主。

（生）請起。我非別人，乃前任太守錢載和。今蒙聖恩，陞爲福建按撫之職，今帶家眷赴任，不想遇着你來投水，此乃天數不絶你命。且喜你也姓錢，我也姓錢，莫若認我爲義父，同臨任所。你丈夫既在饒州爲官，與福建相隔不遠，待我修書，差人到饒州去，報你丈夫知道，管教你夫妻完聚，缺月重圓，你意下如何？（貼）若得如此，便是重生父母，再養爹娘。（丑介）老爺，俚肯個哉！（生）什麽？（丑）拉篤脱裙哉！（生）胡説！（貼）爹爹、母親請上，待孩兒拜見！

【黄鶯兒】（唱）公相恁垂憐，（生、正介）梅香，扶他起來。（丑）本來浮子來撈個。（生）這話倒也新鮮。（丑）姜起水來自然新鮮。（貼連唱）感夫人又見憐，又蒙結拜爲姻眷，恩德萬千，何日報全？願公相早登八位三臺顯。（合頭）（生、正接）免憂煎，夫妻重會，缺月再團圓。（通行此住，生唱不用。）

【前腔】不必淚漣漣，這相逢非偶然。同臨任所爲伴。聊附寸箋，饒州報傳，管教你夫婦重歡忭。（合前）

【前腔】（正接）天賜這姻緣，喜他們也姓錢。同舟赴任作宛轉。明日動船，開洋過淺。願一陣好風，急去登福建。（合前）

（生白）夫妻母子各西東，（正）會合今朝喜氣濃。（貼）兩葉浮萍歸大海，（合）人生何處不相逢。（生）梅香，今後小姐之稱，好生伏侍。（丑應）（正）我兒，隨我這裏來。（同下）（丑）壞哉！那末亦要多洗

一個馬桶哉！

拾鞋

（淨上）噲！老阿媽，看好子船，我去糴子把米拉介。噯索來，上得岸來，把船攬好。正是：烟波爲活計，水面作生涯。自家漁翁便是。家居緑水，生遠紅塵。釣竿布網爲生，魚鳥水雞作伴。昨晚打得幾尾魚兒，心中甚是快活。古人説得好，一日打魚，三日曬網。正是：扁舟泊在垂楊岸，細剪新茅補舊蓑。

【香柳娘】（唱）喜浮生水居，喜浮生水居，無憂無慮，水鷗沙鳥常爲侣。愛青青水雞，愛青青水雞，水荇貼波肥，江鮮水花迎棹起。拚酕醄一醉，拚酕醄一醉，高枕蓑衣，落得齁齁酣睡。

（見鞋拾介）啥物事？咦！誰家女子遺失繡鞋？吖！昨晚半夜天，有個婦人到此啼哭，像是要投江死個，故爾把這繡鞋留記在此。我正要撑船去救，只聽得撲通跳子水裏去哉。亦聽得官船上亂喊救人，勿知阿曾救得？（末内白）阿呀！這便怎麼處？（淨）咦！格搭個人直頭個來哉，且看俚來作啥？（末上）阿呀小姐吓！

【前腔】（末乾唱）我小姐在那裏？小姐在那裏？遍没尋處，通宵奔走何曾寐？呀！那邊有個漁翁在那裏，待我上前問一聲。吓！老人家。（淨）那話？（末）借問一聲。（淨）問啥個？（末）

夜來可有個女子到此？（淨）啥辰光出來個？（末）約有三更時分。（淨）是哑篤啥人？（末）是我家小姐。（淨）既是哑篤小姐，爲啥半夜三更走子出來？（末）不要説起，只因他繼母呵，（唱）逼改嫁富室，逼改嫁富室。（淨）你家小姐從也不從？（末）我家小姐是，（唱）守節重千金，拋親夜走出。（淨）我對哑説，勿要尋哉，（唱）夜有個婦女，夜有個婦女，到此江邊投水。（末）有何爲證？（淨）那！

（唱）拾得繡鞋爲記。

（末看）呀！這繡鞋果是我家小姐的。吓！阿呀小姐吓！

【前腔】（唱）你屍骸在那裏？屍骸在那裏？渺無踪跡，拋親老景添孤寂。（哭介）（淨）人也死哉，哭俚作啥？（末）老人家，你既知投江，怎不撈救？（淨）我正要撑船去救，只聽得撲通跳子水裏去哉，教我落裏來得及救？（末）如此，老人家，相煩打撈屍首，將銀錢來謝。（淨）銅錢銀子眼睛裏纔塞得下拉裏，哑看格樣大風大浪，教我落裏去打撈啥屍首？（唱）況江深無底，江深無底，江水浩無涯，何方去撈起？（末）吖！你不肯下去？（淨）難下去個。（末）也罷，待我下去。（淨）使勿得個。

（唱）勸伊家且歸，勸伊家且歸。（末接）看繡鞋空存，屍骸何處？

（淨）你且急急趕回家，（末）若説小姐淚如麻。（淨）苦憐貞節婦，（末）一命淹黄沙。（淨）居去罷。（末）阿呀小姐吓！（下）（淨）格個人倒有忠心篤，聽見説小姐投子江，拍拍胸脯，也要跳下去。幸虧得我勸住子，勿然末，阿是買一個拉饒一個？啐！只管説閒話，老阿媽拉船上，等我糴米下去燒飯喫

個。倘然餓壞子俚，落個替我寫個雙脚？哈哈哈！且下船去。（下）

哭鞋

（老上）阿呀！苦吓！

【梧桐葉兒】（乾唱）兒媳婦哭啼啼，昨夜三更出繡幃。今朝起來没尋處，使我無把臂。一重愁反做兩重悲，教我淚偷垂。

（末接上）阿呀！不好了吓！莫要非常樂，須防不測憂。老安人在那裏？（老）李舅回來了？小姐可曾尋着？（末）老安人，不好了，小姐投江死了！（老）有何爲證？（末）（元場）男女到江邊，拾得繡鞋在此。（老）這繡鞋果是我媳婦的。阿呀！兀的不痛殺我也！（末）阿呀！老安人醒來！老安人甦醒！（末介）男女不好攙扶，自己掙起來罷。（老唱）

【山坡羊】（老唱）撇得我不尷不尬，閃得我無聊無賴。阿呀親家母吓，你一霎時認真，故意將他害，教我怎佈擺？這禍從天上來。（末）老安人，你早晚也該防備防備纔是。（老）李舅，你説那裏話來？（唱）他有嫡親嚴父尚且不遮蓋，反將他偕老夫妻生拆開。（合頭）哀哉，撲簌簌淚滿腮。傷懷，生擦擦痛怎捱？

（外上）嬌女投何處，痛殺白頭親。（付上）隔墻須有耳，窗外豈無人。（外）親母爲何在此啼哭？（付）

爲啥落哭？（老）阿呀親家，不好了！（末）員外、安人，小姐投江死了！（老同）我媳婦投江死了。（外）有何爲證？（老）拾得繡鞋在此。（外）取來。吓！這繡鞋果是我女兒的。阿呀！（跌介）（老）阿呀！親家醒來！（末）員外甦醒！（付）噲！老老，阿呀！前門叫勿應，等我後門去叫。噲！老老！阿呀完了，叫勿應，走子氣哉。吖唷！老測死個，好一個臭屁。（外唱）（末、老、付介）好哉！醒哉！

【前腔】不念我年華高邁，不念我形衰力敗，不念我無人養老，不念我影蕭蕭絕宗派。李成，你道椿事是那個起的？（末）男女不知。（付）老老，到底爲啥落起個？（打介）（付介）咦！關我啥事，拿我爛痔膀上一記？落手亦個重！（外）咻！（唱）（付介）啥了直跳得起來？（拿腔）（付介）我是要俚上天，落個叫俚對子水底下鑽個介？都是你這老禍胎，受了孫家聘禮財，逼得他含冤負屈去投江海。親母，老夫只掙得一搭空地，指望令郎與小女把我這幾塊老骨頭埋葬。不想令郎入贅相府，小女又投江死了。咳！錢流行吓錢流行，你好命苦！阿呀！你好命薄！（唱）吖哈，閃、閃得我有地無人築墓臺。（同唱）（合頭）

（付）李成，小姐投子江，爲啥了勿打撈屍首？（末）阿呀安人吓！

【川撥棹】（唱）乞聽解，這長江無邊界。況三更月冷陰霾，況三更月冷陰霾，這其間有誰人往來？止尋着一繡鞋，知骸骨安在哉？（抽頭）

【前腔】(同接唱)淚灑西風傷老懷，痛幽魂無倚賴。青春女身喪在江淮，青春女身喪在江淮，白頭親誰人草埋？這愁眉何日開？不由人心痛哀。

(付)住子。長話勿如短説，撈魚勿如摸鱉。親家母，伍篤令郎入贅相府，我俚囡伍無福氣，投江死哉。格歇我搭伍勿是親哉，有所説個，阿哥死，嫂勿親，鹽菜缸裏石頭掇出，皮匠擔裏揎頭搬出，棉花子軋出，脚湯水潑出，親家母請出。(外)老不賢，女兒死了，骨殖未冷，況親母又是孤身，你趕他到那裏去？你趕他到那裏去？(付)開口見喉嚨，提起尾巴就見雌雄。眼睛前就多一個我拉裏。勿難個，讓我出去子，等伍篤雙雙能做人家哉，如何？(外)老乞婆，你好含血噴人！(付)賊心狗肚腸，怕勿是格條念頭落。(老)親家在上，老身有言奉告。(外)親母，有何見諭？(老)只爲我孩兒一封書，致使令愛投江身死，老身在此，實切不安。待老身親往京師，尋見小兒，自有下落。(外)親母往京師去見令郎，極是有理。但親母是個女流，更兼一身，如何去得？也罷，我打發李成送親母到京便了。(老)多謝親家！(付)李成，伍是去勿得個。(外)爲何？(付)我要用個。(外)有我在此。(付)伍是勿會幹事個哉。(外)李成，你去收拾行李，送老安人到京，見了狀元，即便就回。(末應)(老)親家，老身此去，未知何日回來，欲往江邊祭奠一番，以表姑媳之情，不知意下如何？(外)咳！難得！李成，你去準備香燭紙錢，隨老安人到江邊去祭奠小姐，然後起程。(末應)(老)親家請上，待老身拜別。(外)老夫也有一拜。(付介)迎新勿如送舊，等我也來拜一拜。親家姆，拉裏待慢伍。(外介)誰要你拜？(付)就勿拜，讓伍篤雙雙能拜，阿像拜堂？我眼睛裏直頭看勿得，讓我走開點。(下)

【勝如花】（老唱）辭親去，別淚零，豈料登山驀嶺。只因他遞箇傳書，反教娘離鄉背井，又未知何日歡慶？（合頭）愁只愁一程兩程，況未聞長亭短亭。暮止朝行，趲長途曲徑。（末）員外，行李完備了。（外）李成，（接）你休辭憚跋涉奔兢，願身安早到神京。

【前腔】（通行不唱。）（外接）我爲絕宗派，結婚姻，指望一牢永定。誰他又贅在侯門，今日反成畫餅，辜負了田園荒徑。（合頭）

（老）拜別親家心痛酸，（付）從今客去主人歡。（外）正是妻賢夫禍少，（合）果然子孝母心寬。（外）親母路上小心。（老）多謝親家！請進去罷，老身去了。（下）（付）還要嚼來，舌頭倒長篤。（末）員外在家保重，不要與安人吵鬧了。（付）李成，呧到子奔牛就轉來。（末）爲何？（付）有所説個，奔牛李成，奔牛李成連牽個。（末）什麽説話？老安人慢些走。（下）（外）阿呀！玉蓮我的兒吓！（付）老老，勿要哭哉，死個死，活個活。我搭呧挽緊子眉毛做人家。（外）老乞婆，女兒死了，還要做什麽人家？（付）囡呧死子，人家就勿要做哉？（外）就是那十朋入贅相府，未知真假。你今日逼女兒改嫁，明日逼女兒改嫁，被你逼勒不過，竟投江死了。我如今不許你住在家裏，快快與我走出去！（付）走到落裏去？（外）親戚人家去。（付）親眷人家盤是盤，鄉鄰人家碗是碗。別人家大盤大盒端子來，我俚碗大個盤也勿曾答還歇，有啥面孔見俚篤？我是勿去。（外）如此鄰舍人家去。（付）十家鄉鄰九家斷。就是隔壁人家，前日子借我個吊桶去，舂落子個底，一場大相駡，也斷個哉，無場哈去。（外）庵堂寺院中

去。（付）阿呀！吘個老老改志哉。格星和尚拉道士，色中之餓鬼，看見子我個樣半老佳人，落裏饒得過我介！去勿得個。（外）老乞婆，原來你也沒處去？（付）我是轉殺六尺地，踏盡竈前灰，教我到落裏去？（外）咳！老乞婆吓！（乾唱）

【憶虎序犯下山虎】（【下山虎】首至五）我當初娶你，（付介）勿是討個，難道倒是結識個？指望生男育女。（付）夾嘴一記末好，喫子呷黃湯，頭勿曾上床，脚先困，難道叫我扒上來勿成？（外）沒廉恥！（唱）（付介）啥個沒廉恥？家家如此。誰想你暗使牢籠之計，逼我孩兒投江身死。我寫狀經官呈告你。（【鬥黑麻】首至四）告你不賢婦，薄倖妻。（【憶多嬌】合頭）告到官司，告到官司。（付）也無啥罪滑。（外）雖沒有罪。（唱）打得你皮綻肉飛。

（付）且住。往常日脚我俚老老勿直介個，今朝當真動子氣哉。倘然到子官府個搭，看見我花嘴花臉，勿是打，定是拶。格末那處？吖！有理哉。老老忌怕哭，等我來撥一哭俚使使。無得眼淚末那？吖！有涎唾拉裏。阿呀！我個老老吓，我搭吘一年勿好也有一日好，一日勿好也有一時好，一時勿好也有一刻好。阿呀！我個肉骨肉屑個好老老！

【前腔】（唱）我當初嫁你，也是明媒正娶，又不是暗裏偷情，結做夫妻。夫妻尚有徘徊之意，大限來時和你永不離。我非不賢婦薄倖妻，免告官司。免官司，和你團圓到底。

（付）阿呀我個老老吓！（外）不許哭！（付）就勿哭。（外）且住。這老乞婆情理其實難容，我若趕他

出去，外人知道的説這老乞婆果然不好；　倘不知道的，説錢流行一個妻子都養膳不活，逐出在外。未免出乖露醜，成何體統？　我自有道理。過來，你要住在家裏，須要依我三件。（付）就是三萬三千三百，纔依個。（外）第一件，不許與我同檯喫飯。（付）格末我搭皇帝喫。（外）什麽？（付）竈君皇帝喫，阿差？（外）第二，有客在堂，不許插嘴。（付）倘然説别人勿過，幫呸説聲把。（外）走走走！（付）噢，就勿插。（外）第三，李成不在家，水瓶馬子都要你倒。（付）格是勿來，呸平昔日脚歡喜喫生葱生蒜，希臭澎天，勿來倒。（外）如此到香的所在去。（付）噢，香香香，安息香，黄熟香，降香，壇香，衣香，芸香。（外）老乞婆吓，你要改過學好人。（付）從今怎敢不依遵？（外）收拾書房獨自睡。（付）老老，打點精神養兒孫。（外）没廉恥！　牙齒都没了，還要養什麽兒孫！（下）（付）咦！　養兒子啥要用牙齒個？　直頭是個瘟外行哉。（下）

女祭

（老上唱）

【風馬兒引】柳拂征衣露未央，可憐年邁往他鄉。（末接）慢自殷勤設奠，血淚灑長江。

（老）李舅。（末）老安人。（老）小姐的繡鞋在那裏拾的？（末）還在前面，請老安人再行幾步。（老）吖，還在前面？

【綿搭絮】（唱）尋踪覓跡，含淚到江邊。（末）老安人請止步，小姐的繡鞋就在此處拾的。（老）吖，就

在此處拾的？阿呀媳婦兒吓！你看渺渺茫茫浪撲天，苦憐辜負你青年。（末）小姐吓，你清名雖是留千古，白髮親姑誰顧憐？（老）李舅，把祭禮擺下。（末應）（老）看香。（末）是，有香。（老）香呢？（末）來了。（老）快些。（末）老安人，男女起身促迫，香竟忘了。（老）香怎麼忘了？（末）男女不小心，爲收拾行李，心急，所以忘了。（老）阿呀媳婦兒吓！你一隻香也没福消受！罷！阿呀罷！在此祭奠你嘘。（唱）只得撮土爲香。（末介）老安人就在包裹上坐坐罷。禮雖微，表娘情意堅。望靈魂暫且聽言：指望松蘿相倚，誰想你抱石含冤？阿呀媳婦兒吓！撇得我無靠無依。媳婦兒吓，你來戴我的孝纔是正理。到今日裏呵，（唱）反教娘披蔴哭少年。

【憶多嬌】（末接）哭少年，送少年，安人奠酒，男女化紙錢。收拾登程去路遠，不必留戀，不必留戀，要趲程途萬千。

（老）李舅，把祭禮撇在江心罷。（末）是。（老）媳婦兒吓！做婆婆的是去了嘘！（末）小姐，我們是去了嘘！（老）咳！

【風入松】（唱）嘆連年貧苦未逢時，誰想一旦分離。我孩兒自别去求科舉，怎知道妻房溺水？我待説來，猶恐驚駭了我兒。李舅，你決不要與他知。

【前腔】（末接）安人不必恁躊躕，且聽男女咨啓。只説狀元有信催迫起，先令我送安人來至。吖哈！那其間方説個就裏。安人吓，你決不可使驚疑。

【急三鎗】（老接）痛咽情難訴，常思憶，常憂慮。心戚戚，淚如珠。

【前腔】（末接）且自登程去，休思憶，休憂慮。在途路上，免嗟吁。

【風入松】（老）李舅，如何教我免嗟吁？我這老景憑誰？年華老邁難移步，旦夕間有誰來看顧？恨只恨他們繼母，逼他嫁葬魚腹。

【急三鎗】（末接）若説葬魚腹，如何懺如何度？經與咒，總成虛。

【前腔】（老）你在黄泉下，誰來懺誰來度？屈死得最無辜。

【風入松】（末接）果然死得最無辜，我家小姐是，論貞潔真無。姻緣契合從今古，拆散了夫妻皆由天數。（合唱）哭啼啼擔愁在路途，何日裏纔得到京都？

（末）老安人，看仔細，那邊走。（老）咳！（同下）

脱冒

（丑上）

【梨花兒】侄女許嫁孫汝權，受他財禮千千貫。今日成親多喜歡，嗏，老娘只要長和短。

花正開處遭雨打，月當圓時被雲遮。那孫官人央我爲媒，結成親事，約定今日娶親。落裏曉得我俚侄囡呧勿願嫁俚，竟投江死哉。爲此搭阿嫂商量，只説勿好拉屋裏上轎，只好到姑娘篤去出嫁。説勿得，

要我老太婆親身下降個哉。且關上子門，等候花轎到來再説。正是：夜盡水寒魚不餌，滿船空載月明歸。（下）（樂局、付賓相、末朱吉吹打上）（付）列位，阿曾齊來？（衆）都齊了。（付）格末等我請員外出來。伏以員外有請！（吹打）（淨上）哈哈哈哈！再勿殼張我老孫有介一日。正是：春色滿園關不住，一枝紅杏出墻來。（吹打）（付）賓相叩頭！（淨）罷哉。掌禮司務，晚歇詩句要用得新鮮，賞賜末加倍。（付）多謝員外！（淨）朱吉，諸事阿曾齊備來？（末）都齊備了。（淨）格末吩咐發轎。（付應）發轎哉。（吹住）（付）開門！開門！（丑）咦！忽聽笙歌沸，想是來迎娶。是啥人碰門？（付）我俚孫家裏來取親個。（丑）格末開門錢來。（付）噢，員外，裏勢説要開門錢。（淨）開門錢，昨日送子過來哉滑。（付）是哉，員外説，開門錢昨日送子過來哉。（丑）昨日是大開門，今朝是小開門。一定要個。（付）是哉。員外，昨日是大開門，今朝是小開門，生成要個。（淨）朱吉，撥兩封拉俚。（末應）（付）等我先來，跌立丟子一封看。喏，開門錢來個哉，打落裏拿進來？（丑）門檻底下有條縫拉哈，塞子進來末哉。（付）格末稀開點，塞進來哉。（丑）阿要死吓！啞！喜事喜日，要成雙個。（付）是哉。員外，説要成雙篤。（淨）成子雙個哉滑。（付）永成雙，永成雙。（淨）好個永成雙！朱吉，再撥兩封拉俚。（末應）（付）吖！他那裏成雙，俺這裏也要成雙。喏，亦是一封，原縫裏塞進來哉。（丑）個末吹打吹打。（付）吹打吹打，開門哉。（丑）掌禮司務。（付）張姑媽。（丑）啥人拉裏？（付）員外自家拉裏。（丑）員外拉篤落裏？（淨）姑媽。（丑）恭喜員外！（淨）張姑媽，看我阿像個新郎？（丑）像得勢篤。（淨）新人拉篤裏向作啥？（丑）拉篤梳妝踏蒸，呸篤到青龍頭上去兜介兜來娶末哉。

（下）（浄）格末兜青龍哉。（衆應）（吹打住）（付）吓！勿像滑。員外，只怕勿是今日。（浄）爲啥了？

（付）家堂上蠟燭纔勿點，大門上紅也勿掛掛，冰生冷水，勿是今日篤？（浄）詫異吓！

【前腔】（乾念）今日娶親偕鳳鸞，（付接）偕鳳鸞，（浄）不知何故來遲緩？（付接）來遲緩，（浄接）莫非他們生釁端？（付接）嗏，須知人亂法不亂。

（浄）勿要多説，且請新人。（付）是哉。伏以東邊一朵紫雲開，西邊一朵紫雲來。兩朵紫雲相會合，夫妻魚水得和偕。攔門第一請。（浄）勿好。朱吉，叫俚過來。（末）員外喚你。（付）員外啥事體？（浄）那個對呃説個，詩句要新鮮，啥個紫雲來白雲？勿好，换。（付）噢，换末哉。伏以笙歌一派奏廳階，簇擁新人花轎擡。蠟燭旺相多點盡，新人勿必摸索哉。攔門第二請。（浄）到底勿好。（付）員外，格首如何？（浄）儂儂罷哉，還要新鮮來。（付）阿呀！格是要隔夜下作個哉。（浄）呃是老白相哉滑。（付）少停格個賞。（浄）賞封末加倍。（付）是哉，是哉。伏以百年夫婦意和偕，爲啥新人勿出來？衆人立得膀脚酸，（浄）催介催。（付）喏，新郎官人火冒哉。攔門第三請。（吹打）（丑哭上）（吹住）（付）伏以奉請新人嬌嫡嫡，後堂擺設好筵席。來年生下玉麒麟，南無般若波羅蜜。（細吹打）請新人下轎，請上花毯。各執紅緑寶帶。拜，興，拜，興。行夫婦禮。恭揖，成雙揖。送入洞房，各喫同樂杯。吖唷！倒照杯個。（吹住）員外，請挑方巾哉。（浄）挑方巾，又新呃來子罷。（付）吖喲！忙殺哉，伏以巾是福州綾，將來蓋新人。揭起方巾來一看，吖唷！好像南山老活猻。員外，請看新人。（浄）新人要看子長遠哉，讓我來看看介。（丑）冒。（浄）吓！呃是張姑媽滑。（丑）正是滑。（浄）呃

來作啥？（丑）我來嫁伍滑。（浄）呸！我是要伍篤侄女耶，要伍個老勺殼來作啥？（丑）老實對伍說子罷，我俚侄囡伍勿肯嫁伍落，竟投江死哉！（浄）既是投江死子，爲啥勿報我曉得？（丑）報末來勿及，恐怕誤子伍個吉期落，故爾我老太婆親身下降，肉身抵當立法裏，阿要早點困罷？（浄）呸！我費子多化銀子拉，討伍個老虔婆？（丑）啥個？虔婆也是小娘身。小孫吓，勿要物事勿當物事喫介。（浄）呸！勿要面皮個老花娘！（丑）小鱉蛋，第一夜做親，就要罵家婆哉。（浄）非但罵，還要打來。（丑）打吓！碰子我科門裏來哉，我末有名個叫十三太保小青龍。伍若勿信末，阿要踢脚飛脚拉伍看看？（浄）非但打，還要告伍來。（丑）告我啥？（浄）喏。

【恁麻郎】（乾念）我告你脫騙人財禮。（丑）我也要告伍來。（浄）告我啥？（丑接念）我告你威逼人投水。（浄接）怎誤我白羅帕見喜。（丑接）阿呀我個肉吓肉吓！閃得他黃泉做鬼。（付接）員外息怒威。（浄接）打你的嘴。（付介）阿哇哇哇！（連接）張姑媽忍耐些。（丑接）踢你的腿。（付接）虧了中間相勸的。

（浄）打吓！打吓！（付）員外，打勿得個。（丑）小烏龜，伍阿敢打？（浄打脫丑裙）（丑跌）（浄）吖喲！氣壞哉！（下）（丑）阿呀孫汝權個拖牢洞個！（哭）（付）張姑媽，勿要哭哉，羞羞纔露出篤哉。

（丑）格末借頂帽子來遮介遮。（付）吖喲！好腌囊臭！（下）

思鄉

（小生上唱）

【喜遷鶯】春光去矣多，半逐飛花，半隨流水。愛日晴多，瞻雲舍遠，空傳一紙書題。遥指斷鴻，天外空憶。愁鸞鏡裏，爲客久，漸春衫典盡，那是斑衣。

人在東甌，身淹上苑。望中山色空迷眼，終朝旅思嘆蕭條。高堂親發愁衰短，秦嶺雲横，藍關雪漫，潮陽未到魂先斷。春歸花落久棲遲，愁深那覺時光换。

【雁魚錦】（唱）長安四月花正飛，見殘紅萬片皆愁淚。何苦被利禄成抛棄？如今把孤身旅泊天涯。意懸懸止不住思維，音書曾有回。只怕他望帝都，欲赴愁迢遞。望目斷故園，知他知也未。

【雁孤聲】當時，痛别慈幃，論奉親行孝也索懷不寐。年華有幾？縱然是百歲如奔騎。論早晚須問起居，論寒暑須當護持，論供養要甘肥。因赴舉，把蘋蘩饋托與吾妻，知他看承處怎的？俺這裏對青山，望白雲，鎮日瞻親舍。他那裏翹白首，看紅日，終朝憶帝畿。

【雁傾杯】嗟吁，鳳别離鸞，怎如得儔鶯偶燕時相聚？悽楚寒窗，寂寞旅況。閃殺當時，甘效于飛。孤燈夜雨，漏聲不斷，却把寸心滴碎。阿呀天吓！只爲那釵荆裙布妻難棄，縱有

紫閣香閨人怎迷？

【喜漁燈犯】猛思，那日臨行際，蒙岳丈惜伊玉樹，兼愛我寒枝。念行囊空虛，欣然周全助路資。招共居，感此恩山義海深難棄。細思維，甚日報取？教我怎生忘渠？但願得一家到此沾禄養也，顯得半子從今展孝思。

【錦纏道】論科舉，本圖看春風杏枝，玉馬驟香衢。豈知他陷我在瘴嶺烟嶇？愁只愁身羈鳳池，恨只恨鸞生鴛侶。人不見，氣長吁，只爲蠅頭蝸角微名利，致使地北天南怨別離。

家鄉千里隔相思，目斷甌城人到遲。

旅館難禁長日静，消魂幾度夕陽時。（下）

五　卷

周　審

（四軍、末上）

【引】黄堂佐政齊黎庶，肯將清似月揚輝。（一）

（衆）開門！（末）五馬侯中列郡推，道之以政冀無違。此心一點如丹赤，敢學虞庭向日葵。下官温州推官周璧是也。與十朋同榜進士，職列黄堂。昨日堂上發下兩紙狀詞，一紙孫汝權告錢流行圖賴婚姻，一紙錢流行告孫汝權威逼人命。他二人互相控訴，詞中死的婦人，又係王狀元之妻。事關重大，堂尊不便審問，發在本廳處。我與王狀元同榜，不好執法，只得秉公而斷便了。左右，帶孫汝權一起聽

（一）輝：原作『揮』，據《新刻原本王狀元荆釵記》改。

審。（衆應照念）（浄、外、丑同上）

【引】有屈難伸，且到公堂訴理。

（衆）孫汝權一起當面！（末）聽點。錢流行、錢氏、孫汝權下去，帶錢氏上來。（衆）錢氏有了。（末）錢氏。（丑）有。（末）你是原媒，細細講上來。（丑）大老爺，小婦人是良家之婦，不會做媒，是孫汝權强要小婦人爲媒的。（末）哆！我想人之婚姻，皆由天定。都是你們這些惡婦在内，無中生有，花言巧語，哄騙子女，惟圖財帛，强就婚姻，以致兩家争訟。看拶子。（衆應）（丑）阿呀！小婦人是錢貢元的妹子，其實是孫汝權誣告的。（末）你就是錢貢元的妹子麽？（丑）正是。（末）既如此，把兩家之事細細講上來。（丑）大老爺聽禀。

【啄木兒】（唱）吾兄女年及笄，曾許王生尚未歸。那孫郎忽至吾家，（末介）他到你家何幹？要娶我侄女爲妻。（末）他央你爲媒，你可曾去説？（丑）小婦人到哥哥家裏，把孫家求婚一事，告訴哥哥。我哥哥乃讀書君子，執意不肯，甘心受貧，不願嫁富。我嫂嫂是個女流之輩，嫌王家貧窮，愛孫家豪富，就要改嫁孫郎。我侄女不聽繼母。（末）吖！原來是繼母。（丑）因侄女不從繼母，我哥哥呵，（唱）將侄女送到王門去。（末）既嫁王門，孫家就不該議親了。（丑）那王生呵，（唱）結親後即赴科場裏，誰想一舉成名竟不歸。

（末）下去。（衆）下去。（末）唤錢流行。（衆應照念）錢流行有了。（末）錢流行。（外應）（末）那王狀

元是你令坦麽？（外）是小婿。（末）請起。（外）不敢。（末）令婿中榜之後，可有書回來？（外）書是有的。

【前腔】（唱）因承局，附信歸，喜氣番成怨氣吁。那裏是萬金家音，却原來是一紙休書。他母親認得他筆跡，曾猜偷改書中意，只爲字跡相同亦起疑。

（末）王狀元休了令愛，又娶誰家之女？書上怎麽樣寫？（外）書上道，贅在万俟丞相府中了。（末）他是讀書人，那有此事？就該訪問纔是。（外）訪問過的。（末）訪問什麽人？（外）見書上筆跡雖真，言語疑惑，正欲出門去訪問，却遇孫汝權不第而歸。同在舍妹家裏面述，説果然贅在丞相府中。（末）住了。入贅之情，未知真假，怎麽又與孫汝權議起親來？（外）何曾議親？（末）既不曾許親，他如何行聘？（外）何曾行聘？（末）既不行聘，他如何告你圖賴婚姻，匿聘五百兩？（外）公祖，小婿有棄妻之情，流行斷無將女兒改嫁之理。小女聞之小婿入贅相府，又見孫汝權媾舍妹爲媒，威逼成婚，故爾投江而死。（末）吖！死了？可惜！（外）孫汝權見小女死了，恐流行興訟，反告我圖賴婚姻，望公祖明斷。（末）請下去。唤孫汝權。（衆帶）孫汝權有了。（浄）生員叩見公祖大人！（末）你是個秀才？（浄）生員十九歲，蒙業宗師提拔，今科三場告畢，偶爾不第。望公祖大人明斷，乞看生員二字。（末）既是生員，不該誣陷良人了。（浄）公祖在上，生員平生懦弱，被錢流行兄妹二人做成圈套，無門控訴，今日如見青天一般。誣陷良人，是何言也？乞求正法。（末）若論正法，先該打你一頓板子，擬爾個爲富不仁之罪。我今暫且饒你。錢氏已適王家，就該罷了，怎麽又媾錢氏爲媒，强娶有夫婦女爲妻，

豈不自恥？（净）生員雖不肖，斷不敢强娶有夫婦女，生員有細剖。（末）講來。（净）錢流行係錢玉蓮嫡父，那錢氏又是錢流行嫡妹，流行挽錢氏爲媒，把玉蓮先許生員。素慕玉蓮姣而且媚，信以爲然，曾送金鳳釵二股，壓茶銀四十兩。錢氏個老花娘㕶走上來，阿是我叫朱吉交付拉㕶個？（丑）呸！㕶落裏個隻手交拉我個？（净）那勿曾交拉㕶？（丑）何曾交拉我？（末）不許開口！（净）生員忠而且仁，再不敢説謊。他兄妹藐視生員懦弱可欺，受了聘金，暗將玉蓮出嫁王生。王生自幼與生員同窗，亦且又是同庠，不好口角，只得含忍。流行將聘金受而不還，是何理也？（末）玉蓮已配王生，就該罷了，媾媒强聘，豈是君子所爲？（净）不是生員强聘，其中有個緣故。那王生實係貧儒，偶爾高掇。前日曾付離書一紙，寄與錢老。那書中之言，必定有任憑改嫁他人之意。流行思想前情既誤，暗使錢氏仍到生員家來，欲續舊姻。他説孫相公不允，侄女只好改嫁他人去也。㕶阿是説個？（丑）我是勿曾説。（净）㕶那勿曾説？（丑）我何曾説介？（末）不許争論，講。（净）那時生員心中一想，王十朋是我同庠好友，錢玉蓮又是前聘妻房。雖是用舊之物，倘被别人娶去，實爲不雅，只得忍個悔氣。况我名字叫孫汝權，只算從權而已。因爲老王修書，此乃曲全其美，豈同無恥而媾媒娶婦者乎？

【前腔】（唱）因休棄願改移，那流行在錢氏家中呵，面許成親講聘儀。還有一句可笑，聘金定要五百兩，四百九十九兩九錢九分九厘勿成功個。那時生員呵，（唱）出聘金五百非虚。今日他們呵，三寸舌抵賴是實。（末）你果然行聘到他家去的？（净）果然行的。（末）聘金是那個收的？（净）問錢氏便知。（末）錢氏。（衆照念）（丑）大老爺。（末）孫汝權行聘，到你哥哥家來，聘金是誰收他的？（丑）大

老爺，勿要聽俚，何曾行聘？那個接他的？我侄女被他强逼成親，又聞入贅是真，把我侄女斷送殺哉。阿呀！我個肉吓！（衆）不許哭！（末）下去。（衆照念）（末）孫汝權，那狀元入贅相府是你親眼見的麽？（浄）生員在京時，人人傳説，万俟丞相招贅狀元爲婿；生員出了京，未知他贅不贅。（末）這紙休書是你親見他寫的？（浄）錢流行自供筆跡雖真，與生員何干？（末）哇！（衆喝介）（末）下官在京，難道倒不曉得？吖！是了，你因前番議婚不遂，心中懷恨，探聽王狀元有書寄回，連那遞書人都是你串通來的。吖！那王夫人若不因你一言，怎得投江而死？明明是你威逼，還要抵賴！（浄）公祖在上，錢玉蓮何曾死？錢流行把女兒藏過了，要賴婚吞聘。（末）胡説！人的形，樹的影，那裏藏匿得過？（浄）公祖，那錢流行呵，（唱）詐言威逼人投水，況無屍檢驗難入罪。（末）依你便怎麽？（浄）求公祖把媒婆拶他一拶，自然明白。㐬個老花娘，别位官府撥㐬瞞得過，此位公祖清如水，明如鏡，斷斷不被你哄的。

（唱）白日青天斷不鬼迷。

（末接）哆！

【前腔】（此曲亦可不唱。）真和僞，虚共實，怎免得秦鏡高懸别是非？貢元，令坦呵，爲侯門招贅不從，致潮陽改調難違。你心上欲要錢氏爲妻，就生枝葉圖謀娶，我就撥雲見日袪陰翳，怎免得三木囊頭窮到底？

圖賴婚姻是虚，威逼人命是實，還要抵賴！（浄）公祖在上，此婦其實硬口，當加刑法，自然真情吐出。

（末）嘿嘿！　到此地位，還要指東劃西，快快把真情招上來！（浄）生員不做賊，又不做强盗，招出什麽來？（末）左右，與我拶！（衆應）（浄）阿哇哇哇！（衆）快招！（浄）没有什麽招。（衆）啓爺，没有什麽招。（末）鬆拶，看短夾棒過來。（衆應）（浄）阿呀！　生員受刑不起，願招。（衆）願招。（末）與他畫供。（衆）畫供。（浄）咳！　早知道如此，悔不當初。　罷，罷，罷哉！

【歸朝歡】（唱）當初的，當初的，求婚遣媒。只爲我貪心未遂，因生釁，因生釁，一時逞威。逼成婚，假意兒驚人唬鬼。只説十朋東床招入贅，不想玉蓮投江做河伯婦，只這一一真情莫再疑。

（衆）供完。（末）看這供招上令人髮指。　左右，將大毛板重打四十。（衆應）（浄）吓公祖，念孫汝權原系青衿，朝廷祖制，有司官無打生員之理；　況且將就招了，何必還要打？（末）人命重情，法所不宥，還稱生員？　我如今先打了你，然後再行文上司，將你革退衣衿問罪。　打！（衆應）（浄）阿呀！　啥直頭要打個介？　格呷忒認真哉。（衆）請大老爺驗板。　一十，二十，三十，四十，打完。（末）好狗才！

【三段子】（唱）律條敢違犯，威逼難道情跡。事情細推，三尺法招由罪魁，虚重研審繩奸宄，滔天巨惡難寬恕。　聽訟公明，龍圖再世。

吩咐該吏疊成文卷，一面行文上司，候詳文到來，另行發落。　將他上了刑具。（衆應）犯人當堂上刑具。（末）帶去收監。（浄）咳！　格是落裏説起？（下）（末）其餘俱各歸家。（外、丑）多謝公祖、老爺！

（末）刑名司理森羅殿，（外、丑）生死衙門孽鏡臺。（下）（末）掩門。（衆下）（退堂鼓）（末）正是從前作過事，果然没興一齊來。（下）

見娘

（小生上）

【引】一幅鸞箋飛報喜，垂白母想已知之。日漸過期，人何不至？心下轉添縈繫。

雁塔題名感聖恩，使鴻早已寄佳音。思親目斷雲山外，縹渺鄉關多白雲。下官前者修書，附與承局寄回，接取家眷同臨任所；一去許久，不見到来，使我常懷掛念。長班。（付）有。（小生）家眷到時，即忙通報。（付）曉得。（小生）正是：雖無千丈線，萬里繫人心。（下）（末上）老安人走吓。

【引】（老上）遠別生離辭故里，經歷盡萬種孤悽。（末接）已達皇都，遥瞻故里，深感老天周庇。

（老）李舅，你可曾打聽狀元行館在那裏？（末）男女已曾打聽，狀元寓所在四牌坊，請老安人再行幾步。（老）聞説京師錦繡邦，果然風景勝他鄉。（末）紅樓翠館笙歌沸，柳陌花街蘭麝香。『狀元王寓』，老安人請轉。（老）怎麽説？（末）這裏是了。（老旦）吖！到了。（末）老安人，看了行李，待男女去通報。（老）你去通報。（末）吓！阿呀！男女倒忘了。（老）忘了什麽？（末）請老安人把孝頭繩除

下，恐驚了狀元，不當穩便。（老）早是你説，我倒忘了。阿呀媳婦兒吓！（末）咳！吓！門上那位在？（付）什麽人？（末）借問一聲。（付）問什麽？（末）這裏可是狀元爺的寓所？（付）正是，問他怎麽？（末）報説家眷到了。（付）吖！家眷到了？請少待。老爺有請。（小生）怎麽説？（付）家眷到了。（小生）吖！家眷到了，可有來人？（付）有來人。（小生）先着來人進見。（付）是。來人呢？（末）在。（付）狀元爺着你進見。（末）是。吓！狀元老爺。（小生）元來是李舅。（末）男女李成叩頭！（小生）阿呀呀呀！請起！（末）是。（小生）老安人和小姐都到了麽？（末）這，吖吖吖，都到了。（小生）吩咐開正門。（付）吓！開正門。（小生）吓！母親。（老）我兒。（小生）孩兒十朋迎接母親。（老）起來。（小生）是。吓！李舅。（末）有。（小生）小姐呢？（末）小姐麽。（老）十朋。（末）老安人相請。（小生）吩咐起行李。（付）吓！起行李。（末）有勞。（付）好説。（下）（小生）吓！母親請上，待孩兒拜見。（老）罷了。（小生）孩兒只爲功名，有缺甘旨，恕孩兒不孝之罪。（老）兒吓，你在此好？（小生）母親聽稟。

【刮鼓令】（唱）從别後到京，慮萱親當暮景。幸喜得今朝重會，又緣何愁悶縈？（老）我没有什麽愁悶。（小生）孩兒告退。（老）去。（小生）是。阿呀！且住。我想今日母子重逢，合當歡喜，爲何母親反添愁悶？（末嗽介）吖，待我去問李成。吓李舅。（末）狀元老爺。（小生）老安人爲何悶悶不樂？（末）老安人麽。（老嗽介）（末）吖，吖，吖，敢是在路上受了些風霜，所以如此？（小生）吖！在路上受了些風霜，所以如此？（末）所以如此。（小生）呸，非也，我曉得吖。（末）狀元老爺曉得什麽？（小生）

那，（唱）莫不是我家荊，看承得我母親不志誠？（末）小姐在家，盡心侍奉老安人，不離左右的。（小生）吖，小姐在家，盡心侍奉老安人，不、不、不離左右的？（末）是。（小生）吓！阿呀親娘吓！分明説與侄兒聽，你那媳婦，他怎生不與娘共登程？

（老）兒吓！

【前腔】心中自三省，轉教娘愁悶增。阿呀！你媳婦多災多病，況親家兩鬢星。家務事要支撐，教他怎生離鄉背井？爲你饒州之任恐留停，兒吓，你岳丈倒有分曉。（小生）有甚分曉？（老）那，先令人送我到京城。

（小生）孩兒再告退。（老）去。（小生）是，阿呀！母親的言語，甚是不明。吖，待我再問李成。吓李舅。（末）狀元老爺。（小生）你把家中之事，細細説與我知道。（末）狀元老爺聽禀。

【前腔】當初待起程，（小生）住了。我正要問你，起程時，小姐爲何不來？（末）小姐麼。（小生）唵！（末）原是要來的。（小生）爲何不來？（末）吖哈！那，誰想到臨期成畫餅。阿呀！若説起投江一事，唬得恩官心戰驚。（小生）住了，什麼驚？（末）男女没有説什麼『驚』字。（小生）你明明説個『驚』字。（末）何曾説什麼『驚』字？（小生）母親，他方纔明明説個『驚』字的嘘。（老）吓李舅。（末）有。（老）你有什麼『驚』字，快快説與狀元知道。（小生）什麼驚？（末）這，（老）你説。（末）吓！（小生）吓！（末）是。吓！吖，吖，吖。有個『驚』字的。（小生）什麼驚？（末）説我家小姐。（小生）小姐

便怎麽?(末唱)在途路上吖哈少曾經,就是這個『經』字。當不得這許多高山峻嶺。餐風宿水怕勞形,我家員外呵,因此上留住,(小生)説。(末)吓!(小生)講。(末)是。吖哈在家庭。

【前腔】(小生接唱)呀! 端詳那李成,語言中猶未明。李舅過來。(末)有。(小生)我一向見你老實志誠,故把言語來問你,你怎麽反來支吾我?(末)男女怎敢?(小生)哆!(末)是。(小生)我今後,再、再、再也不來問你了。吓!(唱)阿呀親娘吓!把就裏分明説破,免孩兒疑慮生。因甚的變顏情,長吁短嘆珠淚零?吓!阿呀!袖兒裏脱下孝頭繩,恁兒媳婦喪幽冥。

(小生)阿呀!母親!這孝頭繩是那裏來的?快快説與孩兒知道!(老)阿呀兒吓!千不是,萬不是,都是你的不是。(小生)怎説孩兒不是?(老)你且起來。(小生)是。(老)我且問你,當初這封書是那個寄回的?(小生)是承局。(老)可又來!當初承局書親附,拆開仔細從頭睹。(小生)呣。(老)道你僉判任饒州。(小生)這句是有的。(老)阿呀!兒兒吓!下句就不該寫了。(小生)那一句?(老)休妻再贅万俟府。(小生)阿呀母親!語句都差了。(老)哆!(小生)是。(老)語句雖差字跡真。(小生)岳父見了便怎麽?(老)岳父見了生嗔怒。(小生)岳母呢?(老)岳母即時起妒心。(小生)吓!起甚妒心?(老)逼女改嫁孫郎婦。(小生)阿呀母親!我妻子從也不從?(老)好。汝妻守節不相從。他,(末)阿呀!老安人,説不得的!(小生)哆!誰要你多講!阿呀!母親,快快説與孩兒知道。(老)李舅,事到其間,也不得不説了。阿呀!兒吓!汝妻守節不相從,他就將身

跳入江心墮。(小生)唵！(老)你妻子爲你守節而亡了。(小生)吖！山妻爲我守節而亡了！阿呀！(暈倒)(元場)(老)阿呀！我兒醒來！我兒甦醒！(末)狀元老爺醒來！

【江兒水】(老唱)阿呀唬、唬得我心驚怖，身戰酥。虛飄飄一似風中絮，誰知你先赴黃泉路。孤身流落知何所。不念我年華衰邁，風燭不寧，阿呀親兒吓！教娘死也不着一所墳墓。我兒醒來！(末)狀元老爺醒來！(老)我兒甦醒！(末)狀元老爺甦醒！(老介)好了，醒了！(小生唱)

【前腔】一紙書附付，阿呀我那妻吓！指望同臨任所，是何人套寫書中句？改調潮陽應知去，迎頭兒先做河伯婦。阿呀妻吓！指望百年完聚，半載夫妻，也算做春風一度。

(老)兒吓，死者不能復生，你到了任所，即便追究遞書人便了。(小生)孩兒一到任所，即便追究遞書人便了。(老)追想儀容轉痛悲，(小生)豈知中道兩分離。(末)夫妻本是同林鳥，(同)大限來時各自飛。(小生)母親，請到裏面安息罷。(老)隨我進來。阿呀！媳婦兒吓！(下)(末)狀元老爺，男女告回。(小生)你怎麼就要回去？(末)起身時，員外吩咐，送到老安人，面見狀元，即便就回。(小生)吓！難道小姐死了，就不是親了？(末)喲！說那裏話來？想家下乏人，所以就要回去。(小生)也罷，況我身伴無人，你且隨我到了任所。(末)是。(小生)待我修書與你，接取員外安人到來，同享榮華便了。(末)多謝狀元老爺！(小生)隨我進來。(末)是。(小生)吓！李舅，小姐的靈柩停在那裏？(末)阿呀！狀元老爺，那日江中風狂浪大，莫説靈柩，連屍首竟没、没、没處打撈。(小生)吖，連屍首竟没、

没、没處打撈？（末）没處打撈。（小生）阿呀！妻。（老内白）十朋。（末）老安人相請。（小生）隨我進來。（末）是。（小生）阿呀妻吓！（下）

後發書

（生上）

【破陣子引】野外江山幽雅，城中景物繁華。（正接）六街三市堪描畫，萬紫千紅實可誇。（貼接）閩城景最佳。

（生）夫妻幸喜到閩城，跋涉程途爲利名。（正）大布仁風寬政令，（貼）廣施德化爲黎民。（生）夫人，我自到任以來，且喜詞清訟減，盜息民安，這也可喜。（正）相公，你許女兒一到任所，即便修書，遣人到饒州去，報與他丈夫知道，書可曾寫下？（生）書已寫下，晚堂差人去便了。（貼）爹爹，此去到饒州有多少路程？（生）約有一月之程。（貼）那遞書人多與他些盤纏便好。（生）兒吓，你教我多與他些盤纏，爲父的呵。

【榴花泣】（【石榴花】首四）守官如水，胸次瑩無瑕。薄税歛，省刑罰，撫按黎庶禁奸猾。喜詞清訟簡，無事早休衙。（同）（【泣顔回】合頭）依條按法，相懲一戒百，有誰不怕？等三年任滿期瓜，詔書來早晚遷加。

【前腔】(正接)覷着他花容月貌勝仙娃，忍將身命淹黃沙？ 天教公相救伊家，好似撥雲見日，枯樹再開花。(合頭)論貞潔可誇，恁捐生就死可不令人訝。 恁萱堂怎不詳察？ 全不道有傷風化。

【漁家燈】(貼接)若提起舊日根芽，不由人珠淚如麻。 恨只恨一紙讒書，搬得我母親叱咤。(生、正接唱)他見差，逼汝身重嫁，那些個一鞍一馬？ 這書札令人遣發，管成就鸞孤鳳寡。

(生)吩咐開門。(正、貼下)(牢子、中軍、淨苗良上)(吹打住)(生白)傳苗良。(衆傳)(淨)苗良叩頭！ (生)是你該差？ (淨應)(生)我有公文一角，差你到饒州王三府處投下。(淨應)(生)雖是公文，内有書信一封，要小心投遞。 回書要緊，不得有誤。 賞你五兩銀子，限你一月繳回。 聽我道。

【前腔】(生唱)今日裏拜辭了臺下，明日向海角天涯。 一心去傳遞佳音，不憚路途波查。(淨下)(生)掩門。(衆下)(正、貼上)爹爹，下書人去了麽？ (生)去了。(貼)孩兒還有話說。(生)有話何不早説？ (貼)吓！ 母親吓！ (唱)若見他只説三分話，又恐他別娶渾家。(生、正接唱)把閒話一筆勾罷，苗良回便知真假。

【尾】月再圓花重發，那其間歡生喜洽，重整華筵泛紫霞。

(生)饒福相看數日程，(正)修書備細説緣因。

(貼)分明好事從天降，(合)重整前盟合舊盟。(同下)

梅嶺

（老上）

【臨江引】客夢悠悠雞唤醒，窗前尚有殘燈。（小生）攬衣推枕自閒評。（末接）今日飄零，何日安寧？

（老）促整行裝及早行，驅馳只爲利和名。（小生）拚却餐風並宿水，（末）不愁戴月與披星。（衆皂隸暗上白）有人麽？（末）什麽人？（皂）發扛已完，請爺起馬。（末照念）（小生）就此起行。（末）就此起行。（末照念）（小生）請母親上車。

【朝元歌】（衆同唱）騰騰曉行，露濕衣襟冷。徐徐晚行，月照遥天暝。只爲功名，遠離鄉井。（下）（又衆上接唱）（净扮巡檢）渡水登山驀嶺，戴月披星，車塵馬足不暫停。晴嵐障人形，西風吹鬢星。（小生、衆又上接）（合頭）潮陽海城，到得後那時歡慶。

（净）三山巡檢迎接大老爺。（末）馬前見。（净）三山巡檢叩頭！（小生）那裏差來的？（净）三府王老爺差來的。（小生）那個什麽王老爺？（净）貴同年士宏老爺。（小生）原來就是王年兄，王老爺在任好？（净）近日有恙。（小生）什麽恙？（净）水土不服，有些破腹。（小生）有幾時了？（净）有月餘了。（小生）我在路上不及修書問候，原帖拜上，説我到任之後，差人問安。（净）是，過來見了。（衆

同）小的們叩頭！（末）起去。（净）有弓箭手二十名，長鎗手二十名，送老爺過梅嶺。（小生）爲何要這許多？（净）梅嶺上猴猻甚多，願老爺此去指日封侯。（小生）這官兒倒也會講。止留長鎗手在此伺候，餘者發回。（净應）小心伺候。（净同弓箭手下）（末）長鎗手引路。（衆）吓！

【前腔】（同唱）幾處幽林曲逕，松杉列翠屏。回首亂雲凝，禪關掩映，（内鑼邊三已介）聽遠鍾三四聲。欽奉綸音，命遊宦，宿郵亭。遠離京城，盼陽關把往事空思省。水程共山程，長亭和短亭。（合頭）潮陽海城，到得後那時歡慶。

（外、净上）潮陽府書吏、陰陽生迎接大老爺。（末）馬前見。（外、净）書吏、陰陽生叩頭！喜單呈上，請大老爺擇日上任。（小生）十五日城隍廟宿山，十六日吉時上任。（外、净應）（小生）這裏到衙門還有多少路？（外、净）還有五十里。（小生）衙門伺候。（外、净應）打道！（衆喝）

【前腔】（同唱）八九處人家寂静，柴門半掩扃，溪洞水泠泠。路遠離別興，自來不慣經。遥望酒旗新，買三杯，消渴吻。哀猿晚風清，歸鴉夕照明。（合頭）（同下）

行喪

（典吏吊場）（生白）富貴從來别等論，榮枯得失命中存。無福改爲有福地，有福翻成無福人。下官江西饒州府首縣是也。自從三府王公到任三月，不服水土，全家俱歿了。幸喜留得一位公子，尚在懷抱；

止存一個蒼頭，賴他撫養。今日扶柩回去，我已設祭在東門外，祭奠一番。正是：些微少敬同僚誼，免使行人口似碑。（下）（淨上）上命差遣，概不由己。自家苗良便是。奉錢都爺之命，着我到王府衙門下書，一路來餐風宿水，且喜已到饒州，不免進城去。下了書，早些回去。呀！那邊有行喪的來了。總是便道，上前一看，有何不可？（淨下）（衆執事六局逐對上）（付家人抱孝子上）

【錦纏道】（同唱）離黄堂，見父老哭啼路傍，驀忽地奇殃。痛陰靈飄飄，棲泊何方？（接吹打）（苗良上看介）（衆繞場下）（淨白）吓！怎麽銘旌上寫着『僉判王公之柩』？難道王老爺棄世不成？我且到私衙裏去問個實信，好回復老爺。來此已是宅門上。大哥，借問一聲。（内）問什麽？（淨）王老爺在衙内麽？（内）方纔行喪出去的，就是王老爺。（淨）吖！王老爺真個歿了？（内）正是。（淨）什麽病死的？（内）水土不服，全家歿了。（淨）原來如此。請了！且住，王老爺已死，書無投處，在此也無益，急急回去罷。一心忙似箭，兩脚走如飛。（下）（衆上）（同唱）想當日任潮陽，雖云路長，或者倒有個顯達名揚。恨奸相調饒邦，致令全家魂歸天壤，又不能芳名萬古揚。幸留下周年少郎。誰去對孤墳，痛哭淚汪汪。

（接細吹打）（淨又上，見人問信一次）（衆擺門進場設祭桌）（又小軍引生上）（末扮禮生常照祭焚帛）（孝子謝）（生白）啊呀呀呀！豈敢！豈敢！好一位公子！吓老人家，難爲你，好生撫養成人，以存先老爺的宗嗣。（付應）（生）咳！可憐！（小軍引下）（付白）快些到東門去下船。（衆應）

【普天芙蓉】（同唱）嘆廉清，空悽愴，痛全家真悲壯。撫孤兒繼一脈書香，望蒼穹保護安康。

【玉芙蓉】）（合頭）空惆悵，白雲渺茫，到今日思今追昔命愈傷。（同下）

回　書

（浄上）轉眼垂緑楊，回來麥子黄。萬事分已定，浮生空自忙。自家苗良是也。奉老爺之命，差往饒州王三府處下書。不想僉判到任三月，不服水土，全家歿了。今日纔回，來此已是宅門首。那個在？（浄打梆、付扮皂隸上）什麽人？（浄）是我。（付）苗良，你回來了。（浄）正是。相煩説一聲。（付）曉得。裏面那位大叔在？（外）怎麽説？（付）遞書人回來了。（外）住着。老爺有請。

【引】（生上唱）人生最苦是别離，論貞潔世間無比。

（外）啓爺，遞書人回來了。（生）着他進來。（外應）把門的呢？（付）在。（外）開了宅門，着那遞書人進見。（付應）苗良呢？（浄）在。（付）老爺傳。（開宅門進介）（浄）吓！老爺在上，苗良叩頭！（生）你回來了？（浄應）（生）可有回書？（浄）有回書，老爺請看。（生）吓！這是我的原書。（浄）正是。（生）爲何不曾投下？（浄）小人一到饒州，進了東門，正遇一起行喪的，見銘旌上寫着僉判王公之柩。（生）你可曾問個明白？（浄）即到私衙去問，説三府老爺到任三月，不服水土，全家歿了。（生）怎麽説？（浄又雲）全家歿了，爲不服水土。（生）吖！全家歿了？（浄）是。（生）咳！可惜吓

可惜！知道了，改日領賞。（浄）吓！（下）（生）正是：人無百歲期，枉作千年計。來。（外應）（生）傳話後堂，着梅香請夫人、小姐出來。（外傳介）（下）（丑内應）

【引】（正上）書緘情慘切，烟水多重疊。

【引】（丑隨貼上）報道有書回，故人如見也。

爹爹、母親。（生）夫人，遞書人回來了。（正）遞書人回來，必有好音。（生）原書在此，不曾投下，有甚好音？（貼）爹爹，爲何着曾投下？（生）兒吓，你去猜一猜。（貼）吖！

【漁家傲】（唱）莫不是明月蘆花没處尋？（生介）饒州乃接壤之地，有甚難尋？莫不是薄倖王魁嫌遞萬金？（生介）他不是王魁，你也不是桂英。莫不是瘦伶仃病倒東陽枕？（生介）若是有病，還有起身之日。莫不是漢陳蕃不曾至任？（生介）怎麽不曾至任？到任三月，不服水（住口），咳！阿呀爹爹吓！爲甚的欲言不語情難審？早難道王允全抛一片心？

【前腔】（生接）咱言語説到舌尖又將口噤。（正介）相公説與女兒知道。若提起始末原因，教你愁悶怎禁？（貼介）爹爹，爲何如此？此生休想同衾枕，要相逢除非是大海撈針。（正介）一些也不解吓。這情由有甚難詳審，不投下佳音回訃音。

（貼）爹爹，佳音是喜信，訃音是死信，莫非我丈夫有甚差遲麽？（生）阿呀兒吓！你丈夫到任三月，不服水土，全家歿了。（哭介）（貼）吖，我丈夫爲不服水土，全家歿了？（生）全家歿了。（貼）阿呀！兀

的不痛殺我也！（跌介）（生、正）我兒醒來！ 我兒甦醒！（丑）阿呀！ 小姐醒來！

【梧桐犯五更轉】（貼唱）我爲你受跋涉，我爲你遭磨折。（正介）梅香，扶了小姐起來。（丑應）（生）咳！ 可憐！ 我爲你投江，我爲你把殘生捨。 誰知今日伊先決，這樣淒涼，教我剗地裏和誰説？ 梅香，去問老爺，可容奴帶孝？（丑）是哉。 老爺，小姐問阿容帶孝？（生）在任所不便，穿些縞素罷。（丑照念）（貼）既如此，梅香，（丑應）（貼唱）與我把釵梳除下，盡把羅衣卸。 雖不能守孝持喪，也見我守貞潔。

【東甌令】（生、正接唱）兒吓！ 休嗟怨，免攧屑，分定恩情中道絶。 夫妻本是同林鳥，限到各分別。 生同衾枕死同穴，誰肯早抛撇？

【劉潑帽】（貼接）（通行不唱。）念妾那日蒙提挈，只指望重諧歡悦。 可知負心，可也隨燈滅。一度思量，一度肝腸裂。

【秋夜月】（生、正接唱）你莫哽咽，總是前生孽。 雖然一時鏡破鸞影缺，慢慢的秦樓別訪吹簫客。（貼）母親説那裏話來？ 妾夫雖不才，亦爲郡牧寮官。 妾今移心改嫁，前者投江乃沽名釣譽也！（正）兒吓，你青春年少，終身怎得了？ 我女兒做人要做絶，我相公爲人須爲徹。

【金蓮子】（通行就接此曲。）（貼）待要説，奈傷心，到口又哽咽，貞共潔怎叫我兩截？ 若要我再招夫，除非是山崩大江竭。

【尾】(合唱)貞心一片堅如鐵，再醮徒勞費唇舌，千載共姜重見也。

(生)甘守共姜誓柏舟，(正)分明塵世若浮鷗。(貼)三寸氣在千般用，(合)一旦無常萬事休。(生)兒吓，你如此立志，不惟顯你一身名節，且與天下婦人增輝。待明日螟蛉一子爲嗣便了。隨我進來。(貼)是。(同下)

男祭

(老上)

【引】細雨霏霏時候，柳眉烟鎖長愁。(小生)昨夜東風驀吹透，報道桃花逐水流。

母親拜揖！(老)罷了。極目家鄉遠，白雲天際頭。(小生)五年離故里，灑淚濕征裘。告母親知道。(老)起來說。(小生)是。孩兒昨夜夢見媳婦，扯住孩兒衣袂，說十朋吓十朋，我只與你同憂，不與你同樂。醒來却是南柯一夢。(老)敢是媳婦與你討祭了？(小生)孩兒祭禮已備，請母親主祭。(老)吓！阿呀媳婦兒吓！(尖)非是兒夫負你情，只因奸相妒良姻。生前淑性甘貞潔，死後陰魂脱世塵。餐玉饌，飲瑶樽，水晶宫裏伴仙人。待你兒夫任滿朝金闕，與你伸冤奏紫宸。兒吓！你去祭罷。(小生)是，孩兒告祭了。吓！阿呀妻吓！(尖)我和你好似巫山一片雲，秦嶺一堆雪，閬苑一枝花，瑶臺一輪月，到如今雲散雪消，花殘月缺，好傷感人也！

【新水令】（唱）一從科第鳳鸞飛，被奸謀有書空寄。幸萱堂無禍危，痛蘭房受岑寂。捱不過淩逼，阿呀妻吓！恁身沉在浪濤裏。

【步步嬌】（老接）咳！將往事今朝重提起，越惱得肝腸碎。清明祭掃時，你省却愁煩，且自酬禮。李舅，看酒。（末）有酒。（小生）母親，卑幼之喪，何勞母親奠酒？（老）兒吓，（唱）須記得聖賢書，道我不與祭如不祭。

（小生介）李舅，看酒。（末）有酒。

【折桂令】（小生接唱）爇沉檀香噴金猊，昭告靈魂，聽剖因依。自從俺宴罷瑶池，宫袍寵賜，相府把俺勒贅。俺只爲撇不下糟糠舊妻，苦推辭桃杏新室，致受磨折，改調俺在潮陽，阿呀妻吓！因此上耽誤了恁的歸期。

【江兒水】（老接）聽説罷衷腸事只爲伊，却原來不從招贅生奸計。惱恨娘行忒薄義，淩逼得你好没存濟。母子虔誠遥祭，望鑒微忱，早賜靈魂來至。

【雁兒落】（小生接唱）徒捧着淚盈盈一酒巵，空列着香馥馥八珍味。慕音容，不見伊，訴衷曲，無回對。呀！俺這裏再拜自追思，重會面是何時？揾不住雙垂淚，舒不開咱兩道眉。先室，俺只爲套書信的賊施計。賢妻，俺若是昧誠心天鑒知，昧誠心自有天鑒知。

【僥僥令】（老接）不是你爹行没主意，是你繼母太心欺。貪戀富室豪門財和禮，抛閃得兩分

離中路裏，兩分離中路裏。

【收江南】（小生接）呀！早知道這般樣拆散呵，誰待要赴春闈？便做到腰金衣紫待如何？説來的話兒又恐怕外人知，端的倒不如布衣，倒不如布衣。阿呀妻吓！只索要低聲啼哭自傷悲。

【園林好】（老接）免愁煩回辭了奠儀。我那媳婦兒吓，做婆婆的本待要拜你一拜，恐你消受不起。罷！只得拜馮夷多加些護持，早早向波心中脱離，惟願取免沉溺，惟願取免沉溺。

（小生介）李舅化紙。（末應）

【沽美酒】（小生接唱）紙錢飄，蝴蝶飛；紙錢飄，蝴蝶飛；血淚染，杜鵑啼。（通行連唱。）

（淨齋夫、丑舍人上白）小官人走吓！幾裏是哉，阿有啥人拉裏？（末）是什麼人？（淨）大叔，我俚正齋老爺曉得老爺拉裏祭奠夫人落，叫舍人來讀祭文個。（末）住着。啓爺，學中正齋老爺曉得老爺在此祭奠夫人，特送舍人到來，宣讀祭文。（小生）請進來。（末應）請你們進去。（淨）小心點。（丑）曉得。大人，我裏爺曉得老爺在此祭奠夫人了，教我來讀祭文。（小生）有勞！（丑）維大宋熙寧七年吉月辛卯朔日，乙酉科進士及第任潮陽浙江温州永嘉孝夫王十朋，謹以清酌素饌之奠，致祭於亡妻玉蓮錢氏夫人前而言曰：惟靈之生，抱義而滅；惟靈之死，抱節而歸。於戲！昔受荆釵爲聘，同甘苦於茅廬。春闈一赴，鸞鳳分飛；詐書一到，骨肉分離。姑娘爲奪婚之媒，繼母使逼嫁之威。捱不過連朝折挫，抵不過晝夜禁持。

拜辭了睡昏昏之老姑，哭出了冷清清之繡幃。江津渡口，月淡星稀，脱鞋遺跡於岸邊，抱石投江於水底。江流哽咽，風木慘悽。波滚滚而洪濤逐魄，浪層層而水泛香肌。哭一聲妻兮，雁飛鴻隨，鶴唳猿啼。叫一聲妻兮，雲愁雨怨，天悲地悽。哀情訴歟河伯水宫，悲困薦唳歟佛説菩提。料今生不得相見，願來世再結良期。靈魂不昧，尚其鑒之。於戲！哀哉！伏惟尚饗！（小生）取個封兒與他。（末應）（淨、丑謝下）

（老白）兒吓，將媳婦的繡鞋也焚了罷。（小生唱）睹物傷情越慘悽，靈魂兒恁自知。俺若是負心的，負心的隨着燈滅。花謝有芳菲時節，月缺有團圓之夜。俺呵徒然間早起晚息，想伊家念伊。妻吓！要相逢除非是夢兒裏，和你再成姻契。

【尾聲】（同）昏昏默默歸何處？哽哽咽咽常念你，直上嫦娥宫殿裏。

（末上）住着。啓爺：有報單在此。（小生）取來。『吏部一本，爲缺官事，江西吉安府缺知府一員，推得廣東潮陽僉判王十朋，治事清廉，持心公正，堪以陞授吉安知府。欽此。』知道了，賞報人二兩銀子。（末應下）（小生）母親，孩兒已陞授吉安知府。（老）可喜吓可喜！幾時起程？（小生）明日辭了各上司，即便起程。（此段通行不念，唱完，老接白。）（老接白）年年此日須尚祭，（小生）歲歲今朝不可遲。（老）天長地久有時盡，（小生）此恨綿綿無絶期。（老）隨我進來。（小生）是。阿呀妻吓！（下）

夜香

（貼上）

【一枝花引】花落黄昏門半掩，正明月滿空清曠。命蹇與時乖。月在望人不見，好傷懷。

昔恨時乖赴碧流，重蒙恩相得收留。深處閨門重閉户，花落花開春復秋。奴家自從那日投江，不期遇着錢按撫撈救，收爲義女，勝似親生。只是無以爲報。今宵在月明之下，不免燒炷清香，以求上蒼蔭庇。適纔吩咐梅香安排香案，想已完備，不免到庭前拜禱則個。

【忒忒犯園林】（唱）想那日身投大江，蒙按撫恩德難忘。將奴看待勝似嫡親裰襠，如重遇父和娘。願他增福壽，永安康！

想我母親亡後，又虧繼母呵。

【川撥棹】（唱）親鞠養，我爹爹呵，擇良人配鴛行。誰知我命合遭殃，誰知我命合遭殃，遞讒書逼奴險亡。蒙天眷，遇賢良，保佑他永安康。

想我婆婆娶奴家呵！

【好姐姐】（唱）指望終身奉養，又誰知中途骯髒。存亡未審，使奴愁斷腸，心悽愴。親姑早會無災障，骨肉團圓樂最長。

想我丈夫有了奴家呵。

【香柳娘】又重婚洞房，又重婚洞房，將奴撇漾，不思父母恩德廣。痛兒夫夭亡，痛兒夫夭亡，不得耀門墻，抛棄萱花在堂上。願他魂歸故鄉，魂歸故鄉，免得此身渺茫，早賜瑶池

宴賞。

【尾】終宵魂夢空勞攘，若得相逢免悒怏，再爇明香答上蒼。

香烟緲緲浮清碧，衷曲哀哀訴聖祇。

致使更深與人静，非關愛月夜眠遲。(下)

脱靴

(净、丑扮父老拿酒盒、彩旗各持上白)親家走吓！

【賞宫花】(唱)耆宿社長，聽榮除，特舉觴。五年豐稔沾惠，盡安康。卧轍攀鞍無計策，驪歌別酒衆難忘。

(净)親家，阿記得小時節騎竹馬，姑歇做了白頭翁？(丑)啥個白頭公？還有一隻毛鵓鴣裏來。(净)亦要討便宜哉。(丑)格是我個毛病。(净)勿要鵲氣。(丑)生成格張老鴉嘴。(净)勿要説哉。自從三府王老爺到任五年，真個清如水，明似鏡，上和下睦，格歇陞子吉安太守，今日束裝起行了。(丑)三府王老爺當初原任是饒州僉判，只因不就万俟丞相個親事落，故而改調潮陽，意欲陷害他。如今朝廷知他治事清廉，持心公正，陞他吉安知府，格叫因禍而得福。(净)爲此我們備得酒盒旗帳，到十里長亭，送他一程。還要脱他的靴，釘拉儀門上，千年遺踪，萬古遺愛。(丑)説得勿差。聽鼓樂之聲，

像是來哉，搭呸迎上去。（二旦小軍引小生、老旦、末同上唱）

【前腔】潮陽海邦，坐黄堂，名譽彰。省台飛薦剳，餞别談文章。擢任三山爲太守，叩頭萬歲謝吾皇。

（浄、丑）父老們迎接大老爺！父老們叩頭！（小生）衆父老到此何幹？（浄、丑）老爺自從到任以來，清如水，明似鏡。小老們特備酒盒旗帳，與老爺餞行，聊表野人獻芹之意。（小生）我在此也没有什麽好處，何勞這些禮物？（浄）那説没有好處？老爺未到任個時節，蠻獠騷擾，㈠盗賊猖狂，百姓横行，瘟疫難當。弟强兄弱，子駡父娘，兒啼女哭，餓斷絲腸。無衣無食，有褲無襠。西風一起，（做狗叫介）（丑）做啥？（浄）凍得狗叫汪汪。（小生）我到了任呢？（丑）老爺到任以來，那蠻獠遠遁，盗賊潛藏。家家樂業，户户安康。新新舊舊，衣服盈箱。粗粗細細，米爛陳倉。家家快活，專買石床。只聽得浪蕩擲擲，浪蕩擲擲。（浄）啥解説？（丑）打個【村裏迓鼓】。（浄）好吓！大叔請收了旗帳。（末應）（浄）篩酒，篩酒，我送老爺，呸送太夫人。（小生）生受你們。

【月上海棠】（浄、丑同唱）吾郡間，萬民沾惠恩無限。喜陞除吉郡，餞别陽關。無計留攬轡攀鞍，爲霖雨還須青盼。（合）程途趲，拚擔些巇險，受此躦跧。

（浄、丑）請老爺脱靴。（小生）不消罷。（浄、丑）留遺百姓瞻仰。（浄）老爺去子，無得格樣好官來個

㈠　獠：原作『遼』，據《新刻原本王狀元荆釵記》改。下同改。

哉。（小生）一官去了一官來。生受你們，回去罷。（小軍喝）（小生、老、末下）（净、丑）小老送老爺。（净）親家，方才老爺説，一官去了一官來，格是啥意思？（丑）曉得我俚有點文墨了？贈介一句我俚讀讀。（净）我搭呧要對一句末好。（丑）有理個。到申明亭上去，坐子拉對。（坐介）呧先來。（净）格末占哉。方纔王老爺説個一句是，（吟介）『一官去子一官來』，字韻叫啥？『教人望得眼巴巴』。（丑）好拉化。親家，呧肚皮裏很有才。（净）親家呧來哉？（丑）等我想想看，吖吖吖吖，『三府老爺到任，竹爿拶子勿曾挨』。（净）好篤，呧個兩句比我通。如今老爺去哉，我俚就拉地方上掠三分一家。（丑）呧亦要苛掠民財哉！（净）勿是苛掠民財。要買一根木頭，叫一個木匠，做一隻箱，釘拉儀門上，權當王老爺個靴拉哈，與萬民遺愛，千載瞻仰。（丑）勿差。（净）還要買點紙頭。（丑）要紙頭作啥？（净）方纔做個詩，難道就罷哉勿成？要刊刻子印板，各處貼貼，鄉紳送送，名爲《德政歌》。（丑）雖勿成詩，押韻而已。哈哈哈哈！（同下）

審局

（生乾唱）（末亦做）

【六幺令】迎官接員兩脚奔波，襪破靴穿，只愁驛馬連牽。人夫少，怎行船？這番責罰難求免，這番責罰難求免。

自家吏部承局便是。只因效勞多年，選到贛縣驛丞。可憐這驛，在要道之所，官府來往，迎送頻苦。早上要馬，晚間要船；今日要牽夫，明日要船夫。不要説没處賺錢，只要脱了上司責罰，就夠了。打聽得新任吉安府太守是王狀元，潮陽陞任到此。在京時節，曾與他寄過書信回去。如今去求他寫封書信與本府，改陞南山巡檢，未知允否？不免迎上前去。一心忙似箭，兩脚走如飛。（小軍引小生、老、末上）

【前腔】（同唱）盤山過川，遠望長途，馬鬧人喧。且自前去息駢闐，衡州府遇郵傳，料應任所非遥遠，料應任所非遥遠。

（生）贛州府贛縣驛丞迎接大老爺。（小生）那驛丞有些面善。（生）驛丞叩頭！（遞手本）（小生看）贛州府贛縣驛丞承局，你就是承局？（生）正是。當日老爺高中時節，曾與老爺帶過家書回去的。（小生）哆！與我拿下，把他洗剝了！（衆）吓！（生）啊呀！老爺，却是爲何？（小生）左右，與我重砍四十。（衆打介）（小生）我把你這狗才，怎麽把我家書套寫，致令我夫人投江身死？從實招來！（生）啊呀！小人自領老爺之書，一路不曾耽擱，誰敢套寫？（小生）胡説！左右，與我拶起來！（衆應拶）（生）啊呀！老爺，冤枉嗐！（小生）你畢竟將書留在誰處來？（生）待小人想來。吖，吖，吖，老爺聽禀。

【駐馬聽】（生唱）自别臺前，邂逅相逢孫汝權。（小生）孫汝權與我筆跡相同，事有可疑。他便怎麽？（生）喏，（唱）他要把家書寄傳，權解征鞍，暫爾留戀。（小生）他留戀，你便怎麽？（生）叫小

人到他寓所去，說要留你喫杯酒，因在客邊不便。倘與你到店中去一敘，又要寫信，恐耽擱你的工夫。有個小意思，送你自去開懷暢飲罷。（唱）將青蚨幾貫做盤纏。那時小人欠了見識，不合把包裹留在他寓所。（唱）向酒家獨酌重回轉。（小生）你回到寓所可曾檢點包裹？（生）這個，小人不是了。（唱）行囊失點，除非奸計將書來换。

【前腔】（小生接）嗳！可怪奸頑，改换家書恨怎言？狗才吓！你貪着三杯濁酒，幾貫青蚨，惹禍如天。致使我夫人一命喪黄泉，此仇雪恨怨非淺。（生）非干小人之事。（小生）鬆拶。（衆）吓！（小生）上了刑具。（衆）吓！犯人上刑具。（小生）將他監禁有司，待我修書與周年兄，提那孫汝權到來，一同面質問罪。（生）望老爺超生！（小生）好狗才！（唱）不必多言，囹圄收禁，待與孫郎折辯。

（衆）吓！走，走，走！（帶生下）（小生、老白）今番假書明白了。（末）怪道這狗男女對員外説，老爺入贅相府了。（老）兒吓，這樁事如今便怎麽？（小生）孩兒看朝報，同年周年兄已陞温州府，待孩兒修書與他，提那孫汝權到來，與承局對證明白。（末）老爺，恐員外、安人在家懸望，使小人回去，這書，待小人帶去可好？（小生）如此甚好。待我今晚修書，明日打發你回去，接取員外、安人到我任所，同享榮華便了。（末）多謝老爺！（小生）母親，今晚暫宿驛中罷。（老）咳！奸徒設計改家書，（小生）難辨中間是與非。（合）混濁不分鰱共鯉，水清方見兩般魚。（下）

六　卷

開　眼

(付上)噲！老老，阿要扶𠯋到外頭去坐坐？(外)使得。(鵲噪介)(付)老老，有喜事來哉！(外)怎見得？(付)那。

【三臺令引】(唱)夜來花蘂銀燈，曉起鵲噪翠屏。(外)咳！(接)何喜到門庭？頓教人側耳頻聽。

(付)坐好子。(外)每日心懷耿耿，終朝淚眼盈盈。只爲孩兒成畫餅，教人嘔氣傷情。(付)昨夜燈花結蕊，今朝鵲噪頻頻。(外)料我寒門冷似水，有何好事到門庭？(付)勿要昏悶，我去拿茶拉𠯋喫。

(末上)

【前腔】乍離南粵郵亭，又到東甌郡城。

我李成，自離吉安，又到温州。一路來聞得員外思念小姐，哭得兩目昏花。來此已是自家門首，我且進去。（付）外頭有人聲音，等我去看看介。（末介）安人。（付）咦！ 唔是李成滑！（末）正是，男女叩頭！（付）罷哉！ 罷哉！（末）員外一向好麼？（付）勿要説起，爲子思念小姐，眼睛纔哭瞎篤哉。（末）果有此事？（付）那説嘸介事？（末）如今在那裏？（付）拉篤中堂，跟我來。（末應）（付）老老，李成居來哉。（外）吖！ 李成回來了？（末）吓員外，男女李成叩頭！（外）叫他不要叩頭，上前來。（付）員外説，勿要叩頭，走到身邊來。（末）是。 吓員外！（外）咳！（末）吖喲喲喲！（付介）啊呀！ 狗咬哉？（外）唔，我怎樣吩咐你？ 送到了老安人，即便就回。你一去五年，竟不回來。阿呀！我只道你這狗才死了！（付）認道唔死脱哉。（末）吓員外，男女送到了王老安人，本欲就回，因被他苦留，送了狀元到任之後，故爾纔回。（付）格樣忘恩負義之人，還要送俚做啥！（末）安人吓，那狀元不是忘恩負義之人耶。（付）那，喫了俚篤幾年飯脚水，就幫俚篤哉？（外）是吓！（末）員外，他當初除授饒州僉判，只因奸相招贅不從，改調潮陽烟瘴地方，意欲陷害狀元。後來朝廷知道他處事廉能，持心公正，陞任吉安知府。修書打發男女回來，接取員外安人，到任所同享榮華。喏，喏，喏，有書在此，員外請看。（外）我不要看。（付）爲啥了？（外）前番一封書，害得我家破人亡；如今又有什麼書，我不要看。（付）老老，前頭個封書，休子我俚囡唔，那間格封書，怕道休子我老太婆去勿成？ 看看末哉！（外）我兩眼昏花，如何看得？（付）李成識字個耶，叫俚念拉唔聽末哉。（外）如此，李成，你把書上字字行行，清清朗朗，念與我聽。（末）喲！ 書上寫的員外開拆，男女怎敢？（外）命你拆，拆就是

了。（付）叫伍拆末拆哉滑，有個多化説話？（末）如此，男女告拆封了。（付）阿是到底要跟官，學子多化規矩篤哉。（末）員外聽了吓！

【一封書】（乾唱）婿百拜岳父前，員外可曾聽見？（外）聽見的，念吓。（末）是。（唱）（付介）耳朵是好個來。自離膝下已五年。因參相，不見憐，改調潮陽路八千。今喜陞任吉安府，遣僕來迎到任間。匆匆的奉寸牋，伏乞尊前照不宣。（外）念吓！（末）念完了。（外）書呢？（末）在。（外）拿來。（付）拿得來。（末應）（外）吓！啊呀呀！（付）亦要哭哉？（外）我聽了此書呵！

【下山虎】（唱）正是見鞍思馬，睹物傷情。（付介）李成，伍出去子長途，伍篤家主婆養子一個大胖妮子哉！進去看看介。（末）是。吓妻子，我回來了！（下）觸起我關心事，教我怎不淚零？如今我婿得沐聖朝寵榮，我女一身成畫餅。他穩坐在吉安城。玉蓮的親兒吓！若説猛浪滔天魂未醒，追想越悲哽。當此衰年暮齡，反要艱難匍匐行。（外哭介）（末暗上）員外，請免愁煩。（外）吓李成，狀元聞知小姐死了，便怎樣？（末）那狀元聞知小姐死了，頓時哭倒在地。（外）自然要哭。（付）那説勿要哭。（外）以後便怎麽？（末）以後虧得老安人與男女救醒。員外，前番那假書情由，已明白了。（外）怎樣明白呢？（末）那日在贛州道上，遇着了前番下書的承局，在那裏做驛丞。狀元見了，立刻拿下，拷問寄書情由，那知就是孫汝權套寫的。（外）

吖！原來就是這狗男女套寫的？（末）當時把承局監禁在有司，要捉拿將孫汝權到來，一同面質問罪。（外）吖，吖，吖，李成，你去後，那孫汝權反告我圖賴婚姻，虧得周四府清廉，審得賴婚是虛，威逼是實，把他打了四十大板，已下在獄中了。（付）正是。前日子姑娘居來，説孫汝權自覺情虛，吊殺拉監裏哉。（外）吖！死了？便宜這狗男女。（末）便宜了他。（外）李成，那狀元可曾説我們什麼？（付）阿拉篤説我俚啥？（末）狀元着實感激員外安人。（外）感激什麼？（末）喏。

【前腔】感激你義深恩厚，夢繞愁縈。久絶鱗鴻信，因此悶懷倍增。母子修書，遣僕來迎。料想恩官必待等。（外接）天寒並地冷，未可離鄉背井。且待春暖款款行。

【亭前柳】（付接唱）你垂鬢已星星，弱體戰兢兢。況且寒凛凛，那更冷清清。此行怎去登山嶺？且自商量，未可登程。

【前腔】（外接）我不去恐辜情，欲去怕勞形。李成，你須先探試，臨時怎支撑？（末接）小人只索從台命。（付白）住篤，勿要鬧熱蓬生。（唱）且過殘冬，待春暖共登程。

（外）昔日離家過五秋，（付）今朝書到解千愁。

（末）來年同到吉安郡，（合）不棄前盟共白頭。

（外）好個不棄前盟共白頭！哈哈哈！李成，狀元聞知小姐死了，可想再娶麽？（末）那狀元説終身不娶。（外）吖！終身不娶？哈哈哈！（末）又道誓不再娶。（外）吖，誓不再娶？哈哈哈哈！真

個？（末）真個。（外笑）果然？（末）果然。（外）哈哈哈哈！真乃義夫節婦！哈哈哈哈！阿呀，李成，我雙眼復明了！（末）吖！員外雙眼復明了？（外照念）（末）男女不信。（付）勿信，等我來試試看。直介幾個？（外）三個，哈哈哈！（末）喏喏喏，員外，這是幾個？（外）五個，哈哈哈哈哈！（末、付）果然雙眼復明了。謝天地！（外）正是：人逢喜事精神爽，（付、末）月到中秋分外明。（外）媽媽，收拾收拾傢夥，托付與妹子，來春一同前去。（付）呒篤去，我是勿去。（外）爲何？（付）前頭親家母拉裏，待慢子俚，啥個面孔去見俚篤？（外）他是做狀元的、做官的人，寬洪大量，不計較你。（付）格末李成，去買一個虎面子來。（外、末）做什麽？（付）遮遮羞哉耶。（下）（外）吓！呢！哈哈！他也曉得没趣的？（末）是。（外）李成隨我來。（末）到那裏去？（外）到將仕公家去。（末）做什麽？（外）前番一封書，累他受氣，如今這封書，也叫他歡喜歡喜。哈哈哈哈！（末照念）（外）快活！快活！哈哈哈哈！（末亦照念）（外）李成來。吖唷！（末）員外，看仔細。（下）

拜冬

（生上唱）

【番卜算引】時序兩推遷，莫把愁眉結。撫民治國寸心丹，方表爲臣節。

豸冠衣繡列朝班，昔日曾經面斥奸。辭陛遠臨靖海粤，江南半壁柱撑天。下官錢載和。坐鎮南粤，按撫閩地，且喜海上無烽烟之警，城中絶桴鼓之聲，奸宄潛踪，豪强屏息。今日節屆冬至，合當率領屬員

拜牌。正是：聖朝有道光天下，臣庶均沾雨露恩。（小生、外上）合屬俱齊，請大老爺拜牌。（各下）

【杜韋娘】（貼上唱）朔風寒凛冽，雲布野墅捲飛雪，看萬木千林多凍折。小窗前，梅花再綴，冰稍數點幽潔。

痛憶我兒夫，感念嗟吁，轉頭又是五年餘，按撫收留恩不淺，補報全無。今日冬至令節，爹爹拜牌去了，等候爹爹回來，好一齊拜賀爹爹母親則個。

【麻婆子】（丑上乾唱）做奴做奴空惆悵，何時得嫁馬上郎？做奴做奴空勞攘，只落得曉夜忙。遇冬節，巧梳妝，身穿一件好衣裳。市人見了多誇獎，道我是風流一個俊俏娘。小姐，今日是冬至節，小姐請坐子，待梅香拜節。（貼）罷了。（丑）時遇新冬，喜氣重重，願得小姐再嫁一個好家公。（貼）胡説！取吉服過來。（丑）是，請小姐穿了吉服。老爺拜牌去哉，等俚轉來，好拜賀冬節。（貼）隨我進來。（丑）噢，是哉。（同下）（吹打）（生上）（小生、外同白）合屬文武，齊集轅門稟賀。（生）懸掛免謁牌。（小生、外）懸掛免謁牌。（衆）吓！（小生、外）皂隸叩頭排衙。（衆）吓！（起鼓住）（衆唱）吉日吉時，大老爺陞堂公座。（小生）起去。（衆）吓！（起鼓）合署衙役，左右分班伺候。（小生）起去。（衆）吓！（起鼓）合郡人目，出入平安。排衙畢，諸事吉。（小生、外）中軍叩賀大老爺！（淨）巡捕官叩賀大老爺！（小生）起去。（淨）吓！（貼）軍牢手叩賀大老爺！（小生）起去。（外）領賞。（衆）謝大老賞！（付、丑）紅衣班叩賀大老爺！（小生）起去。

(外)領賞。(付、丑)謝大老爺賞!(衆)皂隸叩賀大老爺!(小生)起去。(外)領賞。(衆)謝大老爺賞!(浄)堂事畢。(小生)收牌。(生)掩門。(衆)吓!(吹打)(衆喝下)

【引】(正上唱)及時行樂設華筵,(貼)共慶芳年節。

(正)相公。(生)夫人。(貼)爹爹、母親。(生、正)罷了。(生)下官蒞任以來,光陰似箭,日月似梭,不覺又是五年矣。(正)便是。相公,今日冬至令節,妾身備得水酒,與相公賀節。(生)生受夫人。(吹打)(正)相公請上,待妾身拜賀。(生)下官也有一拜。(貼)爹媽請上,待孩兒拜賀。(生、正)罷了。(吹打住)

【集賢賓】(合唱)一陽氣轉春透徹,履長歡慶冬節。稔歲瞻雲人意切,聽殘漏曉臨臺榭。今年是則,黄雲讖争書吉帖。(合頭)芳宴設,沉醉後,管弦聲咽。(吹打住)

【鶯啼兒】(同唱)光陰迅速如電掣,斷送了多少豪傑。遇良辰自宜調爕,且把閒悶拋撇。進履襪歡看婦儀,炷寶鼎對天答謝。(合頭)

【琥珀猫兒墜】(同唱)玉燭寶典,今古事差迭。遇景酣歌時暫歇,珠簾垂下且莫揭。歡悦,那獸炭紅爐,熠熠頻爇。

【前腔】小寒天氣,莫把酒樽歇。醉看歌姬濃艷冶,春容微暈酒懸頰。(合頭)

【尾聲】玉山低頽日已斜,酒散歌闌呼侍妾,且把錦被烘熱,從教醉夢賒。

（生）天時人事日相催，（正）冬至陽生春又來。（貼）雲物不殊鄉國異，（衆）開懷且覆掌中杯。（吹打住）（同下）

上路

（付上）東城漸覺風光好，縐浪恬波行客棹。緑楊烟外少人行，紅杏枝頭春意鬧。浮生常恨歡娱少，堪愛嬋娟傾一笑。爲君岐路看斜陽，且向花間留晚照。老身姚氏。幸喜我女婿陞任吉安知府，打發李成回來，接我們到任所，同享榮華。咳！此時我女兒若在，同到任所，豈不風光？正是：嬌女投河處，痛殺白頭親！（外内嗽）言之未已，員外出艙來也。

【小蓬萊】（外上唱）策杖登程去也，西風裏勞落艱辛。淡烟荒草，斜陽古渡，流水孤村。（付接）滿目堪圖堪畫，野景蕭蕭，冷浸黄昏。（末接）樵歌牧唱，牛眠草徑，犬吠柴門。

（外）緑遍汀洲三月景，錦江風静帆收。垂楊低映木蘭舟，半篙春水滑，一段夕陽愁。（付）灞水橋東回首處，美人親捲簾鈎。（末）落花幾陣入紅樓，行雲歸處水，流鴉噪枝頭。（外）媽媽，連日在舟中悶坐不過，今日日麗風和，花明景曙，我們一同上岸走走。（付、末）員外先請，我們隨後。（外）好天氣也！

【八聲甘州】（外唱）春深離故家，嘆衰年（同唱）倦體，奔走天涯。一鞭行色，遥指賸水殘霞。墻頭嫩柳籬畔花，只見古樹枯藤棲暮鴉。（末介）員外，這是青山，那時緑水。嵯岈，遍長途觸目

桑麻。

【前腔】（付接）呀呀，幽禽聚遠沙。老老，對芳菲禾黍，宛似蒹葭。（合）看江山如畫，無限野草閑花。旗亭小橋景最佳，只見竹鎖溪邊有三兩家。漁槎，弄新腔一笛堪誇。

（付）吖喲！走勿動哉！（末）員外、安人在此坐坐，待男女去看看船來。（外）去去就來。（末應下）（外）咳！早歲遊庠，何曾受此跋涉？（付）咳！今日個苦，纔是孫汝權害我俚個。（外）媽媽，不要說了。（付）阿一哇！阿一哇！雞眼纔走痛拉裏哉。

【解三酲】（唱）爲當初被人謊詐，把家書暗地套寫，致我兒一命喪在黄泉下，受多少苦波查。今日幸蒙佳婿來迎迓，又還愁逆旅淹留人事賒。（合）空嗟呀，自嘆命薄難苦怨他。

（末）員外、安人，船就在前面，下船去罷。

【前腔】（同唱）步徐徐水邊林下，路迢迢野田禾稼，景蕭蕭疏林中暮靄斜陽掛。聞鼓吹，鬧鳴蛙，一徑古道西風鞭瘦馬。慢回首，盼想家山淚似麻。（合頭）

（末）員外，看仔細。（同下）

親敘

（小生、老同唱）

【懶畫眉】荆釵博爾鳳頭釵，重義輕生脱繡鞋。一回思想一回悲，鳳釵猶在人何在，可保祐雙親到此來。（外、末、付上）

【前腔】館甥位掌五侯台，千里裁書遣使來。令人驚喜復悲哀，哀我弱息今何在，喜得他母子親情得再諧。

（末）員外、安人，這裏是了，待我去通報。（外）就出來。（末應）吓安人、狀元老爺，李成叩頭！（小生）李舅起來。員外、安人到了麼？（末）都到了。（小生）請母親一同迎接。（老）吓！二位親家請！（外、付）親母請！（小生）吓！岳父母請！（外、付）賢婿請！

【哭相思】（小生、老同唱）一自别來容鬢改，恨官銜失迎冠蓋。（外、付）生别重逢，死離難再。

（老）罷愁思且加親愛。

二位親家請上，老身有一拜。（外、付）愚夫婦也有一拜。（老）他鄉迎舊戚，便覺解深愁。（外）小女姻緣淺，青春地下遊。（小生）岳父母請上，待小婿拜見。（外、付）不消。（小生）半子情方盡，終身願已酬。（外、付）休嫌山婦拙，思好莫思仇。（老）親母，何出此言？（付）人之異與禽獸者，以其有仁義也。（老）言重！言重！請坐。（外、付）有坐。（老）久别尊顔，常懷厚德。向承寵愛，圖報無門。（小生）兹辱光臨，喜酬有地。（外）痛我女已亡，以非親者而親母反親之，賢婿反謙之。母子之賢，天下罕有。（老）吓親翁！

【玉交枝】感你恩深如海，我一抔土填得甚來？(一)久銘肺腑時時戴，特此遠迎冠蓋。兒吓，快令人把綺席開，（小生）吩咐擺酒。（院應）洗塵莫怪輕相待。（合頭）細思量荆釵可哀，細思量荆釵可哀。

【前腔】（外接）承蒙過愛竟忘哀，夫妻遠來。想當初在寒舍慚餔待，望尊親海涵寬貸。賢婿，你腰金忘勢真大才，不比薄情人轉眼生驕態。（合頭）細思量投江可哀，細思量投江可哀。

【前腔】（付）自慚睚眥，望尊親休得介懷。一時我也出無奈，莫把我做人看待。勸人家晚母休學我忌猜，逼女改嫁遭毒害。（合頭）細思量遺鞋可哀，細思量遺鞋可哀。

【前腔】（小生）慚予一介，荷深恩扶出草萊。爲微名五載忘親愛，豈知中路成災？當初指望白頭諧，誰知半路遭殘害？（合頭）細思量令人可哀，細思量令人可哀。

（院子）啓爺，筵宴完備，請上席。（老）幾年遠別又相逢，（外）又訝相逢似夢中。（付）果是稠人難物色，（小生）信知女婿近乘龍。（老）請二位親家上席。（付）吖喲！我個寬洪大量個個好太太！（笑下）

(一) 抔：原作『抷』，據文義改。

參都

（生上）

【鳳凰閣引】浪滾龍腥，淹留西南江艇。

奉命巡行駕一航，布帆無恙對篷窗。丹心一點如紅日，相映回波照上蒼。下官錢載和。蒙聖恩欽授兩廣巡撫，今帶家眷赴任，來此已是吉安府。奈風掀浪高，不能前行。唤驛丞。（二旦牢子暗上）唤驛丞。（丑上）來哉，來哉。驛丞叩頭！（生）我在此停舟避風，風息就要開船，不必報與各衙門知道。（丑）吓！（外、院子、小生上）

【引】送往迎來，難免許多馳騁。

（外）驛丞那裏？（丑）驛丞叩頭！（小生）錢都爺幾時到的？（丑）昨日到的。（小生）怎麽不來通報？（丑）都爺吩咐，在此停舟避風，風息就行，因此不曾通報。（小生）三日前有馬牌到來，府縣官理應出郭迎接，把手本呈上。（丑）吓！驛丞下艙。禀上大老爺，府縣官要見。（生）嗬，怎樣吩咐你，又來禀？（丑）説三日前大老爺曾有馬牌到來，府縣官理應出郭迎接，有手本呈上。（生）吉安知府王十朋。吓！怎麽，這裏又有一個王十朋？（丑）吖吖吖，想是城裏一個，城外一個。（生）吩咐各官免見，只請吉安知府相見。（丑）吓！都爺吩咐，各位老爺免見，只請吉安知府王太爺下船相見。（小生）吉安知府參見老大人！（生）非所屬，請起！（小生）不敢。（生）看坐。（小生）知府侍立請教，豈敢妄

坐？（生）有話動問，那有不坐之理？（小生）如此告坐。（生）這，貴府與何人同榜？請道其詳。

（小生）老大人聽禀。（生）願聞。

【皂羅袍】（小生唱）御道争先馳騁。（生）吖！原來殿元先生，失敬了！把椅兒上些。（丑）吓！（小生）不敢。（生）請問殿元仙鄉何處？（小生）大人吓，念寒家温郡，表字龜齡。（生）吖！原來就是梅溪先生。阿呀呀呀！久仰吓久仰！（小生）不敢！（生）聞得先生在饒州作推，爲何不往？（小生）喏，（唱）饒州作推未曾行，一鞭又指潮陽郡。（生介）代先生者是何人？（唱）他亦王姓，（生介）也姓王？什麼名字？雙名士宏。（生介）此公可在任否？居官不久，惜乎命傾。（生）吖！那王士宏歿了？咳！可惜！先生爲何又改調？（小生）大人吓，（唱）只爲万俟相招贅，怪我不從順。

（生介）原來這個緣故。有幾位寶眷在任？

【前腔】老母粗安晚景，（生介）還有何人？更岳翁岳母同享安寧。（生介）令正夫人也在任麽？山妻守節滞江濱。（生介）還該再娶。幾位令郎？幾位令愛？敢爲不義重婚聘？這等青年，還該再娶。芝田失種，藍玉未生。全了夫義，背了聖經了。欲全夫妻義，寧背聖經。（生）可曉得不孝有三，無後爲大？還該續娶。（小生）大人，若要卑府再娶呵，（唱）除非是山妻再世，我便重婚聘。

（生）好吓！真乃義夫節婦也！（小生）有薄禮表敬。（生）老夫一路行來，並不曾受一禮。（小生）些

細薄禮，一定求全收。（生）權且收下。（小生）吉安府誌書呈上。（生看介）烏鵲山，有景麽？（小生）有景。（生）這裏有位鄧芝山，可常會？（小生）時常請教的。（生）就是老夫敝同年，與他久闊了，明日請來一會，欲屈先生奉陪，幸勿推辭。（小生）領命。（生）這，還有一講，老荆在後船寂寞，欲請令堂太夫人到舟一敘。若是來呢，這禮物就受；若是不來，這禮物面辭了罷。（小生）老夫人在寶舟，家母理應問候。（生）如此收下了。（丑）吓！（生）令堂太夫人來呢，也没有什麽相待，不過相邀奉一茶。（小生）先施情厚以無加。（生）不嫌江口空虚静。（小生）坐看幽禽蹴落花。告辭。（生）請。（小生）不敢。（生）如此，把太爺的轎子打上來。（小生）不敢。（生）打扶手。（小生）不敢。（生）請。（小生下）（生）驛丞過來。（丑）有。（生）將我帖兒，明日去請鄧芝山老爺，與王太守並王太夫人赴席，不得有誤。（丑）曉得。（下）（生）阿呀！苗良這廝，好不誤事！我差他到饒州去遞書，也不問過明白，竟來回我，説王三府殁了。那知死的是王士宏，方纔見王十朋，細問其故，明明是我女孩兒的丈夫。本欲唤女兒過船，與他相會，我就轉個念頭。一個是鰥男，一個是寡婦，四目相窺，豈是儒家所爲？我明日設席舟中，請王太夫人在後船，先使他姑媳相逢。一壁厢請鄧年兄與王太守在席間露出荆釵，看他認與不認，就明白了。阿呀兒吓！此釵若認了，好似斷弦重再續，猶如月缺又團圓。（下）

男舟

（净嗽上）

【引】(唱)肥馬輕裘，賦詩飲酒，不減少年時候。

解組歸來二十年，水邊亭子屋邊田。雖然白髮難饒我，老景康寧便是仙。老夫鄧謙，別號芝山。致仕歸家，優遊林下，撫景終日。賦詩飲酒，登山玩水，倒也自在得極。格兩日撥拉格星求詩畫個纏得勿耐煩，今日要定子個一日來介。且叫鄧興出來。鄧興，鄧興拉篤落裏？(付暗上)拉裏幾裏。(淨)賊奴才，我老爺叫子吔半日，爲啥冷魂能個氽拉格篤半邊？(付)拉裏子半日哉。(淨)對吔説，我老爺格兩日撥拉格星求詩畫個鬧得勿耐煩，今朝要安定一日。吔到外頭去，倘有求詩畫個來，回頭俚，竟説我老爺勿拉屋裏；倘有請喫酒個來，説我拉屋裏。記明白，纏差子要打吔個狗腿個。(付)曉得。(丑上)奉着都爺命，來請鄧尚書。幾裏是哉，噲！大叔。(付)驛丞老爺落裏來？(丑)錢都爺請吔篤老爺喫酒，帖子拉裏。(付)吔立介一立。吖！讓我來騙騙俚看。(淨吟詩介)『山外青山樓外樓，西湖歌舞幾時休。』(付)老爺，求詩畫個拉篤外頭。(淨)吓吓吓！方纔對吔説個，亦是啥求書畫！拿板子得來，打個賊奴才！(付)勿要動氣，倒有個帖子拉裏。(淨)倒有啥帖子？讓我來看。『年家教弟錢天錫頓首拜：舟次相邀，勿却是幸。』哈哈哈！格是錢老爺請我喫酒，啥人拉篤外頭？(付)驛丞拉篤外頭。(淨)叫俚進來。(付)是哉。驛丞介。(丑)拉裏。(付)老爺叫吔進去。(丑)是哉。老爺，驛丞叩頭！(淨)阿呀呀，驛宰請起！(丑應)(淨)錢都爺幾時到的？(丑)昨日到的。(淨)爲啥勿報我曉得？(丑)因停舟避風，風息了，就要開船，故爾不曾來報得。(淨)吖，吖，阿曉得還有何客？(丑)本府王太守相陪。(淨)吖，守公相陪？(丑應)(淨)驛宰，吔去上覆錢都爺，説我老爺今日，倒有

空，要來個，但是一到就坐，一坐就喫，一喫就走。（丑）爲啥能要緊？（净）年紀大哉，磨勿起夜作個哉。（丑）是哉。（净）慢點，慢點，有勞㑚。遠來末，我老爺總要賞點啥物事拉㑚末好。（丑）勿消老爺費心。（净）吖吖吖，有理哉。鄧興，書房裏有一本舊年個曆本拉篤，賞拉俚子罷。（付應）（丑）老爺，隔年曆本嘸用個哉。（净）那説嘸用？一樣有初一、十五、大小月、四時八節，纔有拉浪，那説嘸用？（丑）阿好見賜子今年個罷？（净）吖，賊㑚要今年個？（丑）要今年個。（净）好商量個。（丑）吖，好商量個？（净）㑚開年來拿子末哉。（丑）多謝！多謝！直頭小氣篤。（下）（净）鄧興，備禮單。（付）是哉，最少十六樣。（净）多哉！多哉！（付）格末八樣？（净）還多來，只消四樣就夠哉。（付）那個四樣？（净）兩葷兩素，廊簷底下有火腿篤來。（付）奶奶喫脱子一塊個哉。（净）勿番道拿隻蒲包紥末子俚末哉。（付）勿差。（净）備衕裏，還有一條風魚篤來。（付）風魚，眼烏珠纔無得個哉。（净）剪兩個紅紙圓圓貼末子俚末哉。（付）有子兩樣哉。（净）前日子墳客篤送來個發芽蠶豆，芽穀餅，兩葷兩素末，出得出個哉。㑚去寫禮單。（付應）（净）早曉得有人請我喫酒末，方纔格頓點心也勿喫哉滑。（付）禮單拉裏，老爺請看。（净）等我來看。㑚㑚㑚，寫得蠻妥當。對㑚説，晚歇到子錢老爺船裏見過子禮，㑚就跪拉當中，拿個禮單，頂拉頭上。錢老爺説受就受，錢老爺説勿受，賊㑚得轉背來就走，勿要慢騰騰。倘然撥俚受子去，拉㑚身上要賠還我個。（付）是哉。（净）吩咐打轎。（付）轎夫打轎。（内應）勿拉屋裏。（付）落裏去哉？（内）挑糞去哉。（付）拆拱。老爺，喫勿成。（净）吓！那説喫勿成？（付）轎夫挑糞去哉。（净）咳！格星賊奴才應該先挑子我老爺去，然後再去挑糞也勿遲

來滑。(付)横勢近拉裏，扶子呧去，省把班米也是好個。(淨)呧攙好子我。(付)是哉。

【引】(淨唱)按撫擺佳宴，相招意非淺。

(吹打)(淨介)問聲錢都爺個船拉篤落裏？(付)幾裏是哉。有人麼？(衆)什麼人？(付)鄧老爺到。(衆)老爺有請。(生上)怎麼説？(衆)鄧老爺到。(生)道有請。(衆)老爺出迎。(淨)年兄勿必上岸，小弟下船來哉。(生)年兄請！(淨)請！小弟不知年兄駕到，有失遠迎，多多得罪！(生)小弟停舟避風，不曾拜得年兄，多多有罪！豈敢！豈敢！(生)請坐。(淨)有坐。來，跪篤。(付跪介)(淨)小弟有幾色薄禮相送，望年兄收納。(生)小弟一路來，禮物一概都不曾受。(付介)老爺，呧一樣也受個一樣。(生)決不敢領。(付)務必要受個一樣。(淨)呸！錢老爺説勿受末勿受哉，有個多哈嚕蘇個，拿子居去。(付)是哉。(淨)走得來，發芽蠶豆，芽縠餅，我老爺一五一十數明白篤個，賊呧偷來喫子，要拷落呧個牙床骨個。(付)吖喲！直頭小氣篤。(下)(生)請坐。(淨)有坐。我們還在那裏一别，直至如今。(生)在車家司一别，直至如今。(淨)久違了。(生)久闊了。(淨)請問年兄有幾位令郎篤哉？(生)不幸乏嗣。(淨)要娶一位如夫人纔好。(生)老了。(淨)那裏是老，只怕年嫂不容。哈哈哈！(生)請問年兄有幾位令郎？(淨)小弟有子抓數篤哉。(生)多少？(淨)五個。(生)多在庠了？(淨)大個在庠，第二個也在庠，第三個、第四個勿曾來。説也笑話，頂小個只得七歲來，倒入子學哉。(生)真乃神童也。(淨)勿是個。一盤糕，一壺和氣湯，送子學堂裏去哉。(同笑)(生)休得取笑！(淨)還有何客？(生)守公相陪。(淨)格末叫管家去邀吓？(生)來。(雜)有。

（生）再邀。（雜）吓！（下）

【引】（小生上唱）春風簫鼓樓船酒，好景偏成就。

（吹打）（衆）打扶手，太爺到。（小生）老大人。（生）見了鄧老先生。（小生）老先生。（净）守公。好吓！少年老誠，爲官清正，萬民無不感仰，小孫又蒙作仰，幸會吓！（小生）不敢！（净）年兄，阿有啥客人哉？（同）並無别客。（净）阿要早點坐席罷？（生）看酒。（净）勿必客套，竟一揖而坐。（生）從命。

【排歌】（同唱）位列三台，功高五侯，知機養好林丘。丹心常運濟時謀，白髮猶懷許國憂。緑蘋漲，碧荇流，錦江波細隱仙舟。（一）談心曲，逐宦遊，晚山深處白雲收。

請吓！（生）取色盆大杯過來。（净）要色盆大杯作啥？（生）行其一令，取其一樂。（净）色盆骰子，玎玲璫琅，匆雅得勢，我俚竟是口令如何？（生）使得。斟酒。（净）等我來喫介個令杯。（喫介）乾！年兄，小弟學得一個數十數，數着落個十，就是落個喫，極公道個。（二生）使得。（净）打小弟數起哉。一、二、三、四、五、六、溜、七、八、九、十，十。（生）是年兄飲。（净）數着子是該喫個。（喫介）乾！告狀吓！（二生）告什麼狀？（净）昨晚三更時分，有四五十人，明火執仗，不打前門而進，從後門而入，竟盗，（二生）盗了什麽？（净）盗子一坑宿糞去哉。（二生）糞乃小事。（净）糞乃五穀之根本，若無糞擁，焉能成器？那説小事？如今要煩守公追一追。追着了，治生也不要了。（二生）將來何用？

（一）隱：原作「穩」，據《新刻原本王狀元荆釵記》改。

（净）拿來入官。（同笑）（净）那是要年兄來哉。（生）酒便小弟飲，數，煩年兄代數。（净）吖！要我代數，格代數杯生成要喫個。（生）斟酒。（院應）（净喫介）乾！打年兄數起哉，聽明白，一、二、兩，三、四、五、六、溜，七、八、九、十，十，十，十。（生）又是年兄飲。（净）那説？亦數着子我哉，該喫個。（喫介）乾！格酒勿是本地酒滑。（生）小弟閩中帶來的，福橘酒。（净）阿呀呀呀，失謝了！（生）何謝之有？（净）小弟有個痰吼毛病，向年蒙年兄送子十罎福橘酒拉我，小弟個痰吼病足足能好子十年。近來無得喫子，夜夜亦拉裏吼嘍吼嘍發作起來哉。（生）小弟舟中還有，明日着人送來。（净）格到要面謝聲個。多謝！多謝！（生）好説。（净）直個説起來，小弟個痰吼病亦要好個十年哉。哈哈哈！個歇是守公來哉。（小生）酒便晚生飲，數也要煩老先生代數。（净）吖！也要我代數？（小生）也要煩老先生代數。（净）格代數杯，生成也要喫個哉。（生）斟酒。（院應）（净）格杯酒若勿喫末，欺子我裏年兄哉。（喫介）代數杯，乾！（生）年兄，方纔重了兩數。（净）重子落裏個兩數？（生）有了二，不用兩。（小生）有子六，不用溜。（净）吖！竟重子兩數，直個説起來是要罰酒個哉。管家，方纔阿曾重？（院）重的。（净）重的？格末篩酒。（院應）格杯酒勿罰末，對不起年兄哉。（喫介）乾！那是打守公數起哉。聽明白，一二不用兩，三四五六不用溜，七八九十。十，十，十。哈哈哈！（生）又是年兄飲。（净）那説數勿開裏哉。自家行令，自家喫酒，無趣哉。（喫介）乾！（生）好量吓！（净）格歇是勿照個哉，起先照樣格種杯子十呷十盅。（二生）如今呢？（净）那間只好五呷五盅哉。（二生）原是一般。（净）減子一半哉。（生）請問年兄，向在閩中爲官，風景如何？（净）小弟拉福建做官個時節，年紀還

輕，拉衙門裏無興得極。我説喊個班子進來，唱兩齣戲文罷。年兄，小弟倒學得一隻福建曲子拉裏，阿要唱拉年兄聽聽？（生）使得。（浄）守公在此，不雅。（小生）請教。（浄）格末管家篩一杯熱落落點格。（院應）（浄）格一杯酒末叫潤喉杯。（喫介）乾！格末我唱哉。（乾念）線根旦多祭，郎牙傍當利。砌留一砌蒙牙利，郎當祭，蒼桑陽行祭。於洗簇簇利，唐行倉崗吉古利古利，倉崗吉古利古利。（二生）不懂吓！（浄）勿要説呸篤勿懂，連搭我唱個也勿懂。我説拿個戲本子呈上來我看，戲本子上寫得蠻明白個，是《綵樓記》上個《做親》。（乾念）説相公傳台旨，排宴等多時。綵樓一擲成佳配，趁良時一雙兩好如魚水。珠翠列兩行，笙歌擁入蘭房裏，笙歌擁入蘭房裏。阿是蠻明白個？福建人唱起來就勿明白哉。（照前唱完，各笑）（生白）換令，擢花擊鼓如何？

（浄）使得個。（生）吩咐折一枝花來。（院）岸上無花。（生）權把荆釵當酒籌。吩咐鼓篷上起鼓。（院照念）（生出釵）（小生見）呀！

【尾】（唱）見荆釵眉先皺，吾家舊物是誰收？睹物思妻淚珠流。

（連吹水浪）（浄）阿呀呀呀！那説大鑼大鼓敲得起來？（生）是老荆的船在後。（浄）我們在此不雅，把船統到烏鵲山去。（水浪）（同下）

女舟

（正旦上）

【番卜算引】風便未開船，有事相留戀。（通行止。）夫婦輕離久違顏，天使成姻眷。

夫妻全節義，母子得重歡。姻緣今再會，芳名千古傳。妾身乃錢載和之妻也。隨相公赴任兩廣，路由江右，此間郡守王公昨日來參謁，我相公問起情由，恰就是我女孩兒的丈夫王十朋，向因改調潮陽，那苗良誤傳訃信。今日天使夫妻重敘，相公命我設席舟中，特請王太夫人到來，合當姑媳相逢。梅香！（丑暗上應）（正）王太夫人到時，即忙通報。（丑）是哉。（老上）（雜旦扮梅香隨上）

【引】有子作廉官，已遂平生願。

（吹打）（雜）王太夫人到。（丑）請少待。啓夫人，王太夫人到。（正）道有請。（丑）打扶手，請王太夫人。（正）太夫人看仔細。（老）老夫人，不妨。（正）太夫人請。（老）老夫人請。（丑介）阿姐，跳板上滑個，走好子。（雜）多謝姐姐！（吹住）（正）太夫人請上，妾身有一拜！（老）老身也有一拜！（正）迅掃鷁舟，荷蒙寵顧。（老）未攀魚駕，反辱先施。不敢，各便罷。（正）從命。請坐。（老）有坐。（正）看茶。（丑應）茶到。（正）不得手奉了，請。（老）不敢。請。（正）請問老夫人高壽幾何？（老）甲子一周。（正）不像吓！（老）老了。（正）有幾位令郎？（老）豚犬一個，現守此邦。（正）有幾位令孫？（老）兒媳守節而亡，並無所出。（正）原來如此。請！（老）請！（正）換茶。（丑應）（老）請問老夫人多少高壽了？（正）天命年矣。（老）不像吓！（正）老了。（老）幾位令郎？（正旦）不幸乏嗣。（老）有幾位令愛？（正）螟蛉一女，新寡在舟。（老）既有小姐，何不請來一會？（正）恐服色不便。（老）在舟次何妨？（正）梅香，請小姐出來。（丑）是哉，小姐有請。（貼上）

【引】親老有誰憐？睽違何日重相見？

吓！母親。（正）過來，見了王太夫人。（貼）是。（正）吓！太夫人，小女求見。（老）不敢。（貼）太夫人。（老）小姐。（正）看酒。（丑）有酒。（老介）好似我媳婦模樣。（貼）好似我婆婆模樣。（細吹，各定席）（正）我兒，送酒與太夫人。（貼）是。吓！太夫人。（老）阿呀呀呀！不敢！（正）太夫人，小廝家。（老）説那裏話？（貼定介）吓！母親。（正）罷了。（丑）上酒。阿姐，搭呸到後梢去説閒話。（同梅下）（吹住）（正）太夫人請！（老）老夫人請！（貼）吓！太夫人請！（老）小姐請！（悲淚介）（正）太夫人與小女從未相識，一見爲何掉下淚來？（老）老夫人，老身心有深怨，爲此，

【園林好】（唱）止不住盈盈淚瀼，瞥見了令人感傷。（正）太夫人請！（老）老夫人請！（貼）吓！太夫人請！（老）小姐請！（哭）（連唱）那裏有這般厮像？可惜你早先亡，若在此好頡頏。

（正介）請免愁煩。

【前腔】（貼接）細把他儀容比方，細覷他行藏酌量。（正）太夫人請！（老）老夫人請！（貼）太夫人請！（老）小姐請！（帶哭）（貼）呀！（唱）細聽他言詞聲響，好一似我姑嫜，空教我熱衷腸。

【江兒水】（老接）慢把前情想，你聰明德性良。知人饑餒能供養，知人冷熱能調養。指望你將我這老骨扶歸葬，誰想伊行先喪。媳婦兒吓！做婆婆的在世也不久了。（老唱）若要相逢，早晚向黄泉相傍。

【前腔】（貼接）呀！驀聽他言語，令人倍慘傷。看他愁容淚霰如珠樣。若是我兒夫身不喪，阿呀婆婆吓！你香車霞帔也得安榮享。今日知伊何向？隔着烟水雲山，（老介）咳！兩處一般情況。

【五供養】（正接）兒吓！聽伊半晌，言語雖多，未審其詳。太夫人，勸伊休嘆息，何必自斟量？事關心上，且將情便説何妨？（老介）一言難盡！我女兒在何處會，爲甚兩情傷？乞道真情，不須隱藏。

【玉交犯胞肚】（老接）事皆已往，偶然間觸目感傷。見令、阿呀呀！失言了！（正）太夫人爲何欲言又止？（老）話便有一句，只是不好説。（正）但説何妨？（老）如此待老身出席，告個罪兒。吓！老夫人，有罪了！（正）豈敢？（老）小姐，冒犯了！（貼）好説。（老）老夫人吓！（唱）見令愛玉質花容，似孩兒已故妻房。（正）吖！令子室既死，我小女雖像，如今痛哭也無補於事了！吾家兒媳守節亡，恩深義重難撇漾。（正）令子媳在日，侍奉如何？（老）老夫人，我媳婦雖是富室之女，他嫁到寒家呵，（唱）待貧姑雞鳴下堂，守貧夫勤勞織紡。

（正介）有這等賢孝？

【前腔】（貼接）呀！聞言悒怏，太夫人，你媳婦如何喪亡？（老接）小姐，爲孩兒名擅文場，寄家書禍起蕭墻。（貼）書歸應是喜氣洋，緣何兩地受災瘴？（老）我好恨吓！（貼介）恨那個？

恨只恨孫家富郎。（貼介）阿呀母親！　正是我婆婆了！　阿呀苦吓！（正介）苦着誰來？　苦只苦玉蓮夭亡。

（貼）如此説是我婆婆了。　阿呀婆婆吓！（老）小姐請起！

【抽頭接川撥棹】心何望，這殷勤禮怎當？（正接）我兒，問姓名家住何方？（貼）太夫人，尊姓名家住何方？（老）我住、住温州，吾家姓王。（正）兒吓，果是你婆婆了！（貼）婆婆，你媳婦玉蓮在此！（老、貼）吓！　阿呀！　媳婦（婆婆）吓！（元場）（老唱）阿呀媳婦兒吓！　你緣何素縞妝？（貼接）痛兒夫身喪亡。

【前腔】（老接）汝出言詞好不審詳？　你的兒夫現在此邦。（貼）我爹爹曾遣人到饒邦，我爹爹曾遣人到饒邦，報、報説道吾兒夫喪亡。（老）有個緣故。（貼）什麽緣故？（老）你丈夫呵，（通行接唱。）爲辭婚調遠邦，爲賢能擢此方。

（貼介）謝天地！（正）可喜吓可喜！　梅香，報與老爺知道。

【尾】幾年骨肉重相傍，（貼）痛只痛雙親在異鄉。（正介）梅香，請老爺過船。（丑應）（老接）宦邸雙親已二霜。

【金菊對芙蓉】（生上）他那裏哭聲哀哀，（小生）我這裏喜氣洋洋。

（正）相公，他們姑媳已相認了。（生）可喜吓可喜！（小生）吓！　母親。（老）我兒，你妻子在此。（小

生、貼）妻子（相公）在那裏？吓！阿呀妻子（相公）吓！

【哭相思】（唱）只爲功名紙半張，閃得人萬般悽愴。

（老）多謝大人！（生）恭喜太夫人！（老）請問大人，如何得救我媳婦？（生）老夫人呵！

【大環着】（唱）那一日江道，那一日江道，得夢蹊蹺。明是神靈對吾説道，救女江心及早。

（正同）問及根苗，節操凛冰霜，令人矜傲。結義女同臨官道，遣尺素訛傳凶報。（合唱）誰知道改調潮，喜今日，母子夫妻共同歡笑。（同下）

後相逢

（外、付乾唱）

【出隊子】臨風長嘆，怕見鳧雛傍母眠。堪憐，我女喪青年。賢婿無心續斷弦，爲彼無兒，身後可憐。

（外）親母、賢婿出外赴席，怎麽這時候還不回衙？（付）想必就來也。

【前腔】（通行不唱。）（小生上乾唱）年來悲怨，誰想今番變喜歡。一家骨肉再團圓，灑掃華堂設喜筵，好似夢裏相逢，畫裏重看。

（小生）吓岳父母！（外、付）賢婿回來了。（小生）恭喜岳父母！（付、外）喜從何來？（小生）令愛不

曾死。（外、付）那有此事？莫非來哄我們？（小生）小婿怎敢哄騙？有個緣故。當初令愛投江時節，感得錢按撫撈救，收爲義女。錢按撫今陞兩廣巡撫，在此經過。方纔小婿已曾見過令愛，隨即同母親回來了。（外）吖！有這等事？阿呀呀呀！喜殺我也！（付）謝天地！

【引】（老、貼上唱）不圖重見面，（貼接）誰想今番再睹顔。

（老）吓！二位親家，令愛回來了。（外、付、貼同）我兒（爹娘）在那裏？吓！阿呀我兒（爹娘）吓！

【顆顆珠】（外唱）思念姣兒真痛哀，看我形容力氣都衰。（付接）教娘慚愧淚盈腮。將兒來逼害，今見了越傷悲。

（小生）岳丈，多蒙錢按撫表奏朝廷，旌表寒家。停舟在此，等封誥到了，然後開船赴任。（外）難得有這樣好人！猶如重生父母，此恩何日得報？（貼）婆婆，媳婦蒙義父母撫養數年，恩德萬千，欲待請過來相聚數日，少存孝心，不知婆婆意下如何？（老）正該如此。（外、付）我兒説得有理。（老）明日迎請到衙便了。兩片菱花重再合，（合）一輪明月照團圓。（老）二位親家請！（外、付）親母請！（同下）

釵圓

（生唱）

【粉蝶兒】風憲驅馳，偶然間來臨吉地。爲賢能表奏丹墀，荷皇恩降敕旨。旌揚節義，滿街

衢百姓咸集，多説是人間奇異。

（接吹打）（小生迎介）（生白）賢婿，詔書將到，請令堂、令正接旨受誥。（小生）領命。請岳丈那廂少坐。（末内）聖旨下。

【引】（末上唱）出入朝廷，强如蕊珠仙島。

（老、貼同上）（末白）聖旨到，跪！（小生、老、貼）萬歲！（末）聽宣讀！詔曰：朕聞禮莫大於綱常，實正人倫之本。爵宜先於旌表，蓋厚風俗之源。適者福建按撫錢載和，申奏吉安府知府王十朋，居官清正，德及黎民。其妻錢氏，操行端莊而志節貞異。母張氏居孀守共姜之誓，教子效孟母之賢。似此賢母，誠可嘉尚。義夫節婦，禮宜旌表。今特陞授十朋福建參政，妻錢氏封爲貞人，母張氏封爲越國夫人，亡父王德照追贈天水郡公。欽哉。謝恩！（生、老、小生、貼）萬萬歲！（老、貼下）（末）請過聖旨。（小生）香案供奉。（末）恭喜先生！（生、小生）多謝天使大人，請後堂茶飯。（末）不消，復命要緊。告辭！承恩來似箭，復命去如飛。請了！（下）（生、小生送介）（老、貼又上）（生）親母恭喜！（老）多謝大人！（小生）多謝岳丈！（老）寒家德微力薄，敢勞奏表請封，何以克當？（生）親母，一門節義，世之罕有，理合旌表，何遜之有？（院子内）錢老夫人到。（小生）母親，出去迎接去。

【引】（正上）昔年江畔，非我周全天使然。

（老、小生、貼迎介）（正白）幾番打攪，又蒙見招，不當穩便。（老）好説。（通行此段不用。正、生同唱完【粉蝶兒】，接進就念白。）（吹打住）（生）賢婿，聞得你舊時岳父母在此，請來相見。（小生）布衣在

身，不好相見。（生）説那裏話？快請相見。（小生）舊時岳父母有請！（外、付上）怎麽説？（小生）錢公請相見。（外）吓！大人請上，愚夫婦拜見。（生）不敢，我們行個公禮罷。（外）從命。（小生、同貼白）荆釵重會伊誰力，敢謂如天德。（外、付）若非雙足繫紅絲，幾時當頭月缺再圓時。（生、正）不然安得鸞膠續，此是公家福。（老）經過世上青雲臺，（合白）猶見鴛鴦兩兩沸波來。（外）愚夫婦受公大恩，得全骨肉，結草無期，不勝愧赧。（生）老貢元，我和你斯文一脈，又是同姓，五百年前，總是一家。自今日爲始，手足相稱便了。（外）異地相逢，他鄉成戚，喜出望外。既承台愛，敢不聽從？（生）好説。吓賢婿，恭喜榮遷！但老夫駐節已久，恐違任限。今日奉賀，明日就要起程了。（小生）小婿叨蒙盛德，以圖後報。（生）説那裏話？忝爲至戚，借光不淺，説什麽後報？（小生）小婿特設家慶團圓筵席，少敘骨肉之歡，敢求寬坐，聊表微敬？（生）極好！這上席還該老長兄請。（外）不敢，自然大人台坐。（生）如此有占了。（外）豈敢？（定席）（吹打住）（生）賢婿，請收了荆釵。哈哈哈！（冒子頭）

【喬合笙】喜得荆釵會，（小生哭介）（合唱）受盡艱危。謝天天庇全，一對兒如膠似漆，夫共妻却原來潘安悼婦空垂淚。（小生、貼唱）今日再效于飛，和你心兒裏歡百倍。（合）喜喜開筵席，華堂樹草含春意，繁弦急管笙簫沸。（小生、貼唱）願得永不分離，和你侍奉高堂，殷勤菽水。（合頭）

【調笑令】喜良緣重會，喜良緣重會，（外、付接唱）感恩公掇提攜，（老接）謝恩公掇提攜，（合

頭）嗳呀成就了如花似玉美夫妻。盡道是孟光何處逢（求）佳配？今日裏再睹齊眉，惟願取偕老爲期。福壽齊，再得個子賢孫美。（接細吹）鑽鑽簇簇屢今宵，枝枝葉葉掇瓊瑶，點點滴滴顔色好，瀟瀟灑灑飲香醪。（内换杯，吹完接）

【鬼三臺】喜得個功成名遂，把當年顛沛休提。錯認做樂昌已把蟠龍醉，今日個月重輝，芝發階除。

【包子令】今夜花深玉漏遲，醉淋漓，女貌郎才世間希，也麽兩相宜。笙歌擁入蘭房内，莫教辜負好良期。等傍人傳説道《荆釵記》。

【禿廝兒】想因緣關夙世，豈人爲到底是今日。謝良媒也須知樂便宜。若到冰人月老無干係，可不鰥男寡女各東西？

【梅花酒】瓊枝相倚，重偕連理。吉安相會真奇異，白頭親歡不已，白頭親歡不已。畫堂中重羅綺，須教倒金樽共拚沉醉，這榮華世無及。

【煞尾】義夫節婦無堪比，多拈付填詞子輩，萬古並千秋，教人作話題。（下）

附録一　散齣輯録

目録

風月錦囊

全名《新刊耀目冠場擢奇風月錦囊正雜兩科全集》，又稱《全家錦囊》，戲曲與散曲選集，明汝水徐文昭編集，詹氏進賢堂刊行。現存嘉靖癸丑（1553）重刊本。全書分正編、續編、時興曲三個部分。收録《荆釵記》，題作《摘匯奇妙戲式全家錦囊荆釵》，爲《荆釵記》的删節本，相當於汲古閣本的《家門》《會講》《慶誕》《議親》《受釵》《繡房》《辭靈》《合巹》《分别》《赴試》《閨念》《參相》《獲報》《大逼》《投江》《哭鞋》《見母》《遺音》《薦亡》《責婢》《團圓》等二十一齣，輯録如下。

家　門[一]

【沁園春】才子王生，佳人錢氏，賢孝温良。以荆釵爲聘，配爲夫婦。[二]春闈催試，拆散鴛鴦。獨步蟾宫，高攀仙桂，一舉成名姓字香。因參丞相，不從招贅，改調潮陽。修書飛報萱堂，中道奸謀變禍殃。岳母生嗔，勒令改嫁，貞婦守節，潛地去投江。幸神道匡扶，令撈救，同赴佳期往異鄉。閩城會，義夫節婦，千古永傳揚。

王書生苦學登金榜，錢氏女全節守荆釵。

錢安撫神夢遇撈救，[三]閩城會夫婦再和諧。

[一] 原不分齣，據汲古閣刊本《繡刻荆釵記定本》分齣並酌加齣名。

[二] 婦：原作『夫』，據汲古閣刊本《繡刻荆釵記定本》改。下同改。

[三] 遇：原作『禺』，據文義改。

會　講㈠

【滿庭芳】（生）樂守清貧，恭承嚴訓，十年燈火相親。㈡胸藏星斗，筆掃千軍。如遇桃花浪暖，定還我一躍龍門。親年老，温衾扇枕，隨分度朝昏。

【玉芙蓉】（生）書堂隱相儒，朝野開賢路，喜今年春闈已招科舉。窗前歲月莫虚度，燈下簡編可卷舒。（合）時不遇，且藏珠韞匵，際會風雲，那時求價待沽諸。

【前腔】（浄）家私雖富足，心性忒愚，向書齋懶讀者也之乎。無鈔的休想學干禄，有錢的便能身掛緑。（合前）

【前腔】（末）懸頭及刺股，掛角并投斧，嘆先賢曾歷許多勤苦。六經三史宜温故，諸子四書須誦讀。（合前）

十載寒窗惜寸陰，三冬學成重翰林。
時來富貴須當至，莫怨書齋歲月深。

㈠　此齣上欄有圖，上端題作『十朋勤書』，兩邊分别題作『青雲直上九萬里，月桂高攀第一枝』。

㈡　火：原闕，據汲古閣刊本《繡刻荆釵記定本》補。

慶誕(一)

【錦堂月】(旦)華髮班班，韶光荏苒，雙親幸喜平安。慶此良辰，人人對景歡顔。晝堂中寶鴨香銷，玉盞内流霞光泛。(合)齊祝贊，願福如東海，壽比南山。

【前腔換頭】(丑)筵間，繡幕圍環，奇珍擺列，渾如洞府仙寰。美食嘉殽，堪并鳳髓龍肝。簪翠竹同樂同歡，飲醁醑齊哥齊贊。(合前)

【醉翁子】(浄)非慳，論治家千難萬難，休只管喫得甕盡杯乾。(丑)今番慶此席面，不比尋常一例看。(合)重換盞，直飲得月轉花稍，影上欄干。

【前腔】(外)神仙，滿座間人閒事減。慶眉壽，席上正宜疏散。(末)歡顔，樂人祗應，品竹彈絲敲象板。(合前)

【僥僥令】(旦)銀臺燒絳蠟，寶鼎噴沉檀，望乞蒼穹從人願。(合)骨肉永團圓，保歲寒。

【前腔】(外)炎凉多反覆，日月易回圜，願得歲歲人康健。(合前)

【紅繡鞋】但願人月團圓，團圓，常如花柳鮮妍，鮮妍。捧玉盞醉華筵，齊祝贊，壽綿綿，共樂

(一) 此齣上欄有圖，上端題作『玉蓮慶壽』，兩邊分别題作『堆金積玉尤閒事，華堂慶壽總安然』。

賞太平年，太平年。

【尾】玉人彈唱聲聲慢，路出春纖錦箏低按，曲罷酒闌人散。

四時光景疾如梭，須嘆人生能幾何？
遇飲酒時須飲酒，得高哥處且高哥。

議親(一)

【遶池遊】(貼)桑榆暮景，往事空思省。奈家寒窘，悶懷耿耿。(二)共姜誓盟，慕貞潔甘守孤零，喜一子學問有成。

【風入松慢】(生)青霄萬里未鵬搏，(三)淹我儒冠。布袍寬難擬藍袍換，榮枯事皆由天斷。且自存心奉母，何須一意求官？

母親拜揖！(貼)孩兒，春榜已動，宜温習經史，選場已開，須决工戰科闈。不宜怠弛要勉强。

(一) 此齣上欄有兩幅圖，一幅上端題作『教子一經』，兩邊分別題作『十年窗下無人問，一舉成名天下知』；另一幅上端題作『將仕至宅説親』，兩邊分別題作『今日前去爲月老，管教親就百年恩』。

(二) 悶：原闕，據汲古閣刊本《繡刻荆釵記定本》補。

(三) 搏：原作『傳』，據汲古閣刊本《繡刻荆釵記定本》改。

【黄鶯兒】半世守孤燈，鎮朝昏，幾淚零，到今猶在淒涼景。寒門似冰，衰鬢似星，爲只爲早年不幸鸞分影。（合）細評論，黄金滿籯，終不如教子一經。[一]

【前腔】（生）父喪母勞形，論孩兒，當報恩，奈何人事不相趁。匪學未成，匪己未能，爲只爲五行不順男兒命。（合前）

（末）貢元與我説了，聘物不拘多寡，應承便是。（生）如此甚感。

【桂枝香】（貼）年華高邁，家私窘敗，要成就這段姻緣，全賴高賢擔帶。（末）惶恐，惶恐，都在老漢身上。（貼）論財難布擺，論財難布擺，錢難揭債，物難借貸。我把這荆釵，權且把來爲財禮，於願姻親早早諧。

【前腔】（生）萱親寧奈，冰人休怪。我貧居陋室多年，於苦志寒窗數載。尚恃運到來，尚恃運到來，功名可待，[二]姻親還在。思忖，這荆釵又不是金銀造，如何將去做聘財？

【前腔】（末）安人聽拜，秀才聽解，休嫌是寡物輕財。那錢貢元呵，他偏喜你熟油苦菜。但心無忌猜，但心無忌猜，物無方礙，人無雜壞。看這荆釵，須不比金銀貴，只是周全王秀才。

[一] 教：原作「告」，據汲古閣刊本《繡刻荆釵記定本》改。

[二] 可：原作「何」，據汲古閣刊本《繡刻荆釵記定本》改。

【前腔】（貼）親鄰相待，婚姻全賴，又十分感得高門，許我孩兒結髮。這天緣匹配，這天緣匹配，我裙布荆釵，他芬親不怪。此事論將來，男兒漢豈長困，何須苦怨沉埋？

家貧乏聘結姻親，權把荆釵表寸心。

着意栽花花不發，等閒插柳柳成陰。

受釵〔一〕

【似娘兒】（外）一女貌天然，緣分淺，親事遷延。願天、天與人方便。（浄）絲蘿共結，蒹葭可倚，桑梓相聯。

（外）有何禮物將來看。（末）是一對荆釵。（浄）許將仕，〔二〕你將此物如何佐得聘禮？（末）老安人，聽老夫分説。

【柰子花】論荆釵名本輕微，漢梁鴻曾使聘妻。芳名至今留傳於世，休將他恁般輕視。更聽啓，那王老安人付此釵之時呵，明説道表情而已。

〔一〕此齣上欄有圖，上端題作『貢元敘釵』，兩邊分别題作『百歲姻緣已伐柯，春風鼓動笑聲和』。

〔二〕將仕：原作『獎士』，據文義改。下同改。

【前腔】（净）然則是我女低微，他將我恁般輕棄。一城豈無風流佳婿？偏是要嫁個窮鬼。許將仕，快疾忙送還他此樣財禮。

【前腔】（外）這定禮雖是□的，你因何講是談非？那王秀才是個讀書人，一朝顯達，名登高第，那其間夫榮妻貴。這財禮呵，縱輕微，既來之且宜安之。

【前腔】（丑）富家郎浼我爲媒，要與我侄女爲妻。説合果然非同容易，也全憑虚心冷氣。這匹配，端的是老娘爲最。

繡　房（一）

【梁州序】（丑）他家私上等，田糧千頃，富豪家聲振歐城。他不曾婚娶，專浼我來求親。（旦）他恁他錢物昌盛，愧我家寒自料難厮趁。（丑）這段姻緣料想是前生定，入境緣何不順情？休得要、休得要恁執性。

【前腔】（旦）他便有雕鞍金凳，重裀寶鼎，肯娶裙布荆釵？我房奩不正，須被外人評論。（丑）雖是你家私難并，見你容姿，自然相欽敬。（旦）姑娘，嚴父將奴先已許那書生，君子一

（一）此齣上欄有圖，上端題作『與姑敘話』，兩邊分别題作『牛郎有意甘歸野，織女多情肯渡河』。

言怎變更？實不敢、實不敢奉尊命。

【前腔】（丑）見歌嫂俱已應承，[一]問侄女緣何不肯？恁執性，莫不是行濁言清？（旦）枉了將言凌并。（丑）你要如何？（旦）便刎下頭來，斷然不依聽。（丑）論我作伐，宅第盡聞名。十處説親到有九處成，誰似你、誰似你假惺惺！

【前腔】（旦）佐媒的個個誇逞，也多有言不相應，信着的都被你誤了前程。[二]（丑）你這合穹合苦丫頭強斯挺，致令人怒憎。（旦）出語傷人，你好不三省。榮枯得失皆前定，算此事、算此事總由命。

【尾聲】（丑）這段姻緣非自逞，少甚麼花紅送迎？（旦）又誰想番成畫餅？

辭靈[三]

【三臺令】（旦）嚴父親命，願效于飛之願。

[一] 應：原作『印』，據汲古閣刊本《繡刻荆釵記定本》改。

[二] 信：原作『言』，據汲古閣刊本《繡刻荆釵記定本》改。

[三] 此齣欄有圖，上端題作『喫杖嫁貧』，兩邊分別題作『自古結親尤結義，姻緣意定尚何疑』。

爹爹萬福！（外）孩兒，今日日子吉利，你可收拾拜辭家堂，奠別尊酒，此去必爲百家之期。（把盞）

【北沉醉】（外）舉金杯，表父子骨肉分離。願只願效孟光舉案齊眉。非爹苦要逼你離，也只爲婚姻事之禮佳期。叫一聲嬌兒，兒，苦痛傷悲，因此上揾不住眼淚雙垂，（一）眼淚雙垂。

【么篇】（旦）嘆親娘，娘，早年間你不幸身亡，（二）抛閃下幼女孤單。謝爹爹訓誨奴多方，常懷哺養恩。奴怎敢把劬勞忘？因此上骨肉分張、分張。叫一聲親娘，娘，魂渺茫，因此上痛斷奴肝腸，痛斷奴肝腸。

【么篇】（旦）深深下拜辭内堂，願得奴此去吉昌。再下拜辭拜姑娘，幼年間兒蒙你機織多彰。再下拜白髮親爹，常言道養女兒女生外向。好一似燕子啣泥，老來空望。恨只恨又没個親子在身旁。叫一聲親爹，爹，情慘傷，因此上痛斷奴肝腸，痛斷奴肝腸。

拜下天神與地祇，家堂宗祖共思知。
此去必然成佳配，天長地久不相離。

（一）揾：原作『温』，據文義改。
（二）幸：原作『行』，據文義改。

合卺[一]

【風馬兒】（貼）貧守蝸屋事桑麻，形憔悴，鬢藍鬖。（生）家寒世薄精神減，淒涼一旦，母憂愁，子羞慚。

【惜奴嬌】（貼）家道貧窮，守荆釵裙布，謹身節用。我今爲姻眷，惟恐玷辱親家門風。（旦）空空，愧没房奩來陪奉，望高堂垂憐寵。（合）喜氣濃，悄似仙郎仙女，會合仙宫。

【前腔換頭】（丑）欣逢，夫婿寬洪，可留心遵守，四德三從。（末）你勤攻詩賦，休得要效學飄蓬。（生）重重，運蹇時乖長如夢。（貼）謝良媒，開愚懵。（合前）

【漿水令】[二]（貼）非缺禮，非缺禮，只爲窘中。凡百事，凡百事，望乞包攏。

【尾聲】佳人才子德堪重，更兼人才出衆，夫妻到老永和同。

合卺交歡意可濃，調琴弄瑟兩和同。

[一] 此齣上欄有圖，上端題作『捨親出嫁』，兩邊分别題作『□□□□多聰俊，惟願夫婦永齊眉』。

[二] 【漿水令】：原闕，據汲古閣刊本《繡刻荆釵記定本》補。（實係【漿水令】後半曲）

今宵賸把銀釭照，[一]猶恐相逢是夢中。

分　别[二]

【卜算子】（外）從别我孩兒，心下常縈繫。昨日令人去請歸，彼此心歡喜。

（白）昨日叫李成去王家，接親母、孩兒同住，至今未回。

【疏影】（老旦上）韶光荏苒，[三]嘆桑榆暮景，貧困相兼。[四]（旦）數載憂愁，一家艱苦，知是甚日回甜？（生）衣單食缺心無歉，爲親老常懷悽慘。（末）秀才儒雅，安人賢會，小姐貞堅。

【降黄龍】（外）草舍茅簷，蓬户塵門，綢羅風颭。尊親到此，但有無一一望親遮掩。（貼）恩沾，萬間週庇，悄似寒灰撥焰。使尊親歡來愁去，[五]喜生腮臉。

（一）賸：原作『勝』，據汲古閣刊本《繡刻荆釵記定本》改。

（二）此齣上欄有兩幅圖，一幅上端題作『安童接親』，兩邊分别題作『焚膏繼晷惜三餘，管領春風到草廬』；另一幅上端題作『迎婿納舍』，兩邊分别題作『富貴必從勤苦得，男兒須讀五車書』。

（三）【疏影】（老旦上）韶光荏：原闕，據汲古閣刊本《繡刻荆釵記定本》補。

（四）相：原作『親』，據汲古閣刊本《繡刻荆釵記定本》改。

（五）愁：原作『喜』，據《新刻出像音註節義荆釵記》改。

【前腔換頭】(旦)安然,同效鶼鶼,爲取功名,頓成拋閃。君今此行,又恐伊貪榮别娶嬌艷。(生)休言,我守忠信,自古貧而無諂,肯貪榮忘恩失義,附熱趨炎?【前腔換頭】(貼)淹淹,貧守齏鹽,常慮衣單,每憂食缺。今爲眷屬,又恐將閥閲門風辱玷。(外)休謙,既成姻眷,有何事理相嫌? 敢攀屈尊親寵臨,是我過僭。【前腔換頭】(生)叨忝,母訓師嚴,三史諳通,九經博覽。今承召舉,到試闈定有朱衣頭點。(旦)春纖,捧觴低告,好將心事拘鉗。到京師閒花野草,慎勿沾染。【滚遍】(生)休將别淚彈,莫把愁眉斂。背井離鄉,誰敢胡沾染?(外、貼、旦)路途迢遥,不無危險。纔日暮,問路程,尋宿店。【前腔】(生)萱親免愁煩,岳丈休憶念。(外)記取叮嚀,客邸當勤儉。(貼)此行只願鰲頭高占,功名遂,姓字香,門楣顯。【尾聲】(生)隨身不慮無琴劍,只恐缺欠盤纏。(外)白銀十兩助與添。

赴　試[一]

【望遠行】（生）朝行暮止，又那值清明時序。（丑）宿雨淋漓，[二]泥滑步難移。（末）隨風柳絮沾衣，貼水荷錢迭翠。（合）步雲梯，手攀仙桂。

【甘州歌】（生）一自離故里，謾回首家鄉，極目何處？萱親年老，一喜又還一懼。晨昏幸托年少妻，深感岳丈相憐一處居。（合）蒙祝付，牢記取，告我成名先寄數行書。休悒怏，莫嗟吁，白衣脱换錦衣歸。

【前腔】（末）芳春景最奇，正可人不暖不寒天氣。千紅百紫，開遍滿目芳菲。香車寶馬逐隊隨，只見來往遊人渾似蟻。（合）争如我，折桂枝，十年身到鳳凰池。身榮貴，回故里，人人都道狀元歸。

【餘文】問牧童，歸村市，香醪同飲典春衣，圖得今宵沉醉歸。

功名若得比心飛，别却家鄉赴帝畿。

[一] 此齣上欄有圖，上端題作『邁士登科』，兩邊分别題作『落花有意隨流水，流水無情戀落花』。

[二] 雨：原作『南』，據《新刻王狀元荊釵記》改。

若到南宮須奪錦，佳音及早報庭幃。

閨念（一）

【破陣子】（旦）（二）自從兒夫去後，杳然没個音信、音信。爹爹掛念，婆婆縈悶，那堪人孤更静？朝夕甘旨雖然具，人在天涯事關心，爲何不淚零？

【風雲會四朝元】結髮夫妻，雙雙不暫離。爲春闈擇士，只爲名利，私圖登高第。只望身發跡，只望身發跡，把我鴛鴦拆散東西。何日團圓？甚時完聚？免使相思憶。嗏！默默自嗟吁，舉案齊眉，勤奉蘋蘩禮。重重悶怎除？懨懨漫憔悴。難忘恩義，撲撲簌簌淚珠偷垂。

【前腔換頭】思之，夫婿胸藏聖賢書，赴京師科舉。願早及第，願攀折桂枝，願荷衣掛體，願荷衣掛體，衣錦歸來，改換門閭。到今歸期難卜，未審何意，敢戀紅樓處？嗏！何必苦相疑，料想宋弘肯棄糟糠室？匆匆話别時，他道頻頻書寄歸。緣何一去，嘹嘹嚦嚦，雁無帛

（一）此齣上欄有圖，上端題作『玉蓮梳莊』，兩邊分别題作『鳳隻鸞孤兩處飛，更堪行雁失離群』。
（二）旦：原作『生』，據文義改。

繫？(一)

【尾聲】時光似箭如梭擲，勤把萱親奉侍，專等兒夫還故里。

只爲功名別却親，如今必定離京城。
真個路遥知馬力，果然事久見人心。

參　相(二)

【賀聖朝】（浄）幾年職掌朝綱，四時燮理陰陽。輔一人有慶壽無疆，兆民賴安康。

【菊花新】（生）十年身到鳳凰池，一舉成名天下知。脱白掛荷衣，功名遂，少年豪氣。（参拜）

【八聲甘州】（浄）窮酸魍魎，對我行輒敢數黑論黄，妝模作樣，(三)惱得我氣滿胸膛！(四)（生）平生頗讀書幾行，豈肯惱亂三綱并五常？（末）斟量，不如且順公相何妨？

(一) 帛：原作『錦』，據《新刻原本王狀元荆釵記》改。

(二) 此齣上欄有兩幅圖，一幅上端題作『招贅不諧』，兩邊分別題作『可念萱親守節難，有妻不敢赴胸膛』；另一幅上端題作『托附家書』，兩邊分別題作『陽關此去三千里，欲寄音書那得聞』，此幅下無相應的曲文。

(三) 模：原作『幕』，據汲古閣刊本《繡刻荆釵記定本》改。

(四) 膛：原作『堂』，據汲古閣刊本《繡刻荆釵記定本》改。

【前腔換頭】（浄）端詳，你窮酸伎倆，怎做得潭潭相府東床？出言挺撞，那些個謙讓温良。（生）微名幸登龍虎榜，肯做棄舊憐新薄倖郎？參詳，烏鴉怎敢配你鸞凰？

【解三酲】（末）王狀元，你且休閒講，這婚姻果是無雙。當朝宰相爲岳丈，論門户也相當。（生）寒儒怎敢過望想，自古道糟糠之妻不下堂。（浄怒）忒無狀，忒無狀，把花言巧語，一赸胡荒！

【前腔】（末）恁推阻靡恃己長，只怕你舌劍唇鎗反受殃。（生）停妻再娶誰承望？㈠謾勞攘，何受殃？（浄）朝綱選法咱把掌，使不得禍到臨時燒好香。不輕放，不輕放，定改除遠地，休想還鄉。

改調潮陽禍必侵，此人必定喪殘生。

平生不作皺眉事，㈡世上應無切齒人。

㈠ 誰：原作『雖』，據汲古閣刊本《繡刻荆釵記定本》改。

㈡ 皺：原作『矢』，據汲古閣刊本《繡刻荆釵記定本》改。

獲報[一]

【臨江仙】（貼）凭欄極目天涯遠，那人去遠如天。（旦）鱗鴻何事意茫然？今春看又過，何日是歸年？

（貼）春闈催試赴京都，一紙音書絶雁魚。[二]（旦）此去定應攀月桂，拜恩受禄聽榮除。

【二犯傍妝臺】（占）意懸懸，我倚門終日，顒望得眼兒穿。自他去京歷鏖戰，杳無個音信傳。（旦）多因是他在京得中選，因此無暇修書返故園。（占）他既登高弟，怎不錦旋？交人心裏轉縈牽。[三]

【前腔】（旦）何勞憂慮悁拳拳，且暫展愁眉，臨風對月消遣。雖然眼下人不見，終有日再團圓。（占）我只愁他命蹇時乖福分淺，又恐旅邸淹留疾病纏。（旦）這是死生有命，富貴在天，不須憂念淚漣漣。

[一] 此齣上欄有兩幅圖，一幅上端題作『書報平安』，兩邊分别題作『車輪流水馬流星，南北紛紛走不停』；另一幅上端題作『看書生嗔』，兩邊分别題作『玉蓮掩淚睹信音，繼母嗟傷逼嫁威』。

[二] 魚：原闕，據汲古閣刊本《繡刻荆釵記定本》補。

[三] 縈：原作『榮』，據汲古閣刊本《繡刻荆釵記定本》改。

【不是路】（末）渡口離船，早來到錢家宅院前，咱不免偷閒先下綵雲箋。[一]（旦）是何人？緣何直入咱庭院？（末）爲一舉登科王狀元。因來便，特令稍寄家書轉。（占）喜從人願。

【前腔】（旦）他爲何不整歸鞭？付與書來説甚言？（末）交傳語，道他因參丞相府被留連。（旦哭）這虧心漢瞞不過天，不記當初祝付言。（占）且省憂煎，可備些薄禮酬勞倦。（末）小人公文緊急，不敢亭留。（旦）就將銀釵當酒錢。（占）這物輕鮮，權爲支費休辭免。（末）如此多感，我去心如箭，去心如箭。

【掉角兒序】[二]（占）想連年時乖運蹇，喜今日姓揚名顯。步蟾宫高攀桂枝，跳龍門首登金殿。帶金花斜插着帽簷偏，瓊林宴，勝似登仙。（合）早辭帝輦，榮居故苑。那時節，夫妻母子，大家歡忭。

【前腔】（旦）想前生曾結分緣，幸今世共成姻眷。喜得他脱白掛緑，怕嫌奴體微名賤。若得他貧相守，富相連，心不變，死而無怨。（合前）

【餘文】（外上）鵲聲喧，燈花焰。果然今日信音傳，准備華堂開玳筵。（看書介）

[一] 箋：原作『賤』，據汲古閣刊本《繡刻荆釵記定本》改。

[二] 掉：原作『倬』，據曲牌名改。

【一封書】男百拜上覆，媽媽萱親想納福。孩兒已掛緑。是佐官了，通判饒州爲郡牧。我再娶万俟丞相女，可使前妻别嫁夫。見家書，免嗟吁，我到饒州來取汝。（净怒）

【剔銀燈】（貼）親家母不須怒起，容老身一言咨啓。我孩兒頗頗識法理，肯貪榮忘恩失義？須知天不可欺，他安肯停妻再娶妻！

【前腔】（净）忘恩義窮酸餓鬼，纔及第輒敢無理。只因賤人不度己，交娘受腌臢惡氣。他今日元來負你，不羞殺了賤人面皮。

【前腔】（旦）書中句全無禮體，竟不審其中詳細。葫蘆提便説他不是，罵得我無言抵對。娘，休聽讒言説是道非，决不會將奴身負虧。

【前腔】（外）安人且回嗔作喜，孩兒也不須垂淚。終不然爲着家書至，好意番成惡意。娘兒每休便是非，真和假三日後便知。

一紙休書未必真，思量情理轉生嗔。
霸王空有重瞳目，有眼何曾識好人？

大逼(一)

【金蕉葉】(旦)奈何奈何，爲讒言母親怪我。(二)尺水番成一丈波，是何人特地調唆？

【孝順歌】(浄)孫員外，家富足，他有的是金共玉。你一心要嫁寒儒，他今日棄㪕汝。(旦唱)容奴禀覆，未必我兒夫將奴辜負。這是那個横死賊徒，特地來生嫉妒。(浄)這紙書你看取，明寫着入贅万俟府。

【前腔】(旦)書中句都是虚，没來由認嗔氣蠱。他曾讀聖賢書，如何肯損名譽？(浄)窮酸餓醋，他棄舊迎新，情由朝露。(三)你尚兀自不省前非，又敢來胡推阻。(旦)富與貴，人所欲。論人倫焉敢把名污？

【前腔】(浄)他登科第身掛緑，侯門贅居諧鳳侶。(旦)既爲官理民庶，他必然守法度，豈肯

(一) 此齣上欄有三幅圖，一幅上端題作『尋妹詢音』，兩邊分别題作『一段姻緣似捻沙，心偏性執笑伊家』；一幅上端題作『責女不嫁孫郎』，兩邊分别題作『佳人不聽母言吁，烈女何曾嫁二夫』；另一幅上端題作『逼嫁不從』，兩邊分别題作『骨肉傷情於别離，苦意逼我嫁何如』。首幅圖下欄無相應的曲文，且與《荆釵記》劇情不合，當是從别的劇目竄入。

(二) 讒：原作『纔』，據汲古閣刊本《繡刻荆釵記定本》改。

(三) 朝露：原作『昭路』，據汲古閣刊本《繡刻荆釵記定本》改。

停妻再娶？（净）他負義辜恩，一籌不數。你因甚的苦死執迷，不肯聽娘言語？（旦）空自說要嫁奴，寧可剪下頭髮做尼姑！

【前腔】（净）賊潑賤抗吾語，告到官司拷打你不孝女！（旦）這官司理風俗，終不然勒奴改嫁夫，非奴抵觸。〔一〕（净）你惱得我心頭騰騰發怒，便打死你這丫頭，罪不及重婚母。（旦）打死奴，做個節孝婦。若要奴嫁時，直待石爛與江枯。〔二〕

忠臣不事二君，烈女不更二夫。逼奴改嫁，不容推阻，如之奈何？天，天，不如身死江中，免得羞辱此身，以表貞節呵！（哭）

【五更轉】心痛苦，難分訴。夫！一從你往帝都，終朝顒望仍舊夫婦。〔三〕誰擬今日，拆散中途？我母親信讒書，將人誤。一心貪着豪富，母親，把禮義綱常全然不顧。

母親，你今日聽此假書，逼奴改嫁。

【前腔】奴自哽咽，難移步，全不想堂上有老姑。千怨萬怨，休怨媳婦，也不是你孩兒將奴辜負。爲母親逼勒奴，生嗔怒。罷！罷！賢愚壽夭天之數，拚我一身喪黄泉路，庶不把你青

〔一〕觸：原作『獨』，據汲古閣刊本《繡刻荆釵記定本》改。
〔二〕石爛：原闕，據汲古閣刊本《繡刻荆釵記定本》補。
〔三〕『舊』下原衍一『婦』字，删。

名玷污。

投　江(一)

【香羅帶】(旦)一從別了夫，朝思暮慮。近來書道贅居丞相府，母親和姑姑逼勒奴也，改嫁孫郎婦。夫，苦！奴豈肯再招夫？萱堂苦苦責打奴，只拚死在黄泉路，庶免得把我清名污。苦！日夜自尋思，不如跳入長江去。

【前腔】將身赴大江，千思萬想，交奴悶懷堆積愁斷腸。良人去求舉未還鄉，婆婆無人奉養。苦！心下暗思量，如今我死遭禍殃，何人道與折桂郎？史書上落得寫幾行，千古永傳揚。苦！便做石人心痛傷。

【新增綿搭絮】更深背母出蘭房，只見月朗星稀，無語低頭痛斷腸。自思量，好心傷。夫，當

(一) 此齣上欄有四幅圖，一幅上端題作『步出蘭房』，兩邊分別題作『輕移蓮步出蘭房，令奴□□淚汪汪』；一幅上端題作『抱石投江』，兩邊分別題作『節操□霜千古在，名遺史册萬年存』；一幅上端題作『安撫救玉蓮』，兩邊分別題作『神人留夢援貞女，安撫垂恩救義娘』；另一幅上端也題作『安撫救玉蓮』，兩邊分別題作『香魂已逐江流水，怒氣空教責不賢』。

初指望同諧到老，誰想兩下分張？我今拚死在長江，〔一〕拋閃婆婆没下場。

【前腔】心下悲切子細思量，只因書裏緣由，繼母聽信讒言，〔二〕逼奴改嫁郎。〔三〕好悽惶，這苦難當。妾是良人之婦，夫，指望和你白頭相守，誰知拆散鸞鳳凰！我今閃下親爹，相伴荆釵赴大江。

【前腔】忙行數步，忙行數步好身孤。只怨我的兒夫，他纔得成名不顧奴。〔四〕夫，空讀聖賢書，不想當初。本是貞節之婦，被人嫉妒。你今入贅侯門，貪戀榮華别下奴。

【前腔】滔滔江水，江水浪溶溶。身死一命歸陰，想着折桂郎，心盡意流。水，休流奴在淺水灘頭。有曉得者呵，道奴是貞節之婦；不曉得者呵，道奴有甚不週？只願流落深潭，〔五〕萬里長江盡處休。

〔一〕死：原闕，據文義補。
〔二〕信：原闕，據《新刻出像音註節義荆釵記》補。
〔三〕嫁：原闕，據《新刻出像音註節義荆釵記》補。
〔四〕纔：原闕，據《新刻出像音註節義荆釵記》補。
〔五〕願：原作『頭』，據文義改。

【江兒水】五更時候，抱石江邊守。遠觀江水流，照見上蒼星和斗。把荊釵牢扣，(一)脱一隻紅繡鞋，遺寄在江邊口。婆婆見此鞋，必定撈屍首。(二)王十朋，夫，你把荊釵發咒，發咒，錢玉蓮不嫁孫汝權。跳入長江去，三魂逐水流，七魄隨浪走。姑娘逼就，玉蓮喪江心，死去萬年名不朽。

【北雁兒落】到江邊，淚滿腮，撇不下堂前媽媽誰管待？誰知繼母愛錢財，那孫汝權好癡也麽呆，休想玉蓮嫁在你家來。枉教奴珠淚滿腮，恨娘毒害，逼勒錢玉蓮跳入長江去，水裏埋。

【胡搗練】傷風化，(三)亂綱常，萱親逼嫁富家郎。若把身名玷污了，不如一命喪長江。

【玉交枝】(旦)容奴伸訴，念妾在雙門裏居，錢玉蓮是儒家女。(外白。旦)年時獲配鴛侶，王十朋是我夫出應舉。(外)王十朋得中頭名狀元，有書回？(旦)數日前有人傳尺素，因此書骨肉間阻，因此書含冤負屈。(外)書中必有緣故。

(一) 荊：原作『金』，據文義改。下同改。
(二) 撈：原作『勞』，據文義改。
(三) 『傷』下原衍一『殘』字，删。

【前腔】（旦）書中緣故，道休妻重婚相府。（外）讀書人肯違法度？莫是朋黨嫉妒？（旦）我萱親信那讒書，逼勒奴改嫁孫郎婦。（外）何不從母之命？（旦）論貞女不更二夫，奴焉敢傷風敗俗？

【前腔】（外）聽伊言論，貞潔他人怎如？思量這裏難留汝。夫人，送他還付嚴父。（旦）公相，若交我還再歸廬，不如再尋黄泉路。到顯得名標青史，怎交他前婚後娶。

【前腔】（占）不須憂慮，相公，且帶他同歸任所。修書遣人饒州去，管交他夫婦重完聚。（旦）若還肯這般周濟奴，猶如久旱逢甘雨，便是妾重生父母。望相公、夫人做主。

（外）小娘子，俺是此處前任太守，今蒙聖恩，除授福建安撫，即日同夫人到臨任所。祝神人祝付，恰你與我有義女之分。（一）如今佐孩兒厮守，意下爲何？（旦）深感相公見憐，此恩非淺。

哭　鞋（二）

【山坡羊】（占）撇得我不尷不尬，抛得我無聊無賴。母親，你恁的一霎時認真，（三）故意逼他自

（一）恰：原作『洽』，據文義改。

（二）此齣上欄有圖，上端題作『送安人祭江起程』，兩邊分别題作『寸心幾欲行千里，一滴何曾到九泉』。

（三）真：原作『嗔』，據《新刻原本王狀元荆釵記》改。

刑害，怎布擺？定是禍從天上來。謾有着嫡的親父母尚且不遮蓋，反將他諧老夫妻生拆散開。（合）哀哉！撲簌簌淚滿腮。傷情，急煎煎痛難睚！

【前腔】（外）不念我年華高邁，不念我形衰力敗，(一)孩兒，不念我無個人養老，不念我絕了宗派。老禍胎，你若受他聘定禮，逼得他含冤負屈投江海，閃得我死後無人築墓臺。（合前）

【前腔】（淨）非是我將他嗔怪，非是我將他拆壞。母只爲伊孩兒再婚娶，激得我重納聘財。事非諧，誰擬他門喜變哀。怨只怨豪門富室孫員外，恨只恨負義辜恩王秀才。（合前）

（外）李成，你同安人兩個祭奠，就送赴京，見了狀元便回。（占）就此拜辭。

【傍妝臺】身貴顯，榮宗耀祖佐高官。須然把着門閭換，妻不團圓也是閒。親家母，(二)心太寬，你家貧無依在底簷。(三)

【前腔】家貧無依在底簷，是你兒夫一心去求官，杳無音信傳。(四)繼母信讒書每日熬煎，煎他不過抱石投江。閃得我年老無依，反禮披麻送少年。

(一) 念：原作『雇』，據《新刻原本王狀元荆釵記》改。

(二) 親：原作『寴』，據文義改。

(三) 底：原闕，據後文補。

(四) 杳無音信：原作『香無直信』，據文義改。

【前腔】反禮披麻送少年，(一)滔滔江水恨綿綿。指望曾參□曾子，誰知顏路泣顏源。慇懃奠，(二)來赴筵，胡將淡飯表我心堅。

【前腔】胡將淡飯表我心堅，生又聰明，死後依然來赴筵。告蒼天望乞垂憐，非命短，泣顏淵，常言道好處安身苦用錢。

萬里關山去路長，可憐年老往他鄉。
江頭不敢高聲哭，恐怕人聞也斷腸。

見　母(三)

【夜行船】(生)一幅鸞箋飛報喜，垂白母想已知之。日漸過期，人何不至？心下又添縈繫。(四)

【前腔】(占)死別生離辭故里，經歷盡萬種孤恓。(末)昨過村莊，今入城市，深感老天垂庇。

(一) 反禮披麻：原闕，據上文補。
(二) 奠：原作『尊』，據文義改。
(三) 此齣上欄有圖，上端題作『十朋□母』，兩邊分別題作『□□音容轉痛悲，豈料中道兩分離』。
(四) 縈繫：原作『榮孫』，據汲古閣刊本《繡刻荊釵記定本》改。

（生）母親路途跋涉，有勞尊體，請入裏面尊坐。〔一〕（占）孩兒在京，一向都好？（生）多賴母親福庇。〔二〕

（下拜）

【刮鼓令】從別後到京，慮萱親當暮景。幸喜今朝重相會，又緣何愁悶縈？李成舅，〔三〕莫不是我家荆，看承母親不志誠？母親，你分明説與你兒聽。他怎生不與共登程？〔四〕

【前腔】（占）我心中三省，轉交人愁悶增。你媳婦多灾多病，况親家兩鬢星。他家務要支撑，交他生離鄉背井？爲饒州之任恐留停，先令他送我到京城。

（生）李成，必有緣故，仔細説與我聽。

【前腔】（末）俺當初待起程，到臨期成畫餅。我説起投江事因，恐唬他心駭驚。狀元，他途路少曾經，當不得高山峻嶺，怕餐風宿水及勞神。因此上留在家庭。

【前腔】（生）端詳那李成，他語言尤未明。把就裏分明説破，免教你孩兒疑慮生。因甚的變顔情，長吁短嘆珠淚零？呀，袖兒裏脱下孝頭繩，莫不是媳婦喪幽冥？

〔一〕裏：原作「俚」，據文義改。
〔二〕庇：原作「此」，據文義改。
〔三〕舅：原作「舊」，據文義改。
〔四〕登：原作「丁」，據汲古閣刊本《繡刻荆釵記定本》改。

(占)當時承局書親付，開拆仔細從頭睹。判府狀元任饒州，休妻再贅万俟府。語句雖異字却同，岳丈見之心嗔怒。繼母即時起妒心，逼他改嫁孫郎婦。汝妻守節不相從，自入其身江心渡。(生)他守節死了，痛殺也！

遣　音(一)

【榴花泣】(外)我守官如水，胸次瑩無瑕。薄税斂，省刑罰，撫安民庶禁奸猾。幸喜詞清訟簡，無事早休衙。(旦)依條按法，看懲一戒百誰不怕？算三年不待及瓜，詔書來早晚遷加。

【前腔】(夫)(二)覰着你花容月貌勝仙娃，(三)忍將身掩黄沙？喜蒙公相救伊家，一似撥雲見月，枯木再開花。(外)貞潔可誇，恁捐生就死令人訝。(四)你椿萱怎不詳察？全不道有傷風化。

(一)此齣上欄有圖，上端題作『差人遞書詢朋』，兩邊分別題作『□□相離數日程，修書備細説元因』。
(二)(夫)：原闕，據文義補。
(三)覰：原作『虧』，據汲古閣刊本《繡刻荆釵記定本》改。
(四)恁：原作『任』，據汲古閣刊本《繡刻荆釵記定本》改。

【漁家傲】（旦）若提起舊日根芽，不由人不淚雨如麻。恨只恨一紙讒書，般鬭我母叱咤。〔一〕（外）他見差，逼汝重嫁，那些個一鞍一馬。這書禮今日遣發，管成就鸞孤鳳寡。

【前腔】（末）我今日拜別離舍，明日到海角天涯。我一心待去遞佳音，不憚着路途波查。（旦）你見他且説三分話，又恐怕他別娶了渾家。（外）把前話一筆都勾罷，回來後方知真假。

【餘文】月再圓，花重發，那其間歡生喜洽，共喜華筵泛紫霞。

薦亡〔二〕

【玩仙燈】（生）節届元宵，燈月燦然高，到觀門拈香薦悼。（末）只見畫燭熒煌，祥烟繚繞。（生）追想音容，轉交憂悄悄。

【一封書】特朝拜上清，仗此名香表志誠。亡妻滯水濱，願神魂得上昇。（淨）横死孤魂都召請，請到壇前聽往生。〔三〕（合）誦仙經，薦亡靈，仗此功勳超聖境。

〔一〕叱：原作『此』，據汲古閣刊本《繡刻荆釵記定本》改。
〔二〕此齣上欄有圖，上端題作『十朋遇妻』，兩邊分別題作『行移恍若同心事，舉止渾如結髮娘』。
〔三〕聽：原作『恥』，據汲古閣刊本《繡刻荆釵記定本》改。

【前腔】（旦）前日已預名，届此良辰來殿庭。拈香注寶鼎，望慈悲作証明。（净）惟願亡靈來受領，獻此香花酒果餅。（合前）

【前腔】（生）驀然見俊英，與一丫環前後行。潛地想面形，轉交人疑慮生。（末）[一]他兩次三回常觀顧，覷了恩官也動情。（合前）

【前腔】（旦）回廊下撞迎，頓交人心中暗驚。那燒香上卿，好似我亡夫王十朋。（净）小姐，休得胡言且三省，燒罷名香轉看燈。（合前）

忽睹佳人意自疑，燒香了畢早回歸。

思量總是一場夢，你是何人我是誰？

責　婢[二]

【紅衲襖】（旦）意沉吟，情慘傷。這超群，他意趑趄，心悒怏。（净）見了娘行好生着意想，[三]

[一]　（末）：　原闕，據文義補。

[二]　此齣上欄有兩幅圖，一幅上端題作『玉蓮訴音安府（『府』應作『撫』）知』，兩邊分别題作『□□□□秋霜落，□□□□野蝶□』；　另一幅上端題作『安撫詢問玉蓮』，兩邊分别題作『安撫欲施閨内教，玉蓮要訴觀中因』。

[三]　意：　原闕，據汲古閣刊本《繡刻荆釵記定本》補。

莫不是遞書人來相調謊？（旦）料他通判名未彰，論他太守職未當。（浄）小姐，你説那裏話？

自古男兒當自强。

（旦）你説得是，我説恐不是他。

【前腔】（浄）你曾和他共鴛衾，同象床，直恁的你認不得形共龐。[一]（旦）面貌身材果然似像，與我亡夫行動舉止没兩樣。（浄）既認得時合主張。（旦）如何主張？（浄）你把往事相問當。

（旦）恐錯認了陶潛作阮郎。

拈香相遇兩沉吟，[二]且自歸家體事因。

好似和針呑却綫，刺人腸肚繫人心。

【錦纏道】治家邦，正人倫，有三綱五常。你潛説出短和長，[三]怎隄防他人須有耳隔墻？講甚麽晉陶潛認作阮郎，却不道誓柏舟甘效共姜。我先打後商量，問出你私情勾當，押出在府堂。文牒上明開供狀，知多少衣錦還鄉。

[一] 直：原作『你』，據汲古閣刊本《繡刻荆釵記定本》改。

[二] 遇：原作『逐』，據汲古閣刊本《繡刻荆釵記定本》改。

[三] 潛：原作『讒』，據汲古閣刊本《繡刻荆釵記定本》改。

【前腔】（淨）小梅香，待回言，觸突了使長。不回言，這無情棒打難當，怎知道禍從天降。他本是守荆釵寒門孟光。相公，你錯認他做出墻花淮甸雙雙。我説起這行藏。（外）賤人説來！（淨）道王太守好似他亡夫模樣，心思痛感傷。因此上和妾閒講，又不曾想像赴高唐。〔一〕

【前腔】（旦）守孤孀，薦亡靈，我親臨道場。燒香罷了，轉回郎，偶相逢不由人不痛傷。那裏是西廂下鶯鶯伎倆？爹爹，怎麽的打交他生紐做紅娘？我當初去投江，把原聘物牢拴髻上。〔二〕荆釵義怎忘？奴豈肯隨波逐浪，辱祖宗，把惡名播揚。

（外）既有荆釵，將來我看。（看釵）

混濁不分鰱共鯉，〔三〕水清方見兩般魚。

〔一〕『又不』句：原作『又不相像赴高堂』，據汲古閣刊本《繡刻荆釵記定本》改。

〔二〕牢：原作『勞』，據汲古閣刊本《繡刻荆釵記定本》改。

〔三〕鰱：原作『連』，據汲古閣刊本《繡刻荆釵記定本》改。

團圓(一)

【駐馬聽】(生)聽説因依，昔日卑人貧困時，忽有良媒作伐，議結婚姻。愧乏財禮，(二)荆釵遂把聘錢氏。結親後即赴春闈裏，幸喜及第，幸喜及第，饒州僉判叨恩惠。

【前腔】再聽咨啓，説起交人珠淚垂。爲着万俟奸相，招贅不從，反行惡意，將吾拘繫。奏官裏，一時間改調蠻烟地。陷吾身軀，臨任所五載不僉替。

【前腔】曾把書寄，不審何人故換易。奈我妻家不辨字跡差訛，(三)語句真異。(四)岳翁妻母見差池，逼勒荆妻重招婿。苦不遵依，將身投入江心裏。

【前腔】(淨)此事真奇，義夫節婦人怎比？你可即忙開宴，請出夫人，就此相會。天交今日重完聚，金杯捧勸須當醉。(生)深感提携，從今萬載傳名譽。

(一) 此齣上欄有圖，上端題作『夫婦團園(『園』應作『圓』)』，兩邊分別題作『千載春風重慶會，百年鸞鳳又和諧』。

(二) 財：原作『才』，據文義改。

(三) 辨：原作『辦』，據汲古閣刊本《繡刻荆釵記定本》改。

(四) 真：原作『其』，據汲古閣刊本《繡刻荆釵記定本》改。

詞林一枝

全名《新刻京版青陽時調詞林一枝》。明黄文華選輯，鄒希甫同纂。明萬曆元年（1573）福建書林葉志元刻本。共四卷，分上、中、下三欄，上、下兩欄收録戲曲，卷一、卷二、卷三中欄收録散曲和時調，卷四中欄收録劇曲。卷二下欄收録《荆釵記》之《王十朋南北祭江》一齣，輯録如下。

王十朋南北祭江

（生）痛憶玉蓮錢氏妻，傷情苦處意徘徊，當初指望諧白髮。

【新水令】一從科第鳳鸞飛，恨奸謀有書空寄。（貼）容顔霜鬢改，跋涉路途長。晨昏捱不到，幾乎命已亡。（生）老娘，托賴上蒼之佑，幸萱堂無禍危，嘆蘭房受岑寂。成舅，你那姊姊尋此短計，爲人誰不愛生？豈肯願死？只因你繼母見此一封書回，他以虚爲實，以假爲真，將你姐姐拘禁幽房之中，千

般拷打，萬般摧挫。捱不過淩逼，受不過禁持，將身跳入波濤裏。

（末）助祭者就位。（貼）往者不可諫，來者尤可追。

【步步嬌】把往事今朝重提起，越惱得肝腸碎。（生）老娘，孩兒記得那年我母子三人上墳祭奠，不想今年今日祭奠與他。正是清明時節年年在，要你媳婦相見難。那得清明祭掃時，省愁煩，且自酬禮。（貼）兒，你今日在此悲泣，也不要去罷了。（生）老娘，我與你媳婦夙世姻緣，結髮的夫妻。今日無非一祭而已，怎的不要去？娘，我曾讀聖賢書，『吾不與祭如不祭』，我不祭時誰來祭？

（末）主祭者上香。

【折桂令】（生）爇沉檀香噴金猊，昭告靈魂，聽剖因依。（丑）姐夫，你家有此凶變，你在京城有甚麼應兆沒有？（生）成舅，那日宴罷瑤池，上馬之時，只見宮花墜地。那時只道居官不久，誰想應在你姐姐身上？成舅，寵宮袍不想相府勒贅。貪榮顧寵，人之常情。我被万俟三番兩轉，招贅不從，也只爲你貧賤之交不可忘。你繼母三回四次逼勒改嫁，你捨生全節。也只爲糟糠之妻不下堂，撇不下糟糠舊妻，苦推辭桃杏新室。妻，你爲我受淩逼沒存濟，我爲你受磨折遭岑寂。改調潮陽惡蠻瘴地，因此上誤了我歸期。

（末）助祭者上香。

【江兒水】（貼）聽説罷衷腸事，媳婦兒，却原來只爲伊。你丈夫不從招贅遭毒計，懊恨娘行忒

薄義，逼得你没存濟，渺渺茫茫喪在江心裏。（生）再拜啓東方神祇。[一]河泊水官，水母娘娘，信官王十朋在此伏地而拜，不爲别的而來，只因亡妻錢氏玉蓮不從母命改嫁，跳入江水而亡。他的靈魂或落在萬丈深潭，或喪在魚腹之中，望你引魂童子、解魄仙官，俺這裏昭告江神，[二]可憐見母子虔誠遥祭，望鑒微忱，江神呵，你若是有感有靈，早賜我玉蓮的靈魂，出離了波心，早早向江邊聽祭。（末）主祭者行初獻禮。（生）虔誠祭禮到江邊，追薦亡妻錢玉蓮。（丑）人生有酒須當醉，一滴何曾到九泉？

【雁兒落】（生）徒奉着淚盈盈一酒巵，左右，把祭禮收了。（丑）姐夫，祭禮未完，緣何把祭禮收了？（生）成舅，你看靈前果品般般有，那得你姐姐親口嘗？空列着香馥馥八珍味。（丑）姐夫，早知姐姐投水身死，請一位畫工，描描姐姐真容遺跡也好，如今空想也是閑了。（生）成舅，記得在家攻書之時，到夜静更深，你那姐姐捧着一杯茶來，他道：夫，用心攻書，書不誤人。你看滿朝朱紫貴，盡是讀書人。你丈夫今日能爲朱紫貴，緣何不來勸我讀書人？妻！慕音容，不見你；訴衷曲，無回對。俺這裏再拜呵自追思，重會面是何時？擺不開兩道眉，揾不住雙垂淚。恨只恨套寫讒書賊，你那

[一] 祇：原作「祈」，據文義改。
[二] 昭：原作「招」，據文義改。

裏施謀計。人生自古誰無死，留取丹心照汗青。你既做得個節婦，我王十朋豈做不得一個義夫？賢也麽妻，俺若是昧誠心，自有天鑒之。我若是負心的，隨着着燈兒滅，隨燈就滅。

（末）助祭者行亞獻禮。

【僥僥令】（貼）這話分明訴與伊，須記得看書時。叵耐娘行生惡意，害得他夫妻兩分離，拋閃在中途裏。

（末）主祭者行終獻禮！（生）自古功名輕似芥，夫妻恩愛重如山。

【收江南】早知道今日拆散呵，誰待要赴春闈？當初錢貢元將女嫁我，指望讀書之人後來有個好處，一則與他争光，二則擡舉他女兒。今日忝中高魁，誰想妻死無緣？這樣官兒做他怎的？便做到腰金衣紫待何如？（貼）這話兒少説些，傍人知道的，只道你痛泣妻子死於非命；不知道的，只説你輕慢朝廷而重妻室。（生）説來又恐外人知，端的是不如布衣！只落得無語低頭越慘悽。

（末）所有奠章，遥空宣讀。（祭文）時維大宋熙寧七年歲次丁亥十月甲子朔，賜狀元及第任潮陽府事信官王十朋，謹以牲酌之儀，致祭於節婦錢氏玉蓮夫人前而言曰：嗚呼！節婦之生，秀出香閨；節婦之死，義植秉懿。節義全備，古今所稀。日月同其照（下闕）

早到姮娥宫殿裏，吾今隨即往潮陽。

樂府菁華

全名《新鍥梨園摘錦樂府菁華》，明豫章劉君錫編，明萬曆二十八年（1600）三槐堂王會雲繡梓。全書共六卷，分上下兩欄。卷四下欄收録《荆釵記》之《玉蓮抱石投江》《十朋母子相會》兩齣，輯録如下。

玉蓮抱石投江

【半天飛】（旦）拘禁深閨，鐵石人聞也痛悲。四面皆牆壁，有計無施處。嗏！我立志守三規，怎肯依隨？他那裏必定將吾苦禁持。罷，罷，罷！休，休，休！到不如白練套頭，一命高掛懸梁縊。差矣，我今縊死在繡房之中不打緊，明早天明，婆婆見説媳婦死了，他必然説是我母親打死。我母親又説道因夫入贅相府，棄舊戀新，以此自縊。兩家相争，少不得告到官司，那官司説，或是打死縊死，又定要相驗屍首。笑我丈夫中了頭名狀元，奴乃是朝廷命婦，我的屍首怎教千人看，萬人瞧？到不能

與丈夫立志，又且彰親之惡名，豈得爲孝？俺這裏三思而行，再思可矣。到不如棄了爹爹，別了婆婆，(一)拚着殘軀，值此夜半更深，悄步輕移，竟往江邊，跳入波心去。呀！此去投江，怎的還穿著這羅衣，戴著這釵環首飾？

【駐雲飛】除下花鈿，我這股釵子，是婆婆將來定我的，指望夫妻諧老，白頭相守，不想今日就是如此結果了！想後思前最可憐。這房門被母親鎖了，怎生是好？不免將剪刀挑開這窗扇，跳出去便了。把剪刀挑窗扇，嗏！唬得我魂魄飛心驚戰。苦！只見星光燦，明月在天邊。月，你有團圓，可憐玉蓮一別藁砧，兩地相懸。從今後再不得見夫君面。娘，你威逼奴身喪九泉。（到介）閃了這一下。且喜跳出窗外來了，我今去投水身死，再不得見我爹爹與婆婆，還要到爹爹房門前望空拜幾拜，以謝他養育之恩。爹，你在夢中，受孩兒一拜！

【前腔】父母劬勞，父在高堂誰奉老？爹，你上無一男，單生女孩兒一人，指望養老伺老，誰想今夜去投江！再不能勾奉侍你了，爹，你到天明呵，休怨孩兒不孝。爹爹，女孩兒今日尋此短計也，只是出乎無奈了，非兒不報爹劬勞，我只是熬不過娘焦燥。爹爹既已拜辭，不免到婆門首拜辭纔是。婆，你

(一) 了：原作「兒」，據文義改。

媳婦今晚在此拜別，我今生料不能和你相見了。撇不下婆婆老年高，非是我哭嚎啕。㈠也只是恨難消，誰知道笑裏藏刀，只恐怕天下饒。奴便死在地府陰司閻王殿前，一樁樁，一件件，孫汝權，我指定你名兒告。我今投水死了，婆婆在此，必然立不住，必定往京尋取兒子。我丈夫問說媳婦怎麽不同來？婆婆必然將此事説與他知。我丈夫若是心腸歹的，不念我結髮之情，再娶一房了。他道已自罷，倘若憐念我爲他身死，終身不娶，却不道兩相耽誤了。那時節死者啣冤，俺丈夫生者恨怎消？

【山坡羊】出蘭房，呀！奴家只管在此高聲大哭，恐怕母親知覺，怎麽了得？不如吞聲忍淚悄悄出去。輕移蓮步別親爹，去尋一條死路，撇婆婆無人來看顧。玉蓮不滿三十，平白地被繼母逼勒而死呵！恨只恨毒心繼母逼勒，不由人分訴。千不是，萬不是，都只是我丈夫一紙讒書，以致如此。我想王十朋乃讀書之輩，豈肯爲此傷風敗俗之事呵！奴丈夫他是個知書知禮，識法度，曉綱常，豈肯停妻再娶，撇下荊釵婦？我母親若没有姑娘這等搬鬥，也不致如此！恨只恨狠毒姑娘也，是何人套寫讒書，坑陷奴身毒。巧語花言，斷送奴身孤，抛閃爹爹半子無。

錢玉蓮好没分曉，只管在此絮絮叨叨，啼啼哭哭，倘有人醒來知覺，不當穩便。正好比不密則害成，只得趲行幾步罷了。無端繼母太心狠，貪財逼嫁富家郎。奴今拚命投江海，更深背母出蘭房。

㈠ 嚎啕：原作『濠淘』，據文義改。

【綿搭絮】更深背母，走出蘭房。只見月朗星稀，無語低頭痛斷腸。天！我今去投水，身死也只是命該如此。自思量，奴命孤單。十朋夫，指望和你同諧到老，又誰知兩下分張？奴今身死黄泉，奴死到不打緊，只苦了婆婆呵！拋閃下婆婆没下場。

家書一到喜洋洋，誰知禍起在蕭牆？無端繼母貪財寶，心中悲切細思量。

【前腔】心中悲切細思量，只因書裹緣由，繼母聽信讒言，逼勒奴改嫁郎。思想昨日逼嫁不從，被母親這般拷打，真個好苦！天呵！好恓惶，打得我痛苦難當。奴本是良人之婦，指望白頭相守。怎知道拆散鸞鳳凰！輕別下白髮親爹，相伴這荆釵赴大江。

繼母聽信那讒書，晝夜禁持逼嫁奴。奴尋思無計投河殞，忙行數步我身孤。

【前腔】忙行數步我身孤，夫，我當初一心要嫁着你，爲着那一件來也？只道你是個黌門中飽學書生，(一)異日名策天眷，聲揚天下，我一家指望你擡舉。誰知你今日黌門纔點額，就寫休書棄了奴。只怨我的兒夫纔得成名不顧奴。書上寫万俟丞相把女相招夫。你若是不成其事則可，你若是忘荆釵糟糠舊婦，戀錦屏繡褥新人，你讀甚麼書？做甚麼官？管甚麼百姓？是甚麼好人？空讀着聖賢書。我父親接你一家在西廊居住，臨行贈你白金十兩，琴劍書箱，春衣夏服，送你起程。你今終得身榮貴，不記當

(一) 黌：原作『紅』，據文義改。下同改。

初貧賤時。全不記當初錢玉蓮，本是貞節之婦，被人嫉妒。夫，你果然入贅豪門，貪戀榮華辜負奴。

此事未知真實，何須苦苦怨他！縱使他停妻再娶，妾豈肯改志從人！寧使夫綱而不正，焉可婦道而或乖？奴身守節溺江流，萬古名傳永不休。來到江邊，低頭看滔滔江水浪悠悠。

【傍妝臺】到江邊，淚汪汪，昭君身死爲劉王，浣紗女投江死，千載姓名揚。繼母心毒逼嫁郎。奴家今日身死，不怨着別人，捶胸跌足恨姑娘。

好大江水呵！

【綿搭絮】滔滔江水浪悠悠。自古道：人生不認魂鬼，死不認屍首。奴死一命歸陰，相趁相隨任意流。河泊水官，水母娘娘，玉蓮今日投江，乞望你將我屍骸沉在深淵之内。休流奴在淺水灘頭，見奴屍首。若是近方人知道我事情的，道奴本是貞節之婦，有一等遠方人不知道我事情的，他道是這婦人有甚不週？奴只愿流落在深潭，萬里長江盡處休。

夫承寵渥，九重金闕拜龍顔；妾受凄涼，一紙休書分凰侶。富室强媒□娶婦，惑人倫。萱堂威逼勒成親，毁傷其風俗。妾豈可從新而易舊？焉肯順邪而失節？爭如就死忘生，決不辜恩負義。一怕損夫之行，二□誤妾之名，三慮玷辱宗風，四恐乖違婦道。惟思全節，不爲沽名，拴原聘之荆釵，永隨身伴；脱所穿之繡履，遺留江邊。妾雖不能效引刀斷臂朱妙英，却慕抱石投江浣紗女。（内作點更鼓介。旦）

呀，這大江之中，怎的有更鼓之聲？ 元來那裏有一隻官船。（内作雞鳴介。旦）又聽得雞叫了，雞，你不是唤醒世間人鼾睡，多應催我見閻君。詩： 懊恨繼母忒心癡，逼奴改嫁富家妻。 忽聽官船更鼓響，看看又是五更時。

【江兒水】五更時候，四野雞聲啼喔喔，城頭鐘鼓頻敲。 斗轉星移天欲曉，夜行一步身跌倒。（跌介）是甚麼東西，閃我這一交？ 呀，原來是個石頭。石頭呵，錢玉蓮和你是個對頭了。 抱石江邊守，遠觀江水流，照見上蒼星和斗。 妾聞凡人落水，頭髮先散。不免將咱荆釵牢牢拴定，奴把荆釵牢扣，（重）奴家今日投水而死，婆婆不知我下落，不免就將奴所穿繡鞋脱下一隻在此，以爲遺記。 脱下一隻紅繡鞋，遺記在江心口。 這鞋若是别人撿去，也是枉然。 若是李成尋我，見了此鞋，撿回去呵，婆婆見此鞋，必定令人撈屍首。 十朋夫，你臨别之時，奴將荆釵爲誓，你怎的全然不記呵？ 夫把荆釵發咒，（重）錢玉蓮不嫁孫汝權，跳入長江去，三魂逐水流，七魄隨浪去。 你只恨姑娘逼就，（重）錢玉蓮喪江心，死去萬年名不朽。

【傍妝臺】到江邊，淚滿腮，撇下堂前爹媽你管待。 誰知道繼母愛錢財？ 孫汝權，嗳，你好癡，你好呆，休想錢玉蓮嫁在你家來。 恨只恨姑娘毒害，（重）逼勒玉蓮無如奈死，向長江水裏埋。

【餘文】傷風敗俗亂綱常，萱親逼嫁富家郎。 若把清名來玷辱，不如一命喪長江。

十朋母子相會

【夜行船】（生）一幅鸞箋飛報喜，垂白母想已知之。日漸過期，人何不至？心下又添縈繫。

雁塔題名感聖恩，便鴻昨已自寄佳音。思親目斷雲山外，縹緲鄉關萬里雲。下官前日修書回去，迎接老母、荆妻同臨任所。爲何許久不到。正是和針吞却線，刺人腸肚繫人心。左右何在？（末）稟老爺，手下叩頭！（生）左右，緊把府門，但有温州送家眷來的，即時通報。

【前腔】（貼）死别生離辭故里，歷盡萬種孤恓。（丑、浄）昨到村莊，今入城市，深感老天週庇。

（貼）聞説京師錦繡邦，果然風景勝他鄉。（丑）紅樓翠館笙歌沸，柳陌花街腦麝香。（貼）李成舅，我一路尋思起來，把你姐姐投江事因，説與他知道，尤恐唬了他。如今且把孝頭繩藏下，只説親家母年紀大，兼媳婦多災多病，難涉程途，留在家中，尤恐狀元任期將近，先送我到此，然後説與他知道未遲。（丑）親家母説得有理，我和你進了狀元府中，你在廳上坐着，我和春香進衙裏尋有少夫人没有。（貼）李成舅，你説得是，不知狀元衙門在那裏？（丑）親家母，且站着，待我去問來。牌頭，狀元王老爺行館在那裏？（末）此間便是。且問你是那裏來的？（丑）我是温州送家眷的。（末）少待。稟老爺：温州送家眷的來在府門外。（生）着他進來相見。（丑進見介。生）李成舅，多勞你跋涉！我母親、妻子來了麽？（丑）親家母在外面。（生跪接介）母親一路風霜，孩兒有失迎迓，望乞恕罪！母親請坐，待孩兒參拜。（貼）我兒一向在京安否？（生）多賴母親福庇，在此苟安。

【刮鼓令】從別後到京。孩兒身雖在外，心不離老娘之左右。陽關須隔三千里，一日思親十二時，常則是慮萱親當暮景。娘，孩兒昔日在家，學中考得有名，老娘喜之不勝。今乃托祖宗之庇廕，蒙老娘之教育，忝中狀元，母親爲何反成不悦？（貼）功名身外物，富貴如浮雲。講他則甚！（生）娘，天上相逢，日月會朔；人間相會，子母團圓。又道喜的是相逢，怕的是别離。離者悲來合者歡，幸喜今朝與我老娘重相見，娘又縁何愁悶縈？（貼）站退，有事關心。（生）娘，我知道了，我起程之際，母親在岳丈家裏，想是玉蓮妻子有慢了母親，故此喫惱，孩兒知罪了。莫不是我家荆寒時未曾進衣，饑時未曾進食？背地裏頓起驕傲情，看承我老母有些兒不志誠。（貼）你妻子雖無楊妃之貌，頗有孟光之賢，待我甚厚道，豈有甚不遇之處？（生）娘，你有甚麼不悦之事，分明説與㤮兒聽。娘，自古少事長，賤事貴，君出而臣隨，父出而子隨。老娘一房媳婦，怎麼不隨着老娘來？老娘不憚程途遠，媳婦豈怕路途遥？我偏怪他怎生不與老娘共登程？

（貼）呸！我爲母親的千山萬水，來到此間，坐這許久，茶也不見一杯，只管絮絮叨叨，把你妻子來講。（生）門子，討茶來！（貼）你在家也叫門子麽？（生）孩兒知罪。（虛下。丑）親家母，裏面不曾有家眷，有兩個外甥。（貼）成舅，那是門子，果然没有。（丑）真個没有。（貼）

【前腔】心中自三省，頓教人愁悶深。（生）娘，媳婦怎麽不來？（貼）兒，你妻子自從與你分别後，大不相同了。你媳婦多災多病。（生）何不接到任所來醫治？（貼）如今醫治好了。（生）岳丈、岳母若

何？（貼）又道桃花歲歲皆相似，人面年年不相同。況親家兩鬢星。你說妻子怎麼不來，他家務事要支撑，怎教他怎生離鄉別井？當初老娘聞說你遷守饒州二字，巴不得就到此了。只爲你饒州之任恐留停。因此上親家令成舅和春香先送京城。

（生）尊舅，我母親言事不明白，你把起程之事說與我知道。（丑）

【前腔】當初起程待起程，（生）怎麼有兩個起程？（丑）姐夫不明白，我家起程了，又同親母在你家辭了香火，是兩個起程。（生）把臨期的話來講。（丑）到臨期成畫餅。『畫餅』二字乃是不祥之兆。（丑）姐夫，望梅堪止心頭渴，畫餅不充肚内饑。姐夫若問真詳細，問你娘親便得知。（生）老娘，成舅說望梅堪止渴，畫餅不充饑。說要問取老娘。（貼）成舅他是没頭腦之人，聽他講話！看一套衣服，來與我穿。（貼）成舅，我一路上與你講，寧可報喜，不可報憂，休說前事。（丑）親母，我慣了，這口不好，險些兒講出來。（貼）成舅，若說起投江因事，恐唬他心駭驚。（生）成舅，說甚麼驚？（丑）甲子乙丑海中金。（生）說甚麼駭驚？（丑）草鞋斷了四條繩。（生）我問你姐姐怎麼不來？（丑）姐夫，你問姐姐，即說姐姐有許多話講，若不是我有些才學，險些被你盤倒了。俺姐姐途路上少曾經，他在旱路來鞋弓襪小步難行，登不得高山峻嶺，水路來怕餐風宿水及勞神。俺姐姐順得婆來逆了爹，順得爹來逆了婆，他孝情兩難全。姐姐捨不得爹爹，爹爹捨不得姐姐，因此上留住在家庭。

【前腔】（生）端詳那李成，（丑）太輕薄，你在家裏，成舅前，成舅後，如今得中了，就叫李成。可惡！

（生）成舅，非是我叫你汝名，只爲你言南語北，指西話東，語言中猶未明。（生）姐姐來不來？（丑）來不來。（生）來？（丑）來。（生）我問你。（丑）我問你。（生）你好言而無信。（丑）你好行而有虧。（生）我怎麽行而有虧？（丑）我怎麽言而無信？（生）娘，你把就裏分明來説破，免使孩兒疑慮生。娘，媳婦怎麽不來？（貼）老娘千里而來，到不動問，苦苦在我跟前問取媳婦，驚動我老娘怎的？（生）非是孩兒驚動母親，又道娘心不悦，子意何安？爲甚的變顔情，長吁短嘆珠淚零？（貼）兒，你在京城多快樂，娘在家中受苦辛。（出孝繩介。生）娘，你袖裏吊下孝頭繩，李成舅，岳父、岳母好麽？（丑）承問，晚景粗安。（生）姐姐好麽？（丑）也好。（生）娘，孩兒知道了。我妻子生則難期，死則有准了。你那裏口中不言，我這裏心内自曉，莫不是媳婦喪幽冥？（重）

（丑）我在路上撿來的，好没分曉！（貼）我且問你，老娘未起程時節，聞得你在京娶甚麽丞相小姐？他雖是千金之體，終是我媳婦，怎麽不出來見我？（生）孩兒爲万俟丞相招贅不從，改調潮陽，並無再娶之事。（貼）也罷。你瞞得今日，瞞不得後來。老娘當日送你起程，曾有言祝付，教你到京，有中没中，早寄一封書回來。你心不思忖，將一個守寡的母親並媳婦托岳丈家下。還是你有兄，還是你有弟？一至京城，許久書也不見一封回來，成甚麽道理？畜生！（生）孩兒得中之時，曾附有書與承局回來。（貼）那承局書是你寄的？（生）那書是孩兒寄的。（貼）那書敢是倩人寫的。（生）不是。（貼）敢是茶前酒後寫的？（生）孩兒，早辰起來焚香對天敬心寫的。（貼）畜生，那承局書不是家書，是一紙

離書。老娘與你是一個對頭了！（生）娘，怎麼是離書？我還記得。（貼）你既記得，讀來與老娘聽著。（生）老娘高坐，待孩兒從頭讀來。（生）

【一封書】兒百拜百拜上覆，母親尊前妻父母：離膝下到京都，一舉成名身掛緑。除授饒州僉判府，帶家小，臨任所。寄家書，付承局，草草不恭兒拜覆。（貼）兒，你有這一封書，老娘不致如此。我把所寄之書念來與你聽着。當初承局書親付，拆開仔細從頭讀。狀元僉判任饒州，休妻再贅万俟府。（生）娘，語句都差了。（貼）句雖差字跡同，岳翁看了生嗔怒。（生）岳母何如？（貼）岳母看了起妒心，逼他改嫁孫郎婦。（生）娘，我說你爲甚這等煩惱，只爲媳婦改嫁孫家。此事何須憂悶？孩兒忝中高魁，兩三房媳婦，也是容易有的，這等失節婦人，要他則甚！況他乃是朝廷命婦，誰敢娶他？左右，將李成鎖了。（丑）王十朋，你乃負義忘恩之徒，我也不是怕的，便和你對鎖！（貼）兒，你妻子嫁去，到還有個人在。（生）娘，怎麼？（占）你妻子守節不相從，將身跳入江心渡。（生）娘，媳婦不嫁孫家，投江而死了，死得好！死得好！（丑）姐夫，你心腸好歹，姐姐投水而死，近遠聞知，無不下淚，你和他是結髮夫妻，反道他死得好。（生）成舅，不是這等說，假如你姐姐失節改嫁，是遺臭萬年；今守節投江，乃流芳百世，是謂死得其所。妻，你投水之際，也須要思量一二，不念我青年進士無子息，也須念白髮慈顔缺奉承。兀的不悶殺人也！（占）兒，你快甦醒，休要爲死傷生。（丑）手下討茶來！（生）

【駐雲飛】痛殺嬌妻，裂碎肝腸痛割心。指望與你同歡慶，誰想半路相抛棄。嗏！你繼母太心虧，貪愛錢財，不顧人倫，逼勒嬌妻跳入江心去。一度思量一度悲。

（占）兒，這繡鞋是你妻子遺在江頭爲記，李成舅拾得回來。你與岳丈各收一隻，我今帶在此間，你要見妻子，看此繡鞋。（生）

【前腔】提起鞋兒，空教我睹物傷情不見妻。（生）娘，當此時，媳婦做此鳳頭鞋，有個應兆。孩兒問道：妻，爲何做兩雙鳳頭鞋？他回道：一雙奉與婆婆，此一雙待孩兒做官回來，身穿霞帔，頭戴珠，方穿此鞋。我回道：[一]只恐怕丈夫没有此日，□他道得好，滿朝朱紫貴，紛紛不見讀書人。到如今朱紫貴到見了，如何不見讀書人？妻，妻，此鞋千針萬線做將起，何不穿將去？留他爲甚記？提起好傷悲。視死如歸，不念萱堂，不念椿幃，也須念結髮恩合義。妻，你了個節婦，愁我做不得個義夫。生則含怨死則悲。

（内報。生）李成舅，問報甚麽？（内）報王十朋老爺轉陞江西吉安府知府，走馬上任。（丑）恭喜姐夫轉陞太守！當初家父嚴命，着我送令堂老夫人到京，見了姐夫大人，我二人就要告回。（生）尊舅，你令姐已死，我身伴無個親人，見你如同見你姐姐一般。我只爲不就奸相親事，改調潮陽，害吾妻子。且

[一] 道：原作『到』，據文義改。

喜轉陞吉安太守，意欲邀足下同往任所。待我修書接你令尊大人同到任所，同享榮華，未知尊意若何？（丑）既蒙姐夫大人過愛，小子願隨。（生）如此却好。

追憶嬌妻轉痛悲，豈期中道兩分離？

夫妻本是同林鳥，大限來時各自飛。

樂府紅珊

全名《新刊分類出像陶真選粹樂府紅珊》。明秦淮墨客（紀振倫）編，萬曆三十年（1602）金陵唐振吾刻本、清嘉慶五年（1800）積秀堂覆刻本。共十六卷。卷七收録《荆釵記》之《錢玉蓮姑媳思憶聞捷》（目録中作《錢玉蓮姑媳思憶》）一齣，輯録如下。

錢玉蓮姑媳思憶聞捷

【臨江仙】（貼）凭欄極目天涯遠，那人去遠如天。（旦）鱗鴻無事竟茫然？今春看又去，何日是歸年？

（占）春闈催試□□□，一紙音書絶雁魚。（旦）此去料應攀月桂，□□□園聽傳臚。（占）媳婦兒，自你丈夫去後，不見回來，使我懸懸憂悶。（旦）婆婆，且自寬心，他只在這早晚間回來。（占）媳婦，同你到門首望一會。（詩白）孩兒去後竟茫然，雁杳魚沉没信傳。倚門不見空腸斷，教娘終日意懸懸。

【二犯傍妝臺】（占）意懸懸，倚門終日顒望眼兒穿。自他去京歷鏖戰，杳沒個信音傳。（旦）婆婆，他多應在京得中選，因此上無暇修書返故園。（占）媳婦兒，他既登金榜，怎不錦旋？越教娘心下轉縈牽。

（旦）春闈催試別庭萱，惟願腰金衣紫旋。榮枯得失皆由命，何勞憂慮恁拳拳？

【前腔】何勞憂慮恁拳拳，且暫展愁眉，臨風對景消遣。（占）[一]媳婦兒，非我愁悶，爭奈你丈夫再不回。（旦）婆婆，雖然眼下兒不見，終有日再團圓。（占）只怕他命蹇時乖福分淺，旅邸淹留疾病纏。（旦）死生有命，富貴在天，不須憂慮恁漣漣。

【不是路】（末）渡口離船，早來到錢家宅院前。咱不免偷閒先下彩雲箋。有人在家麼？（淨）是何人爲何直入咱庭院？（末）非爲別事到府，爲一舉登科王狀元，因來便，特令稍寄家書轉。

（占、末見介）承局先生，我小兒呵。（淨）親家母，姐夫中了頭名狀元，今寄有書回來。（占、旦）謝天謝地，喜從人願。

【前腔】爲何不整歸鞭？此書來說甚言？（末）小人險些忘卻了。教傳語，因參丞相被留連。

[一] 占：原作『旦』，據文義改。

（占）承局先生，丞相爲何留連着他？（末）狀元往万俟丞相府中謝宴，丞相有一女欲招他爲婿。狀元不允，因此羈留。拜覆萱堂休掛念。（占）小兒從了不曾？（末）小人彼時來，忙却不知何如。（旦）虧心漢瞞不過天，不記得臨行執盞曾發願。（占）媳婦，此事未知真假，免熬煎，可辦薄禮酬勞倦。（旦）就把銀釵當酒錢。李成，你對先生説，家姐多多拜上。這物輕鮮，權爲路費休辭免。（末）上覆夫人，小人却之不恭，拜而受之。去心如箭，去心如箭。

【掉角兒】(一)（占）想連年時乖運蹇，喜今日姓揚名顯。步蟾宮高攀桂枝，跳龍門首登金殿。戴宮花斜插帽簷，瓊林宴，勝似登仙。（合）早辭帝輦，榮歸故苑，那時節夫妻子母，大家歡忭。

【前腔】（旦）想前生曾結分緣，幸今世共成姻眷。喜得他脱白掛緑，怕嫌奴體微名賤。若得他貧相守，富相連，十朋夫心不變，錢玉蓮死而無怨。（合前）

【十二時】鵲聲喧，燈花焰，果然今日信音傳，准備華堂開玳筵。

(一) 掉：原作『棹』，據曲牌名改。

玉谷新簧

又名《玉谷調簧》，全名《鼎鐫精選增補滚調時興歌令玉谷新簧》。明吉州景居士選輯。明萬曆三十八年(1610)刻本。全書共五卷，分上、中、下三欄，上、下欄收録戲曲，中欄收録散曲、時調、燈謎、酒令等。卷四下欄收録《荆釵記》之《十朋母子相會》一齣，輯録如下。

十朋母子相會

【夜行船】(生)一幅鸞箋飛報喜，垂白母想已知之。日漸過期，人何不至？心下又添縈繫。

雁塔題名感聖恩，便鴻昨已寄佳音。思親目斷雲山外，縹緲鄉關飛白雲。下官已曾差人去接母親、荆妻，爲何不見來？正是：和針吞却線，刺人腸肚繫人心。左右何在？(末)禀老爺，手下叩頭！(生)緊把府門，但有温城送家眷的，即便通報。

【前腔】（占）死別生離辭故里，歷盡萬種孤恓。（丑、浄）昨抵村莊，今入城市，深感老天週庇。（占）聞説京都錦繡邦，果然風景勝他方。（丑）紅樓翠館笙歌沸，柳陌花街腦麝香。（占）李成舅，我一路尋思起來，把你姐姐投江事因，説與他知道，尤恐唬了他。如今且把孝頭繩藏下，只説親家母年紀高大，更兼媳婦多災多病，難涉程途，留在家中，尤恐狀元任期將近，先送我到此，然後説與他知道未遲。（丑）親家母講得有理，我和你進了狀元府中，你在廳上坐着，我和春香進衙裏尋有少夫人没有。（占）李成舅，你説得是，不知他衙門在那裏？（丑）親家母，且站着，待我去問他來。牌頭，王狀元老爺行館在那裏？（末）此間便是。且問你是那裏來的？（丑）我是温城送家眷的。（末）少待。禀老爺：温城送家眷的來在府門外。（生）着他進來。（丑進見介。生）李成舅，多勞你跋涉，我母親、妻子來了麽？（丑）親家母在外面。（生跪接介）母親一路風霜，孩兒有失應迓，望母親乞罪！母親請坐，孩兒參拜。（占）我兒一向在京安否？（生）多賴母親福庇，在此茍安。

【刮鼓令】從別後到京。孩兒身雖在外，心不離老娘之左右。（滚）陽關須隔三千里，一日思親十二時。常則是慮萱親當暮景。娘，孩兒昔日在家，縣中考得有名，老娘不勝之喜。今托祖宗之福廕，老娘之教育，忝中狀元，母親爲何反成不悦了？（占）功名身外物，富貴如浮雲。講他則甚！（生）娘，天上相逢，日月會合；人間相會，母子團圓。又道喜的是相逢，怕的是別離了。（滚）離者悲來合者喜。幸喜今朝與娘重相見，娘又緣何愁悶縈？（占）站退，有事關心。（生）娘，孩兒知道了，我起程之際，母親在岳

丈家裏，想是玉蓮妻子有慢了母親，故此喫惱，孩兒知罪了。（滾）莫不是俺家荆背地裏頓起驕傲情，寒時不曾加衣，飢時不曾進食？看承母親有些不志誠。（占）你妻子雖無楊妃之貌，頗有孟光之賢。從今後不要講他。（生）娘，你爲甚麼事不悦，分明説與伢兒聽。娘，自古道：少事長，賤事貴，你媳婦爲何不來？（滾）老娘不憚程途遠，媳婦豈怕路途遥？怎生不與老娘共登程？（占）呸！我爲母親的，坐這許久，茶也不見一杯，只管絮絮叨叨，有許多閒話！（生）門子，拿茶來！（占）你在家也叫門子麼？（生）孩兒知罪。（虚下。丑）親家母，裏面並不曾有家眷，只有兩個外甥。（占）成舅，那是門子，果然没有。（丑）真個没有。（占）

【前腔】心中自三省，頓教人愁悶深。（生）娘，媳婦怎的不來？（占）兒，你妻子自從與你分别後，大不相同了。你媳婦多災多病。（生）何不同到任所來醫治？（占）如今好了。（生）岳丈、岳母怎麽不來？（占）又道桃花歲歲皆相似，人貌年年不相同了。况親家兩鬢星，你妻子怎麽不來，他家務事要支撑，怎教他離鄉别井？當初老娘聞説陞你饒州二字，巴不得就到此來。只爲你饒州之任恐留停，因此上親家令成舅和春香先送京城。

（生）尊舅，母親言事不明白，你把起程之事，説與我知道。（丑）

【前腔】當初起程待起程，（生）怎麽有兩個起程？（丑）姐夫不明白，在你家一個起程，在我家一個起程，是兩個起程。（生）把臨期的話講來。（丑）到臨期成畫餅。（生）『畫餅』二字乃不祥之兆。（丑）姐

夫,(滚)望梅堪止心頭渴,畫餅難充肚内飢。姐夫若問真詳細,問你娘親便得知。(生)老娘,成舅説畫餅,教我問老娘。(占)成舅是個没頭腦之人,聽他胡講! 看一套衣服,來與我穿。成舅,我一路上與你講,寧可報吉,不可報凶,休説前事。(丑)親母,我慣了,這口不好,險些兒講出來。(占)成舅,若説起投江事因,恐唬他心戰驚。(生)成舅,説甚麼驚字?(丑)(滚)甲子乙丑海中金,草鞋斷了四條繩。(生)我問你姐姐怎麼不來?(丑)姐夫,你問姐姐,就説姐姐有許多話講,若不是我有些才學,險些被你盤倒了。俺姐姐途路上少曾經,(滚)他在旱路來鞋弓襪小步難行,當不得高山峻嶺,水路來怕餐風宿水急勞神。俺姐姐順得婆來逆了爹,順得爹來逆了婆,他孝情兩難全。姐姐捨不得爹爹,爹爹捨不得姐姐,因此上留住在家庭。

【前腔】(生)端詳那李成,(丑)太輕薄,你在家裏,成舅前,成舅後,如今得中了,就叫李成。可惡!(生)成舅,非是我叫你汝名,(滚)只爲你言南語北指西話東,語言中猶未明。姐姐來不來?(丑)來不來。(生)來?(末)來。(生)我問你。(丑)我問你。(生)你好言而無信。(丑)你好行而有虧。(生)我怎麽行而有虧?(丑)我怎麽言而無信?(生)娘,你把就裏分明來説破,免使孩兒疑慮生。娘,你媳婦怎麽不來?(占)老娘千里而來,到不動問,苦苦在我跟前問取媳婦,驚動我老娘怎的?(生)非是孩兒驚動老娘,又道娘心不悦,子意何安?(滚)爲甚的變顔情,長吁短嘆珠淚零?(占)兒,(滚)你在京城多快樂,娘在家中受苦辛。(出孝繩介。生)娘,你袖兒吊下孝頭繩,成舅,岳丈、岳母好

麽？（丑）承問，晚景叨安。（生）姐姐好麽？（丑）也好，也好。（生）娘，孩兒知道了。我妻子生則難期，死則有準了。（滚）你那裏口不言，我這裏心自省，莫不是媳婦喪幽冥？（占）我在路上撿來的，好没分曉！且問你，老娘未起程時節，聞得你在京娶甚麽丞相小姐？他雖然是千金之體，終是我的媳婦，怎不出來見我？（生）孩兒爲万俟丞相招贅不從，改調潮陽，並無再娶之事。（占）也罷！你瞞得今日，瞞不得後來。老娘當日送你起程，曾有言囑付，教你到京，得中之時，及早回來。你心不思忖，將一個寡寡的母親並媳婦托付岳丈家下。還是你有兄，還是你有弟？一至京城，許久人也不見，書也不見，你成不得人了！畜生！（生）孩兒中後，曾有書付與承局來。（占）那承局書是你寄的？（生）是孩兒寫的。（占）那書敢是倩人寫的，敢是茶前酒後寫的？（生）娘，孩兒謝宴回來，焚香對天寫來的。（占）畜生，那承局不是家書，乃是一紙離書。老娘今日見你，恨不得撞死在你懷中！（生）娘，怎説是離書？我還記得。母親高坐，容孩兒念來。

【一封書】男百拜上覆，母親尊座前妻父母：離膝下到京都，一舉成名身掛緑。除授饒州僉判府，帶家小，臨京往任所。寄家書，付承局，草草不恭兒拜覆。（占）聽我道來，承局書内情由。當初承局書親付，拆開仔細從頭讀。狀元僉判任饒州，休妻再贅万俟府。（生）娘，語句都差了。（占）語句雖差字跡同，岳翁看罷心嗔怒。（生）岳母如何？（占）岳母愛富起奸心，逼他改嫁孫郎婦。（生）娘，我説你爲甚這等悲哀，只爲媳婦改嫁孫家。此事何須憂悶？孩兒忝中高魁，

兩三房媳婦，也是容易有的，這等失節婦人，要他則甚！況他乃朝廷命婦，誰人敢娶？左右，把李成先鎖了。（丑）就與你連鎖！（占）兒，你妻子嫁去，到還有個人在。（生）娘，他終不然肯死麼？（占）你妻守節不相從，將身跳入江心裏。

（生）娘，媳婦不嫁孫家，投江而死了，死得好！死得好！（丑）姐夫，你那心腸就是鐵打的，我姐姐投水而死，遠近聞之，莫不下淚，你和他是結髮夫妻，反道他死得好。（生）李成舅，不是這等說，假如你姐姐失節改嫁，是遺臭萬年；今守節投江，乃流芳百世，是謂死得其所。妻，你投水之際，也須要思量一二，不念我青年進士無子息，也須念白髮慈顔缺奉承。兀的不悶殺人也！（占）兒甦醒，休要爲死傷生。

【江兒水】唬得我心驚怖，身戰欽，虚飄飄一似柳絮風中舞。不想你先歸黄泉路，我孤身流落如何處？不念我年華衰暮，風燭不定，教娘死也誰守着墳墓？（生醒哭介）

【前腔】一紙書親附，指望同臨任所。是何人寫套書中句？應知改調潮陽去。妻，你迎頭先做河伯婦。指望你百年完娶，誰知道只得半載夫妻！妻，可憐你紅顔沉海底，玉質葬江魚。也算却春風一度。

【前腔】（丑）姐夫休憂慮，把情懷暫展舒。夫妻聚散皆前注，我姐姐其實死得可憐，這别離須是

别離苦，好姻緣不入姻緣簿。聽取一言申覆：㈠須信人生，萬事莫逃天數。

【駐雲飛】（生）痛殺嬌妻，裂碎肝腸痛割心。指望同歡慶，誰想相抛棄！妻！你繼母忒心虧，貪愛錢財，不顧人倫，逼勒嬌妻跳入江心去。一度思量一度悲。

（占）兒，這繡鞋是你妻子遺在江頭爲記，成舅拾得回來。你與岳丈各收一隻，我今帶在此間，你要見妻子，看此繡鞋。（生）

【前腔】提起鞋兒，空教我睹物傷情不見伊。妻，繡鞋兒何不穿將去？留他爲甚記？妻，你不是留鞋爲記，乃是取我的眼淚了。提起好傷悲。視死如歸，不念萱堂，不念椿幃，也須念結髪恩和義。妻，你做得個節婦，愁我做不得個義夫了。生則含怨死則悲。

（内作報介）成舅，問他報甚麼？（内）報王十朋轉陞江西吉安府知府，走馬上任。（丑）恭喜姐夫轉陞太守！當初家父嚴命，着我送令堂老夫人到京，㈡見了姐夫大人，我二人就要告回。（生）尊舅，你令姐已死，我身伴無個親人，見你如同見你姐姐一般。今喜轉陞吉安太守，意欲邀足下同往任所。待我修書接你令尊大人到任，同享榮華，未知尊意若何？（丑）既蒙姐夫大人過愛，小子願隨。（生）如此

㈠　聽：原闕，據汲古閣刊本《繡刻荆釵記定本》補。

㈡　京：原作『今』，據文義改。

却好。

追憶嬌妻轉痛悲，豈期中道兩分離？
夫妻本是同林鳥，大難來時各自飛。

摘錦奇音

全名《新刊徽板合像滚調樂府官腔摘錦奇音》。明龔正我選輯。萬曆三十九年(1611)書林敦睦堂張三懷刊本。共六卷。分上、下兩欄，上欄收録時調、燈謎、酒令，下欄收録戲曲。卷四下欄收録《荆釵記》之《十朋拜母問妻》《十朋母子祭江》兩齣，輯録如下。

十朋拜母問妻

【夜行船】(生)一幅鸞箋飛報喜，垂白母，想已知之。日漸過期，人何不至？心下又添縈繫。

雁塔題名感聖恩，便鴻昨已寄佳音。思親目斷雲山外，縹緲關山多白雲。下官日前修書回家，迎接老母、荆妻，同臨任所，爲何許久不至？正是：和針吞却線，刺人腸肚繫人心。左右何在？(末)有！(生)緊把府門，但有温州城送家眷的來，須要通報。(末)曉得。

【前腔】（貼）死別生離辭故里，歷盡萬種孤恓。（丑）昨抵村莊，今入城市。（合）深感老天週庇。

（丑）聞説京都錦繡邦，果然風景勝他方。紅樓翠館笙歌沸，柳陌花街腦麝香。（占）成舅，你去問人，狀元府在那裏？（丑）大歌，借問王狀元在那裏？（末）此間就是。且問你是那裏來的？（丑）我是温州送家眷來的。（末）少待。禀老爺：温城送家眷的來在府門外。（生）着他進來。（末）禀了，叫你進去。（丑）呀！姐夫恭喜賀喜！頭前崢嶸。（拜介。生）久旱逢甘雨，他鄉遇故知。（丑）恭喜姐夫，洞房花燭夜。（生）没有此事。（丑）金榜題名時。（生）這個是了。成舅，多勞跋涉，我母親、妻子來了麽？（丑）親母來了，在外面。（生）成舅，先該叫人來通報，待我這裏好令人去迎接纔是。（丑）既如此，我同親母回在店中，然後你來接過。（生）既來了，也罷。左右的，吹打迎接老夫人。（跪接介）母親一路風霜，孩兒有失遠迎之罪！請母親端坐，容孩兒拜謝養育之恩。（占）常禮就是。

【刮鼓令】（生）從別後到京。孩兒自離膝下，心不離娘左右。身須在外三千里，一日思親十二時。常則是慮萱親當暮景。（背云）母親今日到此，爲何悶悶不悦？不免把狀元二字講起，以解老娘之憂。老娘，孩兒忝中狀元。（占）你中狀元，普天之下，人人知道，難道爲娘的不曉得？又道功名身外物，富貴如浮雲。講他則甚！（生）娘，天上相逢，日月會朔；人間相會，母子團圓。又道喜的是相逢，怕的是别離。離者悲來合者喜。幸喜與娘重相見，娘又緣何愁悶縈？（占）站退，我有事關心。（生）娘，

孩兒知道了，我起程之際，母親在岳丈家裏，想是我玉蓮妻子有慢了母親，故此喫惱，孩兒知罪了。莫不是我家荆背地裏頓起驕傲情，寒時不曾加衣，饑時未曾進食？寒不加衣，饑未進食，看承老娘有些兒不志誠。（又）（占）你妻子雖無楊妃之貌，頗有孟光之德。從今後再不要講他了。（生）你有甚麼不悦之事，明白説與孩兒知道，分明説與伢兒聽。娘，自古道：少事長，賤事貴，禮之當然，一房媳婦，怎麼不來？老娘不憚程途遠，媳婦豈怕路途遥？怎生不與老娘共登程？（又）

（占）我爲母的，在此坐這許久，茶也不見一杯，只管絮絮叨叨，有許多話講！（生）門子，看茶來！（占）住了，你當初在書房攻書，老娘送了多少茶與你喫，今日纔得中，就叫門子看茶。（生）孩兒知罪了。（虚下。占）成舅，你進裏面去，看可有家眷否？（丑）親母，裏面我都看過了，並没有家眷，只有兩個外甥。（占）成舅，那是門子，果然是没有？（丑）真個没有。（占）罷了，媳婦冤枉死了。你我一路而來，恨不得到此將他打一頓，咬他一口。既無再娶之心，難以開口。正是責人之心責己，恕己之心恕人了。

【前腔】（占）我心中三省，（又）頓教人愁悶深。（生）娘，請茶。（占）不用了。（生）老娘，媳婦爲何不來？（占）你媳婦，（丑咳嗽介）好熱天。（占）他多災多病。（生）何不接到任所來醫治？（占）如今醫治好了。（生）岳丈、岳母如何？（占）又道是桃花歲歲皆相似，人面年年大不同。况親家兩鬢星，你説妻子怎麼不來，他家務事要支撑，怎教他離鄉别井？當初老娘聞説你除授饒州，恨不得就到此

間。只爲你饒州之任，不知你三年五載恐留停。因此上蒙親家令成舅送我到京城。（又）

（生）成舅，我母親言語不明白，你把起程之事説與我知道。（丑）姐夫，將起程事講與你聽。

【前腔】（丑）當初起程又起程，（生）怎麽有兩個起程？（丑）姐夫不明白，在你家一個起程，到我家一個起程，却不是兩個起程？（生）把臨期的話講來。（丑）到臨期成畫餅。（生）『畫餅』二字乃不祥之兆。（丑）姐夫，望梅堪止心頭渴，畫餅不充肚内饑。姐夫若問真詳細，問你娘親便得知。（生）老娘，成舅説道畫餅堪止渴，畫餅不充饑，要問取老娘。（占）成舅他是没頭腦之人，不要聽他講話！我身上冷，取一套衣服來我穿。（生）孩兒就去取來。（占）成舅，我一路上怎麽囑付你來，寧可報喜，不可報憂，休説前事。（丑）親母，我慣了，口險些兒溜將出來了。（占）成舅，莫説起投江事因，恐唬他們心駭驚。（生）成舅，説甚麽驚字？（丑）甲子乙丑海中金。（生）説甚麽駭驚？（丑）草鞋斷了四條繩。（生）我且問你，姐姐怎麽不來？（丑）姐夫，你問姐姐，便説姐姐有許多的話講，若不是我有些才學，險些被你盤倒了。俺姐姐途路上少曾經，他在旱路來鞋弓襪小步難行，當不得高山峻嶺，水路來怕餐風宿水及勞神。俺姐姐順得婆來逆了爹，順得爹來逆了婆，他孝情兩難全。姐姐捨不得爹爹，爹爹捨不得姐姐，因此上留住在家庭奉雙親。（又）

【前腔】（生）端詳那李成，（丑）好輕薄，當初在家，叫我成舅，如今纔做了官，就叫我李成。（生）成舅，非是我叫你汝名，只爲你言南語北，指西話東，語言中猶未明。（生）姐姐來不來？（丑）來不來。

（生）來？（末）來。（生）我問你。（丑）我問你。（生）噯！　你好言而無信。（丑）你好行而有虧。（生）我怎麼行而有虧？（丑）我怎麼言而無信？（生）娘，你把就裏分明來説破，免使孩兒疑慮生。娘，媳婦怎麼不來？（占）爲娘的千里而來，到不動問，苦苦在我跟前問取妻子，驚動老娘怎的？（生）非是孩兒驚動母親，又道娘心不悦，子意何安？　爲甚的變顔情，長吁短嘆珠淚零？（占）兒，你在京城多快樂，娘在家中受苦辛。（生）呀，你袖兒裏吊下孝頭繩，成舅、岳丈、岳母好麼？（丑）承問，晚景叨安。（生）姐姐好麼？（丑）也好，也好。（生）娘，孩兒知道了。　我妻子生則難期，死則有準了。

（滚）你那裏口不言，俺這裏心自省，莫不是玉蓮媳婦喪幽冥？（又）

（占）我在路上撿來的，好没分曉！　且問你，老娘未來時節，聞説你在京娶甚麼丞相小姐。　他雖是千金之體，也是我媳婦，怎麼也不出來見我？（生）孩兒爲万俟丞相招贅不從，改調潮陽，並無再娶之事。（占）也罷。　你瞞得今日，瞞不得後日。　老娘當日送你起程，曾有言祝付，教你得中之時，及早回來。　你心下也不思忖，將一個寡寡的母親並媳婦付托岳丈家下。　還是你有兄，還是你有弟？　一至京城，許久人也不見回，書也不見一封，你成不得人了！　畜生！（生）孩兒得中之時，曾寄有書與承局回來。（占）那承局書是你寄的？（生）是孩兒寫的。（占）那書敢是倩人寫的，或是茶前酒後寫的？（生）娘，孩兒謝宴回來，焚香對天敬心寫的。（占）那承局書不是家書，乃是一紙離書。　老娘今日見你，恨不得一頭撞死在你的懷裏！（生）老娘，怎麼是離書？　我還記得。　母親高坐，待孩兒讀來與娘聽着。

【一封書】（生）男百拜上覆母親尊座前妻父母：離膝下到京都，一舉成名身掛綠。除授饒州僉判府，帶家小，臨京往任所。寄家書，付承局，草草不恭兒拜覆。（占）你若是寄這書回來，不致如此了。當初承局書親付，拆開仔細從頭讀。狀元僉判任饒州，休妻再娶万俟府。（生）娘，語句都差了。（占）語句雖差字跡同，岳翁見罷心嗔怒。（生）岳母如何？（占）岳母愛富起狼心，逼他改嫁孫郎婦。（生）娘，我道你爲甚這等悲哀，只爲媳婦嫁孫家。此事何須憂悶？孩兒忝中高魁，兩三房媳婦，也是有的，這等失節婦人，要他則甚！況他乃朝廷命婦，誰人敢娶？左右，把李成鎖了。（丑）王十朋，你乃辜恩負義之徒，我不怕你，便和你對鎖！（占）兒，你妻子若是肯嫁與孫家，到也有個人在。（生）他終不然肯死麼？（占）你妻守節不相從，將身跳入江心渡。

（生）娘，媳婦不嫁孫家，投江而死了，死得好！死得好！（丑）啐！你那心腸就是鐵打的，我姐姐投水而死，遠近聞知，無不下淚，你和他結髮夫妻，反道他死得好。（生）成舅，不是這等説，假如你姐姐失節改嫁，是遺臭萬年；今守節投江，乃流芳百世，是謂死得其所。妻，你投水之際，也須要思量一二，不念青年秀士無子息，也須念着白髮慈顔缺奉承。你既做得節婦，終不然我丈夫做不得義夫不成！妻，兀的不悶殺人也！（悶倒介。丑）手下，快看熱湯來！（占）我兒快甦醒，休要爲死傷生。（生醒介）

【駐雲飛】痛殺嬌妻，妻，我今聽老娘講的言語呵！唬得我膽戰心驚魂魄飛。妻，指望和你諧連

理，誰想先抛棄。嗏！恨只恨繼母忒心虧，貪愛錢財，不顧人倫，逼勒我的嬌妻。妻，你捱不過淩逼，受不過禁持，將身跳入江兒水。一度思量一度悲。（又）

（丑）姐夫，那日姐姐投水，我在江邊去看，拾得繡鞋一雙回來，我爹爹留下一隻，我帶一隻來與你做古記。看此繡鞋，如見姐姐一般。（生）這一隻鞋就是你姐姐穿去投水留下爲記的，罷了！妻，好教我見鞍思馬，睹物傷情了。

【前腔】睹物傷情。娘，媳婦當初燈下做鞋伴我讀書，有個應兆，彼時我問道：妻，你爲何做兩雙鳳頭花鞋？他道：一雙穿起以慶婆婆之壽，一雙等我得中之時，受了朝廷封贈，穿此鞋以配鳳冠霞帔。彼時我說道：隔牆雖有耳，窗外豈無人。此去倘神天保佑，求得一官半職便好；如若不第，可不被人取笑。那時他回言得好，只見滿朝朱紫貴，紛紛儘是讀書人。今日我到做了滿朝朱紫貴，你怎麽不來看我讀書人？今日物在人何在？妻，只見弓鞋不見妻，此鞋是你千針萬線做將起，何不穿將去？留他爲甚記？嗏！妻，你不是留鞋爲記，乃是取丈夫的眼淚了。提起好傷悲。娘，思忖起來，孩兒一生命運真個好苦！幼年進學喪了父，中年做官死了妻，此乃大不幸也。這樣官兒做他怎的！謾説是饒州僉判，縱做到極品隨朝官爵，咳！成何濟！痛殺玉蓮年少妻，耿耿幽魂在那裏？

（下）

十朋母子祭江

【何滿子】（生）蝴蝶春寒夢深，杜鵑月冷啼紅。山重恩情沉大海，清明時到恨無窮。苦，含淚吊東風。

結髮夫妻願長久，誰知今日兩分張。香魂渺渺歸陰府，夢裏相思痛斷腸。絃斷瑶琴難再續，鼓盆歌罷轉心酸。床頭遺下殘針線，掂動令人淚未乾。下官自別家鄉，忝中高魁，不幸吾妻守節投水而死。今日乃是清明佳節，昨日曾分付備辦祭禮，往江邊祭奠亡妻。不知備辦完否？左右何在？（净）廳下一呼，階下百諾。伏老爺，有何使令？（生）昨日我曾分付備辦祭禮若何？（净）俱已齊備。（生）你去請一位禮生來，有話講。（净）曉得。老爺叫，請禮生有話講。（末上）大惠及民誇德政，好將文字考書生。躍過禹門三汲浪，管教平地一聲雷。左右通報，禮生見。（生）請起。今日清明，我要往江邊祭奠我妻，煩足下做篇祭文，一同到江邊贊禮。（末）領命。不知夫人因何身故？（生）結成鸞鳳正徘徊，妒花風雨苦相催。詐書一到波濤起，岳母生嗔妻喪魂。（末）曉得。暫離歸家去，少刻到江邊。（下。生）手下，請太夫人、舅舅，打轎侯候。（净）太夫人、舅爺有請。

【前腔】（占）細雨霏霏時候，柳眉烟鎖長愁。（丑）昨夜東風驀吹透，報道桃花逐水流。新愁

惹舊愁。〔一〕

（占）兒，請我老娘出來，有何話講？（生）娘，今日清明佳節，孩兒分付整備祭禮，到江邊祭奠媳婦，請老娘主祭。（占）兒，喪祭從爵。（丑）姐夫中狀元，姐姐是夫人。前三鼎，如今要五鼎祭他，還該姐夫主祭，我與親母助祭。（占）兒，成舅講得有理，還要你自己主祭，我與成舅助祭。（生）曉得。左右看轎。

萱親命我赴春闈，且喜鰲頭獨占魁。不想荊妻投水死，一從科第鳳鸞飛。

【新水令】（生唱）一從科第鳳鸞飛，成舅，當初下官忝中魁名，蒙聖上遊街三日，忽然帽上宮花墜落地下，忽然見宮花墜地。（丑）姐夫，宮花墜地是不祥之兆。（生）成舅，我也曉得是不祥之兆。彼時只慮母親年老，風燭難期，且喜老娘無恙，誰知應在你姐姐身上了。（占）兒，容顏雙鬢改，跋涉路途長。晨昏捱不過，幾乎命已亡。老娘托賴上蒼庇佑，幸喜無危。（生）幸萱堂無禍危，嘆蘭房受岑寂。姐夫，你與親母重會團圓，只虧我姐姐沉溺大江之中，屍首不知漂流何處？（生）成舅，你姐姐尋此短計，爲着何來？只因繼母見一封書回，以虚爲實，將你姐姐拘禁在幽房之中，千般拷打，萬般禁持。爲人豈不愛生？誰肯願死？你姐姐投江也只是出乎無奈。他捱不過淩逼，受不過禁持，將身跳入波濤裏。

（淨）稟老爺：來到江邊了。（生）請老娘下轎。左右，請禮生來。（末上）白雲本是無心物，却被清風

〔一〕『新愁』句：原闕，據汲古閣刊本《繡刻荊釵記定本》補。

引出來。（生）煩足下贊禮，手下將祭禮擺開。（末）主祭者就位，助祭者就位。（生）痛憶玉蓮錢氏妻，傷情苦處意徘徊。當初指望諧白髮，誰知夫婦兩分離？

【步步嬌】（生）把往事今朝重提起，越惱得肝腸碎。老娘，記得那年今日，母子三人上墳掛白，豈知今年今日祭賽與他？正是清明時節年年在，要見媳婦難上難。妻，你今投水而死，死得其無影無踪。丈夫今日在此致祭於你，你靈魂不昧，嗚呼來兮！伏惟享兮！妻，那得清明拜掃時。（占）兒，如今哭也是遲了。省愁煩且自酬禮。兒，你這等悲泣，不要祭奠罷。（生）老娘，俺與你媳婦夙世姻緣，結髮夫妻。今日無非只是一祭而已，我怎的不祭奠？曾讀聖賢書，『吾不與祭如不祭。』

【折桂令】（生）爇沉檀香噴金猊，俺這裏招靈魂。妻，你那裏聽訴因依。（丑）姐夫，家中遭此大變，你在京裏有甚麼應兆否？（生）自從那日宴罷瑶池，遊街已畢，參拜万俟丞相，寵宮袍不從相府勒贅。万俟丞相招贅我，三番兩次不從，彼時只慮居官不久，誰知應在你姐姐身上。妻，我不贅相府，也只爲貧賤之交不可忘，你被繼母三回兩轉逼勒改嫁不從，捨生全節，也只爲糟糠之妻不下堂了。妻，撇不下糟糠舊妻，因此上苦推辭桃杏新室。妻，你爲我受淩逼没存濟，我爲你受磨折遭岑寂。他將我改調潮陽惡蠻之地，因此上耽誤你佳期，有誤我歸期。（末）二上香。

【江兒水】（生）聽説罷衷腸事只爲伊，你丈夫不從招贅遭毒計。妻，你在九泉之下，不要怨我丈夫。懊恨你娘行忒薄意，逼得你没存濟，渺渺茫茫喪在波心裏。（末三上香。生）拜請東方佛

菩提。（丑）把祭禮收了，不要祭。（生）成舅，何故説不祭收了祭物？（丑）姐夫，你説祭我姐姐，拜請東方佛菩提，這等你是祭神了。（生）成舅，你姐姐沉溺江心，靈魂仗水官、水母娘娘收管，因此請神祇放你姐姐魂靈來受祭禮。（丑）這等説，你再多請些菩薩。（生）拜請西方佛菩提。河泊水官，水母娘娘，信官王十朋在此伏地而拜，不爲别的，只爲我妻錢氏玉蓮不從母命，守節溺水而亡。他的靈魂或落在深潭之中，或喪在魚腹之内，魂魄悠悠，引魂童子、界魄仙官，俺這裏哀告江神，你那裏有感有靈，早賜玉蓮的靈魂脱離波心，降臨江邊受祭。可憐見我母子虔誠遥祭，望鑒微忱，早賜靈魂來至。

（末）主祭者行初獻酒。（生）虔誠祭禮到江邊，追薦亡妻錢玉蓮。人生有酒須當醉，一滴何曾到九泉？

【雁兒落】（生）徒捧著淚盈盈一酒巵，（丑）姐夫，你看那盤中美味般般在，那見我姐姐親口嘗？空擺着香馥馥八珍味。（生）成舅，記得在家讀書之際，到更深夜静，你姐姐拿一枝燭一杯茶，他説道：夫，你用心攻書，書不誤人。你看滿朝朱紫貴，盡是讀書人。妻，你丈夫今日能爲朱紫貴，緣何不來勸我讀書人？（丑）姐夫，早知姐姐投水而死，叫一個畫工，描畫他一軸真容，早晚間看真容，如見姐姐一般，到如今空想也是閑了。（生）慕真容，不見你；訴衷曲，無回對。俺這裏再拜自追思，重相會知何日？擺不開兩道眉，揾不住雙垂淚。成舅，下官不怨别人。（丑）姐夫，怨那一個？（生）怨只怨套寫讒書賊，暗地施謀計。罷！罷！人生自古誰無死，留取丹心照汗青。我今日將此酒爲誓，妻，你今投水而死，你就做得一個節婦，王十朋豈做不得一個義夫？賢也麽妻，我若是昧誠心，自有

天鑒知。俺若是負心的，隨着燈兒滅。

（末）行亞獻酒！

【僥僥令】（占）這話分明訴與伊，曾記得看書時。叵耐你娘行生毒意，到今日閃得他夫婦們兩分離，在中途裏。

（末）行終獻酒！（生）自古道：身外功名輕似芥，夫妻恩愛重如山。

【收江南】（生）早知道這般樣拆散呵，誰待要去赴春闈？我想錢貢元將女兒招贅與我，圖我甚的而來？他道我是讀書之人，後來有個好處，一則與他争光，二則擡舉他的女兒。誰想妻死無緣了？這樣官兒做他怎的？便做到腰金衣紫待何如？（占）兒，你怎的説出此言？傍人聽得，知道者，説你爲妻痛泣不覺而出此言；有不知者，只説你輕慢朝廷而重妻情。（生）説來言詞猶恐外人知，端的是不如布衣！只落得低頭自語自傷悲。

（末）獻禮已畢，所有祝文，望空宣讀。時維大宋熙寧七年歲次丁亥三月甲子朔，賜狀元及第任潮陽府事信官王十朋。謹以牲酌之儀，致祭於節婦錢氏玉蓮夫人前而言曰：節婦之生，身出香閨；節婦之死，義植秉彝。節婦全備，古今所稀，日月同其照耀，草木爲之增輝。昔受聘於荆釵，同甘苦於茅廬。春闈一赴，鸞鳳分飛。詐書一到，骨肉分離。姑娘設奪婚之策，繼母行逼嫁之威。捱不過連朝摧挫，受不過日夜禁持，拜辭睡沉沉之老姑，潛出冷清清之繡閫。江心渡口，月淡星稀。波聲滚滚，夜色淒淒。

抱石投江，逐浪魂飛。叫一聲玉蓮妻！　雲愁雨暗天地悲；　哭一聲玉蓮妻，哀鴻過處鶴猿啼。哀情訴與河泊水官，悲情薦與佛説菩提。料今生不能得見，願來世再與相期。靈魂不昧，尚其鑒之！　嗚呼哀哉！　伏惟尚饗！（生哭介）玉蓮，我的妻！

【園林好】（占）免愁煩回辭了奠儀，李成舅，還斟上酒來。拜馮夷多方護持。早向波心脱離，惟願取免沉迷。（末焚紙介）

【沽美酒】（生）紙灰化作蝴蝶飛，血淚染成杜鵑啼。睹物傷情越慘悽。花謝有芳菲之日，月缺有團圓之夜。俺呵！　徒然間早起晚息，想伊念伊。妻，要相逢除非是南柯夢裏，夢裏再成姻契。

【尾】（生）昏昏默默歸何處？　哽哽咽咽常念你，願直上嫦娥宫殿裏。

（末）禮生辭别。（生）有勞足下。（末）思忖總是一場夢，祭奠已畢早回歸。（下。內）報王爺轉陞吉安府知府，走馬上任。（生）把祭禮收了，回衙收拾鋪櫃，擇日起程。

詩曰：

祭奠嬌妻苦痛悲，臨風血淚染羅衣。
爲報玉音來絶域，遷官即日轉江西。

吴歈萃雅

明周之標（茂苑梯月主人）選輯，古吴隱之道民校點。明萬曆四十四年（1616）長洲周氏刻本。全書分元、亨、利、貞四集，元、亨兩集選收散曲，利、貞兩集選收戲曲曲文。利集收録《荆釵記》之《壽宴》《憶别》《議親》《相别》《送親》《限别》《撈救》《行路》《議婚》《苦别》等十齣，貞集收録《節宴》《嚴訓》《講學》《祭江》等四齣，輯録如下。

壽宴

【錦堂月】華髮斑斑，韶光荏苒，雙親幸喜平安。慶此佳辰，人人對景歡顔。畫堂中寶篆香銷，玉盞内流霞光泛。（合）齊祝贊，願福如東海，壽比南山。（犯註見前。）

【前腔换頭】筵間，繡幕圍環，奇珍擺列，渾如洞府仙寰，美食嘉餚，堪並鳳髓龍肝。簪翠竹同樂同歡，飲緑醑齊歌齊唱。（合前）（『髓』桑嘴切；『醑』上聲。）

【前腔換頭】堪嘆，雪染雲鬢，霞銷杏臉，(一)朱顏去否回還。椿老萱衰，只恐雨僽風僝。但只願無損無傷，咱共你何憂何患？（合前）

【前腔換頭】幽閒，食可加餐。官無事擾，情懷並没愁煩。人老花殘，於心尚有相關。待招贅百歲姻親，承繼我一脈根蔓。（合前）（『蔓』音『萬』。）

【醉公子】非慳，論治家千難萬難，休只管喫得甕盡杯乾。今番，慶生席面，難做尋常一例看。（合）重换盞，直飲到月轉花稍，影上闌干。

【前腔】神仙，滿座間人閒事減。慶眉壽，尊前席上，正宜疏散。歡宴，樂人祗應，品竹彈絲敲象板。（合前）

【僥僥令】銀臺燒絳蠟，寶鼎爇沉檀，望乞蒼穹從人願。（合）骨肉永團圓，保歲寒。（『爇』，撮口。）

【前腔】炎涼多反覆，日月易循環，但願歲歲年年人康健。（合前）

【尾聲】玉人彈唱聲聲謾，露春纖把錦箏低按，曲罷酒闌人散。

(一) 銷：原作『綃』，據《李卓吾先生批評古本荊釵記》改。

憶別

【雁過聲】長安四月花正飛，見殘紅萬片皆愁淚。何苦被利禄成拋棄，如今把孤身旅泊天涯。意懸懸止不住思維，音書曾有回，只怕他望帝都欲赴愁迢遞。望目斷故園，知他知也未？（『如今』二句非【雁過聲】之文，今從舊點板。）

【二犯漁家傲】當時痛別慈幃，論奉親行孝也縈懷不寐。年華有幾，總然是百歲如奔騎。論早晚須問起居，論寒暑須當護持，論供養要甘肥。因赴舉，把蘋蘩饋托與吾妻，知他看承處怎的？俺這裏對青山，望白雲，鎮日瞻親舍。他那裏翹白首，看紅日，終朝憶帝畿。（『索』音『色』。犯註見前。）

【二犯漁家燈】嗟吁，鳳別鸞離，怎如儔鶯偶燕時相聚！悽楚寒窗，寂莫旅況。閃殺當時，甘效于飛。孤燈夜雨，溜聲不斷，却把寸心滴碎。只爲那釵荆裙布妻難棄，總有紫閣香閨人怎迷？

【喜漁燈】猛思那日臨行際，蒙岳丈惜伊玉樹，兼愛我寒枝。念行囊空虛，欣然週全助路貲。召共居，感此義山恩海相維繫。細躊躇，甚日酬取？教我怎生忘渠？但願得一家到此沾禄養，也顯得半子從今展孝私。

【錦纏道犯】論科舉，本圖着春風杏枝，玉馬驟香衢。豈知他陷我在瘴嶺烟區？愁只愁身歸鳳池，恨只恨釁生鴛侶。人不見，氣長吁，只爲蠅頭蝸角微名利，致使地北天南怨別離。

（『蠅』『蝸』音『盈』『瓜』。）

議　親

【古梁州】家私迭等，良田千頃，富家聲振甌城。他却不曾婚娶，專浼我來相聘。他恁地錢物昌盛，愧我家寒自料難厮稱。這段姻緣料想是前生定，入境緣何不順情？休得要恁執性。

【前腔】他有雕鞍金凳，重裀列鼎，肯娶奴裙布釵荆？我須房奩不整，反被那人相輕。雖則是你房奩不整，他見你恭容，自然相欽敬。嚴父將奴先已許書生，君子一言怎變更？實不敢奉尊命。

【前腔】見哥嫂俱已應承，問侄女緣何不肯？恁堅執莫不是行濁言清。枉了將人淩併，便刎下頭來，斷然不依聽。論我作伐，宅第盡聞名。十處説親九處成，誰是你假惺惺。

【前腔】做媒的個個誇能，也多有言不相應，信着你都被誤了終身。你那合窮合苦没福分丫頭强厮挺，令人怒憎。出語傷人，你好不三省，榮枯事總由命。

【尾聲】這段姻緣非斷遑，少什麽花紅送迎？誰想番成作畫餅？

相別

【白練序】十年力學，今喜得成名志氣豪，也只願封妻陰母劬勞。誰知那相府逼勒成親，苦見招。不從後將咱改調，此心懊惱。

【前腔】吾兄免自憔，休得要見小，論吉人終須造物相保。休辭途路遥，見説潮陽景致饒。焚香告，一心靠着蒼天便了。

【不是路】限期已到，請馳騎程途宜須早。意難抛，今朝拜别我故交。自懊惱，我往潮陽歸海島，君往饒州錦繡遶。休嘆息，願此去各家善保，且寛懷抱。

【前腔】願赤心報國安民，大凡事理宜公道。望吾兄，忠心一片天可表。去任所，管取民歌德政好。德政好時民無擾，多蒙見教。乏款曲休嗔免笑，告辭先造。

【紅芍藥】切齒恨奸臣，將咱改别調，却將王士宏除授改饒。咱授海濱勤勞，空教，空教那厮謀陷我，天憐念豈落圈套！願夫妻子母來此團圓，一家裏榮耀。

【前腔】到得潮陽且歡笑，其時放懷抱。施仁布德，善治權豪，官民共樂唐堯。還交，還交要訓愚頑暴，當效他退之施教。但願得三年任滿再回朝，加爵禄官高。

【尾聲】赤膽忠心報皇朝，功名富貴人難效，姓字湊烟閣上標。

送親

【惜奴嬌】家道貧窮，守荆釵裙布，謹身節用。今爲姻眷，惟恐玷辱門風。空空，愧乏房奩來倍奉，望高堂垂憐寵。（合）喜氣濃，悄似仙郎仙女，會合仙宫。

【前腔換頭】欣逢，夫婿寬洪，可留心遵守，四德三從。勤攻詩賦，休得要效我飄蓬。重重，命蹇時乖長如夢。謝良言，開愚懞。（合前）

【黑蟖序】家中，雖忝儒宗，論蘋蘩箕帚，尚未諳通。愧無能，豈宜適事英雄？融融，非獨外有容，必然内有功。（合前）

【前腔】愚懞，欲步蟾宫，奈才疏學淺，未得蜚沖。愧無能，豈宜先自乘龍？〔一〕雍雍，才郎但顯功，嬌妻擬贈封。（合前）

【錦衣香】夫性聰，才堪重；婦有容，德堪重。天生美質奇才，綵鸞丹鳳。自愧非是漢梁鴻，何當富室，配着孤窮。念妾非孟光，奉親命遣侍明公。今日同歡共，想也曾修種。夫和

〔一〕龍：原闕，據汲古閣刊本《繡刻荆釵記定本》補。

婦睦，琴調瑟弄。

【漿水令】恕貧無香醪泛鐘，恕貧無美食獻供，又無些湯水飲喉嚨。妝甚麽大媒？做甚麽親送？休相笑，莫妄衝，惟恐外人相譏諷。非缺禮，非缺禮，只爲窘中。凡百事，凡百事，望乞包籠。

【尾聲】佳人才子德堪重，更人才又兼出衆，夫妻到老永和同。

限別

【漁家傲】莫不是明月蘆花没處尋？莫不是舊日王魁嫌遞萬金？莫非忘了奴半載同衾枕？莫非是不曾來之任？欲語不言，知他是怎？那裏是全抛一片心？（『欲語』二句【雁過聲】。）

【前腔】咱語言説到舌尖又將口噤，若提起始末原因，教你愁悶怎禁？此生休想與他同衾枕，要相逢除是東海撈針。如今尚兀自不思忖，這是不投下家書回訃音。（『噤』去聲。）

【梧桐樹犯】我爲你受跋涉，我爲你遭磨折。我爲你投江，我爲你把殘生捨。今日怎知先傾逝，這樣淒涼，剗地裏和誰説？與我除下釵梳，盡把羅衣卸，持喪素服，守孝存貞潔。（『與我』四句【五更轉】，『剗』音『産』。）

【東甌令】休嗟怨，免擷屑，分定恩情中道絶。夫妻本是同林鳥，限到各分别。生同衾枕死同穴，誰肯早抛撇？（『穴』胡靴切。）

【太師引】讒書套寫，那人無藉，致令他生離死别。想當日你投江時候，我急撈救免喂魚鱉。

【前腔】念妾得蒙提挈，只指望同諧歡悦，誰知道全家並滅，不由人不撲簌簌淚珠流血。

【金蓮子】休憂此生鸞鏡缺，常言道救人須救徹。聽復取休得要哽咽，待等三年孝滿，别贅豪傑。

【尾聲】再醮徒然費唇舌，共姜誓盟甘自悦，守寡從教鬢似雪。

撈　救

【榴花泣】守官如水，胸次瑩無瑕。薄税斂，省刑罰，撫安民庶禁行猾。喜詞清訟簡，無事早休衙。依條按法，看繩一戒百誰不怕？待三年任滿期瓜，詔書來早晚遷加。

【前腔】覷着他花容月貌勝仙娃，忍將身命掩黄沙。天教公相救伊家，好似撥雲見日，枯樹再開花。貞潔可誇，恁捐生就死令人訝。恁萱親怎不詳察？全不道有傷風化。（『捐』音『元』。）

【漁家燈】若提起舊日根芽，不由人不兩淚如麻。恨只恨一紙讒書，搬鬥得母親叱咤。他見

差，逼汝身重嫁，那些個一鞍一馬。這書札，令人遣發，管成就鸞孤鳳寡。（『這書札』三句【剔銀燈】。）

【前腔】今日裏拜别離舍，明日到海角天涯。一心要傳遞佳音，不憚着路途波查。你見他且只説三分話，猶恐怕他别娶渾家。把閑言一筆勾罷，回來後知真辨假。

【尾聲】月再圓，花重發，那其間歡生喜洽，重整華筵泛紫霞。

行路

【八聲甘州】春深離故家，嘆倦體衰年，奔走天涯。一鞭行色，遥指剩水殘霞。牆頭嫩柳籬畔花，見古樹枯藤棲暮鴉。嗟呀！遍長途觸目桑麻。（『剩』音『盛』。）

【前腔】幽禽聚遠沙，對彷佛禾黍，宛似蒹葭。江山如畫，無限野草閑花。旂亭小橋景最佳，見竹鎖溪邊三兩家。漁槎，弄新腔一笛堪誇。（『宛』音『遠』，『槎』音『茶』。）

【解三酲】爲當初被人謊詐，把家書暗地套寫，致吾兒一命喪在黄泉下，受多少苦波查。今日幸得佳婿來迎也，又愁着逆旅淹留人事差。（合）空嗟訝！自恨命薄，難苦怨他。（『逆』音『亦』。）

【前腔】步徐徐水邊林下，路迢遥野田禾稼，景蕭蕭疏林暮靄夕陽掛。聞鼓吹，鬧鳴蛙，一任

古道西風鞭瘦馬。謾回首，盼想家山淚似麻。（合前）

議　婚

【瑣寒窗】這門親非是我貪婪，無奈人來説再三。送荆釵只愁他富室包彈，良媒竟没一言回俺，反教人掛腸懸膽。（合）聽得早間鵲噪窗南，有何親舊相探？（第二句當如《琵琶記》『不曾許公與卿』唱法。）

【前腔】嘆連年貧苦多諳，尤在淒涼一擔擔。〔一〕事萱親，朝夕愧缺魚甘。劬勞未答，常懷淒慘。議姻親，斷然不敢。（合前）

【前腔】論人生嫁女婚男，不是姻緣怎妄貪？謾誇他豪門首飾衣衫，嫦娥志潔，甘居清淡。那聽他巧言啜賺。這姑姑因此臉羞慚，此來必定喃喃。（『啜』『徹』字撮口，『賺』音『湛』。）

苦　别

【勝如花】辭親去，别淚零，豈料登山驀嶺。只因他遞簡傳書，教娘離鄉背井，未知道何日歡

〔一〕一擔擔：原作『一旦擔』，據汲古閣刊本《繡刻荆釵記定本》改。

慶？（合）愁只愁一程兩程，況不聞長亭短亭。暮止朝行，趲長途曲徑，休辭憚跋涉奔競。願身安早到京城，願身安早到京城。

【前腔】我爲絶宗派，結眷姻，指望一牢永定。誰知道又贅在侯門，今日番成畫餅，辜負了田園荒徑。（合前）

【前腔】他家鍋中米没半升，去戀著侯門，不思舊親。到如今一旦身榮，撇却糟糠布荆，短幸處教人怒稱。（合前）

【前腔】蒙員外分付情，對狀元一訴明。幸喜得日暖風恬，相送起程，傷目斷桑榆暮景。（合前）

節　宴

【集賢賓】一陽氣轉春透徹，履長歡慶冬節。驗歲瞻雲人意切，聽殘漏曉臨臺榭。今年是别，黄雲讖争書吉貼。（合）芳宴設，沉醉後，管弦聲咽。（『讖』初禁切。）

【前腔】日晷漸長人盡悦，繡紋弱線添些。待臘將舒堤柳葉，凍柔條未堪攀折。百官擺列，賀新歲齊朝金闕。（合前）（『掣』上聲。）

【鶯啼序】光陰迅速如電掣，斷送了多少豪傑。遇良辰自宜調燮，且把閑悶拋撇。進履襪歡

看婦儀，炷寶鼎對天答謝。（合前）

【前腔】道消遣長空嘆嗟，畫堂中且安享驕奢。看紛紛緑擁紅遮，綺羅香散沉麝。辟寒犀開元此日，曾遠貢喧傳朝野。（合前）

【琥珀猫兒墜】玉燭寶典，今古事差迭。遇景酣歌時暫歇，珠簾垂下且莫揭。（合）歡悦，那獸炭紅爐，焰焰頻爇。（『爇』撮口。）

【前腔】小寒天氣，莫把酒樽歇。醉看歌姬容豔冶，春容微暈酒懸頰。（合前）

【尾聲】玉山低頹日已斜，酒散歌闌呼侍妾，把錦紋烘熱，從教醉夢赊。

嚴訓

【錦纏道】治家邦，正人倫，有三綱五常。你潛説出短和長，怎不隄防，須知有耳隔牆？講甚麽晉陶潛認作阮郎？却不道誓柏舟甘效共姜？先打後推詳，問出你私情勾當，押發離府堂。文牒上明開供狀，抵多少衣錦去還鄉。（『阮』音『遠』。）

【前腔】小梅香，待回言，恐觸突了使長。不回言，這無情棒打難當，怎知道禍從天降？他本是守荆釵寒門孟光，休猜做出牆花淮甸雙雙。若説起這行藏，那燒香的王太守，好似亡

夫模樣。心思痛感傷，因此上和妾在此閑講，又不曾想像赴高唐。(一)

【前腔】守孤孀，薦亡靈，親臨道場。拈香罷，轉迴廊，偶相逢不由人不睹物悲傷。那裏是西廂下鶯鶯伎倆？怎麽的就打梅香，生扭做紅娘？當初去投江，把原聘物牢拴在髻上，荆釵義怎忘？妾豈肯隨波逐浪，却不道辱没宗祖把污名揚？(『睹』上聲。)

【前腔】假乖張，賤奴駘，把花言抵搪，全不顧外人揚，惱得我氣滿胸膛。你本是王月英留鞋在殿堂，怎不學浣紗女抱石投江？雪上更加霜，自不合與他人閑講。誰知惹禍殃，閒話裏没些度量，一霎時禍起在蕭牆？

講學

【玉芙蓉】書堂隱相儒，朝野開賢路，喜明年春闈已招科舉。窗前歲月莫虚度，燈下簡篇可卷舒。(合)時不遇，且藏諸韞匵。際會風雲，那時求價待沽諸。

【前腔】懸頭及刺股，掛角並投斧，嘆先賢曾受許多勤苦。六經三史靡温故，諸子四書可誦讀。(合前)

(一) 唐：原作『堂』，據汲古閣刊本《繡刻荆釵記定本》改。

【前腔】家私雖富足，心性忒愚魯，向書齋剛學得者也之乎。無才學休想學干禄，有才學便能身掛緑。（合前）

祭　江

【新水令】一從科第鳳鸞飛，被奸謀有書空寄。幸萱堂無禍危，嘆蘭房受岑寂。捱不過淩逼，身沉在浪濤裏。

【步步嬌】把往事今朝重提起，越惱得肝腸碎。清明拜掃時，省却愁煩，且自酬禮，須記得聖賢書，道『吾不與祭如不祭』。

【折桂令】爇沉檀香噴金猊，昭告靈魂，聽剖因依。(一)自從俺宴罷瑶池，宫袍寵賜，相府勒贅。俺只爲撇不下糟糠舊妻，苦推辭桃杏新室，致受磨折，改調俺在潮陽，因此上擔誤了您的歸期。（『爇』撮口。）

【江兒水】聽説罷衷腸事只爲伊，却原來不從招贅生奸計。懊恨娘行忒薄意，淩逼得你好没存濟。母子虔誠遥祭，望鑒微忱，早賜靈魂來至。（『虔』音『乾』。）

(一)　依：原作『伊』，據汲古閣刊本《繡刻荆釵記定本》改。

【雁兒落】徒捧着玉溶溶一酒卮，空列着香馥馥八珍味。慕儀容，不見伊；訴衷曲，無回對。俺這裏再拜自追思，重會面是何時？搵不住雙垂淚，舒不開咱兩道眉。先室，都只爲套書信的賊施計。賢也麽妻，俺若是昧誠心，自有天鑒誅。

【僥僥令】這話分明訴與伊，須記得看書時。懊恨娘行生惡意，拋閃得兩分離在中路裏，兩分離在中路裏。

【收江南】呀！早知道這般樣拆散呵，誰待要赴春闈？便做到腰金衣紫待何如？説來尤恐外人知，端的是布衣，到不如布衣！只落得低聲啼哭自傷悲。

【園林好】免愁煩回辭了奠儀，拜馮夷多加護持。早早向波心中脱離，惟願取免沉溺，惟願取免沉溺。

【沽美酒】紙錢飄，蝴蝶飛；紙錢飄，蝴蝶飛。血淚染，杜鵑啼，只爲睹物傷情越慘悽。靈魂兒您自知，俺不是負心的，負心的隨着燈滅。花謝有芳菲時節，月缺有團圓之夜。我呵！徒然間早起晚些，想伊念伊。呀，要相逢夢兒裏，再成姻契。

【尾聲】昏昏默默歸何處？哽哽咽咽思念伊，直上嫦娥宫殿裏。

南北詞廣韻選

明徐復祚編選。全書按《中原音韻》十九個韻部列目，每一韻部下兼收南北劇曲。其中卷一、卷六、卷八、卷十三、卷十五、卷十七分别收録《荆釵記》之《合巹》《親叙》《慶誕》《遺音》《晤婿》《議親》《哭鞋》《見母》《分别》《誤訃》等十齣中的部分曲文，(一)輯録如下。

合巹

【南雙調曲・惜奴嬌】只爲家道貧窮，守荆釵裙布，謹身節用。今爲姻眷，惟恐玷辱門風。空空，愧没房奩來陪奉，望高堂垂憐寵。(合)喜氣濃，悄似仙郎仙女，會合仙宫。

【前腔换頭】欣逢，夫婿寬洪，可留心遵守，四德三從。勤攻書賦，休得效學飄蓬。重重，運

(一)　齣目名據汲古閣刊本《繡刻荆釵記定本》補。

蹇時乖長如夢。謝良媒，開愚懵。（合前）

【黑麻序】家中，雖忝儒宗，論蘋蘩箕帚，尚未諳通。愧無能，豈宜適事英雄？融融，非獨外有容，必然内有工。（合）喜氣濃，悄似仙郎仙女，會合仙宫。

【前腔】愚懞，欲步蟾宫，奈才疏學淺，未得蜚沖。愧無能，豈宜先自乘龍？雍雍，才郎但顯功，嬌妻擬贈封。（合前）

【錦衣香】夫性聰，才堪重；婦有容，德堪重。天生美質奇才，彩鸞丹鳳。自慚非是漢梁鴻，何當富室，配着貧窮。妾亦非孟光，奉椿庭適事名公。前世曾歡共，把藍田玉種。夫和婦睦，琴調瑟弄。

【漿水令】恕貧無香醪泛锺，恕貧無美食獻供，又無湯水飲喉嚨。妝甚喜媒？做甚親送？休相笑，莫妄衝，惟恐外人相譏諷。非缺禮，非缺禮，只爲窘中。凡百事，凡百事，望乞包容。

【尾聲】佳人才子德堪重，更人才又兼出衆，夫妻到老和同。

（《荆釵》一記，大率以情節關目勝，不可句求字摘。此闋全用本色，古色蒼然，然未免俚鄙之恨。【尾聲】尤不成語。較之前三傳諸作，不堪位置矣。）

親敘

【南南吕・懶畫眉】紫簫聲斷彩雲霾，膩粉蒙香玉鏡臺，燈前孤幌冷書齋。血衫難挽仙裾返，造化能移泰岳來。

【前腔】荆釵博你鳳頭釵，重義生輕托繡鞋。一回思想一回哀，鳳帷猶在人何在，我息婦，可陰佑雙親到此來。

（此二闋亦可無選，第求全璧於《荆釵記》中，良不易得。）

慶誕

【雙調・錦堂月】華髮斑斑，韶光荏苒，雙親幸喜平安。慶此良辰，人人對景歡顔。畫堂中寶篆香銷，玉盞内流霞光泛。（合）齊祝贊，願福如東海，壽比南山。

【前腔換頭】筵間，繡幕圍環，奇珍擺列，渾如洞府仙寰，美食嘉殽，堪並鳳髓龍肝。簪翠竹同樂同歡，飲緑醑齊歌齊讚。（合前）

【前腔換頭】堪嘆，雪染雲鬟，霞銷杏臉，朱顔去不回還。椿老萱衰，只恐雨僽風僝。但只願無損無傷，咱共你何憂何患？（合前）

【前腔換頭】幽閒，食可加餐。官無事擾，情懷並没愁煩。人老花殘，於心尚有相關。待招贅百歲姻親，承繼我一脈根蔓。（合前）

【醉公子】非慳。論治家千難萬難，休只管喫得甕盡杯乾。今番慶生席面，難做尋常一例看。（合）重换盞，直飲到月轉花梢，影上闌干。

【前腔】仙班，滿座間人閒事罕。慶眉壽，華筵正宜疏散。歡宴祗候，樂人品竹彈絲敲象板。（合前）

【僥僥令】銀臺燒絳蠟，寶鼎噴沉檀，望乞蒼穹無災患。（合）骨肉永團圓，保歲寒。

【前腔】炎涼多反覆，日月易循環，但願歲歲年年如今旦。（合前）

【尾聲】玉人彈唱聲聲漫，露春纖把錦箏低按，曲罷酒闌人散。

（看《荆釵》不宜過刻，第取其調諧意古可也。）

遺　音

【中吕·榴花泣】【石榴花】覷着你花容月貌勝嬌娃，忍將身命掩黄沙？幸逢公相救伊家，似撥雲見日，枯樹再開花。【泣顔回】貞潔可誇，恁捐生就死令人訝。你萱堂怎不詳察？却不道有傷風化。

【漁家燈】若提起舊日根芽，不由人兩淚如麻。恨只恨一紙讒書，搬鬥得母親叱咤。他見差，逼勒汝身重嫁，那些個一鞍一馬。這書札今日遣發，管成就鸞孤鳳寡。

【前腔】今日裹拜别離舍，明日到海角天涯。一心待傳遞佳音，不憚着途路波查。你見他且只説三分話。猶恐怕别娶渾家。把閒話一筆勾罷，回來便知真辨假。

（此折前尚有『守官如水』一闋，俱措大爛書袋中語，剪去之。沈先生曰：『此調後三句與【剔銀燈】同，但前六句又不似【漁家傲】，不知何也？』）

晤婿

【南仙吕·八聲甘州】春深離故家，嘆衰年倦體，奔走天涯。一鞭行色，遥指剩水殘霞。牆頭嫩柳籬畔花，見古樹枯藤棲暮鴉。嗟呀！遍長途觸目桑麻。

【前腔换頭】呀呀，幽禽聚遠沙，對平疇禾黍，宛似蒹葭，江山如畫，無限野草閑花。旗亭小橋景最佳，見竹鎖溪邊三兩家。漁槎，弄新腔一笛堪誇。

【解三酲】爲當初被人謊詐，把家書暗地套寫，致吾兒一命喪在黄泉下，受多少苦波查。今日幸得佳婿來迎也，又還愁逆旅淹留人事賒。（合）空嗟呀！自恨命薄，難苦怨他。

【前腔】步徐徐水邊林下，路迢迢畦田禾稼，景蕭蕭疏林暮靄斜陽掛。聞鼓吹，鬧鳴蛙，一經

古道西風鞭瘦馬。謾回首，盼想家山淚似麻。（合前）

議　親

【商調・黄鶯兒】半世守孤燈，鎮朝昏幾淚零，到今猶在淒涼景，寒門似冰，衰鬢似星。爲只爲早年不幸分鸞影。細論評，黄金滿籯，不如教子一經。

（此闋後尚有三闋，韻雜不録。）

哭　鞋

【羽調・勝如花】辭親去，别淚零，豈料登山驀嶺。只因他遞簡傳書，致令人離鄉背井，未知道何日歡慶？愁只愁一程兩程，況不聞長亭短亭。暮止朝行，趲長途曲徑，休辭憚跋涉奔競。願身安早到京城，願身安早到京城。

（此闋下尚有三闋，韻雜辭俚，不録。）

見　母

【南吕・刮鼓令】從别後到京，慮萱堂當暮景。幸喜得今朝重會，又緣何愁悶縈？莫不是

我家荆，看承母親不志誠？分明説與伭兒聽，怎生不與共登程？

【前腔】心中自三省，轉教人愁悶增。你息婦多災多病，況親家兩鬢星。家務事要支撑，教他怎生離鄉背井？待你饒州之任稍留停，先令人送我到京城。

【前腔】當初待起程，到臨歧成畫餅。若説起投江一事，恐唬恩官心戰驚。途路上少曾經，當不得許多高山峻嶺，餐風宿水怕勞形，因此上留住在家庭。

【前腔】端詳那李成，語言中尤未明。把就裏分明説破，免孩兒疑慮生，因甚變顔情？長吁短嘆珠淚零。袖兒裏脱下孝頭繩，莫不是伭兒息婦喪幽冥？

分　別

【仙吕·二犯桂枝香】【桂枝香頭】侯門修聘，司空執証。才郎千里專城，月老三台華省。【四時花】須聽，文鴛雅宜作對行，賓鴻可憐獨自鳴。趁七夕，會雙星。【皂羅袍】藍橋路近，瓊漿正馨，雲英貌美，裴航歲青。【桂枝香尾】正是神仙府，何須上玉京？

【前腔】紅顔薄命，粉郎多釁。清風千古虚名，圓月中天瑞影。傷情，梅經霜雪花不零，松逢

歲寒色倍青。(一)歷百折，顯堅貞。閨妝凝靚，韶華褪馨；塵迷鸞鏡，針閑繡綳。白玉緇難涅，甘泉到底清。

誤　訃

【正宮・漁家傲】莫不是明月蘆花没處尋？莫不是舊日王魁嫌遞萬金？莫非忘了奴半載同衾枕？莫非是不曾來之任？欲語不言，知他是怎？那裏是全拋一片心？

（後一闋有出韻，不録。）

(一) 倍：原作『陪』，據文義改。

大明天下春

全名《精刻彙編新聲雅雜樂府大明天下春》，明無名氏編選。明末刊本。現存四至八卷。其中卷八選收《荆釵記》之《玉蓮别父于歸》《玉蓮投江》《母子相會》《十朋祭玉蓮》等四齣，輯録如下。

玉蓮别父于歸

【鳳凰引】（外）遣女事君子，豈論貧和富？（旦）叵耐繼母心嫉妒，逼嫁孫郎，不由分訴。（合）父子一朝輕間阻，教人淚雨如珠。

（外）玉蓮我兒，自古道男大當婚，女長須嫁。争奈你母親愛富嫌貧，日夕炒鬧。今日乃黄道吉日，我已着人到王家去講，送親過門。彼已應允。兒，你莫若去罷，休要啼哭。（旦）釵梳衣服俱没有一些，爹，教孩兒怎的去得？（外）兒，待我問你母親討幾根釵子、幾件衣服與你。（向内問介）老安人，今日玉蓮

女兒出嫁王家，你可把幾對金釵、幾件衣服與他，到王家去也是我家的門向。（内）老子，女兒若嫁孫家，金銀首飾、綾羅緞疋都是有的；若嫁王家，一件布衣、一根木釵也沒有。（外、浄相諢罵科。旦）爹，休要與娘角口，孩兒不要他便了。（外）兒，説得有志氣。自古道：好女不穿娘家衣。今須房奩不整，日後着李成敬送來與你就是。（一）

【沉醉東風】（旦）恨萱堂狠毒心腸，謗讒言恨殺姑娘。房奩没半分，教奴家羞恥難當，似這等素手空囊。天！若是我的親娘在日，見我出嫁，無所不至。今日遇着繼母這般模樣，教我怎不思量我的親娘呵！叫一聲我的親娘，娘！痛斷腸。爹！因此上骨肉分張。

（外）兒，你母喪幽冥，要見難見。今于歸乃是好事，又何須恁的悲傷？

【前腔】你把春纖巧樣妝，把荊釵插鬢傍。穿一套藕絲衣，雲錦鮮裳。我兒，你行幾步與我看看。打扮得似織女會牛郎。叫一聲我的嬌兒，兒，痛斷腸，因此上淚滴胸膛。

我兒，吾聞丈夫之冠也，父命之；女子之嫁也，母命之。今爾後母不賢，待我爲父的將酒來祭告天地，拜辭祖宗香火。李成那裏？（丑）忽聽爹爹喚，未審有何因。爹老叫我做什麼？（外）今日你姐姐出嫁王家，與我將酒來。（丑）酒在此間，請爹老子祝贊幾句。（外）禱告天神與地祇，玉蓮今日做人妻，願

（一）成：原作『程』，據汲古閣刊本《繡刻荊釵記定本》改。下同改。

他夫妻常厮守，白年偕老兩齊眉。錢家三代祖宗神，保佑孩兒錢玉蓮今配十朋爲姻眷，願他夫婦永團圓。我兒，酒到。自嘆嬌兒命運乖，親娘死後遇多災。今朝父子分離去，臨行兀自舉金杯。

【前腔】舉金杯，表父子骨肉分離。我的嬌兒，你到人間做媳婦，比在家大不相同，一要孝順公姑，尊敬長上。蘋蘩中饋，三從四德，無違夫子。爲爹的別無所願，願只願效孟光，舉案齊眉。非爹苦要把你離，非爹苦要把你相拋棄。兒，自古道：男子二十而娶，女子十五而嫁。又云：女大不終留。兒，也只爲婚姻事，之子于歸。叫一聲嬌兒，兒！苦痛悲，因此上揾不住淚眼雙垂。（一）

（旦）別父于歸出畫堂，睜睜兩眼淚汪汪。細思繼母狠毒，教兒怎不嘆親娘！

【前腔】嘆親娘，蚤年間不幸身亡，謝爹爹訓誨多方。爹爹，請母親出來，待孩兒拜別他去。（外）兒，你不要拜別他罷了。（旦）爹爹說那裏話！天下無不是的父母，女孩兒七歲得他撫養成人，難道是今日恝然而去，不拜別着他？（外）兒，你說得有理，去請他，看他如何回答你。（旦）母親，今日孩兒出嫁，請你出來拜別養育之恩。（內）哇！賤人，我不是你的親娘，你去拜你的親娘。若再多講，大棒子打來。（外）兒，他這不賢之母，你就在門外拜他幾拜。（旦）娘，常懷你的撫養恩，怎敢把你劬勞忘？（內）不要拜，你那假慈悲，誰信你！正是打鼓送瘟船，冤家離眼前。（旦）爹，因此上骨肉分張，叫一

（一）住：原闕，據《新刻出像音註節義荊釵記》補。

聲親娘，娘，你魂渺茫，枉教奴痛斷肝腸。（外）兒，拜辭家堂香火祖宗，保佑你此去長命富貴，後嗣昌隆者。（旦）辭内堂，家堂祖宗呵，保奴此去吉昌，拜親爹，常言道女生外向。我的爹，你當初生下我，若是個男子，朝夕在你身旁侍奉你桑榆老景，争奈我是個女孩兒，正是慈烏知反哺，紫燕不知親。好一似燕子啣泥，老來空望。爹，奴家此去，不愁你别的，只慮着你一件呵，只恐怕奴去後，又没個親子，在你身旁。叫一聲親爹，爹！情慘傷，因此上痛斷肝腸。

（丑）姐姐，我李成也把你一杯酒。

【前腔】勸姐姐不須淚垂，但願你夫唱婦隨。恨只恨狼毒娘親，剥去釵環不與衣，因此上姊弟分離。叫一聲姐姐，姐！苦痛悲，止不住珠淚交頤。

（外）玉蓮我兒，不要啼哭，此亦出乎無奈。你近前來，聽我爲爹的言語囑付着你。

【催拍】娘心裏只愛富郎，我獨愛王十朋才貌無雙。此事呵，皆因繼母主張，（重）不與釵環，不與衣裳。兒，此去王家，須要孝敬姑嫜，做一個好人。若到王家，好奉姑嫜。（合）心切切，淚汪汪。

【前腔】（旦）從爹命惱了萱堂。自古道：烈女不擇夫，從一無他志。從娘命敗壞綱常。爹，似這等無衣無裳，（重）回到王家，羞恥難當。爹，兒今日也不敢恨着誰人，只恨親娘早歲身亡。（合前）

（丑）爹爹，今日莫怪我李成笑你，

【前腔】笑爹爹好没主張。（外）畜生，怎見我没有主張？（丑）何不與我李成商量？（外）這畜生，你有甚見識，我到與你商量。（丑）爹，你説我没有見識，比如母親只管得家裏的東西，那外面的事，他怎麽知道？東也是倉，西也是倉，將些稻子，糶些銀子，打些首飾，做些衣裳，送到王家，多少風光！免被旁人説短論長。（合前）

（旦）爹爹，孩兒就此拜别了。（外）兒，願你此去呵，水漲船高。（丑）半路相抛。（外）畜生，話也不會講！同諧到老。

姻緣此日喜諧和，骨肉分離怎奈何？
織女無心居北漢，牛郎有意渡銀河。

玉蓮投江

【半天飛】（旦）拘禁深閨，鐵石人聞也痛悲。四面皆牆壁，有計無施處。嗏！我立志守三規，怎肯依隨！他那裏必定把我苦禁持。罷，罷，罷！休，休，休！到不如白練套頭，一命高掛懸梁縊。自家縊死不緊要，明日婆婆告到官司，説我母親逼死女子。我母親又告道：因夫入贅相府，棄舊憐新，以此自縊。兩家混告公庭，那時節王十朋聞知此事，他是頭名狀元，必定與我家作對頭。以

妾之一身，而彰親之惡名，豈得爲孝？俺這裏三思而行，再思可矣。到不如棄了爹爹，别了婆婆，拚着殘軀，趁此半夜三更，悄步輕移，竟往江濱，跳入波心去。

既去投江，怎的還穿羅衣，戴着釵環？

【駐雲飛】除下花鈿，天呵，錢玉蓮當初嫁王十朋，指望于飛百歲，不想今日就是如此結果了！想後思前最可憐。這房門被母親鎖了，怎生是好？不免將剪刀挑開這窗扇，跳出去便了。把剪刀挑窗扇，唬！唬得我心驚戰。苦，只見月明在天邊。月，你有團圓，可憐玉蓮，一别蓁砧，兩地相懸，從今後再不得見夫君面。娘，你威逼奴身喪九泉。

（跳介）且喜跳出窗外來，我今去投水，還要到爹爹房門前望空拜幾拜，以謝他養育之恩。爹，你夢中受孩兒一禮！

【前腔】父母劬勞，父在高堂誰奉老？爹，孩兒今夜去投江，再不能勾奉侍你了。爹休怨兒不孝，爹爹，女孩兒今日尋此短計，也只是出乎無奈呵，我只是熬不過娘焦燥。爹爹，既已拜了，還要到婆婆門首拜辭纔是。婆婆，你媳婦今晚在此拜别你，今生料不能和你相見了。撇不下婆婆老年高，非是我哭嚎啕。㈠也只是恨難消，誰知道笑裏藏刀，只恐怕天不饒。奴便死在地府陰司，孫汝權，我指

㈠ 嚎啕：原作『濠淘』，據文義改。

定你名兒告。我今投水死了，婆婆必定往京尋他兒子。我丈夫問説：媳婦怎不同來？婆婆必然將此事説與他知。我丈夫若是心腸歹的，不念我結髮之情，再娶一房，他道也自罷了；倘若憐念我爲他身死，終身不娶，可不兩相耽誤了！那時節死者啣冤，生者恨怎消？

【山坡羊】出蘭房，呀！奴家只管在此高聲大哭，恐怕母親知覺，怎麼了得？不如吞聲忍淚，悄悄出去。輕移蓮步別親爹，去尋一條死路，撇婆婆無人來看顧。玉蓮年不滿三十，平白地被繼母逼勒而死呵，恨只恨毒心繼母逼勒，不由人分訴。奴家自想今日被繼母所逼，也只爲我丈夫這一紙書來，以致如此。我料王十朋乃讀書之輩，豈肯爲此傷風敗俗之事？奴丈夫他是個知書知理識法度，豈肯停妻再娶，撇下荊釵婦？我母親若没有姑娘這搬鬥，也不致如此！恨只恨狠毒姑娘也，是何人套寫讒書坑陷奴？心毒，巧語花言，斷送奴身孤，抛閃爹爹半子無。

錢玉蓮好没分曉，只管在此絮絮叨叨，啼啼哭哭，倘有人醒來知覺，不當穩便。正是機不密則害成，只得趲行幾步罷。

無端繼母太心狠，貪財逼嫁富家郎。
奴今拚命投江海，更深背母出蘭房。

【綿搭絮】更深背母，走出蘭房。只見月朗星稀，無語低頭痛斷腸。自思量，奴命孤單。十朋夫，指望和你同諧到老，又誰知兩下分張？奴今身死黄泉，奴死到不打緊，只苦了婆婆呵，抛

閃下婆婆没下場。

家書一到喜洋洋，誰知禍起在蕭牆？

無端繼母貪財寶，心中悲切細思量。

【前腔】心中悲切細思量，只因書裏緣由，繼母聽信讒言，逼奴改嫁郎。思想昨日逼嫁不從，被母親這般拷打，真好苦也！天呵！好恓惶，打得我痛苦難當。奴本是良人之婦，指望白頭相守。怎知道拆散鸞凰！輕別下白髮親爹，相伴這荆釵赴大江。

繼母聽信那讒書，晝夜禁持逼嫁奴。

尋思無計投河殞，忙行數步我身孤。

【前腔】忙行數步我身孤，夫，我當初一心要嫁着你，爲着那一件來？也只道你是個飽學秀才，異日成名，我一家望你擡舉。誰知你今日龍門纔點額，就寫休書棄了奴。只怨我的兒夫，纔得成名不顧奴。書上寫万俟丞相把女相招，夫，你若是不成其事則可，你若是忘荆釵糟糠舊婦，戀錦屏繡褥新人，你讀甚麼書？做甚麼官？管甚麼百姓？是甚麼好人？空讀着聖賢書。我父親接你一家在西廊居住，臨行贈你白金十兩，琴劍書箱，春衣夏服，送你起程。你今纔得身榮貴，不記當初貧賤時。全不記當初。錢玉蓮本是貞節之婦，被人嫉妒。夫，你果然入贅豪門，貪戀榮華辜負奴。此事未知真實，何須苦苦怨他！縱使他停妻再娶，妾豈肯改志從人！寧使夫綱而不正，焉可婦道而

或乖？

奴身守節溺江流，萬古名傳永不休。
來到江邊低首看，滔滔江水浪悠悠。

【傍妝臺】到江邊，淚汪汪，昭君身死爲劉王，浣紗女投江死，千載姓名揚。繼母心毒逼嫁郎。奴家今日身死，不怨着别人，搥胸跌足恨姑娘。

好大江水呵！

【綿搭絮】滔滔江水浪悠悠。自古道：人生不認魂，死不知屍首。奴死一命歸陰，相趁相隨任意流。河泊水官，水母娘娘，玉蓮今日投江時，萬望你將屍骸沉在深淵之内，休流奴在淺水灘頭，見奴屍首。若是近方人知道我事情的，他道奴本是貞節之婦，有一等遠方人不知道我事情的，他道是這婦人有甚不週？奴只願流落在深潭，萬里長江盡處休。

夫承寵渥，九重金闕拜龍顔；妾受淒涼，一紙詐書分凰侶。富室强謀希娶婦，惑亂人倫；萱堂威逼勒成親，毀傷風化。妾豈可從新而棄舊？焉肯順邪而失節？争如就死忘生，決不辜恩負義。一怕損夫之行，二慚污妾之名，三慮玷辱宗風，四恐乖違婦道。惟思全節，不爲沽名，拴原聘之荊釵，永隨身伴；脱所穿之繡履，遺記江邊。妾雖不能效引刀斷臂朱妙英，却慕抱石投江浣紗女。（内作點更鼓介。旦）呀，這大江之中，怎的有更鼓之聲？元來那裏有一隻官船。（内作雞聲介。旦）又聽得雞叫

了，雞，你不是唤醒世間人鼾睡，多應催我見閻君。懊恨繼母忒心癡，逼奴改嫁富家妻。忽聽官船更鼓響，看看又是五更時。

【江兒水】五更時候，四野雞聲喔喔，城頭五鼓頻敲。斗轉星移天欲曉，疾行一步身跌倒。（跌介）是甚麽東西，閃我這一交？呀，元來是個石頭，石頭呵，錢玉蓮和你是個對頭了。抱石江邊守，遠觀江水流，照見上蒼星和斗。妾聞凡人落水，頭髮先散。不免將此荆釵牢牢拴定，奴把荆釵牢扣。（重）奴家今日投水而死，婆婆不知我下落。不免將奴所穿繡鞋脱下一隻在此，以爲遺記。脱下一隻紅繡鞋，遺記在江心口。這鞋若是别人撿去，也是枉然，若是李成尋我見了，撿回去呵，婆婆見此鞋，必定令人撈屍首。十朋夫，你臨别之時，奴將荆釵爲誓，你怎的全然不記呵！夫，把荆釵發咒，（重）錢玉蓮不嫁孫汝權，跳入長江去，三魂逐水流，七魄隨浪走。恨只恨姑娘逼就，（重）錢玉蓮喪江心，死去萬年名不朽。

【傍妝臺】到江邊，淚滿腮，撇下堂前爹媽誰管待。誰知道繼母愛錢財，孫汝權，噯，你好癡，你好呆，休想錢玉蓮嫁在你家來！恨只恨姑娘毒害，（重）逼勒玉蓮無如奈，死向長江水裏埋。

【餘文】傷風敗俗亂綱常，萱親逼嫁富家郎。若把清名來玷辱，不如一命喪長江。（下）

母子相會

【夜行船】(生)一幅鸞箋飛報喜，垂白母想已知之。日漸過期，人何不至？心下又添縈繫。

雁塔題名感聖恩，便鴻已自寄佳音。思親極目長安外，縹緲鄉關飛白雲。下官日前修書回去，迎接老母、荆妻同臨任所，爲何許久不到。正是：和針呑却線，刺人腸肚繫人心。左右何在？(末)禀老爺，手下的叩頭！(生)左右，緊把府門，但有温城送家眷的來，即時通報。

【前腔】(貼)死別生離辭故里，歷盡萬種孤恓。(丑、淨)昨到村莊，今入城市，深感老天週庇。

(貼)聞説京師錦繡邦，果然風景勝他鄉。(丑)紅樓翠館笙歌沸，(淨)柳陌花街腦麝香。(貼)李成舅，你可向前去問狀元的行館在那些。若到你姐夫私衙，不可便説你姊姊投江之事，必先察其動静，觀其虚實，然後緩緩説與他知。大家把孝巾藏下。(丑)親家母説得有理，我和你進到他府中，你在廳上坐着，我和春香入衙裏尋看，果有千金小姐否？春香，你陪親母在此站待，我去問來。大哥，狀元王老爺的行館在那裏？(末)此間便是。且問你是那裏來的？(丑)大哥，相煩通禀，我是温州送家眷的。(末)少待。禀老爺：温城送家眷的在府門外。(生)着他進來相見。(丑進見介。生)李成尊舅，多勞你跋涉了！我母親、妻子來了麼？(丑)令堂老夫人在門首。(生跪接介)母親一路風霜，孩兒有失迎迓，望乞恕罪！母親端坐，容孩兒參拜。(貼)我兒一向在京安否？(生)多賴母親福庇，在此苟安。

【刮鼓令】從別後到京，慮萱親當暮景。孩兒自別膝下，朝夕憂慮。今日得睹慈顔，喜之不勝。幸喜與娘重相見。娘，昔日孩兒在家，郡縣考得有名，老娘不勝之喜。今兒忝中狀元，母親爲何反成不悦？娘又緣何愁悶縈？我知道了，娘，莫不是我家荆，看承母親不志誠。（貼）媳婦孝義無虧，有甚麽不志誠？（生）娘，你有甚麽不悦之事，分明説與恁兒聽。你媳婦怎生不與共登程？

（丑）姐夫，你還不知我和親母旱路來，姐姐一人水路來。（生）婆媳二人怎分兩路？玉蓮妻，我母親既從路上來得，你合伏侍他同來纔是。看起來亦非賢德之婦。（貼）呀，我爲娘的坐這許久，茶也不見一杯，只管絮絮叨叨，問你媳婦。（生）門子，討茶來！（貼）你在家也叫門子麽？（生）孩兒知罪了。（虚下。丑）親家母，裏面並不曾有家眷。（貼）果然是没有？（丑）只有兩個小小門子。（貼）

【前腔】心中自三省，頓教人愁悶深。（生）娘，茶在此，恁媳婦怎的不來？（貼）兒，你媳婦多災多病。（生）岳丈、岳母如何？（貼）況親家兩鬢星，他家務要支撑，怎教他離鄉別井？爲你饒州之任恐留停，因此上着李成和春香，先送我到京城。

（生）尊舅，我母親言語不明白，你與我説個詳細。（丑）

【前腔】當初待起程，（生）我正要問你起程的事，你姐姐怎麽不來？（丑）到臨期成畫餅。（生）『畫餅』二字，乃是不祥之兆。（丑）姐夫，自古道：望梅止渴，畫餅充飢。要知端的，去問你慈幃。（背唱）若説起投江事因，恐唬他心駭驚。（生）李成舅，你背地在此説甚麽驚？（丑）我姐姐呵，途路上少曾

經，當不得高山峻嶺。怕餐風宿水及勞神。因此上俺爹爹與母親，留住他在家庭。

【前腔】（生）端詳那李成，語言中猶未明。娘，把就裏分明來説破，免使孩兒疑慮生。（貼悲淚介。生）娘，因甚的變顏情，長吁短嘆珠淚零？（貼）兒，你在京城多快樂，娘在家中受苦辛。（做孝繩溜出介。生）呀，娘袖裏吊下孝頭繩，李成舅，岳丈、岳母好麽？（丑）承問，晚景粗安。（生）姐姐好麽？（丑）家姐有些欠調。（生）娘，孩兒知道了，莫不是媳婦喪幽冥？（重）

（貼）我在路上撿來的，休要胡説！我一路而來，聞説你娶有丞相之女。他雖是千金之體，終是我媳婦，怎不出來見我？（生）孩兒爲万俟丞相招贅不從，以此改調潮陽，並無再娶之事。（貼）罷休，今日瞞得，日後自知。當初老娘送你起程，曾囑付你，來到京得中，須早回鄉故。誰想你一到京城，瓊林得志，遂忘白髮萱親，雁杳魚沉，不寄隴頭音信。你這畜生，不成個人了！（生）娘，孩兒瓊林宴罷，即參万俟丞相，回省修書，附寄部中承局，怎的没有信音？（貼）畜生，那書不是家書，是一紙離書了。（生）老娘説那裏話，怎麽是離書？我還記得，聽我從頭讀來。

【一封書】男百拜上覆，母親尊前妻父母：離膝下到帝都，一舉成名身掛緑。除授饒州僉判府，帶家小，臨京往任所。寄家書，附承局，草草不恭兒拜覆。（貼）兒，當初承局書親付，拆開仔細從頭讀。狀元僉判任饒州，休妻再贅万俟府。（生）娘，語句都差了。（貼）語句雖差字跡同，岳翁看罷心嗔怒。（生）岳母如何？（貼）岳母愛富起奸心，逼他改嫁孫郎婦。（生）

娘，我道你爲甚這等悲哀，只爲媳婦改嫁孫家。此事何須憂悶？孩兒忝中高魁，兩三房媳婦，也是容易有的，這等失節婦人，要他則甚！况他乃朝廷命婦，誰人敢娶他？左右，把李成先鎖了。（丑）王十朋，你乃負義忘恩之徒，我也不是怕的，便和你對鎖！（貼）兒，你妻子嫁去，到還有個人在。（生）娘，他終不然肯死麼？（貼）你妻子守節不相從，將身跳入江心渡。

（生）娘，媳婦不嫁孫家，投江而死麼，死得好！死得好！（丑）姐夫，你心腸是鐵打的，我姐姐投水而死，近遠聞知，無不下淚，你和他是結髮夫妻，反道他死得好。（生）李成舅，不是這等説，假如你姐姐失節改嫁，是遺臭萬年；今守節投江，乃流芳百世，是謂死得其所。妻，你投水之際，也索轉展思量，不念我青年進士無子息，也須念白髮慈顔缺奉承。兀的不是悶殺我也！（貼）兒，你快甦醒，休要爲死傷生。

【江兒水】唬得我心驚怖，身顫簌，虚飄飄一似柳絮風中舞。不想你先歸黄泉路，我孤身寥落如何處？不念我年華衰暮，教娘死也誰守着墳墓？（生醒哭介）

【前腔】一紙書親附，指望同臨任所。是何人寫套書中句？應知改調潮陽去，妻，你迎頭先做河泊婦。指望你百年完娶，誰知道只得半載夫妻，妻，可憐你紅顔沉海底，玉質葬江魚，也算做春風一度。

【前腔】（丑）姐夫休憂慮，把情懷漸展舒。想夫婦聚散皆前注，我姐姐其實死得可憐，這別離須

是別離苦，好姻緣不入姻緣簿。聽取一言申覆：須信人生，萬事莫逃天數。

【駐雲飛】（生）痛殺嬌妻，裂碎肝腸痛割心。指望同歡慶，誰想相拋棄。妻！你繼母太心虧，貪愛錢財，不顧人倫，逼勒嬌妻，跳入江心去。一度思量一度悲。

（貼）兒，這繡鞋是你妻子遺在江邊爲記的，李成舅拾得回來。我今帶來在此，你要見妻子，看此繡鞋。

（生）

【前腔】提起鞋兒，空教我睹物傷情不見伊。妻，這繡鞋你何不穿將去？留他爲甚記？妻，你不是留鞋爲記，乃是取我丈夫眼淚。提起好傷悲。視死如歸，不念萱堂，不念椿幃，須念我結髮恩和義。妻，你做得個節婦，愁我做不得個義夫呵，生則含怨死則悲。

（丑）姐夫，當初家父嚴命，着我送令堂夫人到京，見了姐夫大人，我二人就要告回。（生）尊舅，你令姊已死，我身伴無個親人，意欲邀足下同往任所。見你如同見你姐姐一般，未知尊意若何？（丑）既蒙姐夫大人過愛，小子願隨。（生）如此却好。

追憶嬌妻轉痛悲，豈期中道兩分離？
夫妻本是同林鳥，大限來時各自飛。

十朋祭玉蓮

【何滿子】（生）蝴蝶春寒深夢，杜鵑月冷啼紅。山重恩情沉大海，清明時到恨無窮。苦，含淚吊東風。

結髮夫妻望長久，誰知一旦折鴛鴦！香魂渺渺隨流水，玉質茫茫赴大江。瑶琴彈斷情難續，鼓盆歌罷轉心酸。欲覓孤墳何處是，望江揮淚訴衷腸。下官只爲山妻守節身亡，今生誓不再娶。今乃清明佳節，家家拜掃。昨日分付備辦祭禮，同母親、舅子到江邊祭拜他，不知祭禮完否？左右何在？（浄）稟老爺，有何鈞旨？（生）昨日已曾分付備辦祭禮若何？（浄）俱已齊備。（生）既如此，我這裏拿一個帖去，對學裏老爹説，請一位生員來贊禮。你每先去，我同老夫人後來。（請母上介。貼）

【前腔】細雨霏霏時候，柳眉烟鎖長愁。（丑）昨夜東風驀吹透，報導桃花逐水流。（合）新愁惹舊愁。

（貼）秋月家鄉遠，白雲天際頭。（生）五年身在宦，灑淚濕征裘。（丑）潮陽民頌德，指日必封侯。（貼）兒，請我出來，有何話説？（生）告母親得知，今乃清明佳節，孩兒備祭禮到江邊祭奠媳婦，請母親主祭。（貼）兒，喪祭從爵，你主祭，我與李成舅助祭。（生）母親言之有理，容恕孩兒之罪。（末）稟父母大人，生員見。（生）請起，相煩足下贊禮。左右將祭禮擺開。（末）請主祭者就位。（生）痛憶玉蓮錢

氏妻，甘心守節葬江魚。當初指望同諧老，一從科第鳳鸞飛。

【新水令】一從科第鳳鸞飛，一紙讒書至，拚命去投江。骷髏眠夜月，肌骨卧寒霜。花落隨流水，迎風倍慘傷。（丑）姐夫，姐姐繡鞋在此。（生）尊舅，如今物在人何在？哽咽喉嚨痛斷腸。恨奸謀有書空寄。（貼）顔容霜鬢改，跋涉路途長。晨昏捱不過，幾步命已亡。（生）娘，此兒之罪。幸萱堂無禍危，嘆蘭房受岑寂。捱不過淩逼，受不過禁持。（丑）姐夫，我姐姐沉溺大江之中，那屍首不知漂流何處？身沉溺在浪濤裏。

（末）助祭者就位。（貼）追思媳婦實賢哉，無端繼母愛錢財。可憐弱質沉江海，往事重提淚滿腮。

【步步嬌】把往事今朝重提起，惱得娘肝腸碎。媳婦，我的嬌兒，丈夫今日致祭於你，你靈魂不昧，來格於斯，清明祭掃時。（丑）親家母，你省却愁煩，且自酬禮。（貼）媳婦，當初指望你事奉我老年，誰知今日爲婆的反在此祭奠你呵，須記得聖賢書，『吾不與祭如不祭』。

（末）主祭者上香。（生）

【折桂令】爇沉檀香噴金猊，昭告靈魂，聽剖因依。自從俺宴罷瑶池，宫袍寵賜，相府勒贅。妻，貪榮顧榮人之常情。我被万俟丞相三番四次招贅不從，以此忤逆奸相，將我改調此烟瘴地面。你説爲着那一件來？也只爲撇不下糟糠舊妻，苦推辭桃杏新室，妻，你爲我受淩逼没存濟，我爲你受

磨折遭岑寂。他將我改調潮陽瘴蠻地，因此上誤我歸期，誤了你佳期。(一)

（貼）媳婦，非你兒夫負汝情，只因奸相嫉良姻。你生前淑性頗貞潔，死後英魂脱凡塵。餐玉饌，飲瓊樽。水晶宫裏一仙人。待汝兒夫回朝日，與你伸冤奉紫宸。（哭介）

【江兒水】聽説罷衷腸事，却原來只爲伊，你丈夫不從招贅遭毒計。媳婦兒，你在九泉之下，不須埋怨着丈夫。還是你娘行忒惡意，淩逼你没存濟，渺渺茫茫在波心裏。江神可憐見，我媳婦死得好苦！拜請西方佛説菩提。河泊水官，水母娘娘，可憐見我母子虔誠遥祭，望鑒微忱，蚤賜靈魂來至。

（末）請主祭者行初奠禮。（生）虔誠祭禮到河邊，追薦亡妻錢玉蓮。人生有酒須當醉，一滴何曾到九泉？

【雁兒落】徒捧着玉溶溶一酒卮，空列着香馥馥八珍味。慕音容，不見你；訴衷曲，無回對。俺這裏再拜幾拜自追思，重會面是何時？攞不開兩道眉，揾不住雙垂淚。妻，下官今日怨着那一個來，都只爲套書的賊施計。罷，罷，罷！妻，人生自古誰無死，留取丹心照汗青。賢也麽妻，俺若是昧誠心，自有天鑒之。

(一) 佳：原作『住』，據文義改。

（末）請助祭者行亞獻禮！（丑）

【僥僥令】這話分明訴與伊，記得看書時，我爹爹與姐姐都道是假的，只有我那母親乘機釀禍，逼嫁孫家。閃得他兩分離，在中途裏，在中途裏。

（末）請主祭者行終獻禮！（生）兩字功名輕似芥，夫妻恩愛重如山。玉蓮妻，

【收江南】早知道這般樣拆散呵，誰待要去赴春闈？便做到腰金衣紫待何如？（貼）兒，你不可如此説，恐外人聽見，道你慢上。（生）説來猶恐外人知，端的是不如布衣！（重）則索低聲啼哭自傷悲。

（末）所有祝文，遥空宣讀。（祭文）時維大宋熙寧七年歲次丁亥三月甲子朔，賜進士及第任潮州府事信官王十朋，謹以牲酌庶饈之儀，致祭於節婦錢氏玉蓮夫人前而言曰：節婦之生，秀出香閨；節婦之死，義植秉彝。節義全備，古今所稀，日月同其照耀，草木爲之增輝。昔受聘於荆釵，同甘苦於茅廬。春闈一起，鸞鳳分飛。詐書一到，骨肉分離。姑娘設奪婚之策，繼母行逼嫁之威。捱不過連朝摧挫，受不過晝夜禁持，拜辭睡沉沉之老姑，哭出冷清清之繡幃。㈠江心渡口，月淡星稀。波聲滚滚，夜色淒淒。抱石而死，逐浪横屍。叫一聲玉蓮妻，雲愁雨暗天地悲；哭一聲玉蓮妻，哀鴻過處猿鶴啼。哀情訴與

㈠　哭：原作『淚』，據汲古閣刊本《繡刻荆釵記定本》改。

河泊水官，悲情薦與佛説菩提。料今生不能得見，願來世再與相期。靈魂不昧，尚其鑒之！嗚呼哀哉！伏以尚享！（貼）

【園林好】免愁煩回辭了奠儀，李成舅，再斟上酒來。拜馮夷多方護持。早向波心脱離，惟願取免沉迷。（重）（丑化紙介）

【沽美酒】（生）紙錢飄似蝴蝶飛，血淚染做杜鵑啼。睹物傷悲越慘悽。靈魂恁自知，俺不是負心的，又不是昧心的。假若是負了心，難瞞天和地。假若是昧了心，隨着這燈滅。花謝有芳菲之日，月缺有團圓之夜。我早起晚息，想伊念伊。妻，要相逢除非是夢兒裏，再成一對姻契。

【餘文】昏昏沉沉知何處？哽哽咽咽思念你，妻，惟願直上姮娥宫殿裏。

（内）報！（丑）報甚麽？（内）朝報到，王十朋老爹轉陞江西吉安府太守，即日走馬赴任，不必回朝謝恩。（丑）賀喜姐夫，官職高遷。（生）李成舅，可喜此去吉安之任，到吾郡不遠，下官着人迎接令堂共享榮華。（丑）如此多感！

訴盡衷情上罷香，哭想嬌妻淚兩行。
九重鳳詔來烟瘴，即日登程到吉安。

徵歌集

戲曲選集。明佚名編。現存明萬曆刻本。存首卷。版心題『徵歌集卷×』『玩虎軒』。選收《荆釵記》等戲曲七種十八齣。所選戲曲曲白俱全。其中收録《荆釵記》之《荆釵成聘》《誤報訃音》《拷問梅香》三齣，輯録如下。

荆釵成聘

【遶地遊】（老旦扮王母上）桑榆暮景，將往事空思省。家貧窘，悶懷耿耿。共姜誓盟，慕貞潔甘守孤另，喜一子學問有成。

老身柏舟誓守，自甘半世居孀；榆景身安，惟愛一經教子。雖有破茅之地，儘可容身；囊無調藥之資，旋謀糊口。剪髮常思侃母，斷機每愧軻親。正是：不求金玉貴，惟願子孫賢。老身張氏，以適王門。自從丈夫亡後，不幸祖業凋零。止生一子，名曰十朋，雖喜聰慧，才學有成，奈緣時乖，功名未遂。

乃今正當大比之年，且訓誨他一番。十朋那裏？

【風入松】（生扮王十朋上）青霄萬里未鵬摶，淹我儒冠。布袍雖擬藍袍換，榮枯事皆由天斷。且自存心奉母，何須着意求官？

（生云）母親拜揖！（老云）孩兒，春榜動，選場開，你可早備行李，上京科舉。（生云）母親，事業要當窨萬卷，人生須是惜分陰。正是：學成文武藝，貨與帝王家。孩兒只爲家貧親老，不敢遠離。（老云）孩兒，豈不聞《孝經》云：始於事親，終於事君。君親一體，若得一官半職回來，也顯做娘的訓子之功。（生云）謹依嚴命！（老云）還有一件事，前日雙門巷錢貢元央許將仕議親，只因無物爲聘，以此不敢應承。恐他今日又來，如何是好？（生云）母親，豈不聞古人云：娶妻莫恨無良媒，書中有女顔如玉。孩兒只慮功名未遂，何慮無妻？（老云）我兒也説得有理。自從你父親亡後，做娘的呵。

【黄鶯兒】（老旦唱）半世守孤燈，鎮朝昏幾淚零，到今猶在淒涼景，寒門似冰，衰鬢似星。（生）母親爲何調淚？（老）爲只爲早年不幸鸞分影。（合）細評論，黄金滿盈，不如教子一經。

【前腔】（生唱）父喪母勞形，論孩兒當報恩，奈何人事不相稱。（老）只怕你學未成。（生唱）非學未成。（老）只怕你己未能。（生唱）非己未能，爲只爲五行不順男兒命。（合前）

【簇御林】（老唱）親師範，近友朋，把詩書勤講明。聚螢鑿壁真堪敬，他們都顯父母，揚名姓。（合）奮鵬程，名題雁塔，白屋顯公卿。

【前腔】（生唱）親年邁，家勢傾，恨腴甘缺奉承。卧冰泣竹真堪并，他們都感天地，登臺省。

（合前）

（末扮許將仕上云）受人之託，必當終人之事。錢貢元央老夫到王宅議親，此間有人麽？（生）呀！老將仕，失迎了！（末）令堂有麽？（生）家母有。（末）老夫求見。（生）少待。母親，許將仕在外。（老）請進來。（生）許大人請。（老）重蒙貴步到寒家，有何見諭？（末）老夫非爲别事，只因錢貢元前番央老夫來説令郎親事，老安人不允。近聞得賢郎堂試魁名，貢元不勝之喜，今着老夫送吉貼到宅，望乞安人允就，不必推辭。（老）多蒙貢元見愛，又蒙將仕全。只是家窘，不敢應承。（末）貢元説道：不問人家貧富，只要女婿賢良。聘禮不拘輕重，隨意下些，便可成親。（老）貢元乃豐衣足食之家，老身乃裙布荆釵之婦，惟恐見誚。（末）安人不必太謙。

【桂枝香】（老唱）年華高邁，家私窮敗，要成就小兒姻親，全賴高賢擔帶。論才難佈擺，論才難佈擺，錢難揭債，物無借貸。兒，自你父親去後之時，再無所遺，止有這荆釵，權把他爲財禮，（一）只愁事不諧。

【前腔】（生唱）萱親寧奈，冰人休怪。小生呵，貧居陋室多年，惟苦志寒窗十載。倘時運到

（一）財：原作『才』，據文義改。

來，時運到來，功名可待，姻親還在。母親，這荊釵又不是金銀造，如何做聘財？

【前腔】（末唱）安人容拜，秀才聽解。那貢元呵，不嫌你禮物輕微，偏喜愛熟油苦菜。但心無忌猜，心無忌猜，物無妨礙，人無離壞。方纔聘禮，借過來一觀。（生）請觀。（末）昔日漢梁鴻配孟光，亦是荊釵爲聘，豈不是達古之家？這荊釵雖不是金銀造，非是老夫面奉，管取門闌喜事諧。（老）將仕回見貢元，只說禮物輕微，表意而已。（末）謹領，謹領。

（生）寒家乏聘自傷情，（老）權把荊釵表寸心。

（末）着意種花花不發，（合）等閒插柳柳成陰。

誤報訃音

【探春令】（外扮錢安撫上唱）人生最苦是別離，論貞潔他人怎如？

窗外日光彈指過，庭前花影坐間移。我前日差苗良去到饒州，怎麼不見回來？（淨）轉眼垂楊綠，回頭麥子黃。萬事分已定，浮生空自忙。苗良進。（外）苗良回來了？（淨）小人回來了。（外）可有回書？（淨）回書在此。（外）這是我書。（淨）因是老爺的書不曾投下，故是原書。（外）怎麼不曾投下？（淨）小人到饒州，逕進東門，正遇行喪，銘旌上寫『僉判王公之柩』。小人又到衙門去問，都說：到任三月，不伏水土，全家而亡。（外）可惜！人無百歲期，枉作千年計！請夫人、小姐出來。

【一枝花】(夫)書緘情慘切，烟水多重疊。(旦)報道有書回，故人如見也。

(外)孩兒，遞書人回來了。(夫)遞書人回來，必有好音。(外)原書也不曾投下，有什麽好音？

【漁家傲】(旦)莫不是明月蘆花没處尋？(外)苗良已有回音，怎麽没處去尋？(旦)莫不是舊日王魁，嫌遞萬金？(外)孩兒，不是。(旦)莫不是忘了半載同衾枕？(外)也不是。(旦)莫不是不曾之任？(外)已到任三月了。(旦)爹爹，欲言不語情難審，那裏是全抛一片心？

【前腔】(外)咱語言説到舌尖聲還噤。(旦)爹爹，丈夫既已到任，爲何原書不改，其中必有緣故。(外)若提起始末緣因，教你愁悶怎禁？此生休想同衾枕，要相逢除非是東海撈針。如今兀自不思省，不投下佳音回訃音。

(旦)爹爹，佳音便怎麽？訃音便怎麽？(外)喜信是佳音，死信是訃音。你丈夫到任三月，不服水土，全家而亡了。(旦)丈夫死了？兀的不是痛殺我也！

【梧桐樹】(旦)我爲你受跋涉，我爲你遭磨折。丈夫，我爲你投江，我爲你把殘生捨。今日怎知先傾逝，這樣淒涼，剗地裏和誰説？稟爹爹，可容奴家帶孝？(外)在任，穿些素縞罷。(旦)與我除下釵梳，盡把羅衣卸，持喪素服存貞潔。

【東甌令】(外)休嗟怨，免攧屑，分定恩情中道絶。夫妻本是同林鳥，限到各分别。生同衾枕死同穴，誰肯早抛撇？

【金蓮子】(旦)念妾得蒙提挈，只指望同諧歡悦。誰知道全家病滅，不由人不撲簌簌淚珠流血。

【金蓮子】(夫)休憂此生鸞鏡缺，常言道救人須救徹。(丑)聽覆取休得要哽咽。姐姐，待等三年孝滿，別贅豪傑。

【尾】(旦)再醮徒然費唇舌，共姜誓盟甘自悦，守寡從交鬢似雪。

(旦)甘守共姜誓柏舟，(外)分明塵世若浮鷗。

(淨)三寸氣在千般用，(合)一日無常萬事休。

拷問梅香

【步步嬌】(旦)觀裏拈香驀相會，使我心縈繫。(丑)小姐，如今枉致疑，既認得真時，何不問取詳細？(旦)梅香，這就裏你怎知，恐錯認了風流婿。

(丑)你道這官人是誰？(旦)是誰？(丑)本府太守，前日鄧尚書來説親的。(旦)元來是他。

【紅衲襖】(旦)意沉吟，情慘傷；步趑趄，心悒怏。(丑)見了娘行好生着意想，莫不是遞書人回來胡調謊？(旦)料判州，名未彰；論太守，職未當。(丑)小姐，這也難料。自古男兒當自强。

【前腔】(丑)小姐，你曾和他共鴛衾，同象床，直恁的認不得他形共龐？(旦)面貌身材果然厮像，行動舉止没兩樣。(外上暗聽科)(丑)既認得真時合主張。(旦)如何主張？(丑)你把往事相問當。(旦)尤恐錯認陶潛作阮郎。

拈香相遇兩沉吟，且自歸家問的真。好似和針呑却綫，刺人腸肚繫人心。(外)咗！你那賤人，欲人不知，莫若不爲。我家三世無犯法之男，五代無再婚之女。你言而無信，行亦有虧。江心渡溺水，非因守節；玄妙觀私語，必是通情。鄧尚書説親，直恁千推萬阻。見王太守樂意，却不顧五典三綱，不思玷辱門墻。問出姦情，押還原籍，教你雖紀信難，也有屈原愁。(打梅香介)

【錦纏道】(外)治家邦，正人倫，有三綱五常。你潛説出短和長，怎不隄防，他人須有耳隔墻？講甚麼晉陶潛認作阮郎？却不道誓柏舟甘效共姜？(打丑介)先打後商量，問出你私情勾當，押發離府堂。文牒上明開供狀，抵多少衣錦去還鄉。

【前腔】(丑)小梅香，待回言，恐觸突了使長。不回言，這無情棒打難當。怎知道禍從天降？他本是守荆釵寒門孟光。(外)潛奔之女，比什麼孟光！(丑)休錯(以下原闕)(外)説什麼來？(丑)那燒香□□□□，□□□夫模樣。尋思痛感傷，因此上和妾在此閒講。又不曾想

像赴高唐。(一)

【前腔】(旦)守孤孀，薦亡靈，親臨道場。拈香罷，轉迴廊，偶相逢，不由人不睹物悲傷。(外)你這賤人要做鶯鶯？(旦)那裏是西厢下鶯鶯伎倆？(外指丑云)你這賤人就是紅娘！(旦)怎麼的就打梅香，生扭做紅娘？當初去投江，(外)虧你不識羞，還説投江！(旦)把原聘物牢拴在鬐上，荆釵義怎忘？妾豈肯隨波逐浪，却不道辱宗祖把惡名揚？

【前腔】(外)假乖張，賤奴胎，把花言抵搪。全不顧外人揚，惱得我氣滿胸膛。你本是王月英留鞋在殿堂，怎的學浣紗女抱石投江？(打丑介)你這賤人還不説！(丑)雪上更加霜，自不合與他人閒講。誰知惹禍殃，閒話裏没些度量，怎知道一霎時禍起在蕭墻？(外)既有釵，取上來，你二人且進去。(旦)滿懷心腹事，盡在不言中。(下)(外)這妮子把荆釵遮釋，未可信憑。明日假意納聘，作席請鄧尚書、王太守，把此釵虚説是聘物，將出觀看。若是王太守認此釵，便有區處；若不認此釵，押赴本鄉。正是：

混濁不分鰱共鯉，水清方見兩般魚。

(一) 唐：原作『堂』，據汲古閣刊本《繡刻荆釵記定本》改。

賽徵歌集

明無名氏選輯，明萬曆間巾箱本。共六卷。卷五收録《荆釵記》之《拷問梅香》一齣，輯録如下。

拷問梅香

【步步嬌】（旦）觀裏拈香驀相會，使我心縈繫。（丑）小姐，如今枉致疑，既認得真時，何不問取詳細？（旦）梅香，這就裏你怎知，恐錯認了風流婿。（丑）你道這官人是誰？（旦）是誰？（丑）本府太守，前日鄧尚書來説親的。（旦）元來是他。

【紅衲襖】意沉吟，情慘傷；　步趑趄，心悒怏。（丑）那官人見了娘行好生着意想，莫不是遞書人回來胡調謊？（旦）料判州，名未彰；　論太守，職未當。（丑）小姐，這也難料，自古男兒當自强。

【前腔】（丑）小姐，你曾和他共鴛衾，同象床，直恁的認不得他形共龐。（旦）面貌身材果然厮像，行動舉止没兩樣。（外上暗聽科。丑）既認得真時合主張。（旦）如何主張？（丑）你把往事相問當。（旦）尤恐錯認陶潛作阮郎。

拈香相遇兩沉吟，且自歸家問的真。

好似和針吞却線，刺人腸肚繫人心。

（外）哇！你那賤人，欲人不知，莫若不爲。我家三世無犯法之男，五代無再婚之女。你江心渡溺水，非因守節；玄妙觀私語，必是通情。那鄧尚書説親，你直恁千推萬阻。見王太守樂意，却不顧五典三綱，不思玷辱門牆。問出姦情，押還原籍，教你雖無紀信難，也有屈原愁。（打梅香介）

【錦纏道】（外）治家邦，正人倫，有三綱五常。你潛説出短和長，怎不隄防，他人須有耳隔牆？講甚麽晉陶潛認作阮郎？却不道誓柏舟甘效共姜。（打丑介）先打後推詳，問出你私情勾當，押發離府堂。文牒上明開供狀，抵多少衣錦去還鄉。

【前腔】（丑）小梅香，待回言，恐觸突了使長。不回言，這無情棒打難當，怎知道禍從天降！他本是守荆釵寒門孟光。（外）潛奔之女，比甚麽孟光！（丑）休猜做出牆花淮甸雙雙。我説起這行藏。（外）説甚麽來？（丑）道燒香的王太守，好似亡夫模樣。尋思痛感傷，因此上和妾在此閑講，又不曾想像赴高唐。

【前腔】（旦）守孤孀，薦亡夫，親臨道場。拈香罷，轉迴廊，偶相逢不由人不睹物悲傷。（外）你這賤人要做鶯鶯？（旦）那裏是西厢下鶯鶯伎倆？（外指丑）你這賤人就是紅娘！（旦）怎麽的就打梅香，生紐做紅娘？當初去投江，（外）虧你不識羞，還説投江！（旦）把原聘物牢拴在髻上，荆釵義怎忘？妾豈肯隨波逐浪，却不道辱没宗祖把污名揚？

【前腔】（外）假乖張，賤奴胎，把胡言抵搪，全不顧外人揚，惱得我氣滿胸膛。你本是王月英留鞋在殿堂，怎的學浣沙女抱石去投江？（打丑介）你這賤人還不説！（丑）雪上更加霜，自不合與他人閑講。誰知惹禍殃，閒話中全没些度量，一霎時禍起在蕭牆。

（外）既有釵，取上來，你二人且進去。（旦）滿懷心腹事，盡在不言中。（下。外）這妮子把荆釵遮釋，未可信憑。明日假意納聘作席，請鄧尚書、王太守，把此釵虚説是聘物，將出觀看。若是王太守認此釵，便有區處；若不認此釵，押赴本鄉便了。正是：

混濁不分鰱共鯉，水清方見兩般魚。

曲選

戲曲與散曲選集。編選者及刻者皆不詳。現存明抄本。不分卷，凡二册。除書末所收《金貂記》之《尉遲釣魚》《尉遲耕田》曲白俱全外，其餘散齣均只收曲文。其中收録《荆釵記》之《祭江》《拷問》二齣，輯録如下。

祭江

【一枝花】（生）細雨霏霏時候，柳眉烟鎖嘗試愁。昨夜東風驀吹透，報到桃花逐水流。（合）新愁惹舊愁。

【新水令】一從科第鳳鸞飛，恨奸謀有書空寄。幸萱堂無禍危，痛蘭房受岑寂。捱不過淩逼，受不過禁持，身沉在浪濤裏。

【步步嬌】（老）將往事今朝重提起，越惱得肝腸碎。清明祭掃時，省却愁煩，且自酬禮，須記

得聖賢書。道『吾不與祭如不祭』。

【折桂令】(生)爇沉檀香噴金猊，昭告靈魂，聽剖因依。自從俺宴罷瑶池，宫袍寵賜，相府勒贅。俺則爲撇不下糟糠舊妻，苦推辭桃杏新室，致受磨折，改調我在潮陽，因此上擔誤了您的歸期。

【江兒水】聽説罷衷腸事只爲伊，却元來不從招贅生奸計，惱恨你娘行忒□意，淩逼得你没存濟。母子虔誠遥祭，望鑒微忱，早賜靈魂來至。

【雁兒落】徒捧着淚溶溶一酒卮，空列着香馥馥八珍味。慕儀容，不見伊；訴衷曲，不回對。俺這裏再拜自追思，重會面是何時？揾不住雙垂淚，舒不開嗜兩道眉。先室，都只爲套書的賊施計。賢也麽妻，俺若是昧誠心，自有天鑒知，自有天鑒知。

【僥僥令】這話分明訴與伊，須記得看書時。懊恨你娘行生惡意，抛閃得兩分離在中路裏，抛閃得兩分離在中路裏。

【收江南】呀！早知道這般樣拆散呵，誰待要赴春闈？便做到腰金衣紫待何如？説來尤恐外人知，端的是不如布衣，倒不如布衣。則俺落得低聲啼哭自傷悲。

【園林好】免愁煩回辭奠儀，拜馮夷多加護持。早早向波心中脱離，惟願取免沉溺，惟願取免沉溺。

【沽美酒】紙錢飄，蝴蝶飛。紙錢飄，蝴蝶飛。血淚染，杜鵑啼。俺則爲覩物傷情越慘淒。靈魂兒您自知，俺不是負心的，負心的隨着燈兒滅。花謝有芳菲時節，月缺有團圓之夜。我呵，徒然間早起晚宿，想伊念伊。妻，要相逢除非是夢兒裏再成姻契。

【尾聲】昏昏默默歸何處？哽哽咽咽思念你。我那妻嗄，願你直上嫦娥宮殿裏。

詩：

年年此日須當祭，歲歲今朝不可違。
天長地久有時盡，此恨綿綿無盡期。

拷問

【步步嬌】觀裏拈香驀相會，使我心縈繫。如今枉致疑，既認得真時，何不問取詳細？這就裏你怎知，恐錯認了風流婿。

【紅衲襖】意沉吟，情慘傷；步趑趄，心悒怏。見了娘行好生着意想，莫不是遞書人回來胡調謊？（旦）料判州，名未彰；論太守，職未當。自古男兒當自强。

【前腔】你曾和他共鴛衾同象床，直恁的認不得他形共龐？（旦）面貌身材果然廝像，行藏舉止没兩樣。既認得真時合主張。你把往事問真詳。尤恐錯認陶潛作阮郎。

【錦纏道】治家邦，正人倫，有三綱五常。你潛説出短和長，怎不隄防？須有耳隔墻。講甚麽晉陶潛認作阮郎？却不道，誓柏舟甘效共姜？先打後商量，問出你私情勾當，押發離府堂。文牒上明開供狀，抵多少衣錦去還鄉。

【前腔】小梅香，待回言，恐觸突了使長。不回言，無情棒打難當，怎知道禍從天降。他本是守荊釵寒門孟光，休猜做出墻花淮甸雙雙。若説出這行藏，那燒香的王太守，(一)好似亡夫模樣。追思痛感傷，因此上和妾閑講，又不曾想像赴高唐。

【前腔】守孤孀，薦亡靈，親臨道場。拈香罷，轉回廊，偶相逢不由人不覩物悲傷。西厢下鶯鶯伎倆，怎麽的打梅香，生紐做紅娘？當日去投江，把原聘物牢拴在髻上，荊釵義怎忘？奴豈肯隨波逐浪，却不道辱没宗祖把污名揚？

【前腔】假乖張，賤奴駘，把花言抵搪。全不顧外人揚，惱得我氣滿胸膛。你本是王月英留鞋在殿堂，怎不學浣紗女抱石投江？雪上更加霜，自不合與他人閑講。誰知惹禍殃，閒話裏没些些度量，怎知一霎時禍起在蕭墻？

(一) 香：原闕，據汲古閣刊本《繡刻荊釵記定本》補。

樂府珊珊集

全名《新刻出像點板增訂樂府珊珊集》。明吴中宛瑜子(周之標)編選。明末刻本。分文、行、忠、信四卷,文、行兩卷選收散曲,忠、信兩卷選收戲曲。戲曲僅收録曲調,不收賓白。信卷收録《荆釵記》之《議婚》《送親》《議親》《南北祭江》《推拷梅香》等五齣。按劇情,調整順序輯録如下:《議親》《議婚》《送親》《南北祭江》《推拷梅香》。

議親

【古梁州】家私迭等,良田千頃,富豪家聲振甌城。他却不曾婚娶,專央我來相聘。他恁地錢物昌盛,愧我家寒,自料難厮稱。這段姻緣料想是前定,入境緣何不順情? 休得要恁執性。

【前腔】他便有雕鞍金凳，重裀列鼎，(一)肯娶奴裙布釵荆？我須房奩不整，反被外人相輕。只是你房奩不整，他見你恭容，自然相欽敬。嚴父將奴先已許書生，君子一言怎變更？實不敢奉尊命。

【前腔】見哥嫂俱已應承，問侄女緣何不肯？恁堅執，莫不是行濁言清。枉了將奴淩併，便刎下頭來，斷然不依聽。論我作伐，宅第盡聞名。十處説親九處成，誰似你假惺惺！

【前腔】做媒的個個誇能，多有的言不相應，信着你都被誤了終身。你那合窮合苦没福分丫頭强厮挺，令人怒憎。出語傷人，你好不三省，榮枯事總由命。

【尾聲】這段姻緣非厮逞，少甚麽花紅送迎？誰想番成作畫餅？

議　婚

【瑣窗寒】這門親非是我貪婪，無奈人來説再三。送荆釵愁他富室褒談，良媒竟没一言回俺，反教人掛腸懸膽。(合)聽得早間鵲噪窗南，有何親舊相探？

(一)裀：原作『姻』，據汲古閣刊本《繡刻荆釵記定本》改。

【前腔】嘆連年貧苦多艱，猶在淒涼一擔擔。(一)事萱親，朝夕愧缺魚甘。劬勞未答，常懷淒慘。議姻親，斷然不敢。(合前)

【前腔】論人生嫁女婚男，不是姻緣怎妄貪？謾誇他豪門首飾衣衫，嬌娥志潔，甘居清淡，那聽他巧言啜賺。這姑姑因此臉羞慚，此來必定喃喃。

送　親

【惜奴嬌】家道貧窮，守荆釵裙布，謹身節用。今爲姻眷，惟恐玷辱門風。空空，愧乏房奩來倍奉，望高堂垂憐寵。(合)喜氣濃，悄似仙郎仙女，會合仙宫。

【前腔換頭】欣逢，夫婿寬洪，可留心遵守，四德三從。勤攻詩賦，休得要效學飄蓬。重重，命蹇時乖長如夢。謝良言，開愚懵。(合前)

【黑麻序】家中，雖忝儒宗，論蘋蘩箕帚，尚未諳通。愧無能，豈宜適事英雄？融融，非獨外有容，必然内有功。(合前)

【前腔】愚懞，欲步蟾宫，奈才疏學淺，未得蜚沖。愧無能，豈宜先自乘龍？雍雍，才郎但顯

(一) 一擔擔：原作『一旦擔』，據汲古閣刊本《繡刻荆釵記定本》改。

功，嬌妻擬贈封。（合前）

【錦衣香】夫性聰，才堪重；　婦有容，德堪重。天生美質奇才，綵鸞丹鳳。自愧非是漢梁鴻，何當富室，配着孤窮。念妾非孟光，奉親命遣侍明公。今日同歡共，想也曾修種。夫和婦睦，琴調瑟弄。

【漿水令】怨貧無香醪泛鐘，怨貧無美食獻供。又無些湯水飲喉嚨，妝甚麼大媒？做甚麼親送？休相笑，莫妄衝，惟恐外人相譏諷。非缺禮，非缺禮，只爲窘中。凡百事，凡百事，望乞包籠。

【尾】佳人才子德堪重，更人才兼出衆，夫妻到老和同。

南北祭江

【新水令】一從科第鳳鸞飛，恨奸謀有書空寄。幸萱堂無禍危，嘆蘭房受岑寂。捱不過淩逼，身沉在浪濤裏。

【步步嬌】把往事今朝重提起，越惱得肝腸碎。清明拜掃時，省却愁煩，且自酬禮，記得聖賢書，道『吾不與祭如不祭』。

【折桂令】爇沉檀香噴金猊，昭告靈魂，聽剖因依。[一]自從俺宴罷瑶池，宫袍寵賜，[二]相府勒贅。俺只爲撇不下糟糠舊妻，苦推辭桃杏新室，致受磨折，將俺改調俺潮陽，因此上耽誤了歸期。

【江兒水】聽説罷衷腸事只爲伊，却原來不從招贅遭毒計。懊恨娘行忒薄意，淩逼得你好没存濟。母子虔誠遥祭，望鑒微忱，早賜靈魂來至。

【雁兒落】徒捧著淚盈盈一酒巵，空擺着香馥馥八珍味。慕儀容，不見伊；訴衷曲，無回對。俺這裏再拜自追思，重會面是何時？揾不住雙垂淚，舒不開兩道眉。先室，都只爲套書信的賊施計。賢也麽妻，俺若是昧誠心，自有天鑒知。

【僥僥令】這話分明訴與伊，須記得看書時。懊恨娘行生惡意，抛閃得兩分離在中路裏，兩分離在中路裏。

【收江南】呀！早知道這般樣拆散呵，誰待要赴春闈？便做到腰金衣紫待何如？説來尤恐外人知，端的是不如布衣！只索要低聲啼哭自傷悲。

[一] 依：原作『伊』，據汲古閣刊本《繡刻荆釵記定本》改。

[二] 賜：原闕，據汲古閣刊本《繡刻荆釵記定本》補。

【園林好】免愁煩回辭了奠儀，拜馮夷多加護持。早早向波心脱離，惟願取免沉溺，惟願取免沉溺。

【沽美酒】紙錢飄，蝴蝶飛；紙錢飄，蝴蝶飛。血淚染，杜鵑啼，睹物傷情越慘悽。〔一〕靈魂兒恁自知，俺不是負心的，負心的隨着燈滅。〔二〕花謝有芳菲之日，月缺有團圓之夜。我呵！徒然間早起晚寐，〔三〕想伊念伊。妻，要相逢除非是夢兒裏，再成姻契。〔四〕

【尾】昏昏默默歸何處？哽哽咽咽思念你，直上姮娥早登宫殿裏。〔五〕

推拷梅香

【錦纏道】治家邦，正人倫，有三綱五常。你潛説出短和長，怎不隄防，須知有耳隔牆？講

〔一〕染杜鵑啼睹物傷情：原闕，據汲古閣刊本《繡刻荆釵記定本》補。

〔二〕的負心的隨着燈滅：原闕，據汲古閣刊本《繡刻荆釵記定本》補。

〔三〕我呵徒然間早起晚：原闕，據汲古閣刊本《繡刻荆釵記定本》補。寐：原作「些」，據汲古閣刊本《繡刻荆釵記定本》改。

〔四〕裏再成姻契：原闕，據汲古閣刊本《繡刻荆釵記定本》補。

〔五〕直上姮娥早登宫殿：原闕，據汲古閣刊本《繡刻荆釵記定本》補。

甚麽晉陶潛認作阮郎，却不道誓柏舟甘效共姜。先打後商量，問出你私情勾當，押發離府堂。文牒上明開供狀，抵多少衣錦去還鄉。

【前腔】小梅香，待回言，恐觸突了使長。不回言，這無情棒打難當，怎知道禍從天降。他本是守荆釵寒門孟光，休猜做出牆花淮甸雙雙。若説起這行藏，那燒香的王太守，好似亡夫模樣。心思痛感傷，因此上和妾在此閑講，又不曾想像赴高唐。〔一〕

（中闋）

【前腔】守孤孀，薦亡靈，親臨道場。拈香罷，轉迴廊，偶相逢不由人不睹物悲傷。那裏是西厢下鶯鶯伎倆？怎麽的就打梅香，生扭做紅娘？當初去投江，把原聘物牢拴在髻上，荆釵義怎忘？妾豈肯隨波逐浪，却不道辱没宗祖把污名揚？

【前腔】假乖張，賤駑駘，把胡言抵搪，全不顧外人揚，惱得我氣滿胸膛。你本是王月英留鞋在殿堂，怎不學浣沙女抱石投江？雪上更加霜，自不合與他人閑講。誰知惹禍殃，閒話裏没些度量，一霎時禍起在蕭牆。

〔一〕唐：原作『堂』，據汲古閣刊本《繡刻荆釵記定本》改。

徽池雅調

全名《新鍥天下時尚南北徽池雅調》。明福建書林熊稔寰彙輯，潭水燕石居主人刊梓，明末刊本。共二卷，分上、下兩欄。卷一上欄與下欄分别收録《荆釵記》之《承局送書》、《孫汝權假妝賣花》（目録中作《汝權賣花》）兩齣，輯録如下。

承局送書

【臨江仙】（貼）凭欄極目天涯遠，那人去遠如天。（旦）鱗鴻無事竟茫然？今春纔又過，何日是歸年？

（貼）春闈催試怕違期，一紙音書絶雁魚。（旦）此去定應攀月桂，拜恩衣錦聽榮除。（貼）自從你丈夫去後，不見回來，使我懸懸憂悶。（旦）婆婆，且自寬心，想他得中之後，只在目下，有佳音回來。（貼）媳婦，我和你到門首盼望一會，多少是好！（旦）婆婆先行，奴家隨後。（占）孩兒去後竟茫然，雁杳魚沉

没信音。倚門不見空腸斷，教娘終日意懸懸。

【二犯傍妝臺】（貼）意懸懸，倚門終日，望得眼兒穿。自他去京歷鏖戰，杳没個信音傳。（旦）婆婆，想你孩兒才學有餘，功名決少他不得。多應他在京得中選，因此上無暇修書返故園。（貼）媳婦兒，他既登金榜，怎不錦旋？越教娘心下轉縈牽。

（旦）春闈催試别庭萱，惟願腰金衣紫旋。榮枯得失皆由命，何勞憂慮恁拳拳？

【前腔】（旦）何勞憂慮恁拳拳，且暫把愁眉展，對景自消遣。（貼）媳婦兒，非是愁悶，爭奈你丈夫不回。（旦）婆婆，雖然眼下兒不見，終有日再團圓。（貼）媳婦兒，只一件兒，只怕他命蹇時乖福分淺，旅邸淹留疾病纏。（旦）死生有命，富貴在天，不須憂慮淚漣漣。

【不是路】（末）渡口離船。大哥，借問路。（内應）你問往那裏去？（末）錢貢元府上在那裏？（内應）前面白粉牆雙門巷裏面便是。（末）承教了。早來到錢家宅院前，咱不免偷閒先下彩雲箋。有人在家麽？（旦）李成，看外面有人。（丑）是何人爲何直入咱庭院？（末）非爲别事到府，爲一舉登科王狀元。（丑）是那個王狀元？（末）就是王十朋狀元。（丑）就是我姐夫，他有書麽？（末）原來是舅爺。因來便，特令稍寄家書轉。（丑）少待。親家母，姐夫中了狀元，附寄有書回來。（貼、旦）謝天謝地！喜從人願，喜從人願。

（占）媳婦兒，待我出去問取他端的。（丑）先生，老安人出來相見。（末見介。貼）先生高姓貴表？

（末）小人省郡中承局李文華。（貼）承局先生，我小兒呵，

【前腔】（占）他爲何不整歸鞭？說甚言？（末）老夫人不問，小人險些忘却了。教傳語，因參丞相被留連。（旦）丞相留連，敢是不回了？李成，叫婆婆問個詳細。（貼）承局先生，丞相爲何留連着他？（末）狀元往万俟丞相府中謝宴，丞相有一女欲招他爲婿。狀元不允，因此羈留。他拜覆萱堂休掛念。（貼）小兒在後從了不曾從？（末）小人彼時就起身來了，不知何如。（旦哭介）虧心漢瞞不過天，不記得臨行執盞發誓願。（末）小人公文緊急，不敢停留。（貼）媳婦，未知真假若何，免憂煎，權將薄禮酬勞倦。（旦）李成，爹爹又不在家，怎麼好？就把銀釵當酒錢。李成，你對先生說，家姐多多拜上。這物輕鮮，（末）狀元分上，小人不敢受。（旦）權爲路費休辭免。（末）上覆少夫人，小人却之不恭，受之有愧了。我去心如箭。（末下）（合）那下書人去心如箭。

（丑）姐姐，我去報與爹爹知道。（貼）媳婦恭喜！你是個夫人了。（旦）皆賴婆婆福庇。（貼）媳婦兒，

【棹角兒】想連年時乖運蹇，今日姓揚名顯。步蟾宮高攀桂枝，跳龍門首登金殿。戴宮花斜插帽簷，瓊林宴，勝似登仙。（合）早辭帝輦，榮歸故園，那時夫妻子母大家歡忭。

【前腔】（旦）想前生曾結分緣，幸今世共成姻眷。喜得他脱白掛緑，怕嫌奴體微名賤。若得他貧相守，富相連，十朋夫心不變，錢玉蓮死而無怨。（合前）

【十二時】（浄、外）鵲聲喧，燈花焰。（旦）爹爹，母親，丈夫有書回來。（外）果然今日信音傳，准

備華堂開玳筵。

親母恭喜，你令郎有書回。（貼）正欲請親家來看書。（旦）爹爹，書在此。（外看介）

【一封書】男八拜上覆，（旦）爹爹，這書寫差了，敢是假的。父母跟前稱百拜覆，寫與他人稱上覆。（浄）兒，你不知，那百拜寫與親母的，這上覆寫與我兩個老人家。媽媽萱親想萬福。（旦）爹爹，此書不是有才學人寫的，既稱媽媽，又説萱親，一個人到有兩人稱呼。（浄）正寫得是媽媽就是我，萱親就是你婆婆。孩兒已掛緑，僉判饒州爲郡牧。恭喜親母！令郎中了狀元。（貼）皆賴親家福庇。（浄）嘗説道我女婿眉清目秀，容貌堂堂，聞多識廣，才學過人，一定高中，我説也不曾説？（外）説來，説來。（浄）説我親母⿰骨建⿰骨建⿰骨曼⿰骨曼，定做奶奶；看我女兒嬝娜娉婷，定做夫人。我説也不曾説？（外）説來，説來。（旦）爹爹，僉判是佐貳官，郡牧是正堂官，如何一人到佐兩樣官？（浄）我兒你不曉得，這是饒的。（外）官也有得饒？（浄）你再念。（外）僉判饒。（浄）恰又來，僉判是饒。（外）饒州是地方。（浄）你不曾説出州字來。（外）不要多説，待我再念。我娶了万俟丞相女，可使前妻别嫁夫。（旦）爹爹，這書有頭無尾，不要看了。（外）這是没志氣人寫的，不要看了。（浄）大凡幹事，都要幹了。若不了當，你也不快活，我也不快活。（外）也罷，待我看了。寄休書，免嗟吁，我到饒州來取汝。

（浄）老賊招得好女婿，賤人嫁得好老公。我一了説他娘兒子母，腦後見腮，定是無義之人。可可的信了我的嘴。（外）起初説他許多好，如今又説他不好。（浄）我要他好便好，要他不好便不好。（外）我

這賢婿，決無此情。（老旦）親家母，我孩兒不是忘恩負義的人。（净）窮了八萬年的王敗落，快走出來！

【剔銀燈】（貼）親家母不須怒起，容老身一言咨啓。我孩兒頗頗識法理，肯貪榮忘恩失義？須知天不可欺，決不肯停妻再娶妻。

【前腔】（净）忘恩義窮酸餓鬼，才及第輒敢無理。只因我賤人不度己，教娘受腌臢惡氣。他今日却原來負你。呸！羞殺了丫頭面皮。

【前腔】（旦）書中句全無禮體，竟不審其中詳細。葫蘆提便説他不是，罵得我無言抵對。娘，休疑説言是非，決不肯將奴虧負。

【前腔】（外）媽媽且回嗔作喜，我孩兒不須垂淚。終不然爲着家書至，將好意番成惡意。娘兒休辨是非，真和假三日後便知。

孫汝權假妝賣花

【駐雲飛】（旦）心怨沉沉，不幸早年先喪親。撇下兒孤另，針指誰教訓？嗏！梅香，你與我輕輕掩上繡房門，向園内觀看花情性。須惜光陰，須惜光陰，人生莫把春孤另。

【駐馬聽】（净）取賬歸家躍馬揚鞭，經過幾派人家。狂風浪疊走如沙，惹動風情不當耍。

（旦）梅香，那枝花鮮得好，採將過來。

【前腔】忽聽得名園内叫採花，誰家女子實堪誇。不由人心兒裏愛，體酥麻。牆外巧妝叫賣花。

賣花！賣花！

【北雁兒落】（旦）名園内，錦繡家，忽聽得牆外何人叫賣花？梅香，問他擔頭上有甚等好花？（貼）貨郎，擔頭上有甚等好花？我小姐買些。（浄）梅香姐，擔頭上有珍珠翠花、括絨花、紙花、線花，件件皆有。（貼）貨郎説道擔頭上珍珠翠花、括絨花、紙花、線花，件件俱全。（旦）梅香呵，園内牡丹芍藥般般有，那有閒錢買線花？（貼）貨郎，小姐不買，去罷。（浄）梅香姐，既不愛花，擔頭上還有雜貨，濟寧汗巾，臨青手帕，蘇十八扇，胭脂水粉，花紅色線，都是有的。（貼）貨郎站着，我再問小姐。外面貨郎説道，既不買花，擔頭上還有雜貨，濟寧汗巾，臨青手帕，蘇十八扇，胭脂水粉，花紅色線，都是有的。（旦）梅香，我這幾日心情意懶，花紅色線無心繡，縱有水粉胭脂懶去搽。（貼）我小姐不買，叫你去罷。（浄）想是小姐無錢買得，行路之人口噪，有茶酒可以換得些。（貼）既茶酒換得，小姐不換，我就和你換些。小姐，外面貨郎説道，想是小姐無錢買得，行路之人口噪，有茶酒可以換得。（旦）他行路之人茶自有茶房，酒自有酒店，我這裏花亭草畔非酒店，他是何人叫你換茶。（貼）小姐説道，茶自有茶房，酒自有酒店，我這裏花亭草畔非酒店，你是何人叫我換茶。（浄）梅香，小姐既説没有茶酒，我擔頭上妝

成的花，小姐園内生成的花，叫小姐開了脚門，花對花。（貼）小姐，貨郎説道，小姐園内生成的花，他擔頭妝成的花。叫小姐開了脚門，花對花。（旦）哇！難道這幾句話兒還不醒得不成？先前只説賣花的貨郎，誰知是一個巧人？你去對他説，休狂蕩，莫稱誇，言三語四嘴喳喳。再若説起無知話，待奴家回轉家庭，禀告爹尊，唤幾個家童，把他當賊拿。（貼）花你家爺，花你娘，好好連累我。小姐説道，叫你休狂蕩，莫稱誇，言三語四嘴喳喳。再若説起無知話，我小姐回轉家庭，禀告爹尊，唤幾個書童筆童硯童，一起把你當賊拿，我勸你早早抽身免禍災。

堯天樂

全名《新鍥天下時尚南北新調堯天樂》。明豫章殷啓聖彙輯，明萬曆間福建書林熊稔寰繡梓，明末刊本。共二卷。分上、中、下三欄，分别選收雜劇、傳奇散齣、南戲。卷一下欄收録《荆釵記》之《錢玉蓮繡房議婚》（目録中作《繡房議親》）、《十朋母官亭遇雪》（目録中作《官亭遇雪》）兩齣，輯録如下。

錢玉蓮繡房議婚

【一江風】（旦）繡房中，剪剪輕風送，裊裊香烟噴，刺繡鸞鳳。爲人子者須當冬温夏凊，昏定而晨省。但晨昏問寢高堂，須索把椿萱奉。梳早整芳容，古人云：凡戲無益，惟勤有功。惟勤真有功，只見燕語梁間，鶯啼檻外，寶鴨香殘，金雞唱午，怕窗外花影日移動。呀，只見蛛絲墜地。記得古詩云：蝶衣曬粉花枝午，蛛網添絲屋角晴。

【前腔】喜蛛垂，昨夜銀缸綻，今朝喜鵲簷前噪。我知道了，莫不是家門添吉兆，莫不是雙親添壽者？莫不是庭前生瑞草，有何喜事疊疊重重報？鵲噪未爲喜，鴉鳴豈是凶？人間凶吉事，豈在鳥音中？我是女兒家，四德三從，在家從父，未出閨門。喜鵲呵，爲甚喳喳不報爹娘，先報奴家？有甚吉凶話？倚闌去繡花。丢却閒時話，心中愛此花。依然繡着他，繡朵櫻桃，繡得花豔豔花。現現看起來，嬌滴滴堪描畫。

【前腔】（丑）過東廊，只聞得一陣香風送。待我轉過繡房中，忽聽得牙尺剪刀聲相送。想是我侄女在此描鸞鳳。聞得我哥哥將他許了王家。我有一計，只説孫家富石崇，王家徹底窮，我與他話從容。全憑着巧語花言，花言巧語，將他心打動。玉蓮開門！（旦）我這裏試開門。是誰？（丑）是我，兒。（旦）原來是姑娘到此相詢問，請進繡房中，待奴家忙步香廚，唤春香傳遞一盞香茶奉。

姑娘請茶。（丑）兒，你且坐下，姑娘有句好話對你講。（旦）姑娘有甚好話，只管説來。

【前腔】（丑）我看你喜氣壯腮紅，想是婚姻在目下逢。兒，你繡的是甚麼花？（旦）是荷花。（丑）兒，荷花不要繡他，依姑娘教你繡個蝶兒，原來是粉蝶戀花花迷粉蝶，只恐怕蝶戀花心動。（旦）我守香閨芳心不動，姑娘呵，你説來話兒成合用？待奴家繡一對錦鴛鴦，雙雙賽過鸞和鳳。

十朋母官亭遇雪

【風入松】嘆當年貧苦未逢時，記得先君在日，何等安然！自從現君亡後，焉知到有今日？兒去求名，指望榮宗耀祖，改換門閭。誰想人居兩地，天各一方了！我孩兒一去求科舉，兒怎知道妻房溺水？成舅近前來，聽我囑付你幾句，此去到京，見了你的姐夫，自古道：寧可報喜，不可報凶。你千萬莫説起投江事情，待説起又恐怕痛殺我孩兒，你休要説與他知。

【前腔】（丑）勸親母不必恁傷悲，聽李成一言咨啓。我姐夫中狀元，僉判在饒州去。他是個讀書人知禮義，豈肯停妻再娶妻？勸親母不必恁傷悲。（貼）教我如何不傷悲？成舅，自你姐夫去後，托賴上蒼之祐，忝中高魁，只因那封書回，你繼母聽信讒言，逼你姐姐改嫁。他立志不從，投水而死。又無所出一男半女，教我靠着何人？成舅，年華高邁無依倚，舉目無親靠着誰？我孩兒又在京畿，不知媳婦在那裏？悶得我途路裏好孤恓！

王家一派宗祖，老身今日往京尋我孩兒，望你陰中保佑，暗裏扶持。此去京城離了家，千辛萬苦受波查。（一）此去若見孩兒面，把負屈含冤説與他。

（一）查：原作『渣』，據文義改。

【下山虎】追思昔日離了門兒。（丑）親母，當日接你到我家居住，在這裏經過，你可認得否？（貼）成舅，當日蒙你令尊接我到府上居住，那時老身在前，孩兒、媳婦在後，母子兩三人，步步相隨。（丑）親母，這房子現在此間，只是我姐姐不在了。（貼）是了，成舅，正是人亡物在，一旦無常，好教我睹物傷悲心慘酸。月缺不改光，劍缺不改剛。媳婦兒，你只顧死而爲之，致令爲婆的切思而已。兒，虧你下得丢了爹撇了婆，似這等無依倚。玉蓮的兒，你若從了母命，改嫁孫家，你的臭名萬載。你今日立志不從，投水而死，你的香名耿耿了。兒，你今效取浣紗女共姜誓，抱石投江死，萬載千秋名傳世也。我好恨！（丑）恨那個？（貼）（合）恨只恨繼母生奸計，毒似蛇蝎，敗壞綱常，禽獸所爲。

【前腔】（丑）堪憐姐姐再無見日，姐，你在陰司我在陽間。若要相逢，除非南柯夢裏。我家姐姐投水而死，學不得兩個古人。學不得從城婦韋皋妻，到做了逐浪隨波，只爲堅志。（合前）

（貼）來此是甚麽所在？（丑）前面亭子就是官亭大路了。（貼）千山萬水受艱辛，鞋弓襪山步怎行？

來至中途風雪緊，看看又到接官亭。

【前腔】官亭路上風雪飄零，似這等淒涼，其實可矜。成舅，老身受苦理之當然，你二人呵，受盡奔波，多多感承！（丑）此乃是爹爹嚴命，況又姻親，禮當相陪送，豈憚苦辛？（貼）老身上京尋取孩兒，受盡風霜之苦，也只是出乎無奈了。常言道事急出家門，豈憚着高山峻嶺？（合）只得趲行數程，山程共水程。長亭又見家鄉，愁殺春香、李成。

【前腔】（貼）風霜兩鬢，萬里孤身。玉蓮的兒，那日成舅在江邊拾得你繡鞋回來，彼時老身就要倩人來撈你的屍首。怎奈白茫茫江水，況踪没處尋。（丑）親母，來此乃是東甌渡口了。〔一〕（貼）成舅，既是東甌渡口，你姐姐在此投水而死，只是不曾帶得香紙來此，不免撮土爲香，禱告一番。深深下拜，拜告江神。河泊水官，水母娘娘，我媳婦錢氏玉蓮不從母命改嫁，沉溺在江水身死。他的靈魂或在你帳下所管，望你疏放他的靈魂。玉蓮的兒，你若是有感有靈，莫戀長江，隨着老身同臨任所，見了薄倖兒夫，做些功果，超度你的靈魂。兒，你去不去？（丑）親母，怎麼叫得他應？（貼）媳婦的兒，往日爲婆的聲叫你聲應了，到今日叫破喉嚨，不見應聲。哭得淚乾，那見他的形影？（合前）

【前腔】（丑）關河雪凍，四野雲横。凍得我渾身冷冷清清，無人奉承。倚定門兒，連叫數聲李成。

（貼）吾兒，你看成舅是個義子，在路途之上，尚且思念他父親。十朋兒，兒，你在那裏爲官？（下闕）

〔一〕 甌：原作『漚』，據文義改。下同改。

時調青崑

全名《新選南北樂府時調青崑》。明江湖黄儒卿彙選，明書林四知館刊本。共四卷，分上、中、下三欄。上、下兩欄收録戲曲，中欄收録笑話、酒令。卷三、四上欄分别收録《荆釵記》之《十朋祭江》《玉蓮投江》兩齣。按劇情，調整兩齣順序，輯録如下。

玉蓮投江

【駐雲飛】（旦）繼母心毒，逼勒奴家改嫁夫。玉蓮本是貞潔婦，豈肯把名兒誤！嗏！繼母敗風俗。上不怨天，下不怨人。這還是繼母敗風俗，忒狠毒。貪愛人的錢財，逼嫁孫郎富。於母則順，於夫何顔？順母言情，又恐玷辱夫。

竭力事孀婆，迢迢萬里□，雁足帶書來，變作千重苦。夫，傳尺素且喜登科。母信讒言，逼奴改節。堅志不從，百般磨折，如何是好？嘗聞古云：無妄之災，任出於天；介石之操，當在於人。奴家豈圖

富貴而壞萬古綱常？ 不免趁此更闌人静，拜辭爹爹、婆婆，尋個自盡罷了。 老爹，你孩兒指望侍奉你到老，誰知今日被繼母逼勒不過，尋個自盡。自此一别，再不能侍奉你甘旨了。爹！

【前腔】枉受劬勞，兒喪黄泉誰奉老？ 休怨兒不孝，都只爲娘焦燥。 嗏！ 婆婆老年高，罷了，□你媳婦指望侍奉你到老，誰知今日兒在也□媳喪九泉□□□□□□婆婆老年高，無倚靠。恨只恨狠毒的姑娘，鎮日在我娘的跟前巧語花言，搬鬥得一家無倚靠。 生的含冤，死的恨怎消！

生前不説家父之劬勞，死後何須費父之財命。 不免將釵環首飾盡皆更換，只將原聘荆釵帶□其□。

【前腔】除下珠圍，脱却新衣换舊衣。 還有一隻鞋穿了去罷。 繡鞋，當初做你之時，曾起了一片心意，一樣做兩雙鞋。 一雙奉與婆婆，一雙待丈夫做官回來，頭頂鳳冠，身穿霞帔，□穿此鞋，也得厮稱。 誰知今日穿你去尋死了！ 鞋，把繡鞋兒穿將起來，止不住雙垂淚。 嗏！ 繼母忒心虧，苦淩逼，逼得奴家負屈含冤，死做幽冥鬼。 呸，夫，萬苦千辛只爲伊。

我今死於繡房之中，不致緊要。 倘母親見我屍首，道： 這賤人，我叫你改嫁，爲你好處，你到要去尋死，死得好！ 若是爹爹、婆婆見我屍首，痛泣不過，因我一人，傷他二命。 我想此去東甌渡口不遠，（一）

（一） 甌：原作『漚』，據文義改。下同改。

不免前去投水而死，也得其所。呀，前門鎖了，不免往後門去罷。呀，怎麽後門又鎖了？

【前腔】門户牢拴，無計脱身恨怎言？奴有個道理，我把剪刀挑窗扇，□挑下來又恐怕娘聽見。嗏！只見月兒好團圓。月，你到有個團圓之日，虧了錢氏玉蓮，一别千里，參商兩地，要見無由。只怨姑娘敢怨天。

【山坡羊】出蘭房，差矣，來此乃是繼母卧房門首，這等高聲，不致緊要，倘若醒知，一把扯住，那時節生死兩難。我只得輕移蓮步，撇親爹去尋一條死路。恨只恨我娘親也！爲着那封讒書，我娘□了一□之見，他以虚爲實，以假爲真，左手執了讒書，右手拿定家法，若還辨别半句，他就痛□□打將下來。那聽兒分訴？恨丈夫，到是奴家差矣，我丈夫考中了狀元，他名聞於天下，豈肯棄我糟糠之舊室？□全天下士大夫乎？俺丈夫他曉詩書，識法度，豈肯停妻再娶妻？忍撇下荆釵婦？這還是我姑娘，姑娘，你既爲婦道，怎的不守四德三從？鎮日在我娘跟前巧語花言斷送奴。奴好孤苦！我死何恨？只是抛閃下爹爹半子無。

一家人俱已拜辭了，只有繼母不曾拜辭。雖不是他所生，也是他所養，還要去拜謝他纔是。差矣，今日□他逼勒改嫁不從，置於死地，怎麽還去拜謝他？娘，非是兒不孝，皆因你不仁，我也不來拜你了。

【綿搭絮】更深背母去投江，一天如洗碧□□，星月□輝河漢□。只見月朗星稀，天道清明，人遭横禍。自忍自想，□□百□。無語低頭痛斷腸，好恓惶，奴命孤孀。十朋夫，指望和你同諧到老，

又誰知兩下分張。我今一命喪長江，抛閃下婆婆没下場。

【前腔】心中悲切，自覺思量。夫，你不寄那封書回，你妻子没有此□。早上娘親説道：書上明明寫着再娶万俟丞相女。我説娘，那個爲官的没有兩三房妻小？縱然他娶了十房，還是奴家居長。後一句可使前妻别嫁郎。呸！夫，這書若是假的則可，若是真的，虧你下得。夫，你妻子今日尋此短計，爲着何來？爲着何來了？冤家，都只爲書裏緣由，繼母聽信讒言，逼奴家改嫁郎。細思量。玉蓮，此念頭差矣，真假待丈夫回來説個明白，怎的就去尋死？回去罷。差矣。□纔挑開窗扇而來，如今回去，不致緊要。倘若母親見了，他道：這賤人，我要你改嫁，也只是願得你好，怎麽就去尋死？□不得死，又轉來怎的？那時反觸其凶。一日不死，打駡一日，兩日不嫁，打駡兩日。正是不得其生，反受其辱了。欲待要歸家，又恐怕打駡難當。娘，從今後也不受你打，也不受你駡，一心心只要去赴水身亡。撇下了絶祭祀的親爹，相伴荆釵赴大江。

【前腔】忙行數步，奴好身孤。怨只怨我的兒夫，夫，你纔得成名不顧奴。你背母之言，忘妻子盟，失却前言，徒□孔孟。你讀甚麽書？你做甚麽官了？冤家，空讀聖賢書，不記得當初我本是貞節之婦，今日裏被人嫉妒。你那裏入贅豪門，貪享榮華不顧奴。

【粉紅蓮】到江邊，水渺茫。昭君身死爲劉王，浣紗女抱石投江死，千載姓名揚。爹年老，婆鬢霜，搥胸頓足恨姑娘。

【綿搭絮】滔滔江水，自幼在閫閨之中，那見這浪滚悠悠。自古道：生不認魂，死不認屍。我今一命歸陰府，相稱相隨任意流。河泊水官，水母娘娘，玉蓮不□□得有□□來，望空禱告你，休流我在淺水灘頭，見奴屍首。有等知道的，道奴是個貞節之婦；有等不知道的，他道奴家有甚不週，只顧流落在萬丈深潭。浩浩長江盡處休。

（打更鼓介）大江之中，那得更鼓聲？原來有官船在此。這那裏是更鼓，分明是催命鬼到了。

【江兒水】不覺五更時候，雞鳴天漸曉。是甚麽東西，閃跌我一交？原來是個石頭。曾聞凡人下水，重則沉，輕則浮。玉蓮在家，繼母是我生對頭，今晚遇此石頭，你就是我死對頭。學不得引刀斷臂朱妙英，待效取抱石投江浣紗女。抱石在江邊守，遠觀江水流，照見上蒼星和斗。凡人落水，頭髮先散。不免將原聘荆釵牢拴□髻。釵，你當初爲聘之時，指望夫妻諧老百年，誰知今日不能白頭相守，只得帶此荆釵，以表吾結髮之情。奴把荆釵牢扣。我若死了，有誰人知道？不免將這繡鞋留下在此罷。呸，鞋，我在家千針萬線，做將你起來，指望受用，半步不離。誰知道今日遺記在東甌口。我想此鞋若是母親見了，他還駡這賤人，你不從母命，今日投水而死，死得好，死得好！若是爹爹見此鞋，他怎肯干休，畢竟令人撈屍首。夫，你臨别之時，將酒爲誓，男不重婚；奴將荆釵發咒，女不再嫁。你不記得奴把荆釵發咒，錢玉蓮不嫁孫汝權，跳入長江去，三魂逐水流，七魄隨浪走。恨姑娘逼就，錢玉蓮喪長江，死去萬年名不朽。

【餘文】傷殘風化敗綱常，母親逼奴改嫁郎，若把清名來玷污，不如一命喪長江。

十朋祭江

【引】（生）昨夜東風驀吹透，報道桃花逐水流。今日清明佳節，已曾備辦祭禮，前到江邊祭奠玉蓮妻子。不免請上母親。老娘有請。（貼）細雨霏霏時候，柳眉烟鎖長愁。極目家鄉遠，白雲天際頭。（生）五年辭故里，灑淚濕征衾。已曾令人去請禮生，怎的還不見來？（末）白雲本是無心物，却被清風引出來。（見介。生）煩足下贊禮。左右，將祭禮擺開。（末）請主祭者就位。（生）痛憶玉蓮錢氏妻，情虧處意徘徊。當初指望諧白髮。

【新水令】一從科第鳳鸞飛，恨奸謀有書空寄。（貼）容顏霜鬢改，跋涉路途長。晨昏捱不到，幾乎命已亡。（生）老娘，托賴上天之佑，幸萱堂無禍危，嘆蘭房受岑寂。成舅，你姐姐尋此短見，爲着何來？爲人豈不愛生？豈肯願死？只因繼母見那一封書回，以虛爲實，以假爲真，將你姐姐拘禁幽房之中，千般拷打，萬般禁持了。成舅，你姐姐捱不過淩逼，受不過禁持，妻，將身跳入波濤裏。

（末）助祭者就位。（貼）

【步步嬌】把往事今朝重提起，越惱得肝腸碎。（生）老娘，記得那年今日，母子三人上墳掛紙，豈知今年今日祭奠與他？正是清明時節年年在，要你媳婦相見難。那得清明祭掃時。（貼）兒，如今哭也

是遲了。省愁煩，且自酬禮。兒，你這等悲泣，不要去罷。（生）老娘，我與你媳婦夙世姻緣，結髮夫妻。今日無非一祭而已，怎的不要去？老娘，我曾讀聖賢書，『吾不與祭如不祭』。

（末）主祭者上香。

【折桂令】（生）爇沉檀香噴金猊，我這裏哀告靈魂，妻，你那裏聽訴因依。（丑）姐夫，家中有此大變，你在京城可也有甚麽應兆否？（生）自從那日宴罷瑶池，上馬之時，只見宫花墜地。彼時只道居官不久，誰知應在你姐姐身上來了？成舅，寵宫袍不從相府勒贅。万俟三番兩次，招贅我不從，爲着何來？也只是撇不下糟糠舊妻，苦推辭桃杏新室，妻，你爲我受淩逼没存濟，我爲你受磨折，改調潮陽惡蠻之地。因此上耽誤歸期，有誤佳期。

（末）助祭者上香。

【江兒水】（貼）聽説罷衷腸事，却原來只爲伊，你丈夫不從招贅生毒計。懊恨娘行忒薄意，逼得你没存濟，渺渺茫茫喪在波心浪裏。（生）拜東方神祇。河泊水官，水母娘娘，信官王十朋在此伏地而拜，不爲别的而來，只因錢氏玉蓮不從母命，沉溺江水而亡。他的靈魂或落在萬丈深潭，或喪於魚腹之中，望你引魂童子、解魄仙官，俺這裏哀告江神，你那裏有感有靈，早賜我玉蓮的靈魂，脱離了波心，早早向江邊聽祭。

（末）主祭者行初獻禮。（一）（生）虔誠祭禮到江邊，追薦亡妻錢玉蓮。人生有酒須當醉，一滴何曾到九泉？

【雁兒落】徒捧着淚盈盈一酒巵，左右，將祭禮收了。（丑）姐夫，祭奠未完，爲何就收了？（生）成舅，你看靈前果品般般有，那見你姐姐親口嘗？空列着香馥馥八珍味。成舅，記得在家讀書之時，到更深夜静，你姐姐捧着一杯茶來，他説：夫，你用心攻書，書不誤人。你看滿朝朱紫貴，盡是讀書人。妻，你丈夫今日能爲朱紫貴，緣何不見勸我讀書人了？妻！慕音容，不見伊；訴衷曲，無回對。俺這裏再拜自追思，重會合是何時？擺不開兩道眉，揾不住雙垂淚。恨只恨套寫飉書賊，你施謀計。人生自古誰無死，當取丹心照汗青。你做得個節婦，我王十朋做不得個義夫了？賢也麽妻，我若是昧誠心，自有天鑒之。我若是負心的，隨着燈兒滅，隨燈就滅。

（末）助祭者行亞獻禮。

【僥僥令】（貼）這話兒分明訴與伊，須記得看書時。叵耐娘行生毒意，閃得他夫妻兩分離，在中途裏。

（末）主祭者行終獻禮！（生）

（一）初：原作『禮』，據《新刻出像音註節義荆釵記》改。

【收江南】早知道這般樣拆散呵，誰待要赴春闈？我想當初錢貢元將女兒招贅於我，圖我甚的來？他道我是讀書之人，後來有個好處，一則與他争光，二則擡舉他的女兒。誰想今日妻死無緣？這樣官兒做他怎的？便做到腰金衣紫待何如？（貼）兒，怎説此話？有人知道的，只道你痛泣妻子死於非命；不知道的，只道你輕慢朝廷而重妻情。（生）説來又恐怕外人知，端的是不如布衣！只落得無語低頭越慘悽。

（末）所有奠章，遥空宣讀。時維大宋熙寧七年歲次丁亥十月甲子朔，賜狀元及第任潮陽府事信官王十朋謹以牲酌之儀，致奠於節婦錢氏玉蓮夫人前而言曰：嗚呼！節婦之生，秀出香閨；節婦之死，義植秉彝。節婦全備，古今所稀。日月同其照耀，草木爲之增輝。昔受聘於荆釵，同甘苦於茅廬。春闈一起，鸞鳳分飛。詐書一到，骨肉分離。姑娘設奪婚之策，繼母行逼嫁之威。捱不過連朝摧挫，受不過晝夜禁持，拜辭睡沉沉之老姑，潛出冷清清之繡幃。江心渡口，月淡星稀。波聲滚滚，夜色凄凄。抱石而死，逐浪横屍。叫一聲玉蓮妻，雲愁雨暗天地悲；哭一聲玉蓮妻，哀鴻過處猿鶴啼。哀情訴與河泊水官，悲情薦與佛説菩提。料今生不能得見，願來世再與相期。靈魂不昧，尚其鑒之！嗚呼哀哉！伏惟尚饗！

【園林好】（生）免愁煩回辭了奠儀，拜馮夷多方護持。早向波心脱離，惟願出沉溺裏。

【沽美酒】（貼）紙錢灰飄來一似蝴蝶飛，血淚染成杜鵑啼。睹物傷情越慘悽。（生）妻，你靈

魂恁自知，俺不是負心的，又不是昧心的，假若是負心的，瞞不過神祇；假若是昧心的，瞞不過天和地。花謝有芳菲之日，月缺有團圓之際。俺呵！早起晚息，想伊念伊。妻，要相逢除非是南柯夢裏。

【尾聲】昏昏默默歸陰府？耿耿思思常念你，惟願你早赴嫦娥宮殿裏。

樂府萬象新

全名《梨園會選古今傳奇滚調新詞樂府萬象新》。安成阮祥宇編，書林劉齡甫梓。明末刊本。前集卷四下欄選收《荆釵記》之《姑娘繡房議婚》《繼母逼蓮改節》《玉蓮抱石投江》等三齣，輯録如下。

姑娘繡房議婚

【駐雲飛】（旦）思憶萱親，不幸早年先喪身。撇下兒孤另，針線誰教訓？嗏！虧了我爹親，生下我是個女孩兒呵，無子傳宗。鎮日愁悶，教我針指工夫學未成。

〔鷓鴣天〕鏡中常自嘆嬋娟，生長閨門二八春。惟喜椿庭身在室，何堪萱室魄归天？工容德，悉兼全，玉質無瑕賽月圓。春去秋来多世事，金蓮那肯出房前？且喜侍奉椿萱早膳已畢，趁此闲暇，不免在繡房中做些針指，多少是好？

【一江風】繡房中，剪剪輕風送，㖑㖑香烟噴，刺繡鸞和鳳。为人子者冬温而夏清，昏定而晨省。但晨昏問寢高堂，須索把椿萱奉。梳早整芳容，古人云：凡戲無益，惟勤有功。惟勤真有功，只見燕語梁間，鶯啼檻外，寶鴨香殘，〔一〕金雞唱午，怕窗外花影日移動。

呀！只見蛛絲墜地，記得古詩云：蝶衣曬粉花枝午，蛛網添絲屋角晴。〔二〕

【前腔】喜蛛垂，昨夜銀缸綻，今朝喜鵲簷前噪。我知道了，莫不是家門添吉兆，莫不是雙親添壽考？莫不是庭前生瑞草，有何喜事疊疊重重報？鵲噪未爲喜，鴉鳴豈是凶？人間凶吉事，不在鳥声中。我是女兒家，四德三從，在家從父，未出閨門。喜鵲呵，爲甚喳喳不報爹娘，先報奴家？有甚吉凶話？倚闌去繡花。心中愛此花，看嬌滴滴真个堪描畫。

【前腔】（丑）過東廊，只聞得一陣香風送。待我轉過繡房中，忽聽得牙尺剪刀聲相送。想是我侄女在此描鸞鳳。聞得我哥哥將他許了王家。我有一計，只説孫家富石崇，王家徹底窮，我與他話從容。全憑着巧語花言，花言巧語，將他心打動。玉蓮開門！（旦）我這裏試開門。是誰？（丑）是我，兒。（旦）原來是姑娘到此相詢問，請進繡房中，待奴家忙步香廚，喚春香傳遞一盞

〔一〕 寶：原作『室』，據文義改。

〔二〕 角：原作『有』，據张耒《夏日三首》改。

香茶奉。

姑娘請茶。（丑）兒，你且坐下，姑娘有句話對你講。（旦）姑娘有甚話，只管説來。

【前腔】（丑）我看你喜氣壯腮紅，想是婚姻目下逢。兒，不要害羞，你在繡房中做甚么针指？（旦）姑娘，繡鞋子。（丑）借姑娘一看。（旦）針指粗糙，不中看。（丑）這是甚麽花？（旦）是荷花。（丑）兒，荷花有藕，外人見了，要盜你藕喫，不要繡他，依姑娘教你，繡個蝶兒。原来是粉蝶迷花花迷粉蝶，只恐怕蝶戀花心動。（旦）我守香閨芳心不動，姑娘呵，説來話兒成何用！繡一對錦鴛鴦，雙雙賽過鸞和鳳。

有勞姑娘到此，有何見教？（丑）兒，姑娘到此，不爲别的，特來與你做媒。[一]（旦）姑娘又來取笑，前日爹爹許定甚麽王家了。（丑）兒，那王家极是艱難，父親又許孫家。他是温城第一的才主。你若是嫁與他，一生受用不盡。（旦）姑娘，正是：貧莫憂來富莫誇，那見长貧久富家？春來處處生青草，時來何地不開花？（丑）兒，你不知道，若論孫家富豪時節，非是姑娘把口誇，他是温城第一家田地，烏鴉飛不過，金珠並富石崇家。

【梁州序】家私上等，良田萬頃，富豪聲振温城。不曾婚娶，特央我來求聘。（旦）姑娘，依着你

（一）媒：原作『謀』，據文義改。

説他，錢物盛，愧我家寒貌醜難厮稱。（丑）玉蓮兒，這段姻緣料想是前生定，今日緣何不順情？休得要恁執性。

【前腔】（旦）姑娘呵，他雕鞍金鐙，重裀列鼎，肯娶裙布荆釵？房奩不整，反被那人相輕。（丑）雖然是房奩不整，孫官人他是个财主，見你姿容，自然相欽敬。（旦）嚴父將奴先許了書生，君子一言怎變更？實不敢奉尊命。

【前腔】（丑）見哥嫂俱已應承，問侄女緣何不肯？（旦）姑娘，若説嫁孫家，斷然不肯！（丑）恁推三阻四，行濁言清。（旦）姑娘，枉了將奴淩併。（丑）依姑娘説，嫁孫家好。（旦）若要我嫁孙家呵，便刎下頭來，斷然不依允。（丑）論我作伐，宅第盡聞名。温州城裏城外，那一家不是我説媒？十處説親九處成。（旦）九處成了，饒我一處也罷。（丑）誰似你假惺惺！

【前腔】（旦）做媒的個個誇稱，姑娘呵，也多有言不相應，若还信着的，都被你誤了前程。（丑）呸！你合窮合苦丫頭强厮挺，致令人怒嫌憎。（旦）好不知廉耻，那个是你丫头！出語傷人，怎不三省，榮枯得失皆前定，此事總由命。

【餘文】（丑）這段姻緣非自逞，少甚麽花紅送迎？（旦）誰想翻成作畫餅？

（丑）玉蓮兒，姻緣事還是怎的？

姻緣自是不和同，無分榮華有分窮。

雪裏梅花甘冷淡，羞隨紅葉逐東風。

繼母逼蓮改節

【金尾犯】（浄）地僻紅塵遠，草色入簾階除上蘚。（丑）受人託拳拳在念，又只恐事與人變。貧家寂寞客稀過，門外常張逞外蘿。犬吠不驚姑枉顧，欣欣喜色待如何。（丑）聞道梅溪贅万俟，書來棄出舊荆妻。孫郎托我求佳配，百鎰黄金作聘儀。（浄）正是如此，待我叫玉蓮出來。（旦）天上困人渾似倦，忽聽鵲呼庭院，停針移步出堂前，意是兒夫便鴻書轉。（丑）玉蓮兒，叫你出來，别無話説，我聞道梅溪一舉成名，入贅相府，貪戀紅樓。前日書回，欲令伍女改嫁。昨日孫秀才求爲内助，其事若諧，享用不盡。（旦）梅溪名魁金榜，四海皆知，纔沾一命之榮，豈棄百年之好？貪佳麗而忘糟糠，宋弘尚不肯爲，而謂梅溪爲之乎？况前日之書，字跡不同，文字粗俚，必有狂夫陰謀秘計。縱有所棄，吾當勤勞織紝，奉養老姑。若再事他姓，寧死不爲。姑娘，你縱有蘇、張之舌，難移我心。（丑）玉蓮兒，聽我説來。

【桂枝香】豪門俊彦，求諧繾綣。常言道嫁勝吾家，何苦不知通變？他入贅潭潭相府，他入贅潭潭相府，豈念荆釵微賤？不知權，嫁去孫家呵，珠翠籠雲鬢，怎比荆釵不值錢。

【前腔】（丑）富家姻眷，必求妙選。他聞你貞静幽閒，托我針兒引線。富貴人情所願，富貴

人情所願，居處重門深院。莫推延日月如流，去守着空盟誤少年。

【前腔】（旦）同心一綰，終身不變。我雖是柔暗裙釵，肯把綱常壞亂！不似淫奔水性，不似淫奔水性，東流西轉，心比柏舟堅。誓死靡他適，豈肯移身事二天！

【大迓鼓】（浄）吾兒聽我言，他有滿嬴金玉，萬頃良田，特求淑女同鴛帳。又喜和鳴叶鳳占，路近藍橋，必要會仙。

【前腔】（丑）姻緣不偶然，想名鐫婚牘，他玉種藍田，無心去折蟾宫桂，有意來扳玉井蓮。宅近桃源，定要會仙。

【前腔】（旦）從人説巧言，我心如玉潔，節似金堅，要同松柏存剛操，肯把琵琶過别船？路斷陽臺，你空想夢仙。

【餘文】（丑）你似刻舟求劍無通變，（浄）不順親言豈得賢？（旦）不聞禮義爲人之大賢。〔一〕

可笑孩兒見識迷，窮酸魍魎把咱欺。

大鵬飛上梧桐樹，自有傍人説短長。

〔一〕 賢：原作『閑』，據文義改。

玉蓮抱石投江

【駐雲飛】（旦）拘禁深閨，鐵石人聞也痛悲。四面皆牆壁，有計無施處。嗏！你何不立志有三規，我若是不依隨？我娘呵，他那裏必定把我苦禁持。罷，罷，罷！休，休，休！到不如白練套頭，一命高掛在懸梁縊。俺這裏三思而行，再思可矣。到不如棄了爹爹，別了婆婆，不顧殘生，趁此半夜三更，悄悄輕移，竟往江邊去溺水。

【前腔】除下花鈿，想後思前最可憐。把剪刀挑窗扇，嗏！唬得我心驚戰。天，只見月明在天邊。月，你有團圓，可憐玉蓮，從今後再不得見夫君面。俺這裏口口聲聲只叫天。

（跳介）哎，閃了這一下，且喜跳出窗外來了，我今去投（闕）了。輕移蓮步別親爹，去尋一條死路，撇婆婆無人來看顧。恨只恨毒心繼母逼勒，不由人分訴。奴丈夫他是知書知理識法度，你豈肯停妻再娶，撇下荊釵婦？我母親若沒有姑娘般唆，也不至如此！恨只恨狠毒姑娘也，天殺的套寫讒書坑陷奴。姑娘呵，你把巧語花言，斷送奴身死，抛閃我爹爹半子無。

懊恨繼母太不良，貪財逼嫁富家郎。
今朝別却親爹去，更深背母出蘭房。

【綿搭絮】更深背母，走出蘭房。只見月朗星稀，無語低頭痛斷腸。天！我今日抛闪爹爹、婆

婆去投水時節，也只是命該如此。自思量，奴命該傷。十朋夫，指望和你同諧到老，又誰知兩下分張？奴今身死黄泉，奴死到不打緊，抛閃下婆婆没下場。

家書一到喜洋洋，誰知禍起在蕭牆？

無端繼母貪財寶，心中悲切細思量。

【前腔】心中悲切細思量，只因書裏緣由，繼母聽信讒言，逼勒奴改嫁郎。思想昨日逼嫁不從，被母親這般拷打，真個好苦！天！好恓惶，打得我痛苦難當。我本是良人之婦，指望白頭相守。怎知道拆散鸞鳳！奴家今日身死，也不愁着甚的，自別下白髮親爹，相伴荆釵赴大江。

繼母聽信那讒書，晝夜禁持逼嫁奴。

尋思無計投江死，忙行數步我身孤。

【前腔】忙行數步我身孤，夫，當初不图你别□来，只道你是個秀才，異日成名，擡舉一家。今日纔得成名，就寫書来休了我。只怨我的兒夫，纔得成名不顧奴。空讀着聖賢書。全不記當初。錢玉蓮本是貞節之婦，被人嫉妒。夫，果然入贅豪門，貪戀榮華辜負奴。

奴身守節溺江流，萬古名傳永不休。

來到江邊回首望，滔滔江水浪悠悠。

【前腔】滔滔江水浪悠悠。自古道：生不認魂鬼，死不認屍首。奴死一命歸陰，相趁相隨任意

流。河泊水官，水母娘娘，玉蓮今日投江時節，休流奴在淺水灘頭，見奴屍首。若是近方人知道玉蓮的事情，道奴本是貞節之婦，有一等遠方人氏不知道玉蓮的事情呵，他道是這婦人有甚不週？奴只願流落在深潭，萬里長江盡處休。

自古道：河狹水緊，人急計生。夫承寵渥，九重金闕拜龍顔；妾承凄涼，一紙詐書分鳳侶。富室强謀娶婦，惑乱人倫；萱堂逼勒成親，毀傷風化。妾豈肯從新而弃舊？焉能改正以从邪？争如就死忘生，不可辜恩負義。一怕損夫之行，(一)二恐誤妾之名，三慮玷辱宗風，四恐乖違婦道。惟存志節，不爲沽名，拴原聘之荊釵，永隨身伴；脱所穿之繡履，遺棄江邊。(二)雖不能效引刀斷鼻朱妙英，却慕取抱石投江浣紗女。奴家行路辛苦，不免在此歇息片時。(内擂更鼓介)呀，那裏打更鼓？原來有官船在此停泊。(内作雞声介)奴家聽得雞叫，原來是追魂鬼到了。(詩)

懊恨繼母太心癡，逼奴改嫁富家妻。
忽聽官船更鼓響，看看又是五更時。

【江兒水】五更時候，(跌介)是甚麽東西，閃我這一交？呀，原來是個石頭，錢玉蓮和你是個對頭了。抱石江邊守。望遠觀江水流，照見上蒼星和斗。聞知道凡人落水，頭髪先散。不免將这荊釵牢牢

(一) 行：原作『幸』，據汲古閣刊本《繡刻荊釵記定本》改。
(二) 遺棄：原作『迀記』，據汲古閣刊本《繡刻荊釵記定本》改。

拴定，奴把荆釵牢扣。（又）钱玉莲密地投江，有谁知道？不免就將所穿繡鞋脱下，留此以爲記耳。脱下一雙紅繡鞋，遺記在江心口。這鞋若是别人撿去，也是枉然，若李成見了，撿回家呵，婆婆見此鞋，必定令人撈屍首。王十朋夫，你臨别之時，奴將荆釵爲誓，夫，你全然不記，把荆釵發咒，（又）錢玉蓮不嫁孫汝權，跳入長江去，三魂逐水流，七魄隨浪走。恨只恨姑娘逼就，（又）錢玉蓮喪江心，死去萬年名不朽。

【傍妝臺】到江邊，淚滿腮，撇下堂前爹媽谁管待。誰知道繼母愛錢財，孫汝權，你好癡，你好呆，休想錢玉蓮嫁在你家來。恨只恨姑娘毒害，（又）逼勒玉蓮跳长江死，向長江水裏埋。

【餘文】傷風敗俗亂綱常，萱親逼嫁富家郎。若把清名來玷辱，不如一命喪長江。

南音三籟

明淩濛初選輯，現存明崇禎刻本、清康熙七年（1668）袁園客重刻增益本。分散曲、戲曲類，各兩卷，戲曲僅收録曲調，不收賓白。戲曲上卷收録《荆釵記》之《行路》《苦别》《嚴訓》《錯音》《議親》《合巹》等六齣，(一)下卷收録《送親》一齣。按劇情順序，調整此七齣順序，輯録如下：《議親》《合巹》《送親》《苦别》《錯音》《行路》《嚴訓》。

議親

【南吕·梁州序】家私迭等，良田千頃，富豪聲振甌城。他却不曾婚娶，專浼我來相聘。他恁

(一) 合巹：原闕齣名，據汲古閣刊本《繡刻荆釵記定本》補。

地錢物昌盛，愧我家寒自料難斷稱。這段姻緣料想是前定，入境緣何不順情？休得要恁執性。(一)

【前腔】他有雕鞍金凳，重裀列鼎，肯娶奴裙布荆釵？我須房奩不整，反被那人相輕。雖則是房奩不整，他見你工容，自然相欽敬。嚴父將奴先已許書生，君子一言怎變更？實不敢奉尊命。

【前腔换頭】見哥嫂俱已應承，問侄女緣何不肯？恁推三阻四，莫不是行濁言清。枉了將奴淩屏，便刎下頭來，斷然不依聽。論我作伐宅第盡聞名，十處説親九處成，誰是你假惺惺！

【前腔】做媒的個個誇能，也多有言不相應，信着你都被誤了前程。你那合窮合苦没福分丫頭敢來强斷挺。姑娘何事恁生憎？出語傷人不三省，榮枯得失皆前定，榮枯事總由命。

【尾聲】這段姻緣非自逞，少甚麽花紅送迎？誰想番成作畫餅？

（用庚青韻。内『肯』字犯真文。臧本作『難道你全然不省』。）

(一) 眉批：詞隱生曰：此【梁州序】本調，歷考《八義》《金印》《教子》諸舊詞皆然，《琵琶記》『新篁池閣』乃犯【賀新郎】者。今人認《琵琶》爲【梁州序】，而反以此爲【古梁州】矣。詞隱生見此『因緣料想』句，乃七字句，並《琵琶》内『晝長人困也』『也』字，以爲襯字。然遍查【梁州小序】諸曲，皆五字句，下三字句，『也』字可襯，如後曲『熟』字、『罷』字、『手』字等豈皆可襯乎？臧晉叔新訂《荆釵》又將此亦增作八字以合調，不知孰是。

合巹

【南呂・鎖寒窗】這門親非是我貪婪，無奈人來説再三。送荊釵愁他富室褒談，良媒竟没一言回俺，反教人掛腸懸膽。（合）聽得早間鵲噪窗南，有何親舊相探？(一)

（『非』字一板，必不可無，時唱者失之。『褒談』，猶言『褒貶』，元曲多有之，亦有用『包彈』者，則謂包孝肅彈人也。兩語皆本色，而此用『褒談』，則更是本韻。詞隱生徒知『包彈』二字爲古，輒更之，而又訐其非韻，則穿鑿之偏也。臧本改作『未肯包含』，以求合韻，亦是多事。）

【前腔】嘆連年貧苦多諳，猶在淒涼一擔擔。事萱親，朝夕愧缺魚甘。劬勞未答，常懷淒慘。議姻親，斷然不敢。（合前）

【前腔】論人生嫁女婚男，不是姻緣怎妄貪。謾誇他豪門首飾衣衫，嬌娥志潔，甘居清淡。那聽他巧言啜賺。這姑姑因此臉羞慚，此來必定喃喃。

（用監咸韻。）

(一)　眉批：『早間』二字，即下第三曲『姑娘』『娘』字，原不用韻。今人不知，亦有疑其失韻者。《香囊記》誤仿云『古今惟有孟母與曾參』，竟用九字，分兩句，而用二韻矣。又有改作『聽得鵲噪窗南』，亦誤。

送親

【仙吕入雙調·惜奴嬌】家道貧窮，守荆釵裙布，謹身節用。今爲姻眷，惟恐玷辱門風。空空，愧乏房奩來陪奉，望高堂垂憐寵。（合）喜氣濃，悄似仙郎仙女，會合仙宫。㈠

【前腔换頭】欣逢，夫婿寬洪，可留心遵守，四德三從。勤攻詩賦，休效學飄蓬。重重，命蹇時乖長如夢。謝良言，開愚懞。（合前）

【黑麻序换頭】家中，雖忝儒宗，論蘋蘩箕帚，尚未諳通。愧無能，豈宜適事英雄？融融，非獨外有容，必然内有功。（合）喜氣濃，悄似仙郎仙女，會合仙宫。

【前腔】愚懞，欲步蟾宫，奈才疏學淺，未得蜚沖。愧無能，豈宜先自乘龍？雍雍，才郎但顯功，嬌妻擬贈封。（合前）

【錦衣香】夫性聰，才堪重；婦有容，德堪重。天生美質奇才，綵鸞丹鳳。自慚非是漢梁鴻，何當富室，配着孤窮。妾亦非孟光，奉椿庭適事明公。前世曾歡共，把藍田玉種。夫和婦睦，琴調瑟弄。

㈠　眉批：《琵琶記》『杏臉桃腮』二曲亦是此調，而少『空空』與『重重』處二平聲字，學者當從之。

【縈水令】恕貧無香醪泛鍾，恕貧無美食獻供。又無些湯水飲喉嚨。妝甚喜媒？做甚親送？休相笑，莫妄衝，惟恐外人相譏諷。非缺禮，非缺禮，只爲窘中。凡百事，凡百事，望乞包籠。

【尾聲】佳人才子德堪重，更人才又兼出衆，夫妻到老和同。

（用東鐘韻。近見臧晉叔新訂本，此套大有異同，以爲得柯丹丘真本，然恐駭觀聽，不以易此。）

苦別

【羽調・勝如花】辭親去，别淚零，豈料登山驀嶺。只因人遞簡傳書，反教娘離鄉背井，未知道何日歡慶？（合）愁只愁一程兩程，況不聞長亭短亭。暮止朝行，趲長途曲徑，休辭憚跋涉奔競。願身安早到神京，願身安早到神京。(一)（末句時本少重一句。）

【前腔】我爲絶宗派，結眷姻，指望一牢永定。誰知道又贅在侯門，今日番成畫餅，辜負田園荒徑。（合前）

(一)　眉批：　詞隱生曰：　此曲不知何人所增，其調不知何所本，但腔甚可愛，不可不録。似與【四時花】有干涉，故附入羽調。

【前腔】他家鍋中米没半升，去戀着侯門，不思舊親。到如今一旦身榮，撇却糟糠布荆，短幸處教人怒稱。（合前）

【前腔】蒙員外分付情，對狀元一訴明，幸喜得日暖風恬，相送起程，傷目斷桑榆暮景。（合前）

（用庚青韻。內『姻』字、『親』字犯真文。）

錯音

【中呂·漁家傲犯】莫不是明月蘆花没處尋？莫不是舊日王魁嫌遞萬金？莫非忘了奴半載同衾枕？莫非是不曾來之任？【雁過聲】欲言不語知他怎？那裏是全抛一片心？(一)

【前腔】我説到舌尖聲又噤，若提起始末原因，教你愁悶怎禁？此生休想與他同衾枕，要相逢

(一) 眉批：此末二句用犯【雁過聲】者，故與諸譜中《拜月亭》内『身居處華屋高堂，但尋常珠遶翠圍』句法不合。詞隱生反以此爲【漁家傲】本調，而强以『身居處』『但尋常』六字皆襯字，以合此；且以此『欲言不語』句，改作『欲語不言，知他是怎』作兩四字句，以合彼，增入《新譜》，反以《拜月亭》爲又一體。支離之甚，且云此調最難查訂，今始得之。亦誤矣。況『天不念』曲内，『生計』下、『高堂』下，皆有截板，『華』字上、『珠』字上，又皆有頭板，若非上有實字，板如何可下哉？故於此曲無閑字者，則云『欲』字、『知』字不下板亦可，自相矛盾之一証也。即知律如吾湖臧晉叔，新訂《荆釵記》，亦不查明，良爲缺事。

除非東海撈針。這情由有甚的難詳審？不投下佳音回訃音。

（用侵尋韻。　用韻甚嚴，自是作手。『甚的』『的』字，音『底』，上聲，原即『底』字也。《孟子》註云：『天下無不是底父母。』又唐宋人小説凡『的』字，皆作『底』字。成化年間刊行《百二十家戲曲全錦》，凡『的』字，皆刻作『底』。則『的』字非平聲明矣。況韻書止有入聲作上而叶『底』者，並無平聲而音『低』者，不知起自何人作平。今海内同音，牢不可改，且見曲中宜仄，而用此字者，反疑不協矣。）

行路

【仙吕・八聲甘州】春深離故家，(一)嘆倦體衰年，奔走天涯。一鞭行色，遥指剩水殘霞。牆頭嫩柳籬畔花，見古樹枯藤棲暮鴉。嵯岈！(二)遍長途觸目桑麻。

【前腔換頭】呀呀，(三)幽禽聚遠沙，對彷佛禾黍，宛似蒹葭，江山如畫，無限野草閑花。旂亭小橋景最佳，見竹鎖溪邊三兩家。漁槎，弄新腔一笛堪誇。

【解三酲】爲當初被人謊詐，把家書暗地套寫，致吾兒一命喪在黃泉下，受多少苦波查。今

(一) 眉批：此五字起體。
(二) 眉批：『嵯岈』，今作『嗟呀』，非。
(三) 眉批：此換頭也。　時本缺『呀呀』二字，非。

日幸得佳婿來迎也，又愁着逆旅淹留人事差。（合）空嗟訝！自恨命薄，難苦怨他。（『逆』音『亦』。）

【前腔】步徐徐水邊林下，路迢遥野田禾稼，景蕭蕭疏林暮靄斜陽掛。聞鼓吹，鬧鳴蛙，一任古道西風鞭瘦馬。謾回首盼想家鄉淚似麻。（合前）

（用家麻韻。内『寫』字借車遮。前【八聲甘州】二曲，乃古本《錦香亭》曲也，内首曲第二句本『嘆倦客旅邸遊子天涯』，今爲借入《荆釵記》者更之。）

嚴訓

【正宫·錦纏道】治家邦，正人倫，有三綱五常。你潛説出短和長，怎不隄防，須知有耳隔牆？講甚麽晉陶潛認作阮郎？却不道誓柏舟甘效共姜？先打後商量，問出你私情勾當，押發離府堂。文牒上明開供狀，抵多少衣錦去還鄉。㈠

【前腔】小梅香，待回言，恐觸突了使長。不回言這無情棒打難當，怎知道禍從天降。他本是守荆

㈠　眉批：此比前曲惟『文牒上』句稍異，譜中别爲又一體。

釵寒門孟光。休猜做出牆花淮甸雙雙。若説起這行藏，那燒香的王太守好似亡夫模樣。(一)心思痛感傷，因此上和妾在此閑講，又不曾想像赴高唐。

【前腔】守孤孀，薦亡靈，親臨道場。拈香罷，轉迴廊，偶相逢不由人不睹物悲傷。那裏是西廂下鶯鶯伎倆？怎麼的打梅香，生扭做紅娘？當初去投江，把原聘物牢拴在髻上，荊釵義怎忘？妾豈肯隨波逐浪，却不道辱没宗祖把污名揚？

【前腔】假乖張，賤奴駘，把胡言抵搪，全不顧外人揚，惱得我氣滿胸膛。你本是王月英留鞋在殿堂，怎不學浣紗女抱石投江？雪上更加霜，自不合與他人閑講。誰知惹禍殃，閒話裏没些度量，一霎時禍起在蕭牆？

（用江陽韻。此世所傳《荊釵》别本中者，於關目覺礙，然詞則甚古。）

(一) 眉批：『那燒香』七字係白。

詞林逸響

明許宇編，現存天啓三年（1623）刻本、萃錦堂刻本、書業堂刻本。分風、花、雪、月四卷，風、花兩卷選收散曲，雪、月兩卷選收戲曲，戲曲僅收録曲調，不收賓白。雪卷收録《荊釵記》之《憶别》《别任》《苦别》《撈救》《祭江》《行路》《嚴訓》等七齣，據萃錦堂刻本輯録如下。

憶别

【雁魚錦】長安四月花正飛，見殘紅萬片皆愁淚。何苦被利禄成抛棄，如今把孤身旅泊天涯。意懸懸止不住思維，音書曾有回，只怕他望帝都欲赴愁迢遞。望目斷故園，知他知來也未？

【漁家傲】當時，痛别慈幃，論奉親行孝也縈懷不寐。年華有幾，總然是百歲如奔騎。論早

晚須問起居，論寒暑須當護持，論供養要甘肥。因赴舉，把蘋蘩饋托與吾妻，知他看承處怎的？俺這裏對青山，望白雲，鎮日瞻親舍。他那裏翹白首，看紅日，終朝憶帝畿。

【漁燈兒】嗟吁，鳳别鸞離，怎如儔鶯偶燕時相聚？悽楚寒窗，寂寞旅況。悶殺當時，甘效于飛。孤燈夜雨，溜聲不斷，却把寸心滴碎。只爲那釵荆裙布妻難棄，總有紫閣香閨人怎迷？

【喜漁燈】猛思，那日臨行際，蒙岳丈惜伊玉樹，兼愛我寒枝。念行囊空虚，欣然週全助路貲。招共居，感此義山恩海深難棄。細躊躕，甚日酬取？教我怎生忘渠？但願得一家到此沾禄養，也顯得半子從今展孝私。

【錦纏道】論科舉，本圖着春風杏枝，玉馬驟香衢，豈知他陷我在瘴嶺烟區？愁只愁身歸鳳池，恨只恨釁生鴛侣。人不見，氣長吁，只爲蠅頭蝸角微名利，致使地北天南怨别離。

别任

【白練序】十年力學，今喜得成名志氣豪。也只願得封妻報母劬勞。誰知那相府逼勒成親，苦見招不從後，將咱改調。此心懊惱。

【前腔】吾兄免自焦，休得見小，吉人終須造物相保。休辭途路遥，見説潮陽景致饒。焚香

告，一心靠着蒼天便了。

【不是路】限期已到，請馳騎登途，宜早意難□。今朝告别俺故交，自懊惱。我往潮陽歸海島，君往饒州景致饒。休嘆息，願此去各家善保，且宜寬懷抱。

【前腔】須赤心報國安民，大凡事理宜公道。望吾兄忠心一片天可表，去任所，管取民歌德政好，德政好時民無擾。蒙見教，乏款曲，休嗔笑，告辭先造。

【紅芍藥】切齒恨奸臣，將咱改調，却將王士宏除授改饒，咱授海濱勤勞。空教，空教那厮謀陷我。天憐念，豈落圈套！願夫妻母子來此永團圓，一家裏榮耀。

【尾聲】赤膽忠心報皇朝，功名富貴人難效，姓字淩烟閣上標。

苦别

【勝如花】辭親去，别淚零，豈料登山驀嶺。只因他遞簡傳書，教娘離鄉背井，未知道何日歡慶？（合）愁只愁一成行兩程，況不聞長亭短亭。暮止朝行，長途曲徑，休辭憚長途奔競。願身安早到神京，願身安早到神京。

【前腔】只爲絶宗派，結婿姻，指望一牢永定，誰知道又贅在侯門？今日番成畫餅，辜負了田園荒徑。（合前）

撈救

【榴花泣】守官如水，胸次瑩無瑕。薄税斂，省刑罰，撫安民庶禁奸猾。喜詞清訟簡，無事早休衙。依條按法，想懲一戒百誰不怕？待三年任滿期瓜，詔書來早晚遷加。（『守官』四句【石榴花】，『依條』五句【泣顏回】）

【前腔】覰着他花容月貌勝仙娃，忍將身命掩黄沙？天教公相救伊家，好似撥雲見日，枯樹再開花。貞潔可誇，恁捐生就死令人訝。恁萱親怎不詳察？全不道有傷風化。（『捐』音『元』。）

【漁家傲】若提起舊日根芽，不由人不雨淚如麻。恨只恨一紙讒書，搬得我母親叱咤。他見差，逼汝身重嫁，那些個一鞍一馬。這書札令人遺發，管成就鸞孤鳳寡。（『這書』三句【剔銀燈】。）

【前腔】今日裏拜辭恩官，明日到海角天涯。一心要傳遞佳音，不憚路途波查。你見他只説三分話。猶恐怕别娶渾家。把閑話一筆勾罷，苗良回便知真假。

【尾聲】月再圓，花重發，那其間歡生喜洽，重整華筵泛紫霞。

祭江

【新水令】一從科第鳳鸞飛，被奸謀有書空寄。幸萱堂無禍危，嘆蘭房受岑寂。捱不過淩逼，身沉在浪濤裏。

【步步嬌】把往事今朝重提起，越惱得肝腸碎。清明拜掃時，省却愁煩，且自酬禮，須記得聖賢書，道『吾不與祭如不祭』。

【折桂令】爇沉檀香噴金猊，昭告靈魂，聽剖因依。(一)自從俺宴罷瑶池，宫袍寵賜，相府勒贅。俺只爲撇不下糟糠舊妻，苦推辭桃杏新室，致受磨折，改調俺在潮陽，因此上擔誤了您的歸期。

【江兒水】聽説罷衷腸事只爲伊，却原來不從招贅生奸計。懊恨娘行忒薄意，淩逼得你好没存濟。母子虔誠遥祭，望鑒微忱，早賜靈魂來至。

【雁兒落帶得勝令】徒捧着淚盈盈一酒巵，空擺着香馥馥八珍味。慕儀容，不見伊；訴衷曲，無回對。俺這裏再拜自追思，重會面是何時？揾不住雙垂淚，舒不開兩道眉。先室，

(一) 依：原作『伊』，據汲古閣刊本《繡刻荆釵記定本》改。

都只爲套書信的賊施計。賢也麽妻，俺若是昧誠心，自有天鑒之。

【僥僥令】這話分明訴與伊，須記得看書時。懊恨娘行生惡意，抛閃得兩分離在中路裏，兩分離在中路裏。

【收江南】呀！早知道這般樣拆散呵，誰待要赴春闈？便做到腰金衣紫待何如？説來尤恐外人知，端的是布衣，到不如布衣！只落得低聲啼哭自傷悲。

【園林好】免愁煩回辭了奠儀，拜馮夷多加護持。早早向波心中脱離，惟願取免沉溺，惟願取免沉溺。（『馮』音『憑』。）

【沽美酒】紙錢飄，蝴蝶飛；紙錢飄，蝴蝶飛。血淚染，杜鵑啼，只爲睹物傷情越慘悽。靈魂兒您自知，俺不是負心的，負心的隨着燈滅。花謝有芳菲時節，月缺有團圓之夜。我呵！徒然間早起晚些，想伊念伊。呀，要相逢夢兒裏，再成姻契。

【尾聲】昏昏默默歸何處？哽哽咽咽思念你，直上嫦娥宫殿裏。

行　路

【八聲甘州】春深離故家，嘆衰年倦體，奔走天涯。一鞭行色，遥指剩水殘霞。牆頭嫩柳籬畔花，見古樹枯藤棲暮鴉。嗟呀！徧長途觸目桑麻。（『剩』音『盛』。）

【前腔】幽禽聚遠沙，對彷佛禾黍，宛似蒹葭，江山如畫，無限野草閑花。旂亭小橋景最佳，見竹鎖溪邊三兩家。漁槎，弄新腔一笛堪誇。（『宛』音『苑』。）

【解三酲】爲當初被人謊詐，把家書暗地套寫，致吾兒一命喪在黃泉下，受多少苦波查。今日幸得佳婿來迎也，又愁着逆旅淹留人事差。（合）空嗟呀！自嘆命薄難苦怨他。

【前腔】步徐徐水邊林下，路迢迢野田禾稼，景蕭蕭疏林暮靄斜陽掛。聞鼓吹，鬧鳴蛙，一任古道西風鞭瘦馬。謾回首，盼想家山淚似麻。（合前）

嚴訓

【錦纏道】治家邦，正人倫，有三綱五常。你潛説出短和長，怎不隄防？須知有耳隔牆。講甚麽晉陶潛認作阮郎？却不道誓柏舟甘效共姜。先打後商量，問出你私情勾當，押發離府堂。文牒上明開供狀，抵多少衣錦去還鄉。（『阮』音『遠』。）

【前腔】小梅香，待回言，恐觸突了使長。不回言，這無情棒打難當，怎知道禍從天降。他本是守荆釵寒門孟光，休猜做出牆花淮甸雙雙。若説起這行藏，那燒香的王太守，好似亡夫模樣。心思痛感傷，因此上和妾在此閑講，又不曾想像赴高唐。

【前腔】守孤孀，薦亡靈，親臨道場。拈香罷，轉迴廊，偶相逢不由人不睹物悲傷。那裏是西

厢下鶯鶯伎倆？ 怎麽的就打梅香，生扭做紅娘？ 當初去投江，把原聘物牢拴在鬠上，荆釵意怎忘？ 妾豈肯隨波逐浪，却不道辱没宗祖把污名揚？

【前腔】假乖張，賤奴駘，把胡言抵搪，全不顧外人揚，惱得我氣滿胸膛。你本是王月英留鞋在殿堂，怎不學浣紗女抱石投江？ 雪上更加霜，自不合與他人閑講。誰知惹禍殃，閒話裏没些度量，一霎時禍起在蕭牆？

怡春錦

全名《新鐫出像點板怡春錦曲》，又名《新鐫出像點板纏頭百練》。明沖和居士編選。現存明崇禎間刻本、清乾隆間刻本。全書分禮、樂、射、御、書、數等六集。樂集與數集分别收録《荊釵記》之《送親》《祭江》兩齣，據明崇禎間刻本輯録如下。

送親

【番馬兒】（貼）株守蝸居事桑麻，（一）形憔悴，鬢藍參。（生）家寒世薄精神減，淒涼一擔，母憂愁，子羞慚。

（貼）孩兒，姻緣之事非偶然，前番許將仕來説親，我因將荊釵爲定，此人一去，久不見回報，敢是不成

（一）蝸：原作「窩」，據《新刻原本王狀元荊釵記》改。

了？（生）母親，姻緣前生分定，苦苦掛懷則甚！

【鎖寒窗】（貼）這門親非是我貪婪，無奈人來説再三。送荆釵只愁富室褒談，良媒竟没一言回俺，反教娘掛腸懸膽。（合）早間只聞得鵲噪窗南，有何親舊相探？

【前腔】（生）嘆連年貧苦多諳，尤在淒涼一擔擔。事萱親，朝夕愧缺魚甘。劬勞未答，常懷悽慘。議姻親，斷然不敢。（合前）

【前腔】（末、浄上）論人生嫁女婚男，不是姻緣怎妄貪。謾誇他豪門首飾衣衫，嬌娥志潔，甘居清淡。那聽他巧言啜賺，這姑姑因此臉羞慚，此來必定喃喃。

此間已是。有人麼？（貼）有人在外，出去看來。（生）待孩兒去看。（末）老夫要見令堂。（生）母親，許將仕。（貼）請見。（末）老安人賀喜。（貼）寒門似水，喜從何來？（末）錢老員外送小姐過門，以此賀喜。（貼）倉卒之間，諸事不曾整備，怎生是好？（末）不費老安人的心，錢宅也没有人來，止有張姑媽送親。他却有些絮聒，不要聽他。（浄）只要出了新官人，諸事不要管。張老安人出轎。華堂今夜喜筵開，拂拂香風次第來。畫鼓頻敲龍笛響，新人那步出庭階。

【寶鼎兒】（丑）親送侄女臨門，管取今朝沉醉。

（浄）請老安人迎接姑婆。（貼）姑婆請。（丑）親家請。（浄）請行禮，再行禮。（貼、丑行禮介。丑）此間是那個？（末）就是新官人。（丑）你不曉得，這是瓊林之瓊。親家面上爲何能黃？（貼）生成的。

（丑）這房子爲何都是曲的？（貼）這是舊房。（丑）不是舊房，正是喬木之家。（末、浄）這話纔説得好。（丑）親家，裏面有什麽冰窨？（貼）没有什麽冰窨。（丑）没有冰窨，爲何冷氣直沖？親家，夜來我哥哥嫂嫂分顔，如今送侄女臨門，首飾房奩，諸事不曾完備，望親家包荒。（貼）家下倉卒之間，諸事不曾整備，望姑婆包荒。（丑）實不相瞞親家説，没有喜娘，還要我一身充兩役，扶我侄女出轎。酒是好歹兩桌都是我的了。（末）且不要多説，扶持新人出轎。（浄）伏以身騎白馬摇金登，曾向歌樓列管弦。醉後不知明月上，笙歌引入畫堂前。

【花心動】（旦上）適遣匆匆，奈眉峰慵畫，鬢雲羞籠。

（浄）一對新人請上花毯，齊眉並立。一派笙歌列綺羅，女郎今夜渡銀河。羞聞織女笑呵呵，今夜斷然饒不過。（貼）請受禮。（丑）同受禮。（浄）老安人請訓事。（貼）姑婆請訓事。（丑）親家請。（貼）占了。夫妻交拜，相敬如賓。務要上和下睦，夫唱婦隨。常如鸞鳳之和鳴，早叶麒麟之應瑞。姑婆請。（丑）勤事桑麻，織綢做布，莫學自己，嫁了這個窮酸餓醋。喜筵獨桌，擺在那裏？（貼）姑婆，倉卒之間，諸事不曾整備。

【惜奴嬌】只爲家道貧窮，守荆釵裙布，謹身節用。今爲姻眷，惟恐玷辱親家門風。（旦）空空，愧乏房奩來陪奉，望高堂垂憐寵。（合）喜氣濃，悄似仙郎仙女，會合仙宫。

【前腔换頭】（丑）欣逢，夫婿寛洪，可留心遵守，四德三從。（末）勤攻詩賦，休得要效學飄

蓬。（生）重重，命蹇時乖長如夢。（貼）謝良言，開愚懵。（合前）

【鬥黑麻】（旦）家中，雖忝儒宗，論蘋蘩箕帚，尚未諳通。慣無能，豈宜適事英雄？（貼）融融，非獨外有容，必然内有功。（合前）

【前腔】（生）愚懞，欲步蟾宮，奈才疏學淺，未得輩沖。愧無能，豈宜先自乘龍？（丑）雍雍，才郎但顯功，嬌妻擬贈封。（合前）

【錦衣香】（末）夫性聰，才堪重；婦有容，德堪重。天生美質奇才，彩鸞丹鳳。（生）自慚非是漢梁鴻，何當富室，配着孤窮。（旦）念妾非孟光，奉親命遣侍明公。今日同歡共，藍田玉曾修種。夫和婦睦，琴調瑟弄。

【漿水令】（貼）恕貧無香醪泛鍾，恕貧無美食獻供。（丑）又無些湯水飲喉嚨，妝甚麽大媒？做甚麽親送？（末）休相笑，莫妄衝，惟恐外人相譏諷。（貼）非缺禮，非缺禮，只爲窘中。凡百事，凡百事，望乞包籠。

【尾聲】（衆）佳人才子德堪重，更人才又兼出衆，夫妻到老和同。

（小生）合巹交歡喜頗濃，（貼）琴調瑟弄兩和同。

（小生）今宵賸把銀釭照，（合）猶恐相逢在夢中。

祭江

【引】（生上）昨夜東風驀吹透，報導桃花逐水流。今乃清明佳節，已曾備辦祭禮，前到江邊，祭奠玉蓮妻子。不免請出母親。老娘有請。（老旦上）細雨霏霏時候，柳眉烟鎖常愁。舉目家鄉遠，白雲天際頭。（生）十年勞夢寐，灑淚濕征衣。左右，江邊有多少路？（末）有五里之地。（生）成舅，步行罷了。痛憶玉蓮錢氏妻，傷情苦處意徘徊。當初指望諧白髮。

【新水令】一從科第鳳鸞飛，（丑）姐夫，不寄這封書來也罷。（生）恨奸謀有書空寄。（丑）親婆到也。納福！（生）幸萱堂無禍危。（丑）苦只苦了我姐姐。（生）嘆蘭房受岑寂。只爲讒書一紙，你母親將伊逼拷，一日不嫁打一日，兩日不嫁打兩日。你今受打不過，投水而死，不得已而爲之麽。妻，你挨不過淩逼，受不過禁持，受不過禁持，將身沉溺在浪濤裏。

【步步嬌】把往事今朝重提起，越惱得肝腸碎。老娘，孩兒記得去年時節，與媳婦往父親墳前掛帛，又誰知今日祭奠他？曾記得清明拜掃時。（丑）姐夫，你省却愁煩且自酬禮。常聞得古聖賢書，『吾不與祭如不祭』。

（末扮禮生上、見介。生）左右，將祭禮擺開。（末贊禮介）

【折桂令】（生）爇沉檀香噴金猊，昭告靈魂，聽剖因依。（丑）姐夫，你在京中，我家有此變故，也有

些什麽應兆麽？（生）自從宴罷瑶池，只見宫花墜地。（丑）宫花墜地，也是不祥之兆了。（生）彼時宫花墜地，我也道不祥，誰知應在你姐姐身上了。只道我爲官，有甚樣差池。寵宫袍，不從相府勤贅。只爲撇不下糟糠舊妻，苦推辭桃杏新室。妻，我爲你受了些磨折。成舅，我僥倖之後，指望付泥金報知，一家歡喜。誰知被承局這厮套换了家書，致令我妻守節而死。妻，雖則書中差錯，你豈不相諒我丈夫，不是薄倖之徒，寡信傷倫之輩。爲你不從親事呵，觸得他怒填胸，把咱改調潮陽地。因此上擔誤了歸期，因此上有誤了嬌妻。

（老旦）渺渺茫茫浪潑天，可憐媳婦喪青年。白頭老母江邊奠，叫一聲媳婦，哭一聲天。

【江兒水】聽説罷衷腸事，却元來只爲伊，不從招贅生毒計。惱恨你娘親心太虧，逼得你没存濟，致使得母子們常掛慮。今日裏虔誠遥祭，望鑒微忱，早早賜靈魂來至。（生）把祭禮向東方擺着。（衆應介。生拜跪）拜告東方神祇，河泊水官，水母娘娘，我妻錢氏玉蓮守節溺水而死，他魂靈兒不知落在那個萬丈深潭之所，屍骸不知葬在那個魚腹之中，拜告東方神祇，望你們相扶持，放我玉蓮妻，急急向波心脱離，早早向江邊聽祭，早早向江邊聽祭。

（起介。又行禮哭介）虔誠祭禮到江邊，追薦亡妻錢玉蓮。人生有酒須當醉，一滴何曾到九泉？

【雁兒落】徒捧着淚盈盈一酒巵，左右，將祭禮收了。（丑）姐夫，你不曾奠得一杯酒，就叫收了，你好薄倖！（生）成舅，你看筵前果品般般有，那見我亡妻親口嘗？空擺下香馥馥八珍味。（丑）姐夫，你

這等悲苦不了，何不畫一軸儀容，早晚間看見，就似我姐姐在生一般了。（生）成舅，這也是枉然了，慕音容，何處追？成舅，我記得當日在家看書，你姐姐一隻手擎了一杯茶，一隻手拿了一枝燭亮。他說：夫，你用心讀書，你看滿朝朱紫貴，盡是讀書人。妻，你丈夫今日名爲朱紫貴了，緣何不見捧茶人？妻，我叫了千聲萬聲的嬌妻，我叫了千聲萬聲的嬌妻，訴衷曲，妻，你應我一聲麼！咳！你却無回對。再拜自追思，只爲重婚禍危。幾時與你重相會，面别是和非？止不住腮邊淚，舒不開兩道眉。(一)恨只恨套書賊施計，把我一對好夫妻，拆散在中途裏。賢也麽妻，這話分明訴與伊。你可記得讀書時，懊恨娘行生惡意，把我一對好夫妻兩拆離，把我一對好夫妻兩拆離。

【收江南】呀！早知道這般拆散呵，誰待要赴春闈？老娘，孩兒幼年喪父，中年喪妻，這般苦人，做他怎的？便做腰金衣紫待何如？（老旦）兒，你輕發此言，倘上官知道，只道你重妻而輕君命了。說來話兒又恐外人知，說來話兒又恐外人知，低頭無語暗悲傷。

（末）所有祝文，望空宣讀。（生讀介）時維大宋熙寧七年丁亥三月甲子朔，賜進士第任潮陽州事信官王十朋，謹以牲酌庶饈之儀，致祭於節婦錢氏玉蓮夫人前而言曰：節婦之生，秀出香閨；節婦之死，義

(一)『舒』下原衍一『舒』字，删。

出秉彝。節婦全備，今古所稀。日月同其照耀，草木爲之增輝。昔受聘於荆釵，同甘苦於茅廬。春闈一赴，(一)鸞鳳分飛。詐書一到，(二)骨肉分離。姑娘設奪婚之策，繼母行逼嫁之威。捱不過連朝摧挫，受不過晝夜禁持，拜辭睡沉沉之老姑，潛出冷清清之繡幃。江心渡口，月淡星稀。波聲滚滚，夜色凄凄。抱石而死，逐浪横屍。叫一聲玉蓮妻，雲愁雨暗天地悲；哭一聲玉蓮妻，哀鴻過處猿鶴啼。哀情訴與河泊水官，悲情薦與佛説菩提。料今生不能得見，願來世再與相期。靈魂不昧，尚其鑒之！嗚呼哀哉！伏惟尚享！（化紙介）

【沽美酒】（生）紙錢灰化作蝴蝶飛，血淚染成杜鵑啼。睹物傷情越慘悽。取一杯酒來。（衆遞介）妻，我當日臨行之時，滴酒爲誓，男不重婚，女不再嫁。你今日做了節婦，我豈不爲一個義夫？我今在此江邊滴酒爲誓，世不再娶了！魂靈兒你自知，我若是負心的，瞞不過天和地。我若是昧心的，隨着燈兒滅。花謝有芳菲之日，月缺有團圓之夜。俺呵！徒然間早起晚息，想伊念伊。妻，要相逢除非是南柯夢裏，再成一對姻契。

【尾聲】昏昏默默歸何處？耿耿思思常念你，但願你早赴嫦娥在宫殿裏。

(一) 赴：原作「起」，據汲古閣刊本《繡刻荆釵記定本》改。

(二) 書：原作「言」，據汲古閣刊本《繡刻荆釵記定本》改。

纏頭百練二集

明沖和居士編選。戲曲、散曲選本。與《怡春錦》初集相同，本書亦分禮、樂、射、御、書、數六卷，依次取名《相思譜》《漢官儀》《元狐腋》《鐵綽板》《玉樹音》《嗊囉曲》。除《玉樹音》爲散曲選集外，其餘五卷均爲戲曲散齣選集。共收戲曲五十二種七十七齣。現存明崇禎間刻本。其中收録《荆釵記》之《議親》一齣，輯録如下。

議親

【遶地遊】（老旦上）桑榆暮景，將往事空思省。家貧窘，悶懷耿耿。共姜誓盟，慕貞潔甘守孤零，喜一子學問有成。

老身柏舟誓守，自甘半世居孀；榆景身安，惟愛一經教子。雖有破茅之地，僅可容身；囊無挑藥之資，旋謀糊口。剪髮常思侃母，斷機每念軻親。正是：不求金玉貴，惟願子孫賢。老身張氏，以適王

門。自從丈夫亡後，不幸祖業凋零，止生一子名十朋。雖喜聰慧，才學有成，奈緣時乖運蹇，功名未遂。今乃大比之年，且訓誨一番。十朋那裏？

【風入松】（生上）青霄萬里未鵬摶，淹我儒冠。布袍雖擬藍袍换，榮枯事皆由天斷。且自存心奉母，何須着意求官？

母親拜揖！（老旦）春榜動，選場開，收拾行李，上京科舉。（生）母親，事業要當窮萬卷，人生須是惜分陰。正是：學成文武藝，貨與帝王家。孩兒只爲家貧親老，不敢遠離。（老旦）孩兒，豈不聞《孝經》云：始於事親，終於事君。君親一體，若得你一官半職回來，也顯得做娘的訓子之功。（生）謹依嚴命。（老旦）孩兒，還有一件事。前日雙門巷錢貢元浼許將仕議親，無物爲聘，以此不敢應承。只恐今日又來，如何是好？（生）母親，豈不聞古人云：娶妻莫恨無良媒，書中有女顔如玉。孩兒只慮功名未遂，何慮無妻？（老旦）兒，你也説得有理。自從你父親亡後，做娘的呵，

【黄鶯兒】半世守孤燈，鎮朝昏，幾淚零，到今猶在淒涼景。寒門似冰，衰鬢似星。（生）母親爲何掉淚？（老旦）爲只爲早年不幸鸞分影。（合）細評論，黄金滿籯，終不如教子一經。

【前腔】（生）父喪母勞形，論孩兒，當報恩，奈何人事不相稱。（老旦）只怕你學未成。（生）非學未成。（老旦）只怕你己未能。（生）非己未能，爲只爲五行不順男兒命。（合前）

【簇御林】（老旦）親師範，近友朋，把詩書勤講明。聚螢鑿壁真堪敬，他們都顯父母，揚名

姓。（合）奮鵬程，名題雁塔，白屋顯公卿。

【前腔】（生）親年邁，家勢傾，恨腴甘缺奉承。卧冰泣竹真堪並，他們都感天地，登臺省。

（合前）

（末上）受人之託，必當終人之事。錢貢元央老夫到王宅議親，此間有人麼？（老旦）兒，有人在外，你去看。（生）待孩兒去看。呀！老將仕，失迎了。（末）令堂有麼？（生）家母有。（末）老夫求見。（生）少待。母親，許將仕在外。（老旦）請進來。（見介）許大人請。今蒙貴步到寒家，有何見諭？（末）老夫非爲别事，只因錢貢元前番央老夫來説令郎親事，老安人不允。近聞得賢郎堂試魁名，貢元不勝之喜，今着老夫送吉帖到宅，望乞安人允就，不必推辭。（老旦）多蒙貢元見愛，又蒙將仕周全。只是家窘，不敢應承。（末）貢元曾説道：不問人家貧富，只要女婿賢良，聘禮不拘輕重，隨意下些，便可成親。（老旦）貢元乃豐衣足食之家，老身乃裙布荆釵之婦，惟恐見誚。（末）安人何必太謙？

【桂枝香】（老旦）年華高邁，家私窮敗，要成就小兒姻親，全賴高賢擔帶。論財難佈擺，論難佈擺，錢難揭債，物難借貸。兒，自你父親去後之時，再無所遺。止有這荆釵，權把他爲財禮，只愁事不諧。

【前腔】（生）萱親寧奈，冰人休怪。小生呵，貧居陋室多年，惟苦志寒窗十載。倘時運到來，倘時運到來，功名可待，姻親還在。母親，這荆釵又不是金銀造，如何做聘財？

【前腔】（末）安人容拜，秀才聽解，那貢元呵，不嫌你禮物輕微，偏喜愛熟油苦菜。但心無忌猜，但心無忌猜，物無妨礙，人無雜壞。方纔聘禮，取過來一觀。（生）請觀。（末）昔日漢梁鴻聘孟光，荆釵遺下，豈不是達古之家？這荆釵雖不是金銀造，非是老夫面奉，管取門闌喜氣諧。

（老旦）將仕回見貢元，只説禮物輕微，表情而已。（末）謹領，謹領！

（生）寒家乏聘自傷情，（老旦）權把荆釵表寸心。

（末）着意種花花不發，（合）等閒插柳柳成陰。

玄雪譜

全名《新鐫繡像評點玄雪譜》。明鋤蘭忍人編選，媚花香史批評。明崇禎間刻本。共四卷。卷三收録《荆釵記》之《見母》一齣，輯録如下。

見母

【夜行船】一幅鸞箋飛報喜，垂白母料已知之。日漸過期，人何不至？心下轉添縈繫。

雁塔題名感聖恩，使鴻昨已寄佳音。思親目斷雲山外，縹緲鄉關多白雲。下官前日修書，附承局帶回，請取家小，同臨任所。一去許久，不見到來，使我常懷憂念。正是：雖無千丈線，萬里繫人心。

【前腔】（老旦上）死別生離辭故里，經歷盡萬種孤恓。（末）昨過村莊，今入城市，深感老天垂庇。

（老旦）這裏是那裏了？（末）京師地面了。（老旦）聞説京師錦繡邦，果然風景異他鄉。（末）紅樓翠

館笙歌沸，柳陌花街蘭麝香。（老旦）李舅，你訪得狀元行寓在何處？（末）小人一路打聽，行館就在四牌坊。老安人把孝頭梳藏了，慢慢的説也未遲。（老旦）這也説得有理。（末問介）牌子，這裏可是王狀元行館麽？（净上）這裏就是。（末）通報你老爺，家裏有人在此。（净）禀老爺：家裏有人在此。（生）着他進來！（末）老爺，李成磕頭！（生）起來。老安人、小姐來了？（末）來了。（老旦相見介。生背問末）小姐爲何不見？（末）後面來了。（生）母親請坐，孩兒拜見。一路風霜，久缺甘旨，恕孩兒不孝之罪！（老旦）兒，你在此一向好麽？（生）母親聽禀：

【刮鼓令】從别後到京，慮萱親當暮景。幸喜得今朝重會，娘，又縁何愁悶縈？李舅，莫不是我家荆，看承母親不志誠？（末）小姐且是盡心侍奉。（生）我娘分明説與伲兒聽，你媳婦呵，怎生不與共登程？

【前腔】（老旦）心中自三省，轉教人愁悶增。你媳婦多災多病，況親家兩鬢星，家務事要支撑，教他怎生離鄉背井？爲你饒州之任恐留停，兒，你岳丈先令人送我到京城。

（生）母親言語不明，李舅，你備細説與我知道。

【前腔】（末）當初待起程，（生）正要問你起程，小姐怎麽不來？（末）到臨期成畫餅。（生）母親，李舅説甚麽畫餅？（末背）若説起投江一事，恐唬得恩官心怕驚。（生）李舅，説甚麽驚字？（末）是有個經字，小姐呵！途路上少曾經，當不得許多高山峻嶺，餐風宿水怕勞形。（生）老安人也來

了，他到來不得？（末）便是小姐有些病體，老員外呵，因此上留住在家庭。

【前腔】（生）端詳那李成，語言中尤未明。母親把就裏分明説破，免孩兒疑慮生。（老旦背介。生）呀，母親因甚的變顔情，長吁短嘆珠淚零？（老旦袖出孝頭髻介。生）袖兒裏脱下孝頭繩，莫不是恁兒媳婦喪幽冥？

（生）母親，孝頭繩那裏來的？（老旦）我兒，千不是，萬不是，都是你不是！（生）母親，怎麽到是孩兒不是？（老旦）哇！還説你的是！當時承局書親附，拆開仔細從頭睹，道你狀元僉判任饒州。兒，你這句不該寫。（生）那一句？（老旦）休妻再贅万俟府。（生）母親，語句都差了。（老旦）語句雖差字跡同，岳翁見了心生怒。（生）岳母没有話説？（老旦）岳母即時起妒心，逼妻改嫁孫郎婦。（生）我妻從麽？（老旦）汝妻守節不相從，苦，這句難説了！（生悲介）母親，一發説了罷。（老旦）汝妻守節不相從，將身跳入江心渡。（生）呀！渾家爲我守節而亡，兀的不是痛殺我也！（跌倒介。老旦、末扶哭介）

【江兒水】（老旦）吓得我心驚怖，身戰簌，虚飄飄一似風中絮。争知你先赴黄泉路，我孤身流落知何處？不念我年華衰暮，風燭不定，死也不着一所墳墓。

【前腔】（生）一紙書親附，我那妻，指望同臨任所。是何人寫套書中句？改調潮陽應知去，迎頭先做河泊婦。指望百年完聚，半載夫妻，也算做春風一度。

【前腔】（末）狀元你休憂慮，且把情懷暫舒。夫妻聚散生前註，這離别只説離别苦，想姻緣不入姻緣簿。聽取一言伸覆：須信人生，萬事莫逃天數。

（老旦）孩兒，你且省愁煩。（生）孩兒只爲不就万俟丞相親事，却將我改調潮陽，害我身命，我肯辜負他？（老旦）孩兒，他既死了，無可奈何，且到任所，做些功果追薦他。（生）這個少不得如此。（末）小人告狀元，老安人起程之時，老員外曾分付小人：送老安人面會狀元，你就趕回來。如今禀狀元，小人告回。（生）李成，我身伴無人，同到任所，那時我修書與你去。（末）既如此，小人隨狀元去。

追想儀容轉痛悲，豈期中道兩分離？

夫妻本是同林鳥，大限來時各自飛。

（此折爲梨園赤幟久矣，然其詞語迂拙，不知何以哥名，想亦搬演者暫爲摸寫故耳！）

醉怡情

全名《新刻出像點板時尚崑腔雜出醉怡情》，八卷。明末青溪菰蘆釣叟點次。現存明崇禎刻本、清乾隆古吴致和堂重刻本。卷五收録《荆釵記》之《哭鞋》《見母》《祭江》《舟會》等四齣，據明崇禎刻本輯録如下。

哭鞋

【梧葉兒】（老旦）兒媳婦哭啼啼，昨夜三更出繡幃。今早起來没尋處，使我無把臂。一重愁番做兩重悲，使我淚偷垂。

天有不測風雲，人有□時禍福。我媳婦被逼嫁不從，哭了一夜，今早不知那裏去了？（末上）莫取非常樂，須防不測憂。老安人，不好了，小人到江邊訪問，見許多人説小姐投江死了。（老旦）怎麽曉得投江死了？（末）拾得繡鞋在此。（老旦）呀！果然是我媳婦的，兀的不痛殺我也！（倒介。末）啊呀！

老安人甦醒！（老旦）

【山坡羊】撇得我不尷不尬，撇得我無聊無賴。親家母呵，你一霎時認真，逼他去投江海，怎佈擺，禍從天上來。（末）老安人，你也該隄防他纔是。（老旦）成舅，你説那裏話來！他嫡親父母尚且不遮蓋，反將他諎老夫妻生打開。（合）哀哉！撲簌簌淚滿腮；傷懷，急煎煎痛怎捱！

（外、浄上）隔牆須有耳，窗外豈無人？（見老旦介）親家母爲何啼哭？（末）老員外，不好了，小姐投江死了。（浄）謝天地！（外）怎麽曉得？（老旦）見有繡鞋在此。（外）果然死了？（倒介。浄）老員外！（外）

【山坡羊】不念我年華高邁，不念我形衰力敗，不念我無人養老，不念我絶宗派。我想這椿事，不是别人。（打浄介）都是你老禍胎，受了孫家婚聘財，逼得他銜冤負屈投江海。親家母，老夫有塊地，指望令郎與小女把我老骨頭埋葬。不想令郎又贅居相府，小女又投江死了，我錢流行好命苦！閃得我有地無人築墓臺。（合前）

（浄）親母，閒話不必短説，撈魚不如摸鱉。令郎又贅在相府，小女投江死了。如今與你没相干了，冷廟裏的觀音，請出；　醃菜缸裏石頭，掇出。（外）老乞婆，我女兒屍骨未寒，你教親母那裏去？（浄）我曉得了，你兩個一向眉來眼去，省得我在這裏惹厭，我到出去了，讓你兩個做了一處如何！（外）老乞婆，什麽説話！老親母，你聽這老乞婆含血噴人。我想老親母在此也是冰炭不同的了，莫若到京尋見令

郎。不知意下若何？（老旦）老身正欲（中闕）人，怎生去得？（外）我着李成送親母去就是了。（浄）李（中闕）裏要使用的。（外）那個要你多嘴！（浄）就去。（老旦）老身（中闕）奠一番，以表姑媳之情。不識可否？（外）多承親母美（中闕）老安人前去。（末）曉得。（老旦）老身就此拜别！

【勝如花】辭親去，别淚零。（浄）自古道：迎新不如送舊。我也拜一拜。（外）那個要你拜！（浄）我就不拜！（老旦）豈料登山驀嶺？只因人遞簡傳書，反教娘離鄉背井，未知道何日歡慶？（合）愁只愁一程兩程，况未聞長亭短亭。暮止朝行，趲長途曲徑，休辭憚跋涉奔競，願身安早到京城。

【前腔】（外）我爲絶宗派，結好姻，指望一牢永定。誰知他又贅在侯門，今日番成畫餅，辜負了田園荒徑。（合前）

【哭相思】生離死别痛無加，路上行人莫嘆嗟。花正開時遭雨打，月正當頭被雲遮。

（外）李成一路小心伏侍。（老旦、末下。浄、外吊場。外）我那親兒呵！（浄）老官，不要哭哩！死的死了，活的還做人家。（外）一家好人家，都被你這老乞婆弄壞了。那王十朋雖是贅居相府，未審虚實。今日也逼孩兒改嫁，明日也逼孩兒改嫁。受不過淩辱，忿氣投江死了。（浄）關我甚事？（外）

【憶虎兒】我當初娶你，只望你生男育女。（浄）你頭未上床，脚先睡，你自没本事，與我什麼相干？（外）誰知道反逼我孩兒投江身死。寫狀經官呈告你。（浄）他自寧身死，告我什麼？（外）告你

不賢婦薄倖妻，若到官司，若到官司，打教你皮綻肉飛。

【前腔】（浄）老官，我當初嫁你，也是憑媒正娶，又不是背地偷情，强做夫妻。（外）好嘴臉！（浄）老官，相隨尚有徘徊之意，大限來時各自飛。免告官司，免告官司，和你團圓到底。

（外）不要閑講，快些出去！不要你在家中。（浄）叫我到那裏去？（外）你到親眷家去。（浄）親眷人家去不得。（外）怎麽去不得？（浄）我家裏有事，他大盤大盒送來；他家有事，我一些也没得送去，故此上不得門。（外）這樣到鄰舍人家去。（浄）去不得，這些鄰舍是我日常間十家鬧斷九家的，一發去不得。（外）也罷，這等到庵堂寺院去。（浄）庵堂寺院這些和尚道士惹得他的？（外）不要多説，快走！（浄）去是去，只是我去後，外面人要議論你。（外）議論我什麽？（浄）知道的説我不賢，逼勒女孩兒投江身死，趕得極是；不知道的只説錢貢元一個妻子養不活，趕了出來，可不被人談論？我去，老官，我去了。（暫下，復上聽外介。外）這老不賢到也説得是，知道的説是這老乞婆不賢；不知道的只説我錢流行一個妻子養不活，趕了出來。老乞婆，轉來！（浄）我的老心肝，在這裏。（外）你既要在家，依得我三件事纔留的。（浄）不要説三件，就是三百件，三千件，三萬件都依。但不知那三件？老官，你説來。（外）第一件，若有客人來，講話不許多嘴。（浄）你若説他不過，幫你一句兒。（外）走，走！（浄）不説，不説。（外）第二件，我喫飯不要陪。（浄）我自同皇帝喫。（外）那個皇帝？（浄）竈君皇帝。（外）第三件，李成不在，這個夜壺要你傾。（浄）尿鱉臭得緊，怎麽傾？（外）走，走！（浄）不臭，是噴鼻香的。

（外）叵耐無知老賤人，（淨）從今怎敢不依遵？
（外）收拾書房獨自睡，（淨）打點精神弄斷筋。

見母

【夜行船】（生）一幅鸞箋飛報喜，垂白母料已知之。日漸過期，人何不至？心下轉添縈繫。
鴈塔題名感聖恩，便鴻咋已寄佳音。思親目斷雲山外，縹緲鄉關多白雲。下官前日修書，附承局帶回，請取家小，同臨任所。一去許久，不見到來，徒使我常懷憂念。正是：雖無千丈線，萬里繫人心。
【前腔】（老旦）死別生離辭故里，經歷盡萬種孤恓。（末）昨過村莊，今入城市，深感老天周庇。
（老旦）成舅，這是那裏了？（末）這是京師地面了。（中闕）（生出跪介。老旦進介。生問介）小姐爲何不見？（末）就在後面來了。（生）快趲□上來。（進見老旦）母親請坐，待孩兒拜見。一路風霜，久缺甘旨，恕孩兒不孝之罪！（老旦）我兒，你在此一向好麽？（生）母親，聽孩兒告禀：
【刮鼓令】從別母到今，慮萱親當暮景。幸喜得今朝重會，又緣何愁悶縈？（起介）奇怪，母子相逢，合當喜忻，却爲何悶悶不樂？不免問李成，便知端的。李舅，老安人爲何悶悶不樂？（末）小人不知。（生）我曉得了，莫不是我家荆，看承我母親不志誠？（末）小姐在家盡心侍奉，不離左右的。

（生）小姐盡心侍奉，不離左右的。親娘呵，你分明説與俀兒聽，你那媳婦呵，怎生不與娘共登程？

【前腔】（老旦）心中自三省，轉教娘愁悶增。你媳婦多災多病，（生向末介）小姐有病麽？（末）正是有病就好了。（老旦）況親家兩鬢星，家務事要支撑，教他怎生離鄉背井？爲你饒州之任恐留停，你那岳丈呵，先令人送我到京城。

（生）母親言語不明，李舅，你把別後事，備細説與我知道。（末）老爺聽禀：

【前腔】當初待起程，（生）正要問你起程的事，小姐爲何不來？（末）到臨期成畫餅。（生）母親，李舅説甚麽畫餅？（末背唱）若説起投江一事，恐唬得恩官心戰驚。（生轉向末介）李舅，你説什麽驚？（末）小人不曾説什麽驚。（生）你明明説一個驚字。（末）有一個經字，俺小姐途路上少曾經，當不過許多高山峻嶺，餐風宿水怕勞形。俺老員外呵，因此上留住在家庭。

【前腔】（生）端詳那李成，語言中尤未明。李舅過來，我在家怎樣看待你，今日問你事情，怎麽把言語支吾我？親娘呵，把就裏分明説破，免孩兒疑慮生。（老旦苦介。生）呀，母親因甚的變顔情，[一]長吁短嘆珠淚淋？（老旦袖出孝髻介。生）袖兒裏脱下孝頭繩，莫不是俀兒媳婦喪幽冥？

（一）顔：原作『言』，據汲古閣刊本《繡刻荊釵記定本》改。

母親，這孝頭繩是那裏來的？（老旦）兒，千不是，萬不是，都是你不是！（生）怎麼到是孩兒不是？（老旦）哇！還要説！當初承局書説兩，拆開仔細從頭睹，道你狀元僉判在饒州。這一句就不該寫了。（生）是那句？（老旦）道：休妻再贅万俟府。（生）母親，這幾句都差了。（老旦）語句雖差字跡同，岳翁見了心生怒，岳母即時起妒心，逼妻改嫁孫郎婦。（生）你媳婦從也不從？（老旦）汝妻守節不相從。（末）老安人，這一句説不得了！（生）哇！胡説！母親，後來便怎麼？（老旦）將身跳入江心渡，你妻子爲你守節而死。（生）我妻爲我守節而亡，兀的不是痛殺我也！（倒介。末）狀元甦醒！（老旦）我的兒呵！

【江兒水】吓得我心驚怖，身戰簌，虚飄飄一似風中絮。我的兒怎知你先赴黄泉路，我孤身流落知何處？不念我年華衰暮，風燭不定，死也不着一所墳墓。

兒，甦醒！（生）我那妻呵！

【前腔】只爲一紙書親附，妻呵，指望同臨往任所。是何人寫套書中句？改調潮陽應知去，迎頭先做河伯婦。我那妻呵，只望百年完聚，半載夫妻，也算春風一度。

（末）小人有事稟上狀元，小人起程之時，老員外曾分付小人，送老安人見了狀元，即便回去。（生）李舅，你説那裏話！小姐雖死，難道我與你家就不是親了麼？我身伴無人，你送我到任所，修書打發你回去便了。（末）既如此，小人願隨狀元。（衆扮人役上介。末）列位是那裏來的？（衆）潮陽縣差人役迎接老爺。（生）今日黄道吉辰，就此起行。

【朝元歌】騰騰曉行，露濕衣襟冷；　徐徐晚行，月照遥天冥。只爲功名，遠離鄉井，渡水登山驀嶺，帶月披星，車塵馬足不暫停。（净扮巡檢帶弓兵上）三山巡檢帶領弓兵迎接老爺。（生看手本介）怎麽要這許多弓兵？（净）前面梅嶺猢猻太多，願老爺此去，指日封侯。（生）你是那個差來的？（净）是三府王爺差來的。（生）那王爺在此可好麽？（净）在此好的，爲官清正。（生）我路次不及修書，你回去多多拜上，我到任修書問候便了。（净）是。（生）山晴嵐障人形，西風吹鬢雲。（合）潮陽海城，到得後那時歡慶，那時歡慶。

祭江

【一枝花】（老旦）細雨霏霏時候，柳眉烟鎖常愁。（生）昨夜東風驀吹透，報導桃花逐水流。（合唱）新愁惹舊愁。

（老旦）極目家鄉遠，白雲天際頭。（生）五年離故里，灑淚濕征裘。告母親知道，孩兒夜來夢見媳婦，扯住孩兒衣袂，説：　十朋，只與你同憂，不與你同樂。覺來却是一夢。（老旦）敢是與你討祭？（末）祭禮完備多時了，請老安人主祭。（老旦）我那媳婦的兒呵！　非是兒夫負你情，只因奸相妒良姻。生前淑性甘貞潔，死後英魂脱世塵。餐玉饌，飲瑶樽，水晶宫裏伴仙人。待你兒夫任滿朝金闕，與你伸冤奏紫宸。

【新水令】（生）一從科第鳳鸞飛，被奸謀有書空寄。幸萱堂無禍危，痛蘭房受岑寂。捱不過淩逼，身沉在浪濤裏。

【步步嬌】（老旦）將往事今朝重提起，越惱得肝腸碎。清明祭掃時，省却愁煩，且自酬禮。李舅，看酒來。（生）母親，卑幼之喪，何勞費心？（老旦）須記得聖賢書，道『吾不與祭如不祭』。

（生）李成，看酒來。

【折桂令】爇沉檀香噴金猊，昭告靈魂，聽剖因伊。自從俺宴罷瑶池，宫袍寵錫，相府勒贅。俺只爲撇不下糟糠舊妻，苦推辭桃杏新室，致受磨折，將俺改調潮陽。妻，因此上耽誤了恁的佳期。

【江兒水】（老旦）聽説罷衷腸事只爲伊，却原來不從招贅生毒計。懊恨娘行忒薄義，淩逼你好没存濟。母子虔誠遥祭，望鑒微忱，早賜靈魂來至。

【雁兒落帶得勝令】（生）徒捧着淚盈盈一酒巵，空擺着香馥馥八珍味。慕音容，不見伊；訴衷曲，無回對。呀，俺這裏再拜自追思，重會面是何時？揾不住雙垂淚，舒不開兩道眉。先室，俺只爲套書信賊施計。賢妻，俺若是昧誠心，自有天鑒知。

【僥僥令】（老旦）這話分明訴與伊，須記得看書時。懊恨娘行忒薄劣，抛閃得兩分離在中路裏。

【收江南】(生)呀！早知道這般樣拆散呵，誰待要赴春闈？便做到腰金衣紫待如何？説來又恐外人知，端的是不如布衣！俺只索低聲啼哭自傷悲。

【園林好】(老旦)免愁煩回辭了奠儀，媳婦的兒，我欲待拜你一拜，只是你消受不起，罷！只得拜馮夷多加護持。早早向波心脱離，惟願取免沉溺，惟願取免沉溺。(末化紙，生奠酒介)

【沽美酒】(生)紙錢飄，蝴蝶飛；紙錢飄，蝴蝶飛；血淚染，杜鵑啼，睹物傷情越慘悽。靈魂您自知，俺不是負心的，負心的隨着燈滅。花謝有芳菲時節，月缺有團圓之夜。俺呵！徒然間早起晚寐，想伊念伊。妻，要相逢除非是夢兒裏再成姻契。(一)

【尾】(同唱)昏昏默默歸何處？哽哽咽咽常念你，願你直上嫦娥宮殿裏。

年年此日須當祭，歲歲今朝不可違。
天長地久有時盡，此恨年年無了期。

舟會

【卜算子】(小旦上)風便未開船，有事相留戀。(旦上)親遠久暌違，何日重相見？

(一) 裏：原作『離』，據汲古閣刊本《繡刻荆釵記定本》改。

（丑扮丫環隨上。小旦）叫水手，快請王太夫人上船。

【前腔】（老旦上，浄扮丫環隨上）有子作廉官，已遂平生願。（見介。小旦）王太夫人請。（老旦）老夫人請。（小旦）訊掃鷁舟，荷蒙寵過。（老旦）未攀魚駕，反辱先施。此位是何人？（小旦）是小女。（見介。旦背看介）王太夫人這般香車霞珮，我兒夫若在，我婆婆也是這般樣了。（坐介。小旦）太夫人高壽了？（老旦）天命年矣。（小旦）幾位令郎？（老旦）豚犬一人，見任此邦。（小旦）幾位令孫？（老旦）兒媳守節而亡，並無所出。老夫人高壽？（小旦）甲子一周。（老旦）幾位賢郎？（小旦）不幸絶嗣。（老旦）幾位令愛？（小旦）小女一人，正值新寡。丫環，看酒過來。（送酒介。坐介。小旦）太夫人請酒！（老旦）老夫人請酒！（旦）太夫人請酒！（老旦）小姐請酒！（苦介）

【園林好】（老旦）止不住盈盈淚瀼，瞥一見令人感傷。（旦）太夫人請酒！（老旦）小姐請酒！那裏有這般厮像？可惜你早先亡，若在此可頡頏。

【前腔】（旦）細把他儀容比方，細把他形藏酌量。（小旦）老夫人請酒。（老旦）老夫人請酒。（旦）細聽他言詞聲響，好一似我姑嫜，空教我熱衷腸。

【江兒水】（老旦）慢把前情想，聰明德性良。知人飢餒能供養，知人疼熱能調恙。指望你將吾骸骨扶歸葬，誰想伊行先喪？我這等年紀也不久了，若要相逢，早晚黄泉相傍。

【前腔】（旦）驀聽他言語，令人倍慘傷。看他愁容淚霰如奴樣。可惜我兒夫先死了，若是兒夫身不喪，我的婆婆呵，香車霞珮也恁榮安享。今日知他何向？隔着烟水雲山，兩處一般情況。

（小旦）太夫人，願聞其詳。

【五供養】（老旦）妾纔亂講，幾度令人俯首思量，欲言仍又忍。（小旦）太夫人就說也無妨。（老旦）妾噪恐相妨，我的衷腸，似箭射刀剜相様。見鞍思舊馬，睹物轉情傷。語句支離，不胜悚惶。

【前腔】（小旦）聞伊半晌，言語雖多未得其詳。勸伊休嘆息，何必細斟量？有事關心，便說何妨？吾兒在何處會，爲甚兩情傷？乞道真情，不須隱藏。

【玉交枝】（老旦）事皆已往，偶然間觸目感傷。見令愛玉質花容，只是言重，不敢啓齒。（小旦）太夫人但說何妨。（老旦）待老身先請一個罪兒方說。（向旦拜介）老夫人不要怪老身，說你令愛呵，似我孩兒已故妻房。（小旦）太夫人令子舍既死，我的孩兒雖像，如此痛苦，無補於事。（老旦）吾家兒媳守節亡，恩多義重難撇漾。老夫人，我媳婦雖是富家之女，他待貧姑雞鳴下堂，守貧夫勤勞織紡。

【前腔】（旦）聞言悒怏，太夫人，你媳婦如何喪亡？（老旦）爲孩兒名擅文場，寄家書禍起蕭

牆。（旦）書歸應是喜氣洋，如何喜得生災瘴？（老旦）恨只恨孫家富郎，苦只苦玉蓮夭亡。

【川撥棹】（旦）心何望，這殷勤禮怎當？太夫人姓和名乞道其詳，姓和名乞道其詳。（老旦）住温州吾家姓王。（旦）這等說起來，果是我婆婆了。（跪介）婆婆呵！（老旦）你果是我媳婦了！你緣何在此方？（旦）痛兒夫身殞亡。

【前腔】（老旦）你的兒夫現任此邦，你出言語何不良？（旦）我爹爹曾遣人到饒陽，曾遣人到饒陽，報兒夫身殞亡。（老旦）媳婦，你不知丈夫消息，他爲辭婚調遠方，爲賢能擢此邦。

【尾聲】幾年骨肉重相傍，（旦）痛只痛雙親在遠方。（老旦）你還不知，你的父母呵，在此宦邸相親已二霜。

（旦）元來我爹媽已在此了。（小旦）叫梅香傳報後邊船上知道，請老爺同王爺一同過船來。（丑傳介）

【四國朝】（外同生上）喜氣洋洋，不知爲何嚷嚷？

（老旦）孩兒，你妻子在此，可上前相見。（生見旦介）我那妻呵！

【哭相思】我只爲功名紙半張，閃得兩下萬般悽愴。

岳父母請上，待小婿拜謝。（見小旦、外拜揖。老旦）請問大人，不知在何處得見我兒媳？（外）太夫人，下官呵！

【大環着】那一日江道，那一日江道，得夢蹊蹺。神靈對吾曾報道，見佳人果然聲怨高。投水江心早，叫稍公救撈。問真情取覆言詞了。留爲義女，帶同臨任所福州道。（合）怎知今日夫妻子母，團圓再得重相好。腰金衣紫還鄉，大家齊歡笑，百歲永諧老。

萬錦嬌麗

全名《聽秋軒精選樂府萬錦嬌麗傳奇》。玉茗堂主人點輯。明末刻本。收録《荆釵記》之《荆釵納聘》《繡房議親》《母子相逢》《十朋祭江》等四齣，輯録如下。

荆釵納聘

【似娘兒】（外上）一女貌天然，緣分淺，親事遷延。願天早與人方便。絲蘿共結，蒹葭可倚，桑梓相聯。

男子生而願爲之有室，女子生而願爲之有家。老夫昨央將仕到王宅議親，不見回音。今來便知端的。（末扮許將仕上）伏託荆釵成好事，何須紅葉作良媒。昨蒙貢元託我往王家議親，不免回覆則個。（進介）有人麽？（外迎介）呀，將仕有勞。（□坐介）動問親事若何？（末）老夫初到王家，説起親事，王老安人再三推辭。後將尊言明説，纔得允從。（外）將何物爲聘？（末）聘物雖有，只是輕微，將不出。

（外）老夫有言在前，不拘輕重，只要成此姻事。（末）聘物在此，請收。（外喜介）好罕物！昔日漢梁鴻聘孟光荊釵，至今遺下。豈不是達古之家？老安人那裏？（淨上）姻緣本是前生定，曾向蟠桃會裏來。那個在此？（外）是將士公。（淨）不是來説我兒親事麽？（外）正是。（淨）李成，看茶來！（内應科，見介。淨）將士公，外日多謝厚禮，我説李成去請將士公來喫些壽麵，説你不在家；一缽頭麵，放了三日，把與狗喫了。（外）咳！這什麽説話？（淨）敢問將士公，説我女兒親事怎麽了？（末、外）親事已成了。（淨）既成了，幾時下盒子來？（外）就是今日。（淨）今日教我怎麽安排得酒與來人喫？（末）都是乾折，袖裏來，袖裏去。（淨科）看雞鵝污屎，壞了衣服。（末）不是這個乾折。（淨）小厮討天平來。（外）要天平做甚麽？（淨）要他兑銀子。（外）銀子希什麽罕？（淨）銀子不希罕，什麽希罕？（外）一股荊釵，只怕你不曉得。（淨）你拿來我看。難道我多少年紀，不曉得。（外遞釵。淨看科）這是什麽東西。聞又不香，拿在手又不重，待我磨他一磨。（作磨科。外慌奪介）呀！這是寶貝，擦不得的。（淨）人到禁擦，他到不禁擦。（外、末）是什麽説話？（淨）這木頭簪子，一分銀子買得十根，討得十個媳婦了。（外）不要多説。（淨）老許，你且説這東西何人置造，甚人遺下？

【柰子花】（末）論荊釵名本輕微，漢梁鴻已仗得妻。（淨）我曉得漢梁鴻仗他討了個老婆，如今又將來討我女兒，是二婚人了。（末）芳名至今留傳於世。老安人，休將他恁般輕視。聽啓，明説道表情而已。

【前腔】（淨）然雖是我女低微，他將我恁般輕覷。一城中豈無風流佳婿？老員外，偏只要嫁

着窮鬼。老許，你做媒氏，疾忙與我還他的財禮。

【前腔】（外）這財禮雖是輕微，爲何講是説非？婆子，你不曉得，那王秀才是個讀書之人，他一朝顯達，名登高第，那其間夫榮妻貴。這財禮呵，縱輕微，既來之且宜安之。

【前腔】（丑扮張姑娘上）富家郎央我爲媒，要娶我侄女爲妻。説開説合非通容易，也全憑虚心冷氣。匹配，端的是老娘爲最。

（作敲門、浄出開見科）姑娘那裏來？（丑）我在家裏來，特來與你女兒説親。（浄）不要説起，我老兒聽憑了那老許亡八，把女兒許與王什麽朋了。（丑）啊呀，莫不是王景春的兒子王十朋，娘兒兩個過活的麽？（浄）正是，正是。姑娘，不知他家當何如？（丑）嫂嫂，若説起他家當，其實□火，就是孤老院裏趕出跎子來，窮斷了他的脊筋。風掃地，月點燈。（浄）姑娘，如今你説的是誰家？（丑）我説的是孫半州孫百萬，名頭也有十七八個，金銀使秤稱，珠子使斗量。先將金釵一對，壓釵銀四十兩，教我送在此。交了年庚吉貼，就有禮物登門。（浄）如此只許他家罷。姑娘，只説我不曾見你進來，你就説退了王家，我就説嫁了孫家。（丑）正是。（浄）只是老許在裏面，不好説得。（丑）自古道：男不作媒，女不保債。若是老許搶我這媒做了，汗都弄他的出來。嫂嫂，你先進去。（浄）有理。（浄進介）老許還不去。（丑進見科）哥哥嫂嫂，此是那個，狗也不養出他來。我到人一般敬他，他到驢了眼看我，我到深深拜一拜，他到直了腰答人。（末）老人家曲不倒腰，只是這等。（丑、浄）老人家曲不倒腰，彭祖當年不唱

喏的？男有男行，女有女伴。請出去！（推末科）待我們説幾句家常話。（外扯科）妹子，這是什麽模樣！且坐了。（□作坐科。丑）哥哥，特來與我侄女説頭親事。（外）妹子來遲了，女兒許了王秀才，聘禮受了，就是王景春之子王十朋。（丑）不知那個老狗骨頭做的媒！（外）不要罵，就是將士公爲媒。（丑）那個王十朋？（外）他是個飽學秀才。（丑）弗喫飯個。（外）他有才，便稱叫飽學。（丑）嫂嫂，今日我走了是非窟裏來哉！我□説子，自古破人親，七代貧。我弗説哉！（净）你是儂個外頭人了？你弗話那個説？（丑）呵呀！嫂嫂，個個王家裏是弗個道地人家嘘！一主苦壘堆。（净）姑娘，渠去是那哩一個王了？（丑）啊呀，啊呀，有名個，藥材上去。（末）你不要認差了。（丑）我弗差，渠去祖上纔認得勾。那閑説，説個個小官人個阿爹叫做王芩，渠個阿爺叫子王著，黄連、黄柏，才是上代祖上，□弗是□一王道，是□大黄，行得通，打殺人，弗償命了，竟認子倒一王哉。個個男兒小時節有盖个渾名叫子苦参，有病個嘘！（外）他有什麽病？（丑）痞膨食積。（外、末）這是那裏説起？（丑）叫王食膨，飲食之食，肚膨之膨。（末）一發不是説話了！（丑）還有蓋個廣東人，來渠屋裏走動，叫子陳皮。認子表裏個一脈，熱撮撮，一刻呀少渠弗得。門前有個做豆腐個老老，叫做石膏，渾淘淘克和子騙别人。（外）這是他的生意，説他怎麽？（丑）阿哥，個頭親事阿曾茵陳賴？（外）我已許下了。（丑）阿呀，蓋脈你真正是個木瓜，乞渠飲片哉！我裏囡兒是牡丹皮、白芍藥、玉從蓉，那了嫁蓋個良良姜姜個浪蕩子！更兼是風藤。（净）姑娘，儂個風藤？（丑）拿别人個桔梗弄硬子，搭渠白芷哉呀！（净）阿呀！俗搭搭裏介。（丑）荆芥弗好看，屋裏枸杞個能介多詞人，再有那尋介弗黄道來去。（净）纔是儂

人？（丑）叫郁李仁、瓜蔞仁，還有薏苡仁，專要喫醋介個酸棗仁，還有幾個老男兒，逗進逗出。（浄）固多個是偖人？（丑）胡麻子搭子草麻子、車前子、蛇來子，還有個弗圖人身介個大瘋子，纔是搭渠有分個嚧！特地相交介個使君子，搭渠拐帶子紅娘子，逃走到常山，乞個兵郎，拿個玄胡索，一捉捉得來，送到官裏，打個僵蠶，能要川山甲起未，虧渠山奈了，獨活得來去。看渠去竈前頭，有介一根甘草、木賊、柴胡草果了，娘兒兩個咽子個冷飯團，登拉去苦瓜蔞上。個個老阿媽，頭上從弗曾見渠帶個金銀花；個個男兒，上身一件青皮，下身一條破褲子，雙花郎纔露出在外頭，即剩得五斗瞿麥，貝母個天花粉，搭來過得半夏，還有偖馬屁孛在屋裏！弗是我嘆苦，渠說並查煎煎，弗止勾七八分，要討偖個青娘子！（末）張媽媽，你說的話不在經脈上。（丑）許伯伯，那了弗在經脈上？我是極把細個，件件是把實渠個。弗是在我裏阿哥面前滲松香，許伯伯，你有階沿草，我有麥門冬，我有偖弗是處，你竟說弗要眼睛去去殺。阿得喫子木鱉子個能？（末、外）這是那裏來的一篇俗話？（浄）姑娘，你說的是那一家，說出來量一量，該嫁那家，就是那家。（丑）我說的是温州城裏第一個財主，有名孫半州。依我退了王家，嫁那孫家罷。（外）你不曉得，就是那孫汝權，極奸詐。我也配他不來，還了他聘禮。（浄）這等人家不嫁他！正該退了王家，許那孫家。（外）你那婆子曉得什麽！一家女子百家求，求了一家便罷休。（丑）只有一家來求，得爿在屋上丢磚頭，一丢丢出來，正打着子你個老賊頭。（打末頭科。外怒科）咳！這是什麽規矩！

【駐馬聽】（外）巧語花言，竟不顧男女婚姻當遴選，此子材堪梁棟，貌比璠璵，學有淵源。我

孩兒非比孟光賢，那書生亦遂梁鴻願。這親事也由我不得，也由你不得。（合）萬事由天，一朝契合，做了百年姻眷。

【前腔】（丑）四遠名傳，那個不識孫汝權？貌比潘岳，富比石崇，德並顏淵。輕裘肥馬錦駝鞍，重裀列鼎珍羞饌。（合前）

（外）今日未可便相從，（浄）須信豪家意頗濃。

（末）有緣千里能相會，（丑）無緣對面不相逢。

（末先下。外、浄、丑吊場。外）怎成得人家？一個客在此，也没茶水，到有許多不賢之處！（浄科）還不跪？（丑）哥哥，跪了，嫂嫂。（外）妹子，一家好人家，通是你攪壞了，我也做不得主。我兒在繡房中，你將兩家聘禮問兒女。願嫁金釵，就是孫家；願嫁荆釵，就是王家。（浄、丑）正是。（外）只説王家是詩禮之家，那孫家一味村濁。（浄）再説一個大巴掌。（外）罷，罷，我再不管了。（先下。丑笑科）世間無難事，只怕歪絲纏。一個老官人被你一纏，就纏軟了。玉蓮就比我小時節，只要有得喫，有得着。這等人家不嫁，難道倒要嫁窮鬼？好計，好計！（浄）姑娘，正是：計就月中擒玉兔，（丑）嫂嫂，謀成日裏捉金烏。（俱下）

繡房議親

【戀芳春】（旦扮錢玉蓮上）寶篆香消，繡窗日永，又還節近朱明。暗裏時更月换，老逼椿庭，

惟願雙親福壽康寧。

鏡中常自嘆嬋娟，生長閨門二八年。惟喜椿庭身在室，何堪萱室魄歸天？工容德，(一)悉兼全，玉質無瑕賽月圓。春去秋來多少事，金蓮那肯出房前？奴家在父母眼前侍奉早膳已畢，且向繡房做些針指。

【一江風】(旦)繡房中，裊裊香烟噴，剪剪輕風送。但晨昏問寢高堂，須把椿萱奉。忙梳早整容，忙梳早整容，惟勤針指功，怕窗外花影日移動。

【前腔】(内□鴉鳴介。旦)聽鵲鴉，噪得我心驚怕，有甚吉凶話？念奴家不出閨門，莫把情懷掛。依然繡幾朵花，依然繡幾朵花，天生怎比他？再繡出幾朵薔薇架。

【青哥兒】(丑上)豪門議親，哥哥嫂嫂已許諧秦晉。未審玉蓮肯從順，且向繡房詢問。

(敲門科)開門，開門。(旦)是誰？(丑)是你姑娘。(旦見介)姑娘萬福！(丑)咳，這就不是了，怎麽攔門拜？詩禮人家，只像小家子出身，好歹等姑娘坐定了拜纔是。(旦)多謝姑娘指教。(丑)這纔是我兒□□。(旦)姑娘，告坐了。(丑)你在這裏做什麽？(旦)繡枕方。(丑看科)這是什麽花？(旦)並頭蓮。(丑)這是做親的意思了。(旦)姑娘休要取笑。(丑)下面是鴨、是鵝、哺雞？(旦)是鴛鴦。(丑)鴛鴦嘴長了七八針。我兒，你既是終日做針指，鞋子也不做一雙與姑娘看看。(旦)這個當得，只

(一) 容：原闕，據《新刻原本王狀元荆釵記》補。

是没有様子。(丑)要什麽様子，只比你爹爹的略長半寸就是了。(旦)曉得。(丑科)這是什麽書？(旦)是《烈女傳》。(丑)書且放過一邊，我與你説正經。我兒，我特來與你説一頭親事。(旦)莫非爹爹許那王。(丑)啊呀，丫頭家虧你不識羞，不出閨門的女兒，曉得什麽王、白！(旦作背羞科。丑)好歹等做姑娘的説出來。前日你爹爹把你許了王家，你母親見他汗也窮出來，不捨得你去吞飢忍餓，如今將你許了一個孫百萬，又叫孫半州。他是温州城裏第一個財主，我兒若嫁了他，不要説你自家受用，帶挈做姑娘的也好。(出聘禮科)這是孫家的聘禮，這是王家的聘禮。(旦)姑娘，那孫家乃豪富之家，玉蓮家寒貌醜，不敢從命。(丑)我兒，休得推阻，聽我道：

【古梁州】(丑)他家私迭等，良田萬頃，富豪聲振甌城。他却不曾婚娶，專挽我來相聘。(旦)他恁的錢物隆盛，愧我家寒自料難厮稱。(丑)這段姻緣料想是前生定，入境緣何不順情？休得要恁執性。

【前腔】他有雕鞍金凳，重裀列鼎，肯娶奴裙布荊釵？我須房奩不整，反被那人相輕。(丑)雖則是你房奩不整，他見你恭容，自然相欽敬。(旦)嚴父將奴先許書生，君子一言怎變更？實不敢奉尊命。

【前腔】(丑)見哥嫂俱已應承，問侄女緣何不肯？恁堅執，莫不是行濁言清。(旦唱)枉了將奴淩併，便刎下頭來，斷然不依聽。(丑)論我作伐，宅第盡聞名。十處説親九處成，誰似你

假惺惺！

【前腔】（旦）做媒的，（丑怒科）做媒的便怎麽？做媒的不是做賊的。（旦）呀，姑娘，假如是這等説，做媒的個個誇能，也多有言不相應，信着你都被誤了終身。（丑）你那合窮合苦没福分丫頭强厮挺，令人怒憎。（旦）出語傷人，你好不三省，榮枯事總由命。

【尾聲】（丑）這段姻緣非斷逞，少甚麽花紅送迎？（旦）誰想番成作畫餅？

（旦）姻緣自是不和同，（丑）無分榮華合受窮。

（旦）雪裏紅梅甘冷淡，（合）羞隨紅葉嫁東風。

母子相逢

【夜行船】（生冠帶、雜左右隨上）一幅鸞箋飛報喜，垂白母料已知之。日漸過期，人何不至？心下轉添縈繫。

雁塔題名感聖恩，便鴻昨已寄佳音。思親目斷雲山外，縹緲鄉關多白雲。下官前日修書，附承局帶回，請取家小，同臨任所。一去許久，不見到來，使我常懷憂念。正是：雖無千丈線，萬里繫人心。

【前腔】（老旦）死别生離辭故里，經歷盡萬種孤恓。（末）昨過村莊，今入城市，深感老天垂庇。

（老旦）這裏是那裏了？（末）京師地面了。（老旦）聞説京師錦繡邦，果然風景異他鄉。（末）紅樓翠館笙歌沸，柳陌花街蘭射香。（老旦）李舅，你曉得狀元行寓在何處？（末）小人一路打聽，行館就在四牌坊。老安人把孝頭繩藏了，(一)漫漫説也未遲。（老旦）這也説得有理。（末）牌子，這裏可是王狀元行館麼？（雜）這裏就是。（末）煩你通報一聲，家裏有人在此。（雜）少待。（進禀介）禀老爺，家裏有人在外。（生）着他進來！（末進介）李成磕頭。（生）起來。老夫人、小姐來了麼？（末）來了。（生出迎介、生背問末介）小姐爲何不見？（末）後面來了。（生）母親請坐，孩兒拜見。（拜介）一路風霜，久缺甘旨，恕孩兒不孝之罪。（老旦）兒，你在此一向好麼？（生）母親聽禀：

【刮鼓令】（生）從别後到京，慮萱親當暮景。幸喜得今朝重會，娘，又緣何愁悶縈？李舅，莫不是我家荆，看承母親不志誠？（末）小姐且是盡心侍奉。（生）我那娘，分明説與伲兒聽，你媳婦呵，怎生不與共登程？

【前腔】（老旦）心中自三省，轉教人愁悶增。你媳婦多災多病，況親家兩鬢星，家務事要支撑，教他怎生離鄉背井？爲你饒州之任恐留停，兒，你岳丈先令人送我到京城。

（生）母親言語不明，李舅，你備細説與我知道。

(一) 繩：原作『梳』，據文義改。下同改。

【前腔】（末）當初待起程，（生）正要問你起程，小姐怎麽不來？（末）到臨期成畫餅。（生）母親，李舅説甚麽畫餅？（末背低唱科）若説起投江一事，恐唬得恩官心戰驚。（生）李舅，説甚麽驚字？（末）是有個經字，小姐呵！途路上少曾經，當不得許多高山峻嶺，餐風宿水怕勞神。（生）老夫人也來了，他到來不得？（末）便是小姐有些病體，老員外呵，因此上留住在家庭。

【前腔】（生）哇！端詳那李成，語言中猶未明。我那娘，把就兒裏分明説破，免孩兒疑慮生。（老旦背悲介。生）母親因甚的變顔情，長吁短嘆珠淚零？（老旦袖出孝頭繩介。生）袖兒裏灑孝頭繩，莫不是恁兒媳婦喪幽冥？

（生驚科）我的娘，孝梳繩那裏來的？（老旦悲科）兒！千不是萬不是，都是你不是！（生）娘，怎麽到是兒不是？（老旦怒科）哇！還説你的是！當初承局書親附，拆開仔細從頭覷，道你狀元僉判任饒州。兒，這下一句不該寫。（生）那一句？（老旦）休妻再贅万俟府。（生）呀！母親，語句都差了。（老旦）語句雖差字跡同，岳翁見了心生怒。（生）岳母没有話説麽？（老旦）岳母即時起妒心，逼妻改嫁孫郎婦。（生）我妻可從麽？（老旦）汝妻守節不相從，苦，這一句難説了！（哭介。生）娘，一發説了罷。（老旦）將身跳入江心渡。（生）呀！我妻爲我守節而亡，兀的不是痛殺我也！（跌倒介。老旦、末慌叫介）

【江兒水】（老旦）吓得我心驚怖，身戰簌，虛飄飄一似風中絮。爭知你先赴黄泉路，我孤身流落知何處？不念我年華衰暮，風燭不定，死也不着一所墳墓。

【前腔】（生醒悲介）一紙書親附，我那妻，指望同臨任所。是何人寫套書中句？改調潮陽應知去，迎頭先做河伯婦。指望百年完聚，半載夫妻，也算做春風一度。

【前腔】（末）狀元休憂慮，且把情懷暫舒。夫妻聚散前生註，這離别只説離别苦，想姻緣不入姻緣簿。聽取一言伸覆：須信人生，萬事莫逃天數。

（老旦）孩兒，你且省愁煩。（生）孩兒只爲不就万俟丞相親事，將我改調潮陽，害我性命，我怎肯辜負他？（老旦）他已死了，無可奈何，且到任所，做些功果追薦他罷。（生）這個少不得如此。（末）告狀元，前日老安人起程之時，老員外曾分付小人，送到了老安人即便回來。如今稟過狀元，小人告回。

（生）李舅，我身伴無人，同到了任所，那時我修書與你回去。（末）既如此，小人願相隨狀元前去。

（老旦）追想儀容轉痛悲，（生）豈期中道兩分離？

（末）夫妻本是同林鳥，（合）大限來時各自飛。

十朋祭江

【一枝花】（老旦）細雨霏霏時候，柳眉烟鎖常愁。（生）昨夜東風驀吹透，報導桃花逐水流。

（合）新愁惹舊愁。

（老旦）極目家鄉遠，白雲天際頭。（生）五年離故里，灑淚濕征裘。告母親知道，孩兒夜來夢見媳婦扯

住孩兒衣袂，説道：十朋，只與你同憂，不與你同樂。覺來却是一夢。今日備此祭禮，欲往江邊一祭，特稟母親知道。（老旦）正該如此，我與你同去。（行介。生）此間已是江邊。左右的，祭禮完備了麽？（末）祭禮擺列已完，請太夫人主祭。（老旦）我那兒，非是兒夫負你情，只因奸相妒良姻。生前淑性甘貞潔，死後英魂□世□。餐玉饌，飲瑶樽，水晶宫裏伴仙人。你兒夫任滿朝金闕，與汝伸冤奏紫宸。

【新水令】（生）一從科第鳳鸞飛，被奸謀有書空寄。幸萱堂無禍危，痛蘭房受岑寂。捱不過淩逼，身沉在浪濤裏。

【步步嬌】（老旦）將往事今朝重提起，越惱得肝腸碎。清明祭掃時，省却愁煩，且自酬禮。看酒來！（生）媳婦何勞母親遞酒？（老旦）須記得聖賢書，道『吾不與祭如不祭』。

（生）看香來！（拈香科）

【折桂令】（生）爇沉檀香噴金猊，昭告靈魂，聽剖因伊。自從俺宴罷瑶池，宫袍寵賜，相府勒贅。俺只爲撇不下糟糠舊妻，苦推辭桃杏新室，致受磨折，改調俺在潮陽，因此上耽誤了恁的歸期。

【江兒水】（老旦）聽説罷衷腸事只爲伊，却元來不從招贅生奸計。惱恨娘行忒薄意，淩逼得作好没存濟。母子虔誠遥祭，望鑒微忱，早賜靈魂來至。

【雁兒落】（生）徒捧着淚溶溶一酒卮，空擺着香馥馥八珍味。慕儀容，不見伊；訴衷曲，無

回對。俺這裏再拜自追思，重會面是何時？揾不住雙垂淚，舒不開咱兩道眉。先室，都只爲套書的賊施計。賢也麽妻，俺若是昧誠心，自有天鑒知。

【僥僥令】（老旦）這話分明訴與伊，須記得看書時。懊恨娘行生惡意，抛閃得兩分離在中路裏，兩分離在中路裏。

【收江南】（生）呀！早知道這般樣拆散呵，誰待要赴春闈？便做到腰金衣紫待何如？説來尤恐外人知，端的是不如布衣，到不如布衣！只落得低聲啼哭自傷悲。

【園林好】（老旦）免愁煩回辭了奠儀，拜馮夷多加護持。早早向波心中脱離，惟願取免沉溺，惟願取免沉溺。（馮音平）

（生奠酒，末化紙介）

【沽美酒】（生）紙錢飄，蝴蝶飛；紙錢飄，蝴蝶飛。血淚染，杜鵑啼，只爲睹物傷情越慘悽。靈魂兒恁自知，俺不是負心的，負心的隨着燈滅。花謝有芳菲時節，月缺有團圓之夜。我呵！徒然間早起晚宿，想伊念伊。妻，要相逢除非是夢兒裏再成姻契。

【尾聲】昏昏默默歸何處？哽哽咽咽思念你，我那妻呵，願你直上嫦娥宫殿裏。

（老旦）年年此日須當祭，（生）歲歲今朝不可違。

（合）天長地久有時盡，此恨綿綿無絶期。

歌林拾翠

全名《新鐫樂府清音歌林拾翠》。明無名氏編選，現存清金陵奎壁齋刻本、寶聖樓刻本、大有堂刻本等。分一集、二集，共兩集。一集收録《荆釵記》之《哭鞋憶媳》《十朋見母》《祭江奠妻》《舟中相會》等四齣，據寶聖樓刻本輯録如下。

哭鞋憶媳

【梧葉兒】（老旦）兒媳婦哭啼啼，昨夜三更出繡幃。〔一〕今早起來没尋處，使我無把臂。一重愁番做兩重悲，使我淚偷垂。

天有不測風雲，人有旦時禍福。我媳婦被逼改嫁不從，哭了一夜，今早不知那裏去了？（末上）莫取非

〔一〕幃：原作『緯』，據汲古閣刊本《繡刻荆釵記定本》改。

常樂，須防不測憂。老安人，不好了，小人到江邊去訪問，見許多人説小姐投江死了，拾得繡鞋在此。(一)(老旦)呀！果然是我媳婦的，兀的不痛殺我也！(倒介。末)啊呀！不好了！老安人甦醒！

【山坡羊】(老旦)撇得我不尷不尬，閃得我無聊無賴。親家母呵，你一霎時認真，逼他去投江海，怎佈擺？禍從天上來。(末)老安人，你也該隄防他纔是。(老旦)成舅，你説那裏話來！他嫡親父母尚且不遮蓋，反將他諧老夫妻生打開。(合)哀哉！撲簌簌淚滿腮。傷懷，急煎煎痛怎捱！

(外、浄上)隔牆須有耳，窗外豈無人？(見老旦介)親家母爲何啼哭？(末)老員外，不好了，小姐投江死了。(浄)謝天謝地！(外)怎麼曉得？(末)見有繡鞋在此。(外)果然死了？(倒介。浄)老員外！

【前腔】(外)不念我年華高邁，不念我形衰力敗，不念我無人養老，不念我絶宗枝派。我想這椿事，不是别人，(打浄介)都是你老禍胎，受了孫家婚聘財，逼得他啣冤負屈投江海。親家母，老夫有塊地，指望令郎與小女把我老骨頭埋葬。不想令郎又贅居相府，小女又投江死了，我錢流行好命苦！閃得我有地無人築墓臺。(合前)

(一)『拾』上原衍一『末』字，删。

（浄）親母，閒話不必短説，撈魚莫如摸鱉。令郎又贅在相府，小女投江死了。如今與你没相干了，冷廟裏觀音，請出；醃菜缸裏石頭，掇出。（外）老乞婆，我女兒屍骨未寒，你教親母那裏去？（浄）我曉得了，你兩個一向眉來眼去，省得我在這裏惹厭，我到出去了，讓你兩個做了一處如何。（外）老乞婆，什麼説話！老親母，你聽這老乞婆含血噴人。我想老親母在此也是冰炭不相同的了，莫若到京尋見令郎。不知意下若何？（老旦）老身正欲如此。奈身畔無人，怎生去得？（外）我着李成送親母去就是了。（浄）李成是去不得，家裏要使用的。（外）那個要你多嘴！（浄）就去。（老旦）老身就往江邊祭奠一番，以表婦姑之情。不識可否？（外）多承親母美意。李成可備祭禮，同老安人前去。（末）曉得。

（老旦）老身拜别！

【勝如花】辭親去，别淚零。（浄）自古道：迎新不如送舊。我也拜一拜。（外）那個要你拜！（浄）就不拜。（老旦）豈料登山驀嶺？只因人遞簡傳書，反教娘離鄉背井，未知道何日歡慶？（合）愁只愁一程兩程，況未聞長亭短亭。暮止朝行，趲長途曲徑，休辭憚跋涉奔競，願身安早到京城。

【前腔】（外）我爲絶宗派，結好姻，指望一牢永定。誰知他又贅在侯門，今日番成畫餅，辜負了田園荒徑。（合前）

【哭相思】生離死别痛無加，路上行人莫嘆嗟。花開時遭雨打，月當明處被雲遮。

（外）李成一路上小心服侍。（老旦、末下。浄、外吊場。外）我那親兒呵！（浄）老官，不要哭哩！死的死了，活的還做人家。（外）一個好人家，都被你這老乞婆弄壞了。那王十朋雖是贅居相府，未審虛實。今日也逼孩兒改嫁，明日也逼孩兒改嫁。受不過淩辱，忿氣投江死了。（浄）關我甚事？

【憶虎兒】（外）我當初娶你，指望生男育女。（浄）你頭未上床，脚先睡，自没本事，與我什麼相干？（外）誰知道返逼我孩兒投江身死。老潑婦，今日也與我孩兒嚷亂，明日也與我孩兒嚷亂，逼勒我孩兒投江身死。寫狀經官呈告伊。（浄）他自家身死，告我什麼？（外）告你不賢婦薄倖妻。若到官司，若到官司，打教你皮綻肉飛。

【前腔】（浄）老官，我當初嫁你，也是憑媒正娶，又不是背地偷情，結做夫妻。（外）好嘴臉！（浄）老官，相隨尚有徘徊之意，大限來時各自飛。免告官司，免告官司，和你團圓到底。

（外）不要閑講，快些出去！不要你在家裏。（浄）叫我到那裏去？（外）你到親眷家去。（浄）親眷人家去不得。（外）怎麽去不得？（浄）我家裏有事，他大盤大盒送來；他家有事，我一些也没得送去，故此出不得門。（外）這樣到鄰舍人家去。（浄）去不得，這些鄰舍是我日常間十家鬧斷九家的，一發去不得。（外）也罷，這等到庵堂寺院去。（浄）庵堂寺院這些和尚道士惹得他的？（外）不要多説，快走！（浄）去是去，只是我去後，外面人要議論你。（外）議論我什麽？（浄）知道的説我不賢，逼勒女孩兒投江身死，趕得極是；不知道的只説道錢貢元一個妻子養不活，趕了出來，可不被人談論？我

去，老官，我去了。（暂下，復上聽外介。外）這老不賢到也説得有理，知道的説是這老乞婆不賢；不知道的只説我錢流行一個妻子養不活，趕了出來。老乞婆，轉來！（浄）我的老心肝，在這裏。（外）你既要在家，依得我三件事纔留你。（浄）不要説三件，就是三百件，三千件，三萬件都依。但不知那三件？老官，你説來。（外）第一件，若有客人來，講話不許多嘴。（浄）你若説他不過，幫你一句兒。（外）走，走！（浄）不説，不説。（外）第二件，我喫飯不要你陪。（浄）我自同皇帝喫。（外）那個皇帝？（浄）竈君皇帝。（外）第三件，李成不在，這夜壺要你傾。（浄）尿鱉臭得緊，怎麽傾？（外）走，走！（浄）不臭，不臭，是噴鼻香的。

（外）叵耐無知老賤人，（浄）從今怎敢不依遵？

（外）收拾書房獨自睡，（浄）打點精神弄斷筋。

十朋見母

【夜行船】（生）一幅鸞箋飛報喜，垂白母料已知之。日漸過期，人何不至？心下轉添縈繫。雁塔題名感聖恩，便鴻昨已寄佳音。思親目斷雲山外，縹緲鄉關多白雲。下官前日修書，附承局帶回，請取家小，同臨任所。一去許久，不見到來，使我常懷憂念。正是：雖無千丈線，萬里繫人心。

【前腔】（老旦）死别生離辭故里，經歷盡萬種孤恓。（末）昨過村莊，今入城市，深感老天

周庇。

（老旦）成舅，這是那裏了？（末）這是京師地面了。（老旦）聞説京師錦繡邦，果然風景異他鄉。（末）紅樓翠館笙歌沸，柳陌花街蘭麝香。（老旦）成舅，你曉得狀元行寓在何處？（末）小人一路打聽，行館就在四牌坊下。老安人你把孝頭繩藏過了，慢説也未遲。（老旦）這是説得有理。（末見小軍介）請了，動問一聲，這裏可是王狀元行館麽？（小軍）這裏就是。（末）煩你通報一聲，家眷到了。（小軍）少待。（進見生介）啓老爺：家眷到了。（生）家眷到了，先着來人進見。（小軍出介）先着來人進見。（末進見生介）李成叩頭！（生）成舅起來，老安人小姐都到了麽？（末）到了。（生）分付開了中門。（生出跪介。老旦進介。生）成舅，小姐爲何不見？（末）就在後面來了。（生）快趲轎上來。（進見老旦）母親請坐，孩兒拜見。一路風霜，久缺甘旨，恕孩兒不孝之罪。（老旦）我兒，你在此一向好麽？（生）母親聽禀：

【刮鼓令】從别母到京，慮萱親當暮景。幸喜得今朝重會，又緣何愁悶縈？（起介）奇怪，母子相逢，合當歡悦，爲何悶悶不樂？不免問李成，便知端的。成舅，老安人爲何悶悶不樂？（末）小人不知。（生）我曉得了，莫不是我家荆，看承我母親不志誠？（末）小姐在家盡心侍奉，不離左右的。（生）小姐盡心侍奉，不離左右的。親娘呵，分明説與伲兒聽，你那媳婦呵，怎生不與娘共登程？

【前腔】（老旦）心中自三思，轉教娘愁悶增。你媳婦多災多病，（生向末介）小姐有病麽？（末）

正是有病就好了。（老旦）況親家兩鬢星，家務事要支撐，教人怎生離鄉背井？爲你饒州之任恐留停，你那岳父呵，先令人送我到京城。

（生）母親言語不明，李舅，你把別後事情，備細説與我知道。（末）老爺聽禀：

【前腔】當初待起程，（生）正要問你起程的事，小姐爲何不來？（末）到臨期成畫餅。（生）母親，李舅説甚麼畫餅？（末背唱）若説起投江一事，恐吓得恩官心戰驚。（生轉向末介）李舅，你説甚麼驚？（末）小人不曾説什麼驚。（生）你明明説一個驚字。（末）有一個經字，俺小姐途路上少曾經，當不得許多高山峻嶺。餐風宿水怕勞形，俺老員外呵，因此上留住在家庭。

【前腔】（生）端詳那李成，語言中尤未明。李舅過來，我在家怎樣看待你，今日問你事情，怎麼把言語支吾我？親娘呵，把就裏分明説破，免孩兒疑慮生。（老旦苦介。生）母親因甚的變顔情，（一）長吁短嘆珠淚零？（老旦袖出孝髻介。生）袖兒裏脱下孝頭繩，莫不是恁兒媳婦喪幽冥？母親，這孝頭繩是那裏來的？（老旦）兒，千不是，萬不是，都是你不是！（生）怎麼到是孩兒不是？（老旦）哇！還要説！當初承局書親附，拆開仔細從頭睹，道你狀元僉判在饒州。這一句就不該寫了。（生）是那句？（老旦）道：休妻再贅万俟府。（生）母親，這語句都差了。（老旦）語句雖差字跡

（一）顔：原作『言』，據汲古閣刊本《繡刻荆釵記定本》改。

同，岳翁見了心生怒，岳母即時起妒心，逼妻改嫁孫郎婦。（生）你媳婦從也不從？（老旦）汝妻守節不相從。（末）老安人，這一句説不得了！（生）哇！胡説！母親，後來便怎麽？（老旦）將身跳入江心渡。你妻子爲你守節而死。（生）我妻子爲我守節而亡，兀的不是痛殺我也！（倒介。末）狀元甦醒！（老旦）我的兒！

【江兒水】吓得我心驚怖，身戰簌，虚飄飄一似風中絮。我的兒，争知你先赴黄泉路，我孤身流落知何處？不念我年華衰暮，風燭不定，死也不着一所墳墓。兒，甦醒！（生）我那妻呵！

【前腔】只爲一紙書親附，妻呵，指望同臨往任所。是何人寫套書中句？改調潮陽應知去，迎頭先做河泊婦。我那妻呵，指望百年完聚，半載夫妻，也算做春風一度。〔一〕

（末）小人有事禀上狀元，小人起程之時，老員外曾分付小人：送老安人見了狀元，即便回去。（生）李舅，你説那裏話！小姐雖死，難道我與你家就不是親了麽？我身伴無人，你送我到任所，修書打發你回去便了。（末）既如此，小人願隨狀元。（衆扮人役上介。末）列位是那裏來的？（衆）潮陽縣差人役迎接老爺。（生）今日黄道吉辰，分付就此起行。

〔一〕度：原作『面』，據汲古閣刊本《繡刻荆釵記定本》改。

【朝元歌】騰騰曉行，露濕衣襟冷；徐徐晚行，月照遥天暝。只爲功名，遠離鄉背井，渡水登山驀嶺，帶月披星，車塵馬足不暫停。（生看手本介）怎麼要這許多弓兵？（净扮巡檢帶弓兵上）三山巡檢帶領弓兵迎接老爺。（净）前面梅嶺猢猻太多，願老爺此去，指日封侯。（生）你是那個差來的？（净）是三府王爺差來的。（生）那王爺在此可好麼？（净）在此好的，爲官清正。（生）我路吹不及修書，你回去多多拜上，我到任修書問候便了。（净）是。（生）晴嵐障人形，西風吹鬢雲。（合）潮陽海城，到得後那時歡，那時歡慶。

祭江奠妻

【一枝花】（老旦）細雨霏霏時候，柳眉烟鎖常愁。（生）昨夜東風驀吹透，報道桃花逐水流。（合唱）新愁惹舊愁。

（老旦）極目家鄉遠，白雲天際頭。（生）五年離故里，灑淚濕征裘。告母親知道，孩兒夜來夢見你媳婦，扯住孩兒衣袂，説：十朋，只與你同憂，不與你同樂。覺來却是一夢。（老旦）敢是與你討祭？（末）祭禮完備多時了，請老夫人主祭。（老旦）(一)我那媳婦的兒呵！非是兒夫負你情，只因奸相妒良姻。

(一) 老：原作『末』，據文義改。

生前淑性甘貞潔，死後英魂脱世塵。餐玉饌，飲瑶樽，水晶宮裏做仙人。你兒夫任滿朝金闕，與汝伸冤奏紫宸。

【新水令】（生）一從科第鳳鸞飛，被奸謀有書空寄。幸萱堂無禍危，痛蘭房受岑寂。捱不過淩逼，身沉在浪濤裏。

【步步嬌】（老旦）將往事今朝重提起，越惱得肝腸碎。清明拜掃時，省却愁煩，且自酬禮。李舅，看酒來。（生）母親，卑幼之喪，何勞費心？（老旦）須記得聖賢書，道『吾不與祭如不祭』。（生）李成，看香來。

【折桂令】爇沉檀香噴金猊，昭告靈魂，聽剖因伊。自從俺宴罷瑶池，宫袍寵錫，相府勒贅。俺只爲撇不下糟糠舊妻，苦推辭桃杏新室，致受磨折，將俺改調潮陽。妻，因此上耽誤了恁的歸期。

【江兒水】（老旦）聽説罷衷腸事只爲伊，却原來不從招贅生毒計。懊恨娘行忒薄義，淩逼你好没存濟。母子虔誠遥祭，望鑒微忱，早賜靈魂來至。

【雁兒落帶得勝令】（生）徒捧着淚盈盈一酒卮，空擺着香馥馥八珍味。慕音不見伊，訴衷曲，無回對。呀，俺這裏再拜自追思，重會面是何時？揾不住雙垂淚，舒不開咱兩道眉。先室，俺只爲套書信賊施計。賢妻，俺若是昧誠心，自有天鑒知。

【僥僥令】（老旦）這話兒分明訴與伊，須記得看書時。懊恨娘行忒薄劣，拋閃得兩分離中途裏。

【收江南】（生）呀！早知道這般樣拆散呵，誰待要赴春闈？便做到腰金衣紫待何如？説來又恐外人知，端的是不如布衣！俺只索低聲啼哭自傷悲。

【園林好】（老旦）免愁煩回辭了奠儀，媳婦的兒，我欲待拜你一拜，只是你消受不起，罷！只得拜馮夷多加護持。早早向波心脱離，惟願取免沉溺，惟願取免沉溺。（末化紙，生奠酒介）

【沽美酒】（生）紙錢飄，蝴蝶飛；紙錢飄，蝴蝶飛；血淚染，杜鵑啼，睹物傷情越慘悽。靈魂你自知，俺不是負心的，負心的隨着燈滅。花謝有芳菲時節，月缺有團圓之夜。俺呵！徒然間早起晚寐，想伊念伊。呀，要相逢除非是夢兒裏再成姻契。

【尾】（同唱）昏昏默默歸何處？哽哽咽咽常念你，願你直上嫦娥宮殿裏。

年年此日須當祭，歲歲今朝不可違。
天長地久有時盡，此恨年年無了期。

舟中相會

【卜算子】（小旦上）風便未開船，有事相留戀。（旦上）親遠久暌違，何日重相見？

（丑扮丫環隨上。小旦）叫水手，快請王太夫人上船。

【前腔】（老旦上，浄扮丫環隨上）有子作廉官，已遂平生願。

（見介。小旦）王太夫人請！（老旦）老夫人請！（小旦）訊掃鷁舟，荷蒙寵過。（老旦）未攀魚駕，反辱先施。此位是何人？（小旦）是小女。（見介。旦背看）王太夫人這般香車霞珮，我兒夫若在，我婆婆也是這般樣了。（坐介。小旦）太夫人高壽了？（老旦）天命年矣。（小旦）幾位令郎？（老旦）豚犬一人，見任此邦。（小旦）幾位令孫？（老旦）兒媳守節而亡，並無所出。老夫人高壽？（小旦）甲子一週。（老旦）幾位賢郎？（小旦）不幸絶嗣。（老旦）幾位令愛？（小旦）小女一人，正值新寡。丫環，看酒過來。（送酒介。坐介。小旦）太夫人請酒！（老旦）老夫人請酒！（旦）太夫人請酒！（老旦）小姐請酒！（苦介）

【園林好】（老旦）止不住盈盈淚瀼，瞥見令人感傷。（旦）太夫人請酒。（老旦）小姐請酒。那裏有這般厮像？可惜你早先亡，若在此可頡頏。

【前腔】（旦）細把他儀容比方，細把他行藏酌量。（小旦）老夫人請酒。（老旦）老夫人請酒。（旦）細聽他言詞聲響，好一似我姑嫜，空教我熱衷腸。

【江兒水】（老旦）慢把前情想，聰明德性良。知人饑餧能供養，知人疼熱能調恙。指望你將吾骸骨扶歸葬，誰想伊行先喪。我這般年紀也不久了。若要相逢，早晚黄泉相傍。

【前腔】(旦)驀聽他言語,[一]令人倍慘傷。看他愁容淚霰如奴樣。可惜我兒夫先死了,若是兒夫身不喪,我的婆婆呵,香車霞珮也恁榮安享。今日知他何向? 隔着烟水雲山,兩處一般情況。

(小旦)太夫人,願聞其詳。

【五供養】(老旦)妾纔亂講,幾度令人俯首思量,欲言仍又忍。(小旦)太夫人就説也無妨。(老旦)妄噪恐相妨,我的衷腸似箭射刀剜相樣。見鞍思舊馬,睹物轉情傷。語句支離,不勝悚惶。

【前腔】(小旦)聞伊半晌,言語雖多未得其詳。勸伊休嘆息,何必細斟量? 有事關心,便説何妨? 吾兒在何處會,爲甚兩情傷? 乞道真情,不須隱藏。

【玉交枝】(老旦)事皆已往,偶然間觸目感傷。見令愛玉質花容,只是言重,不敢啓齒。(小旦)太夫人但説何妨。(老旦)待老身先請一個罪兒方説。(向旦拜介)老夫人不要怪老身,説你令愛呵,似我孩兒已故妻房。(小旦)太夫人令子舍既死,我的孩兒雖像,如此痛苦,無補於事。(老旦)吾家兒媳守節亡,恩多義重難撇漾。老夫人,我媳婦雖是富家之女,他待貧姑雞鳴下堂,守貧夫勤勞

[一] 驀:原作「歷」,據《新刻原本王狀元荊釵記》改。

績紡。

【前腔】(旦)聞言悒怏，太夫人，你媳婦如何喪亡？(老旦)爲孩兒名擅文場，寄家書禍起蕭牆。(旦)書歸應是喜氣洋，如何喜地生災瘴？(老旦)恨只恨孫家富郎，苦只苦玉蓮夭亡。

【川撥棹】(旦)心何望，這殷勤禮怎當？太夫人姓和名乞道其詳，姓和名乞道其詳。(老旦)你住温州吾家姓王。(旦)這等説起來，果是我婆婆了。(跪介)婆婆呵！(老旦)你果是媳婦了！你緣何在此方？(旦)痛兒夫身殞亡。

【前腔】(老旦)你的兒夫見任此邦，你出言語何不良？(旦)我爹爹曾遣人到饒陽，報兒夫身殞亡。(老旦)媳婦，你不知丈夫消息，他爲辭婚改調遠方，爲賢能擢此邦。

【尾聲】幾年骨肉重相傍，(旦)痛只痛雙親在遠方。(老旦)你還不知，你的父母呵，在此宦邸相親已二霜。

(旦)元來我爹媽已在此了。(小旦)叫梅香傳報後邊船上知道，請老爺同王爺一同過船來。(丑傳介)

【四國朝】(外同生上)喜氣洋洋，不知爲何嚷嚷？

(老旦)孩兒，你妻子在此，可上前相見。

【哭相思】(生見旦介)我那妻呵！我只爲功名紙半張，閃得兩下萬般悽愴。

岳父母請上，待小婿拜謝！（見小旦、外揖。老旦）請問大人，不知在何處得見我兒媳？（外）太夫人，下官呵！

【大環着】那一日江道，那一日江道，得夢蹊蹺。神靈對吾曾報道，見佳人果然聲怨高。投水江心早，叫稍公救撈。問真情取覆言詞了。留爲義女，帶同臨任所福建道。（合）怎知今日夫妻子母，團圓再得重相好。腰金衣紫還鄉，大家齊歡笑，百歲永諧老。

樂府名詞

全名《新鐫彙選辨真崑山點板樂府名詞》，戲曲與散曲選集。正文署題『新都鮑啓心獻蓋甫校，岩鎮書林周氏敬吾梓』。現存明末刻本。凡二卷。上卷選收《琵琶記》等戲曲散齣二十五種五十一齣，下卷選收《拜月亭》等戲曲散齣九種二十四齣。除書末所收《金貂記》之《尉遲釣魚》《尉遲耕田》曲白俱全外，其餘散齣均只收曲文。其中收録《荆釵記》之《錢安撫訓女》一齣，輯録如下。

錢安撫訓女

【錦纏道】治家邦，正人倫，有三綱五常。你潛説出短和長，怎不隄防他人有耳隔墻？講甚麽晉陶潛認作阮郎，却不道誓柏舟甘效共姜？先打後推詳，問出你私情勾當，押發離府堂。文牒上明開供狀，抵多少衣錦去還鄉。

【前腔】小梅香，待回言，恐觸突了使長。不回言，這無情棒打難當，怎知道禍從天降。他本是守荆釵寒門孟光，休錯認做出墻花淮甸雙雙。我説起這行藏，那燒香的王太守，好似亡夫模樣。尋思痛感傷，因此上和妾在此閒講，又何曾想像赴高唐？

【前腔】守孤孀，薦亡靈，親臨道場。拈香罷，轉回廊，偶相逢不由人不覩物悲傷。那裏是西廂下鶯鶯伎倆？怎麽的就打梅香，生紐做紅娘？當初去投江，把原聘物牢拴在髻上，荆釵義怎忘？妾豈肯隨波逐浪，却不道辱宗祖把惡名揚？

【前腔】假乖張，賤奴點，把花言抵搪。全不顧外人揚，惱得我氣滿胸膛。你本是王月英留鞋在殿堂，怎不學浣紗女抱石投江？雪上更加霜，自不合與他人閒講。誰知惹禍殃，閒話裏没些度量，一霎時禍起在蕭墻？

新鐫樂府時曲千家錦

戲曲選集。正文葉首行題名『新鐫南北時尚樂府雅調萬曲合選』。明佚名編。現存明末刻本。凡二卷。選收《荆釵記》等戲曲散齣二十二種二十八齣。所選戲曲曲白俱全。其中收録《荆釵記》之《玉蓮投江》一齣，輯録如下。

玉蓮投江

【駐雲飛】（旦）繼母心毒，逼勒奴身改嫁夫。玉蓮本是貞潔婦，豈肯把名兒污？嗏，撇不下堂上老年姑，好身孤，想無門路。休休，到不如投奔江湖，死入黄泉路，烈女何曾嫁二夫？

【前腔】懊恨姑娘，敗壞人倫不忖量。孫汝權，天殺的，難道你心下事情，我豈不曉得你來？你家富豪，我錢玉蓮就嫁到你家來不成？孫汝權，你那裏空思想，誰與你同鴛帳？嗏，繼母打駡痛難

當。罷了。爹，你乃一家之主，女孩兒嫁與不嫁，由在於你。昨日母親打罵，何故袖手旁觀，半言不語了？爹，繼母打罵痛難當，笑爹行好没主張。細思量，淚汪汪，抛閃下親爹，撇下親婆，拚命長江喪。一女何曾嫁二郎？一女何曾嫁二郎？

【前腔】十朋兒夫，你纔得成名不顧奴，贅入豪門富，把奴相躭誤。嗏，不記那當初？夫，你在家起程之際，手拿黄木荆釵，向到廳堂，你滴酒爲誓，説道：『男不重婚，女不再嫁。』你今纔得寸進，不能報我爹爹大德，反寄休書來家。背母之言，忘妻之誓，徒師孔孟，何以爲人子了？夫，不記那當初同到廳堂，發下神前咒，今日緣何不應口？今日緣何不應口？

【前腔】門户牢拴，無計脱身珠淚漣，只得將剪刀挑窗扇，唬得我心驚戰。嗏，古怪的事情！在常響了這下，不是爹爹聽見，就是李成聽得。適纔這一響，全無一人聽見。想是玉蓮該死命難延，淚漣漣。又道是閻王注定三更死，定不留人到四更。爲甚的一家人睡得這般濃了？俏没個人聽見，叫一聲爹來哭一聲天，叫一聲爹來哭一聲天。

【梧葉兒】遭折挫，受禁持，不由人不淚垂。無由洗恨，無由遠恥。事臨危，拚死在黄泉做怨鬼。

自古道：河狹水急，人急計生。來到江邊也，天那！夫承寵渥，九重金闕拜龍顔；妻受淒涼，一紙詐書分鳳侶。富室强媒娶婦，惑亂人倫；萱堂怒逼成親，毀傷風化。妾豈肯從新而棄舊，焉能反正以

從邪。爭如就死忘生，不可辜恩負義。一怕損夫之行，二怕污妾之名，三慮玷辱宗族，四恐乖違婦道。惟存節志，不爲邀名。拴原聘之荆釵，永隨身伴；脱所穿之繡鞋，遺棄江邊。妾雖不能效引刀割鼻朱妙英，却慕取抱石投江浣紗女。

【香羅帶】一從别了夫，朝思暮苦。寄來書道贅居丞相府，母親和姑媽逼勒奴也，改嫁孫郎婦。(一)奴豈肯再招夫？萱堂苦苦責打奴，只得拚死黄泉路，免得把清名來辱污。

【餘文】傷風化，亂綱常，萱親逼嫁富家郎。若把身名來辱污，不如一命喪長江。

（投江。下）

(一) 婦：原作「富」，據汲古閣刊本《繡刻荆釵記定本》改。

萬錦清音

全名《方來館合選古今傳奇萬錦清音》，戲曲與散曲等選集。全書以風、花、雪、月爲類，分上下兩欄，上欄選録散曲、雜曲、文言小説故事、笑話等，下欄選録元明戲文、傳奇散齣。所收戲曲，曲白俱全。現存明刻本。凡四卷。其中收録《荆釵記》之《繡房議親》《拷問梅香》二齣，輯録如下。

繡房議親

【戀芳春】寶篆香消，繡窗日永，又還節近朱明。暗裏時更月換，老逼椿庭，惟願雙親□□□□。

鏡中常自嘆嬋娟，生長閨門二八年。惟喜椿庭身在室，何堪萱室魄歸天？工容德，悉兼全，玉質無瑕賽月圓。春去秋來多世事，金蓮那肯出房前？奴家侍奉早膳已畢，且向繡房做些針指。

【一江風】(旦)繡房中，裊裊香烟噴，剪剪輕風送。但晨昏問寢高堂，須把椿萱奉。忙梳早整容，忙梳早整容，惟勤針指工，怕窗外花影日移動。

【前腔】(内作鵶鳴介)聽鵲鵶，噪得我心驚怕，有甚吉凶話？念奴家不出閨門，莫把情懷掛。依然繡幾朵花，依然繡幾朵花，天生怎比他？再繡出薔薇架。

【風花兒】(丑上)豪門議親，哥哥嫂嫂已許諧秦晉。未審玉蓮肯從順，且向繡房尋問。

(敲門介)開門，開門。(旦)是誰？(丑)是你姑娘。(旦見介)姑娘萬福！(丑)咳！這就不是了，怎麼攔門拜？詩禮人家，只象小家子出身；好歹等姑娘坐定了拜纔是。(旦)多謝姑娘指教。(丑)這纔是。我兒坐了。(但)姑娘，告坐了。(丑)你在這裏做什麼？(旦)繡枕方。(丑看介)這是什麼花？(旦)並頭蓮。(丑)是做親的意思了？(旦)姑娘休要取笑。(丑)下面是鴨，是鵝，是哺鷄？(旦)是鴛鴦。(丑)鴛鴦嘴長了七八針。我兒，你既是終日做針指，鞋子也做一雙與姑娘穿穿。(旦)這個使得，只是没有樣子。(丑)要什麼樣子？只比你脚上的略長半寸就是了。(旦)曉得。(丑)這是什麼書？(旦)是《烈女書》。(丑)書且放過一邊，訛與你說正經。我兒，我這來與你說一頭親事。(旦)莫非爹爹許那王家？(丑)呀！丫頭家，虧你不識羞！不出閨門的女子，曉得什麼王、白？(旦作羞，背介)(丑)好歹等做姑娘的說出來。前日你爹爹把你許了王家，你父親見他汗也窮出來，不捨你□去呑飢□餓，如今將你許了一個孫百萬，又叫孫半城，這是溫州城裏第一個財主。我兒，你嫁了，他

不要你自家受用，帶挈做姑娘的也好。（出聘禮介）這是孫家的聘禮，這是王家的聘禮。（旦）姑娘，那孫家是豪富之家，玉蓮家寒貌醜，不敢從命。（丑）我兒，你休得推阻，聽我道，

【梁州序】（丑）家私迭等，良田千頃，富豪家聲振甌城。他却不曾婚娶，專浼我來相聘。（旦）他恁的錢物隆盛，愧我家寒，自料難廝稱。（丑）這段姻緣料想是前定，入境緣何不順情？休得要恁執性。

【前腔】（旦）他有雕鞍金凳，重裀列鼎，肯娶奴裙布釵荆？我須房奩不整，反被那人相輕。（丑）雖則是你房奩不整，他見你恭容，自然相欽敬。（旦）嚴父將奴先已許書生，君子一言怎變更？實不敢奉尊命。

【前腔】（丑）見哥嫂俱已應承，問侄女緣何不肯？恁堅執，莫不是行濁言清？（旦）枉了將奴凌併，便刎下頭來，斷然不依聽。（丑）論我作伐，宅第盡聞名。十處説親九處成，誰似你假惺惺！

【前腔】（旦）做媒的，（丑怒介）做媒的便怎麽？做媒的不是做我的！（旦）呀！姑娘如是這等説，做媒的個個誇能，也多有言不相應，信着你都被誤了終身。（丑）你那合窮合苦没福分丫頭强廝挺，令人怒憎。（旦）出語傷人你好不三省。榮枯事，總由命。

【尾聲】（丑）這段姻緣非廝逞，少什麽花紅送迎？（旦）誰想番成作畫餅？

（旦）姻緣自是不和同，（丑）無分榮華合受窮。
（旦）雪裏紅梅甘冷淡，（合）羞隨紅葉嫁東風。

拷問梅香

【步步嬌】（旦）觀裏拈香驀相會，使我心縈繫。（丑）小姐，如今枉致疑，既認得真時，何不問取詳細？（旦）梅香，這就裏你怎知？　恐錯認了風流婿。（丑）小姐，你道這官人是誰？（旦）是誰？（丑）就是前日鄧尚書來説親的本府太爺。（旦）元來是他。

【紅衲襖】（旦）意沉吟，情慘傷。　步趦趄，心悒怏。（丑）見丫行好生着意，想莫不是遞書人回來胡調謊？（旦）料判州，名未彰。　論太守，職未當。（丑）這也難料。　自閒話裏没些度量，怎知道一霎時禍起在蕭墻。

（外）既有甚釵，取上來。（旦遞釵介）（外）你們且進去。（旦、丑）滿懷心腹事，盡在不言中。（下）

（外）這妮子把荆釵遮飾，未可信憑。（作想介）也罷，明日我且假意納聘，設席請鄧尚書王太守到來，把此釵虚説是聘物，將出觀看。　王太守若認此釵，便有區處；　若不認時，押還他原籍便了。　正是：

混濁不分鰱共鯉，水清方見兩般魚。

綴白裘全集

封面題作『萬花美錦綴白裘』，目録首葉題作『綴白裘全集』。戲曲選集。清石渠閣主人輯。現存清雍正刻本。凡四卷。全書分爲『萬家錦』『千家錦』『萬花臺』『萬花樓』四卷。選收《荆釵記》等戲曲二十五種四十四齣。所選戲曲曲白俱全。其中『萬花臺』收録《荆釵記》之《母子祭江》《舟中相會》《繡房議親》三齣。按劇情，調整順序輯録如下：《繡房議親》《母子祭江》《舟中相會》。

繡房議親

【戀芳春】（旦）寶篆香消，繡窗日永，又還節近朱明。暗裏時更月换，老逼椿庭，惟雙親福壽康寧。

鏡中當自嘆嬋娟，生長閨門二八年。惟喜椿庭多康健，何堪萱室魄歸天？工容德，（一）悉皆全，玉質無瑕賽月圓。春去秋來多少事，金蓮那肯出房前？奴家侍奉早膳已畢，且向繡房做些針指則個。

【一江風】繡房中，裊裊香烟噴，剪剪輕風送。但晨昏問寢高堂，須把椿萱奉。忙梳早整容，忙梳早整容，惟勤針指工，怕窗外花影日移動。（内作鴉鵲叫介）

【前腔】聽鵲鴉，噪得我心驚怕，有甚吉凶話？念奴家不出閨門，莫把情懷掛。依然繡幾朵花，依然繡幾朵花，天生怎比他？再繡出薔薇架。

【青哥兒】（丑上）豪門議親，哥嫂已許諧秦晉。未審玉蓮肯從順，且向繡房詢問。開門。（旦）是誰？（丑）是姑娘。（旦）姑娘那裏來？（丑）待來望望你，你在這裏做什麽？（旦）做些針指。（丑）好，好。你鞋子也做一雙與姑娘穿穿。（旦）當得。只是不曾有樣子。（丑）不消樣子，比你爹爹的鞋子大半寸就是。（旦）曉得了。（丑）這是什麽書？（旦）《烈女傳》。（丑）書且放過一邊，要説正經。我兒，特來與你説頭親事。（旦）莫非爹爹許那王？（丑）虧你不羞！不出閨門的女兒，曉得什麽王和白？好歹待姑娘説出來。你爹爹許了王家，你母親見他家貧，將你許了孫半州。他是溫州城裏第一個財主，我兒嫁了他，一生受用不盡。這是王家的聘禮，這是孫家的聘禮。（旦）姑娘，

（一）工容德：原作『功德』，據《新刻原本王狀元荆釵記》改。

孫家乃富豪之家，玉蓮家寒貌醜，不敢應承。（丑）休得推故，聽我道來。

【梁州序】他家私迭等，良田千頃，富豪聲振甌城。他又不曾婚聘，專浼我來求親。（旦）他恁的錢物昌盛，愧我家寒，自料難廝稱。（丑）這段姻緣料想是前定，入境原何不順情？休得要恁執性。

【前腔】（旦）他有雕鞍金凳，重裀列鼎，肯娶我裙布釵荆？我須房奩不整，反被那人相輕。（丑）雖則你房奩不整，他見你恭容，自然相欽敬。（旦）嚴父將奴先已許書生，君子一言怎變更，實不敢奉尊命。

【前腔】（丑）你爹娘俱已應承，問侄女原何不肯？恁推三阻四，莫不是行濁言清？（旦）枉了將人淩併，便刎下頭來，斷然不依允。（丑）論我作伐，宅第盡聞名。十處説親九處成，誰信你假惺惺？

【前腔】（旦）做媒的，（丑）做媒的不是做賊！（旦）做媒的個個誇能，也多有言不相應，信着你都被誤了終身。（丑）合窮合苦没福分，丫頭强廝挺，令人怒憎。（旦）出語傷人，你好不三省，榮枯事總由命。

【尾聲】（丑）這段姻緣非廝逞，少甚麽花紅送迎？（旦）誰想番成作畫餅。

姻緣自是不和同，無分榮華合受窮。

雪裏紅梅甘冷淡，羞隨紅葉嫁東風。

母子祭江

【一枝花】（旦上）細雨霏霏時候，柳眉烟鎖常愁。（生）昨夜東風驀吹透，報道桃花逐水流。（合）新愁惹舊愁。

（占）極目家杳遠，白雲天際頭。（生）五年離故里，灑淚濕征裘。告母親知道，[一]孩兒夜來夢見渾家扯住兒衣袂，說：『十朋，只與你同憂，不與你同樂。』覺來乃是一夢。（占）敢是與你討祭？（末）祭禮已完備了，請太夫人主祭。（占）非是兒夫負你情，只因奸相妒良姻。[二]生前烈性甘貞潔，[三]死後英魂脱世塵。餐玉饌，飲瑶尊，水晶宫裏伴仙人。你兒夫任滿朝金闕，與汝伸冤奏紫宸。

【新水令】（生唱）一從科第鳳鸞飛，[四]被奸謀有書空寄。幸萱堂無禍危，痛蘭房受岑寂。捱不過淩逼，身沉在浪濤裏。

[一] 知：原作『之』，據汲古閣刊本《繡刻荊釵記定本》改。
[二] 良：原作『靈』，據汲古閣刊本《繡刻荊釵記定本》改。
[三] 潔：原作『吉』，據汲古閣刊本《繡刻荊釵記定本》改。
[四] 飛：原闕，據汲古閣刊本《繡刻荊釵記定本》補。

【步步嬌】（占）將往事今朝重提起，越惱得肝腸碎。清明祭掃時，省却愁煩，且自酬禮，須記得聖賢書。看酒！（生）兒女何勞母親遞酒？（占）道『吾不與祭如不祭』。

【折桂令】（生）看酒來。爇沉檀香噴金猊，昭告靈魂，聽剖因依。自從俺宴罷瑶池，宫袍寵賜，相府勒贅。㈠俺只爲撇不下糟糠舊妻，苦推辭桃杏新室，致受磨折，將俺改調潮陽。妻，因此上耽誤了恁的歸期。

【江兒水】（占）聽説罷衷腸事只爲伊，却元來不從招贅生奸計，惱恨娘行忒薄倖，凌逼你好没存濟。母子虔誠遥祭，望鑒微忱，早賜靈魂來至。

【雁兒落】（生）徒捧着淚盈盈一酒巵，空列着香馥馥八珍味。慕音容，不見伊；訴衷曲，無回對。俺這裏再拜自追思，㈡重會面是何時？揾不住雙垂淚，舒不開兩道眉。先室，俺只爲套書信賊施計。㈢賢妻，若是昧誠心，天鑒知。

【僥僥令】（占）這話分明訴與伊，須記得看書時。懊恨娘行生惡意，抛閃得兩分離在中途

㈠ 贅：原作『追』，據汲古閣刊本《繡刻荆釵記定本》改。
㈡ 這：原作『言』，據汲古閣刊本《繡刻荆釵記定本》改。
㈢ 書：原作『的』，據汲古閣刊本《繡刻荆釵記定本》改。

裏，兩分離在中路裏。

【收江南】(生)呀！　早知道這般樣拆散呵，誰待要赴春闈？　便做到腰金衣紫待何如？　説來又恐外人知，端的是不如布衣，端的是不如布衣。　俺只索要低聲啼哭自傷悲。

【園林好】(占)免愁煩回辭奠儀，拜馮夷多加護持。　早早向波心中脱離，惟願取免沉溺，惟願取免沉溺。

(丑)乃有祝文，今當宣讀。　維大宋熙寧七年二月辛卯朔日己酉，賜進士及第任潮州府事孝夫王十朋，謹以清酌素饌之儀，(一)致祭於先抱節婦玉蓮錢氏夫人前而言曰：　惟靈之生，抱義而歸；　惟靈之死，抱恨而歸，義也。　嗚呼噫嘻！　昔受荆釵之聘，同甘苦於茅廬。　春闈一赴，鸞鳳分飛。　詐書一到，骨肉分離。　姑娘爲奪婚之媒，繼母逞逼嫁之威。　捱不過連朝折挫，抵不過晝夜禁持。　拜辭睡昏昏之老姑，哭出冷清清之繡幃。　江津渡口，月淡星希，脱鞋遺跡於岸邊，抱石投江於海底。　江流哽咽，風木慘悽。　波滚滚而洪濤逐魄，浪層層而水泛香肌。　哭一聲妻，寒鵉應猿啼；　叫一聲妻，雲愁雨怨天地悲。　妻魂不寐，默而鑒之。　於戲哀哉！　尚享！

【沽美酒】(生)紙錢飄，蝴蝶飛；　紙錢飄，蝴蝶飛。　血淚染，杜鵑啼。　睹物傷情越慘淒。　靈

(一)　素饌：　原作『庶能』，據汲古閣刊本《繡刻荆釵記定本》改。

魂恁自知，俺不是負心的，負心的隨着燈滅。花謝有芳菲時節，月缺有團圓之夜。我呵，徒然間早起晚息，想伊念伊。妻，要相逢除非是夢兒裏再成姻契。

【尾聲】昏昏默默歸何處？哽哽咽咽思念你，直上嫦娥宮殿裏。

年年此日須當祭，歲歲今朝不可違。
天長地久有時盡，此恨綿綿無盡期。

舟中相會

【卜算子】（老）風便未開船，有事相留戀。（旦）親遠久暌違，何日重相見？

（老）叫水手，快請王太夫人下船。

【前腔】有子作廉官，已遂平生願。無奈喪姻緣，樂處番成怨。

（旦背介）你看王太夫人這般香車霞帔，兒夫若在，我婆婆也是這般模樣。（相見介）（老）汛掃鷁舟，荷蒙寵顧。（占）未扳魚駕，反辱先施。（坐介）請問太夫人高壽？（占）天命年矣。（老）幾位令郎？（占）豚犬一人，見任此邦。（老）幾位令孫？（占）兒婦守節而亡，並無所出。夫人高壽？（老）甲子一週。（占）幾位令郎？（老）不幸乏嗣。（占）幾位令愛？（老）小女一人，正值新寡。女兒過來，見了太夫人。（相見）（旦悲介）呀！那小姐好似我息婦！（老）太夫人與我女兒素無相識，爲何這般淚

下？其中必有元故。（占）老身心有深怨，誠恐言語冒瀆。（老）請説不妨。

【園林好】（占）止不住盈盈淚瀼，纔一見令人感傷。那裏有這般相像？可惜你早先亡，若在此可頡頏。

【前腔】（旦）細把他儀容比方，細把他行藏酌量，細聽他言詞聲響，好一似我姑嫜，空教我熱衷腸。

【江兒水】（占）謾把前情想，聰明德性良。知人飢餒能終養，知人疼熱能調恙。指望你將吾老骨扶歸葬，誰想伊行先喪。我年紀也不久了，若要相逢，早晚黄泉相向。

【前腔】（旦）歷聽他言語，令人倍慘傷。看他愁容淚霰如奴樣。（白）可惜我兒夫先死了。若是兒夫身不喪，我的婆婆，香車霞帔也恁榮安享。今日知他何向？只隔着烟水雲山，兩處一般情況。

（老）太夫人，願聞其詳。

【五供養】（占）妾纔亂講，幾度令人俯首思量。㈠欲言仍復隱，（老）就説也無礙。（占）妾噪恐相妨。我的衷腸，似箭射刀剜相樣。見鞍思舊馬，睹物轉情傷。語句支離，不勝悚惶。

㈠　量：原作『良』，據汲古閣刊本《繡刻荆釵記定本》改。

【前腔】(老)聞伊半晌，言語雖多未得其詳。勸伊休嘆息，何必細斟量。甚事關心，便說何妨？我兒在何處會？爲甚兩情傷？乞道真情，不須隱藏。
【玉交枝】(占)事皆已往，偶然間觸物感傷。見令愛玉質花容，口重不敢啓齒。(老)但說不妨。(占)似孩兒已故妻房。(老)令媳既亡，我的孩兒雖像，痛苦無補於事。(占)吾家兒婦守節亡，恩深義重難撇漾。夫人，他雖是富家之女，侍貧姑鷄鳴下堂，守貧夫勤勞織紡。
【前腔】(旦)聞言悒快，你媳婦如何喪亡？(占)爲孩兒名擅文場，寄家書禍起蕭墻。(旦)書歸應是喜氣揚，如何喜地生災瘴？(占)恨只恨孫家富郎，苦只苦玉蓮夭亡。
【川撥棹】(旦)心何望？慇懃禮怎當？尊姓何名乞備詳。(占)住温州我家姓王。(旦跪介)我的婆婆嗄！(占)我媳婦！你緣何在此方？(旦)痛兒夫早殞亡。(占)你的兒夫見任此邦，你出言語何不良？(旦)我爹爹曾遣人到饒陽，我爹爹曾遣人到饒陽，報兒身喪亡。(占)媳婦，你不曉得丈夫的消息。爲辭婚調遠方，爲賢能擢此邦。
【尾聲】幾年骨肉重相傍，(旦)痛只痛雙親在遠方。(占)你那父母呵，在此宦邸相親已二霜。
(旦)元來我爹媽也在此了。(老)叫梅香傳報後船，請老爺過來。(外)側耳聽佳報，開顔待喜音。夫人，可曾相認了？(老)兩下相認了。(旦)婆婆可與爹爹一見麽？(占)我正欲拜謝大人。(旦)母親，婆婆拜爹爹。(老)相公，王老親家欲一見。(外)親家拜揖。(占)親家請上，容老身拜謝只個！

【嘉慶子】（老）他死生恩怎忘，又以女相看付北堂，這様恩德難況。山共峻，水同長。

（外）請王爺過船來。

【四國朝】（生）喜笑洋洋，不知爲何嚷嚷？

（占）孩兒，你妻子在此，快來相見。（生、旦見介）

【嘉慶子】我只爲功名紙半張，閃得兩下萬般悽愴。（旦）夫訝妻亡，妻疑夫喪，這會合果如天降。

（生）岳父母大人請上，待小婿拜謝！

【尹令】荷蒙收養，雖没齒此德尤想。上表章，乞同赴邊方。就禄慇懃，忍撇恩親在異鄉。

【幺令】（外）伊休謙讓，你安心盡職黄堂。到邊三月外，有信到君傍。念我無子女，賴汝續我世芳。吾夫婦好恓惶，最苦非親父娘。

【品令】（老）三年爲兒，夫妻異床。行行止止，又何曾離脱兒傍？深思痛想，忍令兒長往？留别無計，休常撇漾。傳言問，莫惜雁杳魚沉，山遥路長。

（生）請岳父母大人同到郡衙，少盡啣結之報。左右，叫驛丞再討兩乘官轎來。（外）待令堂與令正先

回，下官與山妻奉賀。(一)你夫妻二人節義世間罕有，下官當以保奏，必有旌表。(占)媳婦，拜謝二位親家，回衙去罷。

【五韻美】(旦)身將往，意怎忘，會夫姑又别父娘。若得骨肉皆傍？饋庖自當操井臼，奉食進漿。(外)隨姑便行，不須細講。纔出離言，嬌愁淚落數行。

(生)婦見親姑夫見妻，(旦)這般會合世間希。

(外)莫云結義非親也，(合)自有悲歡與合離。

(一) 賀：原作『和』，據《李卓吾先生批評古本荆釵記》改。

千家合錦

全名《新鐫時尚樂府千家合錦》。清無名氏編選，清乾隆間姑蘇王君甫梓。收録《荆釵記》之《繡房議親》一齣，輯録如下。

繡房議親

【戀芳春】（旦）寶篆香消，繡窗日永，又還節近清明。暗裏時更换月，老逼椿庭，惟願雙親福壽康寧。

鏡中常自嘆嬋娟，生長閨門二八年。惟喜椿庭身在室，何堪萱室魄歸天？工容德，(一)悉兼全，玉質無瑕賽月圓。春去秋來多世事，金蓮那肯出房前？奴家侍奉早膳已畢，且回繡房做些針線則個。

(一) 容：原闕，據《新刻原本王狀元荆釵記》補。

【一江風】（旦）繡房中，剪剪輕風送，裊裊香烟噴。刺繡鸞和鳳，惜芳容，惟勤真有功。只見燕語梁間，鶯啼檻外，寶鴨香殘，金雞唱午，怕窗外花影日移動。呀！只見蛛絲墜地，記得古詩云：蝶衣曬粉花枝舞，蛛網添絲屋角晴。

【前腔】喜蛛垂，昨夜燈花綻，今朝喜鵲簷前噪。奴家知道了，莫不是家門添吉兆？莫不是爹娘增壽考？莫不是庭前生瑞草？有何喜事疊疊重重報？鵲噪未爲喜，鴉鳴豈是凶？人間凶吉事，不在鳥音中。我是女兒家，四德三從，在家從父，未出閨門。喜鵲呵，爲甚喳喳不報爹娘，先報奴家？有甚吉凶話，倚欄去繡花。丟却閒時話，心中愛此花。依然繡着他，繡朵櫻桃，繡得花豔豔，花豔豔，看起來嬌滴滴堪描畫。

【前腔】（丑）過廊東，只聞得一陣香風送。待我轉過繡房中，忽聽得牙尺剪刀聲相送。想是我侄女在此描鸞鳳。聞得哥哥將他許了王家，我有一計，只説孫家富石崇，王家徹底窮。我與他話從容，全憑着巧語花言花言巧語，將他心打動。玉蓮開門！（旦）是誰叫？我這裏試開門。是誰？（丑）是我，兒。（旦）原來是姑娘，姑娘到此相詢問，請進繡房中。待奴家忙步香廚，喚春香傳遞一杯香茶奉。

姑娘請茶。（丑）兒，你且坐下，姑娘有句好話對你講。（旦）姑娘有甚好話，只管説來。

【前腔】（丑）我看你喜氣壯腮紅，想是婚姻目下逢？兒，不要害羞，你在繡房做些甚麼？（旦）做

鞋。（丑）借我看一看。（旦）針指粗糙，不中看。（丑）這是甚麽花？（旦）是荷花。（丑）荷花下有藕，外人見了要偷你的藕喫，不要繡他，依姑娘教你繡。兒，繡一個粉蝶兒，正是粉蝶尋花花迷粉蝶，那其間蝶戀花心動。（旦）我守香閨芳心不動，姑娘呵，你説來的話兒成何用！待奴家繡一對錦鴛鴦，雙雙賽過鸞和鳳。

有勞姑娘貴步到此，有何分付？（丑）我兒，來問你討茶喫。（旦）春香，再換茶來。（丑）我特來問你討餅茶喫。（旦）春香，討餅子，换茶來。（丑）兒，不是那個茶，特來與你做媒。（旦）姑娘又來取笑，前日爹爹已許甚麽王家了。（丑）你説那王家，甚是艱難。昨日你母親許嫁孫家。那孫家是温城第一個財主。你若肯嫁於他，一生受用不盡。（旦）姑娘，正是貧莫憂來富莫誇，那見常貧久富家？春來處處生青草，時來何樹不開花？（丑）非是姑娘把口誇，他是温城第一家，田地烏鵶飛不過，家資賽過石崇家。

【梁州序】家私迭等，良田萬頃，富豪聲振温城。不曾婚娶，特央我來求聘。（旦）姑娘，誰着你説呵，錢物昌盛，愧我寒家貌醜難厮稱。（丑）玉蓮兒，這段姻緣料想是前生定，今日緣何不順情？休得要恁執性。

【前腔】（旦）姑娘，他雕鞍金鐙，重裀列鼎，肯娶裙布荊釵？房奩不整，反被那人相輕。（丑）你雖是房奩不整，那孫官人呵，他見你姿容，自然相欽敬。（旦）嚴父將奴許嫁書生，君子一言

豈變更？實不敢奉尊命。

【前腔】（丑）見哥嫂俱已應承，問侄女緣何不肯？（旦）自古道：一言既出，駟馬難追。（丑）豈不聞長者命，少者不敢辭？只恁的推三阻四，行濁言清。（旦）姑娘，枉了將奴淩併，（丑）依我說，嫁孫家好！（旦）若嫁孫家呵，便刎下頭來，斷然不依允。（丑）論我作伐，[一]宅第盡名門。温城内外那一家不是我說媒？十處說媒九處成。（旦）九處成了，饒我一處不成也罷！（丑）呸！誰似你假惺惺！

【前腔】（旦）姑娘，做媒的個個誇稱，也多有言不相應。若還信着的都被你誤了前程。（丑）呸！你是合窮合苦丫頭强廝挺，致令人怒嫌憎。（旦）不知廉恥，那個是你丫頭！出語傷人，你好不三省！榮枯得失皆前定，此事總由命。

【尾聲】（丑）這段姻緣非自逞，少甚花紅禮送迎？（旦）誰似你言兒總不準？

[一] 伐：原作「筏」，據汲古閣刊本《繡刻荆釵記定本》改。

萬家合錦

全名《新編時尚樂府新聲》。清無名氏編選。清乾隆間姑蘇王君甫梓。收録《荆釵記》之《十朋祭江》一齣，輯録如下。

十朋祭江

【新水令】（生）一從科第鳳鸞飛，被奸謀有書空寄。幸萱堂無禍危，(一)叹蘭房受岑寂。捱不過淩逼，身沉在浪濤裏。

【步步嬌】（占）將往事今朝重提起，越惱得肝腸碎。清明祭掃時，省却愁煩，且自酬禮。須記得聖賢書，酒來。（生）兒女何勞母親奠酒？（占）吾不與祭如不祭。

(一) 禍：原作『福』，據汲古閣刊本《繡刻荆釵記定本》改。

（生）看香來。

【折桂令】爇沉檀香噴金猊，昭告靈魂，聽剖因依。自從俺宴罷瑶池，宫袍寵錫，相府勒贅。俺只爲撇不下糟糠舊妻，苦推辭桃杏新室，致受磨折，將俺改調潮陽。妻，因此上誤了歸期。

【江兒水】（占）聽説罷衷腸事只爲伊，却原來不從招贅生奸計。懊恨娘行忒薄倖，淩逼你好没存濟。母子虔誠遥祭，望鑒微忱，早降靈魂來至。

【雁兒落】（生）徒捧着淚盈盈一酒巵，空列着香馥馥八珍味。慕音容，㈠不見伊，訴衷曲，無回對。俺這裏再拜自追思，重相會是何時？揾不住雙垂淚，舒不開兩道眉。先室，俺只爲套書信賊施奸計。㈡賢妻，俺若是昧誠心，自有天鑒知。

【僥僥令】（占）這話兒分明訴與伊，須記得看書時。懊恨娘行忒薄劣，抛閃下兩分離在中路裏。（又）

【收江南】（生）呀！早知道這般樣拆散呵，誰待要赴春闈？便做到腰金衣紫待何如？説來又恐外人知，端的是不如布衣！（又）俺只索要低聲啼哭自傷悲。

㈠ 慕：原作『暮』，據汲古閣刊本《繡刻荆釵記定本》改。

㈡ 信：原作『你』，據汲古閣刊本《繡刻荆釵記定本》改。

【園林好】（占）免愁煩回辭了奠儀，拜馮夷多加護持。早早向波心脱離，惟願取免沉溺，惟願取免沉溺。

維大宋熙寧七年吉月辛卯朔日巳酉，賜進士及第任饒州浙江温州府永嘉縣孝夫王十朋謹以清酌素饌之奠，致祭於亡過妻玉蓮錢氏夫人前而言曰：惟靈之生，抱義而歸；惟靈之死，抱節而歸，義也，節也。嗚呼噫嘻！昔受荆釵爲聘，同甘苦於茅廬。春闈一赴，鸞鳳分飛。詐書一到，骨肉分離。姑娘爲奪婚之媒，繼母爲逼嫁之威。捱不過連朝折挫，抵不過晝夜禁持。拜辭睡昏昏之老姑，哭出冷清清之繡幃。江津渡口，月淡星稀，脱鞋遺跡於岸邊，抱石投江於海底。江流哽咽，風木慘悽。波滚滚而洪濤逐魄，浪層層而水泛香肌。哭一聲妻，寒蛩應猿啼。叫一聲妻，雲愁雨怨天地悲。妻魂不昧，默而鑒之。嗚呼哀哉！尚享！

【沽美酒】（生）紙錢飄，蝴蝶飛；紙錢飄，蝴蝶飛。血淚染，杜鵑啼，睹物傷情越慘悽。靈魂恁自知，俺不是負心的，負心的隨着燈滅。花謝有芳菲時節，月缺有團圓之夜。我呵！徒然間早起晚息，想伊念伊。妻，要相逢除非是夢兒裏，再成姻契。

【尾聲】昏昏默默歸何處？哽哽咽咽思念你，直上嫦娥宫殿裏。

納書楹曲譜

清葉堂編選訂定。乾隆間刻本，道光二十八年（1848）重印本。分正集、續集、外集、補遺等四集，選收戲曲零齣，僅收録曲調，不收賓白。續集卷四收録《荆釵記》之《議親》《繡房》《閨思》《憶母》《女祭》《發書》《回書》《男祭》《夜香》《開眼》《上路》《女舟》等十二齣，輯録如下。

議　親

凡調【商調・黄鶯兒】半世守孤燈，鎮朝昏，幾淚零，到今猶在淒涼境，寒門似冰，衰鬢似星。只爲早年不幸鸞分影。（合）細評論，黄金滿籯，終不如教子一經。

【前腔】父喪母勞形，論孩兒，當報恩，奈何人事不相稱。非學未成，非己未能，只爲五行不順男兒命。（合前）

【簇御林】親年邁，家勢傾，恨肥甘缺奉承。臥冰泣竹真堪並，他們都感天地，登臺省。（合）奮鵬程，名題雁塔，白屋顯公卿。

尺調【仙吕・桂枝香】年華衰邁，家私窮敗，要成就小兒姻緣，全賴高賢擔帶。論財難佈擺，論財難佈擺，錢難揭債，物無借貸。止有這荆釵，權把他爲財禮，只愁事不諧。

【前腔】萱親寧耐，冰人休怪。貧居陋室多年，惟苦志寒窗十載。奈時運未來，倘時運到來，功名可待，那時節姻親還在。這荆釵又不是金銀造，如何將他作聘財？

【前腔】安人容拜，解元聽解，不嫌你禮物輕微，偏喜愛熟油苦菜。請安人放懷，教我如何放懷？便是貧無妨礙，越顯得家風清介。覷着這荆釵，曾下梁鴻聘，强如玉鏡臺。

繡房

工調【南吕・一江風】繡房中，裊裊香烟噴，剪剪輕風送。但晨昏問寢高堂，須索把椿萱奉。忙梳早整容，忙梳早整容，惟勤針黹功，怕窗外花影日移動。

凡調【梁州序】他家私迭等，良田千頃，富豪家聲振歐城。他也不曾婚聘，專浼我來求你年庚。他恁的財物昌盛，愧我家寒自料難厮稱。這段姻緣料想是前定，入境緣何不順情？休得要恁執性。

【前腔】他有雕鞍金凳，重裀列鼎，肯娶我裙布荆釵？我的房奩不整，反被那人相輕。雖則是你的房奩不整，他見了你的工容，自然要相欽敬。嚴父將奴先已許書生，君子一言怎變更？實不敢奉尊命。

【前腔】這是你爹娘俱已應承，問侄女緣何不肯？恁推三阻四，莫不是行濁言清。自將人淩併，便刎下頭來，斷然不依允。論我作伐，宅第盡傳名。九處説親到有十處成，誰似你這般假惺惺！

【前腔】做媒的，做媒的個個誇能，也多有言不相應，信着他多被誤了終身。你那合窮合苦没福分的丫頭便來强厮挺，姑娘何故生怒嗔？出語傷人，你好不三省，榮枯事總由命。

【尾聲】這段姻緣非厮逞，少甚麽花紅送迎？誰想番成作畫餅？

閨思

【雙調·風雲會四朝元】（【四朝元】首至十一句）雲程思奮，迢迢赴玉京。爲題名仙籍，獻賦金門，一旦成孤另。自驪駒唱斷，自驪駒唱斷，空憶草碧河梁，柳緑長亭。一騎天涯，正是百花風景，（【駐雲飛】四至六）到此春將盡。嗏！寂寞度芳辰，（【一江風】五至八）鳳帳鴛衾，翠減蘭香冷。君行萬里程，妾懷萬般恨。（【朝元令】合至末）别離太急，思思念念，是奴薄命！

是奴薄命！

【前腔】(【四朝元】首至十一句)婦儀當盡，昏問寢興。聽譙樓更漏，紫陌雞聲，忙把衣衫整。要殷勤定省，要殷勤定省，自覷堂上姑嫜。萱草椿庭，白髮三親，也索一般恭敬，(【駐雲飛】四至六)不敢辭勞頓。嗏！端不爲家貧，(【一江風】五至八)欲盡奴情，願采蘋蘩進。兒夫事遠征，親年當暮景，(【朝元令】合至末)孝思力罄。行行步步，是奴常分，是奴常分。

【前腔】(【四朝元】首至十一句)慵臨妝鏡，菱花暗鎖塵。自曲江人去，鳳拆鸞分，羞睹孤飛影。漸脂憔粉悴，漸脂憔粉悴，説甚眉掃青山，鬢挽烏雲？玉筯痕多，只爲荆釵情分，(【駐雲飛】四至六)腸斷當年聘。嗏！欲照又還停，(【一江風】五至八)只見貌減容消，輾轉添愁悶。團團寶鑑明，蕭蕭翠環冷。(【朝元令】合至末)爲思結髮，絲絲縷縷，萬千愁病，萬千愁病。

【前腔】(【四朝元】首至十一句)從離鄉郡，皇都覓利名。想龍門求變，豹文思炳，□閣圖衣錦。奈歸期未定，奈歸期未定，便做折桂蟾宫，賜宴瓊林，須念蘭房有奴孤形獨影，(【駐雲飛】四至六)莫向紅樓凭。嗏！獨坐暗傷神，(【一江風】五至八)雁杳魚沉，教奴望斷衡陽信。長安紅杏深，家山白雲隱。(【朝元令】合至末)早祈歸省，孜孜翕翕，舉家歡慶，舉家歡慶。

憶母

【正宫・雁魚錦】長安四月花正飛，見殘紅萬片皆愁淚。何苦被利禄成抛棄，如今把孤身泊天涯。意懸懸止不住思維，音書曾有回，只怕他望長安欲赴愁迢遞。我空目斷故園，知他知也未？

【二段】當時，痛别慈幃，論奉親行孝也縈懷不寐。光陰有幾，縱然是百歲如波逝。論早晚須問起居，論寒暑須當護持，論供養要甘肥。因赴舉，把蘋蘩饋托與吾妻，知他看承處怎的？俺這裏對青山，望白雲，鎮日瞻親舍。他那裏翹白首，看紅日，終朝憶帝畿。

【三段】嗟吁，鳳别鸞離，怎如得儔鶯偶燕時相聚？悽楚寒窗，寂寞旅況。閃殺當時，甘效于飛。孤燈夜雨，溜聲不斷，却把寸心滴碎。只爲那釵荆裙布妻難棄，縱有紫閣香閨人怎迷？

【四段】猛思那日臨行際，蒙岳丈惜伊玉樹，兼愛我寒枝。念行囊空虚，欣然周全助路資。招共居，感此恩山義海深難棄。細思維，甚日報取？教我怎生忘渠？但願得一家到此沾禄養，也顯得半子從今展孝私。

【五段】論科舉，本圖看春風杏枝，玉馬驟香衢。豈知他陷我在瘴嶺烟區？愁只愁身羈鳳

池，恨只恨釁生鴛侣。人不見，氣長吁，只爲蠅頭蝸角微名利，致使地北天南怨别離。

女　祭

【越調・綿搭絮】尋蹤覓跡，含淚到江邊，只得撮土爲香。禮雖微，表娘情意堅。望靈魂暫且聽言，指望松蘿相倚，誰想你抱石含冤！撇得我無靠無依，反到披麻哭少年。

【憶多嬌】哭少年，送少年，安人奠酒，男女化紙錢。收拾登程去，路遠不必留連，不必留連，要趲程途萬千。

【仙吕・風入松】嘆連年貧苦未逢時，誰想一旦分離？我孩兒自别去求科舉，怎知道妻房溺水？待説來又恐驚駭了我兒，你決不要與他知之。

【前腔】安人不必恁躊躇，且聽男女咨啓。只説狀元有信催迫起，先令我送安人來至。那其間方説個就裏，你決不可使驚疑。

【急三鎗】痛咽情難訴！常思憶，常憂慮，心戚戚，淚如珠。且自登程去，去登程，休思憶，休憂慮，在途路上，免嗟吁。

【風入松】如何交我免嗟吁？我這老景憑誰？年華老邁難移步，旦夕間有誰來看顧？恨只恨他們繼母，逼他嫁葬魚腹。

【急三鎗】若是葬魚腹，如何懺？如何度？經與咒，總成虛。你在黃泉下，誰來懺？誰來度？屈死得，最無辜。

【風入松】果然死得最無辜，論貞潔真無。姻緣契合從今古，拆散了夫妻皆由天數。哭啼啼單愁在途，何日裏到京都？

發書

【中吕・榴花泣】（【石榴花】首至四）守官如水，胸次瑩無瑕。薄税斂，省刑罰，撫安黎庶禁奸猾。幸喜詞清訟簡，無事早休衙。（【泣顔回】五至末）依條按法，想懲一戒百誰不怕！等三年任滿期瓜，詔書來早晚遷加。

【前腔】（【石榴花】首至四）覷着他花容月貌勝仙娃，忍將身命掩黄沙。天教公相救伊家，好似撥雲見日，枯樹再開花。（【泣顔回】五至末）論貞潔可誇，恁捐生就死可不令人訝。恁萱堂怎不詳察？全不道有傷風化。

【漁家燈】若提起舊日根芽，不由人不雨淚如麻。恨只恨一紙讒書，搬鬥得我母親叱咤。他見差，逼汝身重嫁，那些個一鞍一馬。這書劄令人遣發，管成就鸞孤鳳寡。

【前腔】今日裏拜辭了臺下，明日到海角天涯。一心去傳遞佳音，不憚路途波查。若見他，

只説三分話，又恐他别娶渾家。把閒話一筆勾罷，苗良回便知真假。

【尾聲】月再圓，花重發，那其間歡生喜洽，重整華筵泛紫霞。

回　書

【中吕・漁家傲】莫不是明月蘆花没處尋？莫不是薄倖王魁嫌遞萬金？莫不是瘦伶仃病到東陽沈？莫不是漢陳蕃不曾之任？欲言不語情難審，早難道黄允全拋一片心？

【前腔】咱語言説到舌尖又將口噤，若提起始末緣因，教你愁悶怎禁？此生休想同衾枕，要相逢除非是東海撈針。這情由有甚難詳審？不投下佳音回訃音。

凡調【商調・梧桐落五更】（【梧桐樹】首至六）我爲你受跋涉，我爲你遭磨折。我爲你投江，我爲你把殘生捨。怎知今日伊先決，這樣淒涼，教我剗地裏和誰説？（【五更轉】末二句）與我把釵梳除下，盡把羅衣卸，雖不能守孝持喪，也見我守貞潔。

【南吕・東甌令】休嗟怨，免攧脣，分定恩情中道絶。夫妻本是同林鳥，大限到來各分别。生同衾枕死同穴，誰肯早拋撇！

【劉潑帽】念妾那日蒙提挈，只指望重諧歡悦。果是負心，可也隨燈滅。一度思量，一度肝腸裂。

【秋夜月】你莫嘆嗟，總是前生孽。雖然你一時鏡破鸞影缺，慢慢的秦樓別訪吹簫客。我女兒做人要做絶，我相公爲人須爲徹。

【金蓮子】待要説奈傷心，到口又哽咽。貞共潔怎教做兩截？若要我再招夫，則除是山崩大江竭。

【尾聲】貞心一片堅如鐵，再醮徒勞費唇舌，千載共姜如今再見也。

男祭

【雙角仙吕合套·新水令】一從科第鳳鸞飛，被奸謀有書空寄。幸萱堂無禍危，痛蘭房受岑寂。捱不過淩逼，身沉在浪濤裹。

【步步嬌】將往事今朝重提起，越惱得我肝腸碎。清明祭掃時，省却愁煩，且自酬禮。須記得聖賢書，道『吾不與祭如不祭』。

【折桂令】爇沉檀香噴金猊，昭告靈魂，聽剖因依。自從俺宴罷瑶池，宫袍寵賜，相府把俺勒贅。俺只爲撇不下糟糠舊妻，苦推辭桃杏新室，致受磨折，改調俺在潮陽。妻嗄！因此上耽誤了恁的歸期。

【江兒水】聽説罷衷腸事只爲伊，却元來不從招贅生奸計。惱恨娘行忒薄義，淩逼得你好没

存濟。母子虔誠遥祭，望鑒微忱，早賜靈魂來至。

【雁兒落帶得勝令】徒捧着玉溶溶一酒巵，空列着香馥馥八珍味。慕音容，不見伊；訴衷曲，無回對。呀！俺這裏再拜自追思，重會面是何時？揾不住雙垂淚，舒不開咱兩道眉。先室，俺只爲套書信的賊施計。賢妻，俺若是昧誠心天鑒知，昧誠心自有天鑒知。

【僥僥令】這話分明訴與伊，須記得看書時。懊恨娘行忒薄義，抛閃得兩分離中路裏，兩分離中路裏。

【收江南】呀！早知道這般樣拆散呵，誰待要赴春闈？便做到腰金衣紫待何如？説來的話兒又恐怕外人知，端的不如布衣，倒不如布衣！則索要低聲啼哭自傷悲。

【園林好】免愁煩回辭了奠儀，只得拜馮夷多加些護持。早早向波心中脱離，惟願取免沉溺，惟願取免沉溺。

【沽美酒帶太平令】紙錢飄，蝴蝶飛；紙錢飄，蝴蝶飛。血淚染，杜鵑啼，睹物傷情越慘悽。靈魂兒恁自知，俺不是負心的，負心的隨着燈滅。花謝有芳菲時節，月缺有團圓之夜。俺呵！徒然間早起晚息，想伊念伊。妻，要相逢除非是夢兒裏和你再成姻契。

【尾】昏昏默默歸何處？哽哽咽咽常念你，直上嫦娥宫殿裏。

夜香

【仙吕・忒忒令】想那日身投大江，蒙安撫恩德難忘。將奴看待勝似嫡親䙆褓，如重遇父和娘。願他增福壽，永安康，如瓜瓞綿綿受享。

【川撥棹】親鞠養，擇良人求配鴛行。誰知我命合遭殃，誰知我命合遭殃！遞讒書逼奴險亡，蒙天眷，遇賢良，保佑他永安康。

【好姐姐】指望終身奉養，誰知道中途骯髒。存亡未審，使奴愁斷腸，心悽愴。願得親姑早會無災障，骨肉團圓樂最長。

【香柳娘】又重婚在洞房，又重婚在洞房，將奴撇漾，你不思父母恩德廣。痛兒夫夭亡，痛兒夫夭亡，不得耀門牆，拋棄萱花在堂上。願他魂歸故鄉，魂歸故鄉，免得此身渺茫，早賜瑶池宴賞。

【尾聲】終宵魂夢空勞攘，若得相逢免悒怏，再爇明香答上蒼。

開眼

【越調・下山虎】正是見鞍思馬，睹物傷情。觸起我關心事，教人怎不淚零？如今我婿得

沐聖朝寵榮，我女一身成畫餅。他穩坐在吉安城，玉蓮的親兒嗄！猛浪滔天魂未醒，追想越悲哽。當此衰年暮齡，反要艱難僕僕行。

【前腔】感激你義深恩厚，夢繞愁縈。久絕鱗鴻信，因此悶懷倍增。母子修書，遣僕來迎，料想恩官必待等。天寒並地冷，未可離鄉背井，且待春和款款行。

【亭前柳】垂鬓已星星，弱體戰兢兢。(一)況兼寒凜凜，那更冷清清。此行怎去登山嶺？且过殘冬，待春暖共登程。

【前腔】不去恐辜情，欲去怕勞形。你須先探試，臨事怎支撐？小人只索從台命。（合）且過殘冬，待春暖共登程。

（此套與原本曲文顛倒異同，係搬演家翻改所致。按：《荊釵記》詞本平庸，似可無關去取，但【下山虎】格應十一句。今次曲照原本脱去二句，固屬紕繆可笑，無如襲訛已久，恐訂正反致駭俗，姑仍之。）

上路

尺調【仙呂・八聲甘州】春深離故家，嘆衰年倦體，奔走天涯。一鞭行色，遥指剩水殘霞。

(一) 兢兢：原作『競競』，據汲古閣刊本《繡刻荊釵記定本》改。

牆頭嫩柳籬畔花，見古樹枯藤棲暮鴉。嵯枒！遍長途觸目桑麻。

【前腔换頭】呀呀，幽禽聚遠沙，對彷彿禾黍，宛似蒹葭。江山如畫，無限野草閑花。旗亭小橋景最佳，見竹瑣溪邊有三兩家。漁艖，弄新腔一笛堪誇。

凡調【解三醒】爲當初被人謊詐，把家書暗地套寫，致吾兒一命喪在黄泉下，受多少苦波查。今日幸蒙佳婿來迎也，又還愁逆旅淹留人事賒。（合）空嗟呀！自嘆命薄，難苦怨他。

【前腔】步徐徐水邊林下，路迢迢野田禾稼，景蕭蕭疏林中暮靄斜陽掛。聞鼓吹，鬧鳴蛙，一經古道西風鞭瘦馬。漫回首，盼想家山淚似麻。（合前）

女舟

【仙吕·園林好】止不住盈盈淚瀼，瞥見了令人感傷。那裏有這般厮像？可惜你早身亡，若在此好頡頏。

【前腔】細把他儀容比方，細將他行藏酌量。細聽他言詞聲響，好一似我姑嫜，空教我熱衷腸。

【江兒水】謾把前情想，聰明德性良。知人饑餒能供養，知人冷熱能調養。指望你將我這老骨扶歸葬，誰想伊行先喪！若要相逢，早晚向黄泉相傍。

【前腔】驀聽他言語，令人倍慘傷。看他愁容淚霰如珠漾。若是我兒夫身不喪，你香車霞帔也得安榮享。今日知姑何向？隔着烟水雲山，兩處一般情況。

【五供養】聽伊半晌，言語雖多，未悉其詳。勸伊休嘆息，何必細斟量？關心自想。且將情便説何妨？我兒在何處會，爲甚兩情傷？乞道真情，不須隱藏。

【玉交枝】事皆已往，偶然間觸物感傷。見令愛玉質花容，似孩兒已故妻房。吾家兒媳守節亡，恩深義重難撇漾。侍貧姑雞鳴下床，守貧夫貧勤勞織紡。

【前腔】聞言悒怏，你媳婦如何喪亡？爲兒曹名擅文場，寄家書禍起蕭牆。書歸應是喜氣揚，緣何驀地生災障？恨只恨孫家富郎，苦只苦玉蓮夭亡。

【川撥棹】心何望，這般勤禮怎當？問姓名家住何方？問姓名家住何方？住温州吾家姓王。你緣何素縞裝？痛兒夫身喪亡。

【前腔】你出言詞好不審詳，你的兒夫現任此邦。我爹爹曾遣人到饒邦，我爹爹曾遣人到饒邦，報説道兒夫喪亡。爲辭婚調遠方，爲賢能擢此方。

【尾聲】幾年骨肉重相傍，痛只痛雙親在異鄉。在宦邸相親已二霜。

綴白裘

清錢德蒼編選。寶仁堂初刻本，另有四教堂本、鴻文堂本、共賞齋本、集古堂本、學耕堂本等。共十二集。收録《荆釵記》十九齣，分别是初集收録《參相》一齣，二集收録《見娘》《舟會》二齣，三集收録《説親》《繡房》《别祠》《送親》等四齣，四集收録《改書》一齣，八集收録《别任》《前拆》《女祭》《男祭》《開眼》《上路》《男舟》等七齣，九集收録《遣僕》《迎親》二齣，十集收録《哭鞋》一齣。按劇情調整順序：《説親》《繡房》《别祠》《送親》《遣僕》《迎親》《回門》《參相》《改書》《别任》《前拆》《哭鞋》《女祭》《見娘》《男祭》《開眼》《上路》《男舟》《舟會》。據四教堂本輯録如下。

説親

（外上）

【引】一女貌天然，緣分淺，親事遷延。

男子生而願爲之有室，女子生而願爲之有家。老夫昨日央將士公到王宅議親，未知緣分若何，待他來時，便知端的。（生上）仗托荆釵成好事，何須紅葉作良媒？貢元。（外）將士公來了麽？有勞了。（生）好説。（揖介。外）請坐，看茶來。將士公，親事如何了？（生）小弟領命到王宅説起親事，那老安人再三推辭不允，已後將尊言講明了，纔得允從。（外）允了？可喜！但不知將何物爲聘？（生）聘物雖有一件，只是拿不出手。（外）老夫有言在先，不論聘禮輕重，只要女婿賢良，便可成其親事。（生）如此請觀。（外）呀！好罕物也！昔日漢梁鴻聘孟光曾仗此釵，至今遺下，豈不是達古之家？

媽媽那裏？（付上）

【引】絲蘿共結，蒹葭可倚，桑梓相聯。

囉個拉裏？（外）將士公。（生）老安人。（付）前日多謝壽禮，請呸喫麵，爲儕弗來？（生）有些小事，不曾來捧觴。（付）一鉢頭個麵，留巭子兩三日，餿子了，纔倒拉狗喫哉。（外）什麽説話！（付）今日到舍，有啥貴幹？（外）特來與女孩兒爲媒。（付）吓，拿茶出來。説個囉巭？（生）就是海棠坊巷王景春之子王十朋。（付）要喫十甏酒巭。（生）是個飽學。（付）弗喫飯個。（外）爲何？（付）飽學阿是弗喫飯個？（外）好秀才爲之飽學。（付）阿曾成來？（外）成了。（付）幾時下聘？（外）就是今日。（付）來弗及那處介？少停，掇盤個星人來，一點儕弗曾備拉裏，個没那處？李成，今日小姐受盤，客堂掛掛紅。（外）媽媽不消費心，那聘物是袖裏來袖裏去的。（付）亦來哉，聘禮或者袖裏來，鵝鴨鷄中

生袖裏囉裏袋得下？（外）一應多是乾折。（付）到也乾浄。多少聘禮？（外）銀子什麽稀罕！聘物雖有一件，只怕你不識此物。（付）呧個此物，我有偖弗曉得？（外）什麽話！拿去看。（付）拿來。咳！入手輕，掉無聲，聞無聲，個是偖物事？等我磨磨看。（外）不要磨壞了。（付）呀呸！個是黄楊木頭簪兒，三個銅錢一隻，三十銅錢買子十隻，定子十房媳婦哉，成偖個聘禮！水也弗要拿出來！

（生）

【柰子花】論荆釵，名分本低，漢梁鴻仗此得妻。（付）屈駕橋幾哈漢梁鴻乭。（生）芳名至今流傳於世，休將他恁般輕覷。聽啓，那王老安人曾有言，明説道：表情而已。（付）

【前腔】咳！雖然是我女低微，他將我恁般輕覷！老兒，一城中豈無一個風流佳婿？偏要嫁着窮兒！你做媒氏，疾忙送還他的財禮。

氣壞哉！氣壞哉！（丑上）

【前腔】富家郎央我爲媒，要娶我侄女爲妻。説合果然非通容易，也全憑虚心冷氣。匹配，端的是老娘爲最。

阿呀！個是阿嫂囉！爲偖了氣得手脚冰生冷，汗毛逼捉竪？（付）姑娘，弗要説起，你乭阿哥弗會幹事了。（丑）我個娘吓老娘家哉耶，將就子點罷。（付）改志喲，蓋個姑娘，弗是正經事務嘘。（丑）爲偖了？（付）如花似玉蓋個囡兒，聽子許豆腐個説話，許子海和坊裏個倸王十㲄哉。酒吓要喫十㲄乭。

（丑）弗是海和坊巷，是海棠坊巷，叫王十朋。（付）正是王十朋。姑娘，你認得個傗？（丑）那了弗認得？（付）家事如何？（丑）窮得極虱嘘！娘兒兩個難過日脚，窮得狗極出屁，月點燈，風掃地。窮吓，窮吓！（付）姑娘，㕶來做傗？（丑）也爲侄女個親事而來。（付）傗人家？（丑）温州城裏第一個財主，叫孫汝權孫半州。先奉金鳳釵一對，押釵銀四十兩。成親之後，你虱兩個老人家受用弗盡虱哩！（付）我個姑娘，㕶說個自然弗差個，依㕶没是哉許豆腐拉虱裏向，我先進去，㕶慢點進來，做個不期而會便罷。（丑）有理個。（外）看茶出來。（付）水吓没得，要茶！（丑）阿哥，阿嫂拉囉裏？（外）妹子來了。（付）姑娘來哉。（丑）阿哥，外日多謝。（外）妹子，有慢。（丑）阿嫂多謝了。（付）待慢子。（丑）阿嫂方纔弗看見㕶。（付）我也不曾看見㕶。（外）妹子，將士公在此。（丑）阿呀！許伯伯。（生）媽媽。（丑）呔！㕶個老老那了能大樣？我没敬重㕶子，深深裏介一區，㕶到硬子個腰，狗得頭能介一得！（外）妹子，將士公年老了，曲不得腰了吓。（丑）年紀老子，硬哉，介没彭祖只好拱手哉。（付）老壽星必立直介立虱。（丑）陳摶日日困個哉。許伯伯，今日居來，有點家常話說說了，請㕶外頭去介歇。（外）妹子，將士公與我通家，就坐在此何妨？（付）老老，個句話㕶說差哉，㕶便搭哩通家，我哩姑嫂兩個難道也搭哩通弗成？（丑）㕶便有點行弗通。（付）姑娘我，搭㕶兩個纔是老實頭人，弗怕渠那個大家，坐來裏。渠看我一看。（丑）我看渠兩看。（付）看輸來裏子，弗爲好漢。（外）妹子，今日到此何幹？（丑）特來與侄女爲媒。（外）來遲了。（丑）來遲罰三鍾。（外）不是，親事來遲了。（丑）傗個㕶有子媒人哉？等我去罵渠兩聲介。噲！囉裏個拖牢洞個搶我個媒人做！囉裏個千百擔柴

燒弗爛個老狗搶我個媒人做！　要搭哩義義個哉！（外）妹子，不要罵，就是此間將士公爲媒的。（生）就是老夫，只管罵。（丑）阿呀！　我儂弗道就是許伯伯了，個出那處介？（付）去請罪嘘。（丑）許伯伯，我弗得知了，得罪哉。（生）老夫也不計較你。（丑）也弗拉我個心上！　咗阿有快點個尖刀拿一把出來。（生）要他何用？（丑）冲撞子咗了，割開子我個咮罷！　割嘘！　割嘘！　割個！　割咗看！（外）妹子，怎麽這般？（丑）自古道：『男不爲媒，女不作保。』那了搶我個媒人？（付）姑娘，自古道：『量媒量媒，度媒度媒。』大家説説，量得過就嫁哩；　度得過就嫁哩便罷。（生）我説的是海棠坊巷裏王景春之子王十朋，是個飽學。（丑）即好自顧自！（付）册也弗來個。（丑）趙儈子曰介。（付）姑娘，咗阿認得個了？（丑）認得麽？　阿嫂，我今日走子是非窠裏來哉，弗如去子罷。（付）哪哼？　儈是非窠裏？（丑）我若説子渠虱好，誤子我裏囡兒個終身，説子渠虱弗好，有數説個，破人親，七代貧。阿是弗如去子好？（付）我個娘吓！　咗是大人耶，要説説個。（丑）介没我直咮了説哉嘘。渠虱祖宗三代我纔認得個，有名頭叫做藥材王虱，人家是道地個。（外、生）你説差了。（丑）我弗差。那間説親事個小官人個爺叫做王芩，渠虱阿爹叫做王芪、王連搭子、王柏，纔是渠虱上代頭。個個小官人叫做苦參，有肝膨食積病個。就是食積之食，肚膨之膨，蓋了叫子王十朋。渠虱屋裏有一個廣東人叫做陳皮，認子表裏上個一脉，熱撮撮一刻少渠弗得。門前還有一個做豆腐個老老叫做石羔，渾淘淘冲和子來虱騙別人。阿哥，阿嫂，個頭親事阿曾應承個來？（外）應承了。（丑）成哉？　阿呀呀！　我個阿哥真正木瓜，喫渠飲片哉！　我裏囡兒牡丹皮，白芍藥，肉蓯蓉，那了許子良良姜姜蓋個浪蕩子，更兼亦是風

藤。(外)亂話！(丑)那了弗是風藤？　拿別人個桔梗弄硬子，蜜陀僧能介，答別人白芷荆芥難看枸杞個能嘘。還有幾個人來屋裏逗進逗出：　一個苡薏仁，一個郁李仁，一個瓜蔞仁，專要喫醋蓋個酸棗仁。還有幾個老男兒：　胡麻子，貝麻子，車前子，搭子，蛇床子，更兼還有弗圖人身蓋個大瘋子，纔是渠厾有分個嘘。特地相交一個史君子，拐帶子個紅娘子，逃走到常山，碰着子兵榔，拿個玄胡索捉得來，送到官桂去，苦惱吓！　打得血竭共川山甲得起來，虧渠三賴了，獨活子。那間走來渠厾竈前頭去看看，再番有介一根甘草木席柴胡個了。渠厾娘兒兩個噎子冷飯團，鎮日墩來個苦瓜樓上，一陣防風吹得僵蠶能。個個小官人上身一件青皮，下身一條破褲子，說便粗話，雙花郎纔露出拉外頭，即剩得一隻青箱子換子瞿麥、貝母、天花粉，過得半夏。　我問渠并查煎煎弗上七八分，有傛馬屁白來厾要討青娘子！(生)你說的話通不在筋脉上。(丑)阿呀！　許伯伯！　我原是及把細個，件件纔指實渠個，弗是我今日來裏阿哥阿嫂面前糝松香噲。　許伯伯，你有街沿草，我有麥門冬；　我有傛弗是處，呸也說出來，弗要眼睛厾厾殺，倒像喫子木鼈子個能。(外)胡說！(丑)傛個聘禮？　拿來我看。(外)取去。(丑)個是皂角刺及好虎骨叉個，要哩做傛？(付)姑娘，呸說個傛人家？(丑)我說個温州城裏第一個財主叫做孫汝權孫半州，忒個發跡得勢子了，半個温州城纔是渠個哉。　進子前門三百條水牛。(付)就嫁水牛。(丑)進子後門三百條黄牛。(付)就嫁黄牛。(丑)阿嫂，我裏囡兒嫁子去弗要說別樣，牛糞喫弗盡厾來。(付)阿呀！　臭哄哄牛糞没那喫介？(丑)弗是喫牛糞嚛，賷子銅錢銀子，買物事喫吓。(付)傛個聘禮？(丑)先奉金鳳釵一對，押釵銀四十兩。　成親之後，大盤大盒喫弗盡厾來。(付)

老老，蓋没竟嫁孫家裏哉嚧！（外）媽媽又來了！自古道：『一家女兒百家求，成了一家都罷休。』（付）説差哉！一家女兒百家求，成了一家九十九家不罷休。（丑）若有一家弗成得，扒拉屋上去厾磚頭。（付）厾子老許個骷髏頭！（丑）厾得血流流。（外）咳！

【駐馬聽】巧語花言。（丑）正是姻緣。（付）只要銅錢。（丑）個個是黄邊。（付）若無銅錢。（丑）弗要來纏。（付）請㑚厾化緣。（丑）還要四隻大航船。（外）竟不顧男女婚姻當遴選。此子才堪梁棟。（付）天叫㑚説出來！凍又凍，凉又凉，我裏囡兒弗要凍殺子個。（外）棟梁之才。（丑）我只道風凉之凉了。（丑）我只道飢凍之凍。（外）貌比璠璵，學有淵源。我孩兒非比孟光賢，那書生亦遂梁鴻願。（付）要依我厾嚧。（外）此事由你不得，由我不得！（付）到依外頭人？（合）萬事由天。想一朝契合，做了百年姻眷。

（付）姑娘，㑚拿個孫家裏來説説看。（丑）

【前腔】四遠名傳，那個不識孫汝權？他的貌如潘岳。（付）老老，説個小官人貌如潘岳，蓋個標致個。（外）那孫汝權我認得的，花嘴花臉，一個陋品，什麽貌如潘岳！（丑）蓋没㑚真正弗在行個來。孫小官人忒個發跡得勢子，無埸哈賣富了，面上叫江西人拉屋裏累絲法藍嵌八寶個。（外）人的面上那裏嵌得寶的？（丑）那了，㑚舌頭上打子掌子。富比石崇，德并顔淵。輕裘肥馬錦雕鞍，重裀列鼎珍饈饌。

(外)今朝未可便相從。(付)須信豪家意氣濃。(生)有緣千里能相會。(丑)無緣對面不相逢。(生)請了。(下。付、丑作狗叫。外)咳！什麼規矩！一個客人在此，茶也不見拿一杯出來！喫飽了清水白米飯做狗叫！(付)偺個狗叫！我裏姑嫂兩個拿個兩家親事來並並，唔個老狗一口咬定子王家裏！老老，個個事務要唔依我虱嚧！(外)媽媽，一些也不難。女孩兒在繡房中，拿這兩家聘禮去與孩兒看，但憑他。拿了荊釵，就是王家；拿了金鳳釵，就是孫家。(付)個到說得有理，竟是介便罷。(外下。付)太上老君急急如律令敕，一個酒坊土地趕子進去哉。(丑)難間没那？(付)那間囡兒來虱繡房裏，唔拿個兩家聘物去，不來哩看。丫頭家看見子黄亮個釵，自然嫁孫家裏個。(丑)不消說起，包唔停妥没哉。(付)姑娘，此刻無人拉裏，説一句老實説話，到底囉虱個標致？(丑)阿嫂吓，富没孫家裏富，標致實在是王官人標致嚧。(付)我裏賊介哉，哪，飯没喫子孫家裏個，困没困拉王家裏子罷。(丑)蓋個阿嫂！(付)姑娘，我眼望旌捷旗。(丑)阿嫂，唔耳聽好消息。(仝下)

繡房

(旦上)

【引】寶篆香消，繡窗日永，又還節近朱明。

鏡中常自嘆嬋娟，生長閨門二八年；惟喜椿庭身在室，何堪萱室魄歸天？工容德，悉兼全，玉質無瑕賽月圓。春去秋來多少事，金蓮那肯出房前？奴家侍奉早膳已畢，且向繡房中做些針指則個。

【一江風】繡房中，裊裊香烟噴，剪剪輕風送。但晨昏問寢，高堂須索把椿萱奉。忙梳早整容，忙梳早整容。惟勤針指工，怕窗外花影日移動。（丑上接）

【青哥兒】豪門議親，哥哥嫂嫂已許諧秦晉。未審玉蓮肯從順？且向繡房詢問。幾里是哉。開門，開門！（旦）是誰？（丑）弗是賊，是呸𡚸姑娘。（旦）來了。元來是姑娘。姑娘萬福！（丑）我個兒子吓，弗要攔門拜，攔門拜子是諸事要遲個。哪，喫飯遲，梳頭遲，纏脚遲，就是嫁家公也是遲個。（旦）請到裏面坐。（見禮介。丑）個没是哉。（旦）姑娘請坐。（丑）有坐。拉裏做儕？（旦）在此繡枕方。（丑）好吓！未配才郎，先繡枕方。做得能好，亦介鮮明個。是儕個花？（旦）是并頭蓮。（丑）下頭個隻毛鵓鴣呢，還是鬼叉鳥？（旦）是鴛鴦。（丑）有數説個：鴛鴦，鴛鴦，吊瘦毛長，尖味搠腮，好像呸𡚸姑娘。（旦）休得取笑。今日姑娘到此何幹？（丑）特來與你爲媒。（旦）可是爹爹説那王。（丑）阿呀，兒子吓，好歹等呸𡚸姑娘説咭。小娘家曉得儕個黄阿黑？虧得拉呸𡚸姑娘面前了，若是外頭人聽見子，阿要笑殺？我奴記得十七八歲個時節，聽見子做媒人個來打頭伴，一日子無伴處，直伴子大鑊竈堂裏去。下遭没，吓，等我拿個聘禮拉呸看，哪，黄楊木頭簪一隻，是王家裏個聘禮，呸𡚸爹做主，許豆腐做媒人。金鳳釵一對，壓茶銀四十兩，孫家裏個聘禮，呸𡚸娘做主，姑娘做媒人。但憑呸嫁囉𡚸。好兒子，哪，哪。（旦）竟依爹爹便了。（丑）哪，説也弗曾説完，插子進去哉。還弗拔子出來勒。我個好兒子，我説那孫家豪富與你聽。

【梁州序】他家私迭等，良田千頃，富豪聲振歐城。他也不曾婚聘，專浼我來求你年庚。要

依我個噓。(旦接)他恁的財物昌盛，愧我家寒。(丑)哩乱要來攀伍吓。(旦)自料難厮稱。(丑)這段姻緣料想是前定，侄女緣何不順情？你休得要恁執性。

(丑介)兒子吓，個是要依伍丢娘個噓。(旦接)

【前腔】他有雕鞍金凳，重裀列鼎，肯娶我裙布釵荆？(丑)妝奩渠乱纔備端正乱個哉。(旦接)反被那人相輕。(丑介)個是再弗個哪，雖則是你房奩不整，他見了你的恭容，自然要相欽敬。(旦)嚴父將奴先已許書生。(丑)難道更改弗得個？(旦)君子一言怎變更？(丑介)個頭親事，直頭要依我個。(旦)實不敢承尊命。

(丑)住子。個頭親事，元弗是我個主意噓。哪，

【前腔】這是你爹娘俱應承，問侄女緣何不肯？恁推三阻四，莫不是行濁言清？(旦)枉自將奴凌併。(丑介)屈吓，囉個儕凌併子伍了？(旦)阿呀！姑娘吓！便刎下頭來，斷然不依允！(丑介)阿是殺滅伍乱姑娘儕？弗是我誇口説，論我作伐，宅第盡傳名。十處説親到有九處成，誰似你這般假惺惺！(旦)

【前腔】做媒的，(丑介)住子！做媒人個，阿是做賊做强盜個了？(旦)不是説姑娘吓。(丑介)我到怕伍説儕了！(旦)做媒的個個誇能，也多有言不相應。信着你都被誤了終身。(丑)你那合窮合苦没福分的丫頭，便來强厮挺。(旦)姑娘何故怒生嗔，出語傷人？你好不三省！榮

枯事總由命。（丑）

【尾】這段姻緣非斷遈，丫頭吓丫頭，少甚麽花紅送迎？（旦）阿呀！天吓！（丑）妖聲妖氣。

（旦）誰想反成作畫餅！

（丑）姻緣自是不和同，無分榮華合受窮。（旦）雪裏梅花甘冷淡，羞隨紅葉嫁東風。（丑）嫁東風，嫁東風，偏是伍個丫頭揀老公！好兒子，依子伍娘罷。（旦）母親來了。（丑）阿呀，阿嫂來哉儕！（旦拿釵擲地，推出丑，關門下。丑）阿呀！别人家個物事厾，環子没那亨好吓！竟拿我推出關門，有介事！小花娘，叫伍弗要慌！讓我去拉伍厾娘面前搬伍介一場是非介。啐！伍個小花娘！繡花針搠碎子猪苦胆，溜溜能個苦厾來。（下）

别祠

（旦上）

【破齊陣】翠黛深籠寶鏡，蛾眉懶畫春山。絲蘿雖喜依喬木，椿樹還憐老歲寒。我那親娘吓！偷將珠淚彈。

我生胡不辰，襁褓失慈母。鞠育賴椿庭，成立多艱楚。此日遣于歸，父命何敢阻？進退心恐傷，有淚出肺腑。奴家被繼母逼嫁孫家，我爹爹不允，將機就計，只説今日是個大敗之日，將奴出嫁王門。首飾

衣服，并無半點。好苦吓！若是我親娘在日，豈忍將奴如此骯髒？不免到祠堂中去拜别親娘神主。此間已是祠堂中了。阿呀！我那親娘吓！一入祠堂心慘悽，百年香火嘆無兒。我身未報母恩德，返哺忍聞烏夜啼。阿呀！我那親娘吓！

【玉交枝】音容不見，望冥中聽奴訴言：甫離懷抱娘恩斷，目應怎瞑黄泉？誰知繼母心太偏，逼奴改嫁相淩賤。我那親娘吓！孩兒今日出嫁，本待做一碗羹飯與你，料他决不相容。莫説做羹飯，我待要痛哭一場，（合）怕他們聞之見嫌，只得且吞聲淚痕如綫。我那親娘吓！若留得你在，豈有今日？是不是這般光景了。

【前腔】不能光顯，嘆資裝十無半點。就是荆釵裙布奴情願。只是我爹爹年老在堂，奴家去後，嘆無人膝下承顔。我那親娘吓！孩兒七歲抛離了你，受他磨折難言。倘有些差處，非打即罵。他全無骨肉親相眷。（合）㈠望陰靈聞知見憐，願爹行暮年康健。

（外上）荆釵與裙布，隨時逼婚嫁。（丑上）三日不息燭，相思何日罷？（外）妹子，我女兒在那裏？（丑）在祠堂中拜别親娘的神主。（外）我和你同去。我兒在那裏？阿呀！兒吓！哭得這般光景在此。（丑）我的侄女吓！不要哭壞了身體。（外）我那妻吓！若留得你在，怎見得女兒如此骯髒？我

㈠（合）：原闕，據上文補。

兒，不要哭壞了。（丑）阿呀！我個阿嫂！自從你棄世子，屋裏弄得亂縱橫！（外）快快梳妝上轎罷。

（外、丑）

【憶多嬌】你且開鏡奩，整翠鈿，休得界破殘妝玉筯懸。（外）兒吓！今日做爹爹的骯髒你了。（丑）正是哉，斷送殺子哩哉！（外）首飾全無真可憐！（合）休得愁煩，休得愁煩，喜嫁個讀書大賢。（旦）

【前腔】愁只愁你子嗣慳，爹老年，何忍教兒離膝前？爹爹，你是年老之人，孩兒去了，凡事忍耐些罷。（丑）喫子呷腦漿，就要乇支乇支哉。（旦）你莫惹閒非免掛牽。（合前）

（丑）早知是介，前日子若依了我嫁子孫家裏，弗糙得今日之下哉。（外）咳！還虧你説！

【鬬黑麻】自古姻緣，事非偶然。就是王家這頭親事，也非今日，這是五百年前，赤繩繫牽。兒今去，聽教言。阿呀！親兒吓！你在人家做媳婦，不比在家做女兒，須要必欽必敬，勿慢勿驕。親兒，尔去孝順姑嫜，數問寒暄。（合）燈前淚漣，生離各一天！有日歸寧，有日歸寧，吾心始安。

（内吹打介。丑）娶親個來哉嘘，打掃快點咭。（外）時辰已至，快些上轎罷。（旦）待孩兒請母親出來拜别。（外）這樣不賢之婦，别他怎麼！（旦）爹爹，天下無有不是的父母，孩兒怎敢不辭而去？（外）妹子，你去説一聲。（丑）讓我替你去説。噲！阿嫂，㕶虱囡兒請㕶出來拜别。（付内）弗出來！張果老倒騎驢，永不見畜生之面！（丑）阿聽見裏向説道：『張果老倒騎驢，永不見畜生之面。』直頭弗出

來個哉。（旦）待孩兒自去。（丑）你自家去。（旦）母親開門。孩兒今日出嫁，請母親出來拜別。（付內）阿是叫命了！（丑）阿嫂，你乱囥兒拉裏拜哉。（付內）𠰻到祠堂裏去拜𠰻乱親娘，弗要拜我！（旦）母親執意不肯出來，做女兒的只得就在房門前拜了。我那娘吓！孩兒呵！（付內）弗要拜！我拿馬桶忽出來哉嘘！（旦）

【前腔】蒙你教養爲人，恩同昊天。（付內）弗要拜我，我弗是𠰻乱親娘！（旦）我那娘吓！雖不是親生，多蒙保全。兒今去，免掛牽。（付內）嘮叨！若再在那裏拜，脚盆水潑出來哉嘘！（旦）母親，你是年老之人，休尋閒氣。倘我爹爹有些不到之處，忍耐些罷。努力加餐，須把愁顏變喜顏。

（合前）

（吹打介。丑）弗要哭哉，快點上轎罷。（旦）

【臨江仙】百拜哀哀辭膝下，及門無母施鞶，未知何日轉家園？出門銀燭暗，明月照魚軒。

（外）擡穩了，擡穩了。（旦哭下。丑）等我換子衣裳去。（下。外吊場）

【前腔】好似半壁殘燈相吊影，蕭蕭白髮衰年，那堪弱息離身畔？思妻并念女，淚點未曾乾。

（哭介）玉蓮，我的親兒吓！阿呀！兒吓！（拭淚下）

送親

（老旦、小生合上）

【瑣窗寒】這門親非是我貪婪，無奈人來説再三。送荊釵愁他富室褒談，良媒竟没一言回俺，反教娘掛腸懸膽。（合）早間聽得喜鵲噪窗南，有何親舊來相探？

（净賓相隨生上）

【前腔】論人生嫁女婚男，不是姻緣怎妄貪？謾誇他豪門首飾衣衫。嫦娥志潔，甘居清淡，那聽他巧言啜賺？這姑姑因此上臉羞慚，此來必定喃喃。

（净）走咭，走咭。（生）此間已是了。待我先進去説知，然後你進來相見。（净）是哉，讓㕶先進去。（生）有人麽？（老旦）有人在外。（小生）吓，是那個呀？元來是將士公。（生）解元，乞煩説知，老夫要見令堂。（小生）是。母親，將士公穿了吉服，在外要見。（老旦）請進來。（小生）是。將士公，家母有請。（生作見介。老旦）將士公。（生）老安人，恭喜！解元，賀喜！（老旦）寒門似水，喜從何來？（生）老夫奉錢貢元之命，今日乃黄道吉日，特送小姐過門，爲此先着老夫來説知。（老旦）阿呀！倉卒之間，諸事不曾備得，怎麽好？（生）不消費心，一應多是錢宅支持。（老旦）既如此，我兒快去换了大衣。（生）有個賓相在外。（老旦）請進來。（生）待老夫唤他進來。（出介。净）喂！看子弗像個做親

個吓。冷氣冰生，紅也弗見掛，一個人也弗見面，個是那説？（生）賓相。（浄）許阿爹，出來哉偖？（生）裏面來。進去須説些好言語。（浄）是哉，我是曉得個，今日是强遭瘟拉裏哉。（進介。生）來，見了王老安人。（浄）此間就是王老安人？老安人，弗敢行大禮哉。（老旦）不勞。（浄）此位就是新官人？（生）正是。（浄）新官人，見禮哉。（小生）賓相。（浄）小子是錢宅來的贊禮賓相，有言奉告。（老旦）有何話説？（浄）今日送親是張姑媽，此人能言舌辨，倘或語言粗魯，一時日目犯，老安人不要記懷。小子先此禀明。（老旦）有勞。（浄）許阿爹，阿是先説明白個好？（生）好，還是你老作家説明白的是。（浄）新官人准備停當。諸事都是錢宅支持，老安人不必費心。（老旦）有勞。（浄）許阿爹，時辰還早來，先請姑媽叙叙，阿使得？（生）有理。（浄）先擡姑媽轎子上來。（内吹打介）伏以華堂今日喜筵開，拂拂香風次第來。畫鼓頻敲龍笛響，新親那步出庭階。姑媽孺人擡身緩步，請行。（丑上）

【寶鼎兒】親送侄女臨門，管取今朝喫得喟喟吐。

（浄）請老安人迎接新親。東賓親家，西賓姑媽，相見行禮，再禮。免禮。新官人見禮，相見恭揖。成雙揖。免禮。請姑媽相見寶山。（丑作跪介）阿呀！老爺！弗關得我事，阿哥叫我來個嘘。（浄）阿呀！個是那説？張娘娘今日出醜盡哉！（生）張媽媽。（丑）個是啥人了？（浄）個就是許阿爹嚛，做偖跪起來？（丑）啐！出來！我只道是巡夜官了，唬得我一身汗！就是許豆腐了？噲！老許，你拉囉裏冷廟裏偷個紗帽圓領着子來唬我老太婆！（生）我是有官職的。（丑）偖官職？（生）老夫是將仕郎。（丑）我道是骯玍郎了！老許，我到報呸一個喜信。（生）什麽？（丑）傍早居去罷，屋裏

着實介來𠮶相打。（浄）爲儕了介？（丑）道是賣子鑚鉛豆腐了，打碎子豆腐缸，滿街個人拉𠮶嚷。（生）休得取笑。（浄）請得位。（丑）三十六點。（浄）儕個三十六點？（丑）你説得會介。（浄）請得坐位。儕個？（丑）坐没竟説坐哉，儕個得會弗得會！（浄）介没請坐。（丑）個没是哉。（浄）請扳談。（丑）呸！亦弗求個雨，祈個晴，番儕個壇？（浄）説話就叫扳談，無非叙叙寒温個意思。（丑）説話就是説話哉，儕個番壇番壇。（浄）介没請説話。（丑）叫我説出啥個話來吓？有裏哉，請問親家母：你𠮶個樣窮，是還是祖上傳下來個呢，還是自家親手掙個？（浄）張娘娘，好時好日，吉祥點説話説兩句咭，那説介句話？（生）吉祥説話説些。（丑）㕹𠮶要吉祥，我到有點弗如意拉裏。（浄）弗要説哉，時辰已到，請姑媽扶鸞。（丑）咳！一身兼作僕，亦要我扶儕鸞。（浄）伏以一派笙歌列綺羅，女郎今夜渡銀河。請將玳瑁筵前酒，添入銅壺漏水多。新貴人擡身緩步，請行。（旦上）

【花心動】適遣匆匆，奈眉峰慵畫，鬟雲羞籠。（小生）月滿鳳臺，星渡鵲橋，和氣一門填擁。（丑）抹淡妝濃千嬌種，看承似珠擎璧捧。（合）喜氣濃，似仙郎仙女會合仙宫。

（浄喝小生、旦拜介。浄）二位新貴人免拜天地，就拜本堂，行禮。興。（小生、旦拜介）免禮。二位新人行夫婦禮，成雙揖。免禮。寶山相見，成雙揖。免禮。揭子方巾，弗要吹打哉。（内）糕酒，糕酒！（浄）是哉。許阿爹，個星雜項人拉𠮶要喫糕酒了。（生）對你説過的了，一應多是錢宅，不消在此，打發他們去。（浄）列位，許阿爹説纔到錢宅去，弗消嚷得哉。（内應介。浄）衆人𠮶纔去哉。許阿爹，茶房拉囉裏？等新親先喫起茶來。等我拏個甘蔗削削，荸薺果子筌筌，妝起來，日短天光，快點没好。

(生)賓相，其實今日不擺酒，結過了親，另日備酒。只是勞動你也到錢宅去罷。(浄)嗄，今日單做親，改日備酒？阿是改日備酒？(生)正是。(浄)個是及竟浄個哉。我茶酒没做老哉，從弗曾撞着蓋頭親事，也是百年難遇個。(生)少説些罷。(浄)是哉，即是那間個星人家，只做親，弗作喫酒，省得多，竟要行子個噓。弗惟主人家省浄辦，就是我裏行户中也受用。阿呀，許阿爹，個頭媒人弗知囉裏個冒入鬼做個，包得個能介乾浄相？(生)就是老夫爲媒的。(浄)阿呀！就是阿爹做媒人個，介没得罪，得罪！(生)不消説了。(浄)是哉，弗要説哉，等我作别子介。(生)不消了。(浄)我元是百家司務，豈有來弗参，去弗辭個，定道我也是遲貨哉。老安人，小子告别。(老旦)有勞。(浄)偖説話介？勞而無功，瞎得幾乎打攪子宅上。王官人，告辭哉。(小生)有慢。(浄)豈敢！我到弗敢説擾哉。張娘娘去罷，神州娘娘能介坐乱做偖？(丑)司務住拉裏，喜酒喫子口一齊去。(浄)喫酒吓，到弗作個。吔弗要來顧我，我到替你來裏愁。頭上借到脚後跟，囉裏來個饅頭果子乱還别人，個也話巴頭一遭。(浄下。丑)啐！出來！個是我裏阿嫂個，偖囉個借來個了？請問親家母，前筵擺在何處？後筵擺在何方？我裏大家快點竟坐子席罷。(老旦)姑媽，

【惜奴姣】只爲家道貧窮。(丑)久慕，久慕。(生)君子謀道不謀食。(丑)夾子娘個張嘴！難道孔夫子是弗動烟火介？(生)休得取笑。(老)守荆釵裙布，謹身節用。今爲姻眷，惟恐玷辱門風。(旦)空空，愧乏房奩來陪奉，望高堂垂憐寵。(丑)阿呀！好肚裏餓，肚裏餓。(合)喜氣濃，悄似仙郎仙女，會合仙宫。(合)

【錦衣香】夫性聰，才堪重；　婦有容，德堪重。天生美質奇才，彩鸞丹鳳。（小生）自慚非比漢梁鴻，何當富室配我孤窮？（旦）念妾非孟光，奉親命遣侍明公。（合）今日同歡共，想也曾修種。夫和婦睦，琴調瑟弄。（老旦）

【漿水令】恕貧無香醪泛鍾，恕貧乏美食獻供。（丑）咳！　又無些湯水飲喉嚨，妝什麽大媒，做什麽親送！　阿呀！　肚裏痛。我是餓弗起個，餓子是飽筋就要痛個。（衆合）休相笑，莫妄衝，惟恐外人相譏諷。（丑）也弗該缺我個禮。（衆）非缺禮，非缺禮，只爲窘中。（丑）做准要對阿哥阿嫂説個哉。（衆）凡百事，凡百事，望包籠。（衆合）

【尾】佳人才子德堪重，更人才又兼出衆，這夫妻到老和同。

（生）合卺交歡意頗濃，（老旦）琴調瑟弄兩和同。

（小生）今宵賸把銀釭照，（合）猶恐相逢似夢中。

（生）告辭了。（小生送生下。丑作睡介。老旦）姑媽，姑媽。（丑）嗳！　刁鑽勞，促掐勞，我説等我困介忽躲過子個餓陣，只管叫，老許介。（老旦）將士公去了。（丑）那老許也去哉？　好個鴛鴦，卸我拉裏也無用，左右立到夜，餓到黑！（立介）去罷。　親家母，多謝㕶待慢我。（老旦）多多有慢！（丑）介句説話！　小官人，我有兩句説話拉裏，聽子：　你要勤讀詩書，莫學懶惰，一舉成名，改換門户。記子好説話嚧，我忍子餓裏對你説個嚧。（小生）多謝！（丑哭介）我個肉吓！　我個肉吓！　姑娘拉裏一歇

歇，餓得昏頭搭腦，布裙帶收子十七八收乩。呸拉裏日長世久，那哼過個日脚介！我個肉吓！我個肉吓！拉乩自家屋裏無葷弗喫飯，到子幾裏無飯弗喫葷乩嘘。弗要慌，我叫李成家婆團個飯團拉呸喫嚟。我去哉。親家母，我今日看見子呸，弗知阿再來看見呸個哉。（老旦）何出此言？（丑）要到西天去哉，法名纔有個哉。（高聲介）叫做『餓空』。（老旦）爲何這般高聲？（丑）我是鐘變來個，越空越響。（老旦）休得取笑。隨我進來。（老旦仝小生、小旦下。丑）轎子來。（内介）雨落哉，快點走子來上轎罷。（丑）我乞個立弗直了，亦要我走介多化路。阿呀！壞哉！那説落起雨來哉！介個没那呢吓？亦虧子我方纔有主意，拉花轎裏，轎夫忘記一雙草蒲鞋拉哈，替我袖子來，難間竟用得着哉。讓我來着子裏走罷。（着草鞋，拽衣，遮頭，走介）阿呀！壞哉！轎子擡上點來。（渾下）

遣　僕

（外上）

【出隊子】追思前事，心下如同理亂絲。雖然頗頗有家私，怎奈年衰無後嗣，怎不教人朝夕怨咨？

萬般皆是命，半點不由人。當初招王十朋爲婿，只道一天好事，誰知我那婆子嫌貧愛富，定要嫁與孫家，我女不從母意，因此變作參商，反成仇怨。是我一時將機就計，將孩兒送過王門，不覺又是半年矣。咳！真個光陰似箭。聞得賢婿赴京科舉，思慮他家無人，意欲將西首書房收拾潔净，去接親家母女孩

兒同來居住，早晚也好看管。李成那裏？（末上）水將杖探知深淺，人聽言詞見腹心。員外有何分付？（外）書房打掃了麽？（末）打掃潔净了。（外）

【好姐姐】聽吾一言説與：王解元欲求科舉。料他去後，有甚積儲。（合）還堪憂慮，形單影隻添淒楚，只得分宅迎來此并居。（末）

【前腔】小僕聽東人囑付，到彼處傳説衷曲。料他聞請，必定無間阻。（合）勤看顧，推食解衣從所欲，方表骨肉親情果不虛。

（外）不忍他家受慘悽，（末）恩東惜樹更連枝。

（外）黄河尚有澄清日，（末）豈可人無得運時？（同下）

迎親

（老旦上）

【掛真兒】天付姻緣事諧矣，夫和婦如魚似水。（小生上）慈母心歡，賢妻意美。（旦上）深喜一家和氣。

（小生）母親，蘋蘩已喜承宗嗣，功名未遂平生志。黄榜正招賢，囊空無一錢。（老旦）家寒難幹運，謾自心頭悶。（旦）應舉莫蹉跎，光陰能幾何？（小生）母親，孩兒自與娘子成親之後，不覺半載。目今黄榜

動，選場開，郡中刻限十五日起程。争奈缺少盤纏，如何是好？（老旦）兒吓，自你父親亡後，家業日漸凋零，你今缺少盤纏，叫我做娘的實難措辦。（旦）官人，此係前程大事，況兼府尊催行。家道雖則艱難，盤纏實難辭免，可容奴家回去懇及爹爹，或錢或鈔，借些與官人爲路費，不知尊意若何？（小生）如此甚妙。（末上）若無漁父引，怎得見波濤？迤邐行來，此間已是。有人麽？（老旦）那個在外？（小生）待孩兒去看來。是那個？（末）王官人拜揖！（小生）足下何來？（末）小子是錢宅來的。（小生）少待。母親，岳丈那裏有人在外。（旦）待媳婦看來。原來是李成。（末）小姐。（旦）爹媽一向好麽？（末）託賴小姐，俱各平安。（旦）我在此半年，爹爹怎不着人來看我一看？（末）家中有事，不曾來看得小姐。（旦）今日到此何幹？（末）見了安人，自有話説。（旦）住着。婆婆，媳婦家李成要見婆婆。（老旦）久聞親家那裏有個李成，請進來。（旦）吓。李成，隨我來。（末）是。（旦）你見了老安人，須要下個全禮。（末）曉得。（見介）老安人在上，李成叩頭！（老旦）呀！李舅，請起。（旦）婆婆，這是媳婦的家裏人哟。（老旦）説那裏話來！敬其主以及其使。李舅，二位親家平安麽？（末）託賴俱各平安。（老旦）今日到舍，有何説話？（末）老安人請坐，待小人拜禀：

【宜春令】恩東命，遣僕來上覆：近聞知官人赴都，算來出路，料想家中添淒楚。待收拾客館書房，請安人同居另住。爲此令男女，造宅傳語。（老旦）

【前腔】蒙錯愛，爲眷屬，這深恩當銘肺腑。奈緣貧苦，欲報瓊瑤慚無措。到如今又特地邀迎，轉教人心中猶豫。我媳婦，還是怎生區處？（小生）

【前腔】因科試，欲就途，少不得抛妻棄母。千思百慮，母老妻嬌，却教誰爲主？既岳翁借宅栖身，分明是連枝惜樹。（老旦）繼母只怕不相容許。（旦）

【前腔】夫出路，百事無，况家中前空後虚。寒暄朝暮，媳婦孤身如何顧？拚得個愁臉羞顔，且幽居蓽門蓬户。我婆婆，慎勿再三推阻。

（末）老安人在上，俺員外説道：王官人赴京，家中惟有女流，外無老僕，内無小僮。我小姐既受蘋蘩之託，恐缺甘旨之奉，爲此將西首書房請安人、小姐另居。父女又得相親，婦姑又且得所。王官人衣錦榮歸，一發光耀寒門。教李成稟上老安人，請自三思，幸垂一諾。（旦）婆婆，李成之言甚爲有理，只望俯從。（老旦）媳婦，多承親家美意，我怎麽不去？只是家貧羞往見新親。（小生）世務艱難莫認真。（旦）料得沉吟無别意。（末）徑傳消息報東人。（下。老旦）

【繡衣郎】半生在陋巷幽棲，甘守清貧無所希。重蒙不棄，大厦千間相周庇。待孩兒異日榮身，報岳翁今朝恩義。（合）願從今，奮前程萬里；願從今，奮鵬程萬里。（小生）

【前腔】念埋頭十載書幃，黄卷青燈不暫離。春闈催試，看一掃千言如流水。非是我忍撇斑衣，只圖個高攀仙桂。（合前）（旦）

【前腔】想蒼天豈負黄齏？一舉成名天下知。錦衣歸第，不枉人稱風流婿。那時節，贈母對妻，纔得個揚眉吐氣。（合前）

(小生)春闈催試怕違期,(老旦)但願皇都得意回。(旦)躍過禹門三級浪,(合)管教平地一聲雷。(仝下)

回門

(外上)

【疏影前】光陰荏苒,嘆孩兒去後,愁病相兼。(末上)爲念窮親,迎歸别院,佇看苦盡回甜。員外。(外)吓!李成,你回來了麽?(末)男女回來了。(外)我着你到王宅去接取安人、小姐同居,不知可肯來否?(外)老安人初時只説不好攪擾,也還推阻。被男女禀上幾句,况小姐又從傍攛掇,先打發男女回覆,老安人、官人、小姐隨後就來了。(外)吩咐厨下備酒。你在門首伺候,到時通報。(下。末)曉得。(下。老旦上)

【疏影後】粗衣糲食心無歉,借居怕惹憎嫌。(小生上)欲赴春闈,暫抛親舍,凶吉難占。

(末上)吓!老安人、官人、小姐都來了,待男女通報。員外有請。(外上)怎麽?(末)老安人和秀才官人、小姐都來了。(外)説我出來。(末)吓,員外出來。(外出迎接介)親母請!(老旦)親家請!(外)親母請裏面相見。(老旦)老親家先請。(拜介。外)老夫接待不周,幸勿見罪!(老旦)寒家貧乏,無一絲爲聘,言之可羞。(外)小女自幼失教,蘋蘩惟恐有缺。(老旦)未遑造謝,反蒙寵招。(外)

重荷輝臨，不勝欣幸。（老旦）十朋過來，見了岳丈。（小生）岳丈請台坐，待十朋拜見。（外）常禮罷。（拜介。小生）念十朋三尺童稚，一介寒儒，忝居半子之稱，託在萬間之庇，有違參拜，無任戰兢。（外）小女得操箕帚，侍奉巾櫛，使老夫暮年有託。（旦）半載離膝，有缺甘旨，恕孩兒不孝之罪。（外）侍父，何罪之有？（老旦）親家，請親母出來拜見。（外）老荆有些小恙。（小生）小婿不知，失問了。（外）不得陪侍，容日另請見。（老旦）親母有恙，媳婦去問來。（旦）待媳婦進去問來。（下。外）親母，聞知賢婿不日赴京科舉，恐怕親家宅上無人，老夫打掃西邊空房一所，請親母到來，與孩兒同住，早晚也好照應。（老旦）只是相擾尊府，甚覺不安。（外）好説。賢婿幾時起程？（小生）郡限頗嚴，就在今日起程。（外）今日就行？李成，收拾行李。（旦上）婆婆，母親多多拜上，容日請罪。（老旦）好説。（外私問旦介）方纔母親可曾説什麽？（旦）母親睬也不睬。（外）咳！不必説起。李成，看酒來。（旦）爹爹，酒是小事，官人起身，盤纏要緊。（外）我曉得了。親母，老夫有水酒一杯，一來與親母接風，二來與賢婿餞行。（老旦）多謝老親家！（外送酒介）

【降黄龍】草舍茅簷，蓬蓽塵蒙，綱羅風颭。尊親到此，但有無一一望相遮掩。（老旦）恩沾，萬間周庇，悄一似寒灰撥焰。使窮親歡來愁去，喜悦腮臉。（旦）

【前腔换頭】心歡，甫效鶼鶼，爲取功名，反成抛閃。君今赴選，又恐怕别擁富家嬌艷。（小生）休言，我貞心守，怎肯便甘爲不檢，把糟糠一朝輕棄，行虧名欠？（外）

【黄龍滚】休將别淚彈，休將别淚彈，謾把愁眉斂。（老旦）奪利争名，進取須當漸。（旦）路途迢遞，不無危險。纔日暮，問路程，尋宿店。（小生）

【前腔】萱親省愁煩，萱親省愁煩，娘子休憶念。（旦）記取嚀叮，莫負却炊扊。（合）此行惟願鰲頭高占，功名遂，姓字香，門楣顯。（小生）

【尾】隨身不慮無琴劍，慮只慮盤纏缺欠。

（外）李成，取銀子來。（末應遞銀，外送介）些少白金行色添。小生收介）多謝岳丈厚意！（外）願賢婿名登金榜，早去早回。（老旦）我的兒吓！若不爲功名兩字，怎忍捨你前去？我今好似樹頭上黄葉，荷葉上水珠，朝不保暮了！我有幾句言語囑付你：我兒，你未晚先投宿，鷄鳴早看天；逢橋須下馬，過渡莫争先。世間危險事，都在道途間。（小生拜老旦介）

【鷓鴣天】謝得萱堂訓誨深，感蒙岳丈贈南金。娘子，在家須爲供甘旨。（旦）及第先教寄好音。（合）流淚眼觀流淚眼，斷腸人送斷腸人。

（外）李成，送下船去。（末）曉得。（小生同下。老旦）兒去也，自沉吟。（外）人生苦被利名侵。（旦掩淚介）晚來只恐傷親意，不敢高啼淚滿襟。（外）孩兒，扶親母到西書房中坐罷。孩兒引路。（旦）是。（重坐介。外）我兒，夫婿上京取應，好把婆婆恭敬。（旦）甘旨理宜趨承，謹奉爹爹嚴命。（老旦）多幸，多幸，骨肉團圓歡慶。（老旦）

【園林好】深感得親家見憐，助南金恩德萬千，更廣厦容留貧賤。得所賜，喜綿綿；蒙所庇，意拳拳。（外）

【沉醉東風】我孩兒三生有緣，與才郎忝爲姻眷。今日裏赴春闈，程途遥遠。助盤費，尚憂輕鮮。（旦）婆當暮年，父當老年，只願我兒夫榮歸故苑。（老旦）

【川撥棹】他憑取才學上京赴選，〔一〕又恐怕功名緣分淺。（外）老親母不必縈牽，不必縈牽，羡賢郎文章燦然，管取登科作狀元，管取登科作狀元。（合）

【紅繡鞋】旦夕祝告蒼天，週全。願他獨占魁選，榮顯。瀛洲步，錦衣旋，門閭耀，姓名傳，母妻封贈受皇宣。

【尾】從今且把眉舒展，遇良辰自宜消遣，骨肉永遠團圓。

（老旦）舉子紛紛争策藝，（外）此行願取登高第。

（旦）馬前喝道狀元來，（合）這回好個風流婿。

（外）老親母，别了。（老旦）多謝親家！媳婦送了親家出去。（旦）是。（送介。外）但有欠缺，你可對我説，我叫李成送來。（旦）曉得。（外下。旦）爹爹説，但有欠缺，教李成送來。（老旦）深感親家厚

〔一〕才：原作『你』，據汲古閣刊本《繡刻荆釵記定本》改。

意，明日你可去與我致謝。（旦）是。（仝下）

參　相

（浄上）

【引】幾年執掌朝綱，四時燮理陰陽。一人有慶壽無疆，兆民賴之安康。

爵尊一品，爲天子之股肱；權總百僚，作朝廷之耳目。廟堂寵任，朝野馳名。威振遼金而不敢南犯，才兼文武而每欲北征。正是：一片丹心能貫日，四方志氣可凌雲。老夫覆姓万俟，名卨，職受當朝宰相。年過五旬，并無子嗣，止生一女，年方二八，尚無佳配。聞説新科狀元是王，吓，官兒。（外、丑）有。（浄）新科狀元是？（外、丑）是王十朋。（浄）那裏人氏？（外、丑）温州永嘉縣人氏。（浄）人品何如？（外、丑）才貌兼全。（浄）你們在那裏見的？（外、丑）在瓊林宴上見來。（浄）我欲招他爲婿，不知那緣分若何？（外、丑）小姐是瑶池閬苑之神仙，狀元乃天禄石渠之貴客。若成兩姓姻緣，不枉今生一對。（浄）這些官兒到也會講。他今日該來參謁，我命爾等先露其情，然後通報。（外、丑）吓。（浄）來，若與諸進士同來，這話不必提起。（外、丑）吓。（浄下。外、丑）暫辭丞相府，專等狀元來。（下。三旦、生、末、小生仝上）

【引】十年身到鳳凰池，一舉成名天下知。（生）脱白掛荷衣。（末）功名遂，少年豪氣。

（小生）下官王十朋。（生）下官王士宏。（末）下官周璧。（合）蒙聖上之恩，得中高魁，來參閣下。（三

旦)這裏是了。(小生)通報。(三旦)新狀元投帖。(外、丑上)太師吩咐不必提起。(合)請了。(小生)相煩通報。(外、丑)請少待,相爺有請。(浄嗽上)怎麽説?(外、丑)諸進士投帖。(浄)多來了麽?(外、丑)多來了。(浄)這話不曾提起?(外、丑)不曾。(浄)開中門。(外、丑)相爺出來。(浄)列位請。(二生、末)老師相請。(浄)連城之璧,世不常有;合浦之珠,人所罕見。得接丰儀,實出萬幸。恭賜先行,勿勞過遜。請。(二生、末)老師相三台元老,晚生輩一介寒儒,只合執鞭隨蹬,焉敢并駕齊驅?(浄)列位執意不行,老夫奉命,只當引導了。(二生、末)老師相請台坐,待晚生輩拜見。(浄)不消。(小生)地砌玉街,恭上萬言之策。(生)名登虎榜,濫叨千佛之先。(一)(末)揣分瑜瑕,俯躬知愧。(浄)君子六千人,定霸咸期於一戰;扶揺九萬里,冲天遂冠於群飛。諸進士皆可畏之後生,狀元乃無雙之國士。請坐。(二生、末)老師相在上,理應侍立請教,焉敢望坐?(浄)多蒙列位賜顧,自有一茶之獻,那有不坐之理?(二生、末)如此,告坐了。(浄)這是翰林的舊規,有屈了。(二生)不敢。(末)老伯。(浄)元來是年侄。早知年侄到京,正欲請來作寓,奈場事在身,不曾奉邀,直待今日迎迓。(末)小侄一到京中,本欲叩謁;因場事在身,恐涉嫌疑,故此拜遲,多多有罪!(浄)好説!此乃敝年家之子,未遑造拜,先蒙賜顧。(上茶介)不得手奉了。請。(二生、末)不敢。(浄)殿元貴處是温州?(小生)是温州。(浄)好!文獻之邦。貴鄉還有一位也姓王?(生)是晚生。(浄)就是足

(一)先:原作『鮮』,據《新刻原本王狀元荆釵記》改。

下。妙吓！殿元文屬詞章，不亞河東三鳳；珠璣滿腹，豈誇荀氏八龍？（小生）鯫生拙作，愧不成章，有污老師相青目。（浄）殿元貴衙門有了麽？（小生）是，有了。（浄）在那裏？（小生）江西饒州僉判。（浄）江西？妙吓，江西乃魚米之地，富貴之鄉。老夫還是方伯的時候，也曾到過。但是地方窄小，不展殿元大才，正所謂大才而小用耳。（小生）不敢。但鯫生驟膺一命，民社之事，素所未諳，(一)容赴任時還要拜求大教。（浄笑）若論這樣大才，本該借重在館閣，早晚可以請教，怎麽又選了外任？也罷，權到貴治，不久榮擢本衙門，還可以請教。（小生）全賴老師相提携。（浄）豈敢？可曾領憑？（小生）還未。（浄）容易。這前日請教佳作，妙得緊。如蒼松古柏，天然佳景，有一種臨風御虚之趣；實乃錦心繡口，巧奪天功，使人閲之不覺兩腋生風。（小生）菲才不敢當此菁華。（浄）貴衙門也有了麽？（生）有了。（浄）在？（生）廣東潮陽僉判。（浄）在廣東潮陽，阿唷，這位的衙門與貴治就有霄壤之分了。雖云缺之久，陞之驟，就是一朝一夕也難。只怕還没有領憑？（生）還未。（浄）若没有領憑，在殿元分上，還有處。（生）多謝老師相提携！（浄）這是敝年家子，他的乃尊周静軒老兄在日，與老夫最厚；若在，也與老夫同事了。不道他棄世以來，使老夫不時悲悼。今見其子成名，不覺悲喜交集。聞得他除授在貴府作推。（二生）在敝地作推。（浄）這貴仝年反要稱他是老公祖。（二生）是。（浄）噲，老公祖！（笑介）世途上無非是一段佳話。前日看他文字，到也去得；雖則青年魁甲，却也留心時

(一) 諳：原作『暗』，據文義改。

務。但貴鄉是大邦，恐怕他不曉得民間弊細。這個還仗二位早晚指南，成就他做一個美官，不惟貴鄉民生受福，亦且貴年譜上有光。（大笑介）噲，老公祖，老公祖！擺飯。（二生、末）老師相垂青故舊，加意後學，晚生輩聞言感激；雖自愧愚陋，敢不竭其區區？晚生輩告辭了。（淨）如何去得能迫？（二生、末）各位老大人處多還未去。（淨）各衙門還没有去，先來看老夫，足見美情。不妨，各衙門知道在老夫這裏叙話，或者不怪與列位。（二生、末）話久恐絮煩老師相。（淨）既如此，二位先請。殿元還有話講。（生、末）是。今朝得入高門下，猶如錦上又添花。（生、末下。淨）恕不送了。請，請坐！（小生）是。（淨）殿元，當今處世，那些憨直一些也用不着。(一)妙吓，今年多是一班少年豪傑。此乃聖天子洪福。茶來。（外、丑）吓。（喫茶介。淨）殿元，老夫有一句話，本欲差個官兒到貴寓來相懇纔是，猶恐不的，想今日既在此，到是面呈了罷。（小生）不知老師相有何台諭？晚生自當領命。（淨）也没有别話。老夫年過半百，并無子嗣，只生一女，尚未受茶。老夫的愚意，欲攀足下爲坦腹，但不知尊意若何？（小生）蒙老師相不棄寒微，感德多矣。奈家有寒荆，不敢奉命。（淨）吓，殿元有尊閫了？妙吓！少年得第，又逢這等早娶，真乃洞房金榜，都被殿元占盡了。全美吓全美！殿元，只是還有兩句古語云：『富易交，貴易妻。』此乃人情乎？則這一句，殿元再没得講了。（小生）老師相，豈不聞宋弘云糟糠之妻不下堂，貧賤之交不可忘？朋雖不敏，請事斯語。（淨）咗！老夫這等講，他就那等講了

(一) 憨：原作『罕』，據文義改。

去。我想當朝宰相，招你爲婿，也不玷辱了你。（小生）停妻再娶，猶恐違例。（净）呸！

【八聲甘州】窮酸魍魎，對吾行輒敢數黑論黄，妝模作樣，惱得我氣滿胸膛！（小生）平生頗讀書幾行，豈肯紊亂三綱并五常？（衆）斟量，不如且順從俺公相何妨？（净）

【前腔換頭】端詳，這搊搜技倆，怎做得潭潭相府東床？出言無狀，那些兒謙讓温良？（小生）微名忝登龍虎榜，怎肯做棄舊憐新薄倖郎？參詳，料烏鴉怎配鸞凰？（衆）

【解三醒】王狀元且休閒講，這姻緣果是無雙。當朝宰相爲岳丈，論門户，正相當。（小生）寒儒怎敢過妄想？自古道糟糠妻不下堂。（净）忒無狀，把花言巧語，一趔胡講！（衆）

【前腔】千推萬阻，靡恃己長。只怕你舌劍脣鎗反受殃。（小生）謾相勞讓，停妻再娶名先喪。（衆）狀元請轉。（小生）咻！又何必苦相央？

（下。衆）他竟自去了。（净）他去了麽？他口中喃喃唧唧説些什麽來？（衆）他説又何必苦相央。（净）他是這等説？（衆）是。（净）我把你這没福的畜生，我來央你！豈不知朝綱中選法咱執掌？禍到臨頭燒好香。不輕放，定改烟障，休想還鄉！方纔這畜生説除授在那裏？（衆）江西饒州僉判。（净）那一個王呢？（衆）廣東潮陽僉判。（净）速去與吏部官説，把兩個衙門更相换轉。（衆）一樣的衙門，爲何要更相調轉？（净）你們那裏曉得，江西乃魚米之地，富貴之鄉；廣東潮陽乃烟障之所。我把這小畜生，

改調潮陽禍必侵，（衆）此人必定喪殘生。

（浄）平生不作皺眉事，（衆）世上應無切齒人。

（浄）明日這畜生必來辭我，不許相見。（衆）吓！（浄）連他什麼帖兒都不要收。（衆）吓！（浄下。衆）這人好没福吓！（下）

改書

（浄上）

【雙勸酒】儒冠誤身，一言難盡。爲玉蓮可人，常縈方寸。若得他配合秦晉，那其間燕爾新婚。

咳！凡人不可貌相，海水不可斗量。王十朋個小畜生，搭吾做盡子冤家。個個錢玉蓮明明是吾個房下，乞哩央個許將仕做子媒人，(一)竟搶子去。到京應試，個個狀元吾是穩穩放來荷包裏個，弗知囉裏學個剪綹法，竟剪子去哉。在家搶子吾個洞房花燭夜，到京來又奪了吾金榜掛名時，思之可恨！吾聞得他昨日去參万俟丞相，要招他爲婿，他又不從，被他叉了出來。咳！老王，老王，那了吥能弗會算計？

(一) 將：原作『蔣』，據文義改。

呧便就子万俟丞相個頭親事，等吾成子錢玉蓮，豈不是一得而兩便乎？ 吾今朝聞得有個承局要往温州公幹，小王要寄家書居去，那間吾坐拉下處也無用，且到街上去踱踱，尋着子承局，只説也要寄家書，甜言蜜語，騙哩個家書改作休書回去，説退他的親事。 吾元去央張姑娘爲媒，待他姑嫂兩個扭做一處，摟在一團，那錢玉蓮嫁子學生，吾元是一本好賬。 男兒吓，吾出去走走就來，倘或吾搭子客來若叫呧，切不可答應。 切記，切記！（内）曉得。（末上）

【前腔】官差限緊，心中愁悶。 在途路苦辛，怎辭勞頓？ 只恐怕誤了公文，那其間有口難分。

（撞介。 浄）吓！ 個那説！ 呧個個朋友，像是蟹變個横走個了，蓋條大路，拿學生蓋一□！（末）咦！這位相公有些面善吓，莫非就是温州孫相公麽？（浄）吓！ 足下莫非是承局哥麽？（末）小子就是。（浄）阿呀！ 得罪，得罪！ 久違，久違！ 常想忙碌碌囉裏去？（末）要到貴處去下公文。（浄）亦要敝處去哉，那了過個條路上來？（末）吓，王狀元要寄家書，特去取了來，爲此打從這裏走。（浄）吓！老王有家書居去了？ 咳！ 足見你炎凉世態。（末）怎見得？（浄）你看見老王中子狀元了，忙兜兜介去拿家書；　看見學生熖舊了，望也弗來望望吾。（末）不知孫相公在此，不曾來拜得。 得罪，得罪！（浄）假如學生也有介一封書，弗知呧阿肯帶帶？（末）孫相公有書，小子自然帶去。（浄）果個肯個？極感激個哉！ 但是要寫起來勒，阿可以屈到敝寓去？（末）當得。（浄）穿長街，過短巷，此間已是。（進介）再奉揖。（浄）孫興官壽纔拉囉裏去哉，有客人拉裏，拿茶出來。 個也奇哉，纔弗拉屋裏哉。 承

局哥，有數説個：大王弗靈小鬼弗興。吾裏個星小价看見小弟弗中了，吾前脚出子門，哩乤後脚也出去哉。弗是入賭場，就到人家去看戲哉。那處呢？若留個兄坐介，小价纔弗拉屋裏。吓，吓，方纔買書還剩個三錢銀子拉裏，兄到酒店裏去喫子罷。（末）吓，孫相公修起書來，小子在此候了去就是了，何須又要費鈔？（浄）弗是，有個原故：小弟個毛病弗好，若是做文章，寫書柬，有個人立拉眼睛前頭子，字脚脚也寫弗出哉。兄竟去喫介一壺，小弟書也寫完哉，阿是兩便？（末）如此，從命了。（浄）兄吓，你自沽三杯酒。（末）孫相公，你早寫萬金書。（拿包走介。浄）呀！拿子包去哉，叫吾弄傄介？叫哩轉來。承局哥轉來。（末）怎麼説？（浄）兄弗像個老江湖，㈠京中撇白剪綹個極多，㈡老兄到酒肆中去，難道拿個包位手裏子喫酒？少弗得放拉臺上。倘若喫子兩鍾酒，忘其所以，倒是學生之故哉。阿可以放拉敝寓？少頃來，拿書連包一齊拿子去，如何？（末）吓！吾曉得孫相公的意思，恐怕小子去了不來取書，要留在此做個當頭。竟放在此便了。（末下。浄）有個樣心個人也弗是狗養個哉。爲兄之説，倒是介惡水澆介。就拿子去，轉來，拿子去。哈，哈，哈！若不是花言巧語，怎得包兒到手？吾且關子門勒介，那間就是王帝來請唔門前去，也歇介歇。咦！個香家婆香哉？咳！家堂菩薩，祖宗亡人，若錢玉蓮該是吾個房下，個封書竟拉包裏。呀！蓋哆哈結，一個結，兩個結，三個結，記

㈠ 湖：原作『河』，據文義改。
㈡ 極：原作『及』，據文義改。下同改。

子三個結介。（取書看介）咦！拉裏哉，『此書煩寄到温州府城雙門巷内錢老貢元岳父大人親手開拆』。（大笑介）快活！快活！樂殺！樂殺！等我拆開来看，寫個哆哈拉浪。（念介）

【一封書】男百拜拜覆，母親尊前妻父母。個個狀元獨該讓哩做，一句説話，一家門纔包盡哉。吾老孫要包個一家門，就是三兩托白羅紙也寫弗盡吓。（又念介）離膝下到都，一舉爲魁身掛緑，除授饒州僉判府。待家小臨京往任所。寄家書，付承局。草草不恭兒拜覆。

好！寫得好！那間吾動起手来罷。他寫家書，吾改休書。自幼與他仝窗，筆跡相同，低頭不論紅白。

（笑介）拿硯瓦裏水来。（念介）

【前腔】男百拜拜覆，母親尊前妻父母。（念介）離膝前到都，一舉爲魁身掛緑。個句也是要個。（寫介）孩兒已掛緑，除授饒州僉判府。（念介）待家小臨京往任所。個句也是要個。呀！老孫差哉，個句是要個，個句亦是要個，弗是拉裏改書，到拉裏鈔書哉。若不放他幾句要緊處，怎得玉蓮到手？那亨蓋個話頭便好？吓，吓，吓，有拉裏哉。就拿個万俟丞相招贅個節事寫上去没是哉。（寫介）

贅居万俟相府爲女婿，可使吾前妻，别嫁孫汝權。個也奇哉，温州城裏城外，若大若小，姓張姓李個多得極，那亨偏要嫁個花嘴花臉個孫汝權？雲端裏跑蠻頭，露出馬脚来哉。弗好，弗好。（吟哦介）可

使前妻别嫁他。

咦！他者何人？也弗好。可使前妻别嫁，别嫁我。阿呀！越發弗好哉。個是王十朋寫個哟，我者，

原是王十朋哉哟吓！吾想曹子建七步成章，等學生踱介踱兒介。哈，哈，哈！有拉裏哉。可使吾前妻，吓，可使吾前，吓呀，亦弗是哉。再踱起。（又踱介）祖宗，亡人，家堂菩薩，吾老孫着脚做俚鄙文七字件，一揮而就，那亨今日句把説話再思量弗出哉？個個承局若是會喫酒個，多喫鍾把還好；若弗會喫酒個，喫子碗飯亦拉眼睛前頭哉。哩個書亦拆開哉，吾個書到弗曾寫來，故便那處？（思介）詩與不來，摇折腿吓，摇折腿吓！可使前妻别嫁夫。咦！通吓！是裏哉。贅居相府爲女婿，可使前妻别嫁夫。寄家書，要改個寄休書。寬哩寬介。免嗟吁，吾到饒州來取汝。取哩個娘，弗取哩個家婆。個叫做扁蒲鷄叫，不個葫蘆題裏使使。（封寫介）『此書煩寄到温州府城雙門巷内錢老貢元岳父大人親手開拆。』是哉。元替哩包好子介。方纔是三個結，一個結，兩個結，三個結，是哉。元書且袖過子介，那間就來也弗怕哩哉！等吾也寫兩句來朱吉子介。（寫介）『字付朱吉：吾自到京，功名之事，炤舊不售。你不要殼吾高中子，在家倚官托勢，至囑，至囑！可將冬暖夏涼描金彩漆拔步大凉床搬到十二間頭透明樓上，等吾居來與錢玉蓮做親。要緊，要緊！千萬，千萬！』那亨蓋個結句没好？吓！有里哉。『茶廳上大廳上不要放黄狗黑狗進去，出屎出尿，癲癲細細，切記，切記！』是哉。封好子介。『此書煩寄到五馬坊孫宅，付與家人朱吉開看。』（末上）折梅逢驛使，寄與隴頭人。孫官人，開門，開門。（净）來哉。（開介）來哉麽？（末）來了。書可曾寫完？（净）寫完子書，亦拉檯上困子一忽哉。個是兄個包裹，檢點檢點。白金二兩，聊爲路費。（末）多謝，多謝！（净）個是學生個家書，煩到家下去。

【朱奴兒】説因科舉，離鄉半春。從别後斷魚絶鱗，今日天教遇你們，趁良便附回音信。

（合）還歷盡山郭水村，指日到東甌郡城。

（浄）休憚山高與路長。（末）傳書管取到華堂。

（合）不是一番寒徹骨，怎得梅花撲鼻香？

請了。（下。浄）快活！快活！男兒，快些收拾行李居去做親。帽兒光光，打扮做新郎。�五錢一分，替吾暖房。樂殺哉！樂殺哉！（下）

别　任

（生上）

【稱人心】功名遂了，思家淚珠偷落。妻年少，萱堂壽高。恨閒藤來纏擾，教人耻笑。難貪戀榮貴姻親，百年守糟糠偕老。

辛苦芸窗二十年，喜看一日中青錢。三千禮樂才無敵，五百英豪我佔先。因參相，被流連，改調潮陽路八千。泥金已報平安字，慰我高堂望眼穿。下官王十朋，叨中上第，濫蒙聖恩，除授饒州僉判，已經寫書回去，接取家眷到來，同赴任所。誰想不從奸相姻親，將我改調潮陽，以此未得起程。本待再寄封書信回去，奈無便人，如何是好？（浄隨生上）

【普賢歌】先蒙除授任潮陽，僉判十朋也姓王。丞相倚豪强，將他調海邦。只爲不從花燭

洞房。

下官王士宏，蒙聖恩除授潮州僉判，只因王年兄不就相府招贅，把他改調潮陽，將下官改任饒州。今日起程赴任，特來告別。（净）啓爺，已到狀元公館了。（生）通報。（净）曉得。有人麽？（丑上）是那個？（净）家老爺拜辭老爺。（丑）少待。稟爺，王老爺拜。（小生）道有請。（丑）家爺出來。（生）迴避。（净）吓。（下。小生）吓，年兄請。（生）不敢。年兄請。（作進見禮介。小生）請坐。（生）有坐。（小生）請問年兄幾時榮行？（生）小弟今日起程，特來告别。（小生）多蒙光降。（生）不敢。小弟正欲請教：那相府招親乃是美事，爲何不就，以致改調？（小生）年兄吓，小弟一言難盡。（生）願聞。

（小生）小弟呵，

【白練序】十年力學，㈠今喜成名志氣豪，也只望封妻報母劬勞。誰知那相府逼勒成親苦見招？爲不從，將咱改調，此心懊惱。（生）

【前腔】吾兄免自焦，休得見小。論吉人，終須造物相保。休辭途路遥，聞説潮陽景致好。

（合）焚香告，一心靠着，蒼天便了。

（外上）吏部文憑發，忙催赴任行。自家吏部當該是也。爲送文憑與王仕宏，説到王狀元寓所去了，爲

㈠ 學：原作『孝』，據《新刻原本王狀元荆釵記》改。

此特地而來。此間已是，不免逕入。二位。（二生）請了。到此何幹？（外）

【婆羅門賺】限期已到，請馳騎登途宜早。（生）意難拋，今朝拜別俺故交。（小生）自懊惱，我往潮陽歸海島，君往饒州錦繡繞。（外）休嘆息，願此去各家善保，且寬懷抱。

（生）外廂伺候。（外下。生）

【前腔】願赤心報國安民，大凡事理宜公道。（小生）望吾兄，忠心一片天可表。去任所，管取民歌德政好。（生）德政好時民無擾，多蒙見教。（小生）乏款曲，休嗔免笑。（衆旂傘上。生）告辭先造。

告辭了。昔日與君仝獻策，今朝各自奔前程。（衆喝下。小生）咳！罷了，罷了！叵耐權臣奸詐深，將人無故苦相侵！正是：虧心折盡平生福，哧！行短天教一世貧！

【紅芍藥】切齒恨奸臣，將咱改別調，却將那王仕宏除授改饒。咱授海濱勤勞，空教，空教那斷謀陷我！天憐念，豈落圈套？但願得夫妻母子來此永團圓，一家多榮耀！

【前腔】到得潮陽且歡笑，其時放懷抱，施仁佈德，愛善除豪，官民共樂唐堯。還教，還教要訓愚共暴，當效他退之施教。但願得三年任滿再還朝，加爵禄官誥。

【尾聲】忠心赤胆報皇朝，功名富貴人難效，姓字凌烟閣上標。

逼勒成親吾不從，任教桃李怨東風。

饒君使盡千般計，天不從時總是空！（下）

前拆

（旦隨老旦上，合）

【傍妝臺】意懸懸，倚門終日，望得眼兒穿。自他去後歷鏖戰，杳没個信音傳。多應他在京得中選，因此無暇修書返故園。他若是登金榜，怎不錦旋？教娘心下轉縈牽。（末承局上）

【賺】渡口離船，早來到錢家宅院前，咱不免偷閒先下彩箋。有人麽？（老旦）甚人言？（末）不免徑入。（老旦）原何直入咱庭院？（末）爲一舉登科王狀元。（老旦）那個？什麽王狀元？（末）就是王梅溪老爺。（老旦）吓！王梅溪，這就是小兒了吓。（末）如此説，是太夫人了？失敬了。（作揖介。老旦）不敢。請問先生是那裏來？到舍有何貴幹？（末）小子是省堂承局。因來便，特令稍帶家書轉。（老旦）有勞了。喜從人願，喜從人願。

【前腔】吓，先生，他爲何不整歸鞭？附與書時有甚言？（末）教傳語，説因參丞相被留連。（旦）婆婆，他説留連，敢是不回來了？（老旦）媳婦的兒吓！你且免憂煎，可備些薄禮酬勞倦。（旦）回房不及了，就把銀簪當酒錢。（老）這也使得。先生，這物輕鮮，權爲路費休辭免。（末）在京領過狀元的賞賜。（老旦）不必推辭，請收了。（末）多謝太夫人！去心如箭，去心如箭。

(末下。老旦)媳婦，我每去報與你爹爹知道。(旦)有理。(合)

【皂角兒】嘆想連年時乖運蹇，喜今日姓揚名顯。步蟾宮高攀桂枝，跳龍門首登金殿。把宮花斜插戴帽沿邊，瓊林宴，勝登仙。早辭帝輦，榮歸故園。那時節，夫妻母子，大家歡忭。

(旦)爹爹，母親有請。(外、付接唱同上)

【尾聲】鵲聲喧，燈花艷。(旦)丈夫有書回來了。(外)媽媽。(付)老老。(外)果然今有信音傳。

(外)吓！　李成家婆，准備華堂開玳筵。

(老旦)親家，孩兒有書回來了。(付)親家母，恭喜，賀喜！(外)親母，這書是那個寄來的？(老旦、旦)是承局寄來的。(旦)送與爹爹開折。(外)不敢。還是送與你婆婆開折。(老旦)還是親家開折。(付)住了，呧虱弗要推，看書面上寫囉個開折就是哉。(外)這句也説得有理。待我看來。『此書煩至温州城雙門巷錢老貢元岳父大人親手開折。』喂，媽媽，是我開折。(付)老老，若是呧開折，等我尋一管赤毛頭搭呧鬬鬬。(外)開折之折。親母，有占了。(老旦)好説。(付)老老，念嘿是哉。(外)你們大家來聽吓。

【一封書】男八拜，吓！　這書不像個有才學的人寫的吓。(付)那了？(外)兒子寫與母親應寫『百拜』，怎麽是『八拜』？(付)老老，故嘿真正有才學個寫個，呧兩拜，我兩拜，親家姆兩拜，夫婦之情也是兩拜，共成八拜，(外)嗨！　拜覆母親尊前妻父母。離膝下到都，一舉成名身掛緑。(付)老老，偺

個叫掛緑？（外）中了狀元謂之脱白掛緑。親母，恭喜，賀喜！（老旦）同喜，仝喜！（付）喂！四鄰地方！我俚個女婿中了狀元哉！（外）媽媽，進來。你在外邊嚷什麽？（付）弗是，嚷拉鄉鄰聽聽，免子差使好個。（外）吓！有麝自然香，何必當風站？（老旦）親家，請看完了。（外）招贅万俟丞相府。我兒，來，來，來！（旦）爹爹，怎麽？（外）這句有些不妥。（付）咦！僭了？賊頭狗腦，等我去聽聽看。

（外）可使前妻别嫁夫。寄休書，免嗟吁，草草不恭兒拜覆。

（付搶書介）拉裏哉！好吓！我只道家書，倒是休書！老小花娘纔替我走出去！（外）阿呀！這，這是那裏説起！（老旦）阿呀！

【剔銀燈】親家母不必怒起，容老身一言咨啓。我孩兒頗頗知法禮，肯貪榮忘恩失義？

（付）小娼根！老花娘！□走出去！（外）媽媽，不可如此。須知道天不可欺，决不肯停妻再娶。

（付）

【前腔】忘恩義窮酸餓鬼，纔及第輒敢無禮。只因賤人不度機，教娘受腌臢惡氣。如今却元來誤你，羞殺了夫人面皮。

（外）媽媽，一紙家書未必真。（付）思量情理轉生嗔。（二旦）霸王空有重瞳目，有眼何曾識好人？（旦）婆婆，怎麽處？（老旦）不妨，有我在此，隨我來。（下。付）走出去！（外）媽媽，不要嚷，我去打聽個着實，再作道理。（付）老烏龜，快點去打聽！若無介事，饒吓；若有個樣事，□我就撞煞拉吓個

老入娘賊身浪乱。（外）媽媽，不要動氣，待我去打聽打聽就來。（付）快點去！快點去！（下。外）正是：莫信直中直，須防仁不仁。阿呀！難道王十朋果然有此事？我若不信，這書中的筆跡是王十朋的；我若信了，難道教我那女孩兒嘿再去改？吓！阿呀！阿呀！（哭介）我越想越苦吓，越想越惱吓！（哭介）

【步步嬌】想當初，要與王家把姻親結，是我先送過年庚帖。我見他貧窮，是聘禮不求奢，止有這一股荊釵，我也再無別説。咳！老天吓，老天！指望百歲永和諧，誰知半路相抛撇！咳！呀，呀，呀！呸！

【江兒水】説甚今生契，都應是前世孽！喂！王十朋，王十朋，你若幹了這樣没天理的事是呀！縱做高官顯爵，你的名兒缺！喂！我怎麽樣待你的？阿呀！和你共處同居，把你全家接。喏！臨行時，又把黄金貼。真是負心薄劣！也不要怪我那婆子吵鬧吓，就是活佛爺爺，也倒下蓮臺自跌。

【川撥棹】你忒情絶，好、好教人腸寸折。方纔説這書是承局寄來的，他一定在府前公幹，吓！我如今就、就到府前去尋他便了。我向承局問個枝葉，向承局問個枝葉，好和歹我心始洽。我回家，好細説。問他行，好辨别。

【尾聲】薄情人做事忒乖劣，閃得人没下稍來没下節。咳！我是倒也罷了吓！阿呀！只是苦

煞我的姣兒他没話説。

我如今就去打聽，我如今就去打聽。（下）

哭鞋

（老旦上）

【東甌令】兒媳婦，哭啼啼，昨夜三更出繡幃，今朝起來没尋處，教我没把臂。一重愁反做兩重悲，使我淚珠垂。

（末上）不好了！莫取非常樂，須防不測憂。老安人在那裏？（老旦）李舅回來了？小姐可曾尋着？（末）不好了，小姐投江死了！（老旦）你怎麽曉得？（末）現有小姐的繡鞋在此。（老旦）取來我看吓。這繡鞋果然是我媳婦的。阿呀！阿呀！（暈倒介。末）阿呀！老安人甦醒！老安人甦醒！男女不好攙扶。（老旦）

【山坡羊】撇得我不尷不尬，悶得我無聊無賴。親家母吓，你一霎時認真，故意將他害，教我怎佈擺？這禍從天上來。（末）老安人，你早晚也該防備他些纔是。（老旦）李舅，你説那裏話來！他有嫡親嚴父，尚且不遮蓋，反將他諧老夫妻生拆開。（合）哀哉，撲簌簌淚滿腮！傷懷，生擦擦痛怎捱！

（外、付上）姣女無尋處，痛殺白頭親。親母爲何在此啼哭？（老旦）阿呀！親家，不好了！媳婦投江死了！（外）怎麼曉得？（末）男女在江邊拾得小姐的繡鞋在此。（付）投江死哉，謝天地！（外）在那裏？（末）哪！這不是？（外）這，這，這繡鞋果是我女兒的！阿呀！阿呀！（倒介。老旦）阿呀！親家，醒來！（末）員外甦醒。（付）阿呀！老老醒醒，前門叫弗應，後門去叫。老老！呸，出來！老入娘賊！好臭屁！（外）

【前腔】不念我年華高邁，不念我形衰力敗。（付）李成，㕶個入娘賊，弗知囉裏拾介隻鞋子居來，炒得屋裏落江水渾。（外）不念我無人養老，不念我絶宗派。（末）員外且免愁煩。（付）老老，弗要哭哉！（外）吓！李成，你道此禍是那個起的？（末）男女不知。（付）老老，是囉個起個了。（外打付介）⿰口亦！都是你這老禍胎。（付）阿唷！阿唷！打子我個爛痔膀哉！關我⿰亻奢事了？（外）你受了孫家聘禮財，逼得他含寃負屈投江海。（付）我是要俚上天，囉個叫俚對子水底下鑽個介。（外）親母，老夫掙得一塊空地，指望令郎和小女把我這幾塊老骨頭埋葬，不想令郎贅居相府，小女又投江死了。咳！我錢流行好命苦，好命薄也，閃得我有地無人築墓臺。（合前）

（付）李成，㕶既曉得小姐死子，爲⿰亻奢弗打撈打撈屍首？（末）阿呀！安人吓！

【川撥棹】乞聽解：這長江無邊界，況三更月冷陰霾，況三更月冷陰霾。這其間有誰人來往，知骸骨安在哉？只尋得一繡鞋。（合）淚灑西風傷懷痛，憶幽魂，無依賴。青春女，身

喪在江淮，身喪江淮。白頭親誰埋草萊，不由人心痛哀。這愁眉何日開，這愁眉何日開？

（付）住子，老老弗要哭哉，親家母嚛弗要氣哉。我有一句説話拉裏：長話弗如短説，撈魚弗如摸鱉。有數説個，阿哥死子嫂弗親。呏亚兒子入贅相府，我裏囡兒投江死哉，搭呏親絲絲嚛無哉。冷廟裏菩薩請出，鹽菜缸裏石頭掇出，皮匠擔裏楦頭搬出，脚湯水濊出，親家母依我請出！（外）呏！老不賢！女兒死了，骨肉未冷，况親母是個隻身，趕他到那裏去？（付）開口便見喉嚨，提起尾巴就見雌雄，眼睛前頭單單多得我一個。一點弗難個，等我走子出去，讓呏亚兩個做人家，如何？（外）老乞婆！你好含血噴人！（付）怕翻弗是故意思了！（老旦）親家在上，老身有一言相告。（外）親母有何見諭？（老旦）只爲小兒一封書信，致使令愛身亡，老身在此實切不安。待老身親往京師，訪問小兒下落，作意就要起身，望親家鑒察。（外）親母親往京師去見令郎極是有理，但親母是個隻身，怎生去得吓？也罷，待我打發李成相送到京便了。（老旦）多謝親家！（付）李成是去弗得個。（外）爲何？（付）我要用個。（外）胡説！（付）屋裏無人。（外）有我在此。（付）呏只好了我個事。（外）嗨！（老旦）老身此去，未知何日回來，意欲往江邊祭奠一番，（一）以表姑媳之情。（外）多謝親母費心！李成。（末）有。（外）你去收拾行李盤纏，送老安人進京；再整備祭祀，同老安人順便到江邊祭奠小姐。（末）曉得。（下。老旦）親家請上，老身就此拜别。（外）老夫也有一拜。（同拜介。老旦）

（一）番：原作『翻』，據文義改。

【勝如花】辭親去，別淚零。（付）迎新弗如送舊，等我嚛拜拜噓。親家母拉裏怠慢呸。（外）唗！誰要你拜！（付）噢，就弗拜，介出呸看阿像拉乱拜堂？好肉麻！囉裏看得？倒讓我走開點罷！（下。外、老旦合）豈料登山驀嶺？只因他遞柬傳書，反教娘離鄉背井，又未知何日歡慶？愁只愁一程兩程，况未聞長亭短亭。暮止朝行，趲長途曲徑。（付、末暗上。外）李成。（末）有。（外）你休辭憚跋涉奔競，願身安早到神京。

（老旦）拜別親家心痛酸。（付）從今客去主人歡。（外）正是妻賢夫禍少。（合）果然子孝父心寬。（老旦）親家，老身去了。（外）親母，路上保重。（老旦）多謝親家！阿呀！媳婦的兒吓！（下。外）李成，你送王老安人到京，見了狀元，即便回來。家裏無人。（末）男女曉得，員外在家須要保重。（付）李成轉來。（末）怎麼説？（付）呸送到子奔牛就轉來嘿哉。（末）爲何？（付）有數説個，奔牛李成連牽個。（末）什麼説話！（下。外）阿呀！玉蓮我的親兒吓！（付）老老，弗要哭哉，死個是死，活個是活，搭呸挽起子眉毛做人家。（外）老乞婆！女兒死了，還要做什麼人家！（付）難道俚死子就弗要做人家哉？（外）我如今不許你住在家裏，與我走出去！（付）趕我到囉裏去？（外）親戚人家去！（付）親眷乱吓，有數説個，親眷人家盤博盤，鄉鄰人家碗博碗，俚乱大盤大盒介送子來，我裏荸薺大個盤弗曾送去，叫我那去？（外）到鄰舍人家去！（付）十家鄉鄰九家斷。便是對門口嬸嬸搭我説得頭來點，前日俚乱扈醬豆弗耽甑腰拉我喫了，不我罵斷哉。（外）到庵堂寺院裏去！（付）個個老老要死嚛介，無塌煞個！個和尚道士是色中餓鬼，看見子我個樣如花似玉個老太婆，阿饒得我過個？（外）

你原來也没處去！（付）我是踏盡竈前灰個，叫我囉裏去？（外）老乞婆吓！

【憶虎序】我當初娶你。（付）弗是娶個，難道倒是我走上大門個了？（外）指望生男育女。（付）夾子唔個篤，自家貪子個呷黄湯，到子夜頭，頭未上床脚先睏。個出事務，難道我倒扒拉唔身浪來弗成？（外）没廉耻，誰知你暗使牢籠之計，逼勒我的孩兒投江身死。（付）俚自家短壽命，關我儕事？（外）我寫狀經官呈告你。（付）告我儕個？（外）告你是不賢婦薄倖妻，告到官司，告到官司。（付）就到當官嚛無儕個罪。（外）雖没有罪，打得你皮綻肉飛。

（付）且住，老老認真氣拉乱，倘然真真去告到官府，個個官府拿我一看，説道：『這個婆子花嘴花臉，一定不是個好人！分付與我撈起來！』阿呀呀！尿頭纔要撈出來乱，個嘿那處吓？有裏哉，個個老老最怕哭個，等我不一哭俚使使。無得眼淚嘿那處吓？有拉裏，塌點饞吐嘿是哉。阿呀！我個老老吓！

【前腔】我當初嫁你，也是明媒正娶，又不是暗裏偷情，和你强結夫妻。（外）什麽夫妻，分明是冤家！（付）相隨百步，尚有徘徊之意。可見男子心腸，薄情負義。我非不賢婦薄倖妻。老老吓！免告官司，免告官司，和你團圓到底。

我搭唔做子十年個夫妻，十年弗好嚛有一年好，一年弗好嚛有一月好，一月弗好嚛有一日好，一日弗好嚛有一個時辰搭唔肉骨肉細介好。我個好老老吓！（外）不要哭！（付）噢，就弗哭。（外）退後！

（付）噢，走開點。（外）且住，我若趕他出去，外人知道的，説這老不賢不好；不知道的，説我錢流行一個妻子養不得，趕在外頭，出乖露醜，豈是儒家之道？過來。（付）拉裏。（外）你既要住在家裏，須要依我三件。（付）弗要説三件，就是三百三千三萬纔依唔。（外）第一件，我見了你就要惱，不許和我同檯喫飯。（付）弗希罕！我搭皇帝同喫。（外）什麼皇帝？（付）竈君皇帝哉那。（外）嗨！第二件，凡有客人在堂和我講話，不許你來插嘴。（付）倘然唔説人家弗過，插介一句。（外）走出去！走出去！（付）噢，弗插！弗插！（外）那第三件，李成不在家，尿瓶馬桶都要你倒。（付）兩件依子唔，個一件難依個。唔歡喜喫個星生葱生蒜，希臭彭天，弗對個。（外）走！走！走！香的所在去！香的所在去！（付）吓！香個！香個！黃熟香！安息香！零零香！（外）咈！老不賢吓！自今以後，須要改過前非做好人！（付）從今怎敢不依尊？（外）收拾書房獨自睡。（付）打點精神養子孫。（外）咈！我牙齒都没有了，還想養什麼兒子！没廉耻！（下。付）蓋個老冒人，唔倒問聲個星看戲個，看人家養兒子要用偖牙子個了！真正老魘子！看唔那道吓！（下）

女祭

（老旦上）

【引】柳拂征衣路未央，可憐年邁往他鄉。（末上接）漫自慇勤設奠，血淚灑長江。

（老旦）李舅，小姐的繡鞋在那裏拾的？（末）吓！還在前面些，請老安人再行幾步。（老旦）

【綿搭絮】尋踪覓跡，含淚到江邊。（末）老安人請住步，小姐的繡鞋就在此處拾的。（老旦）吓！小姐的繡。（作哭噎介）就在此處拾的？（末）是。（老旦）擺下祭禮。（末）曉得。（老旦）阿呀！媳婦的兒吓！你看渺渺茫茫浪潑天，可憐辜負你青年。（末）小姐吓！你清名雖則留千古哪！這是白髮親姑誰可憐？（老旦）看香。（末）吓，有香。（老旦）快些。（末）來了。（老旦）香呢？（末）吓！老安人，男女只爲起身得促，那香到忘了。（老旦）吶！些須小事，你就忘了？（末）咳！真正不小心。（老旦）阿呀！媳婦的兒吓！你一炷香也没福消受。也罷！只得撮土爲香，禮雖微，表娘情意堅。望靈魂暫且聽言。指望松蘿相倚，誰想你抱石含冤！阿呀！媳婦的兒吓！撇得我無倚無依。媳婦的兒吓！你帶我的孝纔是正理，今日裏呵，教娘反披蔴哭少年。（末）

【憶多嬌】哭少年，送少年，安人奠酒，男女化紙錢。催促登程休辭倦，不必留連，不必留連。要趲程途萬千。

（老旦）李舅，把祭禮撇在江中罷。（末）曉得。小姐吓，保佑老安人在路上好行好走。我們是去了嘘。（老旦）

【風入松】嘆連年貧苦未逢時，誰想一旦分離？我孩兒自別去求科舉，怎知道妻房溺水？我待説來，猶恐驚駭孩兒。吓，李舅。（末）老安人。（老旦）你决不要與他知。（末）

【前腔】安人，不必恁躊躕，且聽男女區處。只説狀元有信催迫起，先令我送安人來至。那

其間方説個就裏。吓！老安人，决不要便驚疑。（老旦）

【急三鎗】痛意情難訴！常思憶，常憂慮，心戚戚，淚如珠。（末）且是登程去，休思憶，休憂慮，在途路上免嗟吁。（老旦）

【風入松】你如何叫我免嗟吁？我這老景憑誰？年華老邁難移步，旦夕間有誰來温顧？恨只恨，他們的繼母逼他嫁，葬魚腹。（末）

【急三鎗】若説是葬魚腹，如何懺，如何度，經與咒，總成虚。（老旦）你在黄泉下，有誰來懺，誰來度？屈死得最無辜。（末）

【風入松】咳！果然死得最無辜。哪！我家的小姐是，論貞潔真無。姻緣契合從今古，拆散了夫妻皆由天數。（合）哭啼啼，擔愁在途，未知何日裏到京都？

（老旦）阿呀！媳婦的兒吓！（末）老安人且免愁煩，趲路要緊。（老旦拭淚，末隨下）

見娘

【夜行船】一幅鸞箋飛報喜，垂白母想已知之。日漸過期，人何不至？使我心下轉添縈繫。

雁塔題名感聖恩，使鴻早已寄佳音。思親目斷雲山外，飄渺鄉關多白雲。下官王十朋，自中榜之後，即便修書附與承局寄回接取家眷，同臨任所。一去許久，怎麽還不見到來？使我常懷掛念。吓，長班。

（付暗上）有。（小生）家眷到時，即忙通報。（付）吓。（小生）正是：雖無千丈綫，萬里繫人心。（付隨小生下。老旦上）

【引】死別生離辭故里，經歷盡萬種孤悽。（末上）昨過村莊，今入城市，深感得老天週庇。

（老旦）吓，李舅，可曾打聽狀元的行館在於何處？（末）男女已曾打聽，説在四牌坊下。請老安人再行幾步。（老旦）吓，聞説京師錦繡邦，果然風景勝他鄉。（末）紅樓翠館笙歌沸，柳陌花街蘭麝香。（看介）『狀元王寓』，吓，老安人，這裏是了。請老安人看好了行李，待男女去通報。（老旦）快去通報。（末）曉得。吓，老安人，男女到忘了。（老旦）吓，李舅，你忘了什麽？（末）請老安人把頭上的孝頭繩除下了，恐驚了狀元老爺，不當穩便。（老旦）又是你説，不然，我竟忘了。阿呀！我那媳婦的兒吓！（哭介。末）請免愁煩，待男女去通報。（老旦將孝圈藏袖介。末），吓，門上那位在？（付上）什麽人？（末）這裏可是王狀元的公館麽？（付）正是。你問他怎麽？（末）報去説家眷到了。（付）吓，家眷到了？請少待，狀元老爺有請。（小生上）怎麽説？（付）家眷到了。（小生）吓，家眷到了？先着來人進見。（付）吓，大叔呢？（末）怎麽説？（付）老爺先着你進見。（末）曉得吓。狀元老爺，男女李成叩頭。（小生）吓，阿呀呀！李舅請起。老安人、小姐都到了麽？（末）都、都到了。（小生）吩咐開正門。（付）吓，老爺出來。（小生）吓，母親。（老旦）十朋。（小生）孩兒迎接母親。（老旦）起來。（進介。小生）吓，李舅，小姐呢？（末）吓，小姐還在。（老旦）十朋。（末）吓，狀元老爺，老安人相請。（小生）吓，來了。吩咐起行李。（付）吓。（下。小生）母親。（老旦）我兒。（小生）母親請上，待孩兒

拜見。（老旦）罷了。（小生）孩兒只爲功名，久缺甘旨，途路風霜，望恕孩兒不孝之罪。（老旦）兒吓，你在此爲官，一向可好麼？（小生）母親聽禀：

【刮古令】從別後到京。（老旦）可思想做娘的麼？（小生）慮萱親當暮景。（老旦）不想也有今日相會。（小生）幸喜得今朝重會。（老旦嘆介）咳！（小生）又緣何愁悶縈？（老旦）做娘的没有什麼愁悶。（小生）是。孩兒告退。（老旦）去。（小生）阿呀！且住，我想今日母子相逢，合當歡喜，怎麼我母親悶悶不樂？吓，待我去問李成。吓，李舅。（末）狀元老爺。（小生）老安人爲何悶悶不樂？却是何故？（末）吓，老安人麼，想是在路上受了些風霜，所以如此。（小生）吓，原來老安人在路上受了些風霜，所以如此。（末）正是。（小生）非也。我曉得吓！（末）吓，狀元老爺曉得什麼來？（小生）哪！莫不是我家荆，（末）小姐便怎麼？（小生）看承得我母親不志誠？（末）吶！小姐在家盡心侍奉老安人，是不離左右的。（小生）吓，小姐在家盡心侍奉老安人，是不離左右的？（末）正是。（小生哭跪介）阿呀，親娘吓！你分明説與伲兒聽，你那媳婦呵，他怎生不與娘共登程？（老旦）

【前腔】我心中自三省，轉教娘愁悶增。（小生）媳婦爲何不來呢？（老旦）你媳（末摇手，老旦點頭）婦多災多病。（小生）吓，李舅，小姐有病麼？（末）正是有恙。如今是好了。（小生）阿呀呀，謝天地！（老旦）况親家兩鬢星，家務事要支撐，教他怎生離鄉背井？爲你饒州之任恐留停。兒吓，你岳丈最有分曉。（小生）有甚分曉？（老旦）先令人送我到京城。

（小生）原來如此。孩兒再告退。（老旦）去。（小生）阿呀，且住，我聽母親的言語，甚是不明。吓，待我再問李成便知明白。李舅。（末）狀元老爺。（小生）你把家中之事細細説與我知道。（末）狀元老爺聽禀：

【前腔】當初待起程。（小生）住了。我正要問你起程之時爲何小姐不來？（末）小姐來是要來的吓。（小生）爲何不來呢？（末）誰想到臨期成畫餅。（小生）呀！成什麽畫餅呢？（末）呀！若説起投江一事，恐唬得恩官心戰驚。（小生）住了！什麽驚？（末）吓，男女不曾説什麽驚吓。（小生）你明明説一個驚字，怎麽説不曾？（末）没有什麽驚吓。（小生）阿呀，母親，李舅明明説一個驚字的。（老旦）吓，李舅，你説什麽驚字，可説與狀元爺知道。（末）吓，吓，有一個驚字的。説我家小姐呵，（小生）小姐便怎麽？（末）在途路上少曾經，就是這個經字喏。當不得許多高山峻嶺，餐風宿水怕勞形。因此，我家員外呵，將小姐留住在家庭。（小生）

【前腔】呀！端詳那李成，語言中猶未明。李舅過來。（末）有。（小生）我在家見你志成老實，故把言語來問你。你怎麽也把話來支吾我麽？（末）男女怎敢？（小生）唗！（末）是。（跪介。小生）今後再也不來問你了！（哭跪介）阿呀！親娘吓！你把就裏分明説破，免孩兒疑慮生。（老旦哭介）咳！（小生）呀！因甚的變顔情，長吁短嘆淚珠零？（老落孝圈介。小生拾介）呀！（老旦）阿呀！（小生）呀！袖兒裏落下孝頭繩，莫不是恁兒媳婦喪幽冥？

阿呀！母親吓！這孝頭繩是那裏來的？快快説與孩兒知道。（老旦）阿呀！親兒！千不是，萬不是，都是你不是。（小生）怎麽都是孩兒不是？（老旦）你且起來。（小生）是。（老旦）我且問你，你當初的書是那個寄回來的？（小生）是承局寄回來的吓。（老旦）可又來。當初承局書親附，折開仔細從頭睹，道你狀元僉判任饒州。（小生）這句是有的吓。（老旦）阿呀！親兒吓！你下面這一句就不該寫了。（小生）是那一句？（老旦）休妻再贅万俟府。（小生）阿呀！母親吓！語句都差了。（老旦）哇！（小生）是。（跪介。老旦）語句雖差字跡真。（小生）那時岳父便怎麽？（老旦）你岳翁見了生嗔怒。（小生）岳母呢？（老旦）岳母即時起妒心。（小生）起什麽妒心？（老旦）逼妻改嫁孫郎婦。（小生）住了。我妻從也不從？（老旦）阿呀！親兒吓！（小生）親娘。（老旦）汝妻守節不相從。他就將身跳。（哭介。末）阿呀！老安人，説不得的吓！（小生）哇！胡説！誰要你多管！（老旦）阿呀！李舅吓！事到其間，也不得不説了。（小生）是吓。（末）還是不説的好。（小生）胡説！阿呀！母親吓！快快説與孩兒知道吓。（哭介。老旦）阿呀！親兒吓！（小生）親娘。（老旦）汝妻守節不相從，他就將身跳入江心渡。你妻子爲你守節投江而死了。（小生）吓！我妻子爲我守節投江而死了？吓！阿呀！兀的不痛殺我也！（暈倒介。老旦）吓！阿呀！我兒甦醒！我兒甦醒！（末）狀元老爺醒來！（老旦）

【江兒水】阿呀！唬、唬得我身驚怖，胆戰簌，虛飄飄一似風中絮。誰知你先赴黃泉路？教我孤身流落知何所？全不念我年華衰暮，風燭不寧。阿呀！十朋的親兒吓！教娘親死

也不着一堆墳墓。阿呀！兒吓！醒來。（小生哭介。末）好了。（小生）

【元和令】一紙書親附，阿呀！我那妻吓！指望同臨任所。是何人套寫書中句？改調潮陽應知去，迎頭兒先做河伯婦。阿呀！妻吓！指望百年完聚，半載夫妻，也算做春風一度！

（老旦）兒吓，且免愁煩。死者不能復生。到了任所，先要追究那遞書人要緊。（小生）孩兒一到任所，先追究遞書人便了。（老旦）追想儀容轉痛悲，（小生）豈知中道兩分離？（老旦）夫妻本是同林鳥，（合）大限來時各自飛。（小生）母親請進去罷。（老旦）隨我進來。（下。末）狀元老爺，男女告回。（小生）吓，李舅，你怎麼就要回去？（末）起程之時，員外吩咐着男女送到了老安人，見過了狀元老爺，即便回來。家下乏人，所以就要回去。（小生）吓，你道小姐死了，就不是親了麼？況我身伴無人，你且隨我到了任所。我那時修書與你回去接取員外安人到來，共享榮華，却不是好？（末）多謝狀元老爺！（小生）你且隨我進來。（末）是。（小生）吓，李舅。（末）有。（小生）小姐死了，如今靈柩停在那裏？（末）阿呀，狀元老爺吓！那日風又大，浪又高，連屍首都没處去打撈，還有什麼靈柩介。（小生）吓！連屍首都没有打撈？（末）正是。（小生）阿呀！我那妻吓！（老旦內）十朋。（末）狀元老爺，老安人相請。（小生）你且隨我進來。（末）是。（仝下）

男祭

（老旦上）

【引】細雨霏霏時候，柳眉烟鎖常愁。（末隨小生上）昨夜東風驀吹透，報道桃花逐水流。（合）新愁惹舊愁。

（老旦）極目家鄉遠，白雲天際頭。（小生）五年辭故里，灑淚濕征裘。告稟母親知道，孩兒夜來夢見媳婦，扯住孩兒衣袂，道説：『十朋吓十朋，只與你仝憂，不與你仝樂。』醒來却是一夢。（老旦）兒吓，敢是媳婦與你討祭麽？（小生）孩兒已曾備下祭禮，請母親主祭。（老旦）阿呀！我那媳婦的兒吓！非是你兒夫負你情，只因奸相妒良姻。生前淑性甘貞潔，死後靈魂脱世塵。餐玉饌，飲瑶樽，水晶宫裏伴仙嬪。待你兒夫任滿朝金闕，與汝伸冤奏紫宸。（小生）母親，孩兒告祭了。阿呀！我那妻吓！我和你好似巫山一片雲，秦嶺一堆雪，閬苑一枝花，瑶臺一輪月。到如今，雲散雪消，花殘月缺，好生傷感人也！

【新水令】一從科第鳳鸞飛，被奸謀，有書空寄。幸萱堂，無禍危；痛蘭房，受岑寂。捱不過這淩逼，身沉在浪濤裏。（老旦）

【步步嬌】將往事今朝重提起，越惱得肝腸碎！清明祭掃時，你省却愁煩，且自酬禮。李舅，看酒來。（小生）卑幼之喪，何勞母親奠酒？（老旦）兒吓！須記得聖賢書，道『吾不與祭如不祭』。

（小生）看香。（末）有香。（小生、老旦坐介）

【折桂令】爇沉檀香噴金猊，昭告靈魂，聽剖因依。自從俺宴罷瑤池，宮袍寵賜，相府將咱勒贅。俺只爲撇不下糟糠舊妻，苦推辭桃杏新室，致受磨折，改調俺在潮陽。阿呀！妻吓！因此上耽誤了，耽誤了恁的歸期。（老旦）

【江兒水】聽説罷，衷腸事，阿呀！媳婦的兒吓！只爲伊，却原來不從招贅施奸計。懊恨娘行没仁義，凌逼得好没存濟。今日個母子虔誠遥祭，望鑒微忱，早賜靈魂來至。

（老旦坐介。小生）看酒。（末）有酒。（小生）

【雁兒帶得勝】徒捧着淚盈盈一酒巵，空列着香馥馥八珍味。慕音容，不見伊；訴衷曲，無回對。（拜介）呀！俺這裏再拜自追思，重會面是何時？揾不住雙流淚，舒不開咱兩道眉。先室，俺只爲套書信的賊施計。賢妻，俺若是昧誠心，自有天鑒知；昧誠心，自有天鑒知！

（老旦）

【僥僥令】這話分明訴與伊，須記得看書時。懊恨娘行忒薄義，抛閃得兩分離，在中途路裏；抛閃得兩分離，在中途路裏！（小生）

【收江南】呀！早知道這般樣拆散呵，誰待要赴春闈？便做到腰金衣紫待何如！説來的話兒又恐怕外人知。端的倒不如布衣！妻吓！只索得低聲啼哭自傷悲！（老旦）

【園林好】免愁煩，回辭了奠儀。我那媳婦的兒吓！我做婆婆的本待要拜你一拜，又恐你消

受不起吓。也罷，我只得拜馮夷，多加些護持，早早向波心脱離。惟願取，免沉溺；惟願取，免沉溺。

（小生）李舅，化紙。（末）曉得。（化紙介。小生奠酒介）

【沽美酒】紙錢飄，蝴蝶飛；紙錢飄，蝴蝶飛。血淚染，杜鵑啼。好教人睹物傷情越慘悽！魂靈兒想自知，俺不是負心的，負心的隨着燈滅！花謝，有芳菲時節；月缺，有團圓之夜。俺呵，徒然間早起晚息，想伊念伊，阿呀！妻吓！要相逢除非是夢兒裏，和你再成姻契！（合）

【尾】昏昏默默歸何處？哽哽咽咽思念你，願伊直上嫦娥宫殿裏。

（老旦）年年此日須當祭，（小生）歲歲今朝不可違。

（老旦）天長地久有時盡，（合）此恨綿綿無了期。

（小生）阿呀！我那妻吓！（老旦前走，小生哭下，末隨下）

開眼

（付扶外上。付）老老看仔細。

【三台令】夜來花蕊銀燈，曉起鵲聲翠屏。（外）何喜到門庭？頓教人側耳頻聽。

（付）坐子。（外）每日心懷耿耿，終朝眼淚盈盈。只爲孩兒成畫餅，教人嘔氣傷情！（付）昨夜燈花結蕊，曉來鵲噪聲頻。（外）吓！料我寒門冷似冰，量無好事到門庭。（付）老老，物性有靈，必有佳兆。老老，你坐厾，等我拿茶拉唔喫。（外）就來。（付）是哉。（下。末上）

【引】乍離南粵郵亭，又入東甌郡城。

我李成自離吉安，又到温州，一路來聞得老員外思念小姐，兩目昏花。咳！可憐！已到自己門首了。你看，門景淒涼，不免竟入。（付上）是囉個來外頭？（末）是李成。（付）唔個男兒一向拉囉裏，今日勒居來？（末）男女隨狀元在任所。（付）天煞個！唔弗居來，員外爲子小姐，一雙眼睛纔哭瞎哉。（末）吓！雙眼都没了？可憐！如今員外在那裏？（付）坐厾中堂，跟我來。老老，李成居來哉。（外）吓！李成回來了麽？（末）員外，小人回來了。叩頭。（外）在那裏？（末）小人在這裏。（外）來，有話問你。（末）什麽説話？（外）咻！（咬介）你撇得我好，好吓！你起身之時，我再三吩咐你，送王老安人到京，會見了狀元，即便回來；你一去五年，望得我好苦吓！我只道你死了！（末）吓！員外，小人送老夫人到京，見了狀元，本要就回，被苦留相送赴任，所以不能得就回。（付）個樣忘恩負義之人，理俚做傣！（末）阿！老安人吓！那狀元不是忘恩負義之人。（付）肏娘賊！喫子俚厾兩年飯脚水，就護俚厾哉！（末）他當初除授饒州僉判，因奸相招贅不從，改調潮陽烟瘴地方，意欲陷害；後因朝廷體知本官處事廉能，持心公正，陞任吉安府太守。因此修書打發小人回來迎請員外、安人到任，同享榮華。有書在此。（付）老老，書拉裏，拆開來看看，寫個哆哈傣個拉上頭？（外）前番一

封書，害得我家破人亡！如今又是什麽書，不要看他！（付）正是，前頭個封書休子我裏囡兒，那間倒怕俚休子老太婆了。（外）我雙眼昏花，那裏看得他？李成，你把書拆開來，字字行行念與我聽。（末）小人怎敢？（付）嘮叨！教呸拆便拆哉，有介哆哈推辭！（末）如此，待小人跪了，拆開來念與員外聽。

【一封書】婿百拜岳父母前，員外可聽見？（外）你念。（末）自離膝下已五年。因參相不見憐，改調潮陽路八千。今喜陞爲吉安府，遣使來迎到任間。匆匆的奉寸箋，伏乞尊前照不宣。

（外）書呢？書呢？（末）在這裏。（外）我聽了此書呵！

【下山虎】正是見鞍思馬，睹物傷情。觸起我關心事，教我怎不淚零！如今吾婿得沐聖朝寵榮，我女一身成畫餅！（末）員外保重，不要哭了。（外）他穩坐在吉安城，我那玉蓮的親兒吓！這猛浪滔天魂未寧，追思越悲哽！况當此衰年暮齡，反要艱難匍匐行。

（付）老老，哭弗活個哉，差弗多點罷。（外）李成，我且問你：狀元聞了小姐的死信，怎麽樣光景？（末）員外，狀元聞了小姐之信，痛哭不休，登時悶倒在地。（外）吓！竟悶倒在地？以後便怎麽？（末）以後虧得老夫人和男女救醒。（外）還好。（末）員外，那假書一事已明白了。（外）怎麽明白的？（末）前日在贛州境上遇着了前日下書的承局在那裏做驛丞。（外）也做了官了？（末）狀元見了，立刻拿下拷問寄書的情由，原來就是孫汝權套换的。（外）吓！就是這賊子套换的？阿呀！好個周四

府吓！（付）正是。（外）喂！李成，自你去後，那孫汝權反告我圖賴婚姻事，虧得周四府精明，審得賴婚是虚，威逼是實，把他打了四十，監在獄中。（付）喂！老老，今朝姑娘來説，孫汝權自知情虚，吊煞拉監裏哉。（外）縊死了？這也是皇天有眼吓！（末）是吓，皇天有眼。（外）李成，狀元母子可感激我每？（末）怎麽不感激？他感得你，

【前腔】義深恩厚，夢繞愁縈。久絶鱗鴻信，因此悶懷倍增。母子修書，遣我來請。料想恩官必待等。（外）况天寒并地冷，未可離鄉背井。且待春和款款行。

（付）老老，

【亭前柳】你垂鬢已星星，弱體戰兢兢。况兼寒凛凛，那更冷清清。（合）此行怎去登山嶺？且過殘冬，待春暖共登程。

（外）媽媽，

【前腔】我不去恐辜情，欲去怕勞形。李成，你須先探試，臨事怎支撑？（末）小人只索從台命。（合前）

（末）昔日離家過五秋，（付）今朝書到解千愁。（外）來年回到吉安郡，（合）不棄前盟共白頭。（付）老老，説便是介説，呸虱自去，我不去。（外）爲何不去？（付）俚虱拉裏千憎萬厭歇，那間我去討俚虱個怠慢！（末）老安人吓，他每不是這樣人，不必多心。（外）是吓，他們不是這樣人。（付）我到底弗去。

（外）吓，媽媽，我和你兩個老人家在路上説説話話，好不熱鬧，還是去的是。（付）既是這等，(一)我戲箱裏拿個虎面子戴子勒去。（付下。外）李成來，我再問你：狀元可曾續弦？（末）員外吓，狀元是誓不再娶。（外）吓！狀元是誓不再娶？（末）誓不再娶。（外）真個？（末）真個。（外）果然？（末）果然。（外）阿呀！哈哈哈！（笑介）好個賢哉女婿吓，賢哉女婿！李成，我的雙眼復明了。（末）吓！員外雙眼復明了？這是什麽？（外）這是柱杖。（末）果然復明了。謝天地！（外）喂！李成，你出門之後，我爲了小姐日夜啼哭，雙眼都昏，不想今日復明，這也是難得的吓。李成，你隨我來。（末）那裏去？（外）到將士公家去。（末）去做什麽？（外）他當日爲了小姐之事，受了許多氣，今日將這些事報與他知道了，也待他喜歡喜歡。（末）喜歡喜歡。（外）快活，快活！（末）快活！（外）隨我來。（末）是，曉得。（下）

上路

（末上）曲折隨溪踏軟沙，雨餘乘興過山家。雲間絶壁浮喬木，谷口飛泉嚮落花。一逕欹斜穿碧草，數峰重叠亂明霞。但看山色時多變，世事於今何足嗟！我李成自隨王狀元莅任之後，差我到家中迎請員外、安人到任所同享榮華，誰想員外思念小姐悲愁，兩目皆昏；虧得喜信，如今依舊復明。這兩日

(一) 這：原作『更』，據文義改。

在舟中悶坐不過，今日天氣晴朗，不免請員外、安人登岸散步一回，有何不可。正是：鳩因雨過頻呼婦，蝶爲春深苦戀花。（下。外上）

【小蓬萊】策杖登程去也，西風裏牢落艱辛。淡烟荒草，夕陽古渡，流水孤村。（付上）滿目堪圖堪畫。那野景蕭蕭，冷侵黄昏。（末上）樵歌牧唱，牛眠草徑，犬吠柴門。

（外）〔臨江仙〕緑暗汀洲三月景，錦江風静帆收。垂楊低映木蘭舟，半橋春水滑，一段夕陽愁。（付）灞水橋東回首處，美人親捲簾鈎。落花幾陣入紅樓。（末）行雲歸楚峽，飛夢遶温州。（外）老夫錢流行，只爲玉蓮投江身死，終朝痛哭，雙眼俱昏。誰料賢婿不棄舊盟，差李成回來接我老夫婦到任同享榮華，方知始末，喜得雙眼復明。因此把家事託付與妹子看管，我老夫婦前赴吉安。媽媽，今日風清日麗，景曙花明，大家崖上散步一回，可使得麼？（付）老老，説得有理。（末）請員外、安人緩行前去。（外）

【八聲甘州】春深離故家，嘆衰年倦體，奔走天涯。一鞭行色，遥指剩水殘霞。墻頭嫩柳籬畔花，見古樹枯藤棲暮鴉。嵯岈，遍長途觸目桑麻。（付）

【前腔换頭】呀呀，幽禽聚遠沙，對仿佛禾黍，宛似兼葭。江山如畫，無限野草閒花。旂亭小橋景最佳，見竹鎖溪邊三兩家。漁槎，弄新腔一曲堪誇。

（外）行了一回，不覺筋衰力倦，那裏坐一坐便好。（付）真正走弗動哉，坐介坐再走。（末）員外、安人就在這草坡上略坐一坐，待男女去看看船歇在那裏，來請員外、安人下船便了。（外）就來。（末）曉得。

（下。付）老老，今日受個樣苦，纔是孫汝權個天煞個害我俚耶！（外）媽媽，不要説了。

【解三酲】爲當初被人謊詐，把家書暗地套寫，致我兒一命喪在黄泉下，受多少苦波查！今日幸逢佳婿來迎迓，又還愁逆旅淹留人事賒。（合）空嗟呀，自嘆命薄，難苦怨他。

（末上）員外、安人，船兒就在前面，請登舟去罷。

【前腔】步徐徐水邊林下，路迢迢野田禾稼，景蕭蕭疏林中暮靄斜陽掛。聞鼓吹，鬧鳴蛙，一徑古道西風鞭瘦馬。慢回首，盼想家山淚似麻！（合前）

（末）看仔細，走吓。（同下）

男舟

（浄上）

【引】肥馬輕裘，賦詩飲酒，不減少年時候。

解任歸來二十年，水邊亭子屋邊田。雖然白髮難饒我，老景安閒便是仙。老夫鄧謙，别號芝山，官拜禮部尚書，年過八旬，位列三台。享朝廷之洪福，賴祖宗之蔭庇，告假歸田二十餘年，終日登山玩水，飲酒

取樂。只是一件，求詩畫個最多，甚覺煩冗。今日閒暇，(一)不免捲簾對竹，撫景題詩，消遣長晝，有何不可。鄧興拉厾囉裏？(付上)來哉。老爺，叫我做倽？(淨)唔去立拉門前，若是求詩畫個呢，說吾弗拉屋裏；若是請喫酒個嘿，說我拉屋裏。(付)是哉。(丑上)纔離太爺府，又到尚書門。有人麽？(付)是囉個？(丑)錢都爺請你家老爺赴席。(付)帖兒在那裏？(丑)帖兒在此。(付)少待。等我騙騙俚列介。(淨作吟詩介)山外青山樓外樓。(付)老爺，求詩畫個拉厾外頭。(淨)唗！唗！唗！賊肏娘賊！賊狗腿！我對唔說個，亦來稟哉！阿有囉個厾拿竹引得來，打個賊狗腿！(付)老爺，唔看子帖子就曉得哉。(淨看)『年家眷弟錢載和頓首拜，即刻求駕一叙。』原來是請喫酒個。下帖子個囉個拉裏？(付)是驛丞。(淨)叫俚進來。(付)驛大哥，我俚老爺叫唔進去。(丑)吓。老爺，驛丞磕頭！(淨)阿呀，請起，請起。(丑)不敢。(淨)鄧興，掇一個凳子拉俚坐坐。(丑)不消。(淨)錢都爺幾時到個？(丑)前日到的。(淨)我弗得知，倒弗曾去望俚。(丑)錢都爺分付停舟避風，風息就行的，爲此弗曾來報。(淨)還請何客？(丑)本府太爺。(淨)既然是介，勞唔去說聲，說我一請就來，一來就望，一望就喫，一喫就散，我老娘家磨弗起夜作個哉了。(丑)曉得。(淨)叫俚轉來。(付)老爺叫你。(丑)老爺，怎麽？(淨)我一向要賞你，今日來得湊巧，剩一個白銅錢拉裏，賞拉唔子。(付)磕頭。(丑)多謝老爺！(淨)叫俚轉來。(付)叫唔，只管奔個！(丑)老爺什麽？(淨)來還子我個銅

(一) 閒：原作『南』，據文義改。

錢，我還弗曾搭奶奶算帳個來了，改日拿來子罷。（丑）咦！白磕落子一個頭哉！（净）鄧興，分付寫帖子，開禮單。（付）老爺，俉個多哈樣數禮物？（净）備介四樣禮嘿是哉。（付）囉裏個四樣？（净）風魚哉耶。（付）風魚眼睛烏珠突落個哉。（净）拿點紅紙頭嵌拉哈子嘿是哉。（付）一樣哉。（净）還有火腿乱來。（付）前日子老爺要喫了割落子一塊個哉。（净）介個蠢才！拿拉灰裏擢擢，竈墨撻撻就是哉。（付）有子兩樣哉。還要兩樣。（净）拿兩個鷄蛋，再拿兩個稻柴，就是四隻盤哉。（付）俉個鷄蛋，稻柴，個嘿那算盤介？（净）呸弗曉得，只要帖子上寫得明白：未出公鷄一對，未織草鞋一雙。俚乱横是弗受個。再歇我拿個頭一得，呸退介一步；兩得，退介兩步；第三得，呸竟拿子就走嘿是哉。（付）我曉得哉。（净）叫轎子。（付）吓。轎夫，轎夫。（内）弗拉屋裏，纔出去挑糞哉。（付）老爺個個酒有點喫弗成。（净）那了？（付）轎夫纔去挑糞哉。（净）個星肏娘賊個！阿該應先挑我老爺去，然後去挑糞？（付）弗多路，老爺步行子去罷。（净）也罷噓。

【接前引】按撫排佳宴，相邀意非淺。

（付）鄧老爺到！（丑上）老爺有請。（兩旦軍牢引生上）

【引】有事掛心頭，坐此江城久。

（丑）鄧老爺到了。（生）打扶手。（丑）吓，打扶手。（生）年兄。（净）年兄弗消上岸，小弟上船來哉。（生）看仔細。（净）年兄，小弟不知節鉞降臨，有失拜候；又蒙寵召，得罪，得罪！（生）小弟久不屈晤，常懷渴想；今幸降臨，幸甚，幸甚！請坐。（净）有坐。小弟與兄拉那裏一别，直至如今。（生）在

車駕司一别，直至如今。（浄）是吓，還是在車駕司一别，直至如今。鄧興，拿禮單來。（付）吓。（浄）年兄，薄禮幾色，伏乞笑納。（生）年兄，這個不敢領。（浄）年兄，弗要作客，隨意點子兩樣是哉。（生）不敢領。（付）老爺，一定要受個。（生）小弟决不敢領。（浄）喲，個是要受個。（付）老爺，一定要全收個。（浄）賊狗腿！説道弗受嘿弗受哉，有個星多嗒！（付）啐！出來忘記哉。轎夫挑子居去罷。（下。浄）阿呀，阿呀，失謝哉！（生）謝什麽？（浄）向蒙年兄見惠個幅絹，我説拿來做件員領着着，兩個豚犬看見子，大個亦要，小個亦要，叫裁縫量一量，分一分，一件亦多，兩件亦少，至今還丢起拉厾來。（生）小弟還有，明日着人送來。（浄）如此説，小弟倒不裁哉。（笑介。小生上。外暗上）

【引】春風簫鼓樓頭酒，好景天成就。

（旦）太爺到。（外）啓爺，太爺到了。（生）請下艙來。（外）請太爺下艙。（吹打介。小生）老大人。（生）豈敢。（浄）老公祖。（小生）老先生。（浄）連日少會。（小生）連日殊失請教。（生）看酒。（浄）弗要定席哉，竟坐子罷。（生、小生）有理。請。（浄）請吓。（合）

【排歌】位列三台，功高五侯，知機養浩林丘。丹衷常運濟時謀，鶴髮猶存許國憂。（合）白蘋長，碧荇流，錦江波息隱仙舟。〔一〕談心曲，逐宦遊，晚山深處白雲收。

（浄）阿呀，公祖，昨晚治生家裏失盜。（兩生）！失了什麽東西？（浄）了弗得！二三十人打進後

〔一〕隱：原作『穩』，據《新刻原本王狀元荆釵記》改。下同改。

門，盗了一坑宿糞去。（兩生）此乃小事吓。（浄）那説小事？糞乃五穀之精，若無糞擁稻苗，穀子怎得成器？如今盗去不打緊，竟絶子小弟個口粮哉。望公祖與治生追一追。（小生）這個自然。（浄）若追得出來，小弟也不要哉。（兩生）將來何用？（浄）拿來入官，竟上子庫嘿是哉。（各笑介。生）休得取笑。（浄）年兄，小弟喫弗慣悶酒個，必須行其一令，取其一樂，何如？（生）妙吓！取色盆大杯過來。（浄）弗要色盆，星零桑郎，弗雅道個。倒是口令罷。（生）斟酒送與鄧老爺。（浄）要小弟行令𠎝？（生）自然。請教年兄。（浄）介公祖佔哉！（小生）豈敢！（浄）乾。無𠎝酒面個。竟是一個『乾』字便罷。（二生）請教。（浄）我數個十數，若數着子十字就喫酒個。（生）妙吓！（浄）我數起哉，一二三四五六七八九十。（生）年兄飲。（浄）是小弟喫個，是無欺個。乾。年兄請。（生）還是守公請。（小生）豈敢？（浄）個是順行個。（生）斟酒。（外）吓。（生）年兄，酒便小弟飲，數要年兄代數。（浄）代數，個個酒也要代喫個，阿是吓？（生）自然。（浄）篩酒得來。（外）吓。（浄）代數。酒乾。該年兄數起哉。一二兩三四五溜六七八九十。（小生）又是老先生飲。（浄）亦是我喫？個也奇哉。斟酒來。（喫介。生）年兄方纔重了兩數，有了二不用兩，有了六不用溜便纔是。（浄）我方纔是介數個了？阿呀，阿呀！大犯！大犯！該罰，該罰！大鐘來！（生）斟酒。（外）吓。（浄）罰酒。乾。那間公祖來哉。（小生）老先生，酒便晚生飲，數也要老先生代數一數。（浄）也要代數？個個代數，酒是也要喫個哉。（小生）自然。（浄篩酒喫介）代數。酒乾。聽明白子：一二，不用兩，三四五，不用溜，六七八九十。（生）又是年兄飲。（浄）咦！亦是我喫？乾。（生）年兄量越好了。（浄）咳！那間喫弗得

哉，前番一呷一鐘。（二生）如今呢？（净）那間只好兩呷兩鐘哉。（小生）原是一般的。（净）那間要請年兄行令哉。（生）年兄，我每催花飲酒如何？（净）妙吓！（生）折一枝花過來。（外）風大攏不得船。（净）隨便倸罷。（生）吓！有子，我袖出荆釵當酒籌。吩咐起鼓。（小生）吓！

【尾聲】見荆釵，眉先皺，吾家舊物倩誰收？（净）爲倸公祖見了荆釵掉下淚來？（生介）其中有個緣故，少停便知。（小生）睹物傷情淚暗流。

（内吹打介。净）吓，吓，吓！一位都爺，一位太爺拉裏喫酒，倸人個船能放肆！（生）吓，是老荆的船在後，請王太夫人，故此吹打。（净）既是年嫂的船拉裏，我俚弗便，統個船到烏鵲山去罷。（生）有理。分付移船到烏鵲山去。（外傳介。合）

【排歌】(一)白蘋長，碧荇流，錦江波息隱仙舟。談心曲，逐官遊，晚山深處白雲收。（仝下）

舟會

（丑隨旦上）

【引】風便未開船，有事相留戀。夫婦久違顔，怎得成姻眷？

(一)【排歌】：原闕，據上文補。（實係上【排歌】之合頭）

一水隔荒郊，如何不寂寥？到來秋已暮，木葉正蕭蕭。妾身錢載和之妻，昨日有個吉安府知府太守公來見我相公，問起情由，明明是我女兒的丈夫王十朋。爲此今日設席在舟中，請王刺史太夫人，使他媳婦席中相認。這也是一樁好事。梅香，筵席可曾完備？（丑）完備了。（旦）王太夫人到時，疾忙通報。（丑）曉得。（付隨老旦上。付）請太夫人下轎。

【引】有子作廉官，已遂平生願。

（付）王太夫人到了。（丑）王太夫人到了。（旦）快請下轎。（老旦上船，旦接介）請。（老旦）太夫人。（旦）太夫人請上，妾身有一拜。（老旦）太夫人請上，老身也有一拜。（旦）訊掃鷁舟，荷蒙寵過。（各拜介。老旦）未攀魚駕，反辱先施。（旦）請坐。（老旦）有坐。（旦）看茶。（丑）曉得。（送茶介。旦）請。（老旦）請。（喫茶介。旦）請問太夫人高壽了？（老旦）甲子一週。（旦）不像吓。（老旦）老了。（旦）幾位令郎？（老旦）豚犬一人，現任此邦。（旦）幾位令孫？（老旦）兒媳守節而亡，并無所出。（旦）請。（喫茶換鍾介）換茶。（丑）吓。（老旦）請問太夫人高壽了？（旦）五十有二。（老旦）這等青年。（旦）老了。（老旦）幾位令郎？（旦）子息無緣。螟蛉一女，又值新寡在舟。（老旦）吓，既有令愛小姐在船，何不請出來一會？（旦）只恐服飾不便，不敢接見。（老旦）何妨？一定要請來相見的。（旦）既如此，梅香，請小姐出來。（丑）是。小姐有請。（貼上）

【引】親老有誰憐？何日重相見？

（丑）小姐出來。（貼）母親。（旦）罷了。過來見了王太夫人。太夫人，小女來見。（老旦）豈敢？

（貼）太夫人。（老旦）好一位小姐吓！（各看驚介）吓！好似我媳婦模樣。（付）太夫人上席哉。（貼看淚介。定席各坐。丑）請上酒。（付、丑混下。旦）太夫人請。（老旦）太夫人請。（貼）太夫人請。（老旦）小姐請。（哭介）（旦）請問太夫人，與我小女素無相識，爲何一見垂下淚來？請道其詳。（老旦）太夫人，老身心有深怨。

【園林好】爲此止不住盈盈淚瀼，瞥見了令人感傷。（旦）太夫人請。（老旦）太夫人請。（貼）太夫人請。（老旦）小姐請。那裏有這般厮像？阿呀！媳婦兒吓！可惜你早先亡，若在此好頡頏。（貼）

【前腔】細把他儀容比方，細將他行藏酌量。（旦）太夫人請。（貼）太夫人請。（老旦）小姐請。（貼）呀！細聽他言詞聲響，好一似我姑嫜，空教我熱衷腸。（老旦）

【江兒水】漫把前情想，你聰明德性良，知人飢餒能供養，知人冷熱能調養。指望將吾老骨扶歸葬，誰想伊行先喪！吓，我做婆婆的在世也不多時了。若要相逢，早晚黄泉相傍。（貼）

【前腔】驀聽他言語，令人倍慘傷。看他愁容，淚綫如珠樣。若是我兒夫身不喪，我那婆婆啊，香車霞帔也得安榮享。今日知他何向？隔着烟水雲山，兩處一般情况。（旦）

【五供養】太夫人，聽伊半晌，言語雖多，未審其詳。（老旦）咳！（旦）太夫人。勸伊休嘆息，何必細斟量？有事關心，便説何妨？我兒在何處會？爲甚兩情傷？乞道其情，不須隱

藏。（老旦）

【玉交枝】太夫人吓！　事皆已往，偶然間觸目感傷。　見令愛玉質花容，似孩兒已故。（住口介。旦）太夫人爲何欲言又止？（老旦）話便有一句，只是言重，不好説得。（旦）但説何妨？（老旦）既如此，待老身告個罪，然後説。（旦）説那裏話來。（老旦）太夫人，多多有罪了！（旦）豈敢？（老旦）小姐。（貼）太夫人。（老旦）得罪了吓！（貼）豈敢？（旦）太夫人請道其詳。（老旦）太夫人吓！　見令愛玉質花容，似孩兒已故妻房。（旦）令子室既死，小女雖像，如今痛哭也無補於事了。（老旦）阿呀，太夫人吓！　吾家兒婦守節亡。　阿呀！　恩深義重難撇漾。（旦）令子媳在日，侍奉若何？（老旦）太夫人，我媳婦雖是富家之女，他到得寒家呵，侍貧姑鷄鳴下堂，守貧夫勤勞織紡。（貼）

【玉交枝】呀！　我聞言悒怏。　太夫人，你媳婦如何喪亡？（老旦）爲孩兒名擅文場，寄家書禍起蕭墻。（貼）書歸應是喜氣洋，緣何兩地生災障？（老旦）咻！　我好恨吓！（旦）恨着誰來？（老旦）恨只恨孫家富郎！　阿呀！　苦吓！（旦、貼）苦着誰來？（老旦）苦只苦玉蓮夭亡。

（旦）這是你的婆婆了。（貼）阿呀！　婆婆吓！（老旦跪扶住介。旦）太夫人請起。（老旦）小姐請起。

【川撥棹】心何望？　這殷勤禮怎當？（旦）我兒，問姓名，家住在何方。（貼）太夫人，尊姓名？　家住在何方？（老旦）我住、住温州，吾家姓王。（旦）太夫人，這是你玉蓮媳婦了。（貼）阿吓！　婆婆，媳婦錢玉蓮在此。（老旦）如此説，果然是我媳婦了。（各哭介）阿呀！　媳婦的兒吓！　你緣

何素縞妝？（貼）痛兒夫身喪亡。（老旦）你出言詞何不良？你的兒夫現任此邦。（貼）我爹爹曾遣人到饒邦，我爹爹曾遣人到饒邦，報、報説道兒夫喪亡。（老旦）有個緣故。爲辭婚，調遠方；爲賢能，擢此邦。（合）

【尾】幾年骨肉重相傍。（旦）吓，梅香，請老爺過船來。（老旦、貼）痛雙親在異鄉。（老旦）你還不知你的父母，在此宦邸相親已二霜。（生、小生上）

【引】他那裏哭聲嚷嚷，我這裏喜氣洋洋。

（老旦）我兒，你妻子在此，可上前相見。（小生）妻子在那裏？（貼）丈夫在那裏？（各見介）阿呀！

（小生）妻吓！（貼）丈夫吓！

【哭相思】只爲功名紙半張，閃得人兩下萬般悽愴。（生）夫訝妻亡，妻疑夫喪，這會合果如天降。

（老旦）大人請上，受我母子一拜。（生）如今是兒女親家了，何須拘禮？愚夫婦也有一拜。（老旦、小生各拜。合）

【玉胞肚】(一)荷蒙收養，這恩德没齒不忘。上表章解綬辭官，與岳翁同赴邊方。殷勤就禄侍

(一) 玉胞肚：原作『玉肚胞』，據曲牌名改。

高堂，忍撇恩親在異鄉？（生）

【前腔】不須謙讓，賴伊家續我世芳。今别去頻寄書香，你安心盡職任黄堂。兒吓，你侍奉姑嫜孝義方。

你夫妻二人節義世間罕有，吾當申奏朝廷，自有旌表。（小生）多謝岳父大人！（老旦）請問大人在何處得救我兒媳？（生）老夫呵，

【大環着】那一日江道，那一日江道，得夢蹊蹺，明是神靈對吾説道：救女江心急早。問起根苗，節操凛冰霜，令人矜傲結義女，同臨官道。遺尺素誤傳凶報，誰知道改調潮？喜今朝母子夫妻共仝歡笑。（仝下）

續綴白裘

封面題作『楊仲芳較正續綴白裘』，目録題『綴白裘全集』。戲曲選集。清石渠閣主人輯。現存清雍正刻本。凡四卷。全書分爲『萬花美景』風集，『萬花合錦』花集，『崑腔拾錦』雪集，『崑腔拾錦』月集。選收《荆釵記》等戲曲散齣二十九種三十七齣。所選戲曲曲白俱全。其中『崑腔拾錦』月集收録《荆釵記》之《母子祭江》一齣，輯録如下。

母子祭江

（占上）

【一枝花】細雨霏霏時候，柳眉烟鎖長愁。（小生）昨夜東風驀吹透，報道桃花逐水流。（合）新愁惹舊愁。

（占）極目家鄉遠，白雲天際頭。（生）五年離故里，灑淚濕征裘。告母親知道，孩兒夜來夢見渾家，扯住

兒衣袂，說十朋，只與你同憂，不與你同樂。覺來乃是一夢。（占）敢是與你討祭？（末）祭禮已完備了，請太夫人主祭。（占）非是兒夫負你情，只因奸相妒良姻。生前烈性甘貞潔，死後英魂脱世塵。餐玉饌，飲瑶尊，水晶宫裏伴仙人。你兒夫任滿朝金闕，與你伸冤奏紫宸。

【新水令】（生）一從科第鳳鸞飛，被奸謀有書空寄。幸萱堂無禍危，痛蘭房受岑寂。捱不過淩逼，身沉在浪濤裏。

【步步嬌】（占）將往事今朝重提起，越惱得肝腸碎。清明祭掃時，省却愁煩，且自酬禮。須記得聖賢書。看酒。（生）兒女何勞母親遞酒？（占）道『吾不與祭如不祭』。

【折桂令】看酒來。爇沉枟香噴金猊，告靈魂聽剖因依。自從俺宴罷瑶池，宫袍寵，相府勒贅。俺只爲撇不下糟糠舊妻，苦推辭桃杏新室，致受磨折，改調俺在潮陽，妻，因此上躭誤了恁的歸期。

【江兒水】聽說罷衷腸事只爲伊，却元來不從招贅生奸計。惱恨娘行忒薄倖，淩逼你好没存濟。母子虔誠遥祭，望鑒微忱，早賜靈魂來至。

【雁兒落】（生）徒捧着淚盈盈一酒巵，空列着香馥馥八珍味。慕音容，不見伊，訴衷曲，無回對。俺這裏再拜自追思，重會面是何時？揾不住雙垂淚，舒不開兩道眉。先室，俺只爲套書信的賊施計。賢妻，俺若是昧誠心自有天鑒知。

【僥僥令】（占）這話分明訴與伊，須記得看書時。懊恨娘行生惡意，抛閃得兩分離在中途裏，兩分離在中路裏。

【收江南】（生）呀！早知道這般樣拆散呵，誰待要赴春闈。便做到腰金衣紫待何如？說來又恐外人知，端的是不如布衣，端的是不如布衣。俺只索要低聲啼哭自傷悲。

【園林好】（占）免愁煩回辭奠儀，拜馮夷多加護持。早早向波心中脱離，惟願取免沉溺，惟願取免沉溺。

（丑）所有祝祭，今當宣讀。維大宋熙寧七年二月辛卯朔日乙酉，賜進士及第任潮陽府事孝夫王十朋，謹以清酌珍饈之儀，致祭於先室節婦玉蓮錢氏夫人之前而言曰：惟靈之生，抱義而滅；惟靈之死，抱恨而終，義也！嗚呼噫嘻！昔受荆釵之聘，同甘苦於茅廬。春闈一赴，鸞鳳分飛；詐書一到，骨肉分離。姑娘爲套婚之媒，繼母逞逼嫁之威。捱不過連朝折挫，抵不過晝夜禁持。拜辭睡昏昏之老姑，哭出冷清清之繡幃。江津渡口，月淡星希，脱鞋遺跡於岸邊，抱石投江於海底。江流哽咽，風木慘悽。波痕痕而洪濤逐魂，浪層層而水泛香肌。哭一聲妻寒蛩應猿啼，叫一聲妻雲愁雨怨天地悲。妻魂不昧，點而鑒之。嗚呼哀哉！尚饗！

【沽美酒】紙錢飄，蝴蝶飛；紙錢飄，蝴蝶飛。血淚染，杜鵑啼，睹物傷情越慘淒。靈魂兒恁自知，俺不是負心的，負心的隨着燈滅。花謝有芳菲時節，月缺有團圓之夜。我呵！徒

然間早起晚息，想伊念伊。妻，要相逢除非是夢兒裏，再成姻契。

【尾】昏昏默默歸何處，哽哽咽咽思念你，直上嫦娥宫殿裏。

年年此日須當祭，歲歲今朝不可違。

天長地久有時盡，此恨綿綿無盡期。

審音鑑古録

清無名氏編選。清嘉慶間刻本，道光十四年（1834）補刻本，咸豐重刊本。分正選、續選兩編。正選收録《荆釵記》之《議親》《繡房》《别祠》《参相》《見娘》《男祭》《上路》《舟中》等八齣，據道光十四年補刻本輯録如下。

議親

（小生戴巾穿青素鞶絲縧内襯元褶上）〔一〕

【中吕宫引·滿庭芳】樂守清貧，恭承嚴訓，十年燈火相親。胸藏星斗，筆陣掃千軍。如遇桃花浪暖，定還我一躍龍門。親年邁，且自温衾扇枕，隨分度朝昏。

〔一〕　夾批：此吊場引，白原在第一齣《講書》上，時因衝場借用，故而載之。

（古風共二十四句，通云八句。）越中古郡誇永嘉，城池闤闠人奢華。思遠樓前景無限，畫船歌妓顔如花。詩禮傳家忝儒裔，先君不幸早傾逝。奈何家業漸凋零，報效劬勞未如意。小生姓王，名十朋，表字龜齡，温州永嘉人也。（愁思念）不幸椿庭早逝，惟賴母親訓育成人。家無囊橐，忝列庠生之數；學有淵源，漸無驛宰之榮。正是一躍龍門從所欲，麻衣換却荷衣緑。丹墀拜舞受皇恩，管取全家食天禄。（内老旦咳嗽介。小生）言之未已，母親出來了。

（老旦所演傳奇，獨仗《荆釵》爲主，切忌直身大步，口齒含糊。俗云：夫人雖老，終是小姐出身；衣飾固舊，舉止禮度猶存。）

【商調引子·遶地遊】桑榆暮景，將往事空思省。

（轉身正坐。小生白）母親拜揖！（老旦）兒嗄！（一）春榜動，選場開。你可收拾行李，上京應試。（小生）是嗄，母親，事業要當窮萬卷，人生須是惜分陰。自古『學成文武藝，貨與帝王家』。孩兒只爲家貧親老，因此不敢遠離。（老旦摇首介）兒嗄！豈不聞《孝經》云：『始於事親，終於事君。』君親一體。嗄！若得你一官半職回來，也顯做娘的訓子之功。（小生）謹依慈命。（老旦想科）嗄！兒，還有一件，前日雙門巷錢老貢元央許將仕來議親，我因無物爲聘，不敢應承。只恐今日又來，如何是好？（二）

（一）夾批：俗云『罷了』，非。
（二）夾批：憂容。

（小生略露笑顏答云）嗄，母親，古人云：『娶妻莫恨無良媒，書中有女顏如玉。』孩兒只愁功名未遂，何慮無妻？（老旦點頭）這也説得是，嗄！（想介、酸鼻）兒嗄！自你父親亡後，我做娘的呵，（兩眼淚盈介、唱。小生亦慘狀嘆介）

【商調正曲・黄鶯兒】（又一體）半世守孤燈，鎮朝昏，幾淚零，（片袖拭淚式）到今猶在淒涼景。（小生嘆白）咳！門牆冷落。（老旦看唱）寒門似冰，（小生白）母親兩鬢多皓然了。（老旦指鬢唱）衰鬢似星。（作墮淚介）（小生白）母親爲何掉淚？（老旦唱）只爲早年不幸鸞分影。（小生亦哭云）請免悲傷。（各拭淚同唱）（合）細評論，黄金滿籯，終不如教子一經。（老旦憂念未除。小生接唱）

【前腔】父喪母勞形，(二)論孩兒，當報恩，奈何人事不相稱。（老旦白）只怕你學未成？（小生搖手唱）非學未成。（老旦白）怕你己未能？（小生唱）非己未能，爲只爲五行不順男兒命。（同唱）（合前）

【簇御林】（又一體）（老旦唱）親師範，近友朋，把詩書勤講明。聚螢鑿壁皆堪敬，他們都顯父母，揚名姓。（同唱）（合）奮鵬程，名題雁塔，白屋顯公卿。

(二) 夾批：依文而作，莫犯輕狂。

【前腔】（小生唱）親年邁，家勢傾，恨腆甘缺奉承。卧冰泣竹真堪並，他們都感天地，登臺省。(一)（同唱）（合前）

（正生長方巾，穿紬褶，本戴蒼髯，未免雜劇内插《琵琶》之戲，即换白三髯，可宜着緞鞋、帶帖、用扇上，白）受人之托，必當終人之事。老夫許將士，領錢老貢元之命，(二)央我到王宅議親，此間已是，嗄，有人麽？（老旦）有人在外，你去看來。（小生）是，曉得。嗄！是那個？（正生）解元。（小生）呀！原來是將士公，失迎了！（各對揖介。正生）老夫求見令堂。（小生）請少待。母親，許將仕在外，要見母親。（老旦）想必又爲親事，請進來。（小生）是。嗄，將士公，家母相請。（正生）嗄，老安人。（見禮科，老旦回福介）將士公。（小生）將士公拜揖！（正生）解元。（老旦）請坐。（正生）有坐。（小生）請坐。（正生）嗄！（老旦）重蒙貴步到寒家，有何見諭？（正生）老夫非爲别事，只因錢貢元前番央老夫來議令郎親事，老安人未允。(三)近聞賢郎堂試魁名，貢元不勝之喜，又著老夫送年庚吉帖在此，望老安人允就，不必推辭！解元請收了。（正生似遞與小生式，小生看母，正生亦顧即收介。老旦）多蒙貢元見愛，又承將仕週全。只爲家窘，難以應承。（正生）嗄！貢元曾有言：不問人家貧富，只要女

(一)　夾批：省同，俗作『醒』，非。
(二)　夾批：□□道白與張大公不同。
(三)　夾批：俗添『再三』，非。

婿賢良。聘禮不拘輕重，隨意下些，便可成親。（老旦）貢元乃豐衣足食之家，老身是裙布荆釵之婦，惟恐見誚。（正生）不必太謙，解元請收了。（老旦）我兒收了。（小生）是。（走過接帖對母。老旦）供在家堂。（小生）曉得。（帖放下場。老旦）多謝將士公！（正生）恭喜老安人！（老旦）我兒過來，謝了將士公。（小生走中揖介）是。多謝將士公！（正生）解元恭喜！（小生仍走右立介。老旦）請坐。

（正生）有坐。（老旦）將士公，念老身呵，（唱）

【仙吕正曲・桂枝香】年華高邁，（正生白）老安人年高有德。（老旦唱）家私窮敗，（正生白）何足掛齒？（老旦唱）要成就小兒姻親，全賴高賢擔帶。（正生）好説。（老旦唱）論財難佈擺，（小生白）母親，（唱）論財難佈擺，（老旦唱）錢難揭債，物無借貸。（小生愁介。老旦想科、白）嗄！兒嗄！自你父親亡後，並勿所遺。（拔釵科、悲唱）（合）止（與小生看即將左袖遮，正生亦覺，就搭閃，小生忙跪，右手亦掩，老旦出釵低唱介）止有這荆釵。權把他爲財禮，（母子各蹋促式）咳，只愁事不諧。

（小生立起恭科、唱介）

【前腔】萱親寧奈，冰人休怪。（走左邊、恭即揖介。正生亦立起白）嗄，何怪之有？（小生）小生呵，（唱）貧居陋室多年，（正生白）貧乃士之常。（小生唱）惟苦志寒窗十載。（正生白）勤苦在前，僥倖在後。（小生唱）奈時運未來，（正生白）解元，（唱）倘時運到來，（小生唱）功名可待。（正生白）只怕姻親遲了。（小生唱）那時姻親還在。（正生白）與令堂商議。（坐下帶聽介。小生）母親，（唱）（合）

這荊釵又不是金銀造，如何將他作聘財？（正生立、唱。老旦亦立）

【前腔】安人容拜，(一)秀才聽解。（白）那錢老貢元呵，（唱）他不嫌你禮物輕微，偏喜愛熟油苦菜。請安人放懷。(二)（老旦唱）教我如何放懷？（正生唱）便是貧無妨礙，越顯得家風清介。（白）解元。（小生）將士公。（正生）方才令堂說有什麼聘物，乞借一觀。（小生愧式）嗄，聘物雖有，只是將不出。（正生）好說，取過來一觀。（小生應、走近。老旦慚愧狀）送與將士公看。（小生）是，請觀。（正生接物細看，即大笑）嗄，哎呀！哈，哈，哈，哈！（母子愈增慚愧式。正生）好罕物！嗄，昔日漢梁鴻聘孟光，荊釵遺下。嗄，嗄！豈豈不是達古之家！（母子聊可舒眉狀。正生唱）（合）這荊釵雖不是金銀貴造，（白）非是老夫面奉，（唱）管取門闌喜事諧。(三)（白）告辭。（老旦）將仕公回見貢元，只說禮物輕微，表情而已。（正生）謹領！

（小生）(四)寒家乏聘自傷情，（老旦）權把荊釵表寸心。

（正生）着意種花花不發，無心插柳柳成陰。

(一) 夾批：俗作『揖』，非，『恭』妥。

(二) 夾批：重句不依原本，改之甚是，合做。

(三) 夾批：强如玉鏡臺。

(四) 夾批：通作老旦云。

（老旦）我兒，送了將士公出去。（小生）是。將士公有慢！（正生）好説！請了。待我就去回覆貢元。（下介。小生）母親，將士公去了。（老旦）兒嗄！姻親事小，攻書爲尚。（小生）是。（老旦、小生同下）

齣末批：

《琵琶》重唱，《荆釵》重做；蔡中郎孝子始終，王十朋義夫結局。演者不可雷同。

繡房

（小旦穿白綾襖、繡素雲肩、白綾裙上唱。行動止用四寸步，其身自然嬝娜，如脱脚跟，一步即爲野步）

【南吕引子·戀芳春】寶篆香消，繡窗日永，又還節近朱明。暗裏時更月换，老逼親庭，旦晚雖能定省，遇寒暑宜加温凊。清和景，惟願雙親，倍膺福壽康寧。

（轉身正坐、白）鏡中常自嘆嬋娟，生長閨門二八年。惟喜椿庭身在室，何堪萱室魄歸天？工容德，悉兼全，玉質無瑕賽月圓。春去秋來多少事，金蓮那肯出房前？奴家侍奉早膳已畢，且向繡房做些針指。（立起唱介，進桌内做）

【南吕正曲・一江風】[一]繡房中，裊裊香烟噴，剪剪輕風送。但晨昏問寢高堂，須把椿萱奉。（合）忙梳早整容，忙梳早整容，惟勤針指功，怕窗外花影日移動。

（丑穿元色襖衫巾，繫腰戴硬鬏、拏扇上唱。似中年再俏，脚雖半攔，走路要俏）

【中吕正曲・太平令】（又一體）豪門議親，[二]哥嫂已許諧秦晉。（合）未審玉蓮肯從順，[三]且向繡房詢問。

（白）開門！（輕敲介。小旦停針響問）是誰？（丑）哎呀，勿是賊嘘，你虱姑娘拉裹嘘！（俏聲式。小旦立起出桌開門）嗄，來了！（丑背云）那説我是賊，聲氣嗄，聽勿出個。（小旦見丑賠笑）原來是姑娘。（作福、丑攙住介）哎呀，我個兒子嗄，勿要攔門拜，攔門拜子樣樣遲殼嘘！梳頭遲，纏脚遲，喫飯遲，就是出嫁也是遲個嘘。（小旦）多謝姑娘！（又福介。丑相袖管春菜福發科笑爾）個嚜是哉！（小旦）姑娘請坐。（丑）噢，哎呀！檯子上鬧熱得勢，拉裹做奢生活介？（進桌正坐，小旦右邊陪坐介）在此繡枕方。（丑）好嗄！未嫁才郎，先繡枕方。等我來看看，做個奢個故事上。（雙手巴桌、蠢看介）個朵是荷花耶？（小旦）是並頭蓮。（丑）好個並頭蓮！底下這隻是鵜呢鴨介？（小旦）是鴛鴦。（丑）

[一] 夾批：先揭蓋紐，後倚繡床，忙開針線，書前去針尾線，捏線穿針，迎絲扣結，形容女子刺繡狀。
[二] 夾批：滿臉堆笑。
[三] 夾批：如失物狀。

鶯鶯鶯鶯，烏瘦毛長，尖嘴戳腮，哎，像你乪姑娘。（小旦）姑娘取笑。（丑）等我來仔仔細細看看介，做得如何。嘖！嘖！嘖！哎呀，好嗄！顔色也配得俏麗，針脚也繡得細膩，蓋樣好個哉！（拏書科）個是奢勾書？〔一〕（小旦）是《烈女傳》。〔二〕（丑）好嗄，哎呀！勿要吹淹子生活，嗄，纔放過子哩，要説正經哉！（小旦）請問姑娘到此何幹？（丑）兒嗄，姑娘無事，不到你繡房中來，特來與你爲謀。（小旦）可是爹爹許那王。（丑右扇推住小旦式，左手掩自嘴）哎呀！我個兒子嗄！你是不出閨門之女，曉得奢個黄嗄黑嗄白介，好歹讓姑娘説出來。外頭人聽見子，像奢？下遭不可嗄！（小旦）多謝姑娘教訓！（丑）兒子嗄！你爹爹雖許王家，你母親見他艱難，將你已許了孫半州。渠是温州城裏第一個大財主噓，你若嫁子裏，一生一世受用勿盡乪。（小旦）姑娘，他乃豪家富貴，玉蓮是貌醜家寒，不敢應承。（丑）等我拏一件好物事拉你看看。（右手在左袖拏出銀包，上插雙鳳。温言笑面介）個是孫員外乪個聘物，先將金鳳釵一對，壓茶銀四十兩，你乪娘做主，姑娘爲媒勾噓。（又取荆釵變面式）哪！黄楊木頭簪一隻，個是王十朋乪個聘物，你乪爺做主，許豆腐個老賊死勾做媒人。（咒詈恨式。）兩家聘物，但憑你揀子那家這隻嚜，就嫁那家。（將荆釵放遠之，將銀包、鳳釵推近介。小旦）既是爹爹做主，只依爹爹便了。（拏荆釵插鬏上介。丑右手一大指放口内唬式）哎呀！兒子嗄，竟是插子進去哉！個是一

〔一〕夾批：必要問。
〔二〕夾批：俗□非。

生一世個事體嘘，勿要差子主意嗄！（小旦不理，丑換笑容介）嗄！待我説那孫家富麗與你聽。（唱）

【南呂正曲・梁州序】（又一體）家私迭等，良田千頃，富豪家聲振甌城。他也不曾婚聘，專浼我來求你年庚。（小旦唱）他恁的錢物昌盛，（丑軟白）兒子嗄，有奢説話，對姑娘説。（小旦唱）愧我家寒自料難厮稱。（丑白）哎呀！個句説話説差哉也哪！（唱）這段姻緣料想是前定，人境緣何不順情？（合）你休得要恁執性。

【前腔】（又一體）（小旦唱）他有雕鞍金鐙，重裀列鼎，（丑白）温州城裏頭一家財主虱嘘！（小旦唱）肯娶奴裙布荆釵？（丑白）説介説話。（小旦唱）我須房奩不整，須被外人相輕。（丑白）哎呀！我個兒子嗄！（唱）雖則是你的房奩不整，（白）那孫官人，（唱）他見你恭容，自然要相欽敬。（小旦唱）嚴父將奴，（丑白）爺嚜那呢？（小旦唱）先已許書生。（丑白）説話那裏作得真！（小旦唱）君子一言怎變更？（丑放扇拏釵、白）兒子，依子做姑娘個，拏子金鳳釵罷！（小旦正色唱）（合）實不敢奉尊命。

（小旦立起走上不理式，丑呆看小旦暗怒介）嗄，那説實不敢奉尊命！哎呀！（五分氣質式）且住，個頭親事，勿是我做姑娘必定要你成個嘘哪！（走出桌科）

【前腔】（又一體）這是你爹娘俱已應承，問侄女緣何不肯？恁推三阻四，莫不是行濁言清。（小旦唱）枉自將奴淩併，（丑硬狀白）要依我虱！（小旦唱）便刎下頭來，斷然不依允。（丑毒式

白）奢勾？（唱）論我作伐宅第盡聞名。（白）勿是我誇嘴說，（唱）十處說親到有九處成，（合）哎呀！誰似你這般假惺惺！（對左作氣式。小旦唱）

【前腔】（又一體）做媒的（丑雙手拍桌白）屈嗄！做媒勾亦勿是做賊做强盜，阿是老虎喫人個了？（小旦）我不說姑娘。（丑相罵式）我到怕你說了！（小旦）假如這等說，（丑搶白科）奢個假如這等說介！（小旦唱）做媒的個個誇能。（丑背白）你聽他到會說。（小旦唱）也多有言不相應。（丑白）偏子子你幾遭。（小旦唱）信着你多被誤了終身。（丑恨怒式，白）咻！（唱）你那合窮合苦没福分的丫頭哎呀敢來强廝挺！（硬身退椅桌，似氣憤式，雙手揉胸，走左對外，白）哎喲！氣殺哉！（小旦連唱）姑娘何必恁生憎？出語傷人你不好三省。（合）（背嘆）榮枯事總由命。

【尾聲】（丑唱）這段姻緣非廝逞，（白）丫頭嗄！（唱）少甚麽花紅送迎？（小旦悲白）哎呀！親娘嗄！（丑）老大哉，總是哭。（小旦唱）誰想番成作畫餅？

（丑拏釵包介，白）姻緣自古要和同，無分榮華合受窮。（小旦）雪裏梅花甘冷淡，羞隨紅葉嫁東風。（丑）嫁東風，（一）嫁東風，偏你這丫頭揀老公。（毒指科。小旦）這等惹厭。（丑看小旦背云）壞哉！倒要去求裹兩聲，（指手内釵包）肯拏個兩件物事虱。（走近與小旦揉背帶笑念）哎呀！我個好兒子嗄！

（一）夾批：學旦聲云。

你從小聽我說話勾，孥子金鳳釵罷。嗄！（右手探小旦背，左手捏釵包與小旦看介。小旦頓想）既如此，同到爹爹面前去說。（丑喜倖式）好嗄！竟到爺門前去說噓！（攙小旦手走，似出門式。小旦推出丑即關門下。丑衝左揉左足介）哎呀啞！一隻脚骨別痛裏哉！（立起向内）兒子，同道拉爺門前去說噓，嗄，兒子開門！（急敲介）嗄，好喲！竟孥我推子出來，關緊子房門哉，阿拉我曉得你個丫頭拉弖作怪哉！是你道是會做奢針線哉了，忘記子小時節嗀坌哉！一雙膝褲做勿來，縫牢拉庭柱上子，再褪也褪勿下，虧我走得來，對你弖爺說子，叫子輪百個匠人，笰起子屋，纔褪子個隻膝褲下來。今日之間，拳長臂大子，無我姑娘眼裏哉，嗄！等我拉你弖娘門前去，搬一場是非，哎呀！我個兒兒子嗄！教你繡花針戳碎子豬膽，溜溜能勾苦弖。(一)哧！（唱）

【仙吕正曲・青歌兒】（又一體）恨玉蓮賤人無禮，（白）哎喲！哎喲！（揉胸走唱）激得我怒從心起，醃髒蠢物太無知。（合）千推萬阻，教老娘（作咳氣科）受了這場嘔氣。

（氣狀式）小花娘，有介事，氣殺哉！哎喲！氣壞哉！（雙揉胸硬身走下）

齣末批：

錢玉蓮死守貞節，趙五娘苦奉雙親。兩本傳奇，可以感動愚婦。

(一) 夾批：如唱全本，即從此處叫阿嫂拉那裏，副浄遠唱【青歌兒】上。丑唱『恨玉蓮賤人』句，連做前《逼嫁》一齣。若演雜戲，即云。

别祠

（小旦穿元色襖綢裙苦難狀上唱）

【正宫引子·破陣子】翠黛深籠寶鏡，蛾眉懶畫春山。絲蘿雖喜依喬木，椿樹還憐老歲寒，哎呀！親娘嗄，（拭淚介）偷將珠淚彈。

（轉身立正慘白）嗄，我生胡不辰，襁褓失慈母。鞠育賴椿庭，成立多艱楚。此日遣于歸，父命曷敢阻？進退心恐傷，（咽云）有淚出肺腑。（拭淚介）奴家被繼母逼嫁孫家，我爹爹不允，將機就計，只説今日是十惡大敗之日，匆遽之間，將奴出嫁王家。哎呀，苦嗄！這首飾衣服，並無一件。哎呀！若是我親娘在日，豈忍如此骯髒！哎呀！（哭泣連悲介）罷！（咽介）不免到祠堂中拜別親娘神主則個。（走右角轉至中對下）此已是，（進門看泣）一入祠堂心慘悽，（對正下福似祖先式）百年香火嘆無兒。（慢走轉右邊桌，迎泣科）（一）涓埃未報母恩德，反哺忍聞烏夜啼。（雙手撲走近桌略偏叫）嗄！母親！孩兒今日出嫁，特來拜別。母親，娘，哎呀！娘嗄！（右手撲桌哭介、唱）

【仙吕正曲·玉嬌枝】（看得細認。當正曲唱）音容不見，望冥中聽奴訴言。（福介。跪下、立拜

（一）夾批：叶韻。

介）甫離懷抱娘恩斷，目應怎瞑黃泉？（貼近桌式）哎呀，誰知（右手指介）繼（即低云）哎呀，（手急掩其嘴，看右下，轉對桌唱）誰知繼母心太偏，（恨聲科）逼奴改嫁相淩賤。（咽白）嗄！親娘嗄！孩兒今日出嫁，本待要做碗羹飯與你，料（啞云）他決不相容。嗄！莫説是羹飯，我待痛哭一場，（唱）

（合）哎呀怕他們聞之見嫌，（立起。福介）只得且吞聲，（走至右桌□拭淚）淚痕如線。

（白）我的親娘若在，豈料今日？（唱）

【前腔】不能光顯，嘆資裝十無一全。（白）母親，（唱）荊釵裙布奴情願。（左手按椅，右手指胸介。白）孩兒去後，爹爹年老在堂，（唱）嘆無兒膝下承歡？（白）哎呀，親娘嗄！孩兒自七歲拋離了你，是（唱）哎呀受他折磨難盡言。（白）孩兒倘有差池，非打（偷看式）哎呀即罵嘘。（哭介。唱）哎呀全無骨肉慈顔善。（合前）

（低頭咽泣科。外上白）荊釵與裙布，隨時逼婚嫁。（丑上白）三夜不息燭，相思何日罷？（立右上角。外）女孩兒不知在那裏？（丑）像是拉乭祠堂裏，拜别裏個娘神主。（外）與你同去看來。（從中走進。外叫科）玉蓮！玉蓮！（小旦）爹爹。（丑）哎呀，爲奢哭得這個嘴臉？好時好日嘘！（外雙攙小旦手，悲科）哎呀！兒嗄！爲何哭得這般光景？（小旦）孩兒在此拜别親娘神主。（外）哎呀！老妻嗄！（小旦放聲哭介）哎呀親娘嗄！（丑）哎呀，阿嫂嗄！（假哭作科。外）若留得你在，焉有今日？（小旦加泣痛苦）娘嗄！（丑氣冷白）時辰差勿多哉，快點梳妝上轎罷！（小旦）親娘！（外）兒嗄，不

要哭了，快些梳妝上轎罷！（小旦放聲）哎呀，娘嗄！（三回四顧狀）（丑）哎呀，勿要哭哉，走罷。（外左手攙小旦又右手介）來。（丑推小旦左肩）走。（小旦左手扶桌看椅哭介）親娘！（外）來嚧。（小旦帶哭帶走科。外唱）

【越調正曲·憶多嬌】你且開鏡奩，整翠鈿，（外攙小旦從右上角轉至正中，進介。小旦進正桌内，外立左，丑立右。）休得界破殘妝玉筯懸。（白）兒嗄！（小旦）爹爹。（外）是你做爹爹的骯髒了你。（小旦咽哭，丑與小旦梳妝科，外唱）首飾全無實可憐。（丑同唱）（合）休得愁煩，休得愁煩，喜嫁讀書大賢。

（各出桌，外坐中，丑坐右，小旦走右上，咽泣，背唱）

【前腔】愁只愁子嗣慳，爹老年，何忍教兒離膝前？（走中對外，細步撲近，膝跪介。白）爹爹嗄！你是年老之人，倘母親有甚三言兩語，凡事忍耐些吧！（外悲慘云）嗄！（丑）勿差𣪊，奈煩點。（小旦唱）莫惹閑非免掛牽。（外、丑唱）（合前）（外扶小旦起，小旦立左上介）

（丑冷白）若依子我做姑娘𣪊嫁子孫家裏，奢了弄得介個意思嗄！（外責聲）咳！（立起，丑唬立）奢了，阿是踏着子尾巴了直跳？（外）你說那裏話來！

【鬥黑麻】自古姻緣事，非偶然，五百年來，赤繩繫牽。（丑白）拍拍我𣪊腰子，勿拉我心上。（外連唱）兒今去，聽教言。（小旦斜跪對外泣狀。外雙手撲小旦肩，白）嗄！（小旦）嗄。（外）哎呀，親兒

嗄！（小旦）哎呀，爹爹嗄！（各哭介。外）你到王家去做媳婦，不比在家做女兒。（小旦）是。（外）須要勿慢勿驕，必欽必敬。（小旦）是。（外唱）孝順姑嫜，數問寒暄。（扶小旦起同唱）燈前淚漣，生離各一天。有日歸寧，有日歸寧，吾心始安。

（丑白）花轎到門快哉嘘！（小旦）請母親出來拜别。（丑）個道要勾，等我去請裏出來。（走對右下，叫科。外接小旦，白、介）這樣不賢之婦，還要拜他怎麽？（小旦）爹爹，天下無有不是的父母，孩兒何忍不辭而去？（外）憑你，哎呀，憑你。（丑接前白念）阿嫂！（副内應介）奢了？（丑）你丒女兒要請你得出來拜别了。（副内應）阿曉得，我是張果老倒騎驢，永不見這畜生之面。（丑轉身對小旦云）阿聽見？勿出來。（外）如何？（小旦）母親不肯出來，待孩兒自去請。（丑）介嘿你自家去。（小旦）母親。（丑）阿嫂。（副内）奢個？（丑）你丒女兒自家拉裏請你出來拜别了。（小旦）母親，孩兒今日出嫁，請你出來拜别。（副内）勿希罕！拜别你丒自家親娘去。（丑）阿聽得？勿肯出來。（小旦）嗄，母親既不出來，孩兒就在房門首拜了嘘。嗄，娘嗄！（丑）阿嫂，你丒女兒拉裏房門首拜哉！（副内）勿要拜，阿是要拜殺我了！（小旦接前白唱）

【前腔】蒙你教養成人，恩同昊天。（恭内即福，跪下拜二拜介。丑曲内白）阿嫂，拉裏拜哉！（副内）勿要拜，再拜是忽出屎馬桶來哉！（丑）勿要留丒好喫河魨。（小旦連唱）雖不是你親生，多蒙保全。兒别去，免掛牽，（立起福介。白）母親，爹爹倘有不到之處，勸你忍耐些罷！（外聽，暗悲，拭淚

科。副内氣響白）勿要拉個答騷聲騷氣嗄！（小旦唱）望你努力加餐，愁顔變喜顔。（同唱）（合前）

（内大吹打，浄扮掌禮同綵轎上。外與小旦哭科。丑白）像是來哉，讓我去看看介。（走出。浄）請新人上轎罷。（丑）是哉，是哉！你先去，就上轎哉！（浄應下介。丑進）勿要錯子時辰，快點上轎罷。（小旦至中對外，不捨哭狀）就此拜别。（外亦泣云）罷了。（丑走下場，拏方巾科。小旦慘唱）

【南吕引子・臨江仙】再拜哀哀辭膝下，（恭外即福拜介，外扶起又福。外）及門無母施鞶。（小旦立起，見母即斜福介。丑與小旦兜頭。同唱）未知何日返家園？出門銀燭暗，（外攙小旦雙手，丑扶小旦左臂並送出介）白日照魚軒。

（吹打、丑推開外，外作衝，丑即以小旦入轎。丑白）擡穩子。（外）擡穩了嗄！（轎下。白）㈠嗄！讓我進去，換子衣裳，好去送親。哎呀！尿急哉，撒一場尿勒介。（方下介。外唱）

【前腔】好似半壁勾燈相吊影，㈡蕭蕭白髮盈顛，那堪弱息離身邊？叮嚀辭别去，痛淚那能乾？（拭淚悲下）

㈠ 夾批：如單演《别祠》，丑即隨轎下；若連唱《送親》，不下在場。

㈡ 夾批：通作『孤』，非。

參相

（丑副扶扮堂候妝威平喝，浄上。浄戴相巾，穿龍補紫青花，繫玉帶，垂印綬，黑滿髯，作中年宰輔狀上唱）

【雙調引子・賀聖朝】幾年職掌朝綱，四時燮理陰陽。一人有慶壽無疆，兆民賴安康。

（轉正坐，二堂候略立下。浄白）爵尊一品，爲天子之股肱；位總百官，乃朝廷之耳目。廟堂寵任，朝野馳名。正是：一片丹心能貫日，四方志氣可淩雲。（丑、副平喝立下。浄）老夫覆姓万俟名卨，職授當朝宰相。咳！年過半百，止生一女，小字多嬌，㈠雖年及笄，争奈姻緣未遂。官兒，（丑、副慌應跪介。浄）今年狀元王十朋，㈡（丑、副）王十朋。（浄）是温州永嘉縣人。（丑、副應對介。浄）人品如何？（丑、副各照方言）才貌雙全。（浄）呸，你們那裏見來？（丑、副）在瓊林宴上見的。（浄）嗄，嗄，官兒，（銜身帶笑商量式）我欲要招他爲婿，但不知緣分若何？（丑、副帶笑即跪上，副云）小姐是瑶池閬苑神仙，（丑）狀元乃天禄石渠貴客，（副）若成這段良緣，（丑）不枉天生一對。（浄笑）這，這些官兒到也會講。（想科）呸，呸，他今日必來參謁，若是他一而至，爾等須先露其情，（立起）然後通報。（丑副

㈠ 夾批：俗插此句，非。
㈡ 夾批：通作不知者，問僕，非。

應介。淨走下止）來嗄！（丑、副應淨對下，頭側對外云）若與諸位進士同來，不必提起嗄！（嗽，虛下。丑、副對上走出科）嗄，暫辭丞相去，專等狀元來。（即轉坐下場科。小生戴紗帽圓領束帶上。貼、小軍持帖隨上。小生唱）

【中吕宫引·菊花新】十年身到鳳凰池，一舉成名天下知。（正生照前打扮上唱，老旦、小軍隨上）脱白掛荷衣，（末同前上唱，正旦、小軍隨）功名遂，少年豪氣。

（小生白）下官王十朋。（正生）下官王士宏。（末）下官周璧。（各見同云）請了。昨日赴宴瓊林，今日應參閣下。通報。（三小軍走下場）門上那位爺在？（丑、副）什麼人？（遞帖科）諸進士拜。（丑、副接介。三小軍轉介）通報過了。（二生、末）迴避。（三小軍應下。丑、副走出，見揖介）三位貴人。（小生、正生、末亦揖科）相煩通報。（丑、副獨看小生，鞠笑云）請少待。擊云板，相爺有請！（淨上）到了麼？（丑、副跪右下場，呈揭帖，淨看介）多到了。（淨低問科）不曾提起嗄？（丑、副）没有。（淨抖袖介）啓中門。（丑）吩咐啓中門。（副）相爺出迎。（喝介）喊！（淨走左邊，着力細認）殿元。（小生、正生、末）老師相。（深揖下。淨大悦狀）嗄，哎呀呀，三位請。（虛膝正生、末，實敬小生式。二生、末打恭）不敢，老師相請！（淨謙和云）連城之璧，世不常有；合浦之珠，人所罕見。得接丰儀，實出萬幸。竟請先行，（大恭式）勿勞過遜。（二生、末）不敢，老師相三台元老，晚生輩一介寒儒，只合執鞭墜鐙，焉敢並駕齊驅？（作深躬介。淨）雖有謙讓之情，那賓主之禮，豈可廢乎？還是殿元請。（獨對小生近恭，二生、末退打躬介）不敢，還是老師相請。（淨）嗄！（踱上一步，衆亦上打躬）列公執意不行，老夫

只當引道。請！（左手攙小生右手走，小生回顧）請！（正生、末）請！（並立、深揖，同云）老師相，（淨）哎呀！ 殿元，（淨心有所欲言，行皆向小生，小生拂淨椅）老師相請台坐，待晚生們參拜。（淨）感承光顧，何勞賜拜？（小生）地砌玉街，恭上萬言之策。（正生）名登虎榜，濫叨遷物之先。（末）揣分玉瑕，撫躬知愧。（淨）君子六千人，定霸咸期於一戰。扶遥九萬里，衝天遂冠於群飛。諸進士皆可畏之後生，殿元乃無雙之國士。（側首斜睁式。小生自愧狀。淨）看坐。（丑、副應介。二生、末）老師相在上，晚輩怎敢坐？（淨）多蒙看我，應奉一茶，那有不坐之理？（踱走左邊，拂小生椅介）殿元。（小生摇首恭起）不敢！ 不敢！（淨）這是鼎甲舊規，有屈了。（對椅淺揖式。小生深揖）不敢。（淨恭）請。（小生趨走左下介。淨走右邊、右手搭正生椅，左手拂式。正生打躬）不敢！（淨對椅淺揖）也有屈了。（正生深揖）不敢。（淨）請！（正生慌走，立右下。淨至末迎上）老年伯。（深揖介。淨）嗄，哎呀呀！ 年侄，老夫聞知賢侄到來，本當奉迎下榻，只因棘院之嫌，不得相邀少敘。（末）小侄一到京師，本欲即來參謁老伯，奈場事在身，拜遲勿罪！（介。淨）豈敢？（末）老伯請上，待小侄另參。（作跪，淨攙）不消，不消！（末揖）從命。（淨拂椅，揖末陪深揖介。淨）也有屈了。（末）不敢！（淨走下，對二生云）這是敝年家子。（二生）貴年侄。（小生至中，正生至左並揖）告坐了！（淨恭衆）請！（二生看淨坐下，衆方坐、打恭。淨）哎呀呀！（丑、副獻茶介。淨）不得手奉。（衆）豈敢？請！（各拏杯，淨平拏，丑、副立下場，衆打躬，淨半躬介）哎呀呀！ 不勞，請！（二生、末留心對待）請！（各喫，見淨停即歇，淨暗喜科）這個殿元貴處是温州？（小生）是。（淨）好嗄！ 是文獻之邦。（小生未解其意

式。淨）呸！　還有位貴同年，也是貴鄉嗄！（小生）是此位。（淨）就是足下。（正生笑對、低頭。淨）妙嗄！　殿元大魁天下，又有一位聯榜，豈豈非是文獻之邦？（笑介）請。（各又照前喫介）殿元，文藝冠場，不亞河東三鳳；　珠璣滿腹，豈誇荀氏八龍？　聖天子可謂得人，老夫與有光榮。（小生）郡乏賢才，勉來應試，忝蒙天眷，皆賴提攜。（淨）豈敢？　請。（又喫介）有了衙門了麽？（小生）有了。（淨）除授在？（小生）江西饒州僉判。（淨）好嗄！　是魚米之地，富貴之鄉。　老夫方伯時曾到過。　咳！　但地方小，不足以展大才。（笑介）正所謂大才小就了。（又笑科。小生）瑣瑣庸才，不堪重職，如若臨郡，還求大教。（淨）哎呀呀！　咳！　若論這樣大才，還該借留館閣，早晚領教纔是，怎麽選了外任？　也罷，權到貴治，不久内遷，還可請教。（小生）書生驟膺一命，況民社未諳，容赴任之期，還求指教。（淨）好說，可曾領憑？（小生）還未。（淨捋鬚點頭）容易，容易。（小生打躬）多謝老太師！（淨）請！（放杯打躬介。淨）這個，老夫前日領教佳作，妙得緊，如蒼松古柏，天然佳景。有一種臨風御虛之趣，真個錦心繡口，巧奪天工。使人閱之，不覺兩腋生風。（正生）鯫生拙作，愧不成章，有汙老師相尊目。（淨）也有了衙門了麽？（正生）有了。（淨）除授在？（正生）廣東潮陽僉判。（淨）哎呀！　這位的衙門，與殿元有天壤之分了嗄！　雖云屈之久，伸之驟，就是一朝一夕也難，只怕也没有領憑。（正生）還没有。（淨）不妨在殿元分上，還可再處。（着意帶笑式。正生）多謝老師相！（深躬。淨）這是敝年家周静軒之子，（仰身脱灑介）静老存日，與老夫最契。若在嘿，也與老夫同事了，咳！（右手拍膝）不道棄世以來，使我常懷痛悼。（假作悲狀）咳！　今見其子成名，不覺悲喜交集。（二生暗暗點頭）嗄，聞

他在貴府作推。（二生）在敝地作推。（淨）哽，哎呀呀！　如此説，貴同年反要稱他是老公祖了。（二生）是。（就中作趣，側頭看，末點頭。淨喜譃叫式）老公祖！　噲，老公祖！（大笑介）真乃仕途上一段佳話。（自我禮拜）敝年侄雖則青年魁解，却肯留心時務。　前日看他的文字，到也去得，但貴鄉呢是大郡，那些民間利弊未能洞曉，還仗二位一一指南，成全他做個美官。　不惟民生受福，亦且年譜有光。（笑科介。二生）老師相垂情故舊，後學晚輩聞言，(一)感激不勝，自愧愚陋，敢不竭其區區？（各立同云）告辭！（丑、副平喝，淨立）爲何去得能迫？（二生、末）還有各衙門未去。（淨）各衙門多還未去，先來看老夫，哎呀呀！　足仞盛情。（二生、末）豈敢？（淨）哽，但是各衙門知道在老夫這裏敘話，就去遲些。（作驕態）嘿，嘿！　還不妨。（二生、末）恐絮煩老師相。（淨一頓挫）哽，如此嚜，二位先請，殿元還有話講。（小生應、走左下介。正生、末）領命。　今朝得入高門下，猶如錦上再添花。（深躬淨立中上正恭，丑、副平喝。淨）請！（正生、末下，淨轉身攙小生手介）好哽！　今科及第，多是少年英俊，真乃天子洪福。（小生）多蒙過奬。（淨）看坐。（小生）告坐了。（淨）哎呀呀！　請！（淨中坐，小生右坐，打躬，淨答禮介）哎呀呀！　不勞。（丑、副送茶科。各持杯）請！（各恭喫介。淨）官兒！（丑、副）有！（淨）吩咐兩棬掤擺飯。（丑、副應介。淨）來。（丑、副又應。淨）豐盛些。（丑、副）哽！（虚下。後添二堂候同丑、副暗上。淨）殿元，想當今處世，那些憨直一些也用不着，一味元融爲上。（小

(一) 輩：原作『背』，據文義改。

生）多承指教！（净）殿元，老夫有句話，理宜差個官兒到貴寓説纔是，猶恐不的。今日既蒙賜顧，哈，哈，不若面陳了。（小生）老師相有何台諭，晚生洗耳恭聽。（净）這個咳，（意趣着力式）老夫年過五旬，（右手托鬚）止生一女，小字多嬌，我欲招你爲婿，（小生底首式）不用選財納禮，（小生悄看净介）目今就要完婚。（□偷覷小生介。鼻笑科。小生會意，重作正色）深蒙老師相不棄微賤，（净弄茶挑看杯内介）感德多矣！（净看杯中，笑，弄茶匙式）哎呀呀！（小生）奈晚生已有寒荆在家，不敢奉命。（净聽，停茶匙，提高落茶匙落右手在右膝，衝身看生式）嗄！殿元有了尊閫了？（小生）是。（净仰身乏趣狀）好嗄！少年高掇，况又早娶，正所謂洞房、金榜全美嗄！（右二指磨膝）哈，哈，全美！（對左想介）這個，（對小生一頓式）咳，殿元，（低聲曲意式）只是還有一講，你是讀書之人，何故見疑？自古道：富易交，貴易妻。（挐茶匙旋連身摇帶笑看生介）此乃人情也！（茶匙擊杯三下科，笑介）呼呼哈哈！（提起茶匙聽看中介。小生薄怒色科）豈不聞宋弘有云：『糟糠之妻不下堂，貧賤之交不可忘。』（净持茶匙，擡頭看，微怒介。小生）愚雖不敏，請示斯語。（净）唔，我是這麼説，他又這等講了去。（坐正端顔式）我想當朝宰相招汝爲婿，也不玷辱你，（斜看小生，右手撩袖放杯介）則、則、則這一句，再、再没得講了。（剛柔並用，喜怒並笑式）哈，哈，哈！（復嗤）呼，呼，呼，再没得講了！（面朝左右手起摇介。小生）停妻再娶，猶恐違例。（净冷落下右手介）嗄！違例？（臉顫手抖式。怒目氣科）唔！

【仙吕正曲·八聲甘州】窮酸魍魎，（小生忍怒朝正上立）對吾行（衆同唱）輒敢數黑論黄，妝模作樣，惱得我氣滿胸膛！（小生唱）平生頗讀書幾行，（净自語白）例字出於何典？唔，不中擡舉。

（小生連唱）豈敢紊亂三綱並五常。（堂候唱）（合）斟量，不如順從俺公相何妨？

【前腔】（又一體）（淨唱）端詳，這搊搜伎倆，怎做得潭潭相府東床？　出言挺撞，那些個謙讓温良。（小生唱）微名忝登龍虎榜，肯棄舊憐新做薄倖郎？（淨做鬼臉式，白）來，好好勸他。（密語介。衆應介。　小生唱）（合）望參詳，料烏鴉怎配鸞凰？（衆走上笑顔勸介，唱）

【解三酲】王狀元且休閒講，這姻緣事果是無雙。　當朝宰相爲岳丈，（淨看兩邊，點頭介）論門户正相當。（淨右手拍膝點頭。　小生硬摇首科，唱）寒儒怎敢過望想，自古道：　糟糠妻，不下堂。（淨怒甚介，白）呸！（唱）（合）忒無狀，把花言巧語，一訕胡謊！

【前腔】（衆唱）你千推萬阻，靡恃已長，只怕你舌劍唇鎗反受殃。（小生）停妻再娶誰承望？（走出欲下介。　衆白）順從了罷！（小生）咳！（唱）又何必，苦相央？（不辭更出，拂袖而歸式。下介。　衆皆没趣狀，白）竟自去了。（見淨）禀相爺：　王狀元去了。（淨）他曾講些什麽來？（衆）他説又何必苦相央。（淨）嗄，他是這等講！（衆應走下立，淨失色，愠怒立，踱走上）咴，没福的畜生！　那個來相央你！　咳，誰、誰個來相央你！（唱）豈不知朝綱中選法咱把掌，少不得禍到臨頭燒好香。（白）呸！（唱）（合）不輕放，（着力唱）定改除遠方，休想還鄉。

（坐介，憤恨嘆，白）初貧君子，天然骨格猶存；　乍富小人，不脱貧寒之態。　過來，這畜生説除授在江西饒州僉判。（衆）是。（淨）那個王呢？（作氣昏式。　丑、副答）廣東潮陽僉判。（淨）呸，取我帖兒，到

該部衙門，把他二人更相調轉。(二)（衆）相爺，一樣衙門，爲何要調轉？（净）你們不知，江西是魚米之地，潮陽是烟瘴之所。我如今把這畜生改調潮陽禍必侵，（立起介。衆）此行必定喪殘生。（净）平生不作皺眉事，（衆）世上應無切齒人。（净）這畜生出京，必來辭我。吩咐門上官兒，不許通報。（衆應，净欲下）來嗄！連揭帖也不要留嗄！（衆應介。净嘆下。二堂候從外走倒鬼話介）咳，他没福。（末）便是。（同下介）

見娘

（小生戴紗帽，穿青花，束金帶上、唱）

【仙吕引子·夜行船】一幅鸞箋飛報喜，垂白母想已知之。日漸過期，人何不至？心下轉添縈繫。

（轉身正坐、白）雁塔題名感聖恩，便鴻昨已寄佳音。思親目斷雲山外，縹緲鄉關多白雲。下官前日修書，附承局帶回，接取家小，同臨任所。一去許久，不見到來，使我常懷掛念。長班！（副扮院子暗上立應）有。（小生）倘家眷到時，疾忙通報。（副應介。小生立云）正是：雖無千丈線，萬里繫人心。（虛下。末内應科）老安人，走嗄！（老旦苦容掛□上、唱）

(二) 夾批：俗增『衙門』，非。

【前引】死別生離辭故里，經歷盡萬種孤恓。（末背包上、唱）昨過村莊，今入城市，深感老天垂庇。

（老旦白）李舅，你可曾打聽狀元行館在那裏。（末）男女已曾打聽，在四牌坊。（老旦）還有多少路？（末）想必就在前面，請老安人再行幾步。（老旦）聞説京師錦繡邦，果然風景勝他鄉。（末）紅樓翠館笙歌沸，柳陌花街蘭麝香。王狀元寓，老安人請轉。（老旦）怎麽？（末）這裏是了。（老旦看科，立左上）如此，你去通報。（末）行李在此，待男女去通報。（老旦應，末走想）哎呀！男女到忘了。（老旦）忘了什麽？（末）請把孝頭髻除下。（老旦）却是爲何？（末）恐驚了狀元。（老旦收放袖哭介。末）嗄，門上有人麽？（副上）什麽人？（末曲身問科）請了。（副直身答介）唔，請。（末）借問一聲。（副）問什麽？（末）這裏可是王狀元的行館？（副似欺式）正是，你問他怎麽？（末挺身朗言恃勢科）通報，家眷到了。（副驚、鞠腰堆趣奉迎狀）嗄，家眷到了。（末響應介）正是。（末走出對老旦白）老安人且喜，正是通報過了。（老旦應介。副慌恭手、急退進式）請少待，老爺有請。小生上）怎麽説？（副）家眷到了。（小生喜容式）嗄，家眷到了！（副應。小生）先着來人進見。（副應、走出介。小生）哎呀！謝天地！（副）嗄，來人呢？（末）在。（副）老爺着你進去。（末）是。（尋科）狀元老爺！（小生見末進，即起迎科）嗄，原來是李舅。（末）男女李成叩頭！（欲叩下，小生扶住）哎呀呀，請起！（末）該叩的。（小生）請起，嗄！李舅，老安人、小姐多到了麽？（末呆、含糊對）嗄，嗄，多到了嗄！（小生喜科）吩咐開正門。（副）開正門！（小生忙趨迎出，末左手扶小生、右手指老旦式。小生）嗄，

母親！（老旦）我兒！（小生）孩兒十朋迎接母親。（雙跪介。老旦）起來。（小生）是。（立起，退一步深躬，老旦進介，即解兜頭打腰拍塵科。小生走上一迎，似恭請式，作驚）嗄！李舅。（末）有。（小生）小姐呢？（末支吾亂指科）這個，還在後面。（老旦）十朋。（末）老安人相請。（小生）嗄！（帶疑進介）來了，吩咐起行李。（副應，末引副）行李在此。（副接行李下。末進立右看介。小生進即白）母親請上，待孩兒拜見。（老旦）罷了。（小生）一路風霜，久缺甘旨，望母親恕孩兒不孝之罪。（一揖兩拜、起揖科。老旦）兒嗄，你在此一向好麼？（悲介。小生）母親聽稟。（唱）

【南吕正曲・刮古令】（又一體）從別後到京，（末對上，抖袖拂周身立右下，留意科。老旦白）可念我做娘的？（小生唱）慮萱親當暮景。幸喜得今朝重會，（帶笑得首走近似恭式。老旦欲言垂首嘆介）咳！（小生疑）嗄！母親，（跪唱）又緣何愁悶縈？（末走右上對老旦摇手，老旦點頭。老旦白）我没有什麼愁悶。（小生看母躊介）嗄，孩兒告退。（立起退左背白）哎呀且住，我想母子相逢，合當歡喜，爲何母親反添愁悶？（沉吟科。末背看小生走下、對老旦白）老安人，（低語介）不要悲傷。（老旦忍淚點頭。小生連前白）嗄，待我問李舅，㈠嗄，李舅過來。（末）狀元老爺。（小生）老安人爲何悶悶不樂？（末）嗄，老安人麼，（看老旦，老旦亦看末，末即白介）嗄，想是在路上受了些風霜，所以如此。（老旦飲、嘆式。小生）嗄，在路上受了些風霜，所以如此？（末）正是。（小生看老旦，老旦低頭忍泣狀。小生摇頭疑

㈠ 夾批：俗作『成』，非。

介）呸，非也，我曉得嗄！（末）曉得什麽來？（小生唱）莫不是我家荆，（看老旦右手遮式，附末左耳科。末白）小姐便怎麽？（小生唱）看承得我母親不志誠？（末白）喲，小姐在家盡心侍奉老安人，是不離左右的。（小生）嗄，盡心侍奉？（末應小生）不離左右的。（末又應介。小生至中對老旦唱）哎呀，親娘嗄！（跪近老旦膝前唱）分明説與伝兒聽。（末虚摇左手，老旦見式。小生白）你那媳婦呵，（唱）他怎生不與共登程？〔一〕

（老旦白）兒嗄！（連唱）

【前腔】（又一體）心中事三省，轉教娘愁悶增。（末對右白）怪不得老安人愁悶。（小生並白）你媳婦爲何不來呢？（老旦連唱）哎呀！你媳（右手指出左手按小生肩，末唬、至右上角欲嗽、右手低摇呆式。老旦見末點頭，即右手搭小生肩，附耳唱）婦多災多病，（末聽老旦唱科，即對右撲手喜狀，點頭白）好，這句解説得好。（小生猶豫意）嗄，李舅。（末急轉身忙跪）有。（小生緊問）小姐有恙？（末急對）有恙。（小生）如今呢？（末）如今。（小生）呸！（末强笑式）好了。（小生）好了？（末笑應，小生轉喜恭介）謝天地！起來。（末）是。（老旦連唱）況親家兩鬢星，家務事要支撑。（小生白）媳婦爲何不來呢？（老旦唱）教他怎生離鄉背井？（末走右上防看式）（合）爲你饒州之任恐留停。（白）兒嗄，

〔一〕夾批：俗增『娘』字，非。

你岳丈到有分曉。（小生）有甚分曉？（□追問介。老旦指末）哪。（末）嗄！（呆看介。老旦唱）先令人送我到京城。

（末在袖内白）嗄，這個員外放心不下，着男女送老安人來的。（小生）一路難爲你。（末）説那裏話！（小生）起來。（末）是。（老旦曲完，小生冷看、懷疑狀，白）唧嗄！ 孩兒再告退。（老旦）去。（小生立起背科。末走近老旦又摇手介）哎呀，母親的言語甚不明白，待我再問李舅。嗄，李舅。（末）狀元老爺。（小生）你把家中事情，備細説與我知道。（末）狀元老爺聽禀。（唱）

【前腔】（又一體）當初待起程，（小生白）住了，我正要問你起程時，小姐爲何不來？（末）小姐。（小生）呸！（末）咳！ 原是要來的嘘！（小生）爲何不來呢？（末唱）誰想到臨期成畫餅。（小生急問白）哎呀！ 母親，成什麼畫餅？（老旦）没有什麼嗄！（末自駭、背連唱）哎呀若説起投江一事，恐唬得恩官心戰驚。（對右指小生、退介，轉見小生吓住科。小生白、正顔問介）住了，什麼驚？（末頓摇首）男女不曾説什麼驚字嗄！（小生苦容□介）你方纔明明説個驚字。（末硬攤手介）何曾説什麼驚？（小生又急問介）嗄，母親，他方才明明説個驚字。（末）嗄，老安人，我何曾説什麼驚字？（老旦亦慌立問）嗄，李舅，你有什麼驚字，快説與狀元知道嗄！（小生）什麼驚？[一]（末）呸。（小生緊問介）什麼驚？

[一] 夾批：慢云此三字，合末改口科。

(末)這個。(老旦慢催介)你説。(末)嗄!(小生)嗄!(末想式)嗄!哈,哈,哈,哈!(笑科)是嗄,有個經字的。(小生、老旦同云)什麽驚?(末)説我家小姐,(老旦呆式狀,小生)小姐便怎麽?(末唱)在路途上少曾經,(指左介。白)就是這個經字。(老旦悲白)嗄,是這個經字。(轉坐,小生看老旦、又看末,即對左大驚疑狀。末連唱)當不得許多高山峻嶺,(合)餐風宿水怕勞形。(小生白)老安人來了,小姐爲何不來?(末)爲此我家員外呵,(唱)因此上留住。(老旦嗽介,小生驚白)嗄!(末看老旦)嗄!(老旦啞介)説。(末)嗄!(小生看定末,怒目迎上一步式)嗄!(末局促式。唱)在家庭。

(捋鬚點頭退,(一)即對右攤手轉對老旦摇手科。小生看末退轉對左,大駭白)呀!(唱)

【前腔】端詳那李成,語言中猶未明。(白)李舅過來。(末)有。(小生)我在家時,見你老實志誠,故把言語來問你,你怎麽反來支吾我?(末恐式)嗄,男女怎敢?(小生怒狀)咻!(末跪介)我今後再(怒狀)再不來問你了。(末立起對右上,攤手頓足。小生即唱)哎呀,親娘嗄!(老旦暗哭,末對老旦雙摇手,小生唱)把就兒裏分明説破,免孩兒疑慮生。(老旦欲吞欲訴,雙手撲搭左邊椅背,末唬、走左介。小生唱)因甚的變顏情,長吁短嘆珠淚零?(老旦撲轉掉下孝頭髻,欲拾介。小生已拾,末走右欲搶、退右下,攤手抓項急科。小生白)呀!(持髻即對上唱)袖兒裏脱下孝頭繩,莫不是恁兒媳婦

(一) 捋:原作『粗』,據文義改。

喪幽冥？

（急轉對老旦白）哎呀母親，這孝頭繩那裏來的？快説與孩兒知道。（老旦）哎呀！兒嗄！千不是，萬不是，多是你不是！（小生）怎麼説孩兒不是？（老旦扶小生起）你且起來。（小生）是。（老旦）我且問你，當初的書是那個寄回的？（小生）是承局。（老旦）可又來。當初承局書親附，拆開仔細從頭睹。（小生）唔。（老旦）道你狀元僉判任饒州。（小生）這句是有的。（老旦）哎呀！兒嗄！你下句不該寫了。（小生）那一句？（老旦）休妻再贅万俟府。（小生）哎呀母親，語句多差了！（老旦）唗！（小生跪介。末）哎呀！老安人請息怒。（老旦）嗄！語句雖差字跡同，㈠（老旦扶小生起。小生白）岳父便怎麽？（老旦）岳翁見了生嗔怒。（小生）岳母呢？（老旦）岳母即時起毒心。㈡（小生）起甚毒心？（老旦）逼妻改嫁孫郎婦。（小生急駭式）哎呀，我妻從也不從？（老旦）好！汝妻守節不相從，他將（雙撲勢，看小生即哭，轉坐搭椅。小生跪近問）哎呀母親！快説與孩兒知道。（末）哎呀！老安人，説不得的！（小生似打式）唗！（老旦）哎呀！李舅嗄！（立起白）事到其間，不得不説了。（末於此處如無措式）（小生）快説與孩兒知道。（老旦又扶小生起介）哎呀！親兒嗄！汝妻守節不相從。（小生）唔！（老旦）他就將身跳入江心渡。（小生極聲）嗄！（老旦攙小生手，大哭、白）你妻子爲你

㈠ 夾批：俗作『真』，非。
㈡ 夾批：通作『妒』，非。

守節而亡了！（小生唬、插綱巾科）嗄！（對正上）我妻子爲我守節而死了，哎呀！（頓足痛心哽咽悶死、直身跌下。末右脚跪、左足豎靠小生上身，老旦跪左足、手托小生身急叫）哎呀！我兒甦醒！（末亦急叫）狀元老爺醒來！（老旦唱）

【仙呂正曲・江兒水】（又一體）哎呀唬、唬得我心驚怖，身戰欽，虚飄飄一似風中絮。争知你先赴黄泉路，我孤身流落知何處？不念我年華衰暮，（合）風燭不寧，哎呀兒嗄！教娘死也不着一所墳墓。

（老旦、末急喚白）我兒醒來！狀元甦醒！（小生作掇氣閉目、軟身科。老旦）好了。（末急答）醒了。（老旦、末叫喚科。小生略醒，輕唱）

【前腔】（又一體）一紙書親附，哎呀我那妻嗄！（身照前仰，左足乱動介。末即白）老安人，慢慢的扶起來。（老旦）是。（小生連唱）指望同臨任所。（慢立直，拭淚介）是何人寫套書中句？（老旦緩轉坐、泣科。末與小生拂衣介。小生指左下科。末對老旦低白）老安人，你該慢慢的説纔好。（老旦）嗄！李舅，總是要説的。（末）是嗄，説明也好。（各掩淚式。小生唱）改調潮陽應知去，迎頭兒先做河伯婦。哎呀妻嗄！指望百年完聚，（轉看母對上場唱）（合）半載夫妻，也算做春風一度。

（對上、右手攤做用悲心痛泣科。左手亦顫介。頓足拭淚科。末白）狀元老爺，請免悲傷。（老旦）兒

嗄！死者不能復生，㈠且至任所，做些功果追薦他。（小生）謹依母命。（老旦）還該追究那遞書人要緊。（小生）孩兒一到潮陽，即追究遞書之誤便了。（老旦）這便纔是。追想儀容轉痛悲，（小生）豈知中道兩分離？（揖介。末）夫妻本是同林鳥，（同云）大限來時各自飛。（小生）母親，請到裏邊安歇。（老旦）哎呀，媳婦的兒嗄！（小生）哎呀，妻嗄！（各斜對面泣下。末）狀元老爺，男女告回。（跪介。小生扶）你怎麽就要回去？（末）起程時，員外吩咐：送到了老安人面會狀元，即教男女回去。（小生）嗄！你道小姐死了，就不是親了？（末）嗄！説那裏話？家裏無人，所以要回去。（小生）況我身伴無人，你隨我到了任所。（末）是。（小生）待我修書打發你回去，接取員外、安人到來，同享榮華便了。（末）多謝狀元老爺！（小生招式）隨我進來。（末應小生急轉緊問科）嗄！李舅，小姐的靈柩停在那裏？（末）哎呀！狀元老爺嗄！那日在江中，風大浪緊，莫説是靈柩，連屍首也没處打撈。（哭科。小生驚介）嗄！竟没處打撈！（右手一指，重指地摇椅。末）没處打撈。（小生對正頓足，片袖重動介）哎呀！妻嗄！（欲大哭下。末即扯小生袖、摇手指内、驚科）哎呀！不要驚了老夫人。（小生急看内，轉對末點頭，末低白）請免愁煩。（小生帶泣帶退、點頭、手招末式，側退下。末亞應、點頭跟小生下）

㈠ 夾批：通不云此，非。應補入白内。

男祭

（老旦補服上）

【正宮引子·破陣子】細雨霏霏時候，柳眉烟鎖常愁。（小生素服角帶上）昨夜東風驀吹透，報道桃花逐水流。（合）新愁併舊愁。

（小生揖科）母親！（老旦）極目家鄉遠，白雲天際頭。（小生）五年離故里，灑淚濕征裘。告母親知道。（老旦）起來説。（小生）孩兒夜來夢見媳婦扯住孩兒的衣袂，説道王十朋嗄十朋，只與你同憂，不與你同樂。醒來却是一夢。(一)（老旦）嗄！咳！敢是與你討祭麽？（末）(二)祭禮已完備，請老夫人主祭。（老旦對桌）嗄！哎呀！媳婦兒嗄！非是兒夫負你情，（小生立右角，□神情慘狀，李㝹憂□介）只因奸相妒良姻。生前淑性甘貞潔，死後英魂脱世塵。餐玉饌，飲瑶樽，水晶宫裏伴仙人。待你兒夫三年任滿朝金闕，與汝伸冤奏紫宸。嗄！你去祭罷。（小生）是，孩兒告祭了。（雙手扶桌對椅，如對其面式）哎呀！妻嗄！和你好似巫山一片雲，秦嶺一堆雪，閬苑一枝花，瑶池一輪月。到如今雲散雪消，花殘月缺。哎呀！好傷感人也！（唱）

(一)　夾批：俗增『南柯』，非。
(二)　夾批：通作『小生白』，非。

【仙呂入雙角合・北新水令】（末似點燭提列式。對桌恭揖、跪一拜、直身）一從科第鳳鸞飛，被奸謀有書空寄。幸萱堂無禍危，（一就跪，側恭母介）痛蘭房受岑寂。（膝上扶桌、又一拜、起立，桌右横）捱不過淩逼，身沉在浪濤裏。（拭淚走歸右邊坐介。老旦唱）

【南步步嬌】（此【步步嬌】與【折桂令】爲二主曲唱，母子要雙貫相做）將往事今朝重提起，越惱得肝腸碎。清明祭掃時，（小生）哎呀！（兩袖掩哭。老旦唱）省却愁煩，且自酹醴，(一)（白）李舅看酒。（末）有酒。（小生忙立阻式科）兒女之喪，何敢當母親遞酒？（老旦）嗄！兒嗄！（末將杯遞與老旦，老旦接杯，一福。小生慌向右桌旁跪拜回禮。老旦唱）須記得聖賢書，（末接杯放王中，老旦又一福介）道『吾不與祭如不祭』。

（即轉身拭淚坐，小生立起、白）李舅，看香。（末）有香。（小生唱）

【北折桂令】（生）爇沉檀香噴金猊，（以誠上香，轉退一步一揖，跪兩拜，立起，又揖，站右桌邊，對椅悲慽、訴衷狀）昭告靈魂，聽剖因依。自從俺宴罷瑤池，宫袍寵賜，相府把俺勒贅。俺則爲撇不下糟糠舊妻，苦推辭桃杏新室，致受磨折，改調俺在潮陽。妻嗄！因此上擔誤了恁的歸期。

【南江兒水】（老旦對桌唱）聽説罷衷腸事只爲伊，却原來不從招贅生奸計。懊恨娘行忒薄義，

(一) 夾批：又作『禮』。

淩逼得你好没存濟。母子虔誠遥祭，（兩手平□）（合）望鑒微忱，早賜靈魂來至。（傷心哽咽。小生白）李舅看酒。（末）有酒。（遞杯與小生，小生執杯悲看、唱）

【北雁兒落帶得勝令】徒捧着淚盈盈一酒巵，（作揖放桌，看桌上）空列着香馥馥八珍味。（走近椅右，似捧面式）慕音容，不見伊；訴衷曲，（作癡迂狀）無回對。呀！（一揖）俺這裏再拜自追思，（二拜，又揖，起立右桌邊科）重會面是何時？揾不住雙垂淚，舒不開咱兩道眉。先室，俺只爲套書信的賊施計。賢妻，俺若是昧誠心，天鑒知，（咽啼介）昧誠心，自有天鑒知。（坐科。老旦）

【南僥僥令】這話分明訴與伊，（錚錚聲唱，憤憤介）須記得看書時。懊恨娘行忒薄意，抛閃得兩分離在中路裏，兩分離在中路裏。

【北收江南】（小生）呀！早知道這般樣拆散呵，誰待要去赴春闈？便做到腰金衣紫待何如？説來的話兒又恐怕外人知，端的是不如布衣，倒不如布衣。妻嗄！（哽咽傷心，放聲即□□□看母，母亦拭淚，重放酸悲介）只索要低聲啼哭自傷悲。

（老旦白）兒嗄！

【南園林好】免愁煩回辭奠儀，（□憂勸解。白）嗄！媳婦兒嗄！做婆婆的本待要拜你拜，只恐你消受不起，罷，罷！（唱）只得拜馮夷多加些護持。（對上場拜，小生即扶母亦拜，扶起母，母福介。小生

即在旁叩謝）早早向波心中脱離，惟願取免沉溺，惟願取免沉溺。

（作全本此處丑扮禮生讀祝文科。小生白）李舅化紙。（末應作在燭化紙介。小生唱）

【北沽美酒帶太平令】紙錢飄，蝴蝶飛；（執杯作滴酒揖、看科）紙錢飄，蝴蝶飛。（末□含悲下）血淚染，杜鵑啼，睹物傷情越慘悽。（又對座做）靈魂兒恁自知，俺不是昧心的，負心的隨着燈滅。花謝有芳菲時節，月缺有團圓之夜。俺呵！徒然間早起晚息，想伊念伊。妻，要相逢除非是夢兒裏再成一對姻契。（老旦同唱）

【南尾聲】昏昏默默歸何處？哽哽咽咽常念你，願你直上嫦娥宫殿裏。

（末歡顔上、白。雜劇不用上）住着，啓爺：有京報在此，請老爺看。（小生）取來。吏部一本，爲缺官事，江西吉安府缺知府一員，推得廣東潮陽僉判王十朋，爲官清正，堪陞此職。已奉旨了。（小生白）知道了，賞他十兩銀子。（末應下。老旦）我兒，報何事？（小生）母親，孩兒已陞江西知府了。（老旦）這也可喜，但不知幾時起程？（小生）明日辭了上司，即便起程便了。（老旦）嗄，兒嗄！年年此日須當祭，（小生）歲歲今朝不可違。（老旦）天長地久有時盡，（小生）此恨綿綿無了期。（老旦）隨我進來。（小生）是。哎呀！妻嗄！（回首看紙灰、傷心不捨狀下）

上路

（外戴福巾，穿緞褶，着朱鞋，提竹杖，悠然行色上）

【仙呂引子・小蓬萊】策杖登程去也，（立右下，對左式）西風裏勞落艱辛。淡烟荒草，夕陽古渡，流水孤村。（副帕兜頭、拏念珠、强笑、先做慢唱上）滿目堪圖堪畫，那野景蕭蕭，（對右□摇頭介）冷浸黄昏！（末束衣捲袖上）〔一〕樵歌牧唱，牛眠草徑，犬吠柴門。

（外走左上云白）〔臨江仙〕緑暗汀洲三月景，錦江風静帆收。垂楊低映木蘭舟，半篙春水滑，一段夕陽愁。（副）灞水橋東回首處，美人親捲簾鉤，落花幾陣入紅樓。（末）行雲歸楚峽，飛夢遶温州。（外）嗄！連日嗄！在舟中悶坐不過，今朝日麗風和，花明景曙，舍舟登路，散行幾步。（副）弗差，倒是走走勾好。（末）男女已吩咐船家，到前邊上縴的所在挽住，請員外、安人下船便了。（副）既如此，員外先請。（末）男女隨後。（外立中，末立左上，副立外背後看介。末以前後左右點染，切莫與副並立科，同唱）

【仙呂正曲・八聲甘州】（又一體）春深離故家，嘆衰年倦體，（末引從左轉至右下立，外隨至中，副跟行至左上，一流邊勢，各對右下介）奔走天涯。（外拐竪右足跟邊，左手一指挾左臂，指右下側看，又對副側點頭，副右手搭外左肩，衝身亦看右下，顧外點頭，末蹴身看，亦指右下科）一鞭行色，（外轉身對右上，踏出右足，拐側竪右胸，左手提左腰衣，衝身看右上地，末、副在後傍作襯看介）遥指（外隨前勢，右肩

〔一〕夾批：宜用眼光描出。

高，左肩低，扭身慢看，至左上地，末、副藉勢視科）剩水殘霞。（外走中，略對左，隨身立直，左手捏拳垂背後，右手捏杖，隨意直指左上，看左介。副看左柳樹，走上折柳枝嗅、搖首擲地。末立外右肩後，借景看左上科）牆頭嫩柳（外乘式，右拐平落右腰邊，左手一指，直指左上，側首强身對末笑，末蹋衝身對外點首科。副左手指柳頭對外訴式）籬畔花，（外轉身對正下場，左足踏出，左手抓臍下衣，用雙膝夾住，右手捏杖，鞠身縮頸，忙攀肩，皺鼻眼，笑容堆，作拙幻看式，左一指靠鼻勾指樹科。末走左，在外後，雙手捧股，曲身衝看狀。副雙捏珠，鞠恭指助科）只見古樹枯藤（外立硬身，右手直按拐落右腰邊，左手指直指右下，斜首對末，末就勢右手捋鬚，各笑貌。副換雙手指右下科）棲暮鴉。（各收勢，外走正下看右下角之左下，副亦緩隨走看式）（合）嗟呀！（外對左下，將拐尾向左下角乱出，捏拐頭伏胸前，將身紐直，左手捏拳，叉左腰，側頭看左遠式。副倍襯指科）遍長途觸目桑蔴。（外收拐看下場，轉身對右横，雙手豎起，似伸腰，帶提拐杖，就勢在蔴字腔内打哈嘶科。末隨走，從右下看，轉立介。副轉身走上場，連唱介）

【前腔】（又一體）（副唱）呀呀，幽禽聚遠沙，（末在右下對外白）員外，（指右下高）這是青山。（外睁目鼓口，拐平落胸前，衝身望右下，笑介）嗄！青山（末指左下地）緑水。（外扛左肩紐身側看左下地，總做畫景式）緑水。（又右、左二看，對末笑，點頭介）果然好景！（末應，副又手扯外左袖，連前曲白介）老老，（外轉身，對中小趨步至上中層身拐倚胸膛，雙手捏鬚尖，似恭式，趣容看正地。末走上，亦看。副至左上指正場唱）對彷佛禾黍，宛似蒹葭，（外退正中，左手繚絲縧，右臂圓執杖，豎直登身看山水，預開口

笑狀。末附近外身栽式。副倚外體陪科)[一]江山如畫,(外直身轉對下場,雙手攤指左地,慢轉對右上介。末從右下場,指走至右角,見橋止,即對外左手指橋式。外作知狀。副在左邊,從下場觀景,至右横,亦作停步介)無限野草閑花。(外走右角轉看橋,將拐倚肩,挾右臂扛肩,用左手一大指在胸灣指橋勢,令副小心過去式。副即走上探橋,怕貌,退右横,拔鞋科。末先上橋中俟主母,攙扶狀)旗亭(外轉身對左,先提杖於橋上戳定,後左手提衣,連左足起,在小字上踏下。末將右手攙外左手,外即右足上橋,至中立住,身對正場,將拐尾與副,作扶手而引狀。副見外上橋,愈加足軟式。在景字,雙手搭杖尾上橋科介。各對正場,皆要横走至最字二腔,似橋動,各蹬身式,皆照面摇首怕科,立起,俱慢横走過橋。副回身重顧,對上伸舌摇頭,即隨外從左角轉介)小橋景最佳,(末至右下指内式。外走中蹲足望右下科。副手捧外腰,低首亦盼式)見竹鎖溪邊三兩家。(外側矬身,左手出三指,落右胸前,對副即對末改直身,左手换二指,低直,末、副隨應)[二](合)漁槎,(外從左邊走中,作步趨科。末走左上,副同外對面立介)弄新腔一笛堪誇。

(副白)走弗動哉,雞眼痛,坐坐嘿好。(右手作扶横椅急坐介)(末)嗄,就在這裏略坐一坐。(扶外坐科。外)咳,我想早歲遊庠,何曾受此跋涉?(副)咳!今日之下,纔是孫汝權勾天殺勾噓!(外)不

[一] 陪:原作『培』,據文義改。
[二] 夾批:此宜變化法。

要説了。（唱。末虚下再暗上介）

【仙吕正曲·解三酲】爲當初被人謊詐，把家書暗地套寫，（右二指反指左手介）致吾兒一命（指正地）喪在黄泉下，受多少苦波查。（拭淚）今日幸得逢佳婿來迎迓，（看外介）又還愁逆旅淹留人事賒。（副唱）（合）空嗟呀！（各立起，外嘆介）自嘆命薄，難苦怨他。

（末白）下船去罷。（同唱）

【前腔】步徐徐（外走右下）水邊林下，路迢迢野田禾稼，（看正場左地介，各帶指帶走式）景蕭蕭疏林暮靄斜陽掛。聞鼓吹，（俱望下式）鬧鳴蛙，一經古道西風鞭瘦馬。（副走至立左，末走至右邊，皆走上場看介。外對正下，左手望科）謾回首，盼家山淚似麻。（各拭淚科）（合）空嗟呀！（各立起，外嘆介）自嘆命薄，難苦怨他。（各做自式。對副雙□子，對末雙□，各對上□□□□科。作參差下）

齣末批：

此齣乃孫九皋首劇身段，雖繁，俱系畫景。惟恐失傳，故載身段。

舟中

（正旦戴大鳳冠、着補服上）

【仙吕引子・卜算子】風便未開船，有事相留戀。夫婦輕離久違顔，天使成姻眷。

（轉坐介、白）夫妻全節義，母子得重歡。姻緣今再圓，芳名千古傳。妾身賀氏，今隨相公赴任兩廣，路由江右，此間郡守王公，昨來參謁相公，問起原故，恰就是我孩兒的丈夫王十朋，向因改調潮陽，苗良誤傳訃信。今日天使夫妻重聚。相公命妾設席舟中，（丑扮梅香立上）特請王太夫人到來，合當姑媳相逢。梅香！（丑）有。（正旦）王太夫人到時，疾忙通報。（丑）曉得。（正旦、丑不用下。副扮梅香内應）請太夫人下轎。（跟上。老旦鳳冠補服上）

【前引】有子作廉官，已遂平生願。

（副白）阿有囉個𡟯？（丑走前）是那個？（副）煩通報，王太夫人到。（丑）請少待。（轉對旦云）王太夫人到哉！（正旦）道有請。（立起走出艙門迎式）打扶手。（丑）請太夫人。（大吹打，丑與副捏篙作扶手，老旦穩步走跳板。正旦）嗄！太夫人看仔細。（老旦）老夫人，不妨。（上船見禮介。老旦）老夫人。（正旦）太夫人，太夫人請。（老旦）老夫人請。（丑）姐姐，跳板滑，看仔細。（副）多謝你，我是（指自脚各笑奔上船跟老旦介。老旦進艙再見禮）老夫人。（正旦回禮）太夫人，太夫人請上，妾身有一拜！（老旦）哎呀呀！豈敢？老夫人請上，老身也有一拜！（正旦）迅掃鷁舟，荷蒙寵顧。（老旦）未扳魚駕，反辱先施。（正旦欲拂椅式。老旦即阻介）不敢當，各便罷。（丑向内）點茶。（正旦）如此從命，請坐！（老旦）請！（對面坐介。正旦）看茶。（丑）曉得哉，茶到。（老旦）太夫人請！（老旦）老夫人請！（各持杯介。正旦）請問太夫人高壽了？（老旦）甲子一週。（正旦）清健嗄！（老旦）老

了。（正旦）有幾位令郎？（老旦）豚犬一人，見任此邦。（正旦）好嗄！有幾位令孫？（老旦嚊鼻怨苦聲）兒婦守節而亡，並無所出。（正旦）咳！原來如此，請！（俱作喫、丑接杯）换茶。（放茶盤介。老旦）請問老夫人高壽了？（正旦）天命年已。（老旦）哎呀呀！不像嗄！（正旦）老了。（老旦）有幾位令郎？（正旦）嗣息無緣。（老旦）有令愛否？（正旦）螟蛉一女，正值新寡。（老旦）嗄！既有小姐，何不請來？（正但）恐服色未便。（老旦）何妨，願求一見。（正旦）如此，梅香，請小姐出來。

（丑）是，小姐有請。（小旦上）

【接前引】慈親痛别久暌違，(一)何日重相會？

（見正旦科。老旦預見小旦，老旦作乍疑狀介。小旦）母親。（正旦）罷了，過來見了王太夫人。（小旦）是。（正旦）太夫人，小女求見。（老旦歡顔欣指）嗄！這位就是小姐。（小旦見老旦觸驚式）太夫人。（老旦回禮、俱上下呆視、退酸心科。正旦留神相顧，婆媳分對外各駭式。正旦）看酒。（丑）有酒。（正旦先滴天，老旦看、揩淚，不用陪福。小旦暗咽。正旦轉定老旦，老旦看呆。副）太夫人，按席哉！（老旦懂式）哎呀呀！不敢！看酒！（慌狀，執杯即對定席介）(二)（正旦）不敢！我兒，送酒與太夫人，（小旦）是。（老旦）哎呀呀！不勞罷。酒來。（正旦）太夫人，小厮家。（老旦）説那裏話！（此按

(一) 夾批：俗作『親遠久暌違』，非。

(二) 夾批：俗作『兩節按席』，非。

席鬪目，不可太繁，因爲婆媳敬愛，痛别重逢待問，未可欲認不能，致做出各各互顧哽咽於心科。通作正旦背立，不覰兩地意態，非。正旦重與老旦對福，作請入席式。小旦向老旦告坐科）太夫人。（老旦亦答禮，小旦又與正旦告坐科）母親。（福介。正旦）罷了。太夫人請！（老旦）請！（各入席，小旦伺坐，再坐科。丑）上酒。（丑、副蠢福見禮。丑）姐姐好！（副）好勾，姐姐好！（丑）好。（副）哎喲！尿急哉！要撒尿哉！那處？（丑）後稍頭有個馬桶裏拉虱去嘘。（副）噢，多謝吒。（攙手拉下。正旦做法不可放鬆）太夫人請！（老旦）老夫人請！（小旦句句緊密）太夫人請！（老旦驚魂無定，未語先零式）小姐請！（持杯軟放。二旦俱停介。正旦）太夫人與我小女素未相識，一見爲何淚下？（老旦）老夫人嗄！老身心有深怨。（着力白。正旦）試説何妨！（老旦）爲此，

【仙吕正曲・園林好】止不住盈盈淚瀼，瞥見了令人感傷。（正旦白）太夫人請上酒！（老旦）老夫人請嘘！（各舉杯介。小旦欠身舉杯悽慘介）太夫人請！（老旦）小姐，（老旦手顫、哭咽淚落杯中放介。小旦哽放暗拭淚，正旦亦嘆、放杯。老旦唱）那裏有這般厮像？可惜你早先亡，若在此好頡頏。

（正旦）免愁煩。（執杯）太夫人請！（老旦）老夫人，（略飲。小旦）呀！（唱）

【前腔】細把他儀容比方，細將他行藏酌量。（細認老旦介。老旦暗白）奇嗄！（正旦白）太夫人請！（老旦）老夫人請！（小旦）太夫人請！（老旦）小姐請嘘！（杯近嘴看。小旦）呀！（唱）細聽

他言詞聲響，（小旦痛泣不飲、遮放杯，正旦、老旦照放介）好一似我姑嫜，空交我熱衷腸。

（愁腸萬結狀。老旦句句細刺唱）

【江兒水】謾把前情想，你聰明忒性良。知人饑餒能終養，知人冷熱能調恙。（正旦聞言始信式）指望你將我這老骨扶歸葬，誰道伊行先喪。（正旦嘆介，似告非訴式。老旦白）嗄！媳婦兒嗄！你做婆婆的在世也不久了。（小旦如坐針氈狀。正旦悲嘆介。老旦唱）哎呀若要相逢，早晚向黄泉相傍。

（小旦）哎呀！（唱。步步緊接唱）

【前腔】驀聽他言語，令人倍慘傷。看他愁容淚霰如珠漾。若是我兒夫身不喪，哎呀！婆婆嗄！香車霞帔你也榮安享。（似顧似訴介。老旦着意看、聽介）今日知伊何向？隔着烟水雲山，（老旦白）哎呀，媳婦兒嗄！（小旦連唱）兩下裏一般情況。

（正旦白）太夫人。（老旦）老夫人。（正旦唱）

【五供養】聽伊半晌，言語雖多，未得其詳。（老旦）嗄！咳！（正旦連唱）勸伊休嘆息，何必細斟量？事關心上，且將情便説何妨。（老旦白）一言難盡。（正旦連唱）我兒在何處會，爲甚兩情傷？乞道真情，不須隱藏。

（老旦白）老夫人嗄！（唱）

【玉交枝】(【玉嬌枝】首至二)事皆已往，偶然間觸物感傷。(正旦白)免悲傷，請道其詳。(老旦連唱)(【玉胞肚】三至合)見令愛玉質花容，似孩兒已，(右指小旦，小旦直立，老旦縮手，小旦坐下介。老旦)嗄！ 啐，啐，啐！ (正旦)嗄！ 太夫人爲何欲言又止？ (老旦)老夫人，話便有一句，咳！ 只是言重，不好説。(正旦)哎呀！ 但説何妨！ (老旦出席)嗄！ 既如此，待老身告了罪纔説。(正旦)好説。(各出席介。老旦)嗄！ 老夫人，有罪了！ (正旦)豈敢？ (老旦)小姐冒犯了嗄！ (小旦)好説。(正旦)請道其詳。(老旦)嗄！ 老夫人。(左手直指小旦，小旦直迎介。老旦唱)見令愛玉質花容，似孩兒已故妻房。(小旦掩面大哭介。正旦白)嗄！ 令子舍既死，我小女雖像，如今痛苦，無補於事。(老旦)哎呀老夫人，説那裏話來！ (唱)(【玉嬌枝】五至末)吾家兒婦守節亡，恩深義重難撇漾。(小旦對痛哭欲認介。正旦兩邊看式)嗄！ (老旦白)嗄！ 老夫人，我媳婦雖是富室之女，他嫁到寒門來，(正旦)怎麽樣？ (老旦唱)待貧姑雞鳴下堂，守貧夫勤勞織紡。(正旦白)有這等賢孝媳婦？

(小旦大驚)呀！ (唱)

【前腔】聞言悒怏，太夫人，你媳婦如何喪亡？ (老旦白)哎呀小姐！ (雙手攙小旦、唱)爲孩兒名擅文場，寄家書禍起蕭牆。(小旦關心接唱)書歸應是喜氣揚，緣何兩地生災障？ (老旦)哎呀恨，(小旦、正旦白)恨誰？ (老旦唱)恨只恨孫家富郎，(小旦聽、向正旦低白)哎呀母親！ 正是我婆婆了！ (正旦應介。老旦唱)哎呀苦嗄！ (小旦痛咽式。正旦白)苦着誰來？ (老旦唱)苦只苦玉蓮

天亡。

（小旦白）嗄！如此説是我婆婆了。哎呀，婆婆嗄！（老旦倒慌式）小姐請起，小姐請起。（小旦）婆婆，婆婆嗄！（老旦帶扯帶認唱）

【川撥棹】心何望，這慇懃禮怎當？（急中一緩，正旦忙收、白）我兒，（唱）問姓名家住在何方？（小旦白）太夫人，（唱）尊姓名家住在何方？（老旦白）我麼，（唱）住、住温州，吾家姓王。（正旦白）我兒，果是你婆婆了！（小旦）婆婆，你媳婦玉蓮在此！（正旦）太夫人，是你媳婦。（老旦細認）嗄！哎呀！媳婦兒嗄！（小旦）哎呀！婆婆嗄！（老旦唱）你緣何素縞妝？（小旦）痛兒夫身喪亡。

（老旦白）住了。（唱）

【前腔換頭】汝出言詞好不審詳，你的兒夫見任此邦。（小旦大駭）哎呀！（唱）我爹爹曾遣人到饒邦，報、報説道兒夫喪亡。（老旦白）有個緣故。（正旦）什麼緣故？（老旦）你丈夫呵，（唱）你丈夫呵爲辭婚調遠方，爲賢能擢此邦。

（正旦白）可喜嗄！可喜！（小旦白）哎呀！□□□。（老旦將小旦攙至一邊，立左相親狀。細看、慢淚，正旦喜科。合唱）

【尾】幾年骨肉重相傍，（小旦）痛只痛雙親在遠方。（老旦白）你父母呵，（唱）在此宦邸相親已

二霜。

（正旦白）梅香，請老爺過船。（内應科。老生冠帶蒼鬚上）

【中吕引子·金菊對芙蓉】他那裏哭聲嚷嚷，（小生冠帶上）我這裏喜氣洋洋。（内短六句。正旦白）相公，他姑媳已認下了。（老生）這也可喜。（小生）嗄！母親。（老旦）我兒，你妻子在此。（小生）嗄！在那裏？（老生）我兒，就是丈夫王十朋。（小旦）我相公。（見面細認、抱頭大哭式。小生）哎呀妻嗄！（小旦）哎呀相公嗄！（同唱）

【哭相思】只爲功名紙半張，閃得兩下裏萬般悽愴。

（老旦白）多謝大人！（老生白）恭喜太夫人！（小生公揖謝。小旦各立於老旦之傍。老旦白）請問大人，如何得救我媳婦？（老生）老夫呵！（要當一曲唱。）

【中吕正曲·大環着】那一日江道，那一日江道，得夢蹊蹺。明是神靈對吾説道，救女江心宜早。（正旦同唱）問取根苗，節操凛冰霜，令人矜傲。（老旦、小生看小旦，大哭拭淚，老生、正旦）結義女同臨官道。遣尺素訛傳凶報。（同唱）誰知道改調潮。喜金朝，母子夫妻共同歡笑。

（老旦攙小旦帶謙先下，次正旦、老生、小生、末下）

齣末批：

《荆釵》以《舟中》而結，《琵琶》以《書館》爲終，作結構關頭唱，其《廬墓》《釵圓》皆餘文也。

集成曲譜

崑曲工尺譜。王季烈、劉富梁編訂。1925年商務印書館石印本。全書分爲金、聲、玉、振四集，每集八卷，共三十二卷。曲文、科白皆收，標注工尺、板眼。聲集卷二收録《荆釵記》之《眉壽》《議親》《繡房》《别祠》《送親》《迎請》《回門》《赴試》《閨思》《參相》《改書》《前拆》《别任》《大逼》等十四齣，卷三收録《投江》《憶母》《哭鞋》《女祭》《見娘》《發書》《梅嶺》《回書》《夜香》《男祭》《開眼》《上路》《拜冬》《女舟》等十四齣，輯録如下。

眉壽

（外上）（凡調）

【高陽臺】兔走烏飛，星移物换，看看鬢髮皤然。嗣息無緣，幸生一女芳年。温衣飽食堪過遣，賴祖宗遺下田園。喜一家老幼平安，謝天周全。

華髮蕭蕭鬢若霜，老來無子實堪傷。箕裘事業誰承繼？詩禮傳家孰紹芳？閒議論，細思量，欲將一女贅賢良。一斟一酌皆前定，只把丹心託上蒼。老夫姓錢，名流行，温州人也。昔在黌門，忝考貢元。衣冠世裔，時乖難顯於宗風；閥閱名家，學淺粗知乎禮義。不幸先室早逝，止存一女，年方二八，名喚玉蓮，尚未適人，繼娶姚氏，虧他訓誨，教習女工，幸喜此女能侍父母。正是：子孝雙親樂，家和萬事成。今日老夫賤誕，聊備蔬酒，少展良辰，吓，李成那裏？（末上）一點祥光現紫薇，匆匆瑞氣藹庭幃。齊簪翠竹生春意，共飲瑶巵介壽眉。員外有何分付？（外）着你整治酒筵，可曾完備？（末）完備多時了。（外）請安人上堂。（末）是，老安人有請！（付上乾唱）

【臘梅花】年華老大雙鬢皤，胭脂膩粉時丟抹。市人多道我，道我相像夜叉婆。

員外。（外）媽媽，怎麼這時候出來？（付）今日是員外壽誕，我在厨下整治壽筵，與你稱慶。（外）多謝媽媽！（付）李成，伍阿曾去請姑娘個來？（末）已曾請下，想必就到了。（付）伍，到門前去候介候看。（末）是。（丑上乾唱）

【前腔】奴奴體貌多嬝娜，月裏嫦娥賽奴不過。市人多道我，道我相像緊那羅。

（末）姑母來了。（丑）員外安人拉乱落裏？（末）在堂上。（丑）昏殺呀，故歇辰光，還拉乱床上來。（末）在積善堂上。（丑）介没伍去説聲。（末）是。員外安人，姑母來了。（丑）阿哥、阿嫂。（外）妹子來了。（付）姑娘爲奢故歇來？（丑）爲因在家整治壽禮，故此來遲。（外）自家骨肉，何須費心？（付）自家姊妹，備奢壽禮？（丑）也無奢物事，只有一方帕子。（外、付）多謝你！（丑）帕兒雖小，到

有四句口號。（付）奢個口號？（丑）一口帕兒新，將來慶誕辰。願哥嫂年年一百歲，好像南山老猢猻。（付）老壽星。（丑）阿嫂，呸是王母哉。（付）姑娘，呸是何仙姑哉。（丑）李成是柳樹精。（付）那了？（丑）會偷酒喫了。（外）休得取笑！（丑）那了囡呸勿見？㈠（付）拉厾繡房裏。（丑）年常阿哥壽誕，是我把盞，如今侄女長大，喚他出來把盞，學學禮貌，日後也好到人家去做媳婦。（付）姑娘說得有理，李成，請小姐出來。（末）是。吓，妻子，伏侍小姐出來。（正旦）是。（隨作上）（小工調）

【珍珠簾】南極耿耿祥光燦，（丑介）㈡囡呸出來哉，個件衣裳是呸個，爲奢俚着哉？（付介）俚着得着没，就不俚着哉呀。（丑介）女兒長，（付介）糖餅香。（丑介）做媒人，（付介）是姑娘。（丑介）有人搶，（付介）打巴掌。（丑介）不打不成雙。明星爛，慶老圃，黄花娛晚。去了青春不再返，且暫把身心遊玩。疏散，喜團圓歡會，慶生華誕。

爹爹、母親萬福！（外、付）罷了，見了姑娘。（作）姑娘。（丑）勿消得哉，坐子罷。（外）紛紛紅紫競芳塵，日永風和已暮春。（作）但願年年當此日，一杯壽酒慶生辰。（丑）好吓，真正詩禮傳家，爹爹說了兩句，女兒續上一雙。（付）姑娘，有其父必有其女。（外）雖然如此，一則以喜，一則以憂。（付）員外，你喜者何也？（外）所喜家園温厚，骨肉團圓。（丑）憂者何也？（外）憂者我孩兒年已及笄，婚期未遂，

㈠ 囡：原作「男」，據文義改。下同改。
㈡ 介：原作「界」，據文義改。下同改。

若得了汝終身，別無掛牽。（作）告爹爹知道。（丑介）家常話坐子來説。（外）起來説。（作）是。念玉蓮温清之禮尚缺，蘋蘩之事未諳，且自開懷暢飲，不須掛念。（付）到是囡唔説得有理，自古王十九，（丑）只喫酒。（付）不把盞，（丑）鬭什麽口！（付）今日慶過了壽，改日議親。（丑）阿哥阿嫂，任女媒人，是要我做個嘘。（外、付）這個自然。看酒，我兒把盞。（作）是。（同唱）

【錦堂月】華髮斑斑，（丑介）阿嫂，個個囡唔阿哥養着哉！唔看敦敦篤篤，好像唔乭。韶光荏苒，（丑介）囡唔拜壽請坐子。雙親幸喜平安。（丑介）等我拜子壽來介。阿哥拜壽哉！（外介）妹子不勞罷。（丑介）要拜個，要拜個，恭喜阿哥！賀喜阿嫂！（外介）多謝妹子！（付介）多謝姑娘。慶此良辰人人對景歡顔，（丑介）李成乭拜壽。（末、正旦介）是。小人叩賀員外安人！（外介）起來。（付介）起來罷。李成家婆，到年裏不雙膝褌拉唔罷。（正旦介）多謝安人！（丑介）李成家婆，來搭我脱子個件紅衣裳去，要喫酒哉，勿要累子。晝堂中寶篆香消，玉盞内流霞光泛。齊祝贊，願福如東海，壽比南山。（外）

【前腔换头】幽閒，食可加餐，官無事擾，情懷，并没愁煩。人老花殘，於心尚有相關。待招贅百歲姻親，承繼我一脉根蔓。齊祝贊，願福如東海，壽比南山。

（付）李成收過子罷。（外）媽媽，酒還未飲，早又是妹子在此，若是外人，只道你慳吝了。（付）老老，

【醉翁子】我非慳，論治家有千難萬難，休只管喫得酒盡杯乾。（丑）阿哥阿嫂，今番慶生席

面，不比尋常一例看。篩酒，得來，重换盞，直飲到月轉花梢，影上欄干。（外）

【前腔】神仙，滿座間人間事減。慶眉壽，尊前席上，正宜疏散。（衆）歡宴，樂人祇應，品竹彈絲敲象板。重换盞，直飲到月轉花梢，影上欄干。

【僥僥令】銀臺燒絳蠟，寶鼎噴沉檀，望乞蒼穹從人願。骨肉永團圓，保歲寒。

【前腔】炎凉多反覆，日月易循環，但願歲歲年年人康健。骨肉永團圓，保歲寒。

【尾聲】玉人彈唱聲聲慢，露春纖把錦箏低按，曲罷酒闌人散。

（外）四時光景疾如梭，（付）堪嘆人生能幾何！（丑）遇飲酒時須飲酒，（同）得高歌處且高歌。（外）李成，撤過筵席。（末）是。（外）女兒隨我進來。（作）是。（作、末、正旦隨外下。丑）我去哉。（付）搭呧到囡呧房裏去，看看生活來去。（丑）勿消看得，俚是老生活哉。（付）勿要嚼蛆，我抗一隻鷄腿拉乿，搭呧再去喫一鐘。（丑）多謝！多謝！（同下）

議親

（小生上）（凡調）

【滿庭芳】樂守清貧，恭承慈訓，十年燈火相親。胸藏星斗，筆陣掃千軍。如遇桃花浪暖，定還我一躍龍門。親年邁，且自温衾扇枕，隨分度朝昏。

越中古郡誇永嘉，城池闤闠人奢華。思遠樓前景無限，畫船歌妓顔如花。詩禮傳家忝儒裔，先君不幸早傾逝。奈何家業漸凋零，報效劬勞未如意。卑人姓王，名十朋，表字龜齡，别號梅溪，温州永嘉人也。不幸先君早逝，惟賴母親訓育成人。年方弱冠，忝列庠生之數；學有淵源，未對漢廷之策。正是：一躍龍門從所欲，麻衣换却荷衣緑。丹墀拜舞受皇恩，管取全家食天禄。（老旦應嗽介。小生）言之未已，母親出來了。（老旦上）

【繞池遊】桑榆暮景，將往事空思省。家貧窘，悶懷耿耿。共姜誓盟，慕貞潔甘守孤另，喜一子學問有成。

（小生）母親拜揖！（老旦）罷了，兒吓，目今黄榜動，選場開，你可收拾行李，上京應試。（小生）是，母親。事業要當窮萬卷，人生須是惜分陰。自古學成文武藝，終須貨與帝王家。孩兒只爲家貧親老，不敢遠離膝下。（老旦）兒吓，豈不聞《孝經》云：始於事親，終於事君。君親一體。你若做得一官半職回來，也顯得做娘的教子之功。（小生）謹依母親慈命。（老旦）還有一事，前日雙門巷錢貢元央將士公來議親，奈因無物爲聘，不敢應承，只恐今日又來，如何是好？（小生）母親，自古娶妻莫恨無良媒，書中有女顔如玉。孩兒只慮功名未遂，何慮無妻？（老旦）這也説得是。兒吓，自你父親亡後，做娘的呵，

【黄鶯兒】半世守孤燈，鎮朝昏幾淚零，到今猶在淒涼境。（小生介）門墻好冷落也！寒門似冰，衰鬢似星。（小生介）母親爲何掉下淚來。只爲早年不幸鸞分影。（同）細論評，黄金滿籯，

終不如教子一經。（小生）

【前腔】父喪母勞形，論孩兒當報恩，奈何人事不相稱。非學未成，非己未能，只爲五行不順男兒命。（合前）（老旦）

【簇御林】親師範，近友朋，把詩書勤講明。囊螢鑿壁皆堪敬，他們都顯父母，揚名姓。（同）奮鵬程，名題雁塔，白屋顯公卿。（小生）

【前腔】親年邁，家勢傾，恨腴甘缺奉承。卧冰泣竹真堪并，他們都感天地，登台省。（合前）

（生上）受人之託，必當忠人之事。老夫許將仕，蒙錢貢元央我到王家議親，此間已是。吓，有人麽？（老旦）外面有人，出去看來。（小生）是。吓，是那個？（生）解元。（小生）原來是將仕公，失迎了！（生）好説！令堂在堂上否？（小生）在。（生）説一聲老夫要見。（小生）請少待。母親，將仕公在外。（老旦）請進來。（小生）是。將仕公，家母相請。（生）是。吓，老安人。（老旦）將仕公。見了將仕公。（小生）是。將仕公。（生）解元。（老旦）請坐！（生）有坐！（老旦）重蒙貴步到寒家，有何見諭？（生）老夫無事呢，不敢輕造，因錢老貢元前番央我來議令郎親事，老安人未允。近聞令郎堂試魁名，貢元不勝之喜，又着老夫送小姐年庚吉帖在此，望老安人允諾，萬勿推辭！（老旦）多蒙貢元見愛，又蒙將仕公週全。奈家寒乏聘，不敢應承。（生）貢元曾有言，不論人家貧富，只要女婿賢良，聘禮不拘輕重，隨意下些，便可成親。（老旦）貢元乃豐衣足食之家，老身是裙布荊釵之婦，惟恐見誚。（生）喲，

老安人名門舊族，貢元詩禮傳家，堪配絲蘿，願結此姻，不必過遜，請收了吉庚。（老旦）如此，我兒收了。（小生）是。（老旦）供在家廟。（小生）曉得。（老旦）多謝將仕公！（生）恭喜老安人！（老旦）過來，謝了將仕公。（小生）多謝將仕公！（生）賀喜解元！（老旦）請坐！（生）有坐！（老旦）將仕公在上，念老身呵。（生）願聞。（老旦）（轉尺調）

【桂枝香】年華衰邁，家私窮敗。要成就小兒姻親，全賴高賢擔帶。論財難佈擺，（小生）論財難佈擺，（老旦）錢難揭債，物無借貸。兒吓，自你父親亡後，并無所遺，叽呀，止有這荆釵，權把他爲財禮。咳，只愁事不諧。（小生）

【前腔】萱親寧耐，冰人休怪。（生介）何怪之有？卑人呵，貧居陋室多年，惟苦志寒窗十載。（生介）勤苦在前，僥倖在後。奈時運未來，（生）解元，倘時運到來，（小生）功名可待，那時節姻親還在。母親，這荆釵又不是金銀造，如何將他作聘財？（生）

【前腔】安人容拜，解元聽解。那錢老貢元呵，他不嫌你禮物輕微，偏喜愛熟油苦菜。請安人放懷。（老旦）教我如何放懷？（生）便是貧無妨礙，越顯得你家風清介。解元，方纔令堂説什麼聘物，乞借一觀。（小生）聘物雖有，只是將不出手。（生）好説。（老旦）送過去。（小生）是。將仕公請觀。（生）吓？阿呀！（笑介）吓，吓！原來是股荆釵，好罕物吓！昔日漢梁鴻聘孟光，曾仗此釵。如今老安人亦用此釵，豈不是達古之家？（老旦）惶愧！（生）覷着這荆釵，曾下梁鴻聘。非是老夫面

奉，吓！哈，强如玉鏡臺。

告辭了。（老旦）有慢！將仕公回覆貢元説，禮物輕微，表情而已。（生）領命。（老旦）家寒乏聘自傷情，（小生）權把荆釵表寸心。（生）有意種花花不發，（同）無心插柳柳成陰。（老旦）兒吓，送了將仕公出去。（小生）將仕公有慢！（生）解元請了！（下。小生）請了！母親，將仕公去了。（老旦）兒吓，姻親事小，功名爲大。隨我進來。（小生）是，來了。（同下）

繡房

（貼上）（小工調）

【戀芳春】寶篆香消，繡窗日永，又還節近朱明。暗裏時更月换，老逼椿庭，旦晚雖能定省，遇寒暑宜加温清。清和景，惟願雙親，倍膺福壽康寧。

鏡中常自嘆嬋娟，生長閨門二八年。惟喜椿庭身在室，何堪萱室魄歸天？工容德，(一)悉兼全，玉質無瑕賽月圓。春去秋來多世事，金蓮那肯出房前？奴家侍奉爹媽早膳已畢，且向繡房中做些針黹則個。

【一江風】繡房中，裊裊香烟噴，剪剪輕風送。但晨昏問寢高堂，須索把椿萱奉。忙梳早整

(一) 工容德：原作『容言工德』，據《新刻原本王狀元荆釵記》改。

容，忙梳早整容，惟勤針指功，怕窗外花影日移動。

【前腔】聽鵲鴉，噪得我心驚怕，有甚吉凶話？念奴家不出閨門，莫把情懷掛。依然繡幾朵花，依然繡幾朵花，天生怎比他？再繡出薔薇架。（丑上嗽介）

【太平令】豪門議親，哥嫂已許諧秦晉。未審玉蓮肯從順？且向繡房詢問。

幾里是哉，開門！（貼）是誰？（丑）勿是賊，是呧乪做姑娘個拉裏。（貼）來了。（丑）聲氣纔聽勿出個哉。（貼）原來是姑娘，姑娘萬福！（丑）阿呀，妮子吓！勿要攔門拜介，攔門拜子没，樣樣要遲個噓。哪，梳頭遲，纏脚遲，日後嫁家公没也要遲個。跟我進來。（貼）姑娘再萬福！（丑）罷哉，吖唷，檯子上鬧熱蓬生拉乪做星倽介？（貼）在此繡枕方。（丑）好吓，未嫁才郎，先繡枕方。讓我來看看，看做得阿好？吖唷，好丢！顔色配得俏麗，針脚做得細膩。看呧勿出，倒介啤嚥個哉！個朵是啥個花介？（貼）是并頭蓮。（丑）花底下兩隻還是鵝呢鴨介？（貼）是鴛鴦。（丑）勿差，鴛鴦鴛鴦，烏瘦毛長，尖嘴挒腮，阿像呧丢姑娘？（貼）休得取笑。（丑）勿要吹烟子，收好子罷，我要説正經哉。（貼）姑娘到此何幹？（丑）姑娘無事不到你繡房中，特來與你爲媒。（貼）吖，可是爹爹説那王？（丑）阿呀妮子，你是不出閨門之女，六里曉得啥黄拉白，好歹没聽做姑娘個説，有外頭人拉裏，阿覺道有點勿好意思，下次不可。（貼）多謝姑娘教訓！（丑）讓我來拿點好物事看看。哪，個是孫員外丢聘禮，先送金鳳釵一對，壓茶銀四十兩，呧丢娘做主，姑娘爲媒。咗，黄楊木頭簪一隻，是王十朋丢聘禮，呧丢老糊涂個做主，是許豆腐個老測死做媒人。兩家聘禮纔拉裏，但憑呧揀中六里個樣，就嫁六丢。（貼）既是爹

爹做主，願受荊釵。（丑）難道金亮黄黄個勿拿，阿呀妮子吓，那閒話分説完，啥插插子進去哉，介個是一生一世個事務，唔勿要差子主意。吖，待我把孫家豪富，説與你聽。（凡調）

【梁州序】他家私迭等，良田千頃，富豪聲振甌城。他也不曾婚聘，專浼我來求你年庚。（貼）他恁的財物昌盛。（丑介）是温州城裏有名個叫孫半洲，亦叫孫百萬，着實好丢嘘。（貼）㈠愧我家寒，自料難厮稱。（丑）這段姻緣料想是前定，入境緣何不順情？妮子吓，你休得要恁執性。（貼）

【前腔】他有雕鞍金凳，重裀列鼎，㈡肯娶我裙布釵荊？況且房奩不整。（丑介）我個肉吓，勿是介説個。反被那人相輕。（丑）雖則是你的房奩不整，那孫官人呵，他見了你的工容，自然要相欽敬。（貼）嚴父將奴先已許書生，（丑介）唔爺那説？（貼）君子一言怎變更？姑娘吓，（丑介）妮子那説？（貼）實不敢奉尊命。

（丑）啥個實不敢奉尊命！個頭親事，勿是做姑娘個必竟要唔成個嘘。

【前腔】這是你爹娘俱已應承，問侄女緣何不肯？恁推三阻四，莫不是行濁言清？（貼）枉

㈠（貼）：原闕，據文義補。下同補。

㈡裀：原作『茵』，據汲古閣刊本《繡刻荊釵記定本》改。

自將奴凌併，便刎下頭來，（丑介）勿曉得，直頭依我丟。（貼）阿呀，斷然不依允！（丑）咳，論我作伐，宅第盡傳名。勿是姑娘誇口說，九處說親，倒有十處成。阿呀，誰似你這般假惺惺！

（貼）

【前腔】做媒的，（丑）住亙，做媒人亦勿是做賊做强盜，老虎没要喫人個。（貼）不是說姑娘。（丑）倒怕伍說我佬。（貼）假如這等說。（唱）（丑介）啥個假如這等說？（貼）做媒的個個誇能。（丑介）吖唷，伍倒噲說亙滑。（貼）也多有言不相應。（丑介）騙子伍幾遭哉。信着他多被誤了終身。（丑）咻，你那合窮合苦没福分的丫頭，敢來强斷挺。（貼）姑娘何故？（丑介）吖唷氣壞哉！（貼）怒生嗔。出語傷人，你好不三省！（丑介）那間倒賊介儯賴。（貼）榮枯事終由命。（丑）

【尾聲】這段姻緣非斷逞，丫頭吓丫頭，少甚麽花紅送迎。（貼）阿呀，天吓！（丑介）老老面皮，小娘介哭天哉，阿怕勿好意思個？誰想翻成作畫餅。

（丑）姻緣自古要和同，無分榮華合受窮。（貼）雪裏梅花甘冷淡，羞隨紅紫嫁東風。（丑）嫁東風，嫁東風，偏是伍個丫頭揀老公。（貼哭介。丑）阿呀勿好！到要騙騙俚亙。我個妮子吓，伍平昔日間總聽做姑娘個說話個，依子做姑娘個，拿子金鳳釵罷。（貼）吓，如此同到爹爹面前去說。（丑）好吓，到伍亙爺門前去說。（貼）走。（丑）走嘘，走嘘。（貼）走出去！（哭介。丑）阿一哇！一隻脚，一隻脚，好亙！拿我推子出來，關子房門哉。吖！伍個丫頭拉亙作怪哉！等我到伍亙娘面前去搬一場是非，

教呸個小花娘繡花針搠碎子猪苦膽，滴溜溜個苦得來。（下）

別祠

（旦上）（凡調）

【破陣子】翠黛深籠寶鏡，蛾眉懶畫春山。絲蘿雖喜依喬木，椿樹還憐老歲寒。阿呀，親娘吓！（哭介）偷將珠淚彈。

我生胡不辰，襁褓失慈母。鞠育賴椿庭，成立多艱楚。此日遣于歸，父命何敢阻？進退心自傷，有淚出肺腑。（哭介）奴家被繼母逼嫁孫家，我爹爹將計就計，只説今日是十惡大敗之日，將奴出嫁王門。首飾衣衫并無一件。若留得我親娘在日，焉有如此骯髒？（哭介）不免到祠堂中去拜别親娘神主則個。來此已是，不免徑入。一入祠堂心慘悽，百年香火嘆無兒。涓埃未報母恩德，返哺忍聞烏夜啼！吓，母親，親親親娘！阿呀親！娘！吓，吓！（低聲泛高哭介。鑼住）

【玉交枝】音容不見，望冥中聽奴訴言。甫離懷抱娘恩斷，你目應怎瞑黄泉？誰知繼母，阿呀！心太偏，逼奴改嫁相淩賤。娘吓！孩兒今日出嫁，本待做碗羹飯與你，料想他們不允。莫説羹飯，阿呀！就要痛哭一場是，怕他們聞之見嫌，只得且吞聲淚痕如綫。娘吓！今日女兒出嫁，首飾衣衫，并無一件，若留得親娘在，焉有今日？

【前腔】不能光顯，嘆資裝十無一全。就是荊釵裙布奴情願。奴家去後，爹爹年老在堂，嘆無人膝下承歡。孩兒七歲上抛離了娘是，受他磨折阿呀難盡言。倘有些差池是，吖喲，非打即罵嘘！他全無骨肉相憐念。怕他們聞之見嫌，只得且吞聲淚痕如綫。

（外、丑曲内上。外介）荊釵與裙布，隨時逼婚嫁。（丑介）三夜匆熄燭，相思何日罷？（外）妹子。（丑）阿哥。（外）不知女兒到那裏去了？（丑）想必拉乱祠堂裏拜别親娘。（外）同去看來。（丑）去嘘。（外）吓，我兒在那裏？（旦哭介。外）我兒。（旦）爹爹。（外）阿呀，兒吓！爲何哭得這般光景？（丑介）眼睛纔哭紅乱哉。（旦）爹爹，孩兒在此拜别母親神主。（外旦）吓，阿呀親娘妻吓！（丑）阿呀！我個匆關得我事個阿嫂吓！（外）呸，若留得你在，焉有今日？（外、旦同哭介。丑）時辰到快哉，阿要去梳妝罷。（外）兒吓，時辰將至，快些罷。（旦）是。（外）來。（旦）是。（外）來嘘。

（旦哭介。外）

【憶多嬌】你且開鏡奩，整翠鈿，休得界破殘妝玉筯懸。兒吓！爲父的骯髒你了。（唱。旦哭介）首飾全無真可憐！休得愁煩，休得愁煩，喜嫁讀書大賢。

（旦）爹爹，

【前腔】只愁你子嗣慳，爹老年，何忍教兒離膝前？爹爹，你是年老之人，孩兒去後，母親倘有三言兩語，勸你忍耐些罷。（唱。外嘆介）你莫惹閒非，免掛牽。（合前）

（丑）阿早點依子我嫁子孫家裏没，也無今日之下哉呀！（外）嗳，妹子説那裏話來！（唱。丑介）我到勿曾説差啥嘘！

【鬬黑麻】自古姻緣，事非偶然。五百年前，赤繩繫牽。兒今去，聽教言。阿呀兒吓！（旦）爹爹。（外）你到王家做媳婦，不比在家做女兒，須要勿慢勿驕，必欽必敬。阿呀兒吓！（旦）爹爹。（丑介）勿要貪喫懶做。（外唱）須要孝順姑嫜，數問寒暄。（合）燈前淚漣，生離各一天！有日歸寧，有日歸寧，吾心始安。

（丑）阿有奢哉？（旦）還要請母親出來拜別。（外）這樣不賢之婦，還要拜他則甚！（旦）天下那有不是之父母？（丑）個是生成要個，等我去叫俚出來。阿嫂！（付内）奢個？（丑）唔乱囡唔今日出嫁，請唔出來拜别。（付）我是張果老倒騎驢，永勿見畜生之面個哉！（丑）阿曾聽見？唔乱娘説，張果老倒騎驢，永勿見畜生之面個哉。（旦）吖，既是母親不肯出來，待我自己去請。（丑）阿嫂。（付）亦是奢個？（丑）唔乱囡唔自家拉裏請哉。（付）我勿是唔親娘，唔到祠堂裏拜親娘，我是勿出來個哉！（丑）阿曾聽見？俚是勿出來個哉。（旦）母親既不出來，孩兒就在房門首拜别了嘘。（丑介）阿嫂，拉裏攔門拜哉。（付介）到祠堂裏去拜親娘去！（丑介）一拜哉！（付介）阿是要拜殺我了。（丑介）兩拜哉！（付介）再拜要潑屎馬桶出來哉！（丑介）阿聽見？再拜要潑屎馬桶出來哉。

【前腔】蒙你教養成人，恩同昊天。雖不是親生，多蒙保全。兒今去，免憂煎。母親，你是年老

之人，爹爹倘有些不到之處，大家忍耐些罷。你且努力加餐，把愁顔變笑顔。（合前）

（接粗吹打止。丑）轎子到哉，上轎罷。（外）兒吓，時辰將至，快些上轎罷。（旦）爹爹請上，孩兒就此拜别。（外）罷了。（旦）（鎖吶）

【臨江仙】百拜哀哀離膝下，及門無母施鞶。未知何日返家園？出門銀燭暗，白日照魚軒。

（旦哭介。粗吹打。丑）等我上上馬桶來，亦要上轎哉。（下。外）擡穩了吓。（旦下。外）咳！

【前腔】半壁孤燈相吊影，蕭蕭白髮盈顛，那堪弱息離身邊？叮嚀辭别去，淚眼不曾乾。咳！（下）

送親

（老旦、小生仝上。老旦）（六調）

【風馬兒】株守蝸居事桑麻，形憔悴，鬢鬖鬖。（小生）家寒世薄精神減，淒涼一擔。母憂愁，子羞慚。

母親拜揖！（老旦）罷了，兒吓！姻緣之事，原非偶然。前番許將仕來説親事，我將荊釵爲定，一去許久，不見回報，敢是不成了。（小生）母親，姻緣前生分定，苦苦掛懷則甚！（老旦）兒吓！

【鎖寒窗】這門親非是我貪婪，無奈人來説再三。送荊釵愁他富室褒談，良媒竟無一言回

俺，反教我掛腸懸膽。早間聽喜鵲噪窗南，有何親舊相探？（小生）

【前腔】嘆連年貧苦多諳，尤在淒涼一擔擔。[一]事萱親，朝夕愧缺腴甘。劬勞未答，常懷悽慘。議姻親，斷然不敢。早間聽喜鵲噪窗南，有何親舊相探？

（生、淨上。淨）走吓！（同唱）

【前腔】論人生嫁女婚男，不是姻緣怎妄貪？謾誇他豪門首飾衣衫，嬌娥志潔，甘居清淡，那聽他巧言掇賺！這姑姑因此臉羞慚，此來必定喃喃。

（生）這裏是了。（淨）幾里就是哉。（生）吓，解元有麽？（老旦）外面有人，出去看來。（小生）吓，是那個？（生）解元，是老夫在此，求見令堂。（小生）請少待。吓，母親，將仕公穿了吉服在外，要見母親。（老旦）請進來。（小生）是。（淨）方纔個位阿就是新官人？（生）正是。（淨）好标緻面孔！（小生）吓，將仕公，家母相請。（生）賓相，待我先去説知，然後進來。（淨）是哉。（生）吓，老安人恭喜！（老旦）將仕公，寒門似水，喜從何來？（生）今日黄道吉日，錢老貢元送小姐過門，先着老夫説知。（老旦）倉卒之間，諸事未備，如何是好？（生）不勞費心，一應多在錢宅，賓相在外。（淨介）冰清冷火，臘燭也勿點點，紅也勿掛掛。（老旦）請進來。（生）待我喚來。吓，賓相，老安人着你進見。

[一] 一擔擔：原作『一儋擔』，據汲古閣刊本《繡刻荆釵記定本》改。

(浄)是哉。(生)見了老安人,是須要下個全禮。(浄)個是我在行個。(生)賓相來了,見了老安人。(浄)個位就是老安人?(生)正是。(浄)老安人,賓相見禮哉。(老旦)不消。(生)見了新官人。(浄)個位就是新官人,新官人見禮哉。(小生)賓相。(老旦)我兒,進去換了吉服。(小生)是。(下。浄)老安人拉乱上頭,賓相有言告禀:今日送親個是張姑母,此人伶牙俐齒,倘有言語冒犯休怪。(生)好周到吓!(浄)阿爹,我裏是走千家個,寧可說拉前頭。時辰還早,阿要先請姑母來叙叙寒温。(生)使得。(浄)噲!第二個,打姑母個轎子上來。(吹打。丑上)

【寶鼎兒】親送侄女臨門,管取今朝沉醉。

(吹打住。浄)請二位親家母見禮,新官人見禮,請大媒見禮。(丑)阿呀,我是阿哥阿嫂教我來送親個,勿關得我事個嘘。(浄)噲!張姑母,唔認道是奢人了?(丑)到底是奢人了?(浄)就是許伯伯呀。(丑)呸!出來怕我勿認得了。噲,老許,唔今日會奢打扮得行落浪能個拉嗨?(生)我是有職分的。(丑)奢個職分介?(生)承德郎。(丑)我認道子骯乱郎了。快點居去罷,屋裏打得雪片能個拉乱哉。(生)爲何吓?(丑)爲子賣子鑽鉛豆腐了。(浄)噲,張姑母,豆腐没有奢鑽鉛個介。(丑)當中一包豆腐渣哉嘘。(浄)呸!勿要婁,請得位。(丑)三十六點。(浄)奢個三十六點?(丑)唔說得會吓,三十六點頂色哉滑。(浄)坐没爲之得位。(丑)坐没坐哉,奢個得會!(浄)格没請坐,請二位親家母攀談。(丑)殺唔個千刀,亦勿求雨,翻奢壇!(浄)說話没爲之攀談。(丑)個說話没竟是說話,有個多化巧言令色!(浄)格没請說話。(丑)請問親家母,府上的窮,還是祖浪傳下來個呢,還是自家勒骨勒

汗個掙拉丟個？ 爲奢窮得能個乾淨相？（生）吓，姑媽，今日是喜日，要説些吉祥話。（丑）哂丟没要吉祥，我到有點勿如意拉裏丟。（净）時辰到，請姑母扶鸞。（丑）咳，一身兼作僕，又要我扶鸞。噲，第二個，打新人轎子上來。（吹打。净）伏以請新人下寶輿，緩步請行。免拜天地，就拜堂。（丑）親家請坐子。（老旦）説那裏話！ 姑媽請！（丑）吓，説介個説話，請坐子，要受個，要受個！（净）轉班行夫婦禮，恭揖，成雙揖！ 請大媒見禮。恭揖，成雙揖！（丑）讓我來挑子方巾來介，親家母看看人品如何？（内念）喫糕酒。（净）吠，是哉，阿爹衆人要喫糕酒。（生）叫他們到錢宅去。（净）是哉，叫哂丟到錢家裏去。 阿爹，個厨房拉丟落裏？ 讓我甘蔗也切切，荸薺也乾乾，端正起來哉滑。（生）今日做親，改日擺酒。（净）咳，今日没單做親，改日備酒。（生）正是。（净）格没阿爹，我裏個點小意思那？（生）也到錢宅去。（净）吓，也拉錢家裏去拿。 阿爹骨頭媒人奢人做個？（生）是我做的。（净）是阿爹做個，到包得乾淨相拉化，喫没分喫奢，謝到要謝聲，老安人多謝子！（老旦）有慢！（净）説介老實説話，新官人多謝子！（小生）有勞！（净）勞哂拜子兩拜。（丑）噲，掌禮司務，住拉裏喫子點奢來去。（净）咳，張姑母，我到替哂拉裏愁。（丑）愁我奢？（净）看哂頭上借到脚上，落裏來個饅頭果子還别人吖。（丑）纔是我裏阿嫂個。（净）嗄，做親人家，勿動烟火食没，到第一轉掛着來。（下。丑）請問親家母，前筵擺在何處？ 後宴設在何方？ 實在肚裏餓勿過了，要拗軋點奢下去丟。（老旦）姑媽，

（小工調）

【惜奴嬌】只爲家道貧窮，守荆釵裙布，謹身節用。今爲姻眷，惟恐玷辱門風。（旦）空空，愧

乏房奩來陪奉，望高堂垂憐寵。（同）喜氣濃，悄似仙郎仙女，會合仙宫。（丑）

【前腔换头】欣逢，夫婿寬洪，可留心遵守，四德三從。（生）勤攻詩賦，休得要效學飄蓬。（小生）重重，命蹇時乖長如夢。（老旦）謝良言，開愚懵。（合前）（旦）

【黑嫲序】家中，雖忝儒宗，論蘋蘩箕帚，尚未諳通。愧無能，豈宜適事英雄？（老旦）融融，非獨外有容，必然内有功。（同）喜氣濃，悄似仙郎仙女，會合仙宫。（小生）

【前腔】愚蒙，欲步蟾宫，奈才疏學淺，未得飛衝。愧無能，豈宜先自乘龍？（丑）雍雍，才郎但顯功，嬌妻擬贈封。（同）喜氣濃，悄似仙郎仙女，會合仙宫。（生）

【錦衣香】夫性聰，才堪重；婦有容，德堪重。天生美質奇才，彩鸞丹鳳。（小生）自慚非比漢梁鴻，（丑介）阿是要餓殺我了？（生介）姑媽尊重些。何當富室，配我孤窮。（旦）念妾非孟光，奉親命遣侍明公。（合）今日同歡共，也曾修種。夫和婦睦，琴調瑟弄。

（丑介）嗯嗜，肚裏餓殺哉！（老旦）

【漿水令】恕貧無香醪泛鍾，恕貧無美食獻供。（丑）咳，又無湯水飲喉嚨，裝甚大媒，做甚親送！（生）休相笑，莫妄衝，惟恐外人相譏諷。（丑介）奢了缺我個禮？（老旦）非缺禮，非缺禮，只爲窘中。（丑介）我要去告訴阿哥阿嫂個。（老旦）凡百事，凡百事，望乞包容。（衆）

【尾聲】佳人才子德堪重，更人才又兼出衆。夫妻到老和同。

(生)告辭了。(老旦)有慢！(生)合巹交杯喜頗濃。(老旦)琴調瑟弄兩和同。(小生、旦)今宵賸把銀釭照，猶恐相逢似夢中。(老旦)我兒，送了將仕公出去。(小生)吓，將仕公有慢！(生)解元請了！(下。老旦)姑媽，姑媽。(丑)噁唷，㕶個人奢能個刁，我爲子餓勿過了，打個瞌晥，躲過個個餓陣，㕶答子苦活鳥能個姑媽姑媽。阿呀！老許介！(老旦、小生)他們多去了。(丑)好個崑山航船逐隻開，慢點看，喫没分喫奢，謝到謝聲個，親家母多謝子！(老旦)有慢！(丑)新官人，我有兩句說話拉裏對㕶說，你須要勤讀詩書，莫學懶惰，一舉成名，光耀門户。㕶虱做姑娘個忍子餓來對㕶說個嘘，哧哧，阿呀！我個肉吓肉吓！㕶登拉屋裏没，無葷勿喫飯，那間到子記裏來，是變子無飯勿喫葷哉嘘！肉吓肉吓，㕶丢做姑娘個來子一歇歇没，布裙帶收子十七八收，㕶等拉裏是要收得滴頸葫蘆能個得來嘘！肉吓肉吓！番道個，㕶勿要吼思，我叫李成家婆送珀溜㕶喫没哉，我去哉。(老旦)爲何能響？(丑)我是鐘變得來個，越空越響，我那間要去出家哉。親家母，我法名纔有個哉呀！(老旦)叫什麽？(丑)叫餓空，阿看我肚皮浪有四個字？(老旦)什麽吓？(丑)此屋現空。(老旦介)兒吓，須要夫唱婦隨，上和下睦。(小生、旦)是。(老旦)隨我進來。(小生、旦同下。丑連念)等我跨出子門檻來介，轎子介。(内應)轎子拉裏前頭，來上轎罷。(丑)落雨哉，格没那亨走介？幸虧我姜姜轎子裏簇答一雙蒲鞋拉裏，等我换起來，丢子鳳冠，打起子個襖。㕶，阿呀天吓！一個大水潭。阿呀！天吓，天吓！(下)

迎請

（老旦上）（凡調）

【掛真兒】天付姻緣事諧矣，夫和婦如魚似水。（小生）貧處蝸居，羞婚燕爾，惟恐傍人談耻。

（旦上）

【前腔】菽水承歡勝甘旨，親中饋未能週備。（小生）慈母心歡，賢妻意美，深喜一家和氣。

（小生）母親。（旦）婆婆。（老旦）罷了。（小生）娘子。（旦）官人。（小生）蘋蘩已喜承宗嗣，功名未遂平生志。黃榜正招賢，囊空無一錢。（老旦）家貧難斡運，漫自心頭悶。（旦）應舉莫蹉跎，光陰能幾何？（小生）母親，孩兒自與娘子成親之後，不覺半載。目今黃榜動，選場開，郡中刻限起程，奈缺少盤纏，如何是好？（老旦）兒吓，自你父親亡後，家業日漸凋零，你今缺少盤費，教娘實難措辦。（旦）官人，此係前程大事，況兼官府催行，雖則家道艱難，如何辭免？可容奴家回去懇告爹爹，或錢或鈔，借些與官人路上盤費，不知尊意如何？（小生）好便好，只恐岳丈不允。（旦）我去説，自可允從。（小生）多謝娘子！（末上）若無漁父引，怎得見波濤？此間已是，有人麼？（老旦）有人在外。（小生）待孩兒去看來，是那個？（末）王官人。（小生）足下是？（末）吓，男女是錢宅差來的。（小生）請少待。母親，岳丈家中有人在外。（老旦）既是親家那邊差來的，媳婦出去看來。（旦）是，待媳婦去看來，是那個吓？（末）小姐，是男女在此。（旦）原來是李成，員外安人好麼？（末）俱各平安。（旦）一向

爲何不來看我？（末）只因家中有事，所以不曾來看小姐。（旦）今日到此何幹？（末）見了老安人，自有話説。（旦）待我先去説一聲。（末）是。（旦）吓，婆婆，是媳婦家李成，要求見婆婆。（老旦）聞得親家那邊有個李成舅，快請相見。（旦）是。吓，李成，老安人着你進去，須要下個全禮。（末）曉得。（旦）吓，婆婆，李成來了，過來見了老安人。（末）是。吓，老安人在上，男女李成叩頭！（老旦）李成舅，不敢，請起！（末）是。（旦）婆婆，是媳婦家裏人呀。（老旦）自古道：敬其使以及其主。（旦）多謝婆婆！（老旦）請問李舅，員外安人是納福？（末）托庇粗安。（老旦）今日到舍，有何貴幹？（末）老安人請坐了，待男女告禀。（老旦）願聞。（末）

【宜春令】恩東命，遣僕來上覆，近聞得官人赴都，道解元出路，人去家空，必定添淒楚。已收拾西首房屋，待相邀一同居住。爲此特令男女，到宅傳語。（老旦）

【前腔】蒙錯愛，爲眷屬，這恩德深銘肺腑。奈緣艱苦，迤逞不能轂參岳父母。到如今蒙相呼，頓教娘心中猶豫。試問孩兒媳婦，怎生區處？（小生）

【前腔】因科舉，欲赴都，免不得抛妻棄母。千思百慮，母老妻嬌，却教誰爲主？既岳翁恤寡憐孤，這分明連枝惜樹。且自隨機應變，慎勿推阻。（旦）

【前腔】夫出路，百事無，况家中前空後虚。晨昏朝暮，慮恐他人生嫉妒。既相招共處同居，暫幽棲蓽門蓬户。未審婆婆夫主，意中何如？

（老旦）家寒羞往見新親，（小生）世務艱難莫認真。（旦）此去料應無改易，（末）逕將消息報東人。男女告辭。（旦）你回去説我們就來。（末）是，曉得。（下。老旦）我兒收拾收拾，一同前去。（下。小生）謹依慈命。娘子，收拾物件，一同前去。（旦）是。（同下）

回門

（外上）（凡調）

【疏影】韶光荏苒，嘆孩兒去後，愁病相兼。（末上）爲念窮親，迎歸別院，伫看苦盡回甜。員外。（外）你回來了。（末）是，回來了。（外）王老安人怎麼説？（末）男女去説，王老安人再三不允，幸虧小姐在傍攛掇，即刻到門了。（外）你在門首伺候，到時通報。（下。末）是。（老旦上）粗衣糲食心無歉，爲貧困常懷悽慘。（小生、旦上）依人籬下，艱難家境，怕惹憎嫌。

（末）員外，王老安人到了。（外上）吓，到了，説我出迎。（末）吓，員外出迎。（外）吓，親母。（老旦）親家。（外）請！（老旦）請！（小生）岳丈。（旦）爹爹。（外）賢婿，我兒，隨我進來。（旦）是。（外）親母，老夫接待不周，休得見罪！（老旦）親翁請上，老身有一拜！（外）老夫也有一拜！（老旦）老身貧乏，無一絲爲聘，遣荆釵言之可羞。（外）豈敢！小女愧無百輛迎門，奉蘋蘩惟恐有失。（老旦）未遑造謝，反蒙寵招。（外）重荷輝臨，不勝榮幸。（老旦）窮親到宅，有玷高門。（外）既爲親戚，何必過

謙！（老旦）我兒，過來見了岳丈。（小生、旦）岳父爹爹請上，待小婿孩兒拜見！（外）不消。（小生）念十朋三尺童稚，一介寒儒，忝爲半子之親，托在萬間之庇，有違參拜，無任戰兢！（外）小女容德不堪，侍奉君子，使老夫暮年有托。（旦）孩兒半載離門，有缺甘旨，恐孩兒不孝之罪！（外）侍奉姑嫜，禮所當然，何罪之有？親母請坐。（老旦）有坐。請問親翁，親母爲何不見？（外）寒荆偶有小恙，不及奉陪。（老旦）媳婦，進去問安。（旦）是。吓，母親，孩兒回來了。（下。小生）小婿不知岳母有恙，有失問候，多多有罪！（外）偶爾小恙，何必介懷！親母，聞得賢婿不日上京科舉，恐宅上無人，老夫打掃西書房，請親母到來，與小女同住，早晚也好看顧。（老旦）打攪尊府，甚是不安。（外）好説。不知賢婿幾時起程？（小生）即刻就行了。（外）爲何去得能迫？（小生）郡中刻定日期，況衆友相催，只得就行了。（外）向上的好。（旦上）是，叽，叽，叽！（帶哭介）吓，婆婆，母親説偶有小恙，不及奉陪，着媳婦多多致意。（老旦）容日求見。（外背介）我兒，爾母怎生看待你？（旦）睬也不睬。（外）不要説了。李成看酒。（旦）爹爹，酒是小事，盤纏要緊。（外）袖得在此。吓，親母，此一杯酒，一來與親母接風，二來與賢婿餞行。親母，老夫也没有高堂大厦，

【降黄龍】只有草舍茅簷，送過去。（末）是。（外）蓬蓽塵蒙，網羅風颭。爲尊親到此，但有無一一望親遮掩。（老旦）恩沾，萬間週庇，悄似寒灰撥焰。使窮親歡來愁去，喜悦腮臉。（旦）

【前腔换头】安然，同效鶼鶼，爲取功名，反成抛閃。君今此行，又恐怕貪富别取房奩。（小生）休言，我守忠信，自古道貧而無諂，肯貪榮忘恩失義，附熱趨炎？（老旦）

【前腔換头】淹淹，貧守虀鹽，常慮衣單，每憂食欠。今爲眷屬，猶恐將宅第門風辱玷。（外）休謙，既成姻眷，又何故相棄相嫌？敢攀取尊親辱臨，老夫過僭。（小生）

【前腔換头】叨忝，母訓師嚴，三史諳通，九經博覽。今承召舉，到試闈定有朱衣頭點。（旦）看酒，春纖，捧觴低勸，好將心事拘鉗。到京師閒花野草，慎勿沾染。

（小生）娘子，

【黄龍滚】休將別淚彈，休將別淚彈，且把愁眉展。背井離鄉，誰敢胡沾染？（仝）路途迢遞，不無危險。纔日暮，問路程，（老旦）兒吓，尋宿店。（小生）

【前腔】萱親免愁煩，萱親免愁煩，岳丈休憶念。（仝）記取叮嚀，客邸當勤儉。此行只願鰲頭高占，若得功名遂，姓字香，門楣顯。（小生）

【尾聲】隨身不慮無琴劍，慮只慮行囊缺欠。（旦急介）吓，爹爹！（外）賢婿，些少白金相助添。

（小生）多謝岳丈！（老旦、小生同）吓，阿呀，兒娘吓，（旦仝哭。老旦）做娘的似樹頭上黄葉，荷葉上水珠，阿呀朝不保暮了嘘！（小生、旦同哭介。唱）

【臨江仙】你去渡水登山須仔細。（外）賢婿，朝行須聽鷄啼。（旦）官人，成名先寄好音回。

（末）王官人，藍袍將掛體，及第便回歸。（小生跪介）

【前腔】重荷萱親勤訓誨，感蒙岳丈提携。娘子。（旦介）官人。（小生）好生侍奉我親闈。（旦）

是。（小生）李舅。（末介）王官人，你在家勤照管，我及第便回歸。

（末）是。（合）

【哭相思】流淚眼觀流淚眼，斷腸人送斷腸人。

（小生）阿呀，阿呀！（哭下。末）王官人慢些走。（同下。外）舉子紛紛多策藝，（老旦）此行願取登高第。（旦）馬前喝道狀元來，（合）這回好個風流婿。（外）我兒，服侍婆婆到西書房去。（旦）是。吓，婆婆這裏來。（仝下）

赴試

（淨上）（尺調）

【念奴嬌】極目長安雲盡處，幾點雁行明滅。（生上）一片澄江清底徹，映帶柳花如雪。（小生上）舉案情深，趨庭訓遠，無奈腸千結。（合）依依遊侶，偏逢春暖時節。

（小生）三年大比選場開，（生）滿腹文章特地來。（淨）争看世人增價買，（合）須知吾輩是英才。（淨）我等不必通名道姓，如今長天日暖，快些趲行前去。（二生）請！

【甘州歌】自離故里，漫回首家鄉極目何處？（淨介）梅溪兄，令堂托付與何人照顧？賢嫂臨行可有什麽話説？（小生連）萱親年老，一喜又還一懼。晨昏幸托年少妻，深感岳丈相憐一處居。

蒙囑咐，牢記取，教我成名先寄數行書。休悒快，莫嘆吁，白衣換却錦衣歸。（净）這裏草坡之下，到也潔净。天色尚早，何不歇歇再行？（二生）有理。（净）囙㕸乪，去沽一壺酒得來。（末應下。二生）又要半州兄費心。（净）奢説話？自家朋友，勿必客氣。（末上）酒有了。（净）我們席地而坐，少飲幾杯。（二生）請！（同唱）

【前腔】芳春景最奇，正可人不暖不寒天氣。千紅萬紫，開遍滿目芳菲。香車寶馬逐隊隨，只見來往遊人渾似蟻。争如我，折桂枝，十年身到鳳凰池。身榮貴，歸故里，人人都道狀元歸。（下。王孫公子上）

【前腔】行過杏花村裏，見野塘溶溶水浸沙嘴。鷗鳧出没，驚人忽地群飛。危橋跨澗人過稀，只見漠漠平沙接遠堤。途中趣，真是奇，緑楊枝上囀黄鸝。愁人耳，聞子規，聲聲叫道不如歸。（下。秀才衆上）

【前腔】無奈前途迢遞，盼皇都尚隔幾重烟水。離鄉背井，無非驅人名利。素衣黯黯欲化緇，一片征塵逐馬蹄。忙尋宿，問路歧，加鞭猶恨馬行遲。天將暮，日墜西，前村燈火候人歸。

【尾】買村醪，酬一醉，無錢拚得典春衣，看異日同赴瓊林願不違。（下）

閨思

（貼上）（小工調）

【破齊陣】燈燦金花無寐，塵生錦瑟銷魂。鳳管臺空，鸞箋信杳，孤幃不斷離情。巫山夢斷銀釭雨，繡閣香消玉鏡塵。阿呀，十朋吓！休怨懷想人。

妾慚非淑女，父命嫁鴻儒。矢心共貧素，布荆樂有餘。旦夕侍巾櫛，齊眉愧不如。兩情正歡洽，一旦赴徵書。折此藍田玉，分我合浦珠。翠鈿空零落，緑鬢漸蕭疏。登樓試晚妝，鏡破意踟蹰。休看雙舞燕，交彩入空虚。況有高堂親，憂懷日倚閭。願言遠遊子，及早賦歸歟。奴家自從丈夫别後，每日鷄鳴而起，侍奉姑嫜，勤事父母。如今天還尚早，意欲對鏡梳妝，怎奈離愁千萬？想起别時，不覺淚垂。（正工調）

吟詩：

春風吹柳拂行旌，憶别河橋萬種情。
天上杏花開欲遍，才郎從此步雲程。

【風雲會四朝元】雲程思奮，迢迢赴玉京。爲題名仙籍，獻賦金門，一旦成孤另。自驪駒唱斷，自驪駒唱斷，空憶草碧河梁，柳緑長亭。一騎天涯，正是百花風景，到此春將盡。嗏！

寂寞度芳辰，鳳帳鴛衾，翠減蘭香冷。君行萬里程，妾懷萬般恨。别離太急，思思念念，是奴薄命，是奴薄命。

吟詩：

薄命佳人多苦辛，通宵不寐聽鷄鳴。
高堂侍奉三親老，要使晨昏婦道行。

【前腔】婦儀當盡，晨昏問寢興。聽譙樓更漏，紫陌鷄聲，忙把衣衫整。要殷勤定省，要殷勤定省，自覷堂上姑嫜，萱草椿庭。白髮三親，也索一般恭敬，不敢辭勞頓。嗏！端不爲家貧，欲盡奴情，願采蘋蘩進。兒夫事遠征，親年當暮景。孝思力罄，行行步步，是奴常分，是奴常分。

吟詩：

事親一一體天心，無暇重調緑綺琴。
憔悴容顔愁裏變，妝臺從此懶相臨。

【前腔】懶臨妝鏡，菱花暗鎖塵。自曲江人去，鳳拆鸞分，羞睹孤飛影。漸脂憔粉悴，漸脂憔粉悴，説甚眉掃青山，鬢挽烏雲？玉筯痕多，只爲荆釵情分，腸斷當年聘。嗏！欲照又還停，只見貌减容消，輾轉添愁悶。團團寶鑑明，蕭蕭翠環冷。爲思結髮，絲絲縷縷，萬千愁

病，萬千愁病。

吟詩：

愁病懨懨瘦損神，只因夫婿寓瑶京。

那堪雁帛魚書信，腸斷香閨獨宿人。

【前腔】從離鄉郡，皇都覓利名。想龍門求變，豹文思炳，鳳閣圖衣錦。奈歸期未定，奈歸期未定，便做折桂蟾宫，賜宴瓊林。須念蘭房有奴孤形獨影，莫向紅樓澠。嗏！獨坐暗傷神，雁杳魚沉，教奴望斷衡陽信。長安紅杏深，家山白雲隱。早祈歸省，孜孜翕翕，舉家歡慶，舉家歡慶。

只爲求名豈顧親？兒夫定必早離京。

真個路遥知馬力，果然日後見人心。（下）

參相

（丑、付喝。净嗽上。歸位、鑼段止）（凡調）

【賀聖朝】幾年職掌朝綱，四時燮理陰陽。一人有慶壽無疆，兆民賴安康。

（小元場）（丑、付同喝止。净）爵尊一品，爲天子之股肱；權總百僚，乃朝廷之耳目。廟堂寵任，朝野

馳名。威鎮遼金而不敢南犯，才兼文武而每欲北征。正是：一片丹心能貫日，四方志氣可凌雲。（丑、付同喝）老夫覆姓万俟，名卨，職授當朝宰相。咳咻嘻嘻！年過半百，并無子嗣，止生一女，及笄未字。聞説新科狀元王，（丑、付）王十朋。（净）那裏人氏？（丑、付）温州永嘉縣人。（净）人品如何？（丑、付）才貌雙全。（净）你們在那裏見的？（丑、付）瓊林宴。（净）我欲招他爲婿，未知緣分若何？（丑）小姐是瑶池閬苑神仙，（付）狀元乃天禄石渠貴客。（丑、付）若成兩姓姻緣，不枉天生一對。（净）哈，哈，哈！這這些官兒，到也會講。他今日必來參謁，爾等先露其情，然後通報。（丑、付）吓。（净）來吓！（丑、付）有！（净）若與諸進士同來，這話不須提起。（丑、付）吓。（净低嗽下。丑、付）暫領丞相語，專等貴人來。請！（小生上）

【菊花新】十年身到鳳凰池，一舉成名天下知。（生）脱白掛荷衣，（末）功名遂，少年豪氣。

（小生）下官王十朋。（生）下官王士宏。（末）下官周璧。（同）請了！（小生）昨日赴宴瓊林，（生、末）今日應參閣下。（三小使）啓爺，已到相府。（同）通報。（三小使）吓，門上那位爺在？（丑、付）什麼人？（三小使）新狀元拜，諸進士參。（丑、付）到了？（三小使）都到了。（丑、付）説我們出迎。（三小使）吓，堂候爺出迎。（三小使下。丑、付）吓，貴人！（同）堂宰！（丑、付）恭喜！（同）相煩！（丑、付）少待，擊雲板，相爺有請。（净嗽上。丑、付）新狀元拜，諸進士參。（净）都到了？（丑、付）都到了。（净）啓中門。（丑、付）吓，啓中門，相爺出迎。（净）吓，殿元。（同）老師相。（净）吓，阿呀呀，列位請！（同）不敢！老師相請！（净）連城之壁，世不常有，合浦之珠，人所罕見。得接丰儀，實出

萬幸。謹請先行，勿勞過遜。（小生）不敢，老師相乃三台元老。（生）晚生輩一介寒儒。（末）只合執鞭隨鐙，（同）焉敢并駕齊驅？（浄）謙讓之情雖有，賓主之禮豈廢？還是列位請。（同）不敢！還是老師相請！（浄）嗄，殿元執意不行，老夫只當引導。（同）請！（丑、付喝。生）老師相。（浄）殿元。（同）老師相。（浄）列位。（同）老師相請台坐，待晚生們參拜！（浄）來意足感，何勞賜拜？（小生）地接玉階，恭上萬言之策。（生）名登虎榜，濫叨千佛之光。（末）揣分玉瑕，撫躬知愧。（浄）君子六千人，定霸咸期於一戰；扶摇九萬里，衝天遂冠於群飛。諸進士皆可畏之後生，殿元乃無雙之國士。（同）不敢！（浄）看坐。（丑、付應。同）老師相在上，晚生們怎敢坐？（浄）既蒙光顧，應奉一茶，那有不坐之理？殿元，這是鼎甲的舊規，有屈了。（小生）不敢！（浄）這是翰林舊例，也有屈了！（生）不敢！（浄）啾。末）吓，老年伯。（浄）吓，年侄，聞你到京，本當請來下榻，奈場事即近，不得相邀，直至今日迎迓，少叙了。（末）小侄一到京中，本該先來叩謁老年伯，因場事羈身，恐惹嫌疑，拜遲勿罪！（浄）豈敢！（末）老年伯請台坐，待小侄另參！（浄）不消，常禮。（末）從命。（浄）也有屈了。（末）不敢！（浄）這是敝年家之子。（小生、生）貴年家。（同）告坐。（浄）請，不得手奉了。（同）不敢！（浄）請！（同）請！（浄）殿元貴處是？（小生）温州。（浄）好吓，是文獻之邦，還有貴同年也姓王。（小生）是此位。（生）是晚生。（浄）就是足下，好吓，殿元大魁天下，又有一位連榜，豈不是文獻之邦？哈，哈，哈！請！（同）請！（浄）殿元好大才吓！文藝詞章，不亞河東三鳳；珠璣滿腹，豈誇荀氏八龍！佳章甚妙！（小生）郡之雄才，勉爾來試，忝蒙天眷，皆賴老師相提携。（浄）豈敢？

有了貴治了？（小生）有了。（净）除授在？（小生）江西饒州僉判。（净）吓，饒州，好吓！是魚米之地，富貴之鄉。老夫方伯時，也曾到過，但地方窄小，不足以展殿元這等大才。正所謂大才而小就了。哈，哈，哈！（小生）不敢！（净連）啊，若論這等大才，還該借重館閣，早晚可以請教，怎麼又選了外任？也罷，權到貴治，不久榮擢本衙門，還可請教。（小生）晚生驟膺一命，民社之事，素所未諳，容赴任時，還要拜求大教。（净）豈敢！可曾領憑？（小生）還未。（净）容易。（小生）多謝老師相！（净）豈敢！足下好佳作，如蒼松古柏，天然佳景，有一種臨風御虛之趣，使人閲之，不覺兩腋生風，令人可羡。（生）晚生拙作，愧不成文，有污老師相尊目。（净）豈敢！也有了衙門了？（生）有了。（净）在？（生）廣東潮陽僉判。（净）嗄，廣東潮陽，阿呀！此位的衙門與殿元有霄壤之分了，廣東乃烟瘴之所，老夫兩廣時，也曾到過，况人民難治，瘴氣侵人，雖云暫屈必伸，就是一朝一夕也難，只怕還未領憑。（生）還未。（净）這在殿元分上有處。哈，哈，哈！（生）多謝老師相！（净）豈敢！豈敢！哈，哈，哈！這是敝年家周静軒之子，静老在日，與老夫最契，若在呢，也與老夫同事了。自他棄世以來，使老夫常懷悲悼。今見其子成名，不覺悲喜交集，聞他在貴地作推。（生、小生）在敝地作推。（净）好吓，在京是兩同年，出京又是兩治下。二位要稱他老公祖。（生、小生）同年公祖。（净）不錯，噲！老公祖！咄！老公祖！哈，哈，哈！（末）不敢！（净）想仕途上無非一段佳話，敝年侄雖則青年，却肯留心世務，前日看他的文字，也還去得，但貴鄉是個大郡，那些民情利弊，未能洞曉，還仗二位一一指南，成全他做個美官，不惟貴鄉生民受福，亦且年譜上有光。（生、小生）老師相垂情故舊，加意後學，

晚輩聞言感激。（同）雖自愧愚陋，敢不竭其區區？（浄）同年故舊，惟望指南。（同）告辭。（浄）吓，爲何去得能迫？（同）各衙門還未去，先來參謁老年伯、師相。（浄）嗄，各衙門未去，先來看老夫。（同）是。（浄）吓，阿呀呀！　足感盛情。（同）不敢！（浄）啊，就是各衙門知道在老夫這裏敘話，去遲些也不妨。（同）恐絮煩。（浄）既如此，二位先請，殿元還有話講。（小生）是。（生、末）告辭。（浄）請！（生、末）今朝得入高門下，猶如錦上再添花。（浄）恕不送了。（生、末下。丑、付喝。浄）殿元。（小生）老師相。（浄）當今處世，那些戇直一點也用不着，一味圓融爲上。（小生）多承老師相指教！（浄）西捲篷擺飯。（丑、付）吓。（小生）多謝老師相！（浄）好吓，今科多是少年英俊，此乃聖天子之洪福也。（小生）蒙老師相提携。（浄）豈敢，豈敢！　嘿嘿嘿！　請！（小生）請！（浄）殿元，老夫這裏有句話，本當差個官兒到貴寓來説，猶恐不的，今蒙光顧，面呈了罷。（小生）不知老師相有何台諭？（浄）咳，咻嘻嘻！　老夫年過半百，并無子嗣，止生一女，年已及笄，尚未婚配。老夫的愚意，欲招殿元爲坦腹，不用選才納禮，目下便欲完婚。（小生）蒙老師相不棄寒微，感德多矣！（浄）豈敢！　豈敢！（小生連）奈家有寒荆，不敢奉命。（浄）嗄！　殿元有了尊閫了！（小生低）是。（浄）好，少年高掇，又逢早娶，真乃洞房金榜，全美吓，全美，全美！　啊，這是還有一講，自古富易交，貴易妻，此乃吓人情之常。哈，哈，哈！（小生）宋弘云：　糟糠之妻不下堂，貧賤之交不可忘。朋雖不敏，請事斯語！（浄）叽，會講話！　老夫這等説，殿元又是那般樣的講去了。　唔，想當朝宰相招汝爲婿，也不辱没了你。只此一句，殿元再没得講了，没得講了。（大笑介。小生）停妻再娶，猶恐違例。（浄）例吓！　唔，

【八聲甘州】窮酸魍魎，(同)對吾爺行輒敢數黑論黄，裝模作樣，惱得吾爺氣滿胸膛！(小生)平生頗讀書幾行，豈敢紊亂三綱并五常？(衆)斟量，不如順從俺公相何妨？(浄)

【前腔换头】端詳，這鯫生伎倆，怎做得潭潭相府東床？出言挺撞，那些個謙讓温良？(小生)微名忝登龍虎榜。(浄介)來。(衆介)有。(浄介)好好的與他講。(衆介)吓，怎肯棄舊憐新做薄倖郎？參詳，料烏鴉怎配鸞凰？(衆)

【解三酲】王狀元且休閒講，這姻親果是無雙。(浄介嗽)當朝宰相爲岳丈，論門户正相當。(小生)寒儒怎敢過妄想？(衆介)殿元順從了罷！自古道糟糠妻不下堂。(浄)呸，忒無狀，把花言巧語，一趟胡謊。

(衆)殿元，

【前腔】千推萬阻，靡恃己長，只怕你舌劍唇鎗反受殃。(小生)停妻再娶誰承望？(衆介)殿元請轉，哎，又何苦恁相央？(小生下。衆)殿元揚長而去。回覆相爺，啓相爺：殿元揚長而去。(浄)嗄，他可曾説些什麽？(衆)他説又何必苦相央！(浄)嗄，他是這等的講？(衆)是。(浄)嘿，嘿，嘿！初貧君子，天然骨格猶存；乍富小人，不脱貧寒之態。啊，我那個來相央你！誰，誰，誰，誰來相央你！豈不知朝綱中選法咱執掌，少不得禍到臨頭燒好香。吼，不輕放，定改除遠方，休想還鄉。

來。(丑、付)有。(净)他方纔説除授在那裏?(衆)江西饒州僉判。(净)那一個王呢?(衆)廣東潮陽僉判。(净)去對那吏部掌選官兒説,把他們二人的衙門,更相調轉。(衆)一樣的衙門,爲何要更相調轉?(净)你們不知,江西乃魚米之地,廣東是烟瘴之所,把這畜生,改調潮陽禍必侵,(衆)此人必定喪殘生。(净)平生不作皺眉事,(衆)世上應無切齒人。(净)他出京必來辭我,吩咐門上官兒,不許通報。(衆)吓。(净)來。(衆)有。(净)連他的手摺也不要留。(衆)吓。(净)吖哈哈哈!(嗽下。付)咳,一段好姻緣!(丑)此人没福。(付)當面錯過,(丑)是個書呆。(付)别人的造化。(丑)該部走遭。(付)没福。(丑)請吓!(付)吓,阿呀呀請吓!(丑)請吓!(同下)

改書

(净上咳唱)(小工调)

【雙勸酒】儒冠誤身,一言難盡。爲玉蓮可人,常懷方寸。但得他配合秦晉,那時節燕爾新婚。

踏盡洛陽城,荷衣不上身。紅鸞勿照命,二事可縈心。咳,天下竟有争勿穿抱勿平,再嘸場化説苦處個樣事務。何也?假如我孫汝權家私頗厚,田地廣有,腹中實捽,人才又出衆,囉裏個樣勿如别人?爲了個家婆没,淘盡子個閒氣。好笑王十朋,平昔日脚個打扮,尤其可笑,頭上油簍能個一頂破方巾,身上千補百衲一件醬色海青,脚上滴溜溜轉個一雙欠底襪,收舊擔上,收一雙忒頭落配一雙破鞋子,個面

孔紙錢灰色起子，頭頸裏鷄肉子到有拳頭大，也要頓拉我裏社中，但逢會期，我裏個星朋友乱，千方百計，拿裏頭上套個柴圈，身上縛裏兩個羊尾巴，還要拿裏深遠之處，叩而挖之，一陣眼勿見，打得他昏頭搭腦，以爲衆人之樂也。勿道竟交起時運來哉，錢老貢元要招他爲婿。我一聞此言，就央張姑媽至親作伐，勿怕勿成。隔得勿多幾日，聞生能一個錢玉蓮，竟嫁子王十朋乱去哉。咳！使我寢食不安，無可奈何。罷哉！生米煮子熟飯乱哉！等我上京去，中子狀元，居來擺佈小王，算計個老錢，一個狀元，穩穩拉我荷包裏個滑，那説夾手亦不俚搶子去哉。咳，小王吓小王！你在家占我洞房花燭，到京奪我名魁金榜，再勿道討家婆，竟要趕興上大堆個乱。那万俟丞相也要招他爲婿，若是招我老孫作女婿，我就蹉得上去，説岳丈，泰山，阿伯，丈人，外公，阿爹，小婿，劣婿，愚婿，一一奉命，一一奉命，有何不可？阿要奇乱？像是嬰頭丢頸，到對子裏説：『家有寒荆，不敢奉命。』那其間惱了這件大東西，説不遵擡舉，與我叉他出去。麥頭頸個一賞，大失其體，乏趣而歸，乏趣而歸。咳，小王吓小王！你雖有才，而不見機，應該替我商量商量，賊吓没招贅拉相府子，拏屋裏其人，讓拉學生子，亦顯得朋友面上，多情義氣，亦全美子兩邊，那間弄得兩勿討好。又聞万俟丞相將他改調潮陽，此去八千餘里，書信一時難到。趁此機會，到屋裏去尋着子張姑媽，我不嫌殘花敗柳，續了這段姻緣，豈不美哉也？正在躊躇之際，忽然我裏因吓來説：相公，阿有家信寄居去？我説何由得便？因吓説：有省塘承局要往温州公幹。我説極好個哉，且去叫俚得來，亦説到王狀元乱去哉。且住，我想承局此去，狀元必有家書來往。阿呀我個老天吓！若該是我個姻緣没，走到街上撞着承局，叫裏到下處來，將他家書改作休

書，那玉蓮穩穩是我的。哈，哈，哈！ 囡呧五乱，我到街上去踱踱，倘然遇着承局，一淘到下處來，叫呧五乱，千乞勿要答應。（内應）讓我拉小街上抄拉大街上去。（末𠻳上。浄介）咦！ 來個好像承局，讓我不一掽裏使使。（末上）

【前腔】官差限緊，心中愁悶。途路苦辛，怎辭勞頓？ 只恐怕誤了公文，那其間有口難分。

（浄掽介）阿呀呀！ 六個賊，個能一條大路，拿學生是介掽，豈有此理哉！ （末）阿呀呀呀！ 是那個吓？ （浄）吓，兄有些面善，莫非是承局兄麼？ （末）小子是承局。（浄）阿呀呀呀！ 多時勿曾看見，發福哉！ 尊鬚也長哉。久違，久違！ （末）相公好吓！ （浄）阿認得小弟哉？ （末）相公尊姓是，這個這個，阿呀！ 一時到想不起了。（浄）咦！ 寒温子半日，連答學生個姓纔勿曉得個來介。（末）就在口頭，一時到忘了。（浄）學生没，温州城裏綫牽活。（末）吖，原來是孫半州相公，阿呀，阿呀！ 久違了！ 相公一向好？ （浄）不敢！ 不敢！ 聞得兄往敝地公幹，奢打個條路上來？ （末）在王狀元寓所，取了家書，故爾從那邊來的。（浄）狀元下處去歇來，個没立定子，等我看看介，勿差，頭上脚上纔是狀元下處去歇來，去歇來。（末）相公爲何如此大悦？ （浄）不是吓，當今時世，勢利爲先。我兄先而又先，先而又先。（末）怎見得小子勢利？ （浄）那王梅溪是學生同窗好友，中與不中，相推相讓，兄看見中子狀元，忙忙然替裏寄家信，見學生勿中没，人頭在勿認得哉。倘然小弟也有家信是勿見得肯帶去個哉！ （末）順風吹火，用力不多。相公有書，小子亦可帶去。（浄）吖，也肯帶個？ （末）自然吓。（浄）到是一個難題目。（末）什麼難題目？ （浄）小子信還勿曾寫來。（末）同到貴寓，寫起書來，待小子帶去如何？ （浄）極好哉！ 請吓！ 請

吓！不用轉長街，不用過短巷。（末）貴寓在那裏？（净）幾里是哉，請進去。（末）相公請！（净）請吓！請吓！（末）待我放了包裹，相公奉揖了！（净）不敢！不敢！方纔是嚼咀，勿要見怪。（末）豈敢！（净）請坐！請坐！因唔乱，客人拉裏，拿茶出來。（末）不消。（净）吓，那説纔勿聽見，勿是吓，我裏個星阿价乱，見學生勿中，没興得極，纔到街上去買點安息香、肥皂之類，居去騙朋友個酒哉。吖，有理哉，兄有便銀三星，請到酒肆中自去解懷，讓小弟寫起書來。（末）相公寫起書來，待小子等一等就是了。（净）小子有一個賤毛病，不拘做文章謄書稿，只要立一個人拉旁邊，一個字脚脚纔寫勿出，個没那處？（末）吖，如此待小子自飲三杯酒，相公早寫萬金書。（净）看兄不像老江湖，不像老江湖吓！（末）怎説不像老江湖？（净）京都酒肆中，人品嘈雜。兄包裹内必有要緊之物，倘兄三杯五盞，一時失錯，到是小弟負累之兄哉。（末）依相公便怎麼？（净）依小弟個主意，竟拿包裹放拉幾里，兄竟去喫物事，等小弟寫起書來，兄喫完子物事，原到此地來，拿書帶包，拿包帶書，豈不兩便乎哉？吖！（末）吖！相公恐小子去了不來，要這包裹做個押頭，可是？（净）阿俗氣哉！俗氣哉！（末）我今放在此處，小子去去就來。（下。净）轉來，轉來，拿子去，哈，哈，哈！不使萬丈深潭計，怎得他人一紙書？等我關上子門拉介，那個歇就是皇帝來，只好立介立個哉。咦！奇怪，鼻中甚覺香韻，透腦之香，香從何出？吖，香從包裹内。阿呀，奢了香得賊介肉骨肉細個介？包中之香，甚有憐香也吖，阿呀！我個老天吓！若該是我個姻緣没，一拿就是，啥了跎跎嗒嗒介，多哈結拉上，只怕裏做個記認拉乱個，到要記明白個。一個結，二個結，三個結，是介一繞乱個。（作看介）此封書煩寄到温州城内雙門巷錢老貢元岳父大人親手開拆。哈哈哈，個

也奇哉！我説該是我姻緣，一拿就是，那説當真就是俚。正所謂破鏡再圓，紅葉逆流。古之聖賢，信非謬矣，信非謬矣！老錢開拆阿老孫代勞了。囡呧乱，勿要張頭探腦，要奢没叫呧，乱没哉！男百拜拜覆，母親尊前妻父母，離膝下到都。一舉爲魁身掛緑，除授饒州僉判府。帶家小臨京往任所，寄家書付承局。草草不恭兒拜覆。咳！功名不遂，何足掛齒？可人被奪，耿耿於心。一向使錢用鈔，皆無根盼，故歇有子一封書，就有子墻壁拉裏哉。正所謂先得基，後得墻。捏成門徑之道，架起滿天之勢。勿要説空中樓閣，就是無樑殿没，也造得成裏哉。乾浄副啓現成有拉裏，等我磨起墨來。第一句是『男百拜拜覆母親尊前妻父母』，兒子寄家信拉娘，自然百拜之稱，勿消改得，竟寫没哉。

【一封書】男百拜拜覆，母親尊前妻父母。母親尊前妻父母，只此一句，兩家可以週全，個狀元應該俚做個。讓我勾落子拉介。離膝下到都，一舉爲魁身掛緑。噲，荷衣掛緑，正經事務。請教，那好改？有理哉，兩句改子一句没哉。孩兒已掛緑，勾落子介。除授饒州僉判府，(一)這句也是要的。且慢，讓我替俚筆削筆削看。除授饒州爲郡牧。勾落子介。帶家小臨京往任所，也是要的。慢點，帶家小臨京往任所，那説個句也是要個？倘然俚帶子去没，學生到絶望哉滑！改書呀！個句要個，介句亦是要個，勿是改書，直脚拉裏抄書。我想要改没打個句上改起，壞良心從個句上壞起。改奢個没好？

(一) 僉：原作『簽』，據文義改。

吖，有理哉，就拏万俟丞相招贅個段事務寫俚拉上没哉。另贅万俟丞相府。俚没贅居拉幾裏子，拿屋裏個要發脱開來。吖，有理哉，可使前妻别嫁孫汝權。慢來，慢來。話巴，話巴，温州城裏姓張姓李，多得極，必竟要嫁孫汝權，個叫不問而自招，况老錢肚中極富，個樣事務落裏騙得信到難哉！亦要像我，亦要勿像我，遠遠能兜轉來，影影能原要像我，阿是難哉？可使前妻别嫁，可使前妻别嫁、别嫁他。好吓！竟是他，阿勿好？他是何人我是誰？誰字罷，勿好。可使前妻别嫁、别嫁我。好，我字大通。着着實實，竟是我。可使前妻别嫁我。阿呀，勿是個！勿是個！個封是王十朋寄個，可使前妻别嫁我吸，原嫁子王十朋哉滑。阿呀，勿好哉，狀元個書信不我拆開裏哉。倘然承局撞得來，非但相打相罵，連答官私跋涉纔有拉哈。阿呀天地神聖爺爺，要急斷肚腸個哉！那没那處？且住，我聞得古人有七步成章，等我來步介步吸，或者步將出來，亦未可知。勿好，要等頭上念起個。男百拜拜覆，母親尊前妻父母，孩兒已掛緑，除授饒州爲郡牧。另贅万俟丞相府，可使前妻别嫁夫。如何？我説要步吸，就步子出來哉。快點寫拉上，可使前妻别嫁我、他、誰，阿呀！亦忘記哉！勿好，原要步乱。另贅万俟丞相府，可使前妻阿呀别嫁，可使前妻别嫁、别嫁夫，夫，夫。阿呀，我個老天吓！呸早點出子頭没，何消這樣半日？夫字大通，竟是夫。可使前妻别嫁夫。寄家書，呸，寄休書。且住，聞得此女性子勿好，再拿一句安慰俚介。免嗟吁，我到饒州來娶汝。

汝者他也。做個扁蒲裏鷄叫，葫蘆提裏使使。（看介）好吓，一句是一句，兩句是一雙。小王自幼同窗，

字跡相同，勿要説老錢看勿出，就是神仙，那曉得是我套寫的？ 等我封好子拉介，漿也有拉裏。（封介）信面上那個寫？ 吖，賊介兩個字，此書煩寄到温州城内雙門巷錢老貢元岳父大人開拆。 方纔是三個結，拉一繞一個結，二個結，三個結，嗜嘿嘿嘿！ 到子塔尖頭上，到抖起來哉。 等我連夜趕到屋裏去，尋着子張姑娘，不點銀子俚用用，讓俚姑嫂兩個，咭力甲喇，甲喇咭力，渹渾子水，就好捉魚哉。 個封書没，要當珍寶藏之。 吖喲！ 鬧子半日，纔幹子别人個正經，自家一個字脚脚勿曾寫來。 乾淨副啓現成，吖，有理哉。（寫介）不肖豚兒孫立，入簾苦楚難述，可笑今科試官，與我殺父仇隙。 題目蹊蹺古怪，所以難猜難測。 肚皮扭得生痛，孔竅盡皆填塞。 想得昏頭搭腦，糊亂涂了幾筆。 房師一見笑倒，主試喝令逐出。 待等天明揭曉，報喜報了隔壁。 母親封誥尚容，父親封君未及，未及。 好極，好極！ 只落得剪截，讓我封好子，寫子信面拉看，此封書煩寄到温州城内五馬坊孫半州家。 就叫囡呸頭落地，承局來没也勿怕裏哉。（末上）折梅逢驛使，寄與隴頭人。 開門，開門！ （淨）吖，來哉，來哉，是囉個？（哈嘶上。 末）小子來了。（淨）阿呀，失陪了！ 失陪了！ （末）多承！ 多承！ （淨）豈敢！ 豈敢！（末）書可曾寫完？ （淨）寫完子半日哉，等兄勿及，打子一個磕冲哉。（末）小子貪杯了。（淨）奢説話？ 哪兄個包裹？（末應。 淨）慢點，阿要檢點檢點？(一)（末）説那裏話！ （淨）個是小弟個家信，有白銀數兩，以爲路敬。（末）方纔領過了。（淨）莫嫌輕，請收了。（末）多承！ 多承！ 到了府上，可有

(一) 檢點檢點：原作『見點見點』，據文義改。

什麼話説？（浄）看見子家父是，説，

【朱奴兒】因科舉離鄉半春，從別後斷羽絶鱗。今日天教遇你們，趁良便附歸家信。（合）還歷盡山郭水村，指日到東甌郡。（末）

【前腔】是則是公文限緊，蒙相委怎敢不允？拚取十朝與半旬，到宅上備説緣因。還歷盡山郭水村，指日到東甌郡。

（浄）不憚山高與路長，（末）此書管取到華堂。（浄）不是一番寒徹骨，（末）怎得梅花撲鼻香？請了。（浄）請了。兄請轉。（末）相公有何話説？（浄）兄，旱路去呢，還是水路去？（末）公文緊急，旱路而去。（浄）吖，旱路去個没，居來會哉。（末）府上會，請了！（下。浄）請了！請了！哈，哈，哈！但願個老錢一見此書，信以爲實，竟把玉蓮嫁於學生，那時妙不可言，兩下裏鴛鴦交頸，含吐丁香之舌，惜其育精，迎歸摇擺之聲，不可聽也。我到子做親個夜頭，個面孔是，哈，哈，哈！我到子做親個夜頭，個面孔是，哈，哈，哈！好快活！好快活！（下）

前拆

（老旦、旦仝上。老旦）（尺調）

【女臨江】凭闌極目天涯遠，奈人去遠如天。（旦）鱗鴻無事竟茫然，今春纔又過，何日是

歸年？

（老旦）春闈催試怕違期，一紙音書絶雁書。（旦）此去定應攀月桂，拜恩衣錦聽榮除。婆婆萬福！（老旦）罷了。媳婦吓，自從你丈夫去後，杳無音信回來。（旦）想是没有便人捎帶。（老旦）我與你到外邊去倚門一望。（旦）婆婆請先行，媳婦隨後。（老旦）

【二犯傍妝臺】意懸懸，倚門終日，望得眼兒穿。自他去後歷鏖戰，杳無一紙信音傳。（旦）多應他在京得中選，因此上無暇修書返故園。（老旦）他既登金榜，怎不錦旋？教娘心下轉縈牽。（旦）

【前腔】何勞憂慮恁拳拳，且自把愁眉暫展閒消遣。雖眼下人不見，終有日再團圓。（老旦）愁只愁他命乖福分淺，又恐怕客邸淹留疾病纏。（旦）死生有命，富貴在天，不須憂慮淚漣漣。

（末上）（正工調）

【賺】渡口離船，早來到錢家宅院前，咱不免偷閒先下彩雲箋。有人麽？（老旦）呀，甚人言？（末介）不見出來，待我進去。緣何直入咱庭院？（末）爲一舉登科王狀元。（老旦）那個王狀元？（末）是梅溪老爺。（老旦）吖，是小兒。（末）呀，原來是太夫人，失敬了！（老旦）先生尊姓大名？（末）小子省塘承局。（老旦）承局哥。（末）不敢！（老旦）到此何幹？（末）太夫人，因來便，（老旦介）小兒

可有書？　特令捎帶家書轉。（老旦）媳婦，你丈夫有書回來了。（旦）便是。（老旦）喜從人願。

承局哥，

【前腔】他爲何不整歸鞭？　付與書時曾説甚言？（末）教傳語，道因參丞相被留連。（旦）婆婆，留連是不回來了。（老旦）媳婦，你且免憂煎，可備些薄禮酬勞倦。（旦）吖，就把銀簪當酒錢。

（老旦）吓，先生，物輕鮮，權爲路費休辭免。（末）狀元那裏領過了。告辭。　去心如箭。

（下。老旦）媳婦，拿了書，同去送你父母知道。（旦應。同唱）（小工調）

【皂角兒】想連年時乖運蹇，喜今日姓揚名顯。　步蟾宫高攀桂枝，跳龍門首登金殿。　把宫花斜插戴，帽簷偏，瓊林宴勝似登仙。（合）早辭帝輦，榮歸故苑，那時節夫妻母子，大家歡忭。

（旦）爹爹，母親有請。（外上）

【尾】鵲聲喧燈花艷，媽媽，果然今有信音傳。（付）李成家婆，整備華堂開玳筵。

（外、付）親母。（老旦）親家，小兒有書回來了。（外）那個寄回的？（老旦）是承局寄來的。（外）吖，是承局。（老旦）媳婦，送過去與親家開拆。（旦）是。（外）吓，吓，吓，送與婆婆開拆。（老旦）還是親家請。（付）慢點，勿要推，看信面上六個開拆没，就是啥人開拆。（外）也説得是。取來我看。（旦應。外）此封書煩寄到温州城内雙門巷錢老貢元岳父大人開拆。　哈，哈，哈，媽媽，是我開拆。（付）咗是三尾子勿上鬬個。（外）爲什麼？（付）開拆没阿是三尾子勿上鬬？（外）開拆之折。（付）我道是鬬蟋

蟀個册子。（外）你們聽了吓。（付）竟念没哉。（外乾念）

【一封書】男百拜拜覆，母親尊前妻父母。孩兒已掛緑，除授饒州爲郡牧。哈，哈，哈！（付）老老，啥叫掛緑？（外）中了狀元，爲之掛緑。（付）啥個？我裏女婿中子狀元哉！噲！四鄰八舍，我裏女婿中子狀元哉！（老旦、旦介）謝天地！（外）親母恭喜賀喜！（老旦）多謝親翁！（付又念。外）媽媽，你在那裏嚷什麽？（付）我拉裏喊破四鄰，倘然地方生日，勿敢下帖子哉。（外）呸，有麝自然香，（付）何必當風凉！（外）待我念完了。（付介）恭喜親家母！（老旦）賀喜親母！（付）我裏囡呸原是有福氣個耶。（外）我兒，這句寫得不好。（旦）寫的什麽？（外）哪，（念。付介）啥個鬼頭鬼腦，讓我聽聽看。（外）另贅万俟丞相府，可使前妻别嫁夫。寄休書，免嗟吁，我到饒州來取汝。（付惱介）拉裏個哉？（老旦、旦哭介）阿呀呀！（付連）呸個面皮，還虧呸來！老測死個招得好女婿！（外介）媽媽，不可如此。（付）寄子休書居來，那説勿要動氣！老娼根養得好兒子！（老旦）

【剔銀燈】親家母不須怒起，容老身一言咨啓。孩兒頗識知禮意，肯貪榮忘恩失義？須知天不可欺，决不肯停妻娶妻！

（付）喲！

【前腔】忘恩義窮酸餓鬼，纔及第輒敢無理。只因賤人不度己，（外介）媽媽不可如此。（付）教娘受腌臢惡氣。如今却緣何負你，羞殺你這丫頭面皮。

（外）媽媽，一紙家書未必真，（付）思量情理轉生嗔。（老旦）霸王空有重瞳目，（旦）有眼何曾識好人。（付）老小花娘，替我走出去！（老旦、旦）阿呀！（哭下。外）媽媽，此事不是亂喊亂嚷的。（付）依呸㗑那哼！（外）待我去打聽着實，然後再嚷也未遲。（付）快點去打聽，若無介事罷哉，倘然有介事没，連呸個老㴱死個一淘趕出去。（外）我就去打聽。（付）暗歇進我房來，舌頭根纔要咬脱呸個得來。吖哟，氣壞哉！（下。外）我就去便了。阿呀，莫信直中術，須防人不仁。這封書我欲待不信，書上明明是王十朋的筆跡，我欲待信時，難道叫我女兒再去嫁人？阿呀！（哭介）我越思越想，呀，越想越惱。（哭介）

【步步嬌】想當初要與王家把姻親結，先送下年庚帖。見他貧窮聘禮不求奢，止有一股荆釵我也再無别說。老天吓！指望百歲永和洽，誰知道半路把恩情絶！

呀，呀，呀，呸！

【江兒水】說甚今生契，都因前世孽。王十朋，你幹了這樣短行的事别，縱高官顯爵，你的名先缺。我何等待你，何等敬你，和你共處同居把全家接，哟，臨行又把黄金貼。你忒負心薄劣，方纔也不要怪我那老乞婆吵鬧，就是活佛爺爺，吖哈！惱惱下蓮臺自跌。

【川撥棹】忒情絶，好教人腸寸摺。待我唤李成出來，與他商量。李成那裏？（末上）一聞呼唤，即便趨迎。吓，員外爲何這般光景？（外）你可曉得王官人中了？（末）王官人中了，這也可喜，爲何反生

懊惱？（外）他有書回來，休了我家小姐，贅在万俟相府了。（末）員外，他是讀書人，只怕未必有此。（外）我也是這等説，書上筆跡，明明是王十朋的，叫我如何不信？（末）這書是那個寄來的？（外）是承局寄來的。（末）那承局下處，必在府前，我同員外到府前去尋着了他，問個明白，再作區處。（外）有理，到府前去打聽明白，再作道理。吖哈，向向承局問個枝葉，向承局問個枝葉。

（同）好和歹吾心安洽，我回家好訴説，向他行好辯別。（外）

【尾】薄情人做事忒乖劣，閃得人有上梢來没下梢也。（末介）員外看仔細。（外）咳，我到罷了，只苦殺我的嬌兒他也没話説。

我如今就到府前去。（末）快走。（外）就到府前去。（末）快去打聽。（同下）

别任

（小生上）（凡調）

【稱人心】功名遂了，思家淚珠偷落。妻年少，萱親壽高。恨閒藤來纏擾，教人恥笑。難貪戀富貴姻親，甘守着糟糠偕老。

辛苦芸窗二十年，喜看今日中青錢。三千禮樂才無敵，五百英賢我占先。因參相，被嗔嫌，改調潮陽路八千。泥金已報平安字，慰我高堂望眼穿。下官王十朋，叨中上第，濫蒙聖恩，除授饒州僉判，已曾修

書回去，只爲不從奸相姻親，將我改調潮陽，却將同榜王士宏改授饒州，因此未得起程。欲待再寄家書，奈無便人，如何是好？（老生上。丑隨上。乾念）

【普賢歌】先蒙除授任饒陽，僉判十朋也姓王。丞相倚豪强，將他調海邦，只爲不從花燭洞房。

下官王士宏，蒙聖恩除授潮陽僉判，只因王年兄不從万俟丞相姻事，將他改調潮陽，把下官改除饒州。今日起程，特來拜别。（丑）這裏是了。（生）通報。（丑）有人麽？（付）什麽人？（丑）王士宏老爺拜辭出京。（付）啓爺：　王士宏老爺拜辭出京。（小生）道有請。（付）老爺出迎。（小生）吓，年兄。（生）年兄。（同）請！（小生）年兄請坐！（生）有坐！（小生）年兄幾時起程？（生）今日就行，特來拜别。（小生）不及一餞吓。（生）豈敢！　請問年兄，相府招親，亦是美事，爲何不從，以致改調？（小生）年兄，一言難盡。（生）願聞。（小生）

【白練序】十年力學，今喜成名志氣豪。也只爲封妻報母劬勞。誰知那相府逼勒成親苦見招，不從後將咱改調，此心懊惱。（生）

【前腔】吾兄免自焦，休得見小。論吉人終須造物相保。你休辭途路遥，見説潮陽景致好。焚香告，一心靠着蒼天便了。

（外上）吏部文憑發，忙催赴任期。吓，二位大人。（二生）足下何來？（外）在下是吏部當該的了，送

文憑到此。（二生）請坐。（外）二位大人。

【賺】限期已到，請馳騎登程宜及早。（生）意難抛，今朝拜别俺故交。（小生）自懊惱，我往潮陽歸海島，君往饒州景致饒。（外）休嘆息，願此去各家善保，告辭，且寬懷抱。

（小生）恕不送了。（外下。生）

【前腔】願赤心報國安民，大凡事理宜公道。（小生）望吾兄忠心一片天可表，去任所管取民歌德政好。（生）德政好，那時民無擾。多蒙見教。（小生）乏款曲休嗔免笑。（生）告辭，拜辭先造。

（小生）請了！（生下。小生）叵耐權臣奸詐深，將人無故苦相侵。虧心折盡平生福，短行天教一世貧。

咻！（小工調）

【紅芍藥】切齒恨奸臣，將咱改别調，却將王士宏改除饒，咱受海濱勤勞。空教，空教那厮謀陷我，天憐念豈落圈套！但願得夫妻母子來此永團圓，一家裏榮耀。

【前腔】到得潮陽且歡笑，其時節放懷抱。施仁布德愛，善治權豪，官民共樂唐堯。還教，還教要訓愚共暴，當效那退之施教。但願三年任滿再還朝，加爵禄官高。

【尾聲】赤膽忠心報皇朝，功名富貴人難效，姓字凌烟閣上標。

逼勒成親苦不從，忍教桃李怨東風。

饒伊使盡千般計，咴，天不容時總是空。（下）

大逼

（付上）

【字字雙】試官没眼他及第，得意。貪圖相府多榮貴，入贅。不思貧窘棄前妻，忘義。叵耐窮酸太無知，嘔氣。

黄柏肚皮甘草口，才人相貌畜生心。可恨王十朋忘恩負義，棄舊憐新，把我玉蓮休了。喜得那孫官人不嫌我女兒殘花敗柳，願續此姻，仍央姑娘爲媒。想他那裏重婚，我這裏再嫁。不免唤玉蓮孩兒出來，與他説知。吓，玉蓮孩兒那裏？（貼上）吖，來了。

【金蕉葉】奈何奈何，信讒言母親怪我。尺水翻成一丈波，天吓，是何人暗地裏調唆？

母親萬福！（付）罷哉，坐子。（貼應。付）咳，早知今日，悔不當初。（貼）母親何出此言？（付）今早你爹爹出去打聽你丈夫消息，果然贅居相府，把你休了。想他那裏重婚，我這裏再嫁。那孫官人不嫌你殘花敗柳，願續此姻，仍央姑娘爲媒。唔要拿個鞋泥脚手端正端正。（貼）告母親知道。（付）坐子拉説。（貼）王秀才乃賢良儒士，未必辜恩負義。錢玉蓮乃有志婦人，豈肯再醮他人！若果贅居相府，孩兒情願守節。（付）守節守節，只好口説。要知山下路，須問過來人。我當初守得住吺，勿嫁子唔虱爺

哉。吖喲，一刻難守個噓。(貼)母親，這傷風敗俗的話，切勿提起。(付)兒吓，你且耐着性兒，聽我道。

（正工調）

【孝南枝】那孫員外家富足，他們有的是金共玉。你一心要嫁寒儒，緣何棄撇汝？(貼)容奴稟覆，未必是兒夫將奴辜負。那一個横死的賊徒，特兀地生嫉妒。(付)這紙書你重看取，他明寫着贅入在相門府。(貼)

【前腔】書中句多是虚，啐！没來由認真閒氣蠱。他曾讀聖賢書，如何損名譽？(付)他是窮酸餓醋，[一]棄舊憐新，情如朝露。你兀自不改前非，又敢胡推阻。(貼)富與貴人所欲，論人倫焉肯把名污？(付)

【前腔】他登高第身掛緑，侯門贅居諧鳳侣。(貼)他爲官理民庶，必然守法度，豈肯停妻再娶？(付)眼見得負義忘恩，一籌不數，因甚苦死執迷，不聽娘言語？(貼)空自説要改嫁奴，寧可剪下髮去做尼姑。(付)

【前腔】賊潑賤敢來抵觸吾，告到官司打你個不孝婦。(貼)官司要厚風俗，終不然勒奴去再招夫。非奴抵觸。(付)惱得娘的心頭騰騰發怒，我便打死你這丫頭，罪不及重婚母。(貼)

[一] 醋：原作『措』，據文義改。

你便打死奴做個節義婦，若要奴再招夫，直待石爛與江枯。

（付）住子，石頭怎得爛？江水那得乾？呸阿敢説三聲勿嫁，我就饒呸！（貼）孩兒不嫁，不嫁，真不嫁！（付）吖喲，好像觀音山轎子，幾家幾家又幾家。呸既然勿嫁没，釵環首飾探下來。（貼哭。付）衣裳替我脱下來。（貼）萱親息怒且相容，（付）母命緣何不肯從？（貼）休想門楣多喜慶，（付）我也不想女婿近乘龍。替我走出去！（貼）阿呀，吓！母親開門！（付）個啜呸到底阿嫁？（貼）孩兒是不嫁的嘘。（付）個啜我門也勿開，叫呸嫁家公，奢勸呸喫酸白酒，阿要勿色我個頭乱。（打下。貼）阿呀，母親開門！開門！吓，阿呀天吓！自古忠臣不事二君，烈女不更二夫。母親逼奴改嫁，不容推阻，千休萬休，不如死休。阿呀罷！不免將身跳入江心，免得玷污此身。阿呀！（哭介）（凡調）

【五更轉】心痛苦，難分訴。阿呀丈夫吓！一從往帝都，終朝望你諧夫婦。誰想今朝，拆散中途路！我母親信讒書，將奴誤。阿呀娘吓！你一心貪戀他豪富，把禮義綱常全然不顧。

【哭相思】拚向江心撈明月，教他火上弄寒冰。（哭下）

投江

（貼上）阿呀苦吓！（凡調）

【梧葉兒】遭折挫，受禁持，不由我珠淚垂。無由洗恨，無由遠耻。事到臨危，拚死在黄泉作

怨鬼。

呀！來此已是江邊。吓，阿呀！江吓！（元場）夫承寵渥，九重仙闕拜龍顔；妾受凄凉，一紙詐書分鳳侶。富室强謀娶婦，惑亂綱常；萱堂怒逼成婚，毁傷風化。妾豈肯從新而棄舊，焉能反正以從邪？争如就死忘生，不可幸恩負義。一怕損夫之行，二恐污妾之名，三慮玷辱宗風，四恐乖違婦道。惟存節志，不爲邀名。拴原聘之荆釵，永隨身畔；脱所穿之繡履，遺棄江邊。妾雖不能效引刀斷鼻朱妙英，却慕取抱石投江。（元場）阿呀，浣紗女吓！（哭介）吼，吼！

【香羅帶】一從别了夫，朝思暮苦。寄來書道贅居丞相府，母親姑媽逼勒奴也，改嫁孫郎婦。奴豈肯再招夫？萱堂苦苦責打奴，只得拚死在黄泉也免得把清名阿呀來玷污。

只是爹爹在堂，无人侍奉。

【胡搗練】傷風化，亂綱常，萱親逼嫁富豪郎。（浄上介）有婦人啼哭，快些摇上去。若把清名來玷污，阿呀！罷！不如一命喪長江。

罷！（元場）（跳介。浄）救人吓！救人吓！在這裏了，快些摇吓！（生上）（小工調）

【菊花新】夢魂一夜落江湖，怕聽鷄聲又戒途。

（浄）船頭下艙，船頭叩頭！啓爺：昨晚果有婦人投江。（生）可曾撈救？（浄）被小的撈救着了。（生）好，有賞。吩咐把二號船統上來，請夫人過船。（浄照念下。正旦上、丑隨上）日上三竿猶未起，聞

呼喚，（丑介）夫人過船。未審何故？相公。（生）夫人，寧可信其有，不可信其無。下官前晚夢見一神靈，託夢於我，説有一節婦投江，使我撈救，又説與我有義女之份。醒來却是一夢。爲此吩咐船頭駕舟巡救，不想昨晚果有一婦人投江，撈救在此。（正旦）既如此，梅香。（丑應。正旦）與他換了乾衣服，扶他下艙來。（丑）是哉！投水女子，換了乾衣服這裏來。（貼上）

【糖多令】無奈禍臨頭，今朝拚死休。如痴似醉任飄流，不想舟人撈救。我身出醜，臉慚羞。（連哭。丑）投水婦人當面。（生、正旦）婦人，看你紅顔少貌，必是好人家兒女，爲何短見投水？細細説與我們知道。（丑介）快點説拉老爺夫人聽。（貼哭唱）

【玉交枝】容奴伸訴，（丑介）吖，爲子一隻雄鵝了。（生介）家住那裏？念妾在雙門住居。（生介）姓甚名誰？可有丈夫？玉蓮姓錢儒家女，年時獲配鴛侶。姓什麽？王十朋是夫出應舉。（生）住了，王十朋可就是新科狀元？（貼）正是。（生）如此説，是一位夫人了。請起！（丑）起來罷。（生）看坐。（貼）告坐。（生）中榜之後，可有書信回來？（貼）吖，數日前有人傳尺素。（生介）既有回書，爲何要投水？因此書骨肉間阻，因此書含冤負屈。

（生介）書上如何道？

【前腔】書中緣故，道休妻重婚相府。（生、正旦）他是讀書人，豈肯違法度？莫不是書有差誤？（貼）奈萱親聽信讒詐書，逼奴改嫁孫郎婦。（生、正旦介）你從也不從？論烈女不更二

夫，奴焉肯傷風敗俗！

（生、正旦）呀！

【前腔】聽他言語，論貞潔他人怎如？思量我也難留汝，梅香，喚一小舟，不如送還伊父。（貼）若還送奴歸故里，罷，不如早喪黄泉路。到顯得名傳萬古，儘教他前婚後娶。（生、正旦）

【前腔】不須憂慮，且帶你同臨任所，修書遣人饒州去，管教你夫婦完聚。（貼）若還這般周濟奴，猶如久旱逢甘雨。便是妾重生父母，望公相與夫人做主。

（生）請起，我非别人，乃前任太守錢載和。今蒙聖恩，陞爲福建按撫之職，今帶家小赴任。不想遇着你投水，此乃天數不絶汝命。且喜你也姓錢，我也姓錢，莫若認我爲義父，同臨任所。你丈夫既在饒州爲官，與福建相隔不遠，待我修書，差人到饒州去報你丈夫知道，管教你夫妻完聚，缺月重圓，你意下如何？（貼）若得如此，便是重生父母，再養爹娘。（丑介）老爺俚肯個哉！（生）什麽？（丑）拉裏脱裙哉！（生）胡説！（貼）爹爹、母親請上，待孩兒拜見！

【黄鶯兒】公相恁週全，（生、正旦介）梅香，扶他起來。（丑）本來浮子來拉撈個。（生）話到也新鮮。（丑）姜姜起水來，自然新鮮。（貼連）感夫人又見憐，又蒙結拜爲姻眷，恩德萬千，何日報全？願公相早登八位三台顯。（生、正旦）免憂煎，夫妻重會，缺月再團圓。（生）

【前腔】不必淚漣漣，這相逢非偶然。同臨任所兒爲伴，聊附寸箋，饒州報傳，管教你夫婦重

相見。（合前）（正旦）

【前腔】天賜這姻緣，喜他們也姓錢。同舟赴任作宛轉，明日動船，開洋過淺。願一陣好風，急去登福建。（合前）（旦）

【前腔】溺水自心酸，我婆婆苦萬千。堂前繼母心不善，兒夫去遠，家尊老年。何日得見王僉判？（合前）

（生）夫妻母子各西東，（正旦）會合今朝喜氣濃。（貼）兩葉浮萍歸大海，（合）人生何處不相逢。（生）梅香，今後小姐之稱，好生伏侍。（丑應。正旦）我兒，隨我進來。（同下。丑）阿呀，壞哉！哪㕭亦要多洗一個馬桶哉！（下）

憶母

（小生上）（小工調）

【喜遷鶯】春光去矣多，半逐飛花，半隨流水。愛日情多，瞻雲舍遠，空傳一紙書題。遥指斷鴻，天外空憶。愁鸞鏡裏，爲客久，漸春衫典盡，那是斑衣。(一)

(一) 眉批：此引後人所改，而文情悱惻，音節諧合，遠勝《荆釵》原文，不必泥古以違俗也。

人在東甌，身淹上苑。望中山色空迷眼，終朝旅思嘆蕭條。高堂親鬢愁衰短，秦嶺雲横，藍關雪漫。潮陽未到魂先斷，春歸花落久棲遲，愁深那覺時光换。

【雁魚錦】長安四月花正飛，見殘紅萬片皆愁淚。何苦被利禄成抛棄？如今把孤身泊天涯。意懸懸止不住思維，音書曾有回。只怕他望長安，欲赴愁迢遞。我空目斷故園，知他知也未。

【二段】當時，痛别慈幃，論奉親行孝也索懷不寐。光陰有幾？縱然是百歲如波逝。論早晚須問起居，論寒暑須當護持，論供養要甘肥。因赴舉，把蘋蘩饋托與吾妻，知他看承處怎的？俺這裏對青山，望白雲，鎮日瞻親舍。他那裏翹白首，看紅日，終朝憶帝畿。

【三段】嗟吁！鳳别鸞離，怎如得儔鶯偶燕時相聚？凄楚寒窗，寂寞旅况。閃殺當時，甘效于飛。孤燈夜雨，漏聲不斷，却把寸心滴碎。阿呀天吓！只爲那釵荆裙布妻難棄，縱有紫閣香閨人怎迷？

【四段】猛思，那日臨行際，蒙岳丈惜伊玉樹，兼愛我寒枝。念行囊空虚，欣然週全助路資。招共居，感此恩山義海深難棄。細思維，甚日報取？教我怎生忘渠？但願得一家到此沾禄養，也顯得半子從今展孝思。

【五段】論科舉，本圖看春風杏枝，五馬驟香衢，豈知他陷我在瘴嶺烟區？愁只愁身羈鳳

池，恨只恨孿生鴛侶。人不見，氣長吁，只爲蠅頭蝸角微名利，致使地北天南怨别離。

家鄉千里隔相思，目斷甌城人到遲。
旅邸難禁長日静，魂消幾度夕陽時。（下）

哭鞋

（老旦上）阿呀苦吓！（乾唱）（凡調）

【東甌令】兒媳婦，哭啼啼，昨夜三更出繡幃。今朝起來没尋處，使我没把臂。一重愁翻做兩重悲，教我淚偷垂。

（末上）阿呀，不好了吓！莫要非常樂，須防不測憂。老安人在那裏？（老旦）李舅回來了，小姐可曾尋着？（末）老安人，不好了，小姐投江死了！（老旦）有何爲證？（末）男女到江邊拾得繡鞋在此。（老旦）這繡鞋果是我媳婦的，阿呀，吼的不痛殺我也！（跌介。末）阿呀，老安人醒來！老安人醒來！（老旦）

【山坡羊】撇得我不尷不尬，閃得我無聊無賴。（末介）男女不便攙扶，自己掙起來罷。（老旦）阿呀，親家母吓！你一霎時認真，逼他去投江海，教我怎佈擺？這禍從天上來。（末）老安人，你早晚也該防備防備纔是。（老旦）李舅，你説那裏話來！他有嫡親父母尚且不遮蓋，反將他偕老

夫妻生打開。哀哉！撲簌簌淚滿腮；傷懷，生擦擦痛怎捱！

（外上）嬌女投何處？痛殺白頭親。（付）隔墻須有耳，窗外豈無人！（外）親母，爲何在此啼哭？（付）爲啥了哭？（老旦）阿呀，親家不好了！（末）員外安人，小姐投江死了。（老旦同）我媳婦投江死了。（外）有何爲證？（老旦）拾得繡鞋在此。（外）取來。吓，這繡鞋果是我女兒的！阿呀！（跌介。老旦）阿呀，親家醒來！（末）員外甦醒！（付）噲！老老，阿呀前門叫勿應，等我後門去叫。噲！老老，阿呀完了！叫勿應，走子氣哉了。吖喲，老測死個好一個臭屁。（末、老旦、付同）好了，醒了。（外唱）

【前腔】不念我年華高邁，不念我形衰力敗。不念我無人養老，不念我絶宗派。李成，你道這椿事是那個起的？（末）男女不知。（付）老老，到底爲六個起個？（外）咻！（付介）啥個直跳得起來！都是你這老禍胎。（打介。付介）咦！關我啥事？拿我爛痔膀上一記，落手亦個重。受了孫家聘禮財，逼得他銜冤負屈去投江海。親母，老夫只掙得一搭空地，指望令郎與小女把我這幾塊老骨頭埋葬，不想令郎又入贅相府，小女又投江死了，咳！錢流行吓錢流行！你好命苦！阿呀，你好命薄！吖哈！閃、閃得我有地無人築墓臺。（同）哀哉！撲簌簌淚滿腮；傷懷，生擦擦痛怎捱！

（付）李成，小姐投子江爲啥了勿打撈屍首？（末）阿吓，安人吓，

【川撥棹】乞聽解，這長江，無邊界。況三更月冷陰霾，況三更月冷陰霾，這其間有誰人往來？止尋着一繡鞋，知骸骨安在哉？（同）

【前腔】淚灑西風傷老懷，痛幽魂，無倚賴。青春女身喪在江淮，青春女身喪在江淮，白頭親誰人草埋？這愁眉何日開？不由人心痛哀。

（付）住子，長話勿如短説，撈魚勿如摸鱉。親家姆，呾乱令郎入贅相府，我裏囡女無福氣，投江死哉，個歇我答呾勿是親哉。有數説個，阿哥死嫂勿親。鹽菜缸裏石頭掇出，皮匠擔裏楦頭搬出，棉花子軋出，脚湯水潑出。親家姆請出！（外）老不賢，女兒死了，骨殖未冷，況親母又是孤身，你趕他到那裏去？（付）開口便見喉嚨，提起尾巴就見雌雄。眼睛前就多一個我拉裏，勿難個，讓我出去子，等呾乱雙雙能個做人家哉阿好！（外）老乞婆，你好含血噴人！（付）賊心狗肚腸，怕勿是個條念頭了。（老旦）親家在上，老身有言奉告。（外）親母有何見諭？（老旦）只爲我孩兒一封書，致使令愛投江而死。老身在此，實切不安，意欲自到京師去尋見小兒，自有下落。（外）訪聞令郎消息，極是有理。但親母是個女流，更兼一身，如何去得？也罷，我打發李成送親母到京便了。（老旦）多謝親家！（付）李成是去勿得個。（外）爲何？（付）我要用個了。（外）有我在此。（付）呾是勿會幹事個哉。（外）李成，你去收拾行李，送老安人到京，見了狀元，即便就回。（末應。老旦）親家，老身此去，未知何日回來，欲往江邊祭奠一番，以表姑媳之情，不知意下如何？（外）咳！難得！李成，你去准備香燭、紙錢，隨老安人到江邊去祭奠小姐，然後起程。（末應。老旦）親家請上，待老身拜別。（外）老夫也有一拜。（老旦）

【勝如花】辭親去，別淚零，（付介）迎新勿如送舊，等我也來拜一拜，親家姆拉裏待慢噓。（外）誰要你拜！（付）就勿拜，讓呧乩雙雙能個拜，阿像拜堂，我眼睛裏直頭看勿得。（老旦連）豈料登山驀嶺！只因他遞簡傳書，反教娘離鄉背井，又未知何日歡慶？（合）愁只愁一程兩程，況不聞長亭短亭。暮止朝行，趲長途曲徑。（末）員外，行李完備了。（外）李成，你休辭憚跋涉奔競，願身安早到皇京。

【前腔】我爲絶宗派，結契盟，指望一勞永定。誰知他又贅在侯門，今日翻成畫餅，辜負了田園荒徑。（合前）

（老旦）拜别親家心痛酸，（付）從今客去主人歡。（外）正是妻賢夫禍少，（合）果然子孝父心寬。（外）親母路上小心。（老旦）多謝親家！請進去罷，老身去了。（下。付）還要嚼來，舌頭到長乩。（末）員外在家保重，不要與安人吵鬧了。（付）李成呧到子奔牛就轉來。（末）爲何？（付）有數説個，奔牛李成，奔牛李成。（末）休得取笑，老安人慢些走。（下。外）阿呀，玉蓮我的兒吓！（付）老老勿要哭哉，死個死，活個活，我答呧挽緊子眉毛拉做人家。（外）老乞婆，女兒死了，還要做什麼人家！（付）囡呧死子，人家纔勿要做哉。（外）就是那十朋入贅相府，未知真假。你今日逼女兒改嫁，明日逼女兒改嫁，被你逼勒不過，竟投江死了。（付）我是要俚上天，囉裏曉得俚要攢拉水底下去介。（外）我如今用你不得，快快與我走出去！（付）走到六裏去？（外）親戚人家去。（付）親眷人家盤是盤，鄉鄰人家碗是

碗，別人家大盤大盒端子來，我裏碗大個盤勿曾答還歇，有啥面孔見俚虱？　我是勿去。（外）如此，鄰舍人家去。（付）十家鄉鄰九家斷，就是間壁人家，前日子借我個吊桶去，舂落子底，一場相駡，也斷個哉，無場化去。（外）庵堂寺院中去。（付）阿呀唔個老老改志哉，個星和尚拉道士，色中之餓鬼，看見子我個様，半老佳人，六裏饒得過我介！　去勿得個。（外）老乞婆，原來你也没處去。（付）我是轉殺六尺地，踏盡竈前灰，教我到六裏去？（外）咳，老乞婆吓！（乾唱）

【憶虎序】我當初娶你，（付介）勿是討個，難道到是結識個？（付）指望生男育女。（付）夾嘴一記没好，喫子呷黄湯，頭勿曾上床脚先睏，難道教我扒上來勿成？（外）没廉耻。（付介）啥個没廉耻？　家家如此。（外）誰想你暗使牢籠之計，逼我孩兒投江身死。我寫狀經官呈告你，（付介）告我啥？（外）告你不賢婦薄倖妻，告到官司，告到官司，（付）也無啥罪滑。（外）雖没有罪，打得你皮綻肉飛。

（付）且住，往常日脚，我裏老老勿實介個，今朝當真動子氣哉。倘然到子官府個答，看見我花嘴花臉，勿是打定是拶，個没那處？　吖，有理哉！　老老奇怕哭，等我來不一哭，裏使使，無眼淚没那吖？　有涎唾拉裏。阿呀我個老老吓！　我答唔一年勿好，也有一日好，一日勿好，也有一時好，一時勿好，也有一刻好。阿呀我個肉骨肉屑個好老老吓！

【前腔】我當初嫁你，也是明媒正娶，又不是暗裏偷情，結做夫妻。百步相隨，尚有徘徊之

意。大限來時和你永不離，我非不賢婦薄倖妻。免告官司，免告官司，和你團圓到底。

阿呀，我個老老吓！（外）不許哭！（付）就勿哭！（外）且住，這老乞婆情理其實難容，我若趕他出去，外人知道的，説這老乞婆果然不好，倘不知道的，説錢流行一個妻子養膳不活，逐出在外，未免出乖露醜，成何體統？我有道理。過來，你要住在家裏，要依我三件。（付）就是三萬三千三百纔依個。（外）第一件，不許與我同臺喫飯。（付）個没我答皇帝喫。（外）什麽？（付）竈君皇帝喫阿差。（外）第二有客在堂，不許插嘴。（付）倘然説别人勿過，幫呸説聲巴。（外）走，走，走！（付）呋，就勿插。（外）第三件，李成不在家，水瓶馬子，都要你倒。（付）個是勿來，呸平昔日脚歡喜喫生葱生蒜，希臭彭天，勿來倒。（外）如此到香的所在去。（付）呋，香，香，香，安息香，黄熟香，降香，檀香，衣香，芸香。（付）老乞婆吓，你要改過前非學好人。（付）從今怎敢不依遵！（外）收拾書房獨自睡，（付）老老，打點精神養兒孫。（外）没廉耻，牙齒都没得，還要養什麽兒孫！（下。付）咦，養子啥要用牙齒個！直頭是個温外行哉！（下）

女　祭

（老旦）（小工調）

【相思引】柳拂征衣露未央，可憐年邁往他鄉。（末上）漫自殷勤設奠，血淚灑長江。〔一〕

（老旦）李舅。（末）老安人。（老旦）小姐的繡鞋在那裏拾得的？（末）還在前面，請老安人再行幾步。

（老旦）吖，還在前面。咳！

【綿搭絮】尋踪覓跡，含淚到江邊。（末）吓，老安人請止步，小姐的繡鞋就在此處拾得的。（老旦）吖，就在此處拾得的。吓，阿呀！媳婦兒吓，你看渺渺茫茫浪潑天，阿呀可憐辜負你青年！（末）阿呀，小姐吓！你清名雖并浣紗女，白髮親姑誰顧憐？（老旦）李舅，把祭禮擺下。（末）是。（老旦）看香。（末）有香。（老旦）香呢？（末）來了。（老旦）快些。（末）這，老安人，男女起身促迫，香竟忘了。（老旦）香怎麼忘了？（末）因收拾行李心急，所以忘了。（老旦）呸，不小心，怎麼忘了？阿呀罷！（末介）吓小姐，老安人在此祭奠你了。（老旦）只得撮土爲香，禮雖微，表娘情意堅。望魂靈暫且聽言。（末介）老安人，就在包上坐一坐罷。（老旦）指望松蘿相倚，誰想你抱石含冤？阿呀，媳婦兒吓！撇得我無靠無依。媳婦兒吓，你來帶我的孝纔是正理，阿呀到今日呵，反教娘披麻哭少年。

（末）

〔一〕眉批：此引《荊釵》原本誤刊作【風馬兒】句法，殊不合。《大成宫譜》據《曲譜大成》標作【相思引】之又一體，兹從之。

【憶多嬌】哭少年，送少年，安人奠酒，男女化紙錢。收拾登程去路遠，不必留連，不必留連，要趲程途萬千。

（老旦）李舅，把祭禮撇在江心罷。（末）是。（老旦）吓，媳婦兒吓！做婆婆的是去了嚧。（末）小姐，我們是去了嚧。（老旦）咳！

【風入松】嘆連年貧苦未逢時，誰想一旦分離。我孩兒自別去求科舉，怎知道妻房溺水！我待說來又恐驚駭了我兒，李舅，（末介）老安人。（老旦）你決不要與他知。（末）

【前腔】安人不必恁躊躕，且聽男女咨啓。只說狀元有信催迫起，先令我送安人來至。吖哈！那其間方說一個就裏，老安人吓，你決不可使驚疑。（老旦）

【急三鎗】痛咽情難訴，常思憶，常憂慮，心慽慽，淚如珠。（末）且自登程去，休思憶，休憂慮，在途路上免嗟吁。

（老旦）李舅，

【風入松】如何教我免嗟吁？我這老景憑誰？（末介）阿呀，看仔細！年華老邁難移步，旦夕間有誰來看顧？咻，恨只恨他們繼母，逼他嫁葬魚腹。（末）

【急三鎗】若說葬魚腹，如何懺？如何度？經與咒，總成虛。（老旦）你在黄泉下，有誰來懺？誰來度？屈死得，最無辜。

（末）喲！

【風入松】果然死得最無辜，若説我家小姐是，論貞潔真無。姻緣契合從今古，拆散了夫妻皆由天數。（同）哭啼啼單愁在路途，阿呀何日裏纔得到京都？

（末）老安人看仔細，那邊走。（老旦）咳！（同下）

見娘

（小生上）（小工調）

【夜行船】一幅鸞箋飛報喜，垂白母想已知之。日漸過期，人何不至？心下轉添縈繫。

雁塔題名感聖恩，便鴻早已寄佳音。思親目斷雲山外，縹渺鄉關多白雲。下官前已修書，附與承局寄回，接取家眷同臨任所；一去許久，不見到來，使我常懷掛念。長班。（付應）家眷到時，即忙通報。

（付應）正是雖無千丈綫，萬里繫人心。（下。末内）老安人走吓。（老旦上）

【前腔】死別生離辭故里，經歷盡萬種孤悽。（末上）已達皇都，遥瞻鳳邸，深感老天週庇。

（老旦）李舅，可曾打聽狀元的行館在那裏？（末）男女已曾打聽，狀元的寓所在四牌坊，請老安人再行幾步。（老旦）聞説京師錦繡邦，果然風景勝他鄉。（末）紅樓翠館笙歌沸，柳陌花街蘭麝香。狀元王寓，老安人請轉。（老旦）怎麽？（末）這裏是了。（老旦）吖，到了，謝天地！（末）老安人看好了行

李，待男女去通報。（老旦）你去通報。（末）男女到忘了。（老旦）忘了什麽？（末）請老安人把孝頭繩除下，恐驚了狀元，不當穩便。（老旦）早是你說，不然我倒忘了。阿呀，媳婦兒吓！（末）吓，門上那位在？（付）什麽人？（末）借問一聲。（付）問什麽？（末）這裏可是温州王狀元的寓所麽？（付）正是，你問他怎麽？（末）報去說家眷到了。（付）吖，家眷到了，請少待。老爺有請。（小生）怎麽說？（付）家眷到了。（小生）吖，家眷到了，可有來人？（付）有來人。（小生）如此先着來人進見。（付應。小生介）阿呀呀，可喜吓！可喜吓！（付）來人呢？（末）在。（付）老爺着你進見。（末）是。吓，狀元老爺。（小生）吓，李舅。（末）男女李成叩頭！（小生）阿呀，請起！（末）是。（小生）老安人和小姐多到了麽？（末）這，都到了。（小生）吩咐開正門。（付）吓，開正門。（小生）吓，母親。（老旦）我兒。（小生）孩兒十朋迎接母親。（老旦）起來。（小生）是。吓，李舅。（末）狀元老爺。（小生）小姐呢？（末）小姐麽還在。（老旦）十朋。（末）老安人相請。（小生）吩咐起行李。（付）起行李。（末）有勞。（付）好說。（下。小生）母親請上，待孩兒拜見。（老旦）罷了。（小生）孩兒只爲功名，久缺甘旨，恕孩兒不孝之罪。（老旦）兒吓，你在此好麽？（小生）母親聽禀：

【刮鼓令】從別後到京，慮萱親當暮景。幸喜得今朝重會，（老旦介）重會，咳！（小生）吓，又緣何愁悶縈？（老旦）我没有什麽愁悶。（小生）孩兒告退。（老旦）去。（小生）且住，我想今日母子重逢，合當歡喜，爲何母親反添愁悶？（末嗽介。小生）吖，待我問李成。吓，李舅。（末）狀元老爺。（小生）老安人爲何悶悶不樂？（末）老安人麽。（老旦嗽介。末）吖，吖，吖，想是在路上受了些風霜，所以如

此。(小生)吖，老安人在路上受了些風霜，所以如此。(末)是，所以如此。(小生)唔，唔，非也，我曉得了。(末)狀元老爺曉得什麼來？(小生)莫不是我家荆，看承得我母親不志誠？(末)喲，喲，喲，小姐在家，盡心服侍老安人，是不離左右的。(小生)吖，小姐在家，服侍老安人是不離左右的。(末應小生)吓，阿呀，親娘吓！分明說與您兒聽，你那媳婦，他怎生不與娘共登程？

(老旦)兒吓，

【前腔】心中自三省，轉教娘愁悶增。(小生介)媳婦爲何不來？阿呀！你媳婦(末嗽介)多災多病。(小生介)吓，李舅。(末應)小姐有恙麼？(末)有恙。(小生)如今呢？(末)如今是好了。(小生)好了，謝天地！起來。(末)是。(老旦連)況親家兩鬢星。家務事要支撑，教他怎生離鄉背井？爲你饒州之任恐留停，兒吓，你岳丈到有分曉。(小生)有甚分曉？(老旦)哪！(末介)員外着男女先送老安人來的。(小生介)有勞。(老旦)先令人送我到京城。

(小生)孩兒再告退。(老旦)去。(小生)是。聽母親的言語，甚是不明。吖，待我再問李成。吓，李成。(末)狀元老爺。(小生)你把家中别後事情，細細說與我知道。(末)狀元老爺聽禀：

【前腔】當初待起程，(小生)住了我正要問你，起程時小姐爲何不來？(末)小姐麼，原是要來的。(小生)爲何不來？(末)吖，哈哪，誰想到臨期成畫餅。(小生介)什麼畫餅？(末)阿呀！若說起投江一事，恐唬得恩官心戰驚。(小生)住了，什麼驚？(末)没有什麼驚吓。(小生)阿呀！母親，李

舅明明說個驚字的嘘。（老旦）吓，李舅，有什麽驚字，說與狀元知道。（末）吖，吖，吖，有個經字的。（小生）什麽驚？（末）說我家小姐。（小生）小姐便怎麽？（末）在途路上少曾經，就是這個經字，當不得這許多高山峻嶺。餐風宿水怕勞形，我家員外呵，因此上留住，（小生）講。（末）是，呋。（小生）說。（末）是，吖哈！ 在家庭。

（小生）呀，

【前腔】端詳那李成，語言中猶未明。李舅過來。（末）在。（小生）我在家時，見你老實志誠，故把言語來問你，怎麽反來支吾我？（末）男女怎敢？（小生）哆！（末）是。（小生）我今後再也不來問你了。吓，阿呀，親娘吓！（元場）把就裏分明說破，免孩兒疑慮生。（老旦介悲聲。小生）因甚的變顔情，長吁短嘆珠淚零？（老旦介哭。末）阿呀完了！ 阿呀完了！（小生）呀，袖兒裏脱下孝頭繩，恁兒媳婦喪幽冥。

阿呀母親！ 這孝頭繩是那裏來的？ 快快說與孩兒知道嘘！（老旦）阿呀兒吓！ 千不是，萬不是，都是你不是。（小生）怎說孩兒不是？（老旦）你且起來。（小生應。老旦）我且問你，當初這封書是那個寄回的？（小生）是承局。（老旦）可又來。 當初承局書親附，拆開仔細從頭睹。（小生）嗯。（老旦）道你僉判任饒州。（小生）這句是有的。（老旦）阿呀，兒吓！（小生）母親。（老旦）你下句就不該寫了。（小生）那一句？（老旦）休妻再贅万俟府。（小生）阿呀，母親！ 語句多差了。（老旦）哆！

（小生）是。（老旦）語句雖差字跡真。（末介）狀元老爺請起。（小生）岳父便怎麽？（老旦）岳翁見了生嗔怒。（小生）岳母呢？（老旦）岳母即時起妒心。（小生）起什麽妒心？（老旦）逼女改嫁孫郎婦。（小生）阿呀，母親！我妻子從也不從？（老旦）好。汝妻守節不相從。他就將，（末）阿呀，老安人説不得的！（小生）哆！誰要你多講！（老旦）阿呀，李舅吓，事到其間，也不得不説了。（小生）快快説與孩兒知道。（老旦）阿呀兒吓！汝妻守節不相從，他就將身跳入江心渡。（小生）嗄！（老旦）你妻子爲你守節而亡了。（小生）吖！我山妻爲我守節而亡了！阿呀！（暈倒介。元場。老旦）我兒醒來！（末同）狀元老爺醒來！（老旦）

【江兒水】阿呀唬唬得我心驚怖，身戰欽，虚飄飄一似風中絮。誰知你先赴黄泉路，孤身流落知何所？不念我年華衰暮，風燭不寧，阿呀親兒吓！教娘死也不着一所墳墓。

我兒醒來！（末）狀元老爺醒來！（老旦）我兒甦醒！（末同）狀元老爺甦醒！（小生醒介）

【前腔】一紙書親附，阿呀我那妻吓！指望同臨任所。是何人套寫書中句？改調潮陽應知去，恁頭兒先做河伯婦。阿呀妻吓！指望百年完聚，半載夫妻，也算做春風一度。（末）

【前腔】狀元休憂慮，且把情懷暫舒。夫妻聚散前生注，這離别只説離别苦，想姻緣不入姻緣簿。聽取一言申覆：須信人生，萬事莫逃天數。

（老旦）兒吓，死者不能復生，且到任所，先追究那遞書人要緊。（小生）孩兒一到任所，先追究遞書人便

了。（老旦）追想儀容轉痛悲，（小生）豈知中道兩分離？（末）夫妻本是同林鳥，（同）大限來時各自飛。（小生）請母親裏面安歇罷。（老旦）阿呀，媳婦兒吓！（下。小生）阿呀，妻吓！（末）狀元老爺，男女告回。（小生）吓，你怎麽就要回去？（末）員外吩咐，送到了老安人，即便就回。（小生）難道小姐死了，就不是親了？（末）説那裏話來！家裏無人呀。（小生）況我身伴無人，你隨我到任所，待吾修書打發你回去，接取員外、安人到來，同享榮華便了。（末）多謝狀元老爺！（小生）隨我進來。（末應。小生）吓，李舅，小姐的靈柩停在那裏？（末）阿呀，狀元老爺，那日江中風狂浪急，連屍首竟没處打撈。（末）没處打撈。（小生）阿呀妻！（老旦）十朋。（末）老安人相請。（小生）是，隨我進來。（末應。小生）阿呀，妻吓！（末）請免悲傷。（同下）

發　書

（生上）（小工調）

【破陣子】野外江山幽雅，城中景物繁華。（正旦）六街三市堪描畫，萬紫千紅實可誇。（貼）閩城景最佳。

（生）夫妻幸喜到閩城，跋涉程途爲利名。（正旦）大佈仁風寬政令，（貼）廣施德化爲黎民。（生）夫人，我自到任以來，且喜詞清訟簡，盗息民安，這也可喜。（正旦）相公，你許女兒一到任所，即便修書，遣人到饒州去，報與他丈夫知道，書可曾寫下？（生）書已寫下，晚堂差人去便了。（貼）爹爹，此去到饒州

有多少路程？（生）約有一月之程。（貼）那遞書人多與他些盤纏便好。（生）兒吓，教我多與他些盤纏，爲父的呵，

【榴花泣】守官如水，胸次瑩無瑕。薄税斂，省刑罰，撫安黎庶禁奸猾。喜詞清訟簡，無事早休衙。（同）依條按法，想懲一戒百有誰不怕？等三年任滿期瓜，詔書來早晚遷加。（正旦）

【前腔】覷着他花容月貎勝仙娃，忍將身命淹黄沙？（貼）天教公相救咱家，好似撥雲見日，枯樹再開花。（生、正旦）論貞潔可誇，恁捐生就死可不令人訝。恁萱堂怎不詳察？全不道有傷風化。（貼）

【漁家燈】若提起舊日根芽，不由人不兩淚如麻。恨只恨一紙讒書，搬鬪得我母親叱咤。（生、正旦）他見差，逼汝身重嫁，那些個一鞍一馬。這書劄令人遺發，管成就鸞孤鳳寡。

（生）吩咐開門。（正旦、貼下。牢子、中軍、淨扮苗良同上。吹打住。生）那個該差？（衆）苗良。（生）傳苗良。（衆傳。淨）苗良叩頭！（生）是你該差？（淨應。生）我有公文一角，差你到饒州王三府處投下。（淨應。生）雖是公文，内有書信一封，要小心投遞，回書要緊，不得有誤。賞你五兩銀子，限你一月繳回。聽我道，

【前腔】今日裏拜辭了臺下，明日到海角天涯。一心去傳遞佳音，不憚路途波查。（淨應下。生）掩門。（衆下。正旦、貼上。貼）爹爹，下書人去了麽？（生）去了。（貼）孩兒還有話説。（生）有話

何不早說？（貼）吓，母親吓！若見他只說三分話，（正旦介）爲何？又恐他别娶渾家。（生、正旦）把閒話一筆勾罷，苗良回便知真假。

【尾】月再圓花重發，那其間歡生喜洽，重整華筵泛紫霞。

（生）饒福相看數日程，（正旦）修書備細説原因。

（貼）分明好事從天降，（合）重整前盟合舊盟。（下）

梅　嶺

（老旦上）（正工調）

【臨江梅】客夢悠悠鷄喚醒，窗前尚有殘燈。（小生）攬衣推枕自閒評。（末）今日飄零，何日安寧？

（老旦）促整行裝及早行，驅馳只爲利和名。（小生）拚却餐風并宿水，（末）不愁戴月與披星。（付、丑上）走吓，爲接新官辭故里，遠迎憲宰到京都。有人麽？（末）什麽人？（付、丑）發扛已完，請爺起馬。（末）候着。啓爺：發扛已完，請老爺起馬。（小生）就此起行。（末）就此起行。（付、丑）吓。（小生）請母親上車。（同）

【朝元歌】騰騰曉行，露濕衣襟冷。徐徐晚行，月照遥天暝。只爲功名，遠離鄉井。（下。净

衆上）渡水登山驀嶺，戴月披星，車塵馬足不暫停。晴嵐障人形，西風吹鬢雲。（小生、衆上）（合）潮陽海城，到得後那時歡慶，那時歡慶。

（浄）三山巡檢迎接大老爺。（末）馬前見。（浄）三山巡檢叩頭！（小生）那裏差來的？（浄）三府王老爺差來的。（小生）那個什麽王老爺？（浄）貴仝年士宏老爺。（小生）原來就是王年兄，你家爺在任好？（浄）近日有恙。（小生）什麽恙？（浄）水土不服。（小生）有幾時了？（浄）有月餘了。（小生）在路不及修書，原帖拜上，説我到任之後，還要差人問安。（浄）過來見了。（小生）這些什麽樣人？（衆）長鎗手叩頭！弓箭手叩頭！（浄）有長鎗手二十名，弓箭手二十名，送老爺過梅嶺。（小生）爲何要這許多？（浄）梅嶺上猴猻甚多，願老爺此去指日封侯。（小生）這官兒到也會講。留長鎗手在此伺候，餘者發回。（浄）小心伺候。（下。末）長鎗手引路。（衆）吓。（同）

【前腔】幾處幽林曲徑，松杉列翠屏。回首亂雲凝，禪關掩映，聽遠鐘三四聲。欽奉綸音，命遊宦，宿郵亭。遠離京城，盼陽關把往事空思省。水程共山程，長亭和短亭。（合前）

（浄、外上）潮陽府書吏迎接大老爺。（末）馬前見。（浄、外）書吏陰陽生叩頭！喜單呈上，請老爺擇日上任。（小生）十五日城隍廟宿山，十六日吉時上任。（浄、外）吓。（小生）這裏到衙門還有多少路？（浄、外）還有五十里。（小生）衙門伺候。（浄、外應下。小生）打導。（衆）

【前腔】危巔絶頂，飛泉直下傾。嘆微名奔競，身似浮萍。鷓鴣啼，不忍聽。野花開又馨，消

遺羈旅情。到處草茵，題咏眼前無限景。牧笛隴頭鳴，漁舟江上横。（合前）

【前腔】八九處人家寂静，柴門半掩扃，溪洞水泠泠。路遠離别興，自來不慣經。遥望酒旗新，買三杯，消渴吻。哀猿晚風清，歸鴉夕照明。（合前）（衆喝下）

回書

（浄上）轉眼垂緑楊，回來麥子黄。萬事分已定，浮生空自忙。自家苗良是也，奉老爺之命，差往饒州王三府處下書。不想僉判到任三月，不伏水土，全家殁了。今日纔回，來此已是宅門首。那個在？（打梆介。付皂隸上）什麽人？（浄）是我。（付）苗良，你回來了。（浄）正是，相煩説一聲。（付）曉得。裹面那位大叔在？（外上）怎麽説？（付）遞書人回來了。（外）住着，老爺有請。（生上）（小工調）

【探春令】人生最苦是别離，論貞潔世間無比。

（外）啓爺，遞書人回來了。（生）着他進來。（外應）把門的呢？（付）在。（外）開了宅門，着遞書人進見。（付應）苗良呢？（浄）在。（付）老爺傳。（開宅門。浄進介）吓，老爺，苗良叩頭！（生）你回來了。（浄應。生）可有回書？（浄）有回書，老爺請看。（生）吓，這是我的原書。（浄）正是。（生）爲何不曾投下？（浄）小人一到饒州，進了東門，正遇一起行喪的，見銘旌上寫着僉判王公之柩。（生）你可曾問過明白？（浄）隨即又到私衙内去，説三府老爺到任三月，不伏水土，全家殁了。（生）怎麽説？

（淨）全家歿了，爲不伏水土。（生）吖，全家歿了！（淨應。生）咳，可惜吓可惜！知道了，改日領賞。（淨應下。生）正是：人無百歲期，枉作千年計。來，（外應。生）傳話後堂，着梅香請夫人、小姐出來。（外傳介。下。正旦上）

【一枝花】書緘情慘切，烟水多重叠。（貼上。丑梅香隨）報道有書回，故人如見也。

爹爹、母親。（生）夫人，遞書人回來了。（正旦）遞書人回來，必有好音。（生）原書不曾投下。兒吓，你去猜一猜。（貼）吖！（尺調）

【漁家傲】莫不是明月蘆花没處尋？（生介）饒州乃接壤之地，有甚難尋？莫不是薄倖王魁嫌遞萬金？（生介）他不是王魁，你也不是桂英。莫不是瘦伶仃病倒東陽沈？（生介）若是有病，還有起身之日。莫不是漢陳蕃不曾之任？（生介）怎麽不曾之任？到任三月，不伏水。咳，咳，咳！

（貼）阿呀爹爹吓！爲甚的欲言不語情難審？早難道王允全抛一片心？（生）

【前腔】咱言語説到舌尖又將口噤。（正旦介）相公，説與女兒知道。（生）若提起始末緣因，教你愁悶怎禁？此生休想同衾枕，（貼介）爹爹，爲何如此？（生）要相逢除非是東海撈針。（正旦介）一些也不解吓！（生）這情由有甚難詳審，不投下佳音回訃音。

（貼）爹爹，佳音是喜信，訃音是死信，莫非我丈夫有甚差池麽？（生）阿呀兒吓！你丈夫到任三月，不伏水土，全家歿了。（貼）吖，我丈夫爲不伏水土，全家歿了！（生）全家歿了。（貼）阿呀，兀的不痛殺

我也！（暈倒介。生、正旦）我兒醒來！我兒甦醒！（丑）阿呀，小姐醒來！（貼醒介）（凡調）

【梧桐落五更】我爲你受跋涉，我爲你遭磨折，我爲你投江，（正旦介）梅香扶了小姐起來。（丑應。生介）咳，可憐！（貼連）我爲你把殘生捨。誰知今日伊先決，這樣淒涼，教我剗地裏和誰說？梅香，去問老爺，可容奴帶孝？（丑）是哉。老爺，小姐問阿容帶孝？（生）在任所不便，穿些縞素罷。（丑照念。貼）既如此，梅香，（丑應。貼）與我把釵梳除下，盡把羅衣卸。雖不能守孝持喪，也見我守貞潔。

（生、正旦）兒吓，

【東甌令】休嗟怨，免攧屑，分定恩情中道絶。夫妻本是同林鳥，限到各分別。生同衾枕死同穴，誰肯早拋撇？（貼）

【劉潑帽】念妾那日蒙提挈，只指望重諧歡悦。果是負心，可也隨燈滅。一度思量，一度肝腸裂。（生、正旦）

【秋夜月】你莫嘆嗟，總是前生孽。雖然你一時鏡破鸞影缺，慢慢的秦樓別訪吹簫客。（貼）母親，説那裏話來！妾夫雖不才，亦爲郡守寮寀。妾今移心改嫁，前日投江，乃沽名釣譽也！（正旦）兒吓，你青春年少，終身怎得了？我女兒做人要做絶，我相公爲人須爲徹。（貼）

【金蓮子】待要説，奈傷心，到口又哽咽，貞共潔怎教做兩截？若要我再招夫，除非是山崩

大江竭。（同）

【尾】貞心一片堅如鐵，再醮待勞費唇舌，千載共姜如今再見也。

（生）甘守共姜誓柏舟，（正旦）分明塵世若浮鷗。（貼）三寸氣在千般用，（同）一旦無常萬事休。（生）兒吓，你如此立志，不惟顯你一身名節，亦與天下婦人增輝。以後螟蛉一子爲嗣便了。隨我進來。（同下）

夜香

（旦上）（小工調）

【梁州令】花落黄昏户未開，明月滿空階。堪嗟，命蹇與時乖。華月在，人不見，好傷懷。〔一〕

昔恨時乖赴碧流，重蒙恩相得收留。閨中深處重門閉，花落花開春復秋。奴家自從那日投江，不期遇着錢安撫撈救，收爲義女，勝如親生。只是無以爲報，今宵月明之下，不免燒炷清香，以求上蒼蔭庇。適纔吩咐梅香安排香案，想已完備，不免到庭前拜禱則個。

【忒忒令】想那日身投大江，蒙安撫恩德難忘。將奴看待勝似嫡親襁褓，如重遇父和娘。願

〔一〕眉批：此引原本標作【一枝花】，曲文中『户未開』作『門半掩』，『堪』作『砌』，『與』作『歡』。韻既不叶，義又費解。兹改易數字，與《曇花記》『春光不改』一引相合，具爲【梁州令】無疑。

他增福壽永安康，如瓜瓞綿綿受享。

想我母親亡後，又虧繼母呵，

【川撥棹】親鞠養，我爹爹呵，擇良人求配鴛行。誰知我命合遭殃，誰知我命合遭殃！遞讒書逼奴險亡。蒙天眷，遇賢良，保佑他永安康。

想我婆婆娶奴家呵，

【好姐姐】指望終身奉養，又誰知中途骯髒？存亡未審，使奴愁斷腸，心悽愴。願得親姑早會無災障，骨肉團圓樂最長。

想我丈夫有了奴家呵，

【香柳娘】又重婚在洞房，又重婚在洞房，將奴撇漾。你不思父母恩德廣。痛兒夫夭亡，痛兒夫夭亡，不得耀門墻，抛棄萱花在堂上。願他魂歸故鄉，魂歸故鄉，免得此身渺茫，早賜瑶池宴賞。

【尾聲】終宵魂夢空勞攘，若得相逢免悒怏，再爇名香答上蒼。

香烟渺渺浮青碧，衷曲哀哀訴神祇。
致使更深與人静，非關愛月夜眠遲。（下）

男祭

（老旦上）（小工調）

【破陣子】細雨霏霏時候，柳眉烟鎖長愁。（小生）昨夜東風驀吹透，報道桃花逐水流。（合）新愁惹舊愁。㊀

母親拜揖！（老旦）罷了。極目家鄉遠，白雲天際頭。（小生）五年離故里，灑淚濕征裘。告母親知道。（老旦）起來説。（小生）是。昨夜夢見媳婦，扯住孩兒衣袂，説十朋吓十朋，我只與你同憂，不與你同樂。醒來却是南柯一夢。（老旦）敢是媳婦與你討祭了。（小生）孩兒祭禮已備，請母親主祭。（老旦）吓，阿呀媳婦兒吓！非是兒夫負你情，只因奸相妒良姻。生前淑性甘貞潔，死後陰魂脱世塵。餐玉饌，飲瑶樽，水晶宫裏伴仙人。待你兒夫任滿朝金闕，與你伸冤奏紫宸。兒吓，你去祭罷。（小生）是，孩兒告祭了。吓，阿呀妻吓！我和你好似巫山一片雲，秦嶺一堆雪，閬苑一枝花，瑶臺一輪月，到如今雲散，雪消，花殘，月缺，好不傷感人也！

【新水令】一從科第鳳鸞飛，被奸謀有書空寄。幸萱堂無禍危，痛蘭房受岑寂。捱不過凌

㊀ 眉批：此引原本誤作【一枝花】。

逼，阿呀妻吓！恁身沉在浪濤裏。

（老旦）咳！

【步步嬌】將往事今朝重提起，越惱得肝腸碎。清明祭掃時，省却愁煩，且自酬醴。李舅看酒。（末）有酒。（小生）母親，卑幼之喪，何勞母親奠酒？（老旦）兒吓，須記得聖賢書，道『我不與祭如不祭』。

（小生）李舅看香。（末）有。（小生）

【折桂令】爇沉檀香噴金猊，昭告靈魂，聽剖因依。自從俺宴罷瑶池，宫袍寵賜，相府把俺勒贅。俺只爲撇不下糟糠舊妻，苦推辭桃杏新室，致受磨折，改調俺在潮陽，阿呀妻吓！因此上耽誤了恁的歸期。（老旦）

【江兒水】聽説罷衷腸事只爲伊，却原來不從招贅生奸計。懊恨娘行忒薄義，凌逼得你好没存濟。母子虔誠遥祭，望鑒微忱，早賜靈魂來至。

（小生）李舅看酒。（末）有酒。（小生）

【雁兒落帶得勝令】徒捧着淚盈盈一酒巵，空列着香馥馥八珍味。慕音容，不見伊，訴衷曲，無回對。呀，俺這裏再拜自追思，重會面是何時？揾不住雙垂淚，舒不開咱兩道眉。先室，俺只爲套書信的賊施計。賢妻，俺若是昧誠心，自有天鑒知，昧誠心自有天鑒知。（老旦）

【僥僥令】不是你爹行没主意，是你繼母太心欺。貪戀富室豪門財和禮，拋閃得好夫妻中路裏，好夫妻中路裏。（小生）

【收江南】呀！早知道這般樣拆散呵，誰待要赴春闈！便做到腰金衣紫待何如？説來的話兒又恐怕外人知，端的是不如布衣，倒不如布衣。阿呀妻吓！只索要低聲啼哭自傷悲。（老旦）

【園林好】免愁煩回辭了奠儀。我那媳婦兒吓，做婆婆的本待要拜你一拜，恐你消受不起。罷！只得拜馮夷多加些護持。早早向波心中脱離，惟願取免沉溺，惟願取免沉溺。

（小生）李舅化紙。（末）是。（小生）

【沽美酒帶太平令】紙錢飄，蝴蝶飛；紙錢飄，蝴蝶飛。血淚染，杜鵑啼。（老旦介）兒吓，將媳婦繡鞋也焚了罷。（小生）睹物傷情越慘悽，靈魂兒恁自知。俺不是負心的，負心的隨着燈滅。花謝有芳菲時節，月缺有團圓之夜。俺呵徒然間早起晚息，想伊家念伊。阿呀妻吓！要相逢除非是夢兒裏，和你再成姻契。（同）

【尾聲】昏昏默默歸何處？哽哽咽咽常念你，直上嫦娥宫殿裏。

（末上）住着，啓爺：有報單在此。（小生）取來。吏部一本，爲缺官事，江西吉安府缺知府一員，推得廣東潮陽僉判王十朋，治事清廉，持心公正，堪陞授吉安知府。欽此。知道了，賞報人二兩銀子。（末

應下。（小生）母親，孩兒已陞授吉安知府。（老旦）可喜吓可喜！幾時起程？（小生）明日辭了各上司，即便起身。（老旦）年年此日須當祭，（小生）歲歲今朝不可遲。（老旦）天長地久有時盡，（同）此恨綿綿無絶期。（老旦）隨我進來。（小生）是。阿呀妻吓！（同下）

開眼

（付上）老老，阿要扶呃到外頭來坐坐？（外）使得。（付）老老，有喜事來哉！（外）怎見得？（付）哪，（小工調）

【三台令】夜來花蕊銀鐙，曉起鵲聲翠屏。（外）咳，何喜報門庭？頓教人側耳頻聽。

（付）坐好仔。（外）每日心懷耿耿，終朝淚眼盈盈。只爲孩兒成畫餅，教人嘔氣傷情。（付）昨夜燈花結蕊，今朝鵲噪頻頻。（外）料我寒門冷如冰，有何好事到門庭？（付）物性有靈，亦未可知。老老，替呃跌兩記來，倒茶呃喫吓。（末嗽上）

【前腔】乍離南粤郵亭，又入東甌郡城。水秀與山明，睹風物喜不自勝。

我李成，自離吉安，又到温州。一路來聞得員外思念小姐，哭得兩目昏花。來此已是自家門首，我且進去。（付介）外頭爲啥吱嘩百叫？等我去看看。（末）吓，安人。（付）咦，呃是李成滑！（末）是，男女叩頭！（付）罷哉。（末）員外一向好麼？（付）勿要説起，爲子小姐，眼睛纔哭瞎虱哉。（末）如今在那裏？（付）拉虱中堂。（末）男女求見。（付）跟我來。老老，李成居來哉。（外）嗄，李成回來了。

（末）吓，員外，男女叩頭！（外）叫他不要叩頭，上前來，上前來。（付介）員外叫伍勿要磕頭，走到身邊來。（末）是，員外。（外咬介）咻！（末）噁唷唷！（付介）伍個狗咬個。（外）伍，狗才！我怎樣分付你，送到了王老安人，即便就回，誰想你一去五年，竟不回來，我只道你這狗才死了！（付）我也認道死忒個哉。（末）吓，員外，男女送到了王老安人，本欲就回。（外）爲何不回來？（付同）爲啥勿居來？（末）因被狀元老爺堅留，送到任所，故此今日纔回。（付）個樣忘恩負義之人，送俚做啥！（外）是吓。（末）吓，安人，狀元爺不是忘恩負義之人嘘。（付）哪，喫子俚乱幾年飯脚水，就回護俚乱哉。（外）是吓。（末）員外，他當初除授饒州僉判，爲因奸相招贅不從，因此改調潮陽烟瘴地方，意欲陷害。後因朝廷知道本官處事廉明，持心公正，陞任吉安知府，特此修書，打發小人回來，接取員外、安人到任所，同享榮華。哪，哪，哪，有書在此，員外請看。（外）我不要看，不要看。（付）爲啥了？（外）前番一封書，害得我家破人亡；如今又有什麽書來，我不要看了。（付）老老，前番個封書，休子我俚囡伍，那間個封書，怕休子我老太婆去勿成？看嚜哉！（外）我兩目昏花，一字看不出，怎麽處？（付）哪，李成識字個滑，叫俚念拉伍聽哕哉。（外）如此李成，你將書拆開，字字行行，清清朗朗，念與我聽。（末）書上寫的員外開拆，男女怎敢？（外）嗨，我命你拆拆就是了。（付）叫伍拆没就拆哉滑，有個多化説話。（末）是，是，是，男女告拆封了。（付介）跟子幾年官，學子多化規矩哉。（乾唱）

【一封書】婿百拜岳父前，員外可曾聽見？（外）聽見的。（付）耳朵是好個來。（末）自離膝下已五年。因參相不見憐，改調潮陽路八千。今喜陞任吉安守，遣僕來迎到任間。匆匆的奉寸

箋，伏乞尊前照不宣。（外）念吓。（付）念下去。（末）念完了。（外）書呢？（末）在。（外）拿來。（付）拿拉員外。（末）是。（外）吓，吓，吓！（哭介）我聽了此書呵！（付介）啥亦要哭哉！（外唱）

【下山虎】正是見鞍思馬，（哭介）睹物傷情，觸起我關心事。（付介）噲！李成呸出去子長遠，呸屍家主婆養子個大胖妮子拉屍哉，阿要去看看？（末）是吓，妻子，我回來了。（暗下。外連）教我怎不淚零？如今我婿得沐聖朝寵榮，我女一身成畫餅。他穩坐在吉安城。玉蓮的親兒吓！若說猛浪滔天阿吓魂未醒，（末暗上）追想越悲哽。（哭介。付介）身向裏保重，勿要哭哉。（外）當此衰年暮齡，反要艱難仆仆行。

（哭介。末）員外請免愁煩。（外）吓，李成，狀元聞知小姐死了，便怎樣？（末）狀元聞知小姐死了，頓時哭倒在地，那時老安人和男女救醒，醒來又痛哭不已。（外）自然要哭哭。（付）那說勿要哭。（末）吓，員外，那假書情由，已明白了。（外）怎樣明白的？（末）前在饒州境上，遇着個驛丞，員外可曉得是那個？（外）是那個？（末）就是下書的承局，狀元見了，立即拿下，拷問寄書情由，就是孫汝權這狗男女套寫的，將他打了四十大板，再要提那孫汝權對質哩！（外）噲，李成，你去之後，那孫汝權反告我圖賴婚姻，幸虧周四府廉明，審得圖賴是虛，威逼是實，打他四十大板，下在獄中了。（付）正是，前日子姑娘居來說，孫汝權自覺情虛，吊殺拉監裏哉。（外）造化了他。（付）便宜子個拖牢洞個。（外）李成，狀

元可曾埋怨我們？（付）阿拉乱説我俚啥？（末）狀元着實感激前情。（外）怎様感激？（末）哪，

【前腔】感激你義深恩厚，夢繞愁縈。久絶鱗鴻信，因此悶懷倍增。母子修書，遣僕來迎，料想恩官必待等。天氣最嚴凝，暮止朝行，我當奉承。（外）天寒并地冷，未可離鄉背井，且待春和款款行。（付）

【亭前柳】你垂鬢已星星，弱體戰兢兢。况兼寒凛凛，那更冷清清。此行怎去登山嶺？且過殘冬，待春暖共登程。（外）

【前腔】我不去恐辜情，欲去怕勞形。李成，你須先探試，臨事怎支撑？（末）小人只索從台命。（付）住乱，呸乱勿要濟忙碌啶！　且過殘冬，待春暖共登程。

（外）昔日離家過五秋，（付）今朝書到解千愁。（末）來年同赴吉安郡，（付、末同）不棄前盟共白頭。（外）好個不棄前盟共白頭！　吓，李成，狀元可還再娶？（末）狀元爺説終身不娶。（外）嗄，終身不娶，咦，咦，咦！　哈，哈，哈！（末）人道誓不再娶，（外）嗄，誓不再娶，咦，咦，咦！　哈，哈，哈！　吓，李成，媽媽，我雙眼復明了。（末）不信。（付同）勿信，等我來試試看。　老老幾個？（外）嗄，嗄，三個。（同）哈，哈，哈！（末）員外幾個？（外）嗄，嗄，五個。（同）哈，哈，哈！（付、末同）果然雙眼復明了，謝天地！（外）正是：　人逢喜事精神爽，（末、付同）月到中秋分外明。（外）媽媽，收拾收拾，來春一同前去。（付）呸乱去，我是勿去。（外）爲何不去？（付）當初俚乱勒俚，我待慢仔俚了，有啥個面孔，

再去見俚乹介。(外)狀元是寬洪大度,不計較你的。(付)個没李成,去買個虎面子來。(外)做什麽?(付)遮遮個羞哉嘘。(付下。外)吓呢,吓呢!哈,哈!他也知道没趣的。李成隨我來。(末)到那裏去?(外)到將仕公家去。(末)做什麽?(外)前番一封書,累他受氣,如今這封書,也叫他歡喜歡喜。哈,哈!快活!快活!哈,哈,嗯唷!(跌介。末)員外看仔細。(外嗽下。末同下)

上路

(付上)東城漸覺風光好,縐浪恬波行客棹。緑楊烟外少人行,紅杏枝頭春意鬧。浮生常恨歡娱少,堪愛嬋娟傾一笑。爲君歧路看斜陽,且向花間留晚照。老身姚氏,幸喜我女婿陞任吉安知府,打發李成回來,接我老夫婦到任,同享榮華。咳,此時我女兒若在,同赴任所,豈不風光!正是嬌女投何處,痛殺白頭親!(外嗽介。付)言之未已,員外出艙來也。(外上)(尺調)

【小蓬萊】策杖登程去也,西風裏勞碌艱辛。澹烟荒草,夕陽古渡,流水孤村。(付)滿目堪圖堪畫,野景蕭蕭,冷浸黄昏。(末上)樵歌牧唱,牛眠草徑,犬吠柴門。

(外)緑遍汀洲三月景,錦江風静帆收。垂楊低映木蘭舟,半篙春水滑,一段夕陽愁。(付)灞水橋東回首處,美人親捲簾鈎。(末)落花幾陣入紅樓,行雲歸楚峽,飛夢繞温州。(外)連日在舟中悶坐,今朝日麗風和,花明景曙,我們一同登岸走走。(付、末)員外先請,我們隨後。(外)好天氣吓!

【八聲甘州】春深離故家，嘆衰年（同）倦體，奔走天涯。一鞭行色，遥指賸水殘霞。墻頭嫩柳籬畔花，只見古樹枯藤棲暮鴉。槎枒，遍長途觸目桑麻。（付）

【前腔换头】呀呀，幽禽聚遠沙。老老，對仿佛禾黍，宛似蒹葭。（同）看江山如畫，無限野草閒花。旗亭小橋景最佳，見竹鎖溪邊有三兩家。漁艖，弄新腔一笛堪誇。

（付）哈唷，走匆動哉！（末）員外、安人在此坐坐，待男女去看船來。（下。外）想我早歲遊庠，何曾遭此跋涉？老邁龍鍾，反受許多苦楚。（付）今日個苦纔是孫汝權個拖牢洞害我俚個。（外）媽媽不要說了。

【解三酲】爲當初被人謊詐，把家書暗地套寫，致我兒一命喪在黄泉下，受多少苦波查。今日幸蒙佳婿來迎也，又還愁逆旅淹留人事賒。（付同）空嗟呀，（末上介）員外安人，船在前面，登舟去罷。（外）自嘆命薄難苦怨他。

【前腔】步徐徐水邊林下，路迢迢野田禾稼。景蕭蕭疏林中暮靄斜陽掛。聞鼓吹，鬧鳴蛙，一經古道西風鞭瘦馬。漫回首，盼想家山淚似麻。空嗟呀，自嘆命薄難苦怨他。

（外晥介。末）員外看仔細。（付）哈唷，鷄眼痛哉！（外）下船去罷。（同下）

拜冬

（生上）（小工調）

【番卜算】時序兩推遷，莫把愁眉結。撫民報國寸心丹，方表爲臣節。

豸冠衣繡列朝班，昔日曾經面折奸。辭陛遠臨靖海越，東南半壁柱擎天。下官錢載和，坐鎮南越，按撫閩疆，且喜海外無烽烟之警，城中絶桴鼓之聲，奸宄潛藏，豪强屏息。今日節届冬至，合當率領屬員拜牌。正是：聖朝有道光天下，臣庶均沾雨露恩。（外扮中軍上。末）何人傳梆？（外、小生）領匙鑰。（開門介）中軍叩頭！請大老爺更衣拜牌。（同下。貼上）（凡調）

【杜韋娘】朔風寒凛冽，雲布野墅捲飛雪，〔一〕看萬木千林多凍折。小窗前梅花再綴，冰梢數點幽潔。淡月黄昏，暗地香清絶。早先把陽和漏泄，又葭管灰飛地穴。

痛憶我亡夫，感念嗟吁，轉頭又是五年餘，按撫收留恩不淺，補報全無。今日冬至令節，爹爹拜牌去了，等候回來，一齊拜賀爹爹母親則個。（丑上乾唱）（小工調）

【麻婆子】做奴做奴空惆悵，何時得嫁馬上郎？做奴做奴空勞攘，只落得曉夜忙。遇冬節，

〔一〕眉批：『雲布野墅』句，近本俱脱『野』字，蓋沿汲古閣之誤。

巧梳妝，身穿一套好衣裳。市人市人多誇獎，道我是個風流好養娘。

小姐，今日是冬節，小姐請坐，待梅香拜節。（貼）不消罷。（丑）時遇新冬，喜氣重重，願得小姐，（貼）什麽吓？（丑）願得小姐，再嫁一個好老公。（貼）胡説！取吉服過來。（丑）吠，是哉，請小姐穿子，老爺拜牌去哉，等俚居來，好拜賀冬節。（貼）隨我進來。（丑）是哉。（同下。小生、外扮中軍引生上。吹打住。中軍喝）合屬文武，齊集轅門。（生）懸掛免謁牌，皂隸排衙。（衆執排衙棍上。衆念）吉日吉時，大老爺陞堂公坐。（中軍喝）起去。（衆）吓。（衆念）合署衙役，左右分班伺候。（中軍喝）起去。（衆）吓。（衆念）合郡人目，出入平安。排衙畢，諸事吉。（中軍）中軍叩賀大老爺！（净）巡捕官叩賀大老爺！（中軍）起去。（净）吓。（老旦、貼）軍牢手叩賀大老爺！（中軍）領賞。（老旦、貼）謝大老爺賞！（付、丑）紅衣班叩賀大老爺！（中軍）領賞。（付、丑）謝大老爺賞！（末、正旦）皂隸叩賀大老爺！（中軍）領賞。（末、正旦）謝大老爺賞！（净）堂事畢。（中軍）收牌。（生）掩門。（衆喝。吹打下。正旦上）

【探春令】及時行樂設華筵，（貼上）共慶芳年節。

（正旦）相公。（生）夫人。（貼）爹爹、母親。（生、正旦）罷了。（生）下官莅任以來，光陰如箭，日月似梭，不覺又是五年矣。（正旦）便是。相公，今日冬至令節，妾備得水酒，與相公賀節。（生）生受夫人。（吹打。正旦）相公請上，妾身拜賀。（生）下官也有一拜。（貼）爹媽請上，待孩兒叩賀。（生、正旦）罷了。（吹打住。貼）（六調）

【集賢賓】一陽氣轉春透徹，履長歡慶冬節。稔歲瞻雲人意切，聽殘漏曉臨臺榭。今年是別，黄雲讖争書吉帖。芳宴設，沉醉後，管絃聲咽。（外）

【前腔】日晷漸長人盡悦，繡紋弱綫添些。待臘將舒堤柳葉，凍柔條未堪攀折。（净）百官擺列，賀亞歲齊朝金闕。芳宴設，沉醉後，管絃聲咽。（吹打住。正旦）

【鶯啼序】光陰迅速如電掣，斷送了多少豪傑。遇良辰自宜調爕，且把閒悶拋撇。進履襪歡看婦儀，炷寶鼎對天答謝。芳宴設，沉醉後，管絃聲咽。（丑）

【前腔】道消遣長空嘆嗟，[一]畫堂中且安享驕奢。看紛紛緑擁紅遮，綺羅香散沉麝。辟寒犀開元此日，[二]曾遠貢喧傳朝野。芳宴設，沉醉後，管絃聲咽。（吹打住。衆仝）

【琥珀猫兒墜】玉燭寶典，今古事差迭。遇景酣歌時暫歇，珠簾垂下且莫揭。（合）歡悦，那獸炭紅爐，熖熖頻爇。

【前腔】小寒天氣，莫把酒樽歇。醉看歌姬容艷冶，春容微暈酒黯頰。（合前）

【尾】玉山頽倒日已斜，酒散歌闌呼侍妾，把錦被烘熱從教醉夢賒。

[一] 消遣：原作『消道』，據《新刻原本王狀元荆釵記》改。

[二] 辟寒犀：原作『醉寒屏』，據《新刻原本王狀元荆釵記》改。

(生)天時人事日相催，(正旦)冬至陽生春又來。(貼)雲物不殊鄉國異，(衆)開懷且覆掌中杯。(吹打同下)

女舟

(正旦上，丑隨上)(小工調)

【生查子】風便未開船，有事相留戀。一水隔荒郊，如何不寂寥？到來秋已暮，木葉正蕭蕭。

妾身錢載和之妻。昨日吉安府王太守來見，我相公問起情由，原來是我女兒的丈夫王十朋。爲此今日設宴舟中，請王太夫人到來，使他姑媳相逢。梅香。(丑)奢了？(正旦)王太夫人到時，疾忙通報。(丑)呋，是哉。(老旦上)有子作廉官，已遂平生願。(吹打。內)王太夫人到。(丑)太夫人到了。(正旦)打扶手。(丑)呋。(正旦)吓，太夫人！(老旦)老夫人！(正旦)請！(老旦)請！(正旦)太夫人請上，妾身有一拜。(老旦)老身也有一拜。(正旦)汎掃鷁舟，荷蒙光顧。(老旦)未攀魚駕，反辱先施。(正旦)請坐！(老旦)有坐！(正旦)看茶。(丑)呋。(正旦)不得手奉了。(老旦)不敢！(正旦)請！(老旦)請！(正旦)請問太夫人高壽幾何？(老旦)花甲一週。(正旦)不像吓。(老旦)老了。(正旦)幾位令郎？(老旦)豚犬一個，現守此邦。(正旦)幾位令孫？(老旦)吖，兒婦守節而亡，

并無所出。(正旦)换茶。(丑)呋,是哉。(正旦)請!(老旦)請!請問老夫人高壽幾何?(正旦)知命年矣。(老旦)這等青年。(正旦)老了。(老旦)幾位令郎?(正旦)不幸乏嗣。(老旦)幾位令愛?(正旦)螟蛉一女,新寡在舟。(老旦)吓,既有令愛小姐,何不請來相見?(正旦)服色不便,未敢接見。(老旦)舟次何妨,快請相見。(正旦)是。梅香。(丑)奢了?(正旦)伏侍小姐出來。(丑)是哉,小姐有請。(作旦上)

【前腔】親老有誰憐,何日重相見?勉强作歡顔,背地淚如霰。

(丑)小姐到。(作旦)母親。(正旦)我兒過來,見了王太夫人。(作旦)是。(正旦)吓,太夫人,小女求見。(老旦)不敢!(作旦)太夫人。(老旦)小姐。(正旦)看酒。(丑)有酒。(老旦介)好似我媳婦模樣。(作旦同)好似我婆婆模樣。(吹打。正旦)太夫人請!(老旦)老夫人請!(正旦)我兒按席。(作旦)是,太夫人請!(老旦悲介)小姐請!(吹住。正旦)請問太夫人,與我小女素無相識,一見爲何掉下淚來?(老旦)老夫人,老身心有深怨,爲此呵,

【園林好】止不住盈盈淚瀼,瞥見了令人感傷。(正旦)太夫人請!(老旦)老夫人請!(作旦)太夫人請!(老旦悲介)小姐請!吖哈!那裏有這般厮像,可惜你早身亡,若在此好頡頏。

(作旦)呀!

【前腔】細把他儀容比方,細將他行藏酌量。(正旦)太夫人請!(老旦)老夫人請!(作旦)太夫

人請！（老旦悲介）小姐請！（作旦）呀！ 細聽他言詞聲響，好一似我姑嫜，空教我熱衷腸。

（老旦）

【江兒水】謾把前情想，你聰明德性良，知人飢餒能供養，知人冷熱能調養。指望你將我這老骨扶歸葬，誰想伊行先喪！阿呀，媳婦兒吓！做婆婆的是不久在世了噓！ 若要相逢，早晚向黄泉相傍。（作旦）

【前腔】驀聽他言語，令人倍慘傷。看他愁容淚霰如珠漾。若是我兒夫身不喪，阿呀婆婆吓！你香車霞帔也安榮享。今日知姑何向？隔着烟水雲山，（老旦介）咳！兩處一般情況。

（正旦）我兒！

【五供養】聽伊半晌，言語雖多未悉其詳。（老旦介）咳！太夫人，勸伊休嘆息，何必細思量！關心自想，且將情便説何妨？（老旦介）一言難盡！ 我兒在何處會？爲甚兩情傷？乞道真情，不須隱藏。

（老旦）老夫人，

【玉肚交】事皆已往，偶然間觸物感傷。見令吓，阿呀呀失言了！（正旦）太夫人爲何欲言又止？（老旦）話雖有一句，只是不好啓齒。（正旦）但説何妨。（老旦）如此没老身出席告罪，吓，老夫人有罪

了！（正旦）豈敢！（老旦）吓，小姐得罪了！（作旦）好説！（老旦）阿呀，老夫人吓！見令愛玉質花容，似孩兒已故妻房。吾家兒婦守節亡，恩深義重難撇漾。（正旦）令子媳在日，侍奉如何？（老旦）阿呀，老夫人吓！我媳婦雖是富室之女，一到寒家呵，侍貧姑鷄鳴下床，守貧夫勤勞織紡。

（作旦）呀！

【前腔】聞言悒怏，太夫人，你媳婦如何喪亡？（老旦）小姐，爲兒曹名擅文場，寄家書禍起蕭墻。（作旦）書歸應是喜氣揚，緣何驀地生災障？（老旦）我好恨吓！（正旦、作旦介）恨那個？（老旦）恨只恨孫家富郎，啊呀苦吓！（正旦、作旦介）苦着誰來？（老旦）苦只苦玉蓮夭亡。

（正旦介）這就是你婆婆了。（作旦）吓，阿呀，婆婆吓！（老旦）阿呀！呀，小姐請起！

【川撥棹】心何望？這慇懃禮怎當？（正旦）我兒，問姓名家住何方？（作旦）問姓名家住何方？（老旦）我住住温州，我家姓王。（正旦）我兒，這確是你的婆婆了。（作旦）婆婆，你媳婦玉蓮在此。（作旦、老旦同）吓，阿呀婆婆媳婦吓！（老旦）阿呀媳婦兒吓！你緣何素縞裝？（作旦）痛兒夫身喪亡。（老旦）

【前腔】你出言詞好不審詳，你的兒夫現任此邦。（作旦）我爹爹曾遣人到饒邦，我爹爹曾遣人到饒邦，報報説道兒夫喪亡。（老旦）爲辭婚調遠方，（作旦介）謝天地！（老旦）爲賢能擢此邦。（同）

【尾聲】幾年骨肉重相傍，（作旦）痛只痛雙親在異鄉，（老旦）宦邸，（正旦介）梅香，請老爺過船。

（丑應）相親已二霜。（老生上）

【西江月】他那裹哭聲嚷嚷，（小生上）俺這裹喜氣揚揚。（老旦）吓，我兒，你妻子在此。（小生）妻子在那裹？（作旦同）吓，阿呀！相公在那裹？（小生）吓，阿呀呀妻吓！（作旦同）相公吓！（同乾念）只爲功名紙半張，悶得人萬般淒愴。

（老旦）請問大人，如何得救我兒媳？（老生）太夫人聽啓：

【大環着】那一日江道，那一日江道，得夢蹊蹺。明使神靈對我説道，救女江心及早。（正旦同）問起根苗，節操凛冰霜，令人矜傲。結義女同臨官道，遣尺素誤傳凶報。（同）誰知道，改調潮，喜今日母子夫妻，共同歡笑。（同下）

崑曲工尺譜。清末殷溎深訂譜，怡庵主人張芬編輯。1925年上海世界書局石印出版。共四集，每集六册。收録五十種劇目二百齣戲。第三集收録《荆釵記》之《講書》《鬧釵》《别祠》《送親》等四齣，輯録如下。

講書

（小生上引）

【滿庭芳】樂守清貧，恭承慈訓，十年燈火相親。胸藏星斗，筆陣掃千軍。

越中古郡誇永嘉，城池闤闠人奢華。思遠樓前景無限，畫船歌妓顔如花。詩禮傳家忝儒裔，先君不幸早傾逝。奈何家業漸凋零，報效劬勞未遂意。卑人姓王，名十朋，表字龜齡，别號梅溪，温州永嘉縣人也。不幸椿庭早逝，惟賴母親訓育成人。家無囊橐，慚無驛宰之榮；學有淵源，忝列庠生之數。正是

一躍龍門從所欲，麻衣換却荷衣緑。丹墀拜舞受皇恩，管取全家食天禄。明日府尊堂試，他日大比，未知若何？昨日約同窗朋友在此講書，想必就來也，不免去煮茗相待。（下。生上）請吓！（乾念）

【窣地錦襠】蒼天未必困英豪，勤讀詩書莫憚勞。（浄上）龍門萬丈似天高，一躍過期着緑袍。

（生）學生王仕宏，字四明。（浄）學生孫汝權，字半州。（生）請了。（浄）請了。（生）明日府尊堂試，今日約在梅溪兄家講書，就此同行。（浄）有理。（生）行行去去，（浄）去去行行。（生）此間已是，梅溪兄可在家？（小生上）是那個？（生、浄）弟輩們在此。（小生）二兄來了，請。（生、浄）請。（小生）重蒙枉顧，有失奉迎。（生、浄）卒爾拜賀，獲擢魁名。（小生）天與僥倖，非我之能。（浄）試期已迫，同赴瑶京。（小生）請坐。（生、浄）有坐。明日府尊堂試，我們各把經史講論一番。（小生）君子講學，以文爲友，有何不可？（浄）講啥個好？（生）梅溪兄先講『學而時習之』，小弟講『不亦悦乎』，半州兄講『有朋自遠方來』。（小生）如此二兄請。（生、浄）來意豈有僭兄之理？（小生）占了。（生、浄）請教。（小生）學之爲言效也，人性皆善，而覺有先後，後覺者必效先覺之所爲，乃可以爲明善而復其初也。管見如此，望二兄改正。（生、浄）講得好！（小生）四明兄『不亦悦乎』怎麽講？（生）占了。（浄、小生）請教。（生）既學矣，而又時習之。則所學者熟而中心喜悦，其進自不能矣。請二兄改正。（浄、小生）講得有理。（生）半州兄『有朋自遠方來，不亦樂乎』怎麽講？（浄）小弟免子罷。（二生）定要請教。（浄）二兄，大鵬，鳥也，一飛九萬里，果是遠方之外。落者，是掉也。那大鵬在遠方之外飛來，不想飛得

羽垂翅折，在半空中説道：『我喫力了，莫不要掉下去？』説猶未了，撲通，此乃『不亦樂乎』哉！（二生）半州兄差了，你我同心爲友，合志爲朋，怎麽倒説了禽獸？（净）二位滿腹文章，無忝同類。學生不通今古，一味粗俗。正所謂馬牛襟裾，飛禽與走獸，正是同類。（二生）哈哈，休得取笑！（生）我等讀書，但不知去後如何？（小生）二兄吓！（唱）

【玉芙蓉】書堂隱相儒，朝野（净介）白屋出公卿。（生）明春大比之年，正好用功。（净）苦極哉！（小生連）開賢路，喜明年春闈選招科舉。（生介）窗月莫虚度。（小生連）窗前歲月莫虚度，燈下簡篇可展舒。（同。净介）二兄勤功，定然馬上衣錦。（同連）（合）時不遇，且藏珠韞匵，際會風雲，那時求價待沽諸。

【前腔】（生）懸頭及刺股，掛角并投斧。（小生介）此乃孫文寶、蘇季子的故事。（净）啥了用個樣苦功！（生連）嘆先賢曾受許多勤苦。六經三史靡（净介）先聖先賢也受過苦個。（小生）便是。（净）兄是何書不讀，那書不閲。（生連）温故，諸子四書可誦讀。（合前）

【前腔】（净）家私雖富足，心性（二生介）孫兄善於人交。（净連唱）忒愚魯。（二生介）兄的才學甚是長。（净連唱）向書齋學得者也之乎。無才的（二生介白）之乎者也，下得不差，好秀才也。（净連唱）休想學干禄，（二生介）有才的呢？（净連）有才的便能身掛禄。（合前）

（生、净）天色晚了，告辭。（小生）有慢！聖朝天子重英豪，（生）常把文章教兒曹。（净）世上萬般皆

下品，（同）思量惟有讀書高。請了。（小生）請了。（下。淨）老王個學問越發好哉！（生）便是。（淨）辰光還早來，到舍下去小酌而回。（生）怎好叨擾？（淨）啥説話！請吓！（同下）

鬧釵

（外上）

【引】一女貌天然，緣分淺，姻事遲延。

男子生而願爲之有室，女子生而願爲之有家。老夫昨日央許將仕到王宅去議親，未知緣分若何？且待他來時，便知分曉。（生嗽上）仗託荆釵成好事，何須紅葉作良媒？此間已是，不免逕入。吓！老貢元。（外）原來是將士公，請坐。（生）有坐。（外）有勞，親事如何了？（生）老漢初到王宅，説起親事，老安人再三不允。以後將老貢元的美意達上，纔得允從。（外）吖，允了，何物爲聘？（生）聘物雖有，只是將不出手。（外）老夫有言在先，只要女婿賢良，聘物不論輕重。乞借一觀。（生）請觀。（外）妙吓！這是一股荆釵。吓！好罕物也！我想婚娶論財，夷虜之道。此釵正合我家素風，只此一釵，我女兒就該嫁王家了。只是有勞貴步，待我唤老荆出來。吓，媽媽快來！（付上）來哉！（唱）

【引】絲蘿共結，蒹葭可倚，桑梓相聯。

老老。（外）將士公在此。（付）許伯伯。（生）老安人。（付）外日多承厚禮，我叫李成來請吔喫壽麵，爲啥勿來？（生）有些小事，不曾來奉觴，多多有罪！（付）我特地志志誠誠留子一大碗，等吔勿來，餿

脱子，倒拉狗喫個。（外）什麽話！請坐。（生）有坐。（付）今日到舍，有何貴幹？（生）特來與令愛作伐。（付）説個是落篤？（生）是海棠坊巷王景春之子王十朋，是個飽學。（付）好吓！文人是貢元，女婿是飽學，門當户對。啥個聘物？阿要幾時行聘？（外）就是今日。（付）來勿及個哉！（外）爲何？（付）竈前頭黄葱纔無得一根拉篤。（外）一應都是乾折。（付）啥叫乾折？（外）袖裏來，袖裏去，謂之乾折。（付）老老亦來哉！釵環首飾没好袖裏來，袖裏去。個個鷄鵝鴨中牲，那個袖裏來，袖裏去！（外）又來粗鹵了。（付）個没李成，拿戥子天平出來。（外）要天平何用？（付）好兑聘禮銀子。（外）銀子什麽希罕！（付）銀子勿希罕，啥個希罕？（外）聘物雖有，只怕你不識此物。（付）呸個此物是，見笑煞個！（外）什麽説話！（付）拿來看看介。（外）拿去看。（付）咦！入手輕，彈無聲，聞無馨，啥件物事？等我來磨磨看。呸！個是一隻黄楊木頭簪，七個銅錢物事，想討家主婆哉！

（生）安人吓！

【柰子花】（生乾唱）論荆釵名本輕微，漢梁鴻仗此得妻，芳名至今流傳於世。休將他恁般輕覷。聽啓，王老安人曾有言，原説是表情而已。

【前腔】（付）然雖是我女低微，怎將他恁般輕覷？滿城中豈無一個風流佳婿？偏只要嫁着這窮鬼。媒氏，疾忙去送還他財禮。

（外介）婦道家不要聽他，裏面待茶。（生）不消。（同下。丑嗽上接乾唱）

【前腔】富家郎央我爲媒，要娶我侄女爲妻。説開説合豈同容易？也全憑虚心冷氣。匹配，端的是老娘爲最。

（付曲内介）有介個勿達世務個老老，吖喲！ 氣壞哉！ 外頭去散散悶看。（丑唱完連白）個是阿嫂滑！（付）個是姑娘滑！（丑）爲啥手脚冰生冷個拉篤？（付）咳！（丑）冷屁直出。（付）冷氣。（丑）勿差，冷氣，爲啥事體了？（付）勿要説起，呱篤個阿哥勿會幹事。（丑）老娘家個齣事務，説罷子點罷。（付）呸！ 勿是個齣事務。（丑）到底爲啥事體？（付）拿我俚如花似玉個囡，呱聽子許豆腐個説話，允子啥王十朋，酒也要喫十甏篤。（丑）吖，海棠坊巷王景春之子王十朋？（付）姑娘也認得個。（丑）認得個滑。（付）俚篤屋裏那光景？（丑）苦惱噓！ 窮似骨，急出屁，月點燈，風掃地，窮得飯纔無得喫，喏纔唱勿落。（付）那説喏纔唱勿落介？（丑）窮斷子脊樑筋了。（付）阿要是呀，呱今朝來作啥？（丑）特來與侄女爲媒。（付）呱説個是啥人家？（丑）我説個是温州城裏第一家大財主，叫孫半州，亦叫孫百萬。（付）個没竟嫁孫家裏。（丑）讓我進去。（付）慢點，許豆腐拉篤裏勢，我搭呱做個不期而會。（丑）有理個。（外上）將士公在此，看茶。（付）脚湯水拉裏。（丑）吖喲！ 阿哥拉屋裏。（外）妹子回來了。（丑）前日子多謝。（丑）有慢。（丑）阿嫂介。（付）姑娘居來哉。（丑）阿嫂，我俚是勿曾看見歇個來。（付）啥人先看見没，爛落俚個眼疵乾。（丑）若説看見子没，爛落俚個鼻涕乾。（外）妹子，見了將士公。（丑）許伯伯拉裏，許伯伯。（生）姑媽。（丑）呸！ 我没端端正正一福，呱没大介得木鳥能個一得，還是得罪我呢，怠慢我？（生）老人家年老，曲不下腰了。（丑）便介了，老壽星

勿唱喏個。(付)彭祖單拱手個。(丑)東方朔戳拉桃樹上個。(付)陳摶單講困個。(丑)張果老拿木頭撑個。(付)閒話少説，我佴姑嫂兩個，未免有幾句家常説話，閒神野鬼，替我走出去。(外)將士公與我通家，坐坐何妨！(付)老老，個句説話差哉，唔篤没好通，我佴姑嫂兩個，那搭佴通？實頭勿通。(丑)欠通。(付)火通。(丑)木通。(外)唔！(丑)阿嫂，我搭唔年紀大哉，佴看我佴一看。(付)我佴看佴兩看。(丑)看輸子勿爲好漢。(付)姑娘，啥了坐子個答去？(丑)我坐拉幾裏子，夾佴拉當中，佴若强没，豆腐漿纔夾佴出來。(外)外觀不雅。(付)到底勿像樣個，原坐拉幾裏來。(丑)呋！(外)妹子，今日到此何幹？(丑)特來與侄女爲媒。(外)來遲了。(丑)罰三杯。(付)啥個罰三杯？(丑)來遲罰三杯。(外)親事來遲了。(丑)啥個？親事來遲哉！自古男不爲媒，女不作保，落裏個烏龜，搶我個媒人做！要搭佴雪裏打出汗來篤。(外)不要駡，是將士公做的。(生)就是老漢做的。(丑)就是許伯伯，個没不知者不罪也，倒得罪。(生)我也不計較。(丑)也勿拉我心上。阿曾帶豆腐刀拉身邊，搶開子我個嘴罷。(付)姑娘，有所説個，量媒量媒，只要量得過没，就嫁落篤。(丑)個没老許，唔先説，是落篤？(生)我説的是海棠坊巷王景春之子王十朋，是個飽學。(丑)勿喫飯個。(付)啥人勿喫飯？(丑)飽學没，阿是勿要喫得飯個哉？(外)好秀才，謂之飽學。(丑)阿呀壞哉！我今朝走子是非窠裏來哉。(付)那了？(丑)我若勿説，困唔過去，要過日脚個。若是説子，有所説個，破人婚，七代貧。我去哉。(付)姑娘，唔是大人呀，困唔過去，要過日脚個，説子再説。(丑)吖，我倒也説得個。(付)説得個。(丑)個没倒要説説來。(付)請教。(丑)阿嫂，唔阿曉得佴篤是落裏個一王了？

（付）到底落裏一王了？（丑）就是藥材王篤一王呀。（付）怪勿得苦個，住拉篤落裏？（丑）住篤連翹墝下，杜仲篤隔壁，管仲篤對門。（付）吖，姑娘也認得個？（丑）個是我個熟地呀。（付）阿曉得祖上那光景？（丑）俚篤個阿爹叫黄芩，老官人叫黄芪，親娘叫知母，黄連、黄柏纔是俚篤上代頭叔伯弟兄，小官人叫苦參，還有病個來。（付）啥個病？（丑）肝膨食積。（付）吖，肝膨食積。（丑）飲食之食，肚膨之膨，所以個星人纔叫俚王食膨，王食膨。（付）吖，直個了。（丑）俚篤個親眷，我也纔認得個。（付）啥個多化親眷？（丑）一個廣東人叫陳皮，是俚個表裏脉親，熱撮撮，一刻纔少俚勿得。還有一個做豆腐個，叫石膏，淘渾子水，冲糊子漿，慣會騙人個。阿哥，個頭事體，阿曾應承個來？（外）應承了。（丑）應承了？阿哥真正是個木瓜，撥拉老許飲片子去哉。我俚個囡呸，好似牡丹皮，白芍藥，天仙子，那許子個樣兩兩僵僵個浪蕩子，而且小官人勿長進個。（付）啥個勿長進？（丑）是個風臀。（付）阿呀！那説是個風臀介？（丑）登拉無人場化，弄硬子别人個桔梗，獻起子個川芎，慣搭别人白芷個。（付）老老聽聽看。（丑）還有一淘勿好個人。（付）還有啥等樣人？（丑）苡薏仁，郁李仁，專要喫醋個酸棗仁，好像枸杞子能個，一淘進，一淘出，個星老男呸纔搭俚有分個。（付）落裏個多化？（丑）胡麻子，車前子，還有勿圖人身個大楓子。（付）阿呀！那説大楓子纔有分個介。（丑）小官人身上着件青衫子，下身着條破故紙。説也笑話，連搭掛金燈纔露出拉上。（付）阿要是篤哉！（丑）娘兒兩個，登拉苦瓜樓上，舉起子牛膝，拉篤嗑鬼饅頭。一日子拉常山，拐帶子紅娘子，撥拉别人曉得子，一道延胡索，一個豆蔻，捉到官桂個答。苦惱，兩隻厚朴，打得僵蠶能。虧子山柰子，獨活子個條性命，幾乎穿山甲。

（付）姑娘，俚篤荆芥如何？（丑）俚篤荆芥，走到竈前頭，柴胡、木通、甘草，無得一根，單剩一隻青箱子，换子幾升喬麥、貝母子、天花粉，過子半夏，有啥馬屁勃拉手裏，俚篤個汁水并渣煎。（付）阿有幾化？（丑）煎勿上七八分，落裏來個金銀花、紫金錠，討啥新娘子！（外）妹子，你的説話都不在筋脉上。（丑）啥個？ 我是極細辛，件件枳實，并非澀松香。 噲，老許，㕶有階沿草，我有麥門冬，有啥病源説出來，勿要喫子木鱉子能個勿開口。 阿呀，我個元參吓元參！（付）姑娘，㕶説個是落篤？（丑）我説個是温州城裏第一家大財主，叫孫半州，亦叫孫百萬。 開子前門，黄牛三百條。（付）就嫁黄牛。（丑）開子後門，水牛三百條。（付）就嫁水牛。（丑）勿要説别様，因㕶過去子，牛糞纔喫勿盡得來。（付）希臭個，那能喫？（丑）换子銅錢，買果子喫。（付）勿差。（丑）先有金鳳釵一對，壓茶銀四十兩，事成之後，件件成雙，様様成對。（付）個没我做主，竟嫁孫家裏。（外）住了，一家女兒百家求，求了一家，九十九家都罷休。（付）老老説差哉，一家女兒百家求，求了一家，九十九家不罷休。（丑）若有一家不罷休，（付）爬拉屋上丢磚頭。（丑）丢碎老許顆顱頭。（付）丢得血流流。（丑）青布絭子頭。（外）㕶！（乾唱）

【駐馬聽】巧語花言，竟不過男女婚姻當遴選。 此子才堪樑棟，（付）住篤凉一凉，凍一凍，因㕶嫁子過去，凍也凍殺哉！（外）棟樑之棟吖！（丑介）阿嫂，棟樑之棟。（付介）我道是飢凍之凍了。（外唱）貌比璠璵，學有淵源。 我孩兒非比孟光賢，那書生已遂梁鴻願。（同）（合）萬事由天，一朝契合，百年姻眷。

【前腔】（丑）四遠名傳，那個不知孫汝權！阿嫂，他的貌如潘岳。（外）住了，孫汝權是個花嘴花臉的陋品，什麽貌如潘岳！（丑）阿嫂，伍勿曉得，孫官人無處責富了，請子江西人到屋裏來，滿面累絲法藍嵌八寶，獨獨手工錢化子二三千篤。（外）人的臉上，怎能嵌起寶來？（丑）老許個鼻頭，那鑲琥珀子？（付介）眼睛裏那嵌碧連棋子？（丑唱）富比石崇，德并顔淵。他輕裘肥馬錦雕鞍，重裀列鼎珍饈饌。（同）（合前）

（生）告辭。（外）有慢。（生）姻緣未可便相從，（外）須信豪家喜氣濃。（生）有緣千里來相會，（外）無緣對面不相逢。（生）請了。（下。付作狗叫。外）好吓！喫了清水白米飯，學做狗叫。客人在此，茶也不烹，什麽意思？（付）我俚姑嫂兩個評評個頭親事，要伍個隻老狗咬定了王王王。（丑）阿哥，個頭親事要依我個嘘。（外）我不管，兩家聘物都在此，拿到繡房中去，任憑女兒擇取，拿了荆釵，就嫁王家。（付）拿子金鳳釵呢？（外）這個我也不管。（下。付）吾奉太上老君急急如律令敕。（丑）啥個敕？（付）一個走方土地，撥我敕子進去哉！（丑）個叫世間無難事，（付）只怕歪絲纏。（丑）纏我俚勿過，推子囡伍身上去哉。（付）姑娘，拿個兩樣物事，到繡房裏去。我俚囡伍是做人家個，阿是亮爍爍個勿拿，倒拿個隻山魈勿成？（丑）勿差。（付）我泡個好茶拉裏，等伍就來。（丑）是哉，等我就去吓！（付）姑娘轉來。（丑）阿嫂亦是啥個？（付）個歇無人拉裏，到底落篤發積，落篤標緻？（丑）阿嫂，真人門前勿説假話。（付）老實對我説。（丑）發積呢，自然孫家裏發積，標緻呷王官人標緻。（付）個没兩家聘禮纔受。（丑）那説纔受介？（付）孫家裏喫飯，王家裏困覺。（丑）嚼煞呀！等我就去。（付）

就來介。（下）

別祠

（占上引）

【破齊陣】翠黛深籠寶鏡，蛾眉懶畫春山。絲蘿雖有依喬木，椿樹還憐老歲寒。阿呀！親娘吓，偷將珠淚彈。

我生胡不辰，襁褓失慈母。鞠育賴椿庭，成立多艱楚。此日遣于歸，父命何敢阻？進退心自傷，有淚出肺腑。奴家被繼母逼嫁孫家，我爹爹不允，將機就計，只説今日是十惡大敗之日，將奴出嫁王門。首飾衣衫，并無一件。若留得我親娘在日没，焉有如此骯髒？（哭介）不免到祠堂中拜别母親神主則個。此間已是，不免逕入。一入祠堂心慘悽，百年香火嘆無兒。我身未報母恩德，反哺忍聞烏夜啼。吓！母親，親娘，阿呀！親娘吓！（哭介、唱）

【玉交枝】音容不見，望冥中聽奴訴言。甫離懷抱娘恩斷，我目應怎瞑黄泉？阿呀！誰知繼，誰知繼母心太偏，逼奴改嫁相凌賤。娘吓，孩兒今日出嫁，本待要做碗羹飯與你，料想他們不容，莫説羹飯，就要痛哭一場嘘，（唱）怕他們聞之見嫌，只得且吞聲淚痕如綫。娘吓，女兒今日出嫁，首飾衣衫，并無一件，若留得你在此，豈有今日吖！（唱）

【前腔】不能光顯，嘆資裝實無一全。就是荊釵裙布奴情願。孩儿去後，爹爹年老在堂。（唱）嘆無兒膝下承歡。孩兒七歲上，抛離了娘是，（唱）受他磨折難盡言。倘有些差遲事，吖喲，非打即罵嘘，（唱）全無骨肉相憐念。（合前）

（外曲内上）荊釵與裙布，隨時逼婚嫁。（丑上）三日不息燭，相思何日罷？（外）妹子，女兒在那裏？（丑）只怕拉篤祠堂裏拜别。（外）和你同去。我兒在那裏？阿呀，兒吓！爲何哭得這般光景？（丑介）眼睛纔哭紅篤哉！（占）孩兒在此拜别母親神主。（外）吓，阿呀！我那亡故的老妻吓！（丑介）阿呀，死勿關得我事個阿嫂。（外）呸，若留得你在，焉有今日？（占哭介。丑）勿必軋鬧熱，時辰到哉，快點端正梳妝罷。（外）兒吓，時辰已至，快些梳妝罷。（占）吠。（外）來。（占）是。（外）來嘘。（占介）阿呀，娘吓！（外唱）

【憶多嬌】你且開鏡奩，整翠鈿，休得介破殘妝玉箸懸。兒吓，爲父的骯髒你了。（占哭介。唱）首飾全無真可憐。（合）休得愁煩，休得愁煩，喜嫁讀書大賢。

【前腔】（占）只愁你子嗣慳，爹老年，何忍教兒離膝前？爹爹，你是年老之人，孩兒去後，母親倘有三言兩語，勸你忍耐些罷。（丑介）落裏肯，人老性勿老。（占唱）你莫惹閒非免掛牽。（合前）

（丑）阿是早依子我，嫁子孫家裏，焉有今日？（外）咳！妹子，你説那裏話來！（唱）

【鬭黑麻】自古姻緣，事非偶然。五百年前，赤繩繫牽。兒今去，聽教言。（同）吓，阿呀！兒

吓！爹爹吓！（外）阿呀，兒吓！（占）爹爹。（外）你嫁到王家去做媳婦，不比在家做女兒，須要勿慢勿驕。（丑介）要早起晚困。（占）是。（外）必欽必敬。（丑介）勿要貪喫懶做。（占）呋。（外）阿呀，兒吓！（占介）爹爹。（外唱）須要孝順姑嫜，數問寒暄。（合）燈前淚漣，生離各一天。有日歸寧，有日歸寧，吾心始安。

（丑）阿有啥説話哉？（占）還要請母親出來拜別。（外）這樣不賢婦，還要拜他則甚！（占）天下那有不是之父母？（丑）等我去請。阿嫂！（付内）啥個？（丑）唔篤囡，請唔出來拜別。（付）我是張果老倒騎驢，永勿見畜生之面。（丑）唔篤娘説，張果老倒騎驢，永勿見畜生之面個哉！（外）如何？（占）吖，母親不肯出來，待我自己去請。吓，母親，孩兒請你出來拜別。（丑）阿嫂。（付）亦是啥個了？（丑）篤囡唔，自家拉裏請。（付）拜唔篤親娘去，我是勿出來個哉！（占）母親既不出來，孩兒就在房門首拜別了噓！（唱）

【前腔】蒙你教養成人，（丑介）拉裏攔門拜哉！（付）勿要拜！（丑）一拜哉，兩拜哉！（付）再拜没要倒屎馬桶出來哉！（丑）阿曾聽見要倒屎馬桶出來哉！（占連）恩同昊天，雖不是親生，多蒙保全。兒今去，免掛牽。母親，你是年老之人，爹爹倘有些不到之處，大家忍耐些罷。（唱）勸你努力加餐，把愁容當喜顏。（合頭）

（接吹打住。丑）轎子到門哉。上轎罷。（外）兒吓，時辰已至，快些上轎去罷。（占）爹爹請上，待孩兒

拜别。（外）罷了。（占唱）

【臨江仙】再拜哀哀離膝下，出門無母施鞶，未知何日返家園，出門銀燭暗，明月照魚軒。

（接吹打内。丑介）上上馬桶，也要上轎哉。（下。外）撬穩了吓，咳！（唱）

【前腔】好似半壁殘燈相吊影，蕭蕭白髮衰年，那堪弱息離身畔？叮嚀辭别去，淚點不曾乾。

（哭下）

送親

（老、小生上唱）

【鎖窗寒】這門親非是我貪婪，無奈人來説再三。送荆釵愁他富室褒談，良媒竟無一言回俺，反教娘掛腸懸膽。早間聽喜鵲噪窗南，有何親舊相探？

（浄内）阿爺走吓！（生、浄上同接唱）

【前腔】論人生嫁女婚男，不是姻緣怎妄貪？謾誇他豪門首飾衣衫，嬌娥志潔，甘居清淡，那聽他巧言掇賺！這姑姑因此上臉羞慚，此來必定喃喃。

（生）這裏是了。（浄）幾裏是哉。（生）解元有麼？（老）外面有人叩門，出去看來。（小生）是那個？

（生）解元，是老夫在此，説一聲。（小生）請少待。吓，母親，將士公穿了吉服，要見母親。（老）請進來。（小生）是。（浄介）阿爹，方纔個位，阿就是新官人？（生）正是。（浄）啥打扮得簇舊個拉篤介！（小生）吓，將士公，家母相請。（生）賓相，待我先去説一聲，然後進去。（浄）是哉。（生）吓，老安人。（老）將士公。（生）恭喜！（老）寒門似冰，喜從何來？（生）今乃黄道吉日，錢老貢元特送小姐過門，先着老夫來説知。（老）倉卒之間，諸事未備，怎好完姻？（浄介）家堂上臘燭纔勿點點，大門上紅也勿掛掛，只怕勿是今日。（生連）不勞費心，一應都在錢宅。有賓相在外，待我唤來。賓相，老安人着你進去。（浄）是哉。（生）見了老安人，須要下個全禮。（浄）在行個。（生）賓相來了，見了老安人。（浄）個位就是老安人哉！（生）正是。（浄）老安人，賓相見禮哉！（老）不消！（生）見了新貴人。（浄）是哉，新官人見禮哉！（小生）賓相。（老）我兒，進去换了吉服。（小生）是。（下。浄）老安人在上，賓相有言告禀：今日送親個是張姑媽，此人伶牙俐齒，倘有言語冒犯，勿要見怪。（生）好週到。（浄）我俚是走千家個，氈毯角要走到個。時辰還早來，阿要請姑媽來叙叙寒温？（生）使得。（浄）第二個，打張姑媽轎子上來。（吹打，丑上）

【引】親送侄女臨門，管取今朝喫得咯咯吐。

（吹打，老）請。（浄）請二位親家母見禮。恭揖成雙揖，新官人見禮，請大媒見禮。（生）吓，姑媽。（丑）阿呀，城隍老爺，我是阿哥阿嫂教我來送親個，勿關得我事個噓！（浄）張姑媽，俚就是許阿爹，勿消跪得。（丑）吖，許豆腐。（浄）正是。（丑）怕道勿認得了，我是要直介摟摟噓。（浄）吖，要直介。

(丑)呔！老許，哑今朝打扮得像行樂上一樣，阿是唬我老太婆了。(生)我是有職分的。(丑)啥個職分？(生)承德郎。(丑)我認道坑丟郎，快點居去罷。(生)爲什麽？(丑)屋裏打得雪片能個拉篤哉。(淨)爲啥了？(丑)賣子鑽鉛豆腐了。(淨)豆腐那鑽鉛？(丑)切開來，一包豆腐渣拉化。(淨)嚼殺哉！請得位。(丑)三十六點。(淨)啥個三十六點？(丑)哑説得會没，三十六點頂色。(淨)坐没謂之得位。(丑)早説坐没，省得我摇哉。(淨)個没就是坐。(丑)個没是哉。(淨)請二位親家母攀談。(丑)哑殺個千刀！(淨)作啥罵哉？(丑)亦勿求啥雨了，番啥壇！(淨)説話没謂之攀談。(丑)説話没竟是説話，啥個攀談拉番壇，有個多化巧言令色個篤！(淨)個没竟請説話。(丑)請問親家母，府上的窮，還是祖上遺下來的呢，還是自己挣的？啥了窮得能個乾淨相？(生)姑媽，今日是喜日，説些吉祥話。(丑)哑篤要吉祥，我倒有點勿如意拉裏。(淨)時辰已至，請姑媽扶鸞。(丑)一身兼作僕，又要我扶鸞。(淨)打新人個轎子上來。(吹打)請新人下轎，交拜天地，就拜本堂。(丑)親家母請坐子。(老)説那裏話，姑娘請！(丑)勿要客氣，請坐子，要受個，要受個。(淨)轉班行夫婦禮，恭揖，成雙揖。請大媒見禮，恭揖，成雙揖。(丑)讓我來挑子方巾看。親家母，看看人品如何？(老)好。(淨)請得位。(内)衆人要喫糕酒。(淨)是哉，阿爹，衆人要喫糕酒了。(生)教他們都到錢宅去。(淨)是哉，各位篤才到錢家裏去。阿爹，厨房拉篤落裏？端正會千盆子哉滑。(生)今日單做親，改日擺酒。(淨)吖，今朝没單做親，改日擺酒。(生)是吓。(淨)個没我個點小意思介。(生)也到錢宅去。(淨)也到錢家裏去。阿爹，個頭媒人啥人做個？(生)是老夫做的。(淨)吖，就是阿爹做個。(生)就

是老夫。（净）看呸勿出，倒做得乾净相拉化。（生）不用多講，快些去罷。（净）吖，喫没勿曾喫啥，倒要謝聲個，多謝老安人！（老）有慢！（净）實頭勿曾喫啥，多謝新官人！（小生）有勞！（净）咳，勞呸拜子兩拜。張姑媽，阿要去罷？（丑）掌禮司務，阿要喫子點啥去？（净）呸勿要替我憂，我倒替呸愁。（丑）愁我啥？（净）看呸頭上借到脚後跟，落裏來啥饅頭果子送別人？（丑）纔是我俚阿嫂個，勿要緊。（净）真正做到老，學勿了，做親人家勿動烟火食没，倒第一轉掽着。（下。丑）請問親家母，前筵擺在何處？後宴設在何方？實在肚裏餓勿過哉，拿出來肏祭罷。（老）姑媽。（丑介）那哼？（老唱）

【惜奴嬌】只爲家道貧窮，（丑介）久慕，久慕！（生）君子謀道不謀食。（丑）咳！孔夫子勿喫飯個？（老、小生同連）守荆釵裙布，謹身節用。今爲姻眷，（丑介）無水無漿，勿成道場。（老、小生連）惟恐玷辱門風。（占）匆匆，愧乏房奩來陪奉，望高堂垂憐重。（合）喜氣濃，俏似仙郎仙女，會合仙宫。

【錦衣香】（衆連唱）夫性聰，（丑介）吖哟，肚裏餓煞哉！（衆連唱）才堪重，婦有容，德堪重。（丑介）吖哟，肚裏餓吓！（衆連）天生美質，奇才彩鸞丹鳳。（小生）自慚非比羡梁鴻，何當富室，配我孤窮？（占）念妾些〻，（丑介）阿呀，肚裏餓吓！（生）放尊重些。（占連唱）非孟光，奉椿庭遺侍明公。（合）今日同歡共，也曾修種。夫和婦睦，琴調瑟弄。

（丑介）吖喲，肚裏餓煞哉！（衆連唱）

【漿水令】恕貧無香醪泛鍾，恕貧無美食獻供。（丑）噯，又無湯水飲喉嚨，妝甚大媒，做甚親送！（衆）休相笑，莫妄衝，惟恐外人相譏諷。（丑介、白）啥了缺我個禮？（衆連唱）非缺禮，非缺禮，只爲窘中。（丑介）我要居去告訴阿哥個。（衆連）凡百事，凡百事，望乞包容。

【尾聲】佳人才子德堪重，更人才又兼出衆，夫妻到老和同。

（生下。老）姑媽，姑媽！（丑）吖喲，伍個人好刁，我拉裏打個瞌銃，想躲過子個餓陣。伍大介苦鵶鳥能個，姑媽，姑媽，算啥個介，老許阿差！（老）他們都去了。（丑）纔去哉。崑山航船逐隻開，等我也去子罷。多謝親家母！（老）有慢！（丑）一點也勿曾喫啥。新官人，我要兩句説話對伍説，伍要記吓。（小生）是。（丑）你勤讀詩書，莫要懶惰，一舉成名，光耀門户。做姑娘個忍子餓來對伍説個，伍要記好吓！（小生）是。（丑乾唱）阿呀我個肉吓肉吓！伍拉屋裏，無葷勿喫飯，個歇到子幾裏來，只好無飯勿喫葷個哉嚧！（乾唱）肉吓肉吓！做姑娘個拉裏子一歇歇，布裙帶收子十七八收，伍常登拉裏，要收得個肚皮大介。（乾唱）的緊葫蘆能得來嚧，肉吓肉吓！番道個，叫李成家婆送珀溜伍喫。吓，親家母，我那間要去出家哉，法名纔有個哉。（老）叫什麼？（丑）叫餓空。我去哉！（老）吖喲，爲何能響？（丑）我是鐘變得來個，越空越響，肚皮上有四個字。（老）那四字？（丑）此屋召租，現空。個兩句説話，也㲉子俚篤個哉。（老）兒吓，須要夫唱婦隨，上和下睦。隨我進來。（小生、占）

是。（同下。丑）等我跨出子門檻來看，噲！ 轎夫，打轎子上來。（内）前頭來上轎。（丑）阿呀，那説前頭來上轎？ 阿呀，落雨哉！ 轎夫，打轎子上來。（内）前頭來上轎。（丑）我身上纔是别人家個，爺爺子，還好，幸虧得有主意，拉轎子裏偷得一雙蒲鞋拉裏，等我換脱子俚，讓我遮子鳳冠，撈起子圓領，直介一步，阿呀一個水潭，天爺爺，勿要落没好嚧，天爺爺吓！（下）

附録二　隻曲輯録

目録

南詞新譜

《南詞新譜》，全名《廣輯詞隱先生南九宫十三調詞譜》，又名《重定南九宫詞譜》。清沈自晉（1583—1665）據沈璟的《增定查補南九宫十三調譜》增補修訂而成，全譜共二十六卷，《九宫譜》與《十三調譜》合爲一譜，十三調之曲附於九宫之後，各爲一卷，其中卷十一、卷二十分别爲新移補的道宫調與商黄調，卷二十五爲附録不知宫調引子、過曲，最後一卷爲《各宫尾聲格調》。全譜選收南曲曲調一千多支。此譜現有清順治十二年（1655）不殊草堂原刻本、1937年北京大學出版部影印本。其中收録《荆釵記》部分隻曲，輯録如下。

【仙吕引子・探春令】人生最苦是别離，論貞潔無比。仗鸞箋一紙傳消息，怎不見回音至？

【仙吕引子・似娘兒】一女貌天然，緣分淺，親事遲延。願天早與人方便，絲蘿共結，蒹葭可倚，桑杏相聯。

【仙呂過曲・二犯傍妝臺】【傍妝臺頭】意懸懸，倚門終日望得眼兒穿。自他赴選歷鏖戰，杳無個信音傳。【八聲甘州】多應他在京得中選，因此無暇修書返故園。【皂羅袍】他既登金榜，怎不錦旋，【傍妝臺尾】教人心下轉縈牽。

【仙呂過曲・八聲甘州】窮酸魍魎，對我行輒敢數黑論黃，妝模作樣，惱得我氣滿胸膛！平生頗讀書幾行，豈肯汨亂三綱並五常。斟量，且順從公相何妨？

【其二换頭】端相，你窮酸伎倆，怎做得潭潭相府東床。出言無狀，那些兒謙讓温良？微名忝登龍虎榜，肯做棄舊憐新薄倖郎？參詳，料烏鴉怎配鳳凰？

【仙呂過曲・掉角兒序】（『掉』不可作『皂』）想前生曾結分緣，幸今世共成姻眷。喜得他脱白掛緑，怕嫌奴體微名賤。若得他貧相守，富相憐，心不變，死而無怨。早辭帝輦，榮歸故園，那時節，夫妻母子大家歡忭。

【仙呂調近詞・不是路】渡口離船，早來到錢家宅院前，咱不免偷閒先下彩雲箋。是甚人言？緣何直入咱庭院？爲一舉登科王狀元。因來便，特令捎帶家書轉。喜從人願，喜從人願。

【羽調近詞・勝如花】辭親去，别淚零，豈料登山驀嶺。只因他寄簡傳書，反教人離鄉背井，未知道何日歡慶？愁只愁一程兩程，況不聞長亭短亭。暮止朝行，趲長途曲徑，休辭憚跋

涉奔競。願身安早到神京，願身安早到神京。

【正宫過曲·錦纏道】治家邦，正人倫，有三綱五常。你潛説出短和長，怎不隄防他人有耳隔牆？講甚麽晉陶潛認作阮郎？却不道誓柏舟甘做共姜？先打後商量，問出你私情勾當，押發離府堂。文牒上明開供狀，抵多少衣錦去還鄉。

【正宫過曲·朱奴兒】是則是公文限緊，承尊命怎敢不允？管取十朝與半旬，到宅上備説元因。還歷盡山郭水村，指日到東甌郡。

【中吕引子·粉蝶兒】（與《拜月亭》『山寨鳴金』同，皆非北曲也）一片胸襟，清如五湖秋水，喜聲名上達丹墀。感皇恩，蒙聖寵，遷擢福地。秉忠直，肅清海閩奸弊。

【中吕過曲·榴花泣】【石榴花】覷着你花容月貌勝仙娃，忍將身命掩黄沙？幸逢公相救伊家，似撥雲見日枯樹再開花。【泣顔回】貞潔可誇，恁捐生就死令人訝。你萱親怎不詳察？却不道有傷風化。

【中吕過曲·漁家傲犯】（新改定，犯正宫）莫不是明月蘆花没處尋？莫不是舊日王魁，嫌遞萬金？莫非忘了奴半載同衾枕？莫非是不曾來之任？【雁過聲】欲語不言知是怎？那裏是全抛一片心？（原本云『知他是怎』，作【漁家傲】正格。今從馮稿，去『他』字，作【犯雁過聲】。因《荆釵》次曲云：『這情由有甚的難詳審？不投下佳音回訃音。』亦是七字二句，其爲犯調益明矣，板亦隨改。）

【中吕調近詞·迎仙客】論婚嫁，笑呵呵，男有室，女有家，看明年生下小哇哇，便請姑婆喫碗禿禿茶。

【南吕引子·戀芳春】寶篆香消，繡窗日永，又還節近清明。暗裏時更月换，老逼親庭，旦晚雖能定省，遇寒暑宜加温凊。清和景，惟願雙親倍膺福壽康寧。

【南吕引子·臨江仙】渡水登山須子細，朝行更聽雞啼。成名先寄好音回。藍袍初掛體，及早辦歸期。

【南吕引子·女臨江】（【女冠子】頭）凭欄極目天涯遠，奈人去遠如天。（【臨江仙】尾）鱗鴻何事竟茫然？今春看又過，何日是歸年？

【南吕引子·臨江梅】（【臨江仙】頭）客館悠悠雞唤醒，窗前尚有殘燈。（【一剪梅】尾）攬衣披枕自閑評，今日飄零，何日安寧？

【南吕引子·哭相思】人死家空情黯黯，奈氣力都消滅。自間别心中嘗悽慘，今見了越傷感。

【南吕引子·步蟾宫】胸中豪氣衝牛斗，更筆下龍蛇飛走。管英雄隨我步瀛洲，一舉高攀龍首。

【南吕過曲·梁州序】（一名【梁州第七】）家私迭等，良田千頃，富豪聲振甌城。他却不曾婚

娶，專浼我來相聘。他恁地錢物昌盛，愧我家寒自料難厮稱。這段姻緣料想是前生定，入境緣何不順情？休得要恁執性。

【其三换頭】見哥嫂俱已應承，問侄女緣何不肯？恁堅執莫不是行濁言清。枉了將奴淩並，便刎下頭來，斷然不依聽。論我作伐宅第盡聞名。十處説親九處成，誰學你假惺惺。

【南呂過曲・柰子花】（一名【玉梅花】）論荆釵名本輕微，漢梁鴻曾用聘妻，芳名至今留傳於世。休將他恁般輕視，聽啓，明説道表情而已。

【南呂過曲・瑣窗寒】這門親非是我貪婪，無奈人來説再三。送荆釵愁他富室包彈，良媒竟没一言回俺，反教人掛腸懸膽。聽得鵲噪窗南，有何親舊相探？（查古曲及《舊譜》所收《卧冰記》曲，『早間』句元只該七個字，觀《荆釵》第三曲云：『姑姑因此臉羞慚。』亦七字耳，必不可於第二字另用一韻，而分爲兩句也。自後人改易舊《荆釵》，以致錯亂，《香囊記》訛以傳訛，遂做之云：『古今惟有孟母與曾參。』遂以九字分爲兩句，而第二字悍然用韻矣。唱之者既熟，聽之者又慣，作之者又多不考其源流，可嘆，可嘆！）

【南呂過曲・繡衣郎】自力學十載書幃，黄卷青燈不暫離。春闈催試，鏖戰文場，男兒志，跳龍門，擬着荷衣步蟾宮，必攀丹桂。願從今奮鵬程萬里，願從今奮鵬程萬里。

【南呂過曲・刮鼓令】（『鼓』或作『古』）從别後到京，慮萱親當暮景。幸喜得今朝重會，又緣

何愁悶縈？莫不是我家荆，看承母親不志誠？分明説與伲兒聽。他怎生不與共登程？

【南吕過曲・劉潑帽】念吾到此求科舉，不及第羞返鄉閭。修書欲報娘和父，煩你捎書，只怕你相推阻。

【南吕過曲・風馬兒】（馮補）豪門議親，哥哥嫂嫂已許諧秦晉。未審玉蓮肯從順，且向繡房相詢問。

【黄鐘引子・疏影】韶光荏苒，嘆桑榆暮景，貧困相兼。數載憂愁，一家艱苦，知他甚日回甜？衣單食缺心無欠，爲親老嘗懷悽慘。秀才儒雅，安人賢會，小姐貞廉。

【黄鐘過曲・出隊子】追思前事，心下如同理亂絲。雖然頗頗有家私，争奈年高無後嗣，怎不教人日夕怨咨？

【黄鐘過曲・黄龍衮】休將珠淚彈，休將珠淚彈！莫把愁眉斂。背井離鄉，誰敢胡沾染？路途迢遞，不無危險。纔日暮，問路程，尋宿店。

【越調過曲・包子令】（『包』或作『鮑』，或作『豹』）聞説佳人多嫋娜，多嫋娜，端的容貌賽嫦娥，賽嫦娥。此親若得週全我，酬勞財禮敢虚過。（合）花紅羊酒謝媒婆。

【越調過曲・亭前柳】垂鬢已星星，弱體戰兢兢。況兼寒凛凛，那更冷清清。此行怎去登山嶺？且過今冬，待春暖共登程。

【越調過曲・水底魚兒】天下賢良，紛紛臨帝鄉。白衣卿相，暮登天子堂。有等魍魎，本爲田舍郎，妝模作樣，也來入試場。（此調細查《琵琶》《拜月》諸舊曲皆如此，而『暮登天子堂』與『也來入試場』句腔亦不同。今人但知有四句，蓋因唱者懶唱八句，故作詞者亦只作四句以便之，遂認舊曲八句者爲二曲矣。末後一句，可從俗重疊唱，而『暮登天子堂』必不可重唱，不然前後四句，全無分別矣。）

【商調引子・三臺令】乍別南粵郵亭，又入東甌郡城。(一)水秀共山明，睹風物喜不自勝。

【商調過曲・梧葉兒】遭折挫，受禁持，不由我不淚珠垂。無由洗恨，無由遠恥。事到臨危，拚死在黃泉作鬼。（此【梧葉兒】本調也，今人唱此曲者多在『做』字下增出一『怨』字，即如唱《綵樓記》【梧葉兒】末云：『俺著書篇，倚着書香肩並眠。』亦於『香肩』下增一『且』字。又如《琵琶記》【三換頭】後二句，即犯此調，於『無如』『如』字下亦增出『之』字。《舊譜》【三換頭】不用『之』字，【梧葉兒】不用『怨』字，誠有見矣。）

【商調過曲・簇御林】親師範，近友朋，把詩書勤講明。囊螢鑿壁皆堪敬，他每都顯父母，揚名姓。奮鵬程，名題雁塔，白屋顯公卿。

【雙調引子・花心動】適遣匆匆，奈眉峰慵畫，鬢雲羞攏。月滿鳳臺，星渡鵲橋，和氣滿門填

(一) 郡：原作『禁』，據汲古閣刊本《繡刻荊釵記定本》改。

擁。淡妝濃，千嬌種，看承似珠擎璧捧。喜氣濃，似仙郎仙女，會合仙宮。

【雙調引子・胡搗練】（【搗練子】【胡搗練】俱與【搗白練】不同）傷風化，壞綱常，萱親逼嫁富家郎。若把我清名虧污了，不如一命赴長江。

【雙調引子・夜行船】一幅鸞箋飛報喜，垂白母，想已聞知。日漸過期，人何不至？心下又添憂憶。

【雙調引子・賀聖朝】幾年職掌朝綱，四時燮理陰陽。輔一人有慶壽無疆，兆民賴安康。

【仙呂入雙調過曲・惜奴嬌】家道貧窮，守荆釵裙布，謹身節用。今爲姻眷，惟恐玷辱門風。空空，愧没房奩來陪奉，望高堂垂憐寵。（合）喜氣濃，悄似仙郎仙女，會合仙宮。

【其二換頭】欣逢，夫婿寬洪，可留心遵守，四德三從。勤攻詩賦，休得傚學飄蓬。重重，運蹇時乖長如夢。謝良言，開愚懵。（合前）

【仙呂入雙調過曲・錦衣香】夫性聰，才堪重；婦有容，德堪重。天生美質奇才，彩鸞丹鳳。自慚非是漢梁鴻，何當富室，配着貧窮。妾亦非孟光，奉椿庭適侍名公。前世曾歡共，把藍田玉種。夫和婦睦，琴調瑟弄。

【仙呂入雙調過曲・漿水令】怨貧無香醪泛鐘，怨貧無美食獻供。又無湯水飲喉嚨。妝甚喜媒？做甚親送？休相笑，莫妄衝，惟恐外人相譏諷。非缺禮，非缺禮，只爲窘中。凡百

事，凡百事，望乞包容。

【仙吕入雙調過曲・雙勸酒】儒冠誤身，一言難盡。只因那人，常縈方寸。若得他配合秦晉，那其間燕爾新婚。

【仙吕入雙調過曲・普賢歌】書中語句有差訛，致使娘兒聒絮多。真僞怎定奪，是非没奈何，尺水翻成一丈波。

【不知宫調・風帖兒】賊潑賤好閉嘴，數黑論黄説甚的？娘言語怎違逆？這的順親顔情，却是你順親顔情，人之大禮。竟不相投，教奴怎隨？富豪貪戀，貧窮見棄，惹得傍人講是非。

【前腔】呆蠢小丫頭，出語污人耳。敢恁地推三阻四，話不投機。這豪家求汝效于飛，他有甚相虧？敢恁地回言抵抗没尊卑。

【不知宫調・恁麻郎】（『恁』字恐誤）我告你局騙俺財禮。我告你威逼他投水。怎誤我白羅帕見喜。閃得他黄泉路做鬼。息怒威，寧耐取。休想我輕輕放着你！

寒山堂曲譜

清張彝宣編撰。此譜現存皆爲抄本，均殘缺，分爲兩類：一爲五卷本，題作《寒山堂新定九宮十三攝南曲譜》，存仙吕、正宮、大石調、小石調、黄鐘五卷；一爲十五卷本，題作《寒山曲譜》，存南吕過曲、南吕犯調、中吕過曲、中吕犯調、雙調過曲（殘缺）、黄鐘過曲、黄鐘犯調、正宮過曲、正宮犯調、大石過曲、大石犯調、小石過曲、小石犯調、仙吕過曲、仙吕犯調。五卷本卷首有『新定南曲譜凡例十則』、『寒山堂曲話』十八則、『譜選古今傳奇散曲集總目』。其中收録《荆釵記》隻曲，輯録如下。

【仙吕宮過曲・八聲甘州歌】端詳，這搊搜伎倆，怎做得潭潭相府東床？出言無狀，那些兒恭讓温良。微名忝登龍虎榜，棄舊憐新薄倖郎？參詳，料烏鴉怎配鳳凰？

【前腔换頭】春深離故家，嘆倦途旅邸，遊子天涯。一鞭行色，遥指剩水殘霞。墻頭嫩柳籬

上花，望古樹枯藤棲暮鴉。嗟岈！遍長途觸目桑麻。

【前腔換頭】呀呀，幽禽聚遠沙，對彷佛禾黍，宛似蒹葭，江山如畫，無限野草閒花。旗亭小橋景最佳，見竹鎖橋邊三兩家。漁艖，弄新腔一笛堪誇。

【仙吕宫過曲·桂枝香】年華高邁，家私窮敗，要成就小兒姻親，全賴高賢擔戴。論財難佈擺，論財難佈擺，錢難揭債，物無借貸。止有這荆釵，權把他爲財禮，只愁事不諧。

【前腔】安人容拜，解元聽解。不嫌你禮物輕微，偏喜熟油苦菜。心毋忌猜，心毋忌猜，物無妨礙，人無雜壞。這荆釵雖不是金銀造，管取周全您秀才。

【仙吕宫過曲·掉角兒序】想前生曾結分緣，幸今世共成姻眷。喜得他脱白掛緑，怕嫌奴體微名賤。若得他貧相守，富相憐，心不變，死而無怨。（合）早辭帝輦，榮歸故園，那時節，夫妻母子，大家歡忭。

【正宫過曲·傾盃賺】限期已到，請馳騎登途宜早。意難拋，今朝拜會俺故交。自懊惱，我往潮陽歸海島，君往饒州景緻饒。休嘆息，願此去各家善保。且寬懷抱，且寬懷抱。

【前腔】願赤心報國安民，大凡事理宜公道。望吾兄，忠心一片天可表。去任所，管取民歌德政好。德政好時民無擾，蒙見教。乏款曲，休嗔免笑。告辭先造，告辭先造。

【正宫過曲·錦纏道】治家邦，正人倫，有三綱五常。你潛説出短和長，怎不提防，他人有耳

在隔墻？講甚麽晉陶潛認作阮郎？却不是誓柏舟甘效共姜？先打後商量，問出你私情勾當，押發離府堂。文牒上明開供狀，抵多少衣錦去還鄉。

【正宮過曲・玉芙蓉】懸頭及刺股，掛角并投斧，嘆先賢曾受許多勤苦。六經三史彌温故，諸子四書可誦讀。（合）時不遇，且藏之緼匱。際會風雲，那時求價待沽諸。

【正宮過曲・朱奴兒】是則是公文限緊，承尊命怎敢不允？管取十朝與半旬，到宅上備説原因。（合）還歷盡山郭水村，指日到東歐郡。

【小石調過曲・臘梅花】年華老大雙鬢皤，胭脂膩粉昕丢抹。市人都道我，道奴奴相像夜叉婆。

【黄鐘宮過曲・降黄龍】草舍茅簷，蓬蓽塵蒙，綢羅風颭。尊親到此，但有無一一望親遮掩。恩沾，萬間周庇，好似寒灰撥焰。使窮親愁來歡去，喜生腮臉。

【前腔換頭】淹淹，貧守齏鹽，常慮衣單，每憂食欠。今爲眷屬，尤恐將閥閲門風辱玷。休謙，既成姻眷，又何故相棄相歉。敢扳取尊親寵臨，老夫過僭。

【黄鐘宮過曲・出隊子】追思前事，追思前事，心下如同理亂絲。雖然頗頗有家私，争奈年高無後嗣，怎不教人朝夕怨咨！

【黄鐘宮過曲・黄龍衮】休將別淚彈，休將別淚彈，且把愁眉斂。背井離鄉，怎敢胡沾染？路途迢遞，不無危險。纔日暮，問路程，尋宿店。

南曲九宫正始

《南曲九宫正始》，全名《彙纂元譜南曲九宫正始》，卷首署：『雲間徐于室輯，茂苑鈕少雅訂。』共十册，全譜以唐代古譜《骷髏格》和元代《九宫譜》《十三調譜》爲基礎，選收曲調一一五三支，分别歸隸於九宫與十三調内，其中《九宫譜》六〇一支，《十三調譜》五五二支。每一宫調内按先引子、後過曲的順序排列。正格之下列有變格，全譜共收變格九四二支。範曲傍註明平仄、韻位及板位，閉口字則用圓圈圈注。曲牌名下及曲文後多有評注，又曲文上間有眉批。此譜現有清順治十八年（1661）鈔本，1936年北平戲曲流通會據以影印。其中收録《荆釵記》（書中題作《王十朋》）部分曲文，據清順治鈔本輯録如下。

【黄鍾宫引子·疏影】光陰荏苒，嘆孩兒去後，愁病相兼。爲念窮親，迎歸别院，佇看苦盡回甜。粗衣糲食心無歉，借□居怕惹憎嫌。欲赴春闈，暫拋親舍，凶吉難占。

【黄鍾宫過曲・出隊子】追思前事，心下如同理亂絲。雖然頗頗有家資，争奈年衰無後嗣。怎不教人，朝夕嘆咨？

【黄鍾宫過曲・三段子】事當自盡，怎如他辜情負恩？若不再婚，只愁伊斷子絶孫。人生百歲如朝蕣，拚螟蛉一子承宗胤，也不苦身終，無人上墳。

【黄鍾宫過曲・黄龍衮】休將別淚彈，謾把愁眉斂。奪利争名，進取須當漸。路途迢遞，不無危險。纔日暮，問路程，尋宿店。

【正宫過曲・朱奴兒】爲科舉離鄉半春，從別後斷羽絶鱗。喜今日偏逢寄信人，也是咱客中緣分。休辭憚，車埃馬塵，計日到東甌郡。

【正宫過曲・玉芙蓉】書堂隱相儒，天府開賢路。喜明年春闈已招科舉。閑中歲月莫虚度，窗下圖書可誦讀。時不遇，且藏珍韞匵，際會風雲，那時求價待沽諸。

【正宫過曲・錦纏道】治家邦，正人倫，有三綱五常。你潛説出短和長，怎不隄防，他人有耳隔牆。講甚麽覓花源誤却阮郎，偏不道誓柏舟甘效共姜。我先打後商量，問出你私情勾當，押發離府堂。文牒上明開供狀，抵多少衣錦去還鄉。

【前腔】小梅香，待回言，恐觸突了使長。待不回言，這無情棒打難當。怎知道，禍從天降？（下皆同，不録）

【大石調引子・念奴嬌】極目長安雲盡處，幾點雁行明滅。一片澄江，映帶柳花如雪。舉案情深，趨庭訓遠，無奈腸千結。依依遊侶，偏逢春暮時節。

【仙吕宫引子・糖多令】匹婦喪溝渠，今朝妾亦如。且浮且没任爲魚，不想舟人救取，身出醜口長吁。

【仙吕宫引子・似娘兒】一女貌天然，緣分淺親事遷延，願天早與人方便。絲羅共結，蒹葭可倚，桑梓相聯。

【仙吕宫過曲・臘梅花】天生身材能裊娜，多少紅妝賽不過。市人都道我，都道我好似夜叉婆。

【仙吕宫過曲・一封書】男百拜拜覆，母親尊前妻父母。離膝下到都，一舉成名身掛緑。蒙除授饒州僉判府，待家眷同臨往任所。寄家書，附承局，草草不恭兒拜覆。

【四换頭】(【一封書】全)賊潑賤閉嘴，絮叨叨説甚的。娘言語怎違？却不道順父母顏情才是禮。順父母顏情豈不知？只爲受了荆釵難改移。富豪便隨，貧窮便棄，空惹得傍人講是非。

【前腔】【望吾鄉】口口聲聲，只要跟窮鬼。【皂羅袍】推三阻四，話不投機。【勝葫蘆】孫郎爲婿我爲媒，可也有甚相虧？【一封書】就便將咱挺撞，你好没尊卑。

【前腔】(【一封書】全)非奴敢忤逆，望停嗔，聽拜啓。這尊命怎依？只恐怕誤了終身空懊悔。誤□終身在那裏？難道你的娘親没面皮？好言勸你，再三阻推，娘是何人你是誰？

【前腔】【望吾鄉】一家女兒，怎受兩家禮？【皂羅袍】朝更暮易，這等差池，【勝葫蘆】如何直恁苦禁持？便將我磨成灰，【一封書】我也斷然不與孫氏做夫妻。

【仙吕宫過曲・二犯傍妝臺】【傍妝臺】意懸懸，倚門終日望得眼兒穿。更幾度光陰變，杳没紙信音傳。【八聲甘州】多應他在京得中選，因此無暇修書返故園。【掉角兒】(合)既登金榜，怎不錦旋？【傍妝臺】教人心下轉縈牽。

【前腔换頭】【傍妝臺】何必恁拳拳，且把雙眉暫展，免得淚漣漣。便眼下人不見，終有日再團圓。【八聲甘州】愁他命乖福分淺，又怕客邸淹留疾病纏。(合前)

【仙吕宫過曲・掉角兒】想連年時乖運蹇，喜今日姓揚名顯。步蟾宫高攀桂枝，跳龍門首登金殿。笑吟吟，宫花插，帽簷偏。瓊林宴，勝似神仙。早辭帝輦，榮歸故苑。那時節夫妻母子，大家歡忭。

【仙吕宫過曲・八聲甘州】窮酸魍魎，我眼前輒敢數黑論黄。裝模作樣，惱得我氣滿胸膛。平生頗讀書幾行，豈可紊亂三綱並五常？荒唐，便謹依來命何妨。

【前腔换頭】端相，這㩴搜伎倆，做不得潭潭相府東床。出言挺撞，那些個謙讓温良。微名

忝登龍虎榜，肯做棄舊憐新薄倖郎？參商，料烏鴉怎配鸞凰？

【仙吕宫過曲・小醋大】人生如夢，何須苦戀京華？見一片釣臺俯瞰汀沙，想當日披羊裘，坐巉岩下。漁竿三尺輕把，怎倒與雲臺同入畫？今尚誇，漢代功臣孰似他？奈微名使人縈掛，等閒負却烟霞。

【仙吕宫過曲・長拍】洶洶長江，茫茫大水，小艇怎生禁駕？鸕鷀鸂鶒，看參差飛落蒹葭。岩樹鬱槎牙，漸斜光欲隱，牛羊爭下。靄靄蒼烟横似織，帶幾點暮歸鴉。來往櫓聲，咿咿啞啞。正暗潮拍岸，風掃蘆花。

【中吕宫過曲・榴花泣】【石榴花】我一官清白，爲國不於家，無别事早休衙。但尋常修下一書劄，有甚余錢閑鈔爲你厚賫發。【泣顔回】待他時及瓜，倘天恩，重召還都下。忍教他月貌花容，流落在海角天涯。

【中吕宫過曲・漁家雁】【漁家傲】莫不是明月蘆花没處尋？莫不是薄倖王魁嫌遞萬金？莫不是瘦伶仃病倒東陽沈？【雁過聲】莫不是漢陳蕃不曾之任？欲言不語知他怎？早難道似黄允全抛一片心！

【中吕宫過曲・漁家燈】【漁家傲】若提起舊日根芽，不由人不雨淚如麻。恨只恨遞簡傳書，使繼母撥嘴撩牙。【剔銀燈】他見差，逼你身重嫁，那些個一鞍一馬。快教他，將此事訪查，

早成就鸞孤鳳寡。

【前腔】【漁家傲】今日裏拜辭階下，明日裏把書信傳達。既然是官限森嚴，怎憚得途路波查？【剔銀燈】見他只説三分話，恐怕他别娶渾家。把閑言一筆都勾罷，待回來便知真共假。

【中吕宫過曲·駐馬聽】一㓰胡言，怎不顧男女婚姻須要選？愛他文成錦繡，筆走龍蛇，學有淵源。我孩兒非比孟光賢，那書生已遂梁鴻願。萬事由天，區區財禮，漫勞埋怨。

【南吕宫引子·女臨江】【小女冠子】凭闌極目天涯遠，奈人去，遠如天。【臨江仙】魚來雁去兩茫然，今春看已過，何日是歸年？

【南吕宫引子·臨江梅】【臨江仙】客夢悠悠雞唤醒，窗前尚有殘燈。【一剪梅】欲啼又恐拂親情，不敢高聲，且自吞聲。

【南吕宫過曲·一江風】瑞烟濃，剪剪清風送，日照香奩永。向高堂問寢歸來，慢把金針弄。何事不爲容？何事不爲容？留心在女工。繡花枝怕繡出雙飛鳳。

【南吕宫過曲·刮鼓令】從别後到京，慮萱親當暮景。幸喜得今朝重會，又緣何愁悶縈？莫不是我家荆，看承母親不志誠？分明説與您兒聽，怎生不與共登程？

【前腔】心中自三省，待言時還噤聲。你媳婦多災多病，況親家兩鬢星。家務事要支撑，教

他怎生離鄉背井？又怕你饒州之任不留停，先令人送我到京城。

【南吕宫過曲・劉潑帽】自家雖在京城住，温台路來往極熟。官人若有家書附，不必躊躇，情願同稍去。

【南吕宫過曲・秋夜月】家富豪，有的珍和寶，只少個妖嬈將他摟抱。思量命犯孤星照，喫時不飽，睡時不著。

【南吕宫過曲・梁州序】他家私迭等，良田千頃，富豪聲震甌城。他又不曾婚聘，專浼來求你年庚。他恁的財物昌盛，我貌醜家寒自愧難相稱。想姻緣今世合，是前生，到此緣何不順情？休得要，恁執性。

【前腔換頭】你爹娘先已應承，難道你全然不省？恁推三阻四，莫不是行濁言清？枉了將奴淩併，便刎下頭來，斷也難從命。論我爲媒妁，盡聞名。十處説親九處成，誰似你，假惺惺。

【前腔換頭】做媒的個個誇能，也多有言不相應，信著你，都被誤了前程。你這合窮合苦，没福□的丫頭，敢來强厮挺。姑娘何事也恁生憎，就破口將奴駡一聲。成與敗，總天定。

【南吕宫過曲・繡衣郎】半生在陋巷幽棲，甘守清貧無所希。重蒙不棄，似廣厦千間相周庇。待孩兒異日榮歸，報岳父今朝恩義。（合）願從今，奮前程萬里，願從今奮鵬程萬里。

【南呂宮過曲·瑣窗寒】這門親非是我貪婪，無奈良媒説再三。送荊釵，愁他未肯包含。至今尚没一言回俺，反教娘掛腸懸膽。早間聽得鵲噪窗南，有何親舊相探？

【前腔】想人生嫁女婚男，不是天緣只妄談。漫誇他豪門首飾衣衫。佳人苦節，甘居清淡。那聽他巧言啜賺。少間，只怕姑媽涎饞，遮不得這面羞慚。

【南呂宮過曲·奈子花】這荊釵與裙布偏宜，漢梁鴻此物留遺。香名至今，猶傳於世，休將他恁般輕棄。聽啓，明説道表情而已。

【商調引子·遶池遊】桑榆暮景，將往事空思省，爲家貧愁懷耿耿。肯慕浮榮，且擔孤另，喜一子學問有成。

【商調過曲·梧葉兒】遭折挫，受禁持，不由人不淚垂。無由洗恨，無由遠恥。事到臨危，拚死在黄泉作怨鬼。

【商調過曲·山坡羊】不念我年華高邁，不念我精神衰敗；不念我供養無兒，不念我寡蕭蕭絶宗派。只恨你這老禍胎，受了孫家婚聘財。逼得他啣冤負屈投江海，閃的我有地無人築墓臺。（合）哀哉，撲簌簌淚滿腮；傷懷，生擦擦痛怎捱？

【商調過曲·簇御林】尊師範，近友朋，把詩書，勤講明。趁禹門浪激桃花映，只圖個耀父母揚名姓。（合）奮鵬程，扶摇九萬，白屋顯公卿。

【商調過曲・黄鶯兒】半世守孤燈，鎮朝昏，幾淚零。到今猶在淒涼境，寒門似冰，衰鬢似星。爲只爲早年不幸鸞分影。（合）論人生，便黄金滿篋，怎如得教子一經？

【越調過曲・花兒】豪門議親，哥哥嫂嫂先依允。未審玉蓮肯不肯，且向他繡房詢問。

【越調過曲・鮑子令】聞説佳人多嬝娜，多嬝娜，端的容貌賽嫦娥，賽嫦娥。此親若得周全我，花紅財禮敢辭多？還要牽羊擔酒謝媒婆，牽羊擔酒謝媒婆。

【越調過曲・憶多嬌】你且開鏡奩，整翠鈿，休得界破殘妝玉箸懸。衣飾全無真可憐，莫便埋冤，總是前生宿緣。

【越調過曲・鬥黑麻】自古婚姻，事非偶然。繫足紅絲，是百年以前。兒今去，聽教言，孝順姑嫜，數問寒暄。休得淚漣，荆釵也自便。他日歸來，接取新科狀元。

【越調過曲・下山虎】（全調皆同，不録，止備末句云）『顒望高車，臨降不宣。』

【越調過曲・憶虎序】【下山虎】我當初娶你，也指望添丁見喜。怎知你逼勒我孩兒，死投江水。我如今經官呈告呈告應當罪，【獅子序】告你是不賢婦，薄倖妻。【憶多嬌】若到官司，打得你皮開肉碎。

【雙調引子・花心動】適遣匆匆，奈眉山慵畫，鬢雲羞籠。月滿鳳臺，星渡鵲橋，喜和氣一門填擁。（此調按古本《王十朋》原文止有此前六句，今之改本《荆釵記》仍續其後五句畢此全章亦可。今

從其備此，庶免不終。但其末三句亦效詩餘始調句法。）淡妝濃抹千嬌種，看承似珠擎璧捧。喜氣濃，似仙郎仙女，會合仙宫。

【雙調引子・真珠簾】南極耿耿祥光燦，明星爛，喜春色一枝娱晚。無奈光陰忙過眼，怎不把金樽遊玩？和氣藹門闌，願歲歲祝增華誕。

【雙調引子・風入松】青霄萬里未鵬搏，淹我儒冠。布袍雖擬藍袍换，榮枯事皆由天斷。且自盡心奉母，何須著意求官？

【仙吕入雙調過曲・普賢歌】書中語句有差訛，致使娘兒聒絮多。真僞怎定奪？是非争奈何？尺水翻騰一丈波。

【仙吕入雙調過曲・雙勸酒】儒冠誤身，一言難盡。爲玉蓮那人，常縈方寸。猛拚的覆雨翻雲，做一場弄假成真。

【仙吕入雙調過曲・玉交枝】（此格全章皆不録，此備末二句爲式）怕他聞又來鬧喧，只得且吞聲淚珠如線。

【仙吕入雙調過曲・朝元令】山程水程，舉目蒼烟迥。長亭短亭，回首遥天暝。只爲功名，遠離鄉井。趲到潮陽任所，帶月披星，車塵馬足不暫停。牧笛隴頭鳴，漁舟江上横。（合）漫勞追省，終有日再圖家慶，再圖家慶。

【前腔第二換頭】過得危巔絶頂，野花開又馨。溪洞水泠泠，叢林掩映，哀猿誰忍聽？若不是卑人薄命，媳婦猶生，我和他雙雙御輿無限情。且自趲程行，休將往事縈。（合前）

【前腔第三換頭】危巔絶頂，飛流直下傾。嘆微名奔競，身似浮萍。鷓鴣啼處不耐聽，野花開香又馨。消遣羈旅情。到處裏閑題閑詠，眼前無限景。牧笛隴頭鳴，漁舟江上横。（合）潮陽海城，到得後那時歡慶，那時歡慶。

【前腔第四換頭】八九處人家寂静，柴門半掩扃。溪澗水泠泠，遠路離人興，自來不慣經。遥望酒旗新，心中閑議評，買三杯共消愁悶縈。哀猿晚風輕，歸鴉夕照明。

【仙吕入雙調過曲・惜奴嬌序】只爲家道貧窮，不曾整備，一物相供。忝爲姻眷，只愁咱玷辱親翁。匆匆，有甚妝奩來陪奉？謝慈顔厮知重。（合）喜氣濃，悄一似仙郎仙女，會合仙宫。

【前腔換頭】難逢，傾國芳容。慣描花挑繡，習學針工。更留心書史，能遵四德三從。和同，菽水高堂相承奉，謝冰人借光寵。（合前）

【仙吕入雙調過曲・錦衣香】郎思雄，能題詠。娘性聰，能操縱。喜天生一對一雙，彩鸞丹鳳。自慚非是漢梁鴻，何堪富室，匹配孤窮？妾亦非孟光，把荆釵做珠擎璧捧。前世曾修種，想今生歡共，夫和婦睦，琴調瑟弄。

【仙吕入雙調過曲·漿水令】恕貧無香醪泛鍾，恕貧無珍饈味充。又無些湯水飲喉嚨，裝甚大媒，做甚親送。休聒絮，慢唧噥，防他外人相譏諷。非缺禮，非缺禮，只爲窘中。凡百事，凡百事，一味包籠。

【仙吕調近詞·惜花賺】渡口離船，早來到雙門大宅前。咱不免，偷閒先下彩雲箋。是何緣，公然直入咱庭院？只爲一舉登科王狀元，因來便，特令捎帶家書轉，喜從人願。

【前腔换頭】他爲何不整歸鞭？付與書時有甚言？説道無他件，因參相府被留連。你且省憂煎，可備些薄禮酬差遣，就拔下金釵當酒錢。慚輕鮮，只爲匆匆不及留家宴，去心如箭。

【中吕調近詞·迎仙客】论婚嫁，笑呵呵，男有室女有家。看明年生下小哇哇，便请姑婆，喫碗秃秃茶。

【南吕調近詞·二梧桐】【犫梧桐】我爲你受跋涉，我爲你遭磨折，爲你投江，爲你把殘生捨。【梧桐樹】今日怎知先傾逝，這樣淒涼劃地和誰訴説？【犫梧桐】只得除下釵梳，盡把羅衣卸，持喪素服存貞潔。

【越調近詞·綿打絮】尋踪覓跡含淚到江邊，只得撮土爲香，禮雖微表娘情意堅。奈天天，怎不垂憐？指望松蘿相依，誰想你抱石沉冤？都是你的娘親，生拆夫妻百歲緣。

【雙調近詞・武陵春】白首奔波，便不荒涼滋味索。盼廬陵何處？幾點斷雲依約。笑衰年還更傍誰倚托？笑衰年還更傍誰倚托？漸寒風中人衣袂薄，兀自前途去，恁悠邈。經歷盡水上孤村山外郭，景物銷鑠。買得香醪三四酌，把我愁腸洗蕩着，洗蕩着，想人心人面怎猜度？這一個禁持，那一個做作。似鎗鋒劍鍔，兀的不氣殺人也麼哥！兀的不悶殺人也麼哥！都將擺落，惟有好人情分渾如昨，不比尋常世態惡。

【前腔】自分溝壑，百歲光陰一夢若。我如今到彼，沾伊禄養豈不差怍？難道伊不言時我不覺？伊不言時我不覺？怕相逢兩下猶驚愕。若把往事重提起，怎遮却，當初恩眷也有十分渥？曾借我小堂棲泊，曾受我黄金與伊壯行橐。豈可伊家不領略？不領略，又何苦離家直恁少思索？自斟酌，只待合六州生鐵鑄一錯。眼見斜陽下，怕見斜陽下。拖一條竹杖，一量芒屩，投宿前村莫擔擱。

【羽調近詞・勝如花】辭親去，別淚零，閃殺桑榆晚景。只因他寄柬傳書，教娘離鄉背井，旦夕間仗誰支應？（合）愁只愁一程兩程，愁只愁長亭短亭。暮止朝行，況登山驀嶺。知何日再圖歡慶，願平安早到神京，願平安早到神京。

【前腔】我爲絶宗派，結契盟，謝得荆釵爲聘。豈料他又贅豪門，今日翻成畫餅，誰念咱衰年孤另？（合前）

新編南詞定律

《新編南詞定律》，成書於清康熙五十九年（1720），由吕士雄、楊緒、劉璜、唐尚信等合編，金殿臣點板，鄒景僖、張志麟、李芝雲、周嘉謨等四人同校，徐應龍重校。全譜共十三卷，按金、石、絲、竹、匏、土、革、木分作八册，共收二〇九〇支曲調，其中正格一三四二曲，變格七四八曲，分引子、過曲、犯調三類，分隸黄鐘、正宫、道宫、仙吕、大石調、中吕、小石、南吕、雙調、商調、般涉調、羽調、越調等十三調内。此譜現存清康熙五十九年内府朱墨套印本、芸香閣翻刻本。其中收録《荆釵記》部分曲文，據清康熙五十九年朱墨套印本輯録如下。

【黄鐘引子·疏影】韶光荏苒，嘆桑榆暮年，貧苦相兼。數載憂愁，一家艱苦，豈知甚日回甜？衣單食缺心無欠，爲親老常懷悽慘。秀才儒雅，安人賢惠，小姐貞廉。

【黄鐘過曲・賞宫花】潮陽海邦，坐黄堂，名譽彰。省臺飛薦剡，看文章，（合）擢任三山爲太守，叩頭萬歲謝吾皇。

【正宫過曲・玉芙蓉】書堂隱相儒，朝野開賢路，喜明年春闈已招科舉。窗前歲月莫虚度，燈下簡篇可卷舒。（合）時不遇，且藏諸韞匵。際會風雲，那時求價待沽諸。

【正宫過曲・錦纏道】治家邦，正人倫，有三綱五常。你潛説出短和長，怎不隄防，他人有耳隔墻？講甚麽晉陶潛認作阮郎？却不道誓柏舟甘效共姜？先打後商量，問出你私情勾當，押發離府堂。（合）文牒上明開供狀，抵多少衣錦去還鄉。

【正宫過曲・朱奴兒】是則是公文限緊，承尊命怎敢不允？管取十朝與半旬，到宅上備説原因。（合）還歷盡山郭水村，指日到東甌郡。

【正宫過曲・白練序】十年力學，[一]今喜成名志氣豪，也只願封妻報母劬勞。誰知那相府逼勒成親，苦見招。（合）不從後將咱改調，此心懊惱。

【前腔】吾兄免自焦，休得見小，論吉人終須造物相保，你休辭途路遥，見説潮陽景致好。（合）焚香告，一心靠着蒼天便了。

[一] 力：原作『立』，據《新刻原本王狀元荆釵記》改。

【正宮過曲·刘鍬兒】乘槎浮海非吾願，算來人被利名牽。登舟過福建，須要防危慮險。（合）明早動船，開揚播遷，願一陣好風，吉去善轉。

【正宮過曲·傾盃賺】限期已到，請馳騎登途宜早。意難拋，今朝拜别俺故交。自懊惱，我往潮陽歸海島，君往饒州景致饒。休嘆息，願此去各家善保。且寬懷抱，且寬懷抱。

【前腔換頭】願赤心報國安民，大凡事理宜公道。望吾兄，忠心一片天可表。去任所，管取民歌德政好。德政好時民無擾，蒙見教。乏款曲，休嗔免笑。告辭先造，告辭先造。

【仙吕引子·杜韋娘】朔風寒凛冽，雲布野，捲飛雪，看萬木千林都凍折。小窗前，梅花再綴，冰梢數點幽潔。淡月黄昏，暗地香清絶。早先把陽和漏泄，又葭管灰飛地穴。

【仙吕引子·探春令】人生最苦是别離，論貞潔無比。仗鸞箋一紙傳消息，怎不見回音至？

【仙吕過曲·長拍】洶洶長江，洶洶長江，茫茫大水，小艇怎生禁駕？鸕鷀鸂鶒，看參差飛落蒹葭。巖樹鬱槎枒，漸斜光欲隱，牛羊争下。靄靄蒼烟横似織，帶幾點暮歸鴉。來往櫓聲咿咿啞啞。（合）正暗潮拍岸，風掃蘆花。

【仙吕過曲·八聲甘州】春深離故家，嘆衰年倦體，奔走天涯。一鞭行色，遥指剩水殘霞。墻頭嫩柳籬畔花，望古樹枯藤棲暮鴉。（合）嵯岈，遍長途觸目桑麻。

【前腔換頭】呀呀，幽禽聚遠沙，對仿佛禾黍，宛似蒹葭，江山如畫，無限野草閒花。旗亭小

橋景最佳，見竹鎖橋邊三兩家。（合）漁艖，弄新腔一笛堪誇。

【仙吕過曲·臘梅花】奴奴體貌多嬝娜，月裏嫦娥賽奴不過。市人都道我，（合）道我相像緊那羅。

【仙吕過曲·青歌儿】只因我女嬌媚，富家郎要結姻契。姑娘在此作良媒，（合）尋思道理，强如嫁着窮鬼。

【四换頭】賊潑賤閉嘴，數黑論黄講甚的？娘言語怎違？順父母顔情却是你。順父母顔情，人之大禮。話不投機，教人怎隨？富豪貪戀，貧窮見棄，惹得傍人講是非。

【前腔】呆蠢丫頭，出語污人耳。恁推三阻四，話不投機。豪家求汝效于飛，他有甚相虧？（合）出言抵撞，你好没尊卑。

【仙吕過曲·不是路】渡口離船，早來到錢家宅院前，咱不免偷閒先下彩雲箋。是甚人言？緣何直入咱庭院？爲一舉登科王狀元。因來便，特令稍帶家書轉。喜從人願，喜從人願。

【仙吕犯調·二犯傍妝臺】（【傍妝臺】首至四）意懸懸，倚門終日，望得眼兒穿。自他赴選歷鏖戰，杳無個信音傳。（【八聲甘州】五至合）多應他在京得中選，因此無暇修書返故園。（【皂羅袍】合至六）他既登金榜，怎不錦旋？（【傍妝臺】末）教人心下轉縈牽。

【前腔换頭】（【傍妝臺】首至四）何勞恁拳拳，且把雙眉暫展，免得淚漣漣。便眼下人不見，終

有日再團圓。(【八聲甘州】五至合)愁他命乖福分淺，又怕客邸淹留疾病纏。(【皂羅袍】合至六)他既登金榜，怎不錦旋？(【傍妝臺】末)教人心下轉縈牽。

【仙吕犯調·甘州歌】(【八聲甘州】首至合)芳春景最奇，正可人不暖不寒天氣。千紅萬紫，遍開滿目芳菲。香車寶馬逐隊隨，不見來往遊人渾如蟻。(【排歌】合至末)(合)争如我，折桂枝，十年身到鳳凰池。身榮貴，歸故里，人人都道狀元歸。

【仙吕犯調·月轉紅上馬】(【月兒高】首至四)五更時候，抱石江邊守。遠觀江水溜，照見上蒼星和斗。(【五更轉】三至五)荆釵拔下牢拴扣。遺下鞋兒，萬古芳名留後。(【紅葉兒】合至末)休！三魂赴水流，(【上馬踢】合至末)七魄隨波走。也只爲志節投江，萬古清名不朽。

【中吕引子·粉蝶兒】一片襟期，清似五湖秋水。喜聲名上達丹墀，感皇恩，蒙聖寵遷除福地。秉忠心，肅清奸弊。

【中吕過曲·喬合笙】那一日江道，那一日江道，得夢蹊蹺。神人對我曾説道，佳人果然聲怨高。投水江心早，幸稍公救撈，問真情取覆言詞了。留爲義女，同臨任所福州道。(合)怎知今日，母子團圓，再得同歡好。腰金衣紫還鄉，大家同歡笑，百歲永偕老。

【中吕過曲·太平令】豪門議親，哥嫂已許諧秦晉。(合)未審玉蓮肯從順，且向繡房詢問。

【中吕過曲·迎仙客】論婚嫁，笑哈哈，男有室，女有家，看明年生下小哇哇。(合)便請姑婆

喫碗秃秃茶。

【中吕犯調・榴花泣】(【石榴花】首至四)覷着你花容月貌勝仙娃，忍將身命掩黄沙？ 幸逢公相救伊家，似撥雲見日，枯樹再開花。(【泣顔回】五至末)貞潔可誇，恁捐生就死令人訝。(合)你萱堂怎不詳察？ 却不道有傷風化。

【中吕犯調・芍藥掛雁燈】(【紅芍藥】首句)伊和我，何處分形？(【剔銀燈】二句)聽鷩鳴孤鴻遠汀。(【雁過聲】七至末)只見江聲擺斷寒蘆影，恰正是月落潮來天地青。

【中吕犯調・漁家雁】(【漁家傲】首至五)莫不是明月蘆花没處尋？ 莫不是舊日王魁嫌遞萬金？ 莫非忘了奴半載同衾枕？ 莫非是不曾來之任？(【雁過聲】七至末)欲語不言知是怎，那裏是全抛一片心？

【中吕犯調・兩紅燈】(【兩休休】首至四)若提起舊日根芽，不由人不兩淚如麻。 恨只恨一紙讒書，搬鬭得母親叱咤。(【紅芍藥】五至合)他見差，逼勒汝身重嫁，那些個一鞍一馬。(【剔銀燈】合至末)這書劄今日遺發，管成就鸞孤鳳寡。

【南吕引子・戀芳春】寶篆香消，繡窗日永，又還節近清明。 暗裏時更月换，老逼親庭。 旦晚雖能定省，遇寒暑宜加温清。 清和景，惟願雙親，倍膺福壽康寧。

【南吕引子・臨江仙】渡水登山須仔細，朝行更聽鷄啼。 成名先寄好音回，藍袍初掛體，及

早辦歸期。

【南吕引子·臨江梅】(【臨江仙】首至二)客夢悠悠鷄喚醒，窗前尚有殘燈。(【一剪梅】三至末)欲啼又恐拂親情，不敢高聲，且自吞聲。

【南吕引子·女臨江】(【小女冠子】首至二)凭欄極目天涯遠，奈人去遠如天。(【臨江仙】三至末)魚來雁去兩茫然？今春看已過，何日是歸年？

【南吕過曲·梁州序】家私迭等，良田千頃，富豪聲振甌城。他也不曾婚娶，專浼我來求親。他恁的錢物昌盛，愧我家寒自料難厮稱。這段姻緣料想是前定，入境緣何不順情？(合)休得要恁執性。

【前腔換頭】你爹娘俱已應承，問侄女緣何不肯？恁推三阻四，莫不是行濁言清。枉自將奴凌併，便刎下頭來，斷然不依聽。論我作伐，宅第盡傳名。十處説親九處成。(合)誰似你假惺惺。

【南吕過曲·恁麻郎】我告你局騙人財禮，我告你威逼他投水。怎誤我白羅帕見喜。閃得他黄泉做鬼。(合)息怒威，寧耐取，休想我輕輕放着你。

【南吕過曲·柰子花】論荆釵名本輕微，漢梁鴻曾用聘妻，芳名至今傳流於世。休將他恁般輕視。(合)聽啓，明説道表情而已。

【南呂過曲・瑣寒窗】這門親非我貪婪，無奈人來説再三。送荆釵愁他富室包談，良媒竟没一言回俺，反教人掛腸懸膽。（合）聽得早間鵲噪窗南，有何親舊相探？

【南呂過曲・繡衣郎】半生在陋巷幽棲，樂守清貧苟度時。重蒙不棄，大厦千間相週庇。望孩兒異日榮貴，報岳翁今日恩義。（合）願從今奮鵬程萬里，願從今奮鵬程萬里。

【南呂過曲・秋夜月】莫嘆嗟，這總是前生業。雖然你一時鏡剖鸞影缺，慢慢的秦樓別訪吹簫客。（合）你待要做人要做絶，救人須救徹。

【南呂過曲・刮鼓令】從別後到京，慮萱親當暮景。幸喜得今朝重會，又緣何愁悶縈？莫不是我家荆，看承母親不志誠？分明説與您兒聽。（合）他怎生不與共登程？

【南呂過曲・紅芍藥】切齒恨奸臣，將咱改別調。却將王士宏改除授饒，咱授海濱勤勞。空教，空教那厮謀陷我，天憐念豈落圈套。（合）但願得夫妻母子，來此永團圓，一家裏榮耀。

【雙調引子・賀聖朝】幾年職掌朝綱，四時燮理陰陽。一人有慶壽無疆，兆民賴之安康。

【雙調過曲・惜奴嬌】家道貧窮，守荆釵裙布，謹身節用。今爲姻眷，惟恐玷辱門風。空空，愧没房奩來陪奉，望高堂垂憐寵。（合）喜氣濃，悄似仙郎仙女，會合仙宫。

【雙調過曲・錦衣香】夫性聰，才堪重；婦有容，德堪重。天生美質奇才，彩鸞丹鳳。自慚非是漢梁鴻，何當富室，配着孤窮。念妾非孟光，奉椿庭適事名公。（合）前世曾歡共，共把

藍田玉種。夫和婦睦，琴調瑟弄。

【雙調過曲・漿水令】恕貧無香醪泛鍾，恕貧無美食獻供。又無湯水飲喉嚨，妝甚喜媒？做甚親送？休相笑，莫妄衝，惟恐外人相譏諷。（合）非缺禮，非缺禮，只爲窘中。凡百事，凡百事，望乞包容。

【雙調過曲・品令】三年爲兒，夫妻異床。行行止止，何曾離却兒旁。深思痛想，忍令兒長往，留別計休常撇漾。（合）傳言問，莫惜雁杳魚沉，山遥路長。

【雙調過曲・川撥棹】當初我來求親，你却不依允，到今日果被他負恩。（合）當原先是我好意，誰想他每忘本？

【雙調過曲・朝元令】危巔絶嶺，飛流直下傾。嘆微名奔競，身似浮萍。鷓鴣啼，不忍聽。野花開又馨，消遣羈旅情。到處草茵，題咏眼前無限景。牧笛隴頭鳴，漁舟江上横。（合）潮陽海城，到得後那時歡慶，那時歡慶。

【雙調過曲・普賢歌】先蒙除授任潮陽僉判，十朋也姓王。丞相倚豪强，將他調海邦。（合）只爲不從，花燭洞房。

【雙調犯調・錦堂月】（【畫錦堂】首至五）華髮斑斑，韶光荏苒，雙親幸喜平安。慶此良辰，人

人對景歡顔。(【月上海棠】四至末)畫堂中寶篆香銷，玉盞内流霞光泛。(合)齊祝贊，願福如東海，壽比南山。

【雙調犯調・供養江水】(【五供養】首至合)伊休謙讓，你安心盡職黄堂。到邊三月外，有信到君傍。恨吾無子女，賴你續吾世芳。(【江兒水】合至末)(合)我夫婦好恓惶，最苦是非親父娘。

【商調過曲・鶯啼序】道消遣長空嘆嗟，[一]畫堂中且安享驕奢。看紛紛緑擁紅遮，綺羅香散沉麝。辟寒犀開元此日，[二]曾遠貢喧傳朝野。(合)芳宴設，沉醉後，管絃聲咽。

【商調過曲・黄鶯兒】半世守孤燈，鎮朝昏幾淚零，到今猶在淒涼景。寒門似冰，衰鬢似星，只爲早年不幸鸞分影。(合)細論評，黄金滿籯，不如教子一經。

【商調過曲・簇御林】親師範，近友朋，把詩書勤講明。囊螢鑿壁真堪敬，他每都顯父母，揚名姓。(合)奮鵬程，名題雁塔，白屋顯公卿。

【商調過曲・梧葉兒】遭折挫，受禁持，不由我不淚珠垂。無由洗恨，無由遠耻。(合)事到

(一) 消遣：原作『消道』，據《新刻原本王狀元荆釵記》改。

(二) 辟寒犀：原作『醉寒屏』，據《新刻原本王狀元荆釵記》改。

臨危，拚死在黄泉做鬼。

【越調過曲·下山虎】正是見鞍思馬，睹物傷情。觸起我關心事，教人怎不淚零？如今吾婿得沐聖朝寵榮，我女一身成畫餅。他穩坐在吉安城，他猛浪滔天魂未醒。（合）追想越悲哽，當此衰年暮齡，反要銜寒匍匐行。

【越調過曲·憶多嬌】你且開鏡奩，整翠鈿，休得界破殘妝玉箸懸。衣飾全無真可憐。（合）莫便埋冤，總是前生宿緣。

【越調過曲·鬬黑麻】自古婚姻事非偶然，繫足紅絲是百年以前。兒今去，聽教言：孝順姑嫜，數問寒暄。（合）休得淚漣，荆釵也自便。他日歸來，接取新科狀元。

【越調過曲·亭前柳】衰鬢已星星，弱體戰兢兢。況兼寒凜凜，那更冷清清。（合）此行怎去登山嶺？且過今冬，待春暖共登程。

【越調過曲·豹子令】聞説佳人多嬝娜，多嬝娜，端的容貌賽嫦娥，賽嫦娥。此親若得週全我，酬勞財禮敢虚過。（合）花紅羊酒謝媒婆。

【越調過曲·比目魚】天下賢良，紛紛臨帝鄉。白衣卿相，暮登天子堂。有等魍魎，本爲田舍郎，（合）妝模作樣，也來入試場，也來入試場。

【越調犯調·憶虎序】（【下山虎】首至五）當初娶汝，指望生男育女。誰知暗使牢籠之計，逼勒我孩兒投江身死。我寫狀經官呈告你，（【鬭黑麻】三至四）告你不賢婦薄倖妻。（【憶多嬌】合至末）告到官司，告到官司，打你皮綻肉飛。

九宫大成南北詞宫譜

《九宫大成南北詞宫譜》，全名《新定九宫大成南北詞宫譜》，周祥鈺、鄒金生、徐興華、王文禄、徐應龍、朱廷鏐等人編。全譜分宫、商、角、徵、羽五函，八十二卷，共收列南曲曲調正格一五一三曲，變格一二六〇曲，集曲五九六曲，北曲正格五八一曲，變格一七〇四曲，南北共二〇九四支曲調，正變合計四四六六曲。另收列北曲套曲一八八套，南北合套三六套。此譜現有清乾隆十一年（1746）朱墨套印本、清乾隆内府殿本，1923年上海古書流通處據内府殿本影印。其中收録《荆釵記》部分曲文，據清乾隆内府殿本輯録如下。

【仙吕宫引・花心動】（『花』一作『好』）適遣匆匆，奈眉峰慵畫，鬢雲羞攏。月滿鳳臺，星渡鵲橋，和氣滿門填擁。抹淡妝濃千嬌種，看承似珠擎璧捧。喜氣濃，似仙郎仙女，會合仙宫。

【仙吕宫正曲・江兒水】一紙書親附，指望同臨任所。是何人寫套書中句？改調潮陽應知

去，迎頭先做河伯婦，指望百年完聚。（合）半載夫妻，也算做春風一度。

【仙呂宫正曲·好姐姐】指望終身奉養，誰知道中途骯髒。存亡未審，使奴愁斷腸。（合）心悽愴，願得親姑早會無災障，再願骨肉團圓樂最長。

【仙呂宫正曲·青歌兒】只因我女嬌媚，富家郎要結姻契。姑娘在此作良媒。（合）尋思道理，强如嫁着窮鬼。

【仙呂宫正曲·八聲甘州】春深離故家，嘆衰年倦體，奔走天涯。一鞭行色，遥指剩水殘霞。牆頭嫩柳籬畔花，望古樹枯藤棲暮鴉。（合）嗟呀！遍長途觸目桑麻。

【又一體】呀呀，幽禽聚遠沙，對彷佛禾黍，宛似蒹葭。江山如畫，無限野草閑花。旗亭小橋景最佳，見竹鎖溪邊三兩家。（合）漁艖，弄新腔一笛堪誇。

【仙呂宫正曲·臘梅花】奴奴體貌多嫋娜，月裏嫦娥，賽奴不過。市人都道我，（合）道我相像緊那羅。

【仙呂宫正曲·解三醒】爲當初被人謊詐，把家書暗地套寫，致吾兒一命喪在黄泉下，受多少苦波查。今日幸得佳婿來迎也，又愁着逆旅淹留人事賒。（合）空嗟訝！自嘆命薄，難苦怨他。

【仙呂宫正曲·品令】三年爲兒，夫妻異床。行行止止，何曾離却兒旁？深思痛想，忍令兒

長往。留別計休常撇漾。（合）傳言問，莫惜雁杳魚沉，山遥路長。

【四换頭】賊潑賤閉嘴，數黑論黄説甚的？娘言語怎違？順父母顔情，却是你順父母顔情，人之大禮。話不投機，教人怎隨？富豪戀貪，貧窮見棄，空惹得傍人講是非。

【前腔】呆蠢丫頭，出語污人耳。恁推三阻四，話不投機。豪家求汝效于飛，他有甚相虧？出言抵撞你好没尊卑。

【仙吕宫正曲・不是路】渡口離船，早來到錢家宅院前，咱不免偷閒先下彩雲箋。是甚人言？緣何直入咱庭院？爲一舉登科王狀元。因來便，特令捎帶家書轉。喜從人願，喜從人願。

【仙吕宫集曲・二集傍妝臺】（【傍妝臺】首至四）意懸懸，倚門終日望得眼兒穿。自他赴選歴鏖戰，杳無個信音傳。（【八聲甘州】五至六句）多應他在京得中選，因此無暇修書返故園。（【皂羅袍】五至六）他既登金榜，怎不錦旋，（【傍妝臺】末一句）教人心下轉縈牽。

【中吕宫正曲・駐馬聽】巧語花言，更不顧男女婚姻當遴選。此子才堪梁棟，貌比璠璵，學有淵源。我孩兒非比孟光賢，那書生已遂梁鴻願。（合）萬事由天，一朝契合，做百年姻眷。

【中吕宫正曲・喬合笙】那一日江道，那一日江道，得夢蹊蹺。神人對我曾説道，佳人果然聲韻高。投水江心早，幸梢公救撈，問真情取覆言詞了。留爲義女，同臨任所福州道。（合）

怎知今日，母子團圓，再得同歡好。腰金衣紫還鄉，大家同歡笑，百歲永諧老。

【中吕宫正曲・迎仙客】論婚嫁，笑哈哈，男有室，女有家。看明年生下小哇哇，便請姑婆，喫碗秃秃茶。

【中吕宫正曲・漁家燈】若提起舊日根芽，不由人兩淚如麻。恨只恨一紙讒書，搬鬥得母親叱咤。他見差，逼勒身重嫁，那些個一鞍一馬。（合）這書劄，今日遺發，管成就鸞孤鳳寡。

【中吕宫正曲・太平令】豪門議親，哥嫂已許諧秦晉。（合）未審玉蓮肯從順，且向繡房詢問。

【越調正曲・綿搭絮】尋踪覓跡到江邊，只得撮土爲香，禮雖微，表姑情意堅。望靈魂暫且聽言，指望松蘿相倚，誰想你抱石含冤？都是你的親娘，（合）把乘龍女婿嫌。

【越調正曲・鬥黑麻】自古姻緣，事非偶然，五百年來，赤繩繫牽。兒今去，聽教言：孝順姑嫜，數問寒暄。（合）燈前淚漣，生離各一天。有日歸寧，有日歸寧，吾心始安。

【越調正曲・水底魚兒】天下賢良，紛紛臨帝鄉。白衣卿相，暮登天子堂。有等魍魎，本爲田舍郎，（合）妝模作樣，也來入試場，也來入試場。

【越調集曲・憶虎序】（【下山虎】首至五）當初娶汝，指望生男育女。誰知暗使牢籠之計，逼勒我孩兒投江身死。寫狀經官，當堂告你。（【鬥黑麻】三至四）告你不賢婦，薄倖妻。（【憶多嬌】

合至末）告到官司，告到官司，打你皮綻肉飛。

【又一體】（【下山虎】首至五）我當初嫁你，也是明媒正娶，又不是暗裏偷情，强來隨你。相隨百步，尚有徘徊之意。（【憶多嬌】四至末）免告官司，免告官司，和你團圓到底。

【正宮正曲・玉芙蓉】家私雖富足，心性忒愚魯，向書齋剛學得者也之乎。無才學休想學干禄，有才的便能身掛緑。（合）時不遇，且藏諸韞匵。際會風雲，那時求價待沽諸。

【正宮正曲・白練序】吾兄免自焦，休得見小。論吉人終須造物相保。你休辭途路遥，見説潮陽景致好。（合）焚香告，一心靠着，蒼天便了。

【正宮正曲・傾杯賺】限期已到，請馳騎登途宜早。意難抛，今朝拜别俺故交。自懊惱，我往潮陽歸海島，君往饒州景致饒。休嘆息，願此去各家善保，且寬懷抱，且寬懷抱。

【小石調引・荷葉魚兒】春雨新收，喜見山明水秀，萬花深處有鳴鳩，軟紅泥踏青時候。試躡青鞋，慢拖斑竹，去尋良友。静把詩書閑究，竹扉上是誰頻扣？

【小石調引・相思引】柳拂征衣露未央，可憐年邁往他鄉。漫自慇懃設奠，血淚灑長江。

【南吕宫引・臨江仙】渡水登山須仔細，朝行須聽雞啼。成名先寄好音回，藍袍將掛體，及第便回歸。

【南吕宫引・戀芳春】寶篆香消，繡窗日永，又還節近清明。暗裏時更月换，老逼親庭，旦晚

雖能定省，遇寒暑宜加温清。清和景，惟願雙親，倍膺福壽康寧。

【南吕宫引・哭相思】人死家空情黯黯，奈氣力都消減。自間别，心中常凄慘，今見了越傷感。

【南吕宫引・步蟾宫】（一名【折丹桂】）胸中豪氣沖牛斗，更筆下龍蛇飛走。管英雄隨我步瀛洲，一舉高攀龍首。

【南吕宫引・臨江梅】客夢悠悠雞唤醒，窗前尚有殘燈。欲啼又恐拂親情，不敢高聲，且自吞聲。

【南吕宫引・女臨江】凭欄極目天涯遠，奈人去遠如天。魚來雁去兩茫然，今春看已過，何日是歸年？

【南吕宫正曲・一江風】繡房中，裊裊香烟噴，剪剪輕風送。但晨昏問寢高堂，須把椿萱奉。（合）忙梳早整容，忙梳早整容，惟勤針指功，怕窗外花影日移動。

【南吕宫正曲・梁州序】家私迭等，良田千頃，富豪聲振甌城。他也不曾婚娶，專浼我來求親。他恁的錢物昌盛，愧我家寒，自料難厮稱。這段姻緣料想是前定，入境緣何不順情？（合）休得要，恁執性。

【又一體】他有雕鞍金鐙，重裀列鼎，肯娶我裙布荆釵？況又房奩不整，反被那人相輕。雖

是你房奩不整，他見你恭容，自然相欽敬。嚴父將奴先已許書生，君子一言怎變更？（合）實不敢，奉尊命。

【又一體】你爹娘俱已應承，問侄女緣何不肯？恁推三阻四，莫不是行濁言清？枉自將奴淩併，使刎下頭來，斷然不依聽。論我作伐宅第盡傳名，十處説親九處成。（合）誰似你，假惺惺。

【又一體】做媒的個個誇能，也多有言不相應，信着你都被誤了終身。你那合窮合苦，没福分丫頭，敢來强厮挺。姑娘何必恁生憎？出語傷人，你好不三省。（合）榮枯事，總由命。

【南吕宫正曲・恁麻郎】我告你局騙人財禮，我告你威逼人投水。怎誤我白羅帕見喜？閃得他黄泉做鬼。息怒威，寧耐取，休想我輕輕放過你！

【又一體】這事情天知地知，這見識心黑又意黑。怎辨别他虚你實，也難明他非你是。不放你，不放你，自古饒人不是癡。

【南吕宫正曲・柰子花】論荆釵名本輕微，漢梁鴻曾用聘妻，芳名至今，傳流於世。休將他恁般輕視。（合）聽啓，明説道表情而已。

【南吕宫正曲・秋夜月】（一名【賞秋月】）莫嘆嗟，這總是前生業。雖然你一時鏡剖鸞影缺，慢慢的秦樓别訪吹簫客。（合）你待做人要做絶，救人須救徹。

【南呂宫正曲・金蓮子】休憂此生鸞鏡缺，常言道救人須救徹。聽覆取，休得要哽咽！（合）待等三年孝滿，別贅豪傑。

【南呂宫正曲・東甌令】休嗟怨，免攧屑，分定恩情中道絶。夫妻本是同林鳥，限到各分別。生同衾枕死同穴，誰肯早拋撇？

【南呂宫正曲・劉潑帽】念我到此求科舉，因不第羞返鄉閭。修書欲報娘和父，待浼承局，只怕相推阻。

【又一體】念妾得蒙提挈，只指望同諧歡悦，誰知道全家病滅，（合）不由人，撲簌簌淚珠流血。

【南呂宫正曲・瑣窗寒】這門親非是我貪婪，無奈人來説再三。送荆釵愁他富室包彈，良媒竟没一言回俺，反教人掛腸懸膽。（合）早間聽喜鵲噪窗南，有何親舊相探？

【南呂宫正曲・繡衣郎】半生在陋室幽棲，樂守清貧苟度時。重蒙不棄，大厦千間相周庇。望孩兒異日榮貴，報岳翁今日恩義。（合）願從今奮鵬程萬里，願從今奮鵬程萬里。

【又一體】黄河尚有澄清日，豈可人無得運時？皇都得意，那時好個風流婿。我寒儒顯赫門楣，太岳翁傳揚名譽。（合）願從今奮鵬程萬里，願從今奮鵬程萬里！

【南呂宫正曲・刮鼓令】從别後到京，慮萱親當暮景。幸喜得今朝重會，又緣何愁悶縈？

莫不是我家荆，看承母親不志誠？（合）分明説與伲兒聽，他怎生不與共登程？

【又一體】心中自三省，轉教人愁悶增。你媳婦多災多病，況親家兩鬢星，家務事要支撑，教他怎生離鄉背井？（合）爲你饒州之任恐留停，先令人送我到京城。

【又一體】當初待起程，到臨期成畫餅。若説起投江一事，恐唬得恩官心戰驚。途路上少曾經，當不得許多高山峻嶺。（合）餐風宿水怕勞形。因此上留住在家庭。

【南吕宫正曲・金錢花】旦夕祝告蒼天，周全。願他獨占魁選，榮顯。母妻封贈受皇宣。（合）門楣顯，姓名傳。得魚後，怎忘筌？

【南吕宫正曲・風檢才】舉子讀書大賢，錦繡文章可觀，象簡羅袍伲伊穿。（合）宫花插，帽簷偏。頭名是，王狀元！

【南吕宫正曲・五更轉】心痛苦，難分訴。一從往帝都，終朝望你諧夫婦。誰想今朝，拆散中途。我母親，信讒言，將奴誤。（合）你一心貪戀他豪富，把禮義綱常全然不顧。

【南吕宫正曲・紅衫兒】自那日投江隨潮去，痛苦傷悲。忽聞人報道身亡，轉教人痛悲。若不遇公相相留，怎能彀夫妻重會？（合）效銜環結草，當報恩義。

【南吕宫正曲・紅芍藥】切齒恨奸臣，將咱改別調。却將王士宏改除饒，咱授海濱勤勞。空教，空教那廝謀陷我，天憐念豈落圈套？（合）但願得夫妻母子來此永團圓，一家裏榮耀。

【南呂宮正曲·紅衲襖】古人君所以賢，古人臣所可言。聖王汲汲思爲善，爲善還當何者先？子輩燈窗已有年，所得經書學問淵。悉心爲我敷陳也，毋視庸常泛泛然。

【商調正曲·鶯啼序】光陰迅速如電掣，斷送了多少豪傑。遇良辰自宜調燮，且把閒悶抛撇。進履襪歡看婦儀，炷寶鼎對天答謝。（合）芳宴設，沉醉後，管絃聲咽。

【商調正曲·黄鶯兒】半世守孤燈，鎮朝昏幾淚零，到今猶在淒涼景，寒門似冰，衰鬢似星。只爲早年不幸鸞分影。（合）細評論，黄金滿籯，不如教子一經。

【商調正曲·簇御林】親師範，近友朋，把詩書勤講明。囊螢鑿壁真堪敬，他們都顯父母，揚名姓。（合）奮鵬程，名題雁塔，白屋顯公卿。

【商調正曲·山坡羊】撇得我不尷不尬，閃得我無聊無賴。親家你一霎時認真，逼他去投江海，怎佈擺？禍從天上來。你嫡親父母尚且不遮蓋，反將他諧老夫妻生打開。（合）哀哉！撲簌簌淚滿腮。傷懷，生擦擦痛怎捱！

【又一體】不念我年華高邁，不念我形衰力憊，不念我無人養老，不念我絶宗派。都是你老禍胎，受了孫家婚聘財，逼得他銜冤負屈投江海。閃得我有地無人築墓臺。（合）哀哉，撲簌簌淚滿腮；傷懷，生擦擦痛怎捱？

【商調正曲·梧葉兒】遭折挫，受禁持，不由我珠淚垂。無由洗恨，無由遠恥。（合）事到臨

危，拚死在黄泉做鬼。

【雙調引・真珠簾】南極耿耿祥光燦，明星爛，慶老圃黄花娱晚。去了青春不再返，且暫把身心遊玩。疏散，喜團圓歡會，慶生華誕。

【雙調引・賀聖朝】幾年職掌朝綱，四時燮理陰陽。一人有慶壽無疆，兆民賴之安康。

【雙調正曲・朝元令】幾處幽林曲徑，松杉列翠屏。回首亂雲凝，禪關掩映，聽遠鐘三四聲。欽奉綸音命，遊宦宿郵亭。遠離京城，盼陽關把往事空思省。水程共山程，長亭復短亭。（合）潮陽海城，到得後那時歡慶，那時歡慶。

【雙調正曲・鎖南枝】休發怒，免性焦，一言望乞聽奴告。這聘禮荆釵，休恁看得小。非是金，非是寶，將來聘奴家，一似孟德耀。

【雙調正曲・清江引】求名未遂，羞歸鄉里，淹滯在京都地。拜覆我爹娘，休把兒牽繫，指日間到家庭，重賀喜。

【黄鐘宫正曲・賞宫花】潮陽海邦，坐黄堂，名譽彰。省臺飛薦剡，看文章，擢任三山爲太守。叩頭萬歲謝吾皇。

【黄鐘宫正曲・降黄龍】草舍茅簷，蓬蓽塵蒙，網羅風颭。尊親到此，但有無一一，望親遮掩。恩沾，萬間周庇，悄似寒灰撥焰。（合）使窮親歡生愁腹，喜生愁臉。

【又一體】淹淹，貧守齏鹽，常慮衣單，每憂食欠。今爲眷屬，尤恐將閥閱門風辱玷。休謙，既成姻眷，又何故相棄相嫌。（合）敢攀取尊親寵臨，老夫過僭。

【黄鐘宫正曲·黄龍衮】休將別淚彈，休將別淚彈，且把愁眉斂。背井離鄉，誰敢胡沾染？路途迢遞，不無危險。（合）纔日暮，問路程，尋宿店。

新定十二律京腔譜

《新定十二律京腔譜》，清王正祥編纂，共十六卷，以黄鐘、大吕、太簇、夾鐘、姑洗、中吕、蕤賓、林鐘、夷則、南吕、無射、應鐘等陰陽十二律吕爲序分屬曲調，各律分引曲、聯套、單詞、兼用等類别，又設閏月律、通用曲、集曲等類。此譜現有清康熙停雲館刊本、1917年暖紅室再刊本。其中收録《荆釵記》部分曲文，據清康熙停雲館刊本輯録如下。

【黄鐘律・三臺令】乍别南粤郵亭，又入東甌郡城。(一)水秀共山明，睹風物喜不自勝。

【黄鐘律・簇御林】親師範，近友朋，把詩書勤講明。囊螢鑿壁皆堪敬，顯父母，揚名姓。(合)奮鵬程，名題雁塔，白屋顯公卿，白屋顯公卿。

(一)　郡：原作『禁』，據汲古閣刊本《繡刻荆釵記定本》改。

【黄鐘律·黄鶯兒】公相望垂憐，夫人意非淺。又蒙結拜爲姻眷，恩德萬千，何日報全？願登八位三台顯。（合）淚漣漣，雙親遠别，重得遇椿萱，重得遇椿萱。

【大吕律·胡搗練】傷風化，壞綱常，萱親逼嫁富家郎。若把我清名虧污了，不如一命赴長江。

【大吕律·似娘兒】一女貌天然，緣分淺，親事遲延。願天早與人方便，絲蘿共結，蒹葭可倚，桑杏相聯。

【大吕律·八聲甘州】窮酸魍魎，對我行輒敢數黑論黄，妝模作樣，惱得氣滿胸膛！平生頗讀書幾行，豈肯亂三綱並五常。（合）酌量，且順從公相何妨？

【前腔换頭】端詳，窮酸伎倆，怎做得潭潭相府東床？出言無狀，那些個謙讓温良。微名幸登龍虎榜，棄舊憐新薄倖郎？（合）參詳，料烏鴉怎配鸞凰？

【大吕律·比目魚】天下賢良，紛紛臨帝鄉。白衣卿相，暮登天子堂。有等魍魎，本爲田舍郎，妝模作樣，也來入試場，也來入試場。

【太簇律·啄木兒】吾兄女，將及笄。許配王生尚未歸。那孫呆忽至吾家，也要娶我侄女，他央老妾爲媒氏。領言曾到兄家去，便欲憐新將舊悔。

【太簇律·出隊子】追思前事，心下如同理亂絲。雖然頗頗有家私，争奈年高無後嗣，怎不

教人朝夕怨咨！

【太簇律・古梁州】家私迭等，良田千頃，富豪聲振甌城。不曾婚聘，專浼我來求親。他恁錢物昌盛，愧我家寒貌醜難厮稱。因緣料想是前定，入境緣何不順情？休得要恁執性，休得要恁執性。

【太簇律・梁州令】你爹娘俱已應承，問侄女緣何不肯？推三阻四，行濁言清。枉了將人凌併，便刎下頭來，斷然不依允。作伐，宅第盡聞名。十處説親九處成，誰學你假惺惺。

【夾鐘律・疏影】韶光荏苒，嘆桑榆暮景，貧困相兼。半載憂愁，一家艱苦，知他甚日回甜。衣單食缺心無欠，爲親老常懷悽慘。秀才儒雅，安人賢慧，小姐貞廉。

【夾鐘律・傍妝臺】晝初長，啣泥來往燕兒忙。高柳蟬聲細，角黍慶端陽。十里湖光好，菡萏花開放。（合）三伏景，宜共賞，等閒莫負水亭涼，等閒莫負水亭涼。

【夾鐘律・雙勸酒】儒冠誤身，一言難盡。只因那人，常縈方寸。若得配合秦晉，其間燕爾新婚。

【夾鐘律・普賢歌】書中語句有差訛，致使娘兒聒絮多。真僞怎定奪？是非没奈何，尺水翻成一丈波。

【夾鐘律・恁麻郎】我告你局騙我財禮，我告你威逼他投水。怎誤我白羅帕見喜。閃得他

黄泉路做鬼。息怒威，寧耐取，休想着我輕放着你！

【姑洗律·步蟾宫】胸中豪氣衝牛斗，更筆下龍蛇飛走。管英雄隨我步瀛洲，一舉高扳龍首。

【中吕律·粉蝶兒】一片胸襟，清如五湖秋水，喜聲名上達丹墀。感皇恩，蒙聖寵，遷擢福地，秉忠直肅清海閩奸弊。

【中吕律·玉芙蓉】書堂隱相儒，朝野開賢路，喜明年春闈已招科舉。窗前歲月莫虚度，燈下簡篇可卷舒。（合）時不遇，且藏諸韞匵。待際會風雲，求價待沽諸。

【中吕律·錦纏道】治家邦，正人倫，三綱五常。潛説短和長，不隄防，他人有耳隔墻。晉陶潛認作阮郎，誓柏舟甘效共姜。先打後商量，問出你私情勾當，押發離府堂。文牒上明開供狀，抵多少衣錦去還鄉，抵多少衣錦去還鄉。

【中吕律·朱奴兒】因科舉離鄉半春，從别後斷羽絶鱗。今日天教遇你們，趁良使附歸音信。（合）還歷盡山郭水村，指日到東甌郡。

【中吕律·一江風】繡房中，裊裊香烟噴，剪剪輕風送。但晨昏問寢高堂，須把椿萱奉。忙梳早整容，忙梳早整容，惟勤針指功。窗外花影日移動，窗外花影日移動。

【中吕律·風入松】連年貧苦未逢時，誰想一旦分離。孩兒自别求科舉，怎知道妻房溺水？

見他時休提寄書，招贅事意何如？招贅事意何如？

【中吕律・急三鎗】情難訴，常思憶，常憂慮，心慽慽，淚如珠。登程去，休思憶，休憂慮，途路上，免嗟吁。

【蕤賓律・夜行船】一幅鸞箋飛報喜，垂白母想已聞知。日漸過期，人何不至？心下轉添憂憶。

【蕤賓律・錦衣香】夫性聰，才堪重；婦有容，德堪重。美質奇才，彩鸞丹鳳。自慚非是漢梁鴻，何當富室，配着貧窮。妾非孟光，奉椿庭適事明公。前世曾歡共，藍田玉種。夫和婦睦，琴調瑟弄，琴調瑟弄。

【蕤賓律・漿水令】恕貧無香醪泛鍾，恕貧無美食獻供。又無些湯水飲喉嚨，妝甚喜媒？做甚親送？休相笑，莫妄銜，惟恐外人相譏諷。非缺禮，非缺禮，只爲窘中。凡百事，凡百事，望乞包容。

【蕤賓律・惜奴嬌】家道貧窮，守荆釵裙布，謹身節用。今爲姻眷，惟恐玷辱門風。空空，愧乏房奩來陪奉，望高堂垂憐寵。（合）喜氣濃，悄似仙郎仙女，會合仙宫，會合仙宫。

【前腔換頭】欣逢，夫婿寬洪，可留心遵守，四德三從。勤攻詩賦，休得效學飄蓬。重重，命蹇時乖長如夢。謝良言，開愚懵。（合）喜氣濃，悄似仙郎仙女，會合仙宫，會合仙宫。

【蕤賓律・黑蠊序換頭】家中，雖忝儒宗。論蘋蘩箕幕尚未諳通，愧無能，豈宜適事英雄。融融，非獨外有容，必然内有功。（合）喜氣濃，悄似仙郎仙女，會合仙宫。

【林鐘律・臨江仙】渡水登山須仔細，朝行更聽鷄啼。成名先寄好音回，藍袍初掛體，及早辦歸期。

【林鐘律・女臨江】凭欄極目天涯遠，奈人去遠如天。鱗鴻何事竟茫然？今春看又過，何日是歸年？

【林鐘律・臨江梅】客舘悠悠鷄唤醒，窗前尚有殘燈。攬衣推枕自閒評，今日飄零，何日安寧？

【林鐘律・刮鼓令】從别後到京，慮萱堂當暮景。幸喜得今朝重會，又緣何愁悶縈？莫不我家荆，看承母親不志誠？分明説與伲兒聽，怎生不與共登程？

【林鐘律・梧葉兒】遭折挫，受禁持，不由我淚珠垂。無由洗恨，無由遠耻。事到臨危，拚死在黄泉做鬼。

【夷則律・花心動】適遣匆匆，奈眉峰慵畫，鬢雲羞攏。月滿鳳臺，星渡鵲橋，和氣滿門填擁。抹淡妝濃千嬌種，看承似珠擎璧捧。（合）喜氣濃，似仙郎仙女，會合仙宫。

【南吕律・亭前柳】垂鬢已星星，弱體戰兢兢。况兼寒凛凛，那更冷清清。此行怎去登山

嶺？　且過殘冬，待春暖共登程。

【南吕律・勝如花】辭親去，別淚零，辭親去，別淚零，豈料登山驀嶺。只因他寄簡傳書，反教娘離鄉背井，未知道何日歡慶？（合）愁只愁一程兩程，况不聞長亭短亭。暮止朝行，趲長途曲徑。休辭憚跋涉奔競，願身安早到神京，早到神京。

【南吕律・憶虎序】當初娶汝，生男育女。逼勒我孩兒，去投江身死。寫狀經官，經官告你不賢婦薄倖妻。若到官司，若到官司打你皮綻肉飛。

【無射律・劉潑帽】念妾那日蒙提挈，只指望重諧歡悦。負心果也隨燈滅，一度思量，一度肝腸裂。

【無射律・金蓮子】待要説傷心，到口又哽咽，貞共潔怎教做兩截？　若要奴再招夫，則除是山崩大江竭。

【無射律・繡衣郎】自歷學十載書幃，自歷學十載書闈，黄卷青燈不暫離。春闈催試，鏖戰文場男兒志。跳龍門擬着荷衣，步蟾宫必扳丹桂。從今奮鵬程萬里，從今奮鵬程萬里。

【無射律・黄龍衮】休將珠淚彈，休將珠淚彈，莫把愁眉斂。背井離鄉，誰敢胡沾染？　路途迢遞，不無危險。纔日暮，問路程，尋宿店。

【四换頭】賊潑賤閉嘴，數黑論黄講甚的？　娘言語怎逆？　順親顔情却是你。順親顔情，人

之大禮。竟不相投，教奴怎隨？富豪貪戀，貧窮見棄，須惹得傍人講是非。呆蠢小丫頭，出語污人耳。聽恁地推三阻四，話不投機。豪家求汝效于飛，他有甚相虧？回言抵抗没尊卑。

【應鐘律・探春令】人生最苦是别離，論貞潔無比。仗鸞箋一紙傳消息，怎不見回音至？

【應鐘律・解三酲】王狀元且休閒講，這姻親果是無雙。當朝宰相爲岳丈，論門户正相當。寒儒怎敢過望想？自古糟糠不下堂。（合）忒無狀，花言巧語，一廸胡謊！

【前腔換頭】阻四推三不忖量，舌劍唇鎗反受殃。停妻再娶誰承望？又何必苦相央？朝中選法咱執掌，禍到臨頭燒好香。不輕放，改除烟瘴，休想還鄉。

【應鐘律・瑣窗寒】這門親非我貪婪，奈人來説再三。荆釵愁他富室包彈，良媒竟没一言回俺，反教人掛腸懸膽。（合）早間喜鵲噪窗南，有何親舊相探？

【應鐘律・柰子花】論荆釵名本輕微，漢梁鴻曾用聘妻，芳名至今留傳於世。休將他恁般輕視，聽啓，明説道表情而已。

【應鐘律・豹子令】非是冰人説强呵，説强呵，成敗都是女蕭何，女蕭何。若是才郎拚財禮，管教織女渡銀河。（合）花紅羊酒謝姑婆。

【閏月律・賀聖朝】幾年職掌朝綱，四時燮理陰陽。輔一人有慶壽無疆，兆姓賴安康。

【閏月律・孝順歌】孫員外家富足，他們有的金共玉。一心嫁寒儒，緣何棄撇汝？容奴禀覆，未必兒夫將奴辜負。横死賊徒，忒自生嫉妒。這紙書重看取，明寫着贅相府，明寫着贅相府。

【閏月律・迎仙客】論婚嫁，笑哈哈，論婚嫁，笑哈哈，男有室女有家，來年生下小哇哇，帶挈姑娘，喫碗秃秃茶。

【通用調・哭相思】人死家空情黯黯，奈氣力都消滅。自間别心中常悽慘，今見了越傷感。

【犯調・漁家雁】（【漁家傲】首至五）莫不是明月蘆花没處尋？莫不舊日王魁嫌遞萬金？忘奴半載同衾枕？不曾之任？（【雁過聲】末二句）欲語不言情難審，那是全抛一片心？

【犯調・二犯傍妝臺】（【傍妝臺】首至四）意懸懸，倚門望得眼兒穿。赴选歷鏖戰，無個信音傳。（【八聲甘州】四至五）多應在京得中選，無暇修書返故園。（【皂羅袍】七至八）既登金榜，怎不錦旋？（【傍妝臺】末句）教人心下轉縈牽，教人心下轉縈牽。

【犯調・兩紅燈】（【兩休休】首至六）若提起舊日根芽，教人兩淚如麻。恨只恨一紙讒書，搬鬭得母親叱咤。見差，逼汝身重嫁，（【朱奴儿】第四句）那些個一鞍一馬。（【剔银灯】五至終）書劄令人遺發，管成就鸞孤鳳寡。

圖書在版編目（CIP）數據

永樂大典戲文三種　荆釵記 / 俞爲民主編、整理.
杭州 : 浙江大學出版社, 2025. 3. --（南戲文獻全編）.
ISBN 978-7-308-25127-3

Ⅰ. I237; I237.2

中國國家版本館 CIP 數據核字第 202411FB75 號

南戲文獻全編·劇本編·永樂大典戲文三種　荆釵記
俞爲民 主編　俞爲民 整理

策　　劃　陳　潔　宋旭華
責任編輯　周挺啓　方涵藝
責任校對　蔡　帆
封面設計　周　靈
出版發行　浙江大學出版社
（杭州市天目山路 148 號　郵政編碼 310007）
（網址：http://www.zjupress.com）
排　　版　杭州朝曦圖文設計有限公司
印　　刷　杭州宏雅印刷有限公司
开　　本　880mm×1230mm　1/32
印　　張　71.5
字　　數　1500 千
版 印 次　2025 年 3 月第 1 版　2025 年 3 月第 1 次印刷
書　　號　ISBN 978-7-308-25127-3
定　　價　1280.00 元(全三册)

○南戲文獻全編 劇本編○

俞爲民 主編

永樂大典戲文三種 荊釵記

中册

俞爲民 整理

ZHEJIANG UNIVERSITY PRESS
浙江大學出版社
·杭州·

新刊重訂出相附釋標註節義荆釵記

目録

新刊重訂出相附釋標註節義荆釵記卷之二……七一二

新刊重訂出相附釋標註節義荆釵記卷之三……七六九

新刊重訂出相附釋標註節義荆釵記卷之四……八一五

新刊重訂出相附釋標註節義荆釵記目録

卷之三

卷之四

新刊重訂出相附釋標註節義荆釵記卷之一㈠

江湖散人陽川子釋
徽郡星源游子重訂
金陵書林世德堂梓
鳳城思德李氏校書

第一齣　副末開場

（末）

【滿庭芳】風月襟懷，江湖度量，㈡等閒换羽移宫。高歌一曲，劇飲酒千鍾，㈢細共朋儕講

㈠ 眉批：《天禄識餘》：玉蓮，王梅溪先生十朋之女。孫汝權，宋進士，與梅溪爲友，敦尚風誼。先生劾史浩八罪，汝權實慫恿之。史氏所最切齒，遂妄此《荆釵》傳奇，故謬其事以衊之。

㈡ 眉批：風月、江湖皆瀟灑出塵之意。

㈢ 夾注：劇：音『克』。

論。(一)古今多少英雄争强弱，新愁舊恨，俱逐水流東。(二)閒將文作賦，雖無好句，自有奇功。巉巖韻短，(三)最是團圓少。字字無重，君看取、中間醖釀，(四)别是一家風。

【沁園春】才子王生，(五)佳人錢氏，(六)賢孝温良。以荊釵爲聘，配爲夫婦。春闈赴試，(七)拆散鴛鴦。(八)獨步蟾宫，(九)高攀丹桂，(一〇)一舉成名姓字香。因參丞相，不從招贅，(一一)改調在潮

(一)夾注：儕：音『才』。
(二)夾批：往而不返之意。　眉批：世間無水不朝東。
(三)夾注：巉：音『慚』。
(四)夾注：醖釀：音『愠嚷』。
(五)夾批：王十朋。
(六)夾批：錢玉蓮。
(七)眉批：春赴禮部考曰『春闈』。
(八)夾注：拆：音『册』。　夾批：喻夫婦。
(九)夾批：謂登科。
(一〇)眉批：登科第者謂之攀桂步蟾，故云。
(一一)夾注：贅：音『綴』。

陽。(一)修書飛報萱堂，(二)到中途被奸謀作禍殃。(三)岳母生嗔，(四)逼令改嫁。全貞守節，潛地去投江。幸神道匡扶，舟人撈救，(五)同赴旋期往異鄉。(六)在樓船相會，義夫節婦，千古永傳揚。

總詩：

王狀元不就東床婿，(七)万俟相改調潮陽去。(八)
孫汝權謀書套信歸，錢玉蓮守節荆釵記。

(一) 夾批：屬廣東。
(二) 夾批：指母也。
(三) 夾批：孫汝權套換書事。
(四) 夾批：怒也。
(五) 夾批：錢安撫救玉蓮事。
(六) 夾批：還也。
(七) 眉批：晉郗鑒(原作『監』。下同改)使門生求婿於王導，導令遍觀子弟，惟一人在東床坦腹食，獨若不聞。鑒曰：『此佳婿也。』遂妻之。乃羲之。
(八) 夾注：万俟：音『木其』。

第二齣　同儕講學

（生）

【滿庭芳】樂守清貧，恭承嚴訓，(一)十年燈火相親。(二)胸藏星斗，(三)筆陣掃千軍。(四)若遇桃花浪暖，(五)定還我一躍龍門。(六)親年邁，(七)且自温衾扇枕，(八)隨分度朝昏。(九)

〔古風〕越中古郡誇永嘉，(一〇)城池闤闠人奢華。(一一)思遠樓前景無限，畫船歌妓顏如花。詩禮傳家忝儒

(一)夾批：師教也。　眉批：王子雲曰：『人處世寧可清貧，不可濁富。』

(二)夾批：夜讀也。

(三)夾批：指文章。

(四)夾批：筆力快利也。　眉批：古文：『筆陣獨掃千人軍。』

(五)夾批：三月景，喻春闈。

(六)夾批：及第意。　眉批：《水經》：『鱣鯉出鞏穴，三月上渡龍門，得渡者化爲龍。』唐人以比登科。

(七)夾注：邁：音『賣』。

(八)夾批：黄香故事。　眉批：黄香九歲失母，事父至孝，冬則以身温被，夏則扇枕。

(九)夾批：早也。夾批：晚也。

(一〇)夾批：縣名。

(一一)夾注：闤闠：音『環饋』。　眉批：市巷謂之闤，市門謂之闠，故市井曰闤闠。

裔，(一)先君不幸早冥逝。奈何家業漸彫零，報效劬勞未如意。(二)儘交彈鋏嘆無魚，(三)甘守齏鹽樂有餘。(四)高堂淑賢齊孟母，(五)諄諄教子勤勞苦。刺股懸梁曾努力，引光夜鑿匡衡壁。(六)胸中拍塞五車書，(七)舌底瀾翻浪千尺。吁嗟歲月不我留，親年高邁喜復憂。(八)甘旨奈何缺奉養，功名況且心未酬。一躍龍門從所欲，麻衣換却羅衣緑。丹墀拜舞受皇恩，(九)管取全家食天禄。(一〇)小生姓王，名十朋，表字龜

(一) 夾批：裔：音『意』，謂子孫。
(二) 夾批：勞甚意。
(三) 夾注：鋏：音『劫』。　眉批：鋏，長劍也。馮驩在孟嘗君門，彈鋏歌曰：『長鋏歸來乎，食無魚。』
(四) 夾注：齏：音『賫』。
(五) 夾批：指母。夾批：軻之母。　眉批：孟母至賢，三遷其舍，以教孟軻。
(六) 夾批：匡衡事。　夾注：鑿：音『濁』。　眉批：漢匡衡好學，家貧無油，鄰舍有燭，嘗鑿壁引其光讀之。
(七) 夾注：塞：音『色』。
(八) 夾注：邁：音『賣』。
(九) 夾注：墀：音『池』。　眉批：丹墀，殿階也，以丹朱漆地，謂之丹墀。
(一〇) 眉批：古詩：『一子受皇恩，全家食天禄。』

齡，年紀弱冠，(一)乃温州人也。(二)不幸椿庭蚤喪，(三)深賴萱堂訓誨成人。(四)明日堂試，昨邀朋友到家講書，未知來否？（末）

【窣地錦襠】(五)蒼天未必困英豪，勤讀詩書莫憚勞。(六)（浄）龍門萬丈似天高，(七)一躍過期着緑袍。(八)

（末）馬前喝道狀元來，這不是着緑袍。（浄）此間王梅溪宅上，請了。（生）二兄來了。（相見介）（末、浄）明日是府堂尊試，各把書來講一講，如何？（生）説得有理。

(一)　眉批：《記》云：『二十曰弱冠。』

(二)　夾批：今浙江治。

(三)　夾批：蚤：『早』同。

(四)　眉批：椿庭，指父。《莊子》：『上古有大椿，以八千歲爲椿（原作『春』）。』以稱父者，取壽之久也。萱堂，指母，萱，忘憂草也，言萱草樹北堂，取母主北堂之義也。

(五)　襠：原闕，據曲牌名補。

(六)　夾批：畏難也。

(七)　眉批：龍門，《淮南子》曰：『禹治水，鑿龍門。』

(八)　眉批：緑袍，及第者唱名謝恩後，賜緑羅公服一領。

【玉芙蓉】書堂隱相儒，(一)朝野開賢路，看明年春闈選招科舉。(二)窗前歲月莫虛度，燈下簡編可卷舒。(三)(合)時不遇，且藏珠韞匵。(四)際會風雲，那時求價待沽諸。(五)

【前腔】懸頭及刺股，(六)掛角并投斧，(七)嘆先賢曾受許多勤苦。六經三史宜温故，(八)諸子四書宜誦讀。(合前)(浄)

【前腔】家私雖富足，心性忒愚魯，(九)向書齋懶讀者也之乎。無才學休想學干祿，(一〇)有才學

(一) 眉批：古詩：『道院迎仙客，書堂隱相儒。』

(二) 夾批：禮部試也。

(三) 夾批：古文：燈火稍可親，簡編可卷舒。

(四) 夾批：言懷寶意。

(五) 夾批：正待聘意。眉批：《論語》曰：『有美玉於斯，韞匵而藏諸，求善價而沽諸。』

(六) 夾注：懸：音『玄』。夾批：孫敬也。眉批：孫敬好學，夜讀恐睡，以繩繫頭髻，懸之梁上。夾批：蘇秦也。眉批：蘇秦夜讀欲睡，則以錐刺股而讀。

(七) 夾批：李密讀書。眉批：李密掛《漢書》一帖於牛角讀之。眉批：投斧，《揚子》曰：『孔子習周公者也，班投其斧而習諸子，孰曰非也？』

(八) 夾批：《詩》《書》《易》《禮》《春秋》。

(九) 夾批：不明，鈍也。

(一〇) 夾批：求也，仕之俸。

便能去掛綠。（合前）

詩：

（生）聖朝天子重英豪，（末）好把文章教爾曹。

（净）世上萬般皆下品，（丑）思量惟有讀書高。

第三齣　堂試諸生

（衆相見介。末上）

【謁金門】簡命今專邦甸，(一)報國存心文獻。(二)蒲鞭枉直招公掾，(三)三載民無怨。

〔鷓鴣天〕(四)千里承恩秉節旄，忠心曾不染秋毫。公門既許清如水，吏筆何須疾似刀？無德政，起童

(一) 夾批：閲也，擇賢意。　夾注：甸：音『殿』。

(二) 夾批：謂舉文學賢才。

(三) 夾批：劉寬事。　眉批：後漢劉寬拜南陽太守，寬仁多恕，吏人有過，但以蒲鞭罰之示辱而已。　夾批：不直也。夾批：吏也。

(四) 〔鷓鴣天〕：原闕，據《新刻原本王狀元荊釵記》補。

謡，聿修文事贊皇朝。(一)願歌廉范酬皇意，(二)布政歐城教爾曹。下官温州知府吉天祥是也。即今賓興之秋，(三)又當堂試之日。左右，分付秀才取齊進來。（生）

【水底魚】仰之彌高，鑽之彌堅。忽焉在後，瞻之忽在前。(四)（小生）

【前腔】學問無邊，如人入廣淵。意深趣遠，(五)玄玄復又玄，玄玄復又玄。（浄）

【前腔】身似神仙，金銀積萬千。無心向學，終朝只愛眠，終朝只愛眠。

（衆相見介。外）今日考試諸生，不意分巡大人按臨，將就考你諸生一道策罷。（衆）公祖大人在上，諸生皆是聞見之學，望賜淺近些題目。（小外）

【紅衲襖】問：古人君所以賢，古人臣所以賢。聖王汲汲思爲善，(六)還當何者先？子輩燈

(一) 聿：原作『書』，據汲古閣刊本《繡刻荆釵記定本》改。

(二) 眉批：廉范（原作『范廉』）爲蜀郡太守，舊制，禁民夜作，以防火災。范至，勿禁。民歌曰：『廉叔度（原作『范叔定』），來何暮。不禁火，民夜作。昔無襦，今五袴。』

(三) 眉批：賓興，謂科舉之年也。《周禮・地官・大司徒》：『以鄉三物教萬民而賓興之。』興，猶舉也。謂舉其賢者、能者而待以賓禮也，故云。

(四) 眉批：『仰之彌高』數句，本《論語》，顔子嘆夫子之道無窮盡、無方休者也。

(五) 趣：原作『越』，據《新刻原本王狀元荆釵記》改。　夾批：調也。

(六) 夾批：猶黽勉也。

窗已有年，所得經書學問淵。悉心爲我敷陳也，(一)毋視庸常泛泛然。（生）

【前腔】對：古明君在重賢，古良臣貢舉先。巫咸傅説初皆賤，(二)伊尹曾耕莘上田。(三)皋陶既舉不仁遠，(四)四皓出而漢祚安。(五)恭承執事詢愚見，(六)敢不諄諄露膽肝？

（太守批）此篇以薦賢立論，是知國家之首務者，宜取以冠諸篇。健羡！健羡！（末）

【前腔】對：古賢王在獵田，古賢臣開墾先。(七)孟軻什一言尤善，(八)八口同耕井字田。(九)庸

(一) 夾批：盡也。

(二) 夾批：祖乙相。夾批：武丁相。

(三) 夾批：湯臣名。夾批：地名。　眉批：傅説築於傅巖，武丁舉以爲相。伊尹耕於有莘之野，成湯聘之，用以爲相。

(四) 夾批：舜臣。　眉批：《論語》曰：『舜有天下，選於衆，舉皋陶，不仁者遠矣。』

(五) 夾批：隱商山。　眉批：四皓，東園公、綺里公、夏黄公、角（原作『角』）里先生，四人隱商山不出。漢高欲易太子，吕后與張良謀，因迎四皓與太子游，帝意遂決，卒不能易，故曰漢祚安。

(六) 夾批：指堂尊。

(七) 墾：原作『懇』，據《新刻原本王狀元荊釵記》改。

(八) 夾批：十分中取一分也。

(九) 眉批：《孟子》言：三代取民之制，其實皆什一也。井田之法，方一里爲井，井九百畝，中爲公田，外爲私田，故八家同耕一井田。

言民乃國之本，(一)故曰食爲民所天。(二)恭承執事詢愚見，敢不精心盡數言？

（太守批）此篇以井田什一立意，足見其有憂國憂民之心。可喜！可喜！（浄）

【前腔】對：古剛明須積錢，(三)臣奉行須聚斂。治財理賦稱劉晏，(四)功數蕭何饋餉先。(五)徵糧時要他加二三，糧完時賞他一個錢。（外）你是個富家的子弟。（浄）然也，若令府庫充盈也，大敵聞之不敢言。

（太守批）此篇陳詞未純，立論不正，再加克苦之功，革去奢華之習，方免馬牛襟裾之誚。(六)痛勉！痛勉！方纔那卷子，與那初起的卷子，字跡相同，敢是替他寫的？（生）學生自幼同窗。（浄）同學王羲之字。（太守）第一個卷子秀才，叫甚麼名字？（生）學生王十朋。

（外）今朝堂試你魁名，他日還須作上卿。

（生）大惠及民修德政，（丑）又將課業教書生。

(一) 夾批：《書》曰：民爲邦本，本固邦寧。

(二) 夾批：《史》曰：民以食爲天。

(三) 夾批：指人君。

(四) 夾批：唐時人。　眉批：劉晏，唐德宗時善理財，故史稱其有足食之功。

(五) 夾批：漢時人。　眉批：漢高祖初定天下，蕭何關中運糧，饋餉不絕，皆□□也。

(六) 眉批：□□曰：『人不通□□，馬牛而襟□□□。』讀書者□□□□無所。

第四齣　玉蓮慶壽

（外上）

【高陽臺】兔走烏飛，(一)星移物换，(二)看看華髮皤然。(三)嗣息無緣，幸生一女芳年。温衣飽食堪過遣，賴祖宗遺下田園。喜一家老幼平安，謝天週全。

〔鷓鴣天〕華髮蕭蕭鬢若霜，老來無子實堪傷。箕裘事業誰承繼？(四)詩禮傳家孰紹芳？閒議論，細思量，欲將一女贅賢良。榮枯得失皆前定，只把丹心答上蒼。老夫姓錢，名流行。昔年太學曾考貢元，塵世六旬，(五)温城人。衣冠世裔，閥閲名家。(六)時乖難顯於宗風，學淺粗知於禮義。雖有家貲，奈無子嗣承繼，先室姚氏所生一女，取名玉蓮，芳年二八，老夫續娶周氏，全賴他撫養，女兒朝暮得他訓誨，教習針指。正是子孝雙親樂，家和萬事成。且喜今日是我賤誕，已曾分付李成，安排筵席，未知完否？李

(一) 夾批：月也。夾批：日也。眉批：兔，陰之精，故月中有玉兔；烏，陽之精，故日裏有金烏。

(二) 夾批：見時物變遷意。眉批：《滕王閣序》：『物换星移幾度秋。』言星宿之推移，物象之改换也。

(三) 夾批：白貌。

(四) 眉批：有子謂箕裘有繼。《記》曰：『良冶之子，必學爲裘；良弓之子，必學爲箕。』

(五) 眉批：旬，十數，六旬謂六十也。

(六) 眉批：閥閲，世家也。《史記》謂明其等曰閥，績其功曰閲。又門樓在左曰閥，在右曰閲。

成那裏？（末上）〔鷓鴣天〕一點祥光現紫微，匆匆瑞氣藹庭闈。高簪松竹生春意，共飲瑤卮介壽眉。(一)龜獻瑞，鹿銜芝，(二)年年此日羡瑤池。(三)桃花扇底歌《金縷》，(四)楊柳樓前舞《柘枝》。老員外有何鈞旨？（外）卮酒完備也未曾？（末）完備多時了。（外）既然完備，請老安人出來。（末）老安人有請。

（淨）來了，來了。

【臘梅花】年華老大雙鬢皤，(五)臙脂膩粉懶去抹。市人都道我，道我老娘相像夜叉婆。(六)

（末）獄卒做渾家，此不是夜叉婆。（外、淨相見介。丑上。外、淨）妹子，你來了。（丑）

【前腔】奴奴體貌多嬝娜，月裏嫦娥賽奴不過。(七)市人都道我，道我老娘相像緊摩羅。

（末）小心金鼓手，此不是緊羅。（外、淨、丑俱相見介。外）妹子自家一般，如何送許多禮來？（丑）哥哥，一方壽帕兒，聊表微忱。怎麼不見侄女？（淨）待我喚他出來。女兒，姑娘來了，出來遞酒。（旦

(一) 眉批：《詩》曰：『以介眉壽。』眉，毫也。又東齊謂老曰眉。介，助也。

(二) 眉批：龜、鹿二物，皆千歲，故獻壽多用之。

(三) 眉批：瑤池，西王母所居，群仙慶母壽聚宴於此，故云。

(四) 眉批：桃花扇，謂扇色似桃花也。歌《金縷》，杜秋娘爲李錡歌，曰『勸老莫惜金縷衣，勸君莫惜少年時』云云。

(五) 夾批：白色。

(六) 夾注：叉：音『差』。

(七) 夾注：賽：音『塞』。 眉批：嫦娥，羿妻也，羿得不死藥於西王母，其妻嫦娥竊之以奔月窟，是爲蟾蜍。

上）

【珍珠簾】南極耿耿祥光燦，(一)生辰誕慶老圃黄花娱晚。(二)和氣藹門闌，睹景物希罕。（外、净、丑接）去了青春不再還，且暫遣身心遊玩。（旦接）疏散，喜團圓歡會處，慶生華誕。

（丑相見介。外）紛紛紅紫競芳塵，日永風和已暮春。(三)（旦）但願年年當此日，一杯壽酒慶生辰。（净）好女孩兒，爹爹説這兩句，也就續聯兩句，豈不是詩禮人家之女？（外）雖然如此，一則以喜，一則以懼。(四)（净、丑）慶生之日，何出此言？所喜者是何也？（外）所喜者家筵豐厚，骨肉團圓。（净、丑）所憂者是何也？（外）所憂者，念我女兒姻親未遂，若得配他終身，永無牽掛。（旦）告爹爹知道，念玉蓮温清之禮尚缺，(五)琴瑟之事未宜。(六)且自開懷飲酒，不必掛念。（净）女兒説得有理，今日只説慶生，説親另日再説。（丑）哥哥，侄兒的媒人，定是妹子做了。（旦）

(一)夾批：壽星。
(二)夾注：誕：音『旦』。眉批：古詩：『休嫌老圃秋容淡，且看黄花晚節香。』
(三)眉批：《論語》註（原作『詩』）：『暮春，和煦之時。』
(四)眉批：『一則以喜』二句，出《論語》。
(五)眉批：温清，人子事親之禮。冬温而夏清。清，涼也。
(六)眉批：琴瑟以夫婦言。《詩》曰：『妻子好合，如鼓琴瑟。』

【錦堂月】華髮班班，韶光荏苒，(一)雙親幸喜平安。慶此良辰，人人對景歡顔。畫堂中寶篆香消，玉盞内流霞光泛。(二)（合）齊祝贊，願福如東海，(三)壽比南山。(四)（丑）

【前腔換頭】簷間，繡幕圍環，奇珍擺列，渾如洞府仙寰。(五)美食嘉肴，堪并鳳髓龍肝。(六)簪翠竹同樂同歡，飲緑醑齊歌齊獻。(七)（合前）（浄）

【前腔換頭】堪嘆，雪染雲鬢，(八)霞銷杏臉，(九)朱顔去不回還。(一〇)椿老萱衰，(一一)只恐雨驟風

(一) 夾批：春光。　眉批：韶光，韶，舜樂，和也，故謂春光爲韶光，取其和也。　夾批：謂侵尋也。

(二) 夾批：酒色也。

(三) 夾批：深意。

(四) 夾批：高意。

(五) 眉批：洞府，仙眷所居樂處，故華筵樂事亦以洞府名之。

(六) 夾批：皆美味也。

(七) 眉批：緑醑，指酒也。

(八) 夾批：白色。　夾批：指髮。　眉批：詩：『高髻雲鬟宫樣妝。』

(九) 銷：原作『綃』，據《李卓吾先生批評古本荆釵記》改。

(一〇) 夾批：年少色。　眉批：古詞：『朱顔一去不復還。』

(一一) 夾批：指父。　眉批：椿萱，見前第二折下。

孱。(一)但只願無損無傷，咱共你何憂何患？（合前）（外）

【前腔換頭】幽閒，食可加餐，官無事擾，情懷并没愁煩。人老花殘，於心上有相關。待招贅百歲姻親，(二)承繼我一脉根蔓。（合前）

（浄）李成，收了筵席罷。（外）媽媽，妹子在此，酒還不曾喫，怎麼收了？真好慳吝！（浄）

【醉翁子】非慳，論治家千難萬難，你只管喫得甕盡杯乾。(三)（丑）今番，慶此席面，不比尋常一例看。（合）重換盞，直飲到月轉花稍，影上欄杆。（外）

【前腔換頭】神仙，滿座間人閒事減。慶眉壽樽前席上，正宜疏散。（末）歡宴，樂聲祇應，(四)品竹彈絲敲象板。(五)（合前）（旦）

(一) 夾注：驟：音「宙」。夾注：孱：音「湌」（原作「食」）。

(二) 夾注：贅：音「制」。

(三) 夾注：乾：音「干」。

(四) 祇：原作「低」，據《新刻原本王狀元荊釵記》改。

(五) 夾批：管聲。夾批：絃聲。夾批：木聲。眉批：樂有八音，金、石、絲、竹、匏、土、革、木。

【僥僥令】銀臺燒絳蠟，(一)寶鼎噴沉檀，(二)望乞蒼穹從人願。(三)(合)骨肉永團圓，保歲寒。(四)

(末)

【前腔】炎涼多反覆，(五)日月易循環。但願歲歲年年人康健。(六)(合前)

【尾聲】玉人彈唱聲聲慢，(七)露出春纖，(八)抱錦箏低按，曲罷酒闌人散。(九)

(外)四時光景疾如梭，(净)堪嘆人生能幾何。

(丑)遇飲酒時須飲酒，(合)得高歌處且高歌。

(一) 夾批：紅烛也。

(二) 夾批：香名。

(三) 夾批：指天。

(四) 夾批：謂晚節。眉批：《論語》曰：『歲寒，然後知松柏之後彫也。』

(五) 夾批：以世情言。

(六) 人康健：原闕，據《新刻原本王狀元荆釵記》補。

(七) 夾批：謂美人。

(八) 夾批：指手也。眉批：春纖，東坡詞云：『報道金釵墜也，十指露春笋纖長。』

(九) 夾批：盡也。

第五齣　爲女擇婿

（外上）

【荷葉魚兒動】春雨初收，喜見山明水秀。落花深處有鳴鳩，軟紅香踏青時候。(一)自憐老林丘，詩酒朋儔。昔年碧水慢遨遊，學冠同流。嗟吁垂髮思悠悠，一子難留。且求佳婿紹箕裘，(二)是亦良謀。老夫有一故人王景春之子王十朋，德學兼備，近日堂試，獨占魁名。我今欲央將仕郎南陽郡許文通作媒，求娶爲婿，故意而來。李成進去通報。（末）許老爹有請。（末上）

【前腔】靜把詩書閒究，竹扉上有誰頻扣？(三)

（末）呀！老員外請了。（外）老將仕，過竹方通徑，穿雲始見山。（末）家因貧故靜，人爲老而閒。連日少會，今蒙下顧，有何見教？（外）老夫非因别事到府，只爲小女未曾佳配生，有故人王景春之子王十朋，(四)近聞得他堂試獨占魁名，特央將仕爲媒，往彼一説，但恐輕瀆，(五)有勞尊步。（末）老夫也聞得

(一)眉批：踏青，蜀人正月八日，士女遊嬉曰『踏青』。杜詩：『草見踏青心。』

(二)眉批：箕裘，解見前折。

(三)夾批：扉：音『非』，門也。

(四)春：原作『清』，據前文改。

(五)輕：原闕，據《新刻原本王狀元荊釵記》補。

此子才德出衆，正該與他成親。況令愛有孟光之德，王生有伯鸞之賢，料彼無辭。（一）（外）將仕，他但講財禮，不拘輕重，若有論財禮，夷虜之道。（二）早爲玉成，萬幸！萬幸！

【三學士】弱息及笄姻未偶，（三）特來拜屈同遊。（四）書生已露魁人首，我年老因求繼嗣謀。

（合）若得良媒開笑口，這姻親願必酬。

（末）老員外，你之所見，爲令愛擇姻，得其人矣。

【前腔】你解綬歸來爲至友，果然同氣相投。你玉人窈窕鍾閨秀，（五）這君子慇懃須好逑。（六）

（合前）（外）

（一）眉批：梁鴻，字伯鸞，妻孟光，有賢德。擇對不嫁。父母問之，曰：『欲得節操如梁鴻者。』鴻遂妻之。

（二）眉批：文中子曰：『嫁娶而論財，夷虜之道也。』

（三）眉批：弱息，自古言其女也。吕公以女顧漢高曰：『臣有息（原闕『息』）女，願爲箕帚（原作『婦』）妾。』息，生長也。　夾批：簪也。

（四）來：原作『人』，據汲古閣刊本《繡刻荆釵記定本》改。

（五）夾批：幽閒貞静貌。　眉批：《世説新語》：『顧家婦冰清玉映，自是閨房之秀。』

（六）夾批：匹也。　眉批：《詩》曰：『窈窕淑女，君子好逑。』

【前腔】人世姻緣天所授，惟媒妁得預其謀。(一)麻瓢兀自浮仙澗，(二)紅葉尤能上溯流。(三)（合前）（末）

【前腔】謹領尊言求鳳友，(四)管教配合鸞儔。雲英志不存玉臼，(五)織女期嘗訂斗牛。(六)（合前）

（外）釐降篇成事豈虚，(七)（末）詩書夫婦首《關雎》。

（外）人間未結前生契，（合）天上先呈月下書。

第六齣　議親王氏

（占上）

(一) 夾注：預：音『喻』。

(二) 夾批：即胡麻（原闕『麻』）飯也。　眉批：劉阮入天台採藥，見澗中流出胡麻飯一瓢，食之。過一山，見二女子迎歸，因婚配焉。

(三) 夾批：唐于祐娶韓夫人故事。

(四) 言：原作『顔』，據《新刻原本王狀元荆釵記》改。

(五) 夾批：仙女也。　眉批：裴航過藍橋遇雲英，欲妻之。嫗曰：『得玉杵臼爲聘。』裴得玉杵臼，遂娶焉。

(六) 夾批：星名。

(七) 夾注：釐：音『離』。　眉批：《書》曰：『釐降二女於嬀汭。』釐，治妝；降，下也。

【遶地遊】桑榆暮景，(一)將往事空思省。奈家貧，悶懷耿耿。共姜誓盟，(二)慕貞潔甘守孤零，喜一子學問有成。

老身柏舟誓守，自甘半世居孀。榆景身安，惟愛一經教子。雖有破茅之地，僅可容身；囊無挑藥之資，何謀糊口？(三)剪髮常思侃母，(四)斷機每念軻親。(五)正是不求金玉貴，惟願子孫賢。老身自從先夫喪後，家業日漸凋零，箕裘癈墜。雖是十朋孩兒才學有成，奈緣他時乖運蹇，功名未遂。今乃大比之年，(六)且叫孩兒出來，温習經書，早赴科場。孩兒那裏？（生上）

【風入松】青霄萬里未鵬摶，(七)淹我儒冠。布袍雖擬藍袍換，(八)榮枯事皆由天斷。且自存心奉母，何須着意求官？

(一) 夾批：以老景言。 眉批：《淮南子》曰：『日垂西，影在木端。』言日影在木末，不久而落，如人年老，不久而死也。

(二) 眉批：衛共姜夫死守節，父母欲奪之。姜乃作《柏舟》之詩以自誓。

(三) 口：原作『只』，據《新刻原本王狀元荊釵記》改。

(四) 眉批：晉陶侃母喜延賓，范逵嘗過，侃倉卒無以待。母乃截髮以易酒。逵復薦侃爲樅陽令。

(五) 眉批：孟子幼時入館，棄學而歸。母乃引刀趨機，曰：『子之廢學，若斷斯機也。』孟子遂勤學不息，爲世大儒。

(六) 眉批：大比，謂科舉選士之年也。

(七) 眉批：鵬摶，鵬，大鳥也。《莊子》謂：『摶風而上九萬里。』故士人得第曰『鵬摶』。

(八) 夾批：賤衣。 夾批：貴衣。

（相見介。占）孩兒，春榜動，宜速温習經史；選場開，定决鏖戰科闈。收拾行李，上京科舉，意下如何？（生）母親，事業要當窮萬卷，人生須是惜分陰。㈠正是：學成文武藝，貨與帝王家。孩兒只爲家貧親老，不敢遠離。（占）孩兒，你曉得《孝經》云：『始於事親，終於事君。』君親一體事理。若得你一舉成名，顯祖榮親，却不是好？（生）謹依母親嚴命。（占）孩兒，還有一件，前日雙門巷錢貢元，央許將仕與你議親，待要與你成此親事，奈緣家道貧窘，無物爲聘，似此不敢應承。只恐今日來，教娘應承好，不應承好？（生）母親，豈不聞古人云：娶妻莫恨無良媒，書中有女顔如玉。㈡孩兒只慮功名未遂，何慮無妻？（占）孩兒，你也説得有理。自從你父親亡過之後，教做娘的呵好難！

【黄鶯兒】半世守孤燈，鎮朝昏幾淚零。到今猶在淒涼景，寒門似冰，㈢衰鬢似星。㈣爲只爲早年不幸鸞分影。㈤（合）細評論，黄金滿籯，㈥到不如教子一經。㈦（生）

㈠　眉批：惜分陰，陶侃曰：『大禹聖人乃惜寸陰，至於衆人當惜分陰。』
㈡　眉批：『娶妻莫恨無良媒』二句，本宋真宗《勸學文》。
㈢　夾批：見清白意。
㈣　眉批：星，髮變班也。謝靈運詩：『星星白髮垂。』
㈤　夾批：雌鳥。　眉批：鸞與鳳，偶鳥也，故喪夫曰『鸞分』。
㈥　夾批：箱屬。
㈦　眉批：古詩：『遺子黄金滿籯，不如教子一經。』

【前腔】父喪母勞形，論孩兒當報恩。奈何人事不相趁。非學未成，匪己未能，爲只爲五行不順男兒命。(一)(合前)(占)

【簇御林】親師範，近友朋，把詩書勤講明。囊螢鑿壁真堪敬，(二)他們都顯父母，揚名姓。(合)奮鵬程，名題雁塔，(三)白屋顯公卿。(生)

【前腔】親年邁，(四)家勢傾，恨腴甘缺奉承。(五)臥冰泣竹實堪并，(六)他們都感天地，登臺省。(七)(合前)

(末)受人之托，必當終人之事。錢貢元央老夫到王宅議親。這裏便是，不免叫一聲，有人在此麼？(占)孩兒，有人在此。(生)待孩兒去看。呀！老將仕，失迎了！(末)令堂在麼？(生)家母有。

(一) 夾批：金、木、水、火、土是也。

(二) 眉批：車胤好讀書，家貧無油，夏月，嘗聚螢（原闕『螢』）數十照書讀之。夾批：漢匡衡，解見前。

(三) 眉批：雁塔之故出佛經。時有比丘見雁飛空，乃念摩訶薩埵。雁墜地。佛曰：『此雁王也，不可食。』乃立雁塔。後唐韋肇及第，偶於慈恩寺雁塔題名，後人效之，遂成故事。

(四) 夾注：邁：音『賣』。

(五) 夾注：腴：音『于』。

(六) 夾批：王祥。夾批：孟宗。眉批：王祥至孝，母病，冬月思魚食。祥乃解衣臥冰上，剖冰求之。雙鯉躍出，持歸供母。孟宗至孝，母病，冬月思笋食。宗乃入園抱竹泣。須臾，數行列地而出。是二事人皆以爲孝感所致。

(七) 臺：原闕，據《新刻原本王狀元荆釵記》補。夾批：見貴意。

（末）老夫求見，通報。（生）母親，許將仕在外。（占）請進來相見。（末相見介。占）許大人請坐。今蒙貴步到舍，有何話説？（末）老夫非爲别事到宅，只因錢貢元前番央老夫來説令郎親事，老安人不允。近聞得令郎堂試，獨占魁名，老貢元不勝之喜，今着老夫送庚帖到宅，望乞老安人允就。（占）多蒙貢元相愛，又蒙將仕週全。只是老身家道貧窘，不敢應承。（末）老貢元曾説道，不問家道貧富，只要女婿賢良，聘禮輕重隨意下些，便可成親。（占）他是豊衣足食之家，我乃裙布荆釵之婦。(一)惟恐見誚，不當穩便。（末）貢元要成此親，老安人不必謙遜。（占）將仕在上，容老身一言咨啓。

【桂枝香】年華高邁，家私窮敗。要成就這段姻緣，全賴高賢擔戴。（末）不敢。（占）論財難佈擺，財難佈擺，錢難揭債，(二)物難借貸。(三)（占）我兒，自你父親喪後，再没有什麼東西遺下。（生）母親，將何物爲聘禮？（占）别無一物，把這荆釵。（生）母親，此釵非金非銀所造，要將何用？（占）孩兒，權把爲財禮，惟願姻親早早諧。（生）

【前腔】萱親寧耐，冰人休怪。(四)小生呵，貧居陋室多年，惟苦志寒窗幾載。倘時運到來，時運

(一) 眉批：荆釵，言貧以荆木爲釵也。裙布荆釵，起自梁鴻之妻孟光。

(二) 夾注：揭：音『結』。

(三) 夾注：貸：音『太』。　眉批：借貸，謂取物於人，而出息以償之也。

(四) 夾批：稱媒人。　眉批：晉令狐策夢立冰上，與冰下人語。索紞占曰：『在冰上與冰下人語，爲陽語陰，媒介事也。嘗爲人作媒，冰泮婚成。』後果然，故呼媒曰『冰人』。

到來，功名可待。（末）功名可待，誤了你的親事。（生）老將仕，那時姻親還在。母親，這荆釵又不是金銀造，如何將去做聘財？（末）

【前腔】安人聽拜，秀才聽解。那貢元呵，不嫌你禮物輕微，偏喜愛熟油苦菜。但心無忌猜，心無忌猜，物無妨礙，人無雜壞。（末）秀才，令堂方纔説這聘物，取與老夫觀一觀。（生）惶恐，取不出。（末）不須謙遜。（生）請觀。（末）好東西！正是閥閲名門，(一)在此古物，此釵漢梁鴻遺下，曾配孟德耀，(二)成其姻事。這荆釵，（生）此釵非金非銀所造。（末）雖不比金銀貴，老夫只要週全王秀才。

（占）老將仕回見貢元，只是禮物輕微，表情而已。（末）謹領，謹領。

（生）家寒乏聘自傷情，（占）權把荆釵表寸心。

（末）着意栽花花不發，（合）無心插柳柳成陰。

第七齣　孫權央媒

（淨上）

(一) 眉批：閥閲，解見前。

(二) 眉批：梁鴻妻孟光，字德耀，事鴻甞荆釵，其清操如此。

【秋夜月】家富豪，少甚財和寶？百有一無縈懷抱，只因命犯孤星照，没有一個老瓢。

自家號爲孫有錢，牛羊無數廣田園。無瑕美玉白似雪，(一)没孔的珍珠大似拳。花銀堆積成土塊，黄金堆垛勝方磚。(二)夜來好鋪蓋，（内應介）一床草薦當席眠。自家温州城五馬坊前孫半州便是。賴得祖宗遺下田園屋宇、珍珠寶貝、紗羅段匹，俱有上万，受用不盡。説也惶恐，只因姻緣見遲。不是無錢去娶，只爲城裏城外，女兒没一個中得我意，故此蹉跎到今。訪得雙門巷裏錢貢元家有一個女兒，正要出嫁。昨日偶然間在他門首經過，見黑漆門樓裏，簾子上有『爲善最樂』四字在上。(三)我正看四字寫得有筆法，不想裏面做媒的張媽媽走出來，當時就要問他一聲，其女生得如何？未審有親事否？不曾問得。今日逕到張媽媽家，央他爲媒，却不是好？朱吉在那裏？（末上）小心天下去得，大膽寸步難移。相公有何使令？（浄）你隨我在張媽媽家去。（末應介）轉大街，過小巷，此間就是張媽媽家。（末）張媽媽在家麽？（丑内應）誰叫？（末）隔墻聽得賣花聲，誰叫？（丑）來了，來了。

【前腔】蒙見招，打扮十分俏。走到門前人都道，道奴奴臉上臙脂少。添些又好，抹些兒又俏。

(一) 眉批：瑕：音『霞』，玷也。凡玉有瑕玷則不美，故無瑕之玉曰美玉。
(二) 眉批：垛：音『惰』，堆起貌。
(三) 眉批：『爲善最樂』，本漢東平王蒼來朝月余，還國，帝因問處家何等最樂。東平王曰：『爲善最樂。』

（丑）朱吉哥那裏來？（末）相公在此。（丑）孫相公萬福！㈠（浄）張媽媽作揖！看茶。（丑）免茶。（浄）張媽媽，免茶不是你説的。（丑）孫相公，看茶也不是你説的。孫相公，春牛上宅，并無災厄。（浄）我今閒走，特來望你老狗。（末收科）出言太毒，將人比畜。（丑）孫相公，今日到舍，有何分付？（浄）欲央媽媽作伐。（丑）那家宅院？甚處嬌娥？（浄）欲求令兄宅上，令侄小娘子。（丑）這個是我侄女兒。娶與第幾位令郎？（浄）休見笑，我小兒尚未有母，㈡娶一個與他。（丑）元來就是相公，只怕家兄扳高不及。㈢（浄）惶恐！小生不論房奩多少，㈣只是要那人物嬌媚。（丑）不是老身誇嘴，我侄女其實標致，看他眉灣新月，髻挽烏雲，臉襯朝霞，肌凝瑞雪。有沉魚落雁之容，㈤閉月羞花之貌。秋波滴溜，㈥雲鬢輕盈。淡掃蛾眉，㈦薄施脂粉。舒玉指，露春笋纖纖；㈧下香階，顯金蓮窄窄。㈨（浄）

㈠ 眉批：萬福，凡卑幼於尊長晨昏問起居，婦人曰『萬福』。

㈡ 母：原闕，據《新刻原本王狀元荆釵記》補。

㈢ 怕：原作『的』，據《新刻原本王狀元荆釵記》改。

㈣ 眉批：奩：音『廉』，嫁女資妝也。

㈤ 眉批：西施色美，魚見之而沉，雁見之而落。

㈥ 眉批：秋波，謂眼也。言目美如秋水之清，故云。

㈦ 眉批：蛾眉，謂眉細而長。詩：『淡掃蛾眉朝至尊。』

㈧ 眉批：東坡詞：『報道金釵墜也，十指露春笋纖長。』

㈨ 眉批：金蓮，齊東昏侯以金爲蓮花貼地，令潘妃行其上，曰：『此步步生蓮花。』故稱步曰『金蓮』。

這不須講。令兄要什麽財禮？（丑）俺哥哥要件好的，每事成雙，件件成百。（净）大人家幹事不小，小人家幹事定然不大。自古道，出得你家門，進得我家户。選吉日行財禮來。（末應净）張媽媽，先奉押釵二十兩，金鳳釵一對。（丑）媒人錢也要説過。（净）一來是媒婆，二來是姑姑，成了親事，雙表雙裏花紅相謝。

【包子令】聞説佳人多嬝娜，(一)多嬝娜，端的容貌賽嫦娥，(二)賽嫦娥。若得此親週全我，酬勞財禮敢虚過。（合）花紅羊酒謝媒婆，牽羊擔酒謝姑婆。（丑）

【前腔】非是冰人説强呵，(三)説强呵，成敗都是女蕭何，女蕭何。(四)若是才郎拚財禮，管教織女渡銀河，(五)渡銀河。(六)（合前）（末）

【前腔】婚娶妻房非小可，非小可，相煩媽媽去伐柯，(七)去伐柯。望乞留心説則個，專等回報

(一) 夾注：嬝娜：音『鳥那』。
(二) 夾批：月中女。
(三) 夾批：指媒人。
(四) 眉批：昔韓信得用於漢，以蕭何之薦，後信被誅，亦以蕭何之謀，故云成敗蕭何。
(五) 夾批：星名。
(六) 眉批：織女居天河之東，牛郎居河之西，每年七夕日，從銀河一會，故曰織女渡銀河。
(七) 夾批：作媒也。眉批：《詩》曰：『伐柯何如？匪斧不克。娶妻何如？匪媒不得。』

莫蹉跎，莫蹉跎。（合前）

詩曰：

爲媒作伐莫因循，管取教君成此親。
匹配姻緣憑月老，調和風月仗冰人。

第八齣　荆釵聘定

（外上）

【似娘兒】一女貌天然，緣分淺，親事遷延。願天，天與人方便。

男子生而願爲之有室，女子生而願爲之有家。(一)老夫昨央許將仕到王宅議親，不見回音。將仕來時，便知端的。（末上）仗托荆釵成好事，何須紅葉作良媒？(二)昨蒙貢元央我王宅議親，今日不免往彼回覆。（見介。外）老將仕，有勞，有勞！動問王宅親事若何？（末）老夫初到王宅説親事，那王安人再三推

(一) 眉批：《孟子》曰：『男子生而願爲之有室，女子生而願爲之有家。父母之心也。』註云：『男以女爲室，女以男爲家。』故云。

(二) 眉批：唐于祐步禁衢，見御溝流紅葉，葉上有詩。祐亦題詩放入。宫女韓夫人拾之。後放宫女，祐娶韓氏，因各見所題詩，嘆曰：『事豈偶然，今日已成鸞鳳友，方知紅葉是良媒。』

辭不諾。後將尊言明説一番，纔得允從。(外)既然允從，將何物爲聘？(末)聘物雖有一件，只是輕微，將不出來。(外)老夫有一言在先，不拘輕重，只要成其姻事。(末)既然如此，聘物在此，請收了。(外)好罕物！昔日漢梁鴻將養膳木置造荊釵，至今遺下，此釵相聘孟德耀，合成其姻事。(淨上)

【前腔】絲蘿共結，(一)兼葭可倚，(二)桑梓相聯。(三)

老兒與誰在堂前説話？(外)是許將仕。(淨)可是與我女爲媒的許將仕麽？(外)正是。(淨)我去謝他一謝。(見介。淨)老將仕，感蒙全了我小女終身，多謝！多謝！老兒，什麽聘禮？(外)一股荊釵。(淨)老兒，怎麽這等輕的？是金又不黄，是銀又不白，待我磨他一磨。(外)這是寶貝，磨不得呵！(淨)原來是木頭削的，我曉得，是荊棍削的。若是一分銀子買一根，削成這等十來根，討上十來房媳婦。老兒，被他哄了。(末)

【柰子花】論荊釵名本輕微，漢梁鴻曾使聘妻，芳名至今傳留於世。老安人，休將他恁般輕視，更聽啓，那老安人曾有言，明説道表情而已。(淨)

(一) 眉批：絲蘿蔓延草木上，黄赤如金。在水爲女蘿，在草爲兔絲。古詩云：『與君爲新婚，兔絲附女蘿。』

(二) 眉批：兼葭，蘆荻之屬。晉毛曾與夏侯□□坐，人謂兼葭休倚玉樹。

(三) 眉批：桑梓，本《詩》，曰：『維桑與梓，必恭敬止。』桑梓，二木名，古者五畝之宅，樹桑牆下，以遺子孫，給蠶食具器用，故鄉里曰『桑梓相聯』。

【前腔】然雖是我女低微，他將我恁般輕覷，一城中豈無風流佳婿？　老兒，偏執要嫁着窮鬼。媒氏，疾忙送還這般財禮。（外）

【前腔】這財禮雖是輕微，爲何講是説非？　婆子，你不曉得，那王秀才是個讀書之人，一朝顯達，名登高第，那其間妻榮夫貴。　這財禮呵，縱輕微，既來之且宜安之。㈠（丑上）

【前腔】富家郎浼我爲媒，要娶我侄女爲妻。　説合果然非當容易，也全憑虚心冷氣。　匹配，端的是老娘爲最。

（丑、浄見科介。外）妹子，你今日爲何而來？（丑）妹子今日特來爲侄女講親。（外）你來遲了，女兒許了王秀才，聘禮今日受了。（丑）那個王秀才？（外）王景春之子王十朋，府學裏生員。（丑）恰是海棠巷裏住的王十朋，娘兒兩口過日子，朝無呼鷄之食，夜無引鼠之糧，家中風掃地、月點燈的王秀才？（浄、丑科介。外）你不要管他。（丑）我説的天來大、海樣深、五馬坊黑漆大門樓孫半州，他家赤的是金，白的是銀，班點是玳瑁，㈡犀牛頭上角，㈢大象口中牙。　先送金鳳釵一對，財禮銀二十兩。（浄）這等好人家，一定要嫁他。（外）婆子説那裏話！　一家女兒百家求，成了一家，九十九家都是休。（丑駡）

㈠　眉批：《論語》曰：『既來之，則安之。』

㈡　眉批：玳瑁，狀類龜而鼓稍長，甲有文，背有鱗，大如扇，將作器煮，鱗如柔皮，出海中。

㈢　眉批：犀，形如水牛，角一在鼻，一在額，麻有粟文，貴者通天花文。

那個天殺天剮的，害人家女兒！（外）不要罵，就是許將仕作伐。（丑）男不爲媒，女不作保。打那老賊！

【駐馬聽】巧語花言，竟不顧男女婚姻當遴選。此子材堪梁棟，(一)貌比璠璵，(二)學有淵源。我孩兒非比孟光賢，(三)那書生已遂梁鴻願。(四)（外）這親事也憑你不得，也憑我不得，萬事盡由天。（合）萬事由天，一朝契合，百年姻眷。（浄）

【前腔】才貌兼全，他親老家貧囊又艱。(五)羞殺荊釵裙布，繡褥金屏，綺席華筵。好姻緣番作惡姻緣，(六)富親眷强似窮親眷。（合前）（丑）

【前腔】四海名傳，那個不識孫汝權。貌比潘安，(七)富勝石崇，(八)德并顏淵。(九)輕裘肥馬錦雕

(一) 眉批：梁棟，稱人抱大才曰有梁棟之材。

(二) 夾批：美玉名。

(三) 夾批：梁鴻妻。

(四) 眉批：梁鴻妻孟光三十擇對不嫁，曰欲得節操如梁鴻者。鴻遂妻之，故曰『已遂梁鴻願』。

(五) 囊又艱：原作『郎又奸』，據汲古閣刊本《繡刻荊釵記定本》改。

(六) 眉批：陶穀學士贈郵亭驛女秦弱蘭詞：『好姻緣，惡姻緣，只得郵亭一夜眠。』

(七) 夾批：字士安。　眉批：晉潘安美姿容，故云『貌比』。

(八) 夾批：富人也。　眉批：晉石崇極富，嘗與王愷鬬富。

(九) 夾批：孔子弟子，居德行科。

鞍，重裀列鼎珍饈饌。（合前）（末）

【前腔】五百年前，月老曾將足繫纏。(一)不索詩題紅葉，書附青鸞，(二)玉種藍田。瑤池曾結并頭蓮，(三)畫堂曾配豪家眷。（合前）

（外）今朝未可便相從，（净）須信豪家意頗濃。

（末）有緣千里能相會，（丑）無緣對面不相逢。

第九齣　繡房議親

（旦上）

【戀芳春】寶篆香消，紗窗日永，又還節近清明。(四)

(一) 眉批：唐韋固求婚，見月下老向月檢書布囊，坐階。固問囊中何物，曰：『赤繩子，以繫夫婦之足。雖仇敵之家，終不可换。』

(二) 夾批：西王母傳信使。

(三) 夾批：王母居處。

(四) 夾批：三月節也。　眉批：清明，冬至後數一百六日爲寒食，寒食前三日爲清明。

〔鷓鴣天〕鏡中常自嘆嬋娟，[一]生長閨門二八年。惟喜椿庭身在室，何堪萱室魄昇天？[二]工容德，悉兼全，玉質無瑕賽月圓。春去秋來多世事，金蓮移步出房前。奴家在父母跟前，侍奉早膳已畢，且向繡房中做些針指，却不是好？

【一江風】繡房中，裊裊香烟噴，剪剪輕風送。[三]但晨昏問寢高堂，[四]須索把椿萱奉。忙梳早整容，惟勤針指功。忽聽得燕語梁間，鶯啼檻内，睡鴨香殘，[五]金鷄唱午，只見那窗外花影日移動。

【前腔】喜蛛垂，昨夜銀缸報，[六]今朝喜鵲簷前噪。事蹊蹺，將奴報道。莫不是家門增榮耀？莫不是雙親添壽考？莫不是庭前生瑞草？人間凶吉事，盡在鳥音中。喜鵲，你知歲迎風，傳

[一] 眉批：嬋娟，美好貌。

[二] 眉批：椿庭，指父也。萱室魄昇天，謂所生之母死也。

[三] 眉批：詩：『剪剪輕風陣陣寒。』

[四] 夾批：事親禮也。　眉批：問寢，昔文王之爲世子，朝於王宇，日三至寢門外問内監，今日安否何如。故問寢，人子事親之禮也。

[五] 夾批：香爐也。

[六] 夾批：指燈也。　眉批：銀缸，閨房之燈也。詞云：『笑剔銀釭有海棠。』陸賈曰：『凡人有喜事，必有吉兆。故目瞤有酒食，則祝之。燈花得錢財，則拜之。喜鵲噪而行人至，則餧之。蜘蛛集而百事喜，則獲之。』

音報赦，跳躍飛鳴。有甚喜事，與奴重重報。（丑上）

【前腔】出堂東，忽聽得牙尺剪刀聲相送，想是我侄女兒描鸞鳳。只説道孫家富石崇，〔一〕王家徹底窮。〔二〕我和他話從容，全憑着巧語花言，花言巧語，把他來打動。開門，開門！（旦）是誰？（丑）不是賊，是你姑娘。（丑、旦相見介。旦）呀！原來是姑娘到此相詢問，快進房中，請轉陞東。待奴家忙步香厨，呼喚梅香，把一杯香茶奉。（丑）

【前腔】人喜氣壯顏容，釵頭最喜重。婚姻目下逢，繡一對金鳳鴛鴦。〔三〕他那裏交頸雙雙睡，繡得花現現，花艷艷，引得他人芳心動。（旦）待奴收拾箱厨，丢却工夫，閒坐從容。語話相投，特與姑娘相陪從。

姑娘那裏來？（丑）做姑娘的特來與你議親。（旦）休來取笑，前日爹爹許那王秀才了。（丑）你父親許了王家，母親曉得他家艱難，將你許了孫半州，他是温州城第一個財主。我兒，你嫁與他，一生受用不盡。（旦）姑娘，他乃豪家富室，玉蓮家寒貌醜，豈配得他？（丑）侄女，你聽我説來。

〔一〕夾批：孫汝權家。　眉批：晉石崇極富，故古今稱富者必歸焉。

〔二〕夾批：王十朋家。

〔三〕眉批：鴛鴦，水鳥，又□文禽，雌雄相與，雙雙不離，夜則交頸而睡。

【梁州序】家私上等，良田萬頃，(一)富豪家聲振歐城。他不曾婚娶，特央我來求聘。(旦)他恁的錢物昌盛，愧我家寒貌醜難厮趁。(二)(丑)這段姻緣料想是前生定，入境緣何不順情？何得要恁執性？(旦)

【前腔】他有雕鞍金凳，重裀列鼎，(三)肯娶我裙布荊釵？(四)我房奩不整，(五)反被那人相輕。(丑)雖則是你房奩不整，孫官人是個財主，見了你姿容，自然相欽敬。(旦)嚴父將奴先許書生，(六)君子一言怎變更？實不敢奉尊命。(丑)

【前腔】你爹娘俱已應承，問侄女緣何不肯？恁推三阻四，莫不是行濁言清？(旦)枉了將奴凌併。(丑)憑我嫁了孫官人罷！(旦)便刎下頭來，斷然不依允！(丑)論我作伐，(七)第宅盡

(一) 眉批：良田，謂膏腴之田。百畝爲頃。

(二) 夾注：醜：音『丑』。

(三) 夾批：二句言其富意。

(四) 夾批：是貧賤意。　眉批：孟光三十不嫁，擇配梁鴻，常荊釵布裙。

(五) 夾批：奩：音『蓮』，鏡匣也。

(六) 眉批：《易》曰：『家人有嚴君焉，父母之謂也。』故稱父爲嚴父。

(七) 眉批：《詩》云：『伐柯何如？匪斧不克。娶妻何如？匪媒不得。』故做媒曰『作伐』。

聞名。十處説親九處成，誰似你假惺惺！(一)（旦）

【前腔】做媒的，（丑）做媒的便怎麽？（旦）做媒的個個誇逞，也多有言不相應，信着的都被他誤了終身。（丑）呸！你那合窮合苦没福的丫頭强厮挺，致令人怒憎。（旦）姑娘，出語傷人，好不三省。(二)榮枯得失皆前定，姻緣事總由命。（丑）

【尾聲】這段姻緣非自逞，少甚麽花紅送迎？（旦）誰想翻成作畫餅！(三)

（旦）姻緣自是不和同，（丑）無分榮華合受窮。

（旦）雪裏梅花甘冷淡，（丑）羞隨紅葉嫁東風。

第十齣　是非玉蓮

（浄上）

(一) 眉批：惺惺，朱子曰：『心中昏昧之謂也。』

(二) 夾批：察也。　眉批：三省，本《論語》：曾子曰：『吾日三省吾身。』

(三) 眉批：魏文帝謂盧毓曰：『名士如畫地爲餅，不可啗食。』

【福青歌】(一)只因我女忒嬌媚，富家郎要結姻契。姑娘在此作良媒，(二)尋思道理，强如嫁着窮鬼。

常言道：會嫁嫁田莊，不會嫁嫁兒郎。好嘆好笑，我家老兒將女兒許嫁王十朋，姑娘來説的温州城内第一個財主孫汝權，若嫁了他，多少氣象！如今姑娘在繡房中，與女兒説親，待他來時，便知端的。

（丑上）

【前腔】玉蓮賤人無禮，激得我怒從心起。腌臢蠢物太無知，(三)千推萬阻，枉教我受了這場嘔氣。

（作氣介。浄）姑娘，你在繡房中説這親事，玉蓮怎麽説？（丑）嫂嫂，丫頭見了些，不曾見這個丫頭。他千不肯，萬不肯，到説道爹爹是親的，做得主張；母親是繼母，做主不得。當時不明不白隨我家老子家來的，好便好，若不好，稅課司裏稅他一稅，羞也不羞，己要做主！（浄）他是這等無禮，七歲無了母親，是我撫養長成。説我做主不得！我且唤他出來，肯嫁孫家有一處，要嫁王家，也有一處。（旦上）

(一) 青：原作『貴』，據《新刻原本王狀元荆釵記》改。
(二) 眉批：《周禮》：媒氏掌萬民之判，所以合二姓之散也。
(三) 夾注：腌臢：音『安簪』，上聲。

【七娘子】勞心未許春搬弄，傍紗窗繡鸞刺鳳。（浄）玉蓮那裏？（旦）母命傳呼，奴當趨奉，金蓮輕舉湘裙動。(一)

（旦）母親萬福！（浄）撒開，不是你娘！（旦）姑娘萬福！（丑）乱頭髮不理。（旦）母親、姑娘爲何發怒？（浄）發怒，發怒，憑你選老公，誤了姑娘主顧。姑娘好意來做媒，與你説親。肯不肯，好好回他便罷，怎麽到説我是繼母，做主不得？駡得我好！（浄做打介。旦）那個是這等説？（浄）姑娘來説的。（旦）聽那姑娘説謊，奴家焉敢駡母親？（浄）我問你，家中那個大？（旦）家中爹爹大。（浄）除了爹爹，那個大？（旦）母親大。（浄）除了我有誰大？（旦）姑娘也大。

【鎖南枝】休發怒，免性焦，一言望乞聽奴告。這聘禮是荆釵，休恁看得小。（浄）是金子打的？（旦）非是金。（丑）是寶貝的？（旦）非是寶，將他比着奴，一似孟德耀。(二)（浄、丑）聽他道，越氣惱，無知賤人不聽教。因甚的苦死執迷，惹得娘心焦燥，他禮物有甚好？呸！比

(一) 夾批：指步也。眉批：齊東昏侯鑿金爲蓮花貼地，使潘妃行其上，曰：『此步步生蓮花也。』眉批：湘裙，李群玉詩：『裙拖六幅瀟湘水。』喻縠文也。

(二) 夾批：梁鴻妻。眉批：孟光，字德耀，擇配梁鴻，常荆釵布裙。

着玉鏡臺，(一)羞殺了晉温嶠。(二)

(淨)賤人，爲何不肯嫁富家，苦死要嫁窮鬼？(旦)母親、姑娘，自古道：商相埋名，版築巖前曾避世；(三)阿衡遁跡，躬耕莘野未逢時。(四)買臣見棄於其妻，(五)季子不禮於其嫂。(六)昔日蒙正運不通，破窑受苦；(七)先朝韓信時未遇，當道飢寒。(八)王秀才須窮，乃是才學之士，不久富貴。孫汝權須富，乃是奸詐之徒，必易貧窮。倘王秀才一朝風雲際會，(九)發跡何難？(淨)

【四換頭】賊潑賤，好閉嘴，數黑論黄講甚的？我是甚麽人？(旦)是我的娘。(淨)恰又來，娘言語，怎敢違？順父母的顔情却是禮。(旦)順父母顔情人之大禮，話不投機，教奴怎隨？

(一) 夾批：温嶠聘禮。

(二) 夾批：人名。　眉批：晉温嶠娶姑女，因下玉鏡臺爲聘，故云。

(三) 眉批：商相即傅説，版築傅巖之間，後武丁舉以爲相。

(四) 眉批：阿衡，官名，伊尹□於莘野，成湯□之以爲阿衡。

(五) 眉批：朱買臣家貧，采薪給食，妻羞之，求去。買臣曰：『汝苦日久，待我富貴報汝。』妻曰：『如公等終餓死耳。』不能留，竟去。

(六) 眉批：蘇秦，字季子，遊秦不用，歸，妻不下機，嫂不爲炊。

(七) 眉批：吕蒙正貧無室，與妻居破窑中。

(八) 眉批：韓信釣淮陰，饑，漂母饋食飯信。以上此皆貧賤之士也。

(九) 眉批：風雲際會，《易》曰：『雲從龍，風從虎，見得志有爲之象也。』

富豪貪戀，貧窮見棄。娘呵，惹得傍人講是非。（丑）

【前腔】呆蠢丫頭，出語污人耳。敢恁推三阻四，話不投機。（浄）賤人，豪家求汝效于飛，故相推，出言抵撞，你好没尊卑！（旦）非是奴失禮儀，望停嗔聽奴拜啓。婚姻事古有之，恐誤了終身志改移。怕待一時貪富貴，恐船到江心補漏遲。[一]（浄、丑）

【前腔】我把好言勸你，再三阻推。娘是何人你是誰？（旦）母親，暫息雷霆威，休恁的自差池，緣何將我苦禁持？（浄）自今和你做頭敵。（旦）謾威逼，斷然不與孫氏做夫妻！

（旦下。外上）自不整衣毛，何須夜夜號？爲何在此喧攘？（浄打外介）老賊養得好女兒！姑娘好意繡房中去説親，他説我是繼母，做不得主，當時不明不白，隨我家老子來家。好便好，若不好，在税課司税我一税。老兒，你便税得我，誰敢税我？（外）你如今待怎麽？（浄）他若肯嫁孫家，房奩首飾都與他去；[二]他若要嫁王家，五月端午粽兒，剥得赤條條，擇一個黑殺日子，我叫一乘破轎子擡他去。（外背白）將錯就錯，隨他發落。明日日子到好，只説不好，送女兒王門去罷。媽媽，明日不好，送女兒王家去罷。（浄）丢去。（外）那個送親？（丑）待我去，倘或我侄女餓死了，也好與他救命。

（外）不圖富貴自甘心，（浄）忍耐無知小賤人。

[一] 夾批：不能及意。

[二] 眉批：奩：音『連』，鏡匣也。

（外）惟有感恩并積恨，（丑）萬年千載不生塵。

第十一齣　別女于歸

（旦上）

【破陣子】翠黛深籠寶鏡，（一）蛾眉懶畫春山。（二）絲蘿雖喜依高木，椿樹還憐老歲寒，（三）偷將珠淚彈。

母生吾在塵，襁褓失慈母。（四）鞠育藉椿庭，獨立成艱苦。奴家被繼母逼勒改嫁不從，爹爹將機就機，今日將奴家出嫁王家。可憐衣服首飾，盡皆脫去，并無一件與奴。如今逼奴上轎，不免去祠堂中拜別親娘神主。苦！一入祠堂心慘淒，百年香火嘆無兒。誰憐未報母恩德，豈肯忍聞烏夜啼？（五）

【玉交枝】音容不見，望冥中聽奴訴言。甫離懷抱娘恩斷，（六）目應怎瞑黃泉？我今日呵，誰

（一）夾注：黛：音『代』。　眉批：翠黛，畫眉黑色也。

（二）夾批：即遠山眉也。　眉批：蛾眉，蛾，蠶蛾，言細而長。《詩》曰：『螓首蛾眉。』

（三）夾批：指父也。

（四）眉批：繦：音『講』，織縷爲之，以約小兒於背者。褓：音『保』，小兒衣。言其幼在繦褓之中而失母也。

（五）眉批：烏，孝鳥也，反哺其母，教夜啼不忍聞之。

（六）甫：原作『哺』，據《新刻原本王狀元荊釵記》改。

知繼母心太偏，(一)逼奴改嫁相凌賤。我那親娘，孩兒今日出嫁，本是做一碗羹飯與你，料他決不相容。苦！莫説羹飯，我要痛哭你一場，也不能勾。怕他們聞之見嫌，只得且吞聲，(二)淚痕如線。我的母親，他把我衣服釵梳罄身剥去。(三)我的親娘在日，豈有今日之苦？

【前腔】不能光顯，嘆資妝十無一完。爹爹，我不指望日前看待，就是荆釵裙布奴情願。爹爹，孩兒去了，我到愁你。料誰人在膝下承歡？親娘，我七歲抛離了你，在他身邊，受他折磨難盡言。早晚之間，倘有些差訛之處，(四)非打即罵，好苦呵！他全無骨肉慈心善。

（外上）荆釵與裙布，隨今逼婚嫁。我兒，這老乞婆愛富嫌貧，日夜嚷鬧，他又打你。兒，明日日子吉利，送你到王家去罷。雖則房奩不整，待一二日間，我着李成送來。兒，你休要啼哭。（旦）爹爹，一言難盡！

【北沉醉東風】恨萱堂狼毒心腸，(五)謗讒言恨殺姑娘。房奩没半分，教奴家羞耻難當。似這

(一) 偏：原作『變』，據汲古閣刊本《繡刻荆釵記定本》改。

(二) 吞：原作『容』，據《新刻原本王狀元荆釵記》改。

(三) 眉批：罄：音『慶』，盡也。

(四) 眉批：訛：音『牙』，誤也。

(五) 夾批：指母。

等素手空囊，叫一聲親娘，娘！痛斷腸，因此上骨肉分張。（外）不須恁的傷悲，你把春纖巧樣妝，荆釵插鬢傍，穿一套藕絲雲錦鮮裳。我兒，你行一步與我看，打扮得似織女會着牛郎，(一)叫一聲嬌兒，兒！痛斷腸，因此上淚滴在胸堂。

（丑）三夜不息燭，相思何日罷？哥哥，不見侄女兒在那裏？樂人催了兩三次了。（外）李成，姐姐在祠堂，别娘神主。（丑）同去催他上轎。（外）我兒，時辰到了，快快梳妝去罷，不要啼哭了。

【憶多嬌】我兒，你且開鏡奩，(二)整翠鈿，(三)休得界破殘妝玉筯懸。(四)我的兒，今日做爹爹骯髒了你，首飾皆無真可憐！（合）休得愁煩，休得愁煩，他是個讀書大賢。

（旦）爹爹，奴家此去呵，

【前腔】愁只愁你子嗣慳，哀老年，何忍將奴離膝前？爹爹，母親早晚倘有三言兩語，你可將就些罷，莫惹閒非來掛牽。（合前）

(一)　夾批：　星名。夾批：　星名。　眉批：　織女，天公之孫，居天河之東，機梭女工，年年勞役，容貌不理。帝憐其獨處無歡，嫁與河西牛郎。嫁後貪歡，遂廢織紝。帝怒，令歸河東，但使一年一會，故云。

(二)　夾批：　奩：　音『連』，鏡匣也。

(三)　眉批：　翠鈿，唐韋固問月下老，曰：　『君婦適三歲，店壁賣菜陳嫗女子是也。』固見女，刺之，中眉，後眉間常貼翠花鈿，遂成故事。

(四)　夾注：　筯：　音『柱』。　眉批：　古詞：　『淚痕如線，界破殘妝面。』玉筯，指淚痕如玉筯之懸，故云。

（丑）我的侄女，你好苦，從了娘嫁孫官人，隨你妝奩首飾，一生受用不盡。（外）呸！你説那裏話！那裏話！

【前腔】自古姻緣，事非偶然。五百年前，赤繩繫纏。㈠兒今去，聽教言。我兒，你到人家做媳婦，不比在家做女兒，須要勿驕勿慢，必敬必戒，孝順親姑，數問寒暄。㈡（合）燈前淚漣，生離各一天。有日歸寧，㈢有日歸寧，吾心始安。

（旦）爹爹，請母親出來，待孩兒拜別。（外）你好没志氣，首飾衣服尚且不與你，想他什麼好處？還要拜他！（旦）爹爹説那裏話？天下無不是的父母。雖則如此，七歲得他撫養到今，怎麼不拜他？難道不辭而去？（丑）哥哥，還是侄女説得有理，待我去請他出來。（旦）姑娘有勞，去請一請。（丑）嫂嫂有請。（浄内應）姑娘怎麼説？（丑）你女兒要上轎，請你出來拜別。（浄内白）等他去，不在我心上。叫他自去拜親爹親娘，繼母有什麼相干！不要他拜！一似潘郎倒騎驢，永不見畜生面。（丑）哥哥，他不出來了。（外）恰又來，我説他不出來。（旦）待我自去請。母親，孩兒今日出門，請你出來拜

㈠ 眉批：韋固問月下老囊中何物，曰：『赤繩子，以繫夫婦之足，此繩一繫，雖仇敵之家，富貴懸隔，終不可言。』

㈡ 眉批：《禮》：女子之嫁也，母命之曰：『往之汝家，必敬必戒，無違夫子，妾婦之道也。』

㈢ 眉批：歸寧，女子歸問父母安否也。《詩·葛覃》篇：后妃之本也，歸安父母，化天下以婦道。『薄澣我衣，害澣害否，歸寧父母。』

別。（浄）走，賤人，我不是你的親娘，你不是我女兒，拜我怎麽？還了王家木頭釵子去，我也没福受你的，我斷不出來！（旦）既不出來，待奴家在房門首拜罷。苦！我的娘！

【前腔】蒙教養，訓成人，恩同昊天。（一）（浄内應）不要拜，載不是你的親娘。（旦）娘呵，雖不是你親生，多蒙保全。兒今去，免掛牽。我的親娘，爹爹是年老之人，早晚倘有言語之間，須索要忍耐些。努力加餐，望把愁容，變爲喜顔。（合）燈前淚漣，生離各一天。裙布荊釵，奴身有感。

（外）我兒，出嫁是好事，飲一杯酒去。（二）李成那裏？（浄）忽聽爹爹唤，未審有何音？叫我則甚？（外）今日姐姐出嫁。兒，將酒過來。（浄）酒在此。（外）禱告神天與地祇，（三）玉蓮今去做人妻，願他夫婦長相守，百年諧老兩齊眉。錢家三代祖宗神，保祐孩兒錢玉蓮。今配十朋爲姻眷，願他夫婦永團圓。我兒酒到。（詩）自嘆嬌兒命運乖，親娘死後遇多災。今日父子分離去，臨行親自舉金杯。

【北沉醉】舉金杯，表父子骨肉分離。我的嬌兒，爲爹的别無所願呵，願只願效孟光舉案齊眉，（四）非爹苦要把你離，非爹苦要把你輕抛棄。自古道：男大須婚，女長須嫁。玉蓮嬌兒，也只爲婚

（一）夾注：昊：音『號』。眉批：昊天，以廣大言。《詩》：『哀哀父母，生我劬勞。敬報之德，昊天罔極。』

（二）飲：原作『欽』，據《新刻原本王狀元荊釵記》改。

（三）眉批：天神曰神，地神曰祇。

（四）夾批：梁鴻妻。眉批：梁鴻妻孟光每進食，舉案齊眉。《漢書》謂妻爲具食於鴻前，不敢仰視，故舉案齊眉。

姻事，之子于歸。(一)叫一聲嬌兒，兒！ 苦痛悲，因此上搵不住淚眼雙垂。（旦）

【前腔】嘆親娘，早年間不幸身亡，謝爹爹訓誨多方。我親娘死後，多承我母親自幼撫養之恩呵！常懷撫養恩，我怎敢把劬勞忘？(二)（内）不要拜，正是打鼓送瘟船，冤家離眼前。（旦）因此上骨肉分張，叫一聲親娘，娘！ 魂渺茫，枉教奴痛斷肝腸。

（外）兒，拜辭家堂香火。（旦）

【前腔】辭内堂，家堂、祖宗呵！ 保奴此去吉昌。(三)拜親爹，常言道女生外向。我的爹，好一似啣泥老來空望。(四)爹，奴此去只慮着一件，只恐怕奴去後，又没一個親子在身傍。叫一聲親爹，爹！ 情慘傷，因此上痛斷奴肝腸。

（丑）爹爹，我也要把姐姐一杯。

【前腔】勸姐姐不須淚垂，但願你夫唱婦隨。只恨狠毒娘親，剥去釵環，不與衣裳。(五)因此上

(一) 眉批： 于歸，于，往也。婦人謂嫁曰歸。《詩·桃夭》篇：『之子于歸，宜其家人。』

(二) 夾注： 劬： 音『衢』。

(三) 眉批： 吉昌，即《書》言故事，所謂鳳占協吉，五世其昌是也。

(四) 夾批： 指燕也。 眉批： 啣泥，謂燕營巢養子，大而飛去。 故詩『紫燕啣泥空癈力』，引以自況，見不能養親之意。

(五) 眉批： 釵環，首飾； 衣裳，服飾，又上曰衣，下曰裳。

姊妹分離。叫一聲姐姐，姐！苦痛悲，止不住珠淚交流。

（外）兒不要啼哭，此乃出乎無奈，近前來，聽我囑付你。

【催拍】娘心裏只愛富郎，我獨羨王十朋才貌無雙。此事呵，皆因繼母主張，不與釵環，不與衣裳。若到王家，好奉姑嫜。（合）心切切，淚汪汪。㈠（旦）從爹命惱了萱堂，從娘命敗壞綱常。㈡似這等無衣無裳，回到王家，羞耻難當。只恨親娘，早歲身亡。（合前）（浄）

【前腔】笑爹爹好没主張。（外）怎見我没主張？（浄）何不與我李成商量？（外）這畜生，你有甚見識？（浄）東也是倉，西也是倉。將些稻穀，糶些銀子，打些首飾，做些衣裳，送到王家，多少風光！免被傍人，説短論長。（合前）

（内鼓樂介）我兒上轎罷！（外、旦）

【臨江仙】再三哀哀離膝下，及門無母施鞶。㈢未知何日返家園？出門銀燭暗，明月照魚

㈠ 夾批：含淚意。

㈡ 夾批：三綱五常。　眉批：綱常，謂君爲臣綱，父爲子綱，夫爲妻綱。五常，謂仁、義、禮、智、信是也。

㈢ 夾批：小囊盛帨巾者。　眉批：《禮記》曰：『庶母及門内施鞶，申之以父母之命。』此無庶母，故云。

軒。(一)(旦、丑下。外吊場)我就是半壁殘燈相吊影,蕭蕭白髮盈頭,那堪弱息離身邊?·(二)叮嚀寂寞罄,淚咽不成斑。(哭下)

詩曰:

繼母心多見識差,苦將兒女做冤家。
紅顏勝人多薄命,莫怨東風當自嗟。(三)

(一) 夾批:車也。 眉批:魚軒,婦車也。魚,獸名,似豬,東海有之。其皮背上班文,腹下純青。軒,車也,將魚皮以飾車,故曰魚軒。

(二) 夾批:指女也。

(三) 眉批:『紅顏勝人』二句,本歐陽修作《明妃曲》詞。

新刊重訂出相附釋標註節義荆釵記卷之二

繡谷陽川唐子釋義
徽郡星源游子重訂
金陵世德堂唐氏梓
鳳城思德李氏校書

第十二齣　王氏成婚

（占上）

【風馬兒】貧守蝸居事桑蠶，〔一〕形憔悴，〔二〕鬢藍鬖。（生上）家寒世薄精神減，淒涼一旦，母憂愁，子羞慚。

（見介。占）孩兒，自古道：姻緣姻緣，事非偶然。前番許將仕説親，娘爲家貧，不敢應承。雖則荆釵爲定，未知成否？（生）母親，姻緣前定，何必掛懷？（占）

〔一〕眉批：蝸居，言所居之小也。《魏·胡昭傳》注：隱者焦光作圜（原作『圓』）舍，形如蝸牛蔽（原闕『蔽』），故謂之蝸牛廬。夾批：婦人之事。

〔二〕夾批：枯槁貌。

【鎖南枝】這門親非是我貪婪，(一)無奈人來説再三。送荆釵，只愁他富室褒談。良媒竟没一言回俺，反教娘掛心懸膽。(二)(合)早間聽得鵲噪窗南，有何親舊相探？(三)(生)

【前腔】嘆連年貧苦多諳，(四)尤在淒涼一擔擔。事萱親，(五)朝夕愧乏酸甘。劬勞未答，常懷淒慘。議姻親，斷然不敢。(合前)(末上)

【前腔】論人生嫁女婚男，不是姻緣怎妄貪？謾誇他豪門，首飾衣衫。嬌娥志潔，甘居清淡。那聽他巧言掇賺，(六)這姑娘因此臉羞慚，此來必定喃喃。(七)

此間已是王家門首，有人麽？(生)何人？呀！老將仕。(末)王先生，令堂求見。(生)母親，許將仕在門首。(占)請相見。(相見介，末)老安人賀喜！賀喜！(占)寒門似水，(八)喜從何來？(末)錢

(一) 夾批：婪：音『男』，貪也。

(二) 夾注：懸：音『玄』。

(三) 眉批：鵲，靈鳥，有喜事報。又陸賈曰：『鵲噪則行人至。』故見鵲噪曰『有何親相探』。

(四) 夾注：諳：音『庵』。

(五) 夾批：指母也。　眉批：萱草忘憂，樹之北堂，背之之義。王母宰北堂之事，故稱母曰萱親。

(六) 夾批：掇：音『答』。賺：音『饌』，誤也。

(七) 夾批：多言貌。

(八) 眉批：寒門，自稱門曰寒門。似水，見清貧意。

老員外送小姐過門。（占）家下倉卒之間，(一)諸事不曾准備，怎生是好？（末）不須掛心，他家也没有人來，止有姑娘送親。只是他嘴臉不好，凡事忍耐。(二)（丑上）

【寶鼎兒】親送侄女臨門，管取今朝沉醉。

（末）請新人下轎。（禮人科。丑）請出新人出轎來，猶如仙女下瑶臺。(三)可惜花容多嬌態，嫁個窮酸餓鬼胎。（末收科介）有這許多閒話！

【花心動】適遣匆匆，奈眉峰慵畫，雲鬢羞櫳。（合）喜氣濃，悄似仙郎仙女，會合仙宫。（旦拜介。占）

【惜奴嬌】只爲家道貧窮，守荆釵裙布，謹身節用。今爲姻眷，惟恐玷辱親家門風。（旦）空空，愧乏房奩來陪奉，(四)望高堂垂憐寵。（合前）（丑

【前腔換頭】欣逢，夫婿寬洪。可留心遵守，四德三從。(五)（末）秀才，你勤攻詩賦，休得效學飄

(一) 眉批：倉卒，急遽慌忙之貌。

(二) 眉批：耐：音『奈』，受也。忍耐，謂事之難容而含忍以受之也。

(三) 眉批：瑶臺，即瑶池，王母與衆仙聚會之處也。

(四) 夾注：奩：音『連』。

(五) 眉批：四德，出《周禮》，婦言辭令，婦德貞順，婦工絲麻，婦容婉娩。三從，孔子曰：『婦人伏於人也，是故無專制之義。有三從之道，在家從父，出嫁從夫，夫死從子。』

蓬。（生）重重，運蹇時乖長如夢，謝良言開愚懵。（合前）（旦）

【鬬黑麻】家世雖忝儒宗，論蘋蘩箕帚，(一)未能諳通。愧無才，豈能適事英雄？（占）融融，非獨外有容，必然内有功。（合）喜相逢，悄似仙郎仙女，會合仙宫。（生）

【前腔換頭】愚蒙，欲步蟾宫，(二)奈才疏學淺，未得蜚冲。(三)況無才，豈宜先自乘龍？(四)（丑）雍雍，才郎但顯功，嬌妻擬贈封。（合前）（末、丑）

【錦衣香】夫性聰，才堪重。婦有容，德堪重。天生美質奇才，彩鸞丹鳳。（生）自慚非比漢梁鴻，何當富室，配我孤窮？（旦）念妾非孟光，奉親命適事名公。今日同歡共，藍田玉，曾修種。(五)夫和婦睦，琴調瑟弄。(六)（占）

(一) 夾批：二草名。　眉批：蘋，水上浮萍也；蘩，白蒿也。皆祭祀用之，取其潔也。《詩》曰：『于以采蘋。』又曰：『于以采蘩。』

(二) 眉批：蟾宫，謂月中有蟾蜍，故名。唐人謂及第之榮爲步蟾宫。

(三) 夾注：蜚：音『匪』。

(四) 夾批：謂女婿。　眉批：魏黄尚與李元禮俱爲司徒，俱娶桓叔元兩女，俱乘龍，言得婿如龍也。

(五) 夾批：雍伯娶徐女故事。　眉批：雍伯以義漿給行人，一人與菜子一升，曰：『種此生好玉。』後伯娶徐氏女，曰得白玉一雙當爲婚。伯至，種玉所得璧五雙以聘焉。

(六) 夾批：《詩》曰：『如鼓瑟琴。』

【漿水令】恕貧無香醪泛鍾，〔一〕恕貧乏美食獻供。（丑）又無湯水飲喉嚨，妝甚麽大媒，做甚麽親送。（末）休相笑，莫妄衝，惟恐外人相譏諷。（占）非缺禮，非缺禮，只爲窘中。凡百事，凡百事，望乞包籠。

【尾聲】佳人才子德堪重，更人才又兼出衆，夫妻到老永和同。

（丑）合卺交歡意頗濃，〔二〕（末）琴調瑟弄兩和同。

（生）今宵賸把銀缸照，〔三〕（旦）猶恐相逢是夢中。

第十三齣　迎女同居

（外上）

【出隊子】追思前事，追思前事，心下如同理亂絲。雖然頗頗有家私，争奈年高無後嗣。怎

〔一〕夾批：指酒。

〔二〕眉批：合卺，以一瓢分爲兩瓢謂之卺。《婚義》曰：婦至，婿揖婦入，共牢而食，合卺而酳，所以合體，同尊卑，親之也。

〔三〕賸：原作『勝』，據汲古閣刊本《繡刻荆釵記定本》改。

不教人，日夕怨咨？(一)

萬般皆是命，半點不由人。當原我女兒本欲招贅王十朋爲婿，誰知我那婆子嫌貧愛富，要嫁在孫家。我女不肯從母意，因此變作參商，(二)翻成仇怨。是我一時將機就機，將孩兒送過王家。婆子發怒，房奩衣飾，并無一件與他隨身而去。將及半年光景，如今王十朋赴京科舉，思意他家無人，意欲將西邊書房收拾潔淨，差人去請親家母、女孩兒同家居住。女婿起程去了，早晚也好看顧。李成那裏？(末上)水將杖探知深淺，人聽言談見腹心。老員外有何鈞旨？(三)(外)李成，王官人往京求取功名，我思量他家無人，欲將西邊書房打掃潔淨，你就往王宅去請老安人、小姐到家居住，早晚也好看顧他。(末)如此甚好，只怕老安人不容。(外)有我在此，不妨。(末)小人就去。(外)

【好姐姐】聽吾一言説與，那王秀才欲赴科舉。他若去後，擬定家空虛。(合)堪憂慮，形隻影單添淒楚，暮想朝思愈困苦。(末)

【前腔】解元爲功名利禄，(四)應難免分開鴛侶。(五)妻孤母獨，怎不愁滿腹？(合前)(外)

(一) 眉批：咨，嗟，嘆聲也。

(二) 眉批：參商，二星名，一居東，一居西，又一出一没，永不相見，故詩曰：『人生不相見，動如參與商。』

(三) 眉批：鈞，三十斤。鈞旨，言命之重，不敢得意。

(四) 夾批：稱十朋。

(五) 夾注：應：平聲。　夾批：伴也。

【前腔】我欲將西邊空屋，特請他萱親媳婦，(一)移來并居，早晚相看顧。（合前）（末）

【前腔】親骨肉及早請歸同居住，彼此心歡意滿足。小僕蒙東人付囑，到彼處傳説衷曲。若聞此語，擬定無間阻。（合前）

（外）不忍家寒受慘凄，（末）恩東惜樹更連枝。(二)

（外）黄河尚有澄清日，(三)（末）豈可人無得運時？

第十四齣　成舅接姐

（占上）

【掛真兒】天付姻緣事諧矣，(四)夫和婦如魚似水。(五)（生）貧守蝸居，(六)新婚燕爾，(七)惟恐外人

(一) 夾批：指母。　眉批：《詩》曰：『焉得萱草，言樹之北。』

(二) 眉批：恩東，稱家主也，猶恩主之謂。

(三) 眉批：黄河水濁，清則聖人出，天下平。

(四) 夾批：成也。

(五) 夾批：情好美也。　眉批：《通鑑》：劉先主之得孔明，情好日密，曰：『孤之有孔明，如魚之有水也。』

(六) 夾批：見居小意。

(七) 夾批：即宴賞也。　眉批：《詩》：『新婚燕爾。』燕，賞也，謂夫婦方且宴樂其婚也。

談耻。（旦）菽水承歡勝甘旨，[一]親中饋未能週備。[二]（生）慈母心寬，賢妻意美。（合）深喜一團和氣。[三]

蘋蘩已喜承宗裔，[四]功名未遂男兒志。黄榜正招賢，[五]囊空無一錢。（占）家事難斡旋，[六]謾自心頭悶。（旦）科舉若蹉跎，光陰能幾何？（生）母親，孩兒成親之後，不覺又是半年。即日黄榜招賢，况郡中催逼赴京，限在今月十五日起程。争奈缺少盤費，如何是好？（占）孩兒，[七]你今缺少盤費，教娘從何布擺？（旦）官人，此係前程之事，况兼官府催逼。家道雖則艱難，盤纏焉能辭免？可容奴家回去，去告爹媽，或錢或銀，借些與官人路費，未審官人意下如何？（生）娘子，此是貧人遇寶，有何不可？只愁岳父、岳母不允。[八]（末）若無漁父引，怎得見波濤？老員外着我到王宅去請王老安人、小姐、王官人。迤逞行來，此間已是王宅門首。有人麽？（生）是誰？（末）是小人。（生）足下那裏來？（末）小人

[一] 夾批：菽：音『叔』，大豆。眉批：菽水，孔子曰：『啜菽飲水，盡其歡，斯謂之孝。』
[二] 夾批：酒食衣服之事也。眉批：中饋，《易》曰：『婦主中饋。』
[三] 夾批：明道先生。眉批：明道先生坐如泥塑，及接人，則一團和氣。
[四] 眉批：蘋蘩，二草名，婦人采之，以主祭祀者，取其潔也。
[五] 眉批：黄榜，謂及第者，以黄紙書名於榜上，故曰黄榜。
[六] 斡：原作『幹』，據文義改。
[七] 孩：原作『孫』，據文義改。
[八] 眉批：岳，泰山也，言其高，故稱妻父曰岳父，稱妻母曰岳母。泰山上有丈人峰，故又曰岳丈。

是錢宅來的。（生）少待。母親，岳丈家中有人在外。（占）媳婦，你去看是誰？（旦）待奴家去看。（末）小姐。（旦）李成，爹媽在家好麽？（末）俱各平安。（旦）我在此，爹爹怎麽不着人來看我？（末）家中有事，不曾來看得小姐。（旦）今日到此何幹？[一]（末）見了老安人，自有話説。（旦）你進來見老安人，須要小心下禮。（末）曉得。（旦）婆婆，原來是我家李成。（占）聞説親家宅上有個李成舅，能幹事的。請相見。（生）李成舅，請相見。（末拜介。旦）是我家使喚的，怎麽回他禮？（占）媳婦，敬其使以及其主。[二]李舅，二位親家納福麽？（末）托賴平安無事。（占）今日到舍爲何？（末）老安人請坐，待小人拜稟。

【宜春令】恩東命僕上覆，[三]近聞得官人上帝都。[四]解元出路，料想家中必定添淒楚。老員外呵，意欲把西首書房屋，待相邀安人居住。[五]爲此特令男女，到宅傳語。（占）

【前腔】蒙錯愛爲眷屬，這恩德深銘肺腑。[六]奈緣艱苦，迤邐不能參岳父。到如今又蒙相呼，

[一] 眉批：幹，事也。何幹，猶言何事也。
[二] 眉批：《論語》注曰：『敬其主以及其使。』
[三] 夾批：自稱家主。
[四] 夾批：指王十朋。
[五] 夾批：請也。
[六] 夾批：記也。

頓教人心中猶豫。(一)試問孩兒媳婦，怎生區處？（生）

【前腔】因科舉，欲赴都，免不得抛妻棄母。千思萬慮，母老妻嬌誰爲主？既岳父憐貧恤苦，這分明愛枝惜樹。(二)且自隨機應變，愼勿推阻。（旦）

【前腔】夫出路，百事無，況家中前空後虛。晨昏朝暮，慮恐他人生嫉妒。既相招共處同居，暫離這蓽門蓬户。(三)未審婆婆夫婿，意中如何？

（占）媳婦，既如此，先打發李舅先回，我和你隨後去罷。（旦）李成，你先回去上覆爹媽，婆婆與官人隨後就來了。（末應介，先下。占）孩兒，你夫妻二人要去了，你把細軟家火，收拾在那邊用，粗重的還鎖在此間罷。（生）母親，收拾了。（占）就去罷，省得又着人來請。

【繡衣郎】半生來陋室幽棲，樂守清貧苟度時。(四)重蒙不棄，大厦千間相週全。(五)望孩兒那日

(一) 夾批：不决也。　眉批：猶豫，師古曰：『猶，獸名，善援木，性疑，每居山中，聞有聲，即恐有人來，每豫上樹。久之，無人，然後下。須臾又上，如此非一。故不決稱猶豫。』

(二) 眉批：愛枝惜樹，樹，猶根也，言惜其根，愛及餘枝，正謂愛其女以及於吾人也，是亦愛屋及烏之説。

(三) 眉批：蓽門，以荆竹編爲門也；蓬户，編蓬爲户也。《記》曰：『儒有一畝之宫，環堵之室，蓽門圭窬，蓬户甕牖。』

(四) 眉批：王子雲曰：『人處世寧可清貧，不可濁富。』

(五) 夾注：厦：音『夏』。　眉批：厦，今之門□也。子美詩：『安得廣厦千萬間，大庇天下寒士俱歡顔。』

榮貴，報岳父今日恩義。（合）願從今奮鵬程萬里。〔一〕（生）

【前腔】自歷學十載書幃，黃卷青燈不暫離。〔二〕春闈催試，〔三〕鏖戰文場男兒志。〔四〕跳龍門，擬着荷衣，〔五〕步蟾宮高攀仙桂。〔六〕（合前）（旦）

【前腔】想蒼天不負男兒，一舉成名天下知。〔七〕倘登高第，雁塔題名身榮貴。〔八〕若能彀廕子封妻，不枉了爭名奪利。（合前）（占）

【前腔】論黃河尚有澄清日，豈可人無得運時？（旦）皇都得意，那時好個風流婿。（生）我寒儒顯赫門楣，〔九〕太岳翁傳揚名譽。（合前）

〔一〕夾批：大鳥，一飛九萬里。

〔二〕夾批：指書也。　眉批：黃卷，古人寫書用黃紙，有誤，以雄黃塗之，故曰黃卷。

〔三〕夾批：考試處。

〔四〕眉批：就試貢院謂鏖戰棘闈。

〔五〕夾批：言及第也。夾批：即緑羅袍。

〔六〕夾批：月宮也。　眉批：古詞：『嫦娥剪就緑羅袍，待來步蟾宮與换。』又詩：『月桂高攀第一枝。』

〔七〕夾批：句本古詩。

〔八〕眉批：唐韋肇及第，偶於慈恩寺雁塔題名，後人效之，遂成故事。

〔九〕夾批：楣：音『眉』，門横木。　眉批：女婿顯榮，曰『門楣有光』。

（占）春闈催赴恐違期，（旦）但願皇都得意回。
（生）跳過禹門三級浪，（占）管教平地一聲雷。(一)

第十五齣　女氏歸寧

（外上）

【卜算子】從別女孩兒，心下常縈繫。昨日令人去請歸，彼此心歡喜。雪隱鷺鷥飛始見，柳藏鸚鵡語方知。(二)昨日着李成去詣王親家母、女孩兒、王秀才，不知來否？（末）但將心腹事，報與我東人。老員外，王老安人、小姐、秀才官人都請來了。（外）開了正門，先看茶來。

（占、生）

(一)　級：原作『汲』，據《李卓吾先生批評古本荆釵記》改。　眉批：禹門，即龍門也。《及第》詩：『禹門三級（原作『汲』）浪，平地一聲雷。』

(二)　眉批：鷺鷥，水鳥，純白色，故雪隱而飛始見；柳絲稠密，故鸚鵡藏其中而語方知。二句出學詩。

【疏影】韶光荏苒，(一)嘆桑榆暮年，(二)貧苦相兼。(旦)數載憂愁，(三)一家艱苦，豈知甚日回甜？(生)衣單食缺無歉，爲親老常懷淒慘。(末)安人賢會，秀才儒雅，小姐貞堅。

老員外，王安人在門首。(外見介)親家母，早知親家臨門，合當遠遠迎接，不週勿令見罪。(占)親家，老身貧乏，缺禮百端。(四)遺聘荆釵，言之可羞。(外)親家言重，言重。小女無百兩迎門，(五)奉蘋蘩惟恐有失。(占)未遑造謝，反沐寵招。(外)重蒙降臨，不勝榮幸。(占)窮親到宅，今來負累親家。(外)既爲親戚，何足道哉？(占)女親家如何不見？(外)老荆有些賤恙，(六)不得奉陪，恕罪，恕罪！(占)多多拜上，容日進見。(外)謹領。(占)孩兒，參拜了岳父。(生)念十朋一介寒儒，忝爲半子之親，(七)托在萬間週庇，有違參拜，無任戰兢。(八)(外)賢婿不須施禮。(占)媳婦，見了令尊。(旦)爹爹，半載離

(一)　夾批：　春光也。

(二)　夾批：　老景也。　眉批：　《淮南子》曰：『日垂西，影在木端。』言日影在木末，不久而落，如人年老不久而死也。又詩：『桑榆日月侵。』

(三)　載：　原闕，據《新刻原本王狀元荆釵記》補。

(四)　禮百：　原闕，據《新刻原本王狀元荆釵記》補。

(五)　眉批：　一車兩輛曰兩。百兩，言行奩之多，百乘之車所載也。《詩》曰：『韓侯娶妻，百兩彭彭。』

(六)　眉批：　恙：　音『様』，蟲名，食人心。古人草居露宿，有是蟲害，故今人有疾曰賤恙。

(七)　眉批：　半子謂女婿，亦當半個子也。

(八)　眉批：　戰兢，《詩》曰：『戰戰兢兢。』戰戰，恐懼；兢兢，戒謹也。

門，有缺甘旨之奉，恕孩兒不孝之罪。（外）既有奉姑之心，何足道哉？(一)只是你繼母不賢，致令如此。親家母，你令郎幾時起程？（占）小兒今日就去。（外）怎麽去得這等快？（生）諸生俱已去了。（旦）爹爹，官人缺少盤費。（外）我已備在此了。李成，看酒來。親家母在上，此一杯淡酒，一來與親家母接風，二來與賢婿餞行。(二)

【降黄袍】草舍茆簷，(三)蓬蓽塵門，(四)網羅風颭。尊親到此，但有無一一望親遮掩。（占）恩沾，萬間週庇，悄似寒灰撥焰。使窮親歡來愁去，喜生腮臉。（旦）

【前腔換頭】安然，同效鶼鶼，(五)爲取功名，頓成抛閃。君今此去，又恐伊貪榮别娶嬌艷。（生）休言，我守忠信，自古貧而無諂，(六)肯貪榮忘恩失義，附熱趨炎？(七)（占）

(一) 道：原闕，據《新刻原本王狀元荆釵記》補。

(二) 眉批：接風，謂遠行歸飲以酒，曰接風。餞：音『薦』，以酒送行者曰餞行。

(三) 夾批：『茆』『茅』同。

(四) 夾注：蓽：音『畢』。

(五) 鶼鶼：原作『鶼鵜』，據《新刻原本王狀元荆釵記》改。夾批：鶼，音『兼』，鳥名。眉批：鶼鶼，即比翼鳥，《爾雅》：『東方有比翼鳥，不比即不能飛。』

(六) 眉批：《論語》曰：『貧而無諂。』

(七) 夾批：以世情言。

【前腔換頭】淹淹，貧守齏鹽，(一)常慮衣單，每憂食欠。今爲眷屬，又恐將閥閱門風辱玷。(二)(外)休謙，既成姻眷，有何事理相嫌？敢攀屈尊親寵臨，是我過僭。(生)

【前腔換頭】叨忝，母訓師嚴，三史諳通，九經博覽。(三)今承召舉，到試闈定有朱衣頭點。(四)(外)孩兒，丈夫遠行，你也遞他一杯酒。(旦)奴家曉得了。春纖，(五)捧觴低勸，好將心事拘鉗。到京師閒花野草，慎勿沾染。(作悲介。生)

【滚遍】(六)娘子，休將珠淚彈，且把愁眉斂。背井離鄉，誰敢胡沾染？(合)路途迢遞，不無危險。纔日暮，問路程，尋宿店。(生)

【前腔】萱親免愁煩，岳丈休憶念。(占)孩兒，記取叮嚀，客邸當勤儉。(外)賢婿，此行只願鰲

(一) 眉批：齏鹽，韓愈《送窮文》：『太學四年，朝齏暮鹽。』

(二) 夾注：閥閱：音『伐悦』。

(三) 眉批：九經，謂《易經》《書經》《詩經》《周禮》《儀禮》《禮記》《樂記》《春秋》《孝經》是也。

(四) 夾批：文中選也。眉批：歐陽修知貢舉考試卷，常覺身(原作『生』)後一朱衣人點頭，然後文入格，不爾，則無復與考，故詩云：『文章自古無憑據，惟願朱衣一點頭。』

(五) 纖：原作『織』，據《新刻原本王狀元荆釵記》改。

(六) 【滚遍】：原闕，據《新刻原本王狀元荆釵記》補。

頭高占，(一)功名遂，姓字香，門楣顯。(生)

【尾】(二)隨身不慮無琴劍，慮只慮囊缺欠。(外)李成，取銀子來。(末)寶劍賣與烈士，紅粉贈與佳人。老員外，銀子在此。(外)賢婿，慢多！(生)多蒙岳父。(占)多謝親家厚德。(外)不要説此話。白金十兩相助添。

(生)多生受了。(占)我兒，你去不打緊，我就是樹頭黄葉，荷葉上珠，風中之燭，(三)朝不保暮，光陰不久了。我的兒，你去呵！

【臨江仙】渡水登山須仔細。(外)賢婿，朝行須聽曉鷄啼。(旦)官人，成名先寄好音回。(末)王官人，藍袍將掛體，及第便回歸。(生)

【前腔】重荷萱親勸訓誨，感蒙岳丈提携。娘子，好生侍奉我親幃。李舅，你在家中勤照管，我若及第便回歸。(旦)

(一) 眉批：《列子》曰：『龍伯之國有大人，一鈞而連六鰲。』故詩曰：『高文俱合在鰲頭。』

(二) 【尾】：原闕，據《新刻原本王狀元荆釵記》補。

(三) 眉批：樹頭黄葉則易落，荷葉上珠則易傾，風中燭則易滅，皆言年老，朝不保暮之意。

【前腔】半載夫妻成拆散，一朝鴛侶分飛，二親年老怎支持？(一)成名思故里，切莫學王魁。(二)

(生)不須多囑咐，我若及第便修書。

(合)正是：流淚眼觀流淚眼，斷腸人送斷腸人。(生先下。外)孩兒，夫婿上京取應，好把婆婆恭敬。

(旦)甘旨我自應承，謹依爹爹嚴命。(旦)且喜骨肉團圓，惟願永同歡慶。(占吊場)

【園林好】深感得親家見憐，助白銀恩德萬千，居廣厦容留貧賤。得所賜，喜綿綿，蒙所賜，意拳拳。(三)(外)

【沉醉東風】念孩兒三生有緣，(四)與才郎忝爲姻眷。他日赴京師，程途遥遠，論盤費尚憂輕鮮。(旦)婆當暮年，父當老年，但願我兒夫同歸故苑。(占)

【川撥棹】他憑取才學上京赴選，又恐怕功名緣分淺。(五)(末)老安人且莫掛牽，王官人文章燦然。(合)管取登科作狀元。(旦)

(一) 二：原作「一」，據《新刻原本王狀元荆釵記》改。

(二) 王：原作「三」，據《新刻原本王狀元荆釵記》改。

(三) 夾批：不忘意。

(四) 眉批：三生，有一省郎遊法華寺，夢至碧巖下，一老僧前烟穗極微。僧云：『此是檀越結願，香烟存而檀越已三生矣。第一生，玄宗時，劍南安撫巡官；第二生，憲皇時兩蜀書記；第三生，即今生也。』省郎恍然方悟。

(五) 夾注：分：去聲。

【紅繡鞋】旦夕祝告蒼天，周全。但願他獨占魁名選，榮顯。母妻封贈受皇宣，門楣换，姓名傳，這其間盡歡忭。(一)(占)得魚後，怎忘筌？(二)

【尾聲】從今且把愁眉展，遇良辰自宜消遣，骨肉永遠團圓。

(占)舉子紛紛争策藝，此行願得登高第。

(旦)馬前喝道狀元回，(末)這回好個風流婿。

第十六齣　朋儕赴選

(生上)

【水底魚】天下賢良，赴選臨帝鄉。白衣卿相，(三)暮登天子堂，(四)暮登天子堂。(末)

(一)　夾批：　喜悦也。

(二)　夾批：　不忘本也。　眉批：　筌，竹器，取魚者。《性理》曰：『得魚忘筌，得兔忘蹄。』見忘本意。

(三)　眉批：　唐朝縉紳之士雖位極人臣，不由進士者，不以爲美，其推重謂之白衣卿相，以白衣之士，即卿相之資也，重之如此。

(四)　夾批：　句本古詩。

【前腔】爲功名紙半張，引得吾輩忙。人人都想，要登龍虎榜，要登龍虎榜。(一)（淨）

【前腔】有等魍魎，(二)本是田舍郎。妝模作樣，也來入試場，也來入試場。（丑）

【前腔】天地玄黃，(三)記得兩三行。文才不廣，只是賭命强，只是賭命强。

（衆）三年大比選場開，(四)滿腹文章特地來。争看世人事買賣，信知吾輩出英才。(五)（淨）王梅溪在上，我和你一學中朋友，不須通名道姓。天色未曉，趲行則個。（生）

【甘州歌】一自離故里，謾回首家鄉，極目何處？萱親年邁，(六)一喜又還一懼。(七)晨昏幸托少年妻，深感岳丈相憐一處居。（合）蒙囑付，牢記取，成名先寄數行書。休悒怏，(八)莫嗟吁，白衣脱換錦衣歸。（末）

(一) 眉批：唐歐陽詹舉進士，與韓愈、李絳等聯第，皆天下選，時稱龍虎榜，謂數人如龍如虎也。
(二) 夾注：魍魎：音『罔兩』。
(三) 夾批：《千字文》。
(四) 眉批：三年大比，謂大比民數之時也，於此合比、閭、族、黨、州、卿之所校，登書者試之，曰大比。
(五) 知：原作『如』，據《新刻原本王狀元荊釵記》改。
(六) 夾注：邁：音『賣』。
(七) 夾批：喜其壽，懼其衰。　眉批：《論語》曰：『父母之年，不可不知，一則以喜，一則以懼。』
(八) 夾注：怏：音『樣』。

【前腔】芳春景最奇，正可人不暖不寒天氣。千紅萬紫，(一)開遍滿目芳菲。香車寶馬逐隊隨，(二)只見來往遊人渾似蟻。(合)争如我，折桂枝，十年身到鳳凰池。(三)身榮貴，歸故里，人人報道狀元歸。(浄)

【前腔】松篁香徑裏，(四)見野塘溶溶緑水。沙嘴鷗鳧，來往出没，又還驚飛。危樓跨澗人過稀，(五)只見漠漠平沙棲遠堤。(合)途中景，果是奇，緑楊枝上囀黄鸝。(六)難禁受，聞子規，(七)聲聲叫道不如歸。(丑)

【前腔】皇都將到矣，尚且還隔幾重青山緑水。餐風宿露，豈憚路途迢遞？一心正欲入試

(一) 夾批：見花多也。　眉批：明道先生《春日》詩：『萬紫千紅總是春。』

(二) 夾注：隊：音『兑』。

(三) 夾批：中書省也。　眉批：古詩：『一舉首登龍虎榜，十年身到鳳凰池。』

(四) 夾注：篁：音『皇』。

(五) 夾批：高樓也。　眉批：詩：『危樓高百尺。』（宜據《李卓吾先生批評古本荆釵記》改作『橋』。）　夾批：少也。

(六) 夾批：巧聲也。　夾注：鸝：音『離』。　眉批：黄鸝，鳥名，一名黄鶯，又名倉庚，至春時皆應節候鳴於緑楊枝上。

(七) 夾批：一名杜宇。

闈，尚恨不得腋生兩翅飛。(一)(合)尋宿處，莫待遲，竹籬茅舍掩柴扉。(二)天將暮，日墜西，漁翁江上罷鈎歸。

【尾聲】問牧童，歸村市，香醪同飲典春衣，(三)圖得今宵沉醉歸。(四)

(生)鏖戰功名赴試期，(五)(末)可堪脱白掛荷衣。

(凈)十年窗下無人問，(丑)一舉成名天下知。

第十七齣　棘闈考試

(末上，開場科)欽奉朝廷命，敷施雨露恩。魚龍皆變化，(六)一躍去朝京。自家是禮部堂上祇候的便是。往來聽候，侍奉官員。今乃大比之年，(七)正當設科取士之際。國朝委請試官，已在貢院之内。府縣應

(一)夾注：腋：音『亦』。

(二)夾批：門也。

(三)夾注：醪：音『勞』。

(四)眉批：杜詩：『朝回日日典春衣，每日江頭盡醉歸。』

(五)夾注：鏖：音『敖』。

(六)眉批：魚龍變化，謂舉子及第也。

(七)眉批：大比，科舉取士之年也。

召舉子，俱在棘闈之前。(一)如今將次考試，只得在此衹候。怎見得設科取士？但見開試，看茂才科、孝廉科、賢良科、方正科，(二)齊齊整整；印卷所、彌封所、對讀所、謄録所，密密嚴嚴。委請主考官、同考官、《易經》考官、《書經》考官、《詩經》考官、《春秋》考官、《禮記》考官，人人飽學；提調官、巡綽官、受卷官、彌封官、監場官、搜撿官、供給官，個個清廉。但是天下才子，前往禮部投名。第一場以四書五經擬題，内選程文四書三篇，五經四篇，(三)務要文章耿潔。第二場以性理群書擬題，内選程論詔誥一篇，表判一篇，俱要義理精純。第三場策問五道，無非既達時務，何莫經有辨疑。中式舉人，定爲三甲，授階進士，分作九階。第一甲賜進士及第，官授從六品；第二甲賜進士出身，官授正七品；第三甲賜同進士出身，官授從七品。廷策一道，列名狀元、榜眼、探花，遊街三日，賜宴瓊林，鹿鳴鹵簿。(四)正是：

一封流下興賢詔，四海俱無遺棄才。試看滿朝朱紫貴，紛紛盡是讀書人。(下。丑)

【點絳唇】滿腹文章，平生慷慨，簪纓客，(五)暫困沉埋，兀的是虎瘦雄心在。

(一) 眉批：棘闈，唐制，禮部閲試之日，皆嚴設兵衛，樹棘闈之以防假濫，故試場曰棘闈。

(二) 眉批：設科取士，凡茂才(原作『材』)、孝廉(原作『應』)以下等科，自漢以來有之。

(三) 眉批：四書，《大學》《中庸》《論語》《孟子》是也；五經，《易》《書》《詩》《春秋》《禮記》是也。

(四) 眉批：朝廷賜宴及第人謂瓊林宴。宋太平興國八年，宋白等並賜及第宴於瓊林苑，故名。郡邑宴新舉人爲鹿鳴宴，本《詩》『呦呦鹿鳴』取来。鹵簿，車駕行羽儀雙導謂之鹵簿，又云以大盾領一部之人曰鹵簿。

(五) 夾批：束冠者，冠繫也。

十載寒窗篤志，習讀詩書半世。韓退之豈有文章，蘇東坡都是放屁，(一)惟我才高學廣。朝廷委我考試，我若使些私心，端的不瞞天地。舉子送得錢多，選他頭名上第；如無一些東西與我，教他一場悔氣。左右那裏？開了貢院門，但有舉子，着他趕科。(末)秀士趕科。(生)
【步蟾宫】胸中豪氣冲牛斗，筆下龍蛇飛走。(二)(浄)英雄隨我步瀛洲，(三)一舉高攀龍首。(四)
(相見介。丑)秀士，我上承皇命，下選英才。每年考試，無非五經四書。我只用一聯好對，分作天地二號。(末)天字號領題。(生)學生。(丑)伏羲扴亂神農草，伯夷叔齊。(生)有。鍾離失却洞賓丹，寒山拾得。(五)(末)地字號領題。(浄介。丑)秤直鈎灣星朗朗，識重知輕。(浄)有。磨圓臍小齒楞楞，吞粗出細。(末)天字號領題。(生)學生。(丑)一船四櫓，八人摇出九龍江。(生)有。獨馬單刀，一將破開千古陣。(末)地字號領題。(浄)學生。(丑)雙人枕上行雲雨，夫妻和睦。(浄)有。一床被底多風月，弄出兒孫。(丑)走！(末)天字號領題。(生)學生。(丑)紈扇展開，萬里江山隨手展。(生)
(一) 眉批：韓退之，唐時人。蘇東坡，宋時人。二公並有才名，文章魁世者也。
(二) 夾批：王羲之龍蛇字。
(三) 夾批：仙境。　眉批：瀛洲在海島中，仙居勝境，世謂得中者爲登仙，故云。又唐有十八學士登瀛洲之説。
(四) 夾批：謂中狀元也。
(五) 眉批：伏羲，上古聖君，用蓍草以作卦者；神農，教民稼穡者；伯夷、叔齊，孤竹君之二子；鍾離、洞賓，二人在八仙之中；寒山、拾得，二人修於法華寺得道者。

有。將書作枕，許多賢士共頭眠。（丑）頭名狀元午門外看榜。（生）欲奮青雲志，須加白日功。（下。末）地字號領題。（浄）學生。（丑）無鹽咬菜根，淡中又淡。（浄）把醋喫梅子，酸上加酸。（丑）趕出去！

五百名中第一人，烏靴紗帽緑袍新。
明朝早赴瓊林宴，斜插宫花拜至尊。㈠

第十八齣　玉蓮憶夫

（旦上）

【破陣子】自從兒夫去後，杳無音書。㈡爹爹掛念，婆婆縈悶，那堪人孤另。晝朝夕甘旨，雖然是夫在天涯，事關心，爲何不淚零？

一簾明月照松陰，夜静凄凉愁殺人。獨聽子規枝上轉，聲聲叫出斷腸聲。〔賣花聲〕自古蹙損遠山

㈠ 夾批：指君也。
㈡ 夾批：杳：音『了』，遠也。

眉，(一)幽怨誰知？羅衾滴盡淚胭脂，夜過春寒愁未起。門外鳥啼，惆悵阻佳期。人在天涯，東風頻動小桃枝。正是消魂時候也，撩亂花枝。自從兒夫去後，一向懶待梳妝，況無音信。爹爹憂悶，婆婆念懷，奴家侍奉早膳已畢，不免對鏡梳妝則個。詩：

夫去朱明經數月，(二)幾番含淚怨離別。

懨懨春病容顏改，愁斷情人千萬結。

【四朝元】結髮夫婦，雙雙不暫離。(三)春闈擇士，丈夫呵，只爲名利，要圖登高第。望身榮發跡，望身榮發跡，把我鴛鴦拆散東西。(四)何日團圓？甚時完聚？免使相思憶。嗏！默默自嗟吁，舉案齊眉，(五)怎奉蘋蘩禮？(六)重重悶怎除？懨懨謾憔悴，難忘恩義。撲簌簌淚珠

(一) 眉批：蹙：音『就』，聚也，人憂慽則聚其眉也。卓文君眉不加黛，望如遠山。趙飛燕妹合德，召入宫中爲薄眉，號之曰遠山眉。

(二) 眉批：朱明，夏令火神也。

(三) 眉批：蘇武詩：『結髮爲夫婦，恩義兩不疑。』

(四) 夾注：拆：音『册』。

(五) 夾批：几案也。眉批：梁鴻妻孟光事鴻，每進食，舉案齊眉，敬之而不敢仰視也。

(六) 夾批：二草名，婦人採以奉祭祀者。

濕袂，(一)撲簌簌淚珠濕袂。

詩：

三月桃花浪暖時，願郎一去折高枝。
鵲聲時刻簷前噪，使我行行常切思。

【前腔】思之夫婿，胸藏古聖書。赴京師科舉，(二)願早及第，高攀折桂枝。願荷衣掛體，願荷衣掛體，衣錦歸來，改換門閭。到今歸期難卜，未審何意？敢戀紅樓處？嗏！何必苦相疑？料想宋弘肯棄糟糠室？(三)匆匆話別時，頻頻書寄歸。緣何一去，嘹嘹嚦嚦，(四)雁無帛繫？(五)嘹嘹嚦嚦，雁無帛繫？(六)

(一) 夾注：簌：音『速』。

(二) 夾批：大也，衆也。

(三) 夾批：漢時人。夾批：言不棄妻也。　眉批：漢光武姐新寡，欲招宋弘，帝因謂弘曰：『貴易交，富易妻，人情乎。』弘曰：『貧賤之交不可忘，糟糠之妻不下堂。』

(四) 夾批：雁聲也。

(五) 夾批：蘇武故事。

(六) 眉批：漢蘇武陷匈奴十九年，匈奴詐言武死。漢使因常惠私教曰：『我天子射上林中，得雁足繫書，言武在大澤中牧羊。』匈奴驚，放武歸。

詩：

桑榆暮景最難題，囊盡消然誰得知？
妾在深閨無處訴，悲悲切切淚沾衣。

【前腔】與伊分袂，終朝如醉痴。遇春光明媚，懶去遊嬉，懶觀園苑奇，懶睹春富貴，(一)懶睹春富貴。鎮日忘餐，通宵無寐。妝臺不倚，雲鬢倦理。空自愁千縷。(二)嗏！蘭房靜寂寂，夢斷襄王歸那裏。(三)更鼓響鼕鼕，銅壺漏滴滴，教奴聽得，淒淒慘慘。轉添愁緒，轉添愁緒。

詩：

秋來風雨飄飄落，舉子巴巴鏖戰却。
屈指算來將半載，孤幃單枕甚蕭索。

【前腔】昨宵房裏，披衣未睡時。見銀缸結蕊，(四)料應喜至，想有綵箋寄，料榮歸故里，料榮

(一)　夾批：　指花草也。
(二)　夾批：　愁多也。
(三)　夾批：　楚襄王夢巫女故事。　眉批：　襄王遊雲夢之臺，宋玉曰：『先王晝寢於此，夢一婦人，曰：「妾巫山之女也，聞王游，願薦枕席之歡。」王遂幸之而去。』
(四)　夾批：　缸：　音『江』，燈花也。　眉批：　銀缸，閨房之燈也。

歸故里。金帶垂腰，綠袍着體。遽下牙床，就整鴛鴦被。鵲聲鬧人耳。嗏！綠雲懶梳洗，獨上危樓，㈠遥望人何處？㈡輕輕蓮步移，㈢默默畫欄倚，思量無計。尋尋覓覓，㈣似鳳失侶，㈤尋尋覓覓，似鳳失侶。

【尾聲】時光似箭如梭擲，㈥勤把萱親奉侍，專待兒夫返故里。

詩：

只爲功名抛却親，如今必定離京城。
真個路遥知馬力，果然日久見人心。

㈠ 夾批：高也。
㈡ 夾批：遠也。
㈢ 夾批：即金蓮步也。　眉批：蓮步，即齊東昏侯鑿金爲蓮花，令潘妃行其上，曰：『此步步生蓮花也。』
㈣ 夾批：細思密求意。
㈤ 夾批：伴也。
㈥ 夾批：見速意。

第十九齣　丞相强婚

（末扮堂候官上）碧玉堂前列管絃，珍珠簾捲裊沉烟。(一)不聞關外將軍令，只聽朝中天子宣。自家乃万俟丞相府中堂候官是也。論俺丞相，真個官高極品，累代名家。身居八位之尊，班列群英之上。論文呵，對聖賢夜讀詩書；論武呵，總元戎時覩韜略。(二)巍巍駕海紫金梁，兀兀擎天碧玉柱。休説官高極品，先誇相府軒昂。霓金樓閣，重簷叠棟，直起上一千層；石玉闌干，傍水臨階前，倚着十二曲。窗横面面碧琉璃，磚甃行行紅瑪瑙。(三)屏開孔雀，獸爐中噴幾陣香風；簾捲蝦鬚，仙仗間會三千珠履。(四)門排畫戟，(五)座列金釵。(六)響璫璫的玉珮聲摇，明晃晃珠簾色耀。後堂中安着一張影玲瓏、光燦爛、數十層雕花刻草八柱象牙床，正廳上放着四圍香散漫、色鮮妍、幾多樣畫鳳描鸞九鼎蓮花帳。金間玉，玉間金，雕鞍寶凳；紫映紅，紅映紫，繡褥花鈿。御橋邊開着兩扇慷慨孟嘗門，鳳城中蓋着一所異樣神仙

(一) 眉批：《史記》：漢武帝起神屋，以白真珠爲簾。
(二) 眉批：韜略，皆兵法。太公有《六韜》，黄石公有《三略》。
(三) 眉批：琉璃，出高麗國；瑪瑙，多出北地。
(四) 眉批：孟嘗君好士，故門下客有三千，穿珠履者爲上客。
(五) 眉批：畫戟，相門前所畫儀仗也。
(六) 眉批：金釵，指侍妾。牛曾孺：『金釵十二行。』

窟。道猶未了，丞相已到。（浄上）

【賀聖朝】幾年職掌朝綱，四時燮理陰陽。(一) 一人有慶壽無疆，(二) 兆民賴之安康。(三)

爵尊一品，爲天子之股肱； 權總百官，廣朝廷之耳目。廟堂寵任，朝野馳名。威振遼金而不敢南望，才兼文武而每欲北征。(四) 正是一片忠心能貫日，四方志氣可凌雲。老夫覆姓万俟，職掌當朝宰相。不幸夫人早喪，存下一女，小字多嬌，年方二八，争奈姻緣未遂。今科狀元王十朋，温州人氏，才貌兼全，吾欲招他爲婿，未知姻緣如何？ 他今日必來參拜。堂候官那裏？ （末）珍珠堂下供祇應，碧玉堂前聽使令。老爺有何鈞旨？ （浄）堂候官，今科狀元王十朋，温州人氏，此人才貌兼全，除授饒州僉判。我意欲招他爲婿，你道如何？ （末）老爺，小姐是蕊宫瓊苑之神仙，狀元是天禄石渠之貴客。(五) 若能成此姻緣，不枉了一世夫妻。（浄）既如此，他今日必來參拜，你在衙門首等候，待他來時，先露其意，不可有誤。（末）暫辭恩相去，專待狀元來。（生上）

(一) 夾注： 燮： 音『雪』。 眉批：《書》曰：『論道經邦，燮理陰陽。』燮，理也。

(二) 夾批： 指君。

(三) 夾批： 百姓也。 眉批：《詩》曰：『一人有慶，兆民賴之。』

(四) 眉批： 遼、金，二國名。北地，多爲宋害，故欲北征之。

(五) 眉批： 蕊宫、瓊苑，皆仙島，仙眷所居處。天禄，閣名，漢劉向校書其上。石渠，亦閣名，蕭何所造，以圖籍書者也。

【菊花心】十年身到鳳凰池，(一)一舉成名天下知。(二)脱白掛荷衣，(三)功名遂，少年豪氣。

引領群仙下翠微，雲間相逐步相隨。桃花已透三層浪，月桂高攀第一枝。(四)閬苑應無先去馬，杏園惟有後題詩。(五)男兒志氣當如此，金榜題名四海知。(六)(生)堂候先生，你與我報，新狀元王十朋拜見。(末)告老爺，新狀元見。(浄)請裏面來相見。(生)地借玉階，恭上萬乘之言；名登虎榜，濫叨千佛之先。揣分逾涯，撫躬知愧。(浄)君子六千人，定霸咸期於一戰；扶摇九萬里，冲天遂冠於群飛。(七)諸進士皆可畏之後生，王狀元乃無雙之國士。承顧了，請坐。(生)老丞相請坐，小生侍立請教。(浄)何必謹遜！狀元是天下之英才，翰林之秀氣，請坐。看茶。(浄)狀元行館在何處？(生)在巧牌坊下。(浄)我有一句話與你説，我有閨門一女，欲招足下爲婿，月下就要畢姻。(生)深感老丞相不棄微賤，奈小生家有拙荆，(八)不敢奉命。(浄)富易交，貴易妻，人情乎！(生)老丞相，豈不聞宋弘有云：糟糠之

(一)夾批：中書省也。
(二)眉批：《及第》：『一舉首登龍虎榜，十年身到鳳凰池。』
(三)夾批：緑袍也。
(四)眉批：『桃花先透三層浪』二句，陳元老《及第》詩。
(五)眉批：杏園，進士初賜宴於杏園，所謂探花宴是也。
(六)眉批：金榜，崔紹暴卒，復生，見冥間列榜，書人姓名，將相皆金榜。
(七)眉批：李太白云：『大鵬一日同風起，扶摇直上九萬里。』孔子曰：『後生可畏，焉知來者之不如□也。』
(八)眉批：拙荆，自稱妻也。易交易妻，宋弘故事，已詳前。

妻不下堂，貧賤之交不可忘？某雖不敏，請事斯語。（淨）當朝丞相，招汝爲婿，有何玷辱了你？（生）停妻再娶，恐有違例。（淨）甚麼違例！兩個字那一本書上所載？走！這不遵擡舉的！

【八聲甘州歌】窮酸魍魎，(一)對我行輒敢數黑論黃，妝模作樣，惱得我氣滿胸堂。（生）平生頗讀書幾行，豈肯紊亂三綱併五常？(二)（末）斟量，不如順從公相何妨。（淨）

【前腔換頭】端詳，這㑳傁伎倆，(三)怎做得潭潭相府東床！(四)出言挺撞，那些個謙讓温良！（生）微名忝登龍虎榜，肯棄舊憐新薄倖郎？參詳，料烏鴉怎配鸞凰？(五)（末）

【解三醒】王狀元且休閒講，這婚姻果是無雙。當朝宰相爲岳丈，論門户正相當。（生）寒儒

(一) 夾注：魍魎：音『罔兩』。眉批：魍魎，《山海經》云：『顓頊三子，亡而爲鬼，一居山中爲□鬼，一居水中爲魍魎，一居宮中爲小鬼。』又魍魎，山川之精物也，狀如三歲小兒，赤黑色，赤目長耳美髮。

(二) 夾注：紊：音『混』。夾批：君、父、夫是也。夾批：仁、義、禮、知、信。

(三) 這：原作『家』，據汲古閣刊本《繡刻荊釵記定本》改。夾注：㑳傁：音『鄒搜』。夾注：伎倆：音『支兩』。

(四) 夾批：深遠貌。夾批：指女婿，羲之故事。眉批：晉郗鑒使門生求婿於王導，導令就東廂遍觀子□，門生歸曰：『王□諸少並佳，然聞信各自矜持，惟一人在東床坦腹食，獨若不聞。』鑒曰：『此佳婿也。』訪之，乃羲之，遂妻以女。

(五) 夾批：自比也。夾批：指相女。

怎敢過望想？自古道糟糠妻不下堂。（浄）忒無狀，把花言巧語，一趄胡謊。[一]（末）

【前腔】千推萬阻，靡恃己長，[二]只恐你舌劍唇鎗反受殃。[三]（生）謾相勞攘，停妻再娶誰承望？有何故受災殃？（浄）朝綱選法咱把掌，使不得禍到臨頭燒好香。不輕放，定改除遠方，休想還鄉。

（外）叵耐窮酸太不良，（生）有妻焉敢贅高堂。

（末）大鵬飛上梧桐樹，（生）自有傍人說短長。

（浄）這畜生好無理！正是乍富小人，不脫貧漢之體；初貧君子，天然骨格風流。這畜生除過饒州僉判，[四]王仕宏潮州僉判。明早起本，將王士宏改饒州僉判，王十朋改調潮陽僉判。[五]着各門上張掛告示，不許王狀元私自還鄉。速辦文書，發遣潮陽之任。此乃烟瘴地面，十去九不回家。害他母子妻兒不得見面，休得遲遲。

[一] 夾注：趄：音『劌』。

[二] 夾批：本《千字文》。

[三] 夾批：言以口傷人也。

[四] 夾批：另選其官。

[五] 眉批：饒州，郡名，屬江西省。潮陽，郡名，屬廣東省，韓文公曾貶其處。

（淨）改調潮陽禍必侵，㈠（末）此人必定喪殘生。
（淨）平生不作皺眉事，（末）世上應無切齒人。

第二十齣　附寄泥金

（生上）

【醉落魄】鄉關久別應多慮，幸登高第得銓注。㈡修書欲寄報平安，㈢浼承局帶回家去。㈣夜雨滴空階，孤館夢回，情緒蕭索，一片閒愁，丹青難畫。㈤秋漸老，蛩聲正苦；㈥夜將闌，燈花朝落。最無端處，總把良宵，抵恁孤眠甚却。　小生貧寒之際，以荆釵爲聘錢氏。結姻之後，欲赴科場，又蒙岳丈接取老母、山妻同居，又助盤費，恩深如海，何日可報？　到京僥倖得中狀元，㈦除授饒州僉判。深欲

㈠ 必：　原作『不』，據《新刻原本王狀元荆釵記》改。
㈡ 夾批：　登名意。　銓：　原作『餘』，據《新刻原本王狀元荆釵記》改。
㈢ 眉批：　杜詩：　『可憐懷抱何人盡，爲問平安無使來。』
㈣ 夾批：　公差也。
㈤ 眉批：　丹青，稱畫工也。
㈥ 眉批：　蛩，秋蟲，其聲令人柱□，愁懷者多言之。
㈦ 眉批：　僥倖，謂所不當得而得者。《中庸》曰：　『小人行險以僥倖。』

告歸省親，因參万俟丞相，招贅不從，被他拘留在此，不得回鄉。早間到部前打聽公差承局，到温州遞送公文，我今寫家書一封，報與母親、妻子知道。央他附至，搬取家小到京，同臨任所，多少是好！

【一封書】男百拜拜覆，母親尊前妻父母。離膝下到帝都，一舉成名身掛緑，(一)蒙除授饒州僉判府，帶家小臨京往任所。寄家書，付承局，草草不恭男拜覆。

此書煩付雙門巷岳父大人親手開拆。(末)傳遞急如火，(二)官差不自由。懼法朝朝樂，欺公日日憂。自家承局是也。蒙省部公差，前往浙江温州府遞送公文。聞説王狀元要寄家書回去，這裏是他寓所，不免逕入。(相見介。生)承局哥，今日起程麽？(末)就此去了。(生)私奉白金三星，以充路費。(末)小人受之不當。(生)今此書煩付温州在城雙門巷錢老貢元投下。(末)爲何姓錢？(生)是我妻家。

【懶畫眉】煩伊傳遞彩雲箋，(三)你到吾家可代言。(末)代言怎麽説？(生)因參丞相被留

(一) 夾批：緑羅袍。　眉批：□□凡及第者，賜宴謝恩後，各賜公服緑羅袍一領，故曰掛緑。
(二) 眉批：外有速也。《易》曰：『不留如火。』
(三) 夾批：書紙也。　眉批：唐韋陟封郇國公，常以五彩雲箋爲書。

纏，㈠不能勾歸庭院，㈡傳與家中免掛牽。（末）狀元深念北堂萱，㈢料想萱親憶狀元。㈣小人若把喜音傳，他必定生歡忭，一紙家書抵萬千。㈤

（生）平安二字喜重重，（末）闔宅投書喜氣濃。

（生）只恐匆匆説不盡，（末）行人臨發又開封。㈥

第二十一齣　套换假書

（净扮孫汝權上）

㈠ 夾批：万俟丞相。

㈡ 夾注：勾：音『救』。

㈢ 夾批：指母也。　眉批：北堂，謂廟中。詩：『主婦治北堂。』

㈣ 夾批：思也。

㈤ 眉批：杜詩：『烽火連三月，家書抵萬金。』

㈥ 眉批：『只恐匆匆』二句，本唐詩。

【雙勸酒】儒冠誤身，(一)一言難盡。爲玉蓮賤人，(二)常懷方寸。(三)若得他配合秦晉，(四)那其間燕爾新婚。(五)

凡人不可貌相，海水不可斗量。誰想那王敗落中了狀元，除授饒州僉判，因參丞相，招贅不從，丞相發怒，把他拘留在省聽候。我聞得交承局寄書回去，想承局未曾起程。今往街上尋覓承局，留他下處，使些見識，送些禮物與他，騙那王十朋家書，改休書回去。那其間錢媽媽見了休書嚷起來，必然將女兒改嫁。我趕回去，徑央張媽媽多些財禮，務要娶玉蓮爲妻。便是殘花敗柳，也説不得，睡他一夜，就死也快活。小厮看了下處。（内應。末上）

【前腔】官差限急，心中愁悶。途路上辛苦，怎辭勞頓？只恐誤了公文，那其間有口難分。

（净撞科）足下莫不是承局哥麽？（末）小人是承局。問官人上姓？（净）我是温州城五馬坊黑漆大門樓下孫半州就是區區。(六)（末）元來是王狀元鄉里。（净）王狀元有書寄回去麽？（末）昨日有一封

(一) 夾批：指孫汝權。　眉批：古文：『紈袴不餓死，儒冠多誤身。』
(二) 夾批：十朋妻也。
(三) 夾批：指心也。
(四) 夾批：二國名。　眉批：晉重耳至秦，秦伯以女懷嬴妻焉，故二姓婚配曰秦晉。
(五) 夾批：本《詩經》。　眉批：《詩》曰：『燕爾新婚。』言宴賞也，謂夫婦宴樂其新婚也。
(六) 眉批：區區，微小意，自謙之詞也。

付與在下了。孫官人在此貴幹？(一)

【劉潑帽】念吾到此求科舉。（末）官人高中了？（净）不及第羞回鄉里。修書欲報娘和父，欲煩稍帶，只怕伊相推阻。（末）

【前腔】吾家雖在京城住，温台路來往極熟。官人若有家書附，休要躊躕，(二)咱與帶回去。

（净）既如此，同到小寓。穿茶坊，過酒肆，這裏便是。承局哥，本該留你在此歇却便好，一來没人在此不便當。送一錢銀子與你，自去酒肆中喫三杯，待我寫完了書，你來取。(三)（末）這也使得，無功先受禄。(四)（净）輕瀆，輕瀆。（末走科。净）承局哥，承局哥，放了包袱在此，少刻來取。（末）我曉得官人最見小的，恐怕我去了不來取書，交我放下包袱。也罷，丢下當頭在此，我去别了朋友，就來取書。（净）説得有理。（末）市沽三酌酒，早寫萬金書。(五)（下。净吊場，笑科）不思心上無窮計，怎得他人一紙書？想承局去遠了，我把包袱開將起來。且喜王狀元書已在此，待我讀一遍。（見介）寫得好！我與他同學，况字跡與我相同，他寫家書，我寫休書，一句改一句。怪錢貢元不肯將女兒嫁我，今改休書回去，羞

(一) 眉批：幹，事也，問人何事曰貴幹。
(二) 夾批：猶豫意。
(三) 『一來』五句：原闕，據汲古閣刊本《繡刻荆釵記定本》補。
(四) 眉批：禄之所食也，謂無功而先食人之食也。
(五) 眉批：萬金書，即杜詩所謂『烽火連三月，家書抵萬金』是也。

他一羞。且待我改起來。

【一封書】男百拜拜覆，母親尊前妻父母。正是才人，一字包一家門。（改）媽媽萱親想萬福。離膝下到京都，一舉成名身掛緑。（改）孩兒已掛緑。蒙除授饒州僉判府。（一）（改）僉判饒州爲郡牧。（二）帶家小臨京往任所。若不改傷情，怎得玉蓮到手？是了，是了。（改）我贅在万俟丞相府，（三）可使前妻別嫁夫。（四）他寫寄家書付承局。（改）寄休書免嗟吁。他寫草草不恭男拜覆，（改）我到饒州來取汝。取汝，取汝，明明是老孫我也。胡亂寫一封書回去，省得承局嫌疑。（淨寫書介）豚兒孫汝權，（五）字奉父母前。一自離膝下，倏經又半年。（六）問我前程事，羞慚不敢言。科舉秀才多，約有三四千。貢院門前窄，狹出在傍邊。幸得肩膀硬，（七）挨進得入簾。五更進

（一）夾批：郡名。
（二）眉批：僉判，佐貳之官；郡牧，謂太守也。
（三）夾注：贅：音『綴』。夾注：万俟：音『木其』。
（四）夾批：指玉蓮也。
（五）眉批：豚兒，本曹操見孫權軍伍嚴整，嘆曰：『生子當如孫仲謀，如劉景升兒子，豚犬耳。』
（六）夾注：倏：音『束』。
（七）夾注：膀：音『榜』。

貢院，渴睡又來纏。頭場要七篇，(一)篇篇寫不全。四書爛熟題，全然不得知。欲待央人做，巡綽官把路。(二)欲要往外走，饅頭未到口。便覺心內慌，兩眼望粉湯。二場要做論，自恨資質坌。(三)又出詔誥表，手脚驚蘇了。(四)欲要做做詔，又怕朋友笑。欲要做做誥，七顛與八倒。欲要做做表，一法不曾曉。(五)年紀雖不多，頭髮愁白了。三場五道策，(六)中間不記得。還算我僥倖，(七)兩場不貼出。父母不要苦，歲貢正該我。雖不能廊廟，也有言以道。父母切莫怪，分定官須在。延壽活八十，也有壽冠帶。兒勸父休惱，封君料没有。你若身氣死，我又怕先考。即欲就回來，争奈盤纏少。紙短情意長，苦惱真苦惱。

(一) 眉批：　頭場七篇四書文字，三篇經文字，四篇□□□。
(二) 夾注：　綽：　音『灼』。
(三) 夾注：　坌：　音『奔』。
(四) 夾注：　蘇：　音『踈』。
(五) 眉批：　二場詔誥表各一道，論一篇。
(六) 眉批：　三場策五道。
(七) 眉批：　僥倖，謂不當得而得者。《中庸》謂小人行險以僥倖。

此書煩付對門伯伯開拆。（末）折梅逢驛使，寄與隴頭人。(一)（相見。净）書寫完了，你的包袱在此，我的家書不打緊，王狀元家書是要緊的，不要呈訛了。(二)（末）不須分付。（净）學生白金一兩，奉爲路費。（末）多謝官人厚賜！（净）

【朱奴兒】因科舉離鄉半春，從別後斷羽絶鱗。(三)今日天教遇你們，趁良辰附歸音信。（合）還歷盡山郭水村，指日到東甌郡城。(四)（末）

【前腔】是則是公文限緊，蒙相委怎敢不允？(五)拚取十朝與半旬，(六)到宅上備説元因。（合前）

（净）休憚山高與路長，（末）傳書管取到華堂。
（净）不是一番寒徹骨，（末）怎得梅花撲鼻香？

(一) 眉批：陸凱與范曄爲友，凱在江南，曄在長安，凱因折梅寄曄，詩云：『折梅逢驛使，寄與隴頭人。江南無所有，聊贈一枝春。』
(二) 眉批：訛：音『牙』，謂差誤也。
(三) 夾批：指雁。夾批：指魚。　眉批：斷羽，即雁杳；絶鱗，即魚沉。言無音信也。
(四) 夾批：地名。
(五) 夾批：信從也。
(六) 夾注：拚：音『判』。

第二十二齣　得書咨怨

（占上）

【臨江仙】凭闌極目天涯遠，㈠那人去遠如天。㈡（旦）鱗鴻何事竟茫然，㈢今春看又過，何日是歸年？

（相見介。占）春闈催赴試京都，㈣一紙家書絶杳無。（旦）此去料應攀月桂，㈤拜恩衣錦聽榮除。㈥（占）你丈夫去後，不見回來。媳婦，使我懸懸憂念。（旦）想只在兩日回來也。（占）媳婦，我和你去門首望一望。（旦）婆婆先請，奴家隨後。（占）

㈠ 夾批：天際也。
㈡ 夾批：指十朋。
㈢ 夾批：雁之大者。夾批：無音信也。
㈣ 眉批：春闈，禮部考試貢院曰春闈。
㈤ 眉批：扳月桂，言及第也。
㈥ 眉批：榮除，除授也，謂陞授何官也。

【傍妝臺】意懸懸，倚門終日，(一)望得眼兒穿。自他去京歷鏖戰，(二)杳無一紙信音傳。(旦)多因他在京得中選，無暇修書返故園。(三)(占)我那兒，既登金榜，(四)怎不見還？　交娘心下轉。(旦)

【前腔】何勞憂慮恁惓惓，婆婆，且暫把愁眉展，(五)臨風對景消遣。雖然眼下人不見，終有日再團圓。(占)愁只愁他命蹇時乖福分淺，恐怕客邸淹留疾病纏。(旦)這死生由命，富貴在天。(六)婆婆，不須憂慮淚漣漣。(末)

【不是路】渡口離船，行人問路的。(内應介。末)錢貢元府上在那裏？(内回)前面白蕭粉墻雙門巷裏就是。(末)起動了。(浄)請了。(末)早來到錢家宅院前，咱不免偷閒先下彩雲箋。有人在此麼？(旦)李成，外有人在那裏。(丑)是何人，爲何直入咱庭院？(末)非爲别事到此，爲一舉登

(一) 眉批：倚門，王孫賈之母謂賈曰：『汝朝出而暮來，則吾倚門而望；汝暮出而不還，則吾倚門而望縈臺。』

(二) 眉批：鏖戰，謂棘門考試曰鏖戰棘闈。

(三) 夾批：閒也。

(四) 夾批：及第也。　眉批：金榜，崔紹見冥間列榜，書人姓名，將相金榜，其次銀榜，州縣小官並是鐵榜。

(五) 展：原闕，據《新刻原本王狀元荊釵記》補。

(六) 眉批：《論語》曰：『死生有命，富貴在天。』

科王狀元。（丑）那個王狀元？（末）就是王十朋。（丑）正是這裏。有書麼？（末）因來便，特令稍寄家書轉。（丑）少待，待我通報老安人。（末）是狀元家的大叔。（丑）老安人，王姐夫中了狀元，有人寄書在此。（占、旦）謝天謝地！（旦）喜從人願，喜從人願。

（占）媳婦，待我出去問他詳細。（丑）先生，老安人他自己來問你。（相見）先生，

【前腔】他爲何不整歸鞭？(一)付此書來説甚言？（末）教傳語，因參相府被留連。（旦）留連，敢是不回來了。（占）媳婦，我兒雖是這等説，不知他書上怎麼説？你且免憂煎，可備些薄禮酬勞倦。(二)（末）小人公文緊急，不敢停留。（旦）就把銀釵當酒錢。（丑）送與先生，這物輕鮮，權爲路費休辭免。（末）多謝夫人厚賜！去心如箭，去心如箭。

（末下。旦）李成，你去報與老員外知道。（丑）就去。（占）

【掉角兒】想連年時乖運蹇，喜今日姓揚名顯。步蟾宮高攀桂枝，(三)跳龍門首登金殿。(四)把

(一) 眉批：歸鞭，凡人在外，欲整歸鞭。

(二) 夾批：謝也。

(三) 夾批：即月宮也。　眉批：及第爲步蟾宮，詩餘：『嫦娥剪就緑羅袍，待來步蟾宮與換。』《及第》詩：『月桂高扳第一枝。』

(四) 眉批：龍門，《淮南子》曰：『禹鑿金龍門。』《水經》云：『鱣鯉出鞏穴，三月上渡龍門，得渡者爲龍。』故舉子得中爲跳龍門。

宮花斜插在帽簷邊，瓊林宴，勝似登仙。(一)（合）早辭帝輦，榮歸故園，那時節夫妻子母，大家歡忭。(二)（旦）

【前腔】想前生曾結分緣，與才郎忝爲姻眷。喜得他脱白掛緑，(三)怕嫌奴體微名賤。若得他貧相守，富相連，心不變，死而無怨。（合前）（外、浄上）

【尾聲】鵲聲喧，燈花艷。（旦）爹爹，奴家丈夫今日有書回來了。（外）果然今有信音傳，準備華堂開玳筵。(四)

（外）親家，李成來説，令郎有書回來了，賀喜！賀喜！（占）小兒有書回來，正欲着媳婦請親家看書。（旦）爹爹，書在此。（外）還送與婆婆開拆。（浄）老兒，你看封皮上是那個開拆就是了。（外）此書煩付岳父大人親手開拆。(五)（外）

【一封書】男百拜拜覆，媽媽萱親想萬福。（旦）爹爹，此書不是有才學人寫的，既稱媽媽，又稱萱

(一)『把宮花』三句：原闕，據《新刻原本王狀元荆釵記》補。眉批：唐懿宗開新第宴於曲江，乃命折花一金盒，令中官馳至宴所宣口勅曰：『便令戴花飲酒。』無不爲榮，故曰宮花斜插。

(二) 夾批：忭：音『便』，喜悦。

(三) 夾批：白衣。夾批：緑袍。　眉批：及第宴後賜緑羅公服一件，故云掛緑。

(四) 夾注：玳：音『代』。

(五) 父：原闕，據《新刻原本王狀元荆釵記》補。

親，一人到是兩人稱呼。（浄）正是有才學人寫的，媽媽是我，萱親是你婆婆。（外）孩兒已掛緑，僉判饒州爲郡牧。[一]（旦）爹爹，這句又差了，僉判是佐二官，如何又是郡牧？（浄）僉判是中舉中進士來的，郡牧是饒的。（外）做官那裏有饒得的？　我贅在万俟丞相府，[二]可使前妻别嫁夫。　寄休書，免嗟吁，我到饒州來取汝。

（浄）老兒，原來是休書，着我女兒改嫁。　王十朋那天殺的！　貧寒之際，遣荆釵爲聘，今日得第，就贅在相府爲婿，到休我女兒改嫁。（外）媽媽，還未見得。（浄）這休書那裏來的？（占）親家母，我孩兒不是忘恩負義人。（浄）王媽媽請走出去！（外）婆子像甚麽模樣！（占）

【剔銀燈】親家母不須怒起，容老身一言咨啓。　孩兒頗讀半行書，豈肯貪榮忘恩負義？　須知道天不可欺，他豈肯停妻再娶妻？（浄）

【前腔】忘恩義窮酸餓儒，纔及第輒敢無理。[三]只因賤人不度己，教娘受腌臢惡氣。[四]他今日却原來負你，呸！　羞殺你丫頭面皮。（旦）苦！

（一）眉批：郡牧，即今太守之稱，自守土而言則曰太守，自食民而言則曰郡牧。

（二）夾注：万：音『木』。俟：音『其』。覆姓也。

（三）眉批：得中魁元爲及第。

（四）夾注：腌：音『安』。

【前腔】書中句全無理體，竟不審其中詳細。葫蘆提（浄怒）便罵他不是，(一)罵得我無言抵對。母親，休聽讒言説是非。他爲人呵，決不將奴負虧。（外）

【前腔】媽媽且回嗔作喜，我孩兒不須淚垂。終不然爲着家書至，將好意番成惡意。（浄罵介）娘兒休辨是非，真和假三日後便知。

（外）一紙家書未必真，（浄）思量情理轉生嗔。

（占）霸王空有重瞳目，（旦）有眼何曾識好人。(二)

第二十三齣　訪書真僞

（外上）

【普賢歌】書中語句有差訛，(三)致使娘兒碎聒多。真僞怎定奪？是非怎奈何？尺水番成一丈波。

(一)　眉批：　葫蘆提：　出《群玉》：　『到了非干（原作『千』）藤蘿（原作『夢』）事，葫蘆自去纏（原作『經』）葫蘆。』又云北地鄉談。

(二)　眉批：　重瞳，謂目中有二瞳子也。霸王，項羽，目有重瞳，然不識范增諸賢，故曰空有。

(三)　夾注：　訛：　音『俄』。

（外）李成在那裏？（末）家書報喜反成災，致使娘兒心惱懷。萬事不由人計較，一生都是命安排。(一)
員外有何使令？（外）隨我到姑娘家走走。轉灣抹角，此間便是姑娘門前。（末）姑娘，員外來了。（丑
上）

【前腔】奴奴方纔念彌陀，(二)忽聽堂前誰喚我。開門看則個，原來是我哥哥。小的，快把柴來燒焰火。

（末）姑娘，你爲何燒焰火？(三)（丑）我兒，客來看火色，無茶也過得。（見介）哥哥爲何煩煩惱惱？
（外）妹子，一言難盡。（丑）但説不妨。（外）

【蠻牌令】兒婿往京都，前日付書回。道重婚丞相女，使母棄前妻。我女道非夫寫的，伊嫂嫂怒從心上起。真和假俱未知，故此特來問消息。(四)（丑）

【前腔】哥哥聽咨啓，不必恁憂疑。我鄰居孫財主，(五)赴選近回歸。他在京都必知事體，問

(一) 眉批：『萬事』二句皆古語。
(二) 眉批：阿彌陀，西方佛名，故僧道家多念阿彌陀佛。
(三) 何：原闕，據《新刻原本王狀元荆釵記》補。
(四) 眉批：杜詩：『童稚情親二十年，中間消息兩茫然。』
(五) 夾批：即孫汝權。

他們便知端的。（外）無由去他宅裏。妹子，你可令人請來問詳細。（净）【前腔】日裏莫説人，夜裏莫説鬼。方纔説小子，小子便來至。（末）未相邀誰來請你？（净）咱在門首聽得。（末）這言語休要提，且請東人相見施禮。㈠

（净見科介）此位是何人？（丑）是家兄。（净）元來是令兄，學生拜見！（丑）哥哥，孫官人要相見你。（外）此人如此輕薄！（净）老員外休怪，休怪。有眼不識好人。前日央令妹求親，爲何不允？（外）非不相從，乃緣分不到。（净）令婿中了狀元，除授饒州僉判，有書回來麽？（外背白）妹子，他問有書，我和你只説没書，看他怎麽。（丑）正是這等説。（外、丑）便是没有書寄來。（净背）承局，天殺的！怎麽還不到？待我將錯就錯，與他一説。（净笑介。丑）孫官人爲何發笑？（净）可知道没有信回來，他中狀元，入贅万俟丞相府作女婿了。㈡（外）妹子，這句話是實的了。你爲何曉得？（净）學生同他赴試，豈不曉得？（丑）實不相瞞，前日承局曾有信來，也説贅在丞相府爲女婿了。（净）恰又來。媽媽過來與令兄説，王狀元入贅在相府，休書已見，斷情絶義。我如今不嫌殘花敗柳，財禮分文不少，願續此親，何如？㈢（丑）哥哥，孫官人願續此親，意下如何？（外）這個使不得。（净）

㈠　眉批：俗稱主人爲東人。
㈡　眉批：万俟，覆姓。万，音『木』；俟，音『其』。
㈢　眉批：孫汝權、張媒婆議聘禮娶親。

【川撥棹】俺當初問親，你却不聽允，到如今被他負恩。（外悲介）當元是我忒好意，誰想他們忘了本？（净）

【前腔】咱心裹願續此親。（外）老漢貧窮，小女没福分攀豪俊。（净）休恁的言詞謙遜。今日裹先拜了丈人，今日裹先拜了丈人。

（末）正是不來親者强來親。（丑）孫官人，若不是老身依舊爲媒。（净）如蒙允諾，事不宜遲，明日送財禮，後日要成親。（丑）孫官人，你送甚麽財禮？（净）我送黄金一百兩，彩段一百匹，羹果之類，件件成雙。（丑）作急完備，明日送去。（净）如此小子告退。打扮光光，作個新郎。三錢一個，與我送房。正是：人心堅似金和石，花再重開月再圓。（外吊場）妹子，此事我不管，不知我婆子意下如何？（丑）不妨，我與嫂嫂説。

【生姜芽】從他往京都，兩月餘。一心指望登高第，回鄉里。怎捨得輕棄負？相門重贅多嬌女，不思量撇下荆釵婦。（合）棄舊憐新小人儒，(一)虧心折盡平生福。（丑）

【前腔】畜生反面目，太心毒。忘恩負義情難恕，真堪惡。哥哥，且放懷，休疑慮。他既然榮貴重婚娶，俺這裹别選收花主。（合前）（末）

(一) 眉批：《論語》曰：『無爲小人儒。』

【前腔】恩東免嗟吁，且聽伏。言清行濁，他心地，違法度。義和恩，都不顧。半載夫妻曾厮聚，㈠一時間却把嬋娟誤。㈡（合前）

（外）骨肉慘傷淚滿襟，（丑）哥哥不必再沉吟。

（外）人情若比初相識，（末）到老終無怨恨心。㈢

第二十四齣　逼女重婚

（浄上）

【字字雙】試官没眼他及第，得志。㈣戀他相府多榮貴，入贅。不思艱窘棄前妻，㈤忘義。尀耐敗落傝相欺，㈥嘔氣。

㈠　眉批：古人以載爲年，故半載，半年也。

㈡　眉批：嬋娟，言婦人美好也。詩曰：『月中霜神鬥嬋娟。』

㈢　眉批：『人情若似初相識』二句，古警世語也。

㈣　夾批：猶言得意。　眉批：試官，謂主考試之官也。没眼，謂其不識人而妄取十朋及第也。《孟子》曰：『得志，與民由之。』

㈤　夾批：前日貧時也。

㈥　夾注：尀耐：音『叵奈』。

正是：黄柏肚皮甘草口，(一)才人相貌畜生心。王敗落，那天殺忘恩負義，棄舊憐新。我只道是家書，元來是休書，寄回來着我女兒另自嫁人。老兒今早去問消息，待他回來，便知端的。（外哭上）

【玉胞肚】讀書豪俊，忍撇下歐城故人。（丑）負心賊有才無信，纔及第棄舊憐新。（合）他貪奢戀實，不義使不仁，行短天教一世貧。

只因一着錯，滿盤都是空。（浄）老兒，探問消息，真僞若何？（外）一言難盡。（丑）嫂嫂，哥哥方纔到我家來，遇見孫官人京中回來望我。將此事問他，果然入贅相府，與書中言語一同。（浄）老賤人幹得好事！

【漿水令】你當初不聽我們，到如今被他負恩。(二)（外）世間誰是預知人？(三)何須苦苦與我争？（丑）都寧耐，(四)聽解分，家必自毀令人哂。(五)（合）尋思起，尋思起，教人氣忿。誰知道，誰知道，恁的不仁。（丑）

(一) 眉批：黄柏味苦，甘草味甘。

(二) 夾批：指十朋。

(三) 夾批：謂先知也。

(四) 夾注：耐：音『奈』。

(五) 眉批：《孟子》曰：『家必自毀，然後人毀之。』《論語》曰：『夫子哂之。』注謂：『哂，微笑也。』

【前腔】孫官人復求婚姻，他依然要續此親。(一)（浄）那人果不棄寒門，教他選日成秦晉。(二)（外作悲介）聽他言，心自忖，(三)只愁女兒不從順。（合前）

（浄）姑娘，孫官人不嫌我女兒殘花敗柳，願續此親。果有此意，事不宜遲。（丑）嫂嫂，我去與孫官人説，就行財禮，哥哥，你與女兒説一聲便好。（外）我難對他説，做主不得。（丑）有緣千里能相會，無緣對面不相逢。（浄）我自與他説。玉蓮在那裏？（旦上）

【金蕉葉】奈何奈何，爲讒書母親怪我。尺水番成一丈波，是何人暗地裏調唆？(四)

母親萬福！(五)（浄）女兒，早知今日如此，悔不當初。依了姑娘，嫁與孫官人，不見得如此。我兒，他那裏重婚，我這裏再嫁。孫官人原央姑娘在此説親，我兒，你一就成親，二就成親便了。（旦）母親，你好差矣！王秀才是個賢良儒士，未必辜恩。錢玉蓮是個貞潔婦人，(六)決不失節！他果然贅在相府，奴情願在家守志，決不改嫁！（浄）守志，守志，不是長久之計。（浄罵介。旦）母親，此乃傷風敗化之言，

(一) 夾批：繼也。
(二) 眉批：晉太子質於秦，秦伯以女懷嬴妻焉，故二姓婚姻曰成秦晉。
(三) 夾批：度也。
(四) 夾注：唆：音『梭』。
(五) 眉批：《朱子成書》：『凡卑幼於尊長前問起居，婦人曰萬福。』
(六) 眉批：《千字文》：『女慕貞潔，男效才良。』

不須提起。（浄）

【孝順歌】孫員外家富足，(一)他有的是金共玉。你一心要嫁寒儒，緣何棄撇汝？（旦）容奴稟伏，未必兒夫將奴辜負。那一個横死賊徒，特地來生嫉妒。（浄）呸！到説我嫉妒，你看書麼。這紙書，你看取，明寫入贅在万俟府。(二)（旦）

【前腔】書中句都是虚，没來由認真閒氣蠱。(三)他曾讀聖賢書，如何損名譽？（浄）他是窮酸餓醋，棄舊憐新，情猶朝露。(四)你尚兀自不省前非，又敢來胡推阻。（旦）媽媽，富與貴，人所欲，(五)論人倫，焉肯把名污？（浄走駡介）

【前腔】他登高第身掛緑，侯門贅居諧鳳侶。（旦）既爲官理民庶，(六)他必然守法度，豈肯停妻再娶？（浄）他負義辜恩，一籌不數。你因甚苦死執迷，不肯聽娘言語？（旦）娘呵，空自

(一) 夾批：即汝權是也。

(二) 夾注：万俟：音『木其』。

(三) 夾注：蠱：音『古』。

(四) 夾批：見情薄。 眉批：朝露，言人情薄如朝之露，日出則乾，其能久耶？

(五) 眉批：《論語》曰：『富與貴，人之所欲也，不以其道得之，不處也。』

(六) 夾批：治也。夾批：百姓。

説，改嫁奴，寧可剪下頭髮做尼姑！(一)（浄）

【前腔】賊潑賤敢對吾，告官司打你不孝女。（旦）這官司，理風俗，終不然勒奴再招夫。（浄打介）抵觸得我好！（旦）非奴抵觸。（浄）惱得我心頭騰騰發怒，便打死你這丫頭，罪不及重婚母。（旦）娘呵，打死奴，做個節義婦，若要奴再招夫，直待石爛與江枯！(二)

（浄）賤人，石頭怎得爛？江水怎得枯？（怒介）你再説不嫁？（旦）奴家只是不嫁！（浄）你那賤人，若不從我改嫁，脱下衣服首飾還我，與你三條路：刀上死也得，河内死也得，繩上死也得，只憑你受用那一件。肯嫁人，進我門來；不肯嫁人，好好走出去。

（旦）萱親息怒且相容，（浄）母命緣何不聽從。

（旦）休想門闌多喜氣，（浄）定教女婿近乘龍。(三)

（旦吊場）自古道：忠臣不事二君，烈女不更二夫。(四)苦！母親逼奴改嫁，不容分訴，如之奈何？

(一) 眉批：剪髮爲尼姑者，謂與一切衆生斷除煩惱及諸惡瘴之意。尼姑，婦人出家之稱。《事物紀（原作『記』）原》：漢明帝既聽賜陽城侯劉峻等出家，又聽洛陽婦女阿潘等出家。此蓋中國尼姑之始也。

(二) 眉批：石不可爛，江不可枯，誓不再嫁意。

(三) 眉批：杜詩：『門闌多喜氣，女婿近乘龍。』

(四) 眉批：齊臣王蠋言曰：『忠臣不事二君，烈女不更二夫。』

罷！罷！千休萬休，不如死休。在家又恐落他圈套，不如將身喪於江中，免得被他凌辱，以表奴家貞節。只是親娘放他不下，不曾報得養育之恩。

【五更轉】我心痛苦，難分訴。我那丈夫，一從往帝都，終朝望你，望你諧夫婦。誰想今朝，拆散中途。我母親信讒書，將奴誤。一心貪戀，貪戀人豪富，把禮義綱常，(一)全然不顧。娘呵，你聽信讒書，逼奴家改嫁孫家，寧可一死，豈肯失節！(二)

【前腔】奴心哽咽，難移步，不想堂前有老姑。婆婆，不是今日爲媳婦的抛撇了你，千怨萬怨，休怨兒媳婦。也不是你孩兒將奴辜負，我母親逼勒奴生嗔怒。罷！罷！賢愚壽夭皆天數，我一命喪黃泉，庶不把清名玷污。也不顧爹爹、婆婆，只去尋個自盡便了。

【滿江紅】拚此身早向江心，(三)撈明月，只教他火上去弄寒冰。(四)

(一) 夾批：三綱五常。眉批：三綱，謂君爲臣綱，父爲子綱，夫爲妻綱。五常，謂仁、義、禮、智、信。

(二) 眉批：古人云：『餓死事極小，失節事極大。』

(三) 夾批：拚：音『判』，棄也。向：原作『尚』，據《新刻出像音註節義荆釵記》改。

(四) 眉批：本熱物，本寒物，性相反者，故火上弄冰，則冰也。火亦我都成□，正見不可。

詩：

繼母貪狼狼毒心，却將恩愛當仇人。
書來未必皆全信，何苦禁持逼我身？

繡谷陽川唐子釋義
徽郡星源游子重訂
金陵世德堂唐氏梓
鳳城思德李氏校書

新刊重訂出相附釋標註節義荆釵記卷之三

第二十五齣　安撫登舟

（外扮錢安撫上）

【粉蝶兒】一片襟期，清似五湖秋水，(一)喜聲名上達丹墀。(二)感皇恩，蒙聖寵，遷擢福地。(三)秉忠心肅清海閩奸弊。(四)

(一) 夾批：以瀆言。　眉批：五湖，謂鄱陽湖、青草湖、洞庭湖、丹陽湖、太湖是也。
(二) 夾注：墀：音『池』。　眉批：丹墀，天子陛前以丹砂塗地，故曰丹墀。
(三) 夾批：即福建。
(四) 夾批：閩，音『名』，福建也。

下官遠離此地，來任東甌。紫綬金章，㈠官閒五馬，擢居太守之尊；㈡朱幡皂蓋，㈢守鎮三山，陞爲安撫之職。才兼文武雙全，德化軍民兩廣。行色未曾離浙北，風聲先已到南閩。左右那裏？（末上）頻聽指揮黄閣下，忽聞呼唤畫堂前。老爹有何鈞旨？（外）唤船頭來，聽我分付。（末）船頭，老爹唤你。

（丑唱）

【山歌】我做稍公，做稍公，起椿開船便拔蓬。蓬送風，風送蓬，一連扯起兩三蓬。牌子，老爹要往那裏去？（末）福州去。（丑）老爹要往福州去，願天一陣好順風。

老爹，船家作揖！（外）誰與你作揖！（丑）小人是詩禮船家。（外）我問你，船不旺麽？（丑）老爹，别人船是桐油油的，要旺，小人的船用猪油油的，不旺。（外）怎麽説？（丑）船而不旺者，肥猪油也。（外）未之有也。我問你船中不漏麽？（丑）船頭上没有仲尼，船倉裏又是老爹。君子居之，何漏之有？㈣（外）兩隻官船，多少人夫？（丑）共八十名。（外）你與我船到江口，待燒了開船紙，長行罷。（丑）嗄！（外）

㈠ 眉批：紫綬，帶。金章，相印也。

㈡ 眉批：五馬，太守美稱也。漢制，太守，駟馬而已，中加秩者，有五馬。郡守，前稱刺史，至明皇改爲太守。

㈢ 眉批：朱幡皂蓋，漢景帝詔令長二千石，車朱兩幡。幡，車箱名，車之蔽也。

㈣ 眉批：『没有仲尼』，取孔字；『又是老爹』，改□仲尼子居之；『何漏之有』，本《論語》中取來。

【鏵鍬兒】乘槎浮海非吾願，(一)算來人被利名牽。登舟過福建，(二)也要防危慮險。(合)明早動船，開洋過淺，願一陣好風，吉去善轉。(三)(丑)

(末)

【前腔】撐船道業雖微賤，(四)水晶宮裏快活似神仙。鋪蓋且柔軟，(五)脱下簑衣就眠。(合前)

【前腔】長江巨浪烟波遠，極目一望水連天。風潮且不便，這此驚惶未免。(合前)

(外)今朝船上且淹消，(末)來早紅頭正落潮。

(外)撐駕小舟歸大海，(旦)這回不怕浪頭高。

第二十六齣　神人護救

(净扮逮報司上)

(一) 夾批：張騫故事。　眉批：漢張騫棄官乘槎浮海而亡，此隱者也，故非吾願。槎，即木排類。

(二) 夾批：即閩州。

(三) 吉去善轉：原作『急去羨轉』，據汲古閣刊本《繡刻荆釵記定本》改。

(四) 夾注：撐：音『稱』。

(五) 夾批：被服類。

人間私語，天聞若雷。暗室虧心，神目如電。(一)小聖乃是東岳速報司判官。昨奉上帝發落，今有節婦錢氏玉蓮，爲夫王十朋科舉不回，却被孫汝權操心奪婦速成，錢玉蓮卓志從夫，毀不滅性，(二)今被繼母逼勒改嫁，不得已今夜五更時分投江。本欲速救其婦，免致赴水，争奈他今世與王狀元夫妻，命該離别之苦，又兼他夙世與錢安撫亦有父子結義之緣，因此從他投水。今到那船頭上，托夢與錢安撫知道，他今夜交五更時分投江，急救貞節之婦。就分付小鬼，急到江邊等候。節婦來投水之時，即將本婦擎托水面，毋致溺水。小鬼那裏？（扮小鬼上。浄）小鬼，明日五更時分，有一節婦投江，你可待他來時，速去擎托水面，與錢安撫援救，不許將他沉溺。（鬼應介）

（浄）一道金光現紫宸，免教人在暗中行。

（鬼）從空伸出拿雲手，提起天羅地網人。

第二十七齣　僚友共别

（生上）

(一) 眉批：『人間私語』四句，本古語也。

(二) 眉批：卓志，卓立也，言其志卓然而立，不可得而奪也。毀不滅性，毀，傷也。性，天性。言事勢雖至於傷毀，而天性不滅也。

【稱人心】功名遂了，思家淚珠偷落。妻年少，萱親壽高。恨閒藤來纏繞，(一)交人失笑。難貪戀榮貴姻親，百年守糟糠偕老。(二)

〔阮郎歸〕滿天風雨破寒初，燈殘庭院虛。麗譙吹徹《小單于》，(三)迢迢清夜阻。人意遠，旅情孤。争奈歲又除，衡陽又有雁傳書，(四)楊柳和鶯舞。自家叨中上第，濫蒙聖恩，除授饒州僉判，已寄書信回家，迎請家眷，同臨任所。誰知不就奸相親事，把我改調潮陽，將同榜進士王士弘改除饒州，以此未得起程。再欲寄家書去，怎奈没有便人，如之奈何？（丑扮王士弘上）

【普賢歌】先蒙除授任潮陽，僉判十朋亦姓王。丞相寄豪强，將他調海邦，只爲不從花燭洞房。(五)

下官乃王士宏便是。已蒙聖恩，除授潮陽僉判。只因狀元王十朋，不就万俟丞相親事，將他陷在潮陽，却把下官改任饒州僉判。今日起程赴任，不免到王狀元下處，告别則個。（生）年兄幾時起程？（丑）卑末正來告别。（生）如此多蒙光降。（丑）敢問年兄爲何却婚，以故改調？（生）年兄，一言難盡。

(一) 夾批：喻招贅事。
(二) 夾批：指妻。夾批：同也。眉批：宋弘曰：『糟糠之妻不下堂。』《詩》曰：『與子偕老。』
(三) 眉批：麗譙，高城上樓名也，陳兵其間，守禦以防寇盜，遠望敵者也。
(四) 眉批：衡陽，山名，有回雁峰，雁不過此。
(五) 眉批：詩：『洞房花燭夜，金榜掛名時。』

（丑）但說不妨。（生）

【白練序】十年力學，今喜得成名志豪，只願封妻報母劬勞。(一)誰知那相府逼勒成親，苦見招。（合）不從後將咱們改調，此心懊惱。（丑）

【前腔】吾兄免自焦，(二)休得見小，論吉人終須造物相保。(三)休辭路途遥，(四)見說潮陽景致好。（合）焚香告，一心靠着蒼天便了。(五)（生）

【賺】(六)兼且限期已到，請馳驅程途宜早。（丑）意難拋，今朝告別俺故交。（生）自懊惱，我往潮陽去海島，(七)君往饒州錦繡繞。(八)（丑）休嘆息，願此去各家善保，且寬懷抱，且寬懷抱。（丑）

(一) 夾注：劬：音『衢』。　眉批：《詩・蓼莪》篇：『哀哀父母，生我劬勞。』劬，勞甚貌。

(二) 夾批：戒勿憂。

(三) 夾批：指天。夾批：周全意。　眉批：語云：『吉人自有天相。』吉人，猶善人。造物，即天也。相保，即相助也。

(四) 夾批：遠也。

(五) 眉批：蒼天，《莊子》曰：『蒼蒼者天。』以正色而言之也。

(六) 【賺】：原闕，據《新刻原本王狀元荊釵記》補。

(七) 夾批：海中山。

(八) 夾批：見饒地美。

【前腔】願赤心報國安民，大凡事理宜公道。（生）望吾兄，忠心一片天可表。去任所，管取民歌德政好。（丑）德政好時民無擾，(一)多蒙見教。（丑）乏款曲休嗔免笑。（丑）告辭先造，告辭先造。

昔日與兄同獻策，今朝各自奔前程。（下。生）叵耐賊臣奸詐深，(二)將人無故苦相尋。虧心折盡平生福，行短天教一世貧。

【紅芍藥】切齒恨奸臣，將咱們改調，却將王士宏除授改饒，(三)咱授海濱勤勞。(四)空教，空教那厮謀陷我，(五)天憐念豈落圈套。(六)願夫妻母子來此永團圓，一家裏榮耀。

【前腔】到得潮陽且歡笑，(七)其時放懷抱。施仁布德愛，善治權豪，官民共樂唐堯。(八)還交，

(一) 眉批：漢張堪爲漁陽太守，施德政於民，民歌之曰：『桑無附枝，麥穗兩岐，張公爲政，樂不可支。』

(二) 賊：原作『斯』，據《新刻原本王狀元荊釵記》改。

(三) 夾批：即饒州。

(四) 夾批：指潮陽。

(五) 夾批：指奸相。

(六) 夾批：不爲所害意。

(七) 夾批：任所也。

(八) 夾批：聖君也。 眉批：唐堯有天下之號，堯時布德施仁，故民共樂之。

還交要訓愚暴，(一)當效他退之施教。(二)但願得三年任滿再回朝，(三)加爵禄官高。

【餘文】赤膽忠心報皇朝，功名富貴人難效，姓字凌烟閣上標。(四)

逼勒成親苦不從，任教桃李怨東風。

饒君使盡千般計，天不容時總是空。

第二十八齣　玉蓮投江

(外上)

【五供養】餐風宿水，海舟中。多少憂危。終朝魂夢裏，似神迷。披衣强起，(五)玉宇清高如

(一)夾批：無知也，蠻也。

(二)夾批：指韓愈名。　眉批：唐韓愈因諫貶潮陽，愈至潮陽，施教化，訓愚化暴，人感之，立廟祀焉，故當效之也。

(三)夾批：考績之期。

(四)夾批：上圖功也。　眉批：唐太宗圖功臣於淩烟閣上，故曰姓字上標。

(五)夾注：强：上聲。

洗。(一)江風急，海潮回，(二)側聽鄰岸曉鷄啼。下官蒙授福建安撫，即帶家小之任。夜來正睡之間，忽見有一神道，托夢與我，有女子投江，使我撈救，又説此女與我有父子之分。神道之言，不可不信。稍水那裏？（丑）有問即對，無問不答。老爺有何分付？（外）我夜來正睡之間，夢中見一神道，説有節婦投江，使我撈救。你把大船泊住，小船沿江救取，不拘男子女人，救得有賞。（丑應介。外）救人一命，勝造七級浮屠。(三)（下。旦上）

【駐雲飛】繼母心毒，逼勒奴身改嫁夫。奴本是貞節婦，怎把清名污？苦！母親敗風俗，好狼毒，貪戀金資，逼奴死向黄泉路。我若是順母言情，又恐玷辱夫也。(四)

【前腔】覆水難收，(五)一度思量一度愁。指望長相守，誰想不能彀？(六)十朋夫，奴家受你荆釵，

(一) 夾批：指天清朗意。
(二) 眉批：潮，海濤湧起一日而兩至者通謂之潮。
(三) 眉批：『救人一命，勝造七級浮屠』，本古語。七級浮屠，即七層寶塔是也。
(四) 夾批：玷：音『店』，辱也。
(五) 眉批：太公初娶馬氏，隱居不仕。妻求去，太公後貴，馬氏求再合。太公取水一盆覆地，令婦收水，惟得其泥。太公曰：『若能離更合，覆水定難收。』
(六) 夾注：彀：音『勾』。

只圖你是讀書君子，必有榮貴之時。愁，到如今一筆盡都勾，誓無休。（一）夫，你不記臨行時執盞爲誓，你不得重婚，奴不得再嫁。你今負却前盟，我怎肯放你！月下星前，指定名兒呪，只呪着寃家言詞不應口。

好苦！天！奴家只爲改嫁不從，苦楚難當，不如赴水而死。呀！我既去投江，怎的還穿着這羅衣，戴這首飾？

【前腔】取下珠圍，脱下新衣換舊衣。奴家做有紅繡鞋一雙，不免取來穿起。鞋，當原做你，只道穿你去接兒夫做官回來，誰知穿你去投江！繡鞋兒穿將起，止不住雙垂淚。悲！撇下老親幃，（二）誰奉侍？奴今身死爲着甚的？也只爲全節存貞，跳入長江去。婆婆，你今日有媳婦，也是枉然，撇下婆婆倚靠誰？

呀！我母將房門拴閉，怎生是好？

【前腔】門户牢拴，無計脱身恨怎言？奴有個道理，將剪刀挑門扇，唬得我心驚戰。（挑介）

（一）夾注：誓：音『示』。

（二）夾批：指父也。

天！月兒好團圓。月呵！你到有團圓之夜，我與兒夫呵，一別稾砧，(一)兩地參商，(二)再不得重相見，屈陷奴身喪九泉。

【山坡羊】出蘭房輕移蓮步，(三)來此是爹爹房門前，爹，你指望養兒代老，誰知今夜女孩兒辭你去投江，再不得來奉侍你了！別親爹去尋死路。此間便是婆婆房門前，婆！你媳婦指望奉侍百年，今夜媳婦辭你去尋自盡，撇婆婆無人來看顧。奴今身死也不恨别人，恨只恨毒心繼母逼勒，不由人分訴。十朋夫，知書禮，識法度，你豈肯停妻再娶撇下荆釵婦？怨只怨狠心姑娘也，不知是那個天殺的套寫讒書坑陷奴。姑姑，巧語花言斷送奴。心孤，抛閃爹爹半子無。

繼母心腸太不良，貪財逼嫁富家郎。

奴今拚命投江死，更深背母出蘭房。(四)

(一) 夾批：指夫也。眉批：稾砧，稱夫也，古樂府謂『槁砧今何在』。

(二) 夾批：二星名。眉批：參商，二星，一居於東，一居於西，一出一没，永不相見，故詩曰：『人生不相見，動如參與商。』

(三) 夾批：即金蓮步。眉批：蓮步，即齊東昏侯以金爲蓮花貼地，令潘妃行其上，曰：『此步步生蓮花也。』故婦人之步曰蓮步。

(四) 深：原闕，據《新刻出像音註節義荆釵記》補。

【綿搭絮】更深背母，走出蘭房。只見月朗星稀，(一)無語低頭痛斷腸。(二)自思量，奴命孤單，夫！指望和你同諧到老，又誰知兩下分張？奴今身死黄泉，抛閃下婆婆没下場。

家書一到喜洋洋，誰知禍起在蕭墻。(三)

無端繼母貪財寶，心中悲切細思量。

【前腔】心中悲切，細思量，只因書裹緣因。繼母聽信讒言，(四)逼奴改嫁郎。天！思想，昨日逼嫁不從呵，好恓惶！打得我這苦難當。我本是良人之婦，指望白頭相守，怎知道拆散鸞凰！(五)奴家今日死了，也不愁着甚的，自别下白髮親爹，相伴荊釵赴大江。

繼母聽信那讒書，晝夜禁持逼嫁奴。

尋思無計投江海，忙行數步我身孤。

(一) 夾批：明也。夾批：少也。

(二) 眉批：朱淑貞所作詩詞皆斷腸詩。

(三) 眉批：蕭墻，今富貴家門屏是也。《論語》曰：『吾恐季孫之憂不在顓臾，而在蕭墻之内。』蓋言禍起至近之地也。

(四) 讒：原作『諫』，據《新刻出像音註節義荊釵記》改。

(五) 眉批：鸞，雌鳥；凰，雄鳥。古人以喻夫婦，故云。

【前腔】忙行數步，我身孤，只怨我的兒夫。十朋夫，纔得成名不顧奴，空讀聖賢書，不記當初。錢玉蓮本是貞節之婦，被人嫉妒。夫，果然入贅豪門，貪戀榮華辜負奴。

奴身守節溺江流，萬古名傳永不休。

來到江邊回首望，滔滔江水浪悠悠。

【前腔】滔滔江水，浪悠悠，自古生不認魂，死不認屍。奴死一命歸陰，相趁相隨任意流。河伯水官，(一)水母娘娘，玉蓮今日投江時節，休流奴淺水灘頭，見奴屍首。若是近方人氏，知道我玉蓮的事情，道奴本是貞節之婦。有一等遠方人氏，不知道玉蓮事情，他道是這婦人有甚不周。奴只願流落在深潭，萬里長江盡處休。

自古河狹水緊，人急計生。夫承寵渥，九重金闕拜龍顏；(二)妾受淒凉，一紙詐書分鳳侶。富室强謀娶婦，壞亂人倫；萱堂怒逼成親，毁傷風化。妾豈肯從新而棄舊，焉能反正以從邪？争如就死忘生，不可幸恩負義。一怕損夫之行，一怕污妾之名，三慮玷辱宗風，四恐乖違婦道。惟存守節，不爲邀名。拴原聘之荆釵，永隨身伴；脱所穿之繡履，遺寄江邊。妾雖不能效引刀斷鼻朱妙英，却慕取抱石投江浣

(一) 眉批：河伯，水神也。

(二) 眉批：九重，謂天子之門有九重。金闕，天子門以金爲飾，故曰金闕。龍顏，謂天子之□也。

紗女。奴家行路辛苦，不免在此打睡一會。（内打更鼓介。旦醒介）呀！那裏打更鼓？原來有官船停泊在此。（作鷄啼介。旦）聽得鷄聲，罷！罷！這是追魂鬼到了。懊恨繼母心忒痴，逼奴改嫁富家妻。忽聽官船更鼓響，看看又是五更時。

【江兒水】五更時候。（跌介）是甚麼東西，閃跌我一交？呀！原來是個石頭。石頭，錢玉蓮和你是個對頭了。抱石江邊守，遠觀江水流，照見那上蒼星和斗。(一)聞知道凡人落水，頭髮先敗，不免將荆釵牢牢的拴扣。奴把荆釵牢扣。錢玉蓮密地投江，有誰知道？不免將所穿繡鞋脱下，留此以爲遺記。脱下一雙紅繡鞋，遺記江心口。這鞋若是别人撿去，也是枉然，是我李成見了，撿回家呵，婆婆見此鞋，必定令人撈屍首。(二)王十朋稱臨别之時，奴將荆釵爲誓，夫，你全不記得把荆釵發呪，（重）錢玉蓮不嫁孫汝權，跳入長江去，三魂逐水流，(三)七魄隨浪走。(四)恨只恨姑娘逼就，逼就玉蓮喪長江，死去萬年名不朽。

【清江引】撇不下堂前媽媽誰管待？姑娘心毒害，繼母愛錢財，逼得我錢玉蓮跳長江水

(一) 眉批：斗，宿名，南北二斗，象皆如斗。日月五星所經者。
(二) 夾批：令：音『能』，使也。
(三) 夾批：屬氣。
(四) 夾批：屬體。　眉批：魂，陽氣也，人有三魂曰靈爽，曰台光，曰幽精。魄，陰神也。人死則魂昇而魄降。

裏埋。

【餘文】傷風敗俗亂綱常，豈親逼嫁富家郎，若把清名污了，不如一命喪長江。

（跳介。丑）救人！老爺，果然救得一個女人在此。（外）左右，賞他五錢銀子。（丑）小人不要銀子，賞那女人與小人做稍婆罷。（外）左右，那邊船上請夫人過來。（末）夫人有請。（夫上）

【七娘子】紅日三竿猶未起，㈠相公來請有何因？

（外）夫人，夜來神道托夢，有一女人投水，果應此夢。左右，分付梅香，換了那婦人衣服來見。（應介。旦）

【長相思】無奈禍臨頭，今朝拚死休。㈡如痴似醉任飄流，不想舟人撈救。身出醜，臉慚羞。

（外）夫人，看他非是以下人家之女。婦人，有甚曲事，短見投水？㈢（旦）

【玉交枝】容奴申訴。（外）你家住那裏？（旦）念妾在雙門裏居。（外）姓甚名誰？何等人家之女？（旦）玉蓮姓錢儒家女。（外）有丈夫麼？（旦）年時獲配鴛侶。（外）你丈夫在家出外？

㈠ 眉批：三竿，言日出三竿之高，晏也。或曰山名，《南齊·天文志》謂：『日出三竿，黄色赤暈。』

㈡ 夾注：拚：音『判』，棄也。

㈢ 眉批：識見淺曰短見。

（旦）王十朋是夫出應舉。（外）王十朋中了頭名狀元，有書回來麽？（旦）數日前有人傳音素。㈠

（外）既有書回，爲何投水？（旦）因此書骨肉間阻，因此書啣冤負屈。

（外）書中必有緣故。（旦）

【前腔】書中緣故，道休妻重婚相府。（外）他是讀書人，豈肯違法度？莫不是朋黨生嫉妒？（旦）萱親聽信讒詐書，逼奴改嫁孫郎婦。（外）從了母命，却不是好？（旦）論烈女不更二夫，㈡奴豈肯傷風敗俗？（外）

【前腔】聽他言語，論貞潔他人怎比？思量我也難留汝。左右，叫小船過來。不如送還他嚴父。㈢（旦）老爹，若還送奴再歸故廬，不如早向黄泉路，到顯得名標萬古，怎教他前婚後娶！

（外）婦人，

【前腔】不須憂慮，且帶你同臨任所，修書遣人饒州去，管教你夫婦重完聚。（旦）老爹，若還這般週濟奴，猶如久旱逢甘雨。㈣就是妾重生父母，（拜）望公相與夫人做主。

㈠ 眉批：古文：『呼童烹鯉，中有尺素。』故曰音素。

㈡ 眉批：齊臣王蠋曰：『忠臣不事二君，烈女不更二夫。』

㈢ 眉批：《易》曰：『家人有嚴君焉，父母之謂也。』故稱父爲嚴父。

㈣ 夾批：及時之雨。　眉批：《四喜》詩：『久旱逢甘雨，他鄉遇故知。』

（外）既是王狀元家眷，請起！（旦）不敢。（外）下官蒙聖恩除授福建安撫，即便帶家小泊船在此。你來投江，幸吾撈救。你丈夫饒州做官，與福建相去不遠，莫若隨我夫人上任，差人去請你丈夫來，管教你夫婦重會，意下何如？（旦背云）三思後行，再思可矣。（一）既有夫人在船，去也不妨。願隨夫人去。（外）我與夫人五旬無子，（二）且喜他也姓錢，今日繼拜我爲義父母，也好稱呼，（三）又應了神道之夢。（旦）多蒙相公、夫人擡舉！（外）梅香，今後稱爲小姐，看酒過來。（旦）

【黄鶯兒】公相望垂憐，感夫人意非淺。又蒙結拜爲姻眷，恩德萬千，何日報全？願公相早登八位三公顯。（四）（合）淚漣漣，雙親遠别，重得遇椿萱。（五）（外）

【前腔】不必淚漣漣，這相逢非偶然。同臨任所爲姻眷，聊付寸箋，饒州報傳，管教你夫婦重相見。（合）省憂煎，夫妻重會，缺月再團圓。（夫）

【前腔】天賜這姻緣，喜他們也姓錢。同臨任所作宛轉。明早動船，開洋過淺，願陣好風，急

（一）眉批：《論語》曰：『季文子三思而後行。子曰：「再斯可矣。」』『再斯可矣』者，註謂：『三則私意起而反惑。』故云。

（二）眉批：旬，十數。五旬謂五十也。

（三）稱：原作『你』，據《新刻原本王狀元荆釵記》改。

（四）眉批：八位，即八座之位也。唐以六尚書、左右僕射合八座。三公之位，太師、太傅、太保是也。

（五）夾批：父母。

去登福建。（合前）（旦）

【前腔】溺水自心酸，想婆婆苦萬千，堂前繼母心不善。兒夫去遠，家尊老年，㈠何日再見王僉判？・㈡（合前）

（外）分付開船。

（外）夫妻休慮各西東，（末）會合全憑喜信通。

（外）今日得吾提掇起，（末）免教人在污泥中。

第二十九齣　十朋思親

（生上）

【喜遷鶯】從別家鄉，期逼春闈，㈢催赴科場。鵬程展翅，㈣蟾宮折桂，幸喜名標金榜，旅邸

㈠　眉批：　家尊，謂一家之中惟父爲尊，故稱父曰家尊。

㈡　夾批：　指王十朋也。

㈢　夾批：　試場也。　眉批：　三月上旬考貢舉子，曰春闈。

㈣　夾注：　鵬：　音『朋』。　眉批：　鵬程，鵬，大鳥也，鵬之程，一飛九萬里，故曰。

憶念，孤鸞幽室，(一)萱花高堂。(二)魚雁杳，(三)信音稀，(四)使人日夜思想。

辛苦芸窗三十年，(五)喜看一日中青錢。(六)三千禮樂才無敵，五百英雄名最先。因參拜，被嗔嫌，改調潮陽路八千。慮誰爲報高堂道，慰我萱親望眼穿。下官自從離家半載，指望榮歸，不想奸相阻住，不得奉親，如之奈何？

【雁魚錦】書堂隱相赴帝邦，爲家寒親老難存養。感岳翁週濟非誇奬，念我萱親，慮我鴛行。相邀取還居在西房，賜我春衣琴劍箱。況又助白銀盤費十餘兩，這恩德銘在肺腑難忘。(七)

【前腔換頭】科場，喜登金榜，感聖恩除授饒州僉判佐黃堂。(八)因參相府，爲東床逼俺重鴛

(一) 夾批：指妻。

(二) 夾批：指母。

(三) 夾批：即音信稀。

(四) 眉批：魚雁杳，即《陳書》以丹帛書爲文字，置魚腹，令賣之。買者烹魚得書，此魚書所由出。雁書，注前。

(五) 眉批：芸窗，芸，香草，可辟蠹，故云芸窗。

(六) 眉批：中青錢，唐張鷟□以□□皆甲□□千□□□□猶青草錢，萬選萬中。

(七) 夾批：記也。

(八) 夾批：太守也。　眉批：黃堂，吴郡太守堂因數火，塗以雄黃，故曰黃堂。

帳。(一)念岳父難棄糟糠，(二)恨奸相忒殺性剛，便將咱改調潮陽。曾付書飛報俺的萱堂，怎知道逼親事詳？他只道饒州爲判府前名望，今不知又被改調烟瘴，(三)八千路長。(四)

【前腔換頭】思量，我母勞攘，那更同妻在途中淒涼。謾自悲傷，又恐勞頓。宿水餐風，滋味恓惶。空自斷腸，怎如慈烏反哺能終養？(五)只爲着功名致把親撇樣，不如手藝終身田舍郎。(六)

【前腔】俺妻話别多惆悵，臨行時教他侍奉爹娘。對神明共祝同盟，教我早早返故鄉。怎知道受圈套，這拘繫難隄防。萱親無恙，(七)免我終日思想。若不待萱親同赴此烟瘴，我焉能

(一)　夾批：謂婿。　眉批：稱女婿曰東床。晉郗鑒（原作『監』，下同改）求婿於王導之門，王氏諸少各自矜持，惟羲之東床獨食，鑒曰：『此佳婿也。』

(二)　夾批：指妻。

(三)　夾批：指潮州。

(四)　眉批：潮陽乃烟瘴地。韓文公貶此，自詠詩：『一封朝奏九重天，夕貶潮陽路八千。』

(五)　夾批：孝烏。　眉批：晉侍中張華嘗注《禽經》曰：『慈烏孝，長則反哺其母。』

(六)　夾批：爲工。　眉批：《神童》詩：『朝爲田舍郎，暮登天子堂。』

(七)　夾注：恙：音『樣』。　眉批：無恙，恙，毒蟲名，食人心者。古人草居露宿，多爲所害，故相慰問必曰無恙。

逗遛旅邸寂寞房？(一)

【前腔】謾悒怏，(二)恨讒臣遣我遠方。他兀自氣昂昂，誰想道此處禍起蕭墻？(三)這虧心難瞞上蒼，空中有日月三光。(四)他使計害忠良，正是雁飛不到名牽處，(五)一貴當權萬事昌。

(生)默默無言自忖量，離情痛苦最堪傷。

(丑)長亭十里須迎候，會取萱堂免斷腸。

第三十齣　江邊得鞋

(丑扮老婦上)

【生查子】風静野溪湄，(六)水急平沙嘴。鎮日漾綿紗，此是貧家計。

(一)夾批：不迫貌。

(二)夾批：抑鬱不行貌。

(三)夾批：言變自内作意。

(四)眉批：三光，日、月、星辰是也。

(五)眉批：古詩：『雁飛不到處，人被利名牽。』

(六)眉批：《爾雅》曰：『水與草交曰湄。』

江漢以濯，秋陽以暴。(一)隨你黑紗，如粉如玉。老身乃温州城外一個老婦，常在江邊漾紗。今早來此，不知是誰家女子，(二)失落一雙繡鞋在這江邊？此間有個漁翁，問他便知端的。（叫介。浄扮漁翁上）

【卜算子】江上緑波細細，石邊鷗鳥依依。沙堰遊魚圉圉，(三)綸竿生意時時。(四)

（丑）漁翁，我侵早拾得一雙繡鞋，不知是誰家女子失落在此？（浄）到怕不是失落的，昨晚有一個婦人在此處投水，敢是他留寄在此的。（丑）既是婦人投水，你怎麽不救？（浄）我正要撑船去救他，他已赴下水了。只聽得那邊官船上人嚷鬧説救人，不知救得救不得？呀！前面一個人慌忙而來，敢是尋那投水的了，看他怎麽？（末上）心忙來路遠，事急出家門。我家姐姐昨日被母親打駡，逼嫁不從，走出來，不知下落。人人都説昨晚有個婦人，哭哭啼啼往江邊去了，不免趲行幾步。

【耍孩兒】思量姐姐時乖蹇，（重）遇着娘親這孽冤，教他怎不傷心怨？朝朝逼打遭刑憲，（重）夜夜禁持苦熬煎。到如今形影都不見，若不是逃災躲難，必定是命染黄泉。(五)

(一) 眉批：《孟子》曰：『江漢以濯之，秋陽以曝之。』註云：『江漢水多濯之，無不潔者；秋日燥烈曝之，無不乾。』

(二) 知：原作『如』，據《新刻原本王狀元荆釵記》改。

(三) 夾批：困而未舒之意。眉批：《孟子》謂：『子産有生魚，使校人畜之池。校人曰：「始舍之，圉圉焉。」』

(四) 夾批：絲也。

(五) 眉批：黄泉，濁水也，地下有黄泉，人死埋於地下，故云『染黄泉』。

遠遠望見兩個人在江邊，待我近前問他。大哥，昨晚有個女子來此没有？（浄、丑）女子到没有見，只拾得一雙繡鞋在此，你認得否？（末）

【八煞】見繡鞋，(一)心轉疑，問漁翁，知不知？大哥，你既見此繡鞋，可曉得人在那裏去了？（浄）昨晚聽得有個女子在此啼哭，然後不見作聲，想必投江死了。（末）他道跳入江心裏，鞋，故將留此傳音示，（重）姊弟恩情一旦離，教我傷心淚。也是你前生注定，今世裏命犯災危。

我姐姐身死，只爲那孫汝權天殺的！

【七煞】孫汝權，心忒痴，論婚姻，(二)怎强爲？前生注定今生事，姐姐本是貞節婦，（重）你縱有黄金似土泥，怎肯與你諧秦晉！(三)用盡了奸謀毒計，害姐姐命喪溝渠。

我姐姐投江，皆因姑娘搬鬬，以致如此。

【六煞】恨姑娘，毒意多，把言詞，調弄唆，(四)將婚姻打滅平空破。孫家虚把人情使，（重）繼

(一) 眉批：李成見繡鞋。

(二) 眉批：婦嫁曰婚，女依於人曰姻。

(三) 夾批：二國名。　眉批：晉太子質於秦，秦伯以女懷嬴妻焉，故二姓婚姻曰『諧秦晉』。

(四) 眉批：弄唆，即説短説長之謂。

母跟前説短長，(一)到如今兩下相擔擱。恨殺那媒婆奶子，誤世上多少嬌娥。

姐姐今日死了，繼母你那裏再去打他？(二)

【五煞】恨娘親，忒逞威，不思量，執性迷，逼他改嫁孫郎媳。親爹許與王家配，(三)(重)繼母安能再改移？此一節全不是，都只願一鞍一馬，怎做得接木移枝？(四)

想起我爹爹好没主意，任從繼母所爲。

【四煞】恨爹爹，没主張，狠心娘，忒不良，女孩兒怎受無情棒？終朝拷打無言説，(重)致姐捐生一命亡，(五)可憐見真寃枉！你那裏三魂縹渺，(六)教爹爹兩淚汪汪。

王姐夫，你當初將一股木頭釵子聘我姐姐，(七)我爹爹就不棄嫌；今日你纔得進步，輒敢無禮呵！

【三煞】王姐夫，忒薄情，戀新婚，棄舊妻，寄家書災禍從天至。無端繼母貪財寶，(重)毒意

(一) 夾批：猶言是非。

(二) 打：原闕，據《新刻出像音註節義荆釵記》補。

(三) 夾批：指王十朋。

(四) 夾批：喻改嫁意。

(五) 夾批：捐：音『員』，棄也。　眉批：□□□古人有捐生殞命者。

(六) 夾批：散蕩意。　眉批：三魂謂靈爽、台光、幽精。

(七) 眉批：木頭釵子，謂釵乃荆木所爲者。

姑娘講是非，怎受得腌臢氣？他寧肯甘心忍死，跳入江心。

自古道：嫁一夫，靠一主。王親母也不是，姐姐嫁你孩兒，是你媳婦，就是被繼母打罵，該得勸解他是理，怎忍袖手而觀？(一)

【二煞】王親母，禮忒偏，婦遭刑，没半言，如何不叫隨身伴？霎時不在須尋究，(重)怎忍教他獨苦前？想起教人怨。一則是兒書耽誤，二則是姐命該然。

只管嗟嘆作甚，不免將此鞋報與爹爹知道。

【一煞】將此鞋報與爹知道，天！我爹爹性子如鹽入火，(二)跌脚槌胸恨怎消？爹！霎時間悶死如何好？天！我爹爹死了，姐姐又死了，我李成別無所倚，我爹死了將誰靠？(重)繼母心腸忒不良，終朝打罵難逃躲。不由我悲悲切切，淚雨滂沱。(三)

移步行來，此間便是。親家母快來！(占)成舅爲何這等慌張？你曉得姐姐信息麼？(末)親家母，我四鄰八舍打一問，人人都説道，昨夜三更時分，有個女子啼啼哭哭，走到江邊去了。我即忙走到江邊，只見一起人在那裏，拾得一雙繡鞋，説道昨夜一個婦人投水死了。這繡鞋不知是姐姐的不是？

(一) 眉批：袖手而觀，即束手旁觀之謂。
(二) 眉批：如鹽入火，言性急也。
(三) 夾批：四垂貌。

（占）原來我的媳婦投水死了，兀的不是悶死人也！

【山坡羊】撇得我不尷不尬，(一)閃得我無聊無賴。撇得我無人奉侍，撇得我無倚賴。我自猜，禍從天上來。親家母你恁的一霎時嗔怒，故意兒逼他自刑害。媳婦兒，謾自有嫡親父母不遮蓋，反將你諧老夫妻拆散開。（合）哀哉！撲簌簌淚滿腮；傷懷，急煎煎悶似海。

（末）爹爹快來！（外）李成，親母爲何在此啼哭？（末）姐姐被母親拷打不過，投江而死，只留得繡鞋一雙，在江邊爲記，孩兒拿回，親母看見，在此啼哭。（外）玉蓮兒，兀的不是悶死人也！

【前腔】不念我年華高邁，不念我形衰力敗。我的嬌兒！不念我無人奉養，不念我絕了宗枝派。我想這場事，都是你老禍胎，(二)受了孫家聘禮財。逼得他含冤負屈，負屈投江海。親家母，我有一所空地，指望令郎與小女把我兩塊老骨頭埋在那裏，不想令郎又贅在相府，不得回來，小女又被老不賢的逼他改嫁不從，投江死了。我好命苦！閃得我有地無人築墓臺。（合前）（淨）

【前腔】非是我將他嗔怪，(三)非是我將他折壞。親家母，只爲你孩兒重婚相府，(四)激得我逼他

(一)　夾注：尷：音『監』。夾注：尬：音『介』。　眉批：尷尬，兩端之間，所謂不上不下是也。

(二)　眉批：枚乘註：『福生有基，禍生有胎。』蓋言禍之來必有由也。

(三)　夾批：怒也。

(四)　夾注：爲：去聲。

重婚嫁。事非諧，誰想他們惹禍災？員外，我怨着一個人。（外）你怨着那一個？（淨）怨只怨豪門富室孫員外。(一)親家母，我恨着一個人。（占）你恨那一個？（淨）恨只恨負義辜恩王秀才。(二)

（合前）

（外）親家母，壺中有酒留得客，壺中無酒客難留。你看他自家女兒尚不能容，况今孩兒已死，他怎生與你兩下和諧？我意欲着春香、李成送你到京師相見令郎，(三)未知尊意若何？（占）承親家眷念，老身就此起程。（外）春香那裏？（丑上）

【卜算子】聽得堂前呼喚，急趨未審何因？

（見介，外）春香，你與李成送王老安人到京，相見狀元，作急回來。（丑）理會得。（占）老妾不知進退，有一言相懇。(四)（外）親母有話，儘説來不妨。（占）老身欲往江邊祭奠，以表姑婦之情。（外）可憐！可憐！不勞親母費心，俺着李成今晚備些祭禮，明早到江邊等候，親母祭奠便了。一壁廂分付捕魚人打撈小姐。（占）既如此説，這繡鞋各收一隻，以爲表記。老身就此拜别。

(一) 夾批：指孫汝權。

(二) 夾批：指王十朋。

(三) 眉批：帝都曰京師。《公羊傳》：『京師者，天子之居也。京，大也；師，衆也。天子之居，以衆大言之。』

(四) 眉批：懇，求也。

【耍孩兒】辭親家出外邦，別親家兩淚汪。尋思媳婦添悒怏，㈠當初指望送吾老，（重）誰想今朝你少亡！撇我無倚仗。我若見了孩兒時，你罵幾句不仁不義，㈡怎下得這樣心腸！（合）苦也麼遭磨瘴。（外）

【二煞】送親母刀刺腸，別親母意勉强。可憐年老無所望，教人怎不心思想！（重）可惜嬌兒喪大江，三魂七魄隨波浪。王十朋天殺的！不記得臨行時助你白銀十兩，又助你琴劍書箱。㈢（合前）（末）

【一煞】辭爹爹出外邦，痛老親獨在堂。晨昏甘旨誰供養？爹爹，姐姐已死，不能復生，你不要噢惱。生離死別前生定，（重）莫與我不賢娘親説短長，爹反受他衝撞。我到京師，見了姐夫時節，罵他幾句辜恩負義，陷姐姐抱石投江。（合前）

（占）生離死別痛無加，（外）路上行人莫嘆嗟。

㈠ 夾批：憂愁貌。

㈡ 眉批：仁者心之德，愛之理，義者心之制，事之宜。是仁義者皆人所得於天，固有之良性也。

㈢ 眉批：琴劍書箱，男子所有事者，故出行者多帶之，送行者多贈之。琴，所以理性情，劍以示武，書以示文，箱以藏是者也，故曰琴劍書箱。

（末）花正開時遭雨打，（丑）月當明處被雲遮。㈠

（外、淨上。外）有這等事，一個好人家都被你這老不賢的弄壞了。雖是王十朋贅在相府，未知虚實。今日也逼女孩兒改嫁，明日也逼女兒改嫁，受不得你這等凌辱，忿氣投江身死。（淨）老兒，我也指望後邊還要靠他，不想女兒認真了。（外）你還要在家裏作怎麽？走出去！走出去！

【憶虎序】當初娶你，指望生男育女。（淨）老兒，你自家没用，干我甚事？（外）誰知你暗使牢籠計，㈡逼勒我孩兒投江死。告到官司，告到官司，打你這個不賢潑妻。㈢（淨）老兒，你有話説，我也有道理。（外）你有什麽道理？（淨）

【前腔】當初嫁你，也是明婚正娶，又不是暗裏通情。和你結做夫妻，做夫妻尚有徘徊之日。免告官司，免告官司，和你團圓到底。

（外）改調前非做好人，（淨）從今怎敢不依聽？

（外）自今收拾書房睡，（淨）打點精神弄斷觔。

㈠ 眉批：古語：『月圓又被雲遮掩，花正開時遭雨驚。』

㈡ 眉批：牢籠，牢以羈獸，籠（原作『寧』）以羈鳥，使以之不得自由也。《文選》云：『牢籠天地。』

㈢ 夾批：惡也。

第三十一齣(一)　祭婦登程

（占上）

【風馬兒】柳拂征衣露未央，(二)可憐年邁往他鄉。(三)（丑、末）迢迢去路難留戀，謾自慇懃設奠，和淚灑江邊。

（占）李成舅，這是江邊了。（末）那漁翁婆子正在此間拾得鞋子。（占）苦！渺渺茫茫浪拍天，我那媳婦的兒，可憐辜負你青年。（丑）小姐，你身名雖學浣沙女，白髮親幃誰可憐？（末）好姻緣番作惡姻緣，(四)不作天仙作水仙。（丑）白骨不埋芳草地，冰肌已浸碧波天。(五)（占）李成舅，與我擺下祭禮。（擺介）

(一) 三十一：原作『三十二』，據文義改。以下依次改。

(二) 夾批：行衣也。　眉批：露未央，言行之早，未明而露存也。《詩》曰：『夜如何其？夜未央。』央，旦也，半也。

(三) 夾注：邁：音『賣』。

(四) 眉批：陶穀在郵亭贈驛女秦弱蘭辭：『好姻緣，惡姻緣，只得郵亭一夜眠。』

(五) 眉批：《莊子》謂姑射之山有神人，肌膚若冰雪，故曰冰肌。

【駐雲飛】遥奠江邊，㈠我那媳婦兒，想你賢能有萬般，只怨我兒身居宦，把你夫妻散。天，指望你永團圓，誰想中途遭變？我兒，只爲我貧姑，你受盡娘輕賤。李成舅，與我奠酒。嗳！奠酒也是徒然了。一滴何曾到九泉？㈡（重）（再奠酒、三奠。酒禮畢）苦向誰言？心内猶如亂箭攢。指望你鋪羹飯，媳婦兒，你今死了呵，誰帶我孝麻絹？天，誰想你喪吾先？把姑嫜抛棄閃，教我舉眼無親，怎不肝腸斷？淚血染成紅杜鵑。㈢（重）

李成舅，我那媳婦兒，深感你父親，不棄恩親，將你姐姐配與我的孩兒呵！

【前腔】婦義夫賢，半載夫妻恩愛捐。㈣指望封妻顯，指望將你門楣換。㈤天，老景近黄泉，也得與伊爲伴。今日途中，誰説心頭怨？一度臨風一慘然。（重）

李成舅，你與我化紙。

㈠ 夾批：遠望祭也。

㈡ 眉批：詩：『人生有酒須當醉，一滴何曾到九泉。』

㈢ 夾批：鳥名。眉批：詩：『紙灰飛作白蝴蝶，淚血染成紅杜鵑。』蓋杜鵑之啼有血，而人淚染至口唇，如杜鵑之啼血也。

㈣ 夾批：棄也。

㈤ 夾注：楣：音『眉』。眉批：門楣，謂榮貴，顯輝門楣也。楣，門上横木也。又女婿有光曰門楣。語曰：『男不封侯女作妃，君看女却爲門楣。』

【前腔】滄海漫漫，知道你幽魂在那邊？　須把陰靈顯，親與姑之念。　天，你送我理當然，教我反來設奠。　生別可重逢，死別無由見。　淚徹黄泉痛不乾。(一)(重)

(末)老安人，不須啼哭，趲行前去。(占)收了祭禮，就此起行。

【鵲橋仙】彤雲密佈，(二)朔風凜凜，(三)寒威冷透衣襟。(丑、末)登山涉水受艱辛，未知何日得到京城？

(占)家門不幸媳先亡，往京尋子別家鄉。　餐風宿水何曾慣？　涉水登山豈憚忙。(末)思量往事轉心酸，含冤負屈喪長江。(丑)貪財繼母心腸歹，(四)致令災禍起蕭墻。(末)親家母，在途路之上，須要小心，慢慢而行。　你把當初姐夫起程之事，試説一遍。(占)李成舅，我一言難盡。

【風入松】嘆當初貧苦未逢時，誰知一旦分離？　孩兒一去求科舉，(五)怎知道妻房溺水？

(末)親家母，我們到姐夫跟前，就説姐姐投江身死。(占)李成舅，我和你到他跟前呵，寧可報喜，不可

(一) 夾注：乾：音『干』。

(二) 夾批：彤，音『同』，黄赤色。　眉批：彤雲，雪天之雲也。

(三) 眉批：朔風，即北風，臘月之風也。

(四) 眉批：歹：音『打』，惡也。

(五) 眉批：科舉，古之人君設置科條以舉天下之賢才，故應試曰『求科舉』。

報憂。待提起此事，又恐怕驚唬我兒，決不可說與他知。（末）親家母不必恁傷悲，聽李成一言咨啓。我姐夫狀元僉判別差去，因此上爹爹嚴命，着令我送你到京城。

（占哭介。末）我在家起身，曾有言在先，教你途路之上不要啼哭。況如今沿途啼哭，曉得的道你死了媳婦，不曉得的說這婦人啼哭，有甚緣由。小人愚不諫賢。

【急三鎗】(一)此乃是途中，不敢高聲哭，只恐猿聞也斷腸。(二)親家母，休憂慮，免悲傷。（占）李成舅，非是老身沿路啼哭，争奈我孩兒去，媳婦死，如何教我免悲傷？（末）親家母，難怪你啼哭。來在路途之上，須是自寬自解，況你年紀高大。（占）況我老景桑榆。(三)（末）親家母，思想我爹爹在家好苦。（占）李成舅，我老親家怎的苦？（末）親家母，我不說，你不知。我姐姐投水死了，止有李成；今日又送親家母上京，我爹爹年華高邁無依倚。(四)（占）李成舅，我不恨别人。（末）親家母，恨着那一個？（占）恨只恨貪財繼母，逼勒我媳婦身死好無辜。（末）我姐姐因他果然身死好無辜。（笑介。占）

(一)【急三鎗】：原闕，據曲律補。

(二)夾批：似猴而小。　眉批：《格物論》：『猿性急而腸狹，聞類死聲鳴，則腸但斷而死。』

(三)夾批：二木名。　眉批：韓詩：『桑榆日月侵。』《淮南子》曰：『日垂西，影在木端。』日影在木端，不久而没，如人年老不久而死也，故云『老景桑榆』。

(四)夾注：邁：音『賣』。

李成舅，你一邊啼哭，又一邊發笑，怎的？（末）親家母，哭姐姐死得苦，笑姐姐死得好。（占）李成舅，你姐姐死得苦，不待言矣，怎麽笑他死得好？（末）世上綱常千古在，（一）江邊名節萬年存。我姐姐不嫁孫家，赴水而死，留名在世萬古傳揚。莫説普天下，就是温州城裏，永嘉縣裏，大大小小，那個不説我姐姐，死做貞節之婦。（占）李成舅，你也道得是。問你還有多少盤費？力倦走不動了，討乘騾車而去罷。（末）待我看包裹有多少銀子，纔好顧車去。（看介）呀！親家母，銀子都用盡，不多了，怎麽好？（占）如此只得步行。盤纏喫盡無些助。（末）親家母，此去京城還有三日路。（占）趲登程，洛陽幾度，（二）徐步到京城。（三）

（末）親家母，你看這天氣凛冽，少刻必有大雪。你將手帕裹頭，羅裙緊束，繡鞋兜起，趲行幾步。（占）李成舅，這兩條路，往那一條路去？（末）親家母，從這條大路去，前面就是官亭總路。（占）一山未過一山迎，盼望京城兩淚零。（四）撞遇途中風雪冷，看看又到接官亭。

【下山虎】官亭路上，（重）風雪飄零。似這等凄涼，怎可禁？李成舅，老身途中受苦，分之所宜，

（一）眉批：綱常，即三綱五常。謂君爲臣綱，父爲子綱，夫爲妻綱；五常，仁、義、禮、智、信是也。是綱常，名節所在，不可有虧者也。

（二）眉批：洛陽，地名，今屬河南省。

（三）眉批：徐步，緩行也。詩：『杖藜徐步立芳洲。』

（四）眉批：盼：音『判』，顧也。

你二人呵，受盡奔波，特地感承。（末）親家母差矣，此乃是爹爹嚴命。㈠（丑）李成哥，説那裏話？就不是爹爹嚴命，俗云是親者顧，况又姻親，理該相陪送，豈憚苦辛？（末）親家母，我只愁一件。（占）李成舅，你愁那一件？（末）只愁你閨門蓮步，㈡途路上少坦平，怕不慣經。（占）李成舅，你親母事豈不知道，媳婦已投水死了，教老身靠着誰人？就是今日往京，也只是出乎無奈。常言道事急出家門，豈憚着山高水深？（合）只得趲行數程，趲行趲行，山程共水程，長亭又短亭。㈢

【前腔】望不見長安，㈣愁殺老身。（丑、末）望不見家鄉，愁殺春香李成。（占）風霜兩鬢，萬里孤身。李成舅，昔漢有王昭君，不嫁胡人，投烏江而死，葬於胡地，其塚出青草，呼爲青塚。㈤今我媳婦不嫁孫家，投江而死，莫説青塚，就是屍骸不知流落何處了。白滿江山，青塚何處尋？（末）親家母，這條河與我東甌渡口相通，望親家母禱告江神，叫我姐姐魂靈一同到京，超度他便了。（占）李成舅，既是如此，掃開雪地，待老身撮土爲香，禱告江神則個。（末）待我掃開雪徑。（重）（占）我只得深深下拜，

㈠ 眉批：父曰嚴君，故父命爲嚴命。

㈡ 眉批：蓮步解見前，此不復釋。

㈢ 眉批：長亭，十里一亭曰長亭，五里一亭曰短亭。

㈣ 眉批：長安屬陜西省治，古爲長安，今爲陜西也。又古云京兆府，亦屬此也。

㈤ 眉批：王昭君，漢明帝宫女，出嫁胡人，心不忘漢，故死葬胡地，草皆白，惟昭君塚草獨青，可見其心之未滅也。

拜告江神。河伯水官，水母娘娘，(一)望江神，疏放媳婦魂靈，有感有應。媳婦兒，休戀長江，隨着老身。媳婦兒，你本閨中閫閾女，(二)反做烟波浪裏人。你在生爲人，死後爲神，同臨任所，超拔幽魂。媳婦兒，往日叫你，聲叫聲應，今日呵，叫破咽喉，不見應聲。哭得淚乾，那見形影？(合前)(末)

【前腔】關河雪凍，四野雲横。親家母，凍得我渾身冷，戰戰兢兢。天，這般大雪呵！思想爹爹，他在家庭，冷冷清清，炭火無多，實傷我心。他倚門而望，(三)看見這般樣大雪紛紛，添我傷悲，珠淚暗傾。(占)十朋兒，你看成舅是個義子，尚且如此，你在紅爐煖閣，低唱淺斟，(四)怎知道娘親，在風雪裏行？(合前)(丑)

【前腔】猿啼峻嶺，鴉噪寒林。四野雲迷，天色已昏。況那長途，怎生捱禁？水濕行裝，雪

(一) 眉批：河伯、水母，皆水神也。

(二) 眉批：閫閾，閫，橛也，閾，門限也。《禮記》：『内言不出於外閫。』

(三) 眉批：王孫賈母曰：『汝朝出而晚來，則吾倚門而望。』

(四) 眉批：宋陶穀學士取雪水煎茶，謂妾党姬曰：『党家有此景否？』姬曰：『彼粗人也，安識此景？但能於銷金帳下(原作『不』)淺斟低唱，飲羊羔兒酒耳。』

滿衣襟。（占）這苦自忍，自思自忖。(一)平昔裏不出閨門，今日長亭，(二)共着短亭。(三)（末）親家母，且開懷縈悶。（重）悄無人跡印長亭，惟有猿啼，連連應聲。（合前）

【尾聲】今朝歷盡途中味，萬里關山雪徑迷，遥望天涯疾似飛。(四)

（占）關山萬里雪漫漫，身上衣衫不奈寒。

（末）正是在家千日好，（丑）果然出路一朝難。

第三十二齣　往任見子

（生上）

【夜行船】一幅鸞箋飛報喜，(五)垂白母想已知之。(六)日漸過期，人何不至？心下又添縈繫。

(一) 夾批：度也。

(二) 夾批：十里。

(三) 夾批：五里。

(四) 眉批：天涯，謂天際之涯，雁飛不到處也。

(五) 眉批：鸞箋，簡紙也。詩：『十樣鸞箋出益州。』

(六) 夾批：謂白髮。

雁塔題名感聖恩，[一]便鴻已自寄佳音。思親目斷雲山外，縹緲家鄉飛白雲。[二]下官日前修書回去，接取老母荆妻，同臨任所。一去許久，不見來到，竟不知他路途之上如何？好似和針吞却線，刺人腸肚繫人心。左右那裏？（浄）手下叩頭！（生）左右，緊把府門，但有温城送家眷的，先來通報。（占）

【前腔】死別生離辭故里，歷盡萬種孤恓。昨抵村莊，今入城市，深感老天週庇。

聞説京師錦繡邦，果然風景勝他方。（末）紅樓翠館笙歌沸，[三]柳陌花街腦麝香。[四]（占）李成舅，我思想起來，把孝頭繩藏下，只説親家年紀高大，留媳婦在家侍奉。尤恐狀元任期將近了，送我到此，然後説與他知未遲。（末）親家母，進了狀元府中，你在廳堂上坐，待我進衙裏，尋看有少夫人麼。（占）道得有理。不知狀元衙門在那裏？（末）站着，待我問取。牌哥，王狀元行館在那裏？（浄）這便是。且問你是那裏來的？（末）温城送家眷來的。（浄）禀老爹，送家眷的來在門首。（生）着他進來。（末見介。生）成舅，你來了，我母親、妻子來麼？（末）親家母在外面。（生接介。占坐介。生）母親，一路風霜，有失迎接，恕孩兒不孝之罪。母親高坐，待孩兒參拜！（占）我兒，一向在京安樂？（生）多賴母親□庇，在此苟安。（占）兒，你離家至京事情，細説一遍，與老娘知道。（生）母親高坐，聽孩兒道來。

[一] 眉批：唐韋肇及第，偶於慈恩寺雁塔題名，後人效之，遂成故事。

[二] 眉批：唐狄仁傑上太行山，見白雲孤飛，顧左右曰：『吾親舍其下。』悵望久之，雲彩乃去。

[三] 眉批：紅樓彩館，乃歌舞地也；　笙歌，樂聲。

[四] 眉批：麝，鹿屬，臍下有香，故云麝香。

【刮鼓令】從別後到京。娘，孩兒雖中狀元，寄居行館，居官雖隔三千里，一日思親十二時。(一)慮萱親當暮景。(二)孩兒自離膝下，朝夕憂慮。今日得睹慈顔，喜之不勝，幸喜今朝與娘重相見。娘爲兒自幼讀書，望不得榮貴；今日忝中狀元，母親反行不喜，何也？娘又緣何愁悶縈？(占)站退，有事關心。(生)娘，孩兒知道了。莫不是我家荆，(三)看承母親不志誠？(末)姐姐儘不負蘋蘩之託。(四)(生)娘，分明説與伭兒聽。(占)起去，休要惱我。(生背云)玉蓮妻，你也不是，爲婆的既來到京，爲媳婦的怎麼不伏事他同來？娘，既是媳婦缺侍奉之禮，他怎生不與共登程？(重)

(占)呸！我爲母的坐這許久。茶也不見一鍾，還有許多説話！(生)門子，討茶來。(占)你在家，還叫門子討茶？(生)孩兒得罪！(末)親家母，裏面并不曾有人。(占)成舅，果然没有？(末)只有一個老門子。(占)

【前腔】心中自三省，(五)頓教人愁悶深。(生)母親請茶！伭的媳婦如何不來？(占)你媳婦多災

(一) 眉批：古詩：『一日思親十二時。』
(二) 夾批：謂晚年。
(三) 夾批：指妻也。
(四) 眉批：蘋、蘩，皆草名，古人以奉祭祀。《詩》云『采蘩』『采蘋』是也。
(五) 夾注：省：去聲。眉批：省，察也。曾子曰：『吾日三省吾身。』

多病。（生）岳父如何？（占）況親家兩鬢星，(一)他家事要支撑，怎教他離鄉别井，爲饒州之任恐留停。兒，深虧了岳丈呵，先令李成送我到京城。（重）

（生）李成舅，我母親言語不明白，你説個詳細，與我知道。（末）

【前腔】當初待起程。（生）李成舅，我正要問你起程，姐姐怎麽不來？（末）(二)到臨期成畫餅。(三)（生）畫餅二字，乃是不祥之兆。（末）姐夫，望梅止渴，(四)畫餅充飢，要知端的，去問母親。（背唱）待説起投江事因，恐唬他心駭驚。（生）李成舅，你説甚麽驚？（末）姐夫，我家姐呵，途路上少曾經，當不得高山峻嶺。怕餐風宿水及勞神，因此上留住在家庭。（重）（生）

【前腔】端詳那李成，語言中猶未明。娘，你把就裏分明來説破，免使孩兒疑慮生。（占悲介。生）我娘因甚的變顔情？長吁短嘆淚珠零。娘，你爲甚這等傷感？（占）我兒，你在京城多快樂，虧我在家中受苦辛。（出孝繩介。生）袖兒裏吊下孝頭繩。李成舅，岳丈、岳母好麽？（末）承

(一) 眉批：星，髮變班也。詩云：『星星白髮垂。』又詞云：『星星鬢影今如許。』

(二) （末）：原闕，據汲古閣刊本《繡刻荆釵記定本》補。

(三) 眉批：畫餅，魏文帝謂盧祐曰：『名士如畫地爲餅，不可啗食。』

(四) 眉批：曹操行兵遇天炎，軍士煩渴。操詐言前村有梅甚廣，軍士皆思望之，進步而往，不覺口中涎出，須臾渴止。

問，晚景粗安。（生）你姐姐好麽？（末）姐姐也好。（生）怎麽這等説？（末）你要見就見，不見就不見。

（生）娘，我今知道了，莫不是媳婦喪幽冥？（重）

（占奪孝繩介）閒説！我在路上撿來的，好没分曉！（生）娘，既然不是，你爲何愁悶？（占）非是我愁悶，我且問你，老娘未起程時，聞道你在京娶了甚麽丞相小姐，他縱然是千金之軀，終是我的媳婦，爲何見也不來見我？（生）娘，没有此事。孩兒因參万俟丞相，㈠要將親女招贅，是孩兒不從，因此改調潮陽。（占）没有也罷，瞞得今日，瞞不過明朝。我當初送你起程之際，爲娘的怎麽囑付你？我説你往京去，倘得一舉成名，即便回來；人不得回，可寄一封音書，報你老娘知道。你全不思忖，㈡將一個寡寡的老娘和你妻子托付岳丈家下，你還是有兄，還是有弟？到京許久，人也不回，書也不見，此理安在？（生）娘，孩兒曾有書寄承局李文華回來。（占）承局書是你寫來的？（生）是孩兒寄的。（占）那書是倩人寫的，是茶前酒後寫的？㈢（生）孩兒謝宴回來，焚香對天地敬心寫的，怎敢倩人？（占怒介）這逆子！那書不是家書，是一紙休書。你不是人，畜生！爲娘的千山萬水到此，㈣爲何今日見你，恨不得一頭撞死在你懷裏！（撞介。生扶介）娘，我那書怎麽是休書？（占）既是敬心寫的，你可記得

㈠ 眉批：万：音『木』。俟：音『其』。雙姓也。

㈡ 眉批：忖，度也。

㈢ 眉批：詰子寄書因由。

㈣ 到：原作『列』，據《新刻出像音註節義荆釵記》改。

否？（生）孩兒記得。（占）你從頭讀與我聽着。（讀介。生）母親高坐，聽孩兒讀來。

【一封書】男百拜上覆，母親尊前妻父母，離膝下到京都。一舉成名身掛緑，(一)除授饒州爲判府。帶家小臨京往任所，寄家書，付承局，草草不恭兒拜覆。(二)（占）聽我道你寄承局書裏情由，當初承局書親付，拆開仔細從頭讀。狀元判府任饒州，休書再贅万俟府。（生）娘，語句都差了。（占）語句雖差字跡同，岳翁見了心嗔怒。（生）岳母如何？（占）岳母即時起妒心，逼伊改嫁孫郎婦。（生）朝廷命婦誰敢娶？(三)（末）娶去到有個人在。（生）都是你說來說去。左右，將李成鎖了。（末）來者不怕，怕者不來，你這忘恩負義之人，拏鎖來我和你對鎖。（占）兒，且聽後話。（生）娘，後來怎的？（占）汝妻守節不相從，苦！這句難說了。（生）呀！母親說話，說到舌尖上，怎麼又不說了？我妻子既不相從，在那裏去了？（占）汝妻守節不相從，將身跳入江心渡。

（生）娘，媳婦不嫁孫家，守節而亡，名揚萬古，死得好！（末）你是鐵心腸。(四)（生）錢氏妻，你投水之際，怎不思想？既不念少年丈夫，也須念暮景婆婆。你撇我有頭無尾，兀的不是悶殺人也！（占）我

(一) 眉批：掛緑，謂中後所穿緑羅袍。

(二) 夾批：不敬也。　眉批：張芝下筆必楷，則號『匆匆不暇，草書』，故曰『草草不恭』。

(三) 眉批：命婦，謂有詔誥（原作『詩』）敕命之婦也。

(四) 眉批：皮日休云：『宋廣平爲相，疑其鐵石心腸，不解吐軟媚辭。』

兒快甦醒！（生哭介）

【江兒水】一紙書親付，指望你同臨任所。是那個薄倖之徒，套寫書句，以致我的嬌妻溺水而死？是可忍也，孰不可忍也！(一)是何人套寫書中句？ 應知改調隨潮去。(二)錢氏妻，虧了你蓬頭跣足做了河伯婦，(三)指望你百年完聚。誰知我和你半載夫妻，也算却春風一度。（末）

【前腔】姐夫休憂慮，把情懷漸展舒。想夫妻聚散前生注，這離別雖是離別苦，這姻緣不入姻緣簿。聽取一言申覆： 須信人生，萬事莫逃天數。

（生）李成舅，虧他也割捨得。

【駐雲飛】痛殺嬌妻，裂碎肝腸痛割心。我的妻，指望同歡慶。（重）誰想相抛棄！ 妻，繼母太心虧，貪愛錢財，不顧人倫，(四)逼勒嬌妻跳入江心去，一度思量一度悲。

（占）這繡鞋是你妻子遺在江邊爲記，李成舅拾得回來。你岳丈收一隻，我收一隻，各留存記。你見此鞋，即如見你妻子一般。（生接介）

(一) 眉批：《論語》曰：『是可忍也，孰不可忍也。』忍，謂容忍。

(二) 夾批：即潮陽。

(三) 夾批：水神也。

(四) 眉批：人倫，倫序也，人之大倫有五，父子有親，君臣有義，夫婦有別，長幼有序，朋友有信是也。

【前腔】提起鞋兒，空教我睹物傷情不見伊。(一)妻，繡鞋兒何不穿將去？(重)留此爲甚記。妻，提起好傷悲，視死如歸，(二)不念萱堂，(三)不念椿幃，(四)須念我結髮恩和義，(五)生則含寃死則悲。

(内報。生)李成舅，你去問報甚麽？(内)報：王十朋轉陞吉安府知府，走馬上任。(末)恭喜姐夫，轉陞太守，(六)當初家父着我送親家母見了姐夫，即便回程。(生)俺岳丈説道，小姐已死，不是我家親了。李成舅，你姐姐雖死了，見你如同見你姐姐一般。我只爲不就奸相親事，改調潮陽，害吾性命。且喜轉陞江西吉安，你二人隨我到任，待我修一封書，請取令尊、令堂來任，同享榮華，却不是好？(末)(七)謹領尊命。(生)左右，分付人夫，快快趲行！(占)

(一)夾批：視也。夾批：指鞋。
(二)眉批：夏禹曰：『生，寄也；死，歸也。』故無所顧念曰『視死如歸』。
(三)夾批：指母。
(四)夾批：指父。
(五)夾批：夫婦情。眉批：漢蘇武曰：『結髮爲夫妻，恩義兩不疑。』
(六)眉批：知府稱太守者，自唐玄宗始，前稱刺史。
(七)末：原作『生』，據文義改。

【朝元歌】騰騰曉行，露濕衣襟冷。徐徐曉行，(一)月照遥天暝。只爲功名，遠離鄉井。(二)渡水登山驀嶺。(三)帶月披星，(四)車塵馬足不暫停。晴嵐瘴人影，(五)西風吹鬢雲。（合）吉安府城，到得後那時歡慶。（重）

（丑）三山巡檢，迎接爺爺。（生）巡檢，帶多少弓兵在此？（丑）四十名弓兵。（生）巡檢，你回去，多多拜上年兄，你説王爺到任之後，自當面謝。（丑）嗄！（生）

【前腔】幾處幽林曲徑，松杉列翠屏。回首亂雲凝，禪關掩映，(六)聽遠鐘三四聲。（重）欽奉綸音，(七)遊宦宿郵亭。遠離京城，盼陽關把往事空思省。(八)水程共山程，長亭共短亭。(九)（合

(一) 夾批：緩貌。
(二) 眉批：鄉井，謂萬二千五百家爲鄉，鄉田同井，故曰鄉井。
(三) 夾注：驀：音『墨』。
(四) 夾批：早行也。
(五) 夾注：嵐：音『巒』。
(六) 眉批：寺曰禪關。
(七) 夾批：詔書。眉批：天子詔曰綸音。孔子曰：『王言如絲，其出如綸。』如絲，言王言之始，如絲之小；如綸，言其言漸出，如綸之大也。
(八) 夾批：送别所。
(九) 夾批：十里。夾批：五里。

前）

（净）鋪兵接爺爺。（生）前面去。

【前腔】危巔絶頂，飛流直下傾。嘆微名奔競，身似浮萍。(一)鷓鴣啼，(二)不忍聽。(三)野花開又馨，消遣羈旅情。到處莫閒争，題咏眼前無限景。牧笛隴頭鳴，漁舟江上横。（合前）

（外）吉安府陰陽生接爺爺。（生）到吉安府還有多少路？（外）還有五十里。（生）陰陽生，選定幾時到任？（外）二爺選定三月十五日請爺爺成隍廟宿壇，十六日上任。（生）我知道了，起去。（占）

【前腔】八九處人家寂静，柴門半掩扃，(四)溪洞水泠泠。路遠離别興，自來不慣經。（重）遥望酒旗新，買三杯，解愁悶。哀猿晚風輕，歸鴉夕照明。（吏書接介）

（占）長亭渺渺恨綿綿，（生）回首長安路幾千。

（占）正是雁飛不到處，（合）果然人被利名牽。(五)

(一) 眉批：萍，草名，生浮水上，無根蒂者，人爲名利奔競在外者似。

(二) 夾批：鳥名。

(三) 眉批：鷓鴣聲，懷南不思北，聞其啼則思歸，故不忍聽。

(四) 夾批：户外關。

(五) 眉批：『正是雁飛不到處』二句，本古詩。

新刊重訂出相附釋標註節義荆釵記卷之四

繡谷陽川唐子釋義
徽郡星源游子重訂
金陵世德堂唐氏梓
鳳城思德李氏校書

第三十三齣　差人往饒

（外上）

【破陣子】野外江山幽雅，城中景物繁華。（夫、旦）六街三市堪描畫，㈠萬紫千紅實可誇。㈡

（丑）閩城景最佳。㈢

（外）幸喜到閩城，驅馳爲利名。（夫）布仁寬政令，施德與黎民。㈣（外）夫人，我到任，詞清訟簡，盗息

㈠ 眉批：六街，長安有六街九陌。三市，《周禮》：『大市日昃而市，朝市朝時而市，夕市日夕而市。』

㈡ 夾批：指花草也。

㈢ 夾批：閩：音『明』，福建也。

㈣ 眉批：黎，黑也，黎民謂黑髮之民，猶秦言黔首也。

民安。（夫）乃相公政治所致。（外）孩兒，我夜來修書，差人報你丈夫知道，取你夫妻重會。（旦）深感救生之恩！（外）左右，開衙門，唤該班皂隸進來。（净）苗良叩頭！（外）苗良，你去衙家討一兩銀子做盤纏，到饒州走一遭。（净）知道了。（旦）饒州路遠，敢只怕少了些。

【榴花泣】（一）守官如水，（二）胸次瑩無瑕。薄税斂，省刑罰，（三）撫安民庶禁奸猾。幸喜詞清訟簡，無事早休衙。（旦）依條按法，看懲一戒百誰不怕？待三年任滿，（四）詔書來早晚遷加。（夫）

【前腔】覷着他花容月貌勝仙娃，（五）忍將身命掩黄沙。（六）天教公相救伊家，好一似撥雲見月，枯樹再開花。（外）貞潔可誇，倸捐生就死令人訝。（旦）

（一）【榴花泣】：原作【泣榴花】，據《新刻原本王狀元荆釵記》改。

（二）眉批：漢成帝鄭崇爲尚書，好直諫，貴戚多譖之。上責曰：『君門如市人，何以欲禁切主上？』對曰：『臣門如市，臣心如水。』

（三）夾批：二者仁政之大目，出《孟子》。

（四）眉批：凡出仕三年乃報改考績之期，故曰任滿。

（五）夾批：美好。

（六）夾批：即黄泉也。

【前腔】不由人不兩淚如麻，恨他恨只恨一紙讒書，搬鬬得母親叱咤。(一)(外)孩兒，他見差，逼汝身重嫁。那些個一鞍一馬，這書劄令伊遣發，管成就鸞孤鳳寡。(二)

左右開門。(淨)苗良進。(外)苗良，我有一封私書，着你到饒州王三府投下。來往幾個日子？(淨)有二十個日子。(外)與你一兩銀子，星夜趲去。(淨)

【前腔】今日裏拜辭了恩官，明日裏到海角天涯。小人一心要傳遞佳音，不憚途路波查。關門。(旦)爹爹，苗良去了。(外)去了。(旦)奴有一句話分付他。(外)有甚話？(旦)見他只說三分話。(外)全說了便怎麽？(旦)又恐怕別娶渾家。(三)(外)你把閒言一筆都勾罷，回來便知真共假。

【尾聲】花重發，鏡再合，那其間歡生喜洽，重整華堂泛紫霞。(四)

(外)饒福相離數日程，(夫)修書備細說原因。

(旦)分明好事從天降，(丑)重整前盟復舊婚。

(一) 叱：原作『吒』，據《新刻原本王狀元荆釵記》改。　眉批：史稱項羽暗噁(原作『啞』)叱咤。

(二) 眉批：鸞，雌鳥。鳳，雄鳥。古者多以喻夫婦。

(三) 夾批：指後娶妻。　眉批：渾家，夫稱妻曰渾家，今人亦如之。

(四) 夾批：指酒也。　眉批：紫霞，所謂紫霞杯是也。

第三十四齣　江畔祭妻

（生上）

【賞宮花】吉郡名邦，(一)身佐黄堂名譽彰。(二)臺省飛薦剡，(三)看文章。坐任三山爲太守，叩頭萬歲謝吾皇。

結髮夫妻望久長，誰知今日兩分張？香魂渺渺歸陰府，夢裏相思痛斷腸。絃斷瑶琴難再續，(四)歌盆鼓罷轉心酸。(五)床頭遺下殘針線，拈動令人淚不乾。下官自别家鄉，忝中高魁，不幸吾妻守節，投水身死。今日乃是清明佳節，昨日已曾分付備辦祭禮，江邊祭奠，未知何如？左右何在？（净）廳上一呼，堦下百諾。伏老爺，有何使令？（生）昨日已曾分付備辦祭禮，若何？（净）俱已齊備。（生）如此，請老夫人、舅爺出來，前到江邊祭奠。（占）

(一)　夾批：　即吉安府。

(二)　眉批：　黄堂，解見前。

(三)　眉批：　臺省，謂臺閣禁省之官，掌要路黍黜陟之官也。　夾批：　薦章。

(四)　眉批：　□□□□□作□□□絃膠能續。

(五)　眉批：　莊子妻死，惠子吊之。莊子箕踞，盆鼓而歌。故妻死曰歌鼓盆。

【何滿子】細雨霏霏時候，柳眉烟鎖長愁。（末）昨夜東風驀吹透，(一)報道桃花逐水流。（生）新愁惹舊愁，義海恩山，(二)盡赴東流。

（占）極目家鄉遠，(三)白雲天際頭。(四)（生）五年身在宦，灑淚濕征裘。（占）兒，喚出老娘，有何話説？（生）今日乃清明佳節，整辦祭禮，祭奠媳婦，請母親主祭。（占）兒，喪祭從爵。(五)（末）姐夫中狀元，我姐姐是夫人，須用五鼎祭他。(六)姐夫主祭，我與親家母助祭。（生）言之有理。昨日有帖去請禮生，至今未曾見來。（浄）白雲本是無心物，却被清風引出來。左右通報，禮生見。（生）請起，煩足下贊禮。左右，將祭禮擺開。（浄）主祭者就位。（生）痛憶玉蓮錢氏妻，傷情苦處意徘徊，當初指望諧白髮。

【新水令】一從科第鳳鸞飛，一紙家書至，拚命去投江。(七)骷髏眠夜目，(八)肌骨卧寒霜。花落隨流水，

(一) 夾批：春風也。

(二) 眉批：感人恩義之深厚曰『義海恩山』。

(三) 極：原作『秋』，據《新刻原本王狀元荆釵記》改。

(四) 眉批：吕洞賓詩：『遥指白雲天際。』

(五) 眉批：喪祭從爵，即《禮》所謂『□用死者之爵，祭用生者之禄』是也。

(六) 眉批：五鼎，牛、羊、豕、魚、雞是也，大夫所用之祭禮。

(七) 眉批：拚：音『判』，棄也。

(八) 眉批：骷髏，頭腦也。

迎風倍慘然。（末）姐夫，繡鞋在這裏。（生）物在人何在？悲哀傷斷腸。恨奸謀有書空寄。（占）容顔霜鬢改，跋涉路途長。(一)晨昏捱不到，幾乎命已亡。（生）幸萱堂無禍危，嘆蘭房受岑寂。(二)（末）姐夫與親母重會團圓，只虧了我姐姐沉溺大江之中，屍首不知漂流何處。（生）妻，捱不過凌逼，受不過禁持，身沉溺在浪濤裏。

（净）助祭者就位。（占）往者不可諫，來者猶可追。（悲介。末）不要煩惱，書云：既往不咎。(三)（占）

【步步嬌】把往事今朝重提起，惱得我肝腸碎。媳婦，我的嬌兒，你丈夫在此致祭於你，灵魂不昧，嗚呼來兮！伏惟享兮！兒，清明拜掃時，省却愁煩，且自酬禮。老身在此傷悲，也是枉然。今孩兒主祭，爲婆的也來助祭。須記得聖賢書，道『吾不與祭，如不祭』。(四)

（净）主祭者上香。（生）

(一) 眉批：山行曰跋，水行曰涉。

(二) 眉批：岑寂，歐詩：『山中苦岑寂。』

(三) 眉批：《論語》曰：『往者不可諫，來者猶可追。』又曰：『既往不咎。』言已往之事不咎責之也。

(四) 夾注：與：去聲。眉批：孔子曰：『吾不與祭，如不祭。』謂不得致其如在之誠也。

【折桂令】爇沉檀香噴金猊，(一)昭告魂靈，(二)聽剖因依。自從俺宴罷瑶池，(三)宫袍寵賜，(四)相府勒贅。貪榮固寵，人之常情。我被万俟三番兩轉，招贅不從，我也爲你貧賤之交不可忘。你繼母三回四次，逼勒改嫁，你捨生全節，也只爲我糟糠之妻不下堂。(五)撇不下糟糠舊妻，(六)苦推辭桃杏新室。(七)妻，你爲我受凌逼，没存濟。我爲你受磨折，遭岑寂，改調潮陽。(八)因此上誤了你佳期，因此上誤了我歸期。

（净）助祭者上香。（占）

【江兒水】聽説罷衷腸事，却元來只爲伊，你丈夫不從招贅遭毒計。媳婦兒，汝居九泉之下，不須埋怨着你丈夫。兒，還是懊恨娘行忒薄義，逼得你没存没濟。渺渺茫茫，在波浪裏。江神，可憐

(一) 夾批：香名。夾批：指香爐。眉批：金猊，香爐柱上獅子是也。
(二) 夾批：明也。
(三) 眉批：瑶池，西王母宴會群仙之處，言此以喻瓊林宴也。
(四) 眉批：宫袍，即宴後賜緑羅袍是也。
(五) 眉批：漢宋弘曰：『貧賤之交不可忘，糟糠之妻不下堂。』
(六) 夾批：指玉蓮。
(七) 夾批：指相門。
(八) 夾批：縣名。

見我媳婦，死得好苦！ 拜請東方佛説菩提，(一)拜請西方佛説菩提，河泊水官、水母娘娘，可憐見我母子虔誠遥祭，望鑒微忱，早賜靈魂來至。

(净)請主祭者行初獻禮。(生)虔誠祭禮到江邊，追薦亡妻錢玉蓮。 人生有酒須當醉，一滴何曾到九泉？(二)下官設此祭儀，也只是虚禮。(悲介)

【雁兒落】徒捧着淚盈盈一酒巵，(三)空列着香馥馥八珍味。(四)(末)姐夫，早知道我姐姐投江身死，請一位畫工，描姐姐真容遺跡也好，如今空想，也是閒了。(生)慕音容，不見你，訴衷曲，無回對。 俺這裏再拜呵，自追思，重會面是何時？ 擺不開兩道眉，揾不住雙垂淚。 妻，下官也不怨别人，都只爲套書信的賊施計。罷！ 罷！ 人生自古誰無死，留取丹心照汗青。(五)妻，你既做得節婦，莫愁下官做不得義夫。 賢也麽妻，俺若是昧誠心，自有天鑒之。

(净)助祭者行亞獻禮。(占)

(一) 眉批：菩提乃佛法語。
(二) 眉批：高菊磵《清明》詩：『人生有酒須當醉，一滴何曾到九泉。』
(三) 夾批：巵：音『枝』，酒器。
(四) 眉批：古文《大寶箴》：『羅八珍於前，所食不過適口。』
(五) 眉批：宋文天祥詩：『人生自古誰無死，留取丹心照汗青。』丹心，謂忠心也；汗青，古人寫書□竹簡，令火炙汗出以書，故曰汗青。

【僥僥令】這是分明訴與伊，須記得看書時。叵耐薄劣生惡意，閃得他兩分難，在中途路裏。

（浄）主祭者行終獻禮。（生）自古功名輕似芥，(一)夫妻恩愛重如山。

【收江南】玉蓮妻，早知道這般拆散呵，誰待要赴春闈？便做腰金衣紫待何如？(二)（占）兒，你說不打緊，外人聽見說你慢上。（生）說來猶恐外人知，端的是不如布衣，則索低聲啼哭自傷悲。

（浄）所有祝文，遥空宣讀。（祭文）時維大宋熙寧七年歲次丁亥三月甲子朔越祭日辛卯，賜進士及第知吉安府事信官王十朋，謹以牲酌之儀，致祭於節婦錢氏玉蓮夫人而言曰：節婦之生，秀出香閨；節婦之死，義植秉彝。(三)節義全備，今古新稀。日月同其照曜，草木爲之增輝。昔受聘於荆釵，同甘苦於茅廬。春闈一赴，鸞鳳分飛；詐書一到，骨肉分離。姑娘設奪婚之策，繼母行逼嫁之威。(四)捱不過朝夕摧挫，受不過晝夜禁持。拜辭睡沉沉之老姑，步出冷清清之繡幃。江心渡口，月淡星稀，波聲滚滚，夜色淒淒。抱石而死，逐浪横屍。叫一聲玉蓮妻，雲愁雨泣天地悲；哭一聲玉蓮妻，哀鴻過處猿鶴啼。(五)哀情訴與河泊水官，悲情薦與佛說菩提。料想今生不能再見，願期來世再與相依。靈魂不昧，尚

(一) 眉批：芥，謂草芥。
(二) 夾批：言不足貴意。
(三) 眉批：《詩》曰：『人之秉彝，好是懿德。』秉，執也；彝，常也。謂人所秉執之常性也。
(四) 威：原作『成』，據《新刻出像音註節義荆釵記》改。
(五) 眉批：《北山移文》：『蕙帳空兮夜鶴怨，山人去後曉猿驚。』

其鑒之！　嗚呼哀哉！　伏惟尚享！（占）

【園林好】免愁煩回辭了奠儀。李成舅，還斟上酒來。拜馮夷多方護持。（一）早向波心脱離，惟願取免沉迷。

（浄）焚帛。（生）

【沽美酒】紙錢飄，蝴蝶飛。血淚染做杜鵑啼，（二）睹物傷悲越慘凄。靈魂恁自知，俺不是負心的，又不是昧心的。假若是負了心，瞞不過天和地。假若是昧了心，隨着燈滅。花謝有芳菲之日，月缺有團圓之夜。我呵！　徒早起晚息，想伊念伊。妻，要相逢，除非是夢兒裏，再成一對姻契。

【尾聲】昏昏默默歸何處？　哽哽咽咽思念你，直上嫦娥宫殿裏。（三）

（浄）禮畢。（并下）

（占）年年此日須當祭，（生）歲歲今朝不可違。

（一）　夾批：　河伯，水神也。　眉批：《後赤壁賦》：『俯馮夷之幽宫。』

（二）　夾批：　鳥名。　眉批：　高菊磵《清明》詩：『紙灰飛作白蝴蝶，涙血染成紅杜鵑。』杜鵑，一名子規，啼常出血，故人泣涙至唇，亦如杜鵑之啼血也。

（三）　夾批：　月中女。　眉批：　嫦娥，羿妻，羿得不死藥於西王母，其妻竊之以奔月窟，是爲嫦娥。

（占）天長地久有時盡，（末）此恨綿綿無絶期。

第三十五齣　妄回訃音

（外上）

【探春令】人生最苦是别離，算貞潔無比。仗鸞箋一紙通消息，（一）怎不見回音至？

窗外日光彈指過，庭前花影坐間移。前日差苗良到饒州王三府下書，倏經一月有餘，（二）怎麽不見回來？（净）轉眼垂楊緑，回頭麥子黄。萬事皆前定，浮生空自忙。自家苗良是也。饒州回來，回覆都爺。苗良告進！（外）苗良回來了。（净）小人回來了，回書在此。（外）這是我的書。（净）是老爺的書，不曾投下，故此回來。（外）怎麽不曾投下？（净）小人到饒州，逕進東門，正遇行喪，名旌上寫僉判王公之柩。小人逕到私衙去問，都説新任王僉判老爹，到任三月，不伏水土，全家瘟疫而亡。（三）（外）可傷！可傷！人無百歲期，枉作千年禍。請夫人、小姐出來。（净）打雲板，請夫人、小姐。（夫）

【一枝花】書緘情凄切，烟水多重疊。（旦）報道書回，故人如見也。

（一）眉批：杜詩：『童稚相親二十年，中間消息兩茫然。』

（二）眉批：倏：音『屬』，忽也。

（三）眉批：饒州僉判王士宏是也，苗良誤爲王十朋。

（外）孩兒，苗良回來了。（旦）苗良回來，必有好音。（外）有甚麽好音！原去書不曾投下。（旦）爲何不投下？（外）你自猜一猜來。（旦）

【漁家傲】㈠莫不是明月蘆花没處尋？㈡（外）明月與蘆花，一片白，那裏去尋？（旦）莫不是舊日王魁嫌遞萬金？㈢（外）他也不是王魁，你也不是桂英，不是。（旦）莫不是忘了半載同衾枕？（外）也不是。（旦）莫不是不曾之任？（外）怎麽不曾之任？到任三月，不伏水土，全家。（旦）爹爹，欲言不語情難審，那裏是全抛一片心？㈣（外）咱言語説到舌尖聲又禁。（旦）爲何不説了？（末）若提起始末緣因，㈤教你愁煩怎生？我兒，此情休想同衾枕，要相逢除非是東海撈針。如今猶兀自不思忖，那苗良不投下佳音回訃音。㈥

（旦）爹爹，佳音便怎麽？訃音便怎麽？（外）你丈夫到任三月，不伏水土，全家瘟疫而亡了。（旦）我

㈠【漁家傲】：原闕，據《新刻原本王狀元荆釵記》補。
㈡眉批：古有《鶴出籠》詩：『料應只在秋江上，明月蘆花何處尋。』
㈢夾批：指家書。眉批：杜詩：『烽火連三月，家書抵萬金。』桂英乃王魁之妻。王魁不認妻子，故嫌遞萬金。
㈣眉批：伯喈詞：『未可全抛一片心。』
㈤夾批：初也。夾批：終也。
㈥夾批：訃：音『付』，告喪也。

丈夫死了，兀的不是痛殺我也！（丑扶介。旦）

【梧桐樹】我爲你受跋涉，㈠我爲你遭磨折。丈夫，我爲你投江，爲你把殘生捨。怎知今日先傾逝，這樣淒涼，教我特地裏和誰説？梅香，禀爹爹知道，可容奴家孝服麽？（外）在任上穿些縞素衣服也罷。（旦）梅香，你與我除下釵梳，盡把羅衣卸，㈡持喪素服守孝存貞潔。（外）

【東甌令】休嗟怨，免攧屑，分定恩情中道絶。夫妻本是同林鳥，大限到來各分別。㈢生同衾枕死同穴，㈣誰想他早拋撇？（夫）

【太師引】讒書套寫，到令他生離死別。我思想當時相見，急撈救免喂魚鱉。㈤（旦）念妾得蒙提揭，只指望同諧歡悦。誰知道全家病滅，不由人不撲簌簌兩淚如血！㈥（夫）

【金蓮子】你休怨此生鸞鏡缺，常言道救人須救徹。（丑）聽伏取休得要哽咽！小姐，待等三

㈠ 夾注：爲：去聲。　眉批：跋涉，山行曰跋，水行曰涉，見勞苦意。

㈡ 夾批：卸：音『細』，脱也。

㈢ 眉批：□語：『夫妻本是同林鳥，大限來時各自飛。』

㈣ 眉批：《詩》：『穀則異室，死則同穴。』

㈤ 夾批：食也。

㈥ 眉批：《易》曰：『泣血漣如。』高子羔執親之喪，泣血三年，故曰如血。

年孝滿，别贅豪傑。（旦）

【尾聲】再醮徒然費唇舌，共姜誓盟甘自悦，守寡從教鬢似雪。(一)

（净扮運糧指揮上）運糧指揮見。（净）着他進來。（净）兵部張爺有帖，朝廷敕命兩廣鎮守。（外看介）吏部一本，看得福州安撫錢載和廉能治政，文武雙全，陞任兩廣左都御史，即刻赴任。指揮，那兵部張爺好麼？（净）好。（外）咨到那裏？（净）在館驛中。（外）今年運糧如何？（净）托賴爺爺洪福，加耗俱免。（外）去罷。正是：一封丹鳳詔，(二)飛上九重天。

（外）甘守共姜誓柏舟，（夫）分明人世若浮鷗。

（丑）三寸氣在千般有，（丑）一旦無常萬事休。

第三十六齣　汝權誣告

（小外上）

(一)　眉批：酌酒無回謂之醮，女嫁，父醮之以酒。《禮》曰：『一與之醮，終身不改。』衛共姜夫死守節，父母欲嫁之。共姜作《柏舟》之詩以自誓。

(二)　眉批：天子詔書用五色紙啣於木鳳之口，以頒行天下，故詩：『鳳凰丹禁裏，啣出紫泥書。』

【霜天曉角】黃堂佐政齊黎庶，(一)肯將清似月揚輝，(二)如淵徹底。願學漢循良吏，(三)勤簿書，門館無私，日以刑民爲事。

五馬侯中列郡推，(四)道之以政冀無違。此心一點如丹赤，敢學虞庭向日葵。下官温州府推官周璧，(五)表字完卿。題名金榜，早沾螭陛之恩；(六)職列黃堂，不作牛刀之試。(七)食天厨之廩禄，平郡治之刑名。欲向丹墀排鷺序，先須甸服養鵷輪。(八)昨日堂尊送一紙狀過來，却是孫汝權告錢流行圖賴婚姻事。孫汝權是個生員，錢流行是個太學生，曾考貢元。斯文分上，不好執法審問。我行牌去提那原媒人，審問一番，便知端的。（皂隸帶進。小外）錢流行。（外）小人是。（小外）孫汝權。（净）學生是。（小生）那婆子甚麽人？（末）原媒人錢氏。（小外）原被告隨衙聽候，帶那婆子上來。都是你那牙媒婆説來説去，致使兩邊搆訟起來。拶着！（丑）爺爺，小婦人從不曾受刑。（小外）你從實説來，我將就你；如

(一) 夾批：稱太守。夾批：指四府。眉批：四府贊佐太守之政，故云。

(二) 夾批：二句見清意。

(三) 眉批：循行良吏，惟漢朝最多，故云『漢循良吏』。

(四) 眉批：漢制，太守駟馬而已，其有加秩者增一馬，故云『五馬』。

(五) 璧：原作『壁』，據汲古閣刊本《繡刻荆釵記定本》改。

(六) 眉批：螭陛，螭似蛇無角，如龍而黃，御前堦所鑄螭蓋也。

(七) 眉批：牛刀之試，邑宰也。《論語》：子游爲武城宰，以禮樂爲教。子曰：『割雞焉用牛刀。』

(八) 輪：原作『輪』，據汲古閣刊本《繡刻荆釵記定本》改。眉批：鷺序、鵷輪（原作『輪』），朝官班列也。

有花言巧語等情，我活活的敲死你。（丑）爺爺，小人非是慣做媒的，錢流行是小婦人的哥哥。（小外）既是錢流行妹子，散了拶，從實的説來。（丑）

【啄木兒】吾兄有女將及笄。〔一〕（小外）你哥哥有女，及笄之年，可曾許人麽？（丑）許配王生尚未歸。（小外）婦人謂嫁曰歸。許了王生，尚未嫁去麽？（丑）那孫郎忽至奴家裏。〔二〕（小外）他到你家怎麽？（丑）也欲要娶吾侄女。〔三〕（小外）既要娶你侄女，何不在你兄家去，到在你家來怎麽？（丑）他浼央老妾爲媒氏。（小外）曾去爲媒没有？（丑）我領言曾到兄家去。（小外）你哥哥從否？（丑）老爹，小婦人的哥哥適然不在家，嫂嫂是個女流之輩，嫌王家之貧，愛孫家之富。意欲憐新將舊悔。

（小外）你哥哥歸來怎麽説？（丑）

【前腔】吾兄執意不從順。（小外）你侄女怎麽説？（丑）侄女堅將節操持。（小外）這是婦人家本等的，你嫂嫂怎麽説？（丑）我嫂嫂執不相容。（小外）不相容，那女兒怎麽了？（丑）吾兄就應變隨機。（小外）怎麽是應變隨機？（丑）將女送到王門去。（小外）那王家既成了親，那孫家再不該議

〔一〕夾批：指錢流行。　夾注：笄：音『簪』。　眉批：及笄，謂可嫁之□也。《禮》曰：『女子許嫁，笄而字。』

〔二〕夾批：指孫汝權。

〔三〕侄：原作『姪』，據《新刻原本王狀元荆釵記》改。

親了。（丑）那王生呵，結親後即赴科場裏。（小外）那王生其年中也不曾？（丑）誰想一舉成名天下知。㈠

（小外）那王生叫甚麽名字？（丑）叫王十朋。（小外）且住，到是我年兄家裏事。他中了狀元，那孫汝權一發不該議親了，怎麽又惹起這場禍端來？（丑）

【前腔】因承局，附信歸。（小外）書來報喜。（丑）喜氣番成怨氣吁。（小外）一紙家書抵萬金，㈡怎麽是怨氣？（丑）老爹，那裏是萬金佳音！原來是一紙休書。（小外）王狀元是個古道君子，焉有此事？（丑）母疑是婿親筆跡，女言道改書中句。（小外）你哥哥是讀書之人，就聽信了？（丑）當時哥哥也不肯信。只爲字跡相同亦起疑。

（小外）其時書來，説在那家爲婿？（丑）

【前腔】贅在万俟府爲女婿。㈢（小外）你哥哥好没分曉，怎麽不去訪一訪？（丑）哥哥當時因訪不出，

㈠ 眉批：詩：『十年窗下無人問，一舉成名天下知。』

㈡ 眉批：杜詩：『烽火連三月，家書抵萬金。』

㈢ 夾注：万俟：音『木其』。

又是小婦人譖言，(一)近日孫郎下第歸。(二)他與吾兄面述其言。（小外）他怎麽説？（丑）他説道果作門楣。(三)（小外）孫汝權，你曾説也不曾？（凈）曾説來。（小外）都是你這畜生做的奸計。婦人，你家不該受他財禮。（丑）孫汝權，肉面對肉面在此，你家行甚財和禮？（凈看丑介。丑）上有青天，我家那個來接取？老爹，財禮是個小事，小婦人賠也賠得起，只是一件來，致使我侄女投江死。

（小外）王夫人死了？（丑）老爹，只爲孫汝權這句話，説侄女死了。（小外）你這畜生，他不告人命也罷了，你反告他圖賴婚姻。（末）上命差遣，概不由己。（小外）跪門的甚麽人？（末）小人是吉安府王老爺差來送書的。（小外）那個在吉安府做官？取書上來。（看介）年生王十朋頓首書緘。呀！年兄做了太守了。遞書人起來，待我看完了打發你去。（開書介）若非他存心以仁，道民以禮，焉有此不次之遷？忻慰！忻慰！即懇完卿年兄執事下，遽爾別來，(四)倏經數月。向改調時，深辱俯慰。緣無便鴻，(五)久乏音問，罪萬！罪萬！今得寸進守吉，懷抱雖則少伸，又有不得已事，仰干執事下。向寓京

(一) 譖：原作『讃』，據《新刻出像音註節義荊釵記》改。
(二) 夾批：即汝權。夾批：不中也。
(三) 夾注：楣：音『眉』。眉批：楣，門横木。稱女婿貴顯，曰門楣有光。唐楊貴妃爲后，兄弟姊妹皆封榮顯，故時諺云：『男不封侯女作妃，君看女却爲門楣。』
(四) 遽：原作『處』，據《新刻原本王狀元荊釵記》改。
(五) 眉批：便鴻，即所謂雁□有傳之意也。

時，倩人持書，迎候岳父母、山妻，不想中途被人套換書信，致使山妻守節而亡。已獲原寄書人承局，奏送法司鞫問，供稱止有孫汝權開封。幸將此情轉達祖父母大人，乞拘孫汝權解京，與承局面証完卷。再稟岳父母厭富家，不厭貧寒，以女妻先，將謂終身養老之計。今山妻雖死，義不可絶。待差人去相候，萬冀年家借重一言，贊襄岳父母上道，以全半子終養之情。㈠明年朝覲，㈡想必京中一會。目下寒暖互作，伏惟調攝，以膺天寵。㈢不宣。十朋再拜。叫左右，請錢相公換了衣巾，進來相見。那寄書人，王老爺好麼？（末）好。（小外）到任幾時了？（末）將及一年了。（小外）錢先生請起，這封書是令婿令下官轉送與老先生，請收下。（外）多感！多感！（小外）錢氏無干，趕出去！叫左右，選大板子將孫汝權打二十，討牌發監，送在堂上，解京與遞書人面証完卷。左右，叫那吉安府寄書人來，我與你回書去，多多拜上王老爹。（衆下。外）祖父母大人請上，待老夫拜謝！上開藻鑑，下判奸强。冰釋厚誣，心銘大德！（小外）下官失於龍蛇之辨，致有鼠雀之干。㈣見公甚愧！甚愧！請坐。（外）不敢。（小外）下官與令婿同年，先生又是前輩，不必太謙。（外告坐介。小外）請坐，尊目爲何？（外）害有

㈠ 眉批：半子，謂女婿亦當半個子也。劉禹錫《祭楊庶子文》：『乃命長嗣爲君半子。』

㈡ 眉批：朝覲，謂三年報政，朝見君之時也。

㈢ 眉批：天寵，謂君寵也。《易》曰『王三錫命』，承天寵也。

㈣ 眉批：鼠雀，《詩》曰：『誰謂雀無角？何以穿我屋？誰謂汝無家？何以速我獄？誰謂鼠無牙？何以穿我墉？誰謂汝無家？何以速我訟？』

半月之數了。（小外）

【歸朝歡】〔一〕賢東坦，〔二〕賢東坦，教音下期。令賤子，令賤子，〔三〕翁前轉致。須宜是，須宜是，行囊早携，恐他們懸懸望伊。（外）家庭雖小誰爲理？〔四〕田園頗廣誰爲治？欲去還留心兩持。（小外）

【三段子】翁今幾兒？（外）念箕裘無人可倚。〔五〕（小外）族分幾支？（外）念同宗無人可悲。（小外）你既然只有身一己，如何不去倚賢婿？况是他殷勤來請伊。

（小外）左右，與我打點馬船，四十名人夫，送錢相公吉安府去。

（小外）行裝速整莫蹉跎，〔六〕（外）景物相隨老去呵。

〔一〕歡：原作『歌』，據《新刻原本王狀元荆釵記》改。

〔二〕夾批：即東床坦腹故事。　眉批：晉郗鑒（原作『監』。下同改）求婿於王導之門，導令遍觀東廂子弟，然聞信（原衍一『於』字，删）各自矜持（原作『推』），惟一人在東床坦腹食，獨若不聞。鑒曰：『此佳婿也。』訪之，乃羲之，遂妻以女。

〔三〕令賤子：原不疊，據《新刻原本王狀元荆釵記》改。

〔四〕夾批：管屬也。

〔五〕夾批：以子嗣言。　眉批：箕裘，《學記》曰：『良冶之子必學爲裘，良弓之子必學爲箕。』故無子曰『箕裘無人』。

〔六〕夾批：遲暮意。

（小外）一夜相思歸千里，（外）西風吹馬渡關河。

第三十七齣　玉蓮燒香

（旦上）

【唐多令】花落黄昏門半掩，明月滿空堦砌。

昔恨時乖赴碧流，(一)重蒙恩相得相留。深處閒門重閉户，花落花開春復秋。奴家自那日投江，不期遇着錢安撫撈救，留爲養女，勝如嫡女看待。只是無以報他。今宵明月之夜，不免燒炷夜香，以求陰庇。

【園林好】想那日身投大江，感安撫恩德怎忘？勝似嫡親襁褓，(二)如重遇父和娘。奴家燒此夜香呵，願他增福壽，永安康。(三)

想我母親亡過之後，又虧他繼母呵！

【川撥棹】親鞠養，我爹爹呵，擇良人只配我行。(四)誰知道命合遭殃，遞讒書逼奴險亡。蒙天

(一) 眉批：碧，青色。碧流，指水。

(二) 夾注：襁褓：音『强保』。　眉批：繈，織縷爲之，以約小兒於背者。褓，小兒之衣。皆懷抱小兒衣服。

(三) 夾批：長也。

(四) 夾批：指夫婿。　眉批：良人，稱夫，本《孟子》，謂其妻告其妾曰：『良人者，所仰望而終身者也。』

眷，遇賢良。奴家燒此香，保佑他身心樂，永安康。（重）

想我婆婆死了奴家呵！

【好姐姐】指望終身奉養，誰知道中途骨肉？存亡未審，使奴愁斷腸，〔一〕心凄愴。奴家燒此夜香呵，願得親姑早會無災障。骨肉團圓樂最長。

想我丈夫有了奴家呵！

【香柳娘】又重婚在洞房，（重）將奴撇樣。奴家一身猶自可，你不思我父母恩德廣。奴家指望你還有相見之日，誰想你便先亡了！痛兒夫殀亡，（重）不得耀門墻，抛棄萱花在堂上。奴家燒此夜香呵！遣他們魂歸故鄉。（重）免得此身渺茫，早賜瑶池宴賞。〔二〕

【尾聲】終宵魂夢空勞攘，若得相逢免悒怏，再爇明香答上蒼。〔三〕

香烟緲緲流清碧，〔四〕衷曲哀哀訴聖祇。〔五〕

〔一〕眉批：猿性急而腸狹，聞類死聲哀，則悲而腸斷，故朱淑貞閨怨所作皆斷腸詩。

〔二〕眉批：瑶池，西王母堂會群仙之處也。故俗言人死亦曰昇仙、宴會瑶池。

〔三〕夾批：指天也。

〔四〕夾批：指天。

〔五〕夾批：地神曰祇。

致使更深與人静，非干愛月夜眠遲。[一]

第三十八齣　修薦玉蓮

（占上）

【菊花新】雲鬟衰鬢玉龍蟠，[二]羞睹妝臺鏡裏鸞。[三]（生）日月似梭攛，[四]蹉跎人事暗中偷换。

（占）憶昔家鄉苦别離，羈縻客邸雁行遲。[五]（生）喜今舉目關山近，子母榮歸自可期。（占）孩兒，自從離了家鄉，不能得見你岳丈、岳母。且喜此地去温州不遠，何不遣人回去，看取你岳父母家中音信？意下何如？（生）孩兒日前有書與温州四府周年兄處，煩他轉達堂尊，解孫汝權去京，與承局面証。即有書接取岳父母到此，同享榮華。諒年兄必然着人船送他前來相見。明日再着李成舅前去迎候便了。（占）如此甚好。只有一件，媳婦爲你守節而亡，自投江後，并無功果追薦，我心上放他不下。（生）承母

[一] 眉批：杜詩：『惜花春起早，愛月夜眠遲。』

[二] 眉批：雲鬟，《阿房宫賦》：『緑雲擾擾，梳曉鬟也。』又詩：『高髻雲鬟宫樣妝。』

[三] 眉批：罽賓王養一孤鸞，三年不鳴。一日，以鏡照之，見影而舞，悲鳴不已。

[四] 夾注：攛：音『竄』。

[五] 縻：原作『摩』，據文義改。

親顧念，孩兒亦要如此。李成舅請上。（末）姐夫有何分付？（生）李成舅，你去請玄妙觀道士來，(一)我分付他，要追薦夫人。（末）謹領。（行介）玄妙觀師父在家麽？（净）龍歸大海，道奔豪材。是誰？（末）我本是太老爹的舅爺，太老爹唤你追薦夫人。（净）小道隨即就行，煩舅爺通報。（末）姐夫，道士來了。（生）着他進來，我要追薦夫人，與我進個日子。（净）惟有正月十五日良吉，啓建普度大醮壇。老爺追薦夫人，必用懸掛召魂寶幡，另行奏進表章，告給玉符仙簡，更用酒果茶湯，一應香花紙燭。（生）既如此，李成舅，去取官絹一匹，香金三十貫，付與提點，去把醮儀辦完，再來回話。（净）小道要個恩旨，請問老爺，夫人爲何得患？何年何月何日身故？（生）

【泣顔回】説起便心酸，他抱屈溺水含寃。（净）原來夫人投江身死。（生）鴛鴦失伴，做了寡鵠孤鸞。(二)（净）聞説事端，鐵石人見説肝腸斷。仗良緣，薦拔靈魂，(三)使亡者早得昇天。（生）

【前腔换頭】潛觀，慈母兩眉攢。他歡無半點，愁有千般。朝夕縈絆，教人痛苦針鑽。（净）河泊水官，那其間怎把人勾换？致令他死别生離，如何會意悦心歡？（末）

(一)　眉批：　道士，《大霄琅書經》謂久行大道，號曰道士。士者何，即也，事也，身心順理，惟道是從，從道爲事，故稱道士。

(二)　眉批：《列女傳》：陶嬰夫死守節，魯人求之，嬰作《寡鵠歌》以絶之。漢张安世善鼓琴，能爲《雙鳳離鸞曲》，故杜詩：『上弦驚别鶴，下弦驚孤鸞。』

(三)　眉批：　薦拔，世説人死沉埋地府，不得上昇，故追薦拔之，使得昇天也。

【賺】擎捧雕盤，送出魂幡絹一端。更有醮金三十貫，權收管。必須齋醮要誠虔，休教功果不完滿。（淨）天怎瞞？地怎瞞？小道謹依台判，告辭回觀。（一）（重）

（生）李成舅，拿這一封書，去請令尊、令堂到任所，同享榮華。（末）謹領。（生）

【撲燈蛾】薦亡雖已完，邀親豈宜緩？若請岳翁至，同臨觀中遊玩。也趁天晴地暖，便登程休得盤桓。（二）是則是夜長晝短，論朝行暮宿，休憚路漫漫。（三）

【尾聲】生的報答心方穩，死的薦拔情頗寬，好事完成意始歡。

（生）報答存亡兩痛情，（末）來朝遣僕遞佳音。（四）

（生）恩親但得重相見，（末）方信家書抵萬金。（五）

（一）眉批：臺上有室曰觀，稱玄壇，曰道觀。周穆王尚神仙，召尹軌、杜仲居終南山尹真人草樓，因號樓觀。

（二）夾批：不進貌。　眉批：盤桓，難進也。《易》曰『雖盤桓』。

（三）夾批：畏難也。

（四）遣：原作『遺』，據《新刻原本王狀元荆釵記》改。

（五）眉批：杜诗：『烽火連三月，家書抵萬金。』

第三十九齣　喜婿書迎

（外上）

【稱人心】商意專威，㈠把園林樹木先摧。（浄）老景無兒真可悲，寒風宿辟羅衣。老兒，你見官何如？（外）若無女婿王十朋書來，幾乎受了孫家之累。（浄）那王十朋辜恩負義的，説他怎麼！（外）他若没書來，怎對得孫汝權利口過？㈡（浄）若如此，王十朋是個順風耳，千里眼，他怎麼曉得我遭了官司，就寫書來干謁？（外）不是他特意寫來的，送與本府推官大人，轉請我和你到任，同享榮華。這是吉安府來的下書人，這是女婿書子在此。（浄）書子怎麼説？（外）我雙眼不明，待我慢慢念來，聽着。

【一封書】婿百拜岳父母前，自離膝下已數年。因奸相不見憐，改調潮陽路八千。㈢今喜陞爲吉安守，特地相迎到任間。匆匆的奉寸箋，伏乞尊顔照不宣。

㈠　夾批：　秋風。　眉批：　五音，宫、商、角、徵、羽。商聲屬秋，故歐公《秋聲賦》曰：『商声主西方之音。』商，傷也，取物既老而悲傷之義。又朱子《讀書樂》詩：『不覺商意滿林（原作『休』）薄。』

㈡　眉批：　利口捷給，多言而不實也。《論語》曰：『惡利口之覆邦家者。』

㈢　夾批：　郡名。　眉批：　韓文公詩：『夕貶潮陽路八千。』

媽媽，我看此書呵，

【下山虎】見鞍思馬，睹物傷情，觸起關心事，怎不淚零？如今我婿得沐聖朝寵榮，我女一身成畫餅。[一]他取我到吉城，值此寒冬，怎出外境？（合）天寒地凍，未可離鄉別井，且待春和，款款行程。（净）

【亭前柳】垂鬢已星星，[二]弱體戰兢兢。況兼寒凜凜，那更冷清清。此行怎去登山嶺？（合）且過新年，待春暖共登程。

（小末）俺老爹常念着老員外、老安人呵，

【下山虎】義深恩厚，恨繞愁縈，久絶鱗鴻信，[三]悶懷倍增。因此母子修書遣僕來請，料想恩官必待等。天氣最是嚴凝，暮止朝行，我當奉承。（合前）（净）

【亭前柳】老兒，你不去恐生嗔，欲去恐妨行。大哥，你須先探試，臨事好支撑。（小末）小人只索從台命。（合前）（先下）

（外）昔日離家已五秋，（净）今朝書到解千愁。

[一] 夾批：見虚意。

[二] 夾批：髮鬢班也。眉批：謝靈運詩：『星星白髮垂。』

[三] 眉批：鱗鴻信，鱗，即陳勝魚書是也；鴻，即蘇武雁書是也。俱解見前。

（外）來年同到吉安郡，（净）不棄前姻過白頭。

第四十齣　冬至拜節

（旦上）

【杜韋娘】朔風寒凛冽，（一）雲布野，捲飛雪，看萬木千林凍折。（二）小窗前，梅花再綴，冰稍數點幽潔。淡月黄昏，（三）暗地香清絶。早先把陽和漏泄，又葭管灰飛地穴。（四）

〔浪淘沙〕慟憶我亡夫，感念嗟吁，回頭又是五旬餘。安撫收留恩不淺，一恨全無。今日乃是冬至節令，（五）等待爹娘出來，拜賀則個。（丑扮梅香上）

【麻婆子】做奴奴，做奴奴空惆悵，何時得嫁個馬上郎？做奴奴，做奴奴空勞攘，落得一個曉夜忙。逢冬節，巧梳妝，身穿一套好衣裳。市人見了都誇奬，（笑介）道我是個風流好

（一）夾批：冬風也。

（二）林：原作『秋』，據《新刻原本王狀元荆釵記》改。

（三）夾批：詩云：『暗香浮動月黄昏。』

（四）管：原作『菅』，據《李卓吾先生批評古本荆釵記》改。　眉批：《漢書》：以葭草灰實律管之端，按曆者候之，氣至則灰飛而管通。故杜詩：『吹葭六管動飛灰。』

（五）眉批：十月，純陰之月，至十一月冬至一陽生。

俊娘。

小姐，今日是冬節，梅香拜節，小姐請坐。（旦）不須罷。（丑拜介）時遇新冬，喜氣重重，願得小姐，（旦）怎麽説？（丑）願小姐再嫁一個好老公。（旦）賤人，休得在這裏胡説。老相公、老夫人來了。

（外、夫上）

【海棠春】時序迭推遷，莫惜開芳宴。

看酒過來！

（外）孩兒，金烏似箭，玉兔如梭，（一）不覺來此又是五年，今日又是冬節。（旦）爹媽請坐，待奴家拜節。

【集賢賓】一陽氣轉春透徹，（二）履長歡慶冬節。（三）驗歲瞻雲人意切，（四）聽殘漏曉臨臺榭。（旦）今年是則，黄雲讖争出吉帖。（五）（合）芳宴設，沉醉後，管絃聲咽。（夫）

（一）眉批：金烏指日，玉兔指月。似箭如梭，言去之速也。

（二）夾批：杜詩：『冬至陽生春又來。』

（三）夾批：冬至日爲長至，故云履長。

（四）眉批：驗歲瞻雲，古者□□每□分二□，□□日必登臺，仰觀以書雲物，驗歲之豐凶也。

（五）讖：原作『纖』，據《李卓吾先生批評古本荆釵記》改。

【前腔】日晷漸長人盡悅，(一)繡紋弱線添些。(二)待臘將舒堤柳葉，凍柔條未堪攀折。(丑)百官擺列，賀新歲齊朝金闕。(合前)(旦)

【鶯啼序】光陰迅速如電掣，(三)斷送了多少豪傑。(外)遇良辰自宜調燮，且把閒悶拋撇。進履襪歡看婦儀，(四)炷寶鼎對天答謝。(合前)(丑)

【前腔】道消遣長空嘆嗟，畫堂中安享驕奢。(末)看紛紛綠擁紅遮，綺羅香散沉麝。(五)(外)辟寒犀開元此日，(六)曾遠貢喧傳朝野。(七)(合前)(旦)

【琥珀猫兒墜】(八)玉燭寶典，(九)今古事差迭。遇景酣歌時暫歇，珠簾垂下且莫揭。(合)歡

(一) 夾批：日影。
(二) 眉批：《唐雜録》云：『宮中以女工揆日之長短，冬至日後加一線之工。』
(三) 夾注：迅：音『信』。
(四) 夾批：時令冬至日，婦進履襪。
(五) 散：原闕，據《新刻原本王狀元荊釵記》補。
(六) 眉批：唐玄宗開元中，交趾國獻犀牛角，暖氣襲人，號辟寒犀。　夾批：玄宗年號。
(七) 曾遠貢喧：原作『首遠貢宣』，據《新刻原本王狀元荊釵記》改。
(八) 墜：原闕，據汲古閣刊本《繡刻荊釵記定本》補。
(九) 眉批：玉燭，《爾雅》云：『四時和謂之玉燭。』又詩：『玉燭陽明照萬里。』

悦，那獸炭紅爐，(一)焰焰頻爇。（旦）

【前腔】小寒天氣，(二)莫把酒樽欹。醉看歌舞容艷冶，(三)春容微暈酒懸頰。（合前）

【尾聲】玉山低頹日已斜，(四)酒散歌闌呼侍妾，錦紋烘熱從教醉夢賒。

（外）天時人事日相催，（夫）陰極陽生春又來。

（旦）雲物不殊鄉國異，（合）開懷且覆掌中杯。(五)

第四十一齣　李成歸接

（外上）

【三臺令】夜來花蕊銀燈，曉起鵲聲翠屏。(六)（净）何喜報門庭？頓教人側耳頻聽。

(一) 眉批：獸炭，晉王琇性豪侈，冬月以屑炭作獸形，洛下競效之。

(二) 夾批：十二月節。

(三) 夾批：冶，音『野』，美也。

(四) 夾批：嵇康故事。　眉批：晉嵇康字叔夜，山濤言叔夜爲人，巖巖若孤松之獨立，其醉也，如玉山之將頹。

(五) 眉批：『天時人事』四句，本子美題冬至日詩。

(六) 眉批：陸賈曰：『燈花得錢財，鵲噪則行人至，皆吉兆也。』故有吉事至則言之。

（外）每日心懷耿耿，終朝眼淚盈盈。（净）只爲孩兒成畫餅，㈠教人嘔氣傷情。（外）雖然燈花結蕊，那堪鵲噪頻頻？（净）料我寒家冷似冰，有何好事到門庭？（末）

【前腔】近別南粤郵亭，又入東甌郡城。水秀山明，睹風物喜不自勝。

李成自離吉安，又到温州。此間是自家門首，不免逕入。（净）李成回來了。（外）李成在那裏？（末）孩兒在這裏。爹爹爲何雙目不明，想是爲姐姐哭瞎這眼了？却怎麽好？孩兒臨別之時，説道死者不能復生，㈡哭他怎的？（外）兒，你怎麽許久不回？（末）孩兒送親母到京，見了姐夫，本欲便回，因被苦留，相送赴任，迤逗不能回家，㈢是以久違甘旨之奉，恕孩兒不孝之罪！（外）兒，你把姐夫在京的事情，從頭説與我聽。（末）姐夫當時一中狀元之際，蒙聖恩除授饒州僉判，因奸相招贅不從，改調潮陽。那裏是烟瘴地面，意圖陷害。後因朝廷體知本官處事廉能，持心公直，陞任吉安府太守。因此特令孩兒前來，迎候爹爹、母親到任所，同享榮華。（净）既如此，日前那書果然是真了。（外）李成，日前你姐夫已差人修書，接我夫婦二人。如今蒙本府推官大人准備一隻馬船，四十名人夫，送我前去。今你又來了，想他那裏懸望我去。李成，你把田園什物，寫個帳目，交付與妹子看管，把那細軟東西，收拾幾

㈠　眉批：畫餅，昔魏明帝謂盧毓曰：『名士如畫地爲餠，不可啗食。』

㈡　眉批：淳于令有罪，女緹縈上書曰：『死者不可復生，刑者不可復贖。』

㈢　眉批：迤逗，遲留貌。

箱，發在船上去。待妹子來時，就起程了。（浄）老兒，你要去自去。（外）你怎麽不去？（浄）前日王親母在我家裏，被我撚了出去，我有何顏去見他？（外）他母子不是你這等小人，只管隨我去。（丑）

【一秤金】陽關相阻暮雲低，(一)兄妹臨岐惜解携。(二)哥哥、嫂嫂，你何日是歸期？（外、浄）直待他錦衣旋，(三)同歸故里。

（外）妹子，夫船在此等久，我把田園什物，寫個帳目在此，交付與你收管。我與你嫂嫂就此起程。（丑）哥哥，我愁你眼目不明，苦苦要去，做妹子的沽一壺酒在此，與哥嫂餞行。(四)（外、浄）多蒙你！（丑）李成，看酒過來。（末）酒在此。（丑）

【憶多嬌】哥哥，你年已衰，力已頹，深居猶恐疾病隨，豈可迢遥行千里？（合）掩袂淒其，（重）止不住溋溋淚垂。（外、浄回酒介）離別時，泣別辭，更有溶溶叙別巵，(五)又值匆匆惜別時。有力難支，（重）老景騷騷怎支？(六)（丑）

(一) 眉批：陽關，按《輿地記》，陽關在中國之外，送別者多用《陽關曲》，故云。
(二) 夾注：岐：音『其』。
(三) 夾批：回也。
(四) 眉批：餞，音『薦』。凡人遠行飲之以酒，曰餞行。
(五) 夾批：酒器。
(六) 夾注：騷：音『浸』。

【黑麻序】痛兄妹殘年，嫂姑遠離。此去非難，欲逢不易。腸似割，意如痴，心逐江流，隨吾遠之。（合）壯遊常事，(一)哀年豈別離？彼此傷情，（重）都做了三更夢裏。（外、淨）

【前腔】恨絶箕裘，(二)痛傷閫閨家婿。(三)爲官，親情若己。他不棄反招置，嘆身後無人，只得遠離。（合前）（外、淨、丑拜别介）

【意不盡】三疊陽關酒數巵，(四)催舟人值漲潮時。未知此去何年會？從此教人兩地悲。

（外）李成，到船邊還有多少路？（末）還有一二里之程。（外）

【憶鶯兒】寒鳥啼，黄葉飛，西風滿面塵滿衣，老邁龍鍾泣路岐。(五)（重）多路迷，霜滑馬行遲，

(一) 夾批：謂年少出外也。

(二) 夾批：無子也。　眉批：箕裘，《記》曰：『良冶之子必學爲裘，良弓之子必學爲箕。』故無子曰『絶箕裘』。

(三) 夾批：思女。夾批：指十朋也。

(四) 夾批：唱《陽關曲》也。　眉批：王維送使安西出陽關道，故作《陽關曲》三疊以唱之，詩云：『勸君更盡一盃酒，西出陽關無故人。』

(五) 夾注：邁：音『賣』。　夾批：老貌。　眉批：龍鍾，不昌熾，不翹首，髮蓬鬆，無撿拾之類。裴晉公曰：『見我龍鍾，故相戲耳。』

計程應説常山地。㈠（合）路崎嶇，行人翹首，遠望酒家旗。（净）

【前腔】雲欲迷，雨欲垂，無奈斜陽影漸低，㈡投宿群鴉滿樹棲。載驅載馳，㈢復歌復悲，出門須便，不如家裏。（合前）

（丑）路遠山長莫怨遲，（外）一行寒雁望南飛。

（净）小舟正在西江上，（合）衰柳依稀映落暉。

第四十二齣　岳翁到任

（生上）

㈠　夾批：邑名。　眉批：常山，邑名，在今浙江常山縣，近玉山界八十里，□爲浙東。《千家詩》：『計程應説到常山。』

㈡　夾批：落日也。

㈢　夾批：句本《詩經》。

【懶畫眉】紫簫聲斷彩雲開，(一)膩粉香朦玉鏡臺，(二)燈前孤幌冷書齋。(三)血衫難挽仙裾返，造化能移泰岳來。(四)(占)

【前腔】荊釵博你鳳頭釵，義重生輕脱繡鞋。一回思想一回哀，鳳釵還在人何在？我的媳婦兒，可保佑你雙親到此來。

孩兒，李成舅，你如何還不見來到？(生)成舅來遲，想必同來也。(占)這也是。(生)爲他朝夕掛心懷，攢鎖眉峰掃不開。恐人愁遠怯老衰，差人不敢久遲延。況有年家爲我催。(五)叫左右的！(丑)聽命黄堂下，(六)趨蹌皂蓋前。老爺有何鈞旨？(生)你在衙門首伺候，但是我家的老爹到，你急來通報。

(外、浄)

(一) 夾批：秦女弄玉故事。眉批：秦女弄玉善吹簫，與蕭史共吹於秦樓之上，後乘鳳凰而去，故曰『聲斷彩雲間』。

(二) 夾批：憶玉蓮。

(三) 夾批：幌：音『晃』，帳幔也。

(四) 夾批：指丈人也。眉批：泰岳，即今人稱妻父曰岳公，妻母曰泰水是也。

(五) 夾批：推官周璧是也。

(六) 眉批：黄堂，稱太守堂。

【前腔】館甥位掌五侯臺，[一]千里裁封遣使來。[二]令人更喜復悲哀，哀吾弱息今何在？[三]喜他母子親情再得諧。

（末）爹爹，這裏就是府前了。（外）你去通報。（末）那個在門上？老老爹到了。（丑）舅爺來了，我去通報。稟老爺，老老爹到了。（生）母親，岳翁、岳母到了，請母親出去迎望。（占）

【哭相思】一自別來容鬢改，恨公衙失迎冠蓋。（外）生別重逢，死離難再。（生）罷愁思且加親愛。

（外）親母，小女姻緣淺，終身地下遊。（占）他鄉迎舊歲，便覺解深愁。（生）半子情方盡，終身願已酬。（淨）親母，休嫌山婦拙，思好莫思仇。（占）親母何出此言？（淨）人之所以異於禽獸者，以其有仁禮也。莫將我做親家母看承。（占）言重，言重。

【玉交枝】感你恩深如海，我一杯土填得甚來？[四]久銘刻肺腑時時載，[五]特此遠迎冠蓋。孩

[一] 眉批：《禮》：妻父曰外舅，謂我舅者，吾謂之甥。《孟子》曰：『帝館甥於貳室。』夾批：太守位。

[二] 夾批：指書信。

[三] 夾批：指女。眉批：弱息，息，生也。吕公謂劉季曰：『臣有弱息，願爲箕帚婦。』

[四] 夾注：杯：音『盃』。（『杯』應作『抔』）夾批：未燒瓦。夾注：填：音『田』。

[五] 夾批：不忘也。眉批：感恩深曰銘刻肺腑。銘，記也；刻，刊也。謂刊記肺腑之中而不忘也。

兒，即忙令人將綺席開，二位親家親母，洗塵莫怪輕相待。(一)（合）細思量，荊釵可哀。（外）

【前腔】蒙承過愛，更相携夫妻遠來。想當初在舍慚逋迨，望尊親海涵寬貸，(二)賢婿，你腰金忘勢真大才，不比薄情人，轉眼生驕態。（合前）（浄）

【前腔】自慚睚眦，(三)望尊親休勞掛懷。一時我也出乎無奈，莫把我做好人看待。勸人家晚母，休學我忌猜，逼兒改嫁遭深害。(四)（合前）（生）

【前腔】慚我一介，荷深恩扶出草萊。爲微名半載忘恩愛，豈知中路變禍災？當初指望白首諧，誰知青歲遭殘害？（合前）

（丑）老爺，後堂酒席已完了。（占）請親家、親母後堂坐。（外）請了。

（占）幾年遠別喜相逢，（生）又訝相逢在夢中。

(一)　眉批：洗塵，即今所謂飲遠歸者酒，曰濯足是也。馬周初入京，逆旅數公子飲酒，不顧周，周乃呼斗酒濯足，衆與之。

(二)　夾批：以量言。　夾注：貸：音『太』。

(三)　夾注：睚眦：音『艾憤』。　眉批：睚眦，張目也。又左視曰睚，右視曰眦。《杜欽傳》：『報睚眦之怨。』

(四)　夾批：指女玉蓮也。

（外）早是稠人難物色，㈠（浄）信知女婿近乘龍。

第四十三齣　會逢良遇

（外上）

【望遠行】浪滚龍腥，淹滯西南江艇。㈡明朝暫假東風静，悠悠送我行程。下官錢載和是也，蒙聖恩欽勑兩廣巡撫。左右的，這是那裏地方？（末）吉安府地方。（丑）虚船驛驛丞參見。（外）這裏不是我所屬地方，打一日坐糧，明日風息了，就要開船，不要報府縣知道。（丑）嗄！（生）送往迎來，㈢難免許多馳騁。

叫驛丞，錢都爺幾時到的？（丑）方纔到的。（生）怎麽不來通報？（丑）錢都爺分付，不許報府縣。（生）左右，取帖子上去。（丑）驛丞禀事，吉安府知府見。（外）這驛丞好打！我分付不許報府縣。（丑）三日前老爺火牌到，府縣就知道了。（外）取帖子上來。（看介）晚生王十朋頓首拜。呀！怎麽這裏又有王十朋？那苗良這厮不曾到任所去。驛丞，那知府來幾時了？（丑）潮陽陞來的，將近三年

㈠　眉批：稠人，謂衆人中也。宋太祖曰：『塵埃中可識宰相，則人皆物色之夫。』

㈡　夾批：艇：音『挺』，小船也。

㈢　眉批：《中庸》曰：『送往迎來，嘉善而矜不能。』

了。（外）請下船。（生見介。外）不是我該屬地方，不該行此禮。動問先生何人？何榜進士？（生）

【皂羅袍】御道争先馳騁。（外）原來是殿元先生，㈠請坐。貴處那裏？（生）念寒家温郡。（外）貴表？（生）表字龜齡。（外）原來是梅溪先生，失瞻了！（生）不敢。（外）問先生在饒州作倅？（生）饒州作倅未曾行，㈡一鞭又指潮陽郡。（外）代先生饒州作宰者何人？（生）那亦姓王。（外）既姓王，叫甚麽名字？（生）雙名士宏。（外）此公不在任麽？（生）居官未久，惜乎命傾。（外背云）這苗良好誤事。敢問先生爲何改調？（生）爲万俟相招贅，怪我不從順。

（外）寶眷有幾位在任所？（生）

【前腔】老母粗安晚景。（外）還有何人？（生）更岳翁岳母同享安榮。（外）令政夫人在住所麽？（生）山妻守節滯江濱。（外）既是令政夫人死了，㈢何不再娶一位？（生）豈肯敢爲不義重婚聘？（外）有令郎麽？（生）芝田失種。㈣（外）有令愛麽？（生）蘭玉未生。㈤（外）先生，不孝有三，無後爲

㈠　眉批：　殿元，謂殿試首名狀元是也。

㈡　眉批：　作倅，倅，副也，謂僉判爲佐貳之官，故曰作倅。

㈢　眉批：　令政，稱人妻曰令政。

㈣　眉批：　芝田，昔諸葛恪少有名，孫權見父瑾曰：『藍田生玉，真不虚也。』

㈤　眉批：　蘭玉，晉謝玄爲叔父安所器重，安常戒子侄，因曰：『子弟亦何豫人事，正欲使其佳？』玄答曰：『譬如芝蘭玉樹，使其生於庭堦耳。』

大。㈠（生）欲全夫義。（外）雖全夫義，違了聖經。（生）寧違聖經。（外）還須再娶一位，纔是道理。（生）老大人在上，若要學生再娶呵，除非是我山妻再世，他便回真性。

（外）真義夫也！（生）不敢。（外）動問我同年鄧司空大人常會麽？（生）鄧老大人優遊林下，學生常時去請教。左右的，取禮單上來。老大人，知府具小禮，望老大人收留。（外）一路來禮物皆不曾受。（生）老大人與河下士夫不同。（外）多蒙了，梅溪先生，這等大風，老荆與小女在後船，不好開船，明日請鄧年兄與先生舟中講一講。（生）老大人從容住數日，吉安府地方，有個烏鵲山，到有景致，屈老大人登覽一登覽。（外）還有一話，老荆婦後船，一定請令堂老夫人茶話，未審允否？（生）老母一定來看老夫人。學生告辭。

（外）少刻相留待一茶，（生）先施情意以無加。

（外）休言水國虚堂静，（生）坐看幽禽蹴落花。

（外吊場）那苗良這厮不幹事，饒州僉判王士宏死了，不問實信，遝來回我。方纔王太守明明是我孩兒的丈夫，我待唤女兒同來相見，一個是鰥夫，一個是寡女，㈡四目相送，豈是儒家所爲？我今寫書與鄧

㈠　眉批：□□曰：『不孝有三，無後爲大。』注謂：『阿意曲從，陷親不義，一也；家貧親老，不爲禄仕，二也；不娶無子，絶先祖祀，三也。』三者之中，而無後爲大，故云。

㈡　眉批：鰥：音『干』，男子無妻之稱也。寡，婦人無夫之稱也。《孟子》曰：『老而無妻曰鰥，老而無夫曰寡。』

年兄，與王太守説親，看他怎麼？請到舟中飲酒，把荆釵爲令，看王太守認也不認？夫人後船請王太夫人，他婆媳相見就是了。左右的，取帖子去請鄧老爺、王太老爹，明日舟中飲酒。（末）嗄！（外）我的女孩兒呵，正是：

存分斷絃重得續，㈠猶如缺月再團圓。

第四十四齣　故説姻親

（净扮鄧尚書上）

【普賢歌】侯門涉水最難求，願適賢良王太守。㈡自家非强口，管教成配偶，且請媒人喫些利市酒。

正是伐柯全仗斧，㈢果然引線必須針。㈣昨日晚間有一人送帖兒來，我因有了酒，不曾看得。今早看來，到是我年兄錢載和，船在馬頭上。我只道請我喫酒，原來有一個令愛守寡，央我爲媒，要招本郡王

㈠　眉批：陶穀贈妓秦弱蘭辭：『待得鸞膠續斷絃。』

㈡　夾批：指十朋。

㈢　眉批：作媒曰伐柯。《詩》云：『伐柯何如？匪斧不克。娶妻何如？匪媒不得。』

㈣　眉批：《淮南子》曰：『線因針而入，不因針而急，如女因媒而成也。』

太守。他鼓盆已久，(一)未有夫人。不免前去與説，或者見允不定。鄧興，這裏是府前了。(丑)是府前了。(净)取帖兒通報。(末)是誰？(丑)鄧老爺相訪。(末)禀老爹，有客來。(生)

【玩仙燈】兀坐書齋，(二)聞道有客來相訪。

(見介)小生賤職所拘，未得拜訪。今蒙老先生下顧，不勝愧增！(净)久聞美譽，未遂識荆。(三)得蒙與進，豈勝榮幸！(生)惶恐！惶恐！(净)足下治政甚佳，黎民無不感仰。(生)皆賴老先生福庇。(净)老夫今日一來相訪，二來有一句話説。(生)何事？請教！(净)老夫有一同年錢載和，陞授兩廣左都御史，泊舟在馬頭上。(生)學生曾去望過了。(净)昨日來望老夫，就與我説有小姐守寡在家，聞得祖父母大人鼓盆已久，特央老夫爲媒，望大人成就此親，甚是美事。(生)老大人在上，念學生貧寒之際，以荆釵爲聘，遂結姻親。妻已守節而亡，焉肯忘義再娶？(净)父母大人幾位令郎？(生)未有子嗣。(净)父母大人，不孝有三，無後爲大。却不絶嗣了？(生)生欲螟蛉一子，(四)以繼後嗣。(净)

(一) 眉批：鼓盆，謂妻喪也。莊子妻死，箕踞鼓盆而歌，故云。

(二) 眉批：書齋，言讀書之所也。齋者，取肅静之義也。

(三) 眉批：識荆，即韓朝宗爲荆州刺史，遂借荆州爲名，故李白書曰：『生不用封萬户侯，但願一識韓荆州。』故今敘未識人曰『未遂識荆』。

(四) 眉批：養人子曰螟蛉。《詩》：『螟蛉有子，蜾蠃(原作『蠃』)負之。教誨爾子，式穀似之。』

吾聞螟蛉者，嗣非其類，鬼神不享其祀。大人讀書之人，(一)如何逆理？冒瀆！冒瀆！（生）

【啄木兒】乞情恕，聽拜禀，自與山妻合巹婚。(二)剛與他半載同衾，一旦鳳拆鸞分。他抱冤守節先亡殞，我辜恩再娶心何忍？須知行短天教一世貧。（浄）

【前腔】他八兩，你半斤，彼此爲官居上品。論閥閲户對門當，(三)真個好姻緣。你意驕性執不從順，故千推萬阻令人恨。所謂有眼何曾識好人。（生）

【三段子】事當隱忍，未可一時先怒嗔。（浄）你再不娶親，我只愁你斷子絶孫誰拜墳？（生）言激心惱空懷忿，我今朝縱不成秦晉，(四)也不會家中絶後昆。（浄）

【歸朝歡】你没思忖，不投分，那裏是儒爲席上珍。(五)（生）我做官，我做官守法言忠信，名虧行損遭談論。縱獨處鰥居，(六)決不再婚。

(一) 大：原作『夫』，據《新刻原本王狀元荆釵記》改。

(二) 夾注：巹：音『謹』。　眉批：合巹，以一瓠分爲二瓢，謂之巹，今謂交杯酒□也。《昏義》曰：『婦至，婿揖婦入，共牢而食，合巹而酳，所以合體，同尊卑，親之也。』

(三) 夾注：閥閲：音『伐悦』。

(四) 夾批：二國名。　眉批：秦晉，二婚姻國也，解見前，故云。

(五) 眉批：《禮記》曰：『儒有席上之珍，以待聘。』

(六) 夾注：鰥：音『干』。

（淨）性執心迷見識差，（生）婚姻不就且回家。（淨）落花有意隨流水，（生）流水無情戀落花。

第四十五齣　華筵歡偶

（外上）

【山查子】有事掛心頭，坐此江城久。他夫婦久違顔，今日須輻輳。(一)下官往兩廣巡撫，在此經過，今遇風水不便，王十朋與我女孩兒丈夫名姓相同，今日具酒請鄧年兄陪飲。(二)（淨）

【前腔】肥馬輕裘，不減少年時候。（生）春風簫鼓樓船酒，好景天成就。（外見介）年兄一向久別，久別。（淨）久仰清廉顯職，難得！難得！父母大人，日昨言語冒瀆，恕罪！恕罪！（生）不敢。（外）

(一) 眉批：輻輳，輻，車輪也；輳，合也。言事之成就，復合如車之輻輳也，故云。

(二) 具：原作『其』，據《新刻原本王狀元荆釵記》改。

【排歌】位列三台，[一]功高五侯，[二]知機養浩林丘。[三]不應世務較沉浮，每與斯文自獻酬。（合）白蘋長，[四]碧荇流，[五]錦江波細隱仙舟。談心曲，逐宦遊，晚山青處白雲收。（淨）

【前腔】誥捧鸞箋，車乘玉蚪，[六]佇看名覆金甌。[七]慚予落魄老林丘，[八]羡你威名播九州。[九]（合前）（外）

【前腔】位正黄堂，車牽絳騶。[一〇]堂堂五馬諸侯，明簪邂逅盍江頭。[一一]（淨）年兄，既請我陪飲，待

（一）夾批：三公之位。　眉批：□□台下台每台兩星，形如雙月。
（二）夾批：太守位。
（三）夾批：謂浩然之氣。
（四）夾批：草名。
（五）夾批：水菜。
（六）夾批：蚪：音『斗』，虫也。　眉批：蚪，水虫，相印文篆象之，故曰玉蚪。
（七）夾批：宰相名也。　眉批：唐玄宗每命相，皆先書其名，覆以金甌，故云。
（八）夾批：失業無次也。
（九）眉批：九州，夏禹分地爲九州，謂冀、兗、青、徐、荆、揚、雍、豫、梁是也。
（一〇）夾注：騶：音『鄒』。　眉批：絳騶，宋顔延年爲中丞，何尚之與書曰：『絳騶清路，白簡深劾。』
（一一）夾批：不期而遇之辭。

我行一個令，或擲骰，(一)或說笑話，樂一樂何如？（外）擊鼓催花也好。(二)（淨）這也使得。岸上有花麼？

（末）此時没有花。（外）抽出荊釵當酒籌。（合前）（生看釵介）

【一江風】見荊釵，不由我不心驚駭。此釵呵，我母親頭上曾插戴。安撫大人，這荊釵呵，却是那裏將來？（外）這是小女聘定之物，不知從何而來？（生）不瞞大人說，這荊釵原先是我舊聘財。（哭介）天呵！這物在人何在？(三)

（外）先生睹物傷情，必有緣故，可說與我知道。（生）實不相瞞，這荊釵是下官聘定渾家之物。(四)（外）既是先生聘定夫人之物，願聞其詳。（生）

【駐馬聽】聽說因依，昔日卑人貧困時，忽有良媒作伐，議結婚姻。愧乏財禮，卑人老母呵，荊釵遂把聘錢氏。（外）成親幾年別了内閫？(五)（生）結親後即赴春闈裏，(六)幸喜及第。（淨）既然及

(一) 擲骰：原作『列骸』，據《新刻原本王狀元荊釵記》改。

(二) 眉批：催花，本唐明皇二月朔日遊殿前，見群花未吐，命高力士取羯鼓臨軒擊之，曰：『花可速開，莫待再催。』須臾，百花盡吐。故曰擊鼓催花。

(三) 夾批：指荊釵。夾批：指妻。

(四) 眉批：渾家，夫稱妻曰渾家，今人所稱亦如之。

(五) 眉批：閫，門限也，蓋婦人在閨閫之内，故稱人妻曰内閫。

(六) 夾批：試場也。

第，初任那裏？（生）除授饒州僉判，㈠叨蒙恩庇。

（浄）爲何改調潮陽？（生）

【前腔】再聽因依，説起教人珠淚垂。（浄）中間必有緣故。（生）爲參万俟丞相，㈡招贅不從，反生惡意。將吾拘繫奏官裏，㈢一時改調蠻烟地。㈣（浄）却是誰做饒州僉判？（生）將同榜鄉親王士宏除去饒州，將我改調潮陽，陷我身軀，臨任所幸遇轉遷陞。

（外）先生曾有書回麽？（生）

【前腔】曾寄書回，不審何人故改易。奈我妻家不辨字跡差訛，㈤語句真異。岳翁岳母見差池，㈥逼勒荆妻重招贅。（浄）令政曾嫁人麽？（生）苦不遵依，將身投溺江心裏。（外）

【前腔】休皺雙眉，聽我從頭説詳細。我在東甌發足，渡口登舟，一夢蹺蹊。五更一女來投水，急令稍水忙撈取。（浄）既如此，王夫人是年兄救了。可喜！（生拭淚介。浄）這正是喜從天降，

㈠　夾批：郡名。夾批：王府也。

㈡　夾批：万俟：音『木其』，雙姓也。

㈢　眉批：官裏，猶云官家，故稱朝廷曰官裏。

㈣　夾批：指潮陽。

㈤　夾批：訛：音『俄』，誤也。

㈥　眉批：太岳山有丈人峰，故稱丈人曰岳翁，丈母曰岳母。

何須吊淚？(外)休得傷悲，夫妻再得諧連理。(一)(淨)

【前腔】此事真奇，節婦義夫人怎比？年兄，疾忙開宴，請出夫人，就此相會。前婚重整舊佳期，把金杯捧勸須教醉。(生)深感提攜，從今萬載傳名譽。

(外)那裏唱聲響？(淨)不妨，若是卿宦士夫，有我老夫在此，若是見任，有年兄王守公在此。(末)是王太夫人。(淨)既是王太夫人，即當迴避。(外)泊船，在那邊去。

(外)贛北江頭水似羅，(生)留船留客醉笙歌。

(淨)相逢不飲空回去，(合)洞口桃花也笑他。

第四十六齣　會合團圓

(夫上)

【卜算子】風便未開船，有事相留戀。(旦)親遠更誰憐？何日重相見？(占)有子作廉官，(二)已遂平生願。無奈喪姻婭，樂事番成怨。

(一)　眉批：　夫妻相合曰諧連理。昔韓朋之妻爲康王所奪，朋因囚死，妻亦自投臺下水，帶書曰：『願以屍合葬韓氏。』王怒，令埋兩塚相望。經宿，忽有梓木生二塚上，根交於下，枝連於上，故曰連理枝。

(二)　夾批：　清也。　眉批：　廉，不自苟取曰廉。

（夫討扶手）〔一〕來接太夫人上船。（見介）迅掃小舟，〔二〕荷蒙寵隆。（占）未扳尊駕，過辱先施。（夫）孩兒來見王太夫人。（旦看自苦介。背云）王太夫人好似我婆婆一般，我的丈夫不死，也有這等香車霞帔，如今不知在那裏？（占看自苦介。背云）這小姐好似我媳婦一樣，若説妹妹，也好啓齒，若是説我媳婦，冒瀆了他。（夫）王太夫人，小女素不相認，爲何墮下淚來？（占）老夫人，老身心有深怨，誠恐冒瀆。（夫）請太夫人揾乾尊淚，但説不妨。（占）

【園林好】止不住溋溋淚瀼，〔三〕瞥見了令人感傷，〔四〕那裏有這般相像。我的媳婦兒，可惜你早年亡，若在此好頡頏。〔五〕（旦）細把他儀容比方，細把他行藏酌量。（占）錢老夫人請酒。（夫）王太夫人請酒，請了。（旦）細聽他言詞聲響，好一似我姑嫜，空教我熱衷腸。〔六〕（占）

【江兒水】謾把前情想，聰明德性良。媳婦兒，知人飢餒能終養，知人冷熱能調恙。指望你將我老骨扶歸葬，誰道你行先喪？我也不多時光了，若要相逢，早晚向黄泉相傍。（旦）

〔一〕討：原作『槁』，據《新刻原本王狀元荆釵記》改。

〔二〕眉批：迅：音『信』，速也。

〔三〕瀼：原作『攘』，據《李卓吾先生批評古本荆釵記》改。

〔四〕眉批：瞥，暫見也。

〔五〕夾注：頡頏：音『吉抗』。眉批：頡頏，謂與之相上下之辭也。《詩傳》：『飛而上曰頡，飛而下曰頏。』

〔六〕眉批：熱衷腸，謂燥急心熱也。《孟子》曰：『不得於君則熱衷。』

【前腔】驀聽他言語，令人倍慘傷。看他愁容淚眼如姑樣，可惜我兒夫死了，若是我兒夫身不喪，我那婆婆呵，香車霞帔也恁安榮享。(一)今日知姑在何向？只隔烟水雲山，兩處一般情況。（夫）王太夫人爲何愁眉不展？願聞其詳。（占）

【五供養】妾將待講，苦！幾度令人俛首思量，欲言仍又忍。（夫）但説不妨。妾道恐相妨，(二)我的衷腸，似箭射刀剜相倣。見鞍思舊馬，睹物轉情傷。語句支離，(三)不勝悚惶。（夫）

【前腔】聽伊半晌，言語雖多未得其詳。勸伊休嘆息，何况恁斟量。有事關心，謾説何妨。吾兒在何處會，爲甚兩情傷？各道真情，不須隱藏。（占）

【玉交枝】事皆已往，偶然觸物感傷。見令愛玉質花容，(四)似孩兒已故妻房。（夫）太夫人，令媳已死，我兒雖像，縱痛苦何補於事？（占）吾家兒婦守節亡，他恩深義重如何忘？錢老夫人，我

(一) 眉批：香車，唐公上下降乘之步輦，四面綴以香囊，貯辟邪、瑞龍等香，皆外國所貢，異□□名焉。霞帔，□衣帔，其色如雲，故云。

(二) 妄：原作『妾』，據《新刻原本王狀元荆釵記》改。

(三) 眉批：支離，謂言語錯亂。《易》曰：『中心疑者，其辭支。』《孟子》曰：『邪辭知其所離。』

(四) 眉批：稱人女曰『令愛』。夾批：見貌美意。

的媳婦雖是富家之女，在吾門呵，事貧姑鷄鳴下床，(一)相貧夫勤勞織紡。（旦）

【前腔】聞言悒快，你媳婦如何喪亡？（占）爲兒曹名擅文場，(二)寄家書禍起蕭墻。(三)（旦）書歸應報喜氣揚，如何喜地生災瘴？（占）恨只恨孫家富郎，(四)苦只苦玉蓮早亡。

（旦）母親，正是我婆婆了。(五)（夫）且從容。（占）

【川撥棹】你心何望？這慇懃禮怎當？（旦）尊姓名，家住何方？（占）住温州，吾家姓王。

（旦）我的親婆婆！（占）我的媳婦兒！你緣何在此方？（旦）痛兒夫身早亡。（占）

【嘉慶子】你出言詞何不審詳？你的兒夫見任此邦。（旦）我爹曾遣人到饒陽，報説道兒夫已亡。（占）你兒夫呵，爲辭婚調遠方，爲賢能擢此邦。(六)

(一) 眉批：事貧姑鷄鳴下床，□□則所謂婦事舅姑如事父母，雞初鳴，□盥漱（原作『嗽』）之儀是也。

(二) 夾批：獨冠也。

(三) 夾批：門屏也。　眉批：禍起蕭牆，言變自内出意。《論語》曰：『吾恐季孫之憂，不在顓臾，而在蕭牆之内也。』

(四) 夾批：指孫汝權。

(五) 眉批：姑媳相認。

(六) 眉批：賢能，賢謂有德，能謂有才。

【尾聲】幾年骨肉相親傍，（旦）痛只痛雙親在故鄉。（占）你的父母呵，在宦邸相親已二霜。㈠

（外）太夫人拜揖！（占）老大人，兒婦苟留殘喘，難忘援溺之恩。㈡（外）令郎不意斷絃再續，㈢不亦樂乎！（生見介。占）孩兒，你媳婦在此，相見了。（旦）我兒夫在那裏？（生）

【哭相思】痛憶伊作幽冥鬼，不想道重相會。捨死忘生音信稀，㈣今日相逢，深感錢安撫。

左右的，請錢老爹、老夫人拜辭。（相別介。外、浄上）

【一剪梅】幸聞重見配鸞儔，歡上心頭，喜上心頭。

（生）岳丈、岳母，我妻子幸得錢安撫撈救在此。（外、浄）我孩兒在那裏？（旦）我的爹娘！（外、浄）

【哭相思】自別心中常慘凄，今見了越添愁慽。（旦）恨別當年妾理虧，雙親何事恁尫羸。㈤

（外）因思女死形容減，爲憶妻乖氣力衰。

（生）半子豈知翁有難？（旦）一心常憶父傷悲。（浄）休説當時言語惡，（占）一筆都勾盡莫提。（旦）爹爹，眼目爲何昏花了？（外）我兒，爲常思想你，因此昏花了。（旦）待奴家祝告天地。天地，我錢玉

㈠ 夾批：猶年也。

㈡ 眉批：殘喘，病貌，猶餘生也。援，救也。溺，溺於水也。

㈢ 眉批：斷絃再續，古人謂夫婦琴瑟，故凡喪妻而復娶，猶絲斷而再續。

㈣ 夾批：少也。

㈤ 夾注：尫：音『匡』。夾注：羸：音『離』。眉批：尫羸，並瘦貌。

蓮若有孝心，即今保佑父母仍舊光明；　若無孝心，望天地鑒察奴家。（拜介）

【玉交枝】神天聽啓，念玉蓮誠心鑒知。蒙父母養育之恩，爲憶兒雙目不明，望天可憐奴孝心。仍前眼目清如鏡，勝舊顯兒誠孝心。（重）

爹爹有些光彩麼？（外）呀！　謝天地，明亮了。孩兒，

【解三醒】爲你愁煩成皓首，(一)爲你愁煩昏了雙眸，(二)爲你愁煩身憔瘦，爲你愁煩容貌皺。怨只怨奸謀設計賊禽獸，恨只恨遞信傳書潑下流。（合）還知否，也算重歡會合，分緣輻輳。（旦）

【前腔】念孩兒從離東甌，嘆奴似不纜舟。(三)臨風對月常眉皺，但出鏡兩淚交流。想母親姑娘忒生受，致使我將身逐水流。（合前）（生）

【前腔】把前言一筆都勾，(四)有一日報冤仇。從今但願人長久，盡歡百歲效鸞儔。往年遭那

(一) 夾批：白貌。
(二) 夾批：眸：音『謀』，目也。
(三) 夾批：繫舟埸。　眉批：□纜，以繫舟者。不纜舟，隨水飄流者。人無家者似之，故云。
(四) 夾批：不提也。

惡黨成僝僽，(一)今日且喜團圓飲樂酒。(合前)(安撫捧詔書上)

【粉蝶兒】出入朝廷，强似蕊宫仙島。(二)傳玉音遺賫擎丹詔，(三)跨雕鞍辭帝里，(四)匆匆來到。

(合)感皇恩准奏，褒封節孝。

聖旨已到，跪聽宣讀。詔曰：朕聞禮莫大於綱常，實正人倫之本；爵宜先於旌表，蓋厚風俗之原。近者福建安撫錢載和，申奏吉安府知府王十朋，居宜清慎，而德及黎民。(五)其妻錢氏，操行端莊，而志節貞異。其母張氏，孀居守共姜之誓，(六)教子效孟母之賢，(七)似此賢母，實可褒封。義夫節婦，理宜旌表。今特陞王十朋福州府知府，食邑四千五百户；(八)妻錢氏，封貞淑一品夫人；母張氏，封越國太夫人，亡父王德昭，追贈天水郡公。宜令就此謝恩！(衆謝介)萬歲！萬歲！萬萬歲！(生)有勞尊駕，多

(一)夾注：僝：音『讒』。夾注：僽：音『雛』。眉批：僝僽，憂愁貌。

(二)眉批：蕊宫仙島，皆仙者所居之勝地。

(三)夾批：指君命。眉批：玉音，謂詔命也；丹詔，謂天子詔書，用紫泥以封，故曰丹詔。

(四)夾批：京畿。

(五)眉批：黎，黑也，謂少壯黑髮之民也。

(六)眉批：孀居，謂無夫而寡居也。衛共姜夫死守節，父母欲奪之。乃作《柏舟》之詩以自誓，故云。

(七)眉批：孟軻幼時喪父，其母三徙，擇鄰以教之；孟軻廢學而歸，又斷機以教之。皆孟母教子之賢處也。

(八)眉批：食邑，謂食是邑四千五百户之賦也。

感！多感！（占）老大人請上，待我母子們拜謝。

【大聖樂】感大人義重恩深，我兒婦身賴得重生。（外）感神明囑付忙撈救，看承勝嫡親。若不是江邊駐節緣輻輳，（一）怎能勾節婦賢夫全舊盟？（合）因此上申朝命，旌表孝義一家門庭。

請太夫人、大人拜賀。（占、生）不敢，皆賴老大人恩庇。（外）不敢，下官就此拜辭。（生）

【山花子】（二）自思之昔日蕭條，誰知道今日榮耀？誥封親母賢妻孝，方纔稱嘉褒懷抱。（三）（合）謝君王，敕書紫誥。（四）門闌義節名譽好，官清都邑聲價高，（五）衣錦還鄉福分非小。（旦）

【前腔】夫妻半載相拋，到今重復耀。（六）爲繼母生嗔顛倒，（七）奸心逼奴嫁富豪。去投江，幸蒙

（一）夾批：住也。夾批：車軸。夾批：合也。

（二）子：原作『守』，據《新刻原本王狀元荊釵記》改。

（三）纔：原作『讒』，據《新刻原本王狀元荊釵記》改。

（四）眉批：□受□□，紫誥之封之。詩：『紫誥鸞回紙，清朝燕賀人。遠傳冬筍味，更覺綵衣春。』

（五）夾批：稱府。夾批：稱縣。高：原作『官』，據《新刻原本王狀元荊釵記》改。

（六）耀：原作『糧』，據《新刻原本王狀元荊釵記》改。

（七）夾注：嗔：音『真』，怒貌。

公相潛撈。(一)(合前)

【尾聲】荆釵傳記今編巧，(二)新舊雙全忠孝高，須勸諸人行孝道。

(一) 夾批：指錢安撫。

(二) 眉批：編巧，謂編成一本之傳奇也。

新刻王狀元荊釵記

目録

新刻舟中相會荆釵記卷下……九四七

新刻王狀元荆釵記卷上

茂林葉氏重校梓

第一出

（末上）

【滿庭芳】風月襟懷，江湖度量，等閒换羽移宫。高歌一曲，劇飲酒千鍾。細共朋儕講論，古今多少英雄。争强弱，新愁舊恨，俱逐水流東。閒將文作賦，雖無好句，自有奇功。最是巉巖韻短，團圓少，字字無重。君看取中間醖釀，别是一家風。

（問内科）□□學子弟，今宵敷演誰家故事？那樣戲文？（内應科）義夫節婦荆釵記。（末云）這一本戲文人人會唱，個個能歌。小子略提幾句綱領，看官便見一本始終。

【沁園春】才子王生，佳人錢氏，賢孝温良。以荆釵爲聘，配爲夫婦。春闈催試，獨步蟾宫，高攀仙桂，一舉成名姓字香。因参相不從招贅，改調潮陽。修書飛報萱堂，中道奸謀變禍殃。岳母生嗔，勒令改嫁，山妻守節，潛地去投江。幸神道匡扶，令人撈救，同赴瓜期往異鄉。在吉安府舟中相會，千古永傳揚。

來的王十朋是也，交付排場，謾做謾唱。（下）

王狀元不允東床婿，万俟相改調蠻夷地。[一]
孫汝權謀書套寫信，錢玉蓮守節荆釵記。

第二出

（生上唱）

【滿庭芳】樂守清貧，恭承嚴訓，十年燈火相親。胸藏星斗，筆陣掃千軍。如遇桃花浪暖，定還我一躍龍門。親年邁，且自温衾扇枕，隨分度朝昏。

〔古風〕[二]越中古郡誇永嘉，城池闤闠人奢華。思遠樓前景無限，畫船歌妓顏如花。詩禮傳家忝儒裔，先君不幸早傾逝。奈何家業漸凋零，報效劬勞未如意。畫交彈鋏嘆無魚，甘守齏鹽樂有餘。萱堂淑賢

[一] 俟：原作「侯」，據文義改。下同改。
[二] 〔古風〕：原闕，據《新刻原本王狀元荆釵記》補。

齊孟母，敦敦教子勤讀書。刺股懸頭曾努力，引光夜鑿匡衡壁。胸中拍塞書五車，舌底瀾翻浪千尺。嗟吁歲月不我留，親年高邁喜復憂。甘旨奈何缺奉養，功名況且心未酬。一躍龍門從所欲，麻衣换却荷衣緑。丹墀拜主受皇恩，管取全家食天禄。小生姓王，名十朋，字龜齡，乃温城人也。不幸椿庭早喪，深賴母親訓誨成人。明日乃堂試之日，夜來相期朋友講學，説猶未了，朋友早到。（末上唱）

【水底魚兒】白屋書生，胸中醉六經。蛟騰飛起，管登科，爲上卿。

【前腔】（浄上唱）白面兒郎，學疏才不廣。粗豪狂妄，㈠指銀瓶，索酒嘗。㈡

（見介。末白）梅溪，日昨相約到府會講，今日各言己志。（浄）梅溪請先講。『學而時習之』如何道來？（生）學之爲善，而覺有先後，㈢後覺者必效先覺之所爲，㈣乃可以明善而復其初。㈤習，鳥數飛也，學之不已，如鳥數飛也。管見如此。（浄）明經，明經，四明講『不亦悦乎』。（末）既學賢而又時時習之，則所學者熟而中心喜悦，其進而不能已也。（浄）妙哉！妙哉！聰明到底。（末）孫半州講『有朋自遠方來，不亦樂乎』。（浄）鵬乃是大鳥，有九萬里之遠，方是萬里之外。遠遠而來，飛在湖中間，這

㈠ 豪：原作『毫』，據《李卓吾先生批評古本荆釵記》改。
㈡ 嘗：原作『腸』，據《李卓吾先生批評古本荆釵記》改。
㈢ 有：原作『後』，據《李卓吾先生批評古本荆釵記》改。
㈣ 後：原作『先』，據《李卓吾先生批評古本荆釵記》改。
㈤ 初：原作『而』，據《李卓吾先生批評古本荆釵記》改。

湖是洞庭湖，飛得羽垂翅折，停翅而想，怎生過得此湖？言之未盡，拍浪！落在湖裏，這不是不易樂乎？（生）本經到不講，講了鳥名之上去了。（浄）學生到在鳥獸門去了，莫怪，莫怪！（相見介，白介。生唱）

【玉芙蓉】書堂隱相儒，朝野開賢路。看明年春闈已招科舉。窗前歲月莫虚度，燈下簡編宜卷舒。（合）時不遇，且藏珍韞匵。際會風雲，那時求價待沽諸。（末唱）

【前腔】懸頭及刺股，掛角并投斧。嘆先賢曾受許多勤苦。六經三史宜温故，諸子四書可誦讀。（合前）（浄唱）

【前腔】家私雖富足，心性忒愚魯。向書齋懶讀者也之乎。無才學休想學干禄，有才學便能身掛緑。（合前）

（生）聖朝天子重英豪，（末）常把文章教爾曹。

（浄）世上萬般皆下品，（合）思量惟有讀書高。

第三出

（外上唱）

【高陽臺】兔走烏飛，星移物换，看看鬢髮皤然。嗣息無緣，幸存一女芳年。温衣飽食堪過遣，賴祖宗遺下田園。喜家門人口平安，謝天週全。

（白）〔鷓鴣天〕華髮蕭蕭鬢若霜，老來無子實堪傷。箕裘事業誰承繼？詩禮傳家孰紹芳。閒議論，細思量，欲將一女贅賢良。流行坎坷皆前定，只把丹心托上蒼。老夫姓錢，忝爲貢元。塵世六旬，温城人也。衣冠世裔，閥閲名流。時乖難顯於宗風，學淺粗知於禮義。居廣厦叨胼蒙之庇，富良田有阡陌之連。雖有家資，奈無嗣息。幸生一女，休誇有德有容，堪羡他知書知禮。正是：子孝雙親樂，家和萬事成。今日是老夫賤降之辰，昨日已曾分付李成安排慶生筵席，未知完否？李成何在？（末上白）一點祥光現紫薇，匆匆瑞氣藹庭幃，高簪翠竹生春意，共飲瑤池介壽眉。覆老員外，有何使令？（外）昨日分付你安排慶生筵席，完也未曾？（末）完備多時了。（外）既如此，後堂請老安人出來。（末請介。淨上唱）〔一〕

【臘梅花】年華老大雙鬢皤，胭脂膩粉甚丟抹。世人都道我，道老娘相像夜叉婆。

（末白）牛頭獄卒做渾家，此不是夜叉婆。（淨白）老娘生得忔婁羅，從來會做管家婆。生得不長又不短，不倭又不矮，過月貌姐賽嫦娥。八幅羅裙着地拖。有時打扮門前立，過往人道我好像一個木伴哥。

（末）説得行不得。（見科。丑上唱）

【前腔】奴奴體貌多嫋娜，嫦娥賽奴不過。市人都道奴，道奴相像緊拿鑼。

〔一〕介：原作「個」，據文義改。

老娘拿得牢，幾乎跌碎羅。(一)（末）小心金鼓手，調把戲的倒了杆兒，此是緊拿羅。（丑）老娘生得白似炭，一年四季喜妝扮，珠翠釵環插滿頭，金釵銀釧鐲滿玉腕。强似吕雙雙，賽過劉盼盼。有時打扮門前站，過往人道我像戲文中丑婆旦。（末）休説出本相來。（見介。旦上唱）

【珍珠簾】南極耿耿祥光燦，生辰旦，慶老圃黄花娱晚。和氣藹門闌，睹景物稀罕。（外、净、丑唱）去了青春不再返，暫把身心遊玩。（旦）疏散，喜團圓歡會處，慶賀華誕。

（見介。外）紛紛紅紫競芳塵，日永風和已暮春。（旦）但願年年當此日，一杯壽酒慶生辰。（外）我心下一則以喜，一則以懼。（旦）所喜者何也？（外）所喜者，家園温厚，骨肉團圓。（旦）所憂者是何也？（外）所憂者，嗣息消條，姻緣未遇，若得了汝終身，免吾縈掛。（旦）念玉蓮温凊之禮既缺，琴瑟之事未諧，請爹爹且自開懷，不須掛念。（净）撒開！自古道：王十九，只喫酒；不把盞，閒鬬口。今日老兒壽旦，傳杯弄盞，説甚麽張家親，李家眷！將酒過來。（旦）

【錦堂月】華髮班班，韶光荏苒，雙親幸喜平安。慶此良辰，人人對景歡顔。畫堂中寶篆香銷，玉盞内流霞光泛。（合）齊祝贊，願福如東海，壽比南山。（丑唱）

【前腔换頭】筵間，繡幕圍環，奇珍擺列，渾如洞府仙寰。美食嘉肴，堪并鳳髓龍肝。簪翠竹

(一) 幾：原作『機』，據文義改。

同樂同歡，飲醁醑齊歌齊唱。（合前）（浄唱）

【前腔換頭】堪嘆，雪染雲鬟，霞銷杏臉，㈠朱顔去不回還。椿老萱衰，只恐雨僽風僝。但只願無損無傷，咱共你何憂何患？（合前）（外唱）

【前腔換頭】幽閒，食可加餐，官無事擾，情懷并没愁煩。人老花殘，於心尚有相關。待招贅百歲姻親，承繼我一脉根蔓。（合前）（浄唱）

【醉翁子】非慳，論治家千難萬難，休只管喫得甕盡杯乾。（丑唱）今番慶生席面，不比尋常一例看。（合前）（旦唱）重换盞，直飲到月轉花稍，影上欄杆。（外唱）

【前腔】神仙，滿座間人閒事減。慶眉壽樽前席上，正宜疏散。（末唱）歡顔，樂人祗應，品竹彈絲敲象板。（合前）（衆唱）

【僥僥令】銀臺燒絳蠟，寶鼎噴沉檀，望乞穹蒼從人願。骨肉永團圓，保歲寒。

【尾】玉人彈唱聲聲慢，露春纖把錦箏低按，曲罷酒闌人散。

（外）四時光景疾如梭，（浄）堪嘆人生能幾何？

（丑）遇飲酒時須飲酒，（旦）得高歌處且高歌。

㈠ 銷：原作『綃』，據《李卓吾先生批評古本荆釵記》改。

第四出

（小外上唱）

【謁金門】簡命分專邦甸，報國存心文獻。蒲鞭枉昭公椽，三載民無怨。

（白）〔鷓鴣天〕(一)千里承恩秉節旄，忠心曾不染秋毫。公門既許清如水，吏筆何須利似刀？無德政，起童謡，聿修文書讚皇朝。(二)願將廉范龔黄意，布政歐城教爾曹。自家温州府太守吉天祥是也。即今賓興之秋，又當堂試之日，下官今日考試諸生。左右，唤秀才進來。（末扮學官上唱）

【轉山子】六經慚負管窺天，可信燈氈恁有緣。士子作章編，争望登高選。

（白、報介）送生員手本。（外）趲生員進來，教官出去罷。（下。生上唱）

【水底魚】仰之彌高，鑽之彌堅，忽焉在後，瞻之忽在前。（末上唱）

【前腔】學問無邊，如人臨廣淵。意深趣遠，玄玄復又玄，玄玄復又玄。（净上唱）

【前腔】身似神仙，金銀積萬千。無心向學，終朝只愛眠，終朝只愛眠。

（衆見介。外白）衆生員起來作揖。（衆白）學生皆是膚見之學，望大人賜淺些題目。（外白）衆秀才，

(一)〔鷓鴣天〕：原闕，據《新刻原本王狀元荊釵記》補。

(二)聿：原作『律』，據《李卓吾先生批評古本荊釵記》改。

今日考試汝等，不意分巡大人報到。將就考一道策罷。起來聽題。

【紅衲襖】問：古人君所以賢，古人臣所可言。聖王汲汲思爲善，爲善還當何者先？子輩燈窗已有年，所得經書學問淵。悉心爲我敷陳也，毋視庸常泛泛然。

（衆遞卷介。外白）叫左右：拿那生員背起來打！（浄）老大人何以賜責？（外）我什麽衙門，令人代作文字？（浄）怎麽代作文字？（外）這卷與這卷，明明是一個人寫的字。若肺腑流出，必然成誦。[一]衆生員始初送卷的，[二]各皆爾所作上來。（生唱）

【前腔】對：古明君在重賢，古良臣貢舉先。巫咸傅説初皆賤，伊尹曾耕莘上田。皋陶既舉不仁遠，四皓出而漢祚安。恭承執事詢愚見，敢不諄諄露膽肝？

（外）此篇以薦賢立論，是知國家之首務者，宜取以冠者。（小生）

【前腔】對：古賢王在獵田，古賢臣開墾先。孟軻十一言猶善，八口同耕井字田。庸言『民乃國之本』，故曰『食爲民所天』。躬承執事詢愚見，敢不精心進數言？

（外）此篇以井田什一立意，足見其有憂國憂民之心，可喜！可喜！（浄）

【前腔】對：古剛明須積錢，臣奉行須聚斂。治財理賦稱劉晏，功數蕭何饋餉先。徵糧要

[一] 成：原作『盛』，據《李卓吾先生批評古本荆釵記》改。
[二] 送：原闕，據《李卓吾先生批評古本荆釵記》補。

他加二三，糧完時賞他一個錢。若今府庫充盈也，大敵聞之不敢言。

（外）此篇陳辭未純，立論不正，宜加刻苦之日。須革富貴之相，方免馬牛襟裾之誚。庸勉。諸生過來。先遞卷的秀才甚麼名字。（生）生員王十朋。

（外）今朝堂試汝魁名，他日須知作上卿。

大惠及民誇德政，又將文字教書生。㈠

第五出

（老外上唱）

【荷葉魚兒動】春雨新收，喜見山明水秀。萬花深處有鳴鳩，軟紅泥踏青時候。試躡青鞋，慢拖班竹，去尋良友。

（白）自分老林丘，詩酒朋儔。昔年碧水壯遨遊，學冠同流。㈡嗟吁獨負鄧攸憂，一子難留，且求佳婿續箕裘，是亦良謀。老夫錢流行，温州永嘉人也。昔在太學，曾試貢元，人故此貢元呼之。至親三口，繼

㈠　教：　原作『數』，據《李卓吾先生批評古本荆釵記》改。

㈡　同：　原作『全』，據《李卓吾先生批評古本荆釵記》改。

室、小女而已。田園足以供衣食，廬舍足以蔽風雨。〔一〕中郎有女傳書業，伯道無兒嗣世家。〔二〕老夫聞得王景春之子王十朋，近日堂試魁名，欲浼將仕郎南陽郡許文通爲媒，求作小女之婿。故此扶筇而來，不免到他門首。且咳嗽一聲，老將仕在家麼？（末上唱）

【前腔】靜把詩書閒究，竹扉上有誰頻扣？

呀！原來是老貢元，請了。（外）過竹方通徑，穿雲始見山。（末）家因貧故静，人爲老而閒。連日少會，今日下顧，必有佳教。（外）只因小女未有佳配，昨聞故人王景春之子，堂試魁名，去後必有好處，敢煩將仕作伐，往彼一説，成此姻緣。但恐輕瀆，有屈神勞。（末）鄙夫卽當往議此親，諒此富彼貧，必無辭。且請一茶。（外）不勞賜茶，但得早爲玉成，多幸！（外唱）

【三學士】弱息及笄姻未偶，故來拜屈仝遊。書生已露魁人首，山老因營繼嗣謀。（合）若得良媒開笑口，這求親願必酬。（末）

【前腔】解綬歸來爲至友，果然同氣相投。爾玉人窈窕鍾閨秀，那君子慇懃須好求。（合）管取兩門開笑口，這求婚願必酬。（外）

【前腔】人世姻緣天所授，惟媒妁得預其謀。麻瓢兀自浮仙澗，紅葉猶能上泝流。（合前）

〔一〕舍：原作『咨』，據《李卓吾先生批評古本荊釵記》改。
〔二〕家：原作『官』，據《李卓吾先生批評古本荊釵記》改。

（末）

【前腔】謹領尊言求鳳偶，管教配合鸞儔。雲英志不存田玉，織女期嘗訂斗牛。（合前）

（外）鼇降篇成事豈虛，（末）《詩》言夫婦首《關雎》。

（外）人間未結前生契，（合）天上先成月下書。

第六出

（貼上唱）

【遶池遊】桑榆暮景，往事空思省。奈家貧窘，悶懷耿耿。共姜誓盟，慕貞潔甘守孤零，喜一子才學有成。

（白）老身柏舟誓守，自甘半世居孀；榆景身安，惟愛一經教子。居有破茅之地，僅可容身；囊無挑藥之資，旋謀糊口。剪髮常思侃母，斷機每念軻親。正是：不求金玉重重貴，惟願子孫個個賢。老身自從兒夫喪後，家業日漸凋零，今喜孩兒十朋才學有成，奈因時乖運蹇，功名未遂。今年却是大比之年，必然開選。且叫孩兒出來，温習經書。孩兒那裏？（生上唱）

【風入松】青霄萬里未鵬摶，淹我儒冠。布袍雖擬藍袍換，榮枯事皆由天斷。且自存心奉母，何須着意求官？

母親拜揖！（貼白）孩兒，春榜已動，爾可温習經史，上京取應，却不是好？（生白）告母親，正所謂『學成文武藝，合當付與帝王家』。只爲家貧親老，孩兒所以不敢就行。（貼）孩兒，《孝經》云：『始於事親，終於事君。』我做娘的，若得你一舉成名，顯祖宗於地下，全家食禄，榮妻子於生前，却不是好？（生）如此，謹依母命。（貼）孩兒，又一件，前日雙門巷錢老貢元浼許將仕來與你議親，我欲要與你成就此親，奈因家私貧窘，不敢應承。只怕今日又來，恰應承好不應承好？（生）母親，豈不聞古人云：『娶妻莫恨無良媒，書中有女顔如玉。』孩兒只愁功名未遂，何慮無妻？（貼）也説得是，聽我説：

【黄鶯兒】半世守孤燈，鎮朝昏，幾淚零，到今猶在淒涼景。寒門似冰，衰鬢似星，爲只爲早年不幸鸞分影。（合唱）細評論，黄金滿籯，終不如教子一經。（生唱）

【前腔】父喪母勞形，論孩兒，當報恩，奈何人事不相稱。非學未成，匪己未能，爲只爲五行不順男兒命。（合前）（貼唱）

【簇御林】(一)你要親師範，近友朋，把詩書勤講明。聚螢鑿壁真堪敬，他每都顯父母，揚名姓。（合）奮鵬程，名題雁塔，白屋顯公卿。（生）

【前腔】親年邁，家勢傾，恨腴甘缺奉承。卧冰泣竹真堪并，他每都感天地，(二)登臺省。（合

(一) 御：原作『玉』，據曲牌名改。
(二) 都：原闕，據《新刻原本王狀元荆釵記》補。

前)

(末上白)受人之托,必當終人之事。此間是王宅,不免扣門則個。(生)何人扣門?(末)我老夫欲見令堂,煩請通報。(生)家母有請,行了。(見介。貼)許大人,今蒙下顧,必有何故。(末)老夫非因别事而來,爲因鄰舍錢老貢元有一女子,生得容貌倍常。(一)老漢特來與令郎説親,前番到宅,未蒙允肯,近因令郎學中小考,獨占魁名。故此特浼老夫送吉帖在此,望乞笑留!(貼)多蒙貢元錯愛,又蒙將仕成全。奈緣家私貧窘,以此不敢應承。(末)貢元也曾説來:不問人家貧窘,只要女婿賢良。(二)(生)念小生一介寒儒,無物可爲聘禮。(末)只似多寡下些,足可成其大事。(貼)貢元乃豐衣足食之家,老身乃裙布荆釵之婦,惟恐難作對門,不當穩便。(三)(末)貢元出乎情願,安人何故太謙?(貼唱)

【桂枝香】年華高邁,家私窮敗。要成就小兒姻緣,全賴高賢擔帶。(末)惶恐,惶恐,都在老夫身上。(貼)論財難布擺,財難布擺,錢難揭債,物難借貸。我兒,自你父親喪後,没有甚麽留下,只有這荆釵,權把他爲財禮,只愁事不諧。(生)

【前腔】萱親寧奈,冰人休怪。貧居陋室多年,惟苦志寒窗十載。時運未來,倘時運到來,功

(一)倍:原作『陪』,據文義改。

(二)只要女:原作『又以古』,據《新刻原本王狀元荆釵記》改。

(三)穩:原作『我』,據《新刻原本王狀元荆釵記》改。

名可待，姻親還在。這荆釵又不是金銀造，如何將去做聘財？（末）

【前腔】安人容拜，秀才聽解。不嫌禮物輕微，那老貢元呵，偏喜恁熱油苦菜。但心無忌猜，心無忌猜，物無妨礙，人無雜壞。這荆釵雖不是金銀貴造，非是老夫面奉説，管取成全王秀才。

（貼）將仕回見貢元，只説禮物輕微，表情而已。（末）謹領，謹領！

（生）寒家乏聘自傷情，（貼）權把荆釵表寸心。

（末）着意種花花不發，（合）等閒插柳柳成陰。

第七出

（净上唱）

【秋夜月】家富豪，少甚財和寶？百有一無，縈牽懷抱。多應命犯孤星照，没一個老瓢。

（白）自家號作孫汝權，牛羊無數廣田園。花銀積下如土塊，黄金堆垛似方磚。無瑕美玉白似雪，無孔珍珠大似拳。不信看我夜來好鋪蓋，一領草薦當蓆眠。自家寶貝皆全，只少一個管家大娘子。我把温州城裏城外各家女子，逐一看過，没一個中我心懷，只有雙門巷裏錢老貢元有一女子，(一)生得十分標致，意欲娶他爲妻，只少個媒人，到他家裏説親。朱吉何在？（末上）廳上一呼，階下百諾。覆官人，有何使令？（浄）我不會使令，只會摇鐸。（末）慣做巡軍。（浄）今叫你出來，別無甚事，今有雙門巷裏錢老貢元家有一女子，生得十分標致。你與我尋個媒人，到他家裏説親。（末）財主家五馬坊對過張媽媽，就是錢老貢元的妹子，何不央他？一説一成。（浄）如此就去。轉灣抹角，此間就是。張媽媽有請。（丑上唱）

【前腔】蒙見招，打扮十分俏。走到門前人都道，道奴奴臉上胭脂少。搽些兒又好，添些兒又好。

（末）搽殺賽不過西施。（丑）還要搽哩！（浄）關大王請你作對。（丑）甚麽人在此？（末）東人孫小官在此。（丑）春牛上宅，并無災厄。（浄）我今閒走，特來望你母狗。（末）出言太毒，將人比畜。（丑）孫小官人今日到寒家，有何見諭？（浄）今來欲煩媽媽爲媒。（丑）説誰家宅眷？甚處嬌娥？(二)（浄）聞説令兄宅上令愛，學生求一佳偶。（丑）不説我侄女，萬事全休，若説我侄女，只教你雪獅子向火，蘇了半邊。（浄）面也不曾見，蘇了半邊，明日娶過門來，睡了一兩夜，骨頭都化了水。（丑）説我侄女標致

(一) 巷：原闕，據《新刻原本王狀元荆釵記》補。下同補。
(二) 娥：原作『我』，據《新刻原本王狀元荆釵記》改。

與你聽，他施朱太赤，付粉太白，長不楞楞掙掙，短不局局促促，肥不壘壘堆堆，瘦不怯怯弱弱。有沉魚落雁之容，閉月羞花之貌。不要看他什麽，只看他一雙小脚，剛剛三寸三分。（浄）三個三寸三分，共成一尺了。（丑）寧可喫他千拳，不可熬他一踢。（末）放下驢蹄，雙手捧得一隻。（浄唱）

【豹子令】聞説佳人多裊娜，多裊娜，端的容貌賽姮娥，賽姮娥。此親若得週全我，酬勞財禮敢虚過，敢虚過。（合）花紅羊酒謝媒婆，謝媒婆。（丑唱）

【前腔】非是冰人説强呵，説强呵，成敗都是女蕭何，女蕭何。若得牛郎拚財禮，管交織女渡銀河。（合前）（末唱）

【前腔】婚娶妻房非小可，非小可，央浼高鄰去伐柯，（一）去伐柯。望乞留心説則個，專聽回報莫蹉跎。（合前）

（浄）爲媒作伐莫因循，（丑）管取交君成此親。

（末）匹配姻緣憑月老，（合）調和風月仗冰人。

（一）鄰：原作『憐』，據文義改。

第八出

（外上唱）

【似娘兒】一女貌天然，緣分淺，親事遷延。願天早與人方便，絲蘿共結，蒹葭可倚，桑梓相聯。

（外白）男子生而願爲之有室，女子生而願爲之有家。我央許將士送吉帖到王宅去，未有回音。待他回來，便知分曉。（末上白）仗托荆釵成好事，何須紅葉作良媒。（見介。外）將士起動了！親事如何了？（末）老夫一到那裏，王老安人再三不肯應承，後來我把老員外的言語與他一説，方纔允肯。（外）既如此，有何定禮？（末）有些薄禮，將不出來。（外）不妨。（末）有一隻荆釵。（外）好！好！這東西足可爲聘。（净上）姻緣本是前生定，曾向蟠桃會裏來。老兒央許將士説親，怎麽了？（介。外）阿婆，親事成了。（净）既成了，有何定禮？（外）有一隻荆釵。（净）若是金釵爲聘，一定是好人家了。（外）不是金子打的。（净）在那裏？將來我看。（外與介。净）這等東西，將來做定禮？都是許將士的老賊！這是打人的黄荆條，老娘做上十隻，就討十個老婆。許將士老賊，快走出去！快走出去！

（末唱）

【柰子花】論荆釵名本輕微，漢梁鴻亦仗得妻，芳名至今留傳於世，休將他恁般輕覷。聽啓，

那王老安人呵，他明説道表情而已。（净唱）

【前腔】雖則是我女低微，他將我恁般輕棄。一城中豈没風流佳婿？偏只要嫁着窮鬼。媒氏，疾忙送還他的財禮。(一)（外唱）

【前腔】這定物雖是輕微，因何講是説非？他一朝顯達，名登高第，那其間夫榮妻貴。總輕微，既來之且宜安之。（丑上唱）

【前腔】富家郎央我爲媒，要娶我侄女爲妻。説合果然非通容易，也全憑虚心冷氣。匹配，端的是老娘爲最。

（丑白）有人在此麽？（净）是那個？（介）元來是姑娘。（丑）嫂嫂，入門不問榮枯事，觀着容顔便得知。嫂嫂，你何故這般煩惱？（净）姑娘不要説起，你哥哥許多年紀，把一個如花似玉的女兒，許了王秀才家。（丑）那個爲媒？（净）許將士做媒，拿定禮來是一隻荆釵。（丑）嫂嫂，這等好人家了，金釵爲定。（净）不是金子打的。（丑）是什麽？（净）是黄荆條削的，就把來做定禮。（丑）歡來不是明朝，喜來正在今日。我今日特來與我侄女做媒。（净）你説是誰家的？（丑）我説的山能大，海樣深，五馬坊孫小官人。他依我説，每事成雙，件件見百。這等人家不嫁與他，嫁誰？（净）姑娘同進去。（介。

(一) 財：原作『才』，據文義改。下同改。

外）阿婆，是那個？（淨）姑娘在此。（外）妹子，你來怎的？（丑）今日特來與侄女做媒。（外）你説誰家的親事？（丑）五馬坊孫汝權，第一個財主。（外）早來説便好，如今許了王秀才了。（淨）退還王家財禮，只嫁孫汝權便了。（外）一家女子百家求，一家求了九十九家都甘休。（丑）一家女子百家求，九十九頭不甘休。（外唱）

【駐馬聽】巧語花言，竟不顧男女婚姻當遴選。此子材堪梁棟，貌比璠璵，學有淵源。我孩兒非比孟光賢，那書生亦遂梁鴻願。（合）萬事由天，想一朝契合，做了百年姻眷。（淨唱）

【前腔】才貌兼全，他親老家貧囊又艱。（一）羞殺了荊釵裙布，繡褥金屏，綺席華筵。好姻緣番做了歹姻緣，富親眷强似窮親眷。（合前）（丑唱）

【前腔】四遠名傳，那個不識孫汝權？　貌比潘安，富比石崇，德并顏淵。輕裘肥馬錦雕鞍，重裀列鼎珍羞饌。（合前）（末唱）

【前腔】五百年前，月老曾將足繫纏。不索詩題紅葉，書附青鸞，玉種藍田。瑶池曾結并頭蓮，畫堂結就于飛願。（合前）

（外）今朝未可便相從，（淨）須信豪家意頗濃。

（一）囊：原作『郎』，據汲古閣刊本《繡刻荊釵記定本》改。

（末）有緣千里能相會，（丑）無緣對面不相逢。

第九出

（旦上唱）

【戀芳春】寶篆香消，繡窗日永，又還節近朱明。暗裏時更換，月老逼椿庭，惟願雙親福壽康寧。

（白）玉蓮本貞潔，開傍朱明節。自居甘雅淡，不肯趣炎熱。奴家今早在母親面前早膳已畢，不免向繡房中做些針指，多少是好？正是：凡戲無益，惟勤有功。（唱）

【一江風】繡房中，裊裊香烟噴，剪剪輕風送。但晨昏問寢高堂，須索把椿萱奉。忙梳早整容，忙梳早整容，惟勤針指功，怕窗外花影日移動。（唱）

【前腔】聽鵲鴉，叫得奴心驚怕，有甚吉凶話？念奴家不出閨門，休把情懷掛。依然繡幾朵花，依然繡幾朵花，天生怎比他？再繡出薔薇架。（丑上唱）

【風馬兒】豪門議親，哥哥嫂嫂已許諧秦晉。未審玉蓮肯從順，且向繡房尋問。

（叫介。旦白）是誰？（丑介）是你姑娘在此。（旦介）姑娘萬福！（丑）侄女兒，你在此做甚麼？

（旦）奴家做些針指。（丑）侄女，我今日特來與你做媒。（旦）敢是爹爹前日說王秀才的親事？（丑）

不是，温州在城第一個財主孫小官人，没有妻子，特着我來作伐。（旦）爹爹只説許王秀才家，不曾説許孫家。（丑）待我説他富足與你知道。（丑唱）

【梁州序】家私迭等，良田千頃，富豪家聲振歐城。他又不曾婚娶，專央我來求親。（旦唱）他恁的錢物昌盛，愧我家寒貌醜難厮趁。（丑唱）這段姻緣料想是前生定，入境緣何不順情？休得要恁執性。（旦唱）

【前腔】他便有雕鞍金鐙，重裀列鼎，肯娶奴裙布荆釵？我房奩不整，反被外人相輕。（丑唱）雖是你房奩不整，他見你恭容，自然相欽敬。（旦唱）嚴父將奴先已許書生，君子一言怎變更？實不敢奉尊命。（丑唱）

【前腔】你爹娘俱已應承，問侄女緣何不肯？恁推三阻四，莫不是行濁言清。（旦唱）枉了將奴凌并，便刎下頭來，斷然不依聽。（丑唱）論我作伐，宅第盡聞名。十處説親到有九處成，誰似你假惺惺！（旦唱）

【前腔】做媒的一口誇逞，也多有言不相應，信着你都被你誤了前程。（丑唱）合窮合苦没福分丫頭强厮挺，致令人怒憎。（旦唱）出語傷人不三省，榮枯得失皆前定，算此事總由命。（丑唱）

【尾】這段姻緣非自逞，少甚麽花紅送迎？（旦唱）誰想翻成作畫餅？(一)

（旦）姻緣自愧不和同，（丑）無福榮華合受窮。

（旦）雪裏江梅甘冷淡，（合）羞隨紅紫嫁東風。（下）

第十出

（淨上唱）

【福青歌】(二)只因我女忒嬌媚，富家郎要求姻契。姑姑在此作良媒，尋思就裏，嫁富的强似嫁着窮鬼。

（淨白）常言道：會嫁嫁田莊，不會嫁嫁兒郎。我老兒將女兒只要嫁與王秀才，如今着姑娘去繡房中與女兒説孫家姻事，不知如何，待他回來，便知分曉。（丑上唱）

【前腔】玉蓮賤人無理，激得老娘怒從心起。腌臢蠢物太無知，千推萬阻，枉教我受這場嘔氣。

(一) 畫：原作『話』，據《新刻原本王狀元荆釵記》改。

(二) 青：原作『清』，據《新刻原本王狀元荆釵記》改。

（浄）姑娘，你到繡房中與女孩兒説親，如何了？（丑）嫂嫂，不要説起，我與他説孫家親事，他説爹爹許了王秀才了，不曾許孫家，千言萬語抵對我。他説任可刎下頭來不肯。（浄）那個賤人，是這等説！待我叫他出來，肯嫁孫郎，萬事全休；不肯嫁孫家，打他一頓。（丑）正是，正是。（浄）叫玉蓮！（丑）蓮玉！（浄）把一個與我喫，喫則倒叫了，不是蓮玉。（旦上唱）

【七娘子】芳心未許春搬弄，傍紗窗繡鸞刺鳳。叫玉蓮！母命傳呼，奴當趨奉。金蓮輕舉湘裙動。

（旦見。浄白）我且問你，人家家裏誰大？（旦）爹爹大。（浄）還有誰大？（旦）母親大。（浄）還有甚麼人大？（旦）姑娘也大。（丑）這個丫頭欺負人，爹爹大，母親大，姑娘也大。姑娘是野姑娘？（浄）姑娘在繡房與你説親，怎麼回他？（旦）母親，爹爹元先只説許王家，不曾説許孫家。（浄）王家有什麼定禮？（旦）是一隻荆釵。（浄）你看他把言語對我。（打介。旦唱）

【鎖南枝】休發怒，姑娘，免性焦，一言望乞聽奴告。這聘定荆釵，休恁看得小。（浄）金子打的？（旦唱）非是金。（浄）是寶？（旦唱）也非是寶，將來聘定奴，一似孟光耀。（浄唱）

【前腔】聽他道，越氣惱，無知賤人不聽娘教。因甚苦死執迷？惹得我心憔燥。他禮物有甚麼好？比着玉鏡臺，却不羞殺了晉温嶠。

（旦白）母親，豈不聞商相埋名，版築巖墻曾避世；[一]阿衡遁跡，[二]躬耕莘野未逢時。[三]朱買臣見棄於其妻，季子不禮於其嫂。昔年蒙正運未通，破瓦窑居；舊日韓信時未遇，[四]當街求乞。王秀才他是讀書人，風雲際會，發跡何難？（净白）你要發跡者！（打介）

【四換頭】賊潑賤閉嘴，數黑論黄講甚的？我是誰？（旦）是娘。娘言語怎違逆？那裏是順父母顔情却是禮。（旦）順父母顔情，人之大禮。話不投機，教奴怎隨？富豪戀貪，貧窮見棄，惹得傍人講是非。（丑）

【前腔】呆蠢丫頭，出語污人耳。推三阻四，話不投機。（净）他是豪家求汝效于飛，故相推。敢出言挺撞，你好没尊卑。（旦）

【前腔】非是奴失禮義，望停嗔，聽奴拜啓。婚姻事有之，恐誤了奴終身難改移。怕不道一霎時貪富侈，恐船到江心補漏遲。（净）好言勸你，再三阻推。你是何人娘是誰？（旦唱）

【前腔】萱親暫息雷電威，休恁的自差池。今日裏緣何將奴苦禁持？（净唱）如今和你做頭

[一] 巖：原作「簷」，據《新刻原本王狀元荆釵記》改。

[二] 阿：原作「何」，據《新刻原本王狀元荆釵記》改。

[三] 莘：原作「辛」，據《新刻原本王狀元荆釵記》改。

[四] 信：原作「光」，據《新刻原本王狀元荆釵記》改。

敵。（旦唱）謾威逼，我斷然不與孫氏做夫妻。

（旦先下。浄、丑吊場。外上白）自不整衣毛，何須夜夜嚎！你兩個爲何在此鬧炒？（浄）老賊，你養得好女兒，他千言萬語抵觸。（外）妹子，我女兒怎麽在此抵觸？（丑）嫂嫂要他嫁孫汝權，他便不肯。爲此嫂嫂肚裹氣。（浄）老兒，如今選一個黑殺日，一些房奩首飾不要與他，送在王敗落家裹去。説你是他親爺，我是繼母。快送去！（外）正中下懷，正是將錯就錯，隨他發落。明日是個好日子，只説不好。，送女兒王門去罷。媽媽，明日不好，送女兒王家去罷。（浄）明日不好，就着妹子送去。（丑）我去看他家擺甚麽筵席，先自許將士報知。（浄）正是這等説。

（外）不圖富貴自甘貧，（浄）叵耐無知小賤人。

（丑）惟有感恩并積恨，（合）萬年千載不成塵。

第十一出

（旦上唱）

【破陣子】翠黛深籠寶鏡，蛾眉懶畫春山。絲蘿雖喜依喬木，椿樹還憐老歲寒，偷將珠淚彈。

（旦白）我生胡不辰，繈褓失慈母。鞠育賴椿庭，成立多艱楚。此日遣于歸，父命曷敢阻？進退心恐傷，有淚出肺腑。奴家被繼母逼嫁孫郎，我爹爹不允，將機就機，只説今日是十惡大敗之日，匆遽之間，將奴出配王家。首飾衣服，并無一件。苦呵！若是親娘在日，豈忍如此骯髒！不免到祠堂中拜別親娘神主。此間以是祠堂中了，這一位是我親娘了。一入祠堂心慘淒，百年香火嘆無兒。涓埃未報母恩德，返哺忍聞烏夜啼。（唱）

【玉交枝】我那娘呵，你音容不見，望冥中聽奴訴言。甫離懷抱娘恩斷，目應不瞑重泉？誰知繼母所見偏，將奴逼嫁相凌賤。（白）娘，今日要做碗羹飯與你，繼母料不相從。不要說做羹飯與你，我待要哭上幾聲呵，（唱）（合）怕他每聞之見嫌，只得且吞聲，淚痕如綫。

（白）娘，孩兒今日衣服俱無，罄身逐出。我的親娘在日，豈是這般？（唱）

【前腔】不能光顯，嘆資裝十無一完，荆釵裙布奴情願。（白）只是爹爹年老在堂，再無子嗣。（唱）料膝下何人承顔？（白）娘呵，孩兒七歲抛離了你，（唱）受他折磨難盡言。（白）孩兒平昔稍有一言，非打即駡。（唱）全無骨肉情相眷。（合前）

（外、丑上白）荆釵與裙布，隨時畢婚嫁。（丑白）三夜不息燭，相思何日罷？（外白）孩兒，吉時已至，何不去梳妝上轎，到在此啼哭？（旦白）爹爹、姑娘，孩兒在此拜別母親神主。（外白）孩兒，吉時已到，休得啼哭。（外唱）

【憶多嬌】你且開鏡奩，整翠鈿，休得介破殘妝玉箸懸。（白）我的兒，是我爹爹骯髒了你。（唱）衣飾俱無真可憐。（合）休得愁煩，休得愁煩，他是讀書大賢。

（旦白）爹爹，孩兒也不愁别的，（唱）

【前腔】愁只愁你子嗣慳，爹老年，何忍教兒離膝前？（白）爹爹，你與母親不諧。孩兒去了，凡事忍耐些吧！（旦唱）莫惹閒非免掛牽。（合前）

（丑白）我兒，你若依了我，嫁了孫家，大樣妝奩，十分富貴。今日什麼來由，到嫁這個窮兒！（外白）你好胡説！（外唱）

【鬬黑麻】自古姻緣，事非偶然，五百年來，赤繩繫牽。兒今去，聽教言：（白）我的兒，你到王門做媳婦，勿慢勿驕，必欽必敬。（外唱）孝順姑嫜，數問寒暄。（合）燈前淚漣，生離各一天。不要愁煩，它有日歸寧，吾心始安。

（外白）我兒，上轎去吧！（旦白）待孩兒請母親出來拜辭。（外）孩兒，那老潑賤，你去拜别他怎麽？（旦）爹爹，天下無有不是的父母，孩兒何忍不辭而去？（丑）侄女言之有理，待我去請他來。嫂嫂，女兒請你出來拜别。（淨在内説）不出來，一似張果老倒騎驢，永遠不要見這畜生的面。（丑）侄女兒，你母親不肯出來受你的拜别。（旦）既不肯出來，待奴自去請。母親，開門，開門！（淨内説）不開！不開！（旦白）母親既不開門，不免就此房門前拜别。我的娘，孩兒呵！（旦唱）

【前腔】蒙教養成人，恩同昊天。（淨内白）我又不是你親娘，説甚麽昊天！（旦白）我的娘！（唱）雖不是你親生，多蒙保全。兒别去，免憂煎。（白）娘，你是個年老之人，休惹閒氣。爹爹有些不是處，忍耐些吧！（唱）努力加餐，望把愁顏變笑顏。（合）燈前淚漣，生離真可憐！（外白）我兒，他衣飾也無一件與你，哭他怎麽！（旦唱）裙布荆釵，奴身自便。

（丑介、白）侄女兒，拜了爹爹，上轎去吧！（外白）不要拜了！（旦唱）

【臨江仙】百拜哀哀辭膝下，及門無母施鞶，未知何日返家園？出門銀燭暗，白日照魚軒。

（旦、丑吹打下。外吊場、唱）

【引】半壁殘燈相吊影，(一)瀟瀟白髮盈顛，(二)那堪弱息離身邊？(三)叮嚀辭别去，情痛不成乾。

（下）

第十二出

（貼上唱）

【風馬兒】株守蝸居事桑麻，形憔悴，鬢藍參。（生上唱）家寒世薄精神減，淒涼一旦，母憂愁，子羞慚。

(一) 殘：原作『勾』，據《新刻原本王狀元荆釵記》改。

(二) 瀟瀟：原作『消消』，據《新刻原本王狀元荆釵記》改。

(三) 息：原作『膝』，據《新刻原本王狀元荆釵記》改。

（貼白）孩兒，姻緣之事非偶然，前番許將士來説親事，我因將荆釵爲定。此人一去，許久不見回報，敢是不成了？（生）母親，姻緣前生分定，不必掛懷則甚。（貼唱）

【鎖寒窗】這門親非是我貪婪，無奈人來説再三。送荆釵，只愁富室褒談。良媒竟没一言回俺，反教娘掛腸懸膽。（合）早間只聞得鵲噪窗南，有何親舊相探？（生唱）

【前腔】嘆連年貧苦多諳，尤在凄凉一擔擔。事萱親，朝夕愧缺魚甘。劬勞未答，常懷凄慘。議姻親，斷然不敢。（合前）（末上唱）

【前腔】論人生嫁女婚男，不是姻緣怎妄貪？謾誇他，豪門首飾衣衫。嬌娥志潔，甘居清淡，那聽他巧言啜賺。這姑姑因此臉羞慚，此來必定喃喃。

（末白）歡來只在今日，喜至又逢今朝。不免到王老安人宅上報喜。（貼）老將士，今日到來，有何言語？（末）今日特來賀喜。（貼）寒門何喜可賀？（末）如今送新人臨門了。（貼）將士，倉卒之間，諸事不曾整備得，怎麼好？（末）不妨，只有一個姑娘送新人來。（貼）孩兒，怎麼好？（生）便是，母親。

（丑上唱）

【寶鼎兒】親送侄女臨門，管取今朝沉醉。

（丑見末。丑白）老將士，你先來了。（末）我先來通報。（丑）你這等做媒人的，便是鐵脚爪騮。（末）將人比畜。（丑）他曉得了麽？（末）曉得了，請裏面相見。（丑）你先去通報。（末）老安人，張姑媽到了。（貼）孩兒，看椅兒。姑媽萬福！（丑）親家萬福！（貼）裏面請坐。（丑）坐，坐。（貼）孩兒，見了姑媽。（生見介。丑）許將士，這是那個？（末）這是新官人。（丑）茶不見，酒不見，便來討廝見。你要娶老婆，教我到寒賤。（末）那些個先轉食輪，謀道不謀食。（丑）老親家，喜筵排在那裏？（貼）望乞姑媽包籠！（丑）没有這等大荷葉包。（末介）三請四唤。（介。旦上）

【花心動】適遣匆匆，奈眉峰慵畫，鬟雲羞籠。

（末白）新人到了，先拜天地。（生、旦拜介。丑白）老親家，新人拜了天地，如今荳腐酒喫三杯。（貼唱）

【惜奴嬌】家道貧窮，守荆釵裙布，謹身節用。今爲姻眷，惟恐玷辱親家門風。（旦唱）空空，愧乏房奩來倍奉，望高堂垂憐寵。（一）（合）喜氣濃，悄似仙郎仙女，會合仙宫。（丑唱）

【前腔換頭】欣逢，夫婿寬洪，可留心遵守，四德三從。（末唱）勤攻詩賦，休得要效學飄蓬。（生唱）重重，命蹇時乖長如夢。（貼唱）謝良言，開愚懵。（合前）（旦唱）

【鬭黑麻】家中，雖忝儒宗，論蘋蘩箕帚，尚未諳通。愧無能，豈宜適事英雄？（貼唱）融融，非獨外有容，必然内有功。（合）喜氣濃，悄似仙郎仙女，會合仙宫。（生唱）

（一）寵：原作『籠』，據《新刻原本王狀元荆釵記》改。

【前腔】愚蒙，欲步蟾宫，奈才疏學淺，未得蜚冲。愧無能，豈宜先自乘龍？（丑唱）雍雍，才郎但顯功，嬌妻擬贈封。（合前）（末唱）

【錦衣香】夫性聰，才堪重；婦有容，德堪重。天生美質奇才，彩鸞鳳。（生唱）自慚非是漢梁鴻，何當富室，配着孤窮。（旦唱）念妾非孟光，奉親命遣侍明公。今日同歡共，想也曾修種。夫和婦睦，琴調瑟弄。（貼唱）

【漿水令】愢貧無香醪泛鍾，愢貧無美食獻供。（丑唱）又無些湯水飲喉嚨。妝甚麽大媒？做甚麽親送？（末唱）休相笑，莫忘銜，惟恐外人相譏諷。（貼唱）非缺禮，非缺禮，只爲窘中。凡百事，凡百事，望乞包籠。（衆）

【尾】佳人才子德堪重，更人才兼出衆，夫妻到老永和同。

（生）合巹交歡喜頗濃，（貼）琴調瑟弄兩和同。

（丑）今宵賸把銀釭照，〔一〕（合）猶恐相逢在夢中。（下）

〔一〕賸：原作『勝』，據汲古閣刊本《繡刻荆釵記定本》改。

第十三出

（外上唱）

【出隊子】追思前事，追思前事，心下如同理亂絲。雖然頗頗有家私，争奈年高無後嗣，怎不教人日苦怨憶！

（白）萬般都是命，半點不由人。當元先我只要招王秀才爲婿，我那婆子嫌貧戀富，定要與孫氏成婚。誰想女兒不從，因此變作參商。我只得將錯就錯，把與王秀才了。自從去後，不覺又是半年。近聞王秀才往京求官，他若去了，家中愈添淒楚。如今我意下請他母親、妻子到來，打點西邊空閒房屋一所，與他另住，未知他母親意下如何？且叫李成出來商議。李成那裏？（末上白）水將杖探知深淺，人聽言詞見腹心。老員外有何分付？（外）李成，你知道麼？（末）男女不知。（外）如今王秀才上京應舉，我思量他家無人，我欲把西首空房屋一所，請他母親、妻子到此同居另住。（末）老員外，此言甚好！（外）我分付你去。（外唱）

【好姐姐】聽吾一言道語，王秀才欲求科舉。他若赴都，擬定家空虛。（合）堪憂慮，形隻影單添淒楚，暮怕朝愁愈困苦。（末唱）

【前腔】姐夫爲功名利禄，他應難免分開鴛侣。妻孤母獨，怎不愁滿腹？（合前）（外唱）

【前腔】我欲把西邊空屋，相請他萱親荆婦，移來并居，早晚堪照顧。（合）親骨肉，及早取來同居住，彼此心歡意滿足。（末唱）

【前腔】小僕蒙東人付祝，到彼處傳説衷曲。他聞此語，擬定無間阻。（合前）

（外）不忍他家受慘淒，（末）恩東惜樹更連枝。

（外）黄河尚有澄清日，（末）豈可人無得運時？

第十四出

（貼上唱）

【掛真兒】天付良緣事諧矣，夫和婦如魚似水。（生唱）貧處蝸居，羞婚燕爾，惟恐旁人談耻。

（旦上唱）菽水承歡勝甘旨，(一)親中饋未能週備。（生唱）慈母心歡，賢妻意美，深喜一家和氣。

（生白）母親，蘋蘩已喜承宗嗣，功名未遂平生意。黄榜正招賢，孩兒囊空無一錢。（貼白）孩兒，家寒難斡運，謾自心頭悶。（旦白）今舉若蹉跎，光陰能幾何？（生）母親，孩兒自與娘子成親之後，不覺半載。即目黄榜動，選場開，郡中刻限十五日起程。争奈缺少盤纏，如何是好？（貼）孩兒，自你父親亡後，家

(一)　承：原作『成』，據《新刻原本王狀元荆釵記》改。

私日漸凋零。你今缺少盤費，教娘實難措辦。（旦）官人，此係前程之事，況兼官府催行，雖則家道艱難，如何辭免？可容奴家回去，懇及爹娘，或錢或鈔，借些與官人路上盤纏，不知尊意如何？（生）如此却好，只恐岳丈不從。（旦）這個不妨。（末上白）若無漁父引，怎得見波濤？自家蒙老員外着我到王秀才家去請取，這裏便是，有人在此麼？（貼）孩兒，是誰在門首？（生）待孩兒去看。（介見。生）足下何來？（末）小人是錢宅來的。（生）少待。（介）母親，元來岳丈家裏來的人。（貼）媳婦，你去看是誰。（旦）待奴家去看。（介）原來是李成。（末）是小人。（旦）一向爹媽好麼？（末）俱各平安。（旦）今日着你來，有何話説？（末）老員外聞知秀才官人上京應舉，思慮宅上無人，着小人打點空房一所，特着小人來請老安人、小姐同家另住。（旦）這是貧人遇寶，有何不可？你進來見了婆婆，須要下禮。（末）大人家兒女曉得。（貼）媳婦，是誰？（旦）婆婆，是奴家家裏使喚的李成。（貼）元來是李僕舅，請他進來。（旦）李成進來。（末）老安人拜揖！（貼）李僕舅萬福！二位親家安否？（末）托賴俱各平安。（貼）如今親家着你來有何幹？（末）老安人請坐，待小人説。（末唱）

【宜春令】恩東命，遣僕來上覆，近聞説官人赴帝都。解元出路，人去家空，必定添淒楚。意欲把西首房屋，待相邀安人居住。爲此特令男女，到宅傳語。（貼唱）

【前腔】蒙錯愛，爲眷屬，這恩德深銘肺腑。奈緣艱苦，迤邐不能勾參岳父。到如今又蒙相呼，頓交娘心中猶豫。試問我孩兒媳婦，怎生區處？（生唱）

【前腔】因科舉，欲赴都，免不得抛妻棄母。千思百慮，母老妻嬌，却教誰爲主？既岳翁惜寡憐孤，這分明連枝惜樹。且自隨機應變，慎勿推阻。（旦唱）

【前腔】夫出路，百事無，况家中前空後虚。晨昏朝暮，慮恐他人生疾妒。既相招共處同居，暫幽棲蓽門蓬户。未審婆婆夫主，意中何如？

（貼白）媳婦，先打發李僕舅回去。（旦白）李成，你先回去，上覆爹爹，爲王官人上京取應，只因缺少盤纏，正欲回家借些。你去多多拜上爹爹，俺三人就來了。（末）如此，小人先回去。

（貼）家寒羞往見新親，（生）世務艱難莫認真。

（旦）此去料應無改易，（末）逕傳消息報東人。

（末下。貼、生、旦吊場。貼唱）㈠

【繡衣郎】半生在陋室幽棲，樂守清貧苟度時。重蒙不棄，大厦千間相週庇。望孩兒異日榮貴，報岳翁今日恩義。（合）願從今奮鵬程萬里，願從今奮鵬程萬里！（生唱）

【前腔】自歷學十載書幃，黄卷青燈不暫離。春闈催試，鏖戰功名在科場内。金鑾殿擬着荷衣，廣寒宫必攀仙桂。（合前）（旦唱）

㈠　貼唱：原作『唱』，據《新刻原本王狀元荆釵記》改。

【前腔】想蒼天不負男兒，一舉成名天下知。倘登高第，雁塔題名身榮貴。若能勾贈母封妻，也不枉了争名奪利。（合前）（貼唱）

【前腔】論黄河尚有澄清日，豈可人無得運時？（旦唱）[一]皇都得意，那時好個風流婿。（生唱）我寒儒顯赫門楣，太岳翁傳揚名譽。（合前）

（生）春闈催赴怕違期，（旦）但願皇都得意回。

（貼）躍過禹門三級浪，（合）管教平地一聲雷。

第十五出

（外上唱）

【卜算子】從别我孩兒，心下常縈繫。昨日令人去請歸，彼此心歡喜。

（白）雪隱鷺鷥飛始見，柳藏鸚鵡語方知。昨日遣李成去搬取王親媽、秀才與我女孩兒同家另居。待李成回來，便知分曉。（貼上唱）

【疏影】韶光荏苒，嘆桑榆暮景，貧困相兼。（旦唱）半載憂愁，一家艱苦，未知何日回甜？

[一]（旦唱）：原闕，據《新刻原本王狀元荆釵記》補。

（生唱）粗衣糲食心無歉，爲親老常懷悽慘。（末上唱）安人賢會，秀才儒雅，小姐貞潔。（白）老安人，這裏正是本宅門首，待小人進去通報。（介）老員外，老安人、秀才官人、小姐都來了。（外）在那裏？（末）都在門首。（外）看座兒。（介）親家，請裏面相見。（貼）親家先請。（外）親家，老夫接待不周，勿令見罪。（貼）親家，老身貧乏，無一絲爲聘，遣荆釵言之可羞。（外）小女愧無百輛迎門，奉蘋蘩惟恐有失。（貼）未遑造謝，反蒙寵招。（外）重荷輝臨，不勝忻羡。（貼）老親家，親母如何不見？（外）老荆有些小恙，不及侍陪，容日再拜。乞恕！乞恕！（貼）孩兒過來，見了老親家。（生）念十朋一介寒儒，三尺童稚。忝居半子之情，托在萬間之庇，有違參拜，無任戰兢。（外）好賢婿！（旦）爹爹，久别尊顔，且喜無恙。（外）孩兒起來。親母，我聞知令郎起程，慮恐親家宅上無人。老夫如今打點西邊空房屋一所，請親母到來，與我孩兒同住。未知尊意如何？（貼）老身來此，必擾尊府。（外）賢婿幾時起程？（生）學生就是今日起程。（外）李成看酒來。（末）酒在此。（外）此一杯酒，一來與老親家接風，二來與我賢婿餞行。酒三巡，權爲餞行之禮。（介）親家，我家中没有高梁大厦。（外唱）

【降黄龍】草舍茅簷，蓬蓽塵蒙，網羅風颭。尊親到此，但有無一一望親遮掩。（貼唱）恩沾萬間週庇，悄似寒灰撥焰。使窮親歡生愁腹，喜生愁臉。（旦唱）

【前腔換頭】安然，同效鶼鶼，爲取功名，反成抛閃。君今此行，又恐怕貪榮别娶房奩。（生

唱)休言,我守忠信,自古道『貧而無諂』,肯貪榮忘恩失義,附熱趨炎?(貼唱)

【前腔換頭】淹淹,貧守齏鹽,常慮衣單,每憂食缺。今爲眷屬,尤恐將宅第門風辱玷。(外唱)休謙,既成姻眷,又何故相棄相嫌?敢攀屈尊親寵臨,老夫過僭。(生唱)

【前腔換頭】叨忝,母訓師嚴,三史諳通,九經博覽。今承召舉,到試闈定有朱衣頭點。(旦唱)春纖,捧觴低勸,好將心事拘鉗。官人,到京師閒花野草,慎勿沾染。(生唱)

【黄龍滚】休將別淚彈,休將別淚彈,且把愁眉展。背井離鄉,誰敢胡沾染?(外唱)路途迢遞,不無危險。纔日暮,問路程,尋宿店。(生唱)

【前腔】萱親免愁煩,萱親免愁煩,岳丈休憶念。娘子,記取叮嚀,客邸當勤儉。(合)此行只願鰲頭高占,功名遂,姓字香,門楣顯。(生唱)

【尾】(一)隨身不慮無琴劍,只慮行囊缺欠。(外唱)些少白金相助添。

(生白)多謝岳父厚意!(外白)你去路上要小心,早去早回。(貼白)孩兒,你過來,我分付你幾句。(生白)母親,有何分付?(貼白)你未晚先投宿,雞鳴起看天。逢橋須下馬,過渡莫爭先。古來冤枉事,皆在路途間。做娘的就比樹頭黄葉,荷葉上水珠,朝不保暮了。我的兒呵!(貼唱)

(一)【尾】:原闕,據《李卓吾先生批評古本荊釵記》補。

【臨江仙】渡水登山須仔細。（外）朝行須聽曉鷄啼。（旦）成名先寄好音回。（末）藍袍將掛體，及第便回歸。（生）

【前腔】重荷萱親勤訓誨，感蒙岳丈提携。娘子，好生侍奉我親幃。李成，在家勤照顧。（末）及第便回歸。（旦扯生介。旦唱）

【前腔】半載夫妻成拆散，婆婆年老怎支持？成名思故里，切莫學王魁！（生）你不須多祝付，我及第便回歸。

（生先下。衆吊場）正是流淚眼觀流淚眼，斷腸人送斷腸人。（生下。外白）孩兒，你夫婿上京取應，好把婆婆恭敬。（旦白）甘旨一一趨承，謹依爹爹嚴命。（貼白）多幸，多幸，骨肉團圓歡慶。（貼唱）

【園林好】深感得親家見憐，助白銀恩德萬千。更廣厦容留，貧賤得所，賜喜綿綿。蒙所庇，意拳拳。（外唱）

【沉醉東風】我孩兒三生有緣，與才郎忝爲姻眷。今日赴春闈，程途遥遠。論盤費，尚憂輕鮮。（旦唱）婆當暮年，父當老年，只願我兒夫榮歸故苑。（貼唱）

【川撥棹】他憑取才學上京赴選，又恐怕他功名緣分淺。（末唱）老安人你且莫縈牽，那秀才文章燦然。管登科，作狀元。管登科，作狀元。（貼唱）

【紅繡鞋】旦夕祝告蒼天，週全。願他獨占魁選，榮顯。母妻封贈受皇宣。門楣顯，姓名傳。

（貼唱）得魚後，怎忘筌？　得魚後，怎忘筌？

【尾】從今且把眉舒展，遇良辰自宜消遣，骨肉永遠團圓。

（外）儒士紛紛争較藝，（貼）此行願取登高第。

（旦）馬前喝道狀元來，（合）這回好個風流婿。

第十六出

（生上唱）

【望遠行】朝行暮止，又值清明時序。（丑唱）宿雨淋漓，泥滑步難移。（末唱）隨風柳絮沾衣，貼水荷錢迭翠。　步雲梯，手攀仙桂。

（生白）携書獻策赴天邦，（末）那更風光值艷陽。（丑）路上野花攢地出，（合）村中好酒透瓶香。（丑）請行。（生唱）

【甘州歌】自離故里，謾回首家鄉，極目何處？　萱親年老，一喜又還一懼。晨昏幸托年少妻，深感岳丈相憐一處居。（合）蒙祝付，牢記取，教我成名先寄數行書。休悒怏，莫嘆嗟，白衣换却錦衣歸。（末唱）

【前腔】芳春景最奇，正可人不暖不寒天氣。　千紅百紫，開遍滿目芳菲。　香車寶馬逐隊隨，

只見來往遊人渾似蟻。(一)(合)争如我，折桂枝，十年身到鳳凰池。身榮貴，回故里，人人都道狀元歸。(浄唱)

【前腔】迤邐松篁逕裏，見野塘溶溶水没沙嘴。鷗鳧往來，(二)出没又還驚飛。危橋跨澗人過稀，只見漠漠平沙接遠堤。(合)途中趣，真是奇，緑楊枝上囀黄鸝。難禁受，聞子規，聲聲叫道不如歸。(丑唱)(三)

【前腔】聞知皇都近矣，尚還隔幾重烟水。餐風宿水，豈憚路途迢遞。一心止望入試闈，恨不得脇生雙翅飛。(合)尋宿處，莫待遲，竹籬茅舍掩柴扉。天將暮，日墜西，漁翁江上釣魚歸。

【尾】問牧童，歸村市，香醪同飲典春衣，圖得今宵沉醉歸。

(生)琢磨成器待春闈，(末)此去前程唾手回。

(浄)青雲有路終須到，(合)金榜無名誓不歸。

(一) 只：原作『不』，據《新刻原本王狀元荊釵記》改。

(二) 鳧：原作『梟』，據《新刻原本王狀元荊釵記》改。

(三) 丑：原作『衆』，據《新刻原本王狀元荊釵記》改。

第十七出

（末上白）

欽奉朝廷命，敷施雨露恩。魚龍皆變化，一躍盡朝天。自家不是别人，禮部伺候的便是。往來聽候，侍奉官員。今乃大比貢舉之年，正當設科取士之際。國朝委請試官，已在貢院之内。府縣辟召舉子，俱列棘闈之前。如今將次考試，只得在此伺候。怎見得設科取士？但見開設着茂才科、賢良科、方正科，齊齊整整；印卷所、彌封所、對讀所、謄録所，密密嚴嚴；委請有總考官、同考官、《易》考官、《書》考官、《詩》考官、《春秋》考官、《禮記》考官，人人飽學；提調官、供給官、巡綽官、受卷官、彌封官、總監臨官、都幹辦官，個個清廉。但是天下才子，先到禮部報名。第一場，以四書擬題，内選程文四書三篇、[一]五經四篇，務要文章貞潔。第二場，以性理群書擬題，内選程論詔誥一篇、表判一篇，俱用禮義精純。第三場，策問五道，無非曉達時務，何莫經史辨疑。中試舉人，定爲三甲；授官進士，分作九階。第一甲，賜進士及第，官授從六品；第二甲，賜進士出身，官授正七品；第三甲，賜同進士出身，官授從七品。廷策一道，列名狀元、榜眼、探花，遊街三日，賜宴瓊林，鹿鳴鹵簿。正是：一封纔下興賢詔，四海應無遺棄才。道猶未了，試官早到。（丑上唱）

[一] 篇：原作『編』，據《新刻原本王狀元荆釵記》改。

【點絳脣】滿腹文章，平生慷慨，簪纓客時暫沉埋，兀的是虎瘦態心在。

（白）十載窗前篤志，習讀詩書半世。韓退之豈有文章，蘇東坡都是放屁，惟我才高學博。朝廷委請考試秀才，多與我鈔，選他頭名上第；若是無錢與我，交他一場晦氣。昨日打從夫子廟過，兩廊七十二個土地。（末白）你道才高學博，不識七十二賢。（丑）是我差了。（介）叫報天下賢良，早將卷子赴入科場。（生上唱）

【風檢才】你是讀書大賢，記得文章數篇。烏靴紗帽你都穿，天街上裊金鞭。（合）頭名是王狀元！（生唱）

【前腔】十朋多蒙試官，特賜象簡羅襴。烏靴紗帽我都穿，宫花插帽簷偏。（合前）（净唱）

【前腔】小子不敢自專，文章懶學幾篇。你每平地便登仙，天街上走得遍。（合前）（末唱）

【前腔】來到春闈赴選，没文章受人欺賤。相象乞丐好羞慚，回鄉里有何顔？（合前）

（生）五百名中第一人，（丑）烏靴紗帽緑袍新。

（末）明朝早赴瓊林宴，（净）斜插宫花謁至尊。

第十八出

（旦上唱）

【破陣子】自從兒夫去後，杳然没個音信。爹爹縈念，婆婆掛悶，那堪人孤更盡？朝夕甘旨雖然具，人在天涯常掛念，緣何不淚零？

（白）一簾明月照松陰，夜静凄涼愁殺人。獨聽子規枝上囀，聲聲叫出斷腸聲。〔賣花聲〕蹙損遠山眉，幽怨誰知？羅襟滴盡淚胭脂，夜過春寒愁未起。門外鴉啼惆惆。阻佳期，人在天涯。東風頻動小桃紅，正是消魂時候也，撩亂花枝。（唱）

【四朝元】結髮夫妻，雙雙不暫離。爲春闈擇士，只圖名利，只圖身顯跡。(一)只圖着富貴，只圖着富貴，把我鴛鴦拆散東西。何日團圓，再得完聚？免使相思憶。嗏！默默自嗟嘘，舉案齊眉，怎奉蘋蘩禮？重重悶怎除？懨懨自憔悴。難忘恩義，撲簌簌淚珠偷垂。

詩：

嬌養深閨年二八，嚴君許嫁中情切。
若非梁氏舊荆釵，安得王生諧結髮？

【前腔】思之夫婿，胸藏古聖書，赴京師科舉。願早及第，願攀折桂枝，願荷衣掛體，願荷衣掛體，衣錦歸來，改换門閭。因甚不歸？未知何意，敢戀紅樓處？嗏！何必苦相疑，妾想

(一) 只：原作「名」，據《新刻原本王狀元荆釵記》改。

他每，心定不如是。匆匆話别時，頻頻道書寄歸。緣何一去，嘹嘹嚦嚦，雁無帛繫？

詩：

勉操箕帚奉庭帷，父母姑嫜兩護持。
拂鏡誰將眉黛掃，天涯夫婿費思之。

【前腔】與伊分袂，終朝悶似痴。春光明媚去遊戲，懶觀園苑奇。懶尋梅訪柳，懶尋梅訪柳，鎮日忘餐，夜思不寐。寂寞房幃，冷冷清清。砧杵聲碎，空自愁千縷。嗏！蘭房静寂，陽臺夢斷，襄王歸那裏？更鼓響咚咚，銅壺漏滴。教奴悽悽愴愴，轉添愁緒。

詩：

膏沐慵施貌憔悴，背地潛抛紅妝淚。
送行南浦草淒淒，何忍與伊分别袂？

【前腔】昨宵房内，披衣未睡時。見銀缸結蕊，應自科舉，有音書寄。料夫君念我，料夫君念我，敢着歸鞭，想你歸期。忙下牙床，准却鴛被。暮聽鵲聲咈，嗏！緑雲亂未梳洗，獨上危樓想，望人何處？騰騰款步移，默默畫欄倚。思量無計，尋尋覓覓，似鳳失侣。

【尾】時光似箭如梭擲，勸把萱親奉侍，專等兒夫返故里。

只爲求名豈顧親，兒夫必定離京城。

真個路遥知馬力，果然日久見人心。

第十九出

（末上白）碧玉堂前列管弦，真珠簾捲裊沉烟。不聞閫外將軍令，只聽朝中天子宣。自家不是别人，乃是万俟丞相府中堂候官的是也。且説我那丞相，真個官高極品，累代名家。身居八位之尊，班列群僚之上。論文呵，對先聖夜讀詩書；論武呵，總元戎時觀韜略。巍巍駕海紫金梁，兀兀擎天碧玉柱。休説官高極品，先誇相府軒昂。霓金樓閣，重簷叠棟，直起上一千層；碾玉欄杆，傍水臨階，斜連着十二曲。窗横面面碧琉璃，磚砌行行紅瑪瑙。屏開翡翠，獸爐中噴幾陣香風；簾捲蝦鬚，仙仗間會三千朱履。門排畫戟，坐擁金釵。響噹噹的是玉珮聲摇，明晃晃的是珠簾色耀。後堂中安着一張影玲瓏、光燦爛、數十層雕花刻草八柱象牙床，正廳上間放着四圍香散漫、色鮮妍、幾多樣描鸞畫鳳九鼎蓮花帳。金間玉，玉間金，雕鞍寶凳；紅映紫，紫映紅，繡褥花裀。人人道是玉橋邊開着兩扇慷慨孟嘗門，鳳城中蓋着一所異樣神仙窟。道猶未了，丞相早到。（净上唱）

【賀聖朝】幾年職掌朝綱，四時燮理陰陽。一人有慶壽無疆，兆民賴之安康。

（白）爵尊一品，爲天子之股肱；位總百官，乃朝庭之耳目。廟堂寵任，朝野馳名。正是：一片丹心能貫日，四方志氣可凌雲。自家万俟丞相是也。吾有一女，小字多嬌，雖年及笄，争奈姻緣未遂。今年狀元乃是温州人氏，姓王，名十朋。此人才貌兼全，俺要招他爲婿，不知緣分如何？他今日必來參拜，且叫堂候官分付。堂候官那裏？（末上白）珍珠簾下忽傳聲，碧玉堂前聽使令。覆丞相，有何鈞旨？（浄）堂候官，今年狀元乃是温州人氏，姓王，名十朋。此人才貌雙全，欲要招他爲婿，只今便要成親。你怎麽説？（末）告丞相，小姐是瑶池閬苑神仙，狀元是天禄石渠貴客，若成了姻緣，不枉今生一對。（浄）正是。他今日必來參拜，你在衙門首，來時必須先露其意。（末）暫辭恩相去，專等狀元來。（生上唱）

【菊花新】十年身到鳳凰池，一舉成名天下知。脱白掛荷衣，功名遂，少年豪氣。

（白）引領群仙下翠微，雲間相逐步相隨；桃花已透三千丈，月桂高攀第一枝。閬苑應無先去客，杏園惟有後題詩。男兒志氣當如此，金榜題名天下知。小生得了頭名狀元，深蒙聖恩，除授饒州僉判。方以朝回，必須參見万俟丞相。（末見、白）狀元賀喜！（生）何喜可賀？（末）丞相有一多嬌小姐，欲招狀元爲婿，只今便要成親。（生）小生自有寒荆在家，焉敢望此？煩請通報。（末）少待。（介）告丞相，狀元已在門首。（浄）着他進來見我。（末）請狀元進去相見。（生見拜、白）小生一介寒儒，久困山澤，郡乏賢守，勉使來試。忝蒙天眷，皆賴丞相提携之賜。謹造鈞墀參拜，不及愧感之至。（浄）狀元，且休閒説，休閒講。我有事與你説：男子生而願爲之有室，女子生而願爲之有家。我有一女，小字多嬌，欲招你爲婿，只今就要成親。你心下如何？（生）深蒙不棄微賤，感德多矣。奈小生已有寒荆在家，不敢奉命。（浄）你是讀書之人，何故見疑。自古道：富易交，貴易妻。此乃人情乎！（生）丞相豈不聞宋弘有云：『糟糠之妻不下堂，貧賤之交不可忘。』小生不敢違例。（浄怒）我到違例！（浄

唱）

【八聲甘州歌】窮酸魍魎，對我行焉敢數黑論黄？妝模作樣，惱得我氣滿胸膛！（生唱）平生頗讀書幾行，豈敢逆亂三綱并五常。（末唱）斟量，不如且順從何妨？（净唱）

【前腔換頭】端詳，這搊搜伎倆，怎做得潭潭相府東床？出言挺撞，那些個謙讓温良？（生唱）微名忝登龍虎榜，肯做棄舊憐新薄倖郎？望參詳，料烏鴉怎配鸞凰？（末唱）

【解三醒】狀元你且休閒講，這姻事果是無雙。當朝宰相爲岳丈，論門户正相當。（生唱）寒儒怎敢過望想，自古道糟糠妻不下堂。（净唱）忒無狀，把花言巧語，一味胡謊！（末唱）

【前腔】你千推萬阻，靡恃己長，只怕你舌劍脣鎗反受殃。（生唱）謾自相勞讓，停妻再娶誰承望？又何苦，恁相當？（净唱）朝綱選法咱把掌，使不得禍到臨頭燒好香。不輕放，定改除遠方，休想還鄉。

（净白）堂候官，與我趕出去！

（净）叵耐窮酸太不良，（生）有妻焉敢贅高堂。

（末）大鵬飛上梧桐樹，（合）自有傍人説短長。

（净吊白）這畜生無禮，我招他爲婿，他到許多推故。堂候官，他除授那裏做官？（末）除授江西饒州僉判。（净）第二名王士洪除授那裏？（末）他在廣東潮陽僉判。（净）江西是魚米之地，廣東潮陽是烟瘴地面。有何難處？眉頭一蹙，計上心來。却將第二名王士洪除授饒州僉判，將王十朋改調潮陽，絶他歸計。明日張榜示衆。（末）是好計！

（浄）改調潮陽禍必侵，（末）交他必定喪殘生。

（浄）平生不作皺眉事，（末）世上應無切齒人。

第二十出

（生上唱）

【醉落魄】一别鄉關幸無慮，登甲第喜得僉除。修書欲報平安，浼承局，稍回去。

（白）虧心折盡平生福，行短天交一世貧。念小生貧寒之際，以荆釵爲聘，遂結姻親。臨行又蒙岳丈接取母親妻子一同居住，仍助盤纏赴京，得了頭名狀元。深蒙聖恩，除授饒州僉判。本欲回鄉視親，不合參見万俟丞相，反招我爲婿。只因不從，被他拘留聽候，不得回鄉。只得寫封家書回去，通報母親妻子知道。我昨日在省門前，有一承局差往温州下文書，與他説了，約我今日來取書。待我寫完，在此等他。（生唱）

【一封書】男百拜拜覆，母親尊前妻父母：離膝下到都，一舉成名身掛緑。蒙除授饒州僉判府，待家小同臨往任所。寄家書，附承局，草草不恭兒拜覆。

（白）書已寫完，在此等待承局到來。（末上白）傳遞急如火，官差不自由。自家承局的是也。公差到浙江遞送公文，昨日王狀元與我説，要寄家書回去，不免到下處取書。（生）承局，越動你來了。（末）狀元寫完在此未曾？（生）寫完在此了。（末）既完了，送在那裏去？（生）此書煩附與温州在城雙門巷裏錢貢元家下。（末）狀元姓王，爲何到錢宅？（生）是我岳丈家中。（生唱）

【懶畫眉】煩伊傳遞彩雲箋，你到吾家可代言。因參相府被留連，不能勾歸庭院，傳與我萱親免掛牽。（末唱）

【前腔】狀元深念北堂萱，料想尊堂憶狀元。若把信音傳，他必定生歡忭，正是一紙家書抵萬錢。

（生）平安一紙喜重重，（末）藍宅投呈喜信通。
（生）只恐匆匆説不盡，（末）行人臨發又開封。

第二十一出（一）

（浄上唱）

（一）二十一：原作『二十』，據文義改。

【雙勸酒】儒冠誤身，一言難盡。爲玉蓮賤人，常懷方寸。若得他配合秦晉，那其間燕爾新婚。

（白）凡人不可逆相，海水不可斗量。誰想王十朋得了頭名狀元，除授饒州僉判。見説万俟丞相招他爲婿，推阻不從。打聽得承局到温州公幹，王十朋交他寄書。我不免在門首等承局來，也交他寄一封回去。（末上唱）

【前腔】官差限緊，心中愁悶。途路上苦辛，怎辭勞頓？只恐怕誤了公文，那其間有口難分。

（浄白）承局拜揖！（末）官人拜揖！（浄）你認得我麽？（末）有些面善，不知官人上姓。（浄）我是温州五馬坊大門樓孫半州的便是。〔一〕（末）孫官人也是温州，與王狀元同鄉。（浄）正是。（末）王狀元有書在此，交我捎回去，我纔在他下處取得書在此。（浄）原來如此。（末）官人，你在此貴幹？（浄）説不得。（末）怎麽説不得？（浄唱）

【劉潑帽】念我到此求科舉，因不第羞回鄉里。修書欲報娘和父，待挽承局，只怕相推阻。

（末唱）

〔一〕坊：原作『妨』，據文義改。下同改。

【前腔】自家雖在京城住，温台路來往極熟。(一)官人若有家書附，休得要躊躇，咱與你捎回去。

(浄白)承局哥，既蒙允肯，同到下處，寫書與你。(末)如此同行。(浄)這裏便是下處，請坐。(末)不敢。(浄)承局哥，我本待留你喫一杯淡酒，一來没人在此，不便當。送一錢銀子與你，自去酒肆中去喫三杯；待我寫完了書，你來取。(末)多蒙無功先受禄，不敢受。(浄)褻瀆尊前，(二)請收了。(末)如此受了。我去喫了酒，官人你寫完了，我就來取。(浄)我就寫在此。(末下介，浄叫介。)孫官人，怎麼有叫我？(浄)我與你說，這個包兒，倘若到酒肆中喫醉了，這包兒放在那裏，不如放在此。喫了酒一發來取。(末)我曉得，你說道我拿了一錢銀子去了，不來取書，拿我包在此做當頭。(介)我便放在此，你不要動，裏面有王狀元的書在裏面。(浄)我生疔瘡也不動。(浄、末)自沽三酌酒，早寫萬金書。(末下。浄吊白)承局如今去遠了，我且把包打開來。把他書拆開來看一看。(看介)他要取家小同臨任所，且謾着，叵耐錢貢元不將女兒嫁我，我如今眉頭一蹙，計上心來。當初與他同窗，上學與他一般。我把一樣的紙來改寫幾句，只說万俟丞相入贅他了，教母親離了媳婦錢玉蓮。那其間我星夜趕回去，把三言兩語與那張媽媽說，教他母親做主，改嫁我。多多下些財禮，娶了他，塞那賤人的口。

(一) 極：原作『及』，據《李卓吾先生批評古本荆釵記》改。
(二) 褻：原作『泄』，據《李卓吾先生批評古本荆釵記》改。

【一封書】男八拜上覆，媽媽萱親想萬福，㈠孩兒已掛緑，僉判饒州爲郡牧。我娶了万俟丞相女，可使前妻別嫁夫。見休書，免嗟吁，我到饒州來取汝。

（白）書已寫完在此，待等承局來。（末）折梅逢驛使，寄與隴頭人。孫官人，書完也未曾？（浄）寫完了。此書煩到温州在城五馬坊孫半州家投下。又一件，若有人問你，不要説我有書。（末）理會得。

（浄唱）

【朱奴兒】因科舉離鄉半春，從別後斷羽絶鱗。今日天教遇你每，㈡趁良辰附回音信。（合）還歷盡山廓水村，指日到東甌郡城。（末唱）

【前腔】是則是公文限緊，蒙相委怎敢不允？拚取十朝與半旬，到宅上備説來因。（合前）

（浄）休憚山高與路長，（末）此書管取到華堂。

（浄）不是一番寒徹骨，（末）争得梅花撲鼻香。

第二十二出

（貼上唱）

㈠　想：原作『相』，據《新刻原本王狀元荆釵記》改。

㈡　教：原作『然』，據《新刻原本王狀元荆釵記》改。

【臨江仙】凭欄極目天涯遠，那人去遠如天。（旦唱）鱗鴻無事竟茫然？今春纔又過，何日是歸年？

（白）春闈催試怕違期，一紙音書絶雁魚。（旦）此去定應攀月桂，拜恩衣錦聽榮除。（貼）自從你丈夫去後，杳無音信回來。（旦）婆婆，想没有便人。（貼）我與你倚門而望。（旦）婆婆請先行，奴家隨後。

（貼唱）

【二犯傍妝臺】（一）意懸懸，倚門終日，望得眼兒穿。自他去後歷鏖戰，杳無一紙信音傳。（旦唱）多應他在京得中選，想必是他無暇修書返故園。（貼唱）他既登金榜，怎不附箋？越交娘心下轉縈牽。（旦唱）

【前腔換頭】何勞憂慮恁拳拳，且暫把愁眉寬解，自消遣。雖眼下人不見，終有日再團圓。（貼唱）愁只愁他命乖福分淺，又恐怕客邸淹留疾病纏。（旦唱）死生有命，富貴在天，不須憂慮淚漣漣。（末上唱）

【不是路】渡口離船，（介）早來到錢家宅院前。咱不免忙裏偷閒，先下彩雲箋。（貼唱）甚人言？有何事直入咱庭院？（末）爲一舉登科王狀元。因來便，特令捎帶家書轉。（貼白）慚

（一）二犯：原闕，據《新刻原本王狀元荆釵記》補。

愧！慚愧！（唱）喜從人願，喜從人願。（旦唱）

【前腔】爲何不整歸鞭？付與你書時曾説甚言？（末唱）交傳語，道因參丞相被留連。（旦白）婆婆，留連不得回來了。（貼）媳婦，且省憂煎，可備些薄禮酬勞倦。（旦）就將銀釵當酒錢。（貼）物輕鮮，權充支費休辭免。（末）小人公文緊急，去心如箭，去心如箭。（下。貼唱）

【掉角兒】㈠想連年時乖運蹇，喜今日姓揚名顯。步蟾宮高攀桂枝，跳龍門首登金殿。帶宮花斜插帽簷偏，瓊林宴，勝似登仙。（合）早辭帝輦，榮歸故苑，那時節，夫妻母子大家歡忭。（旦唱）

【前腔】想前生曾結分緣，與才郎共成姻眷。喜得他脱白掛緑，怕嫌奴體微名賤。若得他貧相守，富相連，心不變，死而無怨。（合前）（净、外上唱）

【尾】㈡鵲聲喧，燈花現。果然今日信音傳，准備華堂開大筵。

（相見介。外白）親家媽，聞知令嗣有書回來，特來賀喜。（貼）正欲來相請，却來得好。媳婦，送書與親家看。（旦）爹爹，書在此，請爹看書。（外）還是送與親母看。（貼）老親家請。（净）老兒便是你看。

㈠ 掉：原作『棹』，據《新刊重訂出相附釋標註節義荆釵記》改。

㈡ 【尾】：原闕，據《新刻原本王狀元荆釵記》補。

（外）待我看。（外唱）

【一封書】男八拜，（旦白）此書起句就差了。兒子寄書與母親，頓首百拜須是，怎麽只寫八拜？(一)（外）便是，孩兒。（浄）你這丫頭曉得甚麽！他聰明是你？他見四個人在家裏，他的母親二拜，我二拜，你二拜，四雙八拜正是。（外唱）上覆，（旦）又差了。孩兒寄書與母親拜覆。（外白）待我再讀。（唱）媽媽萱親想萬福。（旦）這又差了。媽媽就是萱親，萱親就是媽媽，都是一人之稱。（浄）正是上覆兩個人，媽媽是我，萱親是他的娘，正是。（外）都是一人之稱。（唱）孩兒已掛緑。（浄）什麽掛緑？（外）荷衣掛緑，做了官了。（浄）謝天地，青天白天，紅緑紫天，不青不緑、不素不白個天。（外）許多什麽説話？（外唱）僉判饒州爲郡牧。（旦）此句又差了。郡牧是堂上官，僉判是佐二官，一人如何做二職官？（浄）這郡牧是饒他的。（外）官怎麽饒得？（浄）皇帝阿哥見他生得好，做一個官，饒一個官。（外）買東西饒便饒。（浄）老兒，我昨日在門前買一個錢菜，饒了一個葱，不信道饒不得！（外）待我看。（浄）你便看。（外白）僉判饒。（浄）僉判饒。（外白）饒州是地名。（浄）苦瓜蔞地名。（外）孩兒，他怎麽寫這等書？（唱）我娶了万俟丞相女。（浄）他又娶了万俟丞相的女兒了。（貼）老親家，不要謊了我的孩兒，不是這般人。（外）孩兒，這句又難説了。（旦）爹爹，怎麽？（外唱）可使前妻别嫁夫。見休書，免

(一) 八：原作『百』，據文義改。

嗟吁，我到饒州來取汝。

（净白）來了！　好！　好！　做出來了。賤人好麽！　那王十朋辜恩負義的。老親家，你孩兒起程之時，不是我老夫與他十兩銀子盤纏。（貼唱）

【剔銀燈】親家母不須怒起，容老身一言咨啓。我孩兒頗頗識法理，肯貪榮忘恩失義？須知天不可欺，㈠他豈肯停妻娶妻！（净唱）

【前腔】他忘恩義窮酸餓鬼，纔及第輒敢無理。㈡只因我賤人不度已，交娘受腌臢惡氣。今日却原來負你，不羞殺了丫頭面皮。（旦唱）

【前腔】書中句全無禮體，竟不想其中詳細。葫蘆提便説他不是，駡得我無言支對。娘，休疑恁兒婿所爲，決不肯將奴負虧。（外唱）

【前腔】娘行且回嗔作喜，㈢女孩兒不須垂淚。終不然爲着家書至，將好意番成惡意。娘兒休辨是非，真和假三日後便知。

（外）一紙家書未必真，（净）思量情理轉生嗔。

㈠ 須：原作『㜅』，據《新刻原本王狀元荆釵記》改。
㈡ 輒：原作『徹』，據《新刻原本王狀元荆釵記》改。
㈢ 作：原作『故』，據《新刻原本王狀元荆釵記》改。

（老）霸王空有重瞳目，（合）有眼何曾識好人。

第二十三出

（末上白）萬事不由人計較，一生都是命安排。王秀才把荆釵爲定，如何便得成親？只因小娘子不從孫宅，老安人忿性，把他嫁了王秀才。結親之後，上京應舉，至今不回來。説道得了頭名狀元，入贅万俟丞相府中，交娘離了媳婦，因此僝僽攪惱。今日老員外出去，體問虚實，未知若何，只得在此等候。

（外上唱）

【普賢歌】書中語句有差訛，致使娘兒絮刮多。真僞怎定奪，是非争奈何？尺水番成一丈波。

（末白）老員外回來了。（外）李成，我今日出去，體問王秀才消息，未知端的。我與你同行到妹子家中走一遭。（末）小人同去。轉灣抹角，此間便是。（叫介。丑上唱）

【前腔】奴奴方始念彌陀，忽聽堂前誰叫我。偷精把眼睃，却是我哥哥。阿三，快把柴來燒焰火。

（末白）媽媽，燒焰火怎麽？（丑）你不曉得，客來看火色，没茶也過得。（末）這等雖無焰頭，且是熱鬧。（丑）哥哥，入門不問榮枯事，觀察容顔便得知。哥哥因甚眉頭不展，面帶憂愁？（外）妹子，説不

得。（丑）哥哥但説不妨。（外）

【鑾牌令】兒婿往京畿，前日附書回。道重婚丞相女，使母棄前妻。我兒道非夫寫的，你嫂嫂怒從心起。真和假俱未知，爲此特來詢問詳細。（丑唱）

【前腔】哥哥聽咨啓，不必恁憂慮。我鄰居孫官人，赴選近回歸。他在京必知事體，問他音信，便知端的。（外唱）

【前腔】無由知他宅裏，你可令人請來問個詳細。（淨上白）日裏莫説人，夜裏莫説鬼。方纔説小子，小子便來至。（末唱）未相請誰來報你？（淨）我在戲房中聽得。（末唱）這科段休要提，㈠且與東人相見施禮。

（淨見介、白）媽媽，此位是誰？（丑）這是我的哥哥。（淨）元來是你令兄，有眼不識。小子前番求親，不蒙允肯。（外）非是不從，乃是姻緣不到。（淨）令婿得了頭名狀元，除授饒州僉判，曾有書回麽？（外背云）且住，我只説道没有書回。（介）不曾有書回來。（淨背云）怎麽没有書回來？且將錯就錯，且説與他知道。（介）可知道没有書回來，他在万俟丞相府中做了女婿了。（外）足下如何知道？（淨）我與他赴試，如何不知？（丑）此事實麽？（淨）小子親眼見他，如何不實？（丑）實不相瞞，前

㈠　提：原作『啼』，據《新刻原本王狀元荆釵記》改。

日有一個承局遞書回來。（浄）怎麼説的？（丑）哥哥正在狐疑之間，足下親見，此事實了。（浄）可知道小子最老實的，不敢説謊。（丑）王十朋負義的賊！（浄）我説道被他負了。（浄唱）

【川撥棹】我當初問親，你每不聽允，到今日被他負恩。（外）當初是我忒好意，誰想他每忘了本？（浄）

【前腔】咱心裏願續此親。（外）貧窮老漢，没福分攀豪俊。（浄）休恁言辭謙遜，我先拜了尊丈人。

（末致科、白）正是不來親者强來親。（丑）若不嫌棄，仍舊老身作媒。〔一〕（浄）如蒙允肯，事不宜遲，小子今日送財禮，明日便要成親。（丑）孫官人，你送什麼財禮？（浄）我送黄金一百兩，緞子一百匹，胡羊、寶鈔、好酒，都是一般送。（丑）既停當了，便回去安排禮物送來。（浄）如此，小人告退。貌兒光光，好做新郎；分付鄰舍，與我暖房。（末）便見熱鬧。（浄）正是：人心金石堅相似，花有重開月有圓。（先下。外吊白）妹子，雖然如此，不知我的婆婆意下如何？（丑）不妨，待我去與嫂嫂説。（外唱）

【生姜芽】從他往京畿，兩月餘。一心指望登科第，回鄉里，忍捨得輕辜負？相門重贅多嬌女，不思量撇下荆釵婦。（合）棄舊憐新小人儒，虧心折盡平生福。（丑唱）

〔一〕 老身：原作『妙員』，據《新刻原本王狀元荆釵記》改。

【前腔】畜生反面目，太心毒。辜恩負義難容恕，真堪惡！且放懷，休疑慮。他既貪圖榮貴重婚娶，咱這裏别選收花主。（合前）（末唱）

【前腔】恩東免嗟吁，且聽覆。言清行濁心貪污，違法度，恩和義，都不顧。半載夫妻曾廝聚，一時間却把嬋娟誤。（合前）

（外）骨肉參商淚滿襟，（丑）哥哥不必再沉吟。

（末）人情若比初相識，（合）到老終無怨恨心。

第二十四出

（浄上唱）

【字字雙】試官没眼他及第，得志。戀着相府多榮貴，入贅。不思貧窘棄前妻，忘義。叵耐窮酸太無知，嘔氣。

（白）黄柏肚皮甘草口，才人相貌畜生心。叵耐辜恩負義賊，棄舊憐新，入贅万俟丞相府中了。前日寄書回來，交母親離了媳婦。這氣如何忍得？我家老賊兒今早出去，體問消息，未知若何。待他回來，便知分曉。（外上唱）

【玉胞肚】讀書豪俊，忍撇下歐城故人。（丑上唱）負心賊有才實無信，纔及第棄舊憐新。

（合）他貪奢戀侈，(一)實丕丕使不仁，行短天交一世貧。

（外白）只因差一着，滿盤都是空。（浄）老兒，體問消息如何了？（外）一言難盡。（浄）怎麼説？（丑）好教嫂嫂知道。恰纔哥哥到我家中，説那王秀才的情節未盡，恰好孫官人近日在京回來，正欲到我家中探望。我將此事問他，真個贅在万俟丞相府中了。言語并不差池。（浄）實也不實？（丑）怎麼不實！（浄）我説道，老賊不聽我説，你做得好事！（浄唱）

【漿水令】你當初不由我每，却元來被他負恩。（外唱）世間誰是預知人，何須鬭口與我相争？（丑）都忍耐，莫解分，家必自毁令人哂。（合）尋思起交人氣忿。誰知道，誰知道恁般不仁！（丑唱）

【前腔】那孫官人來説事因，他依然要願續此親。（浄唱）那人果不棄寒門，教他選日下定成親。（外）聽伊言，心自忖，只恐我兒不從順。（合前）

（浄白）姑娘，既然孫小官人果有此心事，不要宜遲。（丑）便是。他今日送財禮，明日就成親。（浄）若如此甚好。（丑）我便去報與他知道，交哥哥便去與玉蓮説，交他准備成親。（外）我難對他説，你每自去與他説。（浄）姑娘，待我自與玉蓮説，你二人自回去。（介）情到不堪回首處，一齊分付與東風。

(一) 侈：原闕，據《新刻原本王狀元荆釵記》補。

（外、丑先下。净白）且叫玉蓮與他説，玉蓮那裏！（旦上唱）

【金蕉葉】奈何奈何，信讒言母親怪我。尺水番成一丈波，是何人暗地裏調唆？

（見介。净白）孩兒，早知今日，悔不當初。早依我説，不見如此。你爹爹出去體問你丈夫消息，委實贅在万俟丞相府中了。你爹爹説道：他那裏重婚，我這裏改嫁。因此將你許了孫家了。你可梳妝准備。（旦）母親差矣，王秀才是賢良儒士，未必辜恩負義。玉蓮是貞潔婦人，焉敢再嫁？他果然重婚相府，奴家情願在家守制。（净）什麼守制！今番斷不由你。你聽我説，這孫官人家中富足，與你知道。

（净唱）

【孝順歌】孫員外，家富足，他們有的是金共玉。你一心嫁寒儒，緣何棄撇你？（旦唱）容奴稟覆，未必兒夫將奴辜負。那一個横死賊徒，忒兀自生嫉妒？（净唱）這紙書你重看取，明寫着入贅相府。（旦唱）

【前腔】書中句都是虚，没來由認真閒氣蠱。他曾讀聖賢書，如何損名譽？（净唱）你這腌臢蠢物，他棄舊憐新，情如朝露。你元自不改前非，又敢來胡推阻。（旦唱）富與貴，人所欲，論人倫焉敢把名污？（净唱）

【前腔】他登高第身掛緑，侯門贅居諧鳳侶。（旦唱）他爲官理民庶，必然守法度，豈肯停妻再娶？（净唱）他負義辜恩，一籌不數。你因甚苦死執迷，不聽娘言語？（旦唱）空自説要

改嫁奴，寧可剪下髮做尼姑！（淨唱）

【前腔】賊潑賤敢抵觸，告官司拷打你不孝婦！（旦唱）官司要厚風俗，終不然勒奴再招夫。

（淨白）抵觸得我好！（旦唱）非奴抵觸。（淨）惱得娘心頭騰騰發怒，便打死你這丫頭，罪不及重婚母。（旦唱）打死了奴，做個節孝婦。若要奴再招夫，直待石爛與海枯。

（旦）萱親息怒且相容，（淨）母命如何不聽從？

（旦）休想門闌多喜慶，（淨）管教女婿近乘龍。

（旦吊白）自古道：忠臣不事二君，烈女不更二夫。焉有再事他人？母親逼奴改嫁，不容推阻，如之奈何？千休萬休，不如一死。倘若落他圈套，不免將身喪於江中，免得沾辱此身，以表貞潔。（旦唱）

【五更轉】心痛苦，難分訴。丈夫！一從往帝都，終朝望你，指望諧夫婦。不想今朝，拆散中途。我母親信讒言將奴誤。娘呵！你一心貪戀，貪戀他豪富，把禮義綱常全然不顧。

（白）母親，你今日聽信假書，逼奴改嫁，此事决然不可！（旦唱）

【前腔】奴哽咽，難移步，不想堂前有老姑。婆婆，奴家今日撇了你去，（唱）千愁萬怨，休怨兒媳婦，也不是你孩兒將奴辜負。（白）婆婆，奴家若不改嫁，又不投江，（唱）恐母親逼勒奴生嗔怒。

罷！罷！賢愚壽夭天之數，拚死黄泉，丈夫！不把你清名辱污。㈠（旦唱）

【滿江紅】拚此身來，早去跳江心，撈明月。

第二十五出

（生上唱）

【稱人心】功名遂了，思家好，淚珠偷落。妻年少，萱親壽高。恨閒藤來纏繞，交人失笑。難貪戀榮貴，姻親百年，守糟糠諧老。

（生白）〔阮郎歸〕㈡霜天風雨破寒初，㈢燈殘庭院虛。麗譙吹徹《小單于》，迢迢清夜阻。人意遠，旅情孤，崢嶸歲又除。衡陽猶有雁傳書，彬陽和雁無。下官蒙聖恩除授饒州僉判，已曾寄平安書信，請取母親、妻子到來，同臨任所。誰知又被万俟丞相番成仇隙，把我改調潮陽，却將同姓王士宏改去饒州，以此耽擱旅程。再欲寄一封書回去，争奈没一個便人，真個好悶！（丑上唱）

【普賢歌】先蒙初授廣潮陽，僉判十朋亦姓王。丞相倚豪强，將他調海邦，因爲不從花燭

㈠ 你：原作『係』，據《李卓吾先生批評古本荆釵記》改。

㈡ 阮：原作『陳』，據《新刊重訂出相附釋標註節義荆釵記》改。

㈢ 『霜天』句：原作『湘有風雨破寒卯』，據《新刊重訂出相附釋標註節義荆釵記》改。

洞房。

（丑白）下官姓王，名士宏。昨蒙聖恩，除授潮陽僉判，幸得同榜王十朋不就万俟丞相親事，將他改調潮陽，却將下官改作饒州僉判。今日起程之任，打聽得這裏便是王十朋下處，不免入去，與他作別。（見介。生）大人請坐。（丑）學生坐。（介）大人爲何不就万俟丞相親事，把你改調潮陽？（生）吾兄，一言難盡。（丑）大人但説不妨。（生唱）

【白練序】十年力學，今喜得成名志氣豪，也只願封妻報母劬勞。誰知那相府逼要成親，苦見招。（合唱）⑴不從後將咱改除，此心煩惱。（丑唱）

【前腔】吾兄免自憔，⑵休得要見小，吉人終須造物相保。休辭路遥，見説道潮陽景致好。（合唱）焚香告，一心靠着蒼天便了。（末上唱）

【賺】限期已到，請乘騎只宜須早。（丑）意難拋，今朝拜別我故交。（生）自懊惱，我去潮陽歸海島，君往饒州錦繡繞。（末）都休嘆息，願此去各宜善保，且寬懷抱。（丑）

【前腔】辨赤心報國安民，大凡事理宜公道。（生）望吾兄，念卑人忠心一片天可表。去任

⑴ （合唱）：原闕，據《新刻原本王狀元荆釵記》補。下曲同補。

⑵ 免：原闕，據《新刻原本王狀元荆釵記》補。

所，管取民歌德政好。（丑）德政好時民無擾，多蒙見教。（生）乏款曲休嗔免笑。（丑、末）告辭先造。（丑、末先下。生吊場）

【紅芍藥】切齒恨奸臣，將着俺别調，却將王士宏除授改饒，咱授海濱勤勞。空教，空教那廝計陷我，天憐念豈落圈套！願夫妻子母來此團圓，一家裏榮耀。

【前腔】到得潮陽且歡笑，其時放懷抱。施仁布德愛，善治權豪，官民共樂唐堯。還交，還交要訓愚禁暴，當效他退之施教。但願得三年任滿再回朝，加爵禄官高。

【尾】赤膽忠心報皇朝，功名富貴人難效，姓字凌烟閣上標。

（生）逼勒成親苦不從，任教桃李怨東風。
饒君使盡千般計，天不容時總是空。

新刻王狀元荆釵記卷上終

新刻舟中相會荆釵記卷下

茂林葉氏重校梓

第二十六出

（外上唱）

【粉蝶兒】一片襟期，清似五湖秋水，喜聲名上達丹墀。感皇恩，蒙聖寵，遷除福地。秉忠心肅清奸弊。

下官遠離北地，來任東甌，紫綬金章，官閒五馬，擢居太守之尊；朱幡皂蓋，守鎮三山，陞爲安撫之職。才兼文武雙全，德化軍民兩益。行李未曾離浙左，聲名先已到閩南。左右何在？（末上白）頻聽指揮黄閣下，忽聞呼喚畫堂前。覆相公，有何使令？（外）與我喚船家來分付他。（末叫介。丑上唱）

【山歌】做稍公，做稍公，起檣開船便拔篷。相公要往福州去，願天起陣好順風。

（末）好，好，説得利市。（外）稍子，明早開船。（丑）明早賽神好開船。（外）合用物件説將來。（丑道科介。外）你且聽我説，夜來寢睡之間，忽有神人祝付之語，説有節婦投江，使吾撈救。又道此婦人與吾有義女之分，汝等好生撈救，不可有誤。

【鏵鍬兒】乘桴浮海非吾願，算來人被利名牽。登舟過福建，須要防危慮險。（合）明早動船，開洋過淺，願陣好風，吉去善轉。（丑）

【前腔】撐船道業雖微賤，水晶宫裏活神仙。鋪蓋且柔軟，簑衣篷眠。（合前）

（外）今朝船上且淹宵，（末）來早江頭看落潮。

（丑）撐駕小舟歸大海，（合）這回不怕浪頭高。

第二十七出

（旦上唱）

【梧葉兒】遭折挫，受禁持，不由人不淚垂。無由洗恨，無由遠恥。事臨危，拚死在黄泉作怨鬼。

自古道：河狹水緊，人急計生。來到江頭了也。天那，夫承寵渥，九重仙闕拜龍顔；妾受淒凉，一紙詐書分鳳侶。富室强謀娶婦，惑亂人倫；萱堂怒逼成親，毁傷風化。妾豈肯從新而棄舊？焉能反正以從邪？争如就死忘生，不可辜恩負義。一怕損夫之行，二恐誤妾之名，三慮玷辱宗風，四恐乖違婦道。惟存節志，不爲邀名。拴原聘之荆釵，永隨身伴；脱所穿之繡履，遺棄江邊。妾雖不能效引刀斷鼻朱妙英，却慕取抱石投江浣沙女。

【香羅帶】一從别了夫，朝思暮苦。近來書道贅居丞相府。母親和姑媽逼勒奴也，改嫁孫郎婦。奴豈肯再招夫？萱堂苦苦責打奴，只得拚死在黄泉路，免得把清名來辱污。

【前腔】將身赴大江，千思萬想，教奴悶懷堆積愁斷腸。良人一去未還鄉也，婆婆無人奉養。心下暗思量，如今我死遭禍殃，何人道與折桂郎？史書上落得寫幾行，千古傳揚，便做鐵石人兒也斷腸。

【胡搗練】傷風化，亂綱常，萱親逼嫁富家郎。若把身名辱污了，不如一命喪長江。（投江科。丑上救旦下。外上唱）(一)

【五供養】餐風宿水，海舟中多少憂危。終宵魂夢裏，似神迷。披衣强起，玉宇清高如洗。江風緊，海潮回，側聽鄰岸曉鷄啼。

人平不語，水平不流。叫稍手，什麽人？（丑上唱）

【山歌】夜行船裏撈救一枝花，五更轉説浪淘沙，脱布衫换了紅衲襖，一隻紅繡鞋失落在浣

(一) 投江科丑上救旦下外上唱：原作『丑上外上救下唱』，據《李卓吾先生批評古本荆釵記》改。

溪沙。

稟老爹：夜來三更前後，有一婦人投水，小的撈救在船。（外）果有一婦人，寧可信其有，不可信其無。快請夫人出來，一壁廂把投水婦人換了衣服帶過來。（介。貼上唱）

【菊花新】日上三竿猶未起，聞呼未審何因。（外）夜來有一婦人投江，稍手救得在小船上。夫人，你把些乾衣服與他換了濕的，請來見我。（相見介。旦上）

【糖多令】無奈禍臨頭，今朝拚死休，如痴似醉任飄流。不想舟人撈救，我身出醜，臉懷羞。〔一〕（見介。外白）婦人，我且問你，你是何等人家兒女？因何短見投水？必有緣故。（旦唱）

【玉交枝】容奴伸訴。（外）你那裏住居？（旦唱）念妾在雙門住居。（外）姓甚名誰？（唱）玉蓮姓錢儒家女。（外）元來與我同姓。你曾嫁人麽？（唱）年時獲配鴛侶。（外）既有丈夫，丈夫姓甚名誰？在家，出外？（旦唱）王十朋是夫出應舉。（外）且住。王十朋是你丈夫，他得中了頭名狀元，有書回來麽？數日前有傳尺素。（外）既有書來，爲何短見投水？（唱）因此書骨肉間阻，因此書啣

〔一〕臉：原作「僉」，據《新刻原本王狀元荆釵記》改。

冤負屈。

（外）書中必有緣故。（唱）

【前腔】書中緣故，道休妻重婚在相府。（外）他是讀書人，豈肯違法度？我曉得了，（唱）莫不是朋黨嫉妒？（旦唱）萱親信聽讒詐書，逼奴改嫁孫郎婦。（外）怎麼不從母命？（旦）論貞潔不更二夫，奴焉敢傷風敗俗？（外唱）

【前腔】聽他言語，論貞潔他人怎比？思量我也難留你。左右，叫舟子，不如送還伊父。（旦唱）若還送奴歸故里，不如早喪黄泉路，到顯得名傳萬古，儘交他再婚後娶。（外唱）

【前腔】不須憂慮，且帶你同臨任所。修書遣人饒州去，管交你夫婦重會。（旦）若還這般週濟奴，由如久旱逢甘露，便是妾重生父母，望公相與奴做主。

（外白）既然如此，不肯回去。我不是别人，乃是前任本府太守。今蒙聖恩除授福建安撫，即日將帶家小之任。你丈夫既爲饒州僉判，與福建相隔不遠。你如今不肯回去，就在我船上，與我老夫人同臨任所。我想起來，一路上怎麼稱呼？他也姓錢，我也姓錢，你拜我爲義父。到任所修一封書，差人到饒州報與你丈夫知道，交他娶你去。夫婦重會，缺月再圓。心下如何？（旦背云）若無鈞眷在船，[一]事有

[一] 鈞：原作『均』，據《李卓吾先生批評古本荆釵記》改。下同改。

可疑；　既有鈞眷在船，去也無妨。只是撇了婆婆，於理不當。（介）若得老相公如此周全，重生父母，再養爹娘。（外）將酒來，遞了我的酒。（介）梅香、左右，都要稱小姐。（旦唱）

【黄鶯兒】公相望垂憐，感夫人意非淺。又蒙結拜爲姻眷，恩德萬千，何日報全？願公相早登八位三公顯。（合）淚漣漣，雙親遠別，重得遇椿萱。(一)（外唱）

【前腔】不必淚漣漣，這相逢非偶然。同臨任所爲姻眷，聊附寸箋，饒州報傳，管交你夫婦重相見。（合）免憂煎，夫妻有日，重得遇椿萱。（貼唱）

【前腔】天賜這姻緣，喜他每也姓錢，同臨所作宛轉。明日動船，開洋過淺，願一陣好風，急去登福建。（合前）（旦唱）

【前腔】溺水自心酸，我婆婆苦萬千，堂前繼母心不善。兒夫去遠，家尊老年，何日得見王僉判？（合前）

（外）夫妻憂慮各西東，（老）會合今朝喜氣濃。

（旦）一葉浮萍歸大海，（合）人生何處不相逢。

(一)　椿：原作『春』，據《李卓吾先生批評古本荊釵記》改。

第二十八出

（生上唱）

【喜遷鶯】從別家鄉，期逼春闈，催赴科場。鵬程展翅，蟾宫折桂，幸喜名標金榜。旅邸憶念，孤鸞幽室，萱花高堂。魚雁杳，信音稀，使人日夜思想。

〔鷓鴣天〕辛苦芸窗二十年，喜看一日中青錢。三千禮樂才無敵，五百英雄名最先。因參相，被嗔嫌，改調潮陽路八千。憑誰爲報高堂道？慰我萱堂望眼穿。（生唱）

【雁魚錦】書堂隱相赴帝邦，爲家貧親老難存養。感岳翁週濟非虚獎，又蒙念我萱親，慮我鴛行，并相邀遷居在他西房。賜我春衣琴劍箱，况又助白金盤費十餘兩。這恩德銘在肺腑難忘。

【前腔换頭】科場，喜登金榜，感聖恩除授饒州僉判坐黄堂。因參相府爲東床，逼俺重鴛帳，因岳父難棄糟糠。恨奸相忒煞性剛，便將咱調潮陽。曾附書飛報俺的萱堂，怎知道逼親事詳？他只道任饒州爲判府前名望，又不知被改調烟瘴，潮陽八千路長。

【前腔换頭】思量，吾母劬攘，那更同妻在路途受凄涼。謾自悲傷，又恐劬頓，宿水餐風，滋味凄惶。空自斷腸，怎如烏鳥返哺能終養！只爲着功名致把親撇樣，不如守藝盡終田舍郎。

【前腔】俺妻話别幾多惆悵，臨行時教他侍奉我年老親娘。對神前共祝同盟，教我早返故鄉。怎知道受人圈套身拘繫？我慈母妻兒無恙，免不得終日思想。若不待萱親同赴蠻烟瘴，我焉能逗留旅邸他鄉寂寞房？

【前腔】謾悒怏，恨讒臣遣我遠方。他兀自氣昂昂，誰想着此處禍起蕭墻！這虧心難瞞上蒼，空中有日月三光。他使計害忠良，正是雁飛不到名牽處，一貴當權萬事昌。

【尾】功名就，返受殃，若得潮陽任轉鄉，辦炷名香答上蒼。

（白）左右過來。（丑上白）廳上一呼，階下百喏。相公有何指揮？（生白）前月寄書回去，接取老夫人并家眷來此，同赴任所，經今日久，將次來到。你可到十里長亭伺候迎接，不得有違。（丑）如此便去。

（生）默默無言自忖量，離情痛苦最堪傷。

（丑）長亭十里頻伺使，接取萱親免斷腸。

第二十九出

（丑上唱）[一]

【生查子】風静野溪湄，水急平沙嘴。[二]鎮日漾綿紗，此是貧家計。

（白）江漢以濯，[三]秋陽以暴，隨你黑紗，如粉似玉。妾乃温州城外一個民婦，常年在此江上漂紗。我昨日回去晚了，不知誰人失落一隻繡鞋在此。那邊有個漁翁，不免問他一聲。（小外上唱）

【三登樂】江上緑波細細，石邊沙鳥依依，沙堰游魚圉圉，輪竿生意時時。

（白）老嫗，你喚我怎麽？（貼）我問你，昨日我回去晚了，不知是誰失落一隻繡鞋在此。（小外）敢不是失的，或者是昨夜那介投水的婦人留寄於此的。（貼）有甚麽婦人投水？（外）昨夜三更時分，有一婦人投水。（貼）既有婦人投水，如何不救他？（外）正要救他，移舟去時，他已赴水了。[四]聽得有人救他，只不知救得救不得。（貼）你看兩個婦人啼哭而來了。（老旦、丑、末上唱）

[一] 丑：原作『浄』，據《新刻原本王狀元荆釵記》改。

[二] 水：原作『小』，據《新刻原本王狀元荆釵記》改。

[三] 濯：原作『擢』，據《新刻原本王狀元荆釵記》改。

[四] 赴：原作『付』，據《新刻原本王狀元荆釵記》改。

【香柳娘】我媳婦在那裏？　我媳婦在那裏？　遍無尋處，通宵奔走，何曾假寐？　轉思量轉悲，轉思量轉悲，我孩兒在京畿，你萱堂發言語。　我老景靠誰？　我老景靠誰？　似水漾萍，風中舞絮。

（貼）媽媽，你怎麽這般啼哭？（老旦）

【前腔】爲媳婦夜出，爲媳婦夜出，特尋踪跡。（貼）爲何出來了？（老旦）爲繼母逼他再嫁富室。（貼）你這般苦他，只怕他落好處了。（老旦）他以節操自持，他以節操自持，寸義重千金，一死苦不惜。（漁）這等説起來，昨晚那個婦人就是了。（末）你怎麽曉得？（漁、貼唱）夜有個婦女，夜有個婦女，在此江邊投水，現有繡鞋爲記。

（老旦）呀！　這個果然是我媳婦鞋兒！　兀的不痛殺我也！（倒介。净、小外）雙手劈開生死路，一身跳出是非關。（下。外白）李成，既知小姐投江，怎麽不教人打撈屍首回來？（末唱）

【川撥棹】乞聽解，這長江無際界。況三更月冷陰霾，況三更月冷陰霾，這其間又無人往來。知骸骨安在哉？　知骸骨安在哉？（衆唱）

【前腔】淚灑西風傷老懷，痛幽魂無倚賴。青春女喪在江淮，青春女喪在江淮。　我的兒！　白頭親交誰埋在草萊？　這愁懷何日開？

（净白）親家不要啼哭，老兒不要煩惱，我的女兒投水死了，你的兒子贅在相門了。　親家，如今與你没相干了，寺裏官音請出。（外）都是你這婆子做出來事。親家母，令郎贅居相府，未知虚實，莫若親家自去京師面會你令郎，不知親家尊意如何？（老旦）[一]親家，老身意欲如此，一來路途遥遠，只是没人送去。（外）李成，你送王老安人到京，面會王狀元就回來。（末）小人理會得。（老旦）親家，天色已晚，就此拜别。（外）今日正是好日，就此打點祭禮，到江做一碗羹飯。（老旦唱）

【勝如花】辭親去，别淚零，豈料登山驀嶺。爲只爲一紙讒書，交娘離鄉背井，未知道何日歡慶？（合）愁只愁一程兩程，况不問長亭短亭。暮止朝行，趲程途曲逕，休辭憚跋涉奔競。願身安早到京城，願身安早到京城。（外唱）

【前腔】絶宗派，爲契姻，指望一牢永定。誰想道贅在侯門，今日番成畫餅，[二]辜負了田園暮景。（合前）（浄唱）

【前腔】他鍋中米無半升，我不棄寒微結締姻。誰知他一旦身榮，忘了糟糠布荆，短行處令人氣忿。（合前）（末唱）[三]

【前腔】李成謹依嚴命，小奴僕當從使令。喜今朝日暖風輕，款款起程，觸目苦桑榆暮景。

[一] 老旦：原作『貼』，據文義改。下同改。

[二] 畫：原作『話』，據《新刻原本王狀元荆釵記》改。

[三]（末唱）：原闕，據文義補。

（合前）

（老）拜辭親家痛自剜，（净）如今客去主人寬。

（外）難道妻賢夫禍少，（末）端的子孝婦心歡。

（老旦、末先下。外、净吊場。外白）你那裏去？都是你這老不賢，我如今也不要你了，快走出去！

（净）老兒，我平昔間做人不好，教我那裏去？（外）我一件件説你不好。（唱）

【山桃紅】當初娶你，指望生兒養女，將我孩兒，逼他投水。寫紙明詞，當官告你。告到官司，告到官司，打做你不賢孝妻。（净唱）

【前腔】當初嫁你，也是個明婚正妻，又不是暗裏偷情。結做夫妻，夫妻尚有徘徊日，（一）限到來時各自飛。免告官司，免告官司，與你夫妻到底。

（外白）再不許你是這等不賢了。

（外）只爲無情亂我心，（净）從今怎敢不依尊？

（外）我自收拾書房睡，（净）打點精神弄斷筋。

（一）尚：原作『上』，據《新刻原本王狀元荆釵記》改。

第三十出

（外上白）禍福無門，唯人自召。我老不賢信聽讒書，接了孫家財禮，逼令女兒嫁人，只因受苦不過，已自投江死了。况孫家是個無藉之徒，必來我家打鬧。我年衰力弱，難以抵對，如何是好？（悶坐介。丑上唱）

【梨花兒】侄女改嫁孫汝權，接他財禮千千貫。今日成親多喜歡，嗏！姑娘只要長長段。

（外見、白）妹子，閉門家裏坐，禍從天上來。（丑）哥哥，今日正是嫁女吉日，如何愁煩？（外）妹子，説不得。（丑）怎麼説不得？（外）我的女兒投江死了。（丑）委的投江死了？（外）妹子，且不要啼哭，我與你商量，女兒死了，倘若孫官人來，怎麼回他？（丑）容易，我自有區處。人既死了，終不然變一個與他。他若來時，我與他説知，若不言語，便還財禮；他若言語，我就與他説逼我女兒成親不從，女兒投江死了。好麽？（外）此意雖好，我也難説。（丑）哥哥，你自進去，他若不見，我每送女兒過門，他必來催我，〔一〕我自來發落。（外）既如此，我自進去。可憐真絜女，一旦喪江心。（外下。丑吊場。净上唱）

【前腔】今日娶妻諧鳳鸞，不知何事來遲緩？莫是中間生異端？嗏！須知人亂法不亂。

〔一〕他：原作「池」，據文義改。

（見介。末白）姑媽在此。（浄）姑媽，吉時已到，如何不送新人過門？（丑）孫官人，説不得，我的侄女因你這親事不從，投江死了。（浄）休取笑我。（丑）衆所共知，誰取笑你？（浄）我曉得了，故意受了我財禮，藏了人，賴我親事。誰被你這般誆騙！（丑）人又死了，那個騙你！還了你財禮，大家甘休便了。（浄）你若還我財禮，一倍還十倍也不要，只要老婆。（丑）你倚恃豪富要成親，威逼我侄女投水死了，走在那裏去！我與你到官府去。（浄）這個潑婆子，到來圖賴我。（浄唱）

【麻郎兒】我告你駈騙人財禮。（丑）我告你威逼人投水。（浄）誤了我白羅帕見喜。（丑）閃得他黄泉路做鬼。（末）息怒停威耐取。（浄）休想我輕輕放你！（丑）我不怕你强横小賊！（浄）我不怕你腌臢臭髒！（末）自古道男不和女敵，常言道窮不和富理。（浄）打你嘴！（丑）踢你腿！（一）（末）須虧了中間相勸的。（丑）這事情天知地知。（浄）這見識心黑又意黑。（末）也難辨他虚你實，也難明他非你是。（浄）不放你。（末）自古饒人不是痴。

（浄白）你藏了女兒，到誣賴我，如今若見屍首，萬事全休；不見屍首，我害得你粉碎便罷。

（丑）威逼成親事不宜，（浄）窩藏侄女太無知。

（末）好手之中稱好手，（合）喫拳須記打拳時。

（一）　踢：原作『剔』，據文義改。

第三十一出

（貼上唱）

【風馬兒】柳拂征衣露未央，可憐年老往他鄉。（末）迢迢去路難留戀，且殷勤設奠，和淚赴江邊。

（貼白）李成，昨日繡鞋兒在那裏拾來的？（末）覆安人，繡鞋在此拾得，想必在此喪了。（貼）既然在此，你須擺列香紙，就此祭奠便了。（末）安人説得是。（貼唱）

【前腔】媳婦，渺渺茫茫浪潑天，因何到此赴黄泉？清名雖學浣沙女，白髮親姑誰可憐？

（末）

【前腔】好姻緣番作歹姻緣，小姐，不作天仙作水仙。玉骨不埋黄壤土，冰肌常浸碧波天。

（貼唱）

【綿搭絮】尋踪覓跡到江邊。（白）李成，曾帶得香來麽？（末白）一時間忘了，不曾帶得來。（貼唱）只得撮土爲香，禮物雖微，表娘情意堅。望靈魂暫且聽言：指望絲蘿相倚，[一]非是我要攀

[一] 絲：原作「森」，據《新刻原本王狀元荆釵記》改。

援，都是你的親娘，要乘龍女婿顯。（末唱）

【憶多嬌】心哽咽，情慘切，萱堂苦逼中道絶，(一)暮憶朝思難訴説。（合）喪溺江心，喪溺江心，永遠傳揚孝烈。（貼唱）

【綿搭絮】只爲家貧無倚，在他閭閻。是你的兒夫去經年，没音信傳。媳婦，繼母信讒言，將你苦苦熬煎，熬煎得你抱石沉淵。媳婦，教我無倚無依，反披麻送少年！（末唱）

【憶多嬌】心痛憶，情慘戚，將身拚却學抱石，可憐夫婦鸞鳳拆。（合）來日登程，來日登程，今朝苦憶。（貼唱）

【綿搭絮】壺漿簞食，聊表我心堅。媳婦，你生有聰敏，死還靈來赴筵。告蒼天望乞垂憐，你身歸非命，望赦寬愆。須記得常言，好處安身苦用錢。（末唱）

【憶多嬌】聽拜覆，休苦祝，前生注定災禍福，且自開懷燒奠禄。在日聰明，在日聰明，死後魂歸渺漠。（貼唱）

【綿搭絮】生前須孝，死後依然保祐我登程。步輕移，身惠安。到京師須對你夫言，教他表奏封贈你貞潔，不負盟言。（合）死在黄泉，與我孩兒結大冤。（末唱）

(一) 中：原作『終』，據《新刻原本王狀元荆釵記》改。

【憶多嬌】心意欲，移步促，程途萬里皆分福，到得京師知利禄。保佑登程，保佑登程，願你身安分福。

（貼白）李成，天色已晚，收拾行李，起程去罷。（末白）行李完在此了。（貼唱）

【排歌】宿水餐風，登山渡水，一心望到京畿。回想媳婦痛傷悲，不覺盈盈珠淚垂。（合）天連水，景最奇，落霞孤鶩一齊飛。傷心處，途路裏，驀聞孤雁叫聲悲。（末唱）

【前腔】遠浦帆歸，汀沙雁落，連荻草色淒淒。危橋曲澗少疏籬，招颭隨風沽酒旗。（合前）

（末）萬里關山去路長，（貼）可憐年老往他鄉。

（末）江邊不敢高聲哭，（貼）只恐人聞也斷腸。

第三十二出

（貼上唱）

【風入松】嘆連年貧苦未逢時，誰想一旦分離。孩兒自别求科舉，不想道妻房溺水？但提起，恐驚唬了我兒，決不與他知之。（末唱）

【前腔】安人不必恁憂慮，且聽男女咨啓。只説狀元登甲第，先令我送安人來至。那其間方説就裏，決不會有驚疑。（貼唱）

【急三鎗】痛咽情難訴！　痛咽情難訴！　朝思暮想，長憂慮，心戚戚，淚如珠。（末唱）且自登程去，去登程，朝思暮想，休遲滯，途路上，免嗟吁。（貼唱）

【風入松】如何教我免嗟吁？　我這老景憑誰？　年華老邁難移步，旦夕間有誰來温顧？　怨只怨他們繼母，逼他嫁死得無辜。（末唱）

【前腔】果然身死好無辜，這般貞節真無。　姻緣契合從今古，拆散皆因天數。　謾行程洛陽近也，徐徐步到得京都。

（貼）生離死別淚如麻，（末）路上行人堪嘆嗟。

（貼）花正開時遇雨打，（合）月當明處被雲遮。

第三十三出

（生上唱）

【夜行船】一幅鸞箋飛報喜，垂白母想已知之。　日漸過期，人何不至？　心下轉添縈繫。

（白）雁塔題名感聖恩，便鴻昨已寄佳音。　思親目斷雲山外，飄渺鄉關多白雲。　下官前日修書一封寄回去，請取母親、妻子，同臨任所。　一去許久，不見到來，好似和鈎吞却線，刺人腸斷繫人心。（貼上唱）

【前引】死別生離辭故里，經歷盡萬種孤悽。（末）昨過村莊，今入城市，深感老天週庇。

（貼白）李成，這裏是那裏了？（末）京師地面了。（貼）聞説京師錦繡邦，果然風景勝他方。（末）紅樓翠館笙歌沸，〔一〕柳陌花街腦麝香。老安人，男女一路上打聽，狀元行館正在此。（貼）你進去通報。（末）又一件，老安人，且把頭上孝頭繩解下，〔二〕藏在袖中。見了狀元，謾謾説其詳細。（貼）你也説得是。（末見生）狀元，小人在此。（生）李成，你來了。（末）小人來了。（生）母親、娘子都來了麼？（末）都在門首。（生）李成，看坐位，待我去迎接。（見介）母親，於路風霜了。母親請坐，待孩兒拜幾拜。（貼）孩兒，不要拜。（生唱）

【刮古令】從别後到京，慮萱親當暮景。母親，幸喜得今朝重會，又緣何愁悶縈？（介）李成，莫不是我家荆，敢是看承母親不志誠？（介）分明説與恁兒聽，我的媳婦，怎生不與共登程？

（貼唱）

【前腔】心中事三省，轉交娘愁悶增。媳婦多災多病，况親家兩鬢星，家務事要支撑，怎交他離鄉背井？爲饒州之任恐留停，你的丈人先令人送我到京城。

（生白）李成，母親言語未的，你説個詳細，與我知道。（末）小人説與狀元知道。（末唱）

【前腔】當初待起程，到臨期成畫餅。（生）成什麼畫餅？（末背）若説起投江詳細，恐唬得恩

〔一〕館：原作『管』，據《李卓吾先生批評古本荆釵記》改。
〔二〕繩：原作『鬚』，據後文改。

官心戰驚。（介）狀元的夫人，路途上少曾經，當不得許多高山峻嶺，餐風宿水怕勞神，因此上留住在家庭。（生唱）

【前腔】端詳那李成，語言中猶未明。母親，把就裏分明説破，免孩兒疑慮生。（介）因甚變顔情，長吁短嘆珠淚零？（介）袖兒裏脱下孝頭繩，莫不是恁兒媳婦喪幽冥？

（生白）母親，你把孝頭繩始末，説與孩兒知道。（貼）孩兒，事到來不説不得了。（生）母親，可説與你孩兒知道。（末）老安人説不得。（貼）孩兒，當初承局書親附，拆開仔細從頭睹，狀元僉判任饒州，休妻再贅万俟府。語句雖差字跡同，岳翁見了心生嗔怒，繼母隨時起妒心，逼他改嫁孫郎婦。（生）我娘子從也不從？（貼）汝妻守節不相從，將身自溺江心渡。（生）母親，怎麼説？（貼）你的妻子投江死了。（生）李成，我的娘子委的死了？（末）委的死了。（生）山妻守節而亡，兀的不是痛死我也！（生作跌倒介，貼扶介。貼唱）

【江兒水】唬得我心驚怖，膽戰簌，虚飄飄一似風中絮。争知你先歸黄泉路，我孤身留落知何所？不念我年華衰暮，風燭不定，死也不着一所墳墓。（生唱）

【前腔】一紙書親附，指望同臨往任所。是何人寫套書中句？改調潮陽應知去，迎頭先做河泊婦。指望你百年完聚，半載夫妻，也算做春風一度。（末唱）

【前腔】狀元休憂慮，且把情懷暫舒。夫妻聚散前生注，這離别只説離别苦，恐姻緣不入姻緣簿。聽取一言伸覆：須信人生，萬事莫逃天數。
（貼白）孩兒，你且省愁煩。（生白）孩兒只爲不就万俟丞相親事，却將我改調潮陽，害我身命，我肯辜負他？（貼）孩兒，他既死了，無可奈何，且到任所，做些功果追薦他。（生）這個少不得如此。（末）小人告狀元，老安人起程之時，老員外曾分付小人，送老安人面會狀元，你就趕回來。如今禀狀元，小人告回。（生）李成，我身伴無人，同到了任所，那時我修書一封與你去。（末）既如此，小人願隨狀元去。
（老）追想儀容轉痛悲，（生）豈期中道兩分離。
（末）夫妻本是同林鳥，（合）大限來時各自飛。

第三十四出

（外上唱）
【破陣子】野外江山幽雅，城中景物繁華。（旦、丑上）六街三市堪描畫，萬紫千紅實可誇。（合）閩城景最佳。
（外白）身安幸喜到閩城，跋涉崎嶇爲利名。（旦白）大布仁風寬政令，廣施德化慰黎民。（外）孩兒，這福州好座城子。自從到任之後，不覺又是三個月有餘。且喜盜息民安，詞清訟簡。（旦）此乃爹爹治政之高。（外）孩兒，我寫一封書在此，欲遣一人到饒州，去報你丈夫知道，教他來取你，夫妻重會，缺月重圓，心下如何？（旦）深荷救殘生，夫妻望主盟。恩深轉無語，懷抱自分明。若得如此，重生父母，再長爹娘，感恩非淺。爹爹，到饒州有幾日路程？（外）數日之程。（旦）數日之程，多與盤纏他去。（旦退後。外）叫開門！（介）唤一個打差的過來。（净上）忽聽指揮黄閣下，疾忙趨步畫堂前。（外）家書一封，到饒州王太守投下。（净）小人就去。（外）聽我分付。（外唱）

【榴花泣】我守官如水，胸次瑩無瑕。薄税斂，省刑罰，撫安民庶禁奸猾。詞清訟簡，無事早休衙。（旦唱）依條按法，看懲一戒百誰不怕？待三年任滿期瓜，詔書是早晚遷加。（夫唱）

【前腔】覷着你花容月貌勝仙娃，忍將身命掩黄沙？天教公相救了伊家，一似撥雲見日，枯樹上再開花。（外）貞潔可誇，忘生就死令人訝。〔一〕恁椿萱怎不詳察？全不道有傷風化。（旦唱）

【漁家傲】若提起舊日根芽，不由人不兩淚如麻。恨只恨一紙讒書，般得我母親叱吒。（外）見差，逼汝身重嫁，那些個一鞍一馬。（介）這書札我如今遣發，〔二〕管成就鸞孤鳳寡。（净唱）

【前腔】今日裏拜辭了恩官，明日裏在海角天涯。一心去傳遞佳音，不憚路途波查。（旦唱）

〔一〕訝：原作「雅」，據《新刻原本王狀元荆釵記》改。
〔二〕發：原作「法」，據《新刻原本王狀元荆釵記》改。

你若見他，且只説三分話。（外白）孩兒，便説有何妨？又恐怕他别贅了渾家。（外唱）你把閒言一筆都勾罷，回來方知真共假。

【尾】月再圓，花重發，那其間歡生喜洽，重整華筵泛紫霞。

（外）饒福相離數日程，（旦）修書備細説來因。

（丑）分明好事從天降，（末）重整前歡復舊盟。

第三十五出

（貼上唱）

【臨江仙】客夢悠悠鷄唤醒，窗前尚有殘燈。（生）攬衣披枕自評論，今日飄零，何日安寧？

（貼白）孩兒，促整衣裝及早行，區區只爲利和名。（生白）拚却餐風并宿水，（末白）不愁帶月與披星。

（貼）孩兒，就此趲行前去。（貼唱）

【朝元令】騰騰曉行，露濕衣襟冷。（生唱）徐徐晚行，月照遥天暝。只爲功名，遠離鄉背井。渡水登山驀嶺，戴月披星，車塵馬足不暫停。晴嵐障人形，西風吹鬢雲。（合）潮陽海城，到得後那時歡慶，那時歡慶。（末唱）

【前腔】幾處幽林曲徑，松杉列畫屏。回首亂雲凝，禪關掩映，遠鍾三四聲。欽奉綸音，遊宦

宿郵亭。遠離宸京，盼陽關把往事空思省。水程共山程，長亭復短亭。（合前）（生唱）

【前腔】危巔絶頂，飛流直下傾。嘆微名奔競，㈠身似浮萍。鷓鴣啼，不奈聽。野花開，又香馨。消遣羈旅情，到處里，閒題詠，眼前無限景。牧笛隴頭鳴，漁舟江上横。（合前）（貼唱）

【前腔】八九處人家寂静，柴門半掩扃，溪澗水泠泠。遠路離别興，自來不慣經。遥望着，酒旗新，遥望着，酒旗新。買三杯，共消愁悶。哀猿晚風輕，歸鴉夕照明。（合前）

（貼）長亭渺渺恨綿綿，（生）遠望潮陽路八千。

（末）正是雁飛不到處，（合）果然人被利名牽。

第三十六出

（外上唱）

【探春令】人生最苦是别離，論貞潔他人怎比？仗鸞箋一紙通消息，怎不見回音至？

（白）窗外日移彈指過，席前花影坐間移。前日修書，遣人饒州去王僉判處投下，倏忽之間，不覺又是一旬之上，如何不見回來？（净上白）轉眼垂楊緑，回頭麥子黄。萬事分已定，浮生空自忙。自家蒙相公

㈠　競：原作『兢』，據《新刻原本王狀元荆釵記》改。

差，到饒州去王僉判處下書。誰知交我空回走了一遭，只得回覆相公。（見介）皂隸，你回來了。（淨）小人回來了。（外）王僉判見了書，他怎麼説？（淨）相公，好難説！（外）怎麽難説？（淨）書不曾投下。（外）怎麽不投下就回來了？（淨）小人一到饒州，街上正遇行喪，見銘旌上寫着『饒州僉判王公之柩』。小人就問街上人，這是誰家出殯？人回説這是新任王僉判的喪事。小人又問怎麽死了。説道到任之後一月有餘，不服水土，全家疫病死了，今日行喪。小人不信，直到私衙内，問着衙内人與街上人説話一同，爲此書不曾投下，空走了一遭。（外）可惜，可惜！正是：人無百歲期，枉作千年調。我特地修一封書去，指望他夫妻完聚，誰想全家死了麽！叫梅香，請小姐出來。（旦上）

【一枝花】書緘情慘切，烟水多重迭。故人如見也，免傷嗟。（丑）再整鸞膠，重把危絃接。

（合）金爐香爇，月下星前，共把蒼天答謝。

（旦白）爹爹萬福！（外）孩兒，下書人回來了。（旦）下書人回來了，必有好音。（外）好音，好音，書不曾投下回來了。（旦）爹爹，書怎麽不投下？（外）孩兒，你猜一猜。（旦唱）

【漁家傲】莫不是明月蘆花没處尋？（外）明月蘆花一片白，那裏去尋？（旦）莫不是那日王魁，嫌遞萬金？（外）也不是。（旦）莫不是忘了半載同衾枕？（外）一夜夫妻百年恩，不是。莫不是不曾之任？都不是，好難説！（介）欲言不語情難審，那裏是全拋一片心？（外唱）咱語言説到舌尖聲又噤，（旦）爹爹怎麽不説？若提起始末元因，交你愁悶怎禁？此生再休想與他同衾枕。（旦）若要重相見。你要重相見，除非是東海内撈針。（旦）既如此，何不再寄一封書去？如今又兀自不思省，這不投下家書是訃音。

（旦）訃音莫不是死了？（外白）孩兒，好難説！（旦）爹爹，怎麼難説？（外白）皂隸回來説，一到饒州，正遇行喪，銘旌上寫『僉判王公之柩』。當時就問街上人，説新任王僉判到任一月，不服水土，全家疫病身死了。皂隸不信，又到私衙問着衙内人，與街上人所説一同。因此書未曾投下，回來了。（旦）端的死了，兀的不是痛死我也！（旦唱）

【梧桐樹】我爲你受跋涉，我爲你遭磨折，我爲你投江，爲你把殘生捨。今日怎生先傾逝！這樣淒涼，剗地裏和誰説？（介）只得除下釵環，盡把羅衣卸，持素喪服存貞潔。（外唱）

【東甌令】休嗟怨，免攧屑，分定姻緣中道絶。夫妻本是同林鳥，限到各分别。生同衾枕死同穴，誰肯早抛撇？（净唱）

【太師引】讒書套寫那人無籍，致令他生離守節。想當時見你來投水，急撈救免遭魚鱉。

（旦唱）

【前腔】念妾得蒙提挈，只指望同諧歡悦。誰知道全家病滅，不由人不撲簌簌雨淚如血。

（外唱）

【金蓮子】休愁此生鸞鏡缺，常言道救人須救徹。（丑唱）聽覆取休得要哽咽，待等三年孝

滿，别贅豪傑。（旦唱）

【尾】再醮徒然費唇舌，共姜誓盟甘自説，守寡從教鬢似雪。

（旦）甘守共姜誓柏舟，（外）分明塵世若浮鷗。

（浄）三寸氣在千般用，（合）一日無常萬事休。

第三十七出

（末上白）勞心者食人，勞力者食於人。李成昨蒙狀元分付，安排祭禮。時遇清明令節，所有祖考，夜來祭了，只有亡過夫人不曾致祭。今日打點祭物完備，不免請老夫人、狀元出來。（貼上）

【破陣子】細雨霏霏時候，柳眉烟鎖常憂。（生唱）昨夜東風驀吹透，報道桃花逐水流。（合）新愁惹舊愁。

（貼白）孩兒，極目家何在？白雲天際流。（生白）五年辭故里，灑淚濕征裘。母親，孩兒夜來三更時候，得其一夢，夢見渾家扯住孩兒的衣袂，連叫數聲王十朋。他説：在生只與你同憂，死後不與你同樂。孩兒覺將起來，却是南柯一夢。（貼）孩兒，且喜母子到得任所，敢是你的妻子與你討祭了？何不擺下祭禮，也見日前夫妻之情。（生）孩兒昨日已曾分付，當上祭禮，俱已完備了，請母親主祭。（貼）孩兒，你先去主祭，我後來拈香罷。（生）母親，告祭了。（介）非是兒夫負你情，只因奸相妒良姻。生前淑

性頗貞潔，死後依然踏世塵。餐玉饌，飲肴樽，水晶宫裏做仙人。待我三年任滿朝金闕，與汝申冤奏此情。（生唱）

【北新水令】一從科第鳳鸞飛，（貼）孩兒，當元先寄書不仔細些。（生唱）被奸謀有書空寄。幸萱堂無禍危，（貼）孩兒，苦只苦你的妻子。（生唱）痛蘭房受岑寂。捱不過臨逼，身沉在浪淘裏。（貼唱）

【步步嬌】將往事今朝重提起，（一）越惱得娘肝腸碎。清明祭掃時，省却愁煩，且自酬禮。須記得聖賢書，道『吾不與祭如不祭』。（生）

【折桂令】爇沉檀香噴金猊，昭告靈魂，聽剖因依。自從俺宴罷瑶池，宫袍寵賜，相府勒贅。只爲俺撇不下糟糠舊妻，苦推辭桃杏新室，致受磨折，改調俺在潮陽。因此上擔誤了歸期。（貼）

【江兒水】聽説罷衷腸事，（介）只爲伊，却元來不從招贅遭毒計。懊恨娘行忒薄倖，凌逼得你好没存濟。母子虔誠遥祭，望鑒微忱，早賜靈魂來至。（生）

【雁兒落】徒捧着淚盈盈一酒巵，空擺着香馥馥八珍味。慕音容，不見你，訴衷曲，無回對。

（一）往：原作『枉』，據《新刻原本王狀元荆釵記》改。

俺這裏再拜自追思，重會合是何時？揾不住雙垂淚，舒不開兩道眉。先室，俺只爲套書信賊施計。賢也麽妻，俺若是昧誠心，自有天鑒知。（貼）

【僥僥令】這話分明訴與伊，須記得看書時。叵耐薄劣生惡意，拋閃得兩分離，在中路裏，中路裏。（生）

【收江南】呀！早知道這般樣拆散，誰待要去赴春闈？便做到腰金衣紫待何如？說來猶恐外人知，端的是不宜，端的是不宜！只索要低聲啼哭自傷悲。（貼）

【園林好】免愁煩回辭奠儀，（一）拜馮夷多望你護持。早早向波心中脱離，惟願取免沉溺，惟願取免沉溺。（生）

【沽美酒】（二）紙錢飄，恰一似蝴蝶飛。淚血染，都做了杜鵑啼，睹物傷情越慘悽。靈魂恁自知，俺不是負心的，負心的隨着燈滅。這情況欲訴憑誰？花謝有芳菲時節，月缺有團圓之夜。我呵！徒然間早起晚些，想伊念伊。妻，要相逢除非是夢兒裏，再成一對姻契。

【尾】昏昏默默歸何處？耿耿思思常念你，直上姮娥宫殿裏。

（一）辭：原作「慈」，據《新刻原本王狀元荆釵記》改。

（二）【沽美酒】：原闕，據《新刻原本王狀元荆釵記》補。

（貼）年年此日須當祭，歲歲今朝不可忌。天長地久有時盡，此恨綿綿無絶期。

第三十八出

（旦上唱）

【一枝花】花落黄昏門半掩，明月滿空階砌。嗟命薄，嘆時乖。華月在，人不見，好傷懷！

（白）昔恨時乖赴碧流，重蒙恩相得收留。身居閨門重閉户，花落花開春又秋。奴家自那日忿氣投江，不期遇着安撫相公撈救，認爲義女，勝似嫡親撫養。將何所報？奴家思想，婆婆、父親、夫人四散飄零，存亡未知。今夜不免焚下一炷夜香，禱告天地，願各人福壽綿長，早賜相逢。（介）我那重生的父母！（旦唱）

【剔銀燈】自那日身歸大江，蒙安撫收留在船上。似骨肉一般親襁褓，這的是再長爹娘。

（合）蒼天，焚一炷夜香，惟願取封侯拜相。

（白）幼年母喪實堪悲，鞠育恩深父所爲。身倚他鄉謾回首，不勝哀怨自沾衣。我的父親！（唱）

【前腔】承懷抱鞠育撫養，擇佳婿番成災殃。應知慮我江心喪，幸逢着仗義賢良。（合）蒼天，焚一炷夜香，惟願取重回故鄉。

詩：

舅没姑存鬢鬢星，一枝零落不分明。

奴心雖在他鄉國，幾度思量雨淚零。

我的婆！

【前腔】只指望終身撫養，誰知道中途撇樣。生亡未審歸何向？這的是家破人亡。（合）蒼天，焚一炷夜香，惟願取康寧無恙。

詩：

惜承嚴命配佳期，不想參商天一涯。㈠

都道你身歸他國，妾心猶慕錦衣歸。

我的丈夫！

【前腔】都道你重婚洞房，又聞得你身歸黄壤。因伊受了多磨障，㈡今日裏拆散鴛鴦。（合）蒼天，焚一炷夜香，惟願取亡夫保障。

㈠ 商：原作『傷』，據文義改。

㈡ 伊：原作『依』，據文義改。

香烟緲緲浮清碧，衷曲哀哀訴聖祇。
致使更深與人静，非干愛夜月眠遲。

第三十九出

（末上白）一喝千人諾，單行百吏隨。恁般多富貴，端的是男兒。自家乃是本府親隨隷兵。你看這時光好疾，日月相催。自從本官到任潮陽勾當，不覺又是五年。真個清廉如水，上下相安。前日忽有上司文書到府，將俺相公陞除福州太守，却是因禍致福。元先我相公原除饒州僉判，只因不就丞相親事，却將改調潮陽。如此更遷，意欲陷害在潮陽。如今朝廷别立丞相，體知相公治事清廉，持心公正，因此陞除福建太守。今日促裝行李。那來的鼓樂彩旗，敢是與相公送行的？（浄、丑上唱）

【賞宫花】耆宿社長，聽榮除，特舉觴。五年民沾惠，盡安康。卧轍攀鞍無計也，離歌别酒衆難忘。

（末白）許多什麽人嚷？(一)（浄、丑白）郎中，我們聞知相公高陞，衆鄉民特來送行。（末）難得你每厚意，問你高姓？（浄）老漢叫做李達玉，年紀方纔五十六。在城開張雜賣鋪，家中財貨頗豐足。年年差

(一) 嚷：原作『攘』，據《李卓吾先生批評古本荆釵記》改。

我做方正，因此營充做耆宿。聖節賀正預公宴，簪花飲酒與喫肉。有時迎接上司官，見我必先問風俗。一句話也不曾回，五十六棒不罰贖。那時無計可施爲，依舊歸家責蠟燭。（末）免教人在暗中行，這個老人高姓？（丑）老漢積祖姓丁，并無手藝營生。圖小利討充社長，誰知也不安寧。又要報寫粉壁，又要催討常行課程。又要報淘砌河勘，又要辦水桶麻繩。又要勸農栽種，又要督造坊城。只有催關鹽票，是我覓鈔門庭。有錢與我的，便把他口數減；無錢與我的，便把他口數增。若還官司賑濟，這場買賣非輕。若有人告投社長，一件件并不容情。被告詐他十貫五貫，原告喫他三瓶五瓶。有錢與我的，私下和允。無錢與我，便打他脚筋。我怕事如探湯老狗，我愛錢如見血蒼蠅。這人户家家作念。（末）想必説你好？（丑）那裏是，都罵我没分曉老鴨精！（末）這一下打得你嘴扁。相公來了。（生、貼上）

【前腔】潮陽海邦，佐黄堂，名譽彰。（貼唱）省臺飛薦剡，看文章。擢任三山爲太守，叩頭萬歲謝吾皇。

（生白）自離京苑到潮陽，烏兔相催曉夜忙。（生）不覺因循經五載，追思中饋好心傷。母親，孩兒得蒙聖恩，除授吉安太守，且喜相離家鄉不遠。（淨、丑見）這些老人做什麽？（末）特來與相公送行。（淨、丑）一廉如水的相公，萬民安樂，今日榮陞，衆老人特來相送。（生）何勞你衆人相送？（淨、丑）相公在此五年，與民同樂。如今有旗帳，特來相送。（生）旗帳不用罷。（淨、丑）且喜相公高陞，老漢等蒙恩甚多。今日起程，敢不拜送！（生）感承厚意，我到任以來，没有什麽好處。（淨白）老爹未到任時，蠻獠侵擾，年歲飢荒，盗賊生發，剜壁逾墻，(一)偷鷄釣狗，一似虎狼。妻打丈夫，子罵爹娘。徭役繁重，百姓難當。家家無飯，餓斷肝腸。衣衫破損，有褲無襠。西風乍起，凍得狗叫汪汪。(生)我到任之後怎麽？(丑白)自老爹到任以來，蠻獠遠遁，盗賊潛藏。父慈子孝，黎庶繁昌。徭役平等，公吏循良。粗粗細細，衣服盈箱。新新舊舊，米穀成倉。無憂無慮，專買食撞，那時浪蕩杖浪蕩。(生)怎麽説？

(净、丑)快活打個【村裏迓鼓】。(净、丑唱)

【月上海棠】吾郡間，萬民沾惠恩無限。喜陞除福地，餞别陽關。無計留攬轡扳鞍，爲霖雨須爲親盼。(合)程途遠，拚這些巇嶮，(二)受些踠跧。(貼唱)

【前腔】衰老年，只愁烟瘴爲吾患。幸家門吉慶，子母平安。今日裏子擢高官，飲别酒應難留戀。(合前)(生唱)

【前腔】心愧赧，備員竊禄常嗟嘆。想劉寬難并，趙杲難攀。偶然間盗息民安，非德化何勞稱贊？(合前)

【前腔】出路難，登山驀嶺越溪澗。喜陞擢鄰郡，近接家山。因則是水宿風餐，趲之任辛勤

(一) 剜：原作『豌』，據文義改。
(二) 些：原作『這』，據文義改。

不憚。（合前）

（老）一劄丹書下紫宸，（生）趕程之任肯因循。

（浄）勸君更盡一杯酒，（末）西出陽關無故人。

第四十出

（旦上唱）

【杜韋娘】朔風寒凜冽，雲布野，花飛雪，看萬木千林都凍折。小窗前，梅花綻綴，冰稍數點幽潔。淡月黄昏，暗地香清絶。先把陽和漏泄，又葭管灰飛地穴。

（旦白）痛憶我亡夫，感念嘆嗟吁，轉頭又是五年餘。安撫收留恩不淺，補報全無。自從丈夫亡後，又是五年光景，今日長至，不免請爹媽出來，拜賀一番則個。梅香那裏？（浄上唱）

【麻婆子】做奴做奴空惆悵，何時得嫁個馬上郎？做奴做奴空勞攘，落得一個曉夜忙。遇冬節，巧梳妝，身穿一套好衣裳，是人見了都誇獎。

（旦白）梅香，你來了。（丑）姐姐，我來了。今日是冬節，梅香拜賀！（拜）時遇新冬，喜氣重重，拜節之後，願小姐早嫁老公。（旦）丫頭，休胡説，待相公、夫人出來拜賀。道由未了，相公、夫人早到。（夫人、外上。旦見介）

【海棠春後】時序易推遷，莫惜開芳宴。

（旦見、白）爹媽萬福！（外）孩兒，今日請我每出來何由？（旦）今日是冬節，請爹媽出來，奴家重蒙收録，别無補報，受奴四拜，願媽媽壽山高聳福海深，願爹爹早登八位之崇，自做個三公之位。（丑）小姐拜過了，梅香也拜。願夫人年高隆踵，眼昏耳聾，拜你四拜，早做烏龍。（外）窗外日光彈指過，席間花影座間移。我自到任來，又蒙朝廷再任五年。我兒，如今意欲再求一婿，了汝終身，你意下如何？（旦）爹媽在上，奴家但愿終身守節，再醮難言。（外）孩兒，你丈夫不死，不肯再嫁，理之當然。如今你丈夫死了多時，不肯再嫁，後身將何所倚？（旦）望爹爹螟蛉一子，以終後身。（浄）我尋思起來，你若久在吾家，去後終無結果。（旦）妾聞仁者不以盛衰改節，義者不以存亡易心。截耳殘形，以杜重婚之議；劈面流血，難從再醮之言。自古及今，芳名不泯。使妾有失志節，聽此寧無愧乎？誓柏舟甘效共姜，死而後已。若窺隙鑽窬，潛奔司馬，生則何益？若不容奴於相府，則賤妾仍喪於江中。（外）夫人，他如此志節，端的難得。孩兒，你要守節，改日過房一子，與你爲後。（旦）如此深感爹爹！（外唱）

【集賢賓】一陽氣轉春透徹，履長歡慶冬節。驗歲瞻雲人意切，聽殘漏曉臨臺榭。（旦）今年事別，黄雲纖争出吉帖。（合）歡宴設，沉醉後，管絃聲咽。（丑唱）

【前腔】日晷漸長人盡説，繡紋弱綫添些。待臘將舒堤柳葉，凍柔條未堪扳折。百官擺列，賀亞歲拜朝金闕。（合前）（旦唱）

【鶯啼序】光陰迅速如電掣，斷送了多少豪傑。（净）遇良辰自宜調燮，且把閒悶拋撇。(一)進履襪歡看婦儀，炷寶鼎把蒼天答謝。（合前）（净）

【前腔】道消遣長空嘆嗟，畫堂且安享驕奢。（丑）(二)看紛紛綠擁紅遮，綺羅香散沉麝。(三)（外）辟寒犀開元此日，曾遠貢喧傳朝野。（合前）（外）

【琥珀猫兒墜】(四)玉燭寶鼎，今古事差迭。遇景酣歌休暫歇，珠簾垂下且莫揭。（合）歡悦，那獸炭紅爐，焰焰頻爇。（旦）

【前腔】小寒天氣，莫把酒杯歇。醉看歌妓嬌艶，春容微暈酒懸頰。（合前）

【尾】玉山低頹日已斜，酒散歌闌呼侍妾。把錦被烘熱，從交醉夢賒。(五)

（外）天時人事日相催，（丑）陰極陽生春又來。
（旦）雲物不殊鄉國異，（净）開懷且覆掌中杯。

(一) 拋：原闕，據《新刻原本王狀元荆釵記》補。
(二) 丑：原作「净」，據文義改。
(三) 沉：原作「蘭蘭」，據《新刻原本王狀元荆釵記》改。
(四) 墜：原闕，據汲古閣刊本《繡刻荆釵記定本》補。
(五) 「從交」句下原衍「合前」，刪。

第四十一出㈠

（小生上唱）

【掛真兒】黄堂佐政齊黎庶，豈將清慎虧。門館無私，日以刑名爲事。

（白）五馬侯中列節推，導民以政冀無爲。此心一點如丹赤，敢學虞庭向日葵。下官温州府推官周完卿是也，題名金榜，早霑螭陛之恩；㈡列職黄堂，不作牛刀之試。食天厨之廩禄，平郡治之刑名。前日堂尊送一紙狀來，却是孫汝權告錢流行圖賴婚事的。那孫汝權是個生員，錢流行是個太學生，曾考貢元的，斯文分上，十分不好下手。我已經行牌去提那原媒，㈢待他來時，便知分曉。叫皂隸銷批。（外、淨、丑上白）閉門家裏坐，禍從天上來。（官點名介）錢氏，你是媒人。（丑）小婦人是，老爹。（官）都是你那牙齒婆，貪圖酒食，説來説去，致生兩家事端。從實説來，將就發放你出去；你若花言巧語，一頓敲死爾那狗婦！（丑）老爹，小婦人也不是慣佐媒人的，那錢流行就是小婦人的哥哥。（小生）你説怎麽起？（丑唱）

㈠　四十一：原作『四十二』，據文義改。
㈡　霑：原作『沾』，據《新刻原本王狀元荆釵記》改。
㈢　我：原作『他』，據文義改。

【啄木兒】吾兄有女及笄。（小生白）你哥哥有個女兒，及笄之年了，曾許人麼？（丑唱）許配王生尚未歸。（小生白）婦人謂嫁曰歸，許便許了那王生，尚不曾嫁去麼？（丑白）正是，老爹。（唱）那孫郎忽至奴家裏。（小生白）他到你家怎麼？（丑唱）也欲娶吾侄女。（小生白）他要娶你侄女，自在你兄家裏去求親，到你家何幹？（丑唱）他浼央老妾爲媒氏。（□□□）你曾與□□□麼？（丑唱）我領言曾到兄家裏。（小生白）你哥哥肯麼？（丑白）老爹，□□□的哥哥適然不在，我嫂嫂是個裙釵□□□方嫌王氏之貧，喜聞孫氏之富。（唱）遂欲連□□□悔。

（小生白）你哥後怎麼説？（丑唱）

【前腔】吾兄意，執不回。（小生白）你侄女怎麼説？（丑唱）侄女堅將節操持。（小生白）這也是婦人家的本等。（丑唱）我嫂嫂勢不相容。（小生白）不相容那女兒麼？（丑白）是，老爹。（唱）吾兄就應變隨機。（小生白）怎麼應機隨變來？（丑唱）將侄女送過王門去。（小生白）王家既成了親事，那孫郎再不該議親了。（丑唱）那王生呵，結親後遂赴科場裏。（小生白）中也不中？（丑唱）誰想道一舉成名天下知。

（小生白）那王生叫甚名字？（丑白）叫王十朋。（小生白）到是我年兄家裏的事。他既中了狀元，那孫家一發不該議親了，怎麼到又起禍根來？（丑唱）

【前腔】因承局，附信歸。（小生白）書來報喜，有甚不好？（丑白）那裏是個喜？（丑唱）喜氣番成怨氣吁。(小生白)一紙家書抵萬金，怎麼到變了怨氣？(丑唱)老爺，那裏是萬金佳音，元來一紙休書。(小生白)那王狀元是個古君子，安得有此？(丑唱)他母親疑是婿親筆跡，女言是改書中語。(小生白)你哥哥是讀書之人，也就信了？(丑白)老爹，我哥哥當時也不信來，(唱)只爲字跡相同亦起疑。

(小生白)說在誰家爲婿？(丑唱)

【前腔】說在万俟府佐女婿。(小生白)那有此事！你家也不訪？(丑白)當時爲訪不出，又是老妾僭言，(唱)近日孫郎下第歸。(白)老爹，孫汝權肉面在此。(唱)與吾兄面質他言。(小生白)他怎麼回你？(丑唱)他說果然贅作門楣。(小生白)孫汝權，你曾說麼？(淨白)學生曾說來。(小生白)這畜生，元來都是你生的奸計了。你家受他甚麼財禮？(丑唱)孫汝權你家行甚財和禮？吾家那個來接取？(白)老爹，財禮是小事，(唱)他致使我侄女投江佐鬼妻。

(小生白)有這等事！孫汝權，那王夫人死了，他不告也好了，你到告他圖賴親事。(淨白)老大人，他母親逼死了，與學生何干？(小生白)你曉得，我雖不殺伯仁，伯仁由我而死麼？(介。末上白)二月程途裏，今日下文書。老爹，小的是吉安府王太老爹着小的齎書到老爹案下。(小生白)那個在吉安府作郡？我到忘了。取書上來看！(介)年生王十朋頓首書啓。年治生王十朋頓首百拜！即蒙完卿年兄執事，遽爾別來，屢經歲月。向改調時，深辱俯慰。因瘴鄉無使，故久乏音問也。茲幸寸進守吉，懷抱雖得少伸。又有不得已事，仰干執事下。向寓京時，倩人持書迎候岳父母、老母、山妻，不想被人中途套换書信，致使山妻守節而亡。今已獲原寄書人承局，奏送法司。鞫問間，供稱止有孫汝權開包。望將此情轉達祖父母大人，乞將孫汝權解京，面証完卷。再禀岳父母，以富家不厭貧寒，以女妻之，生將謂終身養老之謀。今山妻雖死，義不可絶。特差人舟相候，萬望推同年，贊襄老岳父母慨然上道。如天與公同賜也，明年朝覲，想得京中一會。時下寒暖互相，伏惟調護。年值考貢，想年歲得一會矣。感德豈淺淺哉？以膺天寵，不宣。十朋再拜。（介）吏讀與他每聽！（念介。小生白）錢老先生，這一封書是令婿命轉送老先生的，請收去。（介）老先生，請出去换了衣巾，進來相見。錢氏無干，出去！（外、丑下。小生）皂隸選大板子，拿那孫汝權下去打四十！（打介）討牌。（寫介）發監，待文書完了，送到堂上，解他京裏去完卷。（帶浄下。小生白）請錢老先生進來。（請外上介。小生）老先生請坐。（外）老大人請上，容學生拜謝。（小生白）不勞，不勞。（外）老大人，上開藻鑒，下判妍媸。冰釋厚誣，心銘大德。（小生）學生失於龍蛇之辨，致有鼠雀之牙。撫已多慚，見公甚愧！（介）請坐了！（外）不敢！（小生白）老先生前輩，令婿又忝同年，不必太謙。（外）學生告坐了！（坐介。小生）適間令婿書上，着學生專請老先生到其任所，必須就起程前去。（外）老大人，學生年邁，朝暮不能保，豈敢遠涉路途？（小生唱）

【歸朝歡】賢東坦，賢東坦，有書命僕。特來請，特來請，泰山岳父母。望先生休得賜阻，可尅期忙登去途。（外唱）些須薄産無人顧，衰殘弱體難趨赴。（小生白）老先生，這等老當益壯。

（外唱）難保途長，迢遥病苦。（小生唱）

【三段子】㈠何須慮遠涉仕途，自有樓船待步。你賢夫婦息心兩相扶，又何須論着病苦。

（外白）學生有言難禀。（小生）但説不妨。（外唱）可憐我女身先故，恐他不認親骨肉。（小生白）呀！老先生疑差了。他既不把你當嫡親骨肉，（唱）又何必千里差人，請你往任所？

（外白）老大人言之有理，學生謹當領命。㈡（小生）叫皂隸，到驛裏討人夫。皂隸站船，送錢老相公起身。（介）

（外）甥附音書遠，淚愁途路遥。

不因漁父引，怎得見波濤？

第四十二出

（外上唱）

【燕歸巢】暮景休休，正黄葉滿林時候。（外唱）江頭先已整官舟，不比程途奔走。

㈠【三段子】：原闕，據《新刻原本王狀元荊釵記》補。

㈡領：原作『令』，據文義改。

（外白）月到中秋明又圓，可憐弱息意茫然。（浄）門楣遠致衰年慰，想念尤存故國懸。老兒，早上見官如何説了？（外）都是你那老禍危，若非女婿王十朋，幾乎受了孫家之累。（浄）王十朋是辜恩負義的，如今知他在那裏，怎麽到虧了他？（外）若非他寫書與那推官大人，我如何對得那孫汝權利口伶牙過？（浄）這等説王十朋是個活鬼了，順風耳，千里眼。他怎麽曉得我家遇官司，他就寫書來？（外）他特寫書差人舟來請我和你到他任所，同享榮華。（浄）老兒説謊，何有此事？（外）推官大人又送人船。即今就要起身，你去將細軟東西收拾幾厢，先着人夫送去舟中。我待妹子來，將家筵什物田園米粟，交付與他，我就要去也。（浄）老兒，你要去自去，我不去。（外）爲何不去？（浄）前日王親家母被我碾出去了，今日我何顔去與他相見？（外）他的母子不比你這樣小人，只管隨我去便了。（丑上唱）

【前腔】陽關愁罨暮雲低，兄妹臨岐惜解携。我的兄嫂，何日是歸期？（外、浄唱）直待他錦衣旋，同歸故里。

（外白）妹子，我將家私田地，寫個數兒，交你管業。我與你嫂嫂即刻就行了。（丑）佐妹子的備得一杯淡酒，與兄嫂送行。（外、浄）何勞如此？（丑唱）

【四邊静】□嫂姑兄妹期終守，白頭嘆分首。（白）哥嫂，我在艱迫之鄉。（唱）號泣當離歌，淚流充别酒。（合）此非壯遊，羈留莫久，執袂問歸期。（外接唱）多應暮春後。（外、浄唱）

【前腔】門楣喜氣專城守，念他不忘舊，屢屢遣人舟，難却此情厚。（合前）（合唱）

【臨江仙】慢祖道念伊遠去，（外）寒家望你相週。（末上白）告相公，潮已平了，人都開船了，請老奶登舟。（淨唱）那堪潮落又催舟，一時分别也，兩地重離愁。

（外白）妹子，請回罷。（詩）别兄容易見兄難，死别生離不一般。死别應無重相見，生離終自有時還。（丑下。外吊場、白）媽媽，到江邊還有二三里，我和你趲行幾步。（外唱）

【憶黄鶯】寒鳥啼，寒葉飛，西風滿面塵滿衣。老態龍鍾怯路岐，（一）岐多路迷，霜滑馬遲，計程應説常山地。（合）路崎嶇，行人翹首，遥望酒家旗。（淨唱）

【前腔】雲欲遮，雨欲垂，無奈斜陽影漸低。心慮途長轉覺遲，載牽載遲，復歌復悲，出門便不如家裏。（合前）

（外）路遠山深莫厭遲，（丑）一行鴻雁背人飛。

（淨）樓船艤在西江上，（合）衰柳依稀映落暉。

第四十三出

（貼上唱）

（一）鍾：原作『噇』，據文義改。

【戀芳春】宿霧方開，見紅日一輪，已升東海。（生上唱）泰山霄漢瞻何在？方慰人懷。（見介。貼白）人歸洛下音難覓，眼看河陽雁不歸。怎麼人去迎接二位親家，將及兩月，如何還不見來？（生白）母親，差人歸遲，想必同來也。（介）叫個皂隸來。（丑上白）聽命黄堂下，趨鎗皂蓋前。覆老爹，有何鈞旨？（生）你去衙門首迎接我家老爹到來，㈠疾忙來報。（生唱）

【懶畫眉】紫簫聲斷彩雲埋，膩粉香朦玉鏡埃，燈前孤幌冷書齋。血衫難挽仙裾返，造化能移泰岳來。（貼唱）

【前腔】荆釵博得你鳳頭釵，義重生輕托繡鞋。我一迴思想一悲哀，鳳釵還在人何在？媳婦呵！陰佑你雙親到此來。（外、浄上唱）

【前腔】館甥位長五侯臺，千里裁封遣使來。㈡令人更喜復悲哀，哀吾弱息今何在？喜他母子恩情得再諧。

（外白）媽媽，好大府分！（浄）老兒，好大口！（外）怎麽説好大口來？（浄）口是牙門。（外）好歪死纏！那個牌子是太衙當直的？（丑）小的是。太老爹着小的在此迎候他老老爹進私衙裏去。（外）媽媽，你看女婿又着人在此迎接了。（丑）老爹、老奶奶請少待，待小人去通報。（介）禀老爹：老老爹到

㈠『我家』下原衍一『家』字，删。

㈡裁：原作『栽』，據《新刻原本王狀元荆釵記》改。

了。（生）岳父母大人失迎了！（貼）親家請！（外、浄）親家請了！（合拜、唱）

【夜行船】一自別來容髪改，限公衙失迎冠蓋。生別重逢，死別難再，罷愁思且加親愛。（外白）親母，小女分緣淺，中成地下遊。（貼）他鄉迎舊戚，便覺解深愁。（生）半子情方盡，終身願已酬。（浄）休嫌山婦拙，思好莫思仇。（生）母親，且請岳父母少坐告茶，待酒席完了，到後堂謾求一叙。（介。外白）親家母，遠辱寵招，深承至愛。何須特設？重增感愧！〔一〕重增感愧！（貼唱）

【玉交枝】感你恩深如海，一抔土填得甚來？〔二〕刻銘肺腑時時戴，謀此遠迎冠蓋。我兒，忙令人把綺席開。二位親家，洗塵莫怪輕相待。（合）細思量荆釵可哀！細思量荆釵可哀！（外唱）

【前腔】遥承過愛意忘哀，夫妻遠來。想當初在舍慚逋怠，望尊親海涵寬貸。你腰金忘勢真大才，不比輕薄轉眼生驕態。（合前）（浄唱）

【前腔】自慚睚眦，望賢親母勞介懷。一時也是出無奈，莫把我佐好人看待。勸人晚母休學我忌猜，逼兒改嫁遭深害。（合前）（生唱）

〔一〕增：原作『憎』，據文義改。下同改。
〔二〕抔：原作『堆』，據文義改。

【前腔】慚予一介，荷深德扶出草萊。爲微名半載忘親愛，豈知中路成災？當初指望白首諧，[一]誰知青歲遭殘害？[二]（合前）

（外）幾年遠別喜相逢，（生）又訝相逢在夢中。

（淨）果是稠人難物色，（合）信知女婿近乘龍。

第四十四出

（外上唱）

【玩仙燈】浪滚龍腥，淹滯西南江艇。明朝暫假東風便，悠悠送我行程。

（白）下官錢載和是也。今往邕州巡撫，奈風掀浪高，不能前進。左右，分付驛丞打坐糧。（生上唱）

【前腔】送往迎來，難免許多馳驟。

（白）門子取個雙頭拜帖，如與驛丞遞下去。（介。丑白）禀老爹：本府太守相訪。（外）接那帖兒上來。晚生王十朋拜。怎麽又有一個王十朋？敢是苗良這厮不曾去？請上船來。（下船介。見介。）

[一] 諧：原闕，據《新刻原本王狀元荆釵記》補。

[二] 誰知：原闕，據《新刻原本王狀元荆釵記》補。青：原作『音』，據《新刻原本王狀元荆釵記》改。

生）老大人請上，待學生見禮。（外白）下官賤疾，不能放禮，不敢勞動，只作揖罷。（作揖介。生介。外白）〔一〕不敢動問大人是何榜進。〔二〕（介。生唱）

【皂羅袍】〔三〕御道争先馳驟。（外白）元來是個殿元先生，貴處尊表？（生唱）念寒家温郡，表字龜齡。（外白）元來是梅溪先生，失瞻了！久聞先生在饒州作倅。（生唱）饒州作倅未曾行，一鞭又指潮陽嶺。（外白）代先生作倅者，何人也？（生唱）他亦姓王，雙名士宏。（外白）此公今陞何職了？（生唱）居官不久，昔年命傾。（外背白）苗良這厮可惡，不問個明白，就來了。先生爲何改調了潮陽？（生唱）爲万俟禼招贅，怪我不從命。

（外白）至親幾位在？（生唱）

【前腔】老母粗安晚景，更岳翁岳母共享安寧。（外白）令正夫人？（生唱）山妻守節滯江溟。（外白）這等青年，何不更娶一房？（生唱）豈敢甘爲不義重婚聘？（外白）幾位令郎？（生唱）芝田失種，蘭玉未生。（外白）聖經云：『不孝有三，無後爲大。』（生唱）欲全夫妻義，寧背聖經。除是山妻再世回其性。

〔一〕白：原作『唱』，據文義改。

〔二〕榜：原作『傍』，據文義改。

〔三〕【皂羅袍】：原闕，據《新刻原本王狀元荆釵記》補。

（外白）學生那同年鄧司空好麽？〔一〕（生白）是好。（外）討茶。（内應。丑遞帖與生、生遞與外介。生白）小生備下小程表敬。（外）不須，驛中自有廩結，又何勞厚賜？（生）此乃薄敬，不足道哉！（喫茶介。浄上唱）

【六么令】行行野徑，聽松陰半里禽聲。荷儀擔酒出江城。烟光淡，晚風輕，斷橋覓遮人争競，斷橋覓渡人争競。

（白）下官鄧司空，聞知年家錢中丞駐節在本處馬頭上，不免到彼一拜。迤逦行來，不免已到這裏。（介）這是那個執事？（丑）是本府太老爹的。（浄）元來王祖父大人先在此了。（見介。生）學生告辭了。（外）再上坐。（生）不勞了。（衆邀□介。浄）呀！年兄，學生拜遲了，王公祖大人先敬了。（外、生）不敢！（外）年兄小舟少坐，待學生送了王大人去，就來陪話。（浄）待學生同送一送，有何不可？（生）不勞，請自在。（浄）請了！（生）晚間屈一樽，江樓少坐，千萬不外，幸幸！（外）領命。（浄）當得。（生）不敢！少刻相邀奉一茶，先施情厚已無加。不嫌江國虚堂静，坐看幽禽蹴落花。〔二〕（生先下。外吊白）年兄請！（浄）年兄請！待學生拜一拜。（外）我與你都□人家，不必勞動。（浄）奉命了。（坐介。外）年兄，學生正有一言相告，來得甚好。（浄）學生當領尊教。（外唱）

〔一〕鄧：原作『登』，據文義改。

〔二〕落：原作『客』，據《新刻原本王狀元荆釵記》改。

【皂羅袍】太守賢明堪敬，聞瑶琴寶瑟，[一]久絶和聲。我守孀小女尚年青，敢煩元老爲媒証。（合）天書先定，繫足赤繩，人緣相應，中目雀屏。玉京咫尺神仙境。（净唱）

【前腔】到彼即當傳命，想天天有意，庸玉於成。武陵萬樹碧桃生，仙瓢數粒胡麻剩。（合前）

（外）换茶來！（净）不勞了，學生告辭，便傳佳信到蓬萊，管取仙郎笑口開。媒妁自來珍重久，莫交紅葉作良媒。（净先下。外吊白）叫門子傳話那邊船上，請夫人過這邊船裏來説話。（末）老爹過那邊船裏去順便，怎麽到請夫人過這邊船裏來？（外）那邊有小姐，不便説話，所以要請夫人過來。你曉得什麽？打嘴！（打介。末）梅香姐，請夫人過這邊船裏來。（夫上唱）

【玩仙燈】畫舫將行，請我有何緣故？

（見介。外）夫人，過來相訪那個官人，正是本府太守，也叫王十朋。問及其情，却與小女事情相同。（夫）相公，前日苗良報説死了。（外）夫人，死的是王士宏，不是王十朋。[二]那厮報差了。（夫）相公何不成就他一展姻絲？（外）夫人，那個王太守是耿介的人，卒難入言。我小女多次貴家求親，執意不肯。我如今央鄧尚書去説親，看他如何。若兩邊都不肯，是義夫節婦，老夫與他申奏朝廷，表旌其節

[一] 寶：原作「室」，據《李卓吾先生批評古本荆釵記》改。
[二] 不：原作「召」，據文義改。

義。（夫）相公，也是你成人美處。

義夫節婦世應稀，今此相逢世亦奇。
他日洞房重晤面，新人原是舊相知。

第四十五出

（生上唱）

【菊花新】郡館無私閒白晝，不愧江寧守。

（白）下官連日不曾陞廳理事，你看文書積案，訟事盈庭。平日之間，如流判決，今已無事。左右，若有事，疾忙報入來。（應介。淨上唱）

【博頭錢】洞口桃花候，劉阮先籍我伐柯之手，管交他姻緣輻輳。

（白）紅葉有緣流逝水，胡麻何意出仙源。錢年兄挽我到王太守處議親，今已到他衙門首。皂隸，與我遞箇帖兒進去通報。（末報介。生見介。淨）連日不領清教，茆塞我心。（生）學生亦爲公務紛紛，不得常趨講下，每日耿耿。（淨）不敢！不敢！學生有言上瀆，恕罪！（生）不知有何事？（淨）公祖大人鼓盆已久，令堂老夫人、令岳父母俱在高年，奈何中饋無人；況公祖大人公務事冗，内外不能兼顧。今有同年錢中丞一女，才德兼全，老夫特來作伐，望乞慨然作成老鄧喫杯喜酒。（生）老先生重承雅意，

但此親事决難奉命。（浄唱）

【三段子】侯門女流艷如花，聰明俊秀，聞公求偶。窈窕女必須再求，好合琴瑟聲沉久。莫爲待兔空守株，何不學關關水上鷗？

（生）學生家甚貧，妻家甚富。其父賢愛人賤貨，其母僻□。（唱）

【前腔】富家競求，痛相絶甘貧自守，不忘故舊。視生輕如花委流，只因喪此鴛鴦偶，何心再覓鸞鳳友？（白）傳云：有至仁者，厭聞義之言。（唱）我此狂言心亦羞。

（浄）性執心迷見識差，（生）婚姻不就且回家。

（末）落花有意隨流水，（合）流水無情戀落花。

第四十六出

（夫上唱）

【破陣子】翠藻風吹擁棹，[一]白鷗浪擾依汀。（旦上唱）澤國烟横，蒹葭露冷，望斷粤山秦嶺。人滯潮陽魂難返，親隔歐城鬢已星，何時夢始醒？

[一] 棹：原作『掉』，據《李卓吾先生批評古本荆釵記》改。

（夫白）孩兒，你看粤山高，楚山高，目斷山高路轉遥，令人首自翹。（旦白）曉雲飄，暮雲飄，何處行雲暗遠皋？淒凉眼未消。（夫）孩兒，前番來議汝親事，皆富貴之家，不從也由得你。今番是你爹爹同年鄧尚書執伐，况所議親事又是本郡太守，文華與賢聲最著者。爹爹交我勸你一定要成此親事，汝亦不可推阻，以拂人之性也。（旦）母親，妾夫縱不才，亦爲郡守僚寀。今日移心改嫁，則前日之投江，乃沽名吊譽也。望母親在爹爹膝前借重宛轉一言，若得從妾所願，老死牖下，存一日享一日之福，即爹媽所賜也。必欲移天，惟求速死。望母親矜憐！（夫）爹媽不過爲汝終身之計耳，有何他哉？你聽我説。

（夫唱）

【二犯桂枝香】侯門修聘，司空執証。星郎是千里專城，月老是三台元省。須聽，文鴛難宜作對行，賓鴻可憐獨月鳴，趁七夕，會雙星。藍橋路趁，瓊漿感生，雲英見美，裴航歲青。此間正是神仙宅，何必區區到上京？（旦唱）

【前腔】紅顔薄命，粉郎多釁。清風千古虚名，圓月中天端影。傷情，梅經雪霜花不零，松逢歲寒色倍青，㈠歷辛顯堅真。閨情消靚，鉛華褪馨，香迷塵鏡，針冷繡綳。白玉縉難捏，甘泉到底清。

㈠ 倍：原作『陪』，據文義改。

（夫白）我兒，你如此立志不從，顯你一身之節，與天下婦人争輝多矣！　只不知你夫家當時將得何物聘定你？　且説與我知道。（旦唱）

【大迓鼓】萱堂你試聽，我夫家納聘，曾遣釵荆。（夫白）如今荆釵在何處？（旦唱）當時裙上，我已牢拴定，㈠到黄泉重表死生情。（夫白）既在此，取來我看一看。（旦）是，母親，嘆物在人亡，不勝涕零。（遞釵介。夫唱）交人疑暗生，他是富家之女，聘物何輕？（旦白）母親不必致疑，我父親見王生才德兼全，所以婚娶不論財也。我繼母見王氏貧而慕孫氏富，所以生出禍釁。向者已將此情告過母親矣。（夫唱）向時吾已聞其境，料應此事是真情，嘆物邇人遐，可愛可矜。

青萍再合情雖巧，紅葉重看可莫期。

雪隱鷺鷥飛始見，柳藏鸚鵡語方知。

第四十七出

（浄上唱。丑□上）

【水底魚兒】玉屑風生，高談四座驚。正卿地位，誰人不奉承？

㈠　牢：原作『撈』，據《李卓吾先生批評古本荆釵記》改。

（白）解印歸來二十年，水邊亭子竹邊田。雖然白髮，難饒我老境，消閒便是仙。下官刑部尚書鄧芝山是也。今日無事，且鈎簾對竹，撫景題詩，消遣長晝，有何不可？鄧興那有？（丑上白）日日驅馳候使令，晚來擁篲掃階庭。尋閒正欲尋幽賞，忽聽堂前叫鄧興。（浄）鄧興，我下揢子癢，想是有人請我喫酒。（丑）敢是那個請老爹喫還席酒。（浄）這狗骨頭，又來梟我，我幾時請人，有人請還席酒？（介。末上白）纔離太守衙，又到尚書府。既爲祗應人，何爲辭辛苦？小人乃錢都堂船上皂隷，差請王太守、鄧尚書。如今不免到鄧尚書老爹處送請書。此間已是，不免進去。（丑見）是誰？（末）我是錢都爺老爹船上，請你每老爹喫酒。（丑）少待。（介）稟老爺：錢都爺老爹船上請老爹喫酒。（浄洋介。末見介。浄）鄧興，討半分銀子賞他。（丑）半分賞不出。（浄）早間上買小菜剩一個新錢在此。皂隷，生受你送請書，賞你一個錢，不要錯使了，拿去佐買責。（末）謝老爹，忒多了，一個錢怎麼佐買責？（浄）你就不曉得，自古道：一錢爲本，萬錢爲利。（末下。衆渾介）

乘馬坐車，衰年老壯。
飲酒食肉，老當益壯。

第四十八出

（外上唱）

【生查子】有事掛心頭，坐此江城久。鑼杯欲答賢明守，更拉同年友。

（白）下官爲小女的事，在此淹纏了數日。限期已迫，不得久留於此。昨聞夫人、小女有何物爲証，有原聘荊釵尚存，欲將小女與王十朋相見，若果是夫婦尚可，倘然不是夫婦，使男女各相窺□，豈是我儒家幹的所爲。我如今舟中備酒，請鄧尚書、太守，待酒酣之際，出荊釵微觀其意。夫人舟中備酒請王太夫人，看他婆媳婦相見如何便是了。差人去請多時，如何不見到來？（末上）請人直看他上馬，覆□還須我下船。稟老爹：鄧老爹、王老爹到了。（介。净上唱）

【前腔】肥馬輕裘，不減少年時候。（生上唱）春風簫鼓樓船酒，好景天成就。

（見介。净白）學生坐家在此，不能一邀，反辱先施，何以克當？（外）年兄，學生水猶薄敬。（生）學生既蒙附召，感悦無任。老母又辱令正夫人相招，賜愛更多。明日老母欲屈令正夫人一坐，萬望不外！（外）舟中有小女、山妻，未常少離，恐不能付盛情。（生）既如此，明日具一樽至寶舟，待老母自來奉敬罷。（净）好，足見祖公應變之才。（生）惶恐，惶恐！（外）討酒。（介）年兄，此酒先奉年兄好，先奉王郡伯好？（净）先奉王祖父大人。（生）老先生是朝廷達尊，不必至謙。（净）學生年幼，請！（外）年兄請！（净）不敢！（外）遞酒。（唱）

【排歌】位逼三台，功高五侯，知機養浩林丘。□從世務較沉浮，每與斯文自獻酬。（合）白蘋長，碧荇流，錦江波細隱仙舟。談心曲，逐宦遊，晚山青處白雲收。（净唱）

【前腔】都憲宣權，百司受糾，佇看名覆金甌。慚予落托老林丘，羡爾威名播九州。（合前）

（外白）王郡伯請了！（介。外唱）

【前腔】位正黄堂，車牽拽紫騮。堂堂五馬諸侯，朋簪邂逅盍江頭。（浄白）年兄，行個令耍子。（外白）憑年兄，行甚麽？（浄白）唱韻賦詩，稱官道表，雅歌提壺，催花羯鼓，無如不可。（生白）催花羯鼓，只少木枝當酒籌。（外唱）□有，試出荆釵當酒籌。（浄白）也要説過，恰是左旋，恰是順行，恰是飛遞，當接不接者飲幾杯，不當接者飲幾杯。就是昨日吕太保、蔡翰林與我稱言答表，我一遭喫了五十餘杯，他兩個都喫我難倒了。（外）年兄喫了許多，他兩個到喫你難倒了？（浄）嗔你戲我，我就與你飛遞一遞。（打鼓介。唱）白蘋長。（浄接去介。浄白）我到行令，到是喫酒，灑。（喫介。打鼓介。唱）碧荇流。（浄又接花介。浄白）好笑！怎麽又是我喫酒？灑來。（喫介）起鼓。錦江波細隱仙舟。（外接花介。浄白）如今却是年兄飲。（外白）學生飲，灑來。（喫介）起鼓。（唱）晚山青處白雲收。（生接釵介。唱）

【前腔】見荆釵令人暗愁，事物固有相侔。吾家舊物倩誰收？欲問無能得自由。（浄白）公祖大人令不行，怎麽看了荆釵哭起來？這荆釵敢是有個鬼在上頭？打鼓行令來。（合前）（外唱）

【尾】你見荆釵眉頻皺，吾家此物有何由？可得聞諸顛末否？

（外白）吾見先生艴然之容，其間必有緣故，請道其詳。（生白）偶因一事所觸，不覺傷心，欲言若有所犯者，不若不告之爲愈也。（浄）斯文一家，没有所犯，先生豈痛心於其間哉？言亦可傷。（外）吾年兄言之有理，王郡伯何吝一叙？（生）小生微時，曾將荆釵聘定山妻。山妻雖死，此釵甚像，不覺亂中言語狂妄，休罪！（外）元來如此。（内報介。外）不知又是那一位大人來下顧學生。（浄）年兄大人，老夫官封三公，年過八十，就是卿宦士夫，都是後進，定讓老夫一頭地，就是見任，(一)又有王祖父母大人在此，不敢展舒，只管喫酒，再作計較。（生）皂隸去看。（末）是本衙太夫人。（浄）元來是王公祖太夫人，老夫只索求退。（外）不須去得，我這裏把船移下去，把山妻的船移上來，請王太夫人下船去。（浄）説得有理。（外）舟中無以爲樂，聯詩一首如何？（浄）這個到好。主人首倡，王祖父母大人次之，老夫亦次之。

（外）贛北江頭山似羅，（生）畫船留客醉笙歌。

（浄）相逢不飲空歸去，（合）洞口桃花也笑吾。

第四十九出

（夫上唱）

(一) 是：原作『見』，據文義改。

【卜算子】風便未開船，有事相留戀。（旦上唱）親遠更誰憐，何日重相見？

（夫白）叫水手，看扶手，請王太夫人下船來。（貼上唱）

【前腔】有子作廉官，已遂平生願。無奈喪姻婭，樂處番悲怨。

（見介。夫白）太夫人請。（貼白）錢老夫人請。（旦見。貼白）你看那太夫人好似我的婆婆模樣。若使兒夫不死，我那婆婆也有這等日子，今日便不知婆婆在於何處？（拜介。夫）訊掃鷁舟，荷蒙寵渥。（貼）未扳魚駕，反辱先施。（夫）孩兒，過來見了太夫人。（見介。貼）苦呵！看那小姐好似我的媳婦。若我説像我的女兒妹子，也好啓齒，我怎麼敢占他便宜，説像我的媳婦？（夫）梅香斟酒來。（介）太夫人請了。（貼）錢老夫人不□□盞送入席就是了。（夫）太簡於禮，似乎怠慢。（貼）過□□情，何出此言？（夫）從命了。（斟酒介）再斟酒。（介）王太夫人請了！（貼）請了！（接酒介。貼）看酒來。（介）夫人請了！（夫）反勞了！（貼）不敢！再斟一杯酒來。（夫）女孩兒由他，不敢起動。（貼）何有此理？（送上卓相窺，各自回。泣介。夫）太夫人，你與我女兒素昧平生，爲何這般墮淚起來？你心中必然有事，請説一番如何？（貼）老身心有深思，又難細告。欲待隱忍不言，奈何淚下如雨。我的孩兒呵！（夫）太夫人請揾乾尊淚，但説無妨。（貼唱）

【園林好】止不住盈盈淚瀼，（一）瞥見了令人感傷。那裏有這般厮像？可惜你早先亡，若在

（一）瀼：原作『曩』，據《李卓吾先生批評古本荆釵記》改。

此可顛頑。（旦唱）

【前腔】細把他儀容比方，細把他行藏酌量。（貼、夫、旦唱）細聽他言詞聲響，好一似我姑嫜，空交我熱衷腸。（貼唱）

【江兒水】謾把前情想，聰明德性良。知人饑餒能供養，知人疼熱能調恙。指望你將吾老骨扶歸葬，誰道伊行先喪？我的兒，怎得再與你相見？我好苦殺也！若要相逢，我這般年紀也不久了，早晚黄泉相向。（旦唱）

【前腔】驀聽他言語，〔一〕令人倍慘傷。〔二〕看他愁容淚霰如奴樣。（白）可惜我兒夫早喪了，若使我兒夫身不喪，我的婆婆，香車霞帔也恁榮安享。今日知姑何向？只隔烟水雲山，兩處一般情況。

（夫白）太夫人，願聞其詳。（貼唱）

【五供養】妾將辭講，幾度令人俯首思量，欲言仍又忍。（夫白）太夫人就説無害。（貼唱）妾嗓恐相妨，我的衷腸，一似箭射刀剜相仿。見鞍思舊馬，睹物轉情傷。語句支離，不勝悚惶。

〔一〕驀：原作『默』，據《新刻原本王狀元荆釵記》改。

〔二〕倍慘傷：原作『陪傷』，據《新刻原本王狀元荆釵記》改。

（夫唱）

【前腔】聽伊半餉，言語雖多，未得其詳。吾兒在何處會，爲甚兩情傷？各道真情，不須隱藏。（貼唱）

【玉交枝】事皆已往，偶然間觸物感傷。見令愛玉質花容，似孩兒已故妻房。（夫白）令子舍雖死，我孩兒雖像，痛苦無補於事。（貼唱）吾家兒媳守節亡，他恩深義重如何忘？夫人，雖是個富家女兒，侍貧姑鷄鳴下床，相貧夫勤勞織紡。（夫、旦唱）

【前腔】聞言悒怏，你媳婦如何喪亡？（貼唱）爲兒曹名擅文場，寄家書禍起蕭墻。（夫、旦唱）書歸應致喜氣洋，如何喜地生災瘴？（貼唱）恨只恨孫家富郎，苦只苦玉蓮夭亡。

（旦白）莫不是婆婆？（貼唱）

【川撥棹】（一）心何望，（旦跪貼介）這慇懃禮怎當？（旦唱）你姓何名家住何方？（貼唱）住溫州，（旦白）上姓？（貼唱）吾家姓王。（旦唱）我的婆婆呵，你緣何在此方？想亡夫轉痛傷。（貼唱）

【前腔】你出言詞不忖量。（旦白）既不死，他在那裏？（貼唱）你的兒夫見任此邦。（貼白）你怎

（一）【川撥棹】：原闕，據《新刻原本王狀元荊釵記》補。

麽曉得兒夫死了？（旦唱）我爹行曾遣人到饒陽，報兒夫身已喪亡。（貼唱）息婦，你的丈夫爲辭婚調遠方，爲賢能擢此方。（合唱）

【尾】幾年骨肉重相傍，（旦唱）痛只痛雙親在遠方。（貼白）我的兒，你不知父母呵，（貼唱）在此宦邸相親已二霜。

（旦白）元來我爹媽也在此了。（夫白）叫梅香傳話到那邊船裏，請老爹過來。（請介。官、外上白）側耳聽佳報，開筵待喜音。夫人，事如何了？（夫）相公，他婦姑已相認了。（旦）婆婆，可與此間爹爹一見。（貼）我正欲拜謝老大人。（旦）母親，婆婆欲拜謝爹爹，可引一見。（見介。貼）老大人，兒婦苟留殘喘，難忘救溺之恩。（外）老夫人，令郎斷絃再續，不易樂乎？（貼）老大人請上，待老身拜謝！（貼拜、唱）

【嘉慶子】拯他死生恩怎忘？又以女相看付北堂，這樣恩德難忘。况山共峻水同長，况山共峻水同長。

（外白）叫皂隸，那邊船裏請王老爹過來。（請介。□□唱）

【四國朝】他喜氣洋洋，不知爲何攘攘？

（貼白）我□□妻子在此，可上前相□。（□介。生見旦。唱）

【嘉慶子】我只爲功名紙半張，閃兩□萬千淒愴。（旦）夫訝妻亡，妻疑夫喪，這歡合果如天降。

（生白）岳父母大人請上，待小婿拜謝！（介。生拜、唱）

【尹令】山妻荷公收養，雖没齒此德尤想。上表章，乞同赴邊方，上表章，乞同赴邊方。就祿慇懃，忍撇恩親在異鄉。（官、外、夫唱）

【么令】伊休謙讓，你安心盡職黄堂。到邊三月外，有信到君傍。念吾無子女，賴吾世芳。吾夫婦好恓惶，最苦是非親父娘。（夫唱）

【品令】三年爲兒，夫妻異床。行行止止，〔一〕何曾脱兒傍？深思痛想，忍令兒長從，惜别無計，休常撇樣。頻傳信問，莫惜雁杳魚沉，山遥路長。

（生白）請岳父大人同到郡衙，少盡啣環之報。叫皂隸：叫驛丞再討兩乘女轎來。（官、外白）待令堂、令正先回，我與山妻就來奉賀。孩兒，你先行罷。（貼）媳婦，拜謝老親家回去。（旦拜、唱）

【五韻美】〔二〕身將往，意先想，會夫姑又别父娘。怎做得骨肉皆傍？饋庖自當操井臼，奉食進漿。（外、夫唱）孩兒，隨姑便行，不須細講。（合唱）纔出離言，淚落數行。

〔一〕止止：原作「正正」，據《李卓吾先生批評古本荆釵記》改。

〔二〕韻：原作「顔」，據《李卓吾先生批評古本荆釵記》改。

婦見親姑夫見妻，這般會合世間稀。
莫云結義非親也，自有悲歡與會離。

第五十出

（□外上、淨上唱）

【出隊子】臨風長嘆，怕見梟雛傍母眠，堪哀吾女喪多年。（淨）賢婿無心續斷絃，爲彼無兒身後可憐。

（淨白）老兒，女婿與親家□去赴席，怎麽這早晚不見回來？（外白）不知怎麽還不歸？（貼、生、旦上唱）

【前腔】年來悲怨，誰想今番變喜顔？一家骨肉再團圓，灑掃華堂設喜筵。好似夢裏相逢，畫裏重看。

（見介。生白）好交岳父母知道，令愛不曾死，以回來此了。（淨白）你見我夫婦悶坐於此，故來哄我麽？（生）令愛投江之時，感得錢安撫撈救。今此公陞邕州總制，徑過此地帶來。向日央鄧尚書來説親，正是此女也。娘子過來，見了爹媽。（衆唱）

【前腔】不圖重見，誰想今番再覿顔？幾回背地淚潸然，兩地悲思各一般。我的兒，我好意誰知變成災患。（官、外、夫上唱）昔年江畔，非我週□天使然，天憐他年少志貞堅，故遣狂風阻去船。夫義妻節，萬年流傳。

（生白）岳父母大人在上，待學生請舊岳父母來相見。（官）正欲請出一見。（外）老大人請上，容愚夫婦拜謝！（官）老兄在上，我與你兩家雖非一族，其實一姓，姓出一人，姓同上古。令愛又是義父母，今後但以兄弟相呼便了。（外）從命了。老兄請上。（官）必是老兄請上。（外）賢弟，還是客請上，不必再謙！（坐介）不敢！動問賢弟，向日小女爲何得賢弟撈救了？（官唱）

【大環着】那一日在江道，那一日在江道，得夢蹊蹺。靈神對吾曾説道，見佳人果然聲怨高。投水江心早，稍公救撈，問真情取覆言詞了。留作義女，帶同臨任所福州道。（合）怎知今日，夫妻母子團圓，再得重相好。腰金衣紫還鄉，大家齊歡笑，百歲永諧老。（貼唱）㈠

【前腔】想當初窮暴，想當初窮暴，豈有今朝？幸孩兒喜登名譽高，門閭添榮耀，合家旌表。食天禄滿門得寵招，加官賜爵食天禄，滿門福怎消？（合前）（生唱）㈡

【前腔】嘆椿庭喪早，嘆椿庭喪早，母受劬勞。對青燈簡編莫憚勞。萱親况年老，深蒙泰山，送荆釵豈嫌寒舍小。春闈應舉，助白銀與吾恩怎消？（合前）（旦唱）㈢

㈠ （貼唱）：原闕，據《李卓吾先生批評古本荆釵記》補。
㈡ （生唱）：原闕，據《李卓吾先生批評古本荆釵記》補。
㈢ （旦唱）：原闕，據《李卓吾先生批評古本荆釵記》補。

【前腔】念奴家年少，念奴家年少，在雙門長成身自嬌。守三從四德遵父□，蘋蘩頗諳曉。母姑性喬，見孫郎富勢生圈套。家尊□□，就將奴與君成配了。（合前）（生唱）(一)

【越恁好】自上長安道，自上長安道，步蟾宫，换錦袍。爲不就万俟丞相寵招，不從贅配多嬌。（合）潮陽被改調，受千辛萬苦，因此五年傷懷抱。（旦唱）(二)

【前腔】詐書傳到，詐書傳到，苦逼奴嫁富豪。遂投江，偶得錢安撫急撈救，免隨潮。饒州信轉添煩惱，想天交會合相逢，兩兩吉安道。

【尾】新編此傳真奇巧，仿古依今教爾曹，勸取諸人行孝道。

荆釵一記古來傳，妝點難看作寓言。

義盡賢夫甘達謫，佳名千古在梨園。

新刻王狀元荆釵記卷下終

(一)（生唱）：原闕，據《李卓吾先生批評古本荆釵記》補。

(二)（旦唱）：原闕，據《李卓吾先生批評古本荆釵記》補。

屠赤水先生批評荆釵記

目録

古本荆釵記卷下

屠赤水先生批評荆釵記目録

卷上

卷　下(一)

(一) 卷下目録原置於卷下正文前，現改置於此。

古本荆釵記卷上

第一齣　家門（一）

【臨江仙】（末上）一段新奇真故事，須教兩極馳名。三千今古腹中存，開言驚四座，打動五靈神。六府齊才并七步，八方豪氣凌雲，歌聲遏住九霄雲。十分全會者，少不得仁義禮先行。

（問内科）借問後房子弟，今日搬演誰家故事？那本傳奇？（内應科）今日搬演一本義夫節婦荆釵記。

（末）原來此本傳奇，待小子略道家門，便見戲文大意。

【沁園春】才子王生，佳人錢氏，賢孝温良。以荆釵爲聘，配爲夫婦。春闈催試，拆散鸞凰。

（一）齣目名原省，據目録補。下同補。

獨步蟾宫，高攀仙桂，一舉鰲頭姓字香。參丞相，不從招贅，改調潮陽。修書遠報萱堂，中道奸謀變禍殃。岳母生嗔，逼凌改嫁，山妻守節，潛地去投江。幸神道匡扶撈救，同赴瓜期往異鄉。吉安會，義夫節婦，千古永傳揚。

王狀元不就東床婿，万俟相改調潮陽地。
孫汝權套寫假書歸，錢玉蓮守節荆釵記。

第二齣　會講

【滿庭芳】（生上）樂守清貧，恭承嚴訓，十年燈火相親。胸藏星斗，筆陣掃千軍。如遇桃花浪暖，定還我一躍龍門。親年邁，且自温衾扇枕，隨分度朝昏。

〔古風〕越中古郡誇永嘉，城池闤闠人奢華。思遠樓前景無限，畫船歌妓顔如花。詩禮傳家忝儒裔，先君不幸早傾逝。奈何家業漸凋零，報效劬勞未如意。儘交彈鋏嘆無魚，甘守虀鹽樂有餘。萱堂淑賢齊孟母，諄諄教子讀詩書。刺股懸頭曾努力，引光夜鑿匡衡壁。胸中拍塞書五車，舌底瀾翻浪千尺。嗟吁歲月不我留，親年老邁喜復憂。甘旨奈何缺奉養，功名况且心未酬。一躍龍門從所欲，麻衣换却荷衣緑。丹墀拜舞受皇恩，管取全家食天禄。小生姓王名十朋，表字龜齡，温州在城居住。不幸椿庭早逝，惟賴母親訓育成人。家無囊橐，忝列庠生之數；學有淵源，慚無驛宰之榮。明日府尊堂試，他時大比，未知若何，此乃天命所賦，亦非人意所期也。日昨已曾相約朋友們講學，以明經史。在此等候。

【水底魚】（末上）白屋書生，胸中醉六經。蛟騰鳳起，管登科，爲上卿。

自家府學生員王士宏，明日府尊堂試，已約朋友會講，不免到梅溪家去。迤逞行來，此間就是，梅溪有麽？（生）四明請了！（末）請了！（生）半州爲何不至？（末）隨後來了。

【前腔】（浄上）白面兒郎，學疏才不廣。粗豪狂放，指銀瓶，索酒嘗。

自家孫汝權，府尊堂試，來到梅溪家會講，迤逞行來。梅溪有麽？（生見介）明日本府堂試，我等各把本經講習一篇。（浄、末）君子講學，以文會友，有何不可？（生）如此，先把四書講一講。（浄）講甚麽？（末）若講四書，先講《論語》。梅溪：『學而時習之，不亦悦乎？』半州：『有朋自遠方來。』（生）學生亂道了。（浄）願聞。（生）學之爲言效也。人性皆善，而覺有先後，後覺者必效先覺之所爲，乃所以明善而復其初也。習，鳥數飛也，學之不已，如鳥數飛也。管見如此，望二位改教。（末）講得有理。（生）四明，『不亦悦乎』怎麽講？（末）學生亂道。（生）願聞。（末）既學矣，而又時習之，則所學者熟而中心喜悦，其進自不能已矣。請二位改教。（生）講得有理。（末）半州，『有朋自遠方來，不亦樂乎』怎麽講？（浄）我也要講？免了罷！（末）這個如何免得！（浄）鵬，大鳥也。一飛九萬里，是遠方之外。落者，是調也。那大鵬在遠方之外飛來，不想飛得羽垂翅折，在半空中停翅而想，説道：『我有些乞力了，莫不要掉下去？』説言未盡，蹼蹬，此乃不亦樂乎？（末）半州差了，你我同心爲友，合志爲朋，怎麽到説了飛禽？（浄）二位滿腹文章，無忝同類。我學生不通古今，一味粗俗，誠所謂馬牛而襟裾。飛禽與走獸，正是同類。（末）休要取笑。

【玉芙蓉】（生）書堂隱相儒，朝野開賢路，喜明年春闈已招科舉。窗前歲月莫虚度，燈下簡篇可卷舒。（合）時不遇，且藏諸韞匵。際會風雲，那時求價待沽諸。

【前腔】（末）懸頭及刺股，掛角并投斧，嘆先賢曾受許多勤苦。六經三史靡温故，諸子四書可誦讀。（合前）

【前腔】（净）家私雖富足，心性忒愚魯，向書齋剛學得者也之乎。無才學休想學干禄，有才的便能身掛緑。（合前）

（生）聖朝天子重英豪，（末）常把文章教爾曹。

（净）世上萬般皆下品，（合）思量惟有讀書高。

第三齣　慶誕

【高陽臺】（外上）兔走烏飛，星移物换，看看鬢髮皤然。嗣息無緣，幸生一女芳年。温衣飽食堪過遺，賴祖宗遺下田園。喜一家老幼平安，謝天週全。

〔鷓鴣天〕華髮蕭蕭鬢若霜，老來無子實堪傷。箕裘事業誰承繼？詩禮傳家孰紹芳？閒議論，細思量，欲將一女贅賢良。流行坎坷皆前定，只把丹心托上蒼。老夫姓錢，名流行，温城人也。昔在黌門，(一)忝考貢元。衣冠世裔，時乖難顯於宗風；閥閲名家，學淺粗知乎禮義。不幸先妻早逝，只存一女，年方二八，欲招王十朋爲婿，以繼百年。自愧再婚姚氏，幸喜此女能侍父母。正是：子孝雙親樂，家和萬事成。今日是老夫賤誕，聊備蔬酒，少展良辰。李成那裏？（末上）一點祥光現紫薇，匆匆瑞氣藹庭幃，齊簪翠竹生春意，共飲瑶卮介壽眉。老員外有何鈞旨？（外）請老安人出來。（末）老安人有請。

【臘梅花】（浄上）年華老大雙鬢皤，胭脂膩粉幸丟抹。市人都道我，道奴相像夜叉婆。

（末）牛頭獄卒做渾家，此不是夜叉婆？（浄）老員外萬福！

【前腔】（丑上）奴奴體貌多嬝娜，嫦娥也賽奴不過。市人都道我，道奴相像緊那羅。

（末）小心金鼓手，此不是緊拿鑼。（見介。丑）願嫂嫂千年朱頂鶴，願哥哥萬代緑毛龜。（外）甚麽説話？（浄）姑娘，今日是你哥哥誕日，爲何來得這等遲？（丑）在家整備些薄禮，因此來遲。（外）妹子自家，如何送許多禮？（丑）没有什麽。牽得一隻黄狗，與哥哥慶壽。（外）狗慶得壽的？（丑）『黄耇無疆』，願哥哥『受天之慶』。（浄）每年間是你把盞，今年你侄女長成了，該他把盞，學些禮體。待我去叫他出來。孩兒那裏？

(一) 黌：原作『鴻』，據文義改。

【珍珠簾】（旦上）南極耿耿祥光燦，明星爛，慶老圃黄花娛晚。（衆）去了青春不再返，且暫把身心遊玩。（旦）疏散，喜團圓歡會，慶生華誕。

（外）紛紛紅紫競芳塵，日永風和已暮春。（旦）但願年年當此日，一杯壽酒慶生辰。（外）雖然如此，一則以喜，一則以憂。（浄）所喜者何也？（外）所喜者，家庭温厚，骨肉團圓。（丑）所憂者？（外）所憂者，奈我女兒姻親未遂。若得了汝終身，永無掛念。（旦）告爹爹知道，念玉蓮温清之禮尚缺，蘋蘩之事未諳，且自開懷暢飲，不必掛念。（浄）我兒説得有理。今日是壽日，説什麼招女婿。有了這等如花似玉的女兒，怕無門當户對的女婿！（丑）自古道：腰間有貨不愁窮。取酒來，該你把盞。

【錦堂月】（旦把盞）華髮斑斑，韶光荏苒，雙親幸喜平安。慶此良辰，人人對景歡顔。晝堂中寶篆香銷，玉盞内流霞光泛。（合）齊祝贊，願福如東海，壽比南山。

【前腔換頭】（丑）筵間，繡幕圍環，奇珍擺列，渾如洞府仙寰，美食嘉殽，堪并鳳髓龍肝。簪翠竹同樂同歡，飲緑醑齊歌齊唱。（合前）

【前腔換頭】（浄）堪嘆，雪染雲鬟，霞銷杏臉，(一)朱顔去不回還。椿老萱衰，只恐雨僽風僝。但只願無損無傷，咱共你何憂何患？（合前）

(一) 銷：原作『綃』，據《李卓吾先生批評古本荆釵記》改。

【前腔換頭】(外)幽閒，食可加餐。官無事擾，情懷并没愁煩。人老花殘，於心尚有相關。待招贅百歲姻親，承繼我一脉根蔓。(合前)

(净)李成，收了罷。(外)媽媽，正不曾喫得酒，就收拾了，你這等慳吝？

【醉翁子】(净)老兒，非慳，論治家千難萬難，休只管喫得甕盡杯乾。(丑)今番，慶生席面，難做尋常一例看。(合)重换盞，直飲到月轉花梢，影上闌杆。

【前腔】(外)神仙，滿座間人間事減。慶眉壽，樽前席上，正宜疏散。(衆)歡宴，樂人祗應，品竹彈絲敲象板。(合前)

【僥僥令】(衆)銀臺燒絳蠟，寶鼎噴沉檀，望乞蒼穹從人願。(合)骨肉永團圓，保歲寒。

【前腔】炎凉多反覆，日月易循環，但願歲歲年年人康健。(合前)

【尾聲】玉人彈唱聲聲謾，露春纖把錦箏低按，曲罷酒闌人散。

四時光景疾如梭，堪嘆人生能幾何？
遇飲酒時須飲酒，得高歌處且高歌。

第四齣　堂試

【謁金門】(小外上)簡命分專邦甸，報國存心文獻。蒲鞭枉昭公椽，三載民無怨。

〔鷓鴣天〕(一)千里承恩秉郡旄，矢心曾不染秋毫。公門既許清如水，吏筆何須利似刀？無德政，起童謡，聿修文事讚皇朝。願將廉范襲黄意，布政歐城教爾曹。自家温州府太守吉天祥是也。即今賓興之秋，又當堂試之日，下官今日考試諸生。左右，唤秀才進來。

【轉山子】(末上)六經慚負管窺天，可信燈氈恁有緣。士子作章編，争望登高選。

送生員手本。(外)趲生員進來，教官出去罷。(末應下)

【水底魚】(生上)仰之彌高，鑽之彌堅，忽焉在後，瞻之忽在前。

【前腔】(末上)學問無邊，如人臨廣淵。意深趣遠，玄玄復又玄。

【前腔】(浄上)身似神仙，金銀積萬千。無心向學，終朝只愛眠。

(衆見介。外)衆生員起來作揖。(衆應介。浄)學生皆膚見之學，望大人賜淺些題目。(外)衆秀才，今日考試汝等，不意分巡大人報到，將就考一道策罷。起來聽題。

【紅衲襖】(外)問：古人君所以賢，古人臣所可言。聖王汲汲思爲善，爲善還當何者先？子輩燈窗已有年，所得經書學問淵。悉心爲我敷陳也，毋視庸常泛泛然。

(衆遞卷介。外)叫左右：拿那生員背起來打。(浄)老大人何以賜責？(外)我什麽衙門，令人代作

(一)〔鷓鴣天〕：原闕，據《新刻原本王狀元荆釵記》補。

文字？（净）怎麽代作文字？（外）這卷與這卷，明明是一個人寫的字。若肺腑流出，必然成誦。衆生員，始初送卷的，各背爾所作上來。

【前腔】（生）對：古明君在重賢，古良臣貢舉先。巫咸傅説初皆賤，伊尹曾耕莘上田。皋陶既舉不仁遠，四皓出而漢祚安。恭承執事詢愚見，敢不諄諄露膽肝？

（外）此篇以薦賢立論，是知國家之首務者，宜取以冠首。

【前腔】（末）對：古賢王在獵田畂，古賢臣開墾先。孟軻十一言猶善，八口同耕井字田。庸言『民乃國之本』，故曰『食爲民所天』。躬承執事詢愚見，敢不精心進數言？

（外）此篇以井田十一立意，足見其有憂國憂民之意，可喜，可喜！

【前腔】（净）對：古剛明須積錢，臣奉行須聚斂。治財理賦稱劉晏，功數蕭何饋餉先。徵糧要他加二三，糧完時賞他一個錢。若今府庫充盈也，大敵聞之不敢言。

（外）此篇陳辭未純，立論不正，宜加刻苦之功，須革富貴之相，方免馬牛襟裾之誚。庸勉，庸勉！諸生過來，先遞卷的秀才什麽名字？（生）生員王十朋。

（外）今朝堂試汝魁名，他日須知作上卿。

（衆）大惠及民誇德政，又將文字教書生。

第五齣　啓媒

【荷葉魚兒】(外上)春雨新收，喜見山明水秀。萬花深處有鳴鳩，軟紅泥踏青時候。試躡青鞋，慢拖斑竹，去尋良友。

自分老林丘，詩酒朋儔。昔年碧水壯遨遊，學冠同流。嗟吁獨負鄧攸憂，一子難留。且求佳婿續箕裘，是亦良謀。老夫昔在太學，曾試貢元，人故以貢元呼之。至親三口，繼室、小女而已。田園足以供衣食，廬舍足以蔽風雨。中郎有女傳書業，伯道無兒嗣世家。老夫聞得王景春之子王十朋，近日堂試魁名，欲浼將仕郎南陽郡許文通爲媒，求作小女之婿。故此扶筇而來，不免到他門首。且咳嗽一聲，老將仕在家麽？

【前腔】(末上)静把詩書閒究，竹扉上是誰頻扣？

呀！原來是老貢元，請了。(外)過竹方通徑，穿雲始見山。(末)家因貧故静，人爲老而閒。連日少會，今日下顧，必有佳教。(外)只因小女未有佳配，昨聞故人王景春之子，堂試魁名，去後必有好處，敢煩將仕作伐，往彼一説，成此姻緣。但恐輕瀆，有屈神勞。(末)鄙夫即當往議此親，諒此富彼貧，必無辭。且請一茶。(外)不勞賜茶，但得早爲玉成，多幸！

【三學士】(外)弱息及笄姻未偶，故來拜屈仝遊，書生已露魁人手，山老因營繼嗣謀。(合)

若得良媒開笑口，這求親願必酬。

【前腔】（末）解綬歸來爲至友，果然同氣相求。爾玉人窈窕鍾閨秀，那君子慇懃須好求。（合）管取兩門開笑口，這求婚願必酬。

【前腔】（外）人世姻緣天所授，惟媒妁得預其謀。麻瓢兀自浮仙澗，紅葉猶能上溯流。（合前）若得。

【前腔】（末）謹領尊言求鳳偶，管教配合鸞儔。雲英志不存田玉，織女期嘗訂斗牛。（合前）管取。

（外）鼇降篇成事豈虚，（末）《詩》言夫婦首《關雎》。

（外）人間未結前生契，（合）天上先成月下書。

第六齣　議親

【遶地遊】（貼上）桑榆暮景，將往事空思省。家貧窘，悶懷耿耿。共姜誓盟，慕貞潔甘守孤零，喜一子學問有成。

老身柏舟誓守，自甘半世居孀，榆景身安，惟愛一經教子。雖有破茅之地，儘可容身；囊無挑藥之資，旋謀糊口。剪髮常思侃母，斷機每念軻親。正是：不求金玉貴，惟願子孫賢。老身張氏，以適王門，自從丈夫亡後，不幸祖業凋零。止生一子，名十朋，雖喜聰慧，才學有成，奈緣時乖運蹇，功名未遂。今乃大比之年，且訓誨一番。十朋那裏？

【風入松】（生上）青霄萬里未鵬摶，淹我儒冠。布袍雖擬藍袍换，榮枯事皆由天斷。且自存心奉母，何須着意求官？

母親拜揖！（貼）春榜動，選場開，收拾行李，上京科舉。（生）母親，事業要當窮萬卷，人生須是惜分陰。正是：學成文武藝，貨與帝王家。孩兒只爲家貧親老，不敢遠離。（貼）孩兒，豈不聞《孝經》云：『始於事親，終於事君。』君親一體，若得你一官半職回來，也顯做娘的訓子之功。（生）謹依嚴命。（貼）孩兒，還有一件事，前日雙門巷錢貢元央許將仕議親，無物爲聘，以此不敢應承。只恐今日又來，如何是好？（生）母親，豈不聞古人云：『娶妻莫恨無良媒，書中有女顔如玉。』孩兒只慮功名未遂，何慮無妻？（貼）兒，你也説得有理。自從你父親亡後，做娘的呵！

【黄鶯兒】半世守孤燈，鎮朝昏幾淚零，到今猶在淒涼景，寒門似冰，衰鬢似星。（生）母親爲何掉淚？（貼）爲只爲早年不幸鸞分影。（合）細評論，黄金滿籯，不如教子一經。

【前腔】（生）父喪母勞形，論孩兒當報恩，奈何人事不相稱。（貼）只怕你學未成。（生）非學未成。（貼）只怕你己未能。（生）非己未能，爲只爲五行不順男兒命。（合前）

【簇御林】（貼）親師範，近友朋，把詩書勤講明。聚螢鑿壁真堪敬，他們都顯父母揚名姓。

（合）奮鵬程，名題雁塔，白屋顯公卿。

【前腔】（生）親年邁，家勢傾，恨腴甘缺奉承。卧冰泣竹真堪并，他們都感天地，登臺省。（合前）

（末上）受人之託，必當忠人之事。錢貢元央老夫到王宅議親，此間有人麽？（貼）兒，有人在外，你去看。（生）待孩兒去看。呀！老將仕，失迎了。（末）令堂有麽？（生）家母有。（末）老夫求見。（生）少待。母親，許將仕在外。（貼）請進來。（見介）許大人請。（貼）今蒙貴步到寒家，有何見諭？（末）老夫非爲别事，只因錢貢元前番央老夫來説令郎親事，老安人不允。近聞得賢郎堂試魁名，貢元不勝之喜，今着老夫送吉帖到宅，望乞安人允就，不必推辭。（貼）多蒙貢元見愛，又蒙將仕週全。只是家窘，不敢應承。（末）貢元説道：不問人家貧富，只要女婿賢良。聘禮不拘輕重，隨意下些，便可成親。（貼）貢元乃豐衣足食之家，老身乃裙布荆釵之婦，惟恐見誚。（末）安人何必太謙！

【桂枝香】（貼）年華高邁，家私窮敗，要成就小兒姻親，全賴高賢擔帶。論財難佈擺，論財難佈擺，錢難揭債，物無借貸。兒，自你父親去後之时，再無所遺，止有這荆釵，權把他爲財禮，只愁事不諧。

【前腔】（生）萱親寧奈，冰人休怪。小生呵！貧居陋室多年，惟苦志寒窗十載。倘時運到來，倘時運到來，功名可待，姻親還在。母親，這荆釵又不是金銀造，如何做聘財？

【前腔】（末）安人容拜，秀才聽解。那貢元呵，不嫌你禮物輕微，偏喜愛熟油苦菜。但心無忌猜，但心無忌猜，物無妨礙，人無雜壞。方纔聘禮取過來一觀。（生）請觀。（末）昔日漢梁鴻聘孟光，荆釵遺下，豈不是達古之家？這荆釵雖不是金銀造，非是老夫面奉，管取門闌喜事諧。

（貼）將仕回見貢元，只説禮物輕微，表情而已。（末）謹領，謹領。

（生）寒家乏聘自傷情，（貼）權把荆釵表寸心。

（末）着意種花花不發，（合）等閒插柳柳成陰。

第七齣　遐契

【秋夜月】（浄上）家富豪，少甚財和寶？未畢姻親，縈牽懷抱。思量命犯孤星照，没一個老瓢。

自家號做孫汝權，牛羊無數廣田園。無瑕美玉白似雪，没孔珍珠大似拳。白銀積下如土塊，黄金堆垜似方磚。温州城裏第一個財主，件件稱心，樣樣如意。説也惶恐，夜夜縮脚眠。前日學中回來，偶見一家門徑裏面四個大字：『爲善最樂。』正看之際，閃出二八佳人，生得描不成，畫不就，十分美貌。若得此女爲妻，不枉了今生一世。

【駐雲飛】思憶多嬌，想他十指纖纖一捻腰，兩瓣金蓮小，賽過西施貌。妖，其實是俊多嬌，想他身材小巧，教我日夜相思，時刻縈懷抱。若得成親，我也不枉了。

啞！想他也没用，我家裏有個才六、才七，只好管些家事。有個朱吉能言語，我未曾説起，他就曉得我心事，叫他出來商議。朱吉那裏？（末上）聽得叫朱吉，荒忙走來立。大膽寸難行，小心儘去得。官人，有何分付？（淨）朱吉，前日我在學中回來，打從雙門巷裏經過，一家門前寫着『爲善最樂』，你曉得是那一家？（末）是錢貢元家裏。（淨）你怎麽認得？（末）小人常在他門首經過，認得。（淨）他家好個女兒。（末）官人怎麽曉得？（淨）我在學中回來，偶見此女，生得十分美貌。我要取他爲妻，没個人去説合。（末）他家對門賣燒餅的張媽媽，是錢貢元的妹子。姑娘説侄女，有何不可？（淨）我兒好聰明，姑娘説侄女，有何不依？小厮，取文房四寶過來。（末）要文房四寶何用？（淨）寫個票兒，拿他來。（末）這就不是，求親猶如告債，須是登門相請纔可。（淨）你不知道，這媽媽聞得他嘴頭子極快，他問道官人多少年紀，方纔娶親，教我怎麽回他？（末）只説高來不成，低來不就，蹉跎了歲月，少説些年紀便了。（淨）你分付家裏，只説我學中去了。（末叫後科。淨）出得家門口，此間已是大街坊。（末）待我去請他。（淨）有理。（末叫）張媽在家麽？（丑上）來了。

【秋夜月】（丑）蒙見招，打扮十分俏。走到門前人都道，道奴奴臉上胭脂少，搽些又好，抹些又俏。

（末）搽多了，好與關大王作對。（丑）你來我家何幹？（末）孫官人要見。（丑）呀！相公請了。（淨）媽媽請了。（丑）看茶。（淨）媽媽請。（丑）相公，接待不周。春牛上宅，并無灾厄。（淨）我今閒走，特來看你這母狗。（末）出言太毒，將人比畜。（净）怎麼屎口傷人？（丑）慣有這毛病。（净）茶來。（丑）免茶。（净）免茶不是你説的。（丑）討茶也不是你説的。（净）我在家裏討慣了。（丑）相公，今日到此貴幹？（净）他問我貴幹，我怎麼回他？（末）便説煩媽媽爲媒。（净）特煩媽媽爲媒。（丑）不知取與第幾位令郎？（净）小兒尚未有母，就是這小花男子。（丑）相公今年高壽了？（净）一百八十歲。（末）一十八歲。（净）看，一十八歲。（丑）好少年老成！要取那家女兒？（净）朱吉，怎麼回他？（末）便説令兄宅上有個令愛，要取他做娘子。（净）媽媽，聞知令愛宅上，有個令兄，取他做個掌家娘子。（丑）我哥哥六十歲了，還饒他不過。（净）都是你只管令令令，都令差了。巧言不如直道，便説你哥哥家裏有個丫頭，我要討他做老婆便了。（末）是令兄宅上有個令愛，財主取他做掌家娘子。（丑）若説我侄女兒，只教你雪獅子向火，酥了一半。看我侄女兒，長不料料窕窕，短不踢踢促促。他眉彎新月，髻挽烏雲，臉襯朝霞，肌凝瑞雪。有沉魚落雁之容，閉月羞花之貌。秋波滴瀝，雲鬢輕盈，淡掃蛾眉，薄施脂粉。舒翠袖，露玉指，春笋纖纖；下香階，顯弓鞋，金蓮窄窄。這雙小脚，剛剛三寸三分。（净）好！連夜就成。朱吉，這媽媽説小姐的脚，剛剛三寸三分，這是賣弄金蓮，就值一千兩。請問媽媽要多少價錢？（末）這就差了，買牛馬便説價錢，親事只説財禮。（净）你曉得我的，我若過一兩遭，便曉得。苦惱，小花男子那裏曉得？你教我便好。（末）請問媽媽要多少財禮？（丑）相公，我哥哥是詩禮之家，出得你的門，進得我哥户，樣樣成雙，件件成百。（净）有！大人家幹事不小，小人家幹事不大，只管出得我家門，進得你令兄家户。媽媽，成親之後，自有禮物登門謝媒。花紅羊酒錦段贈之。朱吉，今日是個好日，你連忙回去，取金釵一對，壓釵銀四十兩，相煩媽媽就去。

【豹子令】（浄）聞説佳人多裊娜，多裊娜，端的容貌賽嫦娥，賽嫦娥。此親若得週全我，酬勞財禮敢虚過。（合）花紅羊酒謝媒婆。（丑）成親之後，就是姑婆。（浄）朱吉，你牽羊擔酒謝姑婆。

【前腔】（丑）非是冰人説强呵，説强呵，成敗都是女蕭何，女蕭何。若是才郎拚財禮，管教織女渡銀河。（合前）

（浄）爲媒作伐莫因循，（丑）管取教君成此親。
（末）匹配姻緣憑月老，（合）調和風月仗冰人。

第八齣　受釵

【似娘兒】（外）一女貌天然，緣分淺，親事遷延。願天早與人方便，絲蘿共結，蒹葭可倚，桑梓相聯。

男子生而願爲之有室，女子生而願爲之有家。老夫昨央將仕王宅議親，回來便知端的。（末上）仗托荆釵成好事，何須紅葉作良媒。昨蒙貢元央我王宅議親，不免回覆。有人麽？（外）將仕有勞，動問親事如何？（末）老夫初到王宅，説起親事，王老安人再三推辭。已後將尊言説明，纔得允從。（外）將何物爲聘？（末）聘物雖有，只是輕微，將不出。（外）老夫有言在先，不拘輕重，只要成其姻事。（末）聘物在此，請收。(外)好罕物！昔日漢梁鴻聘孟光，荆釵至今遺下，豈不是達古之家？老安人那裏？(净)姻緣本是前生定，曾向蟠桃會裏來。那個在此？(外)是將仕。(净)不是來説我兒親事麽？(外)正是。(净)李成看茶來。將士公，外日多蒙厚禮，我説李成去請將士公來喫些壽麵，説你不在家。一鉢頭麵，放了三日，把與狗喫了。(外、末)這什麽説話？(净)敢問將仕，説我女兒親事怎麽了？(末、外)親事已成了。(净)既成了，幾時下盒子？(末、外)就是今日。(净)今日教我怎麽安排得酒與來人喫？(末)都是乾折，袖裏來，袖裏去。(净)看鷄鵝污屎，壞了衣服。(末)不是這個乾折。(净)小厮討天平來。(外)要天平做什麽？(净)要他兑銀子。(外)銀子希什麽罕？(净)銀子不希罕，什麽希罕？(外)一股荆釵，只怕你不曉得。(净)你拿來我看。多少年紀，不曉得這是什麽東西。聞又不香，拿在手又不重，待我磨一磨。(外)這是寶貝，擦不得的。(净)人到禁擦，他到不禁擦。(外、末)什麽説話？(净)這木頭簪子，一分銀子買了十根，討得十個媳婦。(外)不要多説。(净)我曉得。當初漢梁鴻仗他討了個娘子，如今又將來討我女兒，是二婚人了。(末)休得取笑。(净)你便説何人置造，甚人遺下的？

【柰子花】(末)論荆釵名本輕微，漢梁鴻已仗得妻，芳名至今留傳於世。老安人，休將他恁般輕視，聽啓，明説道表情而已。

【前腔】(净)雖然是我女低微，他將我恁般輕覷。一城中豈無風流佳婿？老員外，偏只要嫁着窮鬼。老許，你做媒氏，疾忙與我還他的財禮。

【前腔】（外）這財禮雖是輕微，你爲何講是説非？婆子，你不曉得，那王秀才是個讀書人，一朝顯達，名登高第，那其間夫榮妻貴。這財禮呵，縱輕微，既來之且宜安之。

【前腔】（丑上）富家郎央我爲媒，要娶我侄女爲妻。説開説合，非同容易，也全憑虚心冷氣。匹配，端的是老娘爲最。

（净）姑娘那裏來？（丑）我在家裏來，特來與女兒説親。（净）不要説這親事，我老員外憑了那老許，把女兒許與王什麽朋。（丑）不是王景春的兒子王十朋？娘兒兩個過活的？（净）正是他家，不知富貴發積何如？（丑）就是孤老院裏趕出跎子來，窮斷了他的脊筋。風掃地，月點燈。（净）你説的是誰家？（丑）我説的是孫半州孫官人，名頭也有十七八個，金銀使秤稱，珠子使斗量。先將金釵一對，壓釵銀四十兩，交了年庚吉帖，就有禮物登門。（净）如此只許他家罷。姑娘，只説我不曾見你進來，你就説退了王家，我就説嫁了孫家。（丑）正是。（净）只是老許在裏面，不好説得。（丑）自古道：『男不作媒，女不保債。』若是老許搶我這媒做了，汗都弄他的出來。嫂嫂，你先進去。（净）老許還不去。（丑）哥哥嫂嫂，此是那個，狗也不養出他來。我到人一般敬他，他到驢了眼看我，我到深深拜一拜，他到直了腰哈人。（末）老人家曲不倒腰，只是這等。（丑、净）老人家曲不倒腰，彭祖公公不唱喏的？男有男行，女有女伴。請出去，待我們説幾句家常話。哥哥，特來與我侄女説頭親事。（外）妹子來遲了，女兒許了王秀才，聘禮受了，就是王景春之子王十朋。（丑）那個做媒的？千百擔柴煮不爛的老狗，這是女人家勾當。那王家朝無呼鷄之食，夜無引鼠之糧，若是嫁了他，餓斷了絲腸。若餓死我家女兒，要與老許討命。（外）什麽説話？（净）姑娘，你説的是那家？（丑）我説的是孫半州，前門進去一百條水牛，有老許大。（净）就嫁這水牛。（丑）後門進去一百條黄牛。且不要説他珍珠財寶，只這象牙屏風底下，冰乾也有一千擔。（净、外）冰見了日頭就洋了，怎麽晒得冰乾？（丑）各天一方，有這等天晒得這冰乾。嫂嫂，生藥鋪裏賣的是什麽？（净）這是冰片。（丑）正是，正是。退了王家，嫁那孫家。（外）你不曉得，就是那孫汝權，極奸詐。我也配他不來，還了他聘禮。（净）這等人家不與他？如今退了王家，許了孫家。（外）你那婆子，曉得什麽？一家女子百家求，許了一家便罷休。（净）唊了嘴！一家女子百家求，九十九家不罷休。（丑）只有一家不求得，爬在屋上打磚頭，一失手打了老許的骷顱頭。

【駐馬聽】（外）巧語花言，竟不顧男女婚姻當遴選。此子才堪梁棟，貌比璠璵，學有淵源。我孩兒非比孟光賢，那書生亦遂梁鴻願。這親事也由我不得，也由你不得。（合）萬事由天，一朝契合，做了百年姻眷。

【前腔】（净）才貌兼全，親老家貧囊又艱，羞殺荆釵裙布。繡褥金屏，綺席華筵。好姻緣番做惡姻緣，富親眷强似窮親眷。（合前）

【前腔】（丑）四遠名傳，那個不識孫汝權。他貌如潘岳，富比石崇，德并顔淵，輕裘肥馬錦雕鞍，重裀列鼎珍羞饌。（合前）

【前腔】（末）五百年前，月老曾將足繫纏。不用詩題紅葉，書附青鸞，玉種藍田。瑤池曾結并頭蓮，畫堂中已配豪家眷。（合前）

（外）今日未可便相從，（淨）須信豪家意頗濃。

（末）有緣千里能相會，（丑）無緣對面不相逢。

（外）怎成得人家？一個客在此，也没茶水，到有許多不賢之處！（淨）還不跪？（丑）跪了，嫂嫂。（外）妹子，一個好人家是你攪壞了，我也做不得主。我兒在繡房中，你將兩家聘禮問女兒。願嫁金釵，就是孫家；願嫁荊釵，就是王家。（淨、丑）正是。（外）只説王家是詩禮之家，那孫家一味村濁。（淨）再説一個大巴掌。（外）罷罷，我再不管了。（先下。丑）世間無難事，只怕歪絲纏。一個老官人被你一纏，就纏壞了。玉蓮就比我小時節，只要有得喫，有得着。這等人家不嫁，到去嫁窮鬼？好計，計就月中擒玉兔，謀成日裏捉金烏。（下）

第九齣　繡房

【戀芳春】（旦上）寶篆香消，繡窗日永，又還節近清明。暗裏時更換，月老逼椿庭，惟願雙親福壽康寧。

〔鷓鴣天〕鏡中常自嘆嬋娟，生長閨門二八年。惟喜椿庭身在室，何堪萱室魄歸天？工容德，(一)悉兼全，玉質無瑕賽月圓。春去秋來多少事，金蓮那肯出房前？奴家侍奉早膳已畢，且向繡房做些針指。

【一江風】繡房中，裊裊香烟噴，剪剪輕風送。但晨昏問寢高堂，須把椿萱奉。忙梳早整容，忙梳早整容，惟勤針指功，怕窗外花影日移動。

【前腔】聽鵲鴉，噪得我心驚怕，有甚吉凶話？念奴家不出閨門，莫把情懷掛。依然繡幾朵花，依然繡幾朵花，天生怎比他？再繡出薔薇架。

【青哥兒】(丑上)豪門議親，哥哥嫂嫂已許諧秦晉。未審玉蓮肯從順，且向繡房詢問。開門。（旦）是誰？（丑）是你姑娘。（旦拜）姑娘那裏來？（丑）我兒，這就不是了，怎麼攔門拜？詩禮人家，只象小家子出身，好歹等姑娘坐定了拜纔是。(旦)多謝姑娘指教。(丑)這纔是。我兒坐了。(旦)姑娘，告坐了。(丑)你在這裏做什麽？(旦)這是枕方。(丑)這是什麽花？(旦)并頭蓮。(丑)這是做親的意思了。(旦)姑娘休要取笑。(丑)下面是鴨、是鵝、哺鷄？(旦)鴛鴦。(丑)鴛鴦嘴長了七八針。這是什麽書？(旦)是《烈女傳》。(丑)我兒，這書且放過一邊，我要説正經。我兒，特來與你説一頭親事。(旦)不是爹爹許那王，(丑)虧你不羞，不出閨門的女兒，曉得什麽王、白，好歹等

(一) 容：原闕，據《新刻原本王狀元荆釵記》補。

姑娘説出來。你爹爹許了王家，母親見他艱難，將你許了孫半州。他是温州城裏第一個財主，我兒若嫁了他，一生受用不盡。這是王家的聘禮，這是孫家的聘禮。（旦）姑娘，他乃豪家富貴，玉蓮乃家寒貌醜，不敢應承孫家。（丑）嫁孫家是，聽我説他富貴。

【梁州序】他家私迭等，良田萬頃，富豪聲振歐城。他又不曾婚聘，專浼我來求親。（旦）他恁的錢物昌盛，愧我家寒貌醜難厮稱。（丑）這段姻緣料想是前生定，入境緣何不順情？休得要恁執性。

【前腔】（旦）他有雕鞍金凳，重裀列鼎，肯娶我裙布荊釵？我須房奩不整，反被那人相輕。（丑）雖是你房奩不整，他見你恭容，自然相欽敬。（旦）嚴父將奴先已許書生，君子一言怎變更？實不敢奉尊命。

【前腔】（丑）你爹娘俱已應承，問侄女緣何不肯？恁推三阻四，莫不是行濁言清。（旦）枉了將人凌併，便刎下頭來，斷然不依允。（丑）論我作伐，宅第盡聞名。十處説親九處成，誰學你假惺惺？

【前腔】（旦）做媒的，（丑）做媒的，不是做賊的。（旦）做媒的個個誇逞，也多有言不相應，信着你都被誤了終身。（丑）合窮合苦没福分丫頭强厮挺，令人怒憎。（旦）出語傷人，你好不三省，榮枯事總由命。

【尾】（丑）這段姻緣非斷遈，少什麽花紅送迎？（旦）誰想番成作畫餅？

（旦）姻緣自是不和同，（丑）無分榮華合受窮。

（旦）雪裏江梅甘冷淡，（合）羞隨紅葉嫁東風。

第十齣　逼嫁

【福青歌】（浄上）只因我女嬌媚，富家郎要結姻契。姑娘在此作良媒，尋思道理，强如嫁着窮鬼。

常言道：『會嫁嫁田莊，不會嫁嫁才郎。』好笑我老兒將女兒許嫁王十朋，姑娘來説的温州城内第一個財主孫汝權。如今姑娘繡房中與女兒議親，待姑娘來便知端的。

【前腔】（丑上）玉蓮賤人無理，激得我怒從心起。腌臢蠢物太無知，千推萬阻，枉教我受了這場嘔氣。

（浄）姑娘爲何這般氣？（丑）嫂嫂，只説人家養女兒，你當初把他如金寶，如今把你當蒿草。我便領你的命到繡房中去，他便閉着門兒。我便叫開門，他便不該就是攔門拜。我該奉承他一分便好。我不合教道他，他便怪我搶白了，心裏有些不自在我。我便説特來與你做媒，他到嗞了這張嘴，説道：姑娘，莫不是爹爹説王？我就説：不出閨門的女兒，曉得什麽王、白，好歹等姑娘説出來。又説：爹是親的，娘是繼母，不知是那一個養老漢淫婦，不知他是那裏來的，便是這等跟我爹的。還要拿他到税課司去税他一税，羞也羞殺了他。（浄）他是這等無理，七歲無了母，是我扶養長成。説我做主不得，我且喚他出來，肯嫁孫家，我有一處，要嫁王家，也有一處。（丑）嫂嫂不要説我説的。（浄）玉蓮那裏？

【七娘子】（旦上）芳心未許春搬弄，傍紗窗繡鸞刺鳳。（浄）玉蓮！（旦）母命傳呼，奴當趨奉，金蓮輕舉湘裙動。

（旦）母親。（浄）撒開，不是你娘。（旦）姑娘。（丑）不是你姑娘。（浄）你好欺心！雖無十月懷胎，且有三年乳哺。怎麽得你長大嫁老公，姑娘與你説親，肯不肯好好回他，怎麽説爹是親的，娘是繼母，做主不得，駡我許多？（旦）是那個來説的？（浄）姑娘説的。（旦）姑娘曾在那裏駡？（丑）你駡來。（浄）賤人駡得好。

【鎖南枝】（旦）休發怒，免性焦，一言望乞聽奴告。這聘禮荆釵，休恁看得小。（浄）是金的？（旦）非是金。（丑）敢是寶？（旦）非是寶。（浄）非金非實，要他何用？（旦）將來聘奴家，一似孟德耀。

【前腔】（浄、丑）聽他道，越氣惱，無知賤人不聽教。因甚苦死執迷，惹得娘焦燥？他禮物有甚好？比着玉鏡臺，羞殺晋温嶠。

（旦）母親，豈不聞商相埋名，版築巖前曾避世；阿衡遯跡，躬耕莘野未逢時。買臣見棄於其妻，季子不禮於其嫂。先朝蒙正運未通，破窑困苦；昔日韓信時不遇，當道饑寒。王秀才雖窘，乃才學之士；孫汝權縱富，乃奸詐之徒。才學之士，不難於富貴；奸詐之徒，必易於貧窮。王秀才一朝風雲際會，發跡何難？（淨）姑娘，丫頭雖小，且是識人多矣，不知那裏尋許多苦堆一處。

【四換頭】賊潑賤閉嘴，數黑論黄講甚的？我是你什麽人？（旦）是娘。（淨）恰又來，娘言語怎違逆？順父母顔情却是你。（旦）順父母顔情，人之大禮。話不投機，教人怎隨？富豪貪戀，貧窮見棄，惹得傍人講是非。

【前腔】（丑）呆蠢丫頭，出語污人耳。恁推三阻四，話不投機。豪家求汝效于飛，他有甚相虧？出言抵撞，你好没尊卑。

【前腔】（旦）非奴失禮儀，望停嗔，聽拜啓。婚姻事有之，恐誤了終身難改移。（淨）嫁去好，多住幾日，不好，回來再嫁。（旦）怕一時貪富侈，恐船到江心補漏遲。

【前腔】（淨、丑）好言勸你，再三阻推。娘是何人你是誰？（旦）母親暫息雷電威，休恁自差池。今日裏緣何將我苦禁持？（淨）自今和你做頭敵。（旦）謾威逼，斷然不與孫氏做夫妻。

（旦下。外上）自不整衣毛，何須夜夜嚎。爲何在此喧嚷？（淨）老賊養得好女兒，把我一頓打。若無姑娘勸，幾乎打死。（外）媽媽，玉蓮最孝順，敢不是他？（淨）且住！待我思想。我扯住他衣服，他灑調跑了去，方纔打。姑娘，是你打的。（外）妹子回來一次，惹得他母子鬧炒，今後再不要回來。（丑）我爲你女兒親事，今後再不回來了。（浄哭）我的姑娘，（丑哭）我的嫂嫂。（外）呸！好人好家，哭怎麽的？（丑）耍戲有哭有笑。（浄）依我嫁孫家，多與他房奩首飾。若不肯嫁孫家，剥得赤條條，揀個十惡大敗日，一乘破轎子，送到王家。房奩首飾，一些没有，再不管他。（外）將機就機，明日乃是一好日，只説不好。媽媽，十惡大敗之日，就是明日送去。（浄）也罷，就是明日。（外）媽媽，你送去。（浄）我不去。（外）妹子，你送去。（丑）嫂嫂，一個泥人送到廟裏去，看個下落，就是我去。

（外）不貪富貴自甘貧，（浄）叵耐無知小賤人。
（丑）惟有感恩并積恨，（合）萬年千載不成塵。

第十一齣　辭靈

【破陣子】（旦上）翠黛深籠寶鏡，蛾眉懶畫春山。絲蘿雖喜依喬木，椿樹還憐老歲寒，偷將珠淚彈。

我生胡不辰，襁褓失慈母。鞠育賴椿庭，成立多艱楚。此日遣于歸，父命曷敢阻？進退心恐傷，有淚出肺腑。奴家被繼母逼嫁孫郎，我爹爹不允，將機就機，只説今日是十惡大敗之日，匆遽之間，將奴出配王家。首飾衣服，并無一件。苦呵！若是親娘在日，豈忍如此骯髒？不免到祠堂中拜别親娘神主。此間已是祠堂中了，這一位是我親娘呵！一入祠堂心慘悽，百年香火嘆無兒。涓埃未報母恩德，返哺忍聞烏夜啼。

【玉交枝】音容不見，望冥中聽奴訴言。甫離懷抱娘恩斷，目應怎瞑黃泉。誰知繼母心太偏，逼奴改嫁相淩賤。我那親娘，孩兒今日出嫁，本待做一碗羹飯與你，料他決不相容。苦！莫説羹飯，我要痛哭一場，（合）怕他們聞之見嫌，只得且吞聲淚痕如綫。

我的親娘在日，豈是今日？

【前腔】不能光顯，嘆資裝十無一完。爹爹，母親，荊釵裙布奴情願。只是我爹爹年老在堂，奴家去後，嘆無人膝下承顏。我的親娘，七歲抛離了你，受他折磨難盡言。孩兒倘有一些差處，非打即罵，他全無骨肉親相眷。（合前）

（外上）荊釵與裙布，隨時逼婚嫁。（丑）三夜不息燭，相思何日罷。（外）我兒，哭得這等模樣，你在此怎麼？（旦）我在此別母親神主。（外）我的兒。

【憶多嬌】你且開鏡奩，整翠鈿，休得界破殘妝玉筋懸。今日我做爹爹的骯髒了你，首飾全無真可憐。（合）休得愁煩，喜嫁個讀書大賢。

【前腔】（旦）愁只愁你子嗣慳，爹老年，何忍教兒離膝前！爹爹，你與母親不諧，孩兒去了，凡事忍耐些罷。莫惹閒非免掛牽。（合前）

（丑）我兒，你若依了我，嫁了孫家，大樣妝奩，十分富貴。今日什麼來由，到嫁這個窮鬼？（外）你好胡説！

【鬭黑麻】自古姻緣，事非偶然。五百年前，赤繩繫牽。兒今去，聽教言。我的兒，你到王門做媳婦，勿慢勿驕，必欽必敬。孝順姑嫜，數問寒暄。（合）燈前淚漣，生離各一天。他有日歸寧，吾心始安。

我兒上轎去罷。（旦）待孩兒請母親出來拜辭。（外）孩兒，那老潑賤，你去拜别他怎麽？（旦）爹爹，天下無有不是的父母，孩兒何忍不辭而去？（丑）侄女言之有理，待我去請他來。嫂嫂，女兒請你出來拜别。（净在内應）不出來，一似張果老倒騎驢，永遠不要見這畜生的面。（丑）侄女兒，你母親不肯出來受你的拜别。（旦）既不肯出來，待奴自去請。母親，開門，開門！（净内應）不開，不開！（旦）母親既不開門，不免就此房門前拜别。我的娘，孩兒呵！

【前腔】蒙教養成人，恩同昊天。（净内應）我又不是你親娘，説什麽昊天！（旦）我的娘，雖不是你親生，多蒙保全。兒别去，免憂煎。娘，你是個年老之人，休惹閒氣，倘爹爹有些不是處，忍耐些罷！努力加餐，望把愁顔變笑顔。（合）燈前淚漣，生離各一天。（外）我兒，他衣飾也無一件與你，哭他怎麽？（旦）裙布荆釵，奴身自便。

（丑）侄女兒，拜了爹爹，上轎去罷！（外）不要拜了。

【臨江仙】（旦）百拜哀哀辭膝下，及門無母施鞶，未知何日返家園。出門銀燭暗，白日照魚

軒。（旦、丑吹打下。外吊場）

【前腔】半壁孤燈相吊影，蕭蕭白髮盈顛，那堪弱息離身邊？叮嚀辭别去，情痛不成乾。

第十二齣　合巹

【風馬兒】（貼上）株守蝸居事桑蠶，形憔悴，鬢藍參。（生上）家寒世薄精神減，淒涼一擔。母憂愁，子羞慚。

（貼）孩兒，姻緣之事非偶然，前番許將仕來説親事，我因將荆釵爲定。此人一去，許久不見回報，敢是不成了。（生）母親，姻緣前生分定，苦苦掛懷則甚。

【鎖寒窗】（貼）這門親非是我貪婪，無奈人來説再三。送荆釵只愁富室褒談，良媒竟没一言回俺，反教娘掛腸懸膽。（合）早間只聞得鵲噪窗南，有何親舊相探？

【前腔】（生）嘆連年貧苦多諳，尤在淒涼一擔擔。事萱親，朝夕愧缺腴甘。劬勞未答，常懷悽慘。議姻親，斷然不敢。（合前）

【前腔】（末、浄上）論人生嫁女婚男，不是姻緣怎妄貪？謾誇他豪門首飾衣衫。嬌娥志潔，甘居清淡。那聽他巧言啜賺。這姑姑因此臉羞慚，此來必定喃喃。

此間已是。有人麽？（貼）有人在外，出去看來。（生）待孩兒去看。（末）老夫要見令堂。（生）母親，許將仕。（貼）請見。（末）老安人賀喜。（貼）寒門似水，喜從何來？（末）錢老員外送小姐過門，以此賀喜。（貼）倉卒之間，諸事不曾整備，怎生是好？（末）不費老安人的心，錢宅也没有人來，止有張姑媽送親。他恰有些絮刮，不要聽他。（浄）只要出了新官人，諸事不要管。張老安人出轎。華堂今夜喜筵開，拂拂香風次第來。畫鼓頻敲龍笛響，新人移步出庭階。

【寶鼎兒】（丑上）親送侄女臨門，管取今朝沉醉。

（浄）請老安人迎接姑婆。（貼）姑婆請。（丑）親家請。（浄）請行禮，再行禮。（貼、丑行禮。丑）此間是那個？（末）就是新官人。（丑）你不曉得，這是瓊林之瓊。親家面上爲何能黄？（貼）生成的。（丑）這房子爲何都是曲的？（貼）這是舊房。（丑）不是舊房，正是喬木之家。（末、浄）這話纔説得好。（丑）親家，裏面有什麽冰窨？（貼）没有什麽冰窨。（丑）爲何冷氣直冲？親家，夜來我哥哥嫂嫂分顔，如今送侄女臨門，首飾房奩，諸事不曾完備，望親家包荒。（貼）家下倉卒之間，諸事不曾整備，望姑婆包荒。（丑）實不相瞞親家説，没有喜娘，還要我一身充兩役，扶我侄女出轎。酒是好歹兩桌都是我的了。（末）且不要多説，扶持新人出轎。（浄）伏以身騎白馬摇金凳，曾向歌樓列管絃。醉後不知明月上，笙歌引入畫堂前。

【花心動】（旦上）適遣匆匆，奈眉峰慵畫，鬢雲羞籠。

（浄）一對新人請上花毯，齊眉并立。一派笙歌列綺羅，女郎今夜渡銀河。羞聞織女笑呵呵，今夜斷然饒不過。（貼）請受禮。（丑）同受禮。（浄）老安人請訓事。（貼）姑婆請訓事。（丑）親家請。（貼）占了。夫妻交拜，相敬如賓。務要上和下睦，夫唱婦隨。常如鸞鳳之和鳴，早叫麒麟之應瑞。姑婆請。（丑）勤事桑麻，織綢做布，莫學自己，嫁了這個窮酸餓醋。喜筵獨桌，擺在那裏？（貼）姑婆，倉卒之間，諸事不曾整備。

【惜奴嬌】只爲家道貧窮，守荆釵裙布，謹身節用。今爲姻眷，惟恐玷辱親家門風。（旦）空空，愧乏房奩來陪奉，望高堂垂憐寵。（合）喜氣濃，悄似仙郎仙女，會合仙宫。

【前腔換頭】（丑）欣逢，夫婿寬洪，可留心遵守，四德三從。（末）勤攻詩賦，休得要效學飄蓬。（生）重重，命蹇時乖長如夢。（貼）謝良言，開愚懵。（合前）

【鬭黑麻】（旦）家中，雖忝儒宗，論蘋蘩箕箒，尚未諳通。愧無能，豈宜適事英雄？（貼）融融，非獨外有容，必然内有功。（合前）

【前腔】（生）愚蒙，欲步蟾宫，奈才疏學淺，未得翀冲。愧無能，豈宜先自乘龍？（丑）雍雍，才郎但顯功，嬌妻擬贈封。（合前）

【錦衣香】（末）夫性聰，才堪重；婦有容，德堪重。天生美質奇才，彩鸞丹鳳。（生）自慚非是漢梁鴻，何當富室，配着孤窮。（旦）念妾非孟光，奉親命遣侍明公。今日同歡共，藍田玉曾修種。夫和婦睦，琴調瑟弄。

【漿水令】（貼）怨貧無香醪泛鍾，怨貧無美食獻供。（丑）又無些湯水飲喉嚨，妝甚麽大媒？

做甚麽親送？（末）休相笑，莫妄衝，惟恐外人相譏諷。（貼）非缺禮，非缺禮，只爲窘中。凡百事，凡百事，望乞包籠。

【尾】（衆）佳人才子德堪重，更人才又兼出衆，夫妻到老永和同。（一）

（生）合卺交歡喜頗濃，（貼）琴調瑟弄兩和同。

（丑）今宵剩把銀缸照，（合）猶恐相逢在夢中。

第十三齣　遣僕

【出隊子】（外上）追思前事，追思前事，心下如同理亂絲。雖然頗頗有家私，争奈年高無後嗣，怎不教人怨咨！

萬般皆是命，半點不由人。當初招王十朋爲婿，誰知我那婆子嫌貧愛富，定要嫁孫家。我女不從，因此變作參商，番成仇怨，是我一時將機就機，將孩兒送過王門。如今赴京科舉，思慮他家無人，意欲整西邊書房，去請親家女兒同居住，早晚也好看顧。李成那裏？（末上）水將杖探知深淺，人聽言詞見腹心。員外有何分付？（外）李成，王官人往京求取功名，我思量他家無人，欲將西首書房打掃潔浄，你

（一）永：原闕，據《新刻原本王狀元荆釵記》補。

就去請老安人小姐到家居住，(一)早晚也好看顧。(末)如此甚好，只怕老安人不容。(外)有我在此，不妨。(末)小人就去。

【好姐姐】(外)聽吾一言説與，那王秀才欲求科舉。他若去時，必定家空虚。(合)堪憂慮，形隻影單添悽楚，暮想朝思愈困苦。

【前腔】(末)解元爲功名利禄，他應難免分開鴛侣。妻孤母獨，怎不愁滿腹？(合前)

【前腔】(外)我欲把西邊空屋，相請他萱親荆婦，移來并居，早晚堪看顧。(合)親骨肉，及早取來同居住，彼此心歡意滿足。

【前腔】(末)小僕蒙東人付囑，到彼處傳説衷曲。他聞此語，擬定無間阻。(合前)

(外)不忍他家受慘悽，(末)恩東惜樹更連枝。
(外)黄河尚有澄清日，(末)豈可人無得運時？

第十四齣　迎請

【掛真兒】(貼上)天付姻緣事諧矣，夫和婦如魚似水。(生上)貧處蝸居，羞婚燕爾，惟恐旁人

(一)打掃潔浄你就：原闕，據《新刻出像音註節義荆釵記》補。

談耻。（旦上）菽水承歡勝甘旨，親中饋未能週備。（生）慈母心歡，賢妻意美，深喜一家和氣。

（生）母親，蘋蘩已喜承宗嗣，功名未遂平生志。黄榜正招賢，囊空無一錢。（貼）孩兒，家寒難斡運，謾自心頭悶。（旦）今舉若蹉跎，光陰能幾何？（生）母親，孩兒自與娘子成親之後，不覺半載。即今黄榜動，選場開，郡中刻限十五日起程。争奈缺少盤纏，如何是好？（貼）孩兒，自你父親亡後，家私日漸凋零。你今缺少盤費，交娘實難措辦。（旦）官人，此係是前程之事，况兼官府催行，雖則家道艱難，如何辭免？可容奴家回去，懇及爹娘，或錢或鈔，借些與官人路上盤纏，不知尊意如何？（生）如此却好，只恐岳丈不從。（旦）這個不妨。（末上）若無漁父引，怎得見波濤？自家蒙老員外着我到王秀才家去請取。這裏便是，有人在此麽？（貼）孩兒，是誰在門首？（生）待孩兒去看。（生）足下何來？（末）小人是錢宅來的。（生）少待。（介）母親，元來岳丈家裏來的人。（貼）媳婦，你去看是誰。（旦）待奴家去看。（介）元來是李成。（末）是小人。（旦）一向爹媽好麽？（末）俱各平安。（旦）今日着你來，有何話説？（末）老員外聞知秀才官人上京應舉，思慮宅上無人，着小人打點空房一所，特着小人來請老安人小姐同家另住。（旦）這是貧人遇寶，有何不可？你進來見了婆婆，須要下禮。（末）大人家兒女曉得。（貼）媳婦，是誰？（旦）婆婆，是奴家裏使唤的李成。（貼）元來是李成舅，請他進來。（旦）李成進來。（末）老安人拜揖！（貼）李成舅萬福。二位親家安否？（末）托賴俱各平安。（貼）如今親家着你來有何幹？（末）老安人請坐，待小人説。

【宜春令】（末）恩東命，遣僕來上覆，近聞説官人赴帝都。解元出路，人去家空，必定添淒楚。意欲把西首房屋，待相邀安人居住。爲此特令男女，到宅傳語。

【前腔】（貼）蒙錯愛，爲眷屬，這恩德深銘肺腑。奈緣艱苦，迤逗不能勾参岳父。到如今又蒙相呼，頓交娘心中猶豫。試問我孩兒媳婦，怎生區處？

【前腔】（生）因科舉，欲赴都，免不得抛妻棄母。千思百慮，母老妻嬌，却交誰爲主？既岳翁惜寡憐孤，這分明愛枝惜樹。且自隨機應變，慎勿推阻。

【前腔】（旦）夫出路，百事無。况家中前空後虚，晨昏朝暮，慮恐他人生疾妒。既相招共處同居，暫幽棲蓽門蓬户。未審婆婆夫主，意中何如？

（末）安人，且聽小人告禀。俺老員外説得好，解元赴選，家中惟有女流，外無老僕，内無小僮，俺小姐既受蘋蘩之托，恐缺甘旨之奉。爲此將西邊空屋，請安人、小姐另處。父子又得相親，婦姑况得其所。安人以爲半世尚守孤燈，今而有婦，不肯因人而熱，辭之固當矣。據小人愚見，早晚仰賴無人，倘有不測，何以堪處？我家空屋，固非廣厦高堂，亦有重叠門户，不使雀穿牖，毋使犬吠室。實爲有托，可保無虞。解元衣錦榮歸，不惟壯觀老員外之門楣，抑且增益老安人之慚愧。休得三思，幸垂一諾。（旦）婆婆，李成之言有理，請問去否？（貼）兒，你道怎麽不去？

（貼）家寒羞往見新親，（生）世務艱難莫認真。

（旦）此去料應無改易，（末）逕傳消息報東人。

（末下。生、旦、貼吊場）

【繡衣郎】（貼）〔一〕半生在陋室幽棲，樂守清貧苟度時。重蒙不棄，大厦千間相週庇。望孩兒異日榮貴，報岳翁今日恩義。（合）願從今奮鵬程萬里，願從今奮鵬程萬里！

【前腔】（生）自歷學十載書幃，黄卷青燈不暫離。春闈催試，鏖戰功名在科場内。金鑾殿擬着荷衣，廣寒宫必攀仙桂。（合前）

【前腔】（旦）想蒼天不負男兒，一舉成名天下知。倘登高第，雁塔題名身榮貴。若能勾贈母封妻，也不枉了争名奪利。（合前）

【前腔】（貼）黄河尚有澄清日，豈可人無得運時？（旦）〔二〕皇都得意，那時好個風流婿。（生）我寒儒顯赫門楣，太岳翁傳揚名譽。（合前）

（生）春闈催赴迫違期，（旦）但願皇都得意回。

（貼）躍過禹門三級浪，（合）管教平地一聲雷。

〔一〕（貼）：原闕，據《新刻原本王狀元荆釵記》補。

〔二〕（旦）：原闕，據《新刻原本王狀元荆釵記》補。

第十五齣　分別

【卜算子】(外上)從別女孩兒，心下常縈繫。昨日令人去請歸，彼此心歡喜。

雪隱鷺鷥飛始見，柳藏鸚鵡語方知。昨日着李成去搬取王親媽、秀才與我女孩兒同家另居。待李成回來，便知分曉。

【疏影】(貼上)韶光荏苒，嘆桑榆暮景，貧困相兼。(旦上)半載憂愁，一家艱苦，未知何日回甜？(生上)衣單食缺心無歉，爲親老常懷悽慘。(末上)安人賢會，秀才儒雅，小姐貞潔。

老安人，這裏正是本宅門首，待小人進去通報。(介)老員外，老安人、秀才官人、小姐都來了。(外)在那裏？(末)都在門首。(外)看坐來。(介)親家，請裏面相見。(貼)老親家先請。(外)親家，老夫接待不周，勿令見罪。(貼)親家，老身貧乏無一絲爲聘，遺荆釵言之可羞。(外)小女愧無百輛迎門，奉蘋蘩惟恐有失。(貼)未遑造謝，反蒙寵招。(外)重荷輝臨，不勝忻羡。(貼)老親家，親母如何不見？(外)老荆有些小恙，不及侍陪，容日再拜。乞恕！乞恕！(貼)孩兒過來，見了老親家。(生)念十朋一介寒儒，三尺童稚。忝居半子之情，托在萬間之庇，有違參拜，無任戰兢。(外)好賢婿！(旦)爹爹，久别尊顔，且喜無恙。(外)孩兒起來。親家母，我聞知令郎起程，慮恐親家宅上無人。老夫如今打點西邊空房屋一所，請親母到來，與我孩兒同住。未知尊意如何？（貼）老身來此，叨擾尊府。(一)（外）賢婿幾時起程？（生）小生就是今日起程。（外）李成看酒來。（末）酒在此。（外）此一杯酒，一來與老親家接風，二來與我賢婿餞行，三巡權爲餞行之禮。親家，我家中沒有高梁大厦。

【降黃龍】草舍茅簷，蓬蓽塵蒙，網羅風颱。尊親到此，但有無一一望親遮掩。（貼）恩沾，萬間週庇，悄似寒灰撥焰。使窮親歡生愁腹，喜生愁臉。

【前腔換頭】（旦）安然，同效鶼鶼，爲取功名，反成拋閃。君今此行，又恐怕貪富別娶房奩。（生）休言，我守忠信，自古道『貧而無諂』，肯貪榮忘恩負義，附熱趨炎？

【前腔換頭】（貼）淹淹，貧守齏鹽，常慮衣單，每憂食欠。(二)今爲眷屬，尤恐將宅第門風辱玷。（外）休謙，既成姻眷，又何故相棄相嫌？敢攀尊親寵臨，老夫過僭。

【前腔換頭】（生）叨忝，母訓師嚴，三史諳通，九經博覽。今承召舉，到試闈定有朱衣頭點。（旦）春纖，捧觴低勸，好將心事拘鉗。到京師閒花野草，慎勿沾染。

【黃龍滾】（生）休將別淚彈，休將別淚彈，且把愁眉斂。背井離鄉，誰敢胡沾染？（貼）路途

(一) 尊：原作『使』，據汲古閣刊本《繡刻荆釵記定本》改。
(二) 欠：原作『缺』，據《新刻原本王狀元荆釵記》改。

迢遞，不無危險。纔日暮，問路程，尋宿店。

【前腔】（生）萱親免愁煩，萱親免愁煩，岳丈休憶念。（貼）記取叮嚀，客邸當勤儉。（外）此行只願鰲頭高占，功名遂，姓字香，門楣顯。

【尾聲】（生）隨身不慮無琴劍，慮只慮行囊缺欠。（外）些少白金相助添。

（生）多謝岳父厚意！（外）你去路上要小心，早去早回。（貼）孩兒，你過來，我分付你幾句。（生）母親，有何分付？（貼）你未晚先投宿，鷄鳴起看天。逢橋須下馬，過渡莫争先。古來冤枉事，皆在路途間。做娘的就比樹頭上黄葉，荷葉上水珠，朝不保暮了。我的兒呵！

【臨江仙】（貼）渡水登山須仔細。（外）朝行須聽曉鷄啼。（旦）成名先寄好音回。（末）藍袍將掛體，及第便回歸。（生）重荷萱親勤訓誨，感蒙岳丈提携。娘子，好生侍奉我親幃。李成，在家勤照顧。（末）及第便回歸。（旦扯生介）半載夫妻成拆散，婆婆年老怎支持？成名思故里，切莫學王魁！（生）你不須多囑付，我及第便回歸。

（生先下。衆吊場）正是：流淚眼觀流淚眼，斷腸人送斷腸人。（外）孩兒，你夫婿上京取應，好把婆婆恭敬。（旦）甘旨一一趨承，謹依爹爹嚴命。（貼）多幸多幸，骨肉團圓歡慶。

【園林好】（貼）深感得親家見憐，助白銀恩德萬千。更廣厦容留，貧賤得所，賜喜綿綿。蒙所庇，意拳拳。

【沉醉東風】（外）我孩兒三生有緣，與才郎忝爲姻眷。今日赴春闈，程途遥遠助盤費，尚憂輕鮮。（旦）婆當暮年，父當老年，只願我兒夫榮歸故苑。

【川撥棹】（貼）他憑取才學上京赴選，又恐怕他功名緣分淺。（末）老安人且莫縈牽，那秀才文章燦然。管登科，作狀元。管登科，作狀元。

【紅繡鞋】（貼）旦夕祝告蒼天，週全。願他獨占魁選，榮顯。母妻封贈受皇宣，門楣顯，姓名傳。得魚後，怎忘筌？得魚後，怎妄筌？

【尾聲】從今且把眉舒展，遇良辰自宜消遣，骨肉永遠團圓。

（外）舉子紛紛争策藝，（貼）此行願取登高第。

（旦）馬前喝道狀元來，（合）這回好個風流婿。

第十六齣　赴試

【水底魚】（生上）天下賢良，赴選臨帝鄉。白衣卿相，暮登天子堂。

【前腔】（末上）爲功名紙半張，引得吾輩忙。人人都想，要登龍虎榜。

【前腔】（淨上）有等魍魎，本是田舍郎，妝模作樣，也來入試場。

（生）三年大比選場開，滿腹文章特地來。争看世人增價買，信知吾輩是英才。（淨）梅溪，我和你一學朋友，不須通名，趲行則個。

【甘州歌】（生）自離故里，謾回首家鄉，極目何處？萱親年老，一喜又還一懼。晨昏幸托年少妻，深感岳丈相憐一處居。（合）蒙囑付，牢記取，教我成名先寄數行書。休悒怏，莫嗟吁，白衣換却錦衣歸。

【前腔】（末）芳春景最奇，正可人不暖不寒天氣。千紅萬紫，開遍滿目芳菲。香車寶馬逐隊隨，只見來往遊人渾似蟻。（合）争如我，折桂枝，十年身到鳳凰池。身榮貴，回故里，人人都道狀元歸。

【前腔】（浄）迤逦松篁逕裏，見野塘溶溶水没沙嘴。鷗鳧往來，出没又還驚飛。危橋跨澗人過稀，只見漠漠平沙接遠堤。（合）途中趣，真是奇，緑楊枝上囀黄鸝。難禁受，聞子規，聲聲叫道不如歸。

【前腔】（衆）聞知皇都近矣，尚還隔幾重烟水。餐風宿水，豈憚路途迢遞。一心指望入試闈，恨不得肋生雙翅飛。（合）尋宿處，莫待遲，竹籬茅舍掩柴扉。天將暮，日墜西，漁翁江上釣魚歸。

【尾】問牧童，歸村市，香醪同飲典春衣，圖得今宵沉醉歸。
（生）琢磨成器待春闈，（末）此去前程唾手回。

（浄）青雲有路終須到，（合）金榜無名誓不歸。

第十七齣　春科

（末上）欽奉朝廷命，敷施雨露恩。魚龍皆變化，一躍盡朝天。自家不是别人，禮部伺候的便是。往來聽候，侍奉官員。今乃大比貢舉之年，正當設科取士之際。國朝委請試官，已在貢院之内。府縣郡召舉子，俱列棘闈之前。如今將次考試，只得在此伺候。怎見得設科取士？但見開設着：茂才科、賢良科、方正科，齊齊整整；印卷所、彌封所、對讀所、謄録所，密密嚴嚴。委請有：總考官、同考官、《易》考官、《書》考官、《詩》考官、《春秋》考官、《禮記》考官，人人飽學；提調官、供給官、巡綽官、受卷官、彌封官、總監臨官、都幹辦官，個個清廉。但是天下才子，先到禮部報名。第一場，以四書擬題，内選程文四書三篇、五經四篇，務要文章貞潔。第二場，以性理群書擬題，内選程論詔誥一篇、表判一篇，俱用禮義精純。第三，策問五道，無非曉達時務，何莫經史辨疑。中式舉人，定爲三甲；授官進士，分作九階。第一甲，賜進士及第，官授從六品；第二甲，賜進士出身，官授正七品；第三甲，賜同進士出身，官授從七品。廷策一道，列名狀元、榜眼、探花，遊街三日，賜宴瓊林，鹿鳴鹵簿。正是：一封纔下興賢詔，四海應無遺棄才。道尤未了，試官早到。

【夜遊朝】（外上）錦袍銀綬掌春宫，輔佐承明一統。聖主求賢心重，網羅天下英雄。

烏紗玉帶紫金魚，出入千人擁一車。若問榮華自何至，少年曾讀五車書。下官蒙差考試，爲天子之輔臣，係文章之司命。榮身食禄，豈容尸位素餐；報主匡時，敢不矢心殫力？今當會試之春，命主禮闈。天下英才，雲屯蟻聚。左右，舉子入試者，用意搜檢，以防懷挾。着他魚貫而進！

【水底魚】（生上）天降皇恩，詔我衆書生。魚龍變化，直上九霄雲。

【前腔】（末上）慈親衰倦，弟兄無一人。無人奉養，時刻常掛心。

【前腔】（浄上）我是文人，聲名天下聞。若還高中，管取第一名。

（衆見。外）衆舉子，我奉九重之命，掄四海之才。每歲考試，不過經書詩對，盡是俗套虚文。我今奏准裁革。第一場各把本經做一篇，第二場破題，第三場作詩。天地人三號，各歸號房，挨次呈來，無得錯亂，取責不便。（介）生員領題。（外）天字號就把本經做一篇來！

【黄鶯兒】（生）魯史紀周正。（外）正名之實，何者爲先？（生）重明倫，先正名。先明王霸之分。尊王賤霸功難泯。（外）五霸桓文爲盛，事業如何？（生）齊桓公會諸侯於葵丘，次師召陵以伐楚。晋文公會諸侯踐土，天王狩於河陽。葵丘序盟，召陵誓兵，河陽踐土誠陵分。（外）《春秋》以賞罰爲事，無乃爲僭乎？（生）《春秋》天子之事也。故仲尼曰：『罪我者，其惟《春秋》乎？知我者，其惟《春秋》乎？』細推評，刑誅爵賞，誰識素王情？

（外）此篇深得《春秋》賞罰之旨，真内聖外王之學也。可喜，可喜！地字號把你本經做一篇來！

【前腔】（末）五典與三墳，見重華，思放勳。（外）昔左史倚相，能讀墳典丘索之書。子亦能是乎？

（末）不敢，此分内事也。九丘八索吾能省。（外）既然讀上古書，且説『欲爲君盡君道，欲爲臣盡臣道』，二者當法何人？（末）君人之道，至文武而盡。人臣之義，當以伊周爲法。文謨克勤，武烈繼明，商衡周鼎輝相映。（外）如或知汝，則何以哉？（末）有用我者，務引君當道而已。際風雲，鹽梅舟楫，一德務臣君。

（外）此篇深有宰輔器量，深爲朝廷得人賀也。人字號把你本經做一篇來看！

【前腔】（浄）四聖首彌綸，道陰陽，説鬼神。（外）《易》主卜筮者，説可信麽？（浄）聖人作《易》，神以知來，知以藏往，是故知幽明之故。知來藏往昭無朕。天根杳冥，月窟渾淪。（外）何爲天根，何爲月窟？（浄）堯夫云：『乾遇巽時觀月窟，地逢雷處見天根。』（外）夏商之時，《易》有何名？（浄）夏《易》首艮，是曰《連山》；商《易》首坤，是曰《歸藏》，皆無足傳者。《連山》雲斷《歸藏》隱。（外）此子年齒雖逾，學識頗到。（浄）不敢，我學生八八六十四卦，三百八十四爻，無不精曉。（外笑）可知你日親筆硯？（浄）惶恐。且休嚲，韋編三絶，觀國利王賓。

（外）此篇《易》學頗精，非研窮義理，不能到也。（生）生員領題。（外）第二場，我出個破題與你做：『臣事君以忠。』（生）論輔乎君者，當盡忠於君也。（末）生員領題。（外）第二場，我出破題與你做：『其爲人也孝悌。』（末）性禀天地之貴，道尊日月之長。（浄）生員領題。（外）第二場，我出破題與你做。學而第一：『學而時習之，不亦説乎？有朋自遠方來，不亦樂乎？人不知而不愠，不亦君子乎？』(净)大人，不是這學，乃是鶴兒第一。鶴乃是鶴之子，時乃時時之習也。蓋鶴有千歲，得爲有壽之禽。小鳥朔飛，漸漸飛高飛遠，其母豈不説乎？忽一日飛在青田之内，赤壁之間，同類見他飛得高遠，也飛來做了一處。此乃同類相從，豈不樂乎？雄鶴見了雌鶴，就欺心起來，一飛飛起來，站在雌鶴身上，牢牢立定，而不滚也。雌鶴把頭來對了雄鶴：『雄鶴，你爲何欺心？』雄鶴答曰：『人不知而不愠，不亦君子乎？』(外)天字號第三場，就把桂花爲題，光、香、郎韻，作詩一首。(生)花如金粟占秋光，月殿移來萬斛香。試問嫦娥仙子道，一枝留與狀元郎。(外)地字號第三場，就把梅花爲題，光、香、郎韻，作詩一首。(末)横斜疏影透波光，玉骨冰肌分外香。昨夜前村雪初霽，今朝應有探花郎。(外)人字號第三場，就把橘子爲題，光、香、郎韻，作詩一首。(净)橘子生來耀日光，又酸又澀又馨香。後來結成一個大疙瘩，剖開來到有七八囊。(外)郎字韻怎麽囊？(净)大人，囊得過就罷了。(外)學問粗疏！回去用心讀書，留在下科。(净)三場文字不得中，六個饅頭落得吞。(外)這幾篇皆通，獨有天字號爲最。天字號那方人氏，姓甚名誰？(生)温州府永嘉縣人氏，姓王，名十朋。(外)去秋解元是你，今科會元又是你。我把你文字封上御前親閲定奪。

【風檢才】(衆上)舉子讀書大賢，錦繡文章可觀。象簡羅袍恁作穿，宫花插帽簷偏。(合)頭名是王狀元！

(小生)聖旨下，奉聖旨：第三道詞理平順，條對詳明，宜居第一甲第一名，王十朋；第二甲第一名，王士宏；第三甲第一名，周璧。各賜袍服冠帶，整備鼓樂，迎送狀元及第。遊街畢日，即赴翰林謝恩。

（衆）萬歲！萬歲！萬萬歲！

（外）五百名中第一人，（生）烏靴紗帽緑袍新。

（末）明朝早赴瓊林宴，（衆）斜插宮花謁至尊。

第十八齣　閨念

【破陣子】（旦上）燈燦金花無寐，塵生錦瑟消魂。鳳管臺空，鸞箋信杳，孤幃不斷離情。巫山夢斷銀缸雨，繡閣香消玉鏡蒙。十朋，休怨懷想人。

妾慚非淑女，父命嫁洪儒。矢心共貧素，布荆樂有餘。旦夕侍巾櫛，齊眉愧不如。兩情正歡洽，一旦赴徵書。折此藍田玉，分我合浦珠。翠鈿空零落，緑鬢漸蕭疏。登樓試晚妝，鏡破意躊躇。羞看舞雙燕，交彩入空虚。况有高堂親，憂懷日倚閭。願言遠遊子，及早賦歸歟。奴家自從才郎别後，每日鷄鳴而起，敬奉姑嫜，勤事父母。如今天尚未明，意欲對鏡梳妝，争奈離愁千種，想起别時，不覺垂淚。

春風吹柳拂行旌，憶别河橋萬種情。

天上杏花開欲遍，才郎從此步雲程。

【四朝元】雲程思奮，迢迢赴玉京。爲策名仙籍，獻賦金門，一旦成孤另。自驪駒唱斷，自驪駒唱斷，空憶草碧河梁，柳緑長亭。一騎天涯，正是百花風景，到此春將盡。嗏！寂寞度芳辰，鳳帳鴛衾，翠減蘭香冷。君行萬里程，妾懷萬般恨。别離太急，思思念念，是奴薄命！

薄命佳人多苦辛，通宵不寐聽鷄鳴。

高堂侍奉三親老，要使晨昏婦道行。

【前腔】婦儀當盡，昏問寢興。聽樵樓更漏，紫陌鷄聲，忙把衣衫整。要殷勤定省，要殷勤定省，自覷堂上姑嫜，萱草椿庭，白髮三親，也索一般恭敬，不敢辭勞頓。嗏！端不爲家貧，欲盡奴情，願采蘋蘩進。兒夫事遠征，親年當暮景，孝思力罄。行行步步，是奴常分。

事親一一體夫心，無暇重調緑綺琴。

憔悴容顔愁裏變，妝臺從此懶相臨。

【前腔】慵臨妝鏡，菱花暗鎖塵。自曲江人去，鳳拆鸞分，羞睹孤飛影。漸脂憔粉悴，漸脂憔粉悴，説甚眉掃青山，鬟挽烏雲？玉箸痕多，只爲荆釵情分，腸斷當年聘。嗏！欲照又還停，只見貌减容消，展轉添愁悶。團團寶鑒明，蕭蕭翠環冷。爲思結髮，絲絲縷縷，萬千愁病。

愁病懨懨瘦損神，只因夫婿寓瑶京。

那堪雁帛魚書杳，腸斷香閨獨宿人。

【前腔】從離鄉郡，皇都覓利名。想龍門求變，豹文思炳，鳳閣圖衣錦。奈歸期未定，奈歸期未定，便做折桂蟾宮，賜宴瓊林。須念蘭房，有奴孤形獨影，莫向紅樓凭。嗏！獨坐暗傷神，雁杳魚沉，教奴望斷衡湘信。長安紅杏深，家山白雲隱。早祈歸省，孜孜翕翕，舉家歡慶。

【尾聲】時光似箭如梭擲，勤把萱親奉侍，專等兒夫返故里。

只爲求名豈顧親，兒夫必定離京城。

真個路遥知馬力，果然日久見人心。

第十九齣　參相

（末上）碧玉堂前列管絃，真珠簾捲褭沉烟。不聞閫外將軍令，只聽朝中天子宣。自家不是别人，乃是万俟丞相府中堂候官的是也。且説我那丞相，真個官高極品，累代名家。身居八位之尊，班列群僚之上。論文呵，對先聖夜讀詩書；論武呵，總元戎時觀韜略。巍巍駕海紫金梁，兀兀擎天碧玉柱。休説官高極品，先誇相府軒昂。泥金樓閣，重簷叠棟，直起上一千層；碾玉欄杆，傍水臨階，斜連着十二曲。窗横面面碧琉璃，磚砌行行紅瑪瑙。屏開翡翠，獸爐中噴幾陣香風；簾捲蝦鬚，仙仗間會三千朱履。門排畫戟，坐擁金釵。響噹噹是玉珮聲摇，明晃晃的是珠簾色耀。後堂中安着一張影玲瓏、光燦爛、數十層雕花刻草八柱象牙床，正廳上放着四圍香散漫、色鮮妍、幾多樣描鸞畫鳳九鼎蓮花帳。金間玉，玉間金，雕鞍寶凳；　紅映紫，紫映紅，繡褥花裀。　人人道是玉橋邊開着兩扇慷慨孟嘗門，鳳城中蓋着一所異樣神仙窟。　道猶未了，丞相早到。

【賀聖朝】（淨上）幾年職掌朝綱，四時燮理陰陽。　一人有慶壽無疆，兆民賴之安康。

爵尊一品，爲天子之股肱；　位總百官，乃朝廷之耳目。　廟堂寵任，朝野馳名。　正是一片丹心能貫日，四方志氣可凌雲。　自家万俟丞相是也。　吾有一女，小字多嬌，雖年及笄，争奈姻緣未遂。　今年狀元乃是温州人氏，姓王，名十朋。　此人才貌兼全，俺要招他爲婿，不知緣分如何？　他今日必來參拜，且叫堂候官分付。　堂候官那裏？　（末）珍珠簾下忽傳聲，碧玉堂前聽使令。　覆丞相，有何鈞旨？　（淨）堂候官，今年狀元乃是温州人氏，姓王，名十朋。　此人才貌雙全，欲要招他爲婿，只今便要成親。　你怎麽説？　（末）告丞相，小姐是瑶池閬苑神仙，狀元是天禄石渠貴客，若成了姻緣，不枉天生一對。　（淨）正是。　他今日必來參拜，你在衙門首，來時必須先露其意。　（末）暫辭恩相去，專等狀元來。

【菊花新】（生上）十年身到鳳凰池，一舉成名天下知。　脱白掛荷衣，功名遂，少年豪氣。

引領群仙下翠微，雲間相逐步相隨。　桃花已透三千丈，月桂高攀第一枝。　閬苑應無先去客，杏園惟有後題詩。　男兒志氣當如此，金榜題名天下知。　小生得了頭名狀元，深蒙聖恩，除授饒州僉判。　方已朝回，必須參見万俟丞相。　（末見）狀元賀喜。　（生）何喜可賀？　（末）丞相有一多嬌小姐，欲招狀元爲婿，只今便要成親。　（生）小生自有寒荆在家，焉敢望此？　相煩通報。　（末）少待。　（介）告丞相，狀元已在門首。　（淨）着他進來見我。　（末）請狀元進去相見。　（生見拜介）小生一介寒儒，久困山澤，郡乏賢才，勉使來試。忝蒙天眷，皆賴丞相提携之賜。謹造鈞墀參拜，(一)不及愧感之至。（淨）狀元，且休閒說，休閒講。我有事與你說：『男子生而願爲之有室，女子生而願爲之有家。』我有一女，小字多嬌，欲招你爲婿，只今就要成親。你心下如何？（生）深蒙不棄微賤，感德多矣。奈小生已有寒荆在家，不敢奉命。（淨）你是讀書之人，何故見疑。自古道：『富易交，貴易妻。』此乃人情也。（生）丞相，豈不聞宋弘有云：『糟糠之妻不下堂，貧賤之交不可忘。』小生不敢違例。（淨怒）我到違例！

【八聲甘州歌】窮酸魍魎，對我行輒敢數黑論黄，妝模作樣，惱得我氣滿胸膛！（生）平生頗讀書幾行，豈敢紊亂三綱并五常？（末）斟量，不如且順從公相何妨？

【前腔換頭】（淨）端詳，這搊搜伎倆，怎做得潭潭相府東床？出言挺撞，那些個謙讓温良。（生）微名忝登龍虎榜，肯做棄舊憐新薄倖郎？望參詳，料烏鴉怎配鳳凰？

【解三酲】（末）狀元你且休閒講，這姻事果是無雙。當朝宰相爲岳丈，論門户正相當。（生）寒儒怎敢過望想？自古道：『糟糠妻，不下堂。』（淨）忒無狀，把花言巧語，一訕胡謊！

【前腔】（末）你千推萬阻，靡恃己長，只怕你舌劍唇鎗反受殃。（生）謾自相勞讓，停妻再娶誰承望？又何苦，恁相當？（淨）朝綱選法咱把掌，使不得禍到臨頭燒好香。不輕放，定

(一) 鈞：原作『均』，據汲古閣刊本《繡刻荆釵記定本》改。

改除遠方，休想還鄉。

（浄）堂候官，與我趕出去！

（浄）叵耐窮酸太不良，（生）有妻焉敢贅高堂？

（末）大隹飛上梧桐樹，（合）自有傍人説短長。

（生下。浄吊場）這畜生無禮，我招他爲婿，到有許多推故。堂候官，他除授那裏做官？（末）除授江西饒州僉判。（浄）第二名王士宏除授那裏？（末）他在廣東潮陽僉判。（浄）江西是魚米之地，廣東潮陽是烟瘴地面。有何難處？眉頭一蹙，計上心來。却將第二名王士宏除授饒州僉判，將王十朋改調潮陽，絶他歸計。明日張榜示衆。（末）是，好計！

（浄）改調潮陽禍必侵，（末）教他必定喪殘生。

（浄）平生不作皺眉事，（末）世上應無切齒人。

第二十齣　傳魚

【醉落魄】（生）鄉關久别應多慮，幸登高第得銓除。修書欲寄報平安，浼承局，帶回歸。

虧心折盡平生福，行短天教一世貧。念小生貧寒之際，以荆釵爲聘，遂結姻親。臨行又蒙岳丈接取母親妻子一同居住，仍贈盤纏赴京，得了頭名狀元。深蒙聖恩，除授饒州僉判。本欲回鄉視親，不合參見万俟丞相，㈠反要招我爲婿。只因不從，被他拘留聽候，不得回鄉。只得寫封家書回去，通報母親妻子知道。我昨日在省門外，有一承局差往温州下文書，與他説了，約我今日來取書。待我寫完，在此等他。

【一封書】男百拜拜覆，母親尊前妻父母。離膝下到都，一舉成名身掛緑。蒙除授饒州僉判府，待家眷臨京往任所。寄家書，附承局，草草不恭兒拜覆。

書已寫完，在此等待承局到來。（末上）傳遞急如火，官差不自由。自家承局的是也，公差到浙江遞送公文。昨日王狀元與我説，要寄家書回去，不免到下處取書。㈡（見介）（生）承局，起動你來了。（末）狀元寫完家書未曾？（生）寫完在此了。（末）既完了，送在那裏去？（生）此書煩附與温州在城雙門巷裏錢貢元家下。（末）狀元姓王，爲何到錢宅？（生）是我岳丈家中。

【懶畫眉】（生）煩伊傳遞彩雲箋，你到吾家可代言。因參相府被留連，不能勾歸庭院，傳與我萱親莫掛牽。

【前腔】（末）狀元深念北堂萱，料想尊堂憶狀元。泥金先把好音傳，他必定生歡忭，正是一紙家書抵萬錢。

㈠ 万俟：原作『萬侯』，據汲古閣刊本《繡刻荆釵記定本》改。下同改。
㈡ 免：原作『勉』，據汲古閣刊本《繡刻荆釵記定本》改。

（生）平安一紙喜重重，（末）闔宅投呈喜信通。

（生）只恐匆匆説不盡，（末）行人臨發又開封。

第二十一齣　套書

【雙勸酒】（净上）儒冠誤身，一言難盡。爲玉蓮賤人，常懷方寸。若得他配合秦晋，那其間燕爾新婚。

凡人不可貌相，海水不可斗量。誰想王十朋得了頭名狀元，除授饒州僉判。見説万俟丞相招他爲婿，推阻不從。打聽得承局到温州公幹，王十朋教他寄書。我不免在門首等承局來，也交他寄一封回去。

【前腔】（末上）官差限緊，心中愁悶。途路上苦辛，怎辭勞頓。只恐怕誤了公文，那其間有口難分。

（净）足下莫不是承局哥麽？（末）小子正是承局。（净）你認得我麽？（末）有些面善，不知官人上姓。（净）我是温州五馬坊大門樓孫半州便是。（末）孫官人也是温州，與王狀元同鄉。（净）正是。（末）王狀元有書在此，交我稍回去，我纔在他下處取得書在此。（净）元來如此。（末）官人，你在此貴幹？（净）説不得。（末）爲什麽説不得？

【劉潑帽】（净）念我到此求科舉，因不第羞回鄉里。修書欲報娘和父，待浼承局，只怕相推阻。

【前腔】（末）自家雖在京城住，温台路來往極熟。官人若有家書附，休得要躊躕，咱與你稍回去。

（浄）承局哥，既蒙允肯，同到下處寫書與你。（末）如此同行。（浄）這裏便是下處，請坐。（末）不敢。（浄）承局哥，我本待留你喫一杯淡酒，一來没人在此不便當，送一錢銀子與你，自去酒肆中去喫三杯。待我寫完了書，你再來取。（末）多謝！無功蒙厚禄，不敢受。（浄）褻瀆尊前，請收了。（末）如此受了。我去喫了酒，官人你寫完了，我就來取。（浄）我就寫在此。（末下介，浄叫介）孫官人，怎麽又叫我？（浄）我與你説，這個包兒，倘若到酒肆中喫醉了，這包兒放在那裏，不如放在此。喫了酒一發來取。（末）我曉得，你説道我拿了一錢銀子去了，不來取書，拿我包在此做當頭。（介）我便放在此，你不要動，裏面有王狀元的書在裏面。（浄）我生疔瘡也不動。（末）自沽三酌酒，早寫萬金書。（末下。浄吊場）不施心上無窮計，怎得他人一紙書？想承局去遠了，我把包袱開將起來。且喜王狀元書已在此，待我讀一遍。

【一封書】男百拜拜覆，母親尊前妻父母。離膝下到都，一舉成名身掛緑。蒙除授饒州僉判府，待家眷臨京往任所。寄家書，附承局，草草不恭兒拜覆。寫得好！我與他同學，况字跡與我相同。他寫家書，我寫休書，一句改一句。專怪錢貢元不肯將女兒嫁我，今改休書一封回去。且待我改起來。（改介）男百拜拜覆，母親尊前妻父母。正是才人，一句包了一家門。（改）男八拜拜覆，媽媽萱親想萬福。離膝下到都，一舉成名身掛緑。（改）孩兒已掛緑，蒙除授饒州僉判府。（改）僉判饒州爲郡牧，待家小同臨往任所。若不改傷情，怎得玉蓮到手？（改）我娶了万俟丞相女，可使前妻別嫁夫。寄家書，免嗟吁，草草不恭兒拜覆。（改）我到饒州來取汝。

丈二的和尚，只教摸我的頭不着。且放他在包袱裏，如今寫我的。

【清江引】求名未遂，羞歸鄉里，淹滯在京都地。拜覆我爹娘，休把兒牽繫，指日間到家庭，重賀喜。

（末）折梅逢驛使，寄與隴頭人。（浄）我在這裏等你，書已寫完了。你包袱原封不動。這是我的家書，煩老兄帶到五馬坊開典當的才六、七開拆。（末）不須分付。（浄）聊奉白金一兩，以爲路費。（末）多謝厚賜！

【朱奴兒】（浄）因科舉離鄉半春，從別後斷羽絶鱗。今日天教遇你們，趁良使附歸音信。

（合）還歷盡山郭水村，指日到東甌郡。

【前腔】（末）是則是公文限緊，蒙相委怎敢不允？拚十朝與半旬，到宅上備説原因。（合前）

（浄）休憚山高與路長，（末）此書管取到華堂。

（浄）不是一番寒徹骨，（末）争得梅花撲鼻香。

第二十二齣　獲報

【臨江仙】（貼上）凭欄極目天涯遠，那人去遠如天。（旦）鱗鴻何事竟茫然？今春纔又過，何日是歸年？

（貼）春闈催試怕違期，一紙音書絶雁魚。（旦）此去定應攀月桂，拜恩衣錦聽榮除。（貼）自從你丈夫去後，杳無音信回來。（旦）婆婆，想没有便人。（貼）我與你倚門而望。（旦）婆婆請先行，奴家隨後。

【傍妝臺】（貼）意懸懸，倚門終日，望得眼兒穿。自他去京歷鏖戰，杳無一紙信音傳。（旦）多應他在京得中選，因此上無暇修書寄故園。（貼）他既登金榜，怎不錦旋？越教娘心下轉縈牽。

【前腔】（旦）何勞憂慮恁拳拳，且自把愁眉暫展閒消遣。雖眼下人不見，終有日再團圓。（貼）愁只愁他命乖福分淺，又恐怕客邸淹留疾病纏。（旦）死生有命，富貴在天，不須憂慮淚漣漣。

【不是路】（末上）渡口離船，（介）早來到錢家宅院前。咱不免偷閒先下彩雲箋。（貼）甚人言？因何直入咱庭院？（末）爲一舉登科王狀元。（貼）那個王狀元？（末）就是王十朋狀元。（旦、貼）可有書麽？因來便，特令稍帶家書轉。（貼）慚愧，慚愧。喜從人願，喜從人願。

【前腔】（旦）先生，他爲何不整歸鞭？付與你書時説甚言？（末）教傳語，道因參丞相被留連。（旦）婆婆，留連不得回來了。（貼）媳婦，且省憂煎，可備些薄禮酬勞倦。（旦）就把銀釵當酒錢。（貼）物輕鮮，權充路費休辭免。（末）小人公文緊急，不敢久稽，多謝了！去心如箭，去心如箭。（下）

【皂角兒】（貼）想連年時乖運蹇，喜今日姓揚名顯。步蟾宫高攀桂枝，跳龍門首登金殿。把宫花斜插戴，帽簷偏，瓊林宴，勝似登仙。（合）早辭帝輦，榮歸故苑，那時節，夫妻母子，大家歡忭。

【前腔】（旦）想前生曾結分緣，與才郎共成姻眷。喜得他脱白掛緑，怕嫌奴體微名賤。若得他貧相守，富相連，心不變，死而無怨。（合前）

【尾】（外、浄上）鵲聲喧，燈花艷。（末上）老員外、老安人，姐夫中了狀元，有書回來了。（外、浄）果然今有信音傳，整備華堂開玳筵。

親家且喜，我兒且喜。（貼）小兒有書回來，正欲着令愛請親家看書。送上去令尊看。（旦）爹爹，書在此。（外）還送與婆婆開拆。（浄）老員外，你看封皮上寫那個開拆就是了。（外）此書煩附岳父大人親手開拆。

【一封書】男八拜上覆，媽媽萱親想萬福。（旦）此書起句就差了。兒子寫書與母親，頓首百拜須是，怎麽只寫八拜？（外）便是，孩兒。（浄）不差，正是八拜。親家兩拜；我也是兩拜；夫妻之情，也是兩拜，湊成八拜。（旦）此書不是有才學人寫的。既稱媽媽，又是萱親。萱親就是媽媽，媽媽就是萱親。一人到有兩樣稱呼？（浄）正是有才學的人寫的，媽媽是我，萱親是你的婆婆。（外）孩兒已掛緑，僉判饒州爲郡牧。（浄）怎麽叫掛緑？（外）做了官，便是掛緑。親家，且喜賢婿做了官了。（浄）親家，我這兩隻眼，就是識寶的回回。我説道：王官人兩耳垂肩，定做朝官；鼻如截筒，一世不窮。我説也不曾説？（外）説來，説來。（浄）説我親家朧朧矇矇，定做奶奶。看我女兒嬝娜娉婷，定做夫人。我説也不曾説？（外）説來，説來。（旦）爹爹，僉判是佐貳官，郡牧是正堂官，如何一人到做兩樣官？（浄）我兒你不曉得，這是饒的。（外）官也有得饒？（浄）你再念。（外）僉判饒。（浄）恰又來，僉判是饒。（外）饒州是地方。（浄）你不曾説出州字來。（外）不要多説，待我再念。我娶了万俟丞相女，可使前妻別嫁夫。（旦）爹爹，這書有頭無尾，不要看了。（外）這是没志氣人寫的，不要看了。（浄）大凡幹事，都要幹了。若不了當，你也不快活，我也不快活。（外）也罷，待我看了。寄休書，免嗟吁，我到饒州來取汝。（浄）老賊招得好女婿！賤人嫁得好老公！我一了説他娘兒兩個，腦後見腮，定是無義之人。可可的信了我的嘴。（外）起初説他許多好，如今又説他不好。（浄）我要他好便好，要他不好便不好。（外）我這賢婿，决無此情。（貼）親家媽，我孩兒不是忘恩負義的人。（浄）窮了八萬年的王敗落，快走出去！

【剔銀燈】（貼）親家母不須怒起，容老身一言咨啓。我孩兒頗頗識法理，肯貪榮忘恩失義？須知天不可欺，决不肯停妻娶妻。

【前腔】（浄）忘恩義窮酸餓鬼，纔及第輒敢無理。只因我賤人不度己，教娘受腌臢惡氣。他今日却元來負你。呸！羞殺了丫頭面皮。

【前腔】（旦）書中句全無禮體，竟不審其中詳細。葫蘆提便説他不是，駡得我無言抵對。娘，休疑説閒是非，决不肯將奴負虧。

【前腔】（外）媽媽且回嗔做喜，我孩兒不須垂淚。終不然爲着家書至，將好意番成惡意。娘兒休辯是非，真和假三日後便知。

（外）一紙家書未必真，（浄）思量情理轉生嗔。

（貼）霸王空有重瞳目，（合）有眼何曾識好人？

（下。浄吊場）李成那裏？你來，你來。（末上）老安人爲何嚷亂？（浄）不好了，你姐夫贅在万俟丞相府中做了女婿了。（末）敢没有此事！（浄）怎麽没有此事？休書寫了家來了。（末）老安人不要惱，待我與老員外同到街坊上問個實信。（浄）你同老員外打聽消息，没有這樣的事情便好。你若不打聽得真信回來，不要見我的面。

第二十三齣　覓真

（末上）萬事不由人計較，一生都是命安排。王秀才把荆釵爲定，如何便得成親？只因小娘子不從孫宅，老安人忿性，把他嫁了王秀才。結親之後，上京應舉，至今不回來。説道得了頭名狀元，入贅万俟丞相府中，交娘離了媳婦，因此僝僽攪惱。今日老員外出去，體問虚實，未知若何，只得在此等候。

【普賢歌】（外上）書中語句有差訛，致使娘兒絮刮多。真僞怎定奪，是非争奈何？尺水番成一丈波。

（末）老員外回來了。（外）李成，我今日出去，體問王秀才消息，未知端的。我與你同到妹子家去走一遭。（末）小人同去，轉灣抹角，此間便是。（叫介）

【前腔】（丑上）奴奴方始念彌陀，忽聽堂前誰叫我。偷睛把眼睃，却是我哥哥。阿三，快把柴來燒焰火。

（末）媽媽，燒焰火怎麽？（丑）你不曉得，客來看火色，没茶也過得。（末）這等雖無焰頭，且是熱鬧。（丑）哥哥，入門不問榮枯事，觀察容顔便得知。哥哥有何緣故，眉頭不展，面帶憂容？（外）妹子，説不得。（丑）哥哥但説不妨。

【蠻牌令】（外）兒婿往京畿，前日附書回。道重婚丞相女，使母棄前妻。我兒道非夫寫的，你嫂嫂怒從心起。真和假俱未知，爲此特來詢問詳細。他在京必知事體，問他音信，便知端的。（外）無由去他宅裏，你可令人請來問個詳細。（淨上）日裏莫説人，夜裏莫説鬼。方纔説小子，小子便來至。（末）未相請，誰來報你？（淨）我在戲房中聽得。（末）這科諢休要提，且與東人相見施禮。

【前腔】（丑）哥哥聽咨啓，不必恁憂疑。我鄰居孫官人，赴選近回歸。（淨見介）媽媽，此位是誰？（丑）這是我的哥哥。（淨）元來是你令兄，正是『有眼不識泰山』。小子前番求親，不蒙允肯。（外）非是不從，乃是姻緣不到。（淨）令婿得了頭名狀元，除授饒州僉判，曾有書回麽？（外背云）且住，我只説道没有書回。（介）不曾有書回來。（淨背云）怎麽没有書回來？且將錯就錯，且説與他知道。（介）可知道没有書回來，他在万俟丞相府中做了女婿了。（外）足下如何知道？（淨）我與他赴試，如何不知？（丑）此事實麽？（淨）小子親眼見他，如何不實？（丑）實不相瞞，前日有一個承局遞書回來。（淨）怎麽説的？（丑）哥哥正在狐疑之間，足下親見，此事實了。（淨）可知道小子最老實的，不敢説謊。（丑）王十朋負義的賊。（淨）我説道被他負了。

【川撥棹】我當初問親，你們不聽允，到今日被他負恩。（外）當初是我忒好意，誰想他忘了本？

【前腔】（淨）咱心裏願續此親。（外）貧窮老漢，没福分攀豪俊。（淨）休恁言辭謙遜，我先拜了尊丈人。

（末插科）正是『不來親者强來親』。（丑）若不嫌棄，仍舊老身作媒。[一]（淨）如蒙允肯，事不宜遲，小子今日送財禮，明日就要成親。（丑）孫官人，你送什麽財禮？（淨）我送黄金一百兩，段子一百匹，胡羊、寶鈔、好酒，都是一般送。（丑）既停當了，便回去安排禮物送來。（淨）如此，小子告退。帽兒光光，好做新郎。分付鄰舍，與我暖房。（末）便見熱鬧。（淨）正是：人心金石堅相似，花有重開月有圓。（先下。外吊場）妹子，雖然如此，不知我的婆婆意下如何？（丑）不妨，待我去與嫂嫂説。

【生姜芽】（外）從他往京畿，兩月餘。一心指望登科第，回鄉里，忍捨得輕辜負？相門重贅多嬌女，不思量撇下荆釵婦。（合）棄舊憐新小人儒，虧心折盡平生福。

【前腔】（丑）畜生反面目，太心毒。忘恩負義難容恕，真堪惡！且放懷，休疑慮。他既貪圖榮貴重婚娶，咱這裏别選收花主。（合前）

【前腔】（末）恩東免嗟吁，且聽覆。言清行濁心貪污，違法度，恩和義，都不顧。半載夫妻曾廝聚，一時間却把嬋娟誤。（合前）

（外）骨肉參商淚滿襟，（丑）哥哥不必再沉吟。

[一] 老身：原作『妙員』，據《李卓吾先生批評古本荆釵記》改。

(末)人情若比初相識，(合)到老終無怨恨心。

第二十四齣　大逼

【字字雙】(浄上)試官没眼他及第，得志。戀着相府多榮貴，入贅。不思貧窘棄前妻，忘義。叵耐窮酸太無知，嘔氣。

黄柏肚皮甘草口，才人相貌畜生心。叵耐辜恩負義賊，棄舊憐新，入贅万俟丞相府中了。前日寄書回來，教母親離了媳婦。這氣如何忍得？我家老賊兒今早出去，體問消息，未知若何。待回來，便知分曉。

【玉胞肚】(外上)讀書豪俊，忍撇下歐城故人。(丑上)負心賊有才實無信，纔及第，棄舊憐新。(合)他貪奢戀侈，實丕丕使不仁，行短天教一世貧。

(外)只因差一着，滿盤都是空。(浄)老兒，體問消息如何了？(外)一言難盡。(浄)怎麽説？(丑)好教嫂嫂知道，恰纔哥哥到我家中，説那王秀才的情節未盡，恰好孫官人近日在京回來，正好到我家中探望。我將此事問他，真個贅在万俟丞相府中了。言語并不差池。(浄)實也不實？(丑)怎麽不實！

(浄)我説道，老賊不聽我説，你做得好事！

【漿水令】你當初不由我們，却元來被他負恩。(外)世間誰是預知人，何須鬬口與我相爭？

(丑)都忍耐，莫解分，家必自毀令人哂。(合)尋思起教人氣忿，誰知道，誰知道恁般不仁？

【前腔】(丑)那孫官人來説事因，他依然要願續此親。(淨)那人果不棄寒門，教他選日下定成親。(外)聽伊言，心自忖，只恐我兒不從順。(合前)

(淨)姑娘，既然孫官人果有此心，事不宜遲。(丑)便是。他今日送財禮，明日就成親。(淨)若如此甚好。(丑)我便去報與他知道，教哥哥便去對玉蓮説，教他整備成親。(外)我難對他説，你們自去與他説。(淨)姑娘，待我自與玉蓮説，你二人自回去。(介)情到不堪回首處，一齊分付與東風。(外、丑先下。淨)且叫玉蓮與他説，肯嫁孫家，房奩首飾，件件與他。若不肯時，頭上剥到脚下，打他半死，不怕不從。玉蓮！

【金蕉葉】(旦上)奈何奈何，信讒言母親怪我，尺水番成一丈波。天那！是何人暗地裏調唆？

(見介。淨)孩兒，早知今日，悔不當初。早依我説，不見如此。你爹爹出去體問你丈夫消息，委實贅在万俟丞相府中了。你爹爹説道：他那裏重婚，我這裏改嫁。因此將你許了孫家了。你可梳妝整備。(旦)母親差矣，王秀才是賢良儒士，未必辜恩負義。玉蓮是貞潔婦人，焉敢再嫁？他果然重婚相府，奴家情願在家守節。(淨)什麽守節？要知山下路，須問過來人。我當時若守得定時，爲何又嫁你老子？『守節』二字，只好口説，一個時辰也熬不得的。(旦)母親，此乃傷風化之言，不須提起。(淨)我兒，今番斷不由你了，依了娘説，我與你母子相親。再若不從，朝一頓，暮一頓，打得你黄腫成病。教你湯不得喫，水不得進。嫁不嫁，今日還我個明白！

【孝順歌】孫員外家富足，他們有的是金共玉。你一心嫁寒儒，緣何棄撇汝？（旦）容奴禀覆，未必兒夫將奴辜負。那一個横死賊徒，忒兀自生疾妒？（浄）這紙書你重看取，明寫着贅相府。

【前腔】（旦）書中句都是虚，没來由認真閒氣蠱。他曾讀聖賢書，如何損名譽？（浄）你這腌臢蠢物，他棄舊憐新，情如朝露。你兀自不改前非，又敢來胡推阻。（旦）富與貴，人所欲。論人倫焉敢把名污？

【前腔】（浄）他登高第身掛緑，侯門贅居諧鳳侶。（旦）他爲官理民庶，必然守法度，豈肯停妻再娶？（浄）他負義辜恩，一籌不數。你因甚苦死執迷，不聽娘言語？（旦）空自説要改嫁奴，寧可剪下髮做尼姑！（浄打旦介）

【前腔】賊潑賤敢抵觸，告官司拷打你不孝婦！（旦）官司要厚風俗，終不然勒奴再嫁夫。（浄）抵觸得我好！（旦）非奴抵觸。（浄）惱得娘心頭騰騰發怒，便打死你這丫頭，罪不及重婚母。（旦）打死了奴，做個節孝婦。若要奴再招夫，直待石爛與海枯。

（浄）賤人，石頭怎得爛？海水怎得枯？你敢説三個不嫁麽？（旦）不嫁，不嫁，只是不嫁！（浄）好回得停當！我要你嫁孫家，一片好心，你到反爲不美。罷！罷！自從今日，脱下衣服首飾還我，與你三條門路：刀上死也得，水裏死也得，繩上死也得，只憑你。肯嫁孫家，進我門來；不肯嫁，好好走出去。

（旦）萱親息怒且相容，（浄）母命如何不聽從？

（旦）休想門闌多喜慶，（浄）管教女婿近乘龍！

（浄下。旦吊場）自古道：『忠臣不事二君，烈女不更二夫。』焉肯再事他人？母親逼奴改嫁，不容推阻，如之奈何？千休萬休，不如死休。倘若落在他圈套，不如將身喪江中，免得玷辱此身，以表貞潔。

【五更轉】心痛苦，難分訴。丈夫！一從往帝都，終朝望你諧夫婦。誰想今朝，拆散中途。我母親信讒言，將奴誤。娘呵！你一心貪戀，貪戀他豪富，把禮義綱常全然不顧。母親，你今日聽信假書，逼奴改嫁，此事决然不可！

【前腔】奴哽咽，難移步，不想堂前有老姑。婆婆，奴家今日撇了你去。千愁萬怨，休怨兒媳婦，也不是你孩兒將奴辜負。婆婆，奴家若不改嫁，又不投江，恐母親逼勒奴生嗔怒。罷！罷！賢愚壽夭天之數，拚死黄泉，丈夫！不把你清名辱污。

【滿江紅】拚此身來，早去跳江心，撈明月。（下）

古本荆釵記上卷終

古本荆釵記卷下

第二十五齣　發水

（末上）温州棠樹緑陰濃，今佐閒優鎮國東。海甸圻墻千里外，蓬萊官賜五雲中。春回畫省苗陰合，雨過青林荔子紅。莫倚凡情宫内重，回來方岳拜三公。吾乃錢安撫衙裏親隨。我本官前任是温州府太守，今蒙聖恩除授福建安撫，欲去之任，今日就在此江心渡口上船。明日侵早開港出洋。行李俱已完備，夫人與家眷都上舟了，惟我相公府裏辭官便來。恐有分付，男女只得在此等候。

【粉蝶兒】（外上）一片襟期，清似五湖秋水，喜聲名上達丹墀。感皇恩，蒙聖寵，遷除福地。秉忠心肅清奸弊。

下官遠離北地，來任東甌。紫綬金章，官閒五馬，擢居太守之尊；朱幡皂蓋，守鎮三山，陞爲安撫之職。才兼文武雙全，德化軍民兩益。行李未曾離浙左，聲名先已到閩南。（净上）永嘉縣縣丞遞人夫手本。（外）取上來，多了。（淨）不多。兩隻船，一百七十人夫，不多。（外）起去伺候，左右何在？（末）頻聽指揮黄閣下，忽聞呼喚畫堂前。覆相公，有何使令？（外）與我喚船家來分付他。（末叫介）

【山歌】（丑上）做稍公，做稍公，起椿開船便拔篷。相公要往福州去，願天起陣好順風。

（末）好好，説得利市。（外）稍子，明早開船。（丑）明早賽神好開船。（外）合用物件説將來。（丑道科介。外）你且聽我説，夜來寢睡之間，忽有神人囑付言語，説有節婦投江，使吾撈救。又道此婦人與吾有義女之分，汝等駕幾隻小船，沿江巡哨，不拘男婦，撈救得時，重重賞你。（衆）領鈞旨。

【鏵鍬兒】（外）乘桴浮海非吾願，算來人被利名牽。登舟過福建，須要防危慮險。（合）明早動船，開洋過淺，願陣好風，吉去善轉。

【前腔】（丑）撑船道業雖微賤，水晶宫裏活神仙。鋪蓋且柔軟，簑衣篔眠。（合前）

（外）今朝船上且淹宵，（末）來早江頭看落潮。
（丑）撑駕小舟歸大海，（合）這回不怕浪頭高。

第二十六齣　投江

【梧葉兒】（旦上）遭折挫，受禁持，不由人不淚垂。無由洗恨，無由遠耻。事臨危，拚死在黄泉作怨鬼。

自古道：『河狹水緊，人急計生。』來到江頭了也。天那，夫承寵渥，九重仙闕拜龍顔；妾受淒凉，一紙詐書分鳳侶。富室强謀娶婦，惑亂人倫；萱堂怒逼成親，毁傷風化。妾豈肯從新而棄舊？焉能反正以從邪？争如就死忘生，不可辜恩負義。一怕損夫之行，二恐誤妾之名，三慮玷辱宗風，四恐乖違婦道。惟存節志，不爲邀名。拴原聘之荆釵，永隨身伴；脱所穿之繡履，遺棄江邊。妾雖不能效引刀斷鼻朱妙英，却慕取抱石投江浣紗女。

【香羅帶】一從别了夫，朝思暮苦。寄來書道贅居丞相府。母親和姑媽逼勒奴也，改嫁孫郎婦。奴豈肯再招夫？萱堂苦苦責打奴，只得拚死在黄泉路，免得把清名來辱污。

【胡搗練】傷風化，亂綱常，萱親逼嫁富家郎。若把身名辱污了，不如一命喪長江。（投江科。丑上救旦下）

【五供養】（外上）餐風宿水，海舟中多少憂危。終宵魂夢裏，似神迷。披衣强起，玉宇清高如洗。江風緊，海潮回，側聽鄰岸曉鷄啼。

人平不語，水平不流。叫稍水，什麽人？

【山歌】（丑上）夜行船裏撈救一枝花，五更轉説天净紗。脱布衫跳下江兒水，一隻紅繡鞋失落在浣溪沙。

稟老爺：夜至五更前後，有一婦人投水，小的撈救在船。（外）果有一婦人，寧可信其有，不可信其無。

快請夫人出來，一壁廂把投水婦人换了衣服帶過來。

【菊花新】（夫上）日上三竿猶未起，聞呼未審何因？（外）夜來有一婦人投江，稍手救得在小船上。夫人，你把些乾衣服與他换了濕的。請來見我。（請介）

【糖多令】（旦上）無奈禍臨頭，今朝拚死休。如痴似醉任飄流，不想舟人撈救。我身出醜，臉慚羞。（見介。外）婦人，我且問你，你是何等人家兒女？因何投水？投水必有緣故。

【玉交枝】（旦）容奴伸訴。（外）你在那裏住居？（旦）念妾在雙門住居。（外）姓甚名誰？（旦）玉蓮姓錢儒家女。（外）原來與我同姓。你曾嫁人麽？（旦）年時獲配鴛侶。（外）既有丈夫，丈夫姓甚名誰？在家、出外？（旦）王十朋是夫出應舉。（外）且住。王十朋是你丈夫，他得中了頭名狀元，有書回來麽？（旦）數日前有傳尺素。（外）既有書來，爲何投水？（旦）因此書骨肉間阻，因此書唧冤負屈。（外）書中必有緣故。

【前腔】（旦）書中緣故，道休妻重婚在相府。（外）他是讀書人，豈肯違法度？我曉得了，莫不是朋黨嫉妒？（旦）萱親信聽讒詐書，逼奴改嫁孫郎婦。（外）怎麽不從母命？（旦）論貞潔不更二夫，奴焉敢傷風敗俗？

（外）元來是王狀元的貞烈夫人，快請起來。

【前腔】聽他言語，論貞潔他人怎比？思量我也難留你，左右叫舟子，不如送還伊父。（旦）若還送奴歸故里，不如早喪黄泉路，到顯得名傳萬古，盡教他前婚後娶。

【前腔】（外）不須憂慮，且帶你同臨任所。修書遣人饒州去，管教你夫婦重會。（旦）若還這般週濟奴，猶如久旱逢甘雨，便是妾重生父母。望公相與奴做主。

（外）既然如此，不肯回去。我不是別人，乃是前任本府太守。今蒙聖恩除授福建安撫，即日將帶家小之任。你丈夫既爲饒州僉判，與福建相隔不遠。你如今不肯回去，就在我船上，與我老夫人同臨任所。我想起來，一路上怎麽稱叫？他也姓錢，我也姓錢，你拜我爲義父。到任所修一封書，差人到饒州報與你丈夫知道，交他娶你去。夫婦重會，缺月再圓。心下如何？（旦背云）若無鈎眷在船，事有可疑。既有鈎眷在船，去也無妨。只是撇了婆婆，於理不當。（介）若得老相公如此周全，重生父母，再養爹娘。（外）將酒來，遞了我的酒。（介）梅香、左右，都要稱小姐。

【黄鶯兒】（旦）公相望垂憐，感夫人意非淺。又蒙結拜爲姻眷，恩德萬千，何日報全？願公相早登八位三台顯。（合）淚漣漣，雙親遠别，重得遇椿萱。

【前腔】（外）不必淚漣漣，這相逢非偶然。同臨任所爲姻眷，聊附寸箋，饒州報傳，管教你夫婦重相見。（合）免憂煎，夫妻有日，重得遇椿萱。

【前腔】（夫）天賜這姻緣，喜他們也姓錢，同臨任所作宛轉。明日動船，開洋過淺，願一陣好風，急去登福建。（合前）

【前腔】（旦）溺水自心酸，我婆婆苦萬千，堂前繼母心不善。兒夫去遠，家尊老年，何日得見王僉判？（合前）

（外）夫妻憂慮各西東，（夫）會合今朝喜氣濃。

（旦）一葉浮萍歸大海，（合）人生何處不相逢。

第二十七齣 憶母

【喜遷鶯】（生上）從別家鄉，期逼春幃，催赴科場。鵬程展翅，蟾宫折桂，幸喜名標金榜。旅邸憶念，孤鸞幽室，萱花高堂。魚雁杳，信音稀，使人日夜思想。

人在東歐，身淹上苑，望中山色空迷眼。終朝旅思嘆蕭條，高堂親鬢愁衰短。秦嶺雲横，藍關雪漫，潮陽未到魂先斷。春歸花落久栖遲，愁深那覺時光换。

【雁魚錦】長安四月花正飛，見殘紅萬片皆愁淚。何苦被利禄成抛棄，如今把孤身旅泊天涯。意懸懸止不住思維，音書曾有回，只怕他望帝都欲赴愁迢遞。望目斷故園，知他知也未？

【前腔換頭】當時，痛别慈幃，論奉親行孝也索懷不寐。年華有幾，縱然是百歲如奔騎。論早晚須問起居，論寒暑須當護持，論供養要甘肥。因赴舉，把蘋蘩饋托與我妻，知他看承處怎的？俺這裏對青山，望白雲，鎮日瞻親舍。他那裏翹白首，看紅日，終朝憶帝畿。

【前腔換頭】嗟吁，鳳别鸞離，怎如得儔鶯偶燕時相聚？悽楚寒窗，寂寞旅况。閃殺當時，甘效于飛。孤燈夜雨，溜聲不斷，却把寸心滴碎。只爲那釵荆裙布妻難棄，總有紫閣香閨人怎迷？

【前腔換頭】猛思，那日臨行際，蒙岳丈惜伊玉樹，兼愛我寒枝。念行囊空虚，欣然便週全助路資。召共居，感此義山恩海深難棄。細躊躕，甚日酬取？教我怎生忘渠？但願得一家到此沾禄養，也顯得半子從今展孝私。

【前腔換頭】論科舉，本圖看春風杏枝，玉馬驟香衢。豈知他陷我在瘴嶺烟區？愁只愁身歸鳳池，恨只恨鸞生鴛侶。人不見，氣長吁，只爲蠅頭蝸角微名利，致使地北天南怨别離。

左右過來。（丑上）廳上一呼，階下百諾。相公有何指揮？（生）前日寄書回去，接取老夫人并家眷來此同赴任所。經今日久，將次來到，你可到十里長亭侍候迎接，不得有違。（丑）如此便去。（下）

（生）家鄉千里隔相思，目斷歐城人到遲。
旅邸難禁長日静，魂消幾度夕陽時。

第二十八齣　哭鞋

【梧葉兒】（貼上）兒媳婦哭啼啼，昨夜三更出繡幃。今早起來没尋處，使我無把臂。一重愁番做兩重悲，使我淚偷垂。

天有不測風雲，人有旦夕禍福。我媳婦被逼嫁不從，哭了一夜，今早不知那裏去了？（末上）莫取非常樂，須防不測憂。老安人，不好了，小人到江邊去訪問，見許多人説我小姐投江死了，拾得繡鞋在此。

（貼）呀！果是我媳婦的，痛殺我也！

【山坡羊】（貼）撇得我不尷不尬，閃得我無聊無賴。親家，你一霎時認真，逼他去投江海，怎佈擺？禍從天上來。你嫡親父母尚且不遮蓋，反將他諧老夫妻生打開。（合）哀哉，撲簌簌淚滿腮。傷懷，生擦擦痛怎捱！

（外、淨上）隔墻須有耳，窗外豈無人？親家爲何啼哭？（貼）親家，不好了，我的媳婦投江死了。

（外）怎麽曉得？（貼）見有繡鞋在此。（外哭倒介）

【前腔】兒那，不念我年華高邁，不念我形衰力敗，不念我無人養老，不念我絶宗派。我想這樁事不是别人，都是你老禍胎，受了孫家婚聘財，逼得他啣冤負屈投江海。親家，我有一搭地，指望令郎與小女把我兩塊老骨頭埋葬。不想令郎又贅在相府，不得回來，小女又投江死了，我好命苦！閃得我有地無人築墓臺。（合）哀哉，撲簌簌淚滿腮；傷懷，生擦擦痛怎捱？

（浄）親家，你令郎贅在相府，做了女婿，我女又投江死了。如今與你没相干了，寺裏官音請出。（外）我的女兒肉尚未冷，你就趕他出去？（浄）你兩個做了一家，我出去了罷。（外）親家，你聽那老不賢，在這裏與他難相處，莫若到京見令郎。不知意下如何？（貼）老身正欲如此。耐我身伴無人，怎生去得？（外）我着李成送親家前去。（浄）我自要他，去不得。（外）誰要你多言！（貼）親家，老身不識進退，有一言相懇。（外）親家但説不妨。（貼）欲往江邊祭奠，以表婦姑之情。（外）可憐，不勞親家費心，李成今晚整備祭禮，等候王老安人祭奠。（貼）親家，老身就此拜别。

【勝如花】（貼）辭親去，别淚零，豈料登山驀嶺。只因人遞簡傳書，教娘離鄉背井，未知道何日歡慶？（合）愁只愁一程兩程，况未聞長亭短亭。暮止朝行，趲長途曲徑，休辭憚跋涉奔競。願身安早到京城，願身安早到京城。

【前腔】（外）我爲絶宗派，結婚姻，指望一牢永定。誰知他又贅在侯門，今日番成畫餅，辜負了田園荒徑。（合前）

【前腔】（浄）他家鍋中米没半升，去戀着豪門，不思舊親。到於今一旦身榮，撇却糟糠布荆，短行處交人怒冲。（合前）

（外）李成，你送王老安人到京，面會王狀元，即便回來。（末）男女理會得。

【前腔】（末）蒙員外分付情，對狀元一訴明，幸喜得日暖風恬，相送起程，傷目兮桑榆暮景。（合前）

生離死別痛無加，路上行人莫嘆嗟。
花正開時遭雨打，月當明處被雲遮。

第二十九齣　搶親

（淨上）莫信直中直，須防仁不仁。我本等是一場美意，不想這丫頭行此拙路。老員外止生這女兒，今被他日夜啼哭，教我怎麼過得日子？如今送親家去了，這一回來，教我躲在那裏？躲在這裏罷。（外上）有這等事？一個好人家，都被那老不賢弄壞了。雖是王十朋贅在相府，未審虛實。今日也逼孩兒改嫁，明日也逼孩兒改嫁，受不過凌辱，忿氣投江身死。（介）你那裏去？老潑婦，如今走在天上去？（淨）老員外，不要惱。要打便打，要罵便罵，我跪在這裏了。（外）老潑婦，誰教你逼死了我兒？我也不要你了。（淨）我也只要他做好人，後邊靠他，誰想女兒認真苦惱。你若趕我出去，那個要我？（外）鄰舍人家去。（淨）十家鄰舍九家斷，那裏去得？（外）親友人家去。（淨）平昔没有盤盒來往，做人不好，也去不得。（外）和尚寺裏去。（淨）屈嫁和尚是好惹的，我去也罷，怕被人笑話你。（外）原來没處去。

【憶虎序】（外）當初娶汝，（净）正是大盤大盒娶的。（外）指望生男育女。（净）你到説我没用？你頭未上床，脚先睡了，那個没用？依了我，十個還養得出哩！（外）老潑婦，今日也與我孩兒嚷亂，明日也與我孩兒嚷亂，逼勒我孩兒投江身死。（净）他自壽命短促，自家死的，與我甚麼相干？（外）我寫狀經官，經官呈告你。（净）告我得何罪？（外）告你是不賢婦，薄倖妻，若到官司，打你皮綻肉飛。

（净）當初是我不合討了他的便宜。如今我就下他一個禮，也没人笑我。

【前腔】（净）我當初嫁你，也是明媒正娶，又不暗地裏偷情，强來隨你。相隨百步，尚有徘徊之意。免告官司，免告官司，和你團圓到底。

（外）起去。（净）嗄！他被我一哭，心就軟了。（外）我趕他出去，被人笑話。過來。（净）嗄！（外）留你在家，要依我三件事。（净）勿要説三件，十件也依你。（外）第一件事，我與人講話，不要你多嘴。（净）若有我的説話，添這等一句兒。（外）第二件，不要與我同喫飯。（净）我自有王帝喫，那個要與你同喫。（外）那個王帝？（净）竈君王帝。你也要依我三件事。（外）那三件？（净）魚乾酸湯白米飯，喫飽了朝也嗒，暮也嗒，養還你班稍抉。（下。外吊）禍福無門，唯人自召。我那老不賢聽信讒書，接了孫家財禮，逼令女兒改嫁，只因受逼不過，已自投江死了。况孫家是個無籍之徒，必來我家打鬧。我更年老力弱，難以抵對，如何是好？

【梨花兒】（丑上）侄女許了孫汝權，受他財禮千千貫。今日成親多喜歡，嗏！姑娘只要長長段。

呀！哥哥，今日嫁女吉日，因何在此愁悶？（外哭介）都是你害我女兒投江死了，還要説！（丑）真個好苦！（外）你且不要哭，這孫家事怎生回他？（丑）人既死了，終不然捻一個與他。若没有人，拚得還他財禮便了。若説不來，財禮也不要還他，更又賴他。（外）賴他什麽？（丑）賴他倚恃豪富，威逼成親，以致我女身死。（外）這都是你生出來許多事端，我不管，你自去回他。（丑）哥哥，孫汝權不是好人，怎肯罷休？我有一計在此，將幾件衣服與我穿了，哄上轎去。我到他家裏，與他説話便了。（外）既如此，我自進去。正是：野花不種年年有，煩惱無根日日生。（下）

【前腔】（淨、衆上）今日娶親諧鳳鸞，不知何故來遲緩？莫非他人生異端？嗏！須知人亂法不亂。

（丑）孫相公來了麽？（淨）張姑媽，快請新人上轎，我在此親迎。（丑）曉得了，分付衆人在青龍頭轉一轉。（淨分付，衆轉介）禮人，與我快請新人。（請介，丑帶兜頭哭上介，轉介。淨）禮人，拜了家廟就結親。（唱禮介，拜介。揭蓋譚）好也，好也！你受了我的財禮，藏了侄女，賴我親事。（丑）我不是騙你，我侄女已投江死，拚得還你財禮，大家罷休。（淨）一倍還我十倍，我也只要老婆。（丑）呸！小鬼頭兒，你倚恃豪富，威逼我侄女投水已身死，你要怎的？（淨）這潑皮到來誣賴我。

【恁麻郎】（净）我告你局騙人財禮。（丑）我告你威逼人投水。（净）怎誤我白羅帕見喜？（丑）悶得他黃泉做鬼。（末）息怒威，寧耐取。（净）休想我輕輕放過你！（丑）我怕你强横小賊驢！（净）我那怕你腌臢臭髓！（末）算從來男不和女敵，自古道窮不共富理。（丑）打你嘴。（净）踢你的腿。（末）須虧了中間相勸的。（丑）這事情天知地知。（净）這見識心黑又意黑。（末）怎辨别他虚你實，也難明他非你是。（净）不放你。（丑）不放你。（末）自古饒人不是痴。

（净）你藏了女兒，誣賴人命，若見了尸首，萬事俱休；不見尸首，教你粉碎。

（净）㈠窩藏侄女忒無知，（丑）威逼成親事豈宜？

（净）好手中間逞好手，（丑）喫拳須記打拳時。

第三十齣　祭江

【風馬兒】（貼上）柳拂征衣露未央，可憐年邁往他鄉。（末）謾自殷勤設奠，血淚灑長江。

（貼）渺渺茫茫浪潑天，可憐辜負你青年。（末）小姐，你清名須并浣紗女，白髮親姑誰可憐？（末），正

㈠（净）：原闕，據《李卓吾先生批評古本荊釵記》補。

在此處拾的繡鞋。（貼）就此擺下祭禮。

【綿搭絮】（貼）尋踪覓跡到江邊。李成舅，可曾帶得香來？（末）小人不曾帶得。（貼）我那兒，只一塊香没福受用。苦！只得撮土爲香，禮雖微，表姑情意堅。望靈魂暫且聽言：指望松蘿相倚，誰想你抱石含冤？這也不要埋怨你丈夫，都是你的親娘把乘龍女婿嫌。

【憶多嬌】（末）愁哽咽，情慘切，萱堂苦逼中道絶，暮憶朝思難訴説。（合）喪溺江心，喪溺江心，永遠傳揚孝烈。

（貼）我那媳婦的兒，我有半年糧食，也不得到你家來。

【綿搭絮】（貼）只爲家貧無倚，在他閆閣。是你的兒夫去經年，杳没音信傳。是你的繼母呵，信讒言，鎮日熬煎，熬煎得你抱屈含冤。我那兒，撇得我無倚無依。你帶我的孝纔是順理。今日呵，反披麻哭少年！

【憶多嬌】（末）心痛惜，情慘戚，將身赴江學抱石。可憐夫婦鸞鳳拆。（合）即日登程，即日登程，渺渺音容遠隔。

（末）老安人，不須啼哭，趲行前去。

【風入松】（貼）嘆連年貧苦未逢時，誰想一旦分離？我孩兒自别求科舉，怎知道妻房溺水？但説來又恐驚駭我兒，决不可與他知。（末）安人不必恁憂慮，且聽男女咨啓。只説狀元催逼起，先令我送安人來至。那其間方説就裏，決不要使驚疑。

【急三鎗】（貼）痛易情難訴！　痛易情難訴！　常思憶，常憂慮，心戚戚，淚如珠。（末）且自登程去，且自登程去，休思憶，休憂慮，途路上，免嗟吁。

【風入松】（貼）如何教我免嗟吁？　我這老景憑誰？　年華老邁難移步，旦夕間有誰來温顧？　恨只恨他們繼母，逼他嫁死得最無辜。（末）果然死得最無辜，論貞潔真無。姻緣契合從今古，拆散了夫妻皆天數。漫騰騰洛陽近也，今且喜到京都。

萬里關山去路長，可憐年邁往他鄉。
江邊不敢高聲哭，恐怕猿聞也斷腸。

第三十一齣　見母

【夜行船】（生上）一幅鸞箋飛報喜，垂白母料已知之。日漸過期，人何不至？　心下轉添縈繫。

雁塔題名感聖恩，便鴻昨已寄佳音。思親目斷雲山外，縹緲鄉關多白雲。下官前日修書，附承局帶回，請取家小，同臨任所。一去許久，不見到來，使我常懷憂念。正是：　雖無千丈綫，萬里繫人心。

【前引】（貼上）死别生離辭故里，經歷盡萬種孤恓。（末上）昨過村莊，今入城市，深感老天垂庇。

（貼）這裏是那裏了？（末）京師地面了。（貼）聞説京師錦繡邦，果然風景異他鄉。（末）紅樓翠館笙歌沸，柳陌花街蘭麝香。（貼）李成舅，你曉得狀元行寓在何處？（末）小人一路打聽，行館就在四牌坊。老安人把孝頭繩收藏了，(一)謾謾説也未遲。（貼）這也説得有理。（末）牌子，這裏可是王狀元行館麽？（浄）這裏就是。（末）通報家裏有人在此。（浄）禀老爺，家裏有人在外。（生）着他進來！（末）老爺，李成磕頭。（生）起來。老安人、小姐來了？（末）來了。（生接，背問末介）小姐爲何不見？（末）後面來了。（生）母親請坐，孩兒拜見。一路風霜，久缺甘旨，恕孩兒不孝之罪。（貼）兒，你在此一向好麽？（生）母親聽禀：

【刮鼓令】（生）從別後到京，慮萱親當暮景。幸喜得今朝重會，娘，又緣何愁悶縈？李成舅，莫不是我家荆，看承母親不志誠？（末）小姐且是盡心侍奉。（生）我的娘，分明説與倇兒聽，你媳婦呵，怎生不與共登程？

【前腔】（貼）心中自三省，轉教人愁悶增。你媳婦多灾多病，況親家兩鬢星，家務事要支撑，教他怎生離鄉背井？爲你饒州之任恐留停，兒，你岳丈先令人，送我到京城。

(一) 繩：原闕，據後文補。

（生）母親言語不明，李成舅，你備細説與我知道。

【前腔】（末）當初待起程，（生）正要問你起程，小姐怎麽不來？（末）到臨期成畫餅。（生）母親，李成舅説甚麽畫餅？（末背）若説起投江一事，恐唬得恩官心戰驚。（生）李成舅，説甚麽驚字？（末）是有個經字，小姐呵！途路上少曾經，當不得許多高山峻嶺，餐風水怕勞形。（生）老安人也來了，他到來不得？（末）便是小姐有病體，老員外呵，因此上留住在家庭。

【前腔】（生）端詳那李成，語言中猶未明。娘，把就兒裏分明説破，免孩兒疑慮生。（貼背。生）呀，母親因甚的變顔情，長吁短嘆珠淚零？（貼袖出孝頭髻介。生）袖兒裏脱下孝頭繩，莫不是恁兒媳婦喪幽冥？

（生）我的娘，孝頭繩那裏來的？（貼）兒！千不是，萬不是，都是你不是！（生）娘，怎麽到是兒不是？（貼）哇！還説你的是！當初承局書親附，拆開仔細從頭睹，道你狀元僉判任饒州。（貼）兒，這句不該寫。（生）那一句？（貼）休妻再贅万俟府。（生）母親，語句都差了。（貼）語句雖差字跡同，岳翁見了心生怒。（生）岳母没有説話？（貼）岳母即時起毒心，逼妻改嫁孫郎婦。（生）我妻從麽？（貼）汝妻守節不相從，苦，這句難説了！（生悲）娘，一發説了罷。（貼）將身跳入江心渡。（生）呀！渾家爲我守節而亡，兀的不是痛殺我也！（跌倒介）

【江兒水】（貼）吓得我心驚怖，身戰簌，虚飄飄一似風中絮。争知你先赴黄泉路，我孤身流落知何處？不念我年華衰暮，風燭不定，死也不着一所墳墓。

【前腔】（生）一紙書親附，我那妻，指望同臨任所。是何人寫套書中句？改調潮陽應知去，迎頭先做河伯婦。指望百年完聚，半載夫妻，也算做春風一度。

【前腔】（末）狀元休憂慮，且把情懷暫舒。夫妻聚散前生註，這離別只説離別苦，想姻緣不入姻緣簿。聽取一言伸覆：須信人生，萬事莫逃天數。

（貼）孩兒，你且省愁煩。（生）孩兒只爲不就万俟丞相親事，却將我改調潮陽，害我身命，我肯辜負他？（貼）孩兒，他既死了，無可奈何，且到任所，做些功果追薦他。（生）這個少不得如此。（末）小人告狀元，老安人起程之時，老員外曾分付小人：送老安人面會狀元，你就趕回來。如今稟狀元，小人告回。（生）李成舅，我身伴無人，同到了任所，那時我修書與你去。（末）既如此，小人願隨狀元去。

（貼）追想儀容轉痛悲，（生）豈期中道兩分離。

（末）夫妻本是同林鳥，（合）大限來時各自飛。

第三十二齣　遣音

【破陣子】（外上）野外江山幽雅，城中景物繁華。（夫、旦上）六街三市堪描畫，萬紫千紅實可誇。（合）閩城景最佳。

（外）夫妻幸喜到閩城，跋涉程途爲利名。（夫）大布仁風寬政令，廣施德化慰黎民。（外）夫人，我自到任三月，且喜詞清訟簡，盗息民安。㈠（夫）乃相公政治所致。相公曾許孩兒書去報他丈夫知道。兒，管教你夫妻重會。（旦）爹爹，這裏到饒州多少路程？（外）約有一月之程。（旦）爹爹，多與他些盤纏。（外）教我多與他些盤纏，我在此呵。

【榴花泣】（外）守官如水，胸次瑩無瑕。薄税斂，省刑罰，撫安民庶禁行猾。幸喜詞清訟簡，無事早休衙。（旦）依條按法，想繩一戒百誰不怕？待三年任滿期瓜，待書來早晚遷加。

【前腔】（夫）覷着他花容月貌勝仙娃，忍將身命掩黄沙？天教公相救伊家，好似撥雲見日，枯樹再開花。（外）貞潔可誇，恁捐生就死令人訝。恁萱親怎不詳察？全不道有傷風化。

【漁家傲】（旦）若提起舊日根芽，不由人不兩淚如麻。恨只恨一紙讒書，搬得我母親叱咤。（外）他見差，逼汝身重嫁，那些個一鞍一馬。這書劍令人遺發，管成就鸞孤鳳寡。

（外）夫人，我到堂上去來，開門。（衆）各官免揖。（外）叫一個打差舍人進來。（净上）該小人輪班。（外）你叫什麽名字？（净）小人叫苗良。（外）苗良，我有一封書，着你到饒州王三府處投下，要回書，限你二十個日子，與你二兩銀子盤纏，星夜趕去。

㈠　盗：原作『恣』，據《新刻原本王狀元荆釵記》改。

【前腔】（浄）今日裏拜辭都爺，明日裏到海角天涯。一心要傳遞佳音，不憚路途波查。（外）關門。（旦）爹爹，下書人去也不曾？（外）去了。（旦）我還有一句話。（外）有什麽話？（旦）見他只說三分話。（丑）姐姐，便多説幾句怎麽？（旦）又恐他別娶渾家。（外）你把閒言一筆都勾罷，回來便知真共假。

【尾】月再圓，花重發，那其間歡生喜洽，重整華筵泛紫霞。

（外）饒福相離數日程，（旦）修書備細説緣因。

（丑）分明好事從天降，（末）重整前盟合舊盟。

第三十三齣　赴任

【臨江仙】（貼上）客夢悠悠鷄唤醒，窗前尚有殘燈。（生上）攬衣披枕自評論，今日飄零，何日安寧？

（貼）孩兒，促整衣裝及早行，區區只爲利和名。（生）拚却餐風并宿水，（末）不愁帶月與披星。（貼）孩兒，就此趲行前去。

【朝元歌】（貼）騰騰曉行，露濕衣襟冷；徐徐晚行，月照遥天暝。只爲功名，遠離鄉背井，渡水登山驀嶺，帶月披星，車塵馬足不暫停。晴嵐障人形，西風吹鬢雲。（合）潮陽海城，到得後那時歡慶。

（浄上）三山巡檢接老爺。人夫手本在此。（生）拿上來！你那官兒回去，弓手送我過梅嶺。（浄）梅嶺上猢猻太多。（生）怎麽有許多猢猻？（浄）老爺此去，指日封侯。（生）生受你，去罷！（浄下）

【前腔】（生）幾處幽林曲徑，松杉列翠屏。回首亂雲凝，禪關掩映，聽遠鐘三四聲。欽奉綸音，命遊宦，宿郵亭。遠離京城，盼陽關把往事空思省。水程共山程，長亭復短亭。（合前）

（浄上）潮陽府陰陽生接老爺。（生）這裏到府還有多少路？（浄）還有五十里之程。（生）那個差來的？（浄）本府太老爺差來的。（生）還在幾時上任？（浄）太老爺分付，三月十五日請老爺城隍廟宿山，十六日午時上任。（生）多拜上老爺。（浄下）

【前腔】（生）危巔絶頂，飛流直下傾。嘆微名奔競，身似浮萍。鷓鴣啼，不忍聽。野花開又馨，消遣羈旅情。到處草茵，題咏眼前無限景。牧笛隴頭鳴，漁舟江上横。（合前）

【前腔】（貼）八九處人家寂静，柴門半掩扃，溪洞水泠泠。路遠離别興，自來不慣經。遥望酒旗新，買三杯，消渴吻。哀猿晚風輕，歸鴉夕照明。（合前）

（浄）城隍廟道士接爺爺宿山。

（貼）長亭渺渺恨綿綿，（生）遠望潮陽路八千。

（末）正是雁飛不到處，（合）果然人被利名牽。

第三十四齣　誤訃

【探春令】（外上）人生最苦是别離，論貞潔他人怎如？

窗外日光彈指過，庭前花影坐間移。我前日差苗良到饒州，怎麽不見回來？（净上）轉眼垂楊緑，回頭麥子黄。萬事分已定，浮生空自忙。苗良進。（外）苗良回來了？（净）小人回來了。（外）可有回書？（净）回書在此。（外）這是我的。（净）因此老爺的書，不曾投下，故此回書。（外）怎麽不曾投下？（净）小人到饒州，逕進東門，正遇行喪，銘旌上寫『僉判王公之柩』。小人又到私衙去問，都説：到任三月，不伏水土，全家而亡。（外）可惜，人無百歲期，枉作千年計！請夫人、小姐出來。

【一枝花】（夫上）書緘情慘切，烟水多重叠。（旦上）報道有書回，故人如見也。

（外）孩兒，遞書人回來了。（夫）遞書人回來，必有好音。（外）原書也不曾投下，有什麽好音？

【漁家傲】（旦）莫不是明月蘆花没處尋？（外）明月蘆花一片白，那裏去尋？（旦）莫不是舊日王魁，嫌遞萬金？（外）他也不是王魁，你也不是桂英。（旦）莫不是忘了半載同衾枕？（外）也不是。（旦）莫不是不曾之任？（外）怎麽不曾之任？（旦）爹爹，欲言不語情難審，那裏是全拋一片心？（外）咱語言説到舌尖聲還噤，若提起始末緣因，教你愁悶怎禁？兒，此生休想同衾枕，要相逢除非是東海撈針。如今兀自不思省，那苗良不投下佳音回訃音。

（旦）爹爹，佳音便怎麽？訃音便怎麽？（外）喜信是佳音，死信是訃音。你丈夫到任三月，不服水土，全家而亡了。（旦）丈夫死了，兀的不是痛殺我也！

【梧桐樹】我爲你受跋涉，我爲你遭磨折。丈夫，我爲你投江，我爲你把殘生捨。今日怎知先傾逝，這樣淒涼，剗地裏和誰説？稟爹爹，可容奴家帶孝？（外）兒，在任穿些素縞罷。（旦）與我除下釵梳，盡把羅衣卸，持喪素服存貞潔。

【東甌令】（外）休嗟怨，免攧屑，分定恩情中道絶。夫妻本是同林鳥，限到各分别。生同衾枕死同穴，誰肯早抛撇？（旦）念妾得蒙提挈，只指望同諧歡悦。誰知道全家病滅？不由人不撲簌簌珠淚流血。

【金蓮子】（夫）休憂此生鸞鏡缺，常言道救人須救徹。（丑）聽覆取休得要哽咽！姐姐，待等三年孝滿，别贅豪傑。

【尾】（旦）再醮徒然費唇舌，共姜誓盟甘自悦，守寡從教鬢似雪。

（旦）甘守共姜誓柏舟，（外）分明塵世若浮鷗。

（净）三寸氣在千般用，（合）一日無常萬事休。

第三十五齣　時祀

【一枝花】（貼）細雨霏霏時候，柳眉烟鎖常愁。（生）昨夜東風驀吹透，報道桃花逐水流。（合）新愁惹舊愁。

（貼）極目家鄉遠，白雲天際頭。（生）五年離故里，灑淚濕征裘。告母親知道，孩兒夜來夢見渾家扯住兒衣袂，説：『十朋，只與你同憂，不與你同樂。』覺來却是一夢。（貼）敢是與你討祭？（末）祭禮俱已完備，請夫人主祭。（貼）非是兒夫負你情，只因奸相妒良姻。生前淑性甘貞潔，死後英魂脱世塵。餐玉饌，飲瑶樽，水晶宫裏伴仙人。你兒夫任滿朝金闕，與汝伸冤奏紫宸。

【新水令】（生）一從科第鳳鸞飛，被奸謀有書空寄。幸萱堂無禍危，痛蘭房受岑寂。捱不過凌逼，身沉在浪濤裏。

【步步嬌】（貼）將往事今朝重提起，越惱得肝腸碎。清明祭掃時，省却愁煩，且自酬禮，須記得聖賢書。看酒！（生）兒女何勞母親遞酒？（貼）道『不與祭如不祭』。

（生）看香來。

【折桂令】（生）爇沉檀香噴金猊，昭告靈魂，聽剖因伊。自從俺宴罷瑶池，宫袍寵，相府勒贅。俺只爲撇不下糟糠舊妻，苦推辭桃杏新室，致受磨折，改調俺在潮陽。妻，因此上耽誤了恁的歸期。

【江兒水】（貼）聽説罷衷腸事只爲伊，却元來不從招贅生奸計，懊恨娘行忒薄倖，凌逼你好没存濟。母子虔誠遥祭，望鑒微忱，早賜靈魂來至。

【雁兒落】（生）徒捧着淚盈盈一酒巵，空列着香馥馥八珍味。慕音容，不見你，訴衷曲，無回對。俺這裏再拜自追思，重相會是何時？揾不住雙垂淚，舒不開咱兩道眉。先室，俺只爲套書信的賊施計。賢妻，俺若是昧誠心，自有天鑒知。

【僥僥令】（貼）這話分明訴與伊，須記得看書時。懊恨娘行忒薄劣，拋閃得兩分離在中路裏，兩分離在中路裏。

【收江南】（生）呀！早知道這般樣拆散呵，誰待要赴春闈？便做到腰金衣紫待何如？説來又恐外人知，端的是不如布衣，端的是不如布衣！俺只索要低聲啼哭自傷悲。

【園林好】（貼）免愁煩回辭奠儀，拜馮夷多加護持。早早向波心中脱離，惟願取免沉溺，惟願取免沉溺。

（丑）維大宋熙寧七年吉月辛卯朔日己酉，賜進士及第任饒州浙江温州府永嘉縣孝夫王十朋，謹以清酌素饌之奠，致祭於亡過妻玉蓮錢氏夫人前而言曰：惟靈之生，抱義而歸；惟靈之死，抱節而歸，義也。嗚呼，噫嘻！昔受荆釵爲聘，同甘苦於茅廬。春闈一赴，鸞鳳分飛。詐書一到，骨肉分離。姑娘爲奪婚之媒，繼母爲逼嫁之威。捱不過連朝折挫，抵不過晝夜禁持。拜辭睡昏昏之老姑，哭出冷清清之繡幃。江津渡口，月淡星稀，脱鞋遺跡於岸邊，抱石投江於海底。江流哽咽，風木慘悽。波滚滚而洪濤逐魄，浪層層而水泛香肌。哭一聲妻，寒猨應猿啼。叫一聲妻，雲愁雨怨天地悲。妻魂不寐，默而鑒之。於戲哀哉！尚享！

【沽美酒】（生）紙錢飄，蝴蝶飛，紙錢飄，（一）蝴蝶飛。血淚染，杜鵑啼，睹物傷情越慘悽。靈魂恁自知，恁自知。俺不是負心的，負心的隨着燈滅。花謝有芳菲時節，月缺有團圓之夜。我呵！徒然間早起晚寐，想伊念伊。妻，要相逢除非是夢兒裏再成姻契。

【尾聲】昏昏默默歸何處？哽哽咽咽思念你，直上嫦娥宫殿裏。

（生）年年此日須當祭，歲歲今朝不可違。

天長地久有時盡，此恨綿綿無絶期。

第三十六齣　夜香

【一枝花】（旦上）花落黄昏門半掩，明月滿空階砌。嗟命薄，嘆時乖。華月在，人不見，好

（一）紙錢飄：原闕，據汲古閣刊本《繡刻荆釵記定本》補。

傷懷！

昔恨時乖赴碧流，重蒙恩相得相留。深處閨門重閉户，花落花開春復秋。奴家自那日投江，不期遇着錢安撫撈救，留爲義女，勝如親生。只是無以報他。今宵明月之夜，不免燒炷清香，以求廕庇。

【園林好】想那日身投大江，蒙安撫恩德怎忘？勝似嫡親襁褓，如重遇父和娘。奴家燒此夜香呵，願他增福壽，永安康！

想我母親亡過之後，又虧繼母呵！

【川撥棹】親鞠養，我爹爹呵，擇良人求配鴛行。誰知道命合遭殃，命合遭殃，遞讒書逼奴險亡。蒙天眷，遇賢良。奴家燒此夜香呵，保祐他永安康，保祐他永安康。

想我婆婆取奴家呵！

【好姐姐】指望終身奉養，誰知道中途骯髒。存亡未審，使奴愁斷腸，心悽慘。奴家燒此夜香呵，願得親姑早會無灾障，骨肉團圓樂最長。

想我丈夫有了奴家呵！

【香柳娘】又重在洞房，重在洞房，將奴撇樣。奴家一身猶可，你不思父母恩德廣。奴家指望你還有相見之日，誰想你到先亡了！痛兒夫夭亡，痛兒夫夭亡，不得耀門墻，抛棄萱花堂上。奴家燒此夜香呵，願他魂歸故鄉，遣他魂歸故鄉，免得此身渺茫，早賜瑶池宴賞。

【尾聲】終宵魂夢空勞嚷，若得相逢免悒怏，再爇明香答上蒼。

香烟緲緲浮清碧，衷曲哀哀訴聖祇。

致使更深與人靜，非干愛月夜眠遲。

第三十七齣　民戴

（末上）一喝千人諾，單行百吏隨。恁般多富貴，端的是男兒。自家乃是本府親隨隸兵。你看時光好疾，日月相催。自從本官到任潮陽勾當，不覺又是五年。真個清廉如水，上下相安。前日忽有上司文書到府，將俺相公陞除吉安太守，却是因禍致福。元先我相公原除饒州僉判，只因不就丞相親事，却將改調潮陽。如此更遷，意欲陷害在潮陽。如今朝廷別立丞相，體知相公治事清廉，持心公正，因此陞除吉安太守。今日促裝行李，那來的鼓樂彩旗，敢是與相公送行的？

【賞宮花】（丑、浄上）耆宿社長，聽榮除，特舉觴。五年民沾惠，盡安康，卧轍攀鞍無計策，離歌別酒衆難忘。

（末）許多什麽人嚷？（浄、丑）郎中，我們聞知相公高陞，衆鄉民特來送行。（末）難得你們厚意，問你高姓？（浄）老漢叫做李達玉，年紀方纔五十六。在城開張雜貨鋪，家中財貨頗豐足。年年差我做方正，因此營充做耆宿。聖節賀正預公宴，簪花飲酒與喫肉。有時迎接上司官，見我必先問風俗。一句話也不曾回，五十六棒不罰贖。那時無計可施爲，依舊歸家賣蠟燭。（末）免教人在暗中行，這個老人高姓？（丑）老漢積祖姓丁，并無手藝營生。圖小利討充社長，誰知也不安寧。又要報寫粉壁，又要催討常行課程。又要報淘砌河勘，又要辦水桶麻繩。又要勸農栽種，又要督造坊城。只有催關鹽票，是我覓鈔門庭。有錢與我的，便把他口數減；無錢與我的，便把他口數增。若還官司賑濟，這場買賣非輕。若有人告投社長，一件件并不容情。被告詐他十貫五貫，原告喫他三瓶五瓶。有錢與我的，私下和允；無錢與我的，便打他脚筋。我怕事如探湯老狗，我愛錢如見血蒼蠅。這人户家家作念。（末）想必説你好？（丑）那裏是，都罵我没分曉老鴨精！（末）這一下打得你嘴匾。（淨）我們百姓無造化，這等好官陞了。（丑）便是他五年在此，深虧他。如今陞了江西吉安府知府，我們衆老人都到長亭送行。脱他靴來釘在儀門上，千年遺跡，後官來看。

【前腔】（生上）潮陽海邦，坐黄堂，名譽彰。（貼上）省臺飛薦剡，看文章。擢任三山爲太守，叩頭萬歲謝吾皇。

（貼）自離京苑到潮陽，烏兔相催曉夜忙。（生）不覺因循經五載，追思中饋好心傷。母親，孩兒得蒙聖恩陞授吉安知府，且喜相去家鄉不遠。（淨、丑）舅爺。我們衆老人特來與老爺餞行。（生）老人做甚麽？（淨、丑）老爺自到任以來，一廉如水，百姓今喜高陞，小老人具禮遠送。大奶奶，老人磕頭。（貼）生受你。（淨、丑）老爺，小老人没有什麽孝心，安排果酒旗帳，聊表野人獻芹之意。（生）我在此没好處，何勞許多禮物旗帳？（淨）老爺，怎麽没有好處。老爺未曾下車之時，蠻獠侵擾，盜賊猖狂，百官横行，瘟疫難當。弟强兄弱，子駡爹娘，兒啼女哭，餓斷絲腸。無衣無食，有褌無襠。西風一起，凍得狗叫汪汪。（丑）自老爺下車之時就好。（生）怎麽就好？（丑）蠻獠遠遁，盜賊潛藏。家家樂業，户户安康。新新舊舊，衣服盈箱。粗粗細細，米爛陳倉。家家快活，專買石床。只聽得浪蕩鄭，浪蕩鄭，打個

【村裏亞鴣】。

【月上海棠】（淨、丑）吾郡間，萬民沾惠恩無限。喜陞吉安，餞别陽關。無計留攬轡攀鞍，爲霖雨須還清盼。（合）程途趲，拚擔些巇嶮，受些蹵跧。

【前腔】（貼）衰老年，只愁烟瘴爲吾患。幸家門吉慶，子母平安。今日裏子擢高官，飲别酒應難留戀。（合前）

【前腔】（生）心愧赧，備員竊禄常嗟嘆。想劉寬難并，趙普果難攀。偶然間盜息民安，非德化何勞稱贊？（合前）

（貼）一劄丹書降紫宸，（生）兼程之任肯因循。

（淨）勸君更盡一杯酒，（末）西出陽關無故人。

（下。淨、丑吊）老爺請脱靴。（生）不消罷。（淨、丑）留遺百世瞻仰。（生）一官去了一官來，你衆人去罷。（淨、丑）老爺臨去，説一官去了一官來。（丑）老爺曉得你我有學問老人，留這一句詩在，我和你聯。（淨）我聯第二句，教人望得眼巴巴。（丑）你再吟一句，結句就是我。（淨）三府老爺來到任，（丑）

竹片拶指不曾挨。（净）如今老爺去了，我和你衆人們出銀三分，教木匠做靴匣。漆好了，釘在儀門上，也見我和你一點心。（丑）那個管工？（净）是我管。（丑）木梢我要一根。（净）你要木梢怎麽？（丑）我要他做灰扒柄。（净）你做老人，思量幹這樣。也罷，我有個使舊的與你罷。（下）

第三十八齣　意旨

【菊花新】（貼上）雲鬟衰鬢玉龍蟠，羞睹妝臺鏡裏鸞。（生上）日月似梭竄，嗟嗟人事暗中偷換。（見介）

（貼）憶昔家中苦，别離家鄉，已經五載。因爲潮陽路遠，不能見你岳父母。如今既任吉安，與温州不遠，何不差人搬取岳父母到任，同享富貴？（生）謹依母親，明年正月十五日玄妙觀起醮大會，我已曾差人分付追薦我妻，即便修書差李成回去便了。（净上）龍歸大海，道奔豪門。大叔，起動你通報，玄妙觀道士特來與老爺討意旨。（末報介。生）着他進來。（净）太夫人，磕頭。請問太夫人，小夫人因何病症而亡？好寫意旨。

【泣顔回】（貼）説起便心酸，抱屈溺水含冤。鴛鴦失伴，做了寡鵠孤鸞。（净）聞説事端，便鐵心見説肝腸斷。仗良緣薦拔靈魂，使亡者早得超凡。

【前腔】（生）濳觀慈母兩眉攢，他歡無半點，愁有千般。朝夕縈絆，教人痛苦針鑽。（净）河泊水官，那其間怎把人勾喚？致令得死別生離，如何會意悦心歡？

【賺】（末）擎捧離盤，送出魂幡絹一端；更有些醮金三十貫，權收管。必須齋沐虔誠，休交功果不圓滿。（净）天怎瞞，小貧道謹辭台回觀。

【撲燈蛾】（貼、生）薦亡雖已完，邀親豈宜緩？若請岳翁至，同臨觀中遊玩。也趁天時地暖，便起程休得盤桓。是則是夜長晝短，論朝行暮宿，休憚路漫漫。

【尾聲】生的報答心方穩，死的薦拔情頗寬，好事完成意始歡。

報答存亡兩痛情，來朝遣僕遞佳音。

思親但得重相見，方信家書抵萬金。

第三十九齣　就禄

【三台令】（外上）夜來花蕊銀燈，曉起鵲聲翠屏。（净上）何喜報門庭？頓教人側耳頻聽。

（外）每日心懷耿耿，終朝眼淚盈盈。只爲孩兒成畫餅，教人慪氣傷情。（净）雖然燈花結蕊，那堪鵲噪聲頻？（外）料我寒家冷似冰，量無好事到門庭。

【前腔】（末上）近别南粤郵亭，又入東甌郡城。水秀山明，睹風物喜不自勝。

（末）自離吉安，又到温州。此間已是自家門首，不免徑入。（净）李成回來了。（外）李成在那裏？

（浄）這不是李成？（外）你撇得我好！怎麽只管不回來？教我終日望你。（末）小人送王老安人到京，見了狀元，本欲便回，因被苦留相送赴任，不能回來。（浄）他是忘恩負義的人，送他怎麽？（末）老安人，那狀元不是負義之人。他當時除授饒州僉判，因奸相招贅不從，改調潮陽，意欲陷害。後因朝廷體知處事能爲，持心公正，陞任吉安知府。因此修書迎請老員外、老安人到任所，同享榮華。書已在此。（外）我也看不見。李成，你字字行行念與我聽。前番一封書害得家破人亡。

（外）我聽此書呵！

【一封書】（末）婿百拜岳父前，自離膝下已數年。因奸相不見憐，改調潮陽路八千。今喜陞爲吉安守，遣僕相迎到任間。匆匆的奉寸箋，伏乞尊顔照不宣。

【下山虎】（外）見鞍思馬，睹物傷情。觸起關心事，怎不淚零？如今我婿得沐聖朝寵榮，我女一身成畫餅。取我到吉城，值此寒冬，怎出外境？（合）天寒地冷，未可離鄉背井，且待春和款款行。

【亭前柳】（浄）老兒垂鬢已星星，弱體戰兢兢。況兼寒凛凛，那更冷清清。此行怎去登山嶺？

【下山虎】（末）義深恩厚，恨繞愁縈。久絶鱗鴻信，悶懷倍增。因此母子修書遣僕來請，料想恩官必待等。天氣最嚴凝，暮止朝行，我當奉承。（合前）

【亭前柳】（净）老兒不去恐生嗔，欲去怕勞形。李成兒，你須先探試，臨事怎支撑？（末）小人只索從台命。（合）且過新年，待春暖共登程。

（末）昔日離家過五秋，（外、净）今朝書到解千愁。

（合）來年同到吉安府，不棄前姻過白頭。

第四十齣　奸詰

【霜天曉角】（小生上）黄堂佐政齊黎庶，肯將清似月揚輝，如淵徹底。願效漢循良吏，勤簿書，門館無私，日以刑名爲事。

五馬侯中列郡推，導之以政冀無違。此心一點如丹赤，敢學虞庭向日葵。下官温州府推官周璧，表字元卿，乃王十朋同榜進士。職列黄堂，不作牛刀之試。食天厨之廩禄，平治郡之刑名。欲向丹墀排鷺序，先須甸服養鵷輪。昨日堂尊送一紙狀來，却是孫汝權告錢流行圖賴婚姻事。孫汝權是個生員，錢流行是個太學生，曾考貢元，斯文分上，不好執法審問。我行牌去提原媒審問，便知端的。叫左右，帶第一起犯人審問。（末）俱齊了。（小生）帶進來！（外、净、丑上）錢流行、孫汝權一邊伺候。錢氏，定是你巧語花言，説來説去，致令搆訟了。（丑）爺爺，小婦人非是慣做媒的。錢流行是我哥哥。（小生）你從實説來！

【啄木兒】（丑）吾兄女，將及笄。（小生）曾許甚人麽？（丑）許配王生尚未歸。（小生）婦人謂嫁曰歸。後來？（丑）那孫呆忽至吾家裏。（小生）到你家來怎麽？（丑）也要取我侄女，他浼央老妾爲媒氏。（小生）曾去説麽？（丑）吾領言曾到兄家去。老爺，小婦人的哥哥，他是個讀書君子，執意不從；我嫂嫂是個女流之輩，嫌王氏之貧，喜孫氏之富，便欲憐新將舊悔。

（小生）後你哥哥如何説？

【前腔】（丑）吾兄意，執不從。（小生）你侄女也肯麽？（丑）侄女堅將節操持，我嫂嫂定不相容。吾兄就應變隨機，將侄女送到王門去。（小生）王家既成了親，孫家再不該議親了。（丑）結親後即赴科場裏。誰想一舉成名天下知。

（小生）就是王十朋麽？（丑）正是。（小生）到是我年兄家裏的事。得中狀元，有書回麽？

【前腔】（丑）因承局，附信歸。（小生）有書回是喜事了。（丑）喜氣番成怨氣吁。（小生）一紙家書抵萬金，怎麽是怨氣？（丑）老爺，那裏是萬金佳音，元來是一紙休書。（小生）王狀元是個讀書君子，焉有此事來？（丑）他母疑是親筆跡，女言道改書中句，只爲字跡相同亦起疑。

（小生）其時書來，説在那家爲婿麽？

【前腔】（丑）贅在万俟府爲女婿。（小生）你哥哥也曾去訪問不曾？（丑）曾訪問來。正遇孫郎下第歸，他與吾兄面述其言，他説道果贅侯門。（小生）孫汝權道你兄受他財禮。（丑）孫汝權，肉面對肉面，你家行甚財和禮？上有青天，我家那個來接取？（浄）老大人，依他說起來，把學生財禮一些不認了？（丑）爺爺，財禮是小事，就是我哥哥賠也賠得起的，致使我侄女投江身寃死。（小生）王夫人死了。（丑）老爺只爲孫汝權一句話。（小生）孫秀才，他不告你人命也罷，你反告他圖賴婚姻事。（末上）上命遣差，蓋不由己。小的是吉安府王爺差來送書在此。（小生）那個在吉安府做官？取上來！（末）書在此。（小生）年弟王十朋頓首緘書。呀，王年兄陞太守了，下書人起來，伺候回書。若非他存心以仁，道民以禮，焉有此不次之遷？忻慰！忻慰！即懇完卿年兄執事下，遽爾別來，屢經歲月。向改調時，深辱俯慰。因瘴鄉無便，故久乏音問。兹幸寸進守吉，懷抱雖則少伸。又有不得已事，仰干執事下。向寓京時，倩人持書迎候岳父母山妻，不想中途被人套換書信，致使山妻守節而亡。已獲原寄書人承局，奏送法司。鞫問間，供稱止有孫汝權開包。望將此情轉達太父母大人，乞將孫汝權解京，與承局面証完卷。再稟岳父母，以富家不厭貧寒，以女妻之，生將謂終身養老之計。今山妻雖死，義不可絶。特着人舟相候，冀推年誼，借重一言，贊襄岳父母上道，以全半子終養之情，感德豈尠尠哉！明年朝覲，想得京中一會。時下寒暖互相，伏惟調護，以膺天寵，不宣。十朋再拜。（介）吏讀與他們聽！（念介）。（小生）錢老先生，這一封書是令婿命轉送老先生的，請收去。（介）老先生，請出去換了衣巾，進來相見。錢氏無干，出去！（外、丑下。小生）皂隸選大板子，拿那孫汝權下去打四十！（打介）討牌。（寫介）發監，待文書完了，送到堂上，解他京裏去完卷。（帶浄下。小生）請錢老先生進來。（請外上介。小生）老先生請坐。（外）老大人請上，容學生拜謝。（小生）不勞，不勞。

（外）老大人，上開藻鑒，下判妍蚩，冰釋厚誣，心銘大德。（小生）學生失於龍蛇之辨，致有鼠雀之牙。撫己多慚，見公甚愧。（介）請坐了。（外）不敢。（小生）老先生前輩，令婿又忝同年，不必太謙。（外）學生告坐了。（小生）適間令婿書上，着學生專請老先生到其任所，必須就起程前去。（外）老大人，學生年邁，朝暮不能保，豈能遠涉路途？

【歸朝歡】（小生）賢東坦，賢東坦，教音下期。令賤子，令賤子，翁前轉致。須宜是，須宜是，行囊且携，恐他們懸望伊。（外）家庭雖小誰爲理？田園頗廣誰爲治？欲去還留心兩持。

【三段子】（小生）翁今幾兒？（外）念箕裘無人可倚。（小生）族分幾枝？（外）念同宗無人可悲。㈠（小生）你既然只有身一己，如何不去倚賢婿？况是他慇懃想伊。

（小生）叫左右，與我打點馬船人夫，送錢相公到吉安府去。（外）如此多感多感！

（小生）行囊速整莫蹉跎，（外）景物相催老去何。

（合）一夜相思千里外，西風吹馬渡關河。

第四十一齣　晤婿

【小蓬萊】（外上）策馬登程去也，西風裏勞落艱辛。淡烟荒草，夕陽古渡，流水孤村。（净上）

㈠　同：原作『國』，據《新刻原本王狀元荆釵記》改。

滿目堪圖堪畫，那野景蕭蕭，冷浸黄昏。（末上）樵歌牧唱，牛眠草徑，犬吠柴門。

〔臨江仙〕（外）緑暗汀洲三月景，錦江風静帆收。垂楊低映木蘭舟，半篙春水滑，一段夕陽愁。（末）灞水橋東回首處，美人親捲簾鈎，落花幾陣入紅樓。行雲歸處，水流鴉噪枝頭。老員外，今日日麗風和，花明景曙，加鞭趲行幾步。

【八聲甘州】（外）春深離故家，嘆衰年倦體，奔走天涯。一鞭行色，遥指剩水殘霞。墻頭嫩柳籬畔花，見古樹枯藤暮鴉。嗟呀！遍長途觸目桑麻。

【前腔換頭】（净）呀呀，幽禽聚遠沙，對仿佛禾黍，宛似蒹葭。江山如畫，無限野草閒花。旗亭小橋景最佳，見竹鎖溪邊三兩家。漁槎，弄新腔一笛堪誇。

【解三酲】（外）爲當初被人謊詐，把家書暗地套寫，致吾兒一命喪在黄泉下，受多少苦波查。今日幸得佳婿來迎也，又愁着逆旅淹留人事賒。（合）空嗟呀！自嘆命薄，難苦怨他。

【前腔】（末）步徐徐水邊林下，路迢迢野田禾稼，景蕭蕭疏林暮靄斜陽掛。聞鼓吹，鬧鳴蛙，一經古道西風鞭瘦馬。謾回首，盼想家山淚似麻。（合前）

高山迢遞日初斜，緑柳依稀路更賒。
目斷前村烟未暝，不知今夜宿誰家？

第四十二齣　親叙

【懶畫眉】(生上)紫簫聲斷彩雲開,膩粉香朦玉鏡臺,燈前孤幌冷書齋。血衫難挽仙裾返,造化能移泰岳來。

【前腔】(貼上)荊釵博你鳳頭釵,重義輕生脱繡鞋。一回思想一回哀,鳳釵還在人何在,我那兒,可陰祐你雙親到此來。

【前腔】(外、淨、末上)館甥位掌五侯臺,千里裁封遣使來。令人更喜復悲哀,哀吾弱息今何在? 喜他母子恩情得再諧。

(末)老員外,這裏是府門首。(外)你可通報。(末)曉得了,門上,老老爹來了。(丑)大叔來了。(報介。生)岳父岳母到了,請母親同去迎接。

【哭相思】一自别來容鬢改,恨公衙失迎冠蓋。(外)生别重逢,死離難再。(生)罷愁思且加親愛。

(外)親母,小女姻緣淺,終身地下遊。(貼)他鄉迎舊戚,便覺解深愁。(生)半子情方盡,終身願已酬。(淨)休嫌山婦拙,思好莫思仇。(貼)親母何出此語?(淨)人之所以異於禽獸者,以其有仁義也。(貼)言重,言重。

【玉交枝】感你恩深如海，我一抔土填得甚來？(一)久銘肺腑時時戴，特此遠迎冠蓋。兒，快令人把綺席開。親家，洗塵莫怪輕相待。(合)細思量荆釵可哀！細思量荆釵可哀！

【前腔】(外)蒙承過愛竟忘哀，夫妻遠來。想當初在舍慚餔待，望尊親海涵寬貸。賢婿，你腰金忘勢真大才，不比薄情人轉眼生驕態。(合前)

【前腔】(浄)自慚睚眦，望尊親休勞掛懷。一時我也出無奈，莫把我做好人看待。人家晚母休學我忌猜，逼兒改嫁遭毒害。(合前)

【前腔】(生)慚予一介，荷深恩扶出草萊。微名五載忘親愛，豈知中路變禍灾？當初指望白首諧，誰知青歲遭殘害？(合前)

(丑)老爺，酒席已完備了。(貼)親家請後堂坐。(外)請了。

(外)幾年遠别喜相逢，(生)又訝相逢似夢中。

(浄)果是稠人難物色，(合)信知女婿近乘龍。

(一) 抔：原作『坯』，據文義改。

第四十三齣　執柯

【普賢歌】(浄上)侯門涉水最難求，願適賢良王太守。自家非强口，管教成配偶，且請媒人喫喜酒。

正是作伐全憑斧，引綫必須針。我年兄有個令愛守寡，央我爲媒，要招本郡太守王梅溪。他鼓盆已久，未有夫人，央我去説親。鄧興，這裏府前了，通報。(末)是誰？(丑)鄧老爺訪。(末)老爺有請。

【玩仙燈】(生上)兀坐書齋，聞道有客來相訪。

(生)賤職所拘，未得拜訪。(浄)荷蒙與進，豈勝榮幸？(生)惶恐！惶恐！(浄)足下治政甚佳，黎民無不感仰。(生)皆賴老先生教指。(浄)外蒙父母見賜胙肉，老荆見了，小厮連忙與我煮起來喫飯。煮在鍋中，連連燒了七八十滚，還是硬的。我老荆作詩一首：蒙君賜胙肉，合家盡喜歡。柴燒七八擔，水煮幾鍋乾。硬似丁靴底，猶如嚙馬鞍。齒牙三十六，個個不平安。(生)猪婆肉。(浄)不是猪婆，小猪的娘。(生)休得取笑。(浄)老夫今日一來相訪，二來有一句話。(生)何事見教？(浄)老夫有一同年錢載和，有一小姐，守寡在家。聞得父母大人鼓盆已久，今特央老夫爲媒，望守公成全此親，甚是美事。(生)老大人在上，念學生貧寒之際，以荆釵爲聘，遂結姻親。山妻守節而亡，焉肯忘義再娶？(浄)父母大人幾位令嗣？(生)未有子息。(浄)父母大人，『不孝有三，無後爲大』，却不絶嗣了？

（生）正欲螟蛉一子，以續後嗣。（淨）吾聞螟蛉者，嗣非其類，鬼神不享其祀。父母大人讀書之人，如何逆理？冒瀆，冒瀆！

【啄木兒】（生）乞情恕，聽拜稟：自與山妻合巹婚，纔與他半載同衾，一旦鳳拆鸞分。他抱冤守節先亡殞，我辜恩再娶心何忍？行短天教一世貧。

【前腔】（淨）他八兩，你半斤，彼此爲官居上品。論閥閱，户對門當，真個好段姻緣。你意驕性執不從順，故千推萬阻令人恨，有眼何曾識好人。

【三段子】（生）事當隱忍，未可便一時怒嗔。（淨）你再不娶親，我只愁你斷子絕孫誰拜墳？（生）言激心惱空懷忿，我今縱不諧秦晉，也不會家中絕後昆。

【歸朝歡】（淨）你没思忖，不投分，那裏是儒爲席上珍？（生）我做官守法言忠信，名虧行損遭談論。縱獨處鰥居，决不可再婚！

（淨）性執心迷見識差，（生）婚姻不就且回家。

（淨）落花有意隨流水，（生）流水無心戀落花。

第四十四齣　續姻

【杜韋娘】（旦上）朔風寒凛冽，雲布野墅，捲飛雪，看萬木千林都凍折。小窗前，梅花再綴，冰稍數點幽潔。淡月黄昏，暗地香清絶。早先把陽和漏泄，又葭管灰飛地穴。

痛憶我亡夫，感念嗟吁，轉頭又是五年餘。安撫收留恩不淺，補報全無。今日乃是冬至令節，等待爹媽出來，拜賀則個！

【麻婆子】(丑上)做奴做奴空惆悵，何時得嫁馬上郎？做奴做奴空勞攘，只落得曉夜忙。遇冬節，巧梳妝，身穿一套好衣裳。市人市人都誇獎，道我是個風流好養娘。

(丑拜介)時遇新冬，喜氣重重，拜節之後，願小姐招一個老公。(旦)休得胡説，相公、夫人來了。

【海棠春】(外、夫上)時序兩推遷，莫惜開芳宴。

孩兒，金烏似箭，玉兔如梭，不覺來此又是五年。前日鄧尚書來相探，閒話間説起王太守未有夫人，因此將你吉帖付與他去，了汝終身。(旦)爹爹，但願終身守節，再醮難言。(外)你丈夫未死，不肯嫁禮之所當。汝夫已死多年，不嫁將何倚靠？(旦)望爹爹爲我螟蛉一子，以爲終身後嗣。(外)如此終無結果。(旦)妾聞仁者不以盛衰改節，義者不以存亡易心。截耳殘形，以杜重婚之義；劈面流血，難從再醮之言；自古及今，芳名不泯。使妾有失志節，聽此寧無愧乎？誓以柏舟，甘效共姜，死而後已。若窺隙鑽窬，潛奔司馬，則非奴所願也。若不容奴於相府，則賤妾仍喪於江中。(外)夫人，我尋思這般志節也難得。孩兒，你要守節，改日過房一子，與你爲後嗣。(旦)如此甚感爹爹，爹媽請坐，待奴家拜節。看酒來。

【集賢賓】(旦)一陽氣轉春透徹，履長歡慶冬節。驗歲瞻雲人意切，聽殘漏曉臨臺榭。今年是別，黄雲識争書吉貼。(合)芳宴設，沉醉後，管絃聲咽。

【前腔】(外)日晷漸長人盡悦，繡紋弱綫添些。待臘將舒堤柳葉，凍柔條未堪攀折。百官擺列，賀亞歲齊朝金闕。(合前)

【鶯啼序】(夫)光陰迅速如電掣，斷送了多少豪傑。遇良辰自宜調燮，且把閒悶抛撇。進履襪歡看婦儀，炷寶鼎對天答謝。(合)芳宴設，沉酣後，管絃聲咽。

【前腔】(丑)道消遣長空嘆嗟，(一)晝堂中且安享驕奢。看紛紛緑擁紅遮，綺羅香散沉麝。辟寒犀開元此日，(二)曾遠貢喧傳朝野。(合前)

【琥珀猫兒墜】(衆)玉燭寳典，今古事差迭。遇景酣歌時暫歇，珠簾垂下且莫揭。(合)歡悦，那獸炭紅爐，焰焰頻爇。

【前腔】(衆)小寒天氣，莫把酒樽歇。醉看歌姬容艷冶，春容微暈酒黯頰。(合前)

【尾聲】玉山頽低日已斜，酒散歌闌呼侍妾。把錦紋烘熱，從教醉夢賒。

(一) 遣：原闕，據《新刻原本王狀元荆釵記》補。

(二) 辟寒犀：原作『醉寒屏』，據《新刻原本王狀元荆釵記》改。

天時人事日相催，冬至陽生春又來。
雲物不殊鄉國異，開懷且覆掌中杯。

第四十五齣　薦亡

（净扮道士上）捏訣驚三界，扣齒動萬神。狗肉喫兩塊，好酒飲三瓶。等到天明後，依然去誦經。門徒聞不善，道我不志誠。今日上元令節，本觀修設醮會。太老爺拈香，道人打起鐘磬。待我把經文誦完，肚中空虚，要喫也無。八個餛飩，使我自然。田螺棘螺，共買五錢。喫了三碗，吐瀉半年。頭頭利市，和合仙官，召請必竟來臨。取出雲璈，(一)讚揚法事。癩頭婆娘請我，時時到他家裏，正值肚飢，便喫蒸餅、爛煮猪蹄、油煎鷄卵、熱炒鴨兒、鹽拌白菜、煮烏龜、糟鏖豆腐及攢鹽齏。臨臨兩碗，笋乾粉皮。般般喫盡，不剩些兒。肚中膨脹，飽病難醫。尿糞急送，不可遲疑。忽然阿出，污了道衣。怕人哂笑，火速走歸。道婆看見，一頓擂搥，打得不可思議功德。

【玩仙燈】（生上）節届元宵，燈月燦然高，到觀門拈香薦悼。

（净）道士接爺爺。（生）功果都完了麽？（净）經文都完了，專等老爺拈香。

(一)　璈：原作『廒』，據汲古閣刊本《繡刻荆釵記定本》改。

【一封書】（生）特朝拜上清，仗此名香表志誠。亡妻滯水濱，願神魂得上升。（淨）横死孤魂都召請，請到壇前聽往生。（合）誦仙經，薦亡靈，仗此功勳超聖境。

【前腔】（旦、丑上）前日已預名，届此良辰來殿庭。拈香炷寶鼎，望慈悲作証盟。（淨）惟願亡靈來受領，獻取香花酒果餅。（合前）

【前腔】（生）驀然見俊英，與一丫環前後行。潛地想面形，轉交人疑慮生。（末）他兩次三迴常觀顧，覷了恩官也動情。（合前）

【前腔】（旦）迴廊下撞迎，頓教人心暗驚。那燒香上卿，好似亡夫王十朋。（丑）休得輕言當三省，燒罷名香轉看燈。（合前）（下）

（生）見鞍思馬，睹物思人。適纔那婦人好像我夫人。叫道士過來，適纔婦人那家宅眷？（淨）錢都爺小姐。（生）元來天下又有這般相似者。

（生）忽睹佳人意自疑，拈香已畢早回歸。
思量總是一場夢，你是何人我是誰？

第四十六齣　責婢

【步步嬌】（旦上）觀裏拈香驀相會，使我心縈繫。（丑）小姐，如今枉致疑，既認得真時，何不問取詳細？（旦）梅香，這就裏你怎知，恐錯認了風流婿。（丑）你道這官人是誰？（旦）是誰？（丑）本府太守，前日鄧尚書來説親的。（旦）元來是他。

【紅衲襖】意沉吟，情慘傷；步趑趄，心悒怏。（丑）見了娘行好生着意想，莫不是遞書人回來胡調謊？（旦）料判州，名未彰；論太守，職未當。（丑）自古男兒當自强。

【前腔】小姐，你曾和他共鴛衾，同象床，直恁的你認不得他形共龐。（旦）面貌身材果然厮像，行動舉止没兩樣。（外暗聽。丑）既認得真時合主張。（旦）如何主張？（丑）你把往事相問當。（旦）猶恐錯認陶潛作阮郎。

拈香相遇兩沉吟，且自歸家問的真。

好似和針吞却綫，刺人腸肚繫人心。

（外上）哇！你那賤人，欲人不知，莫若不爲。我家三世無犯法之男，五代無再婚之女。你言而無信，行亦有虧。江心渡口溺水，非因守節；玄妙觀中私語，必是通情。鄧尚書説親，直恁千推萬阻。見王太守樂意，却不顧五典三綱，不思玷辱門墻。問出奸情，押還原籍，交你雖無季信難，也有屈原愁。（打梅香介）

【錦纏道】治家邦，正人倫，有三綱五常。你潛説出短和長，怎不隄防，他人須有耳隔墻？講甚麽晋陶潛認作阮郎？却不道誓柏舟甘效共姜？（打丑介）先打後商量，問出你私情勾當，押發離府堂。文牒上明開供狀，抵多少衣錦去還鄉。

【前腔】（丑）小梅香，待回言，恐觸突了使長。不回言，這無情棒打難當，怎知道禍從天降！他本是守荆釵寒門孟光。（外）潛奔之女，什麼孟光！（丑）休錯認做出墻花淮甸雙雙。我説起這行藏。（外）説什麼來？（丑）他説道燒香的王太守，好似亡夫模樣。尋思痛感傷，因此上和妾在此閒講，又不曾想像赴高唐。

【前腔】（旦）守孤孀，薦亡靈，親臨道場。燒香罷，轉迴廊，偶相逢，不由人不睹物悲傷。（外）你這賤人要做鶯鶯？（旦）那裏是西廂下鶯鶯伎倆？（外）你這賤人就是紅娘！（旦）怎麽的就打梅香，生紐做紅娘？當初去投江，（外）虧你不識羞，還説投江！（旦）把原聘物牢拴在髻上，荆釵義怎忘？妾豈肯隨波逐浪，却不道辱没宗祖把惡名揚？

【前腔】（外）假乖張，賤奴胎，把花言抵搪。全不顧外人揚，惱得我氣滿胸膛。你本是王月英留鞋在殿堂，怎不學浣紗女抱石投江？（打介）你這賤人還不説！（丑）雪上更加霜，自不合與他人閒講。誰知惹禍殃，閒話裏没些度量，怎知道一霎時禍起在蕭墻？

（外）既有釵，取上來，且進去。（旦）滿懷心腹事，盡在不言中。（下。外）這妮子荆釵遮飾，未可信憑。明日假意納聘作席，請鄧尚書、王太守，把此釵虛説是聘物，將出觀看。若是王太守認此釵，便有區處；若不認此釵，押赴本鄉。正是：

混濁不分鰱共鯉，水清方見兩般魚。

第四十七齣　疑會

（净）致仕歸家二十年，水邊藁子屋邊田。饒他白髮簪中滿，老景康寧便是仙。老夫鄧謙，年過八十，位至三臺。享朝廷之洪福，賴祖宗之陰庇，每日登山飲酒。求詩畫的纏得慌，鄧興，去門首看，若有求詩的來，只説老爺不在。請喫酒，便説在家。（末）領却都爺書，早到尚書府。有人麽？（丑）是那個？（末）要見你們老爺。（丑）老爺不在家。（末）既不在家，我去了。（丑）轉來，是請老爺喫酒麽？（末）正是。（丑）既然請喫酒，在家。（末）起初説不在家？（丑）你不曉得，我們老爺分付，但有求詩畫，只説不在家。（末）通報。（丑）住着，實是請喫酒的麽？（末）説道是。（丑）老爺，請喫酒的在外。（净）説在家便好。（丑）説在家。（净）我説下頦子癢，定有酒喫。（丑）老爺，下頦准，不要鑽龜。（净）哇！叫他進來。（丑）大哥進來。（末）老爺，磕頭。（净）那裏來的？（末）小人錢爺差來的。（净）那個錢爺？（末）有帖在此。（净）取上來，『年弟錢載和頓首拜請司空鄧年兄執事下』，原來是我年兄。（丑）那個錢爺？（净）你不曉得，就是做安撫的。（丑）嗄，就是送改機來的，裁衣服少了兩幅，做不成罷了。（净）既是他，來者來之，勞者勞之。（丑）爺重賞他。（净）賞他什麽東西便好？（丑）與奶奶説，討一兩銀子與他。（净）這等不做家的。今早買菜剩得一個錢賞他罷。（丑）怎麽賞得出？（净）你不要管。長官没有什麽，賞你一個錢，且收下。（末）一個錢買酒喫不醉，買飯喫不飽，要他何用？（净）就不是做家的，拿這錢去做買賣。（末）這一個錢做甚買賣？（淨）一錢爲本，萬錢爲利。（末）好言語，小人收去。（淨）下書人去了？（丑）去了。（淨）明日我要擺酒席請錢爺。（丑）辦什麽茶飯？（淨）後園猪殺一個。（丑）猪昨夜養下，也没有老鼠大，如何用得？（淨）你不曉得，君子略嘗滋味。快打轎。（丑）打轎轎夫不在，只得我一個，不如我馱去罷。（淨）不如自走了罷。正是：

數日不相見，今日又相逢。

第四十八齣　團圓

【紫蘇丸】（外上）若認此荆釵，其中可宛轉。（淨上）安撫開華宴，相招意非淺。（生上）侯門宴請來，催赴跨青驄。（外）蒙君不棄，蝸居門户生光彩。

（淨）老夫感蒙過愛，特辱寵招，不勝愧感之至。（外）寒門不足以淹車騎。近爲小女納聘，請大人一觀。（淨）老拙作伐不從，今聘他人。（生）此乃一言之定。（淨）外者多蒙賜柴炭，感感在心，正要到府拜謝。不想年兄相招，所以不果。（生）不敢。（淨）我這父母少年老成，居民無不瞻仰，老夫感激深恩。正是年近雪下，且是寒冷，與我老妻思想，若得一簍炭便好。説言未盡，新書柴炭俱送來了。年兄，如今的人只有錦上添花，那肯雪中送炭？（生）言重。（淨）老夫昨夜與老妻受了一驚？（外）爲何？（淨）被盜。（生）有這等事？（淨）這盜無理，父母大人恰要懲治他。（外）不知偷了什麽？（淨）偷了我一擔糞去。（外）這是小事。（淨）你就不明了，寧可偷了金，這個糞，學生捨不得。（淨）若無糞擁稻苗，怎得穀子成器？　這糞滋五穀土養民，老夫不要，望父母追來公用。（外）年兄請了。（淨）還是父母大人坐。（外）年兄請坐。（淨）學生怎敢欺心，還是父母大人坐。（外）年弟有句話，守公到怕不知。吉長官起送守公，已後是陶長官。　陶長官去後，却是學生補任三月。（生）如此上司了。（跪，外）請起。（生）學生侍坐。（外）還是年兄坐。（淨）若如此，老夫占了。（生）學生傍坐。（外）怎麼是這等，擡那卓兒下來。（生、淨）告坐。（外）請坐，年兄，福建好地方。（淨）年兄，你可省得他説話？（外）我從在那裏，不曾聽得這話。　年兄學與我聽一聽。（淨）我學生頭一年在那裏，半句也不省，後來就省得了。一日在船上，只見岸上一簇人在那裏啼哭，我問那門子，那些人爲何啼哭？　那門子説：　没有了個臉。我説：　打官話説來。　他説道：　没有了個兒子，在那裏啼哭。　我方纔曉得臉是兒子。（外）女婿叫什麼？（淨）叫東婆臉。（外）女兒叫什麼？（淨）叫娘臉。（外）他那裏路道難行。（淨）路道崎嶇難行。他那裏有菡萏灘難行。（外）什麼灘？（淨）菡萏灘。（外）守公，年兄學那福建詞到好聽，唱一個兒。（淨）這就不該了，你我是年家頑慣，祖父母在此，焉敢放肆？（外、生）這個不必謙。（淨）恰不當鄧興你依唱。（淨）（諢唱）今宵五彩團圓，將手掩上房門。　郎脱褌，奴脱裩，齊着力，養個兒子做狀元。（外）年兄，一個字也不省。（淨）叫做什麼【賀新郎】。　那門子寫出來方纔曉得。（外）請了。（淨）今日喜酒，落喫一杯。（外）年兄出一令。（淨）老拙説個數目口令，説着數，就是他喫。（外）年兄出令。（淨）一、二、三、四、五、六、七、八、九、十。（外、淨）如今年兄起。（淨）一、二、兩、三、四、五、六、六、七、

八、九、十。（外）年兄多了『兩』『六』。（浄）如今父母起。一、二，不要兩，三、四、五、六、七、八、九、十。

（外）又是年兄。（浄）擡禮過來觀。（浄）老夫鄧識寶，取在手内，便知什麼寶貝。（外）送去鄧爺看。

（浄看）聞又不香，捏又無痕。起初鄧識寶，如今不識寶。父母大人識窮天下寶，讀盡世間書。還是祖父母大人看。（外）送去王爺看。（生看介）

【一江風】見荆釵不由我不心驚駭，是我母親頭上曾插戴。這是那得來？教我揵耳揉腮，欲問猶恐言相礙。心中展轉猜，元是我家舊聘財。天那，這是物在人何在？

（外）守公睹物傷情，必有緣故，何不對我一説？（生）實不瞞老大人説，這荆釵下官聘定渾家之物。

（外）既是守公聘定令正之物，願聞詳细。

【駐馬聽】（生）聽訴因依，昔日卑人貧困時，忽有良媒作伐，未結婚姻，愧乏財禮，荆釵遂把聘錢氏。（外）成親幾年？（生）結親後即赴春闈裏，幸喜及第。（外）除授那裏？（生）除授饒州僉判，叨蒙恩庇。

（外）爲何潮陽去？

【前腔】（生）再聽因依，説起教人珠淚垂。（外）中間必有緣故。（生）爲參万俟丞相，招贅不從，反生惡意，將吾拘繫。奏官裏，〔一〕一時改調蠻烟地。（外）爲何改調？（生）要陷我身軀，同臨任所，五載不能僉替。

（外）曾有書回麽？

【前腔】（生）曾寄書回，深恨孫郎故改易。（外）你家須認得字跡。（生）奈我妻家不辨字跡差訛，語句真異。岳翁岳母見差池，逼勒荆婦重招婿。（外）令正從否？（生）苦不遵依，將身投溺江心裏。

【前腔】曾薦亡妻，原籍視臨在宫觀裏。我在迴廊之下，見一佳人，與妻無二。教人展轉痛傷悲，今朝又見荆釵記。睹物傷悲，人亡物在，空彈珠淚。

【前腔】（外）休皺雙眉，聽俺從頭説仔細。我在東甌發足，渡口登舟，一夢蹺蹊。（生）夢見甚的？（外）道五更一女來投水，急令稍水忙撈取。休得傷悲，夫妻再得諧連理。

【前腔】（浄）此事真奇，節婦義夫人怎比？年兄，疾忙開宴，請出夫人，就此相會。天交今日重完聚，金杯捧勸須當醉。（生）深感提携，從今萬載傳名譽。

（浄）夫守義，真是傑；妻守節，真是烈。年兄申奏朝廷，禮宜旌表。下官告退。有緣千里能相會，無

〔一〕裏：原作『理』，據汲古閣刊本《繡刻荆釵記定本》改。

緣對面不相逢。(下。外)梅香,請小姐出來。

【哭相思】(旦上)妮子傳呼意甚美,尚未審凶和喜。(外)兒,王守公正是你丈夫。(生、旦)每痛憶伊作幽冥鬼,不料重逢你!(外)快去府裏請太夫人相見。(貼上)公相相招見兒婦,焉敢躊躕?

(旦)婆婆,自從那日别離,今日又得相會。

【紅衫兒】(貼)自那日投江隨潮去,痛苦傷悲。忽聞人報道身亡,轉教人痛悲。若不遇公相相留,怎能勾夫妻重會?效啣環結草,當報恩義。

(末)出入朝廷,强似蕊宫仙島。聖旨已到,跪聽宣讀。詔曰:朕聞禮莫大於綱常,實正人倫之本;爵宜先於旌表,蓋厚風俗之原。邇者福建安撫錢載和,申奏吉安府知府王十朋,居官清政,而德及黎民。其妻錢氏,操行端莊,而志節貞異。母張氏,居孀守共姜之誓,教子效孟母之賢。似此賢妻,似此賢母,誠可嘉尚。義夫之誓,禮宜旌表。今特陞授王十朋福州府知府,食邑四千五百户。妻錢氏,封貞淑一品夫人。母張氏,封越國夫人。亡父王德昭,追贈天水郡公。宜令欽此。謝恩!萬歲!萬歲!萬萬歲!

【大環着】(外)那一日江道,那一日江道,得夢蹊蹺。靈神對吾曹説道,見佳人果然聲韻高。投水江心早,稍公救撈,問真情取覆言詞了。留爲義女,帶同臨任所福州道。(合)怎知今日,夫妻母子,子母團圓,再得重相好。腰金衣紫還鄉,大家齊歡笑,百世永諧老。

【前腔】(旦)念奴家年少,念奴家年少,適侍英豪。在雙門長成身自嬌,守三從四德遵婦道,

蘋蘩頗諳曉。母姑性驕，見孫郎富勢生圈套，家尊見高，就將奴與君成配了。（合前）

【前腔】（貼）想當初窮暴，想當初窮暴，豈有今朝？蒼天果然不負了，幸孩兒喜得名譽高。門閭添榮耀，闔家旌表，感皇恩母子得寵招。加官賜爵受天禄，滿門福怎消？（合前）

【前腔】（生）嘆椿庭喪早，嘆椿庭喪早，母氏劬勞。想當年運乖時未遇，對青燈簡編莫憚勞。萱親況年老，深蒙泰山，送荆釵豈嫌寒舍小。春闈應舉，助白金與我恩怎消？（合前）

【越恁好】（生）自上長安道，自上長安道，步蟾宫，掛紫袍。爲不就万俟丞相寵招，不從贅配多嬌。（合）潮陽任所轉添煩惱，因此上五年兩兩傷懷抱。

【前腔】詐書傳報，詐書傳報，苦逼奴嫁富豪。密投江，感得錢安撫急救撈，免隨潮。因此上五年兩兩傷懷抱。

【尾聲】新編傳奇真奇妙，留與人間教爾曹，奉勸諸人行孝道。

參商骨肉喜團圓，且喜丹書下九天。
深恨詐書分鳳侶，痛連渡口溺嬋娟。
潮陽一擢三山恨，贛北相逢兩意懸。
宿世夫妻今再合，吉安相會舊時緣。

繡刻荆釵記定本

目録

第二十四齣　大逼　……　一二一六
第二十五齣　發水　……　一二二〇
第二十六齣　投江　……　一二二一
第二十七齣　憶母　……　一二二五
第二十八齣　哭鞋　……　一二二七
第二十九齣　搶親　……　一二二九
第三十齣　祭江　……　一二三二
第三十一齣　見母　……　一二三四
第三十二齣　遣音　……　一二三七
第三十三齣　赴任　……　一二三九
第三十四齣　誤訃　……　一二四〇
第三十五齣　時祀　……　一二四二
第三十六齣　夜香　……　一二四五
第三十七齣　民戴　……　一二四六
第三十八齣　意旨　……　一二四九

繡刻荆釵記定本目録

荆釵記

明柯丹邱著

第一齣　家門

【臨江仙】（末上）一段新奇真故事，須教兩極馳名。三千今古腹中存，開言驚四座，打動五靈神。六府齊才并七步，八方豪氣凌雲，歌聲遏住九霄雲。十分全會者，少不得仁義禮先行。

（問答照常）

【沁園春】才子王生，佳人錢氏，賢孝溫良。以荆釵爲聘，配爲夫婦。春闈催試，拆散鸞凰。獨步蟾宫，高攀仙桂，一舉鰲頭姓字香。因參相，不從招贅，改調潮陽。修書遠報萱堂，中道奸謀變禍殃。岳母生嗔，逼凌改嫁，山妻守節，潛地去投江。幸神道匡扶撈救，同赴瓜期往異鄉。吉安會，義夫節婦，千古永傳揚。

王狀元不就東床婿，万俟相改調潮陽地。
孫汝權套寫假書歸，錢玉蓮守節荆釵記。

第二齣　會講

【滿庭芳】（生上）樂守清貧，恭承嚴訓，十年燈火相親。胸藏星斗，筆陣掃千軍。若遇桃花浪暖，定還我一躍龍門。親年邁，且自温衾扇枕，隨分度朝昏。

〔古風〕越中古郡誇永嘉，城池闤闠人奢華。思遠樓前景無限，畫船歌妓顔如花。詩禮傳家忝儒裔，先君不幸早傾逝。奈何家業漸凋零，報效劬勞未如意。儘交彈鋏嘆無魚，甘守齏鹽樂有餘。萱堂淑賢齊孟母，諄諄教子讀詩書。刺股懸頭曾努力，引光夜鑿匡衡壁。胸中拍塞書五車，舌底瀾翻浪千尺。嗟吁歲月不我留，親年老邁喜復憂。甘旨奈何缺奉養，功名况且志未酬。一躍龍門從所欲，麻衣换却荷衣緑。丹墀拜舞受皇恩，管取全家食天禄。小生姓王名十朋，表字龜齡。温城在城居住。不幸椿庭早逝，惟賴母親訓育成人。家無囊橐，忝列庠生之數；學有淵源，慚無驛宰之榮。明日府尊堂試，他時大比，未知若何？此乃天命所賦，亦非人意所期也。日昨已曾相約朋友們講學，以明經史。在此等候。

【水底魚】（末上）白屋書生，胸中醉六經。蛟騰鳳起，管登科，爲上卿。

自家府學生員王士宏，明日府尊堂試，已約朋友會講，不免到梅溪家去。迤邐行來，此間就是，梅溪有麼？（生）四明請了！（末）請了！（生）半州爲何不至？（末）隨後來了。

【前腔】（净上）白面兒郎，學疏才不廣。粗豪狂放，指銀瓶，索酒嘗。

自家孫汝權，府尊堂試，來到梅溪家會講，迤邐行來。梅溪有麼？（生見介）明日本府堂試，我等各把本經講習一篇。（净、末）君子講學，以文會友，有何不可？（生）如此，先把四書講一講。（净）講甚麼書？（末）若講四書，先講《論語》。梅溪『學而時習之，不亦悦乎』；半州『有朋自遠方來』。（生）學生亂道了。（净）願聞。（生）學之爲言效也。人性皆善，而覺有先後，後覺者必效先覺之所爲，乃可以明善而復其初也。習，鳥數飛也，學之不已，如鳥飛也。管見如此，望二位改教。（末）講得有理。（生）四明，『不亦悦乎』怎麼講？（末）學生亂道。（生）願聞。（末）既學矣，而又時習之，則所學者熟而中心喜悦，其進自不能已矣。請二位改教。（生）講得有理。（末）半州，『有朋自遠方來，不亦樂乎』怎麼講？（净）我也要講？免了罷！（末）這個如何免得！（净）鵬，大鳥也。一飛九萬里，果是遠方之外落者，是調也。那大鵬在遠方之外飛來，不想飛得羽垂翅折，在半空中停翅而想，説道：『我有些乞力了，莫不要調下去？』説言未盡，蹼蹬，此乃不亦樂乎？（末）半州差了，你我同心爲友，合志爲朋，怎麼到説了飛禽？（净）二位滿腹文章，無忝同類。我學生不通古今，一味粗俗，誠所謂馬牛而襟裾。飛禽與走獸，正是同類。（末）休要取笑。

【玉芙蓉】（生）書堂隱相儒，朝野開賢路，喜明年春闈已招科舉。窗前歲月莫虚度，燈下簡篇可卷舒。（合）時不遇，且藏諸韞匵。際會風雲，那時求價待沽諸。

【前腔】（末）懸頭及刺股，掛角并投斧，嘆先賢曾受許多勤苦。六經三史靡温故，諸子四書可誦讀。（合前）

【前腔】（浄）家私雖富足，心性忒愚魯，向書齋剛學得者也之乎。無才學休想學干禄，有才的便能身掛緑。（合前）

（生）聖朝天子重英豪，（末）常把文章教爾曹。

（浄）世上萬般皆下品，（合）思量惟有讀書高。

第三齣　慶誕

【高陽臺】（外上）兔走烏飛，星移物换，看看鬢髮皤然。嗣息無緣，幸生一女芳年。温衣飽食堪過遣，賴祖宗遺下田園。喜一家老幼平安，謝天週全。

〔鷓鴣天〕華髮蕭蕭鬢若霜，老來無子實堪傷。箕裘事業誰承繼？詩禮傳家孰紹芳？閒議論，細思量，欲將一女贅賢良。流行坎坷皆前定，只把丹心托上蒼。老夫姓錢，名流行，温城人也。昔在黌門，(一)忝考貢元。衣冠世裔，時乖難顯於宗風；閥閲名家，學淺粗知乎禮義。不幸先妻早逝，只存一女，年方二八，欲招王十朋爲婿，以繼百年。自愧再婚姚氏，幸喜此女能侍父母。正是：子孝雙親樂，家和萬事成。今日是老夫賤誕，聊備蔬酒，少展良辰。李成那裏？（末）一點祥光現紫薇，匆匆瑞氣藹庭幃，齊簪翠竹生春意，共飲瑶巵介壽眉。老員外有何鈞旨？（外）請老安人出來。（末）老安人有請。

【臘梅花】（净上）年華老大雙鬢皤，胭脂膩粉幸丢抹。市人都道我，道奴相像夜叉婆。（末）牛頭獄卒做渾家，此不是夜叉婆？（净）老員外萬福！

【前腔】（丑上）奴奴體貌多嬝娜，嫦娥也賽奴不過。市人都道我，道奴相像緊那羅。（末）小心金鼓手，此不是緊拿鑼。（丑見介）願嫂嫂千年朱頂鶴，願哥哥萬代緑毛龜。（外）甚麽説話？（净）姑娘，今日是你哥哥誕日，爲何來得能遲？（丑）在家整備些薄禮，因此來遲。（外）妹子自家，如何送許多禮？（丑）没有什麽，牽得一隻黄狗，與哥哥慶壽。（外）狗慶得壽的？（丑）『黄耇無疆』，願哥哥『受天之慶』。（净）每年間是你把盞，今年你侄女長成了，該他把盞，學些禮體。待我去叫他出來。孩兒那裏？

【珍珠簾】（旦上）南極耿耿祥光燦，明星爛，慶老圃黄花娱晚。（衆）去了青春不再返，且暫把身心遊玩。（旦）疏散，喜團圓歡會，慶生華誕。

(一) 黌：原作『鴻』，據文義改。

（外）紛紛紅紫競芳塵，日永風和已暮春。（旦）但願年年當此日，一杯壽酒慶生辰。（外）雖然如此，一則以喜，一則以憂。（净）所喜者何也？（外）所喜者，家庭温厚，骨肉團圓。（丑）所憂者？（外）所憂者，奈我女兒姻親未遂。若得了汝終身，永無掛念。（旦）告爹爹知道，念玉蓮温凊之禮尚缺，蘋蘩之事未諳，且自開懷暢飲，不必掛念。（净）我兒説得有理。今日是壽日，説什麽招女婿，有了這等如花似玉的女兒，怕無門當户對的女婿！（丑）自古道：『腰間有貨不愁窮。』取酒來，該你把盞。

【錦堂月】（旦）華髮斑斑，韶光荏苒，雙親幸喜平安。慶此良辰，人人對景歡顔。畫堂中寶篆香銷，玉盞内流霞光泛。（合）齊祝贊，願福如東海，壽比南山。

【前腔换頭】（丑）筵間，繡幕圍環，奇珍擺列，渾如洞府仙寰，美食嘉殽，堪并鳳髓龍肝。簪翠竹同樂同歡，飲緑醑齊歌齊唱。（合前）

【前腔换頭】（净）堪嘆，雪染雲鬟，霞銷杏臉，[一]朱顔去不回還。椿老萱衰，只恐雨僽風僝。但只願無損無傷，咱共你何憂何患？（合前）

【前腔换頭】（外）幽閒，食可加餐。官無事擾，情懷并没愁煩。人老花殘，於心尚有相關。待招贅百歲姻親，承繼我一脉根蔓。（合前）

[一] 銷：原作『綃』，據《李卓吾先生批評古本荆釵記》改。

（浄）李成，收了罷。（外）媽媽，正不曾喫得酒，就收拾了，你這等慳吝！（浄）老兒，

【醉翁子】非慳，論治家千難萬難，休只管喫得甕盡杯乾。（丑）今番，慶生席面，難做尋常一例看。（合）重換盞，直飲到月轉花梢，影上闌杆。

【前腔】（外）神仙，滿座間人閒事減。慶眉壽，樽前席上，正宜疏散。（衆）歡宴，樂人祗應，品竹彈絲敲象板。（合前）

【僥僥令】（衆）銀臺燒絳蠟，寶鼎噴沉檀，望乞蒼穹從人願。（合）骨肉永團圓，保歲寒。

【前腔】炎凉多反覆，日月易循環，但願歲歲年年人康健。（合前）

【尾】玉人彈唱聲聲謾，露春纖把錦箏低按，曲罷酒闌人散。

四時光景疾如梭，堪嘆人生能幾何？
遇飲酒時須飲酒，得高歌處且高歌。

第四齣　堂試

【謁金門】（小外、雜從上）簡命分專邦甸，報國存心文獻。蒲鞭枉昭公椽，三載民無怨。

〔鷓鴣天〕〔一〕千里承恩秉郡旌，矢心曾不染秋毫。公門既許清如水，吏筆何須利似刀？無德政，起童謡，聿修文書讚皇朝。願將廉范龔黄意，布政歐城教爾曹。自家温州府太守吉天祥是也。即今賓興之秋，又當堂試之日，下官今日考試諸生。左右，唤秀才進來。

【轉山子】（末扮學官上）六經慚負管窺天，可信燈氈恁有緣。士子作章編，争望登高選。送生員手本。（外）趲生員進來，教官出去罷。（末應下）

【水底魚】（生上）仰之彌高，鑽之彌堅，忽焉在後，瞻之忽在前。

【前腔】（末上）學問無邊，如人臨廣淵。意深趣遠，玄玄復又玄。

【前腔】（净上）身似神仙，金銀積萬千。無心向學，終朝只愛眠。

（衆見介。外）衆生員起來作揖。（衆應介。净）學生皆膚見之學，望大人賜淺些題目。（外）衆秀才，今日考試汝等，不意分巡大人報到，將就考一道策罷。起來聽題。

【紅衲襖】（外）問：古人君所以賢，古人臣所可言。聖王汲汲思爲善，爲善還當何者先？子輩燈窗已有年，所得經書學問淵。悉心爲我敷陳也，毋視庸常泛泛然。

（衆遞卷介。外）叫左右：拿那生員背起來打！（净）老大夫何以賜責？（外）我什麽衙門，令人代

〔一〕〔鷓鴣天〕：原闕，據《李卓吾先生批評古本荆釵記》補。

作文字？（浄）怎麽代作文字？（外）這卷與這卷，明明是一個人寫的字。若肺腑流出，必然成誦。衆生員始初送卷的，各背爾所作上來。

【前腔】（生）對：古明君在重賢，古良臣貢舉先。巫咸傅説初皆賤，伊尹曾耕莘上田。臯陶既舉不仁遠，四皓出而漢祚安。恭承執事詢愚見，敢不諄諄露膽肝？

（外）此篇以薦賢立論，是知國家之首務者，宜取以冠首。

【前腔】（末）對：古賢王在獵畋，古賢臣開墾先。孟軻十一言猶善，八口同耕井字田。庸言『民乃國之本』，故曰『食爲民所天』。躬承執事詢愚見，敢不精心進數言？

（外）此篇以井田十一立意，足見其有憂國憂民之意，可喜，可喜！

【前腔】（浄）對：古剛明須積錢，臣奉行須聚斂。治財理賦稱劉晏，功數蕭何饋餉先。徵糧時要他加二三，糧完時賞他一個錢。若今府庫充盈也，大敵聞之不敢言。

（外）此篇陳辭未純，立論不正，宜加刻苦之功，須革富貴之相，方免馬牛襟裾之誚。庸勉，庸勉！諸生過來，先遞卷的什麽名字？（生）生員王十朋。

（外）今朝堂試汝魁名，他日須知作上卿。

（衆）大惠及民誇德政，又將文字教書生。

第五齣　啓媒

【荷葉魚兒】（外上）春雨新收，喜見山明水秀，萬花深處有鳴鳩，軟紅泥踏青時候。試躡青鞋，慢拖斑竹，去尋良友。

自分老林丘，詩酒朋儔。昔年壁水壯遨遊，學冠同流。嗟吁獨負鄧攸憂，一子難留。且求佳婿續箕裘，是亦良謀。老夫昔在太學，曾試貢元，人故以貢元呼之。至親三口，繼室、小女而已。田園足以供衣食，廬舍足以蔽風雨。中郎有女傳書業，伯道無兒嗣世家。老夫聞得王景春之子王十朋，近日堂試魁名，欲浼將仕郎南陽郡許文通爲媒，求作小女之婿。故此扶笻而來，不免到他門首。且咳嗽一聲，老將仕在家麽？

【前腔】（末上）靜把詩書閒究，竹扉上是誰頻扣？

呀！原來是老貢元，請了。（外）過竹方通徑，穿雲始見山。（末）家因貧故靜，人爲老而閒。連日少會，今日下顧，必有佳教。（外）只因小女未有佳配，昨聞故人王景春之子，堂試魁名，去後必有好處，敢煩將仕作伐，往彼一說，成此姻緣。但恐輕瀆，有屈神勞。（末）鄙夫即當往議此親，諒此富彼貧，必無辭。且請一茶。（外）不勞賜茶，但得早爲玉成，多幸。

【三學士】弱息及笄姻未偶，故來拜屈同遊。書生已露魁人手，山老因營繼嗣謀。（合）若得良媒開笑口，這求親願必酬。

【前腔】（末）解綬歸來爲至友，果然同氣相求。爾玉人窈窕鍾閨秀，那君子慇懃須好求。（合）管取兩門開笑口，這求婚願必酬。

【前腔】（外）人世姻緣天所授，惟媒妁得預其謀。麻瓢兀自浮仙澗，紅葉猶能上泝流。（合前）若得。

【前腔】（末）謹領尊言求鳳偶，管教配合鸞儔。雲英志不存田玉，織女期嘗訂斗牛。（合前）管取。

（外）釐降篇成事豈虛，（末）《詩》言夫婦首《關雎》。
（外）人間未結前生契，（合）天上先成月下書。

第六齣　議親

【遶地遊】（老旦上）桑榆暮景，將往事空思省。家貧窘，悶懷耿耿。共姜誓盟，慕貞潔甘守孤零，喜一子學問有成。

老身柏舟誓守，自甘半世居孀，榆景身安，惟愛一經教子。錐有破茅之地，僅可容身；囊無挑藥之資，旋謀糊口。剪髮常思侃母，斷機每念軻親。正是：不求金玉貴，惟願子孫賢。老身張氏，少適王門，自從丈夫亡後，不幸祖業凋零。止生一子，名十朋，雖喜聰慧，才學有成，奈緣時乖運蹇，功名未遂。今乃大比之年，且訓誨一番。十朋那裏？

【風入松】（生上）青霄萬里未鵬摶，淹我儒冠。布袍雖擬藍袍换，榮枯事皆由天斷。且自存心奉母，何須着意求官？

母親拜揖！（老旦）春榜動，選場開，收拾行李，上京科舉。（生）母親，事業要當窮萬卷，人生須是惜分陰。正是：學成文武藝，貨與帝王家。孩兒只爲家貧親老，不敢遠離。（老旦）孩兒，豈不聞《孝經》云：『始於事親，終於事君。』君親一體，若得你一官半職回來，也顯做娘的訓子之功。（生）敢不遵命！（老旦）兒，還有一件事，前日雙門巷錢貢元央許將仕議親，無物爲聘，以此不敢應承。只恐今日又來，如何是好？（生）母親，豈不聞古人云：『娶妻莫恨無良媒，書中有女顔如玉。』孩兒只慮功名未遂，何慮無妻？（老旦）兒，你也説得有理。自從你父親亡後，做娘的呵！

【黄鶯兒】半世守孤燈，鎮朝昏幾淚零，到今猶在淒涼景，寒門似冰，衰鬢似星。（生）母親爲何調淚？（老旦）爲只爲早年不幸鸞分影。（合）細評論，黄金滿籯，不如教子一經。

【前腔】（生）父喪母勞形，論孩兒當報恩，奈何人事不相稱。（老旦）只怕你學未成。（生）非學未成。（老旦）只怕你己未能。（生）非己未能，爲只爲五行不順男兒命。（合前）

【簇御林】（老旦）親師範，近友朋，把詩書勤講明。聚螢鑿壁真堪敬，他們都顯父母，揚名姓。（合）奮鵬程，名題雁塔，白屋顯公卿。

【前腔】（生）親年邁，家勢傾，恨朠甘缺奉承。卧冰泣竹真堪并，他們都感天地，登臺省。

（合前）

（末上）受人之託，必當終人之事。錢貢元央老夫到王宅議親，此間有人麼？（老旦）兒，有人在外，你去看。（生）待孩兒去看。呀！老將仕，失迎了！（末）令堂有麼？（生）家母有。（末）老夫求見。（生）少待。母親，許將仕在外。（老旦）請進來。（見介）許大人請。重蒙貴步到寒家，有何見諭？（末）老夫非爲別事，只因錢貢元前番央老夫來説令郎親事，老安人不允。近聞得賢郎堂試魁名，貢元不勝之喜，今着老夫送吉貼到宅，望乞安人允就，不必推辭。（老旦）多蒙貢元見愛，又蒙將仕週全。只是家窘，不敢應承。（末）貢元説道：不問人家貧富，只要女婿賢良。聘禮不拘輕重，隨意下些，便可成親。（老旦）貢元乃豐衣足食之家，老身乃裙布荆釵之婦，惟恐見誚。（末）安人何必太謙！

【桂枝香】（老旦）年華衰邁，家私窮敗，要成就小兒姻親，全賴高賢擔帶。論才難佈擺，論才難佈擺，（一）錢難揭債，物無借貸。（拔釵介）兒，自你父親去後之時，再無所遺，止有這荆釵，權把他爲財禮，只愁事不諧。

（一）『論才』句：原不疊，據《新刻原本王狀元荆釵記》改。下兩曲『倘時運到來』『但心無忌猜』二句同改。

【前腔】(生)萱親寧耐，冰人休怪。小生呵！貧居陋室多年，惟苦志寒窗十載。倘時運到來，倘時運到來，功名可待，姻親還在。母親，這荆釵又不是金銀造，如何做聘財？

【前腔】(末)安人容拜，秀才聽解。那貢元呵，不嫌你禮物輕微，偏喜愛熟油苦菜。但心無忌猜，但心無忌猜，物無妨礙，人無雜壞。方纔聘禮取過來一觀。(生)請觀。(末)昔日漢梁鴻聘孟光，荆釵遺下，豈不是達古之家？這荆釵雖不是金銀造，非是老夫面奉，管取門闌喜事諧。

(老旦)將仕回見貢元，只說禮物輕微，表情而已。(末)謹領，謹領。

(生)寒家乏聘自傷情，(老)權把荆釵表寸心。

(末)着意種花花不發，(合)等閒插柳柳成陰。

第七齣　遐契

【秋夜月】(浄上)家富豪，少甚財和寶？未畢姻親，縈牽懷抱。思量命犯孤星照，没一個老瓢。

自家號做孫汝權，牛羊無數廣田園。無瑕美玉白似雪，没孔珍珠大似拳。白銀積下如土塊，黄金堆垛似方磚。温州城裏第一個財主，件件稱心，樣樣如意。説也惶恐，夜夜縮脚眠。前日學中回來，偶見一家門徑裏面四個大字：『爲善最樂。』正看之際，閃出二八佳人，生得描不成，畫不就，十分美貌。若得此女爲妻，不枉了今生一世。

【駐雲飛】思憶多嬌，想他十指纖纖一搯腰，兩瓣金蓮小，賽過西施貌。妖，其實是俊多嬌，想他身材小巧，教我日夜相思，時刻縈懷抱。若得成親，我也不枉了。

呸！想他也没用，我家裏有個才六、才七，只好管些家事。有個朱吉能言語，我未曾説起，他就曉得我心事，叫他出來商議。朱吉那裏？（末上）聽得叫朱吉，慌忙走來立。大膽寸難行，小心儘去得。官人，有何分付？（净）朱吉，前日我在學中回來，打從雙門巷裏經過，一家門前寫着『爲善最樂』，你曉得是那一家？（末）是錢貢元家裏。（净）你怎麽認得？（末）小人常在他門首經過，認得。（净）他家好個女兒。（末）官人怎麽曉得？（净）我在學中回來，偶見此女，生得十分美貌。我要取他爲妻，没個人去説合。（末）他家對門賣燒餅的張媽媽，是錢貢元的妹子。姑娘説侄女，有何不可？（净）我兒好聰明，姑娘説侄女，有何不依？小廝，取文房四寶過來。（末）要文房四寶何用？（净）寫個票兒，拿他來。（末）這就不是，求親猶如告債，須是登門相請纔可。（净）你不知道，這媽媽聞得他嘴頭子極快，他問道官人多少年紀，方纔娶親，教我怎麽回他？（末）只説高來不成，低來不就，蹉跎了歲月，少説些年紀便了。（净）你分付家裏，只説我學中去了。（末叫後科。净）出得家門口，此間已是大街坊。（末）待我去請他。（净）有理。（末叫）張媽在家麽？（丑上）來了。

【秋夜月】蒙見招，打扮十分俏。走到門前人都道，道奴奴臉上胭脂少，搽些又好，抹些又俏。

（末）捺多了，好與關大王作對。（丑）你來我家何幹？（末）孫官人要見。（丑）呀！相公請了。（净）媽媽請了。（丑）看茶。（净）媽媽請。（丑）相公，接待不周。春牛上宅，并無災厄。（净）我今閒走，特來看你這母狗。（末）出言太毒，將人比畜。（净）怎麼屎口傷人？（丑）慣有這毛病。（净）茶來。（丑）免茶。（净）免茶不是你説的。（丑）討茶也不是你説的。（净）我在家裏討慣了。（丑）相公，今日到此貴幹？（净）他問我貴幹，我怎麽回他？（末）便説煩媽媽爲媒。（净）特煩媽媽爲媒。（丑）不知取與第幾位令郎？（净）小兒尚未有母，就是這小花男子。（丑）相公今年高壽了？（净）一百八十歲。（末）一十八歲。（净）看，一十八歲。（丑）好少年老成！要取那家女兒？（净）朱吉，怎麼回他？（末）便説令兄宅上有個令愛，要娶他做娘子。（净）媽媽，聞知令愛宅上，有個令兄，取他做個掌家娘子。（丑）我哥哥六十歲了，還饒他不過。（净）都是你只管令令令，都令差了。巧言不如直道，便説你哥哥家裏有個丫頭，我要討他做老婆便了。（末）是令兄宅上有個令愛，財主取他做掌家娘子。（丑）若説我侄女兒，只教你雪獅子向火，酥了一半。看我侄女兒，長不料料窕窕，短不踻踻促促。他眉灣新月，髻挽烏雲，臉襯朝霞，肌凝瑞雪。有沉魚落雁之容，閉月羞花之貌。秋波滴瀝，雲鬢輕盈，淡掃蛾眉，薄施脂粉。舒翠袖，露玉指，春笋纖纖；下香階，顯弓鞋，金蓮窄窄。這雙小脚，剛剛三寸三分。（净）好！連夜就成。朱吉，這媽媽説小姐的脚，剛剛三寸三分，這是賣弄金蓮，就值一千兩。請問媽媽要多少價錢？（末）這就差了，買牛馬便説價錢，親事只説財禮。（净）你曉得我的，我若過一兩遭，便曉得。苦惱，小花男子那裏曉得？你教我便好。（末）請問媽媽要多少財禮？（丑）相公，我哥哥是詩禮之家，出得你的門，進得我哥户，様様成雙，件件成百。（浄）有！大人家幹事不小，小人家幹事不大，只管出得我家門，進得你令兄家户。媽媽，成親之後，自有禮物登門謝媒。花紅羊酒錦段贈之。朱吉，今日是個好日，你連忙回去，取金釵一對，壓釵銀四十兩，相煩媽媽就去。

【豹子令】聞説佳人多嬝娜，多嬝娜，端的容貌賽嫦娥，賽嫦娥。此親若得週全我，酬勞財禮敢虚過。（合）花紅羊酒謝媒婆。（丑）成親之後，就是姑婆。（浄）朱吉，你牽羊擔酒謝姑婆。

【前腔】（丑）非是冰人説强呵，説强呵，成敗都是女蕭何，女蕭何。若是才郎拚財禮，管教織女渡銀河。（合前）

（浄）爲媒作伐莫因循，（丑）管取教君成此親。
（末）匹配姻緣憑月老，（合）調和風月仗冰人。

第八齣　受釵

【似娘兒】（外上）一女貌天然，緣分淺，親事遷延。願天早與人方便，絲蘿共結，蒹葭可倚，桑梓相聯。

男子生而願爲之有室，女子生而願爲之有家。老夫昨央將仕王宅議親，回來便知端的。（末上）仗托荆釵成好事，何須紅葉作良媒。昨蒙貢元央我王宅議親，不免回覆。有人麼？（外）將仕，有勞動問，親事如何？（末）老夫初到王宅，説起親事，王老安人再三推辭。已後將尊言説明，纔得允從。（外）將何物爲聘？（末）聘物雖有，只是輕微，將不出。（外）老夫有言在先，不拘輕重，只要成其姻事。（末）聘物在此，請收。（外）好罕物！　昔日漢梁鴻聘孟光，荊釵至今遺下，豈不是達古之家？　老安人那裏？（淨上）姻緣本是前生定，曾向蟠桃會裏來。　那個在此？（外）是將仕。（淨）不是來説我兒親事麽？（外）正是。（淨）李成看茶來。　將士公，外日多蒙厚禮，我説李成去請將士公來喫些壽麵，説你不在家。一鉢頭麵，放了三日，把與狗喫了。（外、末）這什麽説話？（淨）敢問將仕，説我女兒親事怎麽了？（末、外）親事已成了。（淨）既成了，幾時下盒子？（末、外）就是今日。（淨）今日教我怎麽安排得酒與來人喫？（末）都是乾折，袖裏來，袖裏去。（淨）看鷄鵝污屎，壞了衣服。（末）不是這個乾折。（淨）小厮討天平來。（外）要天平做什麽？（淨）要他兑銀子。（外）銀子希什麽罕？（淨）銀子不希罕，什麽希罕？（外）一股荊釵，只怕你不曉得。（淨）你拿來我看。　多少年紀，不曉得這是什麽東西。聞又不香，拿在手又不重，待我磨一磨。（外）這是寶貝，擦不得的。（淨）人到禁擦，他到不禁擦。（外、末）什麽説話？（淨）這木頭簪子，一分銀子買了十根，討得十個媳婦。（外）不要多説。（淨）我曉得。當初漢梁鴻仗他討了個娘子，如今又將來討我女兒，是二婚人了。（末）休得取笑。（淨）你便説何人置造，甚人遺下的？

【柰子花】（末）論荊釵名本輕微，漢梁鴻已仗得妻，芳名至今留傳於世。　老安人，休將他恁般輕視，聽啓，明説道表情而已。

【前腔】(浄)雖然是我女低微，他將我恁般輕覷。一城中豈無風流佳婿？老員外，偏只要嫁着窮鬼。老許，你做媒氏，疾忙與我送還他的財禮。

【前腔】(外)這財禮雖是輕微，你爲何講是説非？婆子，你不曉得，那王秀才是個讀書人，一朝顯達，名登高第，那其間夫榮妻貴。這財禮呵，縱輕微，既來之且宜安之。

【前腔】(丑上)富家郎央我爲媒，要娶我侄女爲妻。説開説合，非同容易，也全憑虚心冷氣。匹配，端的是老娘爲最。

(浄)姑娘那裏來？(丑)我在家裏來，特來與女兒説親。(浄)不要説這親事，我老員外憑了那老許，把女兒許與王什麽朋。(丑)不是王景春的兒子王十朋？娘兒兩個過活的？(浄)正是他家，不知富貴發積何如？(丑)就是孤老院裏趕出跎子來，窮斷了他的脊筋。風掃地，月點燈。(浄)你説的是誰家？(丑)我説的是孫半州孫官人，名頭也有十七八個，金銀使秤稱，珠子使斗量。先將金釵一對，壓釵銀四十兩，交了年庚吉帖，就有禮物登門。(浄)如此只許他家罷。姑娘，只説我不曾見你進來，你就説退了王家，我就説嫁了孫家。(丑)正是。(浄)只是老許在裏面，不好説得。(丑)自古道：『男不作媒，女不保債。』若是老許搶我這媒做了，汗都弄他的出來。嫂嫂，你先進去。(浄)老許還不去。

（丑）哥哥嫂嫂，此是那個？狗也不養出他來。〔一〕我到人一般敬他，他到驢了眼看我，我倒深深拜一拜，他到直了腰哈人。（末）老人家曲不倒腰，只是這等。（丑、浄）老人家曲不倒腰，彭祖公公不唱喏的？男有男行，女有女伴。請出去，待我們説幾句家常話。哥哥，特來與我侄女説頭親事。（外）妹子來遲了，女兒許了王秀才，聘禮受了，就是王景春之子王十朋。（丑）那個做媒的？千百擔柴煮不爛的老狗，這是女人家勾當。那王家朝無呼鷄之食，夜無引鼠之糧，若是嫁了他，餓斷了絲腸。若餓死我家女兒，要與老許討命。（外）什麼説話？（浄）姑娘，你説的是那家？（丑）我説的是孫半州，前門進去一百條水牛，有老許大。（浄）就嫁這水牛。（丑）後門進去一百條黄牛。不要説他珍珠財寶，只這象牙屏風底下，冰乾也有一千擔。（浄、外）冰見了日頭就洋了，怎麽晒得冰乾？（丑）各天一方，有這等天晒得這冰乾。嫂嫂，生藥鋪裏賣的是什麽？（浄）這是冰片。（丑）正是，正是。退了王家，嫁那孫家。（外）你不曉得，就是那孫汝權，極奸詐。我也配他不來，還了他聘禮。（浄）這等人家不與他？如今退了王家，許了孫家。（外）你那婆子，曉得什麽？一家女子百家求，求了一家便罷休。（浄）哎了嘴！一家女子百家求，九十九家不罷休。（丑）只有一家不求得，扒在屋上打磚頭，一失手打了老許的頭。

【駐馬聽】（外）巧語花言，竟不顧男女婚姻當遴選。此子才堪梁棟，貌比璠璵，學有淵源。我孩兒非比孟光賢，那書生亦遂梁鴻願。這親事也由我不得，也由你不得。（合）萬事由天，一朝

〔一〕他：原作『我』，據《李卓吾先生批評古本荆釵記》改。

契合，做了百年姻眷。

【前腔】（净）才貌兼全，親老家貧囊又艱，羞殺荆釵裙布。繡褥金屏，綺席華筵。好姻緣番做惡姻緣，富親眷强似窮親眷。（合前）

【前腔】（丑）四遠名傳，那個不識孫汝權。他貌如潘岳，富比石崇，德并顔淵。輕裘肥馬錦雕鞍，重裀列鼎珍羞饌。（合前）

【前腔】（末）五百年前，月老曾將足繫纏。不用詩題紅葉，書附青鸞，玉種藍田。瑶池曾結并頭蓮，畫堂中已配豪家眷。（合前）

（外）今日未可便相從，（净）須信豪家意頗濃。

（末）有緣千里能相會，（丑）無緣對面不相逢。

（外）怎成得人家？一個客在此，也没茶水，倒有許多不賢之處！（净）還不跪？（丑）跪了，嫂嫂。（外）妹子，一家好人家，是你攪壞了，我也做不得主。我兒在繡房中，你將兩家聘禮問女兒。願嫁金釵，就是孫家；願嫁荆釵，就是王家。（净、丑）正是。（外）只説王家是詩禮之家，那孫家一味村濁。（净）再説一個大巴掌。（外）罷罷，我再不管了。（先下。丑）世間無難事，只怕歪絲纏。一個老官人被你一纏，就纏壞了。玉蓮就比我小時節，只要有得喫，有得着。這等人家不嫁，倒去嫁窮鬼？好計！計就月中擒玉兔，謀成日裏捉金烏。（下）

第九齣　繡房

【戀芳春】（旦上）寶篆香消，繡窗日永，又還節近清明。暗裏時更换，月老逼椿庭，惟願雙親福壽康寧。

〔鷓鴣天〕(一)鏡中常自嘆嬋娟，生長閨門二八年。惟喜椿庭身在室，何堪萱室魄歸天？工容德，(二)悉兼全，玉質無瑕賽月圓。春去秋來多少事，金蓮那肯出房前？奴家侍奉早膳已畢，且向繡房做些針指。

【一江風】繡房中，裊裊香烟噴，蓊蓊輕風送。但晨昏問寢高堂，須把椿萱奉。忙梳早整容，忙梳早整容，惟勤針指功，怕窗外花影日移動。

【前腔】聽鵲鴉，噪得我心驚怕，有甚吉凶話？念奴家不出閨門，莫把情懷掛。依然繡幾朵花，依然繡幾朵花，天生怎比他？再繡出薔薇架。

【青哥兒】（丑上）豪門議親，哥哥嫂嫂已許諧秦晋。未審玉蓮肯從順，且向繡房詢問。開門！（旦）是誰？（丑）是你姑娘。（旦）姑娘那裏來？（丑）我兒，這就不是了，怎麼攔門拜？詩

(一) 〔鷓鴣天〕：原闕，據《新刻原本王狀元荆釵記》補。
(二) 容：原闕，據《新刻原本王狀元荆釵記》補。

禮人家，只像小家子出身，好歹等姑娘坐定了拜纔是。（旦）多謝姑娘指教！（丑）這纔是。我兒坐了。（旦）姑娘，告坐了。（丑）你在這裏做什麽？（旦）這是枕方。（丑）這是什麽花？（旦）并頭蓮。（丑）這是做親的意思了。（旦）姑娘休要取笑。（丑）下面是鴨、是鵝、哺鷄？（旦）鴛鴦。（丑）鴛鴦嘴長了七八針。這是什麽書？（旦）是《烈女傳》。（丑）我兒，這書且放過一邊，我要説正經。我兒，特來與你説一頭親事。（旦）不是爹爹許那王，（丑）虧你不羞，不出閨門的女兒，曉得什麽王、白，好歹等姑娘説出來。你爹爹許了王家，母親見他艱難，將你許了孫半州。他是温州城裏第一個財主，我兒若嫁了他，一生受用不盡。這是王家的聘禮，這是孫家的聘禮。（旦）姑娘，他乃豪家富貴，玉蓮乃家寒貌醜，不敢應承孫家。（丑）嫁孫家是，聽我説他富貴。

【梁州序】他家私迭等，良田萬頃，富豪聲振歐城。他又不曾婚聘，專浼我來求親。（旦）他恁的錢物昌盛，愧我家寒貌醜難厮稱。（丑）這段姻緣料想是前生定，入境緣何不順情？休得要恁執性。

【前腔】（旦）他有雕鞍金凳，重裀列鼎，肯娶我裙布荆釵？我須房奩不整，反被那人相輕。（丑）雖是你房奩不整，他見你恭容，自然相欽敬。（旦）嚴父將奴先已許書生，君子一言怎變更，實不敢奉尊命。

【前腔】（丑）你爹娘俱已應承，問侄女緣何不肯？恁推三阻四，莫不是行濁言清。（旦）枉了將人淩并，便匆下頭來，斷然不依允。（丑）論我作伐，宅第盡聞名。十處説親九處成，誰學你假惺惺。

【前腔】（旦）做媒的，（丑）做媒的不是做賊的。（旦）做媒的個個誇能，也多有言不相應，信着你都被誤了終身。（丑）合窮合苦没福分丫頭强廝挺，令人怒憎。（旦）出語傷人，你好不三省，榮枯事總由命。

【尾】（丑）這段姻緣非斷逞，少什麽花紅送迎？（旦）誰想番成作畫餅。

（旦）姻緣自是不和同，（丑）無分榮華合受窮。

（旦）雪裹紅梅甘冷淡，（合）羞隨紅葉嫁東風。

第十齣　逼嫁

【福青歌】（浄上）只因我女嬌媚，富家郎要結姻契。姑娘在此作良媒，尋思道理，强如嫁着窮鬼。

常言道：『會嫁嫁田莊，不會嫁嫁才郎。』好笑我老兒將女兒許嫁王十朋，姑娘來説的温州城内第一個財主孫汝權。如今姑娘繡房中與女兒議親，待姑娘來便知端的。

【前腔】（丑上）玉蓮賤人無理，激得我怒從心起。腌臢蠢物太無知，千推萬阻，枉教我受了這場嘔氣。

(淨)姑娘爲何這般氣？(丑)嫂嫂，只説人家養女兒，你當初把他如金寶，如今把你當蒿草。我便領你的命到繡房中去，他便閉着門兒。我便叫開門，他便不該就是攔門拜。我該奉承他一分便好。我不合教道他，他便怪我搶白了，心裏有些不自在我。我便説特來與你做媒，他到嗞了這張嘴，説道：姑娘，莫不是爹爹説王？我就説：不出閨門的女兒，曉得什麼王、白，好歹等姑娘説出來。又説：爹是親的，娘是繼母，不知是那一個養漢老淫婦，不知他是那裏來的，便是這等跟我爹的。還要拿他到稅課司去稅他一稅，羞也羞殺了他。(淨)他是這等無理，七歲無了母，是我扶養長成。説我做主不得，我且喚他出來，肯嫁孫家，我有一處，要嫁王家，也有一處。(丑)嫂嫂不要説我説的。(淨)玉蓮那裏？

【七娘子】(旦上)芳心未許春搬弄，傍紗窗繡鸞刺鳳。(淨)玉蓮！(旦)母命傳呼，奴當趨奉，金蓮輕舉湘裙動。

(旦)母親。(淨)撒開！不是你娘！(旦)姑娘。(丑)不是你姑娘。(淨)你好欺心！雖無十月懷胎，且有三年乳哺。怎麼得你長大嫁老公，姑娘與你説親，肯不肯好好回他，怎麼説爹是親的，娘是繼母，做主不得，罵我許多？(旦)是那個來説的？(淨)姑娘説的。(旦)姑娘曾在那裏罵？(丑)你罵來。(淨)賤人罵得好！

【鎖南枝】(旦)休發怒，免性焦，一言望乞聽奴告。這聘禮荆釵，休恁看得小。(淨)是金的？

(旦)非是金。(丑)敢是寶?(旦)非是寶。(淨)非金非寶,要他何用?(旦)將來聘奴家,一似孟德耀。

【前腔】(淨、丑)聽他道,越氣惱,無知賤人不聽教。因甚苦死執迷,惹得娘焦燥?他禮物有甚好?比着玉鏡臺,羞殺晉温嶠。

(旦)母親,豈不聞商相埋名,版築巖前曾避世;阿衡遯跡,躬耕莘野未逢時。買臣見棄於其妻,季子不禮於其嫂。先朝蒙正運未通,破窑困苦;昔日韓信時不遇,當道餓寒。王秀才雖窘,乃才學之士;孫汝權縱富,乃奸詐之徒。才學之士,不難於富貴;奸詐之徒,必易於貧窮。王秀才一朝風雲際會,發跡何難?(淨)姑娘,丫頭雖小,且是識人多矣。不知那裏尋許多苦堆一處。

【四换頭】賊潑賤閉嘴,數黑論黄講甚的?我是你什麼人?(旦)是娘。(淨)恰又來,娘言語怎違?那裏是順父母顔情却是你。(旦)順父母顔情,人之大禮。話不投機,教人怎隨?富豪貪戀,貧窮見棄,惹得傍人講是非。

【前腔】(丑)呆蠢丫頭,出語污人耳。恁推三阻四,話不投機。豪家求汝效于飛,他有甚相虧?出言抵撞,你好没尊卑。

【前腔】(旦)非奴失禮儀,望停嗔,聽拜啓。婚姻事有之,恐誤了終身難改移。(淨)嫁去好,多住幾日,不好,回來再嫁。(旦)怕一時貪富侈,恐船到江心補漏遲。

【前腔】（浄、丑）好言勸你，再三阻推。娘是何人你是誰？（旦）母親暫息雷霆威，休恁自差池。今日裏緣何將我苦禁持？（浄）自今和你做頭敵。（旦）謾威逼，斷然不與孫氏做夫妻。

（旦下。外上）自不整衣毛，何須夜夜嚎。爲何在此喧嚷？（浄）老賊養得好女兒，把我一頓打。若無姑娘勸，幾乎打死。（外）媽媽，玉蓮最孝順，敢不是他？（浄）且住！待我思想。我扯住他衣服，他灑調跑了去，方纔打。姑娘，是你打的。（外）妹子回來一次，惹得他母子鬧炒，今後再不要回來。（丑）我爲你女兒親事，今後再不回來了。（浄哭）我的姑娘！（丑哭）我的嫂嫂！（外）呸！好人好家，哭怎麽的？（丑）耍戲，有哭有笑。（浄）依我嫁孫家，多與他房奩首飾。若不肯嫁孫家，剥得赤條條，揀個十惡大敗日，一乘破轎子，送到王家。房奩首飾，一些没有，再不管他。（外）將機就機，明日乃是一好日，只説不好。媽媽，十惡大敗之日，就是明日送去。（浄）也罷，就是明日。（外）媽媽，你送去。（浄）我不去。（外）妹子，你送去。（丑）嫂嫂，一個泥人送到廟裏去，看個下落，就是我去。

（外）不貪富貴自甘貧，（浄）叵耐無知小賤人。

（丑）惟有感恩并積恨，（合）萬年千載不成塵。

第十一齣　辭靈

【破陣子】（旦上）翠黛深籠寶鏡，蛾眉懶畫春山。絲蘿雖喜依喬木，椿樹還憐老歲寒，偷將珠淚彈。

我生胡不辰，襁褓失慈母。鞠育賴椿庭，成立多艱楚。此日遣于歸，父命曷敢阻？進退心恐傷，有淚出肺腑。奴家被繼母逼嫁孫郎，我爹爹不允，將機就機，只説今日是十惡大敗之日，匆遽之間，將奴出配王家。首飾衣服，并無一件。苦呵！若是親娘在日，豈忍如此骯髒？不免到祠堂中拜别親娘神主。此間已是祠堂中了，這一位是我親娘呵！一入祠堂心慘悽，百年香火嘆無兒，涓埃未報母恩德，返哺忍聞烏夜啼。

【玉交枝】音容不見，望冥中聽奴訴言。甫離懷抱娘恩斷，目應怎瞑黄泉。誰知繼母心太偏，逼奴改嫁相凌賤。我那親娘，孩兒今日出嫁，本待做一碗羹飯與你，料他决不相容。苦！莫説羹飯，我要痛哭一場，（合）怕他們聞之見嫌，只得且吞聲淚痕如綫。

我的親娘在日，豈是今日？

【前腔】不能光顯，嘆資裝十無一完。爹爹，母親，荆釵裙布奴情願。只是我爹爹年老在堂，奴家去後，嘆無人膝下承顔。我的親娘，七歲抛離了你，受他折磨難盡言。孩兒倘有一些差處，非打即駡，他全無骨肉親相眷。（合前）

（外上）荆釵與裙布，隨時逼婚嫁。（丑上）三夜不息燭，相思何日罷？（外）我兒，哭得這等模樣，你在此怎麽？（旦）我在此别母親神主。（外）我的兒！

【憶多嬌】你且開鏡奩，整翠鈿，休得界破殘妝玉筯懸。今日我做爹爹的骯髒了你，首飾全無真可憐。（合）休得愁煩，喜嫁個讀書大賢。

【前腔】（旦）愁只愁你子嗣慳，爹老年，何忍教兒離膝前！爹爹，你與母親不諧，孩兒去了，凡事忍耐些罷。莫惹閒非免掛牽。（合前）

（丑）我兒，你若依了我，嫁了孫家，大樣妝奩，十分富貴。今日什麽來由，到嫁這個窮鬼？（外）你好胡說！

【鬬黑麻】自古姻緣，事非偶然。五百年前，赤繩繫牽。兒今去，聽教言。我的兒，你到王門做媳婦，勿慢勿驕，必欽必敬。孝順姑嫜，數問寒暄。（合）燈前淚漣，生離各一天。他有日歸寧，吾心始安。

我兒，上轎去罷。（旦）待孩兒請母親出來拜辭。（外）孩兒，那老潑賤，你去拜別他怎麽？（旦）爹爹，天下無有不是的父母，孩兒何忍不辭而去？（丑）侄女言之有禮，待我去請他來。嫂嫂，女兒請你出來拜別。（淨在內說）不出來，一似張果老倒騎驢，永遠不要見這畜生的面。（丑）侄女兒，你母親不肯出來受你的拜別。（旦）既不肯出來，待奴自去請。母親，開門，開門！（淨內說）不開，不開！（旦）母親既不開門，不免就此房門前拜別。我的娘，孩兒呵！

【前腔】蒙教養成人，恩同昊天。（淨內應）我又不是你親娘，說什麽昊天！（旦）我的娘，雖不是你親生，多蒙保全。兒別去，免憂煎。娘，你是個年老之人，休惹閒氣，倘爹爹有些不是處，忍耐些罷！努力加餐，望把愁顏變笑顏。（合）燈前淚漣，生離各一天。（外）我兒，他衣飾也無一件與你，哭他怎麽？（旦）裙布荆釵，奴身自便。

（丑）侄女兒，拜了爹爹，上轎去罷！（外）不要拜了。

【臨江仙】（旦）百拜哀哀辭膝下，及門無母施鞶，未知何日返家園。出門銀燭暗，白日照魚軒。（旦、丑吹打下。外吊場）

【前腔】半壁孤燈相吊影，蕭蕭白髮盈顛，那堪弱息離身邊？叮嚀辭別去，情痛不成乾。

第十二齣　合巹

【風馬兒】（老旦上）株守蝸居事桑蠶，形憔悴，鬢藍參。（生上）家寒世薄精神減，淒涼一擔。母憂愁，子羞慚。

（老旦）孩兒，姻緣之事非偶然，前番許將仕來説親事，我因將荆釵爲定。此人一去許久，不見回報，敢是不成了。（生）母親，姻緣前生分定，苦苦掛懷則甚。

【瑣寒窗】（老旦）這門親非是我貪婪，無奈人來説再三。送荆釵只愁富室褒談，良媒竟没一言回俺，反教娘掛腸懸膽。（合）早間只聞得鵲噪窗南，有何親舊相探？

【前腔】（生）嘆連年貧苦多諳，尤在淒涼一擔擔。事萱親，朝夕愧缺腴甘。劬勞未答，常懷悽慘。議姻親，斷然不敢。（合前）

【前腔】（末、浄上）論人生嫁女婚男，不是姻緣怎妄貪。謾誇他豪門首飾衣衫，嬌娥志潔，甘居清淡。那聽他巧言啜賺。這姑姑因此臉羞慚，此來必定喃喃。

此間已是。有人麽？（老旦）有人在外，出去看來。（生）待孩兒去看。（末）老夫要見令堂。（生）請將仕少待。（老旦）請見。（末）老安人賀喜！（老旦）寒門似水，喜從何來？（末）錢老員外送小姐過門，以此賀喜。（老旦）倉卒之間，諸事不曾整備，怎生是好？（末）不費老安人的心，錢宅也没有人來，止有張姑媽送親。他恰有些絮刮，不要聽他。（浄）只要對了新官人，諸事不要管。張老安人出轎。華堂今夜喜筵開，拂拂香風次第來，畫鼓頻敲龍笛響，新人挪步出庭階。

【寶鼎兒】（丑上）親送侄女臨門，管取今朝沉醉。

（浄）請老安人迎接姑婆。（老旦）姑婆請。（丑）親家請。（浄）請行禮，再行禮。（老旦、丑行禮。丑）此間是那個？（末）就是新官人。（丑）你不曉得，這是瓊林之瓊。親家面上爲何能黄？（老旦）生成的。（丑）這房子爲何都是曲的？（老旦）這是舊房。（丑）不是舊房，正是喬木之家。（末、浄）這話纔説得好。（丑）親家，裏面有什麽冰窨？（老旦）没有什麽冰窨。（丑）爲何冷氣直冲？親家，夜來我哥哥嫂嫂分顔，如今送侄女臨門，首飾房奩，諸事不曾完備，望親家包荒。（老旦）家下倉卒之間，諸事不曾整備，望姑婆包荒。（丑）實不相瞞親家說，没有喜娘，還要我一身充兩役，扶我侄女出轎。酒是好歹兩桌都是我的了。（末）且不要多説，扶持新人出轎。（浄）伏以身騎白馬摇金凳，曾向歌樓列管絃。醉後不知明月上，笙歌引入畫堂前。

【花心動】（旦上）適遣匆匆，奈眉峰慵畫，鬢雲羞籠。（浄）一對新人請上花毯，齊眉并立。一派笙歌列綺羅，女郎今夜渡銀河。羞聞織女笑呵呵，今夜斷然饒不過。（老旦）請受禮。（丑）同受禮。（浄）老安人請訓事。（老旦）姑婆請訓事。（丑）親家請。（老旦）占了。夫妻交拜，相敬如賓。務要上和下睦，夫唱婦隨。常如鸞鳳之和鳴，早叶麒麟之應瑞。姑婆請。（丑）勤事桑麻，織綢做布，莫學自己，嫁了這個窮酸餓醋。喜筵獨桌，擺在那裏？（老旦）姑婆，倉卒之間，諸事不曾整備。

【惜奴嬌】只爲家道貧窮，守荆釵裙布，謹身節用。今爲姻眷，惟恐玷辱親家門風。（旦）空空，愧乏房奩來陪奉，望高堂垂憐寵。（合）喜氣濃，悄似仙郎仙女，會合仙宫。

【前腔换頭】（丑）欣逢，夫婿寬洪，可留心遵守，四德三從。（末）勤攻詩賦，休得要效學飄蓬。（生）重重，命蹇時乖長如夢。（老旦）謝良言，開愚懵。（合前）

【鬭黑麻】（旦）家中，雖忝儒宗，論蘋蘩箕帚，尚未諳通。愧無能，豈宜適事英雄？（老旦）融融，非獨外有容，必然内有功。（合前）

【前腔】(生)愚蒙，欲步蟾宫，奈才疏學淺，未得翥冲。愧無能，豈宜先自乘龍？(丑)雍雍，才郎但顯功，嬌妻擬贈封。(合前)

【錦衣香】(末)夫性聰，才堪重；婦有容，德堪重。天生美質奇才，彩鸞丹鳳。(生)自慚非是漢梁鴻，何當富室，配着孤窮。(旦)念妾非孟光，奉親命遣侍明公。今日同歡共，藍田玉曾修種。夫和婦睦，琴調瑟弄。

【漿水令】(老旦)恕貧無香醪泛鍾，恕貧無美食獻供。(丑)又無些湯水飲喉嚨，妝甚麽大媒？做甚麽親送？(末)休相笑，莫妄銜，惟恐外人相譏諷。(老旦)非缺禮，非缺禮，只爲窘中。凡百事，凡百事，望乞包籠。

【尾】(衆)佳人才子德堪重，更人才又兼出衆，夫妻到老永和同。(一)

(生)合巹交歡喜頗濃，(老)琴調瑟弄兩和同。

(丑)今宵賸把銀缸照，(合)猶恐相逢在夢中。

(一) 永：原闕，據《新刻原本王狀元荆釵記》補。

第十三齣　遣僕

【出隊子】（外上）追思前事，追思前事，心下如同理亂絲。雖然頗頗有家私，争奈年高無後嗣，怎不教人怨咨！

萬般皆是命，半點不由人。當初本欲招贅王十朋爲婿，誰知我那婆子嫌貧愛富，定要嫁孫家。我女不從，因此變作參商，翻成仇怨，是我一時將機就機，將孩兒送過王門。如今王十朋赴京科舉，思慮他家無人，意欲整西邊書房，去請親家、女兒同居住，早晚也好看顧。李成那裏？（末上）水將杖探知深淺，人聽言詞見腹心。員外有何分付？（外）李成，王官人往京求取功名，我思量他家無人，欲將西首書房，去請老安人、小姐到家居住，早晚也好看顧。（末）如此甚好，只怕老安人不容。（外）有我在此，不妨。（末）小人就去。

【好姐姐】（外）聽吾一言説與，那王秀才欲求科舉。他若去時，必定家空虚。（合）堪憂慮，形隻影單添悽楚，暮想朝思愈困苦。

【前腔】（末）解元爲功名利禄，他應難免分開鴛侣。妻孤母獨，怎不愁滿腹？（合前）

【前腔】（外）我欲把西邊空屋，相請他萱親荆婦，移來并居，早晚堪看顧。（合）親骨肉，及早取來同居住，彼此心歡意滿足。

【前腔】（末）小僕蒙東人付囑，到彼處傳説衷曲。他聞此語，擬定無間阻。（合前）

（外）不忍他家受慘悽，（末）恩東惜樹更連枝。

（外）黄河尚有澄清日，（末）豈可人無得運時？

第十四齣　迎請

【掛真兒】（老旦上）天付姻緣事諧矣，夫和婦如魚似水。（生上）貧處蝸居，羞婚燕爾，惟恐旁人談耻。（旦上）菽水承歡勝甘旨，親中饋未能週備。（生）慈母心歡，賢妻意美，深喜一家和氣。

母親，蘋蘩已喜承宗嗣，功名未遂平生意。黄榜正招賢，囊空無一錢。（老旦）孩兒，家寒難斡運，謾自心頭悶。（旦）今舉若蹉跎，光陰能幾何？（生）母親，孩兒自與娘子成親之後，不覺半載。即日黄榜動，選場開，郡中刻限十五日起程。爭奈缺少盤纏，如何是好？（老旦）孩兒，自你父親亡後，家私日漸凋零。你今缺少盤費，教娘實難措辦。（旦）官人，此係是前程之事，况兼官府催行，雖則家道艱難，如何辭免？可容奴家回去，懇及爹娘，或錢或鈔，借些與官人路上盤纏，不知尊意如何？（生）如此却好，只恐岳丈不從。（旦）這個不妨。（末上）若無漁父引，怎得見波濤？自家蒙老員外着我到王秀才家去請取，這裏便是，有人在此麽？（老旦）孩兒，是誰在門首？（生）待孩兒去看。（生）足下何來？

（末）小人是錢宅來的。（生）少待。母親，原來岳丈家裏來的人。（老旦）媳婦，你去看是誰。（旦）待奴家去看。原來是李成。（末）是小人。（旦）一向爹媽好麽？（末）俱各平安。（旦）今日着你來，有何話説？（末）老員外聞知秀才官人上京應舉，思慮宅上無人，着小人打點空房一所，特着小人來請老安人、小姐同家另住。（旦）這是貧人遇寶，有何不可？你進來見了婆婆，須要下禮。（末）大人家兒女曉得。（老旦）媳婦，是誰？（旦）婆婆，是奴家裏使唤的李成。（老旦）原來是李成舅，請他進來。（旦）李成進來。（末）老安人拜揖！（老旦）李成舅萬福！二位親家安否？（末）托賴俱各平安。（老旦）如今親家着你來有何幹？（末）老安人請坐，待小人説。

【宜春令】恩東命，遣僕來上覆，近聞説官人赴帝都。解元出路，人去家空，必定添淒楚。意欲把西首房屋，待相邀安人居住。爲此特令男女，到宅傳語。

【前腔】（老旦）蒙錯愛，爲眷屬，這恩德深銘肺腑。奈緣艱苦，迤邐不能勾參岳父。到如今又蒙相呼，頓教娘心中猶豫。試問我孩兒媳婦，怎生區處？

【前腔】（生）因科舉，欲赴都，免不得抛妻棄母。千思百慮，母老妻嬌，却教誰爲主？既岳翁惜寡憐孤，這分明連枝惜樹。且自隨機應變，慎勿推阻。

【前腔】（旦）夫出路，百事無。况家中前空後虚，晨昏朝暮，慮恐他人生疾妒。既相招共處同居，暫幽棲蓽門蓬户。未審婆婆夫主，意中何如？

（末）安人且聽小人告禀：俺老員外説得好，解元赴選，家中惟有女流。外無老僕，内無小僮。俺小姐既受蘋蘩之托，恐缺甘旨之奉。爲此將西邊空屋，請安人、小姐另處。父子又得相親，婦姑况得其所。安人以爲半世尚守孤燈，今而有婦，不肯因人而熱，辭之固當矣。據小人愚見，早晚仰賴無人，倘有不測，何以堪處？我家空屋，固非廣厦高堂，亦有重疊門户。不使雀穿牖，毋使犬吠室。實爲有托，可保無虞。解元衣錦榮歸，不惟壯觀老員外之門楣，抑且增益老安人之福履。休得三思，幸垂一諾！（旦）婆婆，李成之言有理。請問去否？（老旦）兒，你道怎麽不去？

（老）家寒羞往見新親，（生）世務艱難莫認真。

（旦）此去料應無改易，（末）逕傳消息報東人。

（末下。老旦、生、旦吊場）（一）

【繡衣郎】（老旦）半生在陋室幽棲，樂守清貧苟度時。重蒙不棄，大厦千間相週庇。望孩兒異日榮貴，報岳翁今日恩義。（合）願從今奮鵬程萬里，願從今奮鵬程萬里！

【前腔】（生）自歷學十載書幃，黄卷青燈不暫離。春闈催試，鏖戰功名在科場内。金鑾殿擬着荷衣，廣寒宫必攀仙桂。（合前）

（一）末下：原闕，據《李卓吾先生批評古本荆釵記》補。

【前腔】（旦）想蒼天不負男兒，一舉成名天下知。倘登高第，雁塔題名身榮貴。若能勾贈母封妻，也不枉了争名奪利。（合前）

【前腔】（老旦）黄河尚有澄清日，豈可人無得運時？（旦）㈠皇都得意，那時好個風流婿。

（生）我寒儒顯赫門楣，太岳翁傳揚名譽。（合前）

（生）春闈催赴迫違期，（旦）但願皇都得意回。

（老）躍過禹門三級浪，（合）管教平地一聲雷。

第十五齣　分别

【卜算子】（外上）從别女孩兒，心下常縈繫。昨日令人去請歸，彼此心歡喜。

雪隱鷺鷥飛始見，柳藏鸚鵡語方知。昨日着李成去搬取王親媽、秀才與我女孩兒同家另居。待李成回來，便知分曉。

【疏影】（老旦上）韶光荏苒，嘆桑榆暮景，貧困相兼。（旦上）半載憂愁，一家艱苦，未知何日回甜。（生上）麄衣糲食心無歉，爲親老常懷悽慘。（末上）安人賢會，秀才儒雅，小姐貞潔。

㈠　（旦）：原闕，據《新刻原本王狀元荆釵記》補。

老安人，這裏正是本宅門首，待小人進去通報。老員外，老安人、秀才官人、小姐都來了。（外）在那裏？（末）都在門首。（外）看坐來。親家，請裏面相見。（老旦）老親家先請。（外）親家，老夫接待不周，勿令見罪。（老旦）親家，老身貧無一絲爲聘，遣荆釵言之可羞。（外）小女愧無百輛迎門，奉蘋蘩惟恐有失。（老旦）未遑造謝，反蒙寵招。（外）重荷輝臨，不勝忻羡。（老旦）老親家，親母如何不見？（外）老荆有些小恙，不及侍陪，容日再拜。乞恕！乞恕！（老旦）孩兒過來，見了老親家。（生）念十朋一介寒儒，三尺童稚，忝居半子之情，托在萬間之庇，有違參拜，無任戰兢。（外）好賢婿！（旦）爹爹，久别尊顔，且喜無恙。（外）孩兒起來。親家母，我聞知令郎起程，慮恐親家宅上無人。老夫如今打點西邊空房屋一所，請親母到來，與我孩兒同住。未知尊意如何？（老旦）老身來此，叨擾尊府。（外）賢婿幾時起程？（生）小生就是今日起程。（外）李成看酒來。（末）酒在此。（外）此一杯酒，一來與老親家接風，二來與我賢婿餞行。親家，我家中没有高堂大厦。

【降黄龍】草舍茅簷，蓬蓽塵蒙，網羅風颭。尊親到此，但有無一一望親遮掩。（老旦）恩沾，萬間週庇，悄似寒灰撥焰。使窮親歡生愁腹，喜生愁臉。

【前腔换頭】（旦）安然，同效鶼鶼，爲取功名，反成抛閃。君今此行，又恐怕貪富别娶房奩。（生）休言，我守忠信，自古道『貧而無諂』，肯貪榮忘恩負義，附熱趨炎？

【前腔换頭】（老旦）淹淹，貧守齏鹽，常慮衣單，每憂食欠。(一)今爲眷屬，尤恐將宅第門風辱玷。（外）休謙，既成姻眷，又何故相棄相嫌。敢攀尊親寵臨，老夫過僭。

【前腔换頭】（生）叨忝，母訓師嚴，三史諳通，九經博覽。今承召舉，到試闈定有朱衣頭點。（旦）春纖，捧觴低勸，好將心事拘鉗。到京師閒花野草，慎勿沾染。

【黄龍衮】（生）休將别淚彈，休將别淚彈，且把愁眉斂。背井離鄉，誰敢胡沾染？（老旦）路途迢遞，不無危險。纔日暮，問路程，尋宿店。

【前腔】（生）萱親免愁煩，萱親免愁煩！岳丈休憶念。（老旦）記取叮嚀，客邸當勤儉。（外）此行只願鰲頭高占，功名遂，姓字香，門楣顯。

【尾聲】（生）隨身不慮無琴劍，慮只慮行囊缺欠。（外）些少白金相助添。

（生）多謝岳父厚意。（外）你去路上要小心，早去早回。（老旦）孩兒，你過來，我分付你幾句。（生）母親，有何分付？（老旦）你未晚先投宿，鷄鳴起看天；逢橋須下馬，過渡莫争先；古來冤枉事，皆在路途間。做娘的就比樹頭上黄葉，荷葉上水珠，朝不保暮了。我的兒呵！

【臨江仙】渡水登山須仔細。（外）朝行須聽曉鷄啼。（旦）成名先寄好音回。（末）藍袍將掛

(一)　欠：原作『缺』，據《新刻原本王狀元荆釵記》改。

體，及第便回歸。（生）重荷萱親勤訓誨，感蒙岳丈提携。娘子，好生侍奉我親幃。李成，在家勤照顧。（末）及第便回歸。（旦扯生介）半載夫妻成拆散，婆婆年老怎支持？成名思故里，切莫學王魁！（生）你不須多囑付，我及第便回歸。

（生先下。衆吊場）正是：流淚眼觀流淚眼，斷腸人送斷腸人。（外）孩兒，你夫婿上京取應，好把婆婆恭敬。（旦）甘旨一一趨承，謹依爹爹嚴命。（老旦）多幸，多幸，骨肉團圓歡慶。

【園林好】深感得親家見憐，助白銀恩德萬千。更廣厦容留，貧賤得所，賜喜綿綿。蒙所庇，意拳拳。

【沉醉東風】（外）我孩兒三生有緣，與才郎忝爲姻眷。今日赴春闈，程途遥遠。助盤費，尚憂輕鮮。（旦）婆當暮年，父當老年，只願我兒夫榮歸故苑。

【川撥棹】（老旦）他憑取才學上京赴選，又恐怕他功名緣分淺。（末）老安人且莫縈牽，那秀才文章燦然。管登科，作狀元；管登科，作狀元。

【紅繡鞋】（老旦）旦夕祝告蒼天，週全。願他獨占魁選，榮顯。母妻封贈受皇宣，門楣顯，姓名傳。得魚後，怎忘筌？得魚後，怎忘筌？

【尾】從今且把眉舒展，遇良辰自宜消遣，骨肉永遠團圓。

（外）舉子紛紛争策藝，（老）此行願取登高第。

（旦）馬前唱道狀元來，（合）這回好個風流婿。

第十六齣　赴試

【水底魚】（生上）天下賢良，赴選臨帝鄉。白衣卿相，暮登天子堂。

【前腔】（末上）爲功名紙半張，引得吾輩忙。人人都想，要登龍虎榜。

【前腔】（浄上）有等魍魎，本是田舍郎，妝模作樣，也來入試場。

（生）三年大比選場開，滿腹文章特地來。争看世人增價買，信知吾輩是英才。（浄）梅溪，我和你一學朋友，不須通名，趲行則個。

【甘州歌】（生）自離故里，謾回首家鄉，極目何處？萱親年老，一喜又還一懼。晨昏幸託年少妻，深感岳丈相憐一處居。（合）蒙囑付，牢記取，教我成名先寄數行書。休悒怏，莫嗟吁，白衣换却錦衣歸。

【前腔】（末）芳春景最奇，正可人不暖不寒天氣。千紅萬紫，開遍滿目芳菲。香車寶馬逐隊隨，只見來往遊人渾似蟻。（合）争如我，折桂枝，十年身到鳳凰池。身榮貴，回故里，人人都道狀元歸。

【前腔】（浄）迤邐松篁逕裏，見野塘溶溶水没沙嘴。鷗鳬往來，出没又還驚飛。危橋跨澗人過稀，只見漠漠平沙接遠堤。（合）途中趣，真是奇，緑楊枝上囀黄鸝。難禁受，聞子規，聲聲叫道不如歸。

【前腔】（衆）聞知皇都近矣，尚還隔幾重烟水。餐風宿水，豈憚路途迢遞。一心指望入試闈，恨不得肋生雙翅飛。（合）尋宿處，莫待遲，竹籬茅舍掩柴扉。天將暮，日墜西，漁翁江上釣魚歸。

【尾】問牧童，歸村市，香醪同飲典春衣，圖得今宵沉醉歸。

（生）琢磨成器待春闈，（末）此去前程唾手回。

（浄）青雲有路終須到，（合）金榜無名誓不歸。

第十七齣　春科

（末上）欽奉朝廷命，敷施雨露恩。魚龍皆變化，一躍盡朝天。自家不是别人，禮部伺候的便是。往來聽候，侍奉官員。今乃大比貢舉之年，正當設科取士之際。國朝委請試官，已在貢院之内。府縣郡召舉子，俱列棘闈之前。如今將次考試，只得在此伺候。怎見得設科取士？但見開設着茂才科、賢良科、方正科，齊齊整整；印卷所、彌封所、對讀所、謄録所，密密嚴嚴。委請有總考官、同考官、《易》考官、《書》考官、《詩》考官、《春秋》考官、《禮記》考官，人人飽學；提調官、供給官、巡綽官、受卷官、彌封官、總監臨官、都幹辦官，個個清廉。但是天下才子，先到禮部報名。第一場，以四書擬題，内選程文四書三篇、五經四篇，務要文章峻潔。第二場，以性理群書擬題，内選程論詔誥一篇、表判一篇，俱用禮義精純。第三場，策問五道，無非曉達時務，何必經史辨疑。中試舉人，定爲三甲：授官進士，分作九階。第一甲，賜進士及第，官授從六品；第二甲，賜進士出身，官授正七品；第三甲，賜同進士出身，官授從七品。廷策一道，列名狀元、榜眼、探花，遊街三日，賜宴瓊林，鹿鳴鹵簿。正是：一封纔下興賢詔，四海應無遺棄才。道猶未了，試官早到。

【夜遊朝】（外、雜從上）錦袍銀綬掌春宫，輔佐承明一統。聖主求賢心重，網羅天下英雄。烏紗玉帶紫金魚，出入千人擁一車。若問榮華何自至，少年曾讀五車書。下官蒙差考試，爲天子之輔臣，係文章之司命。榮身食禄，豈容尸位素餐？報主匡時，敢不矢心殫力？今當會試之春，命主禮闈。天下英才，雪屯蟻聚。左右，舉子入試者，用意搜檢，以防懷挾。着他魚貫而進！

【水底魚】（生上）天降皇恩，詔我衆書生。魚龍變化，直上九霄雲。

【前腔】（末上）慈親衰倦，弟兄無一人。無人奉養，時刻常掛心。

【前腔】（浄上）我是文人，聲名天下聞。若還高中，管取第一名。

（衆見。外）衆舉子，我奉九重之命，掄四海之才。每歲考試，不過經書詩對，盡是俗套虚文。我今奏准裁革。第一場各把本經做一篇，第二場破題，第三場作詩。天地人三號，各歸號房，挨次呈來，無得錯亂，取責不便。（雜）生員領題。（外）天字號就把本經做一篇來！

【黄鶯兒】（生）魯史紀周正。（外）正名之實，何者爲先？（生）重明倫，先正名。先明王霸之分。尊王賤霸功難泯。（外）五霸桓文爲盛，事業如何？（生）齊桓公會諸侯於葵丘，次師召陵以伐楚。晋文公會諸侯踐土，天王狩於河陽。葵丘序盟，召陵誓兵，河陽踐土誠陵分。（外）《春秋》以賞罰爲事，無乃爲僭乎？（生）《春秋》天子之事也。故仲尼曰：『罪我者，其惟《春秋》乎？知我者，其惟《春秋》乎？』細推評，刑誅爵賞，誰識素王情？

（外）此篇深得《春秋》賞罰之旨，真内聖外王之學也。可喜，可喜！地字號把你本經做一篇來！

【前腔】（末）五典與三墳，見重華，思放勳。（外）昔左史倚相，能讀墳典丘索之書。子亦能是乎？（末）不敢，此分内事也。九丘八索吾能省。（外）既然讀上古書，且説『欲爲君盡君道，欲爲臣盡臣道』，二者當法何人？（末）君人之道，至文武而盡。人臣之義，當以伊周爲法。文謨克勤，武烈繼明，商衡周鼎輝相映。（外）如或知汝，則何以哉？（末）有用我者，務引君當道而已。際風雲，鹽梅舟楫，一德務臣君。

（外）此篇深有宰輔器量，深爲朝廷得人賀也。人字號把你本經做一篇來看！

【前腔】（净）四聖首彌綸，道陰陽，説鬼神。（外）《易》主卜筮者，説可信麼？（净）聖人作《易》，神以知來，知以藏往，是故知幽明之故。知來藏往昭無朕。天根杳冥，月窟渾淪。（外）何爲天根，何爲月窟？（净）堯夫云：『乾遇巽時觀月窟，地逢雷處見天根。』（外）夏商之時，《易》有何名？（净）夏

《易》首艮，是曰《連山》；商《易》首坤，是曰《歸藏》。皆無足傳者，《連山》雲斷《歸藏》隱。（外）此子年齒雖逾，學識頗到。（淨）不敢，我學生八八六十四卦，三百八十四爻，無不精曉。（外笑）可知你日親筆硯？（淨）惶恐。且休韡，韋編三絶，觀國利王賓。

（外）此篇《易》學頗精，非研窮義理，不能到也。（生）生員領題。（外）第二場，我出個破題與你做：『臣事君以忠。』（生）論輔乎君者，當盡忠於君也。（末）生員領題。（外）第二場，我出破題與你做：『其爲人也孝悌。』（末）性禀天地之貴，道尊日月之長。（淨）生員領題。（外）第二場，我出破題與你做。學而第一：『學而時習之，不亦説乎？有朋自遠方來，不亦樂乎？人不知而不愠，不亦君子乎？』（淨）大人，不是這學，乃是鶴兒第一。鶴乃是鶴之子，時乃時時之習也。蓋鶴有千歲，得爲有壽之禽。小鳥朔飛，漸漸飛高飛遠，其母豈不説乎？忽一日飛在青田之内，赤壁之間，同類見他飛得高遠，也飛來做了一處。此乃同類相從，豈不樂乎？雄鶴見了雌鶴，就欺心起來，一飛飛起來，站在雌鶴身上，牢牢立定，而不滚也。雌鶴把頭來對了雄鶴：『雄鶴，你爲何欺心？』雄鶴答曰：『人不知而不愠，不亦君子乎？』（外）天字號第三場，就把桂花爲題，光、香、郎韻，作詩一首。（生）花如金粟占秋光，月殿移來萬斛香。試問嫦娥仙子道，一枝留與狀元郎。（外）地字號第三場，就把梅花爲題，光、香、郎韻，作詩一首。（末）横斜疏影透波光，玉骨冰肌分外香。昨夜前村雪初霽，今朝應有探花郎。（外）人字號第三場，就把橘子爲題，光、香、郎韻，作詩一首。（淨）橘子生來耀日光，又酸又澀又馨香。後來結成一個大疙瘩，剖開來到有七八囊。（外）郎字韻怎麽囊？（淨）大人，囊得過就罷了。（外）學問粗疏！回去用心讀書，留在下科。（淨）三場文字不得中，六個饅頭落得吞。（外）這幾篇皆通，獨有天字號爲最。天字號那方人氏，姓甚名誰？（生）温州府永嘉縣人氏，姓王，名十朋。（外）去秋解元是你，今科會元又是你。我把你文字封上御前親閱定奪。

【風檢才】（衆上）舉子讀書大賢，錦繡文章可觀。象簡羅袍恁作穿，宮花插帽簷偏。（合）頭名是王狀元！

（小生）聖旨下，奉聖旨：策三道詞理平順，條對詳明，宜居第一甲第一名，王十朋；第二甲第一名，王士宏；第三甲第一名，周璧。各賜袍服冠帶，整備鼓樂，迎送狀元及第。遊街畢日，即赴翰林謝恩。

（衆）萬歲！萬歲！萬萬歲！

（外）五百名中第一人，（生）烏靴紗帽緑袍新。

（末）明朝早赴瓊林宴，（衆）斜插宮花謁至尊。

第十八齣　閨念

【破陣子】（旦上）燈燦金花無寐，塵生錦瑟消魂。鳳管臺空，鸞箋信杳，孤幃不斷離情。巫山夢斷銀缸雨，繡閣香消玉鏡蒙。十朋，休怨懷想人。

妾慚非淑女，父命嫁洪儒。矢心共貧素，布荆樂有餘。旦夕侍巾櫛，齊眉愧不如。兩情正歡洽，一旦赴徵書。折此藍田玉，分我合浦珠。翠鈿空零落，緑鬢漸蕭疏。登樓試晚妝，鏡破意躊躇。羞看舞雙燕，交彩入空虛。況有高堂親，憂懷日倚閭。願言遠游子，及早賦歸歟。奴家自從才郎别後，每日鷄鳴而起，敬奉姑嫜，勤事父母。如今天尚未明，意欲對鏡梳妝，争奈離愁千種，想起别時，不覺垂淚。

春風吹柳拂行旌，憶别河橋萬種情。

天上杏花開欲遍，才郎從此步雲程。

【四朝元】雲程思奮，迢迢赴玉京。爲策名仙籍，獻賦金門，一旦成孤另。自驪駒唱斷，自驪駒唱斷，空憶草碧河梁，柳緑長亭。一騎天涯，正是百花風景，到此春將盡。嗏！寂寞度芳辰，鳳帳鴛衾，翠減蘭香冷。君行萬里程，妾懷萬般恨。别離太急，思思念念，是奴薄命！

薄命佳人多苦辛，通宵不寐聽鷄鳴。

高堂侍奉三親老，要使晨昏婦道行。

【前腔】婦儀當盡，昏問寢興。聽譙樓更漏，紫陌鷄聲，忙把衣衫整。要殷勤定省，要殷勤定省，自覷堂上姑嫜，萱草椿庭，白髮三親，也索一般恭敬，不敢辭勞頓。嗏！端不爲家貧，欲盡奴情，願采蘋蘩進。兒夫事遠征，親年當暮景，孝思力罄。行行步步，是奴常分。

事親一一體夫心，無暇重調緑綺琴。

憔悴容顏愁裏變，妝臺從此懶相臨。

【前腔】慵臨妝鏡，菱花暗鎖塵。自曲江人去，鳳拆鸞分，羞睹孤飛影。漸脂憔粉悴，漸脂憔粉悴，説甚眉掃青山，鬢挽烏雲？玉箸痕多，只爲荆釵情分，腸斷當年聘。嗏！欲照又還停，只見貌減容消，展轉添愁悶。團團寶鑒明，蕭蕭翠環冷。爲思結髮，絲絲縷縷，萬千愁病。

愁病懨懨瘦損神，只因夫婿寓瑶京。
那堪雁帛魚書杳，腸斷香閨獨宿人。

【前腔】從離鄉郡，皇都覓利名。想龍門求變，豹文思炳，鳳閣圖衣錦。奈歸期未定，奈歸期未定，便做折桂蟾宫，賜宴瓊林，須念蘭房，有奴孤形獨影，莫向紅樓凭。嗏！獨坐暗傷神，雁杳魚沉，教奴望斷衡湘信。長安紅杏深，家山白雲隱。早祈歸省，孜孜翕翕，舉家歡慶。

【尾聲】時光似箭如梭擲，勤把萱親奉侍，專等兒夫返故里。

只爲求名豈顧親，兒夫必定離京城。
真個路遥知馬力，果然日久見人心。

第十九齣　參相

（末上）碧玉堂前列管絃，真珠簾捲裊沉烟。不聞閫外將軍令，只聽朝中天子宣。自家不是别人，乃是万俟丞相府中堂候官的是也。且説我那丞相，真個官高極品，累代名家。身居八位之尊，班列群僚之上。論文呵，對先聖夜讀詩書；論武呵，總元戎時觀韜略。巍巍駕海紫金梁，兀兀擎天碧玉柱。休説官高極品，先誇相府軒昂。泥金樓閣，重簷疊棟，直起上一千層；碾玉欄杆，傍水臨階，斜連着十二曲。窗横面面碧琉璃，磚砌行行紅瑪瑙。屏開翡翠，獸爐中噴幾陣香風；簾捲蝦鬚，仙仗間會三千朱履。門排畫戟，坐擁金釵。響礌礌的是玉珮聲摇，明晃晃的是珠簾色耀。後堂中安一張影玲瓏、光燦爛、數十層雕花刻草八柱象牙床，正廳上間放着四圍香散漫、色鮮妍、幾多様描鸞畫鳳九鼎蓮花帳。金間玉，玉間金，雕鞍寶凳；紅映紫，紫映紅，繡褥花裀。人人道是玉橋邊開着兩扇慷慨孟嘗門，鳳城中蓋着一所異様神仙窟。道猶未了，丞相早到。

【賀聖朝】（净上）幾年職掌朝綱，四時燮理陰陽。一人有慶壽無疆，兆民賴之安康。

爵尊一品，爲天子之股肱；位總百官，乃朝廷之耳目。廟堂寵任，朝野馳名。正是：一片丹心能貫日，四方志氣可凌雲。自家万俟丞相是也。吾有一女，小字多嬌，雖年及笄，争奈姻緣未遂。今年狀元乃是温州人氏，姓王，名十朋。此人才貌兼全，俺要招他爲婿，不知緣分如何？他今日必來參拜，且叫堂候官分付。堂候官那裏？（末）珍珠簾下忽傳聲，碧玉堂前聽使令。覆丞相，有何鈞旨？（净）堂候官，今年狀元乃是温州人氏，姓王，名十朋。此人才貌雙全，欲要招他爲婿，只今便要成親。你怎麽説？（末）告丞相，小姐是瑶池閬苑神仙，狀元是天禄石渠貴客，若成了姻緣，不枉天生一對。（净）正是。他今日必來參拜，你在衙門首，來時必須先露其意。（末）暫辭恩相去，專等狀元來。

【菊花新】（生上）十年身到鳳凰池，一舉成名天下知。脱白掛荷衣，功名遂，少年豪氣。

引領神仙下翠微，雲間相逐步相隨。桃花已透三千丈，月桂高攀第一枝。閬苑應無先去客，杏園惟有後題詩。男兒志氣當如此，金榜題名天下知。小生得了頭名狀元，深蒙聖恩，除授饒州僉判。方已朝回，必須參見万俟丞相。（末見介）狀元賀喜！（生）何喜可賀？（末）丞相有一多嬌小姐，欲招狀元爲婿，只今便要成親。（生）小生自有寒荆在家，焉敢望此？煩請通報。（末）少待。（介）告丞相，狀元已在門首。（淨）着他進來見我。（末）請狀元進去相見。（生見拜介）小生一介寒儒，久困山澤，郡乏賢才，勉使來試。忝蒙天眷，皆賴丞相提携之賜。謹造鈞墀參拜，不勝愧感之至。（淨）狀元，且休閒説，休閒講。我有一事與你説：男子生而願爲之有室，女子生而願爲之有家。我有一女，小字多嬌，欲招你爲婿，只今就要成親。你心下如何？（生）深蒙不棄微賤，感德多矣。奈小生已有寒荆在家，不敢奉命。（淨）你是讀書之人，何故見疑。自古道：富易交，貴易妻。此乃人情也。（生）丞相，豈不聞宋弘有云：糟糠之妻不下堂，貧賤之交不可忘。小生不敢違例。（淨怒）我到違例！

【八聲甘州歌】窮酸魍魎，對我行輒敢數黑論黄，妝模作樣，惱得我氣滿胸膛！（生）平生頗讀書幾行，豈敢紊亂三綱并五常。（末）斟量，不如且順從公相何妨？

【前腔换頭】（淨）端詳，這搊搜伎倆，怎做得潭潭相府東床？出言挺撞，那些個謙讓温良。（生）微名忝登龍虎榜，肯做棄舊憐新薄倖郎？望參詳，料烏鴉怎配鳳凰？

【解三酲】（末）狀元你且休閒講，這姻事果是無雙。當朝宰相爲岳丈，論門户正相當。（生）寒儒怎敢過望想？自古道『糟糠妻，不下堂』。（淨）忒無狀，把花言巧語，一訕胡謊！

【前腔】（末）你千推萬阻，靡恃己長，只怕你舌劍唇鎗反受殃。（生）謾自相勞讓，停妻再娶誰承望？又何苦，恁相當？（淨）朝綱選法咱把掌，使不得禍到臨頭燒好香。不輕放，定改除遠方，休想還鄉。

（淨）堂候官，與我趕出去！

（淨）叵耐窮酸太不良，（生）有妻焉敢贅高堂？

（末）大隹飛上梧桐樹，（合）自有傍人説短長。

（生下。淨吊場）（一）這畜生無理，我招他爲婿，倒有許多推故。堂候官，他除授那裏做官？（末）除授江西饒州僉判。（淨）第二名王士宏除授那裏？（末）他在廣東潮陽僉判。（淨）江西是魚米之地，（二）廣東潮陽是烟瘴地面。有何難處？眉頭一蹙，計上心來。却將第二名王士宏除授饒州僉判，將王十朋改調潮陽，絶他歸計。明日張榜示衆。（末）是好計！

（一）生下：原闕，據《新刻原本王狀元荆釵記》補。

（二）江西：原作『西江』，據《李卓吾先生批評古本荆釵記》改。

（淨）改調潮陽禍必侵，（末）教他必定喪殘生。
（淨）平生不作皺眉事，（末）世上應無切齒人。

第二十齣　傳魚

【醉落魄】（生上）鄉關久别應多慮，幸登高第得銓除。修書欲寄報平安，浼承局，帶回歸。

虧心折盡平生福，行短天教一世貧。念小生貧寒之際，以荆釵爲聘，遂結姻親。臨行又蒙岳丈接取母親妻子一同居住，仍贈盤纏赴京，得了頭名狀元。深蒙聖恩，除授饒州僉判。本欲回鄉視親，不合參見万俟丞相，反要招我爲婿。只因不從，被他拘留聽候，不得回鄉。只得寫封家書回去，通報母親妻子知道。我昨日在省門外，有一承局差往温州下文書，與他説了，約我今日來取書。待我寫完，在此等他。

【一封書】男百拜拜覆，母親尊前妻父母，離膝下到都，一舉成名身掛緑。蒙除授饒州僉判府，待家眷臨京往任所。寄家書，附承局，草草不恭兒拜覆。

書已寫完，在此等待承局到來。（末上）傳遞急如火，官差不自由。自家承局的是也。公差到浙江遞送公文。昨日王狀元與我説，要寄家書回去，不免到下處取書。（生）承局，起動你來了。（末）狀元寫完在此未曾？（生）寫完在此了。（末）既完了，送在那裏去？（生）此書煩附與温州在城雙門巷裏錢貢元家下。（末）狀元姓王，爲何到錢宅？（生）是我岳丈家中。

【懶畫眉】煩伊傳遞彩雲箋，你到吾家可代言。因參相府被留連，不能勾歸庭院，傳與我萱親莫掛牽。

【前腔】（末）狀元深念北堂萱，料想尊堂憶狀元。泥金先把好音傳，他必定生歡忭，正是一紙家書抵萬錢。

（生）平安一紙喜重重，（末）闔宅投呈喜信通。

（生）只恐匆匆説不盡，（末）行人臨發又開封。

第二十一齣　套書

【雙勸酒】（浄上）儒冠誤身，一言難盡。爲玉蓮賤人，常懷方寸。若得他配合秦晋，那其間燕爾新婚。

凡人不可貌相，海水不可斗量。誰想王十朋得了頭名狀元，除授饒州僉判。見説万俟丞相招他爲婿，推阻不從。打聽得承局到温州公幹，王十朋教他寄書。我不免在門首等承局來，也教他寄一封回去。

【前腔】（末上）官差限緊，心中愁悶。途路上苦辛，怎辭勞頓？只恐怕誤了公文，那其間有口難分。

（浄）足下莫不是承局哥麽？（末）小子正是承局。（浄）你認得我麽？（末）有些面善，不知官人上姓。（浄）我是温州五馬坊大門樓孫半州便是。（末）孫官人也是温州，與王狀元同鄉。（浄）正是。（末）王狀元有書在此，教我稍回去，我纔在他下處取得書在此。（浄）元來如此。（末）官人，你在此貴幹？（浄）說不得。（末）爲什麽說不得？

【劉潑帽】（浄）念我到此求科舉，因不第羞回鄉里。修書欲報娘和父，待浼承局，只怕相推阻。

【前腔】（末）自家雖在京城住，温台路來往極熟。官人若有家書附，休得要躊躇，咱與你稍回去。

（浄）承局哥，既蒙允肯，同到下處寫書與你。（末）如此同行。（浄）這裏便是下處，請坐。（末）不敢。（浄）承局哥，我本待留你喫一杯淡酒，一來没人，在此不便當。送一錢銀子與你，自去酒肆中去喫三杯；待我寫完了書，你再來取。（末）多謝！無功蒙厚禄，不敢受。（浄）褻瀆尊前，請收了。（末）如此受了。我去喫了酒，官人你寫完了，我就來取。（浄）我就寫在此。（末下。浄叫介）孫官人，怎麽又叫我？（浄）我與你說，這個包兒，倘若到酒肆中喫醉了，這包兒放在那裏，不如放在此。喫了酒一發來取。（末）我曉得，你說道我拿了一錢銀子去了，不來取書，拿我包在此做當頭。（介）我便放在此，你不要動，裏面有王狀元的書在裏面。（浄）我生疔瘡也不動。（末）自沽三酌酒，早寫萬金書。（末下。浄吊場）不施心上無窮計，怎得他人一紙書？想承局去遠了，我把包袱開將起來。且喜王狀元書已在此，待我讀一遍。

【一封書】男百拜拜覆，母親尊前妻父母，離膝下到都，一舉成名身掛緑。蒙除授饒州僉判府，待家眷臨京往任所。寄家書，附承局，草草不恭兒拜覆。寫得好！我與他同學，况字跡與我相同。他寫家書，我寫休書，一句改一句。專怪錢貢元不肯將女兒嫁我，今改休書一封回去。且待我改起來。（改介）男百拜拜覆，母親尊前妻父母。正是才人，一句包了一家門。（改）男八拜拜覆，媽媽萱親想萬福。離膝下到都，一舉成名身掛緑。（改）孩兒已掛緑，蒙除授饒州僉判府。（改）僉判饒州爲郡牧，待家小同臨往任所。若不改傷情，怎得玉蓮到手？（改）我娶了万俟丞相女，可使前妻别嫁夫。寄家書，免嗟吁，草草不恭兒拜覆。（改）我到饒州來取汝。丈二的和尚，只教摸我的頭不着。且放他在包袱裏，如今寫我的。

【清江引】求名未遂，羞歸鄉里，淹滯在京都地。拜覆我爹娘，休把兒牽繫，指日間到家庭，重賀喜。

（末上）折梅逢驛使，寄與隴頭人。（净）我在這裏等你，書已寫完了。你包袱原封不動。這是我的家書，煩老兄帶到五馬坊開典當的才六七開拆。（末）不須分付。（净）聊奉白金一兩，以爲路費。（末）多謝厚賜！

【朱奴兒】（净）因科舉離鄉半春，從别後斷羽絶鱗。今日天教遇你們，趁良使附歸音信。

（合）還歷盡山郭水村，指日到東甌郡。

【前腔】（末）是則是公文限緊，蒙相委怎敢不允？拚十朝與半旬，到宅上備説原因。（合前）

（浄）休憚山高與路長，（末）此書管取到華堂。

（浄）不是一番寒徹骨，（末）争得梅花撲鼻香。

第二十二齣　獲報

【臨江仙】（老旦上）凭欄極目天涯遠，那人去遠如天。（旦上）鱗鴻何事竟茫然？今春纔又過，何日是歸年？

（老旦）春闈催試怕違期，一紙音書絶雁魚。（旦）此去定應攀月桂，拜恩衣錦聽榮除。（老旦）自從你丈夫去後，杳無音信回來。（旦）婆婆，想没有便人。（老旦）我與你倚門而望。（旦）婆婆請先行，奴家隨後。

【傍妝臺】（老旦）意懸懸，倚門終日，望得眼兒穿。自他去京歷鏖戰，杳無一紙信音傳。（旦）多應他在京得中選，因此上無暇修書寄故園。（老旦）他既登金榜，怎不錦旋？越教娘心下轉縈牽。

【前腔】（旦）何勞憂慮恁拳拳，且自把愁眉暫展閒消遣。雖眼下人不見，終有日再團圓。

（老旦）愁只愁他命乖福分淺，又恐怕客邸淹留疾病纏。（旦）死生有命，富貴在天，不須憂慮淚漣漣。

【不是路】（末上）渡口離船，早來到錢家宅院前。咱不免偷閒先下彩雲箋。（老旦）甚人言？因何直入咱庭院？（末）爲一舉登科王狀元。（老旦）那個王狀元？（末）就是王十朋狀元。（老旦、旦）可有書麽？（末）因來便，特令稍帶家書轉。（老旦、旦）喜從人願，喜從人願。

【前腔】（旦）先生，他爲何不整歸鞭？付與你書時説甚言？（末）教傳語，道因參丞相被留連。（旦）婆婆，留連不得回來了。（老旦）媳婦，且省憂煎，可備些薄禮酬勞倦。（旦）就把銀釵當酒錢。（老旦）物輕鮮，權充路費休辭免。（末）小人公文緊急，不敢久稽，多謝了！去心如箭，去心如箭。（下）

【皂角兒】（老旦）想連年時乖運蹇，喜今日姓揚名顯。步蟾宫高攀桂枝，跳龍門首登金殿。繡宫花斜插戴，帽簷偏，瓊林宴，勝似登仙。（合）早辭帝輦，榮歸故苑，那時節，夫妻母子，大家歡忭。

【前腔】（旦）想前生曾結分緣，與才郎共成姻眷。喜得他脱白掛緑，怕嫌奴體微名賤。若得他貧相守，富相連，心不變，死而無怨。（合前）

【尾】（外、淨上）鵲聲喧，燈花艷。（末上）老員外、老安人，姐夫中了狀元，有書回來了。（外、淨）果然今有信音傳，整備華堂開玳筵。

親家且喜，我兒且喜。（老旦）小兒有書回來，正欲着令愛請親家看書。送上去令尊看。（旦）爹爹，書在此。（外）還送與婆婆開折。（浄）老員外，你看封皮上寫那個開折就是了。（外）此書煩附岳父大人親手開折。

【一封書】男八拜上覆，媽媽萱親想萬福。（旦）此書起句就差了。兒子寫書與母親，頓首百拜須是，怎麼只寫八拜？（外）便是，孩兒。（浄）不差，正是八拜。親家兩拜；我也是兩拜；夫妻之情，也是兩拜，湊成八拜。（旦）此書不是有才學人寫的。既稱媽媽，又是萱親。萱親就是媽媽，媽媽就是萱親。一人到有兩樣稱呼？（浄）正是有才學的人寫的，媽媽是我，萱親是你的婆婆。（外）孩兒已掛綠，僉判饒州爲郡牧。（浄）怎麼叫掛綠？（外）做了官，便是掛綠。親家，且喜賢婿做了官了。（浄）親家，我這兩隻眼，就是識寶的回回。我說道：王官人兩耳垂肩，定做朝官；鼻如截筒，一世不窮。我說也不曾說？（外）說來，說來。（浄）說我親家⿺鬼建⿺鬼建⿺鬼叟⿺鬼叟，定做奶奶。看我女兒嬝娜娉婷，定做夫人。我說也不曾說？（外）說來，說來。（旦）爹爹，僉判是佐貳官，郡牧是正堂官，如何一人到做兩樣官？（浄）我兒你不曉得，這是饒的。（外）官也有得饒？（浄）你再念。（外）僉判饒。（浄）恰又來，僉判是饒。（外）饒州是地方。（浄）你不曾說出州字來。（外）不要多說，待我再念。我娶了万俟丞相女，可使前妻別嫁夫。（旦）爹爹，這書有頭無尾，不要看了。（外）這是没志氣人寫的，不要看了。（浄）大凡幹事，都要幹了。若不了當，你也不快活，我也不快活。（外）也罷，待我看了。寄休書，免嗟吁，我到饒州來取汝。

（浄）老賊招得好女婿！賤人嫁得好老公！我一了說他娘兒兩個，腦後見腮，定是無義之人。可可的信了我的嘴。（外）起初說他許多好，如今又說他不好。（浄）我要他好便好，要他不好便不好。（外）我這賢婿，決無此情。（老旦）親家媽，我孩兒不是忘恩負義的人。（浄）窮了八萬年的王敗落，快走出去！

【剔銀燈】（老旦）親家母不須怒起，容老身一言咨啓。我孩兒頗頗識法理，肯貪榮忘恩失義？須知天不可欺，決不肯停妻娶妻。

【前腔】（浄）忘恩義窮酸餓鬼，纔及第輒敢無理。只因我賤人不度己，教娘受腌臢惡氣。他今日却元來負你。呸！羞殺了丫頭面皮。

【前腔】（旦）書中句全無禮體，竟不審其中詳細。葫蘆提便說他不是，罵得我無言抵對。娘，休疑說閒是非，決不肯將奴負虧。

【前腔】（外）媽媽且回嗔做喜，我孩兒不須垂淚。終不然爲着家書至，將好意番成惡意。娘兒休辯是非，真和假三日後便知。

（外）一紙家書未必真，（浄）思量情理轉生嗔。

（老）霸王空有重瞳目，（合）有眼何曾識好人。

（净吊）李成那裏？你來，你來。（末上）老安人爲何嚷亂？（净）不好了，你姐夫贅在万俟丞相府中做了女婿了。（末）敢没有此事！（净）怎麽没有此事？休書寫了家來了。（末）老安人不要惱，待我與老員外同到街坊上問個實信。（净）你同老員外打聽消息，没有這樣的事情便好。你若不打聽得真信回來，不要見我的面。

第二十三齣　覓真

（末上）萬事不由人計較，一生都是命安排。王秀才把荆釵爲定，如何便得成親？只因小娘子不從孫宅，老安人忿性，把他嫁了王秀才。結親之後，上京應舉，至今不回來。説道得了頭名狀元，入贅万俟丞相府中，教娘離了媳婦，因此僝僽攪惱。今日老員外出去，體問虚實，未知若何，只得在此等候。

【普賢歌】（外）書中語句有差訛，致使娘兒絮刮多。真僞怎定奪，是非争奈何？尺水番成一丈波。

（末）老員外回來了。（外）李成，我今日出去，體問王秀才消息，未知端的。我與你同到妹子家去走一遭。（末）小人同去，轉灣抹角，此間便是。（叫介）

【前腔】（丑上）奴奴方始念彌陀，忽聽堂前誰叫我。偷睛把眼睃，却是我哥哥。阿三，快把柴來燒焰火。

(末)媽媽，燒焰火怎麽？(丑)你不曉得，客來看火色，没茶也過得。(末)這等雖無焰頭，且是熱鬧。(丑)哥哥，入門不問榮枯事，觀察容顔便得知。哥哥有何緣故，眉頭不展，面帶憂愁？(外)妹子，説不得。(丑)哥哥但説不妨。

【蠻牌令】(外)兒婿往京畿，前日附書回。道重婚丞相女，使母棄前妻。我兒道非夫寫的，你嫂嫂怒從心起。真和假俱未知，爲此特來詢問詳細。

【前腔】(丑)哥哥聽咨啓，不必恁憂疑。我鄰居孫官人，赴選近回歸。他在京必知事體，問他音信，便知端的。(外)無由去他宅裏，你可令人請來問個詳細。(净上)日裏莫説人，夜裏莫説鬼。方纔説小子，小子便來至。(末)未相請，誰來報你？(净)我在戲房中聽得。(末)這科諢休要提，且與東人相見施禮。

(净見介)媽媽，此位是誰？(丑)這是我的哥哥。(净)原來是令兄，正是有眼不識泰山。小子前番求親，不蒙允肯。(外)非是不從，乃是姻缘不到。(净)令婿得了頭名狀元，除授饒州僉判，曾有書回麽？(外背云)且住，我只説道没有書回。(介)不曾有書回來。(净背云)怎麽没有書回來？且將錯就錯，且説與他知道。(介)可知道没有書回來，他在万俟丞相府中做了女婿了。(外)足下如何知道？(净)我與他赴試，如何不知？(丑)此事實麽？(净)小子親眼見他，如何不實？(丑)實不相瞞，前日有一個承局遞書回來。(净)怎麽説的？(丑)哥哥正在狐疑之間，足下親見，此事實了。(净)可知道小子最老實的，不敢說謊。（丑）王十朋負義的賊。（净）我說道被他負了。

【川撥棹】我當初問親，你們不聽允，到今日被他負恩。（外）當初是我忒好意，誰想他忘了本？

【前腔】（净）咱心裏願續此親。（外）貧窮老漢，没福分攀豪俊。（净）休恁言辭謙遜，我先拜了尊丈人。

（末插科）正是：不來親者强來親。（丑）若不嫌棄，老身仍舊作媒。（净）如蒙允肯，事不宜遲，小子今日送財禮，明日就要成親。（丑）孫官人，你送什麽財禮？（净）我送黄金一百兩，段子一百匹，胡羊、寶鈔、好酒，都是一般送。（丑）既停當了，便回去安排禮物送來。（净）如此，小人告退。帽兒光光，好做新郎；分付鄰舍，與我暖房。（末）便見熱鬧。（净）正是：人心金石堅相似，花有重開月有圓。（先下。外吊場）妹子，雖然如此，不知我的婆婆意下如何？（丑）不妨，待我去與嫂嫂說。

【生姜芽】（外）從他往京畿，兩月餘。一心指望登科第，回鄉里，忍捨得輕辜負？相門重贅多嬌女，不思量撇下荆釵婦。（合）棄舊憐新小人儒，虧心折盡平生福。

【前腔】（丑）畜生反面目，太心毒。忘恩負義難容恕，真堪惡！且放懷，休疑慮。他既貪圖榮貴重婚娶，咱這裏别選收花主。（合前）

【前腔】（末）恩東免嗟吁，且聽覆。言清行濁心貪污，違法度，恩和義，都不顧。半載夫妻曾

斷聚，一時間却把嬋娟誤。（合前）

（外）骨肉參商淚滿襟，（丑）哥哥不必再沉吟。

（末）人情若比初相識，（合）到老終無怨恨心。

第二十四齣　大逼

【字字雙】（浄上）試官没眼他及第，得志。戀着相府多榮貴，入贅。不思貧窘棄前妻，忘義。叵耐窮酸太無知，嘔氣。

黄柏肚皮甘草口，才人相貌畜生心。叵耐忘恩負義賊，棄舊憐新，入贅万俟丞相府中了。前日寄書回來，教母親離了媳婦。這氣如何忍得？我家老賊兒今早出去，體問消息，未知若何。待他回來，便知分曉。

【玉胞肚】（外上）讀書豪俊，忍撇下歐城故人。（丑上）負心賊有才實無信，纔及第，棄舊憐新。（合）他貪奢戀侈，實丕丕使不仁，行短天教一世貧。

（外）只因差一着，滿盤都是空。（浄）老兒，體問消息如何了？（外）一言難盡。（浄）怎麼説？（丑）好教嫂嫂知道。方纔哥哥到我家中，説那王秀才的情節未盡，恰好孫官人近日在京回來，正好到我家中探望。我將此事問他，真個贅在万俟丞相府中了。言語并不差池。（浄）實也不實？（丑）怎麼不實！（浄）我説道，老賊不聽我説，你做得好事！

【漿水令】你當初不由我們，却原來被他負恩。（外）世間誰是預知人，何須鬭口與我相争？（丑）都忍耐，莫解分，家必自毁令人哂。（合）尋思起，尋思起，教人氣忿，誰知道，誰知道，恁般不仁。

【前腔】（丑）那孫官人來説事因，他依然要願續此親。（浄）那人果不棄寒門，教他選日下定成親。（外）聽伊言，心自忖，只恐我兒不從順。（合前）

（浄）姑娘，既然孫官人果有此心，事不宜遲。（丑）便是。他今日送財禮，明日就成親。（浄）若如此甚好。（丑）我便去報與他知道，教哥哥便去對玉蓮説，教他整備成親。（外）我難對他説，你們自去與他説。（浄）姑娘，待我自與玉蓮説，你二人自回去。（介）情到不堪回首處，一齊分付與東風。（外、丑先下。浄）且叫玉蓮與他説，肯嫁孫家，房奩首飾，件件與他。若不肯時，頭上剥到脚下，打他半死，不怕不從。玉蓮！

【金蕉葉】（旦上）奈何奈何，信讒言母親怪我，尺水番成一丈波。天那！是何人暗地裏調唆？

（見介。浄）孩兒，早知今日，悔不當初。早依我説，不見如此。你爹爹出去體問你丈夫消息，委實贅在万俟丞相府中了。你爹爹説道：他那裏重婚，我這裏改嫁。因此將你許了孫家了。你可梳妝整備。

（旦）母親差矣，王秀才是賢良儒士，未必辜恩負義。玉蓮是貞潔婦人，焉敢再嫁？他果然重婚相府，奴家情願在家守節。（浄）什麽守節？要知山下路，須問過來人。我當時若守得定時，爲何又嫁你老子？『守節』二字，只好口説，一個時辰也熬不得的。（旦）母親，此乃傷風化之言，不須提起。（浄）我兒，今番斷不由你了，依了娘説，我與你母子相親。再若不從，朝一頓，暮一頓，打得你黄腫成病。教你湯不得喫，水不得進。嫁不嫁，今日還我個明白！

【孝順歌】孫員外家富足，他們有的是金共玉。你一心嫁寒儒，緣何棄撇汝？（旦）容奴禀覆，未必兒夫將奴辜負。那一個横死賊徒，忒兀自生疾妒？（浄）這紙書你重看取，明寫着贅相府。

【前腔】（旦）書中句都是虚，没來由認真閒氣蠱。他曾讀聖賢書，如何損名譽？（浄）你這腌臢蠢物，他棄舊憐新，〔一〕情如朝露。你兀自不改前非，又敢來胡推阻。（旦）富與貴，人所欲，論人倫焉敢把名污？

【前腔】（浄）他登高第身掛緑，侯門贅居諧鳳侶。（旦）他爲官理民庶，必然守法度，豈肯停妻再娶？（浄）他負義辜恩，一籌不數。你因甚苦死執迷，不聽娘言語？（旦）空自説要改

〔一〕憐：原作『聯』，據前文改。

嫁奴，寧可剪下髪做尼姑！（浄打旦介）

【前腔】賊潑賤敢抵觸，告官司拷打你不孝婦！（旦）官司要厚風俗，終不然勒奴再嫁夫。（浄）抵觸得我好！（旦）非奴抵觸。（浄）惱得娘心頭騰騰發怒，便打死你這丫頭，罪不及重婚母。（旦）打死了奴，做個節孝婦。若要奴再招夫，直待石爛與海枯。

（浄）賤人，石頭怎得爛？海水怎得枯？你敢説三個不嫁麽？（旦）不嫁，不嫁，只是不嫁！（浄）好回得停當！我要你嫁孫家，一片好心，你到反爲不美。罷！罷！自從今日，脱下衣服首飾還我，與你三條門路：刀上死也得，水裏死也得，繩上死也得，只憑你。肯嫁孫家，進我門來；不肯嫁，好好走出去。

（旦）萱親息怒且相容，（浄）母命如何不聽從？

（旦）休想門闌多喜慶，（浄）管教女婿近乘龍！

（旦吊）自古道：『忠臣不事二君，烈女不更二夫。』焉肯再事他人？母親逼奴改嫁，不容推阻，如之奈何？千休萬休，不如死休。倘若落在他圈套，不如將身喪江中，免得玷辱此身，以表貞潔。

【五更轉】心痛苦，難分訴。丈夫！一從往帝都，終朝望你諧夫婦。誰想今朝，拆散中途。我母親信讒言，將奴誤。娘呵！你一心貪戀，貪戀他豪富，把禮義綱常全然不顧。母親，你今日聽信假書，逼奴改嫁，此事决然不可！

【前腔】奴哽咽，難移步，不想堂前有老姑。婆婆，奴家今日撇了你去。千愁萬怨，休怨兒媳婦，也不是你孩兒將奴辜負。婆婆，奴家若不改嫁，又不投江，恐母親逼勒奴生嗔怒。罷！罷！賢愚壽夭天之數，拚死黃泉，丈夫！不把你清名辱污。

【滿江紅】拚此身來，早去跳江心，撈明月。（下）

第二十五齣　發水

（末上）温州棠樹緑陰濃，今佐閒優鎮國東。海甸圻墻千里外，蓬萊官賜五雲中。春回畫省苗陰合，雨過青林荔子紅。莫倚凡情宫内重，回來方岳拜三公。吾乃錢安撫衙裏親隨。我本官前任是温州府太守，今蒙聖恩除授福建安撫，欲去之任，今日就在此江心渡口上船，明日侵早開港出洋。行李俱已完備，夫人與家眷都上舟了，惟我相公府裏辭官便來。恐有分付，男女只得在此等候。

【粉蝶兒】（外上）一片襟期，清似五湖秋水，喜聲名上達丹墀。感皇恩，蒙聖寵，遷除福地。秉忠心肅清奸弊。

下官遠離北地，來任東歐，紫綬金章，官閒五馬，擢居太守之尊；朱幡皂蓋，守鎮三山，陞爲安撫之職。才兼文武雙全，德化軍民兩益。行李未曾離浙左，聲名先已到閩南。（淨上）永嘉縣縣丞遞人夫手本。（外）取上來，多了。（淨）不多。兩隻船，一百七十人夫，不多。（外）起去伺候，左右何在？（末）頻聽

指揮黃閣下，忽聞呼喚畫堂前。覆相公，有何使令？（外）與我喚船家來分付他。（末叫介）

【山歌】（丑上）做稍公，做稍公，起椿開船便拔篷。相公要往福州去，願天起陣好順風。（末）好好，説得利市。（外）稍子，明早開船。（丑）明早賽神好開船。（外）合用物件説將來。（丑道介。外）你且聽我説，夜來寢睡之間，忽有神人囑付言語，説有節婦投江，使吾撈救。又道此婦人與吾有義女之分。汝等駕幾隻小船，沿江巡哨，不拘男婦，撈救得時，重重賞你。（衆）領鈞旨。

【鏵鍬兒】（外）乘桴浮海非吾願，算來人被利名牽。登舟過福建，須要防危慮險。（合）明早動船，開洋過淺，願陣好風，吉去善轉。

【前腔】（丑）撑船道業雖微賤，水晶宮裏活神仙。鋪蓋且柔軟，簑衣簟眠。（合前）

（外）今朝船上且淹宵，（末）來早江頭看落潮。

（丑）撑駕小舟歸大海，（合）這回不怕浪頭高。

第二十六齣　投江

【梧葉兒】（旦上）遭折挫，受禁持，不由人不淚垂。無由洗恨，無由遠恥。事臨危，拚死在黃泉作怨鬼。

自古道：『河狹水緊，人急計生。』來到江頭了也。天那，夫承寵渥，九重仙闕拜龍顏；妾受凄凉，一紙詐書分鳳侶。富室强謀娶婦，惑亂人倫；萱堂怒逼成親，毁傷風化。妾豈肯從新而棄舊？焉能反正以從邪？争如就死忘生，不可辜恩負義。一怕損夫之行，二恐誤妾之名，三慮玷辱宗風，四恐乖違婦道。惟存節志，不爲邀名。拴原聘之荆釵，永隨身伴；脱所穿之繡履，遺棄江邊。妾雖不能效引刀斷鼻朱妙英，却慕取抱石投江浣紗女。

【香羅帶】一從别了夫，朝思暮苦。寄來書道贅居丞相府。母親和姑媽逼勒奴也，改嫁孫郎婦。奴豈肯再招夫？萱堂苦苦責打奴，只得拚死在黄泉路，免得把清名來辱污。

【胡搗練】傷風化，亂綱常，萱親逼嫁富家郎。若把身名辱污了，不如一命喪長江。（投江介。丑上救旦下）

【五供養】（外上）餐風宿水，海舟中多少憂危。終宵魂夢裏，似神迷。披衣强起，玉宇清高如洗。江風緊，海潮回，側聽鄰岸曉鷄啼。

人平不語，水平不流。叫稍水，什麽人？

【山歌】（丑上）夜行船裏撈救一枝花，五更轉説天浄紗。脱布衫跳下江兒水，一隻紅繡鞋失落在浣溪沙。

稟老爹：夜至五更前後，有一婦人投水，小的撈救在船。（外）果有一婦人，寧可信其有，不可信其無。快請夫人出來，一壁厢把投水婦人换了衣服帶過來。

【菊花新】(貼旦上)日上三竿猶未起，聞呼未審何因。

(外)夜來有一婦人投江，稍手救得在小船上。夫人，你把些乾衣服與他換了濕的來見我。

【糖多令】(旦上)無奈禍臨頭，今朝拚死休，如痴似醉任飄流。不想舟人撈救，我身出醜，臉慚羞。

(見介。外)婦人，我且問你，你是何等人家兒女？因何短見投水？必有緣故。

【玉交枝】(旦)容奴伸訴。(外)你在那裏住居？(旦)念妾在雙門住居。(外)姓甚名誰？(旦)玉蓮姓錢儒家女。(外)原來與我同姓。你曾嫁人麼？(旦)年時獲配鴛侶。(外)既有丈夫，丈夫姓甚名誰？在家，出外？(旦)王十朋是夫出應舉。(外)且住。王十朋是你丈夫，他得中了頭名狀元，有書回來麼？(旦)數日前有傳尺素。(外)既有書來，爲何投水？(旦)因此書骨肉間阻，因此書唧冤負屈。

(外)書中必有緣故。

【前腔】(旦)書中緣故，道休妻重婚在相府。(外)他是讀書人，豈肯違法度？我曉得了，莫不是朋黨嫉妒？(旦)萱親信聽讒詐書，逼奴改嫁孫郎婦。(外)怎麼不從母命？(旦)論貞潔不更二夫，奴焉敢傷風敗俗？

(外)原來是王狀元的貞烈夫人，快請起來。

【前腔】聽他言語，論貞潔他人怎比。思量我也難留你，左右叫舟子，不如送還伊父。（旦）若還送奴歸故里，不如早喪黄泉路，到顯得名傳萬古，盡教他前婚後娶。

【前腔】（外）不須憂慮，且帶你同臨任所。修書遣人饒州去，管教你夫婦重會。（旦）若還這般週濟奴，猶如久旱逢甘雨，便是妾重生父母。望公相與奴做主。

（外）既然如此，不肯回去。我不是别人，乃是前任本府太守。今蒙聖恩除授福建安撫，即日將帶家小之任。你丈夫既爲饒州僉判，與福建相隔不遠。你如今不肯回去，就在我船上，與我老夫人同臨任所。我想起來，一路上怎麼稱呼？他也姓錢，我也姓錢，你拜我爲義父。到任所修一封書，差人到饒州報與你丈夫知道，教他取你去。夫婦重會，缺月再圓。心下如何？（旦背云）若無鈞眷在船，事有可疑。既有鈞眷在船，去也無妨。只是撇了婆婆，於理不當。（介）若得老相公如此周全，重生父母，再養爹娘。（外）將酒來，遞了我的酒。（介）梅香、左右，都要稱小姐。

【黄鶯兒】（旦）公相望垂憐，感夫人意非淺。又蒙結拜爲姻眷，恩德萬千，何日報全？願公相早登八位三台顯。（合）淚漣漣，雙親遠别，重得遇椿萱。

【前腔】（外）不必淚漣漣，這相逢非偶然。同臨任所爲姻眷，聊附寸箋，饒州報傳，管教你夫婦重相見。（合）免憂煎，夫妻有日，重得遇椿萱。

【前腔】（貼）天賜這姻緣，喜他們也姓錢，同臨任所作宛轉。明日動船，開洋過淺，願一陣好

風，急去登福建。（合前）

【前腔】（旦）溺水自心酸，我婆婆苦萬千，堂前繼母心不善。兒夫去遠，家尊老年，何日得見王僉判？（合前）

（外）夫妻憂慮各西東，（老）會合今朝喜氣濃。

（旦）一葉浮萍歸大海，（合）人生何處不相逢。

第二十七齣　憶母

【喜遷鶯】（生上）從別家鄉，期逼春闈，催赴科場。鵬程展翅，蟾宮折桂，幸喜名標金榜。旅邸憶念，孤鸞幽室，萱花高堂。魚雁杳，信音稀，使人日夜思想。

人在東歐，身淹上苑，望中山色空迷眼。終朝旅思嘆蕭條，高堂親鬢愁衰短。秦嶺雲横，藍關雪漫，潮陽未到魂先斷。春歸花落久棲遲，愁深那覺時光换。

【雁魚錦】長安四月花正飛，見殘紅萬片皆愁淚。何苦被利禄成抛棄，如今把孤身旅泊天涯。意懸懸止不住思維，音書曾有回，只怕他望帝都欲赴愁迢遞。望目斷故園，知他知也未？

【前腔】當時痛别慈幃，論奉親行孝也縈懷不寐。年華有幾，總然是百歲如奔騎。論早晚須問起居，論寒暑須當護持，論供養要甘肥。因赴舉，把蘋蘩饋託與我妻，知他看承處怎的？俺這裏對青山，望白雲，鎮日瞻親舍。他那裏翹白首，看紅日，終朝憶帝畿。

【前腔換頭】嗟吁，鳳别鸞離，怎如得儔鶯偶燕時相聚？悽楚寒窗，寂寞旅況。閃殺當時，甘效于飛。孤燈夜雨，溜聲不斷，却把寸心滴碎。只爲那釵荆裙布妻難棄，總有紫閣香閨人怎迷？

【前腔換頭】猛思，那日臨行際，蒙岳丈惜伊玉樹，兼愛我寒枝。念行囊空虚，欣然便週全助路資。召共居，感此義山恩海深難棄。細躊躇，甚日酬取？教我怎生忘渠？但願得一家到此沾禄養，也顯得半子從今展孝私。

【前腔換頭】論科舉，本圖看春風杏枝，玉馬驟香衢。豈知他陷我在瘴嶺烟區？愁只愁身歸鳳池，恨只恨覺生鴛侣。人不見，氣長吁，只爲蠅頭蝸角微名利，致使地北天南怨别離。

左右過來。（丑上）廳上一呼，階下百諾。相公有何指揮？（生）前月寄書回去，接取老夫人并家眷來此同赴任所。經今日久，將次來到，你可到十里長亭侍候迎接，不得有違。（丑）如此便去。（下）

（生）家鄉千里隔相思，目斷歐城人到遲。旅邸難禁長日静，魂消幾度夕陽時。

第二十八齣　哭鞋

【梧葉兒】（老旦上）兒媳婦，哭啼啼，昨夜三更出繡幃。今早起來没尋處，使我無把臂。一重愁番做兩重悲，使我淚偷垂。

天有不測風雲，人有旦夕禍福。我媳婦被逼嫁不從，哭了一夜，今早不知那裏去了？（末上）莫取非常樂，須防不測憂。老安人，不好了，小人到江邊去訪問，見許多人説我小姐投江死了，拾得繡鞋在此。（老旦）呀！果是我媳婦的，痛殺我也！（倒地介）

【山坡羊】撇得我不尷不尬，閃得我無聊無賴。親家，你一霎時認真，逼他去投江海，怎佈擺？禍從天上來。你嫡親父母尚且不遮蓋，反將他諧老夫妻生打開。（合）哀哉！撲簌簌淚滿腮。傷懷，生擦擦痛怎捱！

（外、浄上）隔墻須有耳，窗外豈無人？親家爲何啼哭？（老旦）親家，不好了，我的媳婦投江死了。（外）怎麽曉得？（老旦）見有繡鞋在此。（外哭倒介）

【前腔】兒，你不念我年華高邁，不念我形衰力敗，不念我無人養老，不念我絶宗派。我想這椿事不是别人，都是你老禍胎，受了孫家婚聘財，逼得他啣冤負屈投江海。親家，我有一搭地，指望令郎與小女把我兩塊老骨頭埋葬。不想令郎又贅在相府，不得回來，小女又投江死了，我好命苦！閃得我有地無人築墓臺。（合）哀哉，撲簌簌淚滿腮；傷懷，生擦擦痛怎捱？

（净）親家，你令郎贅在相府，做了女婿，我女又投江死了。如今與你没相干了，寺裏觀音請出。（外）我的女兒肉尚未冷，你就趕他出去？（净）你兩個做了一家，我出去了罷。（外）親家，你聽那老不賢，在這裏與他難相處，莫若到京見令郎。不知意下如何？（老旦）老身正欲如此。奈我身伴無人，怎生去得？（外）我着李成送親家前去。（净）我自要他，去不得。（外）誰要你多言？（老旦）親家，老身不識進退，有一言相懇。（外）親家但説不妨。（老旦）欲往江邊祭奠，以表婦姑之情。（外）可憐，不勞親家費心，李成今晚整備祭品，等候王老安人祭奠。（老旦）親家，老身就此拜别。

【勝如花】辭親去，别淚零，豈料登山驀嶺。只因人遞簡傳書，教娘離鄉背井，未知道何日歡慶？（合）愁只愁一程兩程，况未聞長亭短亭。暮止朝行，趲長途曲徑，休辭憚跋涉奔競。願身安早到京城，願身安早到京城。

【前腔】（外）我爲絶宗派，結婚姻，指望一牢永定。誰知他又贅在侯門，今日番成畫餅，辜負了田園荒徑。（合前）

【前腔】（净）他家鍋中米没半升，去戀着豪門，不思舊親。到如今一旦身榮，撇却糟糠布荆，短行處教人怒冲。（合前）

（外）李成，你送王老安人到京，面會王狀元，即便回來。（末）男女理會得。

【前腔】蒙員外分付情，對狀元一訴明。幸喜得日暖風恬，相送起程，傷目兮桑榆暮景。（合前）

生離死别痛無加，路上行人莫嘆嗟。
花正開時遭雨打，月當明處被雲遮。

第二十九齣　搶親

（净）莫信直中直，須防仁不仁。我本等是一段美意，不想這丫頭行此拙路。老員外止生這女兒，今被他日夜啼哭，教我怎麽過得日子？如今送親家去了，這一回來，教我躲在那裏？躲在這裏罷。（外）有這等事？一家好人家，都被那老不賢弄壞了。雖是王十朋贅在相府，未審虚實。今日也逼孩兒改嫁，明日也逼孩兒改嫁，受不過凌辱，忿氣投江身死。你那裏去？老潑婦，如今走在天上去？（净）老員外，不要惱。要打便打，要罵便罵，我跪在這裏了。（外）老潑婦，誰教你逼死了我兒？我也不要你了。（净）我也只要他做好人，後邊靠他。誰想女兒認真苦惱。你若趕我出去，那個要我？（外）鄰舍人家去。（净）十家鄰舍九家斷，那裏去得？（外）親友人家去。（净）平昔没有盤盒來往，做人不好，也去不得。（外）和尚寺裏去。（净）屈嫁和尚是好惹的，我去也罷，怕被人笑話你。（外）原來没處去。

【憶虎序】當初娶汝，（净）正是大盤大盒娶的。（外）指望生男育女。（净）你到説我没用？你頭未上床，脚先睡了，那個没用？依了我，十個還養得出哩！（外）老潑婦，今日也與我孩兒嚷亂，明日也與我孩兒嚷亂，逼勒我孩兒投江身死。（浄）他自壽命短促，自家死的，與我甚麽相干？（外）我寫狀經官，經官呈告你。（浄）告我得何罪？（外）告你是不賢婦、薄倖妻。若到官司，打你皮綻肉飛。

（浄）當初是我不合討了他的便宜。如今我就下他一個禮，也没人笑我。

【前腔】我當初嫁你，也是明媒正娶，又不是暗地裏偷情，强來隨你。相隨百步，尚有徘徊之意。免告官司，免告官司，和你團圓到底。

（外）起去。（浄）嗄！他被我一哭，心就軟了。（外）我趕他出去，被人笑話。過來。（浄）嗄！（外）留你在家，要依我三件事。（浄）勿要説三件，十件也依你。（外）第一件事，我與人講話，不要你多嘴。（浄）若有我的説話，添這等一句兒。（外）第二件，不要與我同喫飯。（浄）我自有王帝喫，那個要與你同喫。（外）那個王帝？（浄）竈君王帝。你也要依我三件事。（外）那三件？（浄）魚乾酸湯白米飯，喫飽了朝也喀，暮也喀，養還你班稍抶。（下。外吊場）禍福無門，唯人自召。我那老不賢聽信讒書，接了孫家財禮，逼令女兒改嫁，只因受逼不過，已自投江死了。况孫家是個無籍之徒，必來我家打鬧。我更年老力弱，難以抵對，如何是好？

【梨花兒】（丑上）侄女許了孫汝權，受他財禮千千貫。今日成親多喜歡，嗏！姑娘只要長長段。

呀！哥哥，今日嫁女吉日，因何在此愁悶？（外哭介）都是你害我女兒投江死了，還要説？（丑）真個好苦。（外）你且不要哭，這孫家事怎生回他？（丑）人既死了，終不然捻一個與他。若没有人，折得還他財禮便了。若説不來，財禮也不要還他，更又賴他。（外）賴他什麼？（丑）賴他倚恃豪富，威逼成親，以致我女身死。（外）這都是你生出來許多事端，我不管，你自去回他。（丑）哥哥，孫汝權不是好人，怎肯罷休。我有一計在此，將幾件衣服與我穿了，哄上轎去。我到他家裏，與他説話便了。（外）既如此，我自進去。正是：野花不種年年有，煩惱無根日日生。（下）

【前腔】（浄、衆上）今日娶親諧鳳鸞，不知何故來遲緩？莫非他人生異端？嗏！須知人亂法不亂。

（丑）孫相公來了麽？（浄）張姑媽，快請新人上轎，我在此親迎。（丑）曉得了，分付衆人在青龍頭轉一轉。（浄分付，衆轉介）禮人，與我快請新人。（請介，丑帶兜頭哭上介，轉介。浄）禮人，拜了家廟就結親。（唱禮介，拜介。浄揭蓋）好也，好也！你受了我的財禮，藏了侄女，賴我親事。（丑）我不是騙你，我侄女已投江死，折得還你財禮，大家罷休。（浄）一倍還我十倍，我也只要老婆。（丑）呸！小鬼頭兒，你倚恃豪富，威逼我侄女投水已身死，你要怎的？（浄）這潑皮到來誣賴我。

【恁麻郎】我告你局騙人財禮。（丑）我告你威逼人投水。（浄）怎誤我白羅帕見喜。（丑）悶得他黄泉做鬼。（末）息怒威，寧耐取。（浄）休想我輕輕放過你！（丑）我怕你强横小賊驢！（浄）我那怕你腌臢臭髒！（末）算從來男不和女敵，自古道窮不共富理。（丑）打你嘴。（浄）踢你的腿。（末）須虧了中間相勸的。（丑）這事情天知地知。（浄）這見識心黑又意黑。（末）怎辨别他虚你實，也難明他非你是。（浄）不放你。（丑）不放你。（末）自古饒人不是癡。

（浄）你藏了女兒，誣賴人命，若見了尸首，萬事俱休；不見尸首，教你粉碎。

（浄）窩藏侄女忒無知，（丑）威逼成親事豈宜？

（浄）好手中間逞好手，（丑）喫拳須記打拳時。

第三十齣　祭江

【風馬兒】（老旦上）柳拂征衣露未央，可憐年邁往他鄉。（末）謾自殷勤設奠，血淚灑長江。

（老旦）渺渺茫茫浪潑天，可憐辜負你青年。（末）小姐，你清名須并浣紗女，白髮親姑誰可憐？老安人，正在此處拾的繡鞋。（老旦）就此擺下祭禮。

【綿搭絮】尋縱覓跡到江邊。李成舅，可曾帶得香來？（末）小人不曾帶得。（老旦）我那兒，只一塊香没福受用。苦！只得撮土爲香，禮雖微，表姑情意堅。望靈魂暫且聽言：指望松蘿相倚，誰想你抱石含冤？這也不要埋怨你丈夫，都是你的親娘把乘龍女婿嫌。

【憶多嬌】(末)愁哽咽，情慘切，萱堂苦逼中道絶，暮憶朝思難訴説。(合)喪溺江心，喪溺江心，永遠傳揚孝烈。

(老旦)我那媳婦的兒，我有半年糧食，也不見得到你家來。

【綿搭絮】只爲家貧無倚，在他閭閻。是你的兒夫去經年，杳没音信傳。是你的繼母呵，信讒言。鎮日熬煎，熬煎得你抱屈含冤。我那兒，撇得我無倚無依。你帶我的孝纔是順理。今日呵，反披麻哭少年！

【憶多嬌】(末)心痛惜，情慘戚，將身赴江學抱石，可憐夫婦鸞鳳拆。(合)即日登程，即日登程，渺渺音容遠隔。

(末)老安人，不須啼哭，趲行前去。

【風入松】(老旦)嘆連年貧苦未逢時，誰想一旦分離。我孩兒自别求科舉，怎知道妻房溺水？但説來又恐驚駭我兒，决不可與他知。(末)安人不必恁憂慮，且聽男女咨啓。只説狀元催逼起，先令我送安人來至。那其間方説就裏，决不要使驚疑。

【急三鎗】(老旦)痛易情難訴！痛易情難訴！常思憶，常憂慮，心戚戚，淚如珠。(末)且自登程去，且自登程去，休思憶，休憂慮，途路上，免嗟吁。

【風入松】(老旦)如何教我免嗟吁？我這老景憑誰？年華老邁難移步，旦夕間有誰來温顧？恨只恨他們繼母，逼他嫁死得最無辜。（末）果然死得最無辜，論貞潔真無。姻緣契合從今古，拆散了夫妻皆天數。漫騰騰洛陽近也，今且喜到京都。

萬里關山去路長，可憐年邁往他鄉。
江邊不敢高聲哭，恐怕猿聞也斷腸。

第三十一齣　見母

【夜行船】（生上）一幅鸞箋飛報喜，垂白母，料已知之。日漸過期，人何不至？心下轉添縈繫。

雁塔題名感聖恩，使鴻昨已寄佳音。思親目斷雲山外，縹緲鄉關多白雲。下官前日修書，附承局帶回，請取家小，同臨任所。一去許久，不見到來，使我常懷憂念。正是：雖無千丈綫，萬里繫人心。

【前引】（老旦）死別生離辭故里，經歷盡萬種孤恓。（末上）昨過村莊，今入城市，深感老天垂庇。

（老旦）這裏是那裏了？（末）京師地面了。（老旦）聞説京師錦繡邦，果然風景異他鄉。（末）紅樓翠館笙歌沸，柳陌花街蘭麝香。（老旦）李成舅，你曉得狀元行寓在何處？（末）小人一路打聽，行館就在四牌坊。老安人把孝頭繩藏了，(一)謾謾説也未遲。（老旦）這也説得有理。（末）牌子，這裏可是王狀元行館麽？（浄上）這裏就是。（末）通報家裏有人在此。（浄）禀老爺，家裏有人在外。（生）着他進來！（末）老爺，李成磕頭。（生）起來。老安人、小姐來了？（末）來了。（生接，背問末介）小姐爲何不見？（末）後面來了。（生）母親請坐，孩兒拜見。一路風霜，久缺甘旨，恕孩兒不孝之罪。（老旦）兒，你在此一向好麽？（生）母親聽禀：

【刮鼓令】從别後到京，慮萱親當暮景。幸喜得今朝重會，娘，又緣何愁悶縈？李成舅，莫不是我家荆，看承母親不志誠？（末）小姐且是盡心侍奉。（生）我的娘，分明説與恁兒聽，你媳婦呵，怎生不與共登程？

【前腔】（老旦）心中自三省，轉教人愁悶增。你媳婦多災多病，况親家兩鬢星。家務事要支撑，教他怎生離鄉背井？爲你饒州之任恐留停。兒，你岳丈先令人，送我到京城。

（生）母親言語不明，李成舅，你備細説與我知道。

【前腔】（末）當初待起程，（生）正要問你起程，小姐怎麽不來？（末）到臨期成畫餅。（生）母親，李成舅説甚麽畫餅？（末背）若説起投江一事，恐唬得恩官心戰驚。（生）李成舅，説甚麽驚字？

(一) 繩：原作『梳』，據後文改。

（末）是有個經字，小姐呵！　路途上少曾經，當不得許多高山峻嶺，餐風宿水怕勞形。（生）老安人也來了，他到來不得？（末）便是，小姐有些病體，老員外呵，因此上留住在家庭。

【前腔】（生）端詳那李成，語言中猶未明。娘，把就兒裏分明説破，免孩兒疑慮生。（老旦背。生）呀，母親因甚的變顔情，長吁短嘆珠淚零？（老旦袖出孝頭髻介。生）袖兒裏脱下孝頭繩，莫不是恁兒媳婦喪幽冥？

（生）我的娘，孝頭繩那裏來的？（老旦）兒！　千不是萬不是，都是你不是！（生）娘，怎麽到是兒不是？（老旦）！　還説你的是！　當初承局書親附，拆開仔細從頭睹，道你狀元僉判任饒州。兒，這下一句不該寫。（生）那一句？（老旦）休妻再贅万俟府。（生）母親，語句都差了。（老旦）語句雖差字跡同，岳翁見了心生怒。（生）岳母没有話説？（老旦）岳母即時起毒心，逼妻改嫁孫郎婦。（生）我妻從麽？（老旦）汝妻守節不相從，苦，這一句難説了！（生悲介）娘，一發説了罷。（老旦）將身跳入江心渡。（生）呀！　渾家爲我守節而亡，兀的不是痛殺我也！（跌倒介）

【江兒水】（老旦）吓得我心驚怖，身戰簌，虚飄飄一似風中絮。　争知你先赴黄泉路，我孤身流落知何處？　不念我年華衰暮，風燭不定，死也不着一所墳墓。

【前腔】（生）一紙書親附，我那妻，指望同臨任所。　是何人寫套書中句？　改調潮陽應知去，迎頭先做河泊婦。　指望百年完聚，半載夫妻，也算做春風一度。

【前腔】（末）狀元休憂慮，且把情懷暫舒。夫妻聚散前生注，這離別只説離別苦，想姻緣不入姻緣簿。聽取一言伸覆：須信人生，萬事莫逃天數。

（老旦）孩兒，你且省愁煩。（生）孩兒只爲不就万俟丞相親事，却將我改調潮陽，害我身命，我肯辜負他？（老旦）孩兒，他既死了，無可奈何，且到任所，做些功果追薦他。（生）這個少不得如此。（末）小人告狀元，老安人起程之時，老員外曾分付小人，送老安人面會狀元，你就趕回來。如今禀狀元，小人告回。（生）李成舅，我身伴無人，同到了任所，那時我修書與你去。（末）既如此，小人願隨狀元去。

（老）追想儀容轉痛悲，（生）豈期中道兩分離。

（末）夫妻本是同林鳥，（合）大限來時各自飛。

第三十二齣　遣音

【破陣子】（外上）野外江山幽雅，城中景物繁華。（貼旦、旦、丑上）六街三市堪描畫，萬紫千紅實可誇。（合）閩城景最佳。

（外）夫妻幸喜到閩城，跋涉程途爲利名。（貼）大布仁風寬政令，廣施德化慰黎民。（外）夫人，我自到任三月，且喜詞清訟簡，盗息民安。（貼）乃相公治政所致。相公曾許孩兒去書報他丈夫知道。兒，管教你夫妻重會。（旦）爹爹，這裏到饒州多少路程？（外）約有一月之程。（旦）爹爹，多與他些盤纏。

（外）教我多與他些盤纏，我在此呵。

【榴花泣】守官如水，胸次瑩無瑕。薄税歛，省刑罰，撫安民庶禁奸猾。幸喜詞清訟簡，無事早休衙。（旦）依條按法，想繩一戒百誰不怕？待三年任滿期瓜，詔書來早晚遷加。

【前腔】（貼）覷着他花容月貌勝仙娃，忍將身命掩黄沙？天教公相救伊家，好似撥雲見日，枯樹再開花。（外）貞潔可誇，恁捐生就死令人訝。恁萱親怎不詳察？全不道有傷風化。

【漁家傲】（旦）若提起舊日根芽，不由人不兩淚如麻。恨只恨一紙讒書，搬得我母親叱咤。（外）他見差，逼汝身重嫁，那些個一鞍一馬。這書劄令人遺發，（二）管成就鸞孤鳳寡。

（外）夫人，我到堂上去來，開門。（衆）各官免揖。（外）叫一個打差舍人進來。（净上）該小人輪班。（外）你叫什麼名字？（净）小人叫苗良。（外）苗良，我有一封書，着你到饒州王三府處投下，要回書。限你二十個日子，與你二兩銀子盤纏，星夜趕去。

【前腔】（净）今日裏拜辭都爺，明日裏到海角天涯。一心要傳遞佳音，不憚路途波查。（外）關門。（旦）爹爹，下書人去也不曾？（外）去了。（旦）我還有一句話。（外）有什麼話？（旦）見他只説三分話。（丑）姐姐，便多説幾句怎麼？（旦）又恐他别娶渾家。（外）你把閒言一筆都勾罷，

（二）劄：原作『劍』，據《李卓吾先生批評古本荆釵記》改。

回來便知真共假。

【尾】月再圓，花重發，那其間歡生喜洽，重整華筵泛紫霞。

（外）饒福相離數日程，（旦）修書備細説緣因。

（丑）分明好事從天降，（末）重整前盟合舊盟。

第三十三齣　赴任

【臨江仙】（老旦上）客夢悠悠鷄喚醒，窗前尚有殘燈。（生、末上）攬衣披枕自評論，今日飄零，何日安寧？

（老旦）孩兒，促整衣裝及早行，區區只爲利和名。（生）拚却餐風并宿水，（末）不愁帶月與披星。（老旦）孩兒，就此趲行前去。

【朝元歌】騰騰曉行，露濕衣襟冷。徐徐晚行，月照遥天暝。只爲功名，遠離鄉背井，渡水登山驀嶺，帶月披星，車塵馬足不暫停。晴嵐障人形，西風吹鬢雲。（合）潮陽海城，到得後那時歡慶。

（淨上）三山巡檢接老爺。人夫手本在此。（生）拿上來！你那官兒回去，弓手送我過梅嶺。（淨）梅嶺上猢猻太多。（生）怎麽有許多猢猻？（淨）老爺此去，指日封侯。（生）生受你，去罷！（淨下）

【前腔】幾處幽林曲徑，松杉列翠屏。回首亂雲凝，禪關掩映，聽遠鐘三四聲。欽奉綸音，命遊宦，宿郵亭。遠離京城，盼陽關把往事空思省。水程共山程，長亭復短亭。（合前）

（丑上）潮陽府陰陽生接老爺。（生）這裏到府還有多少路？（丑）還有五十里之程。（生）那個差來的？（丑）本府太老爺差來的。（生）選在幾時上任？（丑）太老爺分付，三月十五日請老爺城隍廟宿山，十六日午時上任。（生）多拜上老爺。（丑下）

【前腔】危巔絶頂，飛流直下傾。嘆微名奔競，身似浮萍。鷓鴣啼，不忍聽。野花開又馨，消遣覊旅情。到處草茵，題詠眼前無限景。牧笛隴頭鳴，漁舟江上横。（合前）

【前腔】（老旦）八九處人家寂静，柴門半掩扃，溪洞水泠泠。路遠離别興，自來不慣經。遥望酒旗新，買三杯，消渴吻。哀猿晚風輕，歸鴉夕照明。（合前）

（净上）城隍廟道士接爺爺宿山。

（老）長亭渺渺恨綿綿，（生）遠望潮陽路八千。

（末）正是雁飛不到處，（合）果然人被利名牽。

第三十四齣　誤訃

【探春令】（外上）人生最苦是别離，論貞潔他人怎如？

窗外日光彈指過，庭前花影坐間移。我前日差苗良去到饒州，怎麽不見回來？（淨上）轉眼垂楊緑，回頭麥子黄。萬事分已定，浮生空自忙。苗良告進。（外）苗良回來了？（淨）小人回來了。（外）可有回書？（淨）回書在此。（外）這是我的。（淨）内是老爺的書，不曾投下，故此回書。（外）怎麽不曾投下？（淨）小人到饒州，逕進東門，正遇行喪，銘旌上寫『僉判王公之柩』。小人又到私衙去問，都説：到任三月，不伏水土，全家而亡。（外）可惜，人無百歲期，枉作千年計！請夫人、小姐出來。

【一枝花】（貼上）書緘情慘切，烟水多重叠。（旦、丑上）報道有書回，故人如見也。

（見介。外）孩兒，遞書人回來了。（貼）遞書人回來，必有好音。（外）原書也不曾投下，有什麽好音？

【漁家傲】（旦）莫不是明月蘆花没處尋？（外）明月蘆花一片白，那裏去尋？（旦）莫不是舊日王魁，嫌遞萬金？（外）他也不是王魁，你也不是桂英。（旦）莫不是忘了半載同衾枕？（外）也不是。（旦）莫不是不曾之任？（外）怎麽不曾之任？（旦）爹爹，欲言不語情難審，那裏是全抛一片心？（外）咱語言説到舌尖聲還噤，若提起始末緣因，教你愁悶怎禁？兒，此生休想同衾枕，要相逢除非是東海撈針。如今兀自不思省，那苗良不投下佳音回訃音。

（旦）爹爹，佳音便怎麽？訃音便怎麽？（外）喜信是佳音，死信是訃音。你丈夫到任三月，不服水土，全家而亡了。（旦）丈夫死了，兀的不是痛殺我也！

【梧桐樹】我爲你受跋涉，我爲你遭磨折。丈夫，我爲你投江，我爲你把殘生捨。今日怎知先傾逝，這樣淒涼，剗地裹和誰説？稟爹爹，可容奴家帶孝？（外）兒，在任穿些素縞罷。（旦）與我除下釵梳，盡把羅衣卸，持喪素服存貞潔。

【東甌令】（外）休嗟怨，免擷屑，分定恩情中道絶。夫妻本是同林鳥，限到各分别。生同衾枕死同穴，誰肯早抛撇？（旦）念妾得蒙提挈，只指望同諧歡悦。誰知道全家病滅，不由人不撲簌簌珠淚流血。

【金蓮子】（貼）休憂此生鸞鏡缺，常言道救人須救徹。（丑）聽覆取休得要哽咽！姐姐，待等三年孝滿，别贅豪傑。

【尾】（旦）再醮徒然費唇舌，共姜誓盟甘自悦，守寡從教鬌似雪。

（旦）甘守共姜誓柏舟，（外）分明塵世若浮鷗。

（净）三寸氣在千般用，（合）一日無常萬事休。

第三十五齣　時祀

【一枝花】（老旦上）細雨霏霏時候，柳眉烟鎖常愁。（生、末上）昨夜東風驀吹透，報道桃花逐水流。（合）新愁惹舊愁。

（老旦）極目家鄉遠，白雲天際頭。（生）五年離故里，灑淚濕征裘。告母親知道，孩兒夜來夢見渾家扯住兒衣袂，說：『十朋只與你同憂，不與你同樂。』覺來却是一夢。（老旦）敢是與你討祭？（末）祭禮俱已完備，請老夫人主祭。（老旦）非是兒夫負你情，只因奸相妒良姻。生前淑性甘貞潔，死後英魂脱世塵。餐玉饌，飲瑤樽，水晶宮裏伴仙人。你兒夫任滿朝金闕，與汝伸冤奏紫宸。

【新水令】（生）一從科第鳳鸞飛，被奸謀有書空寄。幸萱堂無禍危，痛蘭房受岑寂。捱不過凌逼，身沉在浪濤裏。

【步步嬌】（老旦）將往事今朝重提起，越惱得我肝腸碎。清明祭掃時，省却愁煩，且自酬禮，須記得聖賢書。看酒！（生）兒女何勞母親遞酒？（老旦）道『吾不與祭如不祭』。

（生）看香來。

【折桂令】爇沉檀香噴金猊，昭告靈魂，聽剖因依。自從俺宴罷瑤池，宮袍寵賜，相府勒贅。俺只爲撇不下糟糠舊妻，苦推辭桃杏新室。致受磨折，改調俺在潮陽，妻，因此上耽誤了恁的歸期。

【江兒水】（老旦）聽說罷衷腸事只爲伊，却元來不從招贅生奸計。惱恨娘行忒薄倖，凌逼你好没存濟。母子虔誠遙祭，望鑒微忱，早賜靈魂來至。

【雁兒落】（生）徒捧着淚盈盈一酒巵，空擺着香馥馥八珍味。慕音容，不見你，訴衷曲，無回對。俺這裏再拜自追思，重相會是何時？搵不住雙垂淚，舒不開咱兩道眉。先室，俺只爲套書信的賊施計。賢妻，俺若是昧誠心，自有天鑒知。

【僥僥令】（老旦）這話分明訴與伊，須記得看書時。懊恨娘行忒薄劣，抛閃得兩分離在中路裏，兩分離在中路裏。

【收江南】（生）呀！早知道這般樣拆散呵，誰待要赴春闈？便做到腰金衣紫待何如？説來又恐外人知，端的是不如布衣，端的是不如布衣！俺只索要低聲啼哭自傷悲。

【園林好】（老旦）免愁煩回辭奠儀，拜馮夷多加護持。早早向波心中脱離，惟願取免沉溺，惟願取免沉溺。

（生讀祝文介）維大宋熙寧七年吉月辛卯朔日己酉，賜進士及第任潮陽浙江温州府永嘉縣孝夫王十朋，謹以清酌素饌之奠，致祭於亡過妻玉蓮錢氏夫人前而言曰：惟靈之生，抱義而歸；惟靈之死，抱節而歸，義也。嗚呼噫嘻！昔受荆釵爲聘，同甘苦於茅廬。春闈一赴，鸞鳳分飛。詐書一到，骨肉分離。姑娘爲奪婚之媒，繼母爲逼嫁之威。捱不過連朝折挫，抵不過晝夜禁持。拜辭睡昏昏之老姑，哭出冷清清之繡幃。江津渡口，月淡星稀，脱鞋遺跡於岸邊，抱石投江於海底。江流哽咽，風木慘悽。波滚滚而洪濤逐魄，浪層層而水泛香肌。哭一聲妻，寒蛩應猿啼；叫一聲妻，雲愁雨怨天地悲。妻魂不寐，默而鑒之。於戲哀哉！尚饗！

【沽美酒】（生）紙錢飄，蝴蝶飛，紙錢飄，蝴蝶飛。血淚染，杜鵑啼，睹物傷情越慘悽。靈魂恁自知，靈魂恁自知，俺不是負心的，負心的隨着燈滅。花謝有芳菲時節，月缺有團圓之夜。我呵，徒然間早起晚寐，想伊念伊。妻，要相逢除非是夢兒裏，再成姻契。

【尾】昏昏默默歸何處？　哽哽咽咽思念你，直上嫦娥宫殿裏。

（老旦）年年此日須當祭，（生）歲歲今朝不可違。

（老旦）天長地久有時盡，（末）此恨綿綿無絕期。

第三十六齣　夜香

【一枝花】（旦上）花落黄昏門半掩，明月滿空階砌。嗟命薄，嘆時乖。華月在，人不見，好傷懷！

昔恨時乖赴碧流，重蒙恩相得相留。深處閨門重閉户，花落花開春復秋。奴家自那日投江，不期遇着錢安撫撈救，留爲義女，勝如親生。只是無以報他。今宵明月之夜，不免燒炷清香，以求廕庇。

【園林好】想那日身投大江，感安撫恩德怎忘？　勝似嫡親襁褓，如重遇父和娘。奴家燒此夜香呵，願他增福壽，永安康！

想我母親亡過之後，又虧繼母呵！

【川撥棹】親鞠養，我爹爹呵，擇良人求配鴛行。誰知道命合遭殃，命合遭殃，遮讒書逼奴險亡。蒙天眷，遇賢良。奴家燒此夜香呵，保佑他永安康，保佑他永安康。想我婆婆取奴家呵！

【好姐姐】指望終身奉養，誰知道中途骯髒。存亡未審，使奴愁斷腸，心悽慘。奴家燒此夜香呵，願得親姑早會無災障，骨肉團圓樂最長。想我丈夫有了奴家呵！

【香柳娘】又重婚在洞房，重婚在洞房，將奴撇漾。奴家一身猶可，你不思父母恩德廣。奴家指望你還有相見之日，誰想你到先亡了！痛兒夫夭亡，痛兒夫夭亡，不得耀門墻，抛棄萱花在堂上。奴家燒此夜香呵，願他魂歸故鄉，遣他魂歸故鄉，免得此身渺茫，早賜瑶池宴賞。

【尾】終宵魂夢空勞攘，若得相逢免悒怏，再爇明香答上蒼。

香烟緲緲浮清碧，衷曲哀哀訴聖祇。

致使更深與人静，非干愛月夜眠遲。

第三十七齣　民戴

（末上）一喝千人諾，單行百吏隨。恁般多富貴，端的是男兒。自家乃是本府親隨隸兵。你看時光好疾，日月相催。自從本官到任潮陽勾當，不覺又是五年。真個清廉如水，上下相安。前日忽有上司文書到府，將俺相公陞除吉安太守，却是因禍致福。原先我相公原除饒州僉判，只因不就丞相親事，却將改調潮陽。如此更遷，意欲陷害在潮陽。如今朝廷别立丞相，廉知相公治事清廉，持心公正，因此陞除吉安太守。今日促裝行李。那來的鼓樂彩旗，敢是與相公送行的？

【賞宫花】（浄、丑上）耆宿社長，聽榮除，特舉觴。五年民沾惠，盡安康。卧轍攀鞍無計策，離歌别酒衆難忘。

（末）許多什麽人嚷？（浄、丑）郎中，我們聞知相公高陞，衆鄉民特來送行。（末）難得你們厚意，問你高姓？（浄）老漢叫做李逵玉，年紀方纔五十六。在城開張雜賣鋪，家中財貨頗豐足。年年差我做方正，因此營充做耆宿。聖節賀正預公宴，簪花飲酒與喫肉。有時迎接上司官，見我必先問風俗。一句話也不曾回，五十六棒不罰贖。那時無計可施爲，依舊歸家賣蠟燭。（末）免教人在暗中行，這個老人高姓？（丑）老漢積祖姓丁，并無手藝營生。圖小利討充社長，誰知也不安寧。又要報寫粉壁，又要催討常行課程。又要報淘砌河勘，又要辦水桶麻繩。又要勸農栽種，又要督造坊城。只有催關鹽票，是我覓鈔門庭。有錢與我的，便把他口數減；無錢與我的，便把他口數增。若還官司賑濟，這場買賣非輕。若有人告投社長，一件件并不容情。被告詐他十貫五貫，原告喫他三瓶五瓶。有錢與我的，私下和允；無錢與我的，便打他脚筋。我怕事如探湯老狗，我愛錢如見血蒼蠅。這人户家家作念。（末）想必説你好？（丑）那裏是，都罵我没分曉老鴨精！（末）這一下打得你嘴匾。（浄）我們百姓無造化，這等好官陞了。（丑）便是他五年在此，深虧他。如今陞了江西吉安府知府，我們衆老人都到長亭送行。脱他靴來釘在儀門上，千年遺跡，後官來看。

【前腔】（生上）潮陽海邦，坐黄堂，名譽彰。（老旦上）省臺飛薦剡，看文章。擢任三山爲太守，叩頭萬歲謝吾皇。

自離京苑到潮陽，烏兔相催曉夜忙。（生）不覺因循經五載，追思中饋好心傷。母親，孩兒得蒙聖恩陞授吉安太守，且喜相去家鄉不遠。（净、丑）我們衆老人特來與老爺餞行。（生）老人做甚麽？（净）老爺自到任以來，一廉如水，百姓今喜高陞，小老人具禮遠送。大奶奶，老人磕頭！（老旦）生受你。（净）老爺，小老人没有什麽孝心，安排果酒旗帳，聊表野人獻芹之意。（生）我在此没有什麽好處與你衆百姓，何勞許多禮物旗帳？（净）老爺，怎麽没有好處？老爺未曾下車之時，蠻獠侵擾，盜賊猖狂，百姓横行，瘟疫難當。弟强兄弱，子駡爹娘，兒啼女哭，餓斷絲腸。無衣無食，有褲無襠。西風一起，凍得狗叫汪汪。（丑）自老爺下車之時就好。（生）怎麽就好？（丑）蠻獠遠遁，盜賊潛藏。家家樂業，户户安康。新新舊舊，衣服盈箱。粗粗細細，米爛陳倉。家家快活，專買石床。只聽得浪蕩都，浪蕩都，

打個【村裏亞鴣】。

【月上海棠】（净、丑）吾郡間，萬民沾惠恩無限。喜陞吉安，餞别陽關。無計留攬轡攀鞍，爲霖雨須還清盼。（合）程途趲，拚擔些巇嶮，受些躢跧。

【前腔】（老旦）衰老年，只愁烟瘴爲吾患。幸家門吉慶，子母平安。今日裏子擢高官，飲别酒應難留戀。（合前）

【前腔】（生）心愧赧，備員竊禄常嗟嘆。想劉寬難并，趙普果難攀。偶然間盗息民安，非德化何勞稱讚？（合前）

（老）一劄丹書降紫宸，（生）兼程之任肯因循。

（净）勸君更盡一杯酒，（末）西出陽關無故人。

（下。净、丑吊場）老爺請脱靴。（生）不消罷。（净、丑）留遺百姓瞻仰。（生）一官去了一官來，你衆人去罷。（净、丑）老爺臨去，説『一官去了一官來』。（丑）老爺曉得你我有學問老人，留這一句詩在，我和你聯。（净）我聯第二句，教人望得眼巴巴。（丑）你再吟一句，結句就是我。（净）三府老爺來到任，（丑）竹片拶指不曾挨。（净）如今老爺去了，我和你衆人們出銀三分，教木匠做靴匣。漆好了，釘在儀門上，也見我和你一點心。（丑）那個管工？（净）是我管。（丑）木梢我要一根。（净）你要木梢怎麽？（丑）我要他做灰扒柄。（净）你做老人，思量幹這樣。也罷，我有個使舊的與你罷。（下）

第三十八齣　意旨

【菊花新】（老旦上）雲鬟衰鬢玉龍蟠，羞睹妝臺鏡裏鸞。（生、末）日月似梭竄，嗟嗟人事暗中偷換。

（老旦）憶昔家中苦，別離家鄉，已經五載。因爲潮陽路遠，不能見你岳父母。如今既任吉安，與温州不遠，何不差人搬取岳父母到任，同享富貴？（生）謹依母親，明年正月十五日玄妙觀起醮大會，我已曾差人分付追薦我妻，即便修書差李成回去便了。（净）龍歸大海，道奔豪門。大叔，起動你通報，玄妙觀道士特來與老爺討意旨。（末報介。生）着他進來。（净）太夫人，磕頭！請問太夫人，小夫人因何病症而亡，好寫意旨。

【泣顔回】（老旦）説起便心酸，抱屈溺水含冤。（生）鴛鴦失伴，做了寡鵠孤鸞。（净）聞説事端，便鐵石人見説肝腸斷。仗良緣拔靈魂，使亡者早得超凡。

【前腔换頭】（生）潸觀，慈母兩眉攢，他歡無半點，愁有千般。朝夕縈絆，教人痛苦針鑽。（净）河泊水官，那其間怎把人勾唤？致令得死別生離，如何會意悦心歡？

【賺】（末）擎捧雕盤，送出魂幡絹一端；更有些醮金三十貫，權收管。必須齋沐虔誠，休教功果不圓滿。（净）天怎瞞，小貧道謹辭台回觀。

【撲燈蛾】（老旦、生）薦亡雖已完，邀親豈宜緩？若請岳翁至，同臨觀中遊玩。也趁天時地暖，便起程休得盤桓。是則是夜長晝短，論朝行暮宿，休憚路漫漫。

【尾】生的報答心方穩，死的薦拔情頗寬，好事完成意始歡。

（生）報答存亡兩痛情，（老旦）來朝遣僕遞佳音。
（生）思親但得重相見，（末）方信家書抵萬金。

第三十九齣　就禄

【三台令】（外上）夜來花蕊銀燈，曉起鵲聲翠屏。（淨上）何喜報門庭？頓教人側耳頻聽。
（外）每日心懷耿耿，終朝眼淚盈盈。只爲孩兒成畫餅，教人嘔氣傷情。（淨）雖然燈花結蕊，那堪鵲噪聲頻？（外）料我寒家冷似冰，量無好事到門庭。
【前腔】（末上）近別南粤郵亭，又入東甌郡城。水秀山明，睹風物喜不自勝。
自離吉安，又到温州。此間已是自家門首，不免徑入。（淨）李成回來了。（外）李成在那裏？（淨）這不是李成？（外）你撇得我好！怎麽只管不回來？教我終日望你。（末）小人送王老安人到京，見了狀元，本欲便回，因被苦留相送赴任，不能回來。（淨）他是忘恩負義的人，送他怎麽？（末）老安人，那狀元不是負義的人。他當時除授饒州僉判，因奸相招贅不從，改調潮陽，意欲陷害。後因朝廷體知處事能爲，持心公正，陞任吉安知府。因此修書迎請老員外、老安人到任所，同享榮華。書已在此。（外）我也看不見。李成，你字字行行念與我聽。前番一封書害得我家破人亡。
【一封書】（末）婿百拜岳父前，自離膝下已數年。因奸相不見憐，改調潮陽路八千。今喜陞爲吉安守，遣僕相迎到任間。匆匆的奉寸箋，仗乞尊顔照不宣。

（外）我聽此書呵！

【下山虎】見鞍思馬，睹物傷情。觸起關心事，怎不淚零？如今我婿得沐聖朝寵榮，我女一身成畫餅。他取我到吉城，値此寒冬，怎出外境？（合）天寒地冷，未可離鄉背井，且待春和款款行。

【亭前柳】（净）老兒垂鬢已星星，弱體戰兢兢。況兼寒凜凜，那更冷清清。此行怎去登山嶺？

【下山虎】（末）義深恩厚，恨繞愁縈。久絶鱗鴻信，悶懷倍增。因此母子修書遣僕來請，料想恩官必待等。天氣最嚴凝，暮止朝行，我當奉承。（合前）

【亭前柳】（净）老兒不去恐生嗔，欲去怕勞形。李成兒，你須先探試，臨事怎支撑？（末）小人只索從台命。（合）且過新年，待春暖共登程。

（末）昔日離家過五秋，（外）今朝書到解千愁。

（合）來年同到吉安府，（合）不棄前姻過白頭。

第四十齣　奸詰

【霜天曉角】(小生、雜從上)黄堂佐政齊黎庶，肯將清似月揚輝，如淵徹底。願效漢循良吏，勤簿書，門館無私，日以刑名爲事。

五馬侯中列郡推，導之以政冀無違。此心一點如丹赤，敢學虞庭向日葵。下官温州府推官周壁，表字元卿，乃王十朋同榜進士。職列黄堂，不作牛刀之試。食天厨之廪禄，平治郡之刑名。欲向丹墀排鷺序，先須甸服養鵷輪。昨日堂尊送一紙狀來，却是孫汝權告錢流行圖賴婚姻事。孫汝權是個生員，錢流行是個太學生，曾考貢元，斯文分上，不好執法審問。我行牌去提原媒審問，便知端的。叫左右，帶那第一起犯人審問。(雜)俱齊了。(小生)帶進來！(外、净、丑上)錢流行、孫汝權一邊伺候。錢氏，定是你巧語花言，説來説去，致令搆訟了。(丑)爺爺，小婦人非是慣做媒的。錢流行是我哥哥。(小生)你從實説來！

【啄木兒】(丑)吾兄女，將及笄。(小生)曾許甚人麽？(丑)許配王生尚未歸。(小生)婦人謂嫁曰歸。後來？(丑)那孫呆忽至吾家裏。(小生)到你家來怎麽？(丑)也要取我侄女，他浼央老妾爲媒氏。(小生)曾説去麽？(丑)吾領言曾到兄家去。老爺，小婦人的哥哥，他是個讀書君子，執意不從；我嫂嫂是個女流之輩，嫌王氏之貧，喜孫氏之富。便欲憐新將舊悔。

（小生）後你哥哥如何説？

【前腔】（丑）吾兄意，執不從。（小生）你侄女也肯麽？（丑）侄女堅將節操持，我嫂嫂定不相容。吾兄就應變隨機，將侄女送到王門去。（小生）王家既成了親，孫家再不該議親了。（丑）結親後即赴科場裏，誰想一舉成名天下知。

（小生）就是王十朋麽？（丑）正是。（小生）到是我年兄家裏的事。得中狀元，有書回麽？

【前腔】（丑）因承局，附信歸。（小生）有書回是喜事了。（丑）喜氣番成怨氣吁。（小生）一紙家書抵萬金，怎麽是怨氣？（丑）老爺，那裏是萬金佳音，元來是一紙休書。（小生）王狀元是個讀書君子，焉有此事來？（丑）他母疑是親筆跡，女言道改書中句。只爲字跡相同亦起疑。

（小生）其時書來，説在那家爲婿麽？

【前腔】（丑）贅在万俟府爲女婿。（小生）你哥哥也曾去訪問不曾？（丑）曾訪問來。正遇孫郎下第歸，他與吾兄面述其言，他説道果贅侯門。（小生）孫汝權道你兄受他財禮。（丑）孫汝權，肉面對肉面，你家行甚財和禮？上有青天，我家那個來接取？（浄）老大人，依他説起來，把學生財禮一些不認了？（丑）爺爺，財禮是小事，就是我哥哥陪也陪得起的，致使我侄女投江身宛死。

（小生）王夫人死了？（丑）老爺，只爲孫汝權一句話。（小生）孫秀才，他不告你人命也罷，你反告他圖賴婚姻事。（末上）上命遣差，身不由己。小的是吉安府王爺差來送書在此。（小生）那個在吉安府做官？取上來！（末）書在此。（小生）年弟王十朋頓首緘書。呀，王年兄陞太守了，下書人起來，伺候回書。若非他有心以仁，道民以禮，焉有此不次之遷？忻慰！忻慰！即懇元卿年兄執事下，遽爾别來，屢經歲月。向改調時，深辱俯慰。因瘴鄉無使，故久乏音問。茲幸寸進守吉，懷抱雖則少伸。又有不得已事，仰干執事下。向寓京時，倩人持書迎候岳父母山妻，不想中途被人套换書信，致使山妻守節而亡。已獲原寄書人承局，奏送法司。鞫問間，供稱止有孫汝權開包。望將此情轉達太父母大人，乞將孫汝權解京，與承局面證完卷。再禀岳父母，以富家不厭貧寒，以女妻之，生將謂終身養老之計。今山妻雖死，義不可絶。特差人舟相候，冀推年誼，借重一言，贊襄岳父母上道，以全半子終養之情，感德豈尠尠哉！明年朝覲，想得京中一會。時下寒暖不均，伏惟調護，以膺天寵，不宣。十朋再拜。

（介）吏讀與他們聽！（念介。小生）錢老先生，這一封書是令婿命轉送老先生的，請收去。（介）老先生，請出去换了衣巾，進來相見。錢氏無干，出去！（外、丑下。小生）皂隸選大板子，拿那孫汝權下去打四十！（打介）討牌。（寫介）發監，待文書完了，送到堂上，解他京裏去完卷。（帶淨下。小生）請錢老先生進來。（請外上介。小生）老先生請坐。（外）老大人請上，容學生拜謝！（小生）不勞，不勞！（外）老大人，上開藻鑒，下判妍媸。冰釋厚誣，心銘大德。（小生）學生失於龍蛇之辨，致有鼠雀之牙。撫己多慚，見公甚愧。請坐了。（外）不敢。（小生）老先生前輩，令婿又忝同年，不必太謙。（外）學生告坐了。（小生）適聞令婿書上，着學生專請老先生到他任所，必須就起程前去。（外）老大人，學生年邁，朝暮不能保，豈能遠涉路途？

【歸朝歡】（小生）賢東坦，賢東坦，教音下期。令賤子，令賤子，翁前轉致。須宜是，須宜是，行囊且携，恐他們懸望伊。（外）家筵雖小誰爲理？田園頗廣誰爲治？欲去還留心兩持。

【三段子】（小生）翁今幾兒？（外）念箕裘無人可倚。（小生）族分幾？（外）念宗支無人可悲。（小生）你既然只有身一己，如何不去倚賢婿？況是他慇懃想伊。

（小生）叫左右，與我打點馬船人夫，送錢相公到吉安府去。（外）如此多感多感！

（小生）行囊速整莫蹉跎，（外）景物相催老去何。

（合）一夜相思千里外，西風吹馬渡關河。

第四十一齣　晤婿

【小蓬萊】（外上）策馬登程去也，西風裏犖落艱辛。淡烟荒草，夕陽古渡，流水孤村。（淨上）滿目堪圖堪畫，那野景蕭蕭，冷浸黄昏！（末上）樵歌牧唱，牛眠草徑，犬吠柴門。

〔臨江仙〕（外）緑暗汀洲三月景，錦江風静帆收。垂楊低映木蘭舟，半篙春水滑，一段夕陽愁。（末）灞水橋東回首處，美人親捲簾鈎，落花幾陣入紅樓。行雲歸處，水流鵶噪枝頭。老員外，今日日麗風和，花明景曙，加鞭趲行幾步。

【八聲甘州】（外）春深離故家，嘆衰年倦體，奔走天涯。一鞭行色，遥指剩水殘霞。墻頭嫩柳籬畔花，見古樹枯藤暮鴉。嗟呀！遍長途觸目桑麻。

【前腔换頭】（浄）呀呀，幽禽聚遠沙，對仿佛禾黍，宛似蒹葭。江山如畫，無限野草閒花。旗亭小橋景最佳，見竹鎖溪邊三兩家。漁槎，弄新腔一笛堪誇。

【解三酲】（外）爲當初被人謊詐，把家書暗地套寫，致吾兒一命喪在黄泉下，受多少苦波查。今日幸得佳婿來迎也，又愁着逆旅淹留人事賒。（合）空嗟呀！自嘆命薄，難苦怨他。

【前腔】（末）步徐徐水邊林下，路迢迢野田禾稼，景蕭蕭疏林暮靄斜陽掛。聞鼓吹，鬧鳴蛙，一經古道西風鞭瘦馬。謾回首，盼想家山淚似麻。（合前）

高山迢遞日初斜，緑柳依稀路更賒。
目斷前村烟未暝，不知今夜宿誰家？

第四十二齣　親叙

【懶畫眉】（生上）紫簫聲斷彩雲開，膩粉香朦玉鏡臺，燈前孤幌冷書齋。血衫難挽仙裾返，造化能移泰岳來。

【前腔】（老旦上）荆釵博你鳳頭釵，重義輕生脱繡鞋。一回思想一回哀，鳳釵還在人何在？我那兒，可陰祐你雙親到此來。

【前腔】(外、淨、末上)館甥位掌五侯臺，千里裁封遣使來。令人更喜復悲哀，哀吾弱息今何在，喜他母子恩情得再諧。

(末)老員外，這裏是府門首。(外)你可通報。(末)那個在門上，老老爹來了。(丑)大叔來了。(報介。生)岳父岳母到了，請母親同去迎接。

【哭相思】一自別來容鬢改，恨公衙失迎冠蓋。(外)生別重逢，死離難再。(生)罷愁思且加親愛。

(外)親家，小女姻緣淺，終身地下遊。(老旦)他鄉迎舊戚，便覺解深愁。(生)半子情方盡，終身願已酬。(淨)休嫌山婦拙，思好莫思仇。(老旦)親家何出此語？(淨)人之所以異於禽獸者，以其有仁義也。(老旦)言重，言重！

【玉交枝】感你恩深如海，我一抔土填得甚來？(一)久銘肺腑時時戴，特此遠迎冠蓋。兒，快令人把綺席開。親家，洗塵莫怪輕相待。(合)細思量荆釵可哀！細思量荆釵可哀！

【前腔】(外)蒙承過愛竟忘哀，夫妻遠來。想當初在舍慚餔待，望尊親海涵寬貸。賢婿，你腰金忘勢真大才，不比薄情人轉眼生驕態。(合前)

(一)　抔：原作『坯』，據文義改。

【前腔】(浄)自慚睚眦，望尊親休勞掛懷。一時我也出無奈，莫把我做好人看待。人家晚母休學我忌猜，逼兒改嫁遭毒害。(合前)

【前腔】(生)慚予一介，荷深恩扶出草萊。微名五載忘親愛，豈知中路變禍災？當初指望白首諧，誰知青歲遭殘害？(合前)

(丑)老爺，酒席已完備了。(老旦)親家請後堂坐。(外)請了。

(外)幾年遠别喜相逢，(生)又訝相逢似夢中。

(浄)果是稠人難物色，(合)信知女婿近乘龍。

第四十三齣　執柯

【普賢歌】(浄上)侯門涉水最難求，願適賢良王太守。自家非强口，管教成配偶，且請媒人喫喜酒。

正是作伐全憑斧，引綫必須針。我年兄有個令愛守寡，央我爲媒，要招本郡太守王梅溪。他鼓盆已久，未有夫人，央我去説親。鄧興，這裏府前了，通報。(末)是誰？(丑)鄧老爺相訪。(末)老爺有請。

【玩仙燈】(生上)兀坐書齋，聞道有客來相訪。

(見介。生)賤職所拘，未得拜訪。(浄)荷蒙與進，豈勝榮幸！(生)惶恐！惶恐！(浄)臺下治政甚佳，黎民無不感仰。(生)皆賴老先生教指。(浄)外蒙公祖見賜胙肉，老荆見了，叫小厮連忙與我煮起來喫飯。煮在鍋中，連連燒了七八十滚，還是硬的。我老荆作詩一首：蒙君賜胙肉，合家盡喜歡。柴燒七八擔，水煮幾鍋乾。硬似丁靴底，猶如嚙馬鞍。齒牙三十六，個個不平安。(生)猪婆肉。(浄)不是猪婆，小猪的娘。(生)休得取笑！(浄)老夫今日一來相訪，二來有一句話説。(生)何事見教？(浄)老夫有一同年錢載和，有一小姐，守寡在家。聞得公祖大人鼓盆已久，今特央老夫爲媒，望守公成全此親，甚是美事。(生)老先生在上，念學生貧寒之際，以荆釵爲聘，遂結姻親。山妻守節而亡，焉肯忘義再娶？(浄)公祖大人幾位令嗣？(生)未有子息。(浄)公祖大人，『不孝有三，無後爲大』，却不絶嗣了？(生)正欲螟蛉一子，以續後嗣。(浄)吾聞螟蛉者，嗣非其類，鬼神不享其祀。公祖大人讀書之人，如何逆理？冒瀆，冒瀆！

【啄木兒】(生)乞情恕，聽拜禀：自與山妻合巹婚，纔與他半載同衾，一旦鳳拆鸞分。他抱冤守節先亡殞，我忍恩再娶心何忍？須知行短天教一世貧。

【前腔】(浄)他八兩，你半斤，彼此爲官居上品。論閥閲，户對門當，真個好段姻親。你意驕性執不從順，故千推萬阻令人恨，有眼何曾識好人。

【三段子】(生)事當隱忍，未可便一時怒嗔。(浄)你再不娶親，我只愁你斷子絶孫誰拜墳？(生)言激心惱空懷忿，我今縱不諧秦晉，也不會家中絶後昆。

【歸朝歡】（浄）你没思忖，不投分，那裏是儒爲席上珍？（生）我做官守法言忠信，名虧行損遭談論。縱獨處鰥居，决不可再婚！

（浄）性執心迷見識差，（生）婚姻不就且回家。

（浄）落花有意隨流水，（生）流水無心戀落花。

第四十四齣　續姻

【杜韋娘】（旦上）朔風寒凜冽，雲布墅，捲飛雪，看萬木千林都凍折。小窗前，梅花再綴，冰稍數點幽潔。淡月黄昏，暗地香清絶。早先把陽和漏泄，又葭管灰飛地穴。

痛憶我亡夫，感念嗟吁，轉頭又是五年餘。安撫收留恩不淺，補報全無。今日乃是冬至令節，等待爹媽出來，拜賀則個！

【麻婆子】（丑上）做奴做奴空惆悵，何時得嫁馬上郎？做奴做奴空勞攘，只落得一個曉夜忙。遇冬節，巧梳妝，身穿一套好衣裳。市人市人都誇獎，道我是個風流好養娘。

（拜介）時遇新冬，喜氣重重，拜節之後，願小姐招一個老公。（旦）休得胡説！相公、夫人來了。

【海棠春】（外、貼上）時序兩推遷，莫惜開芳宴。

孩兒，金烏似箭，玉兔如梭，不覺來此又是五年。前日鄧尚書來相探，閒話間説起王太守未有夫人，因此將你吉帖付與他去，了汝終身。（旦）爹爹，但願終身守節，再醮難言。（外）你丈夫未死，不肯嫁禮之所當。汝夫已死多年，不嫁將何倚靠？（旦）望爹爹爲我螟蛉一子，以爲終身後嗣。（外）如此終無結果。（旦）妾聞仁者不以盛衰改節，義者不以存亡易心。截耳殘形，永杜重婚之議；劈面流血，難從再醮之言。自古及今，芳名不滅。使妾有失志節，聽此寧無愧乎？誓以柏舟，甘效共姜，死而後已。若窺隙鑽窬，潛奔司馬，則非奴所願也。若不容奴於相府，則賤妾仍喪於江中。（外）夫人，我尋思這般志節也難得。孩兒，你要守節，改日過房一子，與你爲後嗣。（旦）如此甚感爹爹，爹媽請坐，待奴家拜節。看酒來。

【集賢賓】一陽氣轉春透徹，履長歡慶冬節。驗歲瞻雲人意切，聽殘漏曉臨臺榭。今年是別，黄雲讖争書吉貼。（合）芳宴設，沉醉後，管絃聲咽。

【前腔】（外）日晷漸長人盡悦，繡紋弱綫添些。待臘將舒堤柳葉，凍柔條未堪攀折。百官擺列，賀亞歲齊朝金闕。（合前）

【鶯啼序】（貼）光陰迅速如電掣，斷送了多少豪傑。遇良辰自宜調燮，且把閒悶抛撇。進履襪歡看婦儀，炷寶鼎對天答謝。（合前）

【前腔】(丑)道消遣長空嘆嗟,(一)畫堂中且安享驕奢。看紛紛緑擁紅遮,綺羅香散沉麝。辟寒犀開元此日,(二)曾遠貢喧傳朝野。(合前)

【琥珀猫兒墜】(衆)玉燭寶典,今古事差迭。遇景酣歌時暫歇,珠簾垂下且莫揭。(合)歡悦,那獸炭紅爐,焰焰頻爇。

【前腔】(衆)小寒天氣,莫把酒樽歇。醉看歌姬容艷冶,春容微暈酒黯頰。(合前)

【尾】玉山頹低日已斜,酒散歌闌呼侍妾。把錦紋烘熱,從教醉夢賒。

天時人事日相催,冬至陽生春又來。

雲物不殊鄉國異,開懷且覆掌中杯。

第四十五齣　薦亡

(浄扮道士上)捏訣驚三界,扣齒動百神。狗肉喫兩塊,好酒飲三瓶。等到天明後,依然去誦經。門徒聞不善,道我不志誠。今日上元令節,本觀修設醮會。太老爺拈香,道人打起鐘磬。待我把經文誦完,

(一) 遣:原闕,據《新刻原本王狀元荆釵記》補。

(二) 辟寒犀:原作『醉寒屏』,據《新刻原本王狀元荆釵記》改。

肚中空虚，要喫也無。八個餛飩，使我自然。田螺棘螺，共買五錢。喫了三碗，吐瀉半年。頭頭利市，和合仙官，召請必竟來臨。取出雲璈，讚揚法事。癞頭婆娘請我，時時到他家裏，正值肚飢，便喫蒸餅、爛煮猪蹄、油煎鷄卵、熱炒鴨兒、鹽拌白菜、醬煮烏龜、糟鏖豆腐，及攢鹽齏。臨臨兩碗，笋乾粉皮。般般喫盡，不剩些兒。肚中膨脹，飽病難醫。尿糞急送，不可遲疑。忽然阿出，污了道衣。怕人哂笑，火速走歸。道婆看見，一頓擂搥，打得不可思議功德。

【玩仙燈】（生上）節届元宵，燈月燦然高，到觀門拈香薦悼。

（净）道士接爺爺。（生）功果都完了麽？（净）經文都完了，專等老爺拈香。

【一封書】（生）特朝拜上清，仗此名香表志誠。亡妻滯水濱，願神魂得上升。（净）横死孤魂都召請，請到壇前聽往生。（合）誦仙經，薦亡靈，仗此功勳超聖境。

【前腔】（旦、丑上）前日已預名，届此良辰來殿庭。拈香炷寶鼎，望慈悲作證盟。（净）惟願亡靈來受領，獻取香花酒果餅。（合前）

【前腔】（生）驀然見俊英，與一丫環前後行。潛地想面形，轉教人疑慮生。（末）他兩次三回常觀顧，覷了恩官也動情。（合前）

【前腔】（旦）迴廊下撞迎，頓教人心暗驚。那燒香上卿，好似亡夫王十朋。（丑）休得輕言當三省，燒罷名香轉看燈。（合前）

（下。生）見鞍思馬，睹物思人。適纔那婦人好像我夫人。叫道士過來，適纔婦人那家宅眷？（浄）錢都爺小姐。（生）原來天下有這般相似的。

（生）忽睹佳人意自疑，拈香已畢早回歸。

思量總是一場夢，你是何人我是誰？

第四十六齣　責婢

【步步嬌】（旦上）觀裏拈香驀相會，使我心縈繫。（丑）小姐，如今枉致疑，既認得真時，何不問取詳細？（旦）梅香，這就理你怎知，恐錯認了風流婿。

（丑）你道這官人是誰？（旦）是誰？（丑）本府太守，前日鄧尚書來説親的。（旦）元來是他。

【紅衲襖】意沉吟，情慘傷；步趑趄，心悒怏。（丑）見了娘行好生着意想，莫不是遞書人回來胡調謊？（旦）料判州，名未彰；論太守，職未當。（丑）自古男兒當自强。

【前腔】小姐，你曾和他共鴛衾，同象床，直恁的你認不得他形共龐。（旦）面貌身材果然斷像，行動舉止没兩樣。（外暗聽。丑）既認得真時合主張。（旦）如何主張？（丑）你把往事相問當。（旦）猶恐錯認陶潛作阮郎。

拈香相遇兩沉吟，且自歸家問的真。

好似和針吞却綫，刺人腸肚繫人心。

（外上）哇！你那賤人，欲人不知，莫若不爲。我家三世無犯法之男，五代無再婚之女。你言而無信，行亦有虧。江心渡口溺水，非因守節；玄妙觀中私語，必是通情。鄧尚書説親，直恁千推萬阻。見王太守樂意，却不顧五典三綱，不思玷辱門墻。問出奸情，押還原籍，教你雖無尾生難，也有屈原愁。（打梅香介）

【錦纏道】治家邦，正人倫，有三綱五常。你潛説出短和長，怎不隄防他人須有耳隔墻？講甚麽晋陶潛認作阮郎？却不道誓柏舟甘效共姜？（打丑介）先打後商量，問出你私情勾當，押發離府堂。文牒上明開供狀，抵多少衣錦去還鄉。

【前腔】（丑）小梅香，待回言，恐觸突了使長。不回言，這無情棒打難當，怎知道禍從天降！他本是守荆釵寒門孟光。（外）潛奔之女，什麽孟光！（丑）休錯認做出墻花淮甸雙雙。我説起這行藏。（外）説什麽來？（丑）他説道燒香的王太守，好似亡夫模樣。尋思痛感傷，因此上和妾在此閒講，又不曾想像赴高唐。

【前腔】（旦）守孤孀，薦亡靈，親臨道場。燒香罷，轉迴廊，偶相逢，不由人不睹物悲傷。（外）你這賤人要做鶯鶯？（旦）那裏是西廂下鶯鶯伎倆？（外）你這賤人就是紅娘！（旦）怎麽的就打梅香，生紐做紅娘？當初去投江，（外）虧你不識羞，還説投江！（旦）把原聘物牢拴在髻上，荆釵義怎忘？妾豈肯隨波逐浪，却不道辱没宗祖把惡名揚？

【前腔】（外）假乖張，賤奴胎，把花言扺搪。全不顧外人揚，惱得我氣滿胸膛。你本是王月英留鞋在殿堂，怎不學浣紗女抱石投江？（打介）你這賤人還不説！（丑）雪上更加霜，自不合與他人閒講。誰知惹禍殃，閒話裏没些度量，怎知道一霎時禍起在蕭墻？

（外）既有釵，取上來，且進去。（旦）滿懷心腹事，盡在不言中。（下。外）這妮子荆釵遮飾，未可信憑。明日假意納聘作席，請鄧尚書、王太守，把此釵虚説是聘物，將出觀看。若是王太守認此釵，便有區處；若不認此釵，押赴本鄉。正是：

混濁不分鰱共鯉，水清方見兩般魚。

第四十七齣　疑會

（凈上）致仕歸家二十年，水邊亭子屋邊田。饒他白髮簪中滿，老景康寧便是仙。老夫鄧謙，年過八十，位至三台。享朝廷之洪福，賴祖宗之陰庇，每日登山飲酒。求詩畫的纏得慌，鄧興，去門首看，若有求詩的來，只説老爺不在。請喫酒，便説在家。（末）領却都爺書，早到尚書府。有人麽？（丑）是那個？（末）要見你們老爺。（丑）老爺不在家。（末）既不在家，我去了。（丑）轉來，是請老爺喫酒麽？（末）正是。（丑）既然請喫酒，在家。（末）起初説不在家？（丑）你不曉得，我們老爺分付，但有求詩畫，只説不在家。（末）通報。（丑）住着，實是請喫酒的麽？（末）説道是。（丑）老爺，請喫酒的在外。（净）説在家便好。（丑）説在家。（净）我説下頦子癢，定有酒喫。（丑）老爺，下頦准不要鑽龜。（净）哇！叫他進來。（丑）大哥進來。（末）老爺，磕頭！（净）那裏來的？（末）小人錢爺差來的。（净）那個錢爺？（末）有帖在此。（净）取上來，『年弟錢載和頓首拜請司空鄧年兄執事下』，原來是我年兄。（丑）那個錢爺？（净）你不曉得，就是做安撫的。（丑）嗄，就是送改機來的，裁衣服少了兩幅，做不成罷了。（净）既是他，來者來之，勞者勞之。（丑）爺該賞他。（净）賞他什麽東西便好？（丑）與奶奶説，討一兩銀子與他。（净）這等不做家的。今早買菜剩得一個錢賞他罷。（丑）怎麽賞得出？（净）你不要管。長官没有什麽，賞你一個錢，且收下。（末）一個錢買酒喫不醉，買飯喫不飽，要他何用？（净）就不是做家的，拿這錢去做買賣。（末）這一個錢做甚買賣？（净）一錢爲本，萬錢爲利。（末）好讖語，小人收去。（净）下書人去了？（丑）去了。（净）明日也要擺酒席請錢爺。（丑）辦什麽茶飯？（净）後圈猪殺一個。（丑）猪昨夜養下，也没有老鼠大，如何用得？（净）你不曉得，君子略嘗滋味。快打轎。（丑）打轎轎夫不在，只得我一個，不如我駝去罷。(一)（净）不如自走了罷。正是：

數日不相見，今日又相逢。

(一) 駝：原作『駞』，據《李卓吾先生批評古本荆釵記》改。

第四十八齣　團圓

【紫蘇丸】（外上）若認此荆釵，其中可宛轉。（淨上）安撫開華宴，相招意非淺。（生上）侯門宴請來，催赴跨青驄。（外）蒙君不棄，蝸居門户生光彩。

（淨）老夫感蒙過愛，特辱寵招，不勝愧感之至。（外）寒門不足以淹車騎。近爲小女納聘，請大人一觀。（淨）老拙作伐不從，今聘他人。（生）此乃一言爲定。（淨）外者多蒙賜柴炭，感感在心，正要到府拜謝。不想年兄相招，所以不果。（生）不敢。（淨）我這公祖少年老成，居民無不瞻仰，老夫感激深恩。正是年近雪下，且是寒冷，與我老妻思想，若得一簍炭便好。説言未盡，新書柴炭俱送來了。年兄，如今的人只有錦上添花，那肯雪中送炭？（生）言重。（淨）老夫昨夜與老妻受了一驚？（外）爲何？（淨）被盜。（生）有這等事？（淨）這盜無理，公祖大人恰要懲治他。（外）不知偷了什麽？（淨）偷了我一擔糞去。（外）這是小事。（淨）你就不明了，寧可偷了金，這個糞，學生捨不得。若無糞壅稻苗，怎得穀子成器？這糞滋五穀土養民，老夫不要，望公祖追來公用。（外）年兄請了。（淨）還是公祖大人坐。（外）年兄請坐。（淨）學生怎敢占坐？還是公祖大人坐。（外）年弟有句話，守公到怕不知。吉長官起送守公，已後是陶長官。陶長官去後，却是學生補任三月。（生）如此上司了。（跪介。外）請起。（生）學生侍坐。（外）還是年兄坐。（淨）若如此，老夫佔了。（生）學生傍坐。（外）怎麽是這等，擡那桌兒下來。（生、淨）告坐。（外）請坐，年兄，福建好地方。（淨）年兄，你可省得他説話？（外）我從在那裏，不曾聽得這話。年兄學與我聽一聽。（浄）我學生頭一年在那裏，半句也不省，後來就省得了。一日在船上，只見岸上一簇人在那裏啼哭，我問那門子，那些人爲何啼哭？那門子説：没有了個臉。我説：打官話説來。他説道：没有了個兒子，在那裏啼哭。我方纔曉得臉是兒子。（外）女婿叫什麼？（浄）叫東婆臉。（外）女兒叫什麼？（浄）叫娘臉。（外）他那裏道路難行。（浄）道路崎嶇難行。他那裏有菡萏灘難行。（外）什麼灘？（浄）菡萏灘。（外）守公，年兄學那福建詞到好聽，唱一個兒。（浄）這就不該了，你我是年家頑慣，祖父母在此，焉敢放肆？（外、生）這個不必謙。（浄）恰不當。鄧與你依唱。（浄諢唱）今宵五彩團圓，將手掩上房門。郎脱褲，奴脱裩，齊着力，養個兒子做狀元。（外）年兄，一個字也不省。（浄）叫做什麼【賀新郎】。那門子寫出來，方纔曉得。（外）請了！（浄）今日喜酒落得喫一杯。（外）年兄出一令。（浄）老拙説個數目口令，説着數，就是他喫。（外）年兄出令。（浄）要一、二、三、四、五、六、六、七、八、九、十。（外）如今年兄起。（浄）一、二、兩、三、四、五、六、六、七、八、九、十。（外）年兄多了『兩』『六』。（浄）如今公祖起。一、二，不要兩，三、四、五、六、七、八、九、十。（外）又是年兄。（出叙介。浄）擡禮過來觀看。老夫鄧識寶，取在手内，便知什麼寶貝。（外）送去鄧爺看。（浄看）聞又不香，捏又無痕。起初鄧識寶，如今不識寶。公祖大人識窮天下寶，讀盡世間書。還是祖父母大人看。（外）送去王爺看。（生看介）

【一江風】見荊釵不由我不心驚駭，是我母親頭上曾插戴。這是那得來？教我揵耳揉腮，欲問猶恐言相礙。心中展轉猜，元是我家舊聘財。天那，這是物在人何在？

（外）守公睹物傷情，必有緣故，何不對我一説？（生）實不瞞老大人説，這荆釵是下官聘定渾家之物。

（外）既是守公聘定令正之物，願聞其詳。

【駐馬聽】（生）聽訴因依，昔日卑人貧困時，忽有良媒作伐，未結婚姻，愧乏財禮，荆釵遂把聘錢氏。（外）成親幾年？（生）結親後即赴春闈裏，幸喜及第。（外）除授那裏？（生）除授饒州僉判，叨蒙恩庇。

（外）爲何潮陽去？

【前腔】（生）再聽因依，説起教人珠淚垂。（外）中間必有緣故。（生）爲參万俟丞相，招贅不從，反生惡意，將吾拘繫。奏官裏，一時改調蠻烟地。（外）爲何改調？（生）要陷我身軀，同臨任所，五載不能僉替。

（外）曾有書回麽？

【前腔】（生）曾寄書回，深恨孫郎故改易。（外）你家須認得字跡。（生）奈我妻家不辨字跡差訛，語句真異。岳翁岳母見差池，逼勒荆婦重招婿。（外）令正從否？（生）苦不遵依，將身投溺江心裏。

【前腔】曾薦亡妻，原籍視臨在宫觀裏。我在迴廊之下，見一佳人，與妻無二。教人展轉痛傷悲，今朝又見荆釵記。睹物傷悲，人亡物在，空彈珠淚。

【前腔】（外）休皺雙眉，聽俺從頭說仔細。我在東甌發足，渡口登舟，一夢蹺蹊。（生）夢見甚的？（外）道五更一女來投水，急令稍水忙撈取。休得傷悲，夫妻再得諧連理。

【前腔】（浄）此事真奇，節婦義夫人怎比？年兄，疾忙開宴，請出夫人，就此相會。天教今日重完聚，金杯捧勸須當醉。（生）深感提携，從今萬載傳名譽。

（浄）夫守義，真是傑；妻守節，真是烈。年兄申奏朝廷，禮宜旌表。下官告退。有緣千里能相會，無緣對面不相逢。（下。外）梅香，請小姐出來。

【哭相思】（旦上）妮子傳呼意甚美，尚未審凶和喜。（外）兒，王守公正是你丈夫。（生、旦）每痛憶伊作幽冥鬼，不料重逢你！（外）快去府裏請太夫人相見。（老旦上）公相相招見兒婦，焉敢躊躇？

（旦）婆婆，自從那日別離，今日又得相會。

【紅衫兒】（老旦）自那日投江隨潮去，痛苦傷悲。忽聞人報道身亡，轉教人痛悲。若不遇公相相留，怎能勾夫妻重會？效啣環結草，當報恩義。

（末上）出入朝廷，强似蕊宮仙島。聖旨已到，跪聽宣讀。詔曰：朕聞禮莫大於綱常，實正人倫之本；爵宜先於旌表，蓋厚風俗之原。（一）邇者福建安撫錢載和，申奏吉安府知府王十朋，居官清正，而德及黎

（一）蓋：原作『益』，據《新刻原本王狀元荊釵記》改。

氏。其妻錢氏，操行端莊，而志節貞異。母張氏，居孀守共姜之誓，教子效孟母之賢。似此賢妻，似此賢母，誠可嘉尚。義夫之誓，禮宜旌表。今特陞授王十朋福州府知府，食邑四千五百户。妻錢氏，封貞淑一品夫人。母張氏，封越國夫人。亡父王德昭，追贈天水郡公。宜令欽此。謝恩！（生）萬歲！萬歲！萬萬歲！

【大環着】（外）那一日江道，那一日江道，得夢蹊蹺。靈神對吾曾説道，見佳人果然聲韻高。投水江心早，稍公救撈，問真情取覆言詞了。留爲義女，帶同臨任所福州道。（合）怎知今日，夫妻母子，子母團圓，再得重相好。腰金衣紫還鄉，大家齊歡笑，百世永諧老。

【前腔】（旦）念奴家年少，念奴家年少，適侍英豪。在雙門長成身自嬌，守三從四德遵婦道，蘋蘩頗諳曉。母姑性驕，見孫郎富勢生圈套。家尊見高，就將奴與君成配了。（合前）

【前腔】（老旦）想當初窮暴，想當初窮暴，豈有今朝？蒼天果然不負了，幸孩兒喜得名譽高。門閭添榮耀，闔家旌表，感皇恩母子得寵招。加官賜爵受天禄，滿門福怎消？（合前）

【前腔】（生）嘆椿庭喪早，嘆椿庭喪早，母氏劬勞。想當年運乖時未遭，對青燈簡編莫憚勞。萱親况年老，深蒙泰山，送荆釵豈嫌寒舍小。春闈應舉，助白金與我恩怎消？（合前）

【越恁好】（生）自上長安道，自上長安道，步蟾宫，掛紫袍。爲不就万俟丞相寵招，不從贅配多嬌。（合）潮陽任所被改調，受千辛萬苦，因此上五年傷懷抱。

【前腔】（旦）詐書傳報，詐書傳報，苦逼奴，嫁富豪。遂投江，幸得錢安撫急救撈，〔一〕免隨潮。

（合前）〔二〕

【尾】移宮换羽雖非巧，仿古依今教爾曹，奉勸諸君行孝道。

夫妻節義再團圓，母子重逢感上天。

深恨詐書分鳳侶，痛憐渡口溺嬋娟。

潮陽隔别三山恨，玄妙相逢兩意傳。

夙世姻緣今再會，佳名千古二儀間。

〔一〕救撈：原作『撈救』，據《李卓吾先生批評古本荆釵記》改。

〔二〕（合前）：原闕，據曲律補。

荆钗记曲谱

目録

荊釵記曲譜二集

荆釵記曲譜三集……一三七七

荆釵記曲譜四集……一四一六

荆釵記曲譜目録(一)

荆釵記曲譜初集目録

(一) 原各卷目録分置各卷卷首，現統一改置書首。

荊釵記曲譜二集目錄

荊釵記曲譜三集目錄

荊釵記曲譜四集目録

荆釵記曲譜初集

開　端

【沁園春】才子王生，佳人錢氏，賢孝温良，以荆釵爲聘，配爲夫婦。春闈催試，拆散鴛鴦。獨步蟾宫，高攀桂仙，一舉鰲頭姓字香。因參相，不從招贅，改調潮陽。修書報萱堂，中道奸謀變禍殃。岳母生嗔，逼淩改嫁，山妻守節，暗地投江。幸神靈匡扶撈救，同赴瓜期異鄉。吉安相會，義夫節婦，千古永傳揚。

來者王十朋。

講　書

（小生上唱）

【滿庭芳引】樂守清貧，恭承慈訓，十年燈火相親。胸藏星斗，筆陣掃千軍。越中古郡誇永嘉，城池闤闠人奢華。思遠樓前景無限，畫船歌妓顔如花。詩禮傳家忝儒裔，先君不幸早傾逝。奈何家業漸凋零，報效劬勞未遂意。卑人姓王，名十朋，表字龜齡，别號梅溪，温州永嘉縣人也。不幸椿庭早逝，惟賴母親訓育成人。家無囊橐，慚無驛宰之榮；學有淵源，忝列庠生之數。正是一躍龍門從所欲，麻衣换却荷衣緑。丹墀拜舞受皇恩，管取全家食天禄。（以上一段通行在《議親》念。）明日府尊堂試，他日大比，未知若何。昨日約同窗朋友在此講書，想必就來也。不免去煮茗相待。（下。生上）請吓。

【窣地錦襠】㈠蒼天未必困英豪，勤讀詩書莫憚勞。（浄上、接）龍門萬丈似天高，一躍過期着緑袍。

（生）學生王仕宏，（隨意用。）字四明。（浄）學生孫汝權，字半州。（生）請了。（浄）請了。（生）明日府尊堂試，今日約在梅溪兄家講書，就此同行。（浄）有理。（生）行行去去。（浄）去去行行。（生）此間已是，梅溪兄可在家？（小生）是那個？（生、浄）弟輩們在此。（小生）二兄來了，請！（生、浄）請！（小生）重蒙枉顧，㈡有失奉迎。（生、浄）卒爾拜賀，獲擢魁名。（小生）天與僥倖，非我之能。

㈠ 錦：原作『綿』，據曲牌名改。

㈡ 枉：原作『往』，據文義改。

（净）試期已迫，同赴瑶京。（小生）請坐！（生、净）有坐！明日府尊堂試，我們各把經史講論一番。（小生）君子講學，以文爲友，有何不可？（净）講奢個好？（生）梅溪兄，先講『學而時習之』，小弟講『不亦悦乎』；半州兄講『有朋自遠方來』。（小生）如此二兄請。（生、净）來意，豈有薦兄之理？（小生）占了。（生、净）請教。（小生）學之爲言，效也。人性皆善，而覺有先後，後覺者必效先覺之所爲，乃可以爲明善，而復其初也。習，鳥數飛也。學之不已，如鳥數飛也。管見如此，望二兄改正。（生、净）講得好。（小生）四明兄，『不亦悦乎』怎麽講？（生）占了。（净、小生）請教。（生）既學矣，而又時時習之，則所學者熟而中心喜悦，其進自不能已矣。〔一〕請二兄改正。（净、小生）講得有理。（生）半州兄，『有朋自遠方來，不亦樂乎』，怎麽講？（净）小弟免了罷。（二生）定要請教。（净）二兄，大鵬，鳥也，一飛九萬里，果是遠方之外。落者，是調也，那大鵬在遠方之外飛來，不想飛得羽垂翅折，在半空中説道：『我乞力了，莫不要掉下去？』説猶未了，潑通！此乃『不亦悦乎』哉！（二生）半州兄差了，你我同心爲友，合志爲朋，怎麽倒説了禽獸類？（净）二位滿腹文章，無忝同類。學生不通今古，一味粗俗。正所謂馬牛襟裾，飛禽與走獸，正是同類。（二生）哈哈，休得取笑！（生）我等讀書，但不知去後如何？（小生）二兄吓！（唱）

【玉芙蓉】書堂隱相儒，朝野開賢路，喜明年春闈選招科舉。窗前歲月莫虚度，燈下簡編可

〔一〕已：原闕，據汲古閣刊本《繡刻荆釵記定本》補。

展舒。（合唱）（合頭）時不遇，且藏珠韞匵，際會風雲，那時求價待沽諸。（生接）

【前腔】懸頭及刺股，掛角並投斧。嘆先賢曾受許多勤苦。六經三史靡温故，(一)諸子四書可誦讀。（合前）（浄接）

【前腔】家私雖富足，心性忒愚魯，（二生介）兄的才學甚是長。（浄）向書齋學得者也之乎。（二生介）之乎者也，下得不差，好秀才也。（浄）無才的休想學干禄，（二生介）有才的呢？（浄）有才的便能身掛緑。（合前）

天色晚了，告辭。（小生）有慢！

聖朝天子重英豪，（生）常把文章教爾曹。

（浄）世上萬般皆下品，（同）思量惟有讀書高。

請了！（小生）請了！（下。浄）老王個學分，越發好哉。（生）便是。（浄）辰光還早來，到舍下去，小酌而回。（生）怎好叨擾？（浄）奢説話！請吓！（下）

(一) 靡：原作『糜』，據汲古閣刊本《繡刻荆釵記定本》改。

眉壽

（外上唱）

【高陽臺引】兔走烏飛，星移物换，看看鬢髮皤然。嗣息無緣，幸生一女芳年。温衣飽暖。華髮蕭蕭鬢若霜，老來無子實堪傷。箕裘事業誰承奉？詩禮傳家孰紹芳？閑議論，細思量，欲待一女贅賢良。一斟一酌皆前定，只把丹心托上蒼。老夫姓錢，名流行，温州人也。昔在黌門，忝考貢元。衣冠世裔，時乖難顯；宗風閥閱，粗知禮義。不幸先室早逝，止生一女，年方二八，(一)名唤玉蓮，尚未適人。自愧再婚姚氏，虧他教習女工，幸喜此女能侍雙親。正是：子孝雙親樂，家和萬事興。今日老夫壽誕，聊備蔬酒，少展良辰。李成那裏？（末上）一點祥光現紫薇，匆匆瑞氣藹庭幃。齊簪翠竹生春意，共飲瑶巵介壽眉。員外有何吩咐？（外）酒筵可曾完備？（末）完備了。（外）請安人出來。（末應）安人有請！（付上）

【臘梅花】年華老大雙鬢皤，胭脂膩粉聊丟抹。市人都道奴，道奴相像夜叉婆。員外。（外）媽媽，怎生這時候纔出來？（付）今日是你壽誕，我在廚房整備壽酒，與你稱慶。（外）多謝媽媽！（付）李成，阿曾去請姑娘來？（末）請下了，想必就來。（付）呱到門前去候介候。（末應。）

(一) 方：原作『芳』，據汲古閣刊本《繡刻荆釵記定本》改。

丑上唱）

【前腔】奴奴體貌都嬝娜，月裏嫦娥賽奴不過。市人都道奴，道奴相像緊那羅。

（末）姑娘來了。（丑）員外、安人拉丟六裏？（末）在堂上。（丑）昏丟哉呀，過歇辰光，（一）還拉丟床上來。（末）在積善堂上。（丑）個没呕進去説一聲。（末）安人，姑娘來了。（付）姑娘來哉！（丑）阿哥阿嫂。（外）妹子爲何這時候纔來？（丑）勿是我來遲，在屋裏整治壽禮。（外）自家骨肉，還要費心？（付）自家姊妹，備奢壽禮？（丑）也無奢，只有一方手帕子。（外）多謝你！（丑）帕兒雖小，有四句口號。（付）那四句？（丑）一口帕兒新，將來慶誕辰。年年一百歲，好像南山老猢猻。（付）老壽星。（丑）阿嫂就是王母哉。（付）姑娘是何仙姑。（丑）李成是柳樹精。（付）那了？（丑）會偷酒喫個。（外）休得取笑！（丑）囡呕奢了勿見？（付）拉丟繡房裏。（丑）年常阿哥壽誕，是我把盞，過歇侄女大哉，叫俚出來把盞，學學禮體，日後好到人家去做媳婦。（付）姑娘説得勿差。李成，請小姐出來。（末應）妻子，伏侍小姐出來。（貼上）

【珍珠簾引】南極耿耿祥光燦，（丑介）囡呕出來哉，個件衣裳是呕個，爲奢俚着哉？（付）俚着得若没，就不俚着哉。（丑）女兒長，（付）糖餅香。（丑）做媒人，（付）是姑娘。（丑）有人搶，（付）打巴掌。（丑）不打不成雙。（占連唱）明星爛，慶老圃，黄花娱晚。

（一）歇：原作『軒』，據《崑劇傳世演出珍本全編荆釵記》改。下同改。

爹爹、母親萬福！（外、付）罷了，見了姑娘。（占）是，姑娘。（丑）罷哉，坐子。（外）紛紛紅紫競芳塵，日永風和已暮春。（占）但願年年當此日，一杯壽酒慶長生。（丑）好吓，真正詩禮傳家，爹爹説子兩句，女兒就續上一雙。（付）有其父必有其女。（外）然雖如此，一則以喜，一則以憂。（付）喜者何也？（外）喜者家園温厚，骨肉團圓。（丑）憂則何也？（外）憂者我兒年已長成，婚期未遂，若得了汝終身，别無掛牽。（占）告爹爹知道。（丑）家常説話，坐子説。（外）起來説。（占）玉蓮温清之禮尚缺，蘋蘩之事未諳，且自開懷暢飲，不須掛念。（付）到是囡吒説得有理，自古王十九。（丑）只喫酒。（付）不把盞，（丑）冐什麽口！（付）今日慶過子壽，改日議親。（丑）阿哥阿嫂，侄女個媒人，是要我做個。（外、付）這個自然。我兒把盞。（占應。同唱）

【錦堂月】華髮班班，（外連）韶光荏苒，（丑介）阿嫂，個囡吒阿哥養着哉。（付）那了？（丑）吒看敦敦垛垛一位小姐哉。（仝唱）雙親幸喜平安。慶此良辰，人人對景歡顔。畫堂中寶篆香消，玉盞内流霞光泛。（丑介）等我來拜子壽看。（外）不消。（丑）要拜個。（丑介）李成拉丢拜壽哉。（外）勞動你們。（付）起來罷。李成家婆，到年底下送雙膝褲拉吒没哉。（丑）李成家婆，替我脱子個件紅衣裳去，還要喫酒個來，勿要塌累子。（合頭）齊祝讚，願福如東海，壽比南山。

（付）李成收過子罷。（外）媽媽，酒還未飲，早又是妹子在此，若是外人只道你慳吝了。（付）員外吓！

【醉翁子】我非慳，論治家有千難萬難，休只管喫得酒盡杯乾。（外）媽媽，今番慶生席面，不比尋常一例看。（丑介）篩酒得來。（接）（合頭）重換盞，直飲到月轉花梢，影上欄杆。

【僥僥令】銀臺燒絳蠟，寶鼎噴沉檀。望乞蒼穹從人願，骨肉永團圓，保歲寒。

【尾聲】玉人彈唱聲聲慢，露春纖把錦箏抵按，曲罷酒闌人散。

（外）四時光景疾如梭，（付）堪笑人生能幾何！
（丑）遇飲酒時須飲酒，（合）得高歌處且高歌。

（外）李成，徹過筵席。女兒隨我進來。（同占下。丑）阿嫂，我去哉。（付）姑娘住拉裏，到囡㕶房裏去，看看生活。（丑）勿消看得，俚是老生活哉。（付）勿要嚼蛆，我抗隻鷄腿拉裏，我答㕶再去喫一盅。（丑）多謝阿嫂！（仝下）

堂試

（四小軍、末上）

【謁金門引】叨郡篆不覺三年如箭，報國丹心存一片，且把文士選。

千里承恩秉節旄，矢心曾不染秋毫。公門自許清如水，吏筆何須利似刀？下官温州太守吉天祥是也。即今賓興之秋，承府例有堂試。今日衆生到府聽考來。（丑應。末）桌凳供給可曾完備？（丑）完備了。（末）吩咐開門。（丑照念。吹打完。小生上）

【引】明經慚負管窺天，欲上雲衢未有緣。（生接）士子競紛然。（净接）各自投文卷。

（小軍）衆生員進。（二生、净）生員叩見公祖大人！（末）今日本該考諸生，不意分巡大人按臨。將就考爾等一道策。（净）公祖在上，生員輩皆膚淺之學，請公祖賜平題易。（末）請生員都到兩廊下聽題。（衆應。兩邊二生左，净右坐。末唱、寫介）

【紅衲襖】問：古人君所以賢，問古人臣何者先？（丑遞紙條。小生、末連唱）一莊莊立政事誰爲善？一輩輩效才猷那個傳？（遞生介。末連唱）平昔守寒窗有幾年，今日個對明庭各自展。（遞净介。末連唱）可悉心爲我敷陳也，毋視庸常泛泛然。

（丑）衆生員交卷。（末）看這一卷與首卷字跡相同，莫非代作不成？這試卷若從肺腑流出，必然成誦。喚衆生員過來。（丑）衆生員上堂。（二生、净應。末）衆生員，你們各將試卷，從頭背來我聽。（小生應、唱）

【前腔】對：古明君在重賢，古能臣舉貢先。巫咸傅説皆初賤，伊尹曾耕莘上田。皋陶既舉不仁遠，四皓出而漢祚延。恭承執事詢膚見，[一]敢不諄諄露膽肝？

（末）此卷以薦賢立論，[二]是國家之首務者，宜取第一。衆生再背來。（生應、唱）

[一] 見：原作『也』，據汲古閣刊本《繡刻荆釵記定本》改。

[二] 以薦賢立論：原作『已薦賢立倫』，據汲古閣刊本《繡刻荆釵記定本》改。

【前腔】對：古明君務耕田，古能臣農事先。雖然是德速於郵傳，也須知『食爲所天定』。不爲惜青苗，單將開墾言。無非念蒼生，要將租税免。若令徹法修行也，管取物阜民康國宴然。

（末）此卷以耕田立論，足見憂民之心，取爲第二。那位生員來了。（浄應、唱）

【前腔】對：古明君重鑄錢，古能臣聚斂先。漢初有弘羊曾把丹車算，至唐末有劉宴能操鹽鐵權。只要我積金銀似水源，那管他有妻兒没處典。若令府庫充盈也，管取訟息刑清盜寂然。

（末）此卷以聚斂爲言論，欠正欠良，終身學術，可占其概矣。不通。（浄）生員窗下極其用功，（一）望老大人作養，二兄幫襯幫襯。（二生）老大人，此生委實窗下用功，望老大人作養！（末）看二生分上，姑置之末卷。（浄）多謝老大人！（末）你叫什麼名字？（浄）生員名喚孫汝權。（末）你的筆跡與那卷相同，是何緣故？（浄）生員自幼與王生員同窗同學，所以字跡相同。（末）吖，原來如此。王生員，你叫什麼名字？（小生）生員王十朋。（末）好！堂試魁名，他日應須作上卿。（二生、浄）不但下民沾德政，又將文字教書生。（末）請出去。掩門。（吹打下。浄白）梅溪兄，恭喜！恭喜！（小生）偶然僥

（一）極：原作『及』，據文義改。下同改。

倖，何作爲喜？（淨）來科一定連捷。（小生）那得有此？（生）一定有之。（淨）吾輩有幸。（生）便是。（淨）方纔多承，了勿得！改日再謝。（二生）豈敢！豈敢！（淨）二兄請吓！（二生）請！（同下）

前央媒

（外上）

【引燭影摇紅】春雨初收，喜見山明水秀。

老夫聞王景春之子十朋，堂試魁名，不免去央將仕公爲媒，正是：中郎有女傳書業，伯道無兒嗣世家。此間已是，將仕公在家麽？（末上）

【引夜遊湖】静把詩書閑究，竹扉外有誰頻扣？

元來是老貢元。（外）將仕公。（生）裏面請坐。（外）有坐。（生）連日少會，今日下顧，有何見教？（外）我有一事，故此又來造府。（生）有何事？請教。（外）只因小女的親事未諧，前者相煩到王宅議親，誰想他家不允。（生）便是。（外）老夫聞得王十朋堂試魁名，此子後來必有好處，老夫意欲再煩將仕公往彼求親，或者天意有緣，亦未可知。（生）既承台命，待我再去走遭，只怕王老安人又將言語推阻。（外）將仕公，此去煩你將言達上，聘禮不拘輕重，隨意下些便可成親。（生）謹令尊命，待我再去，諒到彼，再無推辭。（外）將仕公吓！（唱）

【三學士】只爲弱女及笄姻未偶，故來拜屈同遊。書生已露魁名首，山老因營繼嗣謀。（合頭）若得良媒開笑口，這求親願必酬。（生接）

【前腔】百歲姻緣天所授，管教配合鸞儔。你玉人窈窕鍾閨秀，君子慇懃須好逑。（合頭）但到他家一開口，這門親願必酬。

（外）告辭了。（生）有慢！

《周南》風化首《關雎》，(一)（外）但願良媒往不虛。

（生）人間未結前生契，（同）天上先成月下書。

（外）相煩就去。（生）小弟就去便了。（外）有勞，請了。（生）請了。（同下）

議　親

（老上）

【引】桑榆暮景，將往事空思省。（通行小生接引。）家貧窘，悶懷耿耿。共姜誓盟，喜一子學問有成。

(一)　首：原作『守』，據文義改。

柏舟誓守，自甘半世孀居；　榆景身安，惟愛一經教子。雖有破茅之地，儘可容身；　囊無挑藥之資，旋謀糊口。剪髮嘗思侃母，斷機每念軻親。正是：　不求掌金玉，惟念子孫賢。老身張氏，幼適王門，不幸先夫亡後，家業凋零。止生一子，名唤十朋，雖喜心勤惟敏，學問有成。争奈時乖運蹇，功名未遂。今當大比之年，且唤他出來，訓誨一番。十朋那裏？（通行此白不念，小生接老引。）（小生）吖，來了。

【引】青霄萬里未鵬摶，淹我儒冠。

母親！（老）兒吓，目今春榜動，選場開，你可收拾行李，上京應試。（小生）母親。事業要當窮萬卷，人生須是惜分陰。孩兒只爲家貧親老，無人侍奉，不敢遠離膝下。（老）兒吓，豈不聞《孝經》云：始於事親，終於事君。君親一體。你若做得一官半職回來，也顯得做娘的教子之功。（小生）是，謹依母親慈命。（老）還有一事，前日雙門巷錢貢元央許將仕來議親，我因家寒乏聘，不敢應承，只恐今日又來，如何是好？（小生）母親，自古娶妻莫恨無良媒，書中有女顔如玉。孩兒只慮功名未遂，何慮無妻？（老）這也説得是。兒吓，你父親亡後，做娘的呵，

【黄鶯兒】半世守孤燈，鎮朝昏，幾淚零，到今猶在凄涼景，咳！寒門似冰，衰鬢漸星。只爲早年不幸鸞分影。（同）（合頭）細評論，黄金滿盈，終不如教子一經。（小生接

【前腔】（通行不唱。）父喪母勞形，論孩兒，當報恩，奈何人事不相稱。非學未成，非己未能，只爲五行不順男兒命。（合前）（通行接【簇御林】。）

【簇御林】親年邁，家勢傾，愧恨腴甘缺奉承。奈臥冰泣竹真堪並，他們都感天地，登台省。

（合）奮鵬程，名題雁塔，白屋顯公卿。

（生上）受人之托，必當中人之事。老夫許將仕，奉錢貢元之托，到王宅議親，此間已是。吓，解元有麼？（小生）母親，外面有人叩門。（老）出去看來。（小生應）是那個？（生）解元。（小生）元來是將仕公。（生）説一聲，老夫要見。（小生應）母親，將仕公在外，要見母親。（老）想必爲親事而來，請進來。（小生）是。吓，將仕公，家母請相見。（生）是。吓，老安人。（老）將仕公。（小生）將仕公。（生）解元。（老）請坐！（生）有坐！（老）重蒙貴步到寒家，有何見諭？（生）無事不敢輕造府，只因錢老貢元所求令郎的親事，老安人再三不允。近聞令郎堂試魁名，貢元不勝之喜，爲此又着老夫送小姐的年庚吉帖在此，老安人不必推辭！（老）多蒙貢元見愛，又承將仕公週全。只是家寒乏聘，不敢應承。（生）貢元曾有言，不論人家貧富，只要女婿賢良，聘禮不拘輕重，隨意下些，便可成親。（老）貢元乃豊衣足食之家，老身是裙布荊釵之婦，惟恐見誚，難以仰扳。（生）貢元願成此姻，老安人不必推辭，請收了吉帖。（老）如此，我兒收了，供在家廟。（小生應。老）多謝將仕公！（生）恭喜老安人！（老）過來，謝了將仕公。（小生）多謝將仕公！（生）賀喜解元！（老）將仕公在上，念老身呵！

【桂枝香】年華高邁，（生介）老安人年高有德。家私窮敗。（生介）休得太謙。（老）要成就小兒姻親，全賴高賢擔代。（生）好説。（老）論財難佈擺，（小生接唱）論財難佈擺，（老接）錢難揭債，

物無借貸。兒吓，自你父親亡後，並無別的所遺。（生嗽介）吖哈，止有這荆釵，權把他爲財禮，只愁事不諧。（小生接）

【前腔】萱親寧奈，將仕公，冰人休怪。（生介）何怪之有？念卑人呵，貧居陋室多年，惟苦志寒窗十載。奈時運未來，（生接）解元，倘時運到來，（小生接）功名可待，那時節姻親還在。母親，這荆釵又不是金銀造，如何將他做聘財？（生接）

【前腔】安人容拜，解元聽解。那錢老貢元呵，他不嫌禮物輕微，偏喜愛熟油苦菜。請老安人放懷。（老接）教我如何放懷？（老、生接唱）便是貧無方礙，越顯得家風清芥。

解元，方纔令堂説有什麽聘物，乞借一觀。（小生）聘物雖有，只是將不出來。（生）説那裏話！乞借一觀。（小生）吓，母親。（老）送過去。（小生）將仕公請觀。（生）妙吓！原來是一股荆釵，昔日漢梁鴻聘孟光女，尚用此釵。如今老安人亦用此釵，豈非達古之家也？（老介）慚愧！（生）覷着這荆釵，曾把梁鴻聘。非是老夫面奉，吖哈，强如玉鏡臺。告辭。（老）將仕公，回覆貢元，説禮物輕微，表情而已。

（生）領命。

（老）家寒乏聘自傷情，（小生）權把荆釵表寸心。

（末）有意種花花不發，（合）無心插柳柳成陰。

（老）我兒，送了將仕公出去。（小生）是，將仕公有慢！（生）好説，請了！好罕物吓，哈哈！（下。

小生）母親，將仕公去了。（老）兒吓，姻親事小，讀書要緊。（小生）是。（老）隨我進來。（小生）是。

（下）

後央媒

（浄上、干板）

【秋夜月】家富豪，少甚財和寶？百有一無縈懷抱。只因命犯孤鸞照，欠一個老瓢，少一個俊俏。

學生叫做孫汝權，温城豪富是咱全。無瑕美玉白似雪，没孔明珠大似拳。白銀積下如土塊，黄金堆垛似方磚。綾羅緞匹箱箱滿，屋後魚池花果園。我賊個説法，必定是個大財主哉！若説出本相來，人纔要笑殺。老大個人，還勿有家婆來。哈哈！不是無錢娶討，只因高來底勿成，低户勿就。揀雜忒介大子了，故爾勿得成功。閒話少説。昨日打從雙門巷逕過，見一黑漆大門樓，底下掛一班竹簾，簾上有『爲善最樂』四個字。我説個字寫得能好，仔細一看，是絨線絆丢個。正拉丢看得高興，不意忽然一棟動，閃出一個二八佳人，果然孃娜娉婷，標致非凡，惹魂動火。走子居來，一夜困勿着。若得此人爲妻，不枉爲人一世。且住，我屋裏喫飯個多，幹事的少，即有朱吉個囡呾還有點竅，且叫俚出來，答俚商量商量。朱吉拉丢六裏？（末）來了。聽得叫朱吉，慌忙走來立。大膽步難行，小心儘去得。（浄）朱吉。（末）在這裏。（浄）我拉裏個答叫，呾到拉丢個答，在這裏。（末）員外叫男女是就來的。（浄）朱吉，我有莊心事，呧猜猜看，猜着子，我就賞。（末）男女猜着了，員外不要賴。（净）勿賴個。（末）想員外喫不少，穿不少，只少一位掌家的院君，可是麽？（净）個是我拉裏説，呧拉個答，聽見子，無得賞。（末）如何，員外要賴男女的賞了。（净）賞没哉！（末）賞什麽？（净）賞呧一斗糲糠。（末）這是空歡喜。（净）到是飽穩的，哈哈！　閒話少説，我且問呧，有一家人家，呧阿認得？（末）是那一家？（净）我昨日拉雙門巷走過，見一黑漆大門樓，掛一扇簾子，上有『爲善最樂』四個字，門前還有兩根燒燋木頭。（末）枯旗杆。（净）勿差，枯旗杆。個是奢人家？（末）吖，這是錢老貢元家裏。員外，他家有一位絶標致的女兒，可曾看見？（净）咳，就爲此人了，想買俚居來白相白相。呧去問一聲，阿要幾哈銀子？（末）買東西自然論價，親事要論財禮。必須要央媒説合便纔是。（净）個没就央呧去做媒人。（末）男女是不能做的。（净）難道叫我自家去做？（末）員外一發做不得。（净）呧也做勿得，我也勿好做，個没那介？（末）員外，這裏拐角而上，有個張媽媽，是錢貢元的妹子，央他去説，姑娘爲媒，自然一説就成。（净）勿差，姑娘替侄女做媒人，自然妥當個。　拿筆硯來，寫張票子去，叫俚來。（末）唷唷！　使不得！（净）那了使勿得？（末）央媒猶如告債，要親自上門相請纔是。（净）吖，要親自登門。（末）是然。（净）罷哉，就是自家上門。　朱吉，自古財物動人心，呧到裏向去，取金鳳釵一對，壓茶銀四十兩，媒金二十兩，一淘跟我去。　倘説話中間勿連貫，幫我説説。（末）男女在行的。（下。净）我説還是朱吉是乖巧個。（末）員外，聘物在此。（净）且答呧就去。　出得自家門。（末）來到他家户。　這裏是了。（净）且去叫門。（末）張媽媽在家麽？（丑内）誰叫來？（末）隔牆聽得買花聲，這不是誰叫來，快些！

（丑内）吖唷！到來殺得個，且出去開門。（上、干念）

【前腔】蒙見招，打扮十分俏。（末介）員外，張媽媽在家裏。（浄）好湊巧，此事必成。走到門前人多道，道奴臉上脂粉少。搽些兒便好，抹些兒又俏。

（末）吓，張媽媽！（丑）呸是六個？（末）我是朱吉。（丑）呸！昏丢哉，呸尿急，那説走子我屋裏來？（末）我的名字叫朱吉。（丑）吖，個没朱大叔，奢見教？（末）我家員外在此。（丑）奢勿早點説，財主拉丢六裏？（浄）張媽媽。（丑）裏向請坐。（浄）要坐個。（丑）今年好拉裏。（浄）那了？（丑）春牛上宅，並無災厄。（浄）我是閑走走，望望呸隻母狗。（丑）吖唷！出言太毒，將人比畜。（浄）汝言先發，禮無不答。（丑）請坐！（浄）有坐！看茶！（丑）免茶！（浄）免茶勿是呸説個。（丑）討茶勿是呸討個。（浄）我拉屋裏討慣個。（丑）我也是回慣個。（末）員外進了你門，就渴想起來。（丑）這話有味。（浄）其實爲枝梗來個。（丑）員外到舍，有何貴幹？（浄）特來央你作伐。（丑）爲媒作伐，我個本等。但勿知第幾位令郎個親事？（浄）個句説話，到凶丢。朱吉，那回頭俚？（末）竟説自己娶。（浄）媽媽，小兒尚未有母，娶個與他。（丑）他者是誰？（浄）他者我也。（丑）阿呀！阿呀！介把年紀，還嘸得院君個來。（浄）勿是奢討勿起，只爲高門不成，低門不就，所以蹉跎至今。（丑）元來如此。但不知誰家宅眷？甚處嬌娥？（浄）别人家個勿會出奇，就是宅上個令侄女小姐。（丑）勿説起我家侄女由可，若提起侄女，真正雪獅子向火，酥了半邊。（浄）朱吉，我裏居去罷。（末）爲何？（浄）聽俚説子一聲，酥子半邊；若答裏困子一夜，要化膿個哉。（末）比如這等説吖。（丑）比方個好處。（浄）

個没呍且説説看。（坐介。丑）我俚侄女生得來長不伶仃，短不傴促，胖勿壘堆，瘦不略削。有沉魚落雁之容，閉月羞花之貌。勿要説别樣，單説個雙金蓮，剛剛三寸三分。（浄）幾哈？（丑）三寸三分。（浄）到底幾哈？（丑）三寸三分。（浄）勿成個，勿成個！（末）員外，爲何不成？（浄）三個三寸三分。官尺上毛毛能論尺丢，到子床上去，不裏一脚踢下來，馬桶尿鱉才打番，弄得希臭彭天，何苦？使誤得個，居去罷。（丑）勿是，只得一個三寸三分。財主問子三轉，故爾答應三次。（浄）你好賣弄金蓮。（丑）其實足見。（浄）個没請價。（丑）話巴殺哉，婚姻只有論財禮，況且我裏阿哥是詩禮傳家，要出得我裏門，入得你家户，但憑財主没哉！（浄）到也勿差。朱吉，拿得來。哪，先奉金鳳釵一對，壓茶銀四十兩，媒金二十兩。成事之後，樣樣成雙，件件成對。大盤大盒，快活得呍勿好開交得來。（丑）多謝財主，極好個哉！慢點，個頭親事還是傳聞之言呢奢？（浄）傳聞之言，我也勿信。昨日偶從令兄門首逕過。（唱）

【包子令】我親見佳人多嬝娜，（丑）多嬝娜，（浄）端的容貌賽嫦娥，（丑）賽嫦娥。（浄）此親若得週全我，酬勞財禮敢虚過。（末）（合）牽羊擔酒謝媒婆。（丑）夾嘴一記没好。（末）爲何？（丑）親事成子，我就是姑婆，奢個媒婆！（浄）是吓，男呍勿會説了。牽羊擔酒謝姑婆。（丑接）

【前腔】非是冰人説强合，（浄）强説合，（丑）成敗都是女蕭何，（浄）女蕭何。（丑）若得牛郎拚財禮，管教織女渡銀河。（合）牽羊擔酒謝姑婆。

（淨）爲媒作伐莫因循，（丑）管取伊行成此親。
（淨）匹配姻緣憑月老，（丑）調和風月仗冰人。
（淨）朱吉，呸先居去，家堂上點蠟燭。（末應背）爲何先打發我回去？待我來看他們做什麼？（淨）讓我來還子個規矩來介。（跪丑介。丑）作奢？作奢？（末）員外做什麼？（淨）入娘賊，還勿居去來！（末）話巴，話巴！（下。丑）員外，個是奢意思？（淨）若要親事成，先要跪媒人。（丑）新郎見子千千萬，勿曾看見個樣餓牢鷹。（淨）我是就要做親個。（丑）奢了能要緊？（淨）阿曉得？我拉裏等用哉。哈哈！（下。丑）話巴，話巴！吖，等我喫子飯來就去噓。（下）

鬧　釵

（外上）
【引】一女貌天然，緣分淺，親事遷延。
男子生而願爲之有室，女子生而願爲之有家。老夫昨日央許將仕王宅去議親，未知緣分若何，且待他來時，便知分曉。（生嗽上）仗託荆釵成好事，何須紅葉作良媒。此間已是，不免竟入。吓，老貢元。（外）元來是將仕公，請坐！（生）有坐！（外）有勞！親事如何了？（生）老漢初到王宅，説起親事，老安人再三不允。以後將老貢元的美言達上，才得允從。（外）吖，允了，何物爲聘？（生）聘物雖有，只是將不出手。（外）老夫有言在先，只要女婿賢良，聘物不論輕重。乞借一觀。（生）請觀。（外）妙吓！這是一股荆釵。吓！好罕物也。我想婚娶論財，夷虜之道。此釵正合我家素風。只此一釵，我女兒就該嫁王家了。只是有勞貴步。待我唤老荆出來，吓，媽媽快來！（付）來哉！

【引】絲蘿共結，蒹葭可倚，桑梓相聯。

老老。（外）將仕公在此。（付）許伯伯。（生）老安人。（付）外日多承厚禮，我叫李成來，請吔喫壽麵，爲奢勿來？（生）有些小事，不曾來奉觴，多多有罪！（付）我特地志志誠誠，留子一大碗，等吔勿來，餿忒子，倒拉狗喫個。（外）説麼話！請坐。（生）有坐。（付）今日到舍，有何貴幹？（生）特來與令愛作伐。（付）説個是六丢？（生）是海棠坊巷王景春之子王十朋，是個飽學。（付）好吓！丈人是貢元，女婿是飽學，門當户對，奢個聘物，阿要幾時行聘？（外）就是今日。（付）來勿及哉。（外）爲何？（付）竈前豆黄蒽纔嘸得一根拉丢。（外）一應多是干折。（付）奢叫干折？（外）袖裏來，袖裏去，爲之干折。（付）老老亦來哉，釵環首飾没，好袖裏來，袖裏去，個個雞鵝鴨中生，那個袖裏來，袖裏去？（外）又來粗鹵了。（付）個没李成，拿戥子天平出來。（外）要天平何用？（付）好兑銀子。（外）銀子甚麼希罕！（付）銀子勿希罕，奢個希罕？（外）聘物雖有，只怕你不識此物。（付）啥個此物是見笑殺個。（外）甚麼説話！（付）拿來看看。（外）拿去看。（付）咦！入手輕，彈無聲，聞無馨，奢件物事？等我來磨磨看。呸！個是一隻黄楊木頭簪，七個銅錢物事，想討家主婆哉！（生）安人吓！（干唱）

【柰子花】論荊釵名本輕微，漢梁鴻仗此得妻，芳名至今留傳於世。休將他恁般輕視，聽啓，王老安人，曾有言，元説是表情而矣。（付接）

【前腔】然雖是我女底微，怎將他恁般輕覷？滿城中豈無一個風流佳婿？偏只要嫁着這窮鬼。媒氏疾忙去送還他財禮。（丑嗽上、接干唱）

【前腔】富家郎央我爲媒，要娶我侄女爲妻。説開説合，豈同容易，也全憑虚心冷氣。匹配，端的是老娘爲最。

（付曲内介）有介個勿達事務老老，吖哟！氣壞哉！（外）豆去散散悶看。（丑唱完連念）個是阿嫂滑？（付）個是姑娘滑？（丑）爲奢手脚冰聲冷個拉丢？（付）唔。（丑）冷屁直出。（付）冷氣。（丑）勿差，冷氣。爲奢事體了？（付）勿要説起，唔丢個阿哥勿會幹事。（丑）老娘家責責，個出事務，就罷子點罷。（付）唔！勿是個出事務。（丑）到底爲奢事體？（付）拿我裏如花似玉個囡唔，聽子許豆腐個説話，允子奢王十朋酒也要喫十甏丢。（一）（丑）吖，海棠坊巷王景春之子王十朋？（付）姑娘也認得個？（丑）認得個滑。（付）俚丢屋裏那光景？（丑）苦惱嘘！窮似骨，極出屁，月點燈，風掃地，窮得飯才嘸得喫，偌才倡勿落。（付）那説偌才倡勿落介？（丑）窮斷子脊樑筋了。（付）阿要是那，唔今

（一）甏：原作『彭』，據《崑劇傳世演出珍本全編荊釵記》改。

朝來作奢？（丑）特來與侄女爲媒。（付）啥説個是奢人家？（丑）我説是温州城裏第一家大財主，叫孫半州，亦叫孫百萬。（付）個没竟嫁孫家裏。（丑）讓我進去。（付）慢點，許豆腐拉丢裏勢，我答㕸做個不期而會。（丑）有理個。（外上）將仕公在此，看茶。（付）脚湯水拉裏。（丑）吖喲！阿哥拉屋裏。（外）妹子回來了。（丑）前日子多謝。（外）有慢！（丑）阿嫂。（介。付）姑娘居來哉。（丑）阿嫂，我裏是勿曾看見歇個來。（付）奢人先看見没，爛落俚個眼疵干。（丑）若説看見子没，爛落俚個鼻涕干。（外）妹子，見了將仕公。（丑）許伯伯拉裏，許伯伯。（生）姑媽。（丑）呸！我没端端正正一福，㕸没大家得木鳥能個一得，還是得罪我匿，怠慢我？（生）老人家年老，曲不下腰了。（丑）便介了，老壽星，勿唱偌個。（付）彭祖單拱手個。（丑）東方朔戳拉桃樹上個。（付）陳摶單扛困個。（丑）張果老拿木頭撑個。（付）閒話少説，我裏姑嫂兩個，未免有幾句家常説話談談，閑神野鬼替我走出去。（外）將仕公與我通家，坐坐何妨？（付）老老，個句説話差哉，㕸丢没好通，我裏姑嫂兩個，那答裏通？直頭勿通。（丑）欠通。（付）火通。（丑）木通。（外）㕸。（丑）阿嫂，我答㕸年紀大哉，裏看我俚一看。（付）我裏看俚兩看。（丑）看輸子，勿爲好漢。（付）姑娘，奢個坐子個答丢？（丑）我坐拉幾裏子，夾俚拉當中，俚若强没，豆腐漿才夾俚出來。（外）外觀不雅。（付）到底勿像樣個，原坐拉幾裏來。（丑）噢！（外）妹子，今日到此何幹？（丑）特來與侄女爲媒。（外）來遲了。（丑）奢個？親事來遲哉？自古男不爲媒，女不作保。六裏個烏龜，搶我個媒人做，要答裏雪裏打出汗來丢。（外）不要罵，是將仕公做的。（生）就是老漢做的。（丑）就是許伯伯，個没不知者不罪也，到得罪。（生）我也不計較。（丑）也勿拉我心上，阿曾帶豆腐拉身邊？搶開子我個嘴罷。（付）姑娘，有所説個，量媒量媒，只要量得過没，就嫁六丢。（丑）個没老許，呸先説，是六丢？（生）我説的是海棠坊巷王景春之子王十朋，是個飽學。（丑）勿喫飯個。（付）奢人勿喫飯？（丑）飽學没，阿是勿要喫飯個哉？（外）好秀才，爲之飽學。（丑）阿呀，壞哉！我今朝走子是非窠裏來哉。（付）那了？（丑）我若勿説，囥呸過去要過日脚個，若是説子，有數説個，破人婚，七代貧。我去哉。（付）姑娘，呸是大人耶，囥呸過去要過日脚個，説子再説。（丑）吖，我到也説得個。（付）説得個。（丑）個没到要説説來。（付）請教。（丑）阿嫂，呸阿曉得裏丢六裏個一王了？（付）到底六裏一王了？（丑）就是藥材王丢一王耶。（付）怪勿得苦個！住丢六裏？（丑）住丢連翹堍下，杜仲丢間壁，管仲丢對門。（付）吖，姑娘也認得個。（丑）個是我個熟地耶。（付）阿曉得祖上那光景？（丑）俚丢個阿爹，叫黄芩，老官人叫王芪，親娘叫知母，黄連、黄柏，才是俚丢上代頭叔伯弟兄。小官人叫苦參，還有個病了。（付）奢個病？（丑）肝彭食積。（付）吖，肝彭食積？（丑）飲食之食，肚彭之彭，所以個心人才叫裏王十朋，王十朋。（付）吖，賊個了。（丑）裏丢個親眷，我也纔認得個。（付）奢個多哈親眷？（丑）一個廣東人，叫陳皮，是裏個表親，熱撮撮，一刻纔少俚勿得。還有一做豆腐個，叫石膏，淘渾子水，沖糊子漿，慣會騙人個。阿哥，個頭事體，阿曾應承個來？（外）應承了。（丑）應承了，阿哥，真真是個木瓜，不拉老許飲片子去哉！我裏個囥呸，好似牡丹皮，白芍藥，天仙子，那許子個樣良良薑薑個浪蕩子，而且小官人勿奬進個。（付）奢個勿奬進？（丑）是個風臀。（付）阿呀！那説是個風臀介？（丑）登拉無人場化，弄硬子别人個桔梗，獻起個川弓，慣答別人白芷個。（付）老老聽聽看。（丑）還有一淘勿好個人。（付）還有奢等樣人？（丑）已意仁，郁李仁，專要喫醋個酸棗仁，好像枸杞子，能個一淘進，一淘出，個心老男唔，才答裏有分個。（付）六裏多哈！（丑）胡麻子，車前子，還有勿度人身個大瘋子。（付）阿呀！　那説大瘋子纔有分個介？（丑）小官人身上著件青衫子，下身著條破褲子，説也笑話，連答掛金燈纔露出拉上。（付）阿要是丢哉。（丑）娘兩個，登拉苦瓜樓上，舉起子牛膝，拉丢嗌鬼饅頭。　一日子，拉常山拐帶子紅娘子，不拉別人曉得子，一道延胡索，一個豆蔻，捉到子官桂個答。　苦惱！　兩隻厚朴，打得僵蠶能，虧子山奈子，獨活子個條性命，幾乎川山甲。（付）姑娘，俚丢荆芥，走到竈前頭，㈠柴胡、木通、甘草，無一根，單剩一隻青箱子，換子幾升蕎麥、貝母子、天花粉，過子半夏。　有奢馬屁孛拉手裏，俚丢個折水，並渣煎。（付）阿有幾哈？（丑）煎勿上七八分，六裏來個金銀花、紫金錠，討奢新娘子。（外）妹子，你的説話，多不在筋脈上。（丑）奢個？　我是極細心，件件積實，並非澀松香。　噲！　老許，嗏有階沿草，我有麥門冬，有奢病緣，説出來，勿要喫子木鱉子能個勿開口，阿要我個元參吓？（付）姑娘，唔説個是六丢？（丑）我説個是温州城裏第一家大財主，叫孫半州，亦叫孫百萬。　開子前門，黃牛三百條。（付）就嫁黃牛。（丑）開子後門，水牛三百條。（付）就嫁水牛。（丑）勿要説別樣，囡唔過去子，牛糞纔喫勿盡得來。（付）希臭彭天，那個喫！（丑）換子銅錢，買果子喫。（付）勿差。（丑）先有金鳳釵一對，押釵銀四十兩，事成之

㈠頭：原作『豆』，據文義改。下同改。

後，件件成雙，樣樣成對。（付）個没我做主，竟嫁孫家裏。（外）住了，一家女兒百家求，求了一家，九十九家都甘休。（付）老老説差哉，一家女兒百家求，求了一家，九十九家不甘休。（丑）若有一家不甘休。（付）扒拉屋上丢磚頭。（丑）丢碎老許顆顱頭。（付）丢得血流。（丑）青布紮子頭。（外）呸。（干唱）

【駐馬聽】巧語花言，竟不顧男女婚姻當遴選，此子才堪梁棟。（付）住丢，涼一涼，凍一凍，因呸嫁子過去，凍也凍殺哉。（外）棟樑之棟吖。（丑介）阿嫂，棟樑之棟。（付）我道是饑凍之凍了。(一)（外）貌比璠璵，學有淵源。我孩兒非比孟光賢，那書生亦遂梁鴻願。（同）（合頭）萬事由天，一朝契合，百年姻眷。

【前腔】（丑）四遠名傳，那個不識孫汝權。阿嫂，他的貌如潘岳。（外）住了，孫汝權是個花嘴花臉的陋品，甚麼貌如潘岳？（丑）阿嫂，呸勿曉得，孫官人無處責富了，請子江西人到屋裏來，滿面累絲法藍，嵌八寶，獨獨手工錢化子二三千丢。（外）人的臉上怎能嵌起寶來？（丑）老許個鼻頭，那像琥珀子。（付介）眼睛裏那嵌壁連碁子？（丑唱）富比石崇，德並顔淵，輕裘肥馬錦雕鞍，重裀列鼎珍羞饌。（同）（合前）

（生）告辭。（外）有慢。

(一) 凍之凍：原作『棟之棟』，據《崑劇傳世演出珍本全編荆釵記》改。下同改。

（生）姻緣未可便相從，（外）須信豪家喜氣濃。
（生）有緣千里來相會，（外）無緣對面不相逢。

（生）請了！（下。付作狗叫。外）好吓！喫了清水白米飯，學做狗叫。客在此，茶也不烹，甚麽意思？（付）我裏姑嫂兩個，評評個頭親事，要㑚個隻老狗，咬定子王、王、王！（丑）阿哥，個頭親事，要依我個噓。（外）我也不管，兩家聘物都在此，拿到繡房中去，任憑女兒擇取。拿了荆釵，就嫁王家。（付）拿了金鳳釵呢？（外）這個我也不管。（下。付）吾奉太上老君急急令敕。（丑）奢個敕？（付）一個走方土地不我敕子進去哉！（丑）個叫世間無難事，（付）只怕歪絲纏。（丑）纏我裏勿過，推子囡㑚身上去哉。（付）姑娘，拿個兩樣物事，到繡房裏去。我裏囡㑚是做人家個，阿是亮爍爍個勿拿，到拿個隻山消勿成。（丑）勿差。（付）我泡個好茶拉裏，等㑚就來。（丑）是哉，等我就去吓。（付）姑娘轉來。（丑）阿嫂亦是奢個？（付）個歇嘸人拉裏，到底六丢發積？六丢標緻？（丑）阿嫂，真人門前勿説假話。（付）老實對我説。（丑）發跡呢，自然孫家裏發積；標緻呷，王官人標緻。（付）個没兩家聘禮纔受。（丑）那説纔受介？（付）孫家裏喫飯，王家裏困覺。（丑）嚼殺耶！等我就去。（付）就來介。（下）

繡房

（旦上）

【引】寶篆香消，繡牕日永，又還節近朱明。

鏡中常自嘆嬋娟，生長閨門二八年。惟喜椿庭今在室，那堪萱室魄歸天？　工容言德，悉兼全，玉質無瑕賽月圓。春去秋來多少事，金蓮那堪出房前？　奴家侍奉早膳已畢，且向繡房中做些針指則個。

【一江風】繡房中，裊裊香烟噴，剪剪輕風送。但晨昏問寢高堂，須索把椿萱奉。忙梳早整容，忙梳早整容，惟勤針指功，怕窗外花影日移動。

（丑嗽上）

【青歌兒】豪門議親，哥嫂已許諧秦晉。未審玉蓮肯從順？且向繡房詢問。

幾裏是哉，開門！（旦）是誰？（丑）那説聲氣纔聽勿出哉，勿是賊，唔丢姑娘拉裏。（旦）吖，來了。元來是姑娘，姑娘萬福！（丑）阿呀，我個妮子吓！唔勿要攔門拜，攔門拜子，樣樣要遲個，梳頭遲，纏脚遲，日後嫁家公没也要遲個。（旦）多謝姑娘指教！（丑）個没是哉，跟我進來。（旦）是。姑娘再萬福！（丑）罷哉，鬧熱蓬聲拉裏作奢？（旦）在此綉枕方。（丑）好吓，未嫁才郎，先綉枕方。個兩朵是奢個花介？（旦）是並頭蓮。（丑）個兩隻還是鵝呢鴨介？（旦）是鴛鴦。（丑）是吓，鴛鴦鴛鴦，鳥瘦毛長，尖嘴戳腮，好像唔丢姑娘。（旦）休得取笑。（丑）讓我來細細能個看看介，吖喲！顔色配得俏麗，針脚亦做得細膩。看唔勿出，介個唬喳哉！收過子，我俚要説正經哉。（旦）請問姑娘到此何幹？（丑）我姑娘無事不到你綉房中，特來與你爲媒。（旦）可是爹爹説那王，（丑）阿呀妮子吓，唔是不出閨門之女，曉得奢個王來白，外頭人聽見子，勿像樣個。有奢説話，聽姑娘來説，下次不可。（旦）是。

（丑）等我來拿兩樣好物事𠰻看看。哪，有金鳳釵一對，壓茶銀四十兩，事成之後，樣樣成雙，件件成對，個是孫官人個聘禮。𠰻丟娘做主，我做姑娘個爲媒。還有黄楊木頭簪一隻，是王家裏個聘禮，𠰻丟爺做主，對過許豆腐老測死個媒人。兩家聘禮纔拉裏，但憑𠰻揀了六丟，就嫁六丟。（旦）既是爹爹作主，願受荆釵。（丑）阿呀，那説已經插插子進去哉！介個是一生一世個事體，勿要差子主意介。也罷，待我把孫家豪富，説與你聽。

【梁州序】他家私迭等，良田千頃，富豪聲振甌城。他也不曾婚聘，專浼我來求你年庚。（旦）他恁的財物昌盛。愧我家寒，自料難厮稱。（丑）這段姻緣料想是前生定，侄女緣何不順情？妮子吓，你休得要恁執性。（旦）

【前腔】他有雕鞍金凳，重裀列鼎，肯娶我裙布釵荆？況我房奩不整，反被那人相輕。（丑）雖則是你的房奩不整，那孫官人呵，他見了你的恭容，自然要相欽敬。（旦）嚴父將奴先已許書生，君子一言怎變更？姑娘吓，實不敢奉尊命。

（丑）住子，實不敢奉尊命！個頭親事，勿是做姑娘個必竟要𠰻成個嘘。

【前腔】這是你爹娘俱已應承，問侄女緣何不肯？恁推三阻四，莫不是行濁言清？（旦）枉自將奴淩賤，便刎下頭來，斷然不依允！（丑）論我作伐，宅第盡傳名。勿是姑娘誇口説，九處説親，到有十處成。阿呀，誰似你這般假惺惺！（旦）

【前腔】做媒的，（丑）住子，做媒人奢做强盜，做老虎了，要喫人個？（旦）不是說姑娘。（丑）到怕𠰻說我了！（旦）假如這等說吖，做媒的個個誇能，也多有言不相應。信著他都被誤了終身。（丑）咊，你那合窮合苦没福分的丫頭，敢來强厮挺。（旦）姑娘何故怒生嗔？出語傷人，你好不三省！榮枯事終由命。（丑）

【尾聲】這段姻緣非斷偍，丫頭吓丫頭，少甚麽花紅送迎。（旦）阿呀，天吓！誰想反成作畫餅。

（丑）姻緣自古要和同，無分榮華合受窮。

（旦）雪裏梅花甘冷淡，羞隨紅葉嫁東風。

（丑）嫁東風，嫁東風，偏似你這丫頭揀老公。（旦）阿呀，阿呀！（丑）吖，讓我再來騙騙俚看。阿呀妮子吓，𠰻從小最聽我個説話，依子姑娘，拿子金鳳釵罷。（旦）如此同到爹爹面前去說。（丑）好吓，到𠰻丟爺面前去説。走嘘，走嘘！（旦）走出去！（丑）阿一哇！一隻脚，一隻脚！（旦下。丑）那説拿我推出關門，騙子出來哉！我曉得𠰻個丫頭拉丟作怪哉！讓我到拉𠰻丟娘面前搬一場是非，叫𠰻個花娘綉花針擲碎豬苦膽，得溜溜個苦得來。阿嫂拉丟六裏？（下）

前逼嫁

（付上）來哉！

【青歌兒】羨我家有女嬌媚，富家郎要成姻契。姑娘到此做良媒，着他受禮，怎生這般裝模作勢？

（丑接）咔！

【前腔】恨玉蓮賤人無禮，激得我怒從心起。醃臢蠢物太無知，千推萬阻，教老娘受了這場嘔氣。

（付）姑娘來哉，爲奢了個付樣式？（丑）阿呀，自家勿好，打個老毴嘴！打個老毴嘴！（付）姑娘，呸到繡房裏去議親，爲奢弄得個樣光景？（丑）勿要説起！阿嫂，我没遵子呸個命，到俚繡房裏去，關個門拉丢。（付）喊聲没哉滑？（丑）我説開門。（付）俚就開介。（丑）俚就駡出來哉。（付）駡奢個介？（丑）説道有賊吓！有賊！（付）那説賊介？（丑）我説勿是賊，是呸丢姑娘拉裏。（付）俚那介？（丑）開子房門，攔門個一拜。（付）那説闌門拜起來介？（丑）阿呀，阿嫂，呸曉得我是老鴉嘴，我説妮子吓，勿要闌門拜，攔門拜子，樣樣要遲個嘘，梳頭遲，纏脚遲，喫飯遲，日後嫁家公也要遲個，阿是勿差？（付）阿呀纔是好話滑，俚那介？（丑）俚吓，道是我説子兩句了，心上有點勿如意哉，面孔變起子，個張嘴篤起子，説：姑娘到此何幹？（付）個没呸阿曾對俚説介？（丑）我説無事不到你繡房中，特來與你爲媒。呸阿曉得，俚説奢個？（付）説奢個介？（丑）可是爹爹説那王。（付）世界天上落裏來個樣老面皮花娘！（丑）亦是我勿好哉耶，我説呸是不出閨門之女，小娘家曉得奢個黄來白，好歹没等做姑娘個來説，别人聽見子像奢？（付）真真好話，一點也勿差。（丑）我説金鳳釵一對，壓茶銀四十兩，孫官人丢聘禮，娘做主，姑娘爲媒。黄楊木頭簪一隻，王家裏個聘禮，呸丢爺做主，許豆腐老測死個爲媒。兩家聘禮，纔拉裏，但憑呸揀中六丢，就嫁六丢。阿嫂，呸猜猜看，俚拿個奢？（付）個是勿消説得，自然拿金鳳釵哉。（丑）拿金鳳釵哉！俚到拿個黄楊木頭簪。説道：爹爹是親生的，娘是蠻貿的，作不得主吓，作不得主，插子進去哉。（付）那説插子進去介？姑娘，奢叫蠻貿的介？（丑）道是呸先打我裏阿哥，結識好子來，做個親哉耶。（付）阿呀！罷嘘！别人勿曉得，姑娘，呸是纔曉得個滑。我雖則二婚頭，也是咚咚鼓響個，嫁呸丢阿哥個呢。（丑）個是勿要説，轎子纔是轉灣頭上個。（付）嚼殺哉！我裏囡呸甚孝順，我勿信。（丑）呸勿信吓，非但説呸，爲背後頭拉丢罵呸來。（付）罵我奢個？（丑）尖嘴矗腮個老淫婦。（付）勿見得。（丑）黄裏黄胖個老娼根。（付）勿相信。（丑）偷糞喫個老花娘。（付）吓，姑娘，裏罵我别句呢勿相信，個句呷戳子我個心哉。（丑）那了介？（付）俚七歲，嘸得子娘，我撫養長成，今朝罵我偷屎喫個老花娘。阿呀，天吓！天吓！（丑）阿嫂勿要哭，看來呸到喫歇糞個。（付）勿要説起，亦是呸丢阿哥勿好哉呀！（丑）那了介？（付）個日買子一籃魚居來。（丑）奢個魚？（付）麻喇撮勒勒，著件葛布海青，尖嘴大肚皮，叫奢個？（丑）阿是䰾魚？（付）要叫俚太太公得來。（丑）個没河鈍。（付）正是叫河鈍，不我切碎子，放拉鑊子裏，滚子二三滚。姑娘，呸曉得個，我有點刀頭饞個耶。開鑊幹蓋，喫子兩塊。阿呀，勿好哉！（丑）喫勿得個來滑。（付）一歇歇，眼睛彈子出來哉，舌頭拖子出來哉。只要死來，勿要活個哉！（丑）那没那呢？（付）哪，就不拉個那婆看見哉，説，吖，母親，可是喫了生河鈍了？（丑）呸那呢？（付）我開勿出口個哉。俚説是要喫糞個。（丑）個歇歇没六裏來介？（付）個没亦是我懶，怕人個好處哉耶！（丑）㕶直頭有點個。（付）有一個七八日勿曾倒個馬桶，不我奔到房裏去，拉床底下，拖出來，掀開馬桶蓋，嗗哆嗗哆喫子兩口，亦不拉裏看見子，所以今朝掀我個凍瘡疤。我好苦吓！（丑）吖，便介了。啐！勿要哭，自家徒細，叫俚出來，要打就打，要罵就罵，出子氣哉滑！（付）勿知那了，我看見子俚，竟氣勿出個哉！（丑）氣是好假得個滑。（付）那說好假得個介？（丑）且問㕶個兩隻叫奢個？（付）奶奶哉滑。（丑）勿叫奶奶。（付）叫奢？（丑）叫氣袋。（付）那說叫氣袋？（丑）我來告㕶，一隻手叉子腰，一隻手拉奶奶，旁邊挪拉挪，挪拉挪，個氣就挪子上來哉。（付）吖，讓我來試試看。一隻手叉子腰，一隻手拉胸脯前，挪拉挪，挪拉挪，噲！（丑）噲！（付）有點意思哉。（丑）阿是有點意思哉？叫俚出來。（付）玉蓮賤人那裏？快點走出來！（旦上）

【七娘子引】芳心未許春搬弄，傍紗窗繡鸞刺鳳。（通行止。）母命傳呼，奴當趨奉，金蓮輕舉湘裙動。

（旦）母親萬福！（付）生毛桃勿採。（旦）姑娘萬福！（丑）亂頭髮勿理。（旦）母親爲何這樣發怒？（付）發怒，發怒，誤了你姑娘的主顧。我雖無十月懷胎，也有幾年撫養，那背後頭罵我哉？（旦）孩兒怎敢罵母親？（丑）啐！我今朝阿是對是非來個了？要打没竟打哉，有個多哈！（付）打個花娘！（丑）打，打。（旦）母親，（唱）

【鎖南枝】休發怒，免性焦，一言望乞聽奴告。這聘禮是荆釵，休恁看得小。也非是金，也不是寶，將來聘奴家，一似孟光耀。

（付、丑）住口！（接唱）

【前腔】聽他道，越氣惱，無知賤人怎不聽娘教。因甚苦死執迷，惹得姑娘兩下心焦燥？他禮物有甚好？比做玉鏡臺，羞殺晉溫嶠。

（付、丑）個一嶠，直要嶠到呸底丢！（旦）母親吓，豈不聞商相埋名，版築巖前曾避世。〔一〕（付介）班竹，呸丢老個做子柱拐個哉。（旦連）阿衡遯跡，躬耕莘野未逢時。（丑介）個多哈窮話。（旦連）買臣見棄於其妻，季子不禮於其嫂。（付介）告化子堆假山，一味苦累堆。（旦連）先朝蒙正運未通，破窯困苦；昔日韓信不遇時，當道饑寒。（丑介）説介一串，才是手頭急促個。（旦連）王秀才雖窮，乃才學之士；孫汝權縱富，乃奸詐之徒。才學之士，何難於富貴；奸詐之徒，易於貧窮。王秀才一朝風雲際會，那時發積何難？（丑）多喫子冷水刮肚腸哉，娘説子一聲，倒撒子一坑。（付）哇！（干唱）

【四換頭】賊潑賤閉嘴，數黑論黃講甚的？且問呸，我是奢人？（旦）是娘。（丑）可又來。（付、丑同干）娘言語怎違？順父母顏情却是理。（旦）順父母顏情，人之大理。話不投機，教奴怎隨？富豪戀貪，貧窮見棄，恐惹得傍人講是非。（付、丑）

〔一〕巖：原作『塵』，據汲古閣刊本《繡刻荊釵記定本》改。

【前腔】呆蠢小丫頭，出言污人耳。恁推三阻四，是話不投機。富家求汝效于飛，他有甚相虧，出言挺撞，你好没尊卑。（旦）

【前腔】非奴失禮儀，望停嗔，聽拜啓。婚姻事有之，恐誤了奴終身難改移。只怕一時貪富侈，恐船到江心補漏遲。（付、丑）呸！好言勸你，再三阻推。娘是何人，姑娘是誰？（旦）

【前腔】母親暫息雷電威，休恁自差池。原何將奴苦禁持？（付、丑）自今和你作頭敵。（旦）慢威逼，斷然不與孫氏做夫妻。

（丑曲内介）阿呀！駡㕶慢老毬。（付）奢個？駡我慢老毬？打個花娘！打個花娘！（丑）打，打，打！（旦哭下。外上）自不正衣毛，何須夜夜嚎！吓，吓，甚麽意思？（付）養得好囡㕶！打得我好。（丑）養大子囡㕶，倒打娘哉！（外）嗳，女兒是極孝順的，焉敢打你？恐不是他打的，你去想一想。（付）住子，等我想想看。薑薑我没是介一把，俚没一鑽。阿呀姑娘，個記只怕㕶打個。（丑）打是我打個，個一卷壽生經，生成要劃拉肚裏帳上去個。（外）咳，妹子，那裏説起！他母女好端端在家，多是你回來，搬弄得他母女吵鬧，成何規矩！下次不要你上門來。（丑）奢物事？阿是下轉勿許我來吓？阿呀，我個阿嫂吓！（付）我個姑娘吓！（外）吓，吓，妹子要趕他出門，故此哭；你爲何也哭起來？（付）薑薑俚幫我氣，個歇我幫俚哭，叫禮無不答。（丑）一拳來一脚去。阿呀，阿嫂吓！（付）阿呀，姑娘吓！（外）不許哭！（付、丑）就勿哭。（外）女兒親事如何了？成就那一家？（丑）俚要王家裏。

（外）婆子意思如何？（付）趁姑娘拉裏，三對頭，六對面，説明白子。若是依我，嫁孫家裏介，前頭娘房裏妝奩釵飾，纔拿去。若是要嫁王家裏，好像五月端午個粽子，剥得個赤條條，還要揀個十惡大敗日，叫一肩破轎子，叫兩個破人，破燈籠，破鼓手，擡到破屋裏去。（丑）人有奢破個？（付）着子破衣裳，戴子破帽子，破襪破鞋子，就是破人哉滑！（外）胡説！退後。（付、丑）噢！（外私白）且住，明日乃黄道吉日，絶妙的日子，我且將機就計，只説不好。阿呀，我女兒命好苦吓！（付）那個？（外）明日乃十惡大敗之日，後日把女兒送去罷。（付）偏要明朝。（外）必竟要明日去。（丑）極好個哉，阿嫂，竟是明朝罷。（外）吓，兒吓！你不貪富貴自甘貧，（付）叵耐無知小賤人。（丑）惟有感恩並積恨，（同）萬年千載不生塵。㈠（外）阿呀，兒吓！你好命苦吓！（下。丑）説没直介説，阿嫂，送是哑要去送個。（付）我是勿去，姑娘哑送子去罷。（丑）阿嫂，我頭上無不到脚後跟，着子奢個來去？（付）纔有拉丢滑。（丑）頭上？（付）珠冠子。（丑）身上？（付）紅襖緑裙。（丑）鞋子也無得拉裏。（付）有哑丢阿哥個壽鞋拉丢。（丑）小，着勿若。（付）放放慢線没哉。（丑）我膝褲也嘸得没，那處？（付）個到難丢！吖，有裏哉，到廚房下切兩段冬瓜没哉。（丑）冬瓜那做膝褲？（付）個没西瓜皮那做帽子介？（丑）呸！嚼殺耶！（下）

㈠ 塵：原作「成」，據《崑劇傳世演出珍本全編荆釵記》改。

别祠

（占上唱）

【破陣子】翠黛深籠寶鏡，蛾眉懶畫春山。絲蘿雖有依喬木，椿樹還憐老歲寒。阿呀，親娘吓！偷將珠淚彈。

我生胡不辰，襁褓失慈母。鞠育賴椿庭，成立多艱楚。此日遣于歸，父命遏敢阻？進退心自傷，有淚出肺腑。奴家被繼母逼嫁孫家，我爹爹將機就計，只説今日是十惡大敗之日，將奴出嫁王門。首飾衣衫吓並無一件。若留得我親娘在日没，焉有如此骯髒？（哭介）不免到祠堂中去拜别親娘神主則個。此間已是，不免竟入。一入祠堂心慘悽，百年香火嘆無兒。我身未報母恩德，反哺忍聞烏夜啼！吓，母親，親親親娘！阿呀親！娘吓！（哭介唱）

【玉交枝】音容不見，望冥中聽奴訴言。甫離懷抱娘恩斷，我目應怎瞑黄泉？阿呀誰知繼，誰知繼母，阿呀心太偏，逼奴改嫁相淩賤。娘吓！孩兒今日出嫁，本待要做碗羹飯與你，料想他們不允。莫説羹飯，就要痛哭一場噓，（唱）怕他們聞之見嫌，只得且吞聲淚痕如線。

娘吓！女兒今日出嫁，首飾衣衫，並無一件，若留得你在此，豈有今日吖？（唱）

【前腔】不能光顯，嘆資裝實無一全。就是荆釵裙布奴情願。孩兒去後，爹爹年老在堂，（唱）嘆

無兒膝下承歡。孩兒七歲上拋離了娘是，（唱）受他磨折難盡言。倘有些差遲事，吖喲，非打即罵噓！全無骨肉相憐念。（合前）

（外曲内上）荆釵與裙布，隨時逼婚嫁。（丑）三日不息燭，相思何日罷？（外）妹子，女兒在那裏？（丑）只怕拉去祠堂裏拜別。（外）和你同去。我兒在那裏？阿呀，兒吓！爲何哭得這般光景？（丑介）眼睛纔哭紅去哉。（占）孩兒在此拜別母親神主。（外）吓，阿呀我那亡故的老妻吓！（丑介）阿呀！死勿閣得我事個阿嫂！（外）呸，若留得你在，焉有今日？（占哭。丑）勿必軋鬧熱，時辰到哉，快點端正梳妝罷。（外）兒吓，時辰已至，快些梳妝罷。（占）嗅！（外）來。（占）是。（外）來呢。（占哭介）阿呀，娘吓！（外唱）

【憶多嬌】你且開鏡奩，整翠鈿，休得介破殘妝玉筯懸。兒吓！爲父的骯髒你了。（占哭介）首飾全無真可憐！（合頭）休得愁煩，休得愁煩，喜嫁讀書大賢。（占接）

【前腔】只愁你子嗣慳，爹老年，何忍教兒離膝前？爹爹，你是年老之人，孩兒去後，母親倘有三言兩語，勸你忍耐些罷。（丑介）六裏肯！人老性不老。（占唱）你莫惹閒非免掛牽。（合前）

（丑）阿是早依子我，嫁子孫家裏没，焉有今日？（外）咳，妹子，你説那裏話來！（唱）

【鬥黑麻】自古姻緣，是非偶然。五百年前，赤繩繫牽。兒今去，聽教言。（同）吓，阿呀兒（爹爹）吓！（外）阿呀兒吓！（占）爹爹。（外）你嫁到王家去做媳婦，不比在家做女兒，須要勿慢勿驕。

(丑介)要早起晚困。(占應。外)必欽必敬。(占)噢！(外)阿呀兒吓！(占)爹爹。(外唱)須要孝順姑嫜，數問寒暄。(合頭)燈前淚漣，生離各一天！有日歸寧，有日歸寧，吾心始安。(丑)阿有奢說話哉？(占)還要請母親出來拜別。(外)這樣不賢婦，還要拜他則甚！(占)天下那有不是之父母？(丑)等我去請。阿嫂！(付內)奢個？(丑)唔丢囡唔請唔出來拜別。(內)我是張果老倒騎驢，永勿見畜生之面！(丑)唔丢娘說，張果老倒騎驢，永勿見畜生之面個哉！(外)如何？(占)吖，母親不肯出來，待我自己去請。吓，母親，孩兒請你出來拜別。(丑)阿嫂。(內)亦是奢個了？(丑)唔丢囡唔自家拉裏請。(內)拜唔丢親娘去，我是勿出來個哉！(占)母親既不出來，孩兒就在房門首拜別了呢。

【前腔】蒙你教養成人，恩同昊天。雖不是親生，多蒙保全。兒今去，免憂煎。母親，你是年老之人，爹爹倘有些不到之處，大家忍耐些罷。(占唱)勸你努力加餐，把愁容當喜顏。(合前)

(接吹打住。丑)轎子到門哉，上轎罷。(外)兒吓，時辰已至，快些上轎去罷。(占)爹爹請上，待孩兒拜別。(外介)罷了。

【臨江仙】百拜哀哀辭膝下，出門無母施鞶。未知何日返家園？出門銀燭暗，明月照魚軒。

(接吹打，丑內介)上上馬桶來，也要上轎哉。(下。外介)擡穩了吓，咳！(唱)

【前腔】好似半壁孤燈相弔影，蕭蕭白髮盈顛，那堪弱息離身邊？叮嚀辭別去，淚點不曾

乾。（哭下）

送親

（老、小生上，唱）

【瑣窗寒】這門親非是我貪婪，無奈人來説再三。送荆釵愁他富室褒談，良媒竟無一言回俺，反教娘掛腸懸膽。早間聽喜鵲噪窗南，有何親舊相探？

（浄内）阿爹走吓！（生、浄同上，接唱）

【前腔】論人生嫁女婚男，不是姻緣怎妄貪？謾誇他豪門首飾衣衫，嬌娥志潔，甘居清淡，那聽他巧言掇賺！這姑姑因此上臉羞慚，此來必定喃喃。

（生）這裏是了。（浄）幾裏是哉。（生）解元有麼？（老）外面有人叩門，出去看來。（小生）那個？（生）解元，是老夫在此，説一聲。（小生）請少待。吓，母親，將仕公穿了吉服，要見母親。（老）請進來。（小生）是。（浄介）阿爹，方纔個位阿就是新官人？（生）正是。（浄）奢打扮得撮舊拉丢介？（小生）吓，將仕公，家母相請。（生）賓相，待我先去説一聲，然後進去。（浄）是哉。（生）吓，老安人。（老）將仕公。（生）恭喜！（老）寒門似冰，喜從何來？（生）今乃黄道吉日，錢老貢元特送小姐過門，先著老夫來説知。（老）倉卒之間，諸事未備，怎好完姻？（浄介）家堂上蠟燭纔匆點點，大門上紅也匆掛掛，只怕勿是今日。（生接老白）不勞費心，一應多在錢宅，有賓相在外，待我喚來。賓相，老安人著你進去。（浄）是哉。（生）見了老安人，須要下個全禮。（浄）在行個。（生）賓相來了，見了老安人。（浄）個位就是老安人哉？（生）正是。（浄）老安人，賓相見禮哉！（老）不消。（生）見了新貴人。（浄）是哉，新官人見禮哉！（小生）賓相。（老）我兒，進去換了吉服。（小生應下。浄）老安人在上，賓相有言告禀：今日送親個是張姑母，此人伶牙俐齒，倘有言語冒犯，勿要見怪。（生）好週到！（浄）我裏是走千家個，氍毹角要走到個。時辰還早來，阿要請姑母來敘敘寒温？（生）使得。（浄）第二個，打張姑母個轎子上來。（吹打。丑上唱）

【引】親送侄女臨門，管取今朝喫得咯咯吐。

（吹打住。老）請！（浄）請二位親家母見禮，恭揖，成雙揖。新官人見禮，請大媒見禮。（生）吓，姑媽！（丑）阿呀，城隍老爺，我是阿哥阿嫂叫我來送親個，勿關得我事個嘘。（浄）張姑母，俚就是許阿爹，勿消跪得。（丑）吖，許豆腐。（浄）個勒勿是奢。（丑）怕道勿認得了。我是要賊介婁婁嘘！（浄）呔！老許，伍今朝打扮得行樂上一樣，阿是吓我老太婆了？（生）我是有職分的。（丑）奢個職分介？（生）承德郎。（丑）我也認道骯丢郎。快點居去罷。（生）爲甚麼？（丑）屋裏打得雪片能個拉丢哉。（浄）爲奢了？（丑）賣子鑽鉛豆腐了。（浄）豆腐那鑽鉛？（丑）切開來，一包豆腐渣了。（浄）嚼殺哉！請得位。（丑）三十六點。（浄）奢個三十六點？（丑）伍説得會没，三十六點頂色。（浄）坐没爲之得位。（丑）早説坐没，生得我摇哉！（浄）個没就是坐。（丑）個没是哉。（浄）請二位親家母攀談。

（丑）殺伍個千刀！（淨）作奢罵哉？（丑）亦勿求奢雨了，番奢壇！（淨）説話没爲之扳談。（丑）説話没竟是説話，奢個扳談拉番壇，有個多哈巧言令色個丢！（淨）個没竟請説話。（丑）請問親家母，府上的窮，還是祖上遺下來的呢，還是自家掙的？奢了窮得能個干淨相？（生）姑媽，今日是喜日，説些吉祥話。（丑）伍丢要吉祥，我到有點勿如意拉裏。（淨）時辰已至，請姑母扶鸞。（丑）一身兼作僕，又要我扶鸞。（淨）打新人轎子上來。（吹打）請新人下轎，交拜天地，就拜本堂。（丑）親家母，請坐子。（老）説那裏話！姑媽請！（丑）勿要客氣，請坐子，要受個，要受個！（淨）轉班行夫婦禮，恭揖，成雙揖！請大媒見禮。恭揖，成雙揖！（丑）讓我來挑子方巾來看，親家母，看看人品如何？（老）好！（淨）請得位。（内）衆人喫糕酒。（淨）是哉，阿爹衆人要喫糕酒了。（生）叫他們多到錢宅去。（淨）是哉，各位丢纔到錢家裏去。阿爹，廚房拉丢六裏？端正會千盆子哉滑。（生）今日單做親，改日擺酒。（淨）吖，今日没單做親，改日備酒。（生）是吓！（淨）個没我個點小意思介？（生）也到錢宅去。（淨）也到錢家裏去。阿爹個頭媒人奢人做個？（生）是老夫做的。（淨）吖，就是阿爹做個，（生）就是老夫。（淨）看伍勿出，到做得干淨相拉哈。（生）不用多講，快些去罷。（淨）吖，喫没勿曾喫奢，到要謝聲個，多謝老安人！（老）有慢！（淨）直頭勿曾喫奢，多謝新官人！（小生）有勞！（淨）咳，勞伍拜子兩拜。唷，張姑媽，阿要去罷？（丑）掌禮司務，阿要喫子點奢去？（淨）伍勿要替我憂，我到替伍愁。（丑）愁我奢？（淨）看伍頭上借到脚後跟，六裏來奢饅頭菜子還別人？（丑）纔是我裏阿嫂個，勿要緊。（淨）真正做到老，學勿了。做親人家，勿動烟火食没，到第一轉彭着。（下。丑）請問親家母，

前筵擺在何處？後宴設在何方？實在肚裏餓匆過哉，拿出來毡祭罷。（老）姑媽。（丑）那哼？（老唱）

【惜奴姣】只爲家道貧窮，（丑介）久慕，久慕！（生）君子謀道不謀食。（丑）咳，孔夫子勿喫飯個。（老、小生同連）守荆釵裙布，謹身節用。今爲姻眷，惟恐玷辱門風。（占連）匆匆，愧乏房奩來陪奉，望高堂垂憐重。（合）喜氣濃，悄似仙郎仙女，會合仙宫。（衆連唱）

【錦衣香】夫性聰，才堪重；婦有容，德堪重。天生美質奇才，彩鸞丹鳳。（小生）自慚非比漢梁鴻，何當富室，配我孤窮。（占連）念妾非孟光，奉椿庭遣侍明公。（合）今日同歡共，也曾修種。夫和婦睦，琴調瑟弄。（丑介）吖唷，肚裏餓殺哉！（衆連唱）

【漿水令】恕貧無香醪泛鐘，恕貧無美食獻供。（丑接）嗳，又無些湯水飲喉嚨，妝甚大媒，做甚親送！（衆接）休相笑，莫妄衝，惟恐外人相譏諷。非缺禮，非缺禮，只爲窘中。凡百事，凡百事，望乞包容。

【尾】佳人才子德堪重，更人才又兼出衆。這夫妻到老和同。

（生）告辭。（老）有慢！（生）好説。合巹交杯意頗濃，（老）琴調瑟弄兩和同。（小生、占）今宵賸把銀缸照，（同）猶恐相逢似夢中。（老）我兒，送了將仕公出去。（小生）將仕公簡慢！（生）好説。解元，改日再來奉賀，請了！（下）（通行不念，唱完【尾】，生接下。）（老）姑媽，姑媽。（丑）吖喲，唔個人好刁，我拉裏打個瞌銃，想躲過子個餓陣，唔大介苦活鳥能姑媽姑媽，算奢個介？老許阿差？（老）他們都去了。（丑）纔去哉，崑山航船逐隻開，等我也去子罷。多謝親家母！（老）有慢！（丑）一點也勿曾喫奢，新官人，我有兩句説話對唔説，唔要記吓。（小生應。丑）你勤讀詩書，莫要懶惰，一舉成名，光耀門户。做姑娘忍子餓來對唔説個，唔要記吓！（小生應。丑干唱）阿呀！我個肉吓肉吓！唔拉屋裏無葷勿喫飯，故歇到子幾裏來，只好無飯勿喫葷個哉嘘！肉吓肉吓！（哭介）做姑娘拉裏一歇歇，布裙帶收子十七八收，唔常等拉裏，要收得個肚皮大介。滴緊葫蘆能得來嘘！肉吓肉吓！番陶，叫李成家婆送珀溜拉唔喫吓。親家母，我那間要去出家哉，法名纔有個哉。（老）叫甚麽？（丑）叫餓空。我去哉。（老）吖唷，爲何能響？（丑）我是鐘變得來個，越空越響，肚皮上有四個字。（老）那四字？（丑）此屋召租，現空。個兩句説話，也勾子裏丢個哉。（老）兒吓，須要夫唱婦隨，上和下睦。隨我進來。（小生、旦應同下。丑）等我跨出子門檻來看。噲，轎夫，打轎子上來。（内應）前頭來上轎。（丑）阿呀，那説前頭來上轎？阿呀，落雨哉，㈠轎夫，打轎子上來。（内）前頭來上轎。

㈠ 落：原作『六』，據《崑劇傳世演出珍本全編荆釵記》改。

（丑）我身上纔是别人家個，爺爺子還好，幸虧得轎肚裏𣰆答一雙蒲鞋拉裏，(一)等我來换脱子裏，讓我丢子個鳳冠，捞起子圓領。賊介一步，阿呀！一脚水潭。天爺爺！勿要落没好嚧，天爺爺吓！

（下）

(一) 肚：原作『圖』，據《崑劇傳世演出珍本全編荆釵記》改。

荆釵記曲譜二集

遣　僕

（外上）

【出隊子】追思前事，心下如同理亂絲。雖然頗頗有家私，争奈年高無後嗣，怎不教人心下怨咨！

萬般皆是命，半點不由人。老夫當初招王十朋爲婿，只道一天好事，誰知我那老乞婆要嫁孫家。我女兒不從，因此兩下參商，反成仇怨。我只得將機就計，把女兒送過王門。聞得賢婿要上京科舉，慮他家下無人，爲此收拾西書房，請王老安人與我女兒一同居住，早晚也好看顧。李成那裏？（末）水將杖探知深淺，人聽言詞見心腹。員外有何吩咐？（外）李成，聞得王官人要上京求取科舉，慮他家下無人，我意欲把西首書房收拾好了，着你去接取王老安人和小姐到來，一同居住，早晚也好看顧。（末應。

外）李成，（干唱）

【好姐姐】聽我一言，那王秀才要上京科舉。他若去時，必定要空虛。（合）堪憂慮，形隻影單添悽楚，暮想朝思愈困苦。（末接）（通行不用。）

【前腔】解元爲功名利禄，他應難免分開鴛侶。〔一〕妻孤獨守，怎不愁滿腹？（合）親骨肉及早來同居住，彼此心歡意滿足。

（外）不忍他家受慘淒，（末）恩東惜樹要連枝。

（外）黄河尚有澄清日，（末）豈可人無得運時？

（外）就去。（末應下。老上）

【引】天付姻緣事諧矣，夫和婦如魚似水。（小生）慈母心歡，賢妻意美，（占）深喜一家和氣。（同）母親（婆婆）。（小生）娘子。（占）官人。（小生）蘋蘩已喜承宗嗣，功名未遂男兒志。黄榜正招賢，囊空無一錢。（老）家貧難斡運，謾自心頭悶。（占）應舉莫蹉跎，光陰能幾何？（小生）母親，孩兒與娘子成親之後，不覺半載。目今黄榜招賢，郡中刻限已起，奈缺少盤纏，如何是好？（老）兒吓，自你父親亡後，家業日漸凋零，你今缺少盤纏，教做娘的實難措辦。（占）官人，此係前程大事，况兼官府催

〔一〕難：原闕，據汲古閣刊本《繡刻荆釵記定本》補。

迫，雖則家道艱難，盤纏實難辭免？　可容奴家回去懇告爹爹，或錢或鈔，借些與官人路上盤費，不知尊意如何？（小生）好便好，只恐岳丈不允。（占）我去説，自然允的。（小生）多謝娘子！（末上）若無漁父引，怎得見波濤？　此間已是，有人麼？（老）有人在外。（小生）待孩兒去看來，是那個？（末）王官人。（小生）足下是？（末）吖，男女是錢宅差來的。（小生）請少待。　母親，岳父家裏有人在外。（老）既是親家那邊來的，媳婦出去看來。（占）是，待媳婦去看來，是那個吓？（末）小姐，是男女在此。（占）元來是李成，員外安人好麼？（末）俱各平安。（占）一向爲何不來看看我？（末）只因家中有事，所以不曾來看得小姐。（占）今日到此何幹？（末）見了老安人，自有話説。（占）待我先去説一聲。（末應。占）吓，婆婆，是媳婦家李成在外，要求見婆婆。（老）聞得親家那邊有個李成舅，快請相見。（占）是。　吓，李成，老安人着你進去。（末應。占）見了老安人，須要下個全禮。（末）男女在行。（占）隨我來。（末應。占）吓，婆婆，李成來了，過來見了老安人。（末應）老安人在上，男女李成叩頭！（老）不消，請起！（占）婆婆，是媳婦家裏人耶。（老）自古敬其使以及其主。（占）多謝婆婆！（老）請問李舅，員外安人納福否？（末）托庇粗安。（老）今日到舍，有何貴幹？（末）老安人請坐了，待男女告禀。（老介）願聞。（末唱）

【宜春令】恩東命，僕上覆，近聞得官人赴都，道解元出路，料想家中，必定添淒楚。　已收拾西首房屋，待相邀一同居住。　爲此特令男女，到宅傳語。（老接）（通行不用。）

【前腔】蒙錯愛，爲眷屬，這恩德深銘肺腑。　奈緣艱苦，迤逗不能勾參岳父。　到如今又蒙相呼，反教我心中猶豫。試問孩兒媳婦，怎生區處？（通行小生接唱此曲。）

【前腔】因科舉，欲赴都，免不得抛妻棄母。千思百慮，母老妻嬌，却教誰爲主？（占接）既相邀共約同居，暫幽棲蓽門蓬户。未審婆婆夫主，意中何如？

（老）家寒羞往見新親，（小生）世務艱難莫認真。

（占）此去料應無改易，（末）竟將消息報東人。

男女告辭。（占）你回去説我們就來。（末）是，曉得。（下。老）我兒收拾收拾，一同前去。（下。小生）謹依慈命。娘子，收拾收拾，一同前去。（旦應同下）

回門

（外上）

【引】韶光荏苒，嘆孩兒去後，愁病相兼。（末上接）爲念窮親，迎歸别院，佇看苦盡回甜。員外。（外）你回來了。（末）正是，回來了。（外）王老安人怎麽説？（末）男女去説，王老安人再三不允，幸虧小姐在傍攛掇，即刻到門了。（外）你在門首去伺候，到時通報。（末應。老上）

【引】粗衣糲食心無歉，（小生、占接）借居怕惹憎嫌。（通行止。）欲赴春闈，暫抛親舍，凶吉難占。

(末)員外，老安人到了。(外上)吖，到了。(末應。外)説我出迎。(末照念。外)吓，親母。(老)親家。(外)請！(老)請！(小生、占)岳父，爹爹。(外)我兒，隨我進來。(占應。外)老夫接待不週，休得見罪！(老)親翁請上，老身有一拜！(外)老夫也有一拜！(老)老身貧無一絲爲聘，荆釵言之可羞。(外)豈敢！小女愧無百兩盈門，蘋蘩惟恐有失。(老)未遑造謝，反蒙寵招。(外)重荷輝臨，不勝榮幸。(老)窮親到宅，有玷高門。(外)既爲親戚，何必過謙！(老)我兒，過來見了岳父。(小生、占)岳父，爹爹。請上，待小婿，孩兒拜見！(外)不消。(小生)念十朋三尺童稚，一介寒儒，忝爲半子之親，托在萬間之庇，有違參拜，無任戰兢！(外)小女容德，不堪侍奉君子，使老夫暮年有托。(占)孩兒半載離門，有缺甘旨，恕孩兒不孝之罪！(外)侍奉姑嫜，禮所當然，何罪之有？親母請坐。(老)有坐。請問親翁，親母爲何不見？(外)寒荆偶有小恙，不及奉陪。(老)媳婦，進去問安。(占)是。吓，母親，孩兒回來了。(下。小生)小婿不知岳母有恙，有失問候，多多有罪！(外)偶爾小恙，何必介懷！親母，聞得賢婿不日上京科舉，恐宅上無人，老夫打掃西書房，請親母到來，與小女同住，早晚也好看顧。(老)打攪尊府，甚是不安。(外)好説。不知賢婿幾時起程？(小生)即刻就行了。(外)爲何去得能迫？(小生)郡中刻定日期，況衆友催迫，只得就行了。(外)向上的好。(占)是，噢！(帶哭介)吓，婆婆，母親説偶有小恙，不及出來奉陪，着媳婦多多致意。(老)容日求見。(外背白)我兒，母親怎生看待？(占)採也不採。(外)不要説了。李成看酒。(占)爹爹，酒是小事，盤纏要緊。(外)袖得在此。吓，親母，此一杯酒，一來與親母接風，二來與賢婿餞行。老夫也没有高堂大厦，(外唱)

【降黄龍】止有草舍茅簷，送過去。（末應。外唱）蓬蓽塵蒙，網羅風颭。爲尊親到此，但有無一一望親遮掩。（老接）恩沾，萬間週庇，悄似寒灰撥焰。㈠使窮親懽來愁去，喜生腮臉。（小生接唱）

【前腔換頭】叨忝，母訓師嚴，三史諳通，九經博覽。今承召舉，到試闈定有朱衣頭點。（占看酒。（接唱）春纖，捧觴低勸，好將心事拘牽。到京師閑花野草，慎勿沾染。

（小生）娘子，（接唱）

【黄龍滚】休將别淚彈，休將别淚彈，且把愁眉展。背井離鄉，誰敢胡纏染？（合唱）路途迢遞，不無危險。纔日暮，問路程，（老介）阿呀兒吓！（接唱）尋宿店。（小生接）

【前腔】萱親免愁煩，萱親免愁煩，岳丈休憶念。（同）記取叮嚀，客邸當勤儉。此行只願鰲頭高占，若得功名遂，姓字香，門楣顯。（小生接）

【尾】隨身不慮無琴劍，慮只慮行囊缺欠。（外）賢婿，些少白金相助添。（小生）多謝岳丈！（老、小生）吓，阿呀，兒，娘吓！（老）做娘的好似樹頭上黄葉，荷葉上水珠，朝不保暮了嘘！（小生介、哭。老唱）

㈠ 撥：原作『撲』，據汲古閣刊本《繡刻荆釵記定本》改。

【臨江仙】你去渡水登山須仔細。（外）賢婿，（唱）朝行須聽雞啼。（旦）官人，成名先寄好音回。（末）王官人，藍袍將掛體，脱白掛荷衣。〔一〕（小生接）

【前腔】重荷萱親勤訓誨，感蒙岳丈提携。娘子，好生侍奉我親闈。李舅，你在家勤照管，我及第便回歸。（合）流淚眼觀流淚眼，斷腸人送斷腸人。

（小生哭，末同下。外）我兒，夫婿往京取應，好把婆婆恭敬。（占）甘旨我方應承，謹尊爹爹嚴命。

（外）舉子紛紛多策藝，（老）此行願取登高第。

（占）馬前喝導狀元來，（同）這回好個風流婿。

（外）我兒，伏侍婆婆到西書房去。（占應）婆婆這裏來。（同下）

登　程

（淨上）

【念奴嬌引】極目長安雲盡處，幾點雁明滅。（生接）一片澄江清底徹，映帶柳花如雪。（小生）舉案情深，趨庭訓遠，無奈腸千結。（合唱）依依遊侶，偏逢春時節。

〔一〕荷：原作『和』，據後文改。

（小生）三年大比選場開，（生）滿腹文章特地來。（淨）争看世人多買貴，（合）須知吾輩是英才。（淨）我等不必通名道姓，如今長天日暖，快些趲行前去。（二生）請！（唱）

【甘州歌】自離故里，謾回首家鄉極目何處？（淨）梅溪兄，令堂托付與何人照顧？賢嫂臨行，可有什麽説話？（小生）兄吓，萱堂年老，一喜又還一懼。晨昏幸托年少妻，深感岳丈相憐一處居。蒙囑咐，教我成名先寄數行書。休悒怏，莫嗟吁，白衣换着錦衣歸。（淨）這裏草坡之下，到也潔淨。天色尚早，何不歇歇再行？（二生）有理。（淨）囡呸丟，去沽一壺酒得來。（末應下。二生）又要半州兄費心。（淨）奢説話？自家朋友，勿必客氣。（末上）酒有了。（淨）我們席地而坐，少飲幾杯。（二生）請！（同唱）

【前腔】芳春景最奇，正可人不暖不寒天氣。千紅萬紫，開遍滿目芳菲。只見香車寶馬逐隊隨，往來遊人渾似蟻。争如我，折桂枝，十年身到鳳凰池。身榮貴，歸故里，人人報道狀元歸。（下。王孫公子上、接）

【前腔】行過杏花村裏，見野塘溶溶緑水沙嘴。鷗鳧出没，驚人忽地群飛。(一)危橋跨澗人過

(一) 群：原作「郡」，據《崑劇傳世演出珍本全編荆釵記》改。

稀，[一]只見漠漠平沙棲遠堤。堤之上，望欲迷，數行垂柳緑依依。愁人耳，聞子規，[二]聲聲叫道不如歸。（下。秀才衆上、接）

【前腔】無奈前途迢遞，盼皇都尚隔幾重烟水。離鄉背井，無非爲名利。素衣黯黯欲化緇，一片征塵逐馬蹄。忙尋宿，問路岐，加鞭猶恨馬行遲。天將暮，日墜西，前村烟火候人歸。

【尾】買村醪，酹一醉，無錢拚得典春衣，異日共赴瓊林願不違。（下）

考　試

（付上）欽奉朝廷命，敷施雨露沾。魚龍皆變化，一躍盡朝天。自家禮部祇候的便是。往來聽候，侍奉官員。今乃大比貢舉之年，正當設科取士之際。[三]國朝委請試官，已在貢院内了。府縣起送舉子，俱列棘闈。如今將次考試，在此伺候。（下。外上）

【大聖樂引】錦袍銀綬掌春宫，輔佐承明一統。聖主求賢心重，網羅天下英雄。

下官蒙差考試，爲天子之輔臣，係文章之司命。榮身食禄，豈容尸位素餐；報主匡時，敢不矢心殫

[一] 橋：原作「樓」，據汲古閣刊本《繡刻荆釵記定本》改。
[二] 聞：原作「問」，據汲古閣刊本《繡刻荆釵記定本》改。
[三] 設科取士：原作「特取科士」，據汲古閣刊本《繡刻荆釵記定本》改。

力？今當會試之春，荷蒙皇上，命主禮闈。天下英才，[一]雲屯蟻聚。左右，舉子入場，用意搜檢，以防挾着！（小生、生、末、净上，干念）

【水底魚】天降皇恩，英才齊赴京。吾輩文人，魚龍變化聞，魚龍變化聞。

（吹打。衆白）衆舉子進。（四）衆舉子參見老大人。（外）衆舉子，吾奉九重之命，令倫四海之英才。每逢考試，不過經書詩對，盡是俗套虛文。我今奏准裁革，只命爾等，第一場各把本經做一篇，第二場破題，第三場做詩。分爲天地玄黄四號，各歸號房，挨次呈來，不得錯亂。（衆應，各歸。衆）散卷領題。（外）叫巡場官。（付）有。（外）吩咐各號號軍，仔細提防。再吩咐瞭高臺上，細看明白，不許交頭接耳；如有者，扭上堂來。（付）是。呔！大老爺吩咐，各號號軍，仔細隄防。再吩咐瞭高臺上，細看明白，不許交頭接耳；如有者，扭上堂來。（同唱）

【五供養】五星魁映論，動筆刀亟能扛鼎。揮毫落紙輕，猶如蠶食聲。文風盛景，崇儒學，重道圖，明聖緯，入地逕，四海應，天生多才俊豪英。

（衆）天字號舉子上堂。（小生上）天字號舉子交卷。（外）你可熟何經？（小生）《春秋》。（外）把本經講上來。（小生應、唱）

【黄鶯兒】魯史記周正，重明倫，先正名，尊王賤霸功難泯。葵丘序盟，陵臺誓兵，河陽踐土

[一] 下：原作『子』，據汲古閣刊本《繡刻荆釵記定本》改。

誠陵分。(合頭)細推評,刑誅爵賞,誰識聖王情?

(外)此篇深得賞罰之旨,真内聖外王之舉子。(衆)請歸號房。(小生下。衆)地字號舉子上堂。(生上)地字號舉子交卷。(外)你所熟何經?(生)《書經》。(外)把本經講上來。(生應、唱)

【前腔】五典與三墳,[一]見重華,思放勳,[二]九丘八索吾能省。文謨克勤,武烈繼明,商衡周鼎輝相映。(合頭)際風雲,鹽梅舟楫,一德輔明君。

(外)此篇有宰輔氣量,深爲朝廷之人。(衆)請歸號房。(生下。衆)玄字號舉子上堂。(末上)玄字號舉子交卷。(外)你所熟何經?(末)《易經》。(外)把本經講上來。

【前腔】四聖首彌綸,道陰陽,説鬼神,知來藏往昭無朕。天根杳冥,月窟渾淪,連山雲斷歸藏隱。(合頭)且休韞,[三]韋編三絶,國利王兵賓。

(外)此篇《易經》頗精。(衆)請歸號房。(末下。衆)黄字號舉子上堂。(净)黄字號舉子交卷。(外)你所熟何經?(净)《詩經》。(外)把本經講上來。(净應、唱)

【前腔】風雅頌分明,採民謡,輯政文,淫詞浪束篇篇稱。(外)《詩》本情性該物,理可以驗風俗之

[一] 墳:原作「文」,據汲古閣刊本《繡刻荊釵記定本》改。

[二] 放:原作「效」,據汲古閣刊本《繡刻荊釵記定本》改。

[三] 韞:原作「頻」,據汲古閣刊本《繡刻荊釵記定本》改。

威衰，理可以鑒政治之得失，那見得篇篇都是淫詞浪柬？（浄）大人，你不曾讀過『關關雎鳩』，是皇帝求皇后的。『鶉之奔奔』，是諸侯要尋婦人的；『新臺有泚』，是翁偷媳婦的；『碩人其頎』，是兄奸妹子的，其間還有許多。鄭衛風俗，男女私情，名聖先賢，無非教人如此如此。（唱）風流未湮，教化尚存，桑間濮上留丰韻。

（外）此篇立論未純，居心不正，不但獲罪名教，亦且侮慢聖賢。且歸號房。（衆）歸號房。（浄下。衆）天字號舉子再上來。（小生上。外）把『學而時習之』，做一破題。（小生應）學有不已之功，則所求乎學者盡矣。（外）好，歸號房。（小生下。衆）地字號舉子再上堂。（生上。外）把『有朋自遠方來』，做一破題。（生）即同類之心性，從而學之，成物可知矣。（外）歸號房。（生下。衆）玄字號舉子再上堂。（末上。外）把『人不知而不愠』，做一破題。（末）學以成已，斯遯世而無悶也。（外）歸號房。（末下。衆）黄字號舉子再上堂。（浄上。外）把『學而時習之』全章，做一破題。（浄）別人個題目，纔是一句，偏是我個題目，累累堆堆，出起全章。老大人，你太欺人。（外）快做上來。（浄）是，是，老大人。不是學，乃是鶴，鶴兒第一。鶴乃是鶴之子，時乃時時之習也。(一)鶴有千歲，得爲有壽之禽。小鳥類飛，漸漸飛高飛遠，其母豈不悦乎？忽一日，一飛飛在青天之内，赤壁之間。同類見他飛得高遠，也飛來做了一處，此乃同類相從，豈不樂乎？雄鶴見了雌鶴，就起性來，一飛飛在雌鶴身上，牢牢立定，而不讓也。

(一) 時時：原作『時』，據《李卓吾先生批評古本荆釵記》改。

那雌鶴對了雄鶴點點頭：『你爲何起性？』雄鶴答曰：『人不知而不愠，不亦君子乎？』（外）胡説！歸號房。（衆）歸號房。（浄下。衆）天字號舉子再上堂。（小生上。外）第三場作詩，光、香、郎三韻，桂花爲題，做來。（小生）花如金粟占秋光，月殿移來萬里香。試問嫦娥仙子道，一枝留與狀元郎。（外）好，請過一邊。（衆）地字號舉子上堂。（生上。外）第三場作詩，光、香、郎三韻，杏花爲題，做來。（生）一色明霞燦日光，長安十里繡春香。馬蹄得意東風迅，夾道争瞻榜眼郎。（外）好，請過一邊。（衆）玄字號舉子上堂。（末上。外）第三場作詩，光、香、郎三韻，梅花爲題，做來。（末）横斜疏影透波光，玉骨冰肌分外香。昨夜前村雪初霽，今朝應有探花郎。（外）請過一邊。（衆）黄字號舉子上堂。（浄上。外）第三場作詩，光、香、郎三韻，橘子爲題，做來。（浄）橘子生來耀日光，又甜又澀又馨香。後來結成大疙瘩，剖開到有七八囊。（外）郎字韻怎麽做起『囊』字來？（浄）大人，囊得過就罷了。（外）學問不到，回去用心讀書，留在下科。（浄）咳，掃興，掃興！三場文字不得中，六個饅頭落得喫。（下。外）這幾篇頗通，天字號舉子那方人氏，姓甚名誰？（小生）温州永嘉縣人，姓王，名十朋。（外）去秋解元是你，今科狀元又是你。我把你的文字封上御前親閲定奪。吩咐開門。（衆）開貢院門。（吹打同下）

梳　妝

（占上）

【破陣子】燈燦金花無寐，塵生錦瑟消魂。鳳管臺空，鸞箋信杳，孤幃不斷離情。巫山夢斷銀釭雨，繡閣香消玉鏡蒙。阿呀，十朋吓！休怨懷想人。

妾慚非淑女，父命嫁鴻儒。矢心共貧素，布荆樂有餘。旦夕侍巾櫛，齊眉愧不如。兩情正歡洽，一旦赴徵書。折此藍田玉，分我合浦珠。翠鈿空零落，緑鬢漸蕭疏。登樓試晚妝，鏡破意踟躕。休看舞雙燕，交彩入空虚。況有高堂親，憂懷日倚閭。(一)願言遠遊子，(二)及早赴歸歟。奴家自從才郎别後，每日鷄鳴而起，侍奉姑嫜，勤侍父母。如今天還尚早，意欲對鏡梳妝，争奈離愁千種？想起别時，不覺淚垂。

（吟詩）

春風吹柳拂行旌，憶别河橋萬種情。

天上杏花開欲遍，才郎從此步雲程。（唱）

【風雲會朝元歌】雲程思奮，迢迢赴玉京。爲名題仙籍，獻賦金門，一旦成孤另。自驪駒唱斷，自驪駒唱斷，空憶草碧河梁，柳緑長亭。一騎天涯，正是百花風景，到此春將盡。嗏！寂寞度芳辰，鳳帳鴛衾，翠減蘭香冷。君行萬里程，妾懷萬般恨。離鄉背井，思思想想，是

(一) 閭：原作『侶』，據汲古閣刊本《繡刻荆釵記定本》改。

(二) 願：原作『原』，據汲古閣刊本《繡刻荆釵記定本》改。

奴薄命，是奴薄命。（吟詩）

薄命佳人多苦辛，通宵不寐聽鷄鳴。

高堂侍奉三親老，要使晨昏婦道行。（唱）

【其二】婦儀當盡，晨昏定寢興。聽樵樓更漏，紫陌鷄聲，忙把衣衫整。要慇懃定省，要慇懃定省，覷堂上姑嫜，萱草椿庭。白髮三親，也索一般恭敬，不敢辭勞頓。嗏！端不爲家貧，欲盡奴情，願把蘋蘩進。兒夫事遠征，親年當暮景。孝思力罄，行行步步，是奴常分，是奴常分。（吟詩）

事親一一體天心，無暇重調緑綺琴。

憔悴容顔愁裏變，妝臺從此懶相臨。

【其三】懶臨妝鏡，菱花暗銷塵。自曲江人去，鳳折鸞分，羞覩孤飛影。漸脂粉憔悴，漸脂粉憔悴，説甚眉掃青山，鬢挽烏雲？玉筯痕多，㈠只爲荆釵情分，腸斷當年聘。嗏！欲照又還停，只見貌減容消，展轉添愁悶。團團寶鑒明，蕭蕭翠環冷。㈡爲思結髮，絲絲縷縷，萬千

㈠　多：原作『都』，據汲古閣刊本《繡刻荆釵記定本》改。

㈡　環：原作『還』，據汲古閣刊本《繡刻荆釵記定本》改。

愁病，萬千愁病。（吟詩）

愁病懨懨瘦損神，只因夫婿寓瑶京。

那堪雁帛魚書信，〔一〕腸斷香閨獨宿人。

【其四】從離鄉郡，皇都覓利名。想龍門求變，豹文思炳，〔二〕鳳閣圖衣錦。奈歸期未定，奈歸期未定，便做折桂蟾宫，賜宴瓊林。須念蘭房奴孤形獨影，莫向紅樓凭。嗏！獨坐暗傷神，雁杳魚沉，教奴望斷衡陽信。長安紅杏深，家山白雲隱。早起歸省，孜孜翕翕，舉家歡慶，舉家歡慶。

只爲求名豈顧親？兒夫必定離京城。

真個路遥知馬力，果然日久見人心。（下）

遊街

（浄上）

〔一〕帛：原作『白』，據汲古閣刊本《繡刻荆釵記定本》改。

〔二〕炳：原作『柄』，據汲古閣刊本《繡刻荆釵記定本》改。

【六幺令】街坊熱鬧，十里紅樓竟是妖嬈，惟我孤立冷蕭蕭。(一)時不利，運難熬，試官懞懂真堪笑，試官懞懂真堪笑。運退黄金失色，時來鐵也生光。我老孫一到京裏，指望穩步蟾宫，高攀仙桂。六道一個狀元，到中子小王。中子别人呢，還由可，偏偏中子俚。咳，落裏説起。興盛没獨坐拉寓所，悶悶不樂。聽得説今日新狀元遊街，又説万俟相府高搭彩樓招婿。且住，我想相府招親，只揀人才，爲此换子一套新衣裳，踱到他門樓下，不俚丢看看，或者天賜良緣，我老孫就快哉，樂哉！(合頭)時不利，運難熬，試官懞懂真堪笑，試官懞懂真堪笑。(下。衆、小生上唱)

【傾杯玉芙蓉】看不盡十里芳菲花正嬌，馬上人年少。(梅香扶小姐上、接唱)争盼着灼灼宫花，燦燦朱衣，冉冉姣驄，整正烏帽。(下。生上接)真個是摶雲路遥三千遠，浪暖龍門一躍高。(下。末上、接)看香風繞遍朱扉花貌，羡神仙逍遥咨遊遨。

(下。净上)哈哈，好看吓，好看吓！

【普天樂】觀朱樓姣容貌，啓湘簾秋波俏。争喧鬧人擁如潮，韻悠揚何處笙簫。呸，看來來去去，個星男男女女，纔是看狀元遊街個。咳，個狀元不可不做，那勿快活。看個邊樓窗上，穿紅着緑的個星女客，打扮得好齊整，亦個標緻。(唱)(合頭)看凭欄湊巧風流疊興高，金屋嬋娟，美貌多姣。

(一)　孤：原作『孫』，據《崑劇傳世演出珍本全編荆釵記》改。

(下。衆、小生、生、末同上，唱)

【朱奴兒】踏遍了長安花草，看盡了帝裏雲翹。處處留題寫彩毫，笑當年兀首蓬蒿。(丑上)啓爺，排宴官邀過幾次，請各位老爺早赴瓊林去。(小生、生、末同)吩咐打導瓊林宴去。(衆應，同唱)拚醉倒瓊林美醪，恍登却蓬壺嶠。

(下。浄上)吖喲，氣壞哉，氣壞哉，個小王騎拉馬上，何等興頭，何等軒昂！我老孫不第，也罷，等我居去，羮裏勿着飯裏着，必要拉小王身上出口氣丢。(唱)

【尾】弄機關，做圈套，誰識我暗中奧妙？只教你萬不如我咱的氣便消。(下)

參相

(外吊場)碧玉堂前列管絃，真珠簾捲裊沉烟。不聞閫外將軍令，只聽朝中天子宣。吾乃万俟丞相府中堂候官便是。我家丞相，真個官高極品，累代名家。身居八位之尊，班列群僚之上。論文，對先聖夜讀詩書；論武，總元戎時觀韜略。巍巍駕海紫金梁，兀兀擎天碧玉柱。休説官居極品，先誇相府軒昂。泥金樓閣，重簷疊畫棟，直上一千層；碾玉欄杆，傍水臨階前，連着十二曲。窗横面面碧琉璃，磚瓦行行紅碼碯。屏前翡翠，獸爐中噴幾陣香風；簾捲蝦鬚，仙仗間會三千珠履。門排畫戟，坐擁金釵。響噹噹的玉珮聲摇，明晃晃的珠簾色耀。後堂中安着一張影玲瓏、光燦爛、數十層雕花刻草八駿象牙床，正廳上放着四圍香散漫、色鮮研，幾多様描鸞繡鳳九頂蓮花帳。金間玉，玉間金，雕鞍寶鐙；紅映紫，紫映紅，繡褥花裀。人人道是御橋邊開着兩扇慷慨孟嘗門，㈠個個誇傳鳳城中蓋着一所異様神仙窟，説不盡威傾中外，言不盡富貴千般。真個世間宰相府，天上蕊珠宫。道猶未了，相爺出堂也。（下。付、丑唱。淨上唱）

【引】幾年職掌朝綱，四時燮理陰陽。一人有慶壽無疆，兆民賴安康。

爵尊一品，爲天子之股肱；權總百僚，乃朝廷之耳目。廟堂寵任，朝野馳名。威鎮遼金而不敢南犯，才兼文武而每欲北征。正是一片丹心能貫日，四方志氣可凌雲。老夫覆姓万俟，名卨，職授當朝宰相。咳，咳！年過半百，止生一女，年已及笄，尚未婚配。今見新科狀元王。（付、丑）王十朋。（淨）那裏人氏？（付）温州永嘉縣人。（淨）人品如何？（付、丑）才貌雙全。（淨）你們在那裏見來？（付、丑）瓊林宴。（淨）我欲招他爲婿，未知緣分若何？（丑）小姐瑶池閬苑神仙，（付）狀元天禄石渠貴客。（丑）若成兩姓姻緣，（付）不枉天生一對。（淨）哈，哈，哈！這些官兒，到也會講。他今日必來參謁，爾等先露其情，然後通報。（付、丑應。淨）來！（付、丑）有！（淨）若與諸進士同來，這話不必提起。（付、丑應。淨嗽下。付）暫領丞相語，（丑）專等貴人來。（小生上）

【引】十年身到鳳凰池，一舉成名天下知。（生上）脱白掛荷衣，（末上）功名遂，少年豪氣。

㈠ 嘗：原作『常』，據汲古閣刊本《繡刻荆釵記定本》改。

（小生）下官王十朋。（生）下官王仕宏。（末）下官周壁。（小生）昨日赴宴瓊林，（生、末）今日應參閣下。（軍）已到閣下。（同）通報。（軍）門上那位爺在？（付、丑）什麽人？（軍）新狀元拜。（又軍）諸進士參。（付）説我們出迎。（軍）堂候爺出迎。（同）迴避。（軍下。付、丑）吓，貴人！（同）堂宰！（付、丑）恭喜！（同）相煩！（付、丑）擊雲板，相爺有請。（淨嗽。付）新狀元拜。（丑）諸進士參。（淨）都到了？（付、丑）都到了。（淨）啓中門。（付、丑）啓中門，相爺出迎。（淨）吓，殿元。（同）老師相。（淨）列位請！（同）不敢！老師相請！（淨）連城之璧，世不常有，合浦之珠，人所罕見。得接丰儀，實出萬幸。謹請先行，勿勞過遜。（同）不敢，老師相三台元老，晚生們一介寒儒，只合執鞭隨鐙，焉敢並駕齊驅？（淨）謙讓之情雖有，賓主之禮豈廢？還是列位請。（同）不敢！還是老師相請！（淨）殿元執意不行別，老夫只當引道。（同）老師相。（淨）列位。（同）老師相請台坐，待晚生們參拜！（淨）既承光顧，何勞賜拜？（小生）地砌玉階，恭上萬言之策。（生）名登虎榜，濫叨千物之先。（末）揣分玉瑕，撫躬知愧。（淨）君子六千人，定霸咸期於一戰；㈠扶摇九萬里，冲霄遂冠於群飛。㈡諸進士皆可畏之後生，殿元乃無雙之國士。看坐。（同）老師相在上，晚生們怎敢坐？（淨）既承光顧，應奉一茶，那有不坐之禮？殿元，這是鼎甲舊規，有屈了。（小生）不敢！（淨）這是翰林的舊

㈠ 於：原作『與』，據《崑劇傳世演出珍本全編荆釵記》改。

㈡ 霄：原作『宵』，據《崑劇傳世演出珍本全編荆釵記》改。

例，也有屈了！（生）不敢！（末）吓，老年伯。（浄）年侄，老夫聞知年侄到京，本當差個官兒來奉迎下榻，奈場事即近，不得相邀，直至今日迎迓，少敘了。（末）小侄一到京，本欲即來參謁老年伯，奈場事在身，恐惹嫌疑，拜遲勿罪！（浄）豈敢！（末）老年伯請台坐，待小侄另参！（浄）不消，常禮。（末）從命。（浄）也有屈了。（末）不敢！（浄）這是敝年家之子。（同）貴年家，告坐。（浄）不得手奉了。（同）不敢！（浄）這殿元貴處是？（小生）温州。（浄）還有一位也姓王。（小生）此位。（浄）就是足下。（生）是晚生。（浄）請，殿元大魁天下，又有一位連榜，豈非是文獻之邦？哈，哈，哈！請！（同）請！（浄）殿元好佳作！如蒼松古柏，天然佳景，錦心繡口，巧奪天工。老夫閲榜之後，不覺生風耳。（小生）郡乏庸才，勉爾來試，忝蒙天眷，皆賴老師相提携。（浄）阿呀，阿呀！豈敢？有了衙門了？（小生）有了。（浄）除授在？（小生）江西饒州僉判。（浄）好吓！江西乃魚米之地，富貴之鄉。老夫方伯時，曾到過，但地方窄小，不足以展殿元這等大才。正所謂大才而小就了。阿！若論這等大才，還該借重館閣，早晚也好請教，怎麽選了外任？也罷，暫到貴治，不久榮着本衙門，還可請教。（小生）晚生驟膺一命，民社之事，素所未諳，容赴任時，還要拜求大教。（浄）豈敢！可曾領憑？（小生）還未。（浄）容易，容易。哈哈！（小生）多謝老師相！（浄）足下文藝詞章，不亞河東三風；珠璣滿腹，豈誇荀氏八龍！老夫亦有榮光。（生）晚生拙作，愧不成章，有污老師相尊目。（浄）豈敢！豈敢！也有了貴治了？（生）有了。（浄）除授在？（生）廣東潮陽僉判。（浄）廣東潮陽，阿呀！這位的衙門與殿元有天壤之分了，老夫任兩廣時，也曾到過，雖云暫缺必陞，但一朝一夕也難，吓，只怕還没有領憑。（生）還未。（净）在殿元分上別有處。哈，哈，哈！（生）多謝老師相！（净）這，敝年家周静軒之子，静老存日，與老夫最契，若在，也與老夫同事了。不道他棄世以來，使我常懷悲悼。今見其子成名，不覺悲喜交集，聞他在貴地作推。（二生）敝地作推。（净）好吓，在京兩同年，出京兩治下。二位反要稱他是公祖。（二生）同年公祖。（净）噲！老公祖！老公祖！哈，哈，哈！（末）不敢！（净）仕途上無非一段佳話，（一）敝年侄雖則青年，却肯留心世務，前日看他的文字，還可去得，但貴鄉是大邦，那些民情利弊，未能全曉，還望二位一一指南，成全他做個美官，不惟民生受福，亦且年譜上有光。哈，哈，哈！（二生）老師相垂情故舊，加意後學，晚輩聞言感激不勝。自愧愚陋，敢不竭其區區？（净）同年故舊，惟望指南。（同）告辭。（净）爲何去得能迫？（同）各衙門還未去，先來參謁老師相。（净）阿呀呀！ 足感盛情。（同）豈敢！（净）就是各衙門知道在老夫這裏敘話，去遲些也不妨。（同）恐絮煩。（净）如此，二位先請，殿元還有話講。（生、末）今日得入高門下，猶如錦上再添花。（净）恕不送了。（生、末下。净）殿元，當今處世，那些因情戇直，一些也用不着，一味圓融爲上。（小生）全賴老師相指教！（净）西捲棚擺飯。（付、丑應。净）好，今科高掇，都是一班少年英俊，此乃聖天子之洪福。（小生）多蒙老師相過獎！（净）豈敢，豈敢！請！（小生）請！（净）這，老夫有句話，本當差個官兒

（一）仕：原作『任』，據文義改。

兒到貴寓來相懇個便纔是，猶恐不的，(一)今蒙光顧，不如面成了罷。（小生）不知老師相有何台諭？（浄）咳，咳！　老夫年過半百，止生一女，年已及笄，尚未婚配。老夫的愚意別，欲招殿元爲坦腹，不用選財納禮，目今就要完姻。哈，哈，哈！（小生）多蒙老師相不棄寒微，感德多矣！（浄）阿呀，阿呀！豈敢！　豈敢！（小生）奈家有寒荆，不敢奉命。（浄）吖！　殿元有了尊閫了！（小生）是。（浄）好吓，少年高掇，又逢早娶，真乃洞房金榜，全美吓，全美，全美，啊，只是還有一講，自古富易交，貴易妻，此乃人情乎。哈，哈，哈！（小生）宋弘云：　糟糠之妻不下堂，貧賤之交不可忘。朋雖不敏，請自思語！（浄）哂，會講話！　老夫這等說，殿元又是那没樣講去了。想當朝宰相招汝爲婿，也不辱没了你。則這一句，殿元再没得講了，哈，哈，哈！（小生）停妻再娶，猶恐違例。（浄）例？　哂，（唱）

【八聲甘州】窮酸魍魎，（衆接唱）對爺行輒敢數黑論黃，妝模作樣，惱得爺氣滿胸膛！（小生接唱）平生頗讀書幾行，豈肯紊亂三綱並五常？（衆）斟量，不如順從俺公相何妨？（浄接唱）

【前腔換頭】端詳，這鯫生伎倆，怎做得潭潭相府東床？　出言挺撞，那些個謙讓溫良？（小生）微名忝登龍虎榜，怎肯棄舊憐新做薄倖郎？　參詳，料烏鴉怎配鸞凰？（衆接

(一) 的：原作『低』，據文義改。

【解三醒】王狀元且休閑講，這姻親果是無雙。當朝宰相爲岳丈，論門户正相當。（小生）寒儒怎敢過妄想？自古道糟糠妻不下堂。（淨接）嗄，忒無狀，把花言巧語，一訕胡謊。（衆接）

【前腔】千推萬阻，靡恃己長，只怕你舌劍唇鎗反受殃。（小生）停妻再娶命先喪，嗳，又何苦恁相央？（下。衆）殿元徉徜而去。回覆相爺，啓相爺：殿元徉徜而去。（淨）他去時可曾説些什麼？（衆）説又何必苦相央！（淨）吖，他是這等講？嘿，嘿，嘿！初貧君子，天然骨格尤存；乍富小人，不脱貧寒之態。那個來相央你！啊，誰來相央着你！（唱）豈不知朝綱中選法咱執掌，少不得禍到臨頭燒好香。呸，不輕放，定改除遠方，休想還鄉。

他方纔説除授在？（衆）江西饒州僉判。（淨）那個王呢？（衆）廣東潮陽僉判。（淨）去對吏部官兒説，把他二人更相調轉。（衆）一樣衙門，爲何要更相調轉？（淨）你們不知，江西乃魚米之地，廣東乃烟瘴之所。我把這畜生，改調潮陽禍必侵，（衆）此行必定喪殘生。（淨）平生不作皺眉事，（衆）世上應無切齒人。（淨）他明日出京，必來辭我，吩咐門上官兒，不許通報。（衆應。淨）來。（衆）有。（淨）連那手摺也不容留。（衆應。淨嗽下。生、末亦下。丑）一段好姻緣，（付）當面錯過。（丑）此人没福，（付）是個書獃。（丑）丢了造化。（付）豈不可惜？（丑）請吓！（付）請吓！（同下）

前發書

（小生上）

【醉落魄引】鄉關久别應多慮，幸登高第得遷除。下官王十朋，臨行時蒙岳丈接取老母、山妻一同居住，又贈盤費。到京得中狀元，除授饒州僉判。昨日參謁万俟丞相，爲招贅不從，被他拘留在此。意欲寄封音書回去，報母親知道。恰有公差承局往温州公幹。昨日約他到來取家書，怎麽還不見到來？長班。（丑暗上應。生）承局到來，即忙通報。（下。末上）傳遞急如火，官差不自由。自家承局，往温州府公幹，昨日王狀元相約，要寄家書回去，此間已是王狀元寓所，有人麽？（丑）是那個？（末）相煩通報，説承局要見。（丑）請少待。老爺有請。（小生）什麽事？（丑）承局在外。（小生）請進來。（丑應）老爺請你進去。（末）吓，狀元老爺！（小生）承局請坐。（末）有坐。狀元老爺，書可曾寫完？（小生）寫完了。不知幾時起程？（末）公文緊急，今日就要起程。（小生）本欲奉薦使好，争奈去促，有白銀二兩，權當路費。（末）小子此去便道，狀元分上，怎好受？（小生）莫嫌輕，請收了。（末）如此多謝！（小生）此書寄到温州城雙門巷錢貢元家投遞。（末）狀元姓王，爲何寄到錢宅去？（小生）就是我岳丈家中。（唱）

【懶畫眉】煩伊傳遞彩雲箋，到我家庭可代言。道因參相府被留連，一時未得歸庭院，（末接）一紙家書抵萬言。

告辭。（小生）有勞！路上小心。（末）領命，請了！（下。報人上）陞遷已報過，改調傳情到。報人要見。（丑）候着。啓爺，報人的要見。（小生）着他進來。（丑）報人呢？（報）在。（丑）老爺着你進去。（報）老爺在上，叩頭！（小生）報何事？（報）報王士宏老爺改調饒州僉判，王十朋老爺改調潮陽僉判。（小生）知道了，明日領賞。（報）謝爺！（下。小生）吖，這是万俟怪我不從招贅，所以有此改調。丞相吓丞相，我心金石，不可轉也！我心匪席，不可卷也！磨滅我何用。只怕承局已去，怎麽好？也罷，待有便人，再寄書回去便了。咳！

只爲高堂白髮親，難忘荆布與釵裙。

虧心折盡平生福，行短天教一世貧。（下）

改書

（浄上咳）

【雙勸酒】儒冠誤身，一言難盡。爲玉蓮可人，常懷方寸。但得他配合秦晉，那時節燕爾新婚。

踏盡洛陽城，荷衣不上身。紅鸞勿照吊，二事可縈心。咳，天下竟有争勿穿抱勿平，再無場化説苦處個樣事務。何也？假如我孫汝權家私頗厚，田地廣有，腹中實塞，人才又出衆，六裏個樣勿如别人？爲子個家婆没，淘盡子閑氣。好笑王十朋，平昔日脚個打扮，尤其可笑，(一)頭上油簍能個一頂破方巾，身

(一) 尤：原作『由』，據《崑劇傳世演出珍本全編荆釵記》改。

上千補百衲一件醬色海青，脚上滴溜溜轉個一雙欠底襪，收舊擔上，收一雙忒頭落配一雙破鞋子，(一)個面孔紙錢灰色起子，頭頸裏鷄肉䏬子到有拳頭大，也要軋拉我裏社中，但逢會期，我裏個星朋友，千方百計，(二)拿裏頭上套個柴圈，身上縛裏兩個羊尾巴，還要拿裏深遠之處，孔而挖之，一陣眼勿見，打得他昏頭答腦，以爲衆人之樂也。勿道裏竟交起時運來哉，錢老貢元要招他爲婿。我一聞此言，就央張姑媽至親作伐，勿怕勿成。隔得勿多幾日，石聲能一個錢玉蓮，竟嫁子王十朋丢去哉。咳！使我寢食不安，無可奈何。罷哉！生米煮子熟飯丢哉！等我上京去，中子狀元，擺佈小王，算計個老錢。一個狀元，穩穩拉我荷包裏個滑，那説搭手個亦不俚搶子去哉。咳，小王吓小王！你在家占我洞房花燭，到京奪我名魁金榜，再勿道討家婆，竟要趕與上大堆個丢。那万俟丞相也要招他爲婿，若是招我老孫做女婿，我就踱得上去，説岳丈，泰山，阿伯，丈人，外公，阿爹，小婿，門婿，劣婿，愚婿，一一奉命，一一奉命，有何不可？阿要奇丢？像是嬰頭丢頸，到對子俚説：『家有寒荆，不敢奉命。』那其間惱了這件大東西，説不尊擡舉，與我叉他出去。麥頭頸個一賞，大失其體，(三)乏趣而歸，乏趣而歸。咳，小王吓小王！你雖有才，而不見機，應該替我商量商量，賊呸没招贅拉相府子，拿屋裏其人，讓拉學生子，亦顯

(一) 配：原作『盼』，據《崑劇傳世演出珍本全編荊釵記》改。
(二) 方：原作『萬』，據《崑劇傳世演出珍本全編荊釵記》改。
(三) 失：原作『惜』，據文義改。

得朋友面上，多情義氣，亦全美子兩邊，那間弄得兩勿討好。又聞万俟丞相將他改調潮陽，此去有八千餘里，(一)書信一時難到。趁此機會，到屋裏去尋着子張姑媽，我不嫌殘花敗柳，續了這段姻緣，豈不美哉也？正在躊躇之際，忽然我裏男呸來說：相公，阿有家信寄居去？我說何由得便？男呸說：有省塘承局要往温州公幹。我説極好個哉，且去叫裏得來，亦説到王狀元丢去哉。且住，我想承局此去，狀元必有家書來往。阿呀我個老天吓！若該是我個姻緣没，走到街上撞着承局，叫裏到下處來，將他家書改作休書，那玉蓮穩穩是我的。哈，哈，哈！男呸丢，我到街上去踱踱，倘然遇着承局，一淘到下處來，叫呸丢，千乞勿要答應。(内應)讓我拉小街上溸拉大街上去。(末嗽。净介)咦！來個好像承局，讓我不一彭裏使使。(末上念)

【前腔】官差限緊，心中愁悶。途路苦辛，怎辭勞頓？只恐怕誤了公文，那其間有口難分。

(净彭介)阿呀呀！六個賊，個一條大路，拿學生是介一彭，豈有此理哉！(末)阿呀呀呀！是那個吓？(净)吓，兄有些面善，莫非是承局兄麼？(末)小子是承局。(净)阿呀呀呀！多時勿曾看見，發福哉！尊鬚也長哉。久違久違！(末)相公好吓！(净)阿認得小弟哉？(末)相公尊姓是，這個，這個，咳！一時到想不起了。(净)咦！寒温子半日，連答學生個姓纔勿曉得個來介。(末)就在口頭，一時到忘了。(净)學生没，温州城裏牽線活。(末)吖，原來是孫半州相公，阿呀，阿呀！久違

(一) 此去有：原作『有此去』，據《崑劇傳世演出珍本全編荆釵記》改。

了！相公一向好？（淨）不敢！不敢！聞得兄往敝地公幹，奢了打個條路上來？（末）在王狀元寓所，取了家書，故爾從那邊來的。（淨）狀元下處去歇來，個没立定子，等我看看介，勿差，頭上脚上纔是狀元下處去歇來，去歇來。（末）相公爲何如此大悦？（淨）不是吖，當今時世，勢利爲先。我兄先而又先，先而又先。（末）怎見得小子勢利？（淨）那王梅溪是學生同窗好友，中與不中，相推相讓，兄看見裏中子狀元，忙忙然替裏寄家信，見學生勿中没，人頭在勿認得哉。倘或小弟也有家信是勿見得肯帶去個哉！（末）順風吹火，用力不多。相公有書，小子亦可帶去。（淨）吖，也肯帶個？（末）自然吓。（淨）到是一個難題目。（末）什麽難題目？（淨）小弟信還勿曾寫來。（末）同到貴寓，寫起書來，待小子帶去如何？（淨）極好哉！請吓！請吓！不用轉長街，又不用過短巷。（末）貴寓在那裏？（淨）幾裏是哉，請進去。（末）相公請！（淨）請吓！請吓！（末）待我放了包裹，相公奉揖了！(一)（淨）不敢！不敢！方纔是嚼咀，勿要見怪。（末）豈敢！（淨）請坐！請坐！男呸丢，客人拉裏，拿茶出來。（末）不消。（淨）吓，那説纔勿聽見，勿是吓，我裏個星阿價丢，見學生勿中，没興得極，纔到街上去買點安息香、肥皂之類，居去騙朋友個酒喫哉。吖，有理哉，兄有便銀三星，請到酒肆中自去解懷，讓小弟寫起書來。（末）相公寫起書來，待小子等一等就是了。（淨）小子有一個毛病，不拘做文章謄詩稿，只要立一個人拉旁邊，一個字脚脚纔寫勿出，個没那處？（末）吖，如此待小子自飲三杯酒，相

(一) 揖：原作『一』，據《崑劇傳世演出珍本全編荊釵記》改。

公早寫萬金書。（淨）看兄不像老江湖，不像老江湖吓！（末）怎説不像老江湖？（淨）京都酒肆中，人多嘈雜。〔一〕兄包裹内必有要緊之物，倘兄三杯五盞，一時失錯，到是小弟負累之兄哉。（末）依相公便怎麽？（淨）依小弟個主意，兄竟拿包裹放拉幾裏，兄竟去喫物事，等小弟寫起書來，兄喫完子物事，原到此地來，拿書帶包，拿包帶書，豈不兩便乎哉吖！（末）吖！相公恐小子去了不來，要這包裹做個押頭，可是？（淨）阿俗氣哉！俗氣哉！（末）我今放在此處，小子去去就來。（下。淨）轉來，轉來，拿子去，哈，哈，哈！不使萬丈深潭計，怎得他人一紙書？等我關上子門拉介，那個歇就是皇帝來，只好立介立個哉。咦！奇怪，鼻中甚覺香韻，透腦之香，香從何出？吖，香從包裹内。阿呀，奢了香得賊介肉骨肉細個介？包中之香，甚有憐香也吖，阿呀！我個老天吓！若該是我個姻緣没，一拿就是，奢了跎跎嗒嗒介，多哈結拉上，只怕裏做個記認拉丢個，到要記明白個。一個結，二個結，三個結，是介一繞丢個。（作看介）此封書煩寄到温州城内雙門巷錢老貢元岳父大人親手開折。哈哈哈，個也奇哉！我説該是個我姻緣，一拿就是，那説當真就是俚。正所謂破鏡再圓，紅葉逆流。古之聖賢，信非謬矣，信非謬矣！老錢開折，阿，老孫代勞了。男四丢，勿要張頭探腦，要奢没叫四丢没哉！（吟詩。念介）男百拜拜覆，母親尊前妻父母，離膝下到都。一舉爲名身掛緑，除

〔一〕多嘈：原作『由竟』，據《崑劇傳世演出珍本全編荆釵記》改。

授饒州僉判府。帶家小臨京往任所，寄家書付承局。草草不恭兒拜覆。咳！功名不遂，何足掛齒？可人被奪，怏怏於心。一向使錢用鈔，皆無根盼，那個歇有子一對書，就有子墻壁拉裏哉。正所謂先得基，後完牆。揑成門徑之道，(一)架起瞞天之勢。勿要説空中樓閣，就是無樑殿没，也造得成裏哉。干淨副啓，現成拉裏，等我磨起墨來。第一句是『男百拜拜覆，母親尊前妻父母』，兒子寄家信拉娘，自然百拜之稱，勿消改得，竟寫没哉。（干唱）

【一封書】男百拜拜覆，母親尊前妻父母。母親尊前妻父母，只此一句，兩家可以週全，個狀元應該俚做個。讓我勿落子拉介。離膝下到都，一舉爲魁身掛緑。噲，荷衣掛緑，正經事務。(二)請教，那好改？有理哉，兩句改子一句没哉。孩兒已掛緑，勾落子介。除授饒州僉判府，這句也是要的，除授饒州僉判府。勾落子介。帶家小臨京往任所也是要的。慢點，帶家小臨京往任所，那説個句也是要個？倘然裏帶子去没，學生到絶望哉滑！改書呀！個句要個，介句亦是要個，勿是改書，直脚拉裏抄書。我想要改没打個句上改起，壞良心從個句上壞起。改奢個没好？吖，有理哉，就拿万俟丞相招贅個段事務寫俚拉上。（干念）另贅万俟丞相府。俚没贅居拉幾裏子，拿屋裏個要發脱開來。吖，有理哉。（干念）可使前妻别嫁孫汝權。慢來，慢來。話巴，話巴，温州城裏姓張姓李，多得極，必竟要嫁孫汝

(一) 徑：原作『景』，據《崑劇傳世演出珍本全編荆釵記》改。
(二) 正：原作『真』，據《崑劇傳世演出珍本全編荆釵記》改。

權，個叫不問而自招，況老錢肚中極富，個樣事務落裏騙得信到難哉！　亦要像我，亦要勿像我，遠遠能兜轉來，影影能原要像我，阿是難哉？（吟介）可使前妻別嫁，可使前妻別嫁、別嫁他。　好吓！　竟是他，阿勿好？　他是何人我是誰？　誰字罷，勿好。　可使前妻別嫁、別嫁我。　好，我字大通。　着着實實，竟是我。　可使前妻別嫁我。　阿呀，勿是個！　勿是個！　個封是王十朋寄個，可使前妻別嫁我没，原嫁子王十朋哉滑，阿呀，勿好哉，狀元個書信，不我拆開拉裏哉，倘然承局撞得來，非但相打相罵，連答官司跋涉，纔有拉哈。　阿呀，天地神聖爺爺，要急斷肚腸個哉。　那没那處？　且住，我聞得古人有七步成章，等我來步介步，或者步將出來，亦未可知。　勿好，要打頭上念起個。　男百拜拜覆，母親尊前妻父母，孩兒已掛緑，除授饒州僉判府。　另贅万俟丞相府，可使前妻別嫁夫。　如何？　我説要步個一步没，就步子出來哉。　快點寫拉上。（念）可使前妻別嫁我、他、誰。　阿呀，亦忘記哉，勿好，原要步丢。（吟）另贅万俟丞相府，可使前妻，阿呀，可使前妻別嫁，可使前妻別嫁、別嫁夫，夫，夫。　阿呀，我個老天吓！　呒早點出子頭没，何消這樣半日？　夫字大通，竟是夫。　可使前妻別嫁夫。　寄家書，呒，寄休書。　且住，聞得此女性子勿好，再拿一句安慰俚介。　免嗟吁，我到饒州來娶汝。

汝者，他母也。　做個扁蒲裏雞叫，葫蘆提裏使使。（看介）好吓，一句是一句，兩句是一雙。　小王自幼同窗，字跡相同，勿要説老錢看勿出，就是神仙，那曉得是我套寫的？　等我封好子拉介，漿也有拉裏。（封介）信面上那個寫？　吖，賊介兩個字，此書煩寄到温州城内雙門巷錢老貢元岳父大人開拆。　方纔是三個結，拉一繞一個結，兩個結，三個結，喑嘿嘿嘿！　到子塔尖頭上，到抖起來哉。　等我連夜趕到屋裏去，尋着子張姑娘，不點銀子裏用用，讓裏姑嫂兩個，咭力甲喇，甲喇咭力，淘渾子水，就好捉魚哉。個一封没，要當珍寶藏之。　吖唷！　鬧子半日，纔斡子別人個正經，自家一個字脚脚勿曾寫來。　干净副啓現成，吖，有理哉。（寫介）不肖豚兒孫立，㈠入簾苦楚難述，可笑今科試官，與我殺父仇隙。　題目蹊蹺古怪，所以難詳難測。　肚皮扭得生痛，孔竅盡皆填塞。　想得昏頭搭腦，糊亂塗了幾筆。　房師一見笑倒，主試喝令逐出。　待等天明揭曉，報喜報了隔壁。　母親封誥尚容，父親封君未及，未及。　好極，好極！　只六得剪截。　讓我封好子，寫子信面拉介，此封書煩寄到温州城内五馬坊孫半州家。㈡就叫男呸頭落地，承局來没也勿怕裏哉。（末上）折梅逢驛使，寄與隴頭人。　開門，開門！（净）吖，來哉，來哉，是六個？（哈軒。末）小子來了。（净）阿呀，失陪！　失陪！（末）多承了！（净）豈敢！　豈敢！（末）書可曾寫完？（净）寫完子半日哉，等兄勿及，打子一個磕沖哉。（末）小子貪杯了。（净）奢説話？　哪，兄個包裹？（末應。净）慢點，阿要檢點檢點？（末）説那裏話！（净）個是小弟個家信，有白銀幾兩，以爲路敬。（末）方纔領過了。（净）莫嫌輕，請收了。（末）多承！　多承！　到了府上，可有什麽話説？（净）看見子家父是，（干唱）

㈠ 豚：原作『遯』，據《崑劇傳世演出珍本全編荆釵記》改。
㈡ 家：原作『字』，據《崑劇傳世演出珍本全編荆釵記》改。

【朱奴兒】説因科舉離鄉半春，從別後斷羽絶鱗。今日天教遇你們，趁良時附歸家信。（合）還歷盡山郭水村，指日到東甌郡。

（浄）不憚山高與路長，（末）此書管取到華堂。

（浄）不是一番寒徹骨，（末）怎得梅花撲鼻香？

請了。（浄）請了。兄請轉。（末）相公有何話説？（浄）兄，還是旱路去呢，水路去？（末）公文緊急，旱路而去。（浄）吖，旱路去個没，居來會哉。（末）府上會，請了！（下。浄）請了！請了！哈，哈，哈！但願個老錢一見此書，信以爲實，竟把玉蓮嫁與學生，那時妙之可也，兩下如鴛交頸，含吐丁香之舌，惜其育精，迎歸揺擺之聲，不可聽也。我到子做親個夜頭個面孔是，哈，哈，哈！我到子做親個夜頭，個面孔是，哈，哈，哈！好快活！好快活！（下）

前拆

（老旦、占同上）

【二犯傍妝臺】意懸懸，倚門終日，望得眼兒穿。自他去後歷鏖戰，杳無一紙信音傳。都應他在京得中選，因此上無暇修書返故園。他既登金榜，怎不錦旋？教人心下轉縈牽。（末上唱）

【賺】渡口離船，早來到錢家宅院前，咱不免偷閑先下彩雲箋。有人麽？（老）呀，（唱）甚人言？原何直入咱庭院？（末接）爲一舉登科王狀元。（老）那個王狀元？（末）是梅溪老爺。（老）吖，是小兒。（末）呀，元來是太夫人，失敬了！（老）先生尊姓大名？（末）小子省塘承局。（老）承局哥。（末）不敢！（老旦）到此何幹？（末）太夫人，（唱）因來便，特令稍帶家書轉。（老）媳婦，你丈夫有書回來了。（占介）便是。（老唱）喜從人願。

承局哥，（唱）

【前腔】他爲何不整歸鞭？付與書時曾說甚言？（末接）教傳語，道因紊丞相被留連。（占）婆婆，留連是不回來了。（老）媳婦，（唱）你且免憂煎，可備些薄禮酧勞倦。（占）吖，（唱）就把銀簪當酒錢。（老）吓，先生，（唱）物輕鮮，權爲路費休辭免。

（末）狀元那裏領過了。告辭。去心如箭。（下。老）媳婦，拿了書，同去送你父母知道。（占應。同唱）

【皂角兒】想連年時乖運蹇，喜今日姓揚名顯。步蟾宫高攀桂仙，跳龍門首登金殿。把宫花斜插在帽簷邊，瓊林宴勝似登仙。（合頭）早辭帝輦，榮歸故園，那時節夫妻母子，大家歡忭。

（占）爹爹母親有請。（外上、接唱）

【尾】鵲聲喧燈花焰，媽媽，果然今有信音傳。（付）李成家婆，（接唱）准備華堂開玳筵。

（外、付）親母。（老）親家，小兒有書回來了。（外）那個寄回的？（老）是承局寄來的。（外）吖，是承局。（老）媳婦，送過去與親家開拆。（占）是。（外）吓，吓，吓，送與婆婆開拆。（老）還是親家請。（付）慢點，勿要推，看信面上六個開拆没，就是奢人開拆。（外）也説得是。取來我看。（占應。外）此封書煩寄到温州城内雙門巷錢老貢元岳父大人開拆。哈，哈，哈，媽媽，是我開拆。（付）呸是三尾子勿上門個。（外）爲什麽？（付）開拆没阿是三尾子勿上門？（外）開拆之拆。（付）我道是門蟋蟀個册子。（外）你們聽了吓。（付）你們聽了吓。（付）竟念没哉。（外干念）

【一封書】男百拜拜覆，母親尊前妻父母。孩兒已掛緑，哈，哈，哈！（付）老老，奢叫掛緑？（外）中了狀元，爲之掛緑。（付）奢個？我裏女婿中子狀元哉！噲！四隣八舍，我裏女婿中子狀元哉！（老、占介）謝天地！（外）親母恭喜賀喜！（老）多謝親翁！（付又念。外）媽媽，你在那裏嚷什麽？（付）我拉裏喊破四隣，倘然地方生日，勿敢下帖子來哉。（外）呸，有麝自然香，（付）何必當風凉！（外）待我念完了。（付介）恭喜親家母！（老）賀喜親母！（付）我裏囡呸原是有福氣個耶！（外）我兒，這句寫得不好。（占）寫的什麽？（外）哪，（念。付介）奢個鬼頭鬼腦，讓我聽聽看。（外）另贅万俟丞相府，可使前妻别嫁夫。寄休書。

（付惱介）拉裏個哉？（老、占介、哭）阿呀呀！（付連念）老呸個面皮，還虧呸來！老測死個招得好女婿！（外介）媽媽，不可如此。（付）寄子休書居來，那説勿要動氣！老娼根養得好兒子！（老干念）

【剔銀燈】親家母不須怒氣，容老身一言咨啓。孩兒頗識知禮法，肯貪榮忘恩失義？須知天不可欺，決不肯停妻再娶！（付接）

【前腔】忘恩義窮酸餓鬼，纔及第輒敢無理。（一）只因賤人不度己，教娘受醃臢惡氣。如今卻緣何負你，羞殺你這丫頭面皮。

（外）媽媽，一紙家書未必真，（付）思量情理轉生嗔。（老旦）霸王空有重瞳目，（旦）有眼何曾識好人。（付）老小花娘，替我走出去！（占、老）阿呀！（哭下。外）媽媽，此事不是亂喊亂嚷的。（付）依吓那哼！（外）待我去打聽着實，然後再嚷也未遲。（付）快點去打聽，若無介事罷哉，倘然有介事没，連吓個老溷死個一淘趕出去。（外）我就去打聽。（付）暗歇進房來，舌頭根纔要咬脱吓個得來。吖喲，氣壞哉！（下。外）我就去便了。阿呀，莫信直中術，須防人不仁。方纔這封書，我欲待不信，書上筆跡明明是王十朋寫的；欲待信時，難道叫我女兒再去嫁人？阿呀！（哭介）我越思越苦，呀，越思越惱。（哭介。唱）

【步步嬌】想當日要與王家把姻親結，先送下年庚帖。見他貧窮聘禮不求些，止有一股荆釵我也再無别説。老天吓！指望百歲永和洽，誰知道半路把恩情絶！

（一）輒：原作『轍』，據《新刻原本王狀元荆釵記》改。

呀，呀，呀，呸！

【江兒水】説甚今生世，都因前世孽。王十朋，你幹了這樣短行的事別，做高官顯爵，你的名先缺。我何等待你，何等敬你，和你共處同居把全家接，喲，臨行又贈黄金貼。你忒負心薄劣，方纔也不要怪我那老乞婆吵鬧，（唱）就是活佛爺爺，吖哈，惱，惱下蓮臺自跌。

咻！

【川撥棹】忒情絶，好教人腸寸摺。待我唤李成出來，與他商議。李成那裏？（末上）一聞呼唤，即便趨迎。吓，員外爲何這般光景？（外）你可曉得王官人中了？（末）王官人中了，這也可喜，爲何反生懊惱？（外）他有書回來，休了我家小姐，贅在万俟相府中了。（末）員外，他是讀書人，只怕未必有此。（外）我也是這等説，書上的筆跡，明明是王十朋寫的，叫我如何不信？（末）這書是那個寄來的？（外）是承局寄來的。（末）那承局下處，必在府前，我同員外到府前去尋着了他，問個明白，再作區處。（外）有理，（通行此段末不上。）（外即念）到府前去打聽明白，再作道理。吖哈，向向承局問個枝葉，向承局問個枝葉。（同）好和歹和他面説，我回家好訴説，向他行好辯别。（外）

【尾】薄情人做事忒乖劣，有下稍來没下稍也。（末介）員外看仔細。（外）咳，我到罷了，（唱）只苦殺我的孩兒他也没話説。

我如今就到府前去。（末）快去。（外）就到府前去。（末）快去打聽。（同下）

三央媒

（丑上）

【普賢歌】老娘終日走奔波，來往街頭似織梭。出門誰撞我，原來是阿哥，請到家中喫饝饝。阿呀，阿哥，奢了手脚冰生冷？（外）我有事要到府前去。（丑）歇歇脚，喫呷茶拉去。（末）員外，就坐坐去罷。（丑）阿哥，我有説話問呧。（外）問什麼？（丑）京裏阿有信居來？（外）咳，不要説起。

【蠻牌令】兒婿往京畿，前日付書回。（丑）阿曾中？（外）中了。（丑）中哉，個是極好個哉。爲奢了到氣搒搒？（外）你不曉得，（唱）道重婚丞相女，自有棄前妻。我女道非夫寫的，伊嫂嫂怒從心起。（丑）個個是難辨真假。（外）真和假未知，爲此特來詢問詳細。（丑接）

【前腔】哥哥聽咨啓，不必意躊躕。（外）妹子，這莊事怎麼處？你可有熟識之人，與我去問一聲？（丑）相認個，讓我來想想看。吖，有理哉。（外）是那個？（丑）就是孫官人。（外）可就是孫汝權？（丑）一點也勿差。（外）他與王十朋一同上京去了。（丑）前日子居來個哉。（唱）他在京必知事體，諒來必知端的。何不去請來，一會把事情問個詳細。（外）也説得是。李成，（唱）你可去他宅裏，快些請來問個端的。

（末應。净上、接念）

【前腔】日裏莫説人，夜間莫説鬼。方纔説小子，小子便來至。（末）咦，孫相公却好來了。未相邀，有誰來請你？（净接）我在戲房裏聽得來的。（末接）這話諢休要提，㈠且與東人相見施禮。

（丑）吖喲，孫官人來哉。（末）孫相公來了。（净）老伯，請轉，請轉！（外）舍妹家裏。（净）奢説話？請轉，請轉。（丑）老實點，勿要推哉。（净）個没放肆。（外）請坐。（净）有坐。（外）不知尊駕回府，老夫有失問候。（净）豈敢！小子不第而歸，惶恐，還不曾來拜望老伯。（外）好説。（净）老伯，恭喜！恭喜！令婿大魁天下，于湯有光。（外）偶然僥倖，托賴福庇。（净）豈敢！豈敢！令婿除授饒州僉判，曾有書信回來？（外想介）這，還没有。（净）那説？承局還勿曾寄到。（背云）不免將機就計，搬他一場是非。看吓，老伯，令婿直脚勿是人哉。（外）爲何？（净）老伯還勿曉得？（外）不知吓！（净）呸道爲奢了無得信來？令婿入贅在万俟丞相府中了。（外）這話可是真的麽？（净）那説勿是真個？學生親眼睛見個，令婿騎一匹高馬，前遮後擁，甚是風光，遊街三日，就接絲羅。學生還送些薄禮，令婿暖房，曾叨厚擾。（外）如此説來，是真的了。（净）的確是真。㈡（丑）實勿相瞞，前日子有信居來，我裏阿哥疑疑惑惑。那間孫官人説起來，大介信上一樣個哉。（净）我説來阿是勿差？（外）所言

㈠ 諢：原作『渾』，據《崑劇傳世演出珍本全編荆釵記》改。
㈡ 的確：原作『滴却』，據文義改。

與書上相同，此事是實了。（净）我眼見個，那説有差？（丑介）我個玉蓮兒子，那没那哼？（净）阿呀，我個老伯吓！（外）吓，吓，吓！做什麽？（净唱）

【川撥棹換頭】今日咱心願續此親。（外接）奈老漢家道貧窘，有何福攀着豪門？有何福攀着豪門？（净接）休恁推言詞謙遜，今日是好日，我來拜丈人哉。阿伯請上，待做女婿個拜見。我先拜尊丈人，我先拜尊丈人。

（外）呸没廉恥！（末）員外，不要採他，我們到府前去。（外）有理，走，走。（外、末下。丑）孫官人，我裏阿哥去哉。（净）阿伯没去個哉，姑媽呸没是個原媒，個頭親事，才拉呸身上。（丑）是哉，方纔丈人是拜個哉，那間只要搭阿嫂商量，叫俚做主没是哉。（净）勿消商量，讓我去拿聘金，先送過來。（丑）個没快點去。（净）是哉，好快活！那間是新官人做得成個哉！（下。丑）真正天從人願，湊巧得及，先拜子丈人哉，我是個原媒，替阿嫂去説明子，竟賊介幹哉奢！（下）

料賬

（付上）只因一着錯，滿盤都是空。可恨王敗落，纔得進步。入贅相府，把我玉蓮休了。老老還是勿信，出去打聽真假哉。那説，個歇辰光，還勿居來介。（丑嗽上）安心做寶山，只圖眼前花。阿嫂拉丢六裏？（付）姑娘來哉，請坐。（丑）有坐。（付）呸阿曉得新文？（丑）奢個新文？（付）個王敗落中子狀元，昨日寄書信居來，説入贅在相府，把我玉蓮休了。（丑）賊介了，個是真個哉！（付）姑娘，吔落裏曉得！（丑）方纔阿哥説要問京裏下來個人，纔知真假。却好遇着孫官人京裏下來。（付）阿就是前頭説親個孫官人？（丑）就是孫半州哉耶！拉京裏居來，親眼睛看見，接受絲鞭，入贅相府。我裏阿哥還勿相信來。（付）正是，還勿肯信來，亦到府前去打聽哉。咳，當初嫁子孫家裏没，有奢勿好？勿肯依我，嫁子奢王敗落。那間到要不拉孫家裏笑哉。（丑）阿嫂，個個孫官人拉我屋裏對子阿哥，撲地個四拜。（付）爲奢了？（丑）裏心算拜丈人哉耶！（付）吖，竟拜子丈人哉。（丑）孫官人不嫌殘花敗柳，願續此姻。（付）若賊個没及好哉，勿知吔丟阿哥阿允？（丑）阿哥是勿曾允，孫官人隨即送聘金過來，揀子日脚，就要送大盤哉。（付）正賊個没哉，叫裏揀子日脚，竟來娶親。（丑）孫官人原是要好個，及肯破費。（外上）人情若比初相識，到底終無怨恨心。（付）老老居來哉，打聽消息那哉？（外）我去尋承局，誰知昨日就起身去了。（付）姑娘説，孫財主親眼睛看見，王敗落入贅相府，吔還要騙我來。（外）妹子，他們娘兒兩個好好的在家，單是你來家，就要合是合非，所以不要你上門來。（丑）奢個合是合非？王敗落入贅相府，難道也是我攛掇個了？要趕我出去。（付）當初纔是吔作主，弄得個樣光景，那間還要吔做主來。（丑）那間阿嫂，拿出主意來没哉。（付、丑同干念。外介）你們兩個商量，有什麽好事做出來！

【漿水令】你當初不依我們，到如今被他負恩。（外）世間誰是預知人，但辯得賢愚，怎計得富貴？（付、丑）難寧耐怒生嗔，顧不得外人相笑哂。（合頭）尋思起，尋思起教人怒忿。（付、丑）都是你，都是你壞了家門。

（丑）阿嫂，（接）

【前腔】那孫官人見説喜忻，他依然要續此親。（付）姑娘，（接）那人果不棄寒門，教他選日下聘成親。（外）嗳，休胡説，莫亂倫，料孩兒斷然不從順。（合頭）尋思起，尋思起教人氣忿。

（付、丑）都是你，都是你壞了家門。

（付）姑娘，呧去叫孫官人揀子好日下聘没哉。（丑）若是阿嫂允子，我就去教裏送財禮，明朝就做親。（外）胡説！一家女兒，只喫一家茶，豈有重婚之理？你這老乞婆好不達也！妹子，又要你來搬鬥是非，快些走出去！吖，哈哈！氣死我也！（下。付）老測死個，招得好女婿吓！當初是呧做主，今日要我做主哉。（丑）阿嫂，倘玉蓮勿允没那處？（付）等我自家去對裏説。（丑）極好個哉。（付）姑娘走得來。（丑）阿嫂那説？（付）姑娘，我裏囡呧雖是二婚頭，拉我面上争氣點没好。（丑）等我去説，勿怕裏勿依。（付）倘然送大盤没要冠冕點個丢。（丑）我個娘吓！呧説得來，要那哼豐盛，等我去説。（付）我心上要三千六百羹，三千六百果，每樣四盤。呧算一算，阿要幾化盤？（丑）吖，讓我算算看，三千六百羹，三千六百果，每樣四盤。二四得八，四七廿八，也勿多，只要二萬八千八百隻盤。（付）每一隻盤，四個人擡，呧算算看，阿要幾哈人夫？（丑）吖，二萬八千八百隻盤，每隻四個人擡，四八三十二，四八三十二，二四得八也。勿多，只要十一萬五千二百個人夫。（付）我想擡盤個人總要留飯個滑。（丑）自然要留個。（付）兩人合桌，呧算算看，阿要擺幾哈桌數酒？（丑）等我來看，兩人合桌，二五得十，二五得十，五五廿五，有限，(一)只要五萬七千六百桌酒。（付）賊個多哈桌數，屋裏擺勿落没那處？（丑）番道借子教場裏没哉。（付）要用兩糖四果，八大菜，十二會千，要用幾哈盆碗？有心算介算。（丑）個呷算勿出，只好去請糧房裏相公來算個哉。（付）個没進去喫介一盅，澆澆媒根。（丑）到用得着哉。（同下）

朝覲

（生上）

【憶秦娥】心如鐵，肯因權貴從人折，從人折。不辭披瀝一腔忠血。(二)

欲上封章達帝前，要除權相肅朝端。從教短髮千莖白，不改初心一寸丹。下官姓錢，名天錫，字受之，別號載和，番禺人也。夫人郭氏，寸男皆無。登第以來，授職宣城縣。今以高第徵拜侍御史兼右補缺。王命緊急，星夜赴京。院子。（院暗上應。生）吩咐梅香，伏侍夫人上堂。（院傳正上，梅香隨）

【引】憶共夫君游宦也，奈伯道眉頭結，眉頭結，願祈天祐，綿綿瓜瓞。

(一) 限：原作『現』，據《崑劇傳世演出珍本全編荆釵記》改。

(二) 瀝：原作『歷』，據文義改。

相公。（生）夫人，當今万俟卨專竊政柄，大肆奸貪。滿朝群臣，〔一〕無不側目。下官到京，必要彈他一本。倘除奸相，朝野肅清，是我之願也。（正）相公，你做閑官，論劾職掌，但世路險惡，古人每有虎口之懼，況我和你年過五旬，未有子嗣。因當惜名，猶當惜身。（生）夫人説那裏話來！（唱）

【江頭金桂】我本爲官居台棟，分孤忠在犯顔。怎好明知政府濁亂，朝班把袖裏彈。未死餘生，肯忘霄漢？（正）相公，你要剪除權相，恐流訕遭殘。不若投簪，早乞如閑，只落得揮手長安，有何縈絆？免被名利牽，但能跳出樊籠外。莫惜驅馳道路間。

（净旗牌上）那位在？（院）什麽事情？（净）各役齊備，請大老爺起馬。（院照念。生）就此起馬。

（小軍上，同唱）

【五馬江兒水】親馳風憲車，平看豹懸，旗幡縹緲，金鼓喧闐，與鞭驅馳，王事跋涉山川，叱咤風雲，驚擾疾如雷電。胸中豪氣，江漢連神陰符探討全篇，得到皇都，把謀猷展轉。（下）

〔一〕群：原作『郡』，據《崑劇傳世演出珍本全編荆釵記》改。

荆釵記曲譜三集

開　宗

（末吊場）

後本《荆釵》，狀元改調潮陽，山妻守節投江，神道匡扶，使人撈救。同赴瓜期往異鄉。孫汝權復謀姻親，脱冒是姑娘。周四府公堂明斷，奸人獄底懸樑。母子重逢，知妻溺水，血淚祭長江。赴吉安任遇承局，方知套寫書章。岳翁聞婿，悲喜兩交驤。錢安撫舟中設席，姑嫜夫妻，同會舟航。須恩詔，義夫節婦，千古永傳揚。來者王十朋。（下）

别　任

（小生上）

【稱人心】功名遂了，思家淚珠偷落。妻年少，萱親壽高。恨閒藤來纏擾，教人失笑。難貪戀富貴姻親，甘守着糟糠偕老。

辛苦芸窗二十年，喜看今日中青錢。三千禮樂才無敵，五百英雄名最先。因条相，被留連，改調潮陽路八千。憑誰爲報高堂到，慰我高堂望眼穿。下官王十朋，喜中高魁，蒙聖恩，除授饒州僉判，已曾修書回去，只爲不從奸相姻親，將同榜王士宏改授饒州，將下官改調潮陽，故爾未得起身。意欲再修書回去，奈無便人，如何是好？（長班暗上。丑隨上。生上干唱）

【普賢歌】先蒙除授任饒陽，僉判十朋也姓王。丞相倚豪强，將他調海邦，只爲不從花燭洞房。

下官王士宏，蒙聖恩除授潮陽僉判，只因王年兄不從万俟丞相親事，將他改調潮陽，把下官改除饒州。今日起程，特來拜別。（通行本此白不念。）（唱完丑接）這裏是了。（生）通報。（丑）有人麽？（長班）什麽人？（丑）王士宏老爺拜辭出京。（長班）啓爺：王士宏老爺拜辭出京。（小生）道有請。（長班）老爺出迎。（小生）吓，年兄。（生）年兄。（小生）請！（生）請！（小生）年兄請坐！（生）有坐！（小生）年兄幾時起程？（生）今日就行，特來拜別。（小生）不及一餞吓。（生）豈敢！請問年兄，相府招親，亦是美事，爲何不從，以致改調？（小生）年兄，一言難盡。（生）願聞。（小生唱）

【白練序】十年力學，今喜成名志氣豪，也只爲封妻報母劬勞。誰知那相府逼勒成親苦見

招，不從後將咱改調，此心懊惱。（生接）

【前腔】吾兄免自焦，休得見小，論吉人終須造物相保。你休辭途路遥，見説潮陽景致好。焚香告，一心靠着蒼天便了。

（外上）吏部文憑發，忙催赴任期。吓，二位！（二生）足下何來？（外）在下是吏部當該，送文憑在此。（二生）請坐。（外）二位大人。（唱）

【婆羅門賺】限期已到，請馳騎登程宜及早。（生）意難抛，今朝拜别俺故交。（小生）自懊惱，我往潮陽歸海島，君往饒州錦繡繞。（外）休嘆息，願此去各家善保，告辭，且寬懷抱。

（下。小生）恕不送了。（連唱）

【前腔】願赤心報國安民，大凡事理宜公道。（小生）望吾兄忠心一片天可表，去任所管取民歌德政好。（生接）德政好，那時民無擾。多蒙見教。（小生）乏欵曲休嗔免笑。（生）告辭。

（接唱）拜辭先造。

（小生）請了！（衆預先立上、唱。下。小生白）叵耐讒臣奸詐深，將人無故苦相侵。虧心折盡平生福，短行天教一世貧。吥！（唱）

【紅芍藥】切齒恨奸臣，將咱改别調，却將王士宏改除饒，咱受海濱勤勞。空教，空教那廝謀陷我，天憐念豈落圈套！願得夫妻母子來此永團圓，一家裏榮耀。

【前腔】到得潮陽且歡笑，其時節放懷抱。施仁佈德愛，善治權豪，官民共樂唐堯。還教，還教要訓愚共暴，當效那退之施教。但願三年任滿再還朝，加爵禄官高。

【尾聲】赤膽忠心報皇朝，功名富貴人難效，姓字淩烟閣上標。

（通行下。）

逼勒成親苦不從，認教桃李怨東風。

饒伊使盡千般計，天不容時總是空。（下）

後　逼

（付上、千念）

【字字雙】試官没眼他及第，得意。貪圖相府多榮貴，入贅。不思貧窘棄前妻，忘義。叵耐窮酸太無知，嘔氣。

黄柏肚皮甘草口，才人相貌畜生心。㈠可恨王十朋忘恩負義，棄舊憐新，把我玉蓮休了。喜得那孫官人不嫌我女兒殘花敗柳，願續此姻，仍央姑娘爲媒。想他那裏重婚，我這裏再嫁。不免唤玉蓮孩兒出來，

㈠　才人：原作『人才』，據汲古閣刊本《繡刻荊釵記定本》改。

與他説知。吓，玉蓮孩兒那裏？（占上）吖，來了。（唱）

【引】奈何奈何，信讒書母親怪我。

母親萬福！（付）罷哉，坐子。（占應。付）咳，早知今日，悔不當初。（占）母親何出此言？（付）今早你爹爹出去打聽你丈夫消息，果然贅居相府，把你休了。想他那裏重婚，我這裏再嫁。那孫官人不嫌你殘花敗柳，願續此姻，仍央姑娘爲媒。呸阿要拿個鞋泥脚手端正端正。（占）告母親知道。（付）坐子拉説。（占）王秀才乃賢良儒士，未必辜恩負義。錢玉蓮乃有志婦人，豈肯再醮他人！若果然贅居相府，孩兒情願守節。（付）守節，守節，只好口説。要知山下路，須問過來人。我當初守得住没，勿嫁呸丟爺哉。吖喲，一刻纔難守個嘘。（占）母親，這傷風敗俗的話，切勿提起。（付）兒吓，你且耐着性兒，聽我道來。（唱）

【孝順歌】那孫員外家富足，他們有的是金共玉。你一心要嫁寒儒，緣何棄撇汝？（占接）容奴禀覆，未必是兒夫將奴辜負。那一個横死的賊徒，特兀地生嫉妒。（付接）這紙書你重看取，他明寫着贅入在相門府。（占接）

【前腔】書中句都是虚，啐！没來由認真閒氣蠱。他曾讀聖賢書，如何損名譽？（付接）他是窮酸餓醋，棄舊憐新，情如朝露。你兀自不改前非，你又敢胡推阻。（占接）富與貴人所欲，論人倫焉肯把名污？（付接）

【前腔】（通行不唱。）他登高第身掛緑，侯門贅居諧鳳侶。（占接）他爲官理民庶，必然守法度，豈肯停妻再娶？（付接）焉見得負恩忘義，把人輕覷？因甚苦死執迷，不聽娘言語？（占接）空自説要改嫁奴，寧可剪下髮去做尼姑。（通行付接此曲。）

【前腔】賊潑賤敢來抵觸我，告到官司打你個不孝婦。（占接）官司要厚風俗，終不然逼奴去再招夫。非奴抵觸。（付接）惱得娘的心頭騰騰發怒，我便打死你這丫頭，罪不及重婚母。（占接）你便打死奴做個節義婦，若要奴再招夫，直待石爛與江枯。

（付）住子，石頭怎得爛？江水那得乾？呸阿敢説三聲勿嫁，我就饒呸！（占）孩兒不嫁，不嫁，真不嫁！（付）吖喲，好像觀音山轎子，幾家幾家又幾家。呸既然勿嫁没，釵環首飾探下來。（占哭介。付）衣裳替我脱下來。（占）母親息怒且相容，（付）母命緣何不肯從？（占）休想門楣多喜慶，（付）我也不想女婿近乘龍。替我走出去！（占）阿呀，吓！母親開門！（付）個没呸到底阿嫁？（占）孩兒是不嫁的噓。（付）個没我門也勿開，叫呸嫁家公，奢勸呸喫酸白酒了，阿要勿色我個頭丢。（下。占）阿呀，阿呀，吓！阿呀天吓！（元）自古忠臣不侍二君，烈女不更二夫。母親逼奴改嫁，不容推阻，千休萬休，不如死休。阿呀罷！不免將身跳入江心，免得玷污此身。（元場）阿呀！（哭介。唱）

【五更轉】心痛苦，難分訴。阿呀丈夫吓！你一從往帝都，終朝望你諧夫婦。誰想今朝，拆散中途路！我母親信讒書，將奴誤。阿呀娘吓！你一心貪戀他豪富，把禮義綱常全然不顧。

【哭相思】拚向江心撈明月，教他火上弄寒冰。（哭下）

祭　河

（淨判官上）善哉，善哉，人間私語，天聞若雷；　暗室虧心，神目如點。　吾乃東岳速報司案下判官是也。今有孫汝權欲謀錢玉蓮爲妻，玉蓮立志不從，被繼母逼他改嫁，到此投江。　上帝欲救，奈玉蓮與十朋有五載分離之苦，又與錢安撫有義女之緣。　吾今托夢與他，使他撈救便了。　正是：　天地乾坤多一照，免教人在暗中行。（下。　四軍、外、小生扮中軍喝、生上唱）

【粉蝶兒引】一片襟期，清似五湖秋水，喜聲名上達丹墀，感皇恩，蒙聖寵遷除福地。

天機錦繡富胸襟，幸沐殊恩感佩深。　本欲致君堯舜日，蒼生四海盡昇平。　下官錢載和，字天錫，番禺人也。　遠離北地，來往東甌。　紫綬金章，官銜五馬，擢居太守之尊；　朱幡皂蓋，守鎮三山，陞爲安撫之職。　才兼文武雙全，德化軍民兩益。　正是：　行李未曾俱離浙，聲名先已到閩城。　喚船頭。（外、小生）喚船頭。（淨扮船頭立上）船頭下艙，船頭叩頭！（生）祭禮可曾完備？（淨）完備了。（生）喚禮生。（淨）喚禮生。（禮生上）禮生下艙，禮生叩頭！　請大老爺拈香。（吹打。　生拈香喝，三上香，贊禮）禮生告退。（下。　吹住）喚船頭。（淨）有。（外）我昨夜三更時分，有一神道托夢與我道：　今晚有一節婦投江，使我撈救。你可駕一小舟，沿江棹轉，不拘老幼，你可撈救得者，重重有賞。（淨應。生）吩咐統船。（淨應）把船統一統。（灑鑼。水浪。同唱）

【鏵鍬兒】乘槎浮海非吾願，算來人被利名牽。登舟過福建，須要防危慮險。明早動船，開洋過淺，願一陣好風，吉去善轉。（水浪。下）

投　江

（貼上）阿呀苦吓！（唱）

【梧葉兒】遭折挫，受禁持，不由我珠淚垂。無由洩恨，無由怨慮。事到臨危，拚死在黄泉作怨鬼。

呀！來此已是江邊。吓，阿呀！江吓！（元場）夫承寵渥，九重恩闕拜龍顔；妾受淒涼，一紙詐書分鳳侶。富室强謀娶婦，惑亂綱常；萱堂怒逼成婚，毁傷風化。妾豈肯從新而棄舊，焉能反正以從邪？爭如就死忘生，不可辜恩負義。一怕損夫之行，二恐污妾之名，三慮玷辱宗風，四恐乖違婦道。惟存節志，不爲邀名。拴原聘之荆釵，永隨身伴；脱所穿之繡鞋，遺棄江邊。妾雖不能效引刀斷鼻之朱妙英，却慕取抱石投江。（元場）阿呀，浣紗女吓！（哭介。唱）

【香羅帶】一從别了夫，朝思暮苦。寄來書道贅居丞相府，我母親和姑媽逼勒奴也，改嫁孫家婦。奴豈肯再招夫？萱堂苦苦責打奴，只得拚死在黄泉，也免得把身名阿呀來玷污。

【胡搗練】傷風化，亂綱常，萱親逼嫁富豪郎。若把聲名來玷污，阿呀！罷！不如一命喪長江。

罷！（元場。跳介。净）救人吓！救人！在這裏了，快些摇吓！（同下。完）

撈救

（生上）

【引】餐風食水，海舟中都少憂危。

【又一體】夢魂一夜落江湖，怕聽雞聲又戒途。

（净接上）船頭下艙，船頭叩頭！啓大老爺：昨晚果有一婦人投江。（生）可曾撈救？（净）被小的撈救着了。（生）好，有賞。吩咐把二號船統上來，請夫人過船。㈠（净照念下。正上、丑隨上。正唱）

【引】日上三竿尤未起，聞呼喚，未審何音？

相公。（生）夫人，寧可信其有，不可信其無。下官前晚夢見一神靈，托夢與我，道有一節婦投江，使我

㈠ 過：原作『倨』，據《崑劇傳世演出珍本全編荆釵記》改。

撈救，又説與我有義女之稱。醒來却是一夢。爲此吩咐船頭駕舟巡救，不想昨晚果有一婦人投江，撈救在此。（正）既如此，梅香。（丑應。正）與他換了干衣服，扶他下艙來。（丑）是哉！投水女子，換了干衣服下艙來。（占上）

【引】無奈禍臨頭，今朝拚死休。

（連哭。丑）投水婦人當面。（生、正）婦人，看你紅顔少貌，必是好人家兒女，爲何短見投水？細細説與我們知道。（丑介）快點説拉老爺夫人聽。（占哭唱）

【玉交枝】容奴伸訴，念妾在雙門住居。玉蓮姓錢儒寒女，年時獲配鴛侶。王十朋是夫出應舉。（生）住了，王十朋可就是新科狀元。（占）正是。（生）如此説，是一位夫人了。請起！（丑）起來罷。（生）看坐。（丑）是哉。（占）告座。（生）中榜之後，可有書信回來？（占）吖，（唱）數日前有人傳尺素，因此書骨肉間阻，因此書含冤負屈。

【前腔】書中緣故，道休妻重婚相府。（生、正接）他是讀書人，豈肯違法度？莫不是書有差誤。（占連接唱）奈萱親聽信讒詐書，逼奴改嫁孫家婦。論烈女不更二夫，奴焉肯傷風敗俗！

（生、正）呀！

【前腔】聽他言語，論貞潔他人怎知？思量我也難留汝，梅香，唤一小舟，不如送還伊父。（占

接）若還送奴歸故里，罷，不如早喪黄泉路。方顯得名傳萬古，儘教他重婚再娶。（生、正接）

【前腔】不須憂慮，且帶你同臨任所，修書遣人到饒州去，管教你夫婦完聚。（占接）若還這般周濟奴，猶如久旱逢甘雨。便是妾重生父母，望公相與夫人做主。

（生）請起，我非别人，乃前任太守錢載和。今蒙聖恩，陞爲福建按撫之職，今帶家眷赴任。不想遇着你來投水，此乃天數不絶你命。且喜你也姓錢，我也姓錢，莫若認我爲義父，同臨任所。你丈夫既在饒州爲官，與福建相隔不遠，待我修書，差人到饒州去，報你丈夫知道，管教你夫妻完聚，缺月重圓，你意下如何？（占）若得如此，便是重生父母，再養爹娘。（丑介）老爺俚肯個哉！（生）什麽？（丑）拉丢脱裙哉！（生）胡説！（占）爹爹、母親請上，待孩兒拜見！（唱）

【黄鶯兒】公相恁垂憐，感夫人又見憐，又蒙結拜爲姻眷，恩德萬千，何日報全？願公相早登八位三台顯。（生、正接）（合頭）免憂煎，夫妻重會，缺月再團圓。（通行就此住，生唱不用。）

【前腔】不必淚漣漣，這相逢非偶然。同臨任所兒爲伴，聊附寸箋，饒州報傳，管教你夫婦重歡忭。[一]（合前）（正接）

【前腔】天賜這姻緣，喜他們也姓錢。同舟赴任作宛轉，明日動船，開洋過淺。願一陣好風，

[一] 忭：原作『汴』，據《崑劇傳世演出珍本全編荆釵記》改。

吉去登福建。（合前）

（生白）夫妻母子各東西，（正）會合今朝喜氣濃。

（占）兩葉浮萍歸大海，（合）人生何處不相逢。

（生）梅香，今後小姐之稱，好生伏侍。（丑應。正）我兒，隨我這裏來。（同下。丑）阿呀，壞哉！哪没要多洗一個馬桶哉！（下）

拾鞋

（浄上）嗆，老阿媽，看好子船，我去羅子巴米拉介。噯叔來，上得岸來，把船攬好。正是：烟波爲活計，水面作生涯。自家漁翁便是。家居緑水，生遠紅塵。釣竿布網爲生，魚鳥水雞作伴。昨晚打得幾尾魚兒，心中甚是快活。古人説得好，一日打魚，三日曬網。正是：扁舟泊在垂楊岸，細剪新茅補舊蓑。（唱）

【香柳娘】喜浮生水居，喜浮生水居。無憂無慮，水鷗沙鳥常爲侶。愛青青水雞，愛青青水雞，水荇貼波肥，江鮮水花迎棹起。拚酕醄一醉，拚酕醄一醉，高枕蓑衣，落得齁齁酣睡。

（見鞋拾介）奢物事？咦！誰家女子遺失繡鞋？吖，昨晚半夜天，有個婦人到此啼哭，像是要投江死個，故爾把這繡鞋留記在此。我正要撑船去救，只聽得撲通，跳子水裏去哉。亦聽得官船上亂喊救人，

勿知阿曾救得？（末内白）阿呀，這便怎麼處？（净）咦，個答個人直頭個來哉，且看裏來作奢？（末上）阿呀，小姐吓！（末干唱）

【前腔】我小姐在那裏？我小姐在那裏？遍没尋處，通宵奔走何曾寐？呀，那邊有個漁翁在那裏，待我上前問一聲。吓，老人家。（净）那話？（末）借問一聲。（净）問奢個？（末）夜來可有個女子到此？（净）奢辰光出來個？（末）約有三更時分。（净）是呧丢奢人？（末）是我家小姐。（净）既是呧丢小姐，爲奢半夜三更走子出來？（末）不要説起，只因他繼母呵，逼改嫁富室，逼改嫁富室，（净）你家小姐從也不從？（末）我家小姐是，（唱）守節重千金，抛親夜走出。（净）我對呧説，勿要尋哉，（唱）夜有個婦女，夜有個婦女，到此江邊投水，（末）有何爲証？（净）哪，（唱）拾得繡鞋爲記。

（末看）呀！這繡鞋果是我家小姐的，吓！阿呀，小姐吓！（唱）

【前腔】你屍骸在那裏？你屍骸在那裏？渺無踪跡，抛親老景添孤寂。（哭介。净）人也死哉，哭裏作奢？（末）老人家，你既知投江，怎不撈救？（净）我正要撑船去救，只聽得撲通跳子水裏去哉，教我囉裏來得及救？（末）如此，老人家，相煩打撈屍首，將銀錢來謝你。（净）銅錢銀子眼睛裏纔塞得下拉裏，呧看個樣大風大浪，教我六裏去打撈奢屍首？（唱）况江深無底，江深無底，江水浩無涯，何方去撈起？（末）吖，你不肯下去？（净）難下去個。（末）也罷，待我下去。（净）使勿得個，勸伊家且歸，勸伊家且歸。（末接）看繡鞋空存，屍骸何處？

（浄）你且急急趕回家，（末）若説小姐淚如麻。（浄）苦憐真節婦，（末）一命淹黄沙。（浄）居去罷。（末）阿呀，小姐吓！（下。浄）個個人到有忠心丢，聽見説小姐投子江，拍拍胸脯，也要跳下去。幸虧得我勸住子，匆然没阿是買一個拉饒一個。啐！只管説閒話，老阿媽拉船上，等我糴米下去燒飯喫個。倘然餓壞子裏，六個替我寫個雙脚？哈哈！且下船去。（下）

哭鞋

（老上）阿呀，苦吓！（干唱）

【梧桐葉兒】兒媳婦哭啼啼，昨夜三更出繡幃。今早起來没尋處，使我没把臂。一重愁反做兩重悲，教我淚偷垂。

（末接上）不好了吓！莫要非常樂，須防不測憂。老安人在那裏？（老）李舅回來了，小姐可曾尋著？（末）老安人，不好了，小姐投江死了。（老）有何爲証？（末）男女到江邊，拾得繡鞋在此。（老）這繡鞋果是我媳婦的，阿呀，兀的不痛殺我也！（元場。末）阿呀！老安人醒來！老安人甦醒！（老唱）

【山坡羊】撇得我不尷不尬，閃得我無聊無賴。阿呀親家母吓，你一霎時認真，故意將他害，教我怎佈擺？這禍從天上來。（末）老安人，你早晚也該防備防備才是。（老）李舅，你説那裏話來！

（唱）他有嫡親嚴父尚且不遮蓋，反將他偕老夫妻拆散開。（合頭）哀哉！撲簌簌淚滿腮。傷懷，生擦擦痛怎挨！

（外上）嬌女投何處，痛殺白頭親。（付上）隔牆須有耳，窗外豈無人。（外）親母爲何在此啼哭？（付）爲奢了哭？（老）阿呀，親家，不好了！（末）員外、安人，小姐投江死了。（老同）我媳婦投江死了。（外）有何爲証？（老）拾得繡鞋在此。（外）取來。吓，這繡鞋果是我女兒的，阿呀！（跌介。老）阿呀，親家醒來！（末）員外甦醒！（付）噲，老老，前門叫勿應，等我後門去叫。噲，老老！阿呀，完了，叫勿應，走子氣哉了，吖唷，老測死個，好一個臭屁。（末、老、付）好了，好哉，醒了，醒哉。（外唱）

【山坡羊】不念我年華高邁，不念我形衰力敗，不念我無人養老，不念我影蕭蕭絶宗派。李成，你道莊事是那個起的？（末）男女不知。（付）老老，到底爲六個起個？（外）咻！（付）奢了直跳得起來？（外唱）都是你這老禍胎！（打介。付介）咦，關我奢事？拿我爛痔膀上一記，落手亦個重。受了孫家聘禮財，逼得他含冤負屈去投江海。親母，老夫只掙得一搭空地，指望令郎與小女把我這幾塊老骨頭埋葬。不想令郎入贅相府，小女又投江死了。咳，錢流行吓錢流行，你好命苦！阿呀，你好命薄！（唱）吖哈閃閃得我有地無人築墓臺。（同唱）（合頭）哀哉，撲簌簌淚滿腮；傷懷，生擦擦痛怎挨？

（付）李成，小姐投子江，爲奢了勿打撈屍首？（末）阿呀，安人吓！（唱）

【川撥棹】乞聽解，這長江無邊界。況三更月冷陰霾，況三更月冷陰霾，這其間有誰人往來？止尋着一繡鞋，知骸骨安在哉？（抽頭。同接唱）

【前腔】淚灑西風傷老懷，痛幽魂無倚賴。青春女身喪在江淮，青春女身喪在江淮，白頭親誰人草埋？這愁眉何日開？不由人心痛哀。

（付）住子，長話勿如短説，撈魚勿如摸鱉。親家姆，伍丢令郎入贅相府，我裏囡伍無福氣，投江死哉。個歇我答伍勿是親哉。有所説個，阿哥死，嫂勿親。鹽菜缸裏石頭，掇出；皮匠擔裏揎頭，搬出；棉花子，軋出；脚湯水，忽出；親家姆，請出。（外）老不賢，女兒死了，骨殖未冷，況親母又是孤身，你趕他到那裏去？那裏去？（付）開口見喉嚨，提起尾巴就見雌雄。眼睛前就都一個我拉裏。勿難個，讓我出去子，等伍丢雙雙能做人家哉，如何？（外）老乞婆，你好含血噴人！（付）賊心狗肚腸，怕勿是個條念頭了。（老）親家在上，老身有言奉告。（外）親母有何見諭？（老）只爲我孩兒一封書，致使令愛投江身死，老身在此，實切不安，意欲自到京師，去尋見小兒，自有下落。（外）訪問令郎消息，極是有理。但親母是個女流，更兼一身，如何去得？也罷，我打發李成送親母到京便了。（老）多謝親家！（付）李成伍是去勿得個。（外）爲何？（付）我要用個了。（外）有我在此。（付）伍是勿會幹事個哉。（外）李成，你去收拾行李，送老安人到京，見了狀元，即便就回。（末應。老）親家，老身此去，未知何日回來，欲往江邊祭奠一番，以表姑媳之情，不知意下如何？（外）咳，難得！李成，你去准備香燭紙錢，隨老安人到江邊祭奠小姐，然後起程。（末應。老）親家請上，待老身拜別。（外）老夫也有一拜。（付介）迎新勿如送舊。等我也來拜一拜。親家姆拉裏待慢呸。（外）誰要你拜！（付）就勿拜，讓呸丢雙雙能拜，阿像拜堂？我眼睛裏直頭看勿得。（老唱）

【勝如花】辭親去，別淚零，豈料登山驀嶺。只因他遞簡傳書，反教娘離鄉背井，又未知何日歡慶？（合頭）愁只愁一程兩程，況不聞長亭短亭。暮止朝行，趲長途曲逕。（末）員外，行李完備了。（外）李成，（接）你休辭憚跋涉奔競。願身安早到盛京。（外接）（通行不唱。）

【前腔】我爲絶宗派，結契盟，指望一牢永定。誰知他又贅在侯門，今日反成畫餅，辜負了田園荒徑。（合前）

（老）拜別親家心痛酸，（付）從今客去主人歡。

（外）正是妻賢夫禍少，（合）果然子孝母心寬。

（外）親母路上小心。（老）多謝親家！請進去罷，老身去了。（下。付）還要嚼來，舌頭到長丢。（末）員外在家保重，不要與安人吵鬧了。（付）李成，呸到子奔牛就轉來。（末）爲何？（付）有所説個，奔牛李成，奔牛李成。（末）休得取笑。老安人慢些走。（下。外）阿呀，玉蓮的兒吓！（付）老老，勿要哭哉，死個死，活個活。我答呸挽緊子眉毛拉做人家。（外）老乞婆，女兒死了，還要做什麽人家？（付）囡呸死子，人家才勿要做哉。（外）就是那十朋入贅相府，未知真假，你今日也逼女兒改嫁，明日逼女兒改嫁，被你逼勒不過，竟投江死了。（付）我是要裏上天，六裏曉得裏要攢拉水底下去介。（外）我如今用你不得，快快與我走出去！（付）走到六裏去？（外）親戚人家去。（付）親眷人家盤是盤，鄉鄰人家碗答碗。別人家大盤大盒端子來，我裏碗大個盤也勿曾答還歇，有奢面孔見裏舌？我是勿去。（外）如此鄰舍人家去。（付）十家鄉鄰九家斷，就是隔壁人家，前日子借我個吊桶去，舂落子個底，一場大相罵，也斷個哉，無場哈去。（外）庵堂寺院中去。（付）阿呀，唔個老老改志哉，個星和尚道士色中之餓鬼，看見子我個樣半老佳人，六裏饒得過我介！去勿得個。（外）老乞婆，原來你也沒處去。（付）我是轉殺六尺地，踏盡竈前灰。教我到六裏去？（外）咳，老乞婆吓！（干唱）

【憶虎序】（犯【下山虎】首至五）我當初娶你，指望生男育女。（付）夾嘴一記沒好，喫子呷黃湯，頭勿曾上床，脚先困，難道叫我扒上來勿成？（外）沒廉恥！（付介）奢個沒廉恥？家家如此。（外唱）誰想你暗使牢籠之計，逼我孩兒投江身死。我寫狀經官呈告你。（【鬥黑麻】首至四）告你不賢婦、薄倖妻。告到官司，告到官司。（付）也無奢罪滑。（外）雖沒有罪。（唱）打得你皮綻肉飛。（付）且住，往常日脚我裏老老勿賊介個，今朝當真動子氣哉。倘然到子官府個答，看見我花㖸花臉，勿是打，定是拶。個沒那處？吖，有理哉，老老奇怕哭，等我來不一哭裏使使。無得眼淚沒那吖？有涎唾拉裏。阿呀，我個老老吓，我答唔一年勿好也有一日好，一日勿好也有一時好，一時勿好也有一刻好。阿呀，我個肉骨肉屑個好老老！（唱）

【前腔】我當初嫁你，也是明媒正娶，又不是暗裏偷情，結做夫妻。夫妻尚有徘徊之意，大限來時和你永不離，我非不賢婦、薄倖妻。免告官司，免告官司，和你團圓到底。
阿呀，我個老老吓！（外）不許哭！（付）就勿哭。（外）且住，這老乞婆情理其實難容，我若趕他出去，外人知道的，説這老乞婆果然不好；倘不知道的，説錢流行一個妻子都養膳不活，逐出在外，未免出乖露丑，成何體統？我有道理。過來，你要住在家裏，須要依我三件。（付）就是三萬三千三百件，纔依個。（外）第一件，不許與我同檯喫飯。（付）個没我答皇帝喫。（外）什麽？（付）竈君皇帝喫，阿差？（外）第二，有客在堂，不許插嘴。（付）倘然説别人勿過，幫㕶説聲巴。（外）走，走！（付）噢，就勿插。（外）第三，李成不在家，水瓶馬子都要你倒。（付）個是勿來，㕶平昔日脚歡喜喫生葱生蒜，希臭彭天，勿來倒。（外）如此，到香的所在去。（付）噢，香、香，安息香，黄熟香，降香，檀香，衣香，芸香。（外）老乞婆吓，你要改過學好人。（付）從今怎敢不依遵？（外）收拾書房獨自睡。（付）老老，打點精神養兒孫。（外）没廉恥！牙齒多没了，還要養什麽兒孫！（下。付）咦，養兒子，奢要用牙齒個！直頭是個温外行哉。（下）

女祭

（老上唱）

【風馬兒引】柳拂征衣露未央，可憐年邁往他鄉。（末接）慢自慇懃設奠，血淚灑長江。

（老）李舅。（末）老安人。（老）小姐的繡鞋在那裏拾的？（末）還在前面，請老安人再行幾步。（老）

吖，還在前面。（唱）

【綿搭絮】尋踪覓跡，含淚到江邊。（末）老安人請止步，小姐的繡鞋就在此處拾的。（老）吖，就在此處拾的。阿呀，媳婦兒吓！你看渺渺茫茫浪撲天，苦憐辜負你青年。（末）小姐吓，你身雖是浣紗女，白髮親姑誰顧憐？（老）李舅，把祭禮擺下。（末應。老）看香。（末）是，有香。（老）香呢？（末）來了。（老）快些。（末）老安人，男女起身促迫，香竟忘了。（老）香怎麽忘了？（末）男女不小心，爲收拾行李，心急，所以忘了。（老）罷，阿呀，罷！（唱）只得撮土爲香，禮雖微，表娘情意堅。（末介）小姐吓，老安人在此祭奠你噓。望靈魂暫且聽言：指望松羅相倚，（末介）老安人，就在包裹上坐坐罷。誰想你抱石含冤！阿呀媳婦兒吓！撇得我無靠無依。媳婦兒吓，你來戴我的孝纔是正理，到今日裏呵，（唱）反教娘披麻哭少年。（末接）

【憶多嬌】哭少年，送少年，安人奠酒，男女化紙錢。收拾登程去路遠，不必留戀，不必留戀，要趲程途萬千。

（老）李舅，把祭禮撇在江心罷。（末）是。（老）媳婦兒吓！做婆婆的是去了噓！（末）小姐，我們是去了噓！（老）咳，

【風入松】嘆連年貧苦未逢時，誰想一旦分離。我孩兒自别去求科舉，怎知道妻房溺水？我待說來，猶恐驚駭我兒，李舅，你決不要與他知。（末接）

【前腔】安人不必恁躊躕，且聽男女咨啓。只説狀元有信催迫起，先令我送安人來至。吖哈那其間方説個就裏，安人吓，你決不要使驚疑。（老接）

【急三鎗】痛咽情難訴！ 常思憶，常憂慮，心慽慽，淚如珠。（末接）

【前腔】且自登程去，休思憶，休憂慮，在途路上，免嗟吁。（老）李舅，

【風入松】如何教我免嗟吁？ 我這老景憑誰？ 年華老邁難移步，旦夕間有誰來看顧？ 恨只恨他們繼母，逼他嫁葬魚腹。（末接）

【急三鎗】若説葬魚腹，如何饑？ 如何度？ 經與咒總成虚。（老）

【前腔】你在黄泉下，誰來饑來？ 誰來度？ 屈死得最無辜。（末接）

【風入松】果然死得最無辜，我家小姐是，論貞潔真無。姻緣契合從今古，拆散了夫妻皆由天數。（合唱）哭啼啼單愁在路途，何日裏纔得到京都。

（末）老安人，看仔細，那邊走。（老）咳！（同下）

脱冒

（丑上）

【梨花兒】侄女許嫁孫汝權，受他財禮千千貫。今日成親多喜歡，嗏！ 姑娘只要長和短。

花正開處遭雨打，月當圓時被雲遮。那孫官人央我爲媒，結成親事，約定今日娶親。六裏曉得，我裏伍囡呧勿願嫁裏，竟投江死哉。爲此答阿嫂商量，只説勿好拉屋裏上轎，只好到姑娘丢去出嫁。説勿得，要我老太婆親身下降個哉。且關上子門，等候花轎到來再説。正是：夜盡水寒魚不餌，滿船空載月明歸。（下。樂局、付賓相、末朱吉吹打上。付白）列位，阿曾齊來？（衆）都齊了。（付）個没等我請員外出來。伏以員外有請！（吹打。浄上）哈哈！再勿殼張我老孫，有介一日，正是春色滿園關不住，一枝紅杏出牆來。（吹打。付）賓相叩頭！（浄）罷哉，掌禮司務，暗歇詩句，要用得新鮮，賞賜没加賠。（付）多謝員外！（浄）朱吉，諸事阿曾齊備來？（末）多齊備了。（浄）個没吩咐發轎？（付應）發轎哉。（吹住。付）開門！開門！（丑）咦，忽聽笙歌沸，想是來迎娶。是奢人彭門？（付）我裏孫家來娶親個。（丑）個没開門錢來。（付）嗅，員外，裏勢説要開門錢。（浄）開門錢，昨日送子過來哉滑。（付）是哉，員外説，開門錢昨日送子過來個哉。（丑）昨日是大開門，今朝是小開門。一定要個。（付）是哉。員外，昨日是大開門，今朝是小開門，生成要個。（浄）朱吉，不兩封拉俚。（末應。付）等我先來，跌立丢子一封看。哪，開門錢來個哉，打六裏拿進來？（丑）門檻底下有條縫拉哈，塞子進來没哉。（付）個没希開點，塞進來哉。（丑）阿要死吓！呸！喜事喜日，要成雙個。（付）是哉。員外，説要成雙丢。（浄）成子雙個哉滑。（付）永成雙，永成雙。（浄）好個永成雙！朱吉，再不兩封拉俚。（末應。付）吖，他那裏成雙，俺這裏也要成雙。哪，亦是一封。原縫裏塞進來哉。（丑）個没吹打吹打，開門哉。（丑）掌禮司務。（付）張姑媽。（丑）奢人拉裏？（付）員外自家拉裏。（丑）員外拉丢六裏？

（淨）姑媽。（丑）恭喜員外！（淨）張姑媽，看我阿像個新郎？（丑）像得勢丢。（淨）新人拉丢裏向作奢？（丑）拉丢梳妝踏蒸，呸丢到青龍頭上去兜介兜來娶没哉。（下。淨）個没兜青龍哉。（衆應。吹打住。付白）吓，勿像滑，員外，只怕勿是今日。（淨）爲奢了？（付）家堂上蠟燭才勿點，大門上紅也勿掛掛，冰生冷水，勿是今日丢。（淨）差咦吓！（干念）

【前腔】今日娶親偕鳳鸞，（付接）偕鳳鸞，（淨）不知何故來遲緩？（付接）莫非他們生釁端？（付接）嗏！須知人亂法不亂。

（淨）勿要多説，且請新人。（付）是哉，伏以東邊一朵紫雲開，西邊一朵紫雲來。兩奪紫雲相會合，夫妻魚水得和偕。攔門第一請。（淨）勿好，朱吉，叫俚過來。（末）員外喚你。（付）員外奢事體？（淨）那個對呸説個，詩句要新鮮，奢個紫雲來白雲，勿好，換。（付）噢，換没哉。伏以笙歌一派奏聽階，簇擁新人花轎擡。蠟燭旺相多點盡，新人勿必摸索哉。攔門第二請。（淨）到底勿好。（付）員外，個首如何？（淨）儂儂罷哉，還要新鮮來。（付）阿呀，個是要隔夜下作個哉。（淨）呸是老白相哉滑。（付）少停個個賞。（淨）賞封没加賠。（付）是哉，是哉。伏以百年夫婦意和偕，爲奢新人勿出來？衆人立得膀脚酸，（淨）催介催。（付）哪，新郎官人火冒哉。攔門第三請。（吹打。丑哭上。吹打住。付白）伏以奉請新人嬌嫡嫡，後堂擺設好筵席。來年生下玉麒麟，南無般惹波羅蜜。（細吹打）請新人下轎，請上花毯。各執紅緑寶帶。拜，興，拜，興。行夫婦禮。恭揖，成雙揖。送入洞房，各喫同樂杯。吖唷，到照杯個。（吹打）員外，請挑方巾哉。（淨）挑方巾，又新呸來子罷。（付）吖喲，忙殺哉，伏以巾是福州綾，將來蓋新人。揭起方巾來一看，吖唷，好像南山老活孫。員外，請看新人。（淨）新人要看子長遠哉，讓我來看看介。（丑）冒。（淨）吓，唔是張姑媽滑。（丑）正是滑。（淨）唔來作奢？（丑）我來嫁唔滑。（淨）呸！我是要唔丢侄女耶，要唔個老勺觳來作奢？（丑）老實對唔説子罷，我裏侄囡唔勿肯嫁唔了，竟投江死哉！（淨）既是投江死子，爲奢勿報我曉得？（丑）報没來勿及，恐怕誤子唔個吉期了，故爾我老太婆親身下降，肉身抵當拉裏，阿要早點困罷？（淨）呸！我費子多化銀子拉，討唔個老虔婆。（丑）奢個？虔婆也是小娘身。小孫吓，勿要物事勿當物事噢介。（淨）呸！勿要面皮個老花娘！（丑）小鱉蛋，第一夜做親，就要罵家婆哉。（淨）非但罵，還要打來。（丑）打吓！碰子我科門裏來哉，我没有名個叫十三太保小青龍。唔若勿信没，阿要踢脚飛脚拉唔看看？（淨）非但打，還要告唔來。（丑）告我奢？（淨）哪，（干念）

【僥麻郎】我告你脱騙人財禮。（丑）我也要告唔來。（淨）告我奢？（丑接念）我告你威逼人投水。（淨接）怎誤我白羅帕見喜。（丑接）阿呀我個肉吓肉吓，悶得他黄泉路做鬼。（付接）員外息怒威。（淨接）打你的嘴！（付介）阿哇，阿哇！（連接）張姑媽忍耐些。（丑接）踢你的腿！（付接）虧了中間相勸的。

打吓！打吓！（付）員外，打勿得個。（丑）小烏龜，唔阿敢打？（淨打脱丑裙，丑跌。淨）吖喲，氣壞哉！（下。丑）阿呀，孫汝權個拖牢洞個。（哭。付）張姑媽，勿要哭哉，羞羞纔露出丢哉。（丑）個没借頂帽子來遮介遮。（付）吖喲，好醃囊臭！（下）

思鄉

（小生上唱）

【喜遷鶯】春光去矣多，半逐飛花，半隨流水。愛日情多，瞻雲舍遠，空傳一紙書題。遥指斷鴻，天外空憶。愁鸞鏡裏，爲客久，漸春衫典盡，那是班衣。

人在東甌，身淹上苑。望中山色空迷眼，終朝旅思嘆蕭條。高堂親髮愁衰短，秦嶺雲横藍關雪。潮陽未到魂先斷，春歸花落久棲遲，愁深那覺時光换。（唱）

【雁魚錦】長安四月花正飛，見殘紅萬片皆愁淚。何苦被利禄成抛棄？如今把孤身泊天涯。意懸懸止不住思維，音書曾有回。只怕他望長安，欲赴愁迢遞。我空自斷故園，知他知也未。

【雁孤聲】當時，痛别慈幃，論奉親行孝也索懷不寐。光陰有幾？縱然是百歲如波逝。論早晚須問起居，論寒暑須當護持，論供養要甘肥。因赴舉，把蘋蘩饋托與吾妻，知他看承處怎的？俺這裏對青山，望白雲，鎮日瞻親舍。他那裏翹白首，看紅日，終朝憶帝畿。

【雁傾杯】嗟吁！鳳别離鸞，怎如得儔鶯偶燕時相聚？淒楚寒窗，寂寞旅況。閃殺當時，甘效于飛。孤燈夜雨，漏聲不斷，却把寸心滴碎。阿呀天吓！只爲那釵荆裙布妻難棄，縱有紫閣香閨人怎迷？

【喜漁燈犯】猛思，那日臨行際，蒙岳丈惜伊玉樹，兼愛我寒枝。念行囊空虛，欣然週全助路資。招共居，感此恩山義海深難棄。細思維，甚日報取？教我怎生忘裏？但願得一家到此沾禄養，也顯得半子從今展孝思。

【錦纏道】論科舉，本圖看春風杏枝，玉馬驟香衢，豈知他陷我在瘴嶺烟嶇？愁只愁身羈鳳池，恨只恨釁生鴛侶。人不見，氣長吁，只爲蠅頭蝸角微名利，致使地北天南怨別離。

家鄉千里隔相思，目斷甌城人到遲。

旅館難禁長日靜，消魂幾度夕陽時。（下）

周　審

（四軍、末上）

【引】黄堂佐政齊黎庶，肯將清似月揚輝。〔一〕

（衆）開門！（末）五馬侯中列郡推，道之以政冀無違。此心一點如丹赤，敢學虞庭向日葵。下官温州

〔一〕　輝：原作『揮』，據汲古閣刊本《繡刻荆釵記定本》改。

推官周壁是也，與十朋同榜進士，職列黄堂。昨日堂上發下兩紙狀詞，一紙孫汝權告錢流行圖賴婚姻，一紙錢流行告孫汝權威逼人命。他二人互相控訴，詞中死的婦人，又係王狀元之妻。事關重大，堂尊不便審問，發在本廳處。我與王狀元同榜，不好執法，只得秉公而斷便了。左右，帶孫汝權一起聽審。

（衆應照念。净、外、丑同上）

【引】有屈難伸，且到公堂訴理。

（衆）孫汝權一起當面！（末）聽點。錢流行、錢氏、孫汝權下去，帶錢氏上來。（衆）錢氏有了。（末）錢氏。（丑）有。（末）你是原媒，細細講上來。（丑）大老爺，小婦人是良家之婦，不會做媒，是孫汝權强要小婦人爲媒的。（末）哆！我想人之婚姻，皆由天定。都是你們這些惡婦在内，無中生有，花言巧語，哄騙子女，惟圖財帛，强就婚姻，以致兩家争訟。看拶子。（衆應。丑）阿呀，小婦人是錢貢元的妹子，其實是孫汝權誣告的。（末）你就是錢貢元的妹子麽？（丑）正是。（末）既如此，把兩家之事細細講上來。（丑）大老爺聽禀。（唱）

【啄木兒】吾兄有女及笄，曾許王生尚未歸。那孫郎忽至吾家，（末）他到你家何幹？（丑唱）要娶我侄女爲妻。（末）他央你爲媒，你可曾去説？（丑）小婦人到哥哥家裏，把孫家求婚一事，告訴哥哥。我哥哥乃讀書君子，執意不肯，甘心受貧，不願嫁富。我嫂嫂是個女流之輩，嫌王家貧窮，愛孫家豪富，就要改嫁孫郎。我侄女節操，不聽繼母。（末）吖，原來是繼母。（丑）因侄女不從繼母，我哥哥呵，（唱）將侄女送過王門去。（末）既嫁王門，孫家就不該議親了。（丑）那王生呵，結親後即赴科場裏，誰想一舉成名竟不歸。

（末）下去。（衆）下去。（末）喚錢流行。（衆應照念）錢流行有了。（末）錢流行。（外應。末）那王狀元是你令坦麼？（外）是小婿。（末）請起。（外）不敢。有事在臺下。（末）令婿中榜之後，可有書回來？（外）書是有的。（外唱）

【前腔】因承局，附信歸，喜氣番成怨氣吁。那裏是萬金家音，却原來是一紙休書。他母親認得他筆跡，曾猜偷改書中意，只爲字跡相同亦起疑。

（末）王狀元休了令愛，又娶誰家之女？書上怎麼樣寫？（外）書上道，贅在万俟丞相府中了。（末）他是讀書人，那有此事？就該訪問便纔是。（外）訪問過的。（末）訪問什麼人？（外）見書上筆跡雖真，言語疑惑，正欲出門去訪問，却遇孫汝權不第而歸。同在舍妹家裏面述，説果然贅在丞相府中。（末）住了，入贅之情，未知真假，怎麼又與孫汝權議起親事來？（外）何曾議親？（末）既不曾許親，他如何行聘？（外）何曾行聘？（末）既不行聘，他如何告你圖賴婚姻，匿聘五百兩？（外）公祖，小婿有棄妻之情，流行斷無將女兒改嫁之理。小女聞之小婿入贅相府，又見孫汝權媾舍妹爲媒，威逼成婚，故爾投江而死。（末）吖，死了？可惜！（外）孫汝權見小女死了，恐流行興訟，反告我圖賴婚姻。望公祖明斷。（末）請下去。喚孫汝權。（衆帶）孫汝權有了。（淨）生員叩見公祖大人！（末）你是個秀才。（淨）生員十九歲，蒙業宗師提拔，今科三場告畢，偶爾不第。望公祖大人明斷，乞看生員二字。（末）既是生員，不該誣陷良人了。（淨）公祖在上，生員平生懦弱，被錢流行兄妹二人做成圈套，無門控訴。今日如見青天一般，誣陷良人，是何言也？乞求正法。（末）若論正法，先該打你一頓板子，擬爾個爲富不仁之罪。我今暫且饒你。錢氏已適王家，就該罷了，怎麽又媾錢氏爲媒，强取有夫婦女爲妻，豈不自恥？（浄）生員雖不肖，斷不敢强娶有夫婦女。生員有細剖。（末）講來。（浄）錢流行係錢玉蓮嫡父，那錢氏又是錢流行嫡妹，流行挽錢氏爲媒，把玉蓮先許生員。素慕玉蓮姣而且媚，信以爲然，曾送金鳳釵二股，壓茶銀四十兩。錢氏個老花娘，呸走上來，阿是我叫朱吉交付拉呸個？（丑）呸！呸六裏個只手交拉我個？（浄）那勿曾交拉呸？（丑）何曾交拉我？（末）不許開口！（浄）生員忠而且仁，再不敢説謊。他兄妹藐視生員懦弱可欺，受了聘金，暗將玉蓮出嫁王生。王生自幼與生員同窗，亦且又是同庠，不好口角，只得含忍。流行將聘金受而不還，是何理也？（末）玉蓮已配王生，就該罷了，媾媒强聘，豈是君子所爲？（浄）不是生員强聘，其中有個緣故。那王生實係貧儒，偶爾高掇。前日曾付離書一紙，寄與錢老。那書中之言，必定有任憑改嫁他人之意。(一)流行思想前情既誤，暗使錢氏仍到生員家來，欲續舊姻。他説孫相公不允，侄女只好改嫁他人去也。呸阿是説個？（丑）我是勿曾説。（浄）呸那勿曾説！（丑）我何曾説介？（末）不許争論，講。（浄）那時生員心中一想，王十朋是我同庠好友，錢玉蓮又是前聘妻房。雖是用舊之物，倘被别人娶去，實爲不雅，只得忍個悔氣。況我名字叫孫汝權，只算從權而已。因爲老王修書，此乃曲全其美，豈同無恥而媾媒娶婦者乎？（唱）

(一) 任：原作『仍』，據《崑劇傳世演出珍本全編荆釵記》改。

【前腔】因休棄願改移，那流行在錢氏家中呵，面許成親講聘儀。還有一句可笑，聘金定要五百兩，四百九十九兩九錢九厘勿成功個。那時生員呵，（唱）出聘金五百非虛，今日他們呵，三寸舌抵賴是實。（末）你果然行聘到他家去的？（浄）果然行的。（末）聘金是那個收的？（浄）問錢氏便知。（末）錢氏。（衆照念。丑）大老爺。（末）孫汝權行聘，到你哥哥家來，聘金是誰收他的？（丑）大老爺，勿要聽俚，何曾行聘？那個接他的？我侄女被他强逼成親，又聞入贅是真，被我侄女斷送殺哉。阿呀，我個肉吓！（衆）不許哭！（末）下去。（衆照念。末）孫汝權，那狀元入贅相府是你親眼見的麼？（浄）生員在京時，人人傳説，万俟丞相招贅狀元爲婿；生員出了京，未知他贅不贅。（末）這紙休書是你親眼見他寫的？（浄）錢流行自供筆跡雖真，與生員何干？（末）唗！（衆喝介。末）下官在京，難道到不曉得？吖，是了，你因前番議婚不遂，心中懷恨，探聽王狀元有書寄回，連那遞書人都是你串通來的。吖，那王夫人若不因你一言，怎得投江而死？明明是你威逼，還要抵賴！（浄）公祖在上，錢玉蓮何曾死？錢流行把女兒藏過了，要賴婚呑聘。（末）胡説！人的形，樹的影，那裏藏匿得過？（浄）公祖，那錢流行呵，詐言威逼人投水，況無屍檢驗難入罪。（末）依你便怎麼？（浄）求公祖，把媒婆拶他一拶，自然明白。呸個老花娘，别位官府不呸瞞得過，此位公祖清如水，明如鏡，斷斷不被你哄的。（唱）白日青天斷不鬼迷。

（末接）哆！

【前腔】（此曲亦可不唱。）真和僞，虛共實，怎免得秦鏡高懸別是非？貢元，令坦呵，爲侯門招贅不從，致潮陽改調難違。你心上欲要錢氏爲妻，就生枝葉圖謀娶。我就撥雲見日祛陰翳，怎免得三木囊頭窮到底？

圖賴婚姻是虛，威逼人命是實，還要抵賴！（淨）公祖在上，此婦其實硬口，當加刑法，自然真情吐出。（末）嘿嘿！到此地位，還要指東畫西，快快把真情招上來！（淨）生員不做賊，又不做强盗，招出什麽來？（末）左右，與我拶！（衆應。淨）阿哇！阿哇！（衆）快招！（淨）没有什麽招。（衆）啓爺，没有什麽招。（末）鬆拶，看短夾棒過來。（衆應。淨）阿呀，生員受刑不過，願招。（衆）願招。（末）與他畫供。（衆）畫供。（淨）咳，早知道如此，悔不當初。罷，罷哉！（唱）

【歸朝歡】當初的，當初的，求婚遣媒。只爲我貪心未遂，因生釁，因生釁一時逞威逼成婚，假意兒驚人唬鬼。只説十朋東床招入贅，不想玉蓮投江做河伯婦，只這一一真情莫再疑。

（衆）供完。（末）看這供招上，令人髮指。左右，將大毛板重打四十。（衆應。淨）吓，公祖，念孫汝權原系青衿，朝廷祖制，有司官無打生員之理，況且將就招了，何必還要打？（末）人命重情，法所不宥，還稱生員，我如今先打了你，然後再行文上司，將你革退衣襟問罪。打！（衆應。淨）阿呀，奢直頭要打個介？個呷忒認真哉。（衆）請大老爺驗板，一十，二十，三十，四十，打完。（末）好狗才！（唱）

【三段子】律條敢違犯，威逼難道情跡。事情細推，三尺法招由罪魁，虛衷研審繩奸宄，滔天巨惡難寬恕。聽訟公明，龍圖再世。

吩咐該吏疊成文卷，一面行文上司，候詳文到來，另行發落，將他上了刑具。（衆應）犯人當堂上刑具。（末）帶去收監。（浄）咳，個是六裏説起？（下。末）其餘俱各歸家。（外、丑）多謝公祖老爺！（末）刑名司理森羅殿，（外、丑）生死衙門孽鏡臺。（下。末）掩門。（衆下。退堂鼓。末）正是從前作過事，果然没興一齊來。（下）

見娘

（小生）

【引】一幅鸞箋飛報喜，垂白母想已知之。日漸過期，人何不至？心下轉添縈繫。〔一〕

雁塔題名感聖恩，便鴻早已寄佳音。思親目斷雲山外，縹渺鄉關睹白雲。下官前已修書，附與承局寄回，接取家眷同臨任所；一去許久，不見到來，使我常懷掛念。長班。（付）有。（小生）家眷到時，即忙通報。〔二〕（付）曉得。（小生）正是雖無千丈線，萬里繫人心。（下。末上）老安人走吓。（老上）

【引】遠别生離辭故里，經歷盡萬種孤恓。（末接）已達皇都，遥瞻故里，深感老天週庇。

〔一〕縈：原作『鶯』，據汲古閣刊本《繡刻荆釵記定本》改。

〔二〕即：原作『捷』，據文義改。

（老）李舅，你可曾打聽狀元行館在那裏？（末）男女已曾打聽，狀元寓所在四牌坊，請老安人再行幾步。（老）聞説京師錦繡邦，果然風景勝他鄉。（末）紅樓翠館笙歌沸，柳陌花街蘭麝香。狀元王寓，老安人請轉。（老）怎麼説？（末）這裏是了。（老旦）吖，到了。（末）老安人看了行李，待男女去通報。（老）你去通報。（末）吓，阿呀，男女到忘了。（老）忘了什麼？（末）請老安人把孝頭繩除下，恐驚了狀元，不當穩便。（老）早是你説，我到忘了。阿呀，媳婦兒吓！（末）咳，吓，門上那位在？（付）什麼人？（末）借問一聲。（付）問什麼？（末）這裏可是狀元爺的寓所？（付）正是，問他怎麼？（末）報説家眷到了。（付）吖，家眷到了，請少待。老爺有請。（小生）怎麼説？（付）家眷到了。（小生）吖，家眷到了，可有來人？（付）有來人。（小生）先着來人進見。（付）是，來人呢？（末）在。（付）狀元爺着你進見。（末）是。吓，狀元老爺。（小生）元來是李舅。（末）男女李成叩頭！（小生）阿呀，阿呀，請起！（末）是。（小生）老安人和小姐多到了麽？（末）這，吖，吖，吖，多到了。（小生）吩咐開正門。（付）吓，開正門。（小生）吓，母親。（老）我兒。（小生）孩兒十朋迎接母親。（老）起來。（小生）是。吓，李舅。（末）狀元老爺。（小生）小姐呢？（末）小姐麽？（老）十朋。（末）老安人相請。（小生）吩咐起行李。（付）吓，起行李。（末）有勞。（付）好説。（下。小生）吓，母親請上，待孩兒拜見。（老）罷了。（小生）孩兒只爲功名，有缺甘旨，恕孩兒不孝之罪。（老）兒吓，你在此好？（小生）母親聽稟：

【刮鼓令】從別後到京，慮萱親當暮景。幸喜得今朝重會，（老介）重會，咳！（小生）又緣何愁悶縈？（老）我没有什麽愁悶。（小生）孩兒告退。（老）去。（小生）是。阿呀，且住，我想今日母子重逢，合當歡喜，爲何母親反添愁悶？（末嗽介）吖，待我去問李成。吓，李舅。（末）狀元老爺。（小生）老安人爲何悶悶不樂？（末）老安人麼？（老嗽介。末）吖，吖，吖，敢是在路上受了些風霜，所以如此。（小生）吖，在路上受了些風霜，所以如此。（末）所以如此。（小生）呸，非也，我曉得了。（末）狀元老爺曉得什麽？（小生）哪，（唱）莫不是我家荆，看承得我母親不志誠？（末）小姐在家，盡心侍奉老安人，不離左右的。（小生）吖，小姐在家，盡心侍奉老安人，不、不離左右的。（末）是。（小生）吓，阿呀，親娘吓！分明説與伭兒聽，你那媳婦他怎生不與娘共登程？

（老）兒吓，

【前腔】心中自三省，轉教娘愁悶增。阿呀！你媳婦多災多病，況親家兩鬢星。家務事要支撑，教他怎生離鄉背井？爲你饒州之任恐留停，兒吓，你岳丈到有分曉。（小生）有甚分曉？

（老）哪，先令人送我到京城。

（小生）孩兒再告退。（老）去。（小生）是，阿呀，母親的言語，甚是不明。吖，待我再問李成。吓，李舅。（末）狀元老爺。（小生）你把家中之事，細細説與我知道。（末）狀元老爺聽禀：

【前腔】當初待起程，（小生）住了，我正要問你，起程時，小姐爲何不來？（末）小姐麽？（小生）唵！

（末）元是要來的。（小生）爲何不來？（末）吖，哈哪，誰想到臨期成畫餅。阿呀！若説起投江一事，恐唬得恩官心戰驚。（小生）住了，什麼驚？（末）男女没有説什麼驚字。（小生）你明明説個驚字。（末）何曾説什麼驚字？（小生）母親，他方纔明明説個驚字的嘘。（老）吓，李舅。（末）有。（老）你有什麼驚字，快快説與狀元知道。（小生）什麼驚？（末）這。（老）你説。（末）吓！（小生）吓！（末）是，吓，吖，吖，有個驚字的。（小生）什麼驚？（末）説我家小姐。（小生）小姐便怎麼？（末唱）在途路上吖哈少曾經，就是這個經字，當不得這許多高山峻嶺。餐風宿水怕勞形，我家員外呵，因此上留住，（小生）説。（末）吓。（小生）講。（末）是，吖哈哈在家庭。

（小生接唱）呀，

【前腔】端詳那李成，語言中猶未明。李舅過來。（末）有。（小生）我一向見你老實志誠，故把言語來問你，你怎麼反來支吾我？（末）男女怎敢？（小生）哆！（末）是。（小生）我今後再、再也不來問你了吓。阿呀，親娘吓！把就裏分明説破，免孩兒疑慮生。因甚的變顔情，長吁短嘆珠淚零？吓，阿呀，袖兒裏脱下孝頭繩，恁兒媳婦喪幽冥。

（小生）阿呀母親！這孝頭繩是那裏來的？快快説與孩兒知道！（老）阿呀兒吓！千不是，萬不是，都是你不是。（小生）怎説孩兒不是？（老）你且起來。（小生）是。（老）我且問你，當初這封書是那個寄回的？（小生）是承局。（老）可又來。當初承局書親附，拆開仔細從頭覷。（小生）嗄。（老）道你僉判任饒州。（小生）這句是有的。（老）阿呀，兒吓！下句就不該寫了。（小生）那一句？（老旦）

休妻再贅万俟府。(小生)阿呀，母親！語句多差了。(老)哆！(小生)是。(老)語句雖差字跡真。(小生)岳父見了便怎麽？(老)岳父見了生嗔怒。(小生)岳母呢？(老旦)岳母即時起妒心。(小生)吓，起甚妒心？(老)逼女改嫁孫郎婦。(小生)阿呀，母親！我妻子從也不從？(老)好。汝妻守節不相從。他。(末)阿呀，老安人說不得的！(小生)哆！誰要你多講！阿呀，母親！快快説與孩兒知道。(老)李舅，事到其間，也不得不説了。阿呀，兒吓！汝妻守節不相從，他就將身跳入江心墮。(小生)唵！(老)你妻子爲你守節而亡了。(小生)吖！山妻爲我守節而亡了！阿呀！(老)阿呀，我兒醒來！我兒甦醒！(末)狀元老爺醒來！(老唱)

【江兒水】阿呀唬唬得我心驚怖，身戰酥。虚飄飄一似風中絮。誰知你先赴黄泉路，孤身流落知何所？不念我年華衰邁，風燭不寧，阿呀親兒吓！教娘死也不着一所墳墓。我兒醒來！(末)狀元老爺醒來！(老)我兒甦醒。(末)狀元老爺甦醒。(老)好了，醒了！(小生唱)

【古江兒水】一紙書親付，阿呀我那妻吓！指望同臨任所。是何人套寫書中句？改調潮陽應知去，恁頭兒先做河伯婦。阿呀妻吓！指望百年完聚，半載夫妻，也算做春風一度。

(老)兒吓，死者不能復生，你到了任所，即便追究遞書人便了。(小生)孩兒一到任所，即便追究遞書人便了。(老)追想儀容轉痛悲,(小生)豈知中道兩分離!(末)夫妻本是同林鳥,(同)大限來時各自飛。(一)(小生)母親請到裏面安歇罷。(老)隨我進來。阿呀,媳婦兒吓!(下。末)狀元老爺,男女告回。(小生)你怎麽就要回去了?(末)起身時,員外吩咐,送到了老安人,面見狀元,即便就回。(小生)吓,難道小姐死了,就不是親了?(末)喲,説那裏話來!想家下乏人,所以就要回去。(小生)也罷,況我身伴無人,你且隨我到了任所。(末)是。(小生)待我修書與你,接取員外安人到來,同享榮華便了。(末)多謝狀元老爺!(小生)隨我進來。(末)是。(小生)吓,李舅,小姐的靈柩停在那裏?(末)阿呀,狀元老爺,那日江中風狂浪急,莫説靈柩,連屍首竟没、竟没處打撈。(小生)吖,連屍首竟没、竟没處打撈!(末)没處打撈。(小生)阿呀妻!(老内白)十朋。(末)老安人相請。(小生)隨我進來。(末)是。(小生)阿呀,妻吓!(下)

後發書

(生上)

【破陣子引】野外江山幽雅,城中景物繁華。(正接)六街三市堪描畫,萬紫千紅實可誇。(占接)閩城景最佳。

(一) 自:原作『是』,據汲古閣刊本《繡刻荆釵記定本》改。

（生）夫妻幸喜到閩城，跋涉程途爲利名。（正）大佈仁風寬政令，（占）廣施德化爲黎民。（生）夫人，我自到任以來，且喜詞清訟簡，[一]盜息民安，這也可喜。（正）相公，你許女兒一到任所，即便修書，遣人到饒州去，報與他丈夫知道，書可曾寫下？（生）書已寫下，晚堂差人去便了。（占）爹爹，此去到饒州有多少路程？（生）約有一月之程。（占）那遞書人多與他些盤纏便好。（生）兒吓，教我多與他些盤纏，

爲父的呵，

【榴花泣】（【石榴花】首四）守官如水，胸次瑩無瑕。薄税斂，省刑罰，撫安黎庶禁奸猾。喜詞清訟簡，無事早休衙。（【泣顔回】合頭）（同）依條按法，想懲一戒百有誰不怕？等三年任滿期瓜，詔書來早晚遷加。（正接）

【前腔】覷着他花容月貌勝仙娃，忍將身命淹黄沙？天教公相救伊家，好似撥雲見日，枯樹再開花。（合頭）論貞潔可誇，恁捐生就死可不令人訝。恁萱堂怎不詳察？全不道有傷風化。（占接）

【漁家燈】若提起舊日根芽，不由人不珠淚如麻。恨只恨一紙讒書，搬得我母親叱咤。（生、正接唱）他見差，逼汝身重嫁，那些個一鞍一馬。這書劄令人遣發，管成就鸞孤鳳寡。

（一）簡：原作『減』，據汲古閣刊本《繡刻荆釵記定本》改。

（小生）吩咐開門。（正、占下。牢子、中軍、浄扮苗良。吹打住。生）那個該差？（衆）苗良。（生）傳苗良。（衆傳。浄）苗良叩頭！（生）是你該差？（浄應。生）我有公文一角，差你到饒州王三府處投下。（浄應。生）雖是公文，内有書信一封，要小心投遞，回書要緊，不得有誤。賞你五兩銀子，限你一月繳回。聽我道，（唱）

【前腔】今日裏拜辭了台下，明日向海角天涯。一心去傳遞佳音，不憚路途波查。（浄應下。生）掩門。（衆下。正、占上。占）爹爹，下書人去了麽？（生）去了。（占）孩兒還有話説。（生）有話何不早説？（占）吓，母親吓！（唱）若見他只説三分話，又恐他别娶渾家。（生、正接唱）把閑話一筆勾罷，苗良回便知真假。

【尾】月再圓花重發，那其間歡生喜洽，重整華筵泛紫霞。

（生）饒福相看數日程，（正）修書備細説原因。
（占）分明好事從天降，（合）重整前盟合舊盟。

荆釵記曲譜四集

梅　嶺

（老上）

【臨江引】客夢悠悠雞喚醒，窗前尚有殘燈。（小生）攬衣推枕自閑評。（末接）今日飄零，何日安寧？

（老）促整行裝及早行，驅馳只爲利和名。（小生）拚却餐風並宿水，（末）不愁戴月與披星。（衆皂隸暗上、白）有人麽？（末）什麽人？（皂）發扛已完，請爺起馬。（末照念。小生）就此起行。（末照念。小生）請母親上車。（衆同唱）

【朝元歌】騰騰曉行，露濕衣襟冷。徐徐晚行，月照遥天暝。只爲功名，遠離鄉井。（下。又衆上接唱。净扮巡檢）渡水登山驀嶺，戴月披星，車塵馬足不暫停。晴嵐障人形，西風吹鬢雲。

（小生、衆又上接）（合頭）潮陽海城，到得後那時歡慶。

（浄）三山巡檢迎接大老爺。（末）馬前見。（浄）三山巡檢叩頭！（小生）那裏差來的？（浄）三府王老爺差來的。（小生）那個什麽王老爺？（浄）貴同年士宏老爺。（小生）元來就是王年兄，王老爺在任好？（浄）近日有恙。（小生）什麽恙？（浄）水土不伏，有些破腹。（小生）有幾時了？（浄）有月餘了。（小生）我在路不及修書問候，原帖拜上，説我到任之後，差人問安。（浄）是，過來見了。（衆同）小的們叩頭！（末）起去。（浄）有弓箭手二十名，長鎗手二十名，送老爺過梅嶺。（小生）爲何要這許多？（浄）梅嶺上猴猻甚多，願老爺此去指日封侯。（小生）這官兒到也會講。留長鎗手在此伺候，餘者發回。（浄應）小心伺候。（浄同弓箭手下。末）長鎗手引路。（衆）吓。（同唱）

【前腔】幾處幽林曲逕，松杉列翠屏。回首亂雲凝，禪關掩映，（内鑼邊）聽遠鐘三四聲。欽奉綸音，命遊宦，宿郵亭。遠離京城，盼陽關把往事空思省。水程共山程，長亭和短亭。（合前）

（外、浄上）潮陽府書吏、陰陽生迎接大老爺。（末）馬前見。（外、浄）書吏、陰陽生叩頭！喜單呈上，請大老爺擇日上任。（小生）十五日城隍廟宿香，十六日吉時上任。（外、浄應。小生）這裏到衙門還有多少路？（外、浄）還有五十里。（小生）衙門伺候。（外、浄應）打導。（衆喝、同唱）

【前腔】八九處人家寂静，柴門半掩扃，溪洞水泠泠。路遠離別興，自來不慣徑。遥望酒旗

旌，買三杯，消渴吻。哀猿晚風清，歸鴉夕照明。（合前）（同下）

行喪

（典吏吊場。生白）富貴從來别等論，榮枯得失命中存。無福改爲有福地，有福番成無福人。下官江西饒州府首縣是也。自從三府王公到任三月，不伏水土，全家俱歿了。幸喜留得一位公子，尚在懷抱，止存一個蒼頭，賴他撫養。今日扶柩回去，我已設祭在東門外，祭奠一番。正是：些微少敬同僚誼，免使行人口似碑。（下。淨上）上命差遣，概不由己。自家苗良便是。奉錢都爺之命，着我到王三府衙門下書，一路來餐風宿水，且喜已到饒州。不免進城去，下了書，早些回去。呀，那邊有行喪的來了，總是便道，上前一看，有何不可？（淨下。衆執事六局逐對上。付家人抱孝子上。同唱）

【錦纏道】離黄堂，見父老哭啼路旁，驀忽地奇殃。痛陰靈飄飄，棲泊何方？（接吹打。苗良上，看介。衆繞場下。淨白）吓，怎麼銘旌上寫着『僉判王公之柩』？難道王老爺棄世不成？我且到私衙裏去問個實信，好回復老爺。來此已是宅門上。大哥，借問一聲。（內）問什麼？（淨）王老爺在衙內麼？（內）方纔行喪出去的，就是王老爺。（淨）吖，王老爺真個歿了！（內）真是。（淨）什麼病死的？（內）水土不伏，全家歿了。（淨）原來如此。請了！且住，王老爺已死，書無投處，在此也無益，急急回去罷。一心忙似箭，兩脚走如飛。（下。衆上，同唱）想當日任潮陽，雖云路長，或者到有個顯達名揚。恨奸相調饒邦，致令全家魂歸天壤。又不能芳名萬古揚。幸留下週年少郎，誰去對孤墳，痛哭淚汪汪。

（接細吹打。浄又上，見人問信一次。衆擺門進場設祭桌。又小軍引生上。末扮禮生，常照祭焚帛。孝子謝。生白）啊呀，啊呀！豈敢！豈敢！好一位公子！吓，老人家，難爲你，好生撫養成人，以存先老爺的宗嗣。（付應。生）咳，可憐！（小軍引下。付白）快些到東門去下船。（衆應，同唱）

【普天芙蓉】歎廉清，空悽愴，痛全家真悲壯。撫孤兒繼一脈書香，望蒼穹保護安康。（【玉芙蓉】）(一)（合頭）空惆悵，白雲渺茫，到今日思今追昔命愈傷。（同下）

回書

（浄上）轉眼垂緑楊，回來麥子黄。萬事分已定，浮生空自忙。自家苗良是也，奉老爺之命，差往饒州王三府處下書。不想僉判到任三月，不伏水土，全家歿了。今日纔回，來此已是宅門首。那個在？（浄打梆介。付扮皂隷上）什麽人？（浄）是我。（付）苗良，你回來了。（浄）正是，相煩説一聲。（付）曉得。裏面那位大叔在？（外）怎麽説？（付）遞書人回來了。（外）住着，老爺有請。（生上唱）

(一) 玉：原闕，據《崑劇傳世演出珍本全編荆釵記》補。

【引】人生最苦是別離，論貞潔世間無比。

（外）啓爺，遞書人回來了。（生）着他進來。（外應）把門的呢？（付）在。（外）開了宅門，着那遞書人進見。（付應）苗良呢？（淨）在。（付）老爺傳。（開宅門。淨進介。淨）吓，老爺在上，苗良叩頭！（生）你回來了。（淨應。生）可有回書？（淨）有回書，老爺請看。（生）吓，這是我的原書。（淨）正是。（生）爲何不曾投下？（淨）小人一到饒州，進了東門，正遇一起行喪的，見銘旌上寫着『僉判王公之柩』。（生）你可曾問個明白？（淨）即到私衙去問，説三府老爺到任三月，不服水土，全家殁了。（生）怎麽説？（淨又云）全家殁了，不伏水土。（生）吖，全家殁了！（淨）是。（生）咳，可惜吓可惜！知道了，改日領賞。（淨）吓！（下。生）正是：人無百歲期，枉作千年計。來。（外應。生）傳話後堂，着梅香請夫人、小姐出來。（外傳介。下。丑内應。正上）

【引】書緘情慘切，烟水多重疊。（丑隨占上）報道有書回，故人如見也。

爹爹、母親。（生）夫人，遞書人回來了。（正）遞書人回來，必有好音。（生）原書在此，不曾投下，有甚好音！（占）爹爹，爲何不曾投下？（生）兒吓，你去猜一猜。（占）吖！（唱）

【漁家傲】莫不是明月蘆花没處尋？莫不是薄倖王魁嫌遞萬金？莫不是瘦伶仃病倒東陽枕？莫不是漢陳蕃不曾至任？阿呀爹爹吓！爲甚的欲言不語情難審？早難道王允全抛一片心？（生接）

【前腔】咱言語説到舌尖又將口噤。若提起始末原因，教你愁悶怎禁？此生休想同衾枕，要相逢除非是大海撈針。這情由有甚難詳審，不投下佳音回訃音。

（占）爹爹，佳音是喜信，訃音是死信，莫非我丈夫有甚差池麽？（生）阿呀兒吓！你丈夫到任三月，不伏水土，全家歿了。（哭介。占）吖，我丈夫爲不伏水土，全家歿了！（生）全家歿了。（占）阿呀，兀的不痛殺我也！（跌倒介。生、正旦）我兒醒來！我兒甦醒！（丑）阿呀，小姐醒來！（占唱）

【梧桐犯五更轉】我爲你受跋涉，我爲你遭磨折，我爲你投江，我爲你把殘生捨。誰知今日伊先決，這樣淒涼，教我剗地裏和誰説？梅香，去問老爺，可容奴帶孝？（丑）是哉。老爺，小姐問阿容帶孝？（生）在任所不便，穿些縞素罷。（丑照念。占）既如此，梅香，（丑應。占唱）與我把釵梳除下，盡把羅衣卸。雖不能守孝持喪，也見我守貞潔。

（生、正接唱）兒吓，

【東甌令】休嗟怨，免攧屑，(一)分定恩情中道絶。夫妻本是同林鳥，限到各分别。生同衾枕死同穴，誰肯早抛撇？（占接）（通行不唱。）

(一) 屑：原作『惜』，據汲古閣刊本《繡刻荆釵記定本》改。

【劉潑帽】(一)念妾那日蒙提挈，只指望重諧歡悦。可知負心，可也隨燈滅。一度思量，一度肝腸裂。（生、正接唱）

【秋夜月】你莫哽咽，總是前生孽。雖然你一時鏡破鸞影缺，慢慢的秦樓別訪吹簫客。（占）母親，説那裏話來！妾夫雖不才，亦爲郡守寮寀。妾今移心改嫁，前日投江，乃沽名釣譽也！（正）兒吓，你青春年少，終身怎得了？我女兒做人要做絶，我相公爲人須爲徹。（占）（通行就接此曲。）

【金蓮子】待要説，奈傷心，到口又哽咽，貞共潔怎叫我兩截？若要我再招夫，除非是山崩大江竭。（同唱）

【尾】貞心一片堅如鐵，再醮徒勞費唇舌，千載共姜重見也。

（生）甘守共姜誓柏舟，（正）分明塵世若浮鷗。

（占）三寸氣在千般用，（合）一旦無常萬事休。

（生）兒吓，你如此立志，不惟顯你一身名節，且與天下婦人增輝。待明日螟蛉一子爲嗣便了。隨我進來。（占）是。（同下）

(一) 潑：原作『撥』，據曲牌名改。

男祭

（老上）

【引】細雨霏霏時候，柳眉烟鎖長愁。（小生）昨夜東風驀吹透，報道桃花逐水流。母親拜揖！（老）罷了。極目家鄉遠，白雲天際頭。（小生）五年離故里，灑淚濕征裘。告母親知道。（老）起來說。（小生）是。孩兒昨夜夢見媳婦，扯住孩兒衣袂，說十朋吓十朋，我只與你同憂，不與你同樂。醒來却是南柯一夢。（老）敢是媳婦與你討祭了。（小生）孩兒祭禮已備，請母親主祭。（老）吓，阿呀媳婦兒吓！非是兒夫負你情，只因奸相妒良姻。生前淑性甘貞潔，死後陰魂脱世塵。餐玉饌，飲瑶樽，水晶宫裏伴仙人。待你兒夫任滿朝金闕，與你伸冤奏紫宸。兒吓，你去祭罷。（小生）是，孩兒告祭了。吓，阿呀妻吓！我和你好似巫山一片雲，秦嶺一堆雪，閬苑一枝花，瑶臺一輪月，到如今雲散，雪消，花殘，月缺，好傷感人也！（唱）

【新水令】一從科第鳳鸞飛，被奸謀有書空寄。幸萱堂無禍危，痛蘭房受岑寂。捱不過淩逼，阿呀妻吓！恁身沉在浪濤裏。

（老接）咳！

【步步嬌】將往事今朝重提起，越惱得肝腸碎。清明祭掃時，省却愁煩，且自酬禮。李舅看酒。（末）有酒。（小生）母親，卑幼之喪，何勞母親奠酒！（老）兒吓，（唱）須記得聖賢書，道我不與祭如不祭。

（小生介）李舅看酒。（末）有酒。（小生接唱）

【折桂令】爇沉檀香噴金猊，昭告靈魂，[一]聽剖因依。自從俺宴罷瑶池，宫袍寵賜，相府把俺勒贅。俺只爲撇不下糟糠舊妻，苦推辭桃杏新室，致受磨折，改調俺在潮陽，阿呀妻吓！因此上躭誤了恁的歸期。（老接）

【江兒水】聽説罷衷腸事只爲伊，却原來不從招贅生奸計。惱恨娘行忒薄義，淩逼得你好没存濟。母子虔誠遥祭，望鑒微忱，早賜靈魂來至。（小生接唱）

【雁兒落】徒捧着淚盈盈一酒巵，空列着香馥馥八珍味。慕音容，[二]不見伊，訴衷曲，無回對。呀，俺這裏再拜自追思，重會面是何時？搵不住雙垂淚，舒不開咱兩道眉。先室，俺只爲套書信的賊施計。賢妻，俺若是昧誠心，天鑒知，昧誠心自有天鑒知。（老接）

【僥僥令】不是你爹行没主意，是你繼母太心欺。貪戀富室豪門財和禮，抛閃得好夫妻中路

〔一〕昭：原作「招」，據汲古閣刊本《繡刻荆釵記定本》改。

〔二〕慕：原作「暮」，據汲古閣刊本《繡刻荆釵記定本》改。

裏，好夫妻中路裏。（小生接）

【收江南】呀！早知道這般樣拆散呵，誰待要赴春闈！便做到腰金衣紫待何如？説來的話兒又恐怕外人知，端的到不如布衣，布衣。阿呀妻吓！只索要低聲啼哭自傷悲。(一)（老接）

【園林好】免愁煩回辭了奠儀。我那媳婦兒吓，做婆婆的本待要拜你一拜，恐你消受不起。罷！只得拜馮夷多加些護持。早早向波心中脱離，惟願取免沉溺，惟願取免沉溺。

（小生介）李舅化紙。（末應。小生接唱）

【沽美酒】紙錢飄，蝴蝶飛；紙錢飄，蝴蝶飛；血淚染，杜鵑啼。（通行連唱。）（净齋夫、丑舍人上白）小官人走吓！幾裏是哉，阿有奢人拉裏？（末）是什麽人？（净）大叔，我里正齋老爺曉得老爺拉裏祭奠夫人了，叫舍人來讀祭文個。（末）住着。啓爺，學中正齋老爺曉得老爺在此祭奠夫人，特送舍人到來，宣讀祭文。（小生）請進來。（末應）請你們進去。（净）小心點。（丑）曉得。大人，我裏爺爺曉得老爺在此祭奠夫人，教我來讀祭文。（小生）有勞！（丑）維大宋熙寧七年吉月辛卯朔日，乙酉科進士及第任潮陽事係浙江温州府永嘉縣孝夫王十朋，謹以清酌素饌之奠，致祭於亡妻玉蓮錢氏夫人前而言曰：惟靈之生，抱義而滅；惟靈之死，(二)抱節而歸。於戲！昔受荆釵爲聘，同甘苦於茅廬。春闈一赴，

(一) 低：原作『底』，據汲古閣刊本《繡刻荆釵記定本》改。

(二) 靈：原闕，據汲古閣刊本《繡刻荆釵記定本》補。

鸞鳳分飛；　詐書一到，骨肉分離。　姑娘爲奪婚之媒，繼母爲逼嫁之威。　捱不過連朝折挫，抵不過晝夜禁持。　拜辭了睡昏昏之老姑，哭出了冷清清之繡幃。　江津渡口，月淡星稀，脱鞋遺跡於岸邊，抱石投江於水底。　江流哽咽，風木慘悽。　波滚滚而洪濤逐魄，浪層層而水泛香肌。　哭一聲兮雁飛鴻隨，鶴唳猿啼；　叫一聲兮雲愁雨怨，天悲地悽。　哀情訴與河伯水官，悲困薦與佛説菩提。　料今生不得相見，願來世再結良期。　靈魂不昧，尚其鑒之。　於戲哀哉！　伏惟上香！　（小生）取個封兒與他。（末應。　浄、丑謝下。　老白）兒吓，將媳婦的繡鞋也焚了罷。（小生唱）覩物傷情越慘悽，靈魂兒恁自知。　俺若是負心的，負心的隨着燈滅。　花謝有芳菲時節，月缺有團圓之夜。　俺呵，徒然間早起晚息，想伊家念伊。　妻吓！　要相逢除非是夢兒裏，和你再成姻契。（同）

【尾】昏昏默默歸何處？　哽哽咽咽常念你，直上嫦娥宫殿裏。

（末上）住着，啓爺：　有報單在此。（小生）取來。　吏部一本，爲缺官事，江西吉安府缺知府一員，推得廣東潮陽僉判王十朋，治事清廉，持心公正，堪以陞授吉安知府。　欽此。　知道了，賞報人二兩銀子。（末應下。　小生）母親，孩兒已陞授吉安知府。（老）可喜吓可喜！　幾時起程？（小生）明日辭了各上司，即便起身。（此段通行不念，唱完。）（老接白）年年此日須當祭，（小生）歲歲今朝不可遲。（老）天長地久有時盡，（小生）此恨綿綿無絶期。（老）隨我進來。（小生）是。　阿呀妻吓！（下）

夜香

（占上）

【一枝花引】花落黄昏門半掩，正皓魂滿空清曠。命蹇與時乖。月在望人不見，好傷懷！

昔恨時乖赴碧流，重蒙恩相得收留。深處閨門重户閉，花落花開春複秋。奴家自從那日投江，不期遇着錢安撫撈救，收爲義女，勝似親生。只是無以爲報。今宵在月明之下，不免燒炷清香，以求上蒼蔭庇。适纔吩咐梅香安排香案，想已完備，不免到庭前，拜禱則個。（唱）

【忒忒犯園林】想那日身投大江，蒙安撫恩德難忘？將奴看待勝似嫡親褓褓，如重遇父和娘。願他增福壽，永安康！

想我母親亡後，又虧繼母呵！（唱）

【川撥棹】親鞠養，我爹爹呵，擇良人配鴛行。誰知我命合遭殃，誰知我命合遭殃，遞讒書逼奴險亡。〔二〕蒙天眷，遇賢良，保佑他永安康。

想我婆婆娶奴家呵！（唱）

〔二〕讒：原作『殘』，據汲古閣刊本《繡刻荆釵記定本》改。

【好姐姐】指望終身奉養，又誰知中途骯髒。存亡未審，使奴愁斷腸，心悽愴。親姑早會無災障，骨肉團圓樂最賞。

想我丈夫有了奴家呵，

【香柳娘】又重婚洞房，又重婚洞房，將奴撇漾。不思父母恩德廣。痛兒夫夭亡，痛兒夫夭亡，不得耀門牆，抛棄萱花在堂上。願他魂歸故鄉，魂歸故鄉，免得此身渺茫，早賜瑤池宴上。

【尾】終宵魂夢空勞攘，若得相逢免悒怏，再爇明香答上蒼。

香烟緲緲浮清碧，衷曲哀哀訴聖祇。(一)

致使更深與人静，非關愛月夜眠遲。(下)

脱靴

(净、丑扮父老拿酒盒、彩旗各持上，白)親家走吓！(唱)

(一)祇：原作『祈』，據汲古閣刊本《繡刻荆釵記定本》改。

【賞宮花】耆宿社長，聽榮除，特舉觴。五年豐稔民沾惠，(一)盡安康，臥轍扳鞍無計策，(二)驪歌別酒衆難忘。

(浄)親家，阿記得小時節騎竹馬，個歇做了白頭翁。(丑)奢個白頭公，還有一隻毛鵓鴣裏來。(浄)亦要討便宜哉。(丑)個是我個毛病。(浄)勿要鵲氣。(丑)生成個張老鴉嘴。(浄)勿要説哉。自從三府王老爺到任五年，真個清如水，明似鏡，上和下睦，個歇陞子吉安太守，今日束裝起行了。(丑)三府王老爺當初原任是饒州僉判，只因不就万俟丞相個親事了，故爾改調潮陽，意欲陷害他。如今朝廷知他治事清廉，持心公正，陞他吉安知府，個叫因禍得福。(浄)爲此我們備得酒盒旗帳，到十里長亭，送他一程。還要脱他的靴，釘拉儀門上，千年遺踪，萬古遺愛。(丑)説得勿差。聽鼓樂之聲，像是來哉，答呸迎上去。(二旦小軍引小生、老旦、末同上，唱)

【前腔】潮陽海邦，坐黄堂，名譽彰。省台飛薦剡，(三)餞別談文章。擢任三山爲太守，叩頭萬歲謝吾皇。

(浄、丑)父老們迎接大老爺！父老們叩頭！(小生)衆父老到此何幹？(浄、丑)老爺自從到任以

(一)『五』下原衍一『五』字，删。
(二)扳：原作『板』，據文義改。
(三)省台飛薦剡：原作『省名飛馳台』，據汲古閣刊本《繡刻荆釵記定本》改。

來，清如水，明似鏡。小老們特備酒盒旗帳，與老爺餞行，聊表野人獻芹之意。（小生）我在此也没有什麽好處，何勞這些禮物？（浄）那説没有好處？老爺來到任個時節，蠻獠騷擾，㈠盜賊猖狂，百姓横行，瘟疫難當，弟强兄弱，子罵父娘，兒啼女哭，饑斷絲腸，無衣無食，有褌無襠。西風一起。（做狗叫介。丑）做奢？（浄）凍得狗叫汪汪。（小生）我到了任呢？（丑）老爺到任以來，那蠻獠遠遁，盜賊潛藏，家家樂業，户户安康。新新舊舊，衣服盈箱。粗粗細細，米爛陳倉。家家快活，專買石床，只聽得浪蕩擲擲，浪蕩擲擲。（浄）奢解説？（丑）打個【村裏迓古】。（浄）好吓！大叔請收了旗帳。（末應。浄）篩酒，篩酒，我送老爺，⿰口五送太夫人。（小生）生受你們。（浄、丑同唱）

【月上海棠】吾郡間，萬民沾惠恩無限。喜陞除吉郡，餞别陽關。無計留攬轡攀鞍，爲零雨還須青盼。（合）程途趲，拚擔些巇嶮，受些⿰足鸞跧。㈡

（浄、丑）請老爺脱靴。（小生）不消。（浄）老爺去子，無得個樣好官來個哉。（小生）一官去了一官來，生受你們！回去罷。（小軍喝。小生、老、末下。浄、丑）小老送老爺。（浄）親家，方纔老爺説，一官去了一官來，個是奢意思？（丑）曉得我裏有點文墨了，贈介一句我俚讀讀。（浄）我答⿰口五要對一句没好。（丑）有理個。到申明亭上去，坐子拉對。（坐介）⿰口五先來。（浄）個没占哉。方纔王老爺説個一句是，

㈠ 獠：原作『遼』，據汲古閣刊本《繡刻荊釵記定本》改。下同改。
㈡ ⿰足鸞跧：原作『驚拴』，據汲古閣刊本《繡刻荊釵記定本》改。

（吟介）一官去了一官來。字韻叫奢？望得眼巴巴。（丑）好拉化，親家，呧肚皮裏狠有才。（淨）親家，呧來哉。（丑）等我想想看，吖，吖，吖，三府王老爺到任以來，竹爿搒子勿曾換。（淨）好丢，呧個句亦比我通。我裏就拉地方上掠三分一家。（丑）呧亦要苛掠民財哉！（淨）勿是苛掠民財，要買一根木頭，叫一個木匠，做一隻箱，釘拉儀門上，權當王老爺個靴拉哈，與萬民遺愛，千載瞻仰。（丑）勿差。（淨）還要買點紙頭。（丑）要紙頭作奢？（淨）方纔做個詩，難道就罷哉勿成？要刊刻子印板，各處貼貼，鄉紳送送，名爲《德政歌》。（丑）好是好個，即是眼巴巴個『巴』字，那寫法？（淨）我個『巴』字好寫個，就是雞巴個『巴』字哉耶！呧個竹爿搒子勿曾換個『换』字，那寫法？（丑）勿難，我好改個。（淨）改奢？（丑）改『毡』字。（淨）勿像子詩哉。（丑）雖勿成詩，押韻而已，哈哈！（同下）

審局

（生干唱，末亦做）

【六幺令】迎官接員兩脚奔波，襪破靴穿。只愁驛馬不連牽，人夫少，怎行船？這番責罰難求免，這番責罰難求免。

自家吏部承局便是。只因效勞多年，選到贛縣驛丞。可憐這驛，在要道之所，官府來往，迎送煩苦。早上要馬，晚間要船；今日要牽夫，明日要船夫。不要説没處賺錢，只要脱了上司責罰，就勾了。打聽得新任吉安府太守是王狀元，潮陽陞到此。在京時節，曾與他寄過書信回去，如今去求他寫封書信與

本府，改陞南山巡檢，未知允否？不免迎上前去。一心忙似箭，兩脚走如飛。（小軍引小生、老、末上。同唱）

【前腔】盤山過川，遠望長途，馬鬧人喧。且自前去息駢闐，衢州撞府遇郵傳，料應任所非遥遠，料應任所非遥遠。

（生）贛州府贛縣驛丞迎接大老爺。（小生）那驛丞有些面善。（生）驛丞叩頭！（遞手本。小生看）贛州府贛縣驛丞承局，你就是承局？（生）正是。當日老爺高中時節，曾與老爺帶過家書回去的。（小生）哆！與我拿下，把他洗剝了！（衆）吓！（生）啊呀，老爺，却是爲何？（小生）左右，與我重砍四十。（衆打介。小生）我把你這狗才，怎麼把我家書套寫？致令我夫人投江身死，從實招來！（生）啊呀，小人自領老爺之書，一路不曾耽擱，誰敢套寫？（小生）胡説！左右，與我撈起來！（衆應，撈。生）啊呀，老爺，冤枉噓！（小生）你畢竟將書留在誰處來？（生）待小人想來。吖，吖，老爺聽禀，（唱）

【駐馬聽】自別台前邂逅，相逢孫汝權。（小生）孫汝權與我筆跡相同，事有可疑。他便怎麼？（唱）他要把家書寄傳，權解征鞍，暫爾留戀。（小生）他留戀你，便怎麼？（生）叫小人到他寓所去，説要留你喫杯酒，因在客邊不便，倘與你到店中去一敍，又要寫信，恐耽擱你的工夫。有個小意思，送你自去開懷暢飲罷。（唱）將青蚨幾貫做盤纏。那時小人欠了見識，不合把包裹留在他寓所。（唱）向酒家獨酌重回轉。（小生）你回到寓所可曾檢點包裹？（生）這個，小人不是了。（唱）行囊失點，除非奸計將書來換。

（小生接）嗳！

【前腔】可怪奸頑，改換家書恨怎言！狗才吓！你貪着三杯濁酒，幾貫青蚨，惹禍如天。致使我夫人一命喪黄泉，此仇雪恨怨非淺。（生）非干小人之事。（小生）鬆拶。（衆）吓。（小生）上了刑具。（衆）吓，犯人上刑具。（小生）將他監禁有司，待我修書與周年兄，提那孫汝權到來，一同面質問罪。（生）望老爺超生！（小生）好狗才！（唱）不必多言，囹圄收禁，待與孫郎折辯。

（衆）吓，走，走，走！（帶生下。小生、老白）今番假書明白了。（末）怪道這狗男女對員外説，老爺入贅相府了。（老）兒吓，這莊事，如今便怎麽？（小生）孩兒看朝報，同年周年兄已陞温州府，待孩兒修書與他，提那孫汝權到來，與承局對証明白。（末）老爺，恐員外、安人在家懸望，使小人回去，這書待小人帶去可好？（小生）如此甚好，待我今晚修書，明日打發你回去，接取員外、安人到我任所，同享榮華便了。（末）多謝老爺！（小生）母親，今晚暫宿驛中罷。

（老）咳，奸徒設計改家書，（小生）難辨中間是與非。

（合）混濁不分鰱共鯉，水清方見兩般魚。（下）

開眼

(付上)老老，阿要扶㕶到外頭去坐坐？(外)使得。(鵲噪介。付)老老，有喜事來哉！(外)怎見得？(付)哪，(唱)

【三台令引】夜來花蕊銀燈，曉起鵲噪翠屏。(外)咳，(接)何喜到門庭？頓教人側耳頻聽。

(付)坐好子。(外)每每心懷耿耿，終朝淚眼盈盈。只爲孩兒成畫餅，教人嘔氣傷情。(付)昨夜燈花結蕊，今朝鵲噪頻頻。(外)料我寒門冷似冰，有何好事到門庭？(付)勿要昏悶，我去拿茶拉㕶喫。

(末上)

【前腔】乍離南粵郵亭，又到東甌郡城。(一)

我李成，自離吉安，又到温州。一路來聞説員外思念小姐，兩目昏花。來此已是自家門首，不免逕入。(付)外頭有人聲音，等我去看看介。(末介)安人。(付)咦，㕶是李成滑！(末)正是，男女叩頭！(付)罷哉，罷哉。(末)員外一向好麽？(付)勿要説起，爲子思念小姐，眼睛纔哭瞎丢哉。(末)果有此事。(付)那説嘸介事？(末)如今在那裏？(付)拉丢中堂，跟我來。(末應。付)老老，李成居來哉。(外)吖，李成回來了。(末)吓，員外，男女李成叩頭！(外)叫他不要叩頭，上前來。(付)員外

(一)　甌：原作「毆」，據文義改。

說，勿要磕頭，走到身邊來。（末）是，吓，員外。（外）咦！（末）吖喲！吖喲！（付介）啊呀，狗咬哉。（外）唔，我怎樣吩咐你，送到了老安人，即便就回，你一去五年，竟不回來。啊呀，我只道你這狗才死了！（付）認道唔死脱哉。（末）吓，員外，男女送到了王老安人，本欲就回，因被他苦留，送了狀元到任之後，故爾纔回。（付）個樣忘恩負義之人，還要送俚做奢！（末）安人吓，那狀元不是忘恩負義之人耶。（付）哪，喫了俚丢幾年飯脚水，就幫俚丢哉。（外）是吓。（末）員外，他當初除授饒州僉判，只因奸相招贅不從，改調潮陽烟瘴地方，意欲陷害狀元。後來朝廷知道他處事廉能，持心公正，陞任吉安知府，修書打發男女回來，接取員外安人到任所，同享榮華。哪，哪，哪，有書在此，員外請看。（外）我不要看。（付）爲奢了？（外）前番一封書，害得我家破人亡；如今又有什麼書，我不要看。（付）老老，前頭個封書，休子我裏囡唔，那間個封書，怕道休子我老太婆勿成？看看没哉！（外）我兩眼昏花，如何看得？（付）李成識字個耶，叫俚念拉唔聽没哉。（外）如此，李成，你把書上字字行行，清清朗朗，念與我聽。（末）喲，書上寫的員外開拆，男女怎敢？（外）命你拆，拆就是了。（付）叫唔拆没拆哉滑，有個多化。（末）如此，男女告拆封了。（付）阿是到底要跟官學子多化規矩丢哉。（末）員外聽了吓。

（干唱）

【一封書】婿百拜岳父母前，員外可曾聽見？（外）聽見的，念吓。（末）是。（付介）耳朵是好個來。（末唱）自離膝下已五年。因絛相不見憐，改調潮陽路八千。今喜陞任吉安府，遣僕來迎到任間。匆匆的奉寸牋，伏乞尊前照不宣。

（外）念吓。（末）念完了。（外）書呢？（末）在。（外）拿來。（末應。外）吓，啊呀，呀！（付）亦要哭哉！（外）我聽了此書呵！（唱）

【下山虎】正是見鞍思馬，覩物傷情，觸起我關心事。教我怎不淚零？如今我婿得沐聖朝寵榮，我女一身成畫餅。他穩坐在吉安城。玉蓮的親兒吓！若説猛浪滔天魂未醒，追想越悲哽。當此衰年暮齡，反要艱難匍匐行。

（外哭介。末暗上）員外請免愁煩。（外）吓，李成，狀元聞知小姐死了，便怎麽樣？（末）那狀元聞知小姐死了，頓時哭倒在地。（外）自然要哭。（付）那説勿要哭。（外）以後便怎麽？（末）以後虧得老安人與男女救醒。員外，前番那假書情由，已明白了。（外）怎樣明白呢？（末）那日在贛州道上，遇着了前番下書的承局，在那裏做驛丞。狀元見了，立刻拿下，拷問寄書情由，那知就是孫汝權套寫的。（外）吖，元來就是這狗男女套寫的。（末）當時把承局監禁在有司，要提拿將孫汝權到來，一同面質問罪。（外）吖，吖，李成，你去後，那孫汝權反告我圖賴婚姻，虧得周四府清廉，審得賴婚是虚，威逼是實，把他拶了一拶，打了四十，已下在獄中了。（付）正是，前日子姑娘居來説，孫汝權自覺情虚，吊煞拉監裏哉，拖子牢洞哉。（外）吖，死了，便宜這狗男女。（末）便宜了他。（外）李成，那狀元可曾説我們什麽？（付）阿拉丟説我俚奢？（末）狀元着實感激員外、安人。（外）感激什麽？（末）哪，

【前腔】感激你義深恩厚，夢繞愁縈。久絶鱗鴻信，因此悶懷倍增。母子修書，遣僕來迎，料

想恩官必待等。（外接）天寒並地冷，未可離鄉背井，且待春暖欵欵行。（付接唱）

【亭前柳】你垂鬢已星星，弱體戰兢兢，況且寒凜凜，那更冷清清。此行怎去登山嶺？且自商量，未可登程。

（外）昔日離家過五秋，（付）今朝書到解千愁。

（末）來年同到吉安郡，（合）不棄前因共白頭。

（外）好個不棄前因共白頭！哈，哈，哈！李成，狀元聞知小姐死了，可想再娶麼？（末）那狀元説終身不娶。（外）吖，終身不娶！哈，哈，哈！（末）又道誓不再娶，（外）吖，誓不再娶，哈，哈，哈！真個？（末）真個。（外笑）果然？（末）果然。（外）哈，哈，哈！真乃義夫節婦，哈，哈，哈！唶，唶，唶！阿呀，李成，我雙眼復明了。（末）吖！員外雙眼復明了！（外照念。末）男女不信。（付）勿信，等我來試試看。賊介幾個？（外）三個，哈，哈，哈！（末）哪，哪，員外這是幾個？（外）五個，哈，哈，哈！（末、付）果然雙眼復明了，謝天地！（外）正是：人逢喜事精神爽，（付、末）月到中秋分外明。（外）媽媽，收拾收拾傢伙，托付與妹子，來春一同前去。（付）呾丟去，我是勿去。（外）爲何？（付）前頭親家姆拉裏，待慢子裏，奢個面孔去見俚丟？（外）他是做狀元的、官的人，寬洪度量，不計較你。（付）個没李成，去買一個虎面子來。（外、末）做什麼？（付）遮遮羞哉耶。（下。外）你也曉得没趣。（末）是吓。（外）李成隨我來。（末）到那裏去？（外）到將仕公家去。〔一〕（末）做什麽？（外）前番一封書，累他受氣，如今這封書，也叫他喜歡喜歡。哈，哈！（末照念。外）快活！快活！哈，哈！（末亦照念。外）李成來。（末）員外看仔細。（下）

拜冬

（生上唱）

【番卜算引】時序兩推遷，莫不愁眉展。撫民治國寸心丹，方表爲臣節。

豸冠衣繡列朝班，昔日曾經面折奸。辭陛遠離清海粵，江南半壁柱撑天。下官錢載和，坐鎮南粤，按撫閩地，且喜海上無烽烟之警，城中絶桴鼓之聲，奸宄潛踪，豪强屏息。今日節届冬至，合當率領屬員拜牌。正是：聖朝有道光天下，臣庶均沾雨露恩。（小生、外上）合屬俱齊，請大老爺拜牌。（各下。占上唱）

【杜韋娘】朔風寒凛冽，雲布野墅捲飛雪，看萬木千林多凍折。小窗前，梅花再綴，冰稍數點幽潔。〔二〕

〔一〕將：原作『蔣』，據文義改。

〔二〕稍：原作『消』，據汲古閣刊本《繡刻荊釵記定本》改。

痛憶我兒夫，感念錯蹉跎，轉頭又是五年，按撫收留恩不淺，補報全無。今日冬至節届，爹爹拜牌去了，等候爹爹回來，好去拜賀則個。（丑上干唱）

【麻婆子】做奴做奴空惆悵，何時得嫁馬上郎？做奴做奴空勞攘，只落得曉夜忙。遇冬節，巧梳妝，身穿一件好衣裳。市人見了多誇獎，道我是風流一個俊俏娘。

小姐，今日是冬至節，小姐請坐子，待梅香拜節。（占）罷了。（丑）時遇新冬，喜氣重重，願得小姐，再嫁一個好家公。（占）胡説！取吉服過來。（丑）是，請小姐穿了吉服，老爺拜牌去哉，等俚轉來，好拜賀冬節。（占）隨我進來。（丑）噢，是哉。（同下。吹打。生上。小生、外同白）合屬文武，齊集轅門稟賀。（生）懸掛免謁牌。㈠（小生、外）懸掛免謁牌。（衆）吓！（小生、外）皂隸叩頭排衙。（衆）吓！（起鼓。住。衆唱）吉日吉時，大老爺陞堂公坐。（小生）起去。（衆）吓。（起鼓）合署衙役，左右分班伺候。（小生）起去。（衆）吓。（起鼓）合郡人目，出入平安。排衙畢，諸事吉。（小生、外）中軍叩賀大老爺！（淨）巡捕官叩賀大老爺！（小生）起去。（淨）吓。（占）軍牢手叩賀大老爺！（小生）起去。（外）領賞。（衆）謝大老爺賞！（付、丑）紅衣班叩賀大老爺！（小生）起去。（外）領賞。（衆）謝大老爺賞！皂隸叩賀大老爺！（小生）起去。（外）領賞。（衆）謝大老爺賞！（淨）堂事畢。（小生）收牌，掩門。（衆）吓！（吹打，衆喝下。正上唱）

㈠ 謁：原作『揖』，據《崑劇傳世演出珍本全編荆釵記》改。下同改。

【引】及時行樂設華筵，（占）共慶方年節。

（正）相公。（生）夫人。（占）爹爹、母親。（生、正）罷了。（生）下官蒞任以來，光陰似箭，日月如梭，不覺又是五年矣。（正）便是。相公，今日冬至令節，妾身備得水酒，與相公賀節。（生）生受夫人。（吹打。正）相公請上，待妾身拜賀。（生）下官也有一拜。（占）爹媽請上，待孩兒拜賀。（生、正）罷了。（吹打住。合唱）

【集賢賓】一陽氣轉春透徹，履長歡慶冬節。稔歲瞻雲人意切，聽殘漏曉臨臺榭。經年是別，黄雲讖争書揭帖。（合頭）芳筵設，沉醉後，管絃聲咽。（吹打住。同唱）

【鶯啼兒】光陰迅速如電掣，斷送了多少豪傑。遇良辰自宜調爕，且把閒悶拋撇。進履襪歡看婦儀，炷寶鼎對天答謝。（合頭）芳筵設，沉醉後，管弦聲咽。（吹打住。同唱）

【琥珀猫兒墜】玉燭寶鼎，今古事差迭。遇景酣歌時暫歇，珠簾垂下且莫揭。（合）歡悦，那獸炭紅爐，熖熖頻爇。

【前腔】小寒天氣，莫把酒樽歇。醉看歌姬濃艷冶，春容微暈酒黯頰。（合前）

【尾聲】玉山頽倒日已斜，酒散歌闌呼侍妾，把錦被烘爇，從教醉夢賒。

（生）天時人事日相催，（正旦）冬至陽生春又來。

（占）雲物不殊鄉國異，（衆）開懷且覆掌中杯。（吹打住。同下）

上路

（付上）東城漸覺風光好，縠浪波濤迎客棹。綠楊烟外少人行，紅杏枝頭春意鬧。浮生常恨歡娛少，堪愛嬋娟傾一笑。爲君岐路看斜陽，且向花間留晚照。老身姚氏，幸喜女婿陞任吉安知府，打發李成回來，接我老們到任所，同享榮華。咳，此時我女兒若在，同到任所，豈不風光！正是：姣女投河處，痛殺白頭親！（外內嗽）言之未已，員外出艙來也。（外上唱）

【小蓬萊】策杖登程去也，西風裏勞落艱辛。淡烟荒草，斜陽古渡，流水孤村。（付接）滿目堪圖堪畫，野景蕭蕭，冷畔黃昏。（末接）樵歌牧唱，牛眠草徑，犬吠柴門。

（外）綠遍汀洲三月景，錦江風靜帆收。垂楊低映木蘭舟，半篙春水滑，一段夕陽愁。（付）流水橋東回首處，美人親捲簾鈎。（末）落花幾陣入紅樓，行雲歸楚峽，飛夢繞溫州。（外）媽媽，連日在舟中悶坐不過，今日日麗風和，花明景曙，我們一同上岸走走。（付、末）員外先請，我們隨後。（外）好天氣也！

（外唱）

【八聲甘州】春深離故家，嘆衰年（同唱）倦體，奔走天涯。一鞭行色，遥指賸水殘霞。牆頭嫩柳籬畔花，只見古樹枯藤棲暮鴉。槎枒，遍長途竹木桑麻。（付接）

【前腔換頭】呀呀，幽禽聚遠沙。老老，對芳菲禾黍，宛似蒹葭。（合）看江山如畫，無限野草閒花。溪亭小橋景最佳，只見竹鎖溪邊有三兩家。漁槎，弄新腔一笛堪誇。(末應下。外)咳，早歲遊庠，何曾受此跋涉？(付)咳，今日個苦，纔是孫汝權害我便個。(外)媽媽不要説了。(付)吖哟，走勿動哉！(末)員外、安人在此坐坐，待男女去看看船來。(外)去去就來。(付)阿一哇，阿一哇！雞眼纔走痛拉裏哉。(外唱)

【解三酲】爲當初被人謊詐，把家書暗地套寫，致我兒一命喪在黄泉下，受多少苦波查。今日幸蒙佳婿來迎迓，又還愁逆旅淹留人事賒。(合)空嗟呀，自嘆命薄難苦怨他。

(末)員外、安人，船就在前面，下船去罷。(同唱)

【前腔】步徐徐水邊林下，路迢迢野田禾稼。景蕭蕭疏林中暮靄斜陽掛。聞鼓吹，鬧鳴蛙，一徑古道西風鞭瘦馬。漫回首，盼想家山淚似麻。(合前)

(末)看仔細。(同下)

親敘

(小生、老同唱)

【懶畫眉】荆釵博爾鳳頭釵，重義輕生托繡鞋。一回思想一回悲，鳳釵猶在人何在，可保祐雙親到此來。(外、末、付上)

【前腔】館甥位掌五侯台，千里裁書遣使來。令人驚喜復悲哀，哀哀我弱息今何在？喜得他母子親情得再諧。

（末）員外、安人，這裏是了。待我去通報。（外）就出來。（末應）吓，安人、狀元老爺，李成叩頭！（小生）李舅起來。員外、安人到了麽？（末）都到了。（小生）請母親一同迎接。（老）吓，二位親家請！（外、付）親母請！（小生）吓，岳父母請！（外、付）賢婿請！（小生、老同唱）

【哭相思】一自别來容鬢改，恨官銜失迎冠蓋。（外、付）生别重逢，死離難再。（老）罷愁思且加親愛。

二位親家請上，老身有一拜。（外、付）愚夫婦也有一拜。（老）他鄉迎舊戚，便覺解深愁。（外）小女姻緣淺，青春地下愁。（小生）岳父母請上，待小婿拜見。（外、付）不消。（小生）半子情方盡，終身願已酬。（外、付）休嫌山婦拙，思好莫思仇。（老）親母，何出此言？（付）人之異與禽獸者，以其有仁義也。（老）言重，言重。請坐。（外、付）有坐。（老）久别尊顔，常懷厚德。向承寵愛，圖報無門。（小生）茲辱光臨，喜酬有地。（外）痛我女已亡，以非親者而親母反親之，賢婿反謙之，母子之賢，天下罕有。（老）吓，親翁，

【玉交枝】感你恩深如海，我一抔土填得甚來？[一]久銘肺腑時時載，特此遠迎冠蓋。兒吓，令人快把綺筵開。洗塵莫怪輕相待。（合頭）細思量荊釵可哀！細思量荊釵可哀！（外接）

【前腔】承蒙過愛竟忘哀，[二]夫妻遠來。想當初在寒舍慚餔待，[三]望尊親海涵寬貸。賢婿，你腰金不忘真大才，不比薄情人轉眼生嬌態。（合頭）細思量投江可哀！細思量投江可哀！

（付）

【前腔】自慚睚眦，望尊親休得介懷。一時我也出無奈，莫把我做好人看待。勸人家晚母休學我忌猜，逼女改嫁遭毒害。（合頭）細思量遺鞋可哀！細思量遺鞋可哀！（小生）

【前腔】慚予一介，荷深恩扶出草萊。爲微名五載忘親愛，豈知中路成災？當初指望白頭諧，誰知半路遭殘害？（合頭）細思量令人可哀！細思量令人可哀！

（院子）啓爺，筵宴完備，請上席。

（老）幾年遠別又相逢，（外）又訝相逢似夢中。

（付）果是仇人難物色，（小生）信知女婿近乘龍。

〔一〕抔：原作『杯』，據文義改。

〔二〕哀：原作『衷』，據汲古閣刊本《繡刻荊釵記定本》改。

〔三〕慚餔：原作『漸餔』，據汲古閣刊本《繡刻荊釵記定本》改。

（老）請二位親家上席。（付）吖喲，我個寬洪度量個好太太！（笑下）

參都

（生上）

【鳳凰閣引】浪滾龍腥，淹留西南江艇。奉命巡行駕一航，布帆無恙對篷窗。丹心一點如紅日，相映回波照上蒼。下官錢載和，蒙聖恩欽授兩廣巡撫。今帶家眷赴任，來此已是吉安府。奈風掀浪高，不能前行。唤驛丞。（二旦牢子暗上）唤驛丞。（丑上）來哉，來哉，驛丞叩頭！（生）我在此停舟避風，風息就要開船，不必報與各衙門知道。（丑）吓！（外、院子、小生上）

【引】送往迎來，難免許多馳騁。

（外）驛丞那裏？（丑）驛丞叩頭！（小生）錢都爺幾時到的？（丑）昨日到的。（小生）怎麼不來通報？（丑）都爺吩咐，在此停舟避風，風息就行，因此不曾通報。（小生）三日前，有馬牌到來，府縣官理應出郭迎接。把手本呈上。（丑）吓，驛丞下艙，禀上大老爺，府縣官要見。（生）咈，怎樣吩咐你，又來禀！（丑）説三日前，大老爺曾有馬牌到來，府縣官理應出郭迎接，有手本呈上。（生）吉安知府王十朋，吓！怎麼這裏又有一個王十朋？（丑）吖，吖，想是城裏一個，城外一個。（生）呸吩咐各官免見，只請吉安知府相見。（丑）吓，都爺吩咐，各位老爺免見，只請吉安知府王太爺下船相見。（小生）吉安知府參見老大人！（生）非所屬，請起！（小生）不敢。（生）看坐。（小生）知府侍立請教，豈敢妄坐！（生）有話動問，那有不坐之理？（小生）如此告坐。（生）這，貴府與何人同榜？請道其詳。（小生）老大人聽禀！（生）願聞。（小生唱）

【皂羅袍】御道争先馳驟。（生）吖，元來殿元先生，失敬了！把椅兒上些。（丑）吓。（小生）不敢。（生）請問殿元仙鄉何處？（小生）大人吓，念寒家温郡，（生介）貴表？表字龜齡。（生）吖，元來就是梅溪先生，阿呀，阿呀，久仰吓久仰！（小生）不敢！（生）聞得先生在饒州作推，爲何不往？（小生）哪，（唱）饒州作推未曾行，一鞭又指潮陽郡。（生介）代先生者是何人？（生唱）他亦姓王，雙名士宏。居官不久，惜乎命傾。（生）吖，那王士宏没了，咳，可惜！先生爲何又改調？（小生）大人吓，（唱）只爲万俟相招贅，怪我不從順。

（生介）元來這個緣故，有幾位寶眷在任？（小生唱）

【前腔】老母粗安晚景，（生介）還有何人？（小生唱）更岳翁岳母同享安寧。（生介）令正夫人也在任麽？（小生唱）山妻守節滯江濱。（生介）還該再娶。（小生唱）敢爲不義重婚聘？（生介）幾位令郎？（生唱）芝田失種，藍玉未生。（生介）這等青年，還該再娶。聖經云：不孝有三，無後爲大。（小生唱）欲全夫義，（生介）全了夫義，背了聖經了。（小生唱）寧背聖經。（生）可曉得，不孝有三，無後爲大。還該續娶。（小生）大人，若要卑府再娶呵，（唱）除非是山妻再世，我便重婚聘。

（生）好吓！真乃義夫節婦也！（小生）有薄禮表敬。（生）老夫一路行來，並不曾受一禮。（小生）些細薄禮，一定求全收。（生）權且收下。（小生）吉安府誌書呈上。（生看介）烏鵲山，有景麼？（小生）有景。（生）這裏有位鄧芝山，可常會？（小生）時常請教的。（生）就老夫敝同年，與他久闊了，明日請來一會，欲屈先生奉陪，幸勿推辭。（小生）領命。（生）這，還有一講，老荆在後船寂寞，欲請令堂太夫人到舟一敘。若是來呢，這禮物就受；若是不來，這禮物面辭了罷。（小生）老夫人在寶舟，家母理應問候。（生）如此收下了。（丑）吓。（生）令堂太夫人來呢，也没有什麼相待，不過相邀奉一茶。（小生）先施情厚以無加，（生）不嫌江口空虚静。（小生）坐看幽禽蹴落花，告辭。（生）請。（小生）不敢。（生）如此，把太爺的轎子打上來。（小生）不敢。（生）打扶手。（小生）不敢。（生）請。（小生下。生）驛丞過來。（丑）有。（生）將我帖兒，明日去請鄧芝山老爺，與王太守並王太夫人赴席，不得有誤。（丑）曉得。（下。生）阿呀，苗良這厮，好不誤事！（一）我差他到饒州去遞書，也不問過明白，竟來回我，説王三府殁了。那知死的，是王士宏，方纔見王十朋，細問其故，明明是我女孩兒的丈夫。本欲唤女兒過船，與他相會，我就轉個念頭，一個是鰥男，一個是寡婦，四目相窺，豈是儒家所爲？我明日設席舟中，請王太夫人在後船，先使他姑媳相逢，一壁厢請鄧年兄與王太守在席間露出荆釵，看他認與不認，就明白了。阿呀，兒吓！此釵若認了，好似斷絃重再續，猶如月缺又團圓。（下）

（一）誤：原作『娱』，據《崑劇傳世演出珍本全編荆釵記》改。

男舟

（浄嗽上、唱）

【引】肥馬輕裘，賦詩飲酒，不減少年時候。

解組歸來二十年，水邊亭子屋邊田。雖然白髮難饒我，老景康寧便是仙。老夫鄧謙，别號芝山。致仕歸家，優遊林下，撫景題詩，逍遥長話。個兩日不拉個星求詩畫個纏得勿耐煩，今日要安定子個一日來介。且叫鄧興出來。鄧興拉丢六裏？（付暗上）拉裏幾裏。（浄）賊奴才，我老爺叫子㕶半日，爲奢大家冷魂能個脱拉個答？（付）拉裏子半日哉。（浄）對㕶説，我老爺個兩日不拉個星求詩畫個鬧得勿耐煩，今日要安定一日。㕶到外頭去，倘有求詩畫個來，回頭裏，竟説我老爺勿拉屋裏；倘有請喫酒個來，千乞説我拉屋裏。記明白，報差子要打狗腿個。（付）曉得。（丑上）奉着都爺命，來請鄧尚書。幾裏是哉，噲，大叔，錢都爺請㕶丢老爺喫酒，帖子拉裏。（付）㕶立介一立。吖，讓我來騙騙俚看。（浄吟詩介）山外青山樓外樓，西湖歌舞幾時休。（付）老爺，求詩畫個拉丢外頭。（浄）吓，吓，方纔那個對㕶説個，亦是奢求書畫！拿板子得來，打個賊奴才！（付）勿要動氣，到有個帖子拉裏。（浄）到有奢帖子？讓我來看。年家弟錢天錫頓首拜，舟次相邀，勿却是幸。哈哈，個是錢老爺請我喫酒。奢人拉丢外頭？（付）驛丞拉丢外頭。（浄）叫裏進來。（付）是哉。驛丞介。（丑）拉裏。（付）老爺叫㕶進去。（丑）是哉。老爺，驛丞叩頭！（浄）阿呀，阿呀，驛宰請起！（丑應。浄）錢都爺幾時到的？

（丑）昨日到的。（净）爲奢勿報我曉得？（丑）因停舟避風，風息了，就要開船，故爾不曾來報得。（净）吖，吖，阿曉得還有何客？（丑）本府王太守相倍。（净）啞，守公相倍。（丑應。净）驛宰，呸去上復錢都爺，説我老爺今日到有空，要來個，但是一到就坐，一坐就喫，一喫就走。（丑）爲奢能要緊？（净）年紀大哉，磨勿起夜作個哉。（一）（丑）是哉。（净）慢點，慢點，有勞呸老大裏勢勢來子没，我老爺總要賞點奢物事拉呸没好。（丑）勿消老爺費心。（净）吖，吖，有理哉。鄧興，書房裏有一本舊年個曆本拉丟，賞拉裏子罷。（付應。丑）老爺，隔年曆本無用個哉。（净）那説無用？一樣有初一、十五、大小月、四時八節，纔有拉上，那説無用？（丑）阿好見賜子今年個罷！（净）吖，賊呸要今年個？（丑）要今年個。（净）好商量個。（丑）吖，好商量個。（净）呸開年來拿子没哉。（丑）多謝，多謝！直頭小氣丟。（下。净）鄧興，備禮單。（付）是哉，最少十六樣。（净）多哉，多哉！（付）個没八樣。（净）還多來，只消四樣就勾哉。（付）那個四樣？（净）兩葷兩素，廊簷底下有只火腿丟來。（付）奶奶喫脱子一塊個哉。（净）番道拿隻蒲包紮没子俚没哉。（付）勿差。（净）備街裏，還有一條風魚丟來。（付）風魚眼烏珠纔無得個哉。（净）剪兩個紅紙圓圓貼没子裏没哉。（付）有子兩樣哉。（净）前日子墳客丟送來個發芽蠶豆，芽穀餅，兩葷兩素没，喫得出個哉。呸去寫禮單。（付應。净）早曉得有人請我喫酒没，方纔個頓點心也勿喫哉滑。（付）禮單拉裏，老爺請看。（净）等我來看。呸，呸寫得蠻妥當，對呸説，暗

（一）磨：原作『墓』，據《崑劇傳世演出珍本全編荆釵記》改。

歇到子錢老爺船裏見過子禮，呸就跪拉當中，拿個禮單，頂拉頭上。錢老爺説受就受，錢老爺説勿受，賊呸得轉背來就走，勿要慢騰騰，倘然不裏受子去，拉呸身上要賠還我個。（付）是哉。（浄）吩咐打轎。（付）轎夫打轎。（内應）勿拉屋裏。（付）六裏去丢？（内）挑糞去哉。（付）拆拱，老爺，喫勿成。（浄）吓，那説喫勿成？（付）轎夫挑糞去哉。（浄）咳，個星賊奴才應該先挑子我老爺去，然後再去挑糞，也勿遲來滑。（付）横勢近拉裏，扶子呸去，省巴班米，也是好個。（浄）呸攙好子哉。（付白）是哉。

（浄唱）

【引】按撫擺佳宴，相招意非淺。

（吹打。浄介）問聲錢都爺個船拉丢六裏？（付）幾裏是哉，有人麽？（衆）什麽人？（付）鄧老爺到。（衆）老爺有請。（生上）怎麽説？（衆）等我老爺到。（生）道有請。（衆）老爺出迎。（浄）年兄勿必上岸，小弟下船來哉。（生）年兄請！（浄）請！ 小弟不知年兄駕到，有失遠迎，多多得罪！（生）小弟停舟避風，不曾拜得年兄，多多有罪！（浄）豈敢，豈敢！（生）請坐。（浄）有坐。來，跪丢。（付跪介。浄）小弟有幾包薄禮相送，望年兄收納。（生）小弟一路來，禮物一概都不曾受。（付介）老爺，呸一樣也受個一樣。（生）決不敢領。（付）務必要受個一樣。（浄）咗，錢老爺説勿受没勿受哉，有個多哈嚕蘇個，拿子居去。（付）是哉。（浄）走得來，發芽蠶豆，芽穀餅，我老爺一五一十數明白丢個，賊呸偷來喫子，要拷落呸個牙床骨個。（付）吖喲，直頭小氣丢。（下。生）請坐。（浄）有坐。 我們還在那裏一别，直至如今。（浄）久違了。（生）久闊了。（浄）請問年兄有幾位令郎丢哉？（生）不幸乏嗣。

（浄）要娶一位侍夫人纔好。（生）老了。（浄）那裏是老，只怕年嫂不用，哈哈！（生）請問年兄有幾位令郎？（浄）小弟有子抓數丢哉。（生）多少？（浄）五個。（生）多在庠了？（浄）大個在庠，第二個也在庠，第三、第四勿曾來。説也笑話，頂小個只得七歲來，到入子學哉。（生）真乃神童也。（浄）勿是個，一盤糕，一壺和氣湯，送子學堂裏去哉。（生）哈哈！（浄）還有何客？（生）守公相倍。（浄）再邀吓！（小生上、唱）

【引】春風簫鼓樓船酒，好景偏成就。

（吹打。衆）打扶手，太爺到。（小生）老大人。（生）見了鄧老先生。（小生）老先生。（浄）守公，好吓！少年老誠，爲官清正，萬民無不感仰。小孫又蒙作養，幸會吓！（小生）不敢！（浄）年兄，阿有奢客人哉？（生）並無別客。（浄）阿要早點坐席罷？（生）看酒。（浄）勿必客套，竟一一而坐。（生）從命。（同唱）

【排歌】位列三台，功高五侯，知機養浩林丘。丹心常運濟時謀，白髮猶存懷許國憂。緑蘋漲，碧荇流，錦江波細隱仙舟。㈠談心曲，逐宦遊，晚山青處白雲收。

請吓！（生）取色盆大杯過來。（浄）要色盆大杯作奢？（生）行其一令，取其一樂。（浄）色盆骰子，玎玲瑲琅，勿雅得勢，我裏竟是口令如何？（生）使得。斟酒。（浄）等我來喫介個令杯。（喫介）干！

㈠ 隱：原作『穩』，據《新刻原本王狀元荊釵記》改。

年兄，小弟學得一個數十數，數着落個十，就是六個喫，極公道個。（二生）使得。（净）打小弟數起哉。一、二、三、四、五、六、七、八、九、十、十、十。（生）是年兄飲。（净）數着子是該喫個。（喫介）干！告狀吓！（二生）告什麽狀？（净）昨晚三更時分，有四五十人，明火執仗，不打前門而進，從後門而入，竟盜。（二生）盜了什麽？（净）盜子一坑宿糞去哉。（二生）糞乃小事。（净）糞乃五穀之根本，若無糞擁，焉能成器？那説小事？如今要煩守公追一追，追着了，治生也不要了。（二生）將來何用？（净）拿來入官。（同笑。净）那是要年兄來哉。（生）酒便小弟飲，數煩年兄代數。（净）吖，要我代數，個代數杯生成要喫個。（生）斟酒。（院應。净喫介）干！打年兄數起哉，聽明白，一、二、兩、三、四、五、六、溜、七、八、九、十、十、十。（生）又是年兄飲。（净）那説？亦數着子我哉，該喫個。（喫介）干！個酒勿是本地酒滑。（生）小弟閩中帶來的，福橘酒。（净）阿呀，阿呀，失謝了！（生）何謝之有？（净）小弟有個痰吼毛病，向年蒙年兄送子十壇福橘酒拉我，小弟個痰吼病足足能好子十年。近來無得喫子，夜夜亦拉裏吼嘍嘍發作起來哉。（生）小弟舟中還有，明日着人送來。（净）個到要面謝聲個，多謝，多謝！（生）好説。（净）賊個説起來，小弟個痰吼病亦要好個十年哉，哈哈！個歇是守公來哉。（小生）酒便晚生飲，數也要煩老先生代數？（净）吖，也要我代數？（小生）也要煩老先生代數。（净）個代數杯，生成也要喫個哉。（生）斟酒。（院應。净）個杯酒，若勿喫没，欺子我裏年兄哉。（喫介）代數杯，干！（生）年兄，方纔重了兩數。（净）重子六裏個兩數？（生）有了二，不用兩。（小生）有了六，不用溜。（净）吖，竟重子兩數，賊個説起來是要罰酒個哉。管家，方纔阿曾重？（院）重的。

(浄)重的，個没篩酒。(院應)個杯酒勿罰没，對勿起年兄哉。(喫介)干！ 那是打守公數起哉，聽明白，一、二、不用兩，三、四、五、六、不用溜，七、八、九、十、十、十，哈哈！(生)又是年兄飲。(浄)那説？數勿開裏哉。自家行令，自家喫酒，無趣哉。(喫介)干！(生)好量吓！(浄)個歇是勿照個哉，起先照樣個種杯子十呷十盅。(二生)如今呢？(浄)那間只好五呷五盅哉。(二生)原是一般。(浄)減子一半哉。(生)請問年兄，向在閩中爲官，風景如何？(浄)小弟拉福建做官個時節，年紀還輕，拉衙門裏無興得及，我説喊個班子進來，唱兩齣戲文罷。年兄，小弟到學得一隻福建曲子拉裏，阿要唱拉年兄聽聽？(生)使得。(浄)守公在此，不雅。(小生)請教。(浄)個没管家篩一杯爇落點拉哈。(院應。浄)個一杯酒没叫順喉杯。(喫介)干！ 個没我唱哉。(干念)線根旦多祭，郎牙傍當利。 砌留一砌蒙牙利，郎當祭，蒼桑陽行祭。 於洗簇簇利，唐行倉崗吉古利古利，倉崗吉古利古利。(二生)不懂吓！(浄)勿要説呧丟勿懂，連答我唱個到也勿懂。 我説拿個戲本子呈上來我看。 戲本子上寫得蠻明白個，是《彩樓記》上個《做親》。(干念)説相公傳台旨，排宴等多時。 彩樓一擲成佳配，趁良時一雙兩好如魚水。 珠翠列兩行，笙歌擁入蘭房裏，笙歌擁入蘭房裏。 阿是蠻明白個？ 福建人唱起來就勿明白哉。(照前唱完各笑。 生白)换令，擢花擊鼓如何？(浄)使得個。(生)吩咐折一枝花來。(院)岸上無花。(生)權把荆釵當酒籌。 吩咐鼓蓬上起鼓。(院照念。 生出釵，小生見)呀！(唱)

【尾】見荊釵眉先皺，吾家舊物是誰收？　睹物思妻淚珠流。

（連吹水浪。淨）阿呀，阿呀，那説大鑼大鼓敲得起來？（生）是老荊的船在後。（淨）我們在此不雅，把船統到烏鵲山去。（水浪。同下）

女舟

（正旦上）

【番卜算引】風便未開船，有事相留戀。（通行止。）夫婦輕離久違顔，天使成姻眷。夫妻全節義，母子得重歡。姻緣今再會，芳名千古傳。妾身乃錢載和之妻也，隨相公赴任兩廣，路由江右，此間郡守王公，昨來參謁我相公，問起情由，恰就是我女孩兒的丈夫王十朋，向因改調潮陽，那苗良誤傳訃信。今日天使夫妻重敘。相公命我設席舟中，特請王太夫人到來，合當姑媳相逢。梅香！（丑暗上、應。正）王太夫人到時，即忙通報。（丑）是哉。（老上。梅隨）

【引】有子作廉官，意遂平生願。

（吹打。梅）王太夫人到。（丑）請少待，啓夫人，王太夫人到。（正）道有請。（丑）打扶手，請王太夫人。（正）太夫人看仔細。（老）老夫人，不妨。（正）太夫人請。（老）老夫人請。（丑介）阿姐，跳板上滑個，走好子。（梅）多謝姐姐！（吹住。正）太夫人請上，妾身有一拜！（老）老身也有一拜！（正）

迅掃鷁舟，荷蒙寵顧。（老）未扳魚駕，反辱先施。不敢，各便罷。（正）從命，看茶。（丑應）茶到。（老）請！（老）請！（正）請問太夫人高壽幾何？（老）甲子一週。（正）不像吓！（老）老了。（正）有幾位令郎？（老）豚犬一個，現任此邦。（正）有幾位令孫？（老）兒媳守節而亡，並無所出。（正）原來如此，請！（老）請！（正）換茶。（丑應。老）請問老夫人多少高壽了？（正）天命年矣。（老）不像吓！（正）老了。（老）幾位令郎？（正）不幸乏嗣。（老）有幾位令愛？（正）螟蛉一女，新寡在舟。（老）既有小姐，何不請來一會？（正）恐服色未便。（老）在舟次何妨。（正）梅香，請小姐出來。

（丑）是哉，小姐有請。（占上）

【引】親老有誰憐？暌違，何日重相見？

吓，母親。（正）過來見了王太夫人。（占）是。吓，王太夫人。（老）小姐。（見面各悲。正）看酒。（丑）是哉。（細吹。各定席完。正）我兒，送酒與太夫人。（占）是。吓，太夫人。（老）阿呀，阿呀，不敢！（正）太夫人，小廝家。（老）說那裏話！（占定介）吓，母親。（正）罷了。（吹住。丑）上酒。阿姐，答匹到後稍去說閒話。（同梅下。正）太夫人請！（老）老夫人請！（占）吓，太夫人請！（老）小姐請！（悲淚介。正）太夫人與小女從未相識，一見爲何掉下淚來？（老）老夫人，老身心有深怨，爲此，（唱）

【園林好】止不住盈盈淚瀼，瞥見了令人感傷。（正）太夫人請！（老）老夫人請！（占）吓，太夫人請！（老）小姐請！（哭。連唱）那裏有這般廝像？可惜你早先亡，若在此好頡頏。

（正）請免愁煩。（占接）

【前腔】細把他儀容比方，細將他行藏酌量。（正）太夫人請！（老）老夫人請！（占）太夫人請！（老）小姐請！（帶哭。占）呀！（唱）細聽他言詞聲響，好一似我姑嫜，空教我熱衷腸。（老接）

【江兒水】慢把前情想，你聰明德性良。知人饑餒能供養，知人冷熱能調恙。指望你將我這老骨扶歸葬，誰想伊行先喪。媳婦兒吓！做婆婆的在世也不久了。（老唱）若要相逢，早晚向黄泉相傍。

（占接）呀！

【前腔】驀聽他言語，令人倍慘傷。看他愁容淚霰如珠樣。若是我兒夫身不喪，哎呀！婆婆吓！你香車霞帔也得安榮享。今日知故何向？隔着烟水雲山，（老介）咳，兩處一般情況。

（正接）兒吓！

【五供養】聽伊半晌，言語雖多，未審其詳。太夫人，勸伊休嘆息，何必自斟量？事關心上，且將情便説何妨？我女兒在何處會，爲甚兩情傷？（老介）一言難盡。乞道真情，不須隱藏。（老接）

【玉交犯胞肚】事皆已往，偶然間觸物感傷。見令，啐，啐！（正）太夫人爲何欲言又止？（老）話便有一句，只是不好説。（正）但説何妨！（老）如此待老身出席，告個罪兒。吓，老夫人，有罪了！（正）

豈敢？（老）小姐冒犯了！（占）好説。（老）老夫人吓，（唱）見令愛玉質花容，似孩兒已故妻房。吾家兒媳守節亡，恩深義重難撇漾。（正）吖，令子室既死，我小女雖像，如今痛苦也無補於事，吓！（老）老夫人，我媳婦雖是富室之女，他嫁到寒家呵，（老唱）待貧姑雞鳴下堂，守貧夫勤勞織紡。

（占接）呀！

【前腔】聞言悒怏，太夫人，你媳婦如何喪亡？（老接）小姐，爲孩兒名掛文場，寄家書禍起蕭牆。（占）書歸應是喜氣揚，緣何番受生災障？（老）我好恨吓！ 恨只恨孫家富郎，阿呀苦吓苦，苦只苦玉蓮夭亡。

（占）如此説是我婆婆了。 阿呀，婆婆吓！（老）小姐請起！（抽頭接）

【川撥棹】心何望，這慇懃禮怎當？（正接）我兒，問姓名家住何方？（占）太夫人，尊姓名家住何方？（老）我住、住温州，吾家姓王。（正）兒吓，果是你婆婆了！（占）婆婆，你媳婦玉蓮在此！（老、占）吓，阿呀！ 媳婦（婆婆）吓！（元場。老唱）阿呀媳婦兒吓，你緣何素縞妝？（占接）痛兒夫身喪亡。（老接）

【前腔換頭】汝出言詞好不忖量審詳？(一)你的兒夫現在此邦。（占）我爹爹曾遣人到饒邦，

(一) 忖：原作『村』，據文義改。

我爹爹曾遣人到饒邦，報、報説道兒吾夫喪亡。（老）有個緣故。（占）什麼緣故？（老）你丈夫呵，（通行接唱。）爲辭婚調遠方，爲賢能擢此方。（占介）謝天地。（正）可喜吓可喜！梅香，報與老爺知道。

【尾】幾年骨肉重相傍，（占）痛只痛雙親在異鄉。（正介）梅香，請老爺過船。（丑應）（老接）在此宦邸雙親已二霜。

（生上）

【金菊對芙蓉】他那裏哭聲哀哀，（小生）我這裏喜氣洋洋。

（正）相公，他們姑媳相認了。（生）可喜吓可喜。（小生）吓！母親。（老）我兒，你妻子在此。（小生、占）妻子（相公）在那裏？吓，阿呀妻（相公）吓！（唱）

【哭相思】只爲功名紙半張，閃得人萬般悽愴。

（老）多謝大人！（生）恭喜太夫人！（老）請問大人，如何得救我媳婦？（生）老夫呵！

【駃環着】那一日江道，那一日江道，得夢蹊蹺。明是神靈對吾説道，救女江心急早。（正同）問及根苗，節操凛冰霜，令人矜傲。結義女同臨官道，遣尺素訛傳凶報。（合唱）誰知道改調潮，喜今日，母子夫妻共同歡笑。（同下）

後相逢

（外、付干唱）

【出隊子】臨風長嘆，怕見㷀雛傍母眠。堪憐，我女喪青年。賢婿無心續斷絃，爲彼無兒，身後可憐。

（外）親母、賢婿出外赴席，怎麽這時候還不回衙？（付）想必就來也。（小生上，干唱）（通行不唱。）

【前腔】年來悲怨，誰想今番變喜歡。一家骨肉再團圓，灑掃華堂，設喜筵好似夢裏相逢，畫裏重看。

（小生）吓，岳父母。（外、付）賢婿回來了。（小生）恭喜岳父母！（付、外）喜從何來？（小生）令愛不曾死。（外、付）那有此事？莫非來哄我們？（小生）小婿怎敢哄騙？有個緣故，當初令愛投江時節，感得錢按撫撈救，收爲義女。錢按撫今陞兩廣巡撫，在此經過。方纔小婿已曾見過令愛，隨即同母親回來了。（外）吖，有這等事？阿呀，阿呀！喜殺我也！（付）謝天地！（老旦上、唱）

【引】不圖重見面，（占接）誰想今番再睹顔。

（老）吓，二位親家，令愛回來了。（外、付、占同）我兒（爹娘）在那裏？吓，阿呀，我兒（爹娘）吓！（外唱）

【顆顆珠】思念姣兒真痛哀，看我形容力氣都衰。（付接）教娘慚愧淚盈腮。將兒來逼害，今見了越傷悲。

（小生）岳丈，多蒙錢按撫表奏朝廷，旌表寒家。停舟在此，等封誥到了，然後開船赴任。（外）難得有這樣好人，猶如重生父母，此恩如何得報？（占）婆婆，媳婦蒙義父母撫養數年，恩德萬千，欲待請過來相聚數日，少存孝心，不知婆婆意下如何？（老）正該如此。（外、付）我兒說得有理。（老）明日迎請到衙門便了。兩片菱花重再合，（合）一輪明月照團圓。（老）二位親家請！（外、付）親母請！（同下）

大釵圓

（生唱）

【粉蝶兒】風憲驅馳，偶然間來臨吉地。爲賢能表奏丹墀，荷皇恩降敕旨。旌揚節義，滿街衢百姓咸集，多說是人間奇異。

（接吹打。小生迎介。生白）賢婿，詔書將到，請令堂、令正接旨受誥。（小生）領命。請岳丈那廂少坐。

（末内白）聖旨下。（末上唱）

【引】出入朝廷，强如蕊珠仙島。

（老、占同上。末白）聖旨到，跪！（小生、老、占）萬歲！（末）聽宣讀！詔曰：朕聞禮莫大於綱常，㈠實正人倫之本；爵宜先於旌表，㈡蓋厚風俗之原。爾者福建安撫錢載和，申奏吉安府知府王十朋，居官清正，德及黎民。其妻錢氏，操行端莊，而節貞負異。母張氏，居霜守共姜之誓，㈢教子效孟母之賢。似此賢母，誠可嘉賞。義夫節婦，禮宜旌表。今特陞授王十朋福建參政，妻錢氏封爲貞人，母張氏封爲越國夫人，亡父王德照追贈天水郡公。欽哉。謝恩！（生、老、小生、占）萬歲！萬歲！萬萬歲！（老、占下。末）請過聖旨。（小生）香案供奉。（末）恭喜先生！（生、小生）多謝天使大人，請後堂茶飯。（末）不消，復命要緊，告辭！承恩來似箭，復命去如飛。請了！（下。生、小生送介。老、占又上。生白）親母恭喜！（老）多謝大人。（小生）多謝岳父！（老）寒家幸微力薄，敢勞奏表請封，何以克當？（生）親母，一門節義，世之罕有，理合旌表，何遜之有？（院子内）錢老夫人到。（小生）母親出去迎接去。（正上）

【引】昔年江畔，非我週全天使然。

（老、小生、占迎介。正白）幾番打攪，又蒙見招，不當穩便。（老）好説。（通行此段不用。正、生同唱完

㈠ 綱：原作『剛』，據汲古閣刊本《繡刻荆釵記定本》改。

㈡ 宜：原作『以』，據汲古閣刊本《繡刻荆釵記定本》改。

㈢ 『誓』下原衍一『冰』字，刪。

【粉蝶兒】，接進就念白。）（吹打住。生白）賢婿，聞得你舊時岳父母在此，請來相見。（小生）布衣在身，不好相見。（生）説那裏話？快請相見。（小生）舊時岳父母有請！（外、付上）怎麼説？（小生）錢公請相見。（外）吓，大人請上，愚夫婦拜見。（生）不敢，我們行個公禮罷。（外）從命。（小生、占同白）荆釵重會伊誰力，敢謂如天德。（外、付）若非雙足繫紅絲，幾時當頭月缺再圓時。（生、正）不然安得鸞膠續，此是公家福。（老）經過世上青雲臺，（合白）猶見鴛鴦兩兩沸波來。（外）愚夫婦受公大恩，得全骨肉，結草無期，不勝愧赧。（生）老貢元，我和你斯文一脈，又是同姓，五百年前，總是一家。自今日爲始，手足相稱便了。（外）異地相逢，他鄉成戚，喜出望外。既承台愛，敢不聽從？（生）好説。吓，賢婿，恭喜榮遷，但老夫駐節已久，恐違任限。今日奉賀，明日就要起程了。（小生）小婿叨蒙感德，以圖後報。（生）説那裏話！忝爲至戚，借光不淺，説什麼後報？（小生）小婿特設家慶團圓筵席，少敘骨肉之歡，敢求寬坐，聊表微敬。（生）極好，這上席還該老長兄，請！（外）不敢，自然大人台坐。（生）如此有占了。（外）豈敢！（定席。吹打住。生）賢婿，請收了荆釵。哈哈！（冒子頭）（唱）

【喬合笙】喜得荆釵會，（小生哭介，合唱）受盡艱危，謝天天庇全。一對兒如膠似漆，夫共妻却原來潘安悼婦空垂淚。（小生、占唱）今日再效于飛，和你心兒裏歡百倍。（合）喜喜開筵席，華堂樹草含春意，繁絃急管笙簫沸。（小生、占唱）願得永不分離，和你侍奉高堂，慇懃菽水。（合唱）

【調笑令】喜良緣重會，喜良緣重會，（外、付接唱）感恩公掇提携，（老接）感恩公掇提携。（合唱）噯呀成就了如花似玉美夫妻，盡道是孟光何處逢求佳配？ 今日裏再睹齊眉，惟願取偕老爲期，福壽齊，再得個子賢孫美。（接細吹）鑽鑽簇簇屢今宵，枝枝葉葉掇瓊瑶，點點滴滴顔色好，瀟瀟灑灑飲香醪。（内换杯，吹完接）

【鬼三臺】喜得個功成名遂，把當年顛沛休提。 錯認做樂昌已把蟠龍醉，今日個月重輝，芝發階除。

【包子令】今夜花深玉漏遲，醉淋漓，女貌郎才世間希，也麽兩相宜。 笙歌擁入蘭房内，莫教辜負好良期。 等旁人傳説道《荆釵記》。

【禿厮兒】想姻緣關夙世，豈人爲到底是今生。 謝良媒也須知樂便宜。 若到冰人月老無干係，可不鰥男寡女各東西。

【梅花酒】瓊枝相倚重，偕連理。 吉安相會真奇異，白頭親歡不已，白頭人歡不已。 華堂中重羅綺，須教倒金樽共拚沉醉，這榮華世無極比。

【煞尾】義夫節婦無堪比，多拈付填詞子輩，萬古並千秋教人作話題。（下）